第四版

1949—2009

下卷

中国现当代文学作品选

作品选

钱谷融◎主编

1949
2009

华东师范大学出版社
·上海·

图书在版编目（CIP）数据

中国现当代文学作品选. 下卷 / 钱谷融主编. —4
版. —上海：华东师范大学出版社，2020
ISBN 978 - 7 - 5760 - 0236 - 2

Ⅰ. ①中… Ⅱ. ①钱… Ⅲ. ①中国文学—现代文学—
作品综合集—高等学校—教材②中国文学—当代文学—作
品综合集—高等学校—教材 Ⅳ. ①I216.1

中国版本图书馆 CIP 数据核字（2020）第 217739 号

中国现当代文学作品选（下卷）（1949—2009）
（第四版）

主　　编　钱谷融
责任编辑　范耀华
审读编辑　张　婧　范耀华
责任校对　时东明
装帧设计　俞　越

出版发行　**华东师范大学出版社**
社　　址　上海市中山北路 3663 号　邮编 200062
网　　址　www.ecnupress.com.cn
电　　话　021 - 60821666　行政传真 021 - 62572105
客服电话　021 - 62865537　门市（邮购）电话 021 - 62869887
地　　址　上海市中山北路 3663 号华东师范大学校内先锋路口
网　　店　http://hdsdcbs.tmall.com/

印 刷 者　上海市崇明县裕安印刷厂
开　　本　787 毫米×1092 毫米　16 开
印　　张　40.5
字　　数　942 千字
版　　次　2020 年 11 月第 1 版
印　　次　2024 年 10 月第 11 次
书　　号　ISBN 978 - 7 - 5760 - 0236 - 2
定　　价　72.00 元

出版人　王　焰

（如发现本版图书有印订质量问题，请寄回本社客服中心调换或电话 021 - 62865537 联系）

出 版 说 明

一、党的二十大报告提出："以中国式现代化全面推进中华民族伟大复兴。"中国现当代文学从发生至今，其重要主题、主要价值立场和基本情感结构始终都在感知、回应、探索着"中国"与"现代化"这两个概念，而中国现当代文学作品正呈现了其中的文学想象世界，讲述了独特而现代的"中国故事"。

二、本书是全国高等学校中文专业中国现当代文学课程的教材，共二卷。上卷选收中国现代文学作品(1917—1949)，下卷选收中国当代文学作品(1949—2009)。分体裁按发表(或写作)时间先后为顺序，但一个作家同一体裁的作品则相对集中，以便于教学。

三、本书所选篇目，都是"五四"以来各个时期各种流派风格的优秀作品或代表性作品。通过教学，使学生提高分析、鉴赏中国现当代文学作品的能力，了解中国现当代文学的基本面貌。考虑到本书篇幅不宜过大，有些流派的作品尚难一一照顾到，多幕戏剧只能选收其中一幕或作存目，长篇小说、长篇叙事诗、较长的中篇小说一般作存目处理。

四、本书所选篇目，都采用最初发表或最初出版的版本，以显示历史原貌。其中有些作品，作者后来作过修改，在思想和艺术上都比最初发表时有所提高。有些作者希望采用修改后的版本，但为了体例一致，只能请作者谅解。基于这一原则，如郭沫若的《凤凰涅槃》，采用了发表于1920年1月30日至31日《时事新报·学灯》的最早版本，其中的"凤凰更生歌"虽嫌拖沓，亦一仍其旧。选入的台湾作家的作品，目前直接取最早版本存在困难，故于文末除标明最早发表处外，又标明本文选自何处。又，本书的注，也都是最初发表时作者的原注。一般说，经过修改的作品，在各大学图书馆里不难找到，教师在讲课时，可视需要，比较最早版本和修改后的版本的异同。

五、本书选目曾经过编委会的多次讨论。选目若有不当之处，敬请各方批评指正。

目 录

小 说

诗　歌

散 文

戏 剧

小说

XIAO

SHUO

山地回忆

孙　犁

从阜平乡下来了一位农民代表,参观天津的工业展览会。我们是老交情,已经快有十年不见面了。我陪他去参观展览,他对于中纺的织纺,对于那些改良的新农具特别感到兴趣。临走的时候,我一定要送点东西给他,我想买几尺布。

为什么我偏偏想起买布来?因为他身上穿的还是那样一种浅蓝的土靛染的粗布裤褂。这种蓝的颜色,不知道该叫什么蓝,可是它使我想起很多事情,想起在阜平穷山恶水之间度过的三年战斗的岁月,使我记起很多人。这种颜色,我就叫它"阜平蓝"或是"山地蓝"吧。

他这身衣服的颜色,在天津是很显得突出,也觉得土气。但是在阜平,这样一身衣服,织染既是不容易,穿上也就觉得鲜亮好看了。阜平土地很少,山上都是黑石头,雨水很多很暴,有些泥土就冲到冀中平原上来了——冀中是我的家乡。阜平的农民没有见过大的地块,他们所有的,只是像炕台那样大,或是像锅台那样大的一块土地。在这小小的、不规整的,有时是尖形的,有时是半圆形的,有时是梯形的小块土地上,他们费尽心思,全力经营。他们用石块垒起,用泥土包住,在边沿栽上枣树,在中间种上玉黍。

阜平的天气冷,山地不容易见到太阳。那里不种棉花,我刚到那里的时候,老大娘们手里搓着线锤。很多活计用麻代线,连袜底也是用麻纳的。

就是因为袜子,我和这家人认识了,并且成了老交情。那是个冬天,该是一九四一年的冬天,我打游击打到了这个小村庄,情况缓和了,部队决定休息两天。

我每天到河边去洗脸,河里结了冰,我登在冰冻的石头上,把冰砸破,浸湿毛巾,等我擦完脸,毛巾也就冻挺了。有一天早晨,刮着冷风,只有一抹阳光,黄黄的落在河对面的山坡上。我又登在那块石头上去,砸开那个冰口,正要洗脸,听见在下水流有人喊:

"你看不见我在这里洗菜吗?洗脸到下边洗去!"

这声音是那么严厉,我听了很不高兴。这样冷天,我来砸冰洗脸,反倒妨碍了人。心里一时挂火,就也大声说:

"离着这么远,会弄脏你的菜!"

我站在上风头,狂风吹送着我的愤怒,我听见洗菜的人也恼了,那人说:

"菜是下口的东西呀!你在上流洗脸洗屁股,为什么不脏?"

"你怎么骂人?"我站立起来转过身去,才看见洗菜的是个女孩子,也不过十六七岁。风吹红了她的脸,像带霜的柿叶,水冻肿了她的手,像上冻的红萝卜。她穿的衣服很单薄,就是那种蓝色的破袄裤。

十月严冬的河滩上,敌人往返烧毁过几次的村庄的边沿,在寒风里,她抱着一篮子水沤的杨树叶,这该是早饭的食粮。

不知道为什么,我一时心平气和下来。我说:

"我错了,我不洗了,你在这块石头上来洗吧!"

她冷冷地望着我,过了一会才说:

"你刚在那石头上洗了脸,又叫我站上去洗菜!"

我笑着说:

"你看你这人,我在上水洗,你说下水脏,这么一条大河,哪里就能把我脸上的泥土冲到你的菜上去? 现在叫你到上水来,我到下水去,你还说不行,那怎么办哩?"

"怎么办,我还得往上走!"

她说着,扭着身子逆着河流往上去了。登在一块尖石上,把菜篮浸进水里,把两手插在袄襟底下取暖,望着我笑了。

我哭不得,也笑不得,只好说:

"你真讲卫生呀!"

"我们是真卫生,你们是装卫生! 你们尽笑话我们,说我们山沟里的人不讲卫生,住在我们家里,吃了我们的饭,还刷嘴刷牙,我们的菜饭再不干净,难道还会弄脏了你们的嘴? 为什么不连肠子肚子都刷刷干净!"说着就笑得弯下腰去。

我觉得好笑。可也看见,在她笑的时候,她的整齐的牙齿洁白得放光。

"对,你卫生,我们不卫生。"我说。

"那是假话吗? 你们一个饭缸子,也盛饭,也盛菜,也洗脸,也洗脚,也喝水,也尿泡,那是讲卫生吗?"她笑着用两手在冷水里刨抓。

"这是物质条件不好,不是我们愿意不卫生。等我们打败了日本,占了北平,我们就可以吃饭有吃饭的家伙,喝水有喝水的家伙了,我们就可以一切齐备了。"

"什么时候,才能打败鬼子?"女孩子望着我,"我们的房,叫他们烧过两三回了!"

"也许三年,也许五年,也许十年八年。可是不管三年五年,十年八年,我们总是要打下去,我们不会悲观的。"我这样对她讲,当时觉得这样讲了以后,心里很高兴了。

"光着脚打下去吗?"女孩子转脸望了我脚上一下,就又低下头去洗菜了。

我一时没弄清是怎么回事,就问:

"你说什么?"

"说什么?"女孩子也装没有听见,"我问你为什么不穿袜子,脚不冷吗? 也是卫生吗?"

"咳!"我也笑了,"这是没有法子么,什么卫生! 从九月里就反'扫荡',可是我们八路军,是非到十月底不发袜子的。这时候,正在打仗,哪里去找袜子穿呀?"

"不会买一双?"女孩子低声说。

"哪里去买呀,尽住小村,不过镇店。"我说。

"不会求人做一双?"

"哪里有布呀? 就是有布,求谁做去呀?"

"我给你做。"女孩子洗好菜站起来,"我家就住在那个坡子上,"她用手一指,"你要没有布,我家里有点,还够做一双袜子。"

她端着菜走了，我在河边上洗了脸。我看了看我那只穿着一双"踢倒山"的鞋子，冻的发黑的脚，一时觉得我对于面前这山，这水，这沙滩，永远不能分离了。

我洗过脸，回到队上吃了饭，就到女孩子家去。她正在烧火，见了我就说：

"你这人倒实在，叫你来你就来了。"

我既然摸准了她的脾气，只是笑了笑，就走进屋里。屋里蒸气腾腾，等了一会，我才看见炕上有一个大娘和一个四十多岁的大伯，围着一盆火坐着。在大娘背后还有一位雪白头发的老大娘。一家人全笑着让我炕上坐。女孩子说：

"明儿别到河里洗脸去了，到我们这里洗吧，多添一瓢水就够了！"

大伯说：

"我们妞儿刚才还笑话你哩！"

白发老大娘瘪着嘴笑着说：

"她不会说话，同志，不要和她一样呀！"

"她很会说话！"我说，"要紧的是她心眼儿好，她看见我光着脚，就心疼我们八路军！"

大娘从炕角里扯出一块白粗布，说：

"这是我们妞儿纺了半年线赚的，给我做了一条棉裤，下剩的说给他爹做双袜子，现在先给你做了穿上吧。"

我连忙说：

"叫大伯穿吧！要不，我就给钱！"

"你又装假了，"女孩子烧着火抬起头来，"你有钱吗？"

大娘说：

"我们这家人，说了就不能改移。过后再叫她纺，给她爹赚袜子穿。早先，我们这里也不会纺线，是今年春天，家里住了一个女同志，教会了她。还说再过来了，还教她织布哩！你家里的人，会纺线吗？"

"会纺！"我说，"我们那里是穿洋布哩，是机器织纺的。大娘，等我们打败日本……"

"占了北平，我们就有洋布穿，就一切齐备！"女孩子接下去，笑了。

可巧，这几天情况没有变动，我们也不转移。每天早晨，我就到女孩子家里去洗脸。第二天去，袜子已经剪裁好，第三天去她已经纳底子了，用的是细细的麻线。她说：

"你们那里是用麻用线？"

"用线。"我摸了摸袜底，"在我们那里，鞋底也没有这么厚！"

"这样坚实。"女孩子说，"保你穿三年，能打败日本不？"

"能够。"我说。

第五天，我穿上了新袜子。

和这一家人熟了，就又成了我新的家。这一家人身体都健壮，又好说笑。女孩子的母亲，看起来比女孩子的父亲还要健壮。女孩子的姥姥九十岁了，还那么结实，耳朵也不聋，我们说话的时候，她不插言，只是微微笑着，她说，她很喜欢听人们说闲话。

女孩子的父亲是个生产的好手，现在地里没活了，他正计划贩红枣到曲阳去卖，问我能不能帮他的忙。部队重视民运工作,上级允许我帮老乡去作运输,每天打早起,我同大伯背上一百多斤红枣,顺着河滩,爬山越岭,送到曲阳去。女孩子早起晚睡给我们做饭,饭食很好,一天,大伯说:

"同志,你知道我是沾你的光吗?"

"怎么沾了我的光?"

"往年,我一个人背枣,我们妞儿是不会给我吃这么好的!"

我笑了。女孩子说:

"沾他什么光,他穿了我们的袜子,就该给我们做活了!"

又说:

"你们跑了快半月,赚了多少钱?"

"你看,她来查账了,"大伯说,"真是,我们也该计算计算了!"他打开放在被垒底下的一个小包袱,"我们这叫包袱账,赚了赔了,反正都在这里面。"

我们一同数了票子,一共赚了五千多块钱,女孩子说:

"够了。"

"够干什么了?"大伯问。

"够给我买张织布机子了! 这一趟,你们在曲阳给我买架织布机子回来吧!"

无论姥姥、母亲、父亲和我,都没人反对女孩子这个正义的要求。我们到了曲阳,把枣卖了,就去买了一架机子。大伯不怕多花钱,一定要买一架好的,把全部盈余都用光了。我们分着背了回来,累得浑身流汗。

这一天,这一家人最高兴,也该是女孩子最满意的一天。这像要了几亩地,买回一头牛;这像制好了结婚前的陪送。

以后,女孩子就学习纺织的全套手艺了:纺,拐,浆,落,经,镶,织。

当她卸下第一匹布的那天,我出发了。从此以后,我走遍山南塞北,那双袜子,整整穿了三年也没有破绽。一九四五年,我们战胜了日本强盗,我从延安回来,在碛口地方,跳到黄河里去洗了一个澡,一时大意,奔腾的黄水,冲走了我的全部衣物,也冲走了那双袜子。黄河的波浪激荡着我关于敌后几年生活的回忆,激荡着我对于那女孩子的纪念。

开国典礼那天,我同大伯一同到百货公司去买布,送他和大娘一人一身蓝士林布,另外,送给女孩子一身红色的。大伯没见过这样鲜艳的红布,对我说:

"多买上几尺,再买点黄色的。"

"干什么用?"我问。

"这里家家门口挂着新旗,咱那山沟里准还没有哩! 你给了我一张国旗的样子,一块带回去,叫妞儿给做一个,开会过年的时候,挂起来!"

他说妞儿已经有两个孩子了,还像小时那样,就是喜欢新鲜东西,说什么也要学会。

1949 年 12 月

(原载《小说》杂志 1950 年第 3 卷第 4 期)

我们夫妇之间

萧也牧

一 "真是知识分子和工农结合的典型！"

我是一个知识分子出身的干部；我的妻却是贫农出身，她十五岁上就参加革命，在一个军火工厂里整整做了六年工。

三年前我们结了婚。当时我们不在一起，工作的地方相隔有百十来里，只在逢年逢节的时候才能见面。所以婚后的生活也很难说好还是坏；只是有一次却使我很感动：因为我有胃病，一挨冻就要发作，可是棉衣又很单薄！那年，正快下雪的时候，她给我捎来了一件毛背心，还附着一封信，信上说：

……天快下雪了！你的胃病怎样了？真叫我着急得不知道怎么看好！我早有心给你打件毛背心，倒也不是羊毛贵，就是钱凑不够！我就在每天下午放工以后，上山割柴禾，可是天气太短了！一下工，天很快就黑了！所以一直割了半个多月，才割了不少柴禾，卖给厂里的马号里了，卖了二千块边币，称了两斤羊毛，问老乡借了个纺车，纺成了毛线，打了这件毛背心！

因为我不会打，打的又不时样又尽是疙瘩，请你原谅！希望你穿上这件毛背心，就不再发胃病，好好为人民服务……

我读着这封信，我仿佛看到了她那矮小的身影，在那黄昏时候，手拿镰刀，独自一个人，弯着腰，在那荒坡野地里，迎着彻骨的寒风，一把，一把，一把地割着稀疏的茅草……

她这样做，完全是为着我！为着我不挨冻，为着我"不再发胃病，好好的为人民服务……"突然，我流泪了！可是我感到了幸福！

两年以后的秋天，我们有了小孩，组织上就把我们调在一块工作。那时，我们住在一个叫"抬头湾"的山村里。

每当晚上，我在那昏黄的油灯下赶工作，她呢，哄着孩子睡了以后，默默地坐在我底身旁，吃力地、认真地、一笔一划地练习写大楷……

山村的夜是那样的静寂，远远地能听见"胭脂河"的流水，"哗哗"的流过村边。时间该是半夜了吧，我想她又是照顾孩子，又是工作……一定是很累了，就说："你先睡吧！"她一听我的话，总是立刻睁大了有点朦胧了的睡眼："不！"继续练她的大楷……直到我也放下工作。

早上，孩子醒得很早，她就起来哄："嗯嗯……听妈妈的话，别把爸爸扰醒了……"孩子才几个月大，当然不懂得，还是嚷！于是她就蹑手蹑脚地起来，抱着孩子，到隔壁老乡屋里的热炕头上哄着去了。

闲时，她教我纺线、织布；我给她批仿，在她写的大楷上划红圈，或是教她打珠算，讨论土地政策……

每天下午，孩子睡着了，我们抬水去浇种在窗前的几棵白菜；到沟里帮老乡打枣，或是盘腿坐在炕上,我搓"布卷"(棉花条儿),拐线,她纺线,纺车"嗡嗡"的响,声音是那样静穆、和谐……

虽然我们的出身、经历……差别是那样的大,虽然我们工作的性质是那样的不同:我成天坐在屋子里画统计表,整理工作材料;她呢,成天和老百姓们打交道!……但在这些日子里边,我们不论在生活上、感情上……却觉得很融洽,很愉快!同志们也好意地开玩笑说:"看你这两口子,真是知识分子和工农结合的典型!"

但是,不到一年的光景,我们却吵起架来了,甚至有一个时候,我曾经怀疑到:我们的夫妇生活是否能继续巩固下去。那是我们进了北京城以后的事。

二 "……李克同志:你的心大大的变了!"

今年二月间,我们进了北京。这城市,我也是第一次来,但那些高楼大厦,那些丝织的窗帘,有花的地毯,那些沙发,那些洁净的街道,霓虹灯,那些从跳舞厅里传出来的爵士乐……对我是那样的熟悉,调和……好像回到了故乡一样。这一切对我发出了强烈的诱惑,连走路也觉得分外轻松……虽然我离开大城市已经有十二年的岁月,虽然我身上还是披着满是尘土的粗布棉衣……可是我暗暗地想:新的生活开始了!

可是她呢?进城以前,一天也没有离开过深山、大沟和沙滩,这城市的一切,对于她,我敢说,连做梦也没梦见过的!应该比我更兴奋才对,可是,她不!

进城的第二天,我们从街上回来,我问她:"你看这城市好不好?"她大不为然,却发了一通议论:那么多的人!男不像男女不像女的!男人头上也抹油……女人更看不的!那么冷的天气也露着小腿;怕人不知道她有皮衣,就让毛儿朝外翻着穿!嘴唇血红红,像是吃了死老鼠似的,头发像个草鸡窝!那样子,她还觉得美的不行!坐在电车里还掏出小镜子来照半天!整天挤挤嚷嚷,来来去去,成天干什么呵……总之,一句话:看不惯!说到最后,她问我:"他们干活也不?那来那么多的钱?"

我说:"这就叫做城市呵!你这农村脑瓜吃不开啦!"她却不服气:"鸡巴!你没看见?刚才一个蹬三轮的小孩,至多不过十三四,瘦的像只猴儿,却拖着一个气儿吹起来似的大胖子——足有一百八十斤!坐在车里,翘了个二郎腿,含了根烟卷儿,亏他还那样'得'!(得意,自得其乐的意思)……俺老根据地那见过这!得好好儿改造一下子!"

我说:"当然要改造!可是得慢慢的来;而且也不能要求城市完全和农村一样!"

她却更不服气了:"嘿!我早看透了!像你那脑瓜,别叫人家把你改造了!还说哩!"

我觉得她的感觉确实要比我锐利得多,但我总以为她也是说说罢了,谁知道她不仅那么说;她在行动上也显得和城市的一切生活习惯不合拍!虽然也都是在一些小地方。

那时候,机关里还没起伙,每天给每人发一百块钱,到外边去买来吃。有一次,我们俩到了一家饭铺里。走到楼上,坐下了,她开口就先问价钱:"你们的炒饼多少钱一盘?""面条呢?""馍馍呢?"……她一听那跑堂的一报价钱,就把我一拉,没等我站起来,她就在头里走下楼去。弄得那跑堂的莫名其妙,睁大了眼睛,奇怪地看了我们几眼。当时,真使我有点下不来台,说实话,我真想生气!可是,她又是那样坚决,又有什么办法呢?只好硬着头皮跟着她走!

一面下楼,她说:"好贵!这哪里是我们来的地方!"我说:"钱也够了!"她说:"不!一顿饭吃好几斤小米;顶农民一家子吃两天!哪敢那么胡花!"出了饭铺,我默默地跟着她走来走去,最后,在街角上的一个小饭摊上坐下了!还是她先开口,要了斤半棒子面饼子!两碗馄饨。大概她见我老不说话,怕我生气,就格外要了一碟子熏肉,旁若无人地对我说:"别生气了!给你改善改善生活!"

像这类事,总还可以容忍。我想一个"农村观点"十足的"土豹子",总是难免的;慢慢总会改变过来……

那知她并不!

那时,机关里来了不少才参加工作的新同志;有男的也有女的。她竟不看场合,常常当着他们的面,一板正经地批评起我来。她见我抽纸烟,就又有了话了:"看你真会享受!身边就留不住一个隔宿的钱!给孩子做小褂还没布呢!一枝连一枝的抽!也不怕薰得慌!你忘了?在山里,向房东要一把烂烟,合上大芝麻叶抽,不也是过了?"

开始,我笑着说:"这可不是在抬头湾啦!环境不同了呵!"

她却有了气啦:"我不待说你!环境变了,你发了财啦?没了钱了,你还不是又把人家扔在地上的烟屁股拣起来,卷着抽!"

不知道是怎么回事儿,我的脸,"唰"的就红了!站在一旁看热闹的青年男女同志们,本来看得就很有兴趣;这时候,就有人天真活泼地嚷起来:"哈哈!脸红啦!脸红啦!"旁的同志也马上随声附和,并且大鼓其掌:"红啦!红啦!"这一嚷,我的脸,果真更加发烫了!

我发觉,她自从来北京以后,在这短短的时间里边,她的狭隘、保守、固执……越来越明显,即使是她自己也知道错了,她也不认输!我对她的一切的规劝和批评,完全是耳边风!常常是,我才一开口,她就提出了一大堆的问题来难我:"我们是来改造城市的;还是让城市来改造我们?""我们是不是应该开展节约,反对浪费?""我们是不是应该保持艰苦奋斗、简单朴素的作风?"等等。她所说的确实也都是正确的,因此,弄得我也无言答对,这样一来,她也就更理直气壮了,仿佛真理和正义,完全是在她的一边;而我,倒像是犯了错误了!她几次很严肃地劝我:"需要好好的反省一下!"

我有什么可反省的呢?我自己固然有些缺点,但并不像她说的那样严重,除了沉默,我还有什么办法?可是,有一次,我忽然再也不能沉默了!我们破例的吵了一架,这在我们结婚以来,还是第一次。

在今年六七月间,连日天雨,报上不断登着冀中和冀西一带闹水灾的消息;突然,她的精神也就随着紧张起来了!每天报来,她就抢着去看。我发现,她是专门在找报上所列举的水患成灾的县份和村名……她一面读着,不断地发出惊叹:"呵呵!怎么得了呀!才翻了身的农民,还没缓过气来,地又叫淹了!呵呵……"

有一次,我正在整理各地灾情的材料,她看着报,就大声嚷了起来:"这怎么着好呵!俺村的地全叫淹了!嗳呀!日子怎么着过呀!我娘又该挨饿了呵!怎么着呵!嗳!说呀!你说呀!"这我才发觉她是在征求我的意见。我出口说了句俏皮话:"天要下雨,娘要嫁人——谁也没法治!党和政府自会想办法,你操心也枉然!"冷不防,她一伸手,一指头直通到我的额角上:"没良心的鬼!你忘了本啦!这十年来谁养活你来着?"我说:"反正不是你家!"她却真的又生我的气了:"你进了城就把广大农民忘啦？你是什么观点？你是什么思想？光他妈的会说漂亮话！"我说："谁比得上你的思想！'当当当'的好成份！又是工人阶级出身！"她把桌子一拍："放你妈的臭屁！你别讽刺人啦！"就再也不理我了，好像很伤心的样子。

过了几天，我恰好得了一笔稿费；够买一双皮鞋，买一条纸烟，还可以看一次电影，吃一次"冰淇淋"……我很高兴，我把钱放在枕头心里，不让她知道。

第二天，我正准备取钱上街，钱却怎么找也找不见了，心里真着急。我只好问她："我的钱呢？"她说："什么？钱？哪里来的钱？你交给谁啦？"我继续找，直找得头上冒烟！她却"噗嗤"一声笑了！我知道准是她拿了，于是我就很正经地说："这钱不是我的！""得了！你别唬弄我没文化了！稿费单上还有你的名字呢！""是，是，我这钱，我有用处！我要去买一套'干部必读'——十二本书！好好加强理论学习，比什么也重要！""谁还知不道谁哩！加强你的'冰鸡宁'，'烟斗牌'烟去吧！"我一看不对头，只好恳求了："你拿一半行不行？"她却说："我早给家寄走了！"我不免吃了一惊："真的？"她说："唬弄鬼！"

我不知不觉地提高了嗓音："这钱是我的！你不应该不哼一声就没收了！"那知她的嗓音更大："你没花过我的钱？嗯？你的花被面，你的毛背心……是谁的钱买的？"我说："不稀罕！反正你得检讨检讨，你这样做对不对？"她说："对！家里闹水灾，不该救济救济么？"我说："你把钱捐给救灾委员会，那就算你的思想意识强，为什么给自己家里寄呀——那还不是自私自利农民意识！"她却真的火了："反正比浪费强！钱我是寄走了！你看着办吧！"我说："咱们分家！"她说："马上分！今儿格黑价（今天晚上）你就不行盖我的被子！"我说："好好好！"我一扭头就走了……

说也笑人，为了这么芝麻粒大的一点事，我们三天没说话，而且觉得很伤脑筋！恰好星期六那天晚上，机关内部组织了一个音乐晚会，会跳舞的同志就自动的跳起舞来，这正好解闷，我就去参加了！

我正下场，忽然发现：她抱着孩子来了！一看她的神色，知道糟了！她气冲冲地，直窜到我的面前，把孩子往我怀里一塞："你倒会散心！孩子有你一半责任，我抱够了！你抱抱吧！"我说："跳完这一场就回去！"她二话没说，把孩子往旁边的"沙发"上一撩，雄赳赳地走了……

孩子不见他妈，就"哇哇"地嚎啕起来，和着手风琴的伴奏，发出一种奇怪的音乐，引起了人们的注意。

我红着脸，抱起孩子，回到卧室里去。只见她伏在桌上写字呢！我悄悄地走到她的背后一看，原来她在给我写信："李克同志：你的心大大的变了……"她发觉我来，马上又把纸撕了！

孩子见了妈，挂着两行眼泪，笑着，跳着，"哇！哇！"地叫，向她扑去，她才接过孩子，解开怀来喂奶，一面走到门边，背贴着门，向我命令地说："不许走！咱们谈判谈判！"

三　她真是一个倔强的人

这些虽然都是非原则问题，但也恰好正在这些非原则问题上面，我们之间的感情，开始有了裂痕！结婚以来，我仿佛才发现我们的感情、爱好、趣味……差别是这样的大！

她对我，越看越不顺眼，而我也一样，渐渐就连她一些不值一提的地方，我也看不惯了！比方：发下了新制服，同样是灰布"列宁装"，旁的女同志们穿上了，就另一个样儿：八角帽往后脑瓜上一盖,额前露出蓬松的散发,腰带一束,走起路来,两脚成一条直线,就显得那么洒脱而自然……而她呢,怕帽子被风吹掉似的,戴得毕恭毕正,帽沿直挨眉边,走在柏油马路上,还是像她早先爬山下坡的样子,两腿向里微弯,迈着八字步,一摇一摆,土气十足……我这些感觉,我也知道是小资产阶级的,当然不敢放到桌子面上去讲!但总之一句话:她使我越来越感觉过不去,甚至我曾经想到:我们的夫妇关系是否可以继续维持下去?

幸好,不久她被分配到另一个机关去工作了!我欢欢喜喜的打发她走了,精神上好像反倒轻松了许多!

我想她这种狭隘、保守、固执……恐怕很难有所改变的了!她真是一个倔强的人!

我们分手以后,约摸有个半月的时光,她连电话也没来过一个,却对旁人说:离了我她也能活!

可是,我却不能!即使我对她有很多不满,然而孩子总还是十分可爱的!我一想起那孩子的乌亮墨黑的大圆眼,和他那"牙牙"欲语的神气……,我就十分怀念!终于还是我先去找她去了!那知道一见她,她却向我一挥手:"今天工作太忙,改日来吧!"

我说她真是个倔强的人。这评语,越来越觉得确切了!特别是又发生了几件事情以后。

当她到了那机关不久,找来了一个保姆:姓陈,叫小娟。样子很灵俐,她爸爸是个蹬三轮的工人。

那天正好是星期日,我在她机关里。那"老妈子房"里的掌柜,领着小娟来上工。一进门,指着我们俩,对小娟说:"这是小少爷的母亲,这是……"

小娟毕恭毕正的向她鞠了个躬,叫了一声:"太太!"那知道我的妻,一听"太太"两个字,就像是叫蝎子螫着了似的嚷起来:"呀!呀!别叫别叫!我不是'太太'!我是我是……我们解放军里头没有'太太!'我姓张,你叫我张同志好了!记住!我叫张同志!要不你就叫我大姐!"她说着就把小娟拉到炕上,和她并排坐下了。弄的那"老妈子房"的掌柜,先是奇怪,接着也笑了:"对对!叫张同志!'太太'那名儿,嘿嘿!不时新了!太封建!太封建!"

我的妻马上就给小娟上起政治课来:说她自己也是个穷人,曾经受过旧社会的压迫,后来共产党来了,她就参加了革命,得到了解放……因为工作太忙,孩子照顾不了,所以请小娟来帮忙,这样,她对小娟说:你也是参加了革命工作,咱们一律平等!和旧社会雇老妈子完全不一样……等等。

小娟听得很高兴,不住嘴地说:"您说得真好!您说得真好!"

小娟这孩子,虽说是灵俐,可是记性并不好!一不小心,常常又叫"太太"了!每逢这功夫,我的妻决不放松,一定及时纠正,并且又得上一堂政治课!弄得小娟反倒很不安了!

自从小娟来了以后,我的妻几次三番给我打电话:要我给小娟找识字课本、找笔墨纸砚……并且还给她订了学习计划:一天认五个字、写一张仿……一星期还有一堂政治课。我的妻自任文化教员兼政治教员。

每次周末的晚上,我去找她的时候,总是见她在给小娟上课,一板正经地念道:"穷人、要、翻身、团结、一条心、永远、跟着、共产党、前进",小娟就跟着念:"穷、人、要、翻、身……"不知道为什么,我有点感动了!心想:她真是个倔强的人呵!

有一次周末的傍晚，我们从东长安街散步回来，看见"七星舞厅"门口，围着一圈人。过去一看：只见有一个胖子，西服笔挺，像个绅士，一手抓住一个十三四岁的小孩，一手张着五个红萝卜般粗的手指，"劈！劈！拍！拍！"直向那小孩的脸上乱打，恨不得一巴掌就劈开他的脑瓜！那小孩穿着一件长过膝盖的破军装，猴头猴脑，两耳透明，直流口水……杀猪般地嚷着："娘噎！娘噎！"嘴角的左右，挂下了两道紫血……

看热闹的人，越来越多；抄着手的、微弯着头的、口含着烟卷儿的……但是，都很坦然！

这情景，在我看来，也已经是很生疏的了！觉得很不顺眼，正想问问，忽听得人群里有人喝道：

"住手！你凭什么压迫人！"嗓音又尖又高。

一瞬眼间，我突然发现：那人不是别人；正是她，是我的妻！这时候，她昂头挺胸地站在那胖子的面前，正像武侠小说里所描写的——那种"路见不平，拔刀相助"的侠客的神气！我突然觉得精神上有点震动，但同时，马上又模糊地想：她真是好管闲事！不知道怎么着才好……

那胖子仍然一手拧住那小孩不放，一手贴到花领结上，很有礼貌地微微一笑！心平气和地向围着的人们说："这小子，太可恶，太可恶！不知道的人，以为我压迫人，其实，不然！我这个舞厅，是在人民政府里登记了的，是正当的营业，是高尚的娱乐！拿捐，拿税……而他，这孩子，却用石头子儿，往里——"他一挥手："扔！如果，把我的客人们，全撵走了，那么，我——又当如何呢……"他还想接着演讲，却叫我的妻打断了他的话：

"你说得对！这孩子扔石头子儿，也可以说是一个错误！可是，我们是有政府的有秩序的！不是无政府主义！就说他犯了天大的法，也应该送政府法办！你有什么权力随便打人？嗯？有什么权力？你打得他满嘴流血，好像你还受了屈似的？嗯？让大伙儿评评理！"

这时候，人群里就有人嚷起来："对对对！这同志说得对！"

有一个苦力模样的人，也就走到那胖子面前，转过身来，指着那胖子向大伙儿说："这位先生说的不假！这小孩儿是往舞厅里扔了一个石头子儿！我亲眼看见的……"

胖子马上微笑点头："诸位听着！不假吧！光凭我一个人说不行！不行！"

那苦力接着说："可惜这位先生说得不全！那小孩儿凭吗平白无故的扔石头子儿哩？是那么一回事儿：刚才他在舞厅门口向客人们要钱，这位先生撵他走，他走慢了一步，这位先生'拍！'的给了他一个响锅贴(耳光)！回头，过了一会儿，这小孩就扔了个石头子儿，就又叫这位先生抓住了。这我也是亲眼看见的！现时不是那个世道了，是人就得说实话！"

胖子显得有点不安了，掏出一块小花手绢来不住地擦额角，对我的妻说："同志！我认错行不行？"说着掏出了一张五百元的人民券，向那小孩一伸："给！买糖吃！哈哈！"

那被打了一顿的小孩，好像一切的仇恨，马上就消失了！把嘴角的血一擦，正想伸手去接，却马上被我的妻喝住了："别拿！太便宜啦！一顿巴掌只值五百块钱？"

胖子马上伸手到口袋里，慷慨地说："再加二百！"

我的妻却发了大火啦："嗯！你真明白！你以为还在旧社会——有钱能使鬼推磨，有钱能使鬼上树？哪怕你掏一百万人民券，也不能允许你随便压迫人；随便破坏人民政府的威信！走！咱们到派出所去！咱们是有政府的！"

围着的人也就说:"对对!"

结果还是到了派出所。

那胖子先是认了错,表示切实悔过。于是罚了他二千元人民券,赔偿给那小孩作医药费。同时也批评了那小孩,以后不要扔石头子儿。

我跟随着我的妻从派出所回来,她很兴奋地问我:"刚才你怎么一句话也不说?"我说:"我有什么说的! 那样的事,在城市里多得很,凭你一个人就管清了? 这是社会问题,得慢慢……"我的话还没有说完,就叫她打断了:"去鸡巴的吧! 不吃你这一套! 我就要管! 这是新社会,我就不让随便压迫人! 我就不让随便破坏咱们政府的威信! 咱们是有政府的,不是无政府主义!"我连忙说:"对对对! 正确!"同时也觉得有点好笑,我真想说;什么叫"无政府主义"? 你知道么? 瞎用新名辞儿! 可是,我知道这句话是说不得的!

她真是一个倔强的人呵! 我开始分析:她对旧社会的习惯为什么那样的憎恨? 绝无妥协调和的余地! 我想,这和她自己切身的经历是分不开的。

她出身在贫农的家庭,十一岁上就被用五斗三升高粱卖给人家当了童养媳,受尽了人间一切的辛酸,她的身上、头上、眉梢上……至今还留着被婆婆和早先的丈夫用烧火棍打的、擀面杖打的、用剪子铰的伤痕! 共产党来了,她就毅然决然地参加了革命! 为着自己的命运战斗了! 革命对于她,真可以说是"破釜沉舟,背水一战"! 绝无后退的路!

她曾经在游击区跳沟爬墙,和日本人、汉奸搏斗! 她的手杀过人……

她曾经在老山沟里的军火工厂里,制造子弹、装配步枪……为了突击生产,把右手的食指在"压力机"上撞下了一小节指头,成了一个疙瘩……

日本人来"扫荡"了! 她率领着一班女工,连夜抬着机器,趟过齐大腿根的水去"坚壁",因此落下了"寒腿"的病,每逢阴雨,至今还隐隐发痛……

有一次深夜,工厂失火,她奋勇当先,率领了二十五个女工去抢救器材,差一点没烧死在火里……

在这些艰苦的日子里,她开始学习认字,写字……终于学成了"粗通文字"……

在一九四四年,她当选了"劳动英雄"。出席晋察冀边区第二届英模大会,我记得当她在大会上作完了典型报告的末了,她举着胳膊宣誓似地说:"……在旧社会里我是个老儿? 我只值五斗三升高粱米! 这会儿大伙儿说我是英雄! 叫我来开会,让我上台说话……唉! 没有共产党那会有我呵! 我愿意为着全世界被压迫的人们彻底的解放,流尽我最后一滴血!"——那时候我在大会上担任收集和整理材料的工作。组织上分配我给她写传记,我们整整谈了三个晚上。也就在这个时候,我爱上了她。

四 我们结婚三年,直到今天我仿佛才对她有了 比较深刻的了解……

那一切的苦难,使她变得倔强。今天她来到城市;和这城市所遗留的旧习惯,她不妥协,不迁就,她立志要改造这城市! 因此,有些地方她就显得固执、狭隘……甚至显得很不虚心了! 特别是对于我更是如此。也因此使得我们之间的感情有了裂痕! 但我对她依然还很留恋,还没有决心和勇气断然和她决裂！特别是当我比较清醒的时候,仔细想来,我们之间的一切冲突和纠纷,原来都是一些极其琐碎的小节,并非是生活里边最根本的东西！所以我决心用理智和忍耐,甚至迁就,来帮助她克服某些缺点！

我以为,我对她的分析和结论,已经是很完满很公平,而且觉得这样做,对我来说是仿佛将要牺牲一些什么！

那知道她还并不如我想像的那样！

首先是她的某些观点和生活方式也在改变着：最明显的例子是：她现在所担任的工作是女工工作,在那些女工里边,也有不少擦粉抹口红的,也有不少脑袋像个"草鸡窝"的……可是她和她们很能接近,已经变得很亲近……有一次,我故意问她："你不是很讨厌那些擦粉抹口红,头发像'草鸡窝'的人么?"她却很认真地教训起我来了："你不能从形式上、生活习惯上去看问题！她们在旧社会都是被压迫的人！她们迫切需要解放！同志！狭隘的保守观点要不得！"哈哈！她又学了一套新理论啦！

同时,她自己在服装上也变得整洁起来了！"他妈的""鸡巴"……一类的口头语也没有了！见了生人也显得很有礼貌！最使我奇怪的是：她在小市上也买了一双旧皮鞋,逢是集会、游行的时候就穿上了！回来,又赶忙脱了,很小心地藏到床底下的一个小木匣里……我逗她说："小心让城市把你改造了啊!"她说："组织上号召过我们：现在我们新国家成立了！我们的行动、态度,要代表大国家的精神;风纪扣要扣好,走路不要东张西望;不要一面走一面吃东西,在可能条件下要讲究整洁朴素,不腐化不浪费就行!"我暗暗地想：女同志到底是爱漂亮的呵！但在某些基本问题上,她不容易接受人家的意见,不认错的毛病,恐怕是很难改变的！

可是随着时间的前进,我又发现我对她的了解不但不完全,而且是相反的！我总还是习惯从形式上去看问题！

有一次周末,我去看她,她独自抱着孩子坐在炕角里沉思。我说："小娟呢?她吃饭去了?"她不安地说："不!她走了!"接着她就告诉我：她们机关里有一个本地做饭的大师傅,有一只怀表,在昨天早晨开饭的时候不见了！恰好这时候,只有小娟到伙房里去倒过水,旁人没去过！同时,早先机关里在拾掇大客厅的时候,她拣了几个扣子。所以就有人怀疑那只表也是她拿的！另外,早先有些同志也嚷嚷过,有的说丢了个化学梳子,有的说丢了一块毛巾……那大师傅也没和别的同志商量,就去找我的妻,肯定说那只表是小娟拿的！要我的妻向小娟追究。于是,她就问小娟拿了那只表没有?问的小娟直啼哭,一口咬定说：没拿！并且说："大姐！要是我拿了,就算对不起您的一片好心!"小娟这孩子个性太强,受不了这,马上非走不可！挡也挡不住！

可是,就在这天晚上,大师傅自己又把表找着了！

这一下,我的妻的激动和不安,真是无法形容！翻来覆去,一夜没睡好觉！她对我说,机关里那么多的人为什么不怀疑旁人,偏偏就怀疑是小娟拿的表?你说老干部们都受过锻炼,决计不会拿的,这倒也是理由;可是机关里留用的旧人员很多,他们也没受过革命锻炼,那么为什么不怀疑是他们拿的呢?她说："这是什么观点?这还不是小看穷人么?"我说："算了！事情已经过去了,鸡毛蒜皮的一点事!"她说："什么?这是思想问题哩!"

第二天清早,她让我陪她到小娟家里去走一趟。我说："那又何必呢！人已经走了！要是让她知道表又找着了,她爸爸说我们诬赖人!老百姓知道了这件事,对我们的影响很不好!"

她说:"不!我们错了,为什么不认错呢?要不,小娟一辈子一想起这件事,就要伤心!影响更不好!"

可是,我还是认为不去的好!说实话,也就是说:我没有那样大的勇气!她说:"你给看孩子,我去!"我又怕孩子啼哭了没法治!只好硬着头皮,抱着孩子跟她走了!

到了小娟家里,只见她爸爸在拾掇车子,一见我们,就显得很尴尬的样子说:"那表的事我知道了!昨天晚上我就揍了她一顿!我对她说:咱们人穷志不穷!要是你真的拿了,我的老脸往那里摆?你不说真话,非打死你不解!刚才,我又揍了她一阵子!她可还是一口咬定:没拿!我正想找您去说说,我这孩子顶老实,手也严实,敢情也不准是她拿的!"

我听了,胸口直打扑通,而她反倒很镇静很自然,微笑着说:"不!大伯!我是来赔不是的!表已经找着了!不是小娟拿的!请你原谅!"

正在这时候,小娟从屋里出来了!红肿着双眼,扑到我的妻的怀里,两肩一耸一耸地哭了!我的妻摸着她的小辫,轻声地说:"小娟!你怪我不?"小娟哽咽着说:"不!大姐!您是,您是个,好人!您待我的好处,我,我,我这辈子也忘不了!"

我发现:我的妻的眼里,"扑索索"地掉下两颗黄豆大的泪点,滴到小娟的头上!

我们结婚三年,我还是第一次在人面前见她掉泪,那么个倔强的人呵!怎么今天也哭啦!

从这以后,我有好几天感到不安,我在她身上发现了不少新的东西,而正是我所没有的!也正是我所感觉她表现狭隘、保守、固执……的地方!也正从这些地方,我们的感情开始有了裂痕!我想到夫妇之间的感情到底应该建筑在什么基础上……我们结婚三年,到今天,我仿佛才觉得对她有了比较深刻的了解!我真应该后悔,真应该像她过去屡次严肃地向我说过的:需要好好地反省一下了!

我正想不等到周末,就找她去深谈一次,恰好那天傍晚,我正在整理劳资关系的材料,她倒来找我了!我觉得有些不寻常,因为在平时她是轻易不来找我的!我问她:"有什么事?"她说:"没事就不许来找你么?"坐了好一会儿,一句话也没说,最后,她说:"到你们屋顶平台上去坐坐好吗?"我说:"好的!"不知道为什么,我的心有点发跳,我怕要发生什么不能推测的事情了……

到了屋顶上,坐了一会儿,她忽然说:"我犯了错误了!"我不觉吃了一惊:"什么?"她笑了,说:"也不是什么大了不起的事!"接着她就说:昨天她们区里,西单商场有一家皮鞋铺里的一个掌柜,嫌学徒晚上到区里开会回去晚了,把那学徒骂了个狗血喷头。那学徒找区工会办事处,她一听就生了气,跑到那铺里把那掌柜训了个眼发蓝!走路的人都围过来看,觉得很奇怪。今天区里开检讨会,同志们批评她:工作方式太简单;亲自和掌柜吵架,对那学徒也没好处,有点"包办代替",群众影响也不好!并且还批评她的工作一贯有点太急;恨不得一下子就把社会改造好。同时太不讲究工作的方式方法……

她说完了,叹了口气,把头靠到我的胸前,半仰着脸问我:"这该怎么着好?"我说:"你没接受批评吧?"她摇了摇头:"那里!自己错了,还能不接受?那怎么算是个同志呢?我都坦白地接受了!"我说:"那就算了!还有什么难过的呢!"她忽然紧握着我的手说:"唉!只怪自己文化、理论水平太低!政策掌握得不稳!不能很好地完成党所给我的任务!以后你好好帮我提高吧!"

我说:"这是一方面。可是你也不要把自己的优点忽略了! 比方拿我来说:文化上——初中毕业;革命历史——和你一样;工作职位——我是个资料科科长;每天所接触的是工作材料、总结报告;脑子里成天转着的是——党的政策。按理说,对于现实生活里边所发生的问题,应该比你有更锐利的感觉,应该更是是非分明。可是在这些方面我还不如你! ——你不要笑! 这是真话。我参加革命的时间不算短了! 可是在我的思想感情里边,依然还保留着一部分小资产阶级脱离现实生活的成分! 和工农的思想感情,特别是在感情上,还有一定的距离,旧的生活习惯和爱好,仍然对我有着很大的吸引力,甚至是不自觉的。——你有这个感觉吗? 而你呢? 虽说文化水准、理论知识、工作职位都比我低——这也是真话。可是你倔强、坚定、朴素、憎爱分明——这句话的意思就是说你有着很深的阶级仇恨心和同情心。可是你确实也有点急躁情绪——恨不得一个早起的功夫就把社会改造好。因此,常常喜欢用简单的工作方法方式,问题想得不够深不够远。你和我的这些缺点,都会阻碍我们的进步,不能更好地来完成党所给予我们的任务。我相信:在党的教育下加上自己的努力,我们一定都会很快进步的! 你记得我们在'抬头湾'的时候,同志们不是曾经好意地和我们开过玩笑吗,说:'看你这两口子真是知识分子和工农结合的典型!'我看,我们倒是真要在这些方面彼此取长补短,好好地结合一下呢……"我像演讲似地说了不少话,要是在往日,准是早被她卡断了! 可是,她今天听得好像很入神,并不讨厌,我说一句,她点一下头,当我说完了,她突然紧紧地握着我的手不放。沉默了一会儿,她说:"以后,我们再见面的时候,不要老是说些婆婆妈妈的话;像今天这样多谈些问题,该多好啊!"

我为她那诚恳的真挚的态度感动了! 我的心又突突地发跳了! 我向四面一望,但见四野的红墙绿瓦和那青翠坚实的松柏,发出一片光芒。一朵白云,在那又高又蓝的天边飞过……夕阳照到她的脸上,映出一片红霞。微风拂着她那蓬松的额发,她闭着眼睛……我忽然发现她怎么变得那样美丽了呵! 我不自觉地俯下脸去,吻着她的脸……仿佛回复到了我们过去初恋时的,那些幸福的时光。她用手轻轻地推开了我说:"时间不早了! 该回去喂孩子奶呵!"

1949 年秋天,初稿于北京重改于天津海河之滨

(原载《人民文学》1950 年第 1 卷第 3 期)

初雪

路 翎

有一次,司机刘强和他的助手王德贵所在的汽车连,奉命从前线附近的地区往后面运送一批朝鲜老百姓。这些朝鲜人在敌人的炮火射程内顽强地生活了好久了,他们是因了紧急的军事情况而疏散的,经过当地政府的再三动员,最后下了命令,他们才肯离开他们的炮火下的家。刘强和王德贵的车子排在最末一辆开出,因为他们这一车全是年老的和年轻的妇女,带着一群孩子和很多的零碎东西。在十一月末的严寒的黄昏里,刘强和王德贵帮助着妇女们上车,先放上一些比较大的包裹,让几个年纪大的、带孩子的妇女坐上去,然后又继续往车上填塞着东西;天色很快地

黑下来了,前沿的炮声激烈起来了,山谷里震荡着一阵阵的巨大的、单调的回响,妇女们的这些零碎的日用的东西,引起了刘强的许多感触。一九三七年,日本侵略者来到他的家乡上海附近的时候,他的母亲和姐姐带着她们的篮子、罐子、大包小包爬上一辆拥挤的汽车,那时候他才十七岁,在一家汽车配件厂当学徒,他讨厌这些破旧的,他觉得是没有价值的东西,但是妇女们总不肯丢掉它们;为了抢救一个包着几件小孩的旧衣服的包裹,他的姐姐就在车轮下被碾伤了。那时候他还不懂得在那些残酷的年代里人民生活的艰难。现在他自己在遥远的祖国有一个家,有两个孩子。解放以前的那七八年,生活是不容易的,于是朝鲜妇女们的这些旧包裹,这些帘子、草席,这些盆子罐子,就在他心里唤起了温暖的感情。特别因为这些妇女们的家是处在敌人的炮火下,这些零碎的东西是在激烈的炮声下从那些单薄而潮湿的小防炮洞里搬出来的,他心里就非常爱惜,对每一件东西都充满着尊敬。这些东西仿佛在对他讲述着艰苦和贫穷,同时又仿佛对他讲述着妇女们一两年来在炮火下的流血奋斗。于是他就愉快而耐心地帮助妇女们安放她们的东西,而且总在说:"还能想办法装上哩,阿妈尼,阿志妈尼,能带上的就带上吧。"妇女们眼看着车子不大装得下,就不再留恋她们的东西了,有的就想要把自己的已经搬上车的东西再搬下来好让出地方来给别人,特别是一个头发全白的老大娘,她把她的两床破炕席从车上又拿了下来,她的那种默默无言的神情特别使刘强感动,于是,放到车子上去的任何一件小东西,都叫他觉得这是对敌人的一个胜利。车上装得差不多了,地上仍然放着一些零碎的东西,同时还有好一些妇女没有上车,他却继续在那里一件一件地往上搬着,在车上找寻着缝隙,请坐好的人们又站起来,想着办法。看着这种情形,年轻的助手王德贵有些焦急了。

"不行啦。再耽搁咱们要赶不过去啦。"

"行!"刘强决然地大声说,接着他又用着愉快的鼓动的口气说:"来吧,小王,想个办法替这阿妈尼把背夹绑在车子后边,这两个篮子也绑在后边,……对啦,这样就压不坏啦,这样那两床炕席也放得下啦。"

"这破炕席有什么用呀!"

"老百姓过日子什么都有用的,——哪怕是破炕席,能丢在这里叫敌人一炮打掉么?"

他的愉快而活泼的声音忽然变成严厉的了,并且那闪耀的眼光冲着王德贵瞪了一眼。从来不发脾气的刘强,个性其实是非常刚强的。王德贵本来想说:"叫炮打掉的东西多呢!"可是说不出口了。

"好!这笼子里还有两只鸡呢。"刘强的声音又变得愉快而活泼了,他向车上喊着,"阿志妈尼,这个鸡,顶好!"

还没有上车的两个年轻的妇女发出了笑声。其中的一个用一条花格子毛巾包着头,有一对浓黑的眉毛,眼睛亮晶晶地闪耀着,带着一种吃惊的天真的表情,一动不动地看着这个热情的、结实得发胖的司机,好像说:"这个人多奇怪,多好啊,他怎么会这么细心呀。"

终于把所有的比较大的东西都安置好了。于是,还没有上车的妇女们带着提在手里的小东西开始上车。刘强抱起了一个七八岁的女孩,在她的冻得冰冷的脸上亲了一下,把她举上了车。到这时为止,这个女孩显露着大人似的忧郁的神情,一直在看着响着炮火的前沿,敌人打出来的白色的烟幕弹在昏暗的天色里升得很高。这懂事的女孩在想着什么呢?刘强把她举上了车,用朝鲜话对她说:"等胜利了,你们就回来,我们帮你盖一间大房子,啊!"这时那个包着花格子毛巾的,浓眉毛的姑娘正在上车,攀在车边上停下来了,说:"英加,谢谢司机,"随后皱着脸,激烈地说,"她的爸爸叫李承晚在这里打死的!"

那剪着齐眉的短发,穿着红袄子的女孩仍然在忧郁地不动地看着落着炮弹的前沿。她的母亲,一个憔悴的中年妇女,俯下头来,靠在女儿的肩上。刘强注意到她的怀里还另外抱着一个孩子。那白发的老大娘激怒地说:"我们不是不愿意离开……"说了半句又没有说了,所有的妇女都凝望着她们的毁灭了的村庄和她们的遗留下来的田地,虽然在昏暗的天色中什么也看不清楚。

这时助手王德贵已经跑去发动了马达,他担心着,迟了公路上车多,赶不过封锁线。听见马达声,刘强就很沉重地向着司机台走去了,但走了几步又停了下来,因为听见了车上面传出来的一个婴儿的啼哭声。

他攀上了车子,对里面看着。车上实在太挤了。那啼哭的,就是刚才那个叫做英加的女孩的弟弟,一个大包裹压在他们的母亲的膝上,那孩子就在母亲的胸前愤怒地哭着。那母亲给他奶吃,哄他,他仍然哭着。最初一瞬间刘强想设法拿开那包裹,但随即想到,这样仍然是不行的;几百公里的路程,而且夜里面天气要更冷的。于是他叫那母亲把孩子给他,他说,他们有两个人,可以把这婴儿带到司机台里面去。做母亲的迟疑了一下,望着周围的人们,但这时刘强已经伸手把孩子抱过来了。

"辛苦啦,谢谢的……"那母亲激动地说。

"不谢! 小王!"刘强喊,为了免除那母亲的不安,他特别用一种愉快的、幽默的腔调大声喊着,"来,小伙子,咱们找到一个活儿干啦!"

"什么啦!"小王跑过来,他惊奇着刘强今天怎么会变得这么婆婆妈妈的。

"这活主要是你的!"刘强愉快地说,跳下车去,不由分说地把孩子塞在王德贵的手里了。

"这怎么好弄呢,我不会抱孩子呀!"那十八岁的青年助手说。

但这时刘强已经甩下了披着的大衣,脱下自己的上衣来包在孩子的身上了。

"咄!"他说,"做这么回把妈妈不委屈你,将来你还不是得有儿子! 拿大衣包着他,拉屎拉尿的就拿我这破衣服垫着!"

王德贵很不满意——这老司机今天太婆婆妈妈了,妨碍了完成任务怎么办呢——然而他仍然羞怯地笑了。他捧着孩子的那姿势实在笨拙,就像捧着一盆热水似的,车上的妇女们,虽然不大听得懂这两个司机的对话,也都笑起来了。刚才那沉默、苦痛的空气一下子变成了愉快的,那头上包着花格子毛巾的、浓眉毛的姑娘笑得最嘹亮。王德贵很不满意这些笑声,浑身热辣辣的。

"这有啥好笑的呀,咄!"他激怒地向着那姑娘说,可是那个羞怯的微笑,仍然违反了他的意志,一点也不给他争气,来到了他的嘴边。

于是那姑娘笑得更响亮:这个连孩子都不会抱的小司机是多么有意思啊!

司机台的门砰的一声关上了,迎着寒风,这台嘎斯车投入了公路上的激烈的斗争。

驶出了山沟,上了大公路不久,防空枪响了,远远近近的所有的车灯一下子熄灭了。迫近了敌机的封锁线。为了离前面的车远一点,刘强把车停了一下。他从司机台后面的小窗子看了看车上的人们,听了一听。妇女们静静地没有一点声音。

"这些妇女行!"刘强说,"怎么样,这个妈妈当得怎么样?"

"别逗啦。今儿你哪来这么婆婆妈妈的!"

王德贵显得很不高兴。那个孩子搞得他很紧张,他生怕弄痛了他,生怕他哭,——一哭起来,车上的那个头上包着花格子毛巾的姑娘就要笑了——但愈是这样,那孩子就愈是不安宁,他一喘气就哭出来了。

"看你这家伙,能这么抱的吗?轻一点,让他的头枕着你的左胳膊弯——你这小伙子真笨啊!"

"本来我没抱过孩子嘛!——你叫我背一百斤都比这舒服!"

"别发牢骚,行哪。看哪,小宝宝,"刘强从驾驶盘旁边弯下腰来,对着那孩子的脸说,并且吻了他一下,"吓,我的这小宝宝真乖,不哭啦,妈妈在上面啦,将来长大了你也学开车吧。"

王德贵斜着眼睛,很不以为然地看着这老司机。吓,这个从来都是刚强的人今天怎么会这样!这么个孩子有什么值得稀奇的呀,说不定一会儿就拉你一身!

敌机凌空了,照明弹从前面一直挂过来了。刘强的脸上马上有了凛然的、严肃的神气,他的眼睛里出现了王德贵所熟悉的那种绝对的冷静。他又侧过头来向着车上面听了一下。王德贵看出来他那脸上的意思是:"停在这里吗还是冲过去?"

"冲吧!"王德贵说。

"你把孩子抱好。"

于是这台车开动起来。它超过了停在路边上的一台车,在照明弹的亮闪闪的照耀下箭一般地飞奔出去了。它又追上了两台死命奔驰着的车,敏捷地超过了它们。这时候炸弹在左前面远远的地方爆炸了,天上的照明弹熄了一批又来了一批,这一次足足有六七十颗,挂上了十几里路。

"赶上了,他妈的!"刘强说,"这孩子也真乖,他知道叔叔们在跟美国鬼子斗争,他不哭啦。"他说,但他的冷静的眼睛仍然直盯着面前的被照得发白的公路。

今天的敌机封锁区好像比往常扩张了一些。但即使在往常,这里也是敌人的重点封锁区了。刘强听不见敌机的声音,但是他感觉到现在敌机是飞得很低,因为今天有云层,而且这一带是大开阔地。突然的一梭子带着红色曳光弹的子弹落在右边几十米外的田地里了。刘强猛烈地煞住了车,刚一煞住车,就看见前面一百米以外的一团爆炸的白光。很明显,敌机在捕捉他。如果他刚才不煞一下车,他就会落在炸弹的威力圈里面。现在敌机是绕过去了,于是他立刻又开动车子,绕过刚才的弹坑,用全部的速率奔驰起来。这时这个老练的司机的心里才有了真正的紧张,并觉得一种痛苦:如果一颗炸弹落在他的车上,他将如何对得起这些朝鲜妇女?虽然他看不见车上的妇女们,但他觉得她们是那么沉静地凝望着前面的道路,好像是,即使炸弹落在她们身上,她们也决不会动弹一下的。——那些年老的、憔悴的、或者包着花格子毛巾的、年轻的脸,她们的沉毅的、闪亮的眼睛激动着他。他觉得这车子不是他在驾驶,而是自己在飞驰——那些妇女们的沉静的、屏息的、一动不动的姿态好像给这台车长了翅膀。

在车子猛然停住的急剧的震动里,王德贵撞在车台上,头上流血了,但他唯一的思想是紧紧地抱住孩子,不让他受到损伤。在紧随着而来的那一声爆炸里他不觉地弯下腰去俯在孩子的身上。孩子已经又睡熟了,无论是震动或是爆炸声都不曾使他醒来。现在这台车正处在几颗照明弹的光圈的中央,照这样的速度,还要有一刻钟才可以脱险。在照明弹的亮光下,王德贵第一次对着孩子的圆圆的脸看了一眼,这才注意到,这孩子原来是长得很俊的,紧闭着的薄薄的嘴唇非常可爱地翘着,黑黑的睫毛贴在面颊上。于是孩子在他的紧张着的内心里面唤起了模糊的甜蜜的感情。

"好极了,咱们就这样干下去吧!"他想,意识着自己是在从事着英勇的工作,无论对于司机老刘,或是对于车上的妇女们和这个孩子,他都是一个不可缺少的、重要的人,"我不久就可以自己驾驶一台车了,——笑我不会抱孩子,这又有什么关系呢?"

前面不远的爆炸的闪光打断了他的思想,他赶快地把孩子又搂在胸前。接着,在车子的右边闪起了强烈的光亮,显然这个爆炸比先前的那个更近,于是他迅速地把孩子移到里面,拿自己的背对着车门。爆炸的气浪似乎把车子掀动了一下,但是车子仍然在一直向前开。

"干不着就算我的!"刘强说,冷静地、笔直地看着前面。

王德贵心里的那个模糊的甜蜜的感情更强了。这是对于孩子,也是对于自己的。眼看着没有遭到损害,就要脱离危险,他就抱起那熟睡着的孩子来忍不住地在孩子的小脸上亲了一下。同时他偷偷地看了刘强一眼,看刘强是否发觉了他。"笑我哩,这些女人,难道我真不会抱孩子吗——你看我抱着他一点都不哭。"于是又对那孩子亲了一下。孩子脸上的奶腥气叫他觉得很是激动。在这些动作里,意识到自己的这些动作,他觉得他自己现在是成了一个真正的成人了。

但是刘强忽然说:

"你不要这么搞他,搞醒了又哭的。"

奇怪得很,刘强一直在盯着前面,怎么会注意到他的呢。他的这一点秘密的感情被发觉了,并且从刘强的声音看来,他仍然不算个大人,没有资格这么抚弄孩子的——于是他的脸发烧了。"我并没有动他",他辩解着。

刘强却没有再作声,紧张地开着车子。现在他们已经远离了照明弹的光圈。几分钟过后,他们驶上了一个山坡,在一个很隐蔽的地点停了下来。

"还说没有动哩,"一停下车子,刘强就愉快地大声说,"我看得清清楚楚的——没有一下子安静。"

"那么你来抱怎样呢。"王德贵生气了。

对他的这种孩子气,刘强一点也不在意,他把孩子抱了过去,在孩子的脸上亲了一下,打开车门出去了。王德贵对这个很是妒忌,——为什么你能这么动孩子,我就不能呢。但这时他发觉他的额角上刚才撞伤了,流了粘呼呼的一片血,他拿手摸了一摸,于是掏出一块破手巾来狠狠地擦了一下,同时冷笑了一声;把因孩子而来的委屈都发泄在这一声冷笑里,他就打开车门,迎着冷风下去检查车辆,并且到山坡下面找水去了。

他听见刘强的愉快的声音,他在慰问那些妇女,喊她们下车休息一会,他并且喊着孩子的母亲,显然是要她来给孩子喂奶。妇女们下了车,悄悄地、感激地说着话,又传出了那个用花格子毛巾包着头的姑娘的笑声,虽然笑得很轻,王德贵仍然一下子就听得出来了。"又笑我么?"他想,但随即他提着水壶站下了,看着山坡边上的妇女们的模模糊糊的、温暖的影子,很安慰地想:"还好,她们一个也没有负伤的——刘强这老家伙真行啊!"

在这个地方不能多休息,于是车子立刻又前进了。王德贵严肃而冷淡地又接过了孩子,坐在他的位置上,他竭力地表示出来,他对这个孩子很有点意见,他一点也不喜欢他,他才不爱管这些婆婆妈妈的事情呢!他用大衣把孩子包好,就不再动他了。

可是司机刘强一点也没有注意到这个。他紧张地赶着路,一面计算着路程。还有三百公里,天亮以前一定得赶到,而现在离天亮只有六个多小时了。车子紧紧地追随着前面的大队的车辆,迎着同样多的从后方开来的车辆,在漫天的灰尘中前进,随着防空枪的声音,车灯时亮时熄——这大队的车辆看不见尽头,一直到十几里外的山坡上,车灯都在闪耀着。但翻过了这座山坡之后,车子忽然地变得稀少了,大队的车辆在公路的交叉点上分散了,于是在刘强他们的面前就又出现了一片黑暗的平原,和寂静的、灰白色的公路。天上的云层更浓厚,从门缝里和玻璃的缝隙里钻进来的风变得更冷,手和脚都冻得麻木了。迎着这尖利的冷风,驾驶台前面的玻璃上开始结了霜。在寒冷和疲困中,刘强的心里继续地闪耀着车上的那些妇女们的面孔。他现在已经是那样熟悉她们。他想:她们都穿得单薄,这一夜是很难熬的。他的老婆曾来信告诉他,她和孩子们都已经预备好了今年冬天的棉衣了,但这里的这些妇女,却还是穿着一件夹袄,而且似乎就要这样度过冬天了。这种夜里行车,要是能有车篷就好了,最好当然还要有些热水。……但他随即就对这个思想微笑了。这是在战争。……“你做了棉衣,这当然好,可是咱们这里还不能这么要求,”他想,似乎是在和他的女人辩论着。当然他的女人是不会反对他的。如果不是战争,这些妇女们在这种夜里就会喂着她们的婴儿甜蜜地睡眠,但现在呢,受点冻又有什么,她们连家都毁了。她们的男子和亲人有很多牺牲在这战争中,有很多还在前线,——每一个妇女的心里都有一段痛苦的。她们现在要迁移到后方的山里去,在那里也并不是一到达就能安住的,她们要一锄头一锄头地掘开冻得像石块一般的泥地,建立起单薄的小屋子来。这就算完了吗,不的,呼啸着的炸弹仍然要来威胁她们和她们的孩子。你看一看吧——他似乎是在继续和他的女人说——看一看她们从炮火下带下来一些什么东西!几件衣服,几条炕席,几把锄头,还有两把锯子。她们中间一定有会木匠活的,她们什么都能做。有一个坛子里装着留做种子的麦粒,另外一个坛子里有一些菜籽……明年春天她们的新的田地里要发芽的!

“你看一看吧,”他说出声来了,这回他是对王德贵说,他想起了开车前他们的一点争论,“你以为老百姓安个家是简单的吗?”

王德贵沉默着,像没有听见似的。王德贵仍然不高兴。因为冷,他已经把孩子抱在胸前了。

“咱们年轻的时候,把事情总是看得简简单单,”他又说,这声音是疲困而温暖的,“同志,不简单啊。”

“防空!”听见了防空枪,王德贵说。

刘强熄了灯驾驶着。过了一会,远远的前面有车灯亮了,他也就打开了灯,并且又来继续他的辩论。

“你为什么不高兴呢?”他问。

“我又不是小孩子。”王德贵懊恼地说。

“你总归是年轻,不知道妇女在战争中受的苦处。譬如说,我们男子,我们军人这么想:我们在前方流血牺牲,你们女人不过是躲在家里罢了。吓,说得多么简单!”

"谁这么说的?"王德贵说,他现在特别不高兴老刘说他年轻。他以为这是他的讨厌的弱点。

"我们骄傲我们是一个志愿军战士,"老刘非常严肃地说,"这当然是光荣的,可是要像那样想就不对了。"

王德贵没有回答了。那个辩论进行不下去,因为王德贵其实并没有这样或那样想;老刘虽然很有经验,却没有懂得他现在的心情。他总归是不高兴别人把他当做孩子。他懊恼他没有在人们面前做出重大的事情来。在严肃而冷淡的外表下面,他的头脑里在飞翔着一些抑制不住的热烈的想象。他想象他自己驾驶着一台车,冲过了照明弹和机关枪,——一只手抱着孩子一只手驾车,车一停下来妇女们就跳下车来跑到前面打开车门,一看,原来他在那里给孩子喂水呢;于是她们笑起来,讥诮他这个男人居然会带孩子——女人们总是这样的,你会带孩子她们也讥笑——并且那个头上包着花格子毛巾的浓眉毛的姑娘,站在人们后面一声不响地偷看着他。他又想象这个孩子一到他的怀里就不哭了,车子到了地点,他的母亲来抱他了,他却不要他的母亲,哭着往他的身上扑,这时妇女们又笑起来了,他就摸摸孩子的头,说:"再会吧,小家伙,我是没法老抱你的!"他又想象,将来这孩子长大了,到中国来找他,而他那时候……

他皱着眉,摇着头来驱逐这些想象。吓,从这一点上就又证明他不是一个成熟的人,一个成熟的、郑重其事的人是不会像他这么胡思乱想的。

"不许胡思乱想!"他想。于是他觉得他应该去想目前的实实在在的、重要的事情,他就说:"老刘,过了下一个防空哨多加点水吧,可能水要冻的……"

可是这一次老刘没回答他。老刘注视着眼前的道路,同样地沉浸在自己的思想里……。

车子再停下来的时候,情形仍然是那样的:老刘把孩子抱出去了,妇女们跳下车,热烈地说着话,王德贵则是一声不响地去路边的防空哨的棚子里找水。天气非常冷,冻得水壶都提不住;水里全是冰渣。爬在车头上上水的时候,他注意地听着附近的人们的谈话声。老刘坐在一边吸烟,笑着,做着手势,说着朝鲜话,显然很高兴自己能够说得这么好,——"他当然说得好,他来了两年哪,"王德贵想,后来他听懂了其中的一句,而这一句恰恰是说到他的;大约是那个孩子的母亲问到他的年龄,老刘回答说:这年轻的同志十八岁啦。

"啊哟,"一个妇女叫着并且用中国话说:"不像的! 十六,十六!"

于是好几个妇女都朝着他看着,他觉察出来她们的脸上有着那种抚爱的微笑。他的小个儿和孩子气的面孔,确实会叫人觉得他才十六岁。他一向把这个看成自己的弱点,他觉得这是因为他童年的时候生活太苦,没有父母,替人家放羊,吃不饱,而且害过一年多的疟疾病。……想起这个他心里就充满了对过去的生活的憎恨。

"我十九啦!"他在车头上站起来,气呼呼地大声说。

"十九?"那个妇女的愉快的声音说,"啊哟,没有的,没有的!"

"怎么没有的? 十九啦!"他说,气愤地把水壶里剩下的冰渣往地上一泼,跳下了车头。

可是他的生气的样子只是引起了一阵善意的愉快的笑声。那个妇女又说了几句什么。

"小王,问你话呢。"老刘说,"问你来朝鲜多久啦?"

他才来了五个月——对这个,他觉得羞愧,于是不回答,走到一边去了。他想着他的矮小的个子,心里继续充满着对过去生活的憎恨,这种感情使他真正地显出了老成、庄重、冷淡的神气;

他找了一块石头坐了下来,也来抽一支烟。"这些女人真婆婆妈妈的,"他想,他认为一个成年人,一个老战士是要这么想的。但是他擦了好久火柴仍然没有能点着手里的香烟,并且忍不住要朝妇女们那边瞧着。于是他心里又不由地感到了温暖的、亲切的感情,觉得这些妇女就像是自己的亲人似的。

那个带着两床破旧的炕席的、白发的老大娘走到他的面前来了,慈爱地看了他很久,于是俯下身子来,抚摩着他的头,几乎是贴着他的脸,轻轻地说:"你的多好哟。"

"我的不好。"他说,企图保持着他的冷淡的样子,不愿意人家把他当做孩子来抚爱——但他的声音却违反着他的意志充满着这样的温柔的感情,一下子有些颤抖了。

"你的阿妈尼,妈妈?……"

"没有。"他说,又装出冷淡的样子来,用力地划着了火柴,点燃了香烟,大口地吸着,因为他发觉那个用花格子毛巾包着头的、浓眉毛的姑娘正在附近看着他。"你又要笑了吧!你笑吧!"他想,但心里仍然禁不住地充满了亲切的、温暖的感情。

"喂,小王,继续干活吧。"刘强愉快地大声说,抱着孩子走了过来。

奇怪得很,这一次,这个孩子叫他打心眼里觉得温暖。他觉得他和这孩子已经忽然地这么熟了,如果不叫他抱,他会难过的;他心里已经不再是最初的那个模糊而陌生的甜蜜的感情,而是禁不住的关心和热切的爱。于是,就像个小母亲似地,他拉拉孩子的衣服,替他揩揩口水,非常细致地用大衣包着他。他觉得孩子在他的怀里很舒服,于是心里很宽慰。

"老刘,你看这孩子有两岁了吧?"

"胡说。才七八个月。——你不看他是吃奶的么?"

"哦,这玩意儿我是不懂。"

"两岁?我离开家参军的时候,我那第二个孩子就是两岁,满地跑。"

"什么时候才会走路呢?"

"周岁就行啦。"

"哈,再有几个月我们这位小同志也满地跑啦。"

"他要把你的坛坛罐罐全给打翻。"

"吓,有孩子也真是麻烦。"

他们现在不再为这孩子争吵了。他们谈着他们共同的东西。有了和老刘一同谈这种话的权利,王德贵心里是很满意的。

不久之后,这台车又迫近了敌人的重点封锁区。前面十几里外不断地闪耀着照明弹的亮光和爆炸的闪光,这些凶恶的闪光使得周围的黑暗更森严。防空枪不绝地响,他们熄了车灯前进着。但不久前面的公路就叫来往的车辆堵塞起来了。车停了下来,王德贵把孩子交给了刘强,跳下车去观察着。

他越过几台车,跑到前面的一台载着一些干部的车子旁边,打听出来,原来是前面十几里外的桥梁黄昏的时候叫炸了,还不知道已经修复了没有。他又往前跑了一点,看见前面的一些车子已经在开动,于是跑了回来,把这情况告诉了刘强。刘强判断说,这个地方是呆不得的,但他们正要开车,前面又堵住了,传来了人们的焦灼的喊叫声和杂乱的喇叭声。于是只好等着。小王又把孩子交给刘强,又下车来观察,但现在没有什么可观察的,天冷极了,他站在车边上跳着脚,发觉车上的妇女们全在期待地看着他。

"没有关系的! 以里阿不索!"他说,这是他所会的几句朝鲜话之一。

"不怕的,"那用花格子毛巾包着头的、浓眉毛的姑娘说。

"对,不怕!"

"你的辛苦啦,"那姑娘非常诚恳地说。

"没有,不辛苦,"他急忙地、激动地回答。

他觉得,能够为这些妇女们做事,能够在这种场合负起责任来,一切是多么好啊。

但这时敌机已经到了附近的上空。在几里外扫射着,接着就传来了猛烈的爆炸声。刘强从司机台里抱着孩子一下子冲出来了,大声地喊叫着妇女们下车——立刻下车,紧急隐蔽。妇女们迅速地跳了下来,抱着孩子的刘强就引着她们往附近的山坡边上跑去。这老司机的判断果然是精确的,因为立刻就传来了炸弹下来的嗖嗖的声音。刘强大声喊着卧倒,妇女们在田地里和坡边上卧倒了。刘强卧倒了,把孩子抱在大衣里搂在胸前贴着一条土坎,拿自己的身体挡着他。王德贵从车上扶下了那个白发的老大娘,搀着她跑,在炸弹呼啸着下来的时候就一下子把她抱着滚到一条小沟里去了。两颗炸弹,一颗远一些,一颗在附近的公路边上爆炸了。

那老大娘一动不动地躺在王德贵的下面。炸弹掀起来的泥土盖住了他们。但马上王德贵就爬了起来,抱起了那个震得发晕的老大娘,喊着:"阿妈尼、阿妈尼。"这阿妈尼动弹了,轻轻地叹息着,伸出她的干枯的手来抚摩着王德贵的冰冷的脸,然后就把他的脸捧在她的两只手里。……

但是这时候附近传来了妇女们的激动的声音。刘强叫弹片打伤了左肩,她们正在帮他包扎。那个用花格子毛巾包着头的姑娘叫打伤了左手,但是她却不觉得自己的伤,兴奋地往刘强身边跑去。那个做母亲的在撕开着急救包,在急速的动作中不时拿衣袖揩一下眼睛,但眼泪仍然不住地流了下来。另外一个姑娘抱着孩子,痴痴地看着远处。在这一切的中间,站着高大的、有些肥胖的刘强,他在顾盼着、温和地、有些傻气地笑着。王德贵奔了过来,看了一看,立刻就奔向那个孩子,看见他没有负伤,并且还在睡觉,就伸手去抱。这几乎是他这时候所要做的唯一的事情。那姑娘也认为是当然的,就把孩子递了过来。但这时刘强喊着:"小王,去检查车,把车倒出来!"他就又把孩子丢给那个姑娘向车子奔去了。

车子好像没有受到损伤。他狂热地跳上了驾驶台,发动了马达,开始倒车,使它远离前面的车辆。他这时非常相信他自己,非常信赖他的才学习了几个月的、不熟练的技术,他觉得他什么任务都能完成。车子从坡边上退过去的时候,他看见了站在路边上的那个老大娘的激动的脸。但这时刘强来到坡边上,喊他停下,迅速地跳上车来了。显然刘强决定立刻前进。他让开了位置;刚一坐到自己的位置上,就记起了孩子,于是跳下车去,从那个母亲怀里把孩子抱了过来。……妇女们上了车,刘强就开动了。

"能行吗?"王德贵问。

"能行。"刘强说,在驾驶盘上按熄了刚点着的烟,"过了这段路给你开。"

前面的道路上松了一些,并且敌机似乎已经过去,于是这台车绕过了前面的一台被打坏的车继续前进了。它疾驰起来,一直超过了十几台车,亮了一下灯,防空枪响了,又熄了灯——在刘强的眼睛里又出现了那刚毅的、绝对的冷静。小王抱着孩子,感觉到呼呼地扑进来的冷风,他才发觉到身边的车门和玻璃都叫弹片打坏了,于是更紧地抱着孩子。不久他们又听见了附近的爆炸声,但这投弹显然是盲目的,因为天上云层更低了,照明弹已经不生效了。这台车疾驰着,它的下面的土地不时地在爆炸里震动着,这里那里灰暗的云层下不时地闪着光,——整个的世界都在沸腾着。刘强坚毅地瞧着前面,脸色略微有点灰白。他非常杰出地驰过环山的公路,越过很多台车辆;而且这紧张的工作是在大半的时间熄了车灯的情况里完成的。王德贵感动地看着他,注意到这个老司机的大衣脱落到后面去了,伸出手来替他拉上,于是发觉他的左肩的衣服已经叫鲜血浸湿了。

"我来吧。"

"不,我能行的。"

不久道路上又拥挤了起来。他们弄清楚了,黄昏的时候被炸坏的桥梁刚刚修好;通车才一个小时,所以很多车辆都过不去。于是刘强又超过了前面的两台车,跟随着一辆运木料的车子,从一条险陡的小路绕过了公路上堵塞着的一群车辆,从沙滩上一直驰去,来到了拥挤的桥头。

敌机正在云层里盘旋,找寻着目标。江的两岸,保护桥梁的高射炮和高射机枪在射击着,传来急促的剧烈的声音,灰暗的云层下面布满了一阵阵的红色的火星。车子一辆接着一辆,慢慢地驶上了刚修好的桥。

但刘强的车被管理桥头的一位工兵连长拦住了。工兵连长说,必须排好队按次序前进,因此,刘强应该退到大公路上去排队,否则就要等待已经排成一队的车辆过完。

刘强说,他没有注意到,不知道要排队;后面已经挤满了车,回去是很困难的。王德贵叫起来了,他说,为什么不派人在下道的地方拦住,通知他们排队呢,这不能怪他们的;回去不可能,而等着别的车辆过完再过,天亮都办不到的。……在这种情形里,人们总很容易觉得自己是有理由的;王德贵觉得这个桥头的工作做得简直不好,他有理由发火。但那个工兵连长,很习惯这种情况,而且非常疲劳,一点也没有理会王德贵的叫嚷,走回去了。

"这就够呛了!"刘强说。

"我来交涉去!"王德贵理直气壮地叫着,打开车门抱着孩子出去了。

刘强疲困地坐在那里,听着立刻就传来了的小王的吵嚷的声音,可是那个工兵连长的回答却不很听得清楚。好久好久,小王仍然在那里叫着,语气已经没有那么强硬了,他说,他们不知道这种情形,他们的司机负了伤,……但那个工兵连长的回答仍然不大听得见。显然,要说服一个被紧张的情况烦乱着的、执行纪律的连长,是不可能的,况且那里还站着另外的几个司机,他们也提出同样的要求,在小王大声嚷叫的时候就插着嘴。刘强有些焦躁。小王的声音使他痛苦而恼怒,但他也弄不清楚,究竟是恼怒小王还是恼怒那个不通情理的连长。他跳下车去了。脚一踏到地面,他就有些昏迷;稍微站了一下他才迎着冷风走了过去。

他听见小王说:"同志,你想想吧,这并不是我们不遵守,……我们的司机负伤了,我们一台车并不妨碍大家呀!"

另外有一个司机说:"是呀,我们一两台车……"

听见这个,刘强恼怒地皱起了眉头。他又听见那工兵连长的疲劳的、冷淡的声音:

"不遵守制度就妨碍大家,……"

于是刘强喊:"小王,别说了,回来!咱们退回去!"

"那不行的……那咱们就不能完成任务了呀!"小王说,这声音不再是理直气壮的,而是又痛苦又焦急,几乎是含着眼泪的了。

"回来!"刘强沉默了一下严厉地说,"遵守制度吧!"

"那是你们司机么?"工兵连长拿手电对刘强照了一下,说,显然对刘强的这种顽强的、自尊的态度有些惊讶。

王德贵没有来得及回答,他的怀里的、被他包在羊皮大衣里的那个男孩哇的一声哭起来了。这哭声是这么意外,大家都朝这边看着,并且有两个战士也跑过来了;紧张的桥头上的这个小孩的哭声使得人们非常惊奇。小王一瞬间也被这哭声闹慌了,他不好意思地、赶紧地拍着孩子说:"别哭了,哭什么呀!"但立刻他的声音就不觉地变得非常柔和,他拍着孩子的屁股说:"不哭,啊,宝宝,咱们马上就要过桥了。"这时候敌机又经过顶空,高射炮猛烈地射击着,可是小王没有注意到这个,人们也没有注意到这个。

那孩子继续地哭着。工兵连长奇怪地、沉闷地问:

"这是怎么搞的?你哪里弄来的这个孩子呀!"

"我弄来的?"小王激动地嚷着,"你没看见吗,咱们车上全是前面下来的朝鲜妇女!"随即他又拍着孩子的屁股,"不哭啦,小宝宝,过不了桥就呆着吧。"

听了一听敌机已经过去,工兵连长就打亮了手电,照见了那个在小王怀里动着四肢大哭着的、满脸眼泪的孩子,并且照见了小王的被孩子尿湿了一大片的羊皮大衣。在手电的反光里,刘强注意到工兵连长的疲乏的脸上有了一丝微笑,并且他那眼睛因讥诮和喜悦而发亮。

"这他妈的!"工兵连长讥诮地说,一下子变得生气勃勃了,"你看你这个样儿!'不哭啦,小宝宝,过不了桥就呆着吧。'你呆着吧!"

"难道不是这样的?"小王叫着。

周围的人们都看着孩子,这些疲困、受冻、焦灼的战士们、司机们,大家的脸上都露出了笑容。当那孩子的小手在手电的亮光里一下子扑打到小王的脸上去的时候,那个工兵连长脸上的笑容更明显了。大家于是懂得,这毛手毛脚的年轻的司机助手,为什么要求得这么理直气壮了。

"你们车上是朝鲜女同志么?"

"是的。"

工兵连长就亮着手电向车子走去,对车上照着。那些妇女们默默地迎着手电的亮光——在紧急的情况和严寒中她们是绝对沉静的。小王抱着那啼哭的孩子跟着工兵连长跑着,一边跑一边拍着孩子:"好宝宝,不哭啦,咱们这就过桥啦!啊!啊!"

工兵连长和另外的几个司机都看见了——这些年老的和年轻的妇女都是穿得很单薄的。

"同志……这并不是我不遵守……"小王温柔地说。

"好啦,别唱啦,过去吧。"工兵连长讥诮地说,忍不住地微笑着:"什么'好宝宝,不哭啦,过桥啦!'——你这家伙滑头!"

"别叫小孩拉你一身——你看你哪像个抱孩子的样儿呀!"一个战士大声说。

小王快乐地叫了一声爬上了司机台。但随即又伸出头来说："那么你来抱一下试试看？吓！"刘强发动了车子，于是这台车插入了正在行驶着的车子的行列中间，上了桥头。那个工兵连长和其他的司机们不觉地跟着这台车往前走了几步，然后就站在冷风中，听着马达的吼声中传来的孩子的哭声和那个青年助手的快乐的抚爱声——大家的脸上都长久地含着安静的、满足的笑容。

过了桥以后，刘强就有些支持不住了，他咬着下嘴唇，一声不响地开着车。现在是夜里三点钟，还有一百五十公里的路程，为了赶路，避免大公路上的拥挤，熟悉道路的刘强弯进了一条僻静的小公路，这小公路没有防空哨，而且面前横着一座高山；在驶进了山沟之后，刘强就停了一下车，要求车上的妇女们注意听着敌机，并且嘱咐王德贵拿出皮管来给车子加油。……这样，这台车就开始在这条高低不平的小公路上颠簸了起来。

王德贵要求刘强给他开一段路，但刘强摇摇头拒绝了。

车灯划开了山沟里的黑暗。路旁长满了各样的树丛，只偶尔有一两家沉没在黑暗里的人家。车子涉过了十几道浅的、急湍的溪流，冲开那些一直伸到公路上面来的带着枯叶的树枝，前进着。冷风在山沟里尖利地呼啸着，好像因了这台车胆敢驶到这里来而发怒似的。司机们的手和脚全麻木了。驶上盘山公路的时候，车上的妇女们敲着车顶，报告着敌机的来临，刘强熄了灯。开了一下，停下来听了一听，他又打开了灯。

妇女们敲着车顶的声音，叫他强烈地感觉到他和她们之间的休戚相关的感情；战斗的心情使他从创痛和极度的疲劳里又振奋了起来。他仿佛看见车上的妇女们的冻得发青的脸和迫切期待的眼睛，他也意识着抱在王德贵手里的孩子。他的头脑里闪过了一些图景。在一间亮着灯光的房子里，他的孩子们正在甜蜜地睡眠，小小的头歪在枕头边上，旁边摆着红花布做的新棉袄——那是奶奶亲手缝的。长方形的房间里堆满东西，这都是老人家的东西，其中有几十年前老人家自己出嫁的时候的一口木箱子。于是房间里就有着陈年古旧的生活气味。想到这个，他觉得很宽慰。接着他的头脑里又出现了一幅图景，比先前的一个更鲜明。这是织布厂的车间，灯火通明，郁闷而喧嚣，他的女人站在织布机旁，脸色有一点苍白，额角上沁出了汗珠。她一边工作一边在想着什么。忽然地有一个人走过她身边，嚷着说："外边真冷啊，下雪了。"她惊讶地抬起头来，问："下雪了吗？"看见了那人肩膀上的还没融化的雪花，她就想着："是下雪了。他在前线怎么样呢，穿上棉衣没有呢，该死，总是不来信！"——"这些女人家总是记挂什么棉衣棉衣的，你没看见吗，我在前线很好，正在爬过高山，"他想，微笑着；"也确实不对，两个月没写信了。不过又有什么好写的呢，妈的，棉衣棉衣的……"车顶上又传来了敲击声，于是他又熄了灯。——在这森严的高山上，迎着猛烈的冷风，这台车时而亮着灯，时而在黑暗里摸索，驶上了山头了。他的灯光不时地照见着险陡的山岩和笔直地伸向天空的杨树。车上的妇女们静静地坐着，小王怀里的孩子熟睡着，这一切都参加了这一场以意志和爱情来致胜的斗争。

翻过山头，在刘强的眼前就出现了一片辽阔而苍茫的景象。下面是平原。远处的天和地分不清楚，但平原里这里那里地闪耀着的像萤火似的无数的车灯，映出了这一片辽阔苍茫的景象，并使人感到活跃的生命。这一片土地是醒着的，它在呼吸并且活跃，无论是敌机或是严寒都不能制服它。两年来千百次地见到过这种景象了，但每次见到都不能不激动。散布在平原各处的，一闪一闪地亮着的车灯，那是他的同志们。他们也会看见高山上的这一盏闪亮着的车灯的。而且，在看不见的尽头,那里是祖国,也有无数的车灯在闪耀,向着朝鲜前线驶来。

他大口地吸着气。他开足了大灯使它照向前面的山沟。这时,从黑暗的空中开始有灰白色的小点降落下来,在这条宽阔的光带里发着亮,柔和地、悄悄地飞舞着;渐渐地这些细小的、轻柔的、白色的东西稠密起来了,它们欢乐地无声地飞舞着,把整个的光带都布满了。

"下雪了,"王德贵快乐地说,"这是今年头一次下雪。"

"下雪了。"刘强想,"她猜得不错,真的下雪了。"他心里愉快而安静;他的心仿佛在随着雪花飞舞着。雪花轻轻地贴在驾驶台的玻璃上就不再融化了;公路已经迅速地变成了白色。

他仿佛又听见他的女人的声音:"是下雪了,他在前线怎样呢?……"他的冻僵了的脸上闪耀着一个疲劳的、柔和的微笑。车子驶下山坡,刚一煞住车,他就伏在驾驶盘上昏迷过去了。

王德贵喊着他,慢慢地他清醒了过来。"哎呀,晕的不行。"他愉快地说,公路上很寂静,他的车灯也熄了,他于是觉得自己是听见了雪花降落的柔和的声音。"来吧,我来当会儿妈妈吧,这段路给你。"

他抱过了孩子。王德贵带着庄严的激动坐上了驾驶的位置。

"这么大的雪不会有敌机了,"刘强迷迷糊糊地、愉快地说,"打大灯干!"

车子又前进了。

刘强把孩子抱紧,忍不住地合上了眼睛,迷糊过去了。但他的头脑仍然在活动着。他想:车上的女人们,尤其是那个老大娘,恐怕要冻坏了……于是他又醒了过来。

"小王,拿我的大衣给那老大娘吧。"

小王柔顺地看了他一眼,立刻停了车,打开车门出去了。过不一会儿他带着一身的雪花愉快地跳了进来:他把自己的大衣脱给老大娘了。刘强没有说什么。车子又前进起来。

"老刘,你怎么啦?"

"我迷糊一会儿,不碍事。……我在想,将来你一定是个好司机。"

"你放心吧,我能行的。"王德贵说,那颤抖的声音里,含着幸福的眼泪。

"将来你一定是个好司机!"——这是多么大的赞美。他试着增加了一点速度。一切都很好,弯也转得很稳。他目不转睛地盯着面前的公路,心里充满了庄严的幸福的感情。意识到自己所参与的是伟大的事业,觉得自己能够胜任,能够贡献自己的一份力量——这是怎么样的一种幸福?积起雪的、白色的公路像河流似的出现在车灯的光带里,从他的脚下涌了过去,简直好像不是车子在走,而是公路自己在向后奔跑似的。公路上的新鲜的、没有一点斑痕的积雪使他愉快。路边上闪过去的披着雪的松树也使他愉快。有一棵圆顶的松树,像是戴上了一顶白色的柔软的帽子,它迎着车灯,发着光,好像是在舞蹈着向他跑来,好像是向他鞠了一个躬,就隐没在黑暗里了。小时候,曾经在这样的落雪天爬到树上掏雀子窝,——那些小孩子干的事情真没意思啊。但虽然这样想,虽然因意识到自己的成人的、从事着重大事业的、庄严的思想而愉快,却仍然忍不住想起了,有一次,掏出了四个喜鹊蛋,那些喜鹊蛋是多光滑,多有趣啊。又有一棵戴着白色的柔软的雪帽的弯屈的松树迎着他舞蹈着一直过来了,向他鞠了一个躬就隐没在黑暗中了。愈来愈洁白的公路在车灯下面出现,快乐地向着他涌了过来。

稚气的思想和庄严的心情奇妙地交织着。想到小时候,母亲叫债主逼死了,自己站在旁边大哭着,可是旧社会又能把自己怎样呢?——现在自己是一个抗美援朝的司机了;想到那个可爱的孩子,回去以后一定要好好地跟连里的同志们讲一讲这段有趣的故事;想到那个白发的老大娘,她的慈爱的脸,但又想到那个用花格子毛巾包着头的、浓眉毛的姑娘——她的头巾上一定是落满了雪了,她还不知道是他在开车呢。想到老刘,这个人总是快快活活的,到哪里都能自在——他是多么勇敢啊。他现在在想着什么呢? 他简直一点也不挂念他的家,他想不想他的孩子呢? 如果自己也是结了婚,有了孩子的,自己就会很严肃,不会叫人家觉得孩子气了,跟人家说话的时候就会说:"我那老婆,我那孩子,"……吓,真是胡闹,这简直是无法想象的,自己怎么会有孩子呢,永远也不可能的!

"老刘,"看见老刘睁着眼睛,他问,"你想不想你的儿子?"

"想那干什么。"

"要是我,我一定是想的。"他深思熟虑地说,微微笑了一笑。

可是老刘不再作声了。他显然已经恢复些了,眼睛一动不动地盯着前面,把孩子紧紧抱在怀里。王德贵忽然看见,老刘低下头去吻那孩子。这不像先前的那种半真半假的、开玩笑的、喜爱的姿态,这是真正动了感情的。老刘一副沉思的严肃的样子,对孩子的恬静的小脸看了很久,轻轻地替他揩揩嘴,又吻了他一下。这个三十多岁的、快活而勇敢的人的这种动情的严肃的样子,使得王德贵简直有些不好意思了,他假装着什么也没看见。可是,想到不久之前炸弹在头上呼啸的那个滋味,他也非常想吻那孩子一下,嗅一嗅那香甜的奶腥味。

后来孩子哭了。老刘把他用大衣包紧,轻轻地拍着他,说着:"乖乖,别哭啦;冷哪,下雪哪,明年春天,你妈妈种下的麦子就要发芽啦!"那声音也是严肃而沉思的。

公路上,雪已经积起了三四寸。这台车平稳地前进着。

大雪纷飞,……天渐渐地亮起来了,车灯照在雪上有些发黄了,周围的景色,覆着雪的土坡、田地,露着发黑的门的独立家屋,大雪中倔强地弹起来的弯屈的黑色的树枝,可以模模糊糊地看见了。离目的地只剩下了十里路。车上的妇女们都醒着。她们披着被单和旧衣,默默地承受着这场大雪,现在大家都看着周围的景色,这里就要到她们的新的家了。忽然地那个用花格子毛巾包着头的、浓眉毛的姑娘唱起歌来。她用右手在胸前捧着她的负伤的左手,两边看了一看,开始唱歌,于是几个年轻的妇女跟着唱起来,最后全车的妇女,连那个白发的老大娘和八岁的英加在内,都唱起来了。

这一车冻僵了的、疲困的妇女,整夜都一声不响,顽强地抗击了那向她们袭来的敌机和严寒,现在唱起来了。她们就要到达她们的新的家,她们欢迎这场雪——她们迎着这飘落在她们的土地上的今年的最初的雪,听着司机台里那个孩子的哭声,唱起来了。于是一下子这台车从困顿和沉默里醒来,被一种青春的、欢乐的、胜利的空气鼓舞着,——最后的这几里路,是载着歌声飞驰着的。

驶过了一些积着雪的矮屋和断墙,车子在地方政府的门口停下来了。地方政府的干部们,其中有两个穿人民军制服的姑娘,从里面跑出来了;这时候车上的歌声仍然在震响着。

人们开始下车。被歌声和大雪所激动,穿人民军制服的两个姑娘紧紧地抱住了最初下车的两个妇女。车上的年轻的姑娘们仍然在唱歌。这时司机台的门打开了,司机和他的助手走了出来,在迷茫的大雪中笑着;在司机的手里,捧着那个又睡熟了的孩子。

大家沉默了,站在纷飞的大雪中。王德贵抱过了孩子并且把他高举了起来。大家看着王德贵手里的孩子,又看着刘强的染着血的大衣和苍白、微笑的脸。那个做母亲的奔上来接过她的孩子,眼泪流出来了,抓住了王德贵的手,把她的头在他的肩上靠了一靠,又跑向刘强,把头靠在他的没有负伤的结实的右肩上。

那个用花格子毛巾包着头的、浓眉毛的姑娘叫着:"辛苦啦,同志们!"

"不辛苦! 没有的事!"王德贵兴奋地抢着说,他激动得厉害,幸福到极点,但又害怕在妇女们的面前显得幼稚;他拿出一根烟来抽,手有些抖,忽然地他走向那个母亲,问着:"阿妈尼,这孩子他的姓名?"

母亲来不及回答,有七八个声音叫起来了,说,这孩子叫金贵永!

"金贵永,记着了!"王德贵红着脸说。

"金贵永,再见吧。"刘强说,显出了王德贵先前见过的那种严肃的、沉思的、父亲般的神情,俯下头去,在那母亲的臂弯里吻着孩子的脸。

妇女们静静地站着。大雪无声地、密密地降落着,这台车后面的那两条很长的黑色的车迹很快地就被大雪盖住了。

一九五三年十月十六日,北京。

(原载《人民文学》1954 年 1 月号)

组织部新来的青年人

王　蒙

一

三月,天空中纷洒着似雨似雪的东西。三轮车在区委会门口停住,一个年青人跳下来。车夫看了看门口挂着的大牌子,客气地对乘客说:"您到这儿来,我不收钱。"传达室的工人、复员荣军老吕微跛着脚走出,问明了那年青人的来历后,连忙帮他搬下微湿的行李,又去把组织部的秘书赵慧文叫出来。赵慧文紧握着林震的两只手,说:"我们等你好久了。"林震在小学教师支部的时候,就与赵慧文认识。她的苍白而美丽的脸上,两只大眼睛闪着友善亲切的光亮,只是下眼皮上有着因疲倦而现出来的青色。她带林震到男宿舍,把行李放好,解开,把湿了的毡子晾上,再铺被褥。在她料理这些事情的时候,常常撩一撩自己的头发,正像那些能干而漂亮的女同志们一样。

她说:"我们等了你好久! 半年前就要调你来,区人民委员会文教科死也不同意,后来区委书记直接找区长要人,又和教育局人事室吵了一回,这才把你调了来。"

"可我前天才知道,"林震说,"听说调我到区委会,真不知怎么好。咱们区委会净干什么呀?"

"什么都干。"

"组织部呢?"

"组织部就作组织工作。"

"工作忙不忙?"

"有时候忙,有时候不忙。"

赵慧文端详着林震的床铺,摇摇头,大姐姐似的不以为然地说:"小伙子,真不讲卫生!瞧那枕头布,已经由白变黑;被头呢,吸饱了你脖子上的油;还有床单,那么多折子,简直成了泡泡纱……"

林震觉得,他一走进区委会的门,他的新的生活刚一开始,就碰到了一个很亲切的人。

他带着一种节日的兴奋心情跑着到组织部第一副部长的办公室去报到。副部长有一个古怪的名字:刘世吾。在林震心跳着敲门的时候,他正仰着脸衔着烟考虑组织部的工作规划。他热情而得体地接待林震,让林震坐在沙发上,自己坐在办公桌边,推一推玻璃板上叠得高高的文件,从容地问:

"怎么样?"他的左眼微皱,右手弹着烟灰。

"支部书记通知我后天搬来,我在学校已经没事,今天就来了。叫我到组织部工作,我怕干不了,我是个新党员,过去作小学教师,小学教师的工作与党的组织工作有些不同……"

林震说着他早已准备好的话,说得很不自然,正像小学生第一次见老师一样。于是他感到这间屋子很热。三月中旬,冬天就要过去,屋里还生着火,玻璃上的霜花溶解成一条条的污道子。他的额头沁出了汗珠,他想掏出手绢擦擦,在衣袋里摸索了半天没有找到。

刘世吾机械地点着头,看也不看地从那一大叠文件中抽出一个牛皮纸袋,打开纸袋,拿出林震的党员登记表,锐利的眼光迅速掠过,宽阔的前额上出现了密密的皱纹,闭了一下眼,手扶着椅子背站起来,披着的棉袄从肩头滑落了,然后用熟练的毫不费力的声调说:

"好,对,好极了,组织部正缺干部,你来得好。不,我们的工作并不难作,学习学习就会作的,就那么回事。而且你原来在下边工作的……相当不错嘛,是不是不错?"

林震觉得这种称赞似乎有某种嘲笑意味,他惶恐地摇头:"我工作作得并不好……"

刘世吾的不太整洁的脸上现出隐约的笑容,他的眼光聪敏地闪动着,继续说:"当然也可能有困难,可能。这是个了不起的工作。中央的一位同志说过,组织工作是给党管家的,如果家管不好,党就没有力量。"然后他不等问就加以解释:"管什么家呢? 发展党和巩固党,壮大党的组织和增强党组织的战斗力,把党的生活建立在集体领导、批评和自我批评、与密切联系群众的基础上。这样作好了,党组织就是坚强的,活泼的,有战斗力的,就足以团结和指引群众,完成和更好地完成社会主义建设与社会主义改造的各项任务……"

他每说一句话,都干咳一下,但说到那些惯用语的时候,快得像说一个字。譬如他说"把党的生活建立在……上",听起来就像"把生活建在登登登上",他纯熟地驾驭那些林震觉得是相当深奥的概念,像拨弄算盘子一样的灵活。林震集中最大的注意力,仍然不能把他讲的话全部把握住。

接着,刘世吾给他分配了工作。

当林震推门要走的时候,刘世吾又叫住他,用另一种全然不同的随意神情问:

"怎么样,小林,有对象了没有?"

"没……"林震的脸刷地红了。

"大小伙子还红脸？"刘世吾大笑了，"才二十二岁，不忙。"他又问："口袋里装着什么书？"

林震拿出书，说出书名："拖拉机站站长与总农艺师"。

刘世吾拿过书去，从中间打开看了几行，问："这是他们团中央推荐给你们青年看的吧？"

林震点头。

"借我看看。"

"您有时间看小说吗？"林震看着副部长桌上的大叠材料，惊异了。

刘世吾用手托了托书，试了试份量，微皱着左眼说："怎么样？这么一薄本有半个夜车就开完啦。四本《静静的顿河》我只看了一个星期，就那么回事。"

当林震走向组织部大办公室的时候，天已经放晴，残留的几片云现出了亮晶晶的边缘。太阳照亮了区委会的大院子。人们都在忙碌：一个穿军服的同志挟着皮包匆匆走过，传达室的老吕提着两个大铁壶给会议室送茶水，可以听见一个女同志顽强地对着电话机子说："不行，最迟明天早上！不行……"还可以听见忽快忽慢的"框哧、框哧"声——是一只生疏的手使用着打字机，"她也和我一样，是新调来的吧？"林震不知凭什么理由，猜打字员一定是个女的。他在走廊上站了一站，望着耀眼的区委会的院子，高兴自己新生活的开始。

二

组织部的干部算上林震一共二十四个人，其中三个人临时调到肃反办公室去了，一个人半日工作准备考大学，一个人请产假。能按时工作的只剩下十九个人。四个人作干部工作，十五个人按工厂、机关、学校分工管理建党工作，林震被分配与二厂支部联系组织发展党的工作。

组织部部长由区委副书记李宗秦兼任，他并不常过问组织部的事，实际工作是由第一副部长刘世吾掌握。另一个副部长负责干部工作。具体指导林震工作的是工厂建党组组长韩常新。

韩常新的风度与刘世吾迥然不同。他二十七岁，穿蓝色海军呢制服，干净得抖都抖不下土。他有高大的身材，配着英武的只因为粉刺太多而略有瑕疵的脸。他拍着林震的肩膀，用嘹亮的嗓音讲解工作，不时发出豪放的笑声，使林震想："他比领导干部还像领导干部。"特别是第二天韩常新与一个支部的组织委员的谈话，加强了他给林震的这种印象。

"为什么你们只谈了半小时？我在电话里告诉你，至少要用两小时讨论'发展计划'！"

那个组织委员说："这个月生产任务太忙……"

韩常新打断了他的话，富有教训意味地说："生产任务忙就不认真研究发展工作了？这是把中心工作与经常工作对立起来，也是党不管党的一种表现……"

林震弄不明白什么叫"中心工作与经常工作对立起来"和"党不管党"，他熟悉的是另外一类名词："课堂五环节"与"直观教具"。他很钦佩韩常新的这种气魄与能力——迅速地提高到原则上分析问题和指示别人。

他转过头，看见正伏在桌上复写材料的赵慧文，她皱着眉怀疑地看一看韩常新，然后扶正头上的假琥珀发卡，用微带忧郁的目光看向窗外。

晚上，有的干部去参加街道上基层组织生活，有的休息了，赵慧文仍然赶着复写"税务分局培养、提拔干部的经验"，累了一天，手腕酸痛，不时在写的中间撂下笔，摇摇手，往手上吹口气。林震自告奋勇来帮忙，她拒绝了，说："你抄，我不放心。"于是林震帮她把抄过的美浓纸叠整齐，站在她身旁，起一点精神支援作用。她一边抄，一边时时抬头看林震，林震问："干吗老看我?"赵慧文咬了一下复写笔，调皮地笑了笑。

三

林震是一九五三年秋天由师范学校毕业的，当时是候补党员，被分配到这个区的中心小学当教员。作了教师的他，仍然保持中学生的生活习惯：清晨练哑铃，夜晚记日记，每个大节日——五一、七一……以前到处征求人们对他的意见。曾经有人预言，过不了三个月他就会被那些生活不规律的成年人"同化"。但，不久以后，许多教师夸奖他也羡慕他了，说："这孩子无忧无虑，无牵无挂，除了工作，就是工作……"

他也没有辜负这种羡慕，一九五四年寒假，由于教学上的成绩，他受到了教育局的奖励。

人们也许以为，这位年青的教师就会这样平稳地、满足而快乐地度过自己的青年时代。但是不，孩子般单纯的林震，也有自己的心事。

一年以后，他更经常焦灼地鞭策自己。是因为社会主义高潮的推动，全国青年社会主义积极分子会议的召开，还是因为年龄的增长？

他已经二十二岁了，记得在初中一年级时作过一篇文，题目是"当我××岁的时候"，他写成"当我二十二岁的时候，我要……"现在二十二岁，他的生命史上好像还是白纸，没有功勋，没有创造，没有冒险，也没有爱情——连给某个姑娘写一封信的事都没有做过。他努力工作，但是他作的少、慢，和青年积极分子们比较，和生活的飞奔比较，难道能安慰自己吗？他订规划，学这学那，作这作那，他要一日千里!

这时，接到调动工作的通知，"当我二十二岁的时候，我成了党工作者……"也许真正的生活在这里开始了？他抑制住对于小学教育工作和孩子们的依恋，燃烧起对新的工作的渴望。支部书记和他谈话的那个晚上，他想了一夜。

就这样，林震口袋里装着《拖拉机站站长与总农艺师》，兴高采烈地登上区委会的石阶，对于党工作者(他是根据电影里全能的党委书记的形象来猜测他们的)的生活，充满了神圣的憧憬。但是，等他接触到那些忙碌而自信的领导同志，看到来往的文件和同时举行的会议，听到那些尖锐争吵与高深的分析，他眨眨那有些特别的淡褐色眼珠的眼睛，心里有点怯……

到区委会的第四天，林震去通华麻袋厂了解第一季度发展党员工作的情况，去以前，他看了有关的文件和名叫"怎样进行调查研究"的小册子，再三地请教了韩常新，他密密麻麻地写了一篇提纲，然后飞快地骑着新领到的自行车，向麻袋厂驶去。

工厂门口的警卫同志听说他是委员会的干部，没要他签名，信任地请他进去了。穿过一个大空场，走过一片放麻的露天仓库与机器隆隆响的厂房，他心神不安地去敲厂长兼支部书记王清泉办公室的门，得到了里面"进来"的回答后，他慢慢地走进去，怕走快了显得没有经验，他看见一个阔脸、粗脖子、身材矮小的男人正与一个头发上抹了许多油的驼背的男人下棋。小个子的同志抬起头，右手玩着棋子，问清了林震找谁以后，不耐烦地挥一挥手："你去西跨院党支部办公室找魏鹤鸣,他是组织委员。"然后低下头继续下棋。

林震找着了红脸的魏鹤鸣,开始按提纲发问了:"一九五六年第一季度,你们发展了几个人?"

"一个半。"魏鹤鸣粗声粗气地说。

"什么叫'半'?"

"有一个通过了,区委拖了两个多月还没有批下来。"

林震掏出笔记本记了下来。又问:

"发展工作是怎么样进行的,有什么经验?"

"进行过程和向来一样——和党章的规定一样。"

林震看了看对方,为什么他说出的话像搁了一个星期的窝窝头一样干巴?魏鹤鸣托着腮,眼睛看着别处,心里也像在想别的事。

林震又问:"发展工作的成绩怎么样?"

魏鹤鸣答:"刚才说过了,就是那些。"他好像应付似地希望快点谈完。

林震不知道应该再问什么了,预备了一下午的提纲,和人家只谈上五分钟就用完了。他很窘。

这时门被一只有力的手推开了。那个小个子的同志进来,匆匆忙忙地问魏鹤鸣:"来信的事你知道吗?"

魏鹤鸣无精打采地点了点头。

小个子的同志来回踱着步子,然后劈开腿站在房中央:"你们要想办法! 质量问题去年就提出来了,为什么还等着合同单位给纺织工业部写信? 在社会主义高潮当中我们的生产迟迟不能提高,这是耻辱!"

魏鹤鸣冷冷地看着小个子的脸,用颤抖的声音问:"您说谁?"

"我说你们大家!"小个子手一挥,把林震也包括在里面了。

魏鹤鸣因为抑制着的愤怒的爆发而显得可怕,他的红脸更红了,他站起来问:"那么您呢? 您不负责任?"

"我当然负责。"小个子的同志却平静了,"对于上级,我负责,他们怎么处分我我也接受。对于我,你得负责,谁让你作生产科长呢? 你得小心……"说完,他威胁地看了魏鹤鸣一眼,走了。

魏鹤鸣坐下,把棉袄的扣子全解开了,喘着气。林震问:"他是谁?"魏鹤鸣讽刺地说:"你不认识? 他就是厂长王清泉。"

于是魏鹤鸣向林震详细地谈起了王清泉的情况。王清泉原来在中央某部工作,因为在男女关系上犯错误受了处分,一九五一年调到这个厂子作副厂长,一九五三年厂长他调,他就被提拔作厂长。他一向是吃饱了转一转,躲在办公室批批文件下下棋,然后每月在工会大会、党支部大会、团总支大会上讲话批评工人群众竞赛没搞好,对质量不关心,有经济主义思想……魏鹤鸣没说完,王清泉又推门进来了。他看着左腕上的表,下令说:"今天中午十二点十分,你通知党、团、工会和行政各科室的负责人到厂长室开会。"然后把门乒地一带,走了。

魏鹤鸣嘟哝着:"你看他怎么样?"

林震说:"你别光发牢骚,你批评他,也可以向上级反映,上级决不允许有这样的厂长。"

魏鹤鸣笑了,问林震:"老林同志,你是新来的吧?"

"老林"同志脸红了。

魏鹤鸣说:"批评不动!他根本不参加党的会议,你上哪儿批评去?偶而参加一次,你提意见,他说:'提意见是好的,不过应该掌握分寸,也应该看时间,场合。现在,我们不应该因为个人意见侵占党支部讨论国家任务的宝贵时间。'好,不占用宝贵时间,我找他个别提,于是我们俩吵成了现在这个样子。"

"向上级反映呢?"

"一九五四年我给纺织工业部和区委写了信,部里一位张同志与你们那儿的老韩同志下来检查了一回。检查结果是:'官僚主义较严重,但主要是作风问题,任务基本上完成了,只是完成任务的方法有缺点。'然后找王清泉'批评'了一下,又找我鼓励了一下开展自下而上的批评的精神,就完事了。此后,王厂长有一个来月对工作比较认真,不久他得了肾病,病好以后他说自己是'因劳致疾',就又成了这个样子。"

"你再反映呀!"

"哼,后来与韩常新也不知说过多少次,老韩也不答理,反倒向我进行教育说,应该尊重领导,加强团结。也许我不该这样想,但我觉得也许要等到王厂长贪污了人民币或者强奸了妇女,上级才会重视起来!"

林震出了厂子再骑上自行车的时候,车轮旋转的速度就慢多了。他深深地把眉头皱起来。他发现他的工作的第一步就有重重的困难,但他也受到一种刺激甚至是激励——这正是发挥战斗精神的时候啊!他想着想着,直到因为车子溜进了急行线而受到交通民警的申斥。

四

吃完午饭,林震迫不及待地找韩常新汇报情况。韩常新有些疲倦地靠着沙发背,高大的身体显得笨重,从身上掏出火柴匣,拿起一根火柴剔牙。

林震杂乱地叙述他去麻袋厂的见闻,韩常新脚尖打着地不住地说:"是的,我知道。"然后他拍一拍林震的肩膀,愉快地说:"情况没了解上来不要紧,第一次下去嘛。下次就好了。"

林震说:"可是我了解了关于王清泉的情况。"他把笔记本打开。

韩常新把他的笔记本合上,告诉他:"对,这个情况我早知道。前年区委让我处理过这个事情,我严厉地批评过他,指出他的缺点和危险性,我们谈了至少有三四个钟头……"

"可是并没有效果呀,魏鹤鸣说他只好一个月……"林震插嘴说。

"一个月也是效果,而且决不止一个月。魏鹤鸣那个人思想上有问题,见人就告厂长的状……"

"他告的状是不是真的?"

"很难说不真,也很难说全真。当然这个问题是应该解决的,我和区委副书记李宗秦同志谈过。"

"副书记的意见是什么?"

"副书记同意我的意见,王清泉的问题是应该解决也是可能解决的……不过,你不要一下子就陷到这里边去。"

"我?"

"是的。你第一次去一个工厂,全面情况也不了解,你的任务又不是去解决王清泉的问题,而且,直爽地说,解决他的问题也需要更有经验的干部;何况我们并不是没有管过这件事……你要是一下子陷到这个里头,三个月也出不来,第一季度的建党总结还了解不了解?上级正催我们交汇报呢!"

林震说不出话。

韩常新又拍拍林震的肩膀:"不要急躁嘛,咱们区三千个党员,百十几个支部,你一来就什么问题都摸还行?"他打了个哈欠,有倦意的脸上的粉刺涨红了:"啊——哈,该睡午觉了。"

"那,发展工作怎么再去了解?"林震没有办法地问。

韩常新又去拍林震的肩膀,林震不由得躲开了。韩常新有把握地说:"明天咱们俩一齐去,我帮你去了解,好不好?"然后他拉着林震一同到宿舍去。

第二天,林震很有兴趣观察韩常新如何了解情况。三年前,林震在北京师范上学的时候,出去作过见习教师,老教师在前面讲,林震和学生一起听,学了不少东西。这次,他也抱着见习的态度,打开笔记本,准备把韩常新的工作过程详细记录下来。

韩常新问魏鹤鸣:"发展了几个党员?"

"一个半。"

"不是一个半,是两个,我是检查你们的发展情况,不是检查区委批没批。"韩常新纠正他,又问,"这两个人本季度生产计划完成的怎么样?"

"很好,他们一个超额百分之七,一个超额百分之四,厂里黑板报还表扬……"

谈起生产情况,魏鹤鸣似乎起劲了些,但是韩常新打断了他的话:"他们有些什么缺点?"

魏鹤鸣想了半天,空空洞洞地说了些缺点。

韩常新叫他给所举的缺点提一些例子。

提完例子,韩常新再问他党的积极分子完成本季度生产任务的情况,他特别感兴趣的是一些数字和具体事例,至于这些先进的工人克服困难、钻研创造的过程,他听都不要听。

回来以后,韩常新用流利的行书示范地写了一个"麻袋厂发展工作简况",内容是这样的:

"……本季度(一九五六年一月—三月)麻袋厂支部基本上贯彻了积极慎重发展新党员的方针,在建党工作上取得了一定的成绩,新通过的党员朱××与范××受到了共产党员的光荣称号的鼓舞,增强了主人翁的观念,在第一季度繁重的生产任务中各超额百分之七,百分之四。广大积极分子,围绕在支部周围,受到了朱××与范××模范事例的教育,并为争取入党的决心所推动,发挥了劳动的积极性与创造性,良好地完成或者超额完成了第一季度的生产任务……(下面是一系列数字与具体事例)这说明:一、建党工作不仅与生产工作不会发生矛盾,而且大大推动了生产,任何借口生产忙而忽视建党工作的作法是错误的。二、……但同时必须指出,麻袋厂支部的建党工作,也仍然存在着一定的缺点……例如……"

林震把写着"简况"的片艳纸捧在手里看了又看,他有一刹那甚至于怀疑自己去没去过麻袋厂,还是上次与韩常新同去时自己睡着了,为什么许多情况他根本不记得呢?他迷惑地问韩常新:

"这,这是根据什么写的?"

"根据那天魏鹤鸣的汇报呀。"

"他们在生产上取得的成绩是因为建党工作么?"林震口吃起来。

韩常新抖一抖裤角,说:"当然。"

"不吧?上次魏鹤鸣并没有这样讲。他们的生产提高了,也可能是由于开展竞赛,也许由于青年团建立了监督岗,未必是建党工作的成绩……"

"当然,我不否认。各种因素是统一起来的,不能形而上学地割裂地分析这是甲项工作的成绩,那是乙项工作的成绩。"

"那,譬如我们写第一季度的捕鼠工作总结,是不是也可以用这些数字和事例呢?"

韩常新沉着地笑了,他笑林震不懂"行",他说:"那可以灵活掌握……"

林震又抓住几个小问题问:

"你怎么知道他们的生产任务是繁重的呢?"

"难道现在会有一个工厂任务很轻闲吗?"

林震目瞪口呆了。

五

区委会的工作是紧张而严肃的,在区委书记办公室,连日开会到深夜。从汉语拼音到预防大脑炎,从劳动保护到政治经济学讲座,无一不经过区委会的讨论。林震有一次去收发室取报纸,看见一份厚厚的材料,第一页上写着"区人民委员会党组关于调整公私合营工商业的分布、管理、经营方法及贯彻市委关于公私合营工商业工人工资问题的报告的请示"。他怀着敬畏的心情看着这份厚得像一本书的材料和它的长题目。有时,又觉得区委干部们的精神状态是随意而松懈的,他们在办公时间聊天,看报纸,大胆地拿林震认为最严肃的题目开玩笑,例如,青年监督岗开展工作,韩常新半嘲笑地说:"吓,小青年们脑门子热起来啦……"林震参加的组织部一次部务会议也很有意思,讨论市委布置的一个临时任务,大家抽着烟,说着笑话,打着岔,开了两个钟头,拖拖沓沓,没有什么结果。这时,皱着眉思索了好久的刘世吾提出了一个方案,马上热烈地展开了讨论,很多人发表了使林震惊佩的精彩意见。林震觉得,这最后的三十多分钟的讨论要比以前的两个钟头有效十倍。某些时候,譬如说夜里,各屋亮着灯:第一会议室,出席座谈会的胖胖的工商业者愉快地与统战部长交换意见;第二会议室,各单位的学习辅导员们为"价值"与"价格"的关系争得面红耳赤;组织部坐着等待入党谈话的激动的年青人,而市委的某个严厉的书记出其不意地出现在书记办公室,找区委正副书记汇报贯彻工资改革的情况……这时,人声噪杂,人影交错,电话铃声断断续续,林震仿佛从中听到了本区生活的脉搏的跳动,而区委会这座不新的、平凡的院落,也变得辉煌壮观起来。

在一切印象中,最突出和新鲜的印象是关于刘世吾的:刘世吾工作极多,常常同一个时间好几个电话催他去开会,但他还是一会儿就看完了《拖拉机站站长与总农艺师》,把书转借给了韩常新;而且,他已经把前一个月公布的拼音文字草案学会了,开始在开会时用拼音文字作记录了。某些传阅文件刘世吾拿过来看看题目和结尾就签上名送走,也有的不到三千字的指示他看上一下午,密密麻麻地画上各种符号。刘世吾有时一面听韩常新汇报情况,一面漫不经心地查阅其他的材料,听着听着却突然指出:"上次你汇报的情况不是这样!"韩常新不自然地笑着,刘世吾的眼睛捉摸不定地闪着光;但刘世吾并不深入追究,仍然查他的材料,于是韩常新恢复了常态,有声有色地汇报下去。

赵慧文与韩常新的关系也被林震看出了一些疑窦:韩常新对一切人都是拍着肩膀,称呼着"老王""小李",亲热而随便。独独对赵慧文,却是一种礼貌的"公事公办"的态度。这样说话:"赵慧文同志,党刊第一百〇四期放在哪里?"而赵慧文也用警戒的神情对待他。

奇怪得很,林震说不清他的这个新环境是好是坏。他还是像在小学时一样,每天照样很早就起来玩哑铃,还是照常地给人以"单纯"的甚至"天真"的印象。但是,他的内心活动却比在小学的时候多得多。他必须学会判断一切事情和一切人。

……四月,东风悄悄地刮起,不再被人喜爱的火炉蜷缩在阴暗的贮藏室,只有各房间熏黑了的屋顶还存留着严冬的痕迹。往年,这个时候,林震就会带着活泼的孩子们去卧佛寺或者西山八大处踏青,在早开的桃李与混浊的溪水中寻找春天的消息……区委会的生活却丝毫不受季节的影响,继续以那种紧张的节奏和复杂的色彩流转着。当林震从院里的垂柳上摘下一颗多汁的嫩芽时,他稍微有点怅惘,因为春天来得那么快,而他,却没作出什么有意义的事情来迎接这个美妙的季节……

晚上九点钟,林震走进了刘世吾办公室的门。赵慧文正在这里,她穿着紫黑色的毛衣,脸儿在灯光下显得越发苍白。听到有人进来,她迅速地转过头来,林震仍然看见了她略略突出的颧骨上的泪迹。他回身要走,低着头吸烟的刘世吾作手势止住他:"坐在这儿吧,我们就谈完了。"

林震坐在一角,远远地隔着灯光看报,刘世吾用烟卷在空中画着圆圈,诚恳地说:

"相信我的话吧,没错。年青人都这样,最初互相美化,慢慢发现了缺点,就觉得都很平凡。不要作不切实际的要求,没有遗弃,没有虐待,没有发现他政治上、品质上的问题,怎么能说生活不下去呢?才四年嘛。你的许多想法是从苏联电影里学来的,实际上,就那么回事……"

赵慧文没说话,她撩一撩头发,临走的时候,对林震惨然地一笑。

刘世吾走到林震旁边,问:"怎么样?"他丢下烟蒂,又掏出一只来点上火,紧接着贪婪地吸了几口,缓缓地吐着白烟,告诉林震:"赵慧文跟她爱人又闹翻了……"接着,他开开窗户,一阵风吹掉了办公桌上的几张纸,传来了前院里散会以后人们的笑声,招呼声和自行车铃响。

刘世吾把只抽了几口的烟扔出去,伸了个懒腰,扶着窗户,低声说:"真的是春天了呢!"

"我想谈谈来区委工作的情况,我有一些问题不知道怎么解决。"林震用一种坚决的神气说,同时把落在地上的纸页拾起来。

"对,很好。"刘世吾仍然靠着窗户框子。

林震从去麻袋厂说起:"……我走到厂长室,正看见王清泉同志……"

"下棋呢还是打扑克?"刘世吾微笑着问。

"您怎么知道?"林震惊骇了。

"他老兄什么时候干什么我都算得出来,"刘世吾慢慢地说,"这个老兄棋瘾很大,有一次在咱这儿开了半截会,他出去上厕所,半天不回来,我出去一找,原来他看见老吕和区委书记的儿子下棋,他在旁边'支'上'招儿'了。"

林震不顾对方老是不在意地打断他的话,坚持着把自己所知道的情况说了一遍。

刘世吾关上窗户,拉一把椅子坐下,用两个手扶着膝头支持着身体,轻轻地摆动着头:

"魏鹤鸣是个直性子,他一来就和王清泉吵得面红耳赤……你知道,王清泉也是个特殊人物,不太简单。抗日胜利以后,王清泉被派到国民党军队里工作,他作过国民党军的副团长,是个刮刮叫的情报人员。一九四七年以后他与我们的联系中断,直到解放以后才接上线。他是去瓦解敌人的,但是他自己也染上国民党军官的一些习气,改不过来,其实是个英勇的老同志。"

"这样……"

"是啊。"刘世吾严肃地点点头,接着说,"当然,这不能为他辩护,党是派他去战胜敌人而不是与敌人同流合污,所以他的错误是不可原谅的。"

"怎么去解决呢?魏鹤鸣说,这个问题已经拖了好久。他到处写过信……"

"是啊。"刘世吾又干咳了一会,作着手势说,"现在下边支部里各类问题很多,你如果一一的用手工业的方法去解决,那是事倍功半的。而且,上级布置的任务追着屁股,完成这些任务已经感到很吃力。作为领导,必须掌握一种把个别问题与一般问题结合起来,把上级分配的任务与基层存在的问题结合起来的艺术。再者,王清泉工作不努力是事实,但还没有发展到消极怠工的地步;作风有些生硬,也不是什么违法乱纪;显然,这不是组织处理问题而是经常教育的问题。从各方面看,解决这个问题的时机目前还不成熟。"

林震沉默着,他判断不清究竟哪样对;是娜斯嘉的"对坏事决不容忍"对呢,还是刘世吾的"条件成熟论"对。他一想起王清泉那样的厂长就觉得难受,但是,他驳不倒刘世吾的"领导艺术"。刘世吾又告诉他:"其实,有类似毛病的干部也不只一个……"这更加使得林震睁大了眼睛,觉得这跟他在小学时所听的党课的内容不是一个味儿。

后来,林震又把看到的韩常新如何了解情况与写简报的事说了说,他说,他觉得这样整理简报不太真实。

刘世吾大笑起来,说:"老韩……这家伙……真高明……"笑完了,又长出一口气,告诉林震:"对,我把你的意见告诉他。"

林震犹豫着,刘世吾问:"还有别的意见么?"

于是林震勇敢地提出:"我不知道为什么,来了区委会以后发现了许多许多缺点,过去我想像的党的领导机关不是这样……"

刘世吾把茶杯一放:"当然,想像总是好的,实际呢,就那么回事。问题不在有没有缺点,而在什么是主导的。我们区委的工作,包括组织部的工作,成绩是基本的呢还是缺点是基本的?显然成绩是基本的,缺点是前进中的缺点。我们伟大的事业,正是由这些有缺点的组织和党员完成着的。"

走出办公室以后,林震有一种奇怪的感觉:和刘世吾谈话似乎可以消食化气,而他自己的那些肯定的判断,明确的意见,却变得模糊不清了。他更加惶惑了。

六

不久,在党小组会上,林震受到了一次严厉的批评。

事情是这样：有一次，林震去麻袋厂，魏鹤鸣说，由于季度生产质量指标没有达到，王厂长狠狠地训了一回工人，工人意见很大，魏鹤鸣打算找些人开个座谈会，搜集意见，准备向上反映。林震很同意这种作法，以为这样也许能促进"条件的成熟"。过了三天，王清泉气急败坏地到区委会找副书记李宗秦，说魏鹤鸣在林震支持下搞小集团进行反领导的活动，还说参加魏鹤鸣主持的座谈会的工人都有历史问题……最后说自己请求辞职。李宗秦批评了他的一些缺点，同意制止魏鹤鸣再开座谈会，"至于林震，"他对王清泉说，"我们会给以应有的教育的。"

批评会上，韩常新分析道："林震同志没有和领导上商量，擅自同意魏鹤鸣召集座谈会，这首先是一种无组织无纪律行为……"

林震不服气，他说："没有请示领导，是我的错。但是我不明白为什么我们不但不去主动了解群众的意见，反而制止基层这样作！"

"谁说我们不了解？"韩常新翘起一只腿，"我们对麻袋厂的情况统统掌握……"

"掌握了而不去解决，这正是最痛心的！党章上规定着，我们党员应该向一切违反党的利益的现象作斗争……"林震的脸变青了。

富有经验的刘世吾开始发言了，他向来就专门能在一定的关头起扭转局面的作用。

"林震同志的工作热情不错，但是他刚来一个月就给组织部的干部讲党章，未免仓促了些。林震以为自己是支持自下而上的批评，是作一件漂亮事，他的动机当然是好的喽；不过，自下而上的批评必须有领导地去开展，譬如这回事，请林震同志想一想：第一，魏鹤鸣是不是对王清泉有个人成见呢？很难说没有。那么魏鹤鸣那样积极地去召集座谈会，可不可能有什么个人目的呢？我看不一定完全不可能。第二，参加会的人是不是有一些历史复杂别有用心的分子呢？这也应该考虑到。第三，开这样一个会，会不会在群众里造成一种王清泉快要挨整了的印象因而天下大乱了呢？等等。至于林震同志的思想情况，我愿意直爽地提出一个推测：年青人容易把生活理想化，他以为生活应该怎样，便要求生活怎样，作一个党工作者，要多考虑的却是客观现实，是生活可能怎样。年青人也容易过高估计自己，抱负甚多，一到新的工作岗位就想对缺点斗争一番，充当个娜斯嘉式的英雄。这是一种可贵的，可爱的想法，也是一种虚妄……"

林震像被打中了一拳似地颤了一下，他紧咬住下嘴唇忍住了心里的气愤和痛苦。

他鼓起勇气再问："那么王清泉……"刘世吾把头一扬："我明天找他谈话，有原则性的并不仅是你一个人。"

七

星期六晚上，韩常新举行婚礼。林震走进礼堂，他不喜欢那迷漫的呛人的烟气，还有地上杂乱的糖果皮与空中杂乱的哄笑；没等婚礼开始他就退了出来。

组织部的办公室黑着，他拉开灯，看见自己桌上的信，是小学的同事们写来的，其中还夹着孩子们用小手签了名的信：

"林老师：您身体好吗？我们特别特别想您，女同学都哭了，后来就不哭了，后来我们作算术，题目特别特别难，我们费了半天劲，中于算出来了……"

看着信，林震不禁独自笑起来了，他拿起笔把"中于"改成"终于"，准备在回信时告诉他们下次要避免别字。他仿佛看见了系蝴蝶结的李琳琳,爱画水彩画的刘小毛和常常把铅笔头含在嘴里的孟飞……他猛把头从信纸上抬起来,所看见的却是电话、吸墨纸和玻璃板。他所熟悉的孩子的世界已经离他而去了,现在是到了一个有些陌生的环境里来了……他想起前天党小组会上人们对他的批评。难道自己真的错了?真的是莽撞和幼稚,再加几分年青人的廉价的勇气?也许真的应该切实估量一下自己,把分内的事作好,过两年,等到自己"成熟"了以后再干预一切吧?

礼堂里传来爆发的掌声和笑声。

一只柔软的手落在肩上,他吃惊地回过头来,灯光显得刺眼,赵慧文没有声响地站在他的身边,女同志走路都有这种不声不响的本事。

赵慧文问:"怎么不去玩?"

"我懒得去。你呢?"

"我该回家了,"赵慧文说,"到我家坐坐好吗?省得一个人在这儿想心事。"

"我没有心事。"林震分辩着,但他接受了赵慧文的好意。

赵慧文住在离区委会不远的一个小院落里。

孩子睡在浅蓝色的小床里,幸福地含着指头。赵慧文吻了儿子,拉林震到自己房间里来。

"他父亲不回来吗?"林震小心地问。

赵慧文摇摇头。

这间卧室好像是布置得很仓促,墙壁因为空无一物而显得过分洁白,盆架孤单地缩在一角,窗台上的花瓶傻气地张着口;只有床头小桌上的收音机,好像还能扰乱这卧室的安静。

林震坐在藤椅上,赵慧文靠墙站着。林震指着花瓶说:"应该插枝花,"又指着墙壁说,"为什么不买几张画挂上?"

赵慧文说:"经常也不在,就没有管它。"然后她指着收音机问:"听不听?星期六晚上,总有好的音乐。"

收音机亮了,一种梦幻的柔美的旋律从远处飘来,慢慢变得热情激荡。提琴奏出的诗一样的主题立即揪住了林震的心。他托着腮,屏住了气。他的青春,他的追求,他的碰壁,似乎都能与这乐曲相通。

赵慧文背着手靠在墙上,不顾衣服蹭上了石灰粉,等这段乐曲过去,她用和音乐一样的声音说:"这是柴可夫斯基的意大利随想曲,让人想到南国,想到海,……我在文工团的时候常听它,慢慢觉得,这调子不是别人演奏出的,而是从我心里钻出来的……"

"在文工团?"

"参加军事干部学校以后被分配去的,在朝鲜,我用我的蹩脚的嗓子给战士唱过歌,我是个哑嗓子的歌手。"

林震像第一次见面似的又重新打量赵慧文。

"怎么?不像了吧?"这时电台改放"剧场实况"了,赵慧文把收音机关了。

"你是文工团的,为什么很少唱歌?"林震问。

她不回答,走到床边,坐下。她说:"我们谈谈吧,小林,告诉我,你对咱们区委的印象怎么样?"

"不知道,我是说,还不明确。"

"你对韩常新和刘世吾有点意见吧,是不?"

"也许。"

"当初我也这样,从部队转业到这里,和部队的严格准确比较,许多东西我看不惯。我给他们提了好多意见,和韩常新激动地吵过一回,但是他们笑我幼稚,笑我工作没作好意见倒一大堆,慢慢地我发现,和区委的这些缺点作斗争是我力不胜任的……"

"为什么力不胜任?"林震像刺痛了似地跳起来,他的眉毛拧在一起了。

"这是我的错,"赵慧文抓起一个枕头,放在腿上,"那时我觉得自己水平太低,自己也很不完美,却想纠正那些水平比自己高得多的同志,实在不量力。而且,刘世吾、韩常新还有别人,他们确实把有些工作作得很好。他们的缺点散布在咱们工作的成绩里边,就像灰尘散布在美好的空气中,你嗅得出来,但抓不住,这正是难办的地方。"

"对!"林震把右拳头打在左手掌上。

赵慧文也有些激动了,她把枕头抛开,话说得更慢,她说:"我作的是事务工作,领导同志也不大过问,加上个人生活上的许多牵扯,我沉默了,于是,上班抄抄写写,下班给孩子洗尿布,买奶粉。我觉得我老得很快,参加军干校时候那种热情和幻想,不知道哪里去了。"她沉默着,一个一个地捏着自己那白白的好看的手指,接着说:"两个月以前,北京市进入社会主义高潮,工人、店员还有资本家,放着鞭炮,打着锣鼓到区委会报喜,工人、店员把入党申请书直接送到组织部,大街上一天一变,整个区委会彻夜通明,吃饭的时候,宣传部、财经部的同志滔滔不绝地讲着社会主义高潮中的各种气象;可我们组织部呢?工作改进很少!打电话催催发展数字,按前年的格式添几条新例子写写总结……最近,大家检查保守思想,组织部也检查,拖拖沓沓开了三次会,然后写个材料完事。……哎,我说乱了,社会主义高潮中,每一声鞭炮都刺着我,当我复写批准新党员通知的时候,我的手激动得发抖,可是我们的工作就这样依然故我地下去吗?"她喘了一口气,来回踱着,然后接着说:"我在党小组会上谈自己的想法,韩常新满足地问:'难道我们发展数字的完成比例不是各区最高的? 难道市委组织部没要我们写过经验?'然后他进行分析,说我情绪不够乐观,是因为不安心事务工作……"

"开始的时候,韩常新给人一个了不起的印象,但是实际一接触……"林震又说起那次写汇报的事。

赵慧文同意地点头:"这一二年,虽然我没提什么意见,但我无时无刻不在观察。生活里的一切,有表面也有内容,作到金玉其外,并不是难事。譬如韩常新,充领导他会拉长了声音训人,写汇报他会强拉硬扯生动的例子,分析问题,他会用几个无所不包的概念;于是,俨然成了个少壮有为的干部,他漂浮在生活上边,悠然得意。"

"那么刘世吾呢?"林震问,"他决不像韩常新那样浅薄,但是他的那些独到的见解,精辟的分析,好像包含着一种可怕的冷漠,看到他容忍王清泉这样的厂长,我无法理解,而当我想向他表示什么意见的时候,他的议论却使人越绕越糊涂,除了跟着他走,似乎没有别的路……"

"刘世吾有一句口头语:就那么回事。他看透了一切,以为一切就那么回事。按他自己的说法,他知道什么是'是',什么是'非',还知道'是'一定战胜'非',又知道'是'不是一下子战胜

'非',他什么都知道,什么都见过——党的工作给人的经验本来很多;于是他不再操心,不再爱也不再恨。他取笑缺陷,仅仅是取笑,欣赏成绩,仅仅是欣赏。他满有把握地应付一切,再也不需要虔诚地学习什么,除了拼音文字之类的具体知识。一旦他认为条件成熟需要干一气,他一把把事情抓在手里,教育这个,处理那个,俨然是一切人的上司。凭他的经验和智慧,他当然可以作好一些事,于是他更加自信。"赵慧文毫不容情地说着。这些话曾经在多少个不眠的夜晚萦绕在她的心头……

"我们的区委副书记兼部长呢?他不管么?"

赵慧文更加兴奋了,她说:"李宗秦身体不好,他想去作理论研究工作,嫌区的工作过于具体。他作组织部长只是挂名,把一切事情推给刘世吾。这也是一种相当普遍的不正常的现象,有一批老党员,因为病、因为文化水平低,或者因为是首长爱人,他们挂着厂长、校长和书记的名,却由副厂长、教导主任、秘书或者某个干事作实际工作。"

"我们的正书记——周润祥同志呢?"

"周润祥同志工作太多,他忙着肃反,私营企业的改造……各种带有突击性的任务,我们组织部的工作呢,一般说永远成不了带突击性的中心任务,所以他管的也不多。"

"那……怎么办呢?"林震直到现在,才开始明白了事情的复杂性,一个缺点,仿佛粘在从上到下的一系列的缘故上。

"是啊。"赵慧文沉思地用手指弹着自己的腿,好像在弹一架钢琴,然后她向着远处笑了,她说:"谢谢你……"

"谢我?"林震以为自己听错了。

"是的,见到你,我好像又年轻了。你常常把眼睛盯在一个地方不动,老是在想,像个爱幻想的孩子。你又挺容易兴奋起来,动不动就红脸。可是,你又天不怕地不怕,敢于和一切坏现象作斗争,于是我有一种婆婆妈妈的预感:你……一场风波要起来了。"

林震又真的脸红了。他根本没想到这些,他正为自己的无能而十分羞耻。他嘟哝着说:"但愿是真正的风波而不是瞎胡闹。"然后他问,"你想了这么多,分析得这么清楚,为什么只是憋在心里呢?"

"我老觉得没有把握,"赵慧文把手放在自己的胸前,"我看了想,想了又看,我有时候想得一夜都睡不好,我问自己:'你的工作是事务性的,你能理解这些吗?'"

"你怎么会这样想?我觉得你刚才说的对极了!你应该把你刚才说的对区委书记谈,或者写成材料给《人民日报》……"

"瞧,你又来了。"赵慧文露出润湿的牙齿笑了。

"怎么叫又来了?"林震不高兴地站起来,使劲搔着头皮,"我也想过多少次,我觉得,人要在斗争中使自己变正确,而不能等到正确了才去作斗争!"

赵慧文突然推门出去了,把林震一个人留在这空旷的屋子里。他嗅见了肥皂的香气。马上,赵慧文回来了,端着一个长柄的小锅,她跳着进来,像一个梳着三只辫子的小姑娘。她打开锅盖,戏剧性地向林震说:

"来,我们吃荸荠,煮熟了的荸荠,我没有找到别的好吃的。"

"我从小就喜欢吃熟荸荠,"林震愉快地把锅接过来,他挑了一个大的没剥皮就咬了一口,然后他皱着眉吐了出来,"这是个坏的,又酸又臭。"赵慧文大笑了。林震气愤地把捏烂了的酸荸荠扔到地上。

临走的时候,夜已经深了,纯净的天空上布满了畏怯的小星星。有一个老头儿吆喝:"炸丸子开锅!"推车走过。林震站在门外,赵慧文站在门里,她的眼睛在黑暗中闪光,她说:"下次来的时候,墙上就有画了。"

林震会心地笑着:"而且希望你把丢下的歌儿唱起来!"他摇了一下她的手。

林震用力地呼吸着春夜的清香之气,一股温暖的泉水在心头涌了上来。

八

韩常新最近被任命为组织部副部长。新婚和被提拔,使他愈益精神焕发和朝气勃勃。他每天刮一次脸,在参观了服装展览会以后又作了一套凡尔丁料子的衣服。不过,最近他亲自出马下去检查工作少了,主要是在办公室听汇报,改文件和找人谈话。刘世吾仍然那么忙……

一天,晚饭以后,韩常新把《拖拉机站站长与总农艺师》还给林震,他用手弹一弹那本书,点点头说:"很有意思,也很荒唐。当个作家倒不坏,编得天花乱坠。赶明儿我得了风湿性关节炎或者犯错误受了处分,就也写小说去。"

林震接过书,赶快拉开抽屉,把它压在最底下。

刘世吾坐在另一边的沙发上正出神地研究一盘象棋残局,听了韩常新的话,刻薄地说:"老韩将来得关节炎或者受处分倒不见得不可能,至于小说,我们可以放心,至少在这个行星上不会看到您的大作。"他说的时候一点不像开玩笑,以至韩常新尴尬地转过头,装没听见。

这时刘世吾又把林震叫过去,坐在他旁边,问:"最近看什么书了? 有没有好的借我看看?"

林震说没有。

刘世吾挪动着身体,斜躺在沙发上,两手托在脑后,半闭着眼,缓慢地说:"最近在《译文》上看了《被开垦的处女地》第二部的片段,人家写得真好,活得很……"

"您常看小说?"林震真不大相信。

"我愿意荣幸地表示,我和你一样地爱读书:小说、诗歌、包括童话。解放以前,我最喜欢屠格涅夫,小学五年级,我已经读《贵族之家》,我为伦蒙那个德国老头儿流泪,我也喜欢叶琳娜;英沙罗夫写得却并不好……可他的书有一种清新的、委婉多情的调子。"他忽地站起来,走近林震,扶着沙发背,弯着腰继续说,"现在也爱看,看的时候很入迷,看完了又觉得没什么,你知道,"他紧挨林震坐下,又半闭起眼睛,"当我读一本好小说的时候,我梦想一种单纯的、美妙的、透明的生活。我想去作水手,或者穿上白衣服研究红血球,或者作一个花匠,专门培植十样锦……"他笑了,从来没这样笑过,不是用机智,而是用心。"可还是得作什么组织部长。"他摊开了手。

"为什么您把现在的工作看得和小说那么不一样呢? 党的工作不单纯,不美妙,也不透明么?"林震友好而关切地问。

刘世吾接连摇头,咳嗽了一会,又站起来,靠到远一点的地方,嘲笑地说:"党工作者不适合看小说。……譬如,"他用手在空中一划,"拿发展党员来说,小说可以写:'在壮丽的事业里,多少名新战士参加了无产阶级的先锋行列,万岁!'而我们呢,组织部呢,却正在发愁:第一,某支部组织委员工作马大哈,谈不清新党员的历史情况。第二,组织部压了百十几个等着批准的新党员,没时间审查。第三,新党员需经常委会批准,常委委员一听开会批准党员就请假。第四,公安局长参加常委会批准党员的时候老是打瞌睡……"

"您不对!"林震大声说,他像本人受了侮辱一样地难以忍耐,"真奇怪!……"他说不下去了。

刘世吾笑了笑,叫韩常新:"来,看看报上登的这个象棋残局,该先挪车呢还是先跳马?"

九

魏鹤鸣告诉林震,他要求回到车间作工人,他说:"这个支部委员和生产科长我干不了。"林震费尽唇舌,劝他把那次座谈会搜集的意见写给党报,并且质问他:"你退缩了,你不信任党和国家了,是吗?"后来魏鹤鸣和几个意见较多的工人写了一封长信,偷偷地寄给报纸,连魏鹤鸣本人都对自己有些怀疑:"也许这又是'小集团活动'?那就处罚我吧!"他是带着有罪的心情把大信封扔进邮箱的。

五月中旬,《北京日报》以显明的标题登出揭发王清泉官僚主义作风的群众来信。署名"麻袋厂一群工人"的信,愤怒地要求领导上处理这一问题。《北京日报》编者也在按语中指出:"……有关领导部门应迅速作认真的检查……"

赵慧文首先发现了,她叫林震来看。林震兴奋得手发抖,看了半天连不成句子,他想:"好!终于揭出来了!时机总算成熟了吧?"

他把报纸拿给刘世吾看,刘世吾仔细地看了几遍,然后抖一抖报纸,客观地说:"好,开刀了!"

这时,区委书记周润祥走进来,他问:"王清泉的情况你们了解不?"

刘世吾不慌不忙地说:"麻袋厂支部的一些不健康的情况那是确实存在的。过去,我们就了解过,最近我亲自找王清泉谈过话,同时小林同志也去了解过。"他转身向林震:"小林,你谈谈王清泉的情况吧。"

有人敲门。魏鹤鸣紧张地撞进来,他的脸由红色变成了青色,他说,王厂长在看到《北京日报》以后非常生气,现在正追查写信的人。

……经过党报的揭发与区委书记的过问,刘世吾以出乎林震意料之外的雷厉风行的精神处理了麻袋厂的问题。刘世吾一下决心,就可以把工作作得很出色。他把其他工作交代给别人,连日与林震一起下到麻袋厂去。他深入车间,详细调查了王清泉工作的一切情况,征询工人群众的一切意见。然后,与各有关部门进行了联系,只用了一个多星期的时间,就对王清泉作了处理,——党内和行政都予以撤职处分。

处理王清泉的大会一直开到深夜,开完会,外面下起雨,雨忽大忽小,久久地不停息。风吹到人脸上有些凉。刘世吾与林震到附近的一个小铺子去吃馄饨。

这是新近公私合营的小铺子,整理得干净而且舒适。由于下雨,顾客不多。他们避开热气腾腾的馄饨锅,在墙角的小桌旁坐下来。

他们要了馄饨,刘世吾还要了白酒,他呷了一口酒,掐着手指,有些感触地说:"我这是第六次参加处理犯错误的负责干部的问题了,头几次,我的心很沉重。"由于在大会上激昂地讲过话,他的嗓音有些嘶哑,"党工作者是医生,他要给人治病,他自己却是并不轻松的。"他用无名指轻轻敲着桌子。

林震同意地点头。

刘世吾忽然问:"今天是几号?"

"五月二十。"林震告诉他。

"五月二十,对了。九年前的今天,青年军二〇八师打坏了我的腿。"

"打坏了腿?"林震对刘世吾的过去历史还不了解。

刘世吾不说话,雨一阵大起来,他听着那哗啦哗啦的单调的响声,嗅着潮湿的土气。一个被雨淋透的小孩子跑进来避雨,小孩的头发在往下滴水。

刘世吾招呼店员:"切一盘肘子。"然后告诉林震:"一九四七年,我在北大作自治会主席。参加五·二〇游行的时候,二〇八师的流氓打坏了我的腿。"他挽起裤子,可以看到一道弧形的疤痕,然后他站起来:"看,我的左腿是不是比右腿短一点?"

林震第一次以深深的尊敬和爱戴的眼光看着他。

喝了几口酒,刘世吾的脸微微发红,他坐下,把肉片夹给林震,然后斜着头说:"那时候……我是多么热情,多么年青啊!我真恨不得……"

"现在就不年青,不热情了么?"林震试探着问。他想了解一下这个人,想逗得他多说几句。

"当然不,"刘世吾玩着空酒杯,"可是我真忙啊!忙得什么都习惯了,疲倦了。解放以来从来没睡够过八小时觉。我处理这个人和那个人,却没有时间处理处理自己。"他托起腮,用最质朴的人对人的态度看着林震,"是啊,一个布尔什维克,经验要丰富,但是心要单纯。……再来一两!"刘世吾举起酒杯,向店员招手。

这时林震已经开始被他深刻和真诚的抒发所感动了。刘世吾接着闷闷地说:"据说,炊事员的职业病是缺少良好食欲,饭菜是他们作的,他们整天和饭菜打交道。我们,党工作者,我们创造了新生活,结果,生活反倒不能激动我们。……"

林震的嘴动了动,刘世吾摆摆手,表示希望不要现在就和他辩论。他不说话,独自托着腮发楞。

"雨小多了,这场雨对麦子不错。"过了半天,刘世吾叹了口气,忽然又说,"你这个干部好,比韩常新强。"

林震在慌乱中赶紧喝汤。

刘世吾盯着他,亲切地笑着,问他:"赵慧文最近怎么样?"

"她情绪挺好。"林震随口说。他拿起筷子去夹熟肉,看见了他熟悉的刘世吾的闪烁的目光。

刘世吾把椅子拉近他,缓缓地说:"原谅我的直爽,但是我有责任告诉你……"

"什么?"林震停止了夹肉。

"据我看,赵慧文对你的感情有些不……"

林震颤抖着手放下了筷子。

离开馄饨铺,雨已经停了,星光从黑云下面迅速地露出来,风更凉了,积水潺潺地从马路两边的泄水池流下去。林震迷惘地跑回宿舍,好像喝了酒的不是刘世吾,倒是他。同宿舍的同志都睡得很甜,粗短的和细长的鼾声此起彼伏。林震坐在床上,摸着湿了的裤角,难过,难过,说不清为什么要难过。眼前浮现了赵慧文的苍白而美丽的脸。……他还是个毛小伙子,他什么也没经历过,什么都不懂。难过,难过,……他走近窗子,把脸紧贴在外面沾满了水珠的冰冷的玻璃上。

十

区委常委开会讨论麻袋厂的问题。

林震列席参加。他坐在一角,心跳,紧张,手心里出了汗。他的衣袋里装着好几千字的发言提纲,准备在常委会上从麻袋厂事件扯出组织部工作中的问题。他觉得麻袋厂问题的揭发和解决,造成了最好的机会,可以促请领导从根本上考虑一下组织部的工作。时候到了!

刘世吾正在条理分明地汇报情况。书记周润祥显出沉思的神色,用左拳托着士兵式的粗壮而宽大的脸,右腕子压着一张纸,时而在上面写几个字。李宗秦用食指在空中写画着。韩常新也参加了会,他专心地把自己的鞋带解开又系上。

林震几次想说话,但是心跳得使他喘不上气。第一次参加常委会,就作这种大胆的发言,未免过于莽撞吧?不怕,不怕!他鼓励自己。他想起八岁那年在青岛学跳水,他也一边听着心跳,一边生气地对自己说:"不怕,不怕!"

区委常委批准了刘世吾对于麻袋厂问题提出的处理意见,马上就要进行下面一项议程了,林震霍地举起了手。

"有意见吗?不举手就可以发言的。"周书记笑着说。

林震站起来,碰响了椅子,掏出笔记本看着提纲,他不敢看大家。

他说:"王清泉个人是作了处理了,但是如何保证不再有第二、第三个王清泉出现呢?我们应该检查一下区委组织工作中的缺点:第一,我们只抓了建党,对于巩固党没给以应有的注意,使基层的党内斗争处于自流状态。第二,我们明知有问题却拖延着不去解决,王清泉来厂子整整五年,问题一直存在而且愈发展愈严重。……具体的说,我认为韩常新同志与刘世吾同志有责任……"

会场起了轻微的骚动,有人咳嗽,有人放下了烟卷,有人打开笔记本,有人挪了一下椅子。

韩常新耸了一下肩,用舌头舐了一下扭动着的牙床,讽刺地说:"往往听到一种事后诸葛亮的意见:'为什么不早一点处理呢?'当然是愈早愈好喽……高饶事件发生了,有人问为什么不早一点,贝利亚,也有人问为什么不早一点。再者,组织部并不能保证第二、三个王清泉不会出现,林震同志也未尝能保证这一点。……"

林震抬起头,用激怒的目光看韩常新。韩常新却只是冷冷地笑。林震压抑着自己,他说:"老韩同志知道缺点的存在是规律,但他不知道克服缺点前进更是规律。老韩同志和刘部长,就是抱住了头一个规律,因而对各种严重的缺点采取了容忍乃至于麻木的态度!"说完,他用手抹了抹头上的汗,他也不知道自己怎么敢说得这样尖锐,但是终究说出来了,他有一种如释重负的感觉。

李宗秦在空中画着的食指停住了。周润祥转头看看林震又看看大家,他的沉重的身躯使木椅发出了吱吱声。他向刘世吾示意:"你的意见?"

刘世吾点点头:"小林同志的意见是对的,他的精神也给了我一些启发……"然后他悠闲地蹓到桌子边去倒茶水,用手抚摸着茶碗沉思地说:"不过具体到麻袋厂事件,倒难说了。组织部门巩固党的工作抓的不够,是的,我们干部太少,建党还抓不过来。麻袋厂王清泉的处理,应该说还是及时而有效的。在宣布处理的工人大会上,工人的情绪空前高涨,有些落后的工人也表示更认识到了党的大公无私,有一个老工人在台上一边讲话一边落泪,他们口口声声说着感谢党,感谢区委……"

林震小声说:"是的,正因为这样,我才觉得我们工作中的麻木、拖延、不负责任,是对群众犯罪。"他提高了声音,"党是人民的,阶级的心脏,我们不允许心脏上有灰尘,就不允许党的机关有缺点!"

李宗秦把两手交插起来放在膝头,他缓缓地说,像是一边说一边思索着如何造句:"我认为林震、韩常新、刘世吾同志的主要争论有两个症结,一个是规律性与能动性的问题,……一个是……"

林震以不知从哪儿来的勇气对李宗秦说:"我希望不要只作冷静而全面的分析……"他没有说下去,他怕自己掉下眼泪来。

"为什么?"周润祥问林震,他严厉地说,"冷静而全面的分析比急躁而片面的冲动好得多。同志,你太容易激动了,背诵着抒情诗去作组织工作是不相宜的!"然后他对大家说:"讨论下一项议程吧。"

散会后,林震气恼得没有吃下饭,区委书记的态度他没想到。他不满甚至有点失望。韩常新与刘世吾找他一齐出去散步,就像根本没理会他对他们的不满意,这使林震更意识到自己和他们力量的悬殊。他苦笑着想:"你还以为常委会上发一席言就可以起好大的作用呢!"他打开抽屉,拿起那本被韩常新嘲笑过的苏联小说,翻开第一篇,上面写着:"按娜斯嘉的方式生活!"他自言自语:"真难啊!"

十一

第二天下班以后,赵慧文告诉林震:"到我家吃饭去吧,我自己包饺子。"他想推辞,赵慧文已经走了。

林震犹豫了好久,终于在食堂吃了饭再到赵慧文家去。赵慧文的饺子刚刚煮熟。她第一次穿上暗红色的旗袍,系着围裙,手上沾满面粉,像一个殷勤的主妇似地对林震说:"新下来的豆角做的馅子……"

林震嗫嚅地说:"我吃过了。"

赵慧文不信,跑出去给他拿来了筷子,林震再三表示确实吃过,赵慧文不满意地一个人吃起来。林震不安地坐在一旁,一会儿看看这,一会儿看看那,一会儿搓搓手,一会儿晃一晃身体。那种说不出来的温暖和难过的感觉又一齐涌上了他的心头。他的心在痛,好像失掉了什么。他简直不敢看赵慧文那张被红衣裳映红了的美丽的脸儿。

"小林,有什么事么?"赵慧文停止了吃饺子。

"没……有。"

"告诉我吧。"赵慧文目不转睛地看着他。

"昨天在常委会上我把意见都提了,区委书记睬都不睬……"

赵慧文咬着筷子端想了想,她坚决地说:"不会的,周润祥同志也许只是不轻易发表意见……"

"也许。"林震半信半疑地说,他低下头,不敢正面接触赵慧文关切的目光。

赵慧文吃了几个饺子,又问:"还有呢?"

林震的心跳起来了。他抬起头,看见了赵慧文那同情他和鼓励他的眼睛,他轻轻地叫:"赵慧文同志……"

赵慧文放下筷子,靠在椅子背上,有些吃惊了。

"我很想知道,你是否幸福。"林震用一种粗重的完全像大人一样的声音说,"我看见过你的眼泪,在刘世吾的办公室,那时候春天刚来……后来忘记了。我自己马马虎虎地过日子,也不会关心人。你幸福吗?"

赵慧文略略疑惑地看着他,摇头,"有时候我也忘记……"然后点头,"会的,会幸福的。你为什么问它呢?"她安详地笑着。

林震把刘世吾对他讲的告诉了她:"……请原谅我,把刘世吾同志随便讲的一些话告诉了你,那完全是瞎说……我很愿意和你一起说话或者听交响乐,你好极了,那是自然而然的,……也许这里边有什么不好的,不合适的东西,马马虎虎的我忽然多虑了,我恐怕我扰乱谁。"林震抱歉地结束了。

赵慧文安详地笑着,接着皱起了眉尖儿,又抬起了细瘦的胳臂,用力擦了一下前额,然后她甩了一下头,好像甩掉什么不愉快的心事似地转过身去了。

她慢慢地走到墙壁上新挂的油画前边,默默地看画。那幅画的题目是"春",莫斯科,太阳在春天初次出现,母亲和孩子到街头去……

一会,她又转过身来,迅速地坐在床上,一只手扶着床栏杆,异常平静地说:"你说了些什么呀? 真是! 我不会作那些不经过考虑的事。我有丈夫,有孩子,我还没和你谈过我的丈夫,"她不用常说的"爱人",而强调地说着"丈夫","我们在五二年结的婚,我才十九,真不该结婚那么早。他从部队里转业,在中央一个部里作科长,他慢慢地染上了一种'油条'劲儿,争地位、争待遇,和别人不团结。我们之间呢,好像也只剩下了星期六晚上回来和星期一走。他的理论是:或者是崇高的爱情,或者什么都没有。我们争吵了……但我仍然等待着……他最近出差去上海,等回来,我要和他好好谈一谈。可你说了些什么呢?"她又一次问,"小林,你是我所尊敬的顶好的朋友,但你还是个孩子——这个称呼也许不对,对不起。我们都希望过一种真正的生活,我们希望组织部成为真正的党的工作机构,我觉着你像是我的弟弟,你盼望我振作起来,是吧? 生活是应该有互相支援和友谊的温暖,我从来就害怕冷淡。就是这些了,还有什么呢? 还能有什么呢?"

林震惶恐地说:"我不该受刘世吾话的影响……"

"不,"赵慧文摇头,"刘世吾同志是聪明人,他的警告也许并不是完全没有必要,然后……"她深深地吐一口气:"那就好了。"

她收拾起碗筷,出去了。

林震茫然地站起,来回踱着步子,他想着,想着,好像有许多话要说,慢慢地,又没有了。他要说什么呢？本来什么都没有发生。生活有时候带来某种情绪的波流，使人激动也使人困扰，然后波流流过去，没有一点痕迹……真的没有痕迹吗？它留下对于相逢者的纯洁和美好的记忆，虽然淡淡，却难忘……

赵慧文又进来了，她领着两岁的儿子，还提着一个书包。小孩已经与林震见过几次面，亲热地叫林震"夫夫"——他说不清"叔叔"。

林震用强健的手臂把他举了起来。空旷的屋子里顿时充满了孩子的笑闹声。

赵慧文打开书包，拿出一叠纸，翻着，说："今天晚上，我要让你看几样东西。我已经把三年来看到的组织部工作中的一些问题和自己的意见写了一个草稿。这个……"她不好意思地摸了一下一张橡皮纸："大概这是可笑的，我给自己规定了一个竞赛的办法。让今天的自己和昨天的自己竞赛。我画了表，如果我的工作有了失误——写入党批准通知的时候抄错了名字或者统计错了新党员人数，我就在表上画一个黑叉子，如果一天没有错，就画一个小红旗。连续一个月都是红旗，我就买一条漂亮的头巾或者别的什么奖励自己……也许，这像幼儿园的作法吧？你笑吗？"

林震入神地听着，他严肃地说："决不，我尊敬你对你自己的……"

临走的时候，夜已经深了，林震站在门外，赵慧文站在门里，她的眼睛在黑暗中闪着光，她说："今天的夜色非常好，你同意吗？你嗅见槐花的香气了没有？平凡的小白花，它比牡丹清雅，比桃李浓馥，你嗅不见？真是！再见。明天一早就见面了，我们各自投身在伟大而麻烦的工作里边。然后晚上来找我吧，我们听美丽的意大利随想曲。听完歌，我给你煮荸荠，然后我们把荸荠皮扔得满地都是……"

……林震靠着组织部门前的大柱子好久好久地呆立着，望着夜的天空。初夏的南风吹拂着他——他来时是残冬，现在已经是初夏了。他在区委会度过了第一个春天。

一阵莫名其妙的情绪涌上了他的心头，仿佛是失掉了什么宝贵的东西，仿佛是由于想起了自己几个月来工作得太少而进步也太慢……不，他仿佛是第一次尝到了爱情的痛苦的滋味。

在这以前，他并没有想到自己会对赵慧文发生什么特别的感情，他不过是把她当做一位朋友，一位大姐；不过是，偶然想起她对他的友谊时，心里有一股温暖的、然而又有些难过的和惭愧的味儿。他一直并没有好好地去想一想为什么会有这样的心情。但正因为有这样的心情，再加上刘世吾的点破，他才更加不安，好像是担心会有什么不幸的事情要发生，因此他才有了刚才那样一段坦率的表白。却没有想到，当赵慧文也作了同样坦率的表白以后，当她仍然把他当做亲密的朋友，当她说出人与人之间需要热情，当她宣布了自己今后力求进步的计划以后，她的一举一动，她的心灵，反而显得更加可爱了，一股真正的爱情的滋味反而从他的内心深处涌出来了！……不，她是有丈夫的人，不会爱他，他也不应该爱她。……人，是多么复杂啊！一切一切事情，决不会像刘世吾所说的："就那么回事。"不，决不是就那么回事。正因为不是就那么回事，所以人应该用正直的感情严肃认真地去对待一切。正因为这样，所以看见了不合理的事情，不能容忍的事情，就不要容忍，就要一次两次三次地斗争到底，一直到事情改变了为止。所以决不要灰心丧气……至于爱情呢，既是……那就咬咬牙，把这热情悄悄地压在自己心里吧！

"我要更积极，更热情，但是一定要更坚强……"最后，林震低声对自己说了这么两句，挺起胸脯来深深地吸了一口夜的凉气。

隔着窗子,他看见绿色的台灯和夜间办公的区委书记的高大侧影,他坚决地、迫不及待地敲响领导同志办公室的门。

一九五六年五月—七月

(原载《人民文学》1956年9月号)

红豆

宗 璞

天气阴沉沉的,雪花成团地飞舞着。本来是荒凉的冬天的世界,铺满了洁白柔软的雪,仿佛显得丰富了,温暖了。江玫手里提着一只小箱子,在X大学的校园中一条弯曲的小道上走着。路旁的假山,还在老地方。紫藤萝架也还是若隐若现的躲在假山背后。还有那被同学戏称为阿木林的枫树林子,这时每株树上都积满了白雪,真是"忽如一夜春风来,千树万树梨花开"了。雪花迎面扑来,江玫觉得又清爽又轻快。她想起六年以前,自己走着这条路,离开学校,走上革命的工作岗位时的情景,她那薄薄的嘴唇边,浮出一个微笑。脚下不觉愈走愈快,那以前住过四年的西楼,也愈走愈近了。

江玫走进了西楼的大门,放下了手中的箱子,把头上紫红色的围巾解下来,抖着上面的雪花。楼里一点声音也没有,静悄悄地。江玫知道这楼已作了单身女教职员宿舍,比从前是学生宿舍时,自然不同。只见那间门房,从前是工友老赵住的地方,门前挂着一个牌子,写着"传达室"三个字。

"有人么?"江玫环顾着这熟悉的建筑,还是那宽大的楼梯,还是那阴暗的甬道,吊着一盏大灯。只是墙边布告牌上贴着"今晚团员大会"的布告,又是工会基层选举的通知,用红纸写着,显得喜气洋洋的。

"谁呀?"一个苍老的声音从传达室里发出来。传达室门开了,一个穿着干部服的整洁的老头儿,站在门口。

"老赵!"江玫叫了一声,又高兴又惊奇,跑过去一把抱住了他。"你还在这儿!"

"是江玫!"老赵几乎不相信自己昏花的老眼,揉了揉眼睛,仔细看着江玫。"是江玫!打前儿个总务处就通知我,说党委会新来了个干部,叫给预备一间房,还说这干部还是咱们学校的学生呢,我可再也没想到是你!你离开学校六年啦,可一点没变样,真怪,现在的年轻人,怎么再也长不老哇!走!领你上你屋里去,可真凑巧,那就是你当学生时住的那间房!"

老赵絮絮叨叨领着江玫上楼。江玫抚着楼梯栏杆,好像又接触到了六年以前的大学生生活。

这间房间还是老样子,只是少了一张床,多了些别的家具。窗外可以看到阿木林,还有阿木林后面的小湖,在那里,夏天时,是要长满荷花的。江玫四面看着,眼光落到墙上嵌着的一个耶稣苦像上。那十字架的颜色,显然深了许多。

好像是有一个看不见的拳头,重重地打了江玫一下。江玫觉得一阵头昏,问老赵:"这个东西怎么还在这儿？"

"本来说要取下来，破除迷信，好些房间都取下来了。后来又说是艺术品让留着，有几间屋子就留下了。"

"为什么要留下？为什么要留下这一间的？"江玫怔怔地看着那十字架，一歪身坐在还没有铺好的床上。

"那也是凑巧呗！"老赵把桌上的一块破抹布捡在手里。"这屋子我都给收拾好啦，你归置归置，休息休息。我给你张罗点开水去。"

老赵走了。江玫站起身来，伸手想去摸那十字架，却又像怕触到使人疼痛的伤口似的，伸出手又缩回手，怔了一会儿，后来才用力一撤耶稣的右手，那十字架好像一扇门一样打开了。墙上露出一个小洞。江玫颠起脚尖往里看，原来被冷风吹得绯红的脸色刷的一下变得惨白。她低声自语："还在！"遂用两个手指，箝出了一个小小的有象牙托子的黑丝绒盒子。

江玫坐在床边，用发颤的手揭开了盒盖。盒中露出来血点儿似的两粒红豆，镶在一个银丝编成的指环上，没有耀眼的光芒，但是色泽十分匀净而且鲜亮。时间没有给它们留下一点痕迹——。

江玫知道这里面有多少欢乐和悲哀。她拿起这两粒红豆，往事像一层烟雾从心上升起，泪水遮住了眼睛——。

那已经是八年以前的事了。那时江玫刚二十岁，上大学二年级。那正是一九四八年，那动荡的翻天覆地的一年，那激动，兴奋，流了不少眼泪，决定了人生的道路的一年。

在这一年以前，江玫的生活像是山岩间平静的小溪流，一年到头潺潺的流着，从来也没有波浪。她生长于小康之家，父亲做过大学教授，后来做了几年官。在江玫五岁时，有一天，他到办公室去，就再没有回来过。江玫只记得自己被送到舅母家去住了一个月，回家时，看见母亲如画的脸庞消瘦了，眼睛显得惊人的大，看去至少老了十年。据说父亲是患了急性肠炎去世了。以后，江玫上了小学上中学，上了中学上大学。在中学时，有一些密友常常整夜叽叽喳喳地谈着知心话。上大学后，因为大家都是上课来，下课走，不参加什么活动的人简直连同班同学也不认识，只认识自己的同屋。江玫白天上课弹琴，晚上坐图书馆看参考书，礼拜六就回家。母亲从摆着夹竹桃的台阶上走下来迎接她，生活就像那粉红色的夹竹桃一样与世隔绝。

一九四八年春天，新年刚过去，新的学期开始了。那也是这样一个下雪天，浓密的雪花安安静静地下着。江玫从练琴室里走出来，哼着刚弹过的调子。那雪花使她感到非常新鲜，她那年青的心充满了欢快。她走在两排粉妆玉琢的短松墙之间，简直想去弹动那雪白的树枝，让整个世界都跳起舞来。她伸出了右手，自己马上觉得不好意思，连忙缩了回来，掠了掠鬓发，按了按母亲从箱子底下找出来的一个旧式发夹，发夹是黑白两色发亮的小珠串成的，还托着两粒红豆，她的新同屋萧素说好看，硬给她戴在头上的。

在这寂静的道路上，一个青年人正急速地向练琴室走来，他身材修长，穿着灰绸长袍，罩着蓝布长衫，半低着头，眼睛看着自己前面三尺的地方，世界对于他，仿佛并不存在。也许是江玫身上活泼的气氛，脸上鲜亮的颜色搅乱了他，他抬起头来看了她一眼。江玫看见他有着一张清秀的象牙色的脸，轮廓分明，长长的眼睛，有一种迷惘的做梦的神气。江玫想，这人虽然抬起头来，但是一定并没有看见我。不知为什么,这个念头,使她觉得很遗憾。

晚上,江玫躺在床上,久久不能入睡。许多片断在她脑中闪过。她想着母亲,那和她相依为命的老母亲,这一生欢乐是多么少。好像有什么隐秘的悲哀在过早地染白她那一头丰盛的头发。她非常嫌恶那些做官的和有钱的人,江玫也从她那里承袭了一种清高的气息。那与世隔绝的清高,江玫想想,忽然好笑了起来。

江玫自己知道,觉得那种清高好笑是因为想到萧素的缘故。萧素是江玫这一学期的新同屋。同屋不久,可是两人已经成为很要好的朋友。萧素说江玫像是从另一个世界来的,清高这个词儿也是萧素说的,她还说:"当然,这也有好处也有不好处。"这些,江玫并不完全了解。只不知为什么,乱七八糟的一些片断都在脑海中浮现出来。

这屋子多么空!萧素还不回来。江玫很想看见她那白中透红的胖胖的面孔,她总是给人安慰、知识和力量。学物理的人总是聪明的,而且她已经四年级了,江玫想。但是在萧素身上,好像还不只是学物理和上到大学四年级,她还有着更丰富的东西,江玫还想不出是什么。

正乱想着,萧素推门进来了。

"哦!小鸟儿!还没有睡!"小鸟儿是萧素给江玫起的绰号。

"睡不着。直希望你快点回来。"

"为什么睡不着?"萧素带回来一个大萝卜,切了一片给江玫。

"等着吃萝卜,——还等着你给讲点什么。"江玫望着萧素坦白率真的脸,又想起了母亲。上礼拜她带萧素回家去,母亲真喜欢萧素,要江玫多听萧姐姐的话。

"我会讲什么?你是幼儿园?要听故事?唉,给你本小书看看。"江玫接过那本小书,书面上写着"方生未死之间"。

两人静静地读起书来了。这本书很快就把江玫带进了一个新的天地。它描写着中国人民受的苦难,在血和泪中,大家在为一种新的生活——真正的丰衣足食,真正的自由——奋斗,这种生活,是大家所需要的。

"大家?——"江玫把书抱在胸前,沉思起来。江玫的二十年的日子,可以说全是在那粉红色的夹竹桃后面度过的。但她和母亲一样,憎恶权势,憎恶金钱。母亲有时会流着泪说:"大家都该过好日子,谁也不该屈死。"母亲的"大家"在这本小书里具体化了。是的,要为了大家。

"萧素,"江玫靠在枕上说:"我这简单的人,有时也曾想过人活着是为了什么,但想不通。你和你的书使我明白了一些道理。"

"你还会明白得更多。"萧素热切地望着她。"你真善良——。你让我忘记刚才的一场气了。刚刚我为我们班上的齐虹真发火——。"

"齐虹?他是谁?"

"就是那个常去弹琴,老像在做梦似的那个齐虹,真是自私自利的人,什么都不能让他关心。"

萧素又拿起书来看了。

江玫也拿起书来,但她觉得那清秀的象牙色的脸,不时在她眼前晃动。

雪不再下了。坚硬的冰已经逐渐变软。江玫身上的黑皮大衣换成了灰呢子的,配上她习惯用的红色的围巾,洋溢着春天的气息。她跟着萧素生活渐渐忙起来。她参加了"大家唱"歌咏团和"新诗社"。她多么欢喜那"你来我来他来她来大家一齐来唱歌"的热情的声音,她因为"黄河大合唱"刚开始时万马奔腾的鼓声兴奋得透不过气来。她读着艾青田间的诗,自己也悄悄写着什么"飞翔,飞翔,飞向自由的地方"的句子。"小鸟"成了大家对她的爱称。她和萧素也更接近,每天早上一醒来,先要叫一声"素姐"。

她还是天天去弹琴,天天碰见齐虹,可是从没有说过话。本来总在那短松夹道的路上碰见他。后来常在楼梯上碰见他,后来江玫弹完了琴出来时,总看见他站在楼梯栏杆旁,仿佛站了很久了似的,脸上的神气总是那样漠然。

有一天天气暖洋洋的,微风吹来,丝毫不觉得冷,确实是春天来了。江玫在练琴室里练习贝多芬的月光曲,总弹也弹不会,老要出错,心里烦躁起来,没到时间就不弹了。她走出琴室,一眼就看见齐虹站在那里。他的神色非常柔和,劈头就问:

"怎么不弹了?"

"弹不会。"江玫多少带了几分诧异。

"你大概太注意手指的动作了。不要多想它,只记着调子,自然会弹出来。"

他在钢琴旁边坐下了,冰冷的琴键在他的弹奏下发出了那样柔软热情的声音。换上别的人,脸上一定会带上一种迷醉的表情,可是齐虹神采飞扬,目光清澈,仿佛现实这时才在他眼前打开似的。

"这是怎么样的人?"江玫问着自己。"学物理,弹一手好钢琴,那神色多么奇怪!"

齐虹停住了,站起来,看着倚在琴边的江玫,微微一笑。

"你没有听?"

"不,我听了。"江玫分辩道,"我在想——。"想什么,她自己也不知道。

"我送你回去,好么?"

"你不练琴么?"

"不想练。你看天气多么好!"

就这样,他们开始了第一次的散步,就这样,他们散步,散步,看到迎春花染黄了柔软的嫩枝,看到亭亭的荷叶铺满了池塘。他们曾迷失在荷花清远的微香里,也曾迷失在桂花浓酽的甜香里,然后又是雪花飞舞的冬天。哦!那雪花,那阴暗的下雪天!——

齐虹送她回去,一路上谈着音乐,齐虹说:"我真喜欢贝多芬,他真伟大,丰富,又那样朴实。每一个音符上都充满了诗意。"江玫懂得他的"诗意"含有一种广义的意思。她的眼睛很快地表露了她这种懂得。

齐虹接着说:"你也是喜欢贝多芬的。不是吗?据说萧邦最不欢喜贝多芬,简直不能容忍他的音乐。"

"可我也喜欢萧邦。"江玫说。

"我也喜欢。那甜蜜的忧愁——。人和人之间是有很多相同的也有很多不相同的东西。——"那漠然的表情又来到他的脸上。"物理和音乐能把我带到一个真正的世界去,科学的、美的世界,不像咱们活着的这个世界,这样空虚,这样紊乱,这样丑恶!"

他送她到西楼,冷淡地点了一个头就离开了,根本没有问她的姓名。江玫又一次感到有些遗憾。

晚上,江玫从图书馆里出来,在月光中走回宿舍。身后有一个声音轻轻唤她:"江玫!"

"哦!是齐虹。"她回头看见那修长的身影。

"你怎么知道我的名字?"齐虹问。月光照出他脸上热切的神气。

"你怎么知道我的名字?"江玫反问。她觉得自己好像认识齐虹很久了,齐虹的问题可以不必回答。

"我生来就知道。"齐虹轻轻地说。

两人都不再说话。月光把他们的影子投在地上。

以后,江玫出来时,只要是一个人,就总会听到温柔的一声"江玫"。他们愈来愈熟。不知从什么时候起,从图书馆到西楼的路就无限度的延长了。走啊,走啊,总是走不到宿舍。江玫并不追究路为什么这样长,她甚至希望路更长一些,好让她和齐虹无止境地谈着贝多芬和萧邦,谈着苏东坡和李商隐,谈着济慈和勃朗宁。他们都很喜欢苏东坡的那首《江城子》:"十年生死两茫茫,不思量,自难忘,千里孤坟、无处话凄凉。"他们幻想着十年的时间会在他们身上留下这样的痕迹。他们谈时间,空间,也谈论人生的道理——

齐虹说:"人活着就是为了自由。自由,这两个字实在好极了。自就是自己,自由就是什么都由自己,自己爱做什么就做什么。这解释好吗?"他的语气有些像开玩笑,其实他是认真的。"可是我在书里看见,认识必然才是自由。"江玫那几天正在看《大众哲学》。"人也不能只为自己,一个人怎么活?"

"呀!"齐虹笑道:"我倒忘了,你的同屋就是萧素。"

"我们非常要好。"

因为看到路旁的榆叶梅,齐虹说用热闹两字形容这种花最好。江玫很赞赏这两个字。就把自由问题搁下了。

江玫隐约觉得,在某些方面,她和齐虹的看法永远也不会一致。可是她并没有去多想这个,她只欢喜和他在一起,遏止不住地愿意和他在一起。

一个礼拜天,江玫第一次没有回家。她和齐虹商量好去颐和园。春天的颐和园真是花团锦簇,充满了生命的气息。来往的人都脱去了臃肿的冬装,显得那样轻盈可爱。江玫和齐虹沿着昆明湖畔向南走去,那边简直没有什么人,只有和暖的春风和他们作伴。绿得发亮的垂柳直向他们摆手。他们一路赞叹着春天,赞叹着生命,走到玉带桥旁。

"这水多么清澈,多么丰满啊。"江玫满心欢喜地向桥洞下面跑去。她笑着想要摸一摸那湖水。齐虹几步就追上了她,正好在最低的一层石阶上把她抱住。

"你呀!你再走一步就掉到水里去了!"齐虹掠着她额前的短发,"我救了你的命,知道么?小姑娘,你是我的。"

"我是你的。"江玫觉得世界上什么都不存在了。她靠在齐虹胸前,觉得这样撼人的幸福渗透了他们。在她灵魂深处汹涌起伏着潮水似的柔情,把她和齐虹一起溶化。

齐虹抬起了她的脸:"你哭了?"

"是的。我不知为什么,为什么这样感动——"

齐虹也感动地望着她,在清澈的丰满的春天的水面上,映出了一双倒影。

齐虹喃喃地说:"我第一次看见你,就是那个下雪天,你记得么?我看见了你,当时就下了决心,一定要永远和你在一起,就像你头上的那两粒红豆,永远在一起,就像你那长长的双眉和你那双会笑的眼睛,永远在一起。"

"我还以为你没有看见我——。"

"谁能不看见你!你像太阳一样发着光,谁能不看见你!"齐虹的语气是这样热烈,他的脸上真的散发出温暖的光辉。

他们循着没有人迹的长堤走去,因为没有别人而感到自由和高兴。江玫抬起她那双会笑的眼睛,悄声说:"齐虹,咱们最好去住在一个没有人的岛上,四面是茫茫的大海,只有你是唯一的人,——"

齐虹快乐地喊了一声,用手围住她的腰。"那我真愿意!我恨人类!只除了你!"

对于江玫来说,正是由于深切的爱,才想到这样的念头,她不懂齐虹为什么要联想到恨,未免有些诧异地望着他。她在齐虹光亮的眼睛里读到了热情,但在热情后面却有一些冰冷的东西,使她发抖。

齐虹注意到她的神色,改了话题:

"冷吗?我的小姑娘。"

"我只是奇怪,你怎么能恨——"

"你甜蜜的爱,就是珍宝,我不屑把处境跟帝王对调。"齐虹顺口念着莎士比亚的两句诗,他确是真心的。可是江玫听来,觉得他对那两句诗的情感,更多于对她自己。她并没有多计较,只说是真有些冷,柔顺地在他手臂中,靠得更紧一些。

江玫的温柔的衰弱的母亲不大喜欢齐虹。江玫问她:"他怎么不好?他哪里不好?"母亲忧愁地微笑着,说他是聪明极了,也称得起漂亮,但作为一个人,他似乎少些什么,究竟少些什么,母亲也说不出。在江玫充满爱情的心灵里,本来有着一个奇怪的空隙,这是任何在恋爱中的女孩子所不会感到的。而在江玫,这空隙是那样尖锐,那样明显,使她在夜里痛苦得睡不着。她想马上看见他,听他不断地诉说他的爱情。但那空隙,是无论怎样的诉说也填不满的罢。母亲的话更增加了江玫心上的阴影。更何况还有萧素。

红五月里,真是热闹非凡。每天晚上都有晚会。五月五日,是诗歌朗诵会。最后一个朗诵节目是艾青的《火把》。江玫担任其中的唐尼。她本来是再也不肯去朗诵诗的,她正好是属于一听朗诵诗就浑身起鸡皮疙瘩的那种人。萧素只问了她两句话:"喜欢这首诗不?""喜欢。""愿意多有一些人知道它不?""愿意。""那好了。你去念罢。"江玫拂不过她,最后还是站到台上来了。她听到自己清越的声音飘在黑压压的人群上,又落在他们心里。她觉得自己就是举着火把游行的唐尼,感觉到了一种完全新的东西、陌生的东西。而萧素正像是指导着唐尼的李茵。她愈念愈激动,脸上泛着红晕。她觉得自己在和上千的人共同呼吸,自己的情感和上千的人一同起落。"黑夜从这里逃遁了,哭泣在遥远的荒原。"那雄壮的齐诵好像是一种无穷的力量,推着她,江玫想要奔跑,奔跑——。

回到房间里,她对萧素说:"我今天忽然懂得了大伙儿在一起的意思,那就是大家有一样的认识,一样的希望,爱同样的东西,也恨同样的东西。"

萧素直看着她,问道:"你和齐虹有一样的认识,一样的期望么?"

江玫很怪萧素这时提到齐虹,打断了她那些体会,她那双会笑的眼睛严肃起来:"我真不知道怎样告诉你,我和齐虹,照我看,有很多地方,是永远也不会一致的。"

萧素也严肃地说:"本来是不会一致。小鸟儿,你是一个好女孩子,虽然天地窄小,却纯洁善良。齐虹憎恨人,他认为无论什么人彼此都是互相利用。他有的是疯狂的占有的爱,事实上他爱的还是自己。我和他已经同学四年——"

"你怎么能这样说他!我爱他!我告诉你我爱他!"江玫早忘了她和齐虹之间的分歧,觉得有一团火在胸中烧,她斩钉截铁地说,砰的一声关上房门,到走廊里去了。

"回来!回来。"第一声是严厉的,第二声是温柔的。萧素打开房门,看见她站在走廊里,眼睛像星星般亮。"你这礼拜天回家吗?有点事要你做。"

江玫是从不拒绝萧素的任何要求的。她隐约觉得萧素正在为一个伟大的事业做着工作,萧素的生活是和千百万人联系在一起的,非常炽热,似乎连石头也能温暖。她望着萧素,慢慢走了回来。

"什么事?交给我办好了。"

"你不回家么?"

"原来想回去看看,听说面粉已经涨到三百万一袋了。前几天《大公报》登了几首小诗,有一点稿费,想去送给母亲。"江玫一下子觉得疲倦得要命,坐在椅子上。

萧素本来想说"不食人间烟火的江玫也知道关心物价了",又一想,就没有说。只说:

"这里有几篇壁报稿子,礼拜一要出,你来把它们修改一遍,文字上弄通顺些,抄写清楚。我明天进城,可以把钱送给伯母。"她把稿子递给江玫,关心地看着她,说:"过两天,咱们还要好好谈一谈。"

礼拜天,江玫吃过早饭就坐在桌旁看那些稿子。为什么这些短短的文字并不怎么通顺的文章这样有说服力?要民主反饥饿,像钟声一样在江玫耳边敲着。参加新诗朗诵会的兴奋心情又升起来了。《火把》中的唐尼的形象仿佛正站在窗帘上。

有人敲门。

"江玫!"是齐虹的声音。

江玫转过头去,正是齐虹站在门口,一脸温柔的笑意,在看着江玫。

"哦!你来了!"

"昨天晚上到你家里去了,伯母说你没有回来。我连家也没有回,就回学校来了。"他走上来握住江玫的手。

一提起齐虹的家,江玫眼前就浮现出富丽堂皇的大厅,老银行家在数着银元,叮叮当当响,这和江玫手上的那些文章很不调合。甚至齐虹,这温文尔雅的齐虹,也和它们很不调合,但江玫看见他,还是很高兴的。

"在干什么? 要出壁报么? 听说你还朗诵诗? 你怎么? 也参加民主运动了? 我的女诗人!"

江玫不太喜欢他那说话的语气, 颔首要他坐下。

"我是来找你出去玩的。你看天气多么好! 转眼就是夏天了。我来接你到'绝域'去做春季大扫除。"

"绝域"是他们两个都喜欢的一个童话"潘彼得"中的神仙领域。他们的爱情就建筑在这些并不存在的童话, 终究要萎谢的花朵, 要散的云, 会缺的月上面。

"今天不行呀, 齐虹。"江玫抱歉地说。抽回了自己的手, 理了理放在桌上的稿子。"萧素要我——"

"萧素! 又是萧素! 你怎么这么听她的话!"齐虹不耐烦地说。

"她的话对么!"

"可是你知道我多么想和你在一起, 去听那新生的小蝉的叫唤, 去看那新长出来的小小的荷叶——我想要怎样, 就要做到!"齐虹脸上温柔的笑意不见了, 好像江玫是他的一本书, 或者一件仪器。

江玫惊诧地望着他。

"也许, 你还会去参加游行罢! 你真傻透了! 就知道一个萧素!"愤怒的阴云使他的脸变得很凶恶。但他马上又换上一副温和的腔调:"跟我去罢, 我的小姑娘。"

江玫咬着自己的嘴唇, 几乎咬出血来。

门外有人叫:"小鸟儿! 江玫! 快来看看这幅漫画, 合适不合适。"

江玫想要出去。齐虹却站在桌前不放她走。江玫绕到桌子这边, 齐虹也绕了过来, 照旧拦住她。江玫又急又气, 怎么推他也推不动, 不一会儿, 江玫的头发散乱, 那红豆发夹落在地下。马上就被齐虹那穿着两色镶皮鞋的脚踩碎了, 满地散着黑白两色的小珠。江玫觉得自己整个的灵魂正像那个发夹一样给压碎了。她再没有一点力气, 屈辱地伏在桌上哭起来。

齐虹需要的正是这样的哭泣。他捡起那两粒红豆, 极其体贴地抚着她的肩:"原谅我, 原谅我! 我太任性, 我只是说不出的要和你在一起, 我需要你——"

"别哭了, 别哭了, 我的小姑娘。"齐虹真的着急起来,"我再也不惹你生气了, 再也不——再也不——"

江玫觉得这一切真没意思。她很快就抬起头来, 擦干了眼泪。她看出来壁报是编不成了, 但她也下定决心不跟他出去。只呆呆地坐着, 望着窗外。

"好了, 好了, 不要生气。我来做个盒子把这两粒红豆装起来罢。做个纪念, 以后决不会再惹你。咱们该把这两粒红豆藏在哪儿?"

以后, 这两粒红豆就被装在一个精致的盒子里面, 放在耶稣像后面的小洞里了。那小洞是齐虹偶然发现的。江玫睡在床上看见耶稣的像, 总觉得他太累, 因为他负荷着那么多人世间的痛苦。

这一次争吵以后, 齐虹和江玫并不是再也不, 而是把争吵哭泣, 变成了他们爱情中的一部分。他们每次见面总有一阵风波, 有时大有时小, 但如有一天不见面, 不看到听到对方的音容笑貌, 在他们却又是受不了的事。他们的爱情正像鸦片烟一样, 使人不幸, 而又断绝不了。江玫一天天的消瘦了,苍白了,母亲望着她忍不住哭。齐虹脸上那种漠不关心神气消失了,换上的是提心吊胆的急躁和忧愁。因为他对人生不信任,他对爱情也不信任,他监视着爱情,监视着幸福,监视着江玫——。

就在这个时候,江玫也一天天明白了许多事。她知道少数人剥削多数人的制度该被打倒。她那善良的少女的心,希望大家都过好的生活。而且物价的飞涨正影响着江玫那平静温暖的小天地。母亲存着一些积蓄的那家银行忽然关了门。江玫和母亲一下子变成舅舅的负担了。江玫是决不愿意成为别人的负担的。她渴望着新的生活,新的社会秩序。共产党在她心里,已经成为一盏导向幸福自由的灯,灯光虽还模糊,但毕竟是看得见的了。

也就在这时候,江玫的母亲原有的贫血症愈来愈严重,医生说必须加紧治疗,每天注射肝精针,再拖下去的话,后果不堪设想。但是这一笔医药费用筹办起来谈何容易!舅舅已经是自顾不暇了,难道还去麻烦他?本来和齐虹一提也可以,但是江玫决不愿求他。江玫只自己发愁,夜里直睡不着觉。

萧素很快就看出来江玫有心事。一盘问,江玫就一五一十告诉了她。

"那可不能拖下去。"萧素立刻说,她那白白的脸上的神色总是那样果断。"我输血给她!小鸟儿,你看,我这样胖!"她含笑弯起了手臂。

江玫感动地抱住了她:"不行,萧素。你和我的血型一样,和母亲不一样,不能输血。"

"那怎么办?我们总得想办法去筹一笔款子——。"

第三天,晚上萧素兴高采烈地冲进房间。一进来就喊:"江玫!快看!"江玫吃惊地看她,她大笑着,扬起了一叠钞票。

"素!哪里来的?你怎么这样有本事!"江玫也笑了,笑得那样放心。这种笑,是齐虹极想要听而听不到的。

"你别管,明天快拿去给伯母治病吧。"萧素眨眨眼睛,故作神秘地说。

"非要知道不可!不然我不安心!"

"别说了。我要睡觉了。"萧素笑过了,一下子显得很是疲倦。她脱去了朴素的蓝外套,只穿着短袖竹布旗袍,坐在床边上。

江玫上下打量她,忽然看见她的臂弯里贴着一块橡皮膏。江玫过去拉起她的手,看看橡皮膏,又看看她的脸。

"有什么好打量的?"萧素微笑着抽回了手,盖上了被。

"你——抽了血?"

萧素满不在乎的说:"我卖了血。不只我一个人,还有几个伙伴。"

人常常会在一刹那间,也许只是因为一个眼神一个手势,伤透了心,破坏了友谊。人也常常会在一刹那间,也许就因为手臂上的一点针孔,建立了死生不渝的感情。江玫这时什么话也说不出来。她一下子跪在床边,用两只手遮住了脸。

礼拜六,江玫一定要萧素自己送钱去给母亲。萧素答应了和江玫一道回家,江玫也答应了萧素不告诉母亲钱的来源。两人欢欢喜喜回家去了。到了家,江玫才发现母亲已经病倒在床,这几天饭都是舅母那边送过来的。她站在衰老病弱的母亲床边,一阵心酸,眼泪夺眶而出。萧素也拿出了手绢。但她不只是看见这一位母亲躺在床上,她还看见千百万个母亲形销骨立心神破碎地被压倒在地下。

这一晚,两人自己做了面,端在母亲床边一同吃了。母亲因为高兴,精神也好了起来。她吃过了面,笑着说:"我真是病得老了,今天你舅母来,问我有火没有,我听成有狗没有:直告诉她从前咱们养了一只狗,名叫斐斐。——"萧素和江玫听了笑得不得了。江玫正笑着,想起了齐虹。她想:这种生活和感情是齐虹永远不会懂的。她也没有一点告诉给他的欲望。

六月,反对美国扶植日本的运动达到了高潮。江玫比以前更关心当前的政治局势。她感到美国正在筹谋着什么坏主意。很明显,扶植压迫中国人民八年之久的日本,在每一个中国人心上都会引起抑止不住的愤怒。

有一天,萧素和江玫坐在窗前,读着当时美驻华大使司徒雷登在报上发表的声明,一面读一面生气。声明中说:"如使日人成为饥饿不安之人民,则日人亦将续为和平之威胁,此种情形适为共产主义所需。如吾人诚意为一般之利益计,必须消灭鼓励共产主义之因素。"这很可以看清楚美国的目的究竟何在了。读完报纸,江玫愤愤地说:

"要不要共产主义,是我们自己的事!"

萧素微笑道:"你知道共产主义是什么?"

江玫坦率地说:"我不知道。不过我想那种生活总不会比现在坏。那时的人,都像你一样——"

萧素又笑道:"现在哪里不够好? 你吃着大米饭,穿的花布旗袍,还坏么?"

江玫倚在萧素身上,一面想,一面说:"这个人吃人的社会,不只在物质上,也在精神上。"她出了一会儿神,又说:"萧素,要知道,我是多么寂寞呵。"

萧素抚着她的肩,说:"人生的道路,本来不是平坦的。要和坏人斗争,也要和自己斗争——"以后江玫在最困难的时候,总会想起这几句话。

六月九日,北京学生举行反美扶日大游行,江玫也参加了。

那天早上,窗外还黑得像老鸦的翅膀,江玫就起来收拾医药包,她是救护队的。她看看萧素空了一夜的床,又看看救护包上的红十字,心想萧素这一夜不知忙得怎样了,也许今天就会用这包里的绷带纱布来救护她罢。不知为什么,江玫特别为萧素和几个社团里的同学担心,江玫摸摸碘酒和红药水的药瓶,心中又兴奋,又不安。

"小鸟儿快走呀!"同学在门外叫起来了。

她们跑到操场上,夏天的太阳刚在东柳村那边村庄的屋顶上射出一片红光。萧素正在人丛里,她分明是一夜没有睡,胖胖的面庞有些苍白,但精神还是那样好。她看见江玫和同学们跑来,脸上闪过一个嘉许的微笑:

"江玫!"

"萧素!"江玫悄悄地塞给她一个大苹果,那是齐虹昨天送来的。对于齐虹不断向西楼运来的各式各样的礼物,江玫只偶尔接受一点水果和糖食。

长长的队伍出发了,举着各种标语,沉默地走在郊外的大道上。愈走天愈亮,愈走路愈分明,一个男同学问江玫："药包重吗？我代你拿。"江玫微笑，说："一个兵士的枪，能让人家代他背着吗？"那男同学也微笑，看着她穿着白衬衫蓝长裤红背心的雄赳赳的样子，问："你永远都要做一个兵？"江玫严肃地睁大眼睛，略想了一想，她回答："是的，永远。"

队伍七点钟就到了西直门，可是城门关了，进不去。人群中有的喊着："不开城门，决不回校！"有的喊着："大家冲呵，冲进去！"一时群情激昂，人声嘈杂，那些标语牌子忽高忽低地起伏着。萧素在队伍里跑来跑去叫着："别嚷！别乱！已经去交涉了。"江玫忽然很希望自己是一个手执拂尘的仙女，用拂尘一指，城门马上便开——自己这样想想，又觉得好笑，还是等萧素他们交涉，萧素比仙女有用得多。

果然，到九点钟时，城门开了，队伍涌进城去，正遇到城里几个大学的同学拥在门前迎接他们。"同学们，你好！""兄弟们，你好！"热情的呼声，此起彼落，江玫觉得泪水已冲到了眼睛里，她连忙低下头，看着自己的鞋尖。

游行开始了，大家一步步的走着，一声声的喊着。"反对美国扶植日本！""要自由""要独立！"口号像炸弹一样在空中炸了开来，路旁的有些军警脸上带了惊慌的神色。江玫几乎来不及想喊了些什么，只觉得每一步路每一声喊都使大家更接近光明——

队伍走过了西四西单天安门，绕南池子到北京大学的民主广场。走过天安门的时候，江玫望着那宏伟的建筑，心里升起一种怜悯而又惭愧的心情。天安门在不肖的子孙手里，蒙受了多少耻辱。江玫觉得那剥落的红墙也在盼望着：新的社会快点来，让中华民族站起来，让天安门也站起来！

在民主广场举行了群众大会，有几个教授讲演。也许是累了，也许是别的原因，江玫觉得思想很不集中，那种兴奋和激动已经过去了。她惦记着那黄昏笼罩了的初夏的校园，惦记着自己住的西楼，说得更确切些，她是惦记着那在西楼窗下徘徊的那个年轻人。天知道他会急成什么样子，会发多么大的脾气，会做出怎样的事来！她把肩上挎的药包紧了一紧，感觉到一阵头昏。

萧素走过来了，低声问："你不舒服么？"

"没有，一点儿都没有！"江玫连忙振起了精神。自己暗暗责骂自己，在这样的场合，偏会想到他！

大队回到学校时，灯光已经缀满校园。江玫回到房间里，两腿再也抬不起来，像是绑上了两块大石头。这时有人敲门，江玫心中一紧，感到一场风暴就要发生了，她靠在床栏杆上，默默地啜着热水。门开了，进来的是老赵。他的眉头皱得打了结，手里拿着一个破碎的糖盒子，往桌上一放说：

"哎哟江小姐！可真不得了啦！我活了这么大年纪也没见过脾气这么火暴的人！你们这位齐先生别是用公鸡血喂大的吧？他要死了，准得下冰冻地狱把人镇凉了才行，要不然连阎王殿都给烧啦！"

"什么'你们齐先生'？别这么说。他怎么了？你快说呀。"江玫放下了手中的杯子。

"今儿个下午他来找您，我说江小姐游行去了。他一听，就把他带来的这盒糖扔到大门外台阶上了，像是扔球似的！盒子破了，糖都滚了出来，我看这盒糖呀，值一袋面的钱，心里怪舍不得，我说，'齐先生，江小姐不在，你把东西留下得了，干吗发这么大的火呀？'他一听更急了，一张脸煞红煞白,抄起门房的一个茶杯就摔在玻璃窗上,哗啦!你瞧这满地的玻璃渣子!我看他是有点儿疯病!摔完了拔腿就走,还扔在台阶上三百万的票子,那是让我们修玻璃买茶杯?您说是不是?"

"别说了。"江玫无力地挥手。"就补块玻璃买个茶杯罢。"

"这糖,我看怪可惜了儿的,给您捡了来了。"

"你带回家去,那不是我的,我不要。"

这时萧素已经进来了,把这一段话都听了去。她一回来就洗脸洗脚,都收拾好了就伏在桌上写什么。而江玫还靠在床栏杆上,一动也不动。

萧素停下笔来,"你干什么?小鸟儿?你这样会毁了自己的。看出来了没有?齐虹的灵魂深处是自私残暴和野蛮,干吗要折磨自己?结束了吧,你那爱情!真的到我们中间来,我们都欢迎你,爱你——"萧素走过来,用两臂围着江玫的肩。

"可是,齐虹——"江玫没有完全明白萧素在说什么。

"什么齐虹!忘掉他!"萧素几乎是生气地喊了起来,"你是个好孩子,好心肠,又聪明能干,可是这爱情会毒死你!忘掉他!答应我!小鸟儿。"

江玫还从没有想到要忘掉齐虹。他不知怎么就闯入了她的生命,她也永不会知道该如何把他赶出去。她迟钝地说:"忘掉他——忘掉他——我死了,就自然会忘掉。"

萧素真生她的气:"怎么这样说话!好好儿要说到死!我可想活呢,而且要活得有价值!"她说着,颜色有些凄然。

"怎么了?素姐!"细心而体贴的江玫一眼就看出有什么不平常的事。对萧素的关心一下子把她自己的痛苦冲了开去。

萧素望着窗外,想了一会儿,说:"危险得很。小鸟儿。我离开你以后,你还是要走我们的路,是不是?千万不要跟着齐虹走,他真会毁了你的。"

"离开我!"江玫一把抱住了萧素。"离开我!为什么!我要跟你在一起!"

"我要毕业了呀,家里要我回湖南去教书。"萧素似真似假地回答。她是湖南人,父亲是个中学教员。

"毕业?"

"是毕业呀。"

可是萧素并没有能毕业,当然也没有回湖南去教书。她去参加毕业考试的最后一项科目,就没有回来。

同学们跑来告诉江玫时,江玫正在为"英国小说选"这一门课写读书报告,读的书是英国女作家艾米莱·勃朗特的《呼啸山庄》。江玫和齐虹常常谈论这本书。齐虹对这本书有那么多警辟的见解,了解得那样透彻,他真该是最懂得人生最热爱人生的,但是竟不然——

萧素被捕的消息一下子就把汪玫从《呼啸山庄》里拉出来了。江玫跳起来夺门而出,不顾那精心写作的读书报告撒得满地。好些同学跟她一起跑出了西楼,一直跑到学校门口,只看见一条笔直的马路,空荡荡的,望不到头。路边的洋槐上发散着淡淡的香气。江玫手扶着一棵洋槐树,连声问:"在哪儿?在哪儿?"一个同学痛心地说:"早装上闷子车,这会子到了警察局了。"江玫觉得天旋地转,两腿再没有一点力气,一下子就坐在地上了。大家都拥上来看她,有的同学过来搀扶她。

"你怎么了?"

"打起精神来,江玫!"

大家喊喊喳喳在说着。是谁愤愤的声音特别响:"流血,流泪,逮捕,更教人睁开了眼睛!"

是呀! 江玫心里说:"逮走一个萧素,会让更多的人都长成萧素。"

江玫弄不清楚人群怎样就散开了,而自己却靠在齐虹的手臂上,缓缓走着。

齐虹对她说:"我们系里那些进步同学嚷嚷着江玫晕倒了,我就明白是为了那萧素的缘故,连忙赶来。"

"对了。你们不是一起考高等数学吗? 听说她是在课堂上被抓走的。"江玫这时多么希望谈谈萧素。

"是在考试时被抓走的。你看,干那些民主活动,有什么好下场! 你还要跟着她跑! 我劝你多少次——"

"什么! 你说什么!"江玫叫了起来,她那会笑的眼睛射出了火光。"你! 你真是没有心肝!"她把齐虹扶着她的手臂用力一推,自己向宿舍跑去了。跑得那么快,好像后面有什么妖魔鬼怪在追着她。

她好容易跑到自己房间,一下子扑在床上,半天喘不过气来。这时齐虹的手又轻轻放在她肩上了。齐虹非常吃惊,他不懂江玫为什么会发这么大的脾气,他曲着一膝伏在床前说:

"我又惹了你吗? 玫! 我不过忌妒着萧素罢了,你太关心她了。你把我放在什么地方? 我常常恨她,真的,我觉得就是她在分开咱们俩——"

"不是她分开我们,是我们自己的道路不一样。"江玫抽咽着说。

"什么? 为什么不一样? 我们有些看法不同,我们常常打架,我的脾气,确实不好。不过,那有什么关系,反正我只知道,没有你就不行。我还没有告诉你,玫,我家里因为近来局势紧张,预备搬到美国去,他们要我也到美国去留学。"

"你! 到美国去?"江玫猛然坐了起来。

"是的。还有你,玫。我已经和父亲说到了你,虽然你从来都拒绝到我家里去,他们对你都很熟悉。我常给他们看你的相片。"齐虹得意地拿出他随身携带的小皮夹子,那里面装着江玫的一张照片,是齐虹从她家里偷去的。那是江玫十七岁时照的,一双弯弯的充满了笑意的眼睛,还有那深色的嘴唇微微翘起,像是在和谁赌气。"我对他们说,你是一首最美的诗,一支最美的乐曲——"若说起赞美江玫的话来,那是谁也比不上齐虹的。

"不要说了。"江玫辛酸地止住了他。"不管是什么,可不能把你留在你的祖国呵。"

"可是你是要和我一块儿去的,玫,你可以接着念大学,我们要永远在一起,没有任何东西能分开我们。"

"不要说了,不要说了。"这是江玫唯一能说的话。

心上的重压逼得江玫走投无路。她真怕看萧素留下的那张空床,那白被单刺得她眼睛发痛。

没有到礼拜六,她就回家去了。那晚正停电,母亲坐在摇曳的烛光下面缝着什么,在阴影里,她显得那样苍老而且衰弱,江玫心里一阵发痛,无声地唤着"心爱的母亲,可怜的母亲",眼泪不由自主地流了下来。

"玫儿!"母亲丢了手中的活计。

"妈妈!萧素被捉走了。"

"她被捉走了?"母亲对女儿的好朋友是熟悉的。她也深深爱着那坦率纯朴的姑娘,但她对这个消息竟有些漠然,她好像没有知觉似的沉默着,坐在阴影里。

"萧素被捉走了。"江玫又重复了一遍。她眼前仿佛看见一个殷红的圆圆的面孔。

"早想得到呵。"母亲喃喃地说。

江玫把手中的书包扔到桌上,跑过来抱住母亲的两腿。"您知道!"

"我不知道但我想得到。"母亲叹了一口气,用她枯瘦的手遮住自己的脸,停了一下,才说:"要知道你的父亲,十五年前,也是这样不明不白地就再没有回来。他从来也没有害过什么肠炎胃炎,只是那些人说他思想有毛病。他脾气倔,不会应酬人,还有些别的什么道理,我不懂,说不明白。他反正没有杀人放火,可我们就这样糊里糊涂地再也看不见他了——"母亲说着,失声痛哭起来。

原来父亲并不是死于什么肠炎!无怪母亲常常说不该有一个人屈死。屈死!父亲正是屈死的!江玫几乎要叫出来。她也放声哭了。母亲抚着她的头,眼泪浇湿了她的头发——

从父亲死后,江玫只看见母亲无言流泪,还从没有看见她这样激动过。衰弱的母亲,心底埋藏了多少悲痛和仇恨!江玫觉得母亲的眼泪滴落在她头上,这眼泪使得她逐渐平静下来了。是的,难道还该要这屈死人的社会么?彷徨挣扎的痛苦离开了她,仿佛有一种大力量支持着她走自己选择的路。她把母亲粗糙的手搁在自己被泪水浸湿的脸颊上,低声唤着:"父亲——我的父亲——"

门轻轻开了,烛光把齐虹的修长的影子投在墙上,母亲吃惊地转过头去。江玫知道是齐虹,仍埋着头不作声。齐虹应酬地唤了一声"伯母",便对江玫说:

"你怎么今天回家来了?我到处找你找不着。"

江玫没有理他,抬头告诉母亲:"他要到美国去。"

"是要和江玫一块儿去,伯母。"齐虹抢着加了一句。

"孩子,你会去吗?"母亲用颤抖的手摸着女儿的头。

"您说呢?妈妈!"江玫抱住母亲的双膝,抬起了满是泪痕的脸。

"我放心你。"

"您同意她去了,伯母?"人总是照自己所期待的那样理解别人的话,齐虹惊喜万分地走过来。

"母亲放心我自己做决定。她知道我不会去。"江玫站起来,直望着齐虹那张清秀的象牙色的脸。齐虹浑身上下都滴着水,好像他是游过一条大河来到她家似的。

可是齐虹自己一点不觉得淋湿了,他只看见江玫满脸泪痕,连忙拿出手帕来给她擦,一面说:"咱们别再闹别扭了,玫,老打架,有什么意思?"

"是下雨了吗?"母亲包起她的活计,"你们商量罢,玫儿,记住你的父亲。"

"我不知道下雨了没有。"齐虹心不在焉地回答,他没有看见江玫的母亲已经走出房去,他的眼睛一刻都没有离开江玫。

江玫呆呆地瞪着他,尽他拭去了脸上的泪,叹了一口气,说:"看来竟不能不分手了。我们的爱情还没有能让我们舍弃自己的一生。"

"我们一定会过得非常舒适而且快活——为什么提到舍弃,为什么提到分手?"齐虹狂热地吻着他最熟悉的那有着粉红色指甲的小手。

"那你留下来!"江玫还是呆呆地看着他。

"我留下来? 我的小姑娘,要我跟着你满街贴标语,到处去游行么? 我们是特殊的人,难道要我丢了我的物理音乐,我的生活方式,跟着什么群众瞎跑一气,扔开智慧,去找愚蠢,傻心眼的小姑娘,你还根本不懂生活,你再长大一点,就不会这样天真了。"

"傻心眼? 人总还是傻点好!"

"你一定得跟我走!"

"跟你走,什么都扔了。扔开我的祖国,我的道路,扔开我的母亲,还扔开我的父亲!"江玫的声音细若游丝,她自己都听不见自己在说什么。说到父亲两字,她的声音猛然大起来,自己也吃了一惊。

"可是你有我。玫!"齐虹用责备的语气说。他看见江玫眼睛里闪耀一种亮得奇怪的火光,不觉放松了江玫的手。紧接着一阵遏止不住的渴望和激怒,使他抓住了江玫的肩膀。他压低了声音,一字一字的说:"我恨不得杀了你! 把你装在棺材里带走!"

江玫回答说:"我宁愿听说你死了,不愿知道你活得不像个人。"

风呼啸着,雨滴急速地落着。疾风骤雨,一阵比一阵紧,忽然哗啦一声响,是什么东西摔碎了。齐虹把江玫搂在胸前,借着闪电的惨白的光辉,看见窗外阶上的夹竹桃被风刮到了阶下。江玫心里又是一阵疼痛,她觉得自己的爱情,正像那粉碎了的花盆一样,像那被吹落的花朵一样,永远不能再重新完整起来,永远不能再重新开在枝头。

这种爱情,就像碎玻璃一样割着人。齐虹和江玫,虽然都把话说得那样决绝,却还是形影相随。花池畔,树林中,不断地增添着他们新的足迹。他们也还是不断地争吵,流泪。——

十月里东北局势紧张,解放军排山倒海地压来,解放了好几个城市。当时蒋介石提出的方针是:"维持东北,确保华北,肃清华中。"虽然对华北是确保,但华北的"贵人"们还是纷纷南迁,齐虹的家在秋初就全部飞南京转沪赴美了,只有齐虹一个人留在北京。他告诉家里说论文还有点尾巴没写好,拿不到毕业文凭,而实际上,他还在等着江玫回心转意。他根本不相信江玫可能不跟他走。他,齐虹,这样的齐虹,又在发疯地爱着的齐虹! 在那执拗的江玫面前,他不只一次想,若真能把她包扎起来带走该有多好! 他脸上的神色愈来愈焦愁,紧张,眼神透露着一种凶恶。这些都常在黑夜里震荡着江玫的梦。

江玫的梦现在已不是那种透明的、颜色非常鲜亮的少女的梦了。局势的变化,萧素的被捕,齐虹的爱,以及她自己的复杂的感情,使她多懂了许多事。在抗议"七五"事件(国民党屠杀东北来的青年学生)的游行里,她已经不再当救护队,而打着"反剿民,要活命,要请愿"的大标语走在队伍的前列了。她领头喊着"为死者申冤,为生者请命"的口号,她奇怪自己的声音竟会这样响。

她想到,在死者里面有她的父亲;在生者里面有母亲、萧素和她自己。她渴望着把青春贡献给为了整个人类解放的事业,她渴望着生活来一次翻天覆地的变动。

后来据萧素说,(萧素在解放后出狱,在广播电台做播音员,向全世界广播北京的声音)那时的地下组织原打算发展江玫参加地下民主青年联盟的,只是她和齐虹的感情,让人闹不清她究竟爱什么,憎恶什么,就搁下来了。江玫听说这话,只轻轻叹了口气。

一九四八年冬天,北京已经到了解放前夕。城里流传着这样的民谣:"家家挂红灯,迎接毛泽东。"最沉得住气的反动官员们大亨们都纷纷逃走了。齐虹家里几乎是一天一封电报催他走,并且代他订了飞机座位。那时江玫的中心工作是和同学们一起讨论怎样应"变",宣传护校。她为即将到来的解放,感到兴奋,好像等待着一件期待已久的亲人的礼物,满怀着感情,幻想解放后的日子。而同时,她和齐虹那注定了的无可挽回的分别啮咬着她的心。她觉得自己的心一面在开着花,同时又在萎缩。

一天,齐虹进城去了,直到晚上还没有露面。江玫坐在图书馆里,一页书也没有看,进来一个人她就抬头,可是直到电灯开了,齐虹还是不见。她忽然想,很可能他已经走了。走了,永远再也见不到他了。可是江玫一定还要再看他一眼,最后一眼!"齐虹! 齐虹!"江玫几乎要叫出来,叫得全图书馆都听见。她连忙紧咬着嘴唇,快步走出了图书馆。

那是那一年冬天的第一个下雪天。路上的雪还没有上冻,灯光照在雪花上,闪闪刺人的眼。江玫一直向北楼走去,她想看一看那正对着一棵白杨树梢的窗子,有没有灯光。那个房间她从没有去过,可是那窗口她却十分熟悉。齐虹常对她讲窗口的白杨树叶的沙沙声怎样伴着他度过多少不眠的夜。透过飞舞着的迷乱的雪花,她一下子就找到那棵白杨树,而那白杨树梢的窗口,漆黑一片,没有灯光。

江玫的心沉了下去。她两腿发软,站在北楼前,一动也不动。

也许他从城里回来太累,已经去睡了? 也许他还没有回来? 江玫快步走进了北楼,走到齐虹的房间,她敲门又推门,门是锁着的。

"难道再见不着他了! 真见不着他了!"江玫走出北楼,心里在大声哭泣。她完全没有看见新诗社的一个同学从她身边走过,也没有听见人家在唤着"小鸟儿"。

好容易走到西楼,江玫真是一点力气都没有了。她想找个地方靠一靠再上楼,一眼看见自己房间里有灯光。那房间,自从萧素被抓去以后,是那样空,那样冷,晚上进去总是黑洞洞的。这时竟点着灯,这灯光温暖了江玫,她三步两步跑上去,在门外就叫着"虹"!

果然是齐虹在房间里等她,满脸的焦急使他看上去苍老了许多。他一看见江玫,连忙迎上来握着她的手,疲倦地、也多少有些安心地说:"你到底回来了! 我以为我再也见不着你了。"

江玫没有回答。她怕自己会把刚才那一番焦急向他倾吐,会让他明白她多离不开他。而他却就要走了,永远地走了。

"明天一早的飞机,今晚就要去机场。"齐虹焦躁地说:"一切都已经定了,怎么样? 咱们就得分别么?"

"分别? ——永远不能再见你——"江玫看着那耶稣受难的像,她仿佛看见那像后的两粒红豆。

"完全可以不分别,永不分别! 玫! 只要你说一声同我一道走,我的小姑娘。"

"不行。"

"不行! 你就不能为我牺牲一点! 你说过只愿意跟我在一起!"

"你自己呢?"江玫的目光这样说。

"我么! 我走的路是对的。我绝不能忍受看见我爱的人去过那种什么'人民'的生活! 你该跟着我! 你知道么! 我从来没有这样求过人! 玫! 你听我说!"

"不行。"

"真的不行么? 你就像看见一个临死的人而不肯去救他一样,可他一死去就再也不会活转来了。再也不会活了! 走开的人永远也不会再回来。你会后悔的,玫! 我的玫!"他摇着江玫的肩,摇得她骨头直响。

"我不后悔。"

齐虹看着她的眼睛,还是那亮得奇怪的火光。他叹了一口气,"好,那么,送我下楼罢。"

江玫温柔地代他系好围巾,拉好了大衣领子,一言不发,送他下楼。

纷飞的雪花在无边的夜里飘荡,夜,是那样静,那样静。他们一出楼门,马上开过来一辆小汽车,从车里跳出一个魁梧的司机。齐虹对司机摇摇手,把江玫领到路灯下,看着她,摇头,说:"我原来预备抢你走的。你知道么? 你看,我预备了车。飞机票也买好了。不过,我看了出来,那样做,你会恨我一辈子。你会的,不是么?"他拿出一张飞机票,也许他还希望江玫会忽然同意跟他走,迟疑了一下,然后把它撕成几半。碎纸片混在飞舞的雪花中,不见了。"再见! 我的玫。我的女诗人! 我的女革命家!"他最后几句话,语气非常尖刻。江玫看见他的脸因为痛苦而变了形,他的眼睛红肿,嘴唇出血,脸上充满了烦躁和不安。江玫忽然想起,第一次看见他时,他脸上那种漠不关心,什么都没看见的神气。

江玫想说点什么,但说不出来,好像有千把刀子插在喉头。她心里想:"我要撑过这一分钟,无论如何要撑过这一分钟。"她觉得齐虹冰凉的嘴唇落在她的额上,然后汽车响了起来。周围只剩了一片白,天旋地转的白,淹没了一切的白——

她最后对齐虹说的一句话就是"我不后悔"。

江玫果然没有后悔。那时称她革命家是一种讽刺,这时她已经真的成长为一个好的党的工作者了。解放后又渐渐健康起来的母亲骄傲地对人说:"她父亲有这样一个女儿,死得也不算冤了。"

雪还在下着。江玫手里握着的红豆已经被泪水滴湿了。

"江玫! 小鸟儿!"老赵在外面喊着。"有多少人来看你啦! 史书记,老马,郑先生,王同志,还有小耗子——"

一阵笑语声打断了老赵不伦不类的通报。江玫刚流过泪的眼睛早已又充满了笑意。她把红豆和盒子放在一旁,从床边站了起来。

一九五六年十二月

(原载《人民文学》1957 年 7 月号)

百合花

茹志鹃

一九四六年的中秋。

这天打海岸的部队决定晚上总攻。我们文工团创作室的几个同志,就由主攻团的团长分派到各个战斗连去帮助工作。大概因为我是个女同志吧!团长对我抓了半天后脑勺,最后才叫一个通讯员送我到前沿包扎所去。

包扎所就包扎所吧!反正不叫我进保险箱就行。我背上背包,跟通讯员走了。

早上下过一阵小雨,现在虽放了晴,路上还是滑得很,两边地里的秋庄稼,却给雨水冲洗得青翠水绿,珠烁晶莹。空气里也带有一股清鲜湿润的香味。要不是敌人的冷炮,在间歇的盲目的轰响着,我真以为我们是去赶集的呢!

通讯员撒开大步,一直走在我前面。一开始他就把我撩下几丈远。我的脚烂了,路又滑,怎么努力也赶不上他。我想喊他等等我,却又怕他笑我胆小害怕;不叫他,我又真怕一个人摸不到那个包扎所。我开始对这个通讯员生起气来。

嗳!说也怪,他背后好像长了眼睛似的,倒自动在路边站下了。但脸还是朝着前面,没看我一眼。等我紧走慢赶的快要走近他时,他又蹬蹬蹬的自个向前走了,一下又把我摔下几丈远。我实在没力气赶了,索兴一个人在后面慢慢晃。不过这一次还好,他没让我撩得太远,但也不让我走近,总和我保持着丈把远的距离。我走快,他在前面大踏步向前;我走慢,他在前面就摇摇摆摆。奇怪的是,我从没见他回头看我一次,我不禁对这通讯员发生了兴趣。

刚才在团部我没注意看他,现在从背后看去,只看到他是高挑挑的个子,块头不大,但从他那副厚实实的肩膀看来,是个挺棒的小伙,他穿了一身洗淡了的黄军装,绑腿直打到膝盖上。肩上的步枪筒里,稀疏的插了几根树枝,这要说是伪装,倒不如算作装饰点缀。

没有赶上他,但双脚胀痛得像火烧似的。我向他提出了休息一会后,自己便在做田界的石头上坐了下来。他也在远远的一块石头上坐下,把枪横搁在腿上,背向着我,好像没我这个人似的。凭经验,我晓得这一定又因为我是个女同志的缘故。女同志下连队,就有这些困难。我着恼的带着一种反抗情绪走过去,面对着他坐下来。这时,我看见那张十分年轻稚气的圆脸,顶多有十八岁。他见我挨他坐下,立即张惶起来,好像他身边埋下了一颗定时炸弹,局促不安,掉过脸去不好,不掉过去又不行,想站起来又不好意思。我拼命忍住笑,随便的问他是哪里人。他没回答,脸胀得像个关公,呐呐半晌,才说清自己是天目山人。原来他还是我的同乡呢!

"在家时你干什么?"

"帮人拖毛竹。"

我朝他宽宽的两肩望了一下,立即在我眼前出现了一片绿雾似的竹海,海中间,一条窄窄的石级山道,盘旋而上。一个肩膀宽宽的小伙,肩上垫了一块老蓝布,扛了几枝青竹,竹梢长长的拖在他后面,刮打得石级哗哗作响。……这是我多么熟悉的故乡生活啊!我立刻对这位同乡,越加亲热起来。我又问：

"你多大了？"

"十九。"

"参加革命几年了？"

"一年。"

"你怎么参加革命的？"我问到这里自己觉得这不像是谈话，倒有些像审讯。不过我还是禁不住的要问。

"大军北撤时①我自己跟来的。"

"家里还有什么人呢？"

"娘，爹，弟弟妹妹，还有一个姑姑也住在我家里。"

"你还没娶媳妇吧？"

"……"他飞红了脸，更加忸怩起来，两只手不停的数摸着腰皮带上的扣眼。半晌他才低下了头，憨憨的笑了一下，摇了摇头。我还想问他有没有对象，但看到他这样子，只得把嘴里的话，又咽了下去。

两人闷坐了一会，他开始抬头看看天，又掉过来扫了我一眼，意思是在催我动身。

当我站起来要走的时候，我看见他摘了帽子，偷偷的在用毛巾拭汗。这是我的不是，人家走路都没出一滴汗，为了我跟他说话，却害他出了这一头大汗，这都怪我了。

我们到包扎所，已是下午两点钟了。这里离前沿有三里路，包扎所设在一个小学里，大小六个房子组成品字形，中间一块空地长了许多野草，显然，小学已有多时不开课了。我们到时屋里已有几个卫生员在弄着纱布棉花，满地上都是用砖头垫起来的门板，算作病床。

我们刚到不久，来了一个乡干部，他眼睛熬得通红，用一片硬拍纸插在额前的破毡帽下，低低的遮在眼睛前面挡光。他一肩背枪，一肩挂了一杆秤；左手挎了一篮鸡蛋，右手提了一口大锅，呼哧呼哧的走来。他一边放东西，一边对我们又抱歉又诉苦，一边还喘息地喝着水，同时还从怀里掏出一包饭团来嚼着。我只见他迅速的做着这一切。他说的什么我就没大听清。好像是说什么被子的事，要我们自己去借。我问清了卫生员，原来因为部队上的被子还没发下来，但伤员流了血，非常怕冷，所以就得向老百姓去借。哪怕有一二十条棉絮也好。我这时正愁工作插不上手，便自告奋勇讨了这件差事，怕来不及就顺便也请了我那位同乡，请他帮我动员几家再走。他踌躇了一下，便和我一起去了。

我们先到附近一个村子，进村后他向东，我往西，分头去动员。不一会，我已写了三张借条出去，借到两条棉絮，一条被子，手里抱得满满的，心里十分高兴，正准备送回去再来借时，看见通讯员从对面走来，两手还是空空的。

"怎么，没借到？"我觉得这里老百姓觉悟高，又很开通，怎么会没有借到呢？我有点惊奇的问。

"女同志，你去借吧！……老百姓死封建。……"

---

① 1945年鬼子投降后，共产党为了全国人民实现和平的愿望，和国民党进行和平谈判，并忍痛撤出江南。但时隔不久，国民党竟背信撕毁协定，又向我中原、苏中等解放区大举进攻。

"哪一家？你带我去。"我估计一定是他说话不对，说崩了。借不到被子事小，得罪了老百姓影响可不好。我叫他带我去看看。但他执拗的低着头，像钉在地上似的，不肯挪步。我走近他，低声的把群众影响的话对他说了。他听了，果然就松松爽爽的带我走了。

我们走进老乡的院子里，只见堂屋里静静的，里面一间房门上，垂着一块蓝布红额的门帘，门框两边还贴着鲜红的对联。我们只得站在外面向里"大姐大嫂"的喊，喊了几声，不见有人应，但响动是有了。一会，门帘一挑，露出一个年轻媳妇来。这媳妇长得很好看，高高的鼻梁，弯弯的眉，额前一溜蓬松松的刘海。穿的虽是粗布，倒都是新的。我看她头上已硬挽挽的挽了髻，便大嫂长大嫂短的对她道歉，说刚才这个同志来，说话不好别见怪等等。她听着，脸扭向里面，尽咬着嘴唇笑。我说完了，她也不作声，还是低头咬着嘴唇，好像忍了一肚子的笑料没笑完。这一来，我倒有些尴尬了，下面的话怎么说呢！我看通讯员站在一边，眼睛一眨不眨的看着我，好像在看连长做示范动作似的。我只好硬了头皮，讪讪地向她开口借被子了，接着还对她说了一遍共产党的部队，打仗是为了老百姓的道理。这一次，她不笑了，一边听着，一边不断向房里瞅着。我说完了，她看看我，看看通讯员，好像在掂量我刚才那些话的斤两。半晌，她转身进去抱被子了。

通讯员乘这机会，颇不服气的对我说道：

"我刚才也是说的这几句话，她就是不借，你看怪吧！……"

我赶忙白了他一眼，不叫他再说。可是来不及了，那个媳妇抱了被子，已经在房门口了。被子一拿出来，我方才明白她刚才为什么不肯借的道理了。这原来是一条里外全新的新花被子，被面是假洋缎的，枣红底，上面撒满白色百合花。她好像是在故意气通讯员，把被子朝我面前一送，说："抱去吧。"

我手里已捧满了被子，就一努嘴，叫通讯员来拿。没想到他竟扬起脸，装作没看见。我只好开口叫他，他这才绷了脸，垂着眼皮，上去接过被子，慌慌张张的转身就走。不想他一步还没走出去，就听见"嘶"的一声，衣服挂住了门钩，在肩膀处，挂下一片布来，口子撕得不小。那媳妇一面笑着，一面赶忙找针拿线，要给他缝上。通讯员却高低不肯，挟了被子就走。

刚走出门不远，就有人告诉我们，刚才那位年轻媳妇，是刚过门三天的新娘子，这条被子就是她唯一的嫁妆。我听了，心里便有些过意不去，通讯员也皱起了眉，默默地看着手里的被子。我想他听了这样的话一定会有同感吧！果然，他一边走，一边跟我嘟哝起来了。

"我们不了解情况，把人家结婚被子也借来了，多不合适呀！……"我忍不住想给他开个玩笑，便故作严肃地说：

"是呀！也许她为了这条被子，在做姑娘时，不知起早熬夜，多干了多少零活积起来的钱，或许她曾为了这条花被，睡不着觉呢。可是还有人骂她死封建。……"

他听到这里，突然站住脚，呆了一会，说：

"那！……那我们送回去吧！"

"已经借来了，再送回去，倒叫她多心。"我看他那副认真、为难的样子，又好笑，又觉得可爱。不知怎么的，我已从心底爱上了这个傻乎乎的小同乡。

他听我这么说，也似乎有理，考虑了一下，便下了决心似的说：

"好，算了。用了给她好好洗洗。"他决定以后，就把我抱着的被子，统统抓过去，左一条，右一条的披挂在自己肩上,大踏步地走了。

回到包扎所以后,我就让他回团部去。他精神顿时活泼起来了,向我敬了礼就跑了。走不几步,他又想起了什么,在自己挂包里掏了一阵,摸出两个馒头,朝我扬了扬,顺手放在路边石头上,说:

"给你开饭啦!"说完就脚不点地地走了。我走过去拿起那两个干硬的馒头,看见他背的枪筒里不知在什么时候又多了一枝野菊花,跟那些树枝一起,在他耳边抖抖的颤动着。

他已走远了,但还见他肩上撕挂下来的布片,在风里一飘一飘。我真后悔没给他缝上再走。现在,至少他要裸露一晚上的肩膀了。

包扎所的工作人员很少。乡干部动员了几个妇女,帮我们打水,烧锅,作些零碎活。那位新媳妇也来了,她还是那样,笑眯眯的抿着嘴,偶然从眼角上看我一眼,但她时不时的东张西望,好像在找什么。后来她到底问我说:

"那位同志弟到哪里去了?"我告诉她同志弟不是这里的,他现在到前沿去了。她不好意思地笑了一下说:"刚才借被子,他可受我的气了!"说完又抿了嘴笑着,动手把借来的几十条被子、棉絮,整整齐齐的分铺在门板上,桌子上(两张课桌拼起来,就是一张床)。我看见她把自己那条白百合花的新被,铺在外面屋檐下的一块门板上。

天黑了,天边涌起一轮满月。我们的总攻还没发起。敌人照例是忌怕夜晚的,在地上烧起一堆堆的野火,又盲目的轰炸,照明弹也一个接一个的升起,好像在月亮下面点了无数盏的汽油灯,把地面的一切都赤裸裸地暴露出来了。在这样一个"白夜"里来攻击,有多困难,要付出多大的代价啊!我连那一轮皎洁的月亮,也憎恶起来了。

乡干部又来了,慰劳了我们几个家做的干菜月饼。原来今天是中秋节了。

啊!中秋节,在我的故乡,现在一定又是家家门前放一张竹茶几,上面供一副香烛,几碟瓜果月饼。孩子们急切的盼那炷香快些焚尽,好早些分摊给月亮娘娘享用过的东西,他们在茶几旁边跳着唱着:"月亮堂堂,敲锣买糖,……"或是唱着:"月亮嬷嬷,照你照我,……"我想到这里,又想起我那个小同乡,那个拖毛竹的小伙,也许,几年以前,他还唱过这些歌吧!……我咬了一口美味的家做月饼,想起那个小同乡大概现在正爬在工事里,也许在团指挥所,或者是在那些弯弯曲曲的交通沟里走着哩!……

一会儿,我们的炮响了,天空划过几颗红色的信号弹,攻击开始了。不久,断断续续的有几个伤员下来,包扎所的空气立即紧张起来。

我拿着小本子,去登记他们的姓名、单位,轻伤的问问,重伤的就得拉开他们的符号,或是翻看他们的衣襟。我拉开一个重彩号的符号时,"通讯员"三个字使我突然打了个寒战,心跳起来。我定了下神才看到符号上写着×营的字样。啊!不是,我的同乡他是团部的通讯员。但我又莫名其妙的想问问谁,战地上会不会漏掉伤员。通讯员在战斗时,除了送信,还干什么,——我不知道自己为什么要问这些没意思的问题。

战斗开始后的几十分钟里,一切顺利,伤员一次次带下来的消息,都是我们突击第一道鹿砦,第二道铁丝网,占领敌人前沿工事打进街了。但到这里,消息忽然停顿了,下来的伤员,只是简单的回答说:"在打。"或是"在街上巷战。"但从他们满身泥泞,极度疲乏的神色上,甚至从那些似乎刚从泥里掘出来的担架上,大家明白,前面在进行着一场什么样的战斗。

包扎所的担架不够了,好几个重彩号不能及时送后方医院,耽搁下来。我不能解除他们任何痛苦,只得带着那些妇女,给他们拭脸洗手,能吃得的喂他们吃一点,带着背包的,就给他们换一件干净衣裳,有些还得解开他们的衣服,给他们拭洗身上的污泥血迹。

做这种工作,我当然没什么,可那些妇女又羞又怕,就是放不开手来,大家都要抢着去烧锅,特别是那新媳妇。我跟她说了半天,她才红了脸,同意了。不过只答应做我的下手。

前面的枪声,已响得稀落了。感觉上似乎天快亮了,其实还只是半夜。外边月亮很明,也比平日悬得高。前面又下来一个重伤员。屋里铺位都满了,我就把这位重伤员安排在屋檐下的那块门板上。担架员把伤员抬上门板,但还围在床边不肯走。一个上了年纪的担架员,大概把我当做医生了,一把抓住我的膀子说:"大夫,你可无论如何要想办法治好这位同志呀! 你治好他,我……我们全体担架队员给你挂匾! ……"他说话的时候,我发现其他的几个担架员也都睁大了眼盯着我,似乎我点一点头,这伤员就立即会好了似的。我心想给他们解释一下,只见新媳妇端着水站在床前,短促的"啊"了一声。我急拨开他们上前一看,我看见了一张十分年轻稚气的圆脸,原来棕红的脸色,现已变得灰黄。他安详的合着眼,军装的肩头上,露着那个大洞,一片布还挂在那里。

"这都是为了我们,……"那个担架员负罪地说道:"我们十多副担架挤在一个小巷子里,准备往前运动,这位同志走在我们后面,可谁知道狗日的反动派不知从那个屋顶上撂下颗手榴弹来,手榴弹就在我们人缝里冒着烟乱转,这时这位同志叫我们快爬下,他自己就一下扑在那个东西上了。……"

新媳妇又短促的"啊"了一声。我强忍着眼泪,给那些担架员说了些话,打发他们走了。我回转身看见新媳妇已轻轻移过一盏油灯,解开他的衣服,她刚才那种忸怩羞涩已经完全消失,只是庄严而虔诚地给他拭着身子,这位高大而又年轻的小通讯员无声地躺在那里。……我猛然醒悟的跳起身,磕磕绊绊的跑去找医生,等我和医生拿了针药赶来,新媳妇正侧着身子坐在他旁边。

她低着头,正一针一针地在缝他衣肩上那个破洞。医生听了听通讯员的心脏,默默的站起身说:"不用打针了。"我过去一摸,果然手都冰冷了。新媳妇却像什么也没看见,什么也没听到,依然拿着针,细细地,密密地缝着那个破洞。我实在看不下去了,低声地说:

"不要缝了。"她却对我异样的瞟了一眼,低下头,还是一针一针的缝。我想拉开她,我想推开这沉重的氛围,我想看见他坐起来,看见他羞涩的笑。但我无意中碰到了身边一个什么东西,伸手一摸,是他给我开的饭,两个干硬的馒头。……

卫生员让人抬了一口棺材来,动手揭掉他身上的被子,要把他放进棺材去。新媳妇这时脸发白,劈手夺过被子,狠狠的瞪了他们一眼。自己动手把半条被子平展展地铺在棺材底,半条盖在他身上。卫生员为难的说:"被子……是借老百姓的。"

"是我的——"她气汹汹的嚷了半句,就扭过脸去。在月光下,我看见她眼里晶莹发亮,我也看见那条枣红底色上,洒满白色百合花的被子,这象征纯洁与感情的花,盖上了这位平常的,拖毛竹的青年人的脸。

(原载《延河》1958 年第 3 期)

"锻炼锻炼"

赵树理

"争先"农业社,地多劳力少,
动员女劳力,作得不够好:
有些妇女们,光想讨点巧,
只要没便宜,请也请不到——
有说小腿疼,床也下不了,
要留儿媳妇,给她送屎尿;
有说四百二,她还吃不饱,
男人上了地,她却吃面条。
她们一上地,定是工分巧,
做完便宜活,老病就犯了;
割麦请不动,拾麦起得早,
敢偷又敢抢,纪律全不要;
开会常不到,也不上民校,
提起正经事,啥也不知道,
谁给提意见,马上跟谁闹,
没理占三分,吵得天塌了。
这些老毛病,赶紧得改造,
快请识字人,念念大字报!

——杨小四写

这是一九五七年秋末"争先农业社"整风时候出的一张大字报。在一个吃午饭的时间,大家正端着碗到社办公室门外的墙上看大字报,杨小四就趁这个热闹时候把自己写的这张快板大字报贴出来,引得大家丢下别的不看,先抢着来看他这一张,看着看着就轰隆轰隆笑起来,倒不因为杨小四是副主任,也不是因为他编得顺溜写得整齐才引得大家这样注意,最引人注意的是他批评的两个主要对象是"争先社"的两个有名人物——一个外号叫"小腿疼",那一个外号叫"吃不饱"。

小腿疼是五十来岁一个老太婆,家里有一个儿子一个儿媳还有个小孙孙。本来她瞧着孙孙做做饭媳妇是可以上地的,可是她不,她一定要让媳妇照着她当日伺候婆婆那个样子伺候她——给她打洗脸水、送尿盆、扫地、抹灰尘、做饭、端饭…不过要是地里有点便宜活的话也不放过机会。例如夏天拾麦子,在麦子没有割完的时候她可去,一到割完了她就不去了。按她的说法是"拾东西全凭偷,光凭拾能有多大出息"。后来社里发现了这个秘密,又规定拾的麦子归社,按斤给她记工她就不干了。又如摘棉花,在棉桃盛开每天摘的能超过定额一倍的时候她也能出动好几天,不用说刚能做到定额她不去，就是只超过定额三分她也不去。她的小腿上，在年轻时候生过连疮，不过早在二十多年前就治好了。在生疮的时候，她的丈夫伺候她；在治好之后，为了容易使唤丈夫，她说她留下了个腿疼根。"疼"是只有自己才能感觉到的。她说"疼"，别人也无法证明真假，不过她这"疼"疼得有点特别：高兴时候不疼，不高兴了就疼；逛会、看戏、游门、串户时候不疼，一做活儿就疼；她的丈夫死后儿子还小的时候有好几年没有疼，一给孩子娶过媳妇就又疼起来；人社以后是活儿能大量超过定额时候不疼，超不过定额或者超过的少了就又要疼。乡里的医务站办得虽说还不错，可是对这种腿疼还是没有办法的。

"吃不饱"原名"李宝珠"，比"小腿疼"年轻得多——才三十来岁，论人材在"争先社"是数一数二的，可惜她这个优越条件，变成了她自己一个很大的包袱。她的丈夫叫张信，和她也算是自由结婚。张信这个人，生得也聪明伶俐，只是没有志气，在恋爱期间李宝珠跟他提出的条件，明明白白就说是结婚以后不上地劳动，这条件在解放后的农村是没有人能答应的，可是他答应了。在李宝珠看来，她这位丈夫也不能算最满意的人，只能说是"比上不足比下有余"——因为不是个干部——所以只把他作为个"过渡时期"的丈夫，等什么时候找下了最理想的人再和他离婚。在结婚以后，李宝珠一个时期还在给她写大字报这位副主任杨小四身上打过主意，后来打听着她自己那个"吃不饱"的外号原来就是杨小四给她起的，这才打消了这个念头。她既然只把张信当成她"过渡时期"的丈夫，自然就不能完全按"自己人"来对待他，因此她安排了一套对待张信的"政策"。她这套政策：第一是要掌握经济全权，在社里张信名下的账要朝她算，家里一切开支要由她安排，张信有什么额外收入全部缴她，到花钱时候再由她批准、支付。第二是除做饭和针线活以外的一切劳动——包括担水、和煤、上碾、上磨、扫地、送灰渣一切杂事在内——都要由张信负担。第三是吃饭穿衣的标准要由她规定——在吃饭方面她自己是想吃什么就做什么，对张信是她做什么张信吃什么；同样，在穿衣方面，她自己是想穿什么买什么，对张信自然又是她买什么张信穿什么。她这一套政策是她暗自规定暗自执行的，全面执行之后，张信完全变成了她的长工。自从实行粮食统购以来，她是时常喊叫吃不饱的。她的吃法是张信上了地她先把面条煮得吃了，再把汤里下几颗米熬两碗糊糊粥让张信回来吃，另外还做些火烧干饼锁在箱里，张信不在的时候几时想吃几时吃。队里动员她参加劳动时候，她却说"粮食不够吃，每顿只能等张信吃完了刮个空锅，实在劳动不了"。时常做假的人，没有不露马脚。张信常发现床铺上有干饼星星（碎屑），也不断见着糊糊粥里有一两根没有捞尽的面条，只是因为一提就得生气，一生气她就先提"离婚"，所以不敢提，就那样睁只眼阖只眼吃点亏忍忍饥算了。有一次张信端着碗在门外和大家一齐吃饭，第三队（他所属的队）的队长张太和发现他碗里有一根面条。这位队长是个比较爱说调皮话的青年。他问张信说："吃不饱大嫂在哪里学会这单做一根面条的本事哩？"从这以后，每逢张信端着糊糊粥到门外来吃的时候，爱和他开玩笑的人常好夺过他的筷子来在他碗里找面条，碰巧的是时常不落空，总能找到那么一星半点。张太和有一次跟他说："我看'吃不饱'这个外号给你加上还比较正确，因为你只能吃一根面条。"在参加生产方面，"吃不饱"和"小腿疼"的态度完全一样，她既掌握着经济全权，就想利用这种时机为她的"过渡"以后多弄一点积蓄，因此在生产上一有了取巧的机会她就参加，绝不受她自己所定的政策第二条的约束；当便宜活做完了她就仍然喊她的"吃不饱不能参加劳动"。

杨小四的快板大字报贴出来一小会,吃不饱听见社房门口起了哄,就跑出来打听——她这几天心里一直跳,生怕有人给她贴大字报。张太和见她来了,就想给她当个义务读报员。张太和说:"大家不要起哄,我来给大家从头念一遍!"大家看见吃不饱走过来,已经猜了张太和的意思,就都静下来听张太和的。张太和说快板是很有工夫的。他用手打起拍子,有时候还带着表演,跟流水一样马上把这段快板说了一遍,只说得人人鼓掌、个个叫好。吃不饱就在大家鼓掌鼓得起劲的时候,悄悄溜走了。

不过吃不饱可没有回了家,她马上到小腿疼家里去了。她和小腿疼也不算太相好,只是有时候想借重一下小腿疼的硬牌子。小腿疼比她年纪大、闯荡得早,又是正主任王聚海、支书王镇海、第一队队长王盈海的本家嫂子,有理没理常常敢到社房去闹,所以比吃不饱的牌子硬。吃不饱听张太和念过大字报,气得直哆嗦,本想马上在当场骂起来,可是看见人那么多,又没有一个是会给自己说话的,所以没有敢张口就悄悄溜到小腿疼家里。她一进门就说:"大婶呀!有人贴着黑帖子骂咱们哩!"小腿疼听说有人敢骂她好像还是第一次。她好像不相信地问:"你听谁说的?""谁说的?多少人都在社房门口吵了半天了,还用听谁说?""谁写的?""杨小四那个小死材!""他这小死材都写了些什么?""写的多着哩:说你装腿疼,留下儿媳妇给你送屎尿,说你偷麦子;说你没理占三分,光跟人吵架……"她又加油加醋添了些大字报上没有写上去的话,一顿把个小腿疼说得腿也不疼了,挺挺挺挺就跑到社房里去找杨小四。

这时候,主任王聚海、副主任杨小四、支书王镇海三个人都正端着碗开碰头会,研究整风与当前生产怎样配合的问题,小腿疼一跑进去就把个小会给他们扰乱了。在门外看大字报的人们,见小腿疼的来头有点不平常,也有些人跟进去看。小腿疼一进门一句话也没有说,就伸开两条胳膊去扑杨小四,杨小四从座上跳起来闪过一边,主任王聚海趁势把小腿疼拦住。杨小四料定是大字报引起来的事,就向小腿疼说:"你是不是想打架?政府有规定,不准打架。打架是犯法的。不怕罚款、不怕坐牢你就打吧!只要你敢打一下,我就把你请得到法院!"又向王聚海说:"不要拦她!放开叫她打吧!"小腿疼一听说要出罚款要坐牢,手就软下来,不过嘴还不软。她说:"我不是要打你!我是要问问你政府规定过叫你骂人没有?""我什么时候骂过你?""白纸黑字贴在墙上你还昧得了?"王聚海说:"这老嫂!人家提你的名来没有?"小腿疼马上顶回来说:"只要不提名就该骂是不是?要可以骂我可就天天骂哩!"杨小四说:"问题不在提名不提名,要说清楚的是骂你来没有!我写的有哪一句不实,就算我是骂你!你举出来!我写的是有个缺点,那就是不该没有提你们的名字。我本来提着的,主任建议叫我去了。你要嫌我写得不全,我给你把名字加上好了!""你还嫌骂得不痛快呀?加吧!你又是副主任,你又会写,还有我这个不识字的老百姓活的哩?"支书王镇海站起来说:"老嫂,你是说理不说理?要说理,等到辩论会上找个人把大字报一句一句念给你听,你认为哪里写得不对许你驳他!不能这样满脑一把抓来派人家的不是!谁不叫你活了?""你们都是官官相卫,我跟你们说什么理?我要骂!谁给我出大字报叫他死绝了根!叫狼吃得他不剩个血盘儿,叫……"支书认真地说:"大字报是毛主席叫贴的!你实在要不说理要这样发疯,这么大个社也不是没有办法治你!"回头向大家说:"来两个人把她送乡政府!"看的人们早有几个人忍不住了,听支书一说,马上跳出五六个人来把她围上,其中有两个人拉住她两条胳膊就要走。这时候,主任王聚海却拦住说:"等一等!这么一点事哪里值得去麻烦乡政府一趟?"大家早就想让小腿疼去受点教训,见王聚海一拦,都觉得泄气,不过他是主任,也只好听他的。小腿疼见真要送她走,已经有点胆怯,后来经主任这么一拦就放了心。她定了定神,看到局势稳定了,就强鼓着气说了几句似乎是光荣退兵的话:"不要拦他们! 让他们送吧! 看乡政府能不能拔了我的舌头!"王聚海认为已经到了收场的时候,就拉长了调子向小腿疼说:"老嫂! 你且回去吧! 没有到不了底的事! 我们现在要布置明天的生产工作,等过两天再给你们解释解释!""什么解释解释? 一定得说个过来过去!""好好好! 就说个过来过去!"杨小四说:"主任你的话是怎么说着的? 人家闹到咱的会场来了,还要给人家赔情是不是?"小腿疼怕杨小四和支书王镇海再把王聚海说倒了弄得自己不得退场,就赶紧抢了个空子和王聚海说:"我可走了! 事情是你承担着的! 可不许平白白地拉倒啊!"说完了抽身就走,跑出门去才想起来没有装腿疼。

主任王聚海是个老中农出身,早在抗日战争以前就好给人和解个争端,人们常说他是个会和稀泥的人;在抗日战争中八路军来了以后他当过村长,作各种动员工作都还有点办法;在土改时候,地主几次要收买他,都被他拒绝了,村支部见他对斗争地主还坚决,就吸收他入了党;"争先农业社"成立时候,又把他选为社主任,好几年来,因为照顾他这老资格,一直连选连任。他好研究每个人的"性格",主张按性格用人,可惜不懂得有些坏性格一定得改造过来。他给人们平息争端主张"和事不表理",只求得"了事"就算。他以为凡是懂得他这一套的人就当得了干部,不能照他这一套来办事的人就都还得"锻炼锻炼"。例如在一九五五年党内外都有人提出可以把杨小四选成副主任,他却说"不行不行,还得好好锻炼几年",直到本年(一九五七年)改选时候他还坚持他的意见,可是大多数人都说杨小四要比他还强,结果选举的票数和他得了个平。小四当了副主任之后,他可是什么事也不靠小四做,并且常说:"年轻人,随在管委会里'锻炼锻炼'再说吧!"又如社章上规定要有个妇女副主任,在他看来那也是多余的。他说:"叫妇女们闹事可以,想叫她们办事呀,连门都找不着!"因为人家别的社里每社都有那么一个人,他也没法坚持他的主张,结果在选举时候还是选了第三队里的高秀兰来当妇女副主任。他对高秀兰和对杨小四还有区别,以为小四还可以"锻炼锻炼",秀兰连"锻炼"也没法"锻炼",因此除了在全体管委会议的时候按名单通知秀兰来参加以外,在其他主干碰头的会上就根本想不起来还有秀兰那么个人。不过高秀兰可没有忘了他。就在这次整风开始,高秀兰给他贴过这样一张大字报:

争先社,难争先,因为主任太主观:

只信自己有本事,常说别人欠锻炼;

大小事情都包揽,不肯交给别人干,

一天起来忙到晚,办的事情很有限。

遇上社员有争端,他在中间赔笑脸,

只求说个八面圆,谁是谁非不评断,

有的没理沾了光,感谢主任多照看,

有的有理受了屈,只把苦水往下咽。

正气碰了墙,邪气遮了天,

有力没处使,谁还肯争先?

希望王主任,来个大转变:

办事靠集体,说理分长短,

多听群众话,免得耍光杆!

高秀兰写

他看了这张大字报,冷不防也吃了一惊,不过他的气派大,不像小腿疼那样马上唧唧喳喳乱吵,只是定了定神仍然摆出长辈的口气来说:"没想到秀兰这孩子还是个有出息的,以后好好'锻炼锻炼'还许能给社里办点事。"王聚海就是这样一个人。

杨小四给小腿疼和吃不饱出的那张大字报,在才写成稿子没有誊清以前,征求过王聚海的意见。王聚海坚决主张不要出。他说:"什么病要吃什么药,这两个人吃软不吃硬。你要给她们出上这么一张大字报,保证她们要跟你闹麻烦;实在想出的话,也应该把她们的名字去了。"杨小四又征求支书王镇海的意见,并且把主任的话告诉了支书,支书说:"怕麻烦就不要整风!至于名字写不写都行,一贴出去谁也知道指的是谁!"杨小四为了照顾王聚海的老面子,又改了两句,只把那两个人的名字去了,内容一点也没有变,就贴出去了。

当小腿疼一进社房来扑杨小四,王聚海一边拦着她,一边暗自埋怨杨小四:"看你惹下麻烦了没有?都只怨不听我的话!"等到大家要往乡政府送小腿疼,被他拦住用好话把小腿疼劝回去之后,他又暗自夸奖他自己的本领:"试试谁会办事?要不是我在,事情准闹大了!"可是他没有想到当小腿疼走出去、看热闹的也散了之后,支书批评他说:"聚海哥!人家给你提过那么多意见,你怎么还是这样无原则?要不把这样无法无天的人的气焰打下去,这整风工作还怎么往下做呀?"他听了这几句批评觉着很伤心。他想:"你们闹下了事自己没法了局,我给你们做了开解,倒反落下不是了?"不过他摸得着支书的"性格"是"认理不认人,不怕不了事"的,所以他没有把真心话说出来,只勉强承认说:"算了算了!都算我的错!咱们还是快点布置一下明后天的生产工作吧!"

一谈起布置生产来,支书又说:"生产和整风是分不开的。现在快上冻了,妇女大半不上地,棉花摘不下来,花秆拔不了,牲口闲站着,地不能犁,要不整风,怎么能把这种情况变过来呢?"主任王聚海说:"整风是个慢工夫,一两天也不能转变个什么样子;最救急的办法,还是根据去年的经验,把定额减一减——把摘八斤籽棉顶一个工,改成六斤一个工,明天马上就能把大部分人动员起来!"支书说:"事情就坏到去年那个经验上!现在一天摘十斤也摘得够,可是你去年改过那么一下,把那些自私自利的人改得心高了,老在家里等那个便宜。这种落后思想照顾不得!去年改成六斤,今年她们会要求改成五斤,明年会要求改成四斤!"杨小四说:"那样也就对不住人家进步的妇女!明天要减了定额,这几天的工分你怎么给人家算?一个多月以前定额是二十斤,实际能摘到四十斤,落后的抢着摘棉花,叫人家进步的去割谷,就已经亏了人家;如今摘三遍棉花,人家又按八斤定额摘了十来天了,你再把定额改小了让落后的来抢,那像话吗?"王聚海说:"不改定额也行,那就得个别动员。会动员的话,不论哪一个都能动员出来,可惜大家在作动员工作方面都没有'锻炼',我一个人又只有一张嘴,所以工作不好做……"接着他就举出好多例子,说哪个媳妇爱听人夸她的手快,哪个老婆爱听人说她干净……只要摸得着人的"性格",几句话就能说得她愿意听你的话。他正唠唠叨叨举着例子,支书打断他的话说:"够了够了!只要克服了资本主义思想,什么'性格'的人都能动员出来!"

话才说到这里,乡政府来送通知,要主任和支书带两天给养马上到乡政府集合,然后到城关一个社里参观整风大辩论。两个人看了通知,主任说:"怎么办?"支书说:"去!""生产?""交给副主任!"主任看了看杨小四,带着讽刺的口气说:"小四!生产交给你!支书说过,'生产和整风分不开,'怎样布置都由你!""还有人家高秀兰哩!""你和她商量去吧!"

主任和支书走后,杨小四去找高秀兰和副支书,三个人商量了一下,晚上召开了个社员大会。

人们快要集合齐了的时候,向来不参加会的小腿疼和吃不饱也来了。当她们走近人群的时候,吃不饱推着小腿疼的脊背说:"快去快去!凑他们都还没有开口!"她把小腿疼推进了场,她自己却只坐在圈外。一队的队长王盈海看见她们两个来得不大正派,又见小腿疼被推进场去以后要直奔主席台,就趁了两步过来拦住她说:"你又要干什么?""干什么?今天晌午的事你又不是不知道!先得把小四骂我的事说清楚,要不今天晚上的会开不好!"前边提过,王盈海也是小腿疼的一个本家小叔子,说话要比王聚海、王镇海都尖刻。王盈海当了队长,小腿疼虽然能借着个叔嫂关系跟他要无赖,不过有时候还怕他三分。王盈海见小腿疼的话头来得十分无理,怕她再把个会场搅乱了,就用话顶住她说:"你的兴就还没有败透?人家什么地方屈说了你?你的腿到底疼不疼?""疼不疼你管不着!""编在我队里我就要管你!说你腿疼哩,闹起事来你比谁跑得也快;说你不疼哩,你却连饭也不能做,把个媳妇拖得上不了地!人家给你写了张大字报,你就跟被蝎子螫了一下一样,唧唧喳喳乱叫喊!叫吧!越叫越多!再要不改造,大字报会把你的大门上也贴满了!"这样一顶,果然有效,把个小腿疼顶得关上嗓门慢慢退出场外和吃不饱坐到一起去。杨小四看见小腿疼息了虎威,悄悄和高秀兰说:"咱们主任对小腿疼的'性格'摸得还是不太透。他说小腿疼是'吃软不吃硬',我看一队长这'硬'的比他那'软'的更有效些。"

宣布开会了,副支书先讲了几句话说:"支书和主任今天走得很急促,没有顾上详细安排整风工作怎样继续进行。今天下午我和两位副主任商议了一下,决定今天晚上暂且不开整风会,先来布置明天的生产。明天晚上继续整风,开分组检讨会。谁来检讨、检讨什么,得等到明天另外决定。我不说什么了,请副主任谈生产吧!"副支书说了这么几句简单的话就坐下了。有个人提议说:"最好是先把检讨人和检讨什么宣布一下,好让大家准备准备!"副支书又站起来说:"我们还没有商量好,还是等明天再说吧!"

接着就是杨小四讲话。他说:"咱们现在的生产问题,大家都看得很清楚:棉花摘不下来,花秆拔不了,牲口闲站着,地不能犁,再过几天地一冻,秋杀地就算误了。摘完了的棉花秆,断不了还要丢下一星半点,拔在秆上熏了肥料,觉着很可惜;要让大家自由拾一拾吧,还有好多三遍花没有摘,说不定有些手不干净的人要偷偷摸摸的。我们下午商量了一下,决定明后两天,由各队妇女副队长带领各队妇女,有组织地自由拾花;各队队长带领男劳力,在拾过自由花的地里拔花秆,把这一部分地腾清以后,先让牲口犁着,然后再摘那没有摘过三遍的花。为了防止偷花的毛病,现在要宣布几条纪律:第一、明天早晨各队正副队长带领全队队员到村外南池边犁过的那块地里集合,听候分配地点。第二、各队妇女只准到指定地点拾花,不许乱跑。第三、谁要不到南池边集合,或者不往指定地点,拾的花就算偷的,还按社里原来的规定,见一斤扣除五个劳动日的工分,不愿叫扣除的送到法院去改造。完了!散会!"

大会没有开够十分钟就散了,会后大家纷纷议论:有的说"青年人究竟没有经验!就定一百条纪律,该偷的还是要偷!"有的说:"队长有什么用? 去年拾自由花,有些妇女队长也偷过!"有的说:"年轻人可有点火气,真要处罚几个人,也就没人敢偷了!"有的说:"他们不过替人家当两天家,不论说得多么认真,王聚海回来还不是平塌塌地又放下了?"准备偷花的妇女们,也互相交换着意见:"他想的倒周全,一分开队咱们就散开,看谁还管得住谁?""分给咱们个好地方咱们就去,要分到没出息的地方,干脆都不要跟上队长走!""他一只手拖一个,两只手拖两个,还能把咱们都拖住?""我们的队长也不那么老实!"……

"新官上任,不摸秉性",议论尽管议论,第二天早晨都还得到村外南池边那块犁过的地里集合。

要来的人都来到犁耙得很平整的这块地里来坐下,村里再没有往这里走的人了,小四、秀兰和副支书一看,平常装病、装忙、装饿的那些妇女们这时候差不多也都到齐,可是小腿疼和吃不饱两个有名人物没有来。他们三个人互相看了看,秀兰说:"大概是一张大字报真把人家两个人惹恼了!"大家又稍微等了一下,小四说:"不等她们了,咱们就按咱们的计划来吧!"他走到面向群众那一边说:"各队先查点一下人数,看一共来了多少人! 男女分别计算!"各个队长查点了一遍,把数字报告上来。小四又说:"请各队长到前边来,咱们先商量一下!"各队长都集中到他们三个人跟前来。小四和各队长低声说了几句话,各个队长一听都大笑起来,笑过之后,依小四的吩咐坐在一边。

小四开始讲话了。小四说:"今天大家来得这样齐整,我很高兴。这几天,队长每天去动员人摘花,可是说来说去,来的还是那几个人,不来的又都各有理由:有的说病了,有的说孩子病了,有的说家里忙得离不开……指东划西不出来,今天一听说自由拾花大家就什么事也没有了! 这不明明是自私自利思想作怪吗? 摘头遍花能超过定额一倍的时候,大家也是这样来得整齐。你们想想:平常活叫别人做,有了便宜你们讨,人家长年在地里劳动的人吃你们多少亏? 你们真是想'拾'花吗? 一个人一天拾不到一斤籽棉,值上两三毛钱,五天也赚不够一个劳动日,谁有那么傻瓜? 老实说:愿意拾花的根本就是想偷花! 今年不能像去年,多数人种地让少数人偷! 花秆上丢的那一点棉花不拾了,把花秆拔下来堆在地边让每天下午小学生下了课来拾一拾,拾过了再熏肥。今天来了的人一个也不许回去! 妇女们各队到各队地里摘三遍花,定额不动,仍是八斤一个劳动日;男人们除了往麦地担粪的还去担粪,其余到各队摘尽了花的地里拔花秆! 我的话讲完了! 副支书还要讲话!"有一个媳妇站起来说:"副主任! 我不说瞎话! 我今天不能去! 我孩子的病还没有好! 不信你去看看!"小四打断她的话说:"我不看! 孩子病不好你为什么能来?""本来就不能来,因为……""因为听说要自由拾花! 本来不能来你怎么来的? 天天叫也叫不到地,今天没有人去叫你,你怎么就来了? 副支书马上就要跟你们讲这些事!"这个媳妇再没有说的,还有几个也想找理由请假,见她受了碰,也都没有敢开口。她们也想到悄悄溜走,可是坐在村外一块犁过的地里,各个队长又都坐在通到村里去的路上,谁动一动都看得见,想跑也跑不了。

副支书站起来讲话了。他说:"我要说的话很简单:有人昨天晚上要我把今天的分组检讨会布置一下,把检讨人和检讨什么告大家说,让大家好准备。现在我可以告大家说了:检讨人就是每天不来今天来的人,检讨的事就是'为什么只顾自己不顾社'。现在先请各队的记工员把每天不来今天来的人开个名单。"

一会,名单也开完了,小四说:"谁也不准回村去! 谁要是半路偷跑了,或者下午不来了,把大字报给她出到乡政府!"秀兰插话说:"我们三队的地在村北哩,不回村怎么过去?"小四向三队队长张太和说:"太和! 你和你的副队长把人带过村去,到村北路上再查点一下,一个也不准回去! 各队干各队的事! 散会!"

在散会中间又有些小议论:"小四比聚海有办法!""想得出来干得出来!""这伙懒婆娘可叫小四给整住了!""也不止小四一个,他们三个人早就套好了!""聚海只学过内科,这些年轻人能动手术!""聚海的内科也不行,根本治不了病!""可惜小腿疼和吃不饱没有来!"……说着就都走开了。

第三队通过了村,到了村北的路上,队长查点过人数,就往村北的杏树底地里来。这地方有两丈来高一个土岗,有一棵老杏树就长在这土岗上,围着这土岗南、东、北三面有二十来亩地在成立农业社以后连成了一块,这一年种的是棉花,东南两面向阳地方的棉花已经摘尽了,只有北面因为背阴一点,第三遍花还没有摘。他们走到这块地里,把男劳力和高秀兰那样强一点的女劳力留在南头拔花秆,让妇女队长带着软一点的女劳力上北头去摘花。

妇女们绕过了南边和东边快要往北边转弯了,看见有四个妇女早在这块地里摘花,其中有小腿疼和吃不饱两个人。大家停住了步,妇女队长正要喊叫,有个妇女向她摆摆手低声说:"队长不要叫她们! 你一叫她们不拾了! 咱们也装成自由拾花的样子慢慢往那边去! 到那里咱们摘咱们的,她们拾她们的! 让她们多拾一点处理起来也有个分量!"妇女队长说:"我说她们怎么没有出来? 原来早来了!"另一个不常下地的妇女说:"吃不饱昨天夜里散会以后,就去跟我商量过不要到南池边去集合,早一点往地里去,我没有敢听她的话。"大家都想和小腿疼她们开开玩笑,就都装作拾花的样子,一边在摘过的空花秆上拾着零花,一边往北边走。

原来头天晚上开会时候,小腿疼没有闹起事来,不是就退出场外和吃不饱坐在一起了吗? 她们一听到第二天叫自由拾花,吃不饱就对住小腿疼的耳朵说:"大婶! 咱明天可不要管他那什么纪律! 咱们叫上几个人天不明就走,赶她们到地,咱们就能弄他好几斤! 她们到南池边集合,咱们到村北杏树底去,谁也碰不上谁;赶她也到杏树底来咱们跟她们一块儿拾。拾东西谁也不能不偷,她们一偷,就不敢去告咱们的状了!"小腿疼说:"我也是这么想! 什么纪律? 犯纪律的多哩! 处理过谁? 光咱们两人去多好! 不要叫别人!""要叫几个人,犯了也有个垫背的;不过也不要叫得太多,太多了轮到一个人手里东西就不多了!"她们一共叫过五个人,不过有三个没有敢来,临出发只来了两个,就相跟着到杏树底来了。她们正在五六亩大的没有摘过三遍花的地里偷得起劲,听见有人说话,抬头一看,见三队的妇女都来了,就溜到摘过的这一边来;后来见三队的人也到没有摘过的那边去了,她们就又溜回去。三队的人都哈哈大笑起来。小腿疼说:"笑什么? 许你们偷不许我们偷?"有个人说:"你们怎么拾了那么多?""谁不叫你们早点来?"三队的人都是挨着摘,小腿疼她们四个人可是满地跑着捡好的。三队有个人说:"要偷也该挨住片偷呀!"小腿疼说:"自由拾花你管我们怎么拾哩? 要说是偷,你们不也是偷吗?"大家也不认真和她辩论,有些人隔一阵还忍不住要笑一次。

妇女队长悄悄和一个队员说:"这样一直开玩笑也不大好。我离开怕她们闹起来,请你跑到南头去和队长、副主任说一声,叫他们看该怎么办!"那个队员就去了。

队长张太和更是个开玩笑大王。他一听说小腿疼和吃不饱那两个有名人物来了,好像有点幸灾乐祸的样子说:"来了才合理!我早就想到这些人物碰上这些机会不会不出马!你先回去摘花,我马上就到!"他又向高秀兰说:"副主任!你先不要出面,等我把她们整住了请你你再去!你把你的上级架子扎得硬硬地!"可是高秀兰不愿意那样做。高秀兰说:"咱们都是才学着办事,还是正正经经来吧!咱们一同去!"他们走到北头,队员们看见副主任和队长都来了,又都大笑起来。张太和依照高秀兰的意见,很正经地说:"大家不要笑了!你们那几位也不要满地跑了!"小腿疼又要她的厉害:"自由拾花!你管不着!""就算自由拾花吧!你们来抢我三队的花,我就要管!都先把篮子缴给我!"吃不饱说:"我可是三队的!三队的花许别人偷就得许我偷!要缴大家都缴出来!"张太和说:"谁也得缴!"说着就先把她们四个人的篮子夺下来,然后就问她们说:"你们为什么不到南池边集合?"吃不饱说:"你且不要问这个!你不是说'谁也得缴'吗?为什么不缴她们的?""她们是给社里摘!""我们也是给社里摘!""谁叫你们摘的?""谁叫她们摘的?""对!现在就先要给你们讲明是谁叫她们摘的!"接着就把在南池边集合的时候那一段事给她们四个讲述了一遍,讲得她们都软下来。小腿疼说:"不叫拾不拾算了!谁叫你们不先告我们说?""不告说为什么还叫到南池边集合?告你说你不去听,别人有什么办法?"小腿疼说:"算我们白拾了一趟!你们把花倒下,给我们篮子我们走!"

这时候,高秀兰说话了。她说:"事情不那么简单:事前宣布纪律,为的是让大家不犯,犯了可就不能随便了事!这棉花分明是偷的。太和同志!把这些棉花送回社里,过一过秤,让保管给她们每一个篮子上贴上个条子,写明她们的姓名和棉花的分量,连篮子一同保存起来,等以后开个社员大会,让大家商量一个处理办法来处理!"张太和把四个篮子拿起来走了,小腿疼说:"秀兰呀!你可不能说我们是偷的!我们真正不知道你们今天早上变了卦!"秀兰说:"我们一点也没有变卦!昨天晚上杨小四同志给大家说得明白:'谁要不到南池边集合,拾的花就都算偷的。'何况你们明明白白在没有摘过的地里来抢哩?这是妨害全社利益的事,我们不能自作主张,准备交给群众讨论个处理办法!你们有什么话到社员大会上说去吧!"

小腿疼和吃不饱偷了棉花的事,等到吃早饭的时候,就传遍了全村。上午,各队在做活的时候提起这事,差不多都要求把整风的分组检讨会推迟一天,先在本天晚上开个社员大会处理偷花问题——因为大多数人都想叫在王聚海回来之前处理了,免得他回来再来个"八面圆"把问题平放下来。两个副主任接受了大家的要求,和副支书商量把整风会推迟一天,晚上就召开了处理偷花问题的社员大会。

大会开了。会议的项目是先由高秀兰报告捉住四个偷花贼的经过,再要她们四个人坦白交代,然后讨论处理办法。

在她们四个人坦白交代的时候,因为篮子和偷的棉花都还在社里,爱"了事"的主任又不在家,所以除了小腿疼还想找一点巧辩的理由外,一般都还交代得老实。前头是那两个垫背的交代的。一个说是她头天晚上没有参加会,小腿疼约她去她就去了,去到杏树底见地里没有人,根本没有到已经摘尽了的地里去拾,四个人一去,就跑到北头没摘过的地里去了。另一个说得和第一个大体相同,不过她自己是吃不饱约她的。这两个人交代过之后,群众中另有三个人插话说小腿疼和吃不饱也约过她们,她们没有敢去。第三个就叫吃不饱交代。吃不饱见大风已经倒了,老老实实把她怎样和小腿疼商量,怎样去拉垫背的、计划几时出发、往哪块地去……详细谈了一遍。有人追问她拉垫背的有什么用处,她说根据主任处理问题的习惯,犯案的人越多了处理得越轻,有时候就不处理;不过人越多了,每个人能偷到的东西就太少了,所以最好是少拉几个,既不孤单又能落下东西。她可以算是摸着主任的"性格"了。

最后轮着小腿疼作交代了。主席杨小四所以把她排在最后,就是因为她好倚老卖老来巧辩,所以让别人先把事实摆一摆来减少她一些巧辩的机会。可是这个小老太婆真有两下子,有理没理总想争个盛气。她装作很受屈的样子说:"说什么? 算我偷了花还不行?"有人问她:"怎么'算'你偷了? 你究竟偷了没有?""偷了! 偷也是副主任叫我偷的!"主席杨小四说:"哪个副主任叫你偷的?""就是你! 昨天晚上在大会上说叫大家拾花,过了一夜怎么就不算了? 你是说话呀是放屁哩?"她一骂出来,没有等小四答话,群众就有一半以上的人"哗"地一下站起来:"你要起反!""叫你坦白呀叫你骂人?"……三队长张太和说:"我提议:想坦白也不让她坦白了! 干脆送法院!"大家一齐喊"赞成"。小腿疼着了慌,头像货郎鼓一样转来转去四下看。她的孩子、媳妇见说要送她也都慌了。孩子劝她说:"娘你快交代呀!"小四向大家说:"请大家稍静一下!"然后又向小腿疼说:"最后问你一次:交代不交代? 马上答应,不交代就送走! 没有什么客气的!""交交交代什么呀?""随你的便! 想骂你就再骂!""不不那是我一句话说错了! 我交代!"小四问大家说:"怎么样? 就让她交代交代看吧?""好吧!"大家答应着又都坐下了。小腿疼喘了几口气说:"我也不会说什么,反正自己做错了! 事情和宝珠说的差不多:昨天晚上快散会的时候,宝珠跟我说:'咱明天可不要管他那什么纪律! 咱们叫上几个人……'"

这时候忽然出了点小岔子:城关那个整风辩论会提前开了半天,支书和主任摸了几里黑路赶回来了。他们见场里有灯光,预料是开会,没有回家就先到会场上来。主任远远看见小腿疼先朝着小四说话然后又转向群众,以为还是争论那张大字报的问题,就赶了几步赶进场里,根本也没有听小腿疼正说什么,就拦住她说:"回去吧老嫂! 一点点小事还值得追这么紧? 过几天给你们解释解释就完了……"大家初看见他进到会场时候本来已经觉得有点泄气,赶听到他这几句话,才知道他还根本不了解情况,"轰隆"一声都笑了。有个年纪老一点的人说:"主任! 你且坐下来歇歇吧!'没有调查就没有发言权'!"支书也拉住他说:"咱们打听打听再说话吧! 离开一天多了,你知道人家的工作是怎样安排的?"主任觉得很没意思,就和支书一同坐下。

小腿疼见主任王聚海一回来,马上长了精神。她不接着往下交代了。她离开自己站的地方走到王聚海面前说:"老弟呀! 你走了一天,人家就快把你这没出息嫂嫂摆弄死了!"她来了这一下,群众马上又都站起来:"你不用装蒜!""你犯了法谁也替不了你!"……主任站起来走到小四旁边面向大家说:"大家请坐下! 我先给大家谈谈! 没有了不了的事……"有人说:"你请坐下! 我们今天没有选你当主席。""这个事我们会'了'!"……支书急了,又把主任拉住说:"你为什么这么肯了事？先打听一下情况好不好？让人家开会，我们到社房休息休息！"又向副支书说："你要抽得出身来的话，抽空子到社房给我们谈谈这两天的事！"副支书说："可以！现在就行！"

他们三个离了会场到社房，副支书把他和杨小四、高秀兰怎样设计把那些光想讨巧不想劳动的妇女调到南池边，怎样批评了她们，怎样分配人力摘花、拔花秆，怎样碰上小腿疼她们偷花……详细谈了一遍，并且说："棉花明天就可以摘完，今天下午犁地的牲口就全部出动了，花秆拔得赶得上犁，剩下的男劳力仍然往准备冬浇的小麦地里运粪。"他报告完了情况，就先赶回会场去。

副支书走了，支书想了一想说："这些年轻人还是有办法！做法虽说有点开玩笑，可是也解决了问题！"主任说："我看那种动员办法不可靠！不捉摸每个人的'性格'，勉强动员到地里去，能做多少活哩？""再不要相信你摸得着人的'性格'了！我看人家几个年轻同志非常摸得着人的'性格'。那些不好动员的妇女们有她们的共同'性格'，那就是'偷赖''取巧'。正因为摸透了她们这种性格，才把她们都调动出来。人家不止'摸得着'这种性格，还能'改变'这种性格。你想：开了那么一个'思想展览会'，把她们的坏思想抖出来了，她们还能原封收回去吗？你说人家动员的人不能做活，可是棉花是靠那些人摘下来的。用人家的办法两天就能摘完，要仍用你那'摸性格'的老办法，恐怕十天也摘不完——越摘人越少。在整风方面，人家一来就找着两个自私自利的头子，你除不帮忙，还要替人家'解释解释'。你就没有想到全社的妇女你连一半人数也没有领导起来，另一半就是咱那个小腿疼嫂嫂和李宝珠领导着的！我的老哥！我看你还是跟那几位年轻同志在一块'锻炼锻炼'吧！"主任无话可说了，支书拉住他说："咱们去看看人家怎么处理这偷花问题。"

他们又走到会场时候，小腿疼正向小四求情。小腿疼说："副主任！你就让我再交代交代吧！"原来自她说了大家"捉弄"了她以后，大家就不让她再交代，只讨论了对另外三个人的处分问题，留下她准备往法院送。有个人看见主任来了，就故意讽刺小腿疼说："不要要求交代了！那不是？主任又来了！"主任说："不要说我！我来不来你们该怎么办还怎么办！刚才怨我太主观，不了解情况先说话！"小腿疼也抢着说："只要大家准我交代，不论谁来了我也交代！"小腿疼看了看群众，群众不说话；看了看副支书和两个副主任，这三个人也不说话。群众看了看主任，主任不说话；看了看支书，支书也不说话。全场冷了一下以后，小腿疼的孩子站起来说："主席！我替我娘求个情！还是准她交代好不好？"小四看了看这青年，又看了看大家说："怎么样？大家说！"有个老汉说："我提议，看到孩子的面上还让她交代吧！"又有人接着说："要不就让她说吧！"小四又问："大家看怎么样？"有些人也答应："就让她说吧！""叫她说说试试！"……小腿疼见大家放了话，因为怕进法院，恨不得把她那些对不起大家的事都说出来，所以坦白得很彻底。她说完了，大家决定也按一斤籽棉五个劳动日处理，不过也跟给吃不饱规定的条件一样，说这工一定得她做，不许用孩子的工分来顶。

散会以后，支书走在路上和主任说："你说那两个人'吃软不吃硬'，你可算没有摸透她们的'性格'吧？要不是你的认识给她们撑了腰，她们早就不敢那么猖狂了！所以我说你还是得'锻炼锻炼'！"

1958 年 7 月 14 日

（原载《火花》1958 年 8 月号）

永远的尹雪艳

白先勇

一

尹雪艳总也不老。十几年前那一班在上海百乐门舞厅替她捧场的五陵年少,有些天平开了顶,有些两鬓添了霜;有些来台湾降成了铁厂、水泥厂、人造纤维厂的闲顾问,但也有少数却升成了银行的董事长、机关里的大主管。不管人事怎么变迁,尹雪艳永远是尹雪艳,在台北仍旧穿着她那一身蝉翼纱的素白旗袍,一径那么浅浅地笑着,连眼角儿也不肯皱一下。

尹雪艳着实迷人。但谁也没能道出她真正迷人的地方。尹雪艳从来不爱擦胭抹粉,有时最多在嘴唇上点着些似有似无的蜜丝佛陀;尹雪艳也不爱穿红戴绿,天时炎热,一个夏天,她都浑身银白,净扮的了不得。不错,尹雪艳是有一身雪白的肌肤,细挑的身材,容长的脸蛋儿配着一副俏丽甜净的眉眼子,但是这些都不是尹雪艳出奇的地方。见过尹雪艳的人都这么说,也不知是何道理,无论尹雪艳一举手、一投足,总有一份世人不及的风情。别人伸个腰、蹙一下眉,难看,但是尹雪艳做起来,却又别有一番妩媚了。尹雪艳也不多言、不多语,紧要的场合插上几句苏州腔的上海话,又中听、又熨帖。有些荷包不足的舞客,攀不上叫尹雪艳的台子,但是他们却去百乐门坐坐,观观尹雪艳的风采,听她讲几句吴侬软语,心里也是舒服的。尹雪艳在舞池子里,微仰着头,轻摆着腰,一径是那么不慌不忙地起舞着;即使跳着快狐步,尹雪艳从来也没有失过分寸,仍旧显得那么从容,那么轻盈,像一球随风飘荡的柳絮,脚下没有扎根似的。尹雪艳有她自己的旋律。尹雪艳有她自己的拍子。绝不因外界的迁异,影响到她的均衡。

尹雪艳迷人的地方实在讲不清,数不尽。但是有一点却大大增加了她的神秘。尹雪艳名气大了,难免招忌,她同行的姐妹淘醋心重的就到处嘈起说:尹雪艳的八字带着重煞,犯了白虎,沾上的人,轻者家败,重者人亡。谁知道就是为着尹雪艳享了重煞的令誉,上海洋场的男士们都对她增加了十分的兴味。生活悠闲了,家当丰沃了,就不免想冒险,去闯闯这颗红遍了黄浦滩的煞星儿。上海棉纱财阀王家的少老板王贵生就是其中探险者之一。天天开着崭新的开德拉克,在百乐门门口候着尹雪艳转完台子,两人一同上国际饭店二十四楼的屋顶花园去共进华美的宵夜。望着天上的月亮及灿烂的星斗,王贵生说,如果用他家的金条儿能够搭成一道天梯,他愿意爬上天空去把那弯月牙儿掐下来,插在尹雪艳的云鬓上。尹雪艳吟吟地笑着,总也不出声,伸出她那兰花般细巧的手,慢条斯理地将一枚枚涂着俄国乌鱼子的小月牙儿饼掐到嘴里去。

王贵生拼命地投资,不择手段地赚钱,想把原来的财富堆成三倍四倍,将尹雪艳身边那批富有的逐鹿者一一击倒,然后用钻石玛瑙串成一根链子,套在尹雪艳的脖子上,把她牵回家去。当王贵生犯上官商勾结的重罪,下狱枪毙的那一天,尹雪艳在百乐门停了一宵,算是对王贵生致了哀。

最后赢得尹雪艳的却是上海金融界一位热可炙手的洪处长。洪处长休掉了前妻,抛弃了三个儿女,答应了尹雪艳十条条件;于是尹雪艳变成了洪夫人,住在上海法租界一幢从日本人接收过来华贵的花园洋房里。两三个月的工夫,尹雪艳便像一株晚开的玉梨花,在上海上流社会的场合中以压倒群芳的姿态绽放起来。

尹雪艳着实有压场的本领。每当盛宴华筵,无论在场的贵人名媛,穿着紫貂,围着火狸,当尹雪艳披着她那件翻领束腰的银狐大氅,像一阵三月的微风,轻盈盈地闪进来时,全场的人都好像给这阵风熏中了一般,总是情不自禁地向她迎过来。尹雪艳在人堆子里,像个冰雪化成的精灵,冷艳逼人,踏着风一般的步子,看得那些绅士以及仕女们的眼睛都一齐冒出火来。这就是尹雪艳:在兆丰夜总会的舞厅里,在兰心剧院的过道上,以及在霞飞路上一幢幢侯门官府的客堂中,一身银白,歪靠在沙发椅上,嘴角一径挂着那流吟吟浅笑,把场合中许多银行界的经理、协理、纱厂的老板及小开,以及一些新贵和他们的夫人们都拘到跟前来。

可是洪处长的八字到底软了些,没能抵得住尹雪艳的重煞。一年丢官,两年破产,到了台北来连个闲职也没捞上。尹雪艳离开洪处长时还算有良心,除了自己的家当外只带走一个从上海跟来的名厨师及两个苏州娘姨。

<h2 style="text-align:center">二</h2>

尹雪艳的新公馆落在仁爱路四段的高级住宅区里,是一幢崭新的西式洋房,有个十分宽敞的客厅,容得下两三桌酒席。尹雪艳对她的新公馆倒是刻意经营过一番。客厅的家具是一色桃红心红木桌椅。几张老式大靠背的沙发,塞满了黑丝面子鸳鸯戏水的湘绣靠枕,人一坐下去就陷进了一半,倚在柔软的丝枕上,十分舒适。到过尹公馆的人,都称赞尹雪艳的客厅布置妥帖,叫人坐着不肯动身。打麻将有特别设备的麻将间,麻将桌、麻将灯都设计得十分精巧。有些客人喜欢挖花,尹雪艳还特别腾出一间有隔音设备的房间,挖花的客人可以关在里面恣意唱和。冬天有暖炉,夏天有冷气,坐在尹公馆里,很容易忘记外面台北市的阴寒及溽暑。客厅案头的古玩花瓶,四时都供着鲜花。尹雪艳对于花道十分讲究,中山北路的玫瑰花店常年都送上选的鲜货。整个夏天,尹雪艳的客厅中都细细地透着一股又甜又腻的晚香玉。

尹雪艳的新公馆很快地便成为她旧雨新知的聚会所。老朋友来到时,谈谈老话,大家都有一腔怀古的幽情,想一会儿当年,在尹雪艳面前发发牢骚,好像尹雪艳便是上海百乐门时代永恒的象征,京沪繁华的佐证一般。

"阿媛,看看干爹的头发都白光喽! 侬还像枝万年青一式,愈来愈年青!"

吴经理在上海当过银行的总经理,是百乐门的座上常客,来到台北赋闲,在一家铁工厂挂个顾问的名义。见到尹雪艳,他总爱拉着她半开玩笑而又不免带点自怜的口吻这样说。吴经理的头发确实全白了,而且患着严重的风湿,走起路来,十分蹒跚,眼睛又害沙眼,眼毛倒插,常年淌着眼泪,眼圈已经开始溃烂,露出粉红的肉来。冬天时候,尹雪艳总把客厅里那架电暖炉移到吴经理的脚跟前,亲自奉上一盅铁观音,笑吟吟地说道:"哪里的话,干爹才是老当益壮呢!"

吴经理心中熨帖了,恢复了不少自信,眨着他那烂掉了睫毛的老花眼,在尹公馆里,当众票了一出"坐宫",以苍凉沙哑的嗓子唱出:

"我好比浅水龙,

被困在沙滩。"

尹雪艳有迷男人的工夫,也有迷女人的工夫。跟尹雪艳结交的那班太太们,打从上海起,就背地数落她。当尹雪艳平步青云时,这起太太们气不忿,说道:凭你怎么爬,左不过是个货腰娘。当尹雪艳的靠山相好遭到厄运的时候,她们就叹气道:命是逃不过的,煞气重的娘儿们到底沾惹不得。可是十几年来这起太太们一个也舍不得离开尹雪艳,到了台北一窝蜂似的聚到尹雪艳的公馆里,她们不得不承认尹雪艳实在有她惊动人的地方。尹雪艳在台北的鸿祥绸缎庄打得出七五折,在小花园里挑得出最登样的绣花鞋儿,红楼的绍兴戏码,尹雪艳最在行,吴燕丽唱《孟丽君》的时候,尹雪艳可以拿得到免费的前座戏票,论起西门町的京沪小吃,尹雪艳又是无一不精了。于是这起太太们,由尹雪艳领队,逛西门町、看绍兴戏、坐在三六九里吃桂花汤团,往往把十几年来不如意的事儿一股脑儿抛掉,好像尹雪艳周身都透着上海大千世界荣华的麝香一般,熏得这起往事沧桑的中年妇人都进入半醉的状态,而不由自主都津津乐道起上海五香斋的蟹黄面来。这起太太们常常容易闹情绪。尹雪艳对于她们都一一施以广泛的同情,她总耐心地聆听她们的怨艾及委曲,必要时说几句安抚的话,把她们焦躁的脾气一一熨平。

"输呀,输得精光才好呢! 反正家里有老牛马垫背,我不输,也有旁人替我输!"

每逢宋太太搓麻将输了钱时就向尹雪艳带着酸意地抱怨道。宋太太在台湾得了妇女更年期的痴肥症,体重暴增到一百八十多磅,形态十分臃肿,走多了路,会犯气喘。宋太太的心酸话较多,因为她先生宋协理有了外遇,对她颇为冷落,而且对方又是一个身段苗条的小酒女。十几年前宋太太在上海的社交场合出过一阵风头,因此她对以往的日子特别向往。尹雪艳自然是宋太太倾诉衷肠的适当人选,因为只有她才能体会宋太太那种今昔之感。有时讲到伤心处,宋太太会禁不住掩面而泣。

"宋家阿姐,'人无千日好,花无百日红',谁又能保得住一辈子享荣华、受富贵呢?"

于是尹雪艳便递过热毛巾给宋太太揩面,怜悯地劝说道。宋太太不肯认命,总要抽抽搭搭地怨怼一番:

"我就不信我的命又要比别人差些! 像侬吧,尹家妹妹,侬一辈子是不必发愁的,自然有人会来帮衬侬。"

三

尹雪艳确实不必发愁,尹公馆门前的车马从来也未曾断过。老朋友固然把尹公馆当做世外桃源,一般新知也在尹公馆找到别处稀有的吸引力。尹雪艳公馆一向维持它的气派。尹雪艳从来不肯把它降低于上海霞飞路的排场。出入的人士,纵然有些是过了时的,但是他们有他们的身份,有他们的派头,因此一进到尹公馆,大家都觉得自己重要,即使是十几年前作废了的头衔,经过尹雪艳娇声亲切地称呼起来,也如同受过诰封一般,心理上恢复了不少的优越感。至于一般新知,尹公馆更是建立社交的好所在了。

当然,最吸引人的,还是尹雪艳本身。尹雪艳是一个最称职的主人。每一位客人,不分尊卑老幼,她都招呼得妥妥帖帖。一进到尹公馆,坐在客厅中那些铺满黑丝面椅垫的沙发上,大家都有一种宾至如归,乐不思蜀的亲切之感,因此,做会总在尹公馆开标,请生日酒总在尹公馆开席,即使没有名堂的日子,大家也立一个名目,凑到尹公馆成一个牌局。一年里,倒有大半的日子,尹公馆里总是高朋满座。

尹雪艳本人极少下场,逢到这些日期,她总预先替客人们安排好牌局;有时两桌,有时三桌。她对每位客人的牌品及癖性都摸得清清楚楚,因此牌搭子总配得十分理想,从来没有伤过和气。尹雪艳本人督导着两个头干脸净的苏州娘姨在旁边招呼着。午点是宁波年糕或者湖州粽子。晚饭是尹公馆上海名厨的京沪小菜:金银腿、贵妃鸡、炝虾、醉蟹——尹雪艳亲自设计了一个转动的菜牌,天天转出一桌桌精致的筵席来。到了下半夜,两个娘姨便捧上雪白喷了明星花露水的冰面巾,让大战方酣的客人们揩面醒脑,然后便是一碗鸡汤银丝面作了宵夜。客人们掷下的桌面十分慷慨,每次总上两三千。赢了钱的客人固然值得兴奋;即使输了钱的客人也是心甘情愿。在尹公馆里吃了玩了,末了还由尹雪艳差人叫好计程车,一一送回家去。

当牌局进展激烈的当儿,尹雪艳便换上轻装,周旋在几个牌桌之间,踏着她那风一般的步子,轻盈盈地来回巡视着,像个通身银白的女祭司,替那些作战的人们祈祷和祭祀。

"阿媛,干爹又快输脱底喽!"

每到败北阶段,吴经理就眨着他那烂掉了睫毛的眼睛,向尹雪艳发出讨救的哀号。

"还早呢,干爹,下四圈就该你摸清一色了。"

尹雪艳把个黑丝椅垫枕到吴经理害了风湿病的背脊上,怜恤地安慰着这个命运乖谬的老人。

"尹小姐,你是看到的。今晚我可没有打错一张牌,手气就那么背!"

女客人那边也经常向尹雪艳发出乞怜的呼吁,有时宋太太输急了,也顾不得身份,就抓起两颗骰子啐道:

"呸!呸!呸!勿要面孔的东西,看你霉到什么辰光!"

尹雪艳也照例过去,用着充满同情的语调,安抚她们一番。这个时候,尹雪艳的话就如同神谕一般令人敬畏。在麻将桌上,一个人的命运往往不受控制,客人们都讨尹雪艳的口彩来恢复信心及加强斗志。尹雪艳站在一旁,叼着金嘴子的三个九,徐徐地喷着烟圈,以悲天悯人的眼光看着她这一群得意的、失意的、老年的、壮年的、曾经叱咤风云的、曾经风华绝代的客人们,狂热地互相厮杀,互相宰割。

四

新来的客人中,有一位叫徐壮图的中年男士,是上海交通大学的毕业生,生得品貌堂堂,高高的个儿,结实的身体,穿着剪裁合度的西装,显得分外英挺。徐壮图是个台北市新兴的实业巨子,随着台北市的工业化,许多大企业应运而生,徐壮图头脑灵活,具有丰富的现代化工商业管理的知识,才是四十出头,便出任一家大水泥公司的经理。徐壮图有位贤惠的太太及两个可爱的孩子。家庭美满,事业充满前途,徐壮图成为一个雄心勃勃的企业家。

徐壮图第一次进入尹公馆是在一个庆生酒会上。尹雪艳替吴经理做六十大寿,徐壮图是吴经理的外甥,也就随着吴经理来到尹雪艳的公馆。

那天尹雪艳着实装饰了一番,穿着一袭月白短袖的织锦旗袍,襟上一排香妃色的大盘扣;脚上也是月白缎子的软底绣花鞋,鞋尖却点着两瓣肉色的海棠叶儿。为了讨喜气,尹雪艳破例地在右鬓簪上一朵酒杯大血红的郁金香,而耳朵上却吊着一对寸把长的银坠子。客厅里的寿堂也布置得喜气洋洋。案上全换上才铰下的晚香玉,徐壮图一踏进去,就嗅中一阵沁入脑肺的甜香。

"阿媛,干爹替侬带来顶顶体面的一位人客,"吴经理穿着一身崭新的纺绸长衫,伛着背,笑呵呵地把徐壮图介绍给尹雪艳道,然后指着尹雪艳说:

"我这位干小姐呀,实在孝顺不过。我这个老朽三灾五难的还要赶着替我做生。我忖忖:我现在又不在职,又不问世,这把老骨头天天还要给触霉头的风湿症来折磨。管他折福也罢,今朝我且大模大样地生受了干小姐这场寿酒再讲。我这位外甥,难得放纵一回,今朝也来跟我们这群老朽一道开心开心。阿媛是个最妥当的主人家,我把壮图交把侬,侬好好地招待招待他吧。"

"徐先生是稀客,又是干爹的令戚,自然要跟别人不同一点。"尹雪艳笑吟吟地答道,发上那朵血红的郁金香颤巍巍地抖动着。

徐壮图果然受到尹雪艳特别的款待。在席上,尹雪艳坐在徐壮图旁边一径殷勤地向他劝酒让菜,然后歪向他低声说道:

"徐先生,这道是我们大师傅的拿手,你尝尝,比外面馆子做的如何?"

用完席后,尹雪艳亲自盛上一碗冰冻杏仁豆腐捧给徐壮图,上面却放着两颗鲜红的樱桃。用完席成上牌局的时候,尹雪艳经常走到徐壮图背后看他打牌。徐壮图的牌张不熟,时常发错张子。才是八圈,徐壮图已经输掉一半筹码。有一轮,徐壮图正当发出一张梅花五筒的时候,突然尹雪艳从后面欠过身伸出她那细巧的手把徐壮图的手背按住说道:

"徐先生,这张牌是打不得的。"

那一盘徐壮图便和了一副"满园花",一下子就把输出去的筹码赢回了大半。客人中有一个开玩笑抗议道:

"尹小姐,你怎么不来替我也点点张子,瞧瞧我也输完啦。"

"人家徐先生头趟到我们家,当然不好意思让他吃了亏回去的喽。"徐壮图回头看到尹雪艳朝着他满面堆着笑容,一对银耳坠子吊在她乌黑的发脚下来回地浪荡着。

客厅中的晚香玉到了半夜,吐出一蓬蓬的浓香来。席间徐壮图喝了不少热花雕,加上牌桌上和了那盘"满园花"的亢奋,临走时他已经有些微醺的感觉了。

"尹小姐,全得你的指教,要不然今晚的麻将一定全盘败北了。"

尹雪艳送徐壮图出大门时,徐壮图感激地对尹雪艳说道。尹雪艳站在门框里,一身白色的衣衫,双手合抱在胸前,像一尊观世音,朝着徐壮图笑吟吟地答道:

"哪里的话,隔日徐先生来白相,我们再一道研究研究麻将经。"

隔了两日,果然徐壮图又来到了尹公馆,向尹雪艳讨教麻将的诀窍。

五

徐壮图太太坐在家中的藤椅上,呆望着大门,两腮一天天削瘦,眼睛凹成了两个深坑。

当徐太太的干妈吴家阿婆来探望她的时候,她牵着徐太太的手惊叫道:

"嗳呀,我的干小姐,才是个把月没见着,怎么你就瘦脱了形?"

吴家阿婆是一个六十来岁的妇人,硕壮的身材,没有半根白发,一双放大的小脚,仍旧行走如飞。吴家阿婆曾经上四川青城山去听过道,拜了上面白云观里一位道行高深的法师做师父。这位老法师因为看上吴家阿婆天资禀异,飞升时便把衣钵传了给她。吴家阿婆在台北家中设了一个法堂,中央供着她老师父的神像。神像下面悬着八尺见方黄绫一幅。据吴家阿婆说,她老师父常在这幅黄绫上显灵,向她授予机宜,因此吴家阿婆可以预卜凶吉,消灾除祸。吴家阿婆的信徒颇众,大多是中年妇女,有些颇有社会地位。经济环境不虞匮乏,这些太太们的心灵难免感到空虚。于是每月初一十五,她们便停止一天麻将,或者标会的聚会,成群结队来到吴家阿婆的法堂上,虔诚地念经叩拜,布施散财,救济贫困,以求自身或家人的安宁。有些有疑难大症,有些有家庭纠纷,吴家阿婆一律慷慨施以许诺,答应在老法师灵前替她们祈求神助。

"我的太太,我看你的气色竟是不好呢!"吴家阿婆仔细端详了徐太太一番,摇头叹息。徐太太低首俯面忍不住伤心哭泣,向吴家阿婆道出了许多衷肠话来。

"亲妈,你老人家是看到的,"徐太太流着泪断断续续地诉说道,"我们徐先生和我结婚这么久,别说破脸,连句重话都向来没有过。我们徐先生是个争强好胜的人。他一向都这么说:'男人的心五分倒有三分应该放在事业上。'来台湾熬了这十来年,好不容易盼着他们水泥公司发达起来,他才出了头,我看他每天为公事在外面忙着应酬,我心里只有暗暗着急。事业不事业倒在其次,求祈他身体康宁,我们母子再苦些也是情愿的。谁知道打上月起,我们徐先生竟好像变了一个人似的。经常两晚三晚不回家。我问一声,他就摔碗砸筷,脾气暴得了不得。前天连两个孩子都挨了一顿狠打。有人传话给我听说是我们徐先生外面有了人,而且人家还是个有头有脸的人物。亲妈,我这个本本分分的人哪里经过这些事情?人还撑得住不走样?"

"干小姐,"吴家阿婆拍了一下巴掌说道,"你不提呢,我也就不说了。你知道我是最怕兜揽是非的人。你叫了我声亲妈,我当然也就向着你些。你知道那个胖婆儿宋太太呀,她先生宋协理搞上个什么'五月花'的小酒女。她跑到我那里一把鼻涕一把眼泪要我替她求求老师父。我拿她先生的八字来一算,果然冲犯了东西。宋太太在老师父灵前许了重愿,我替她念了十二本经。现在她男人不是乖乖地回去了?后来我就劝宋太太:'整天少和那些狐狸精似的女人穷混,念经做善事要紧!'宋太太就一五一十地把你们徐先生的事情原原本本数了给我听。那个尹雪艳呀,你以为她是个什么好东西?她没有两下,就能拢得住这些人?连你们徐先生那么个正人君子她都有本事抓得牢。这种事情历史上是有的:褒姒,妲己,飞燕,太真——这起祸水!你以为都是真人吗?妖孽!凡是到了乱世,这些妖孽都纷纷下凡,扰乱人间。那个尹雪艳还不知道是个什么东西变的呢!我看你呀,总得变个法儿替你们徐先生消了这场灾难才好。"

"亲妈,"徐太太忍不住又哭了起来,"你晓得我们徐先生不是那种没有良心的男人。每次他在外面逗留了回来,他嘴里虽然不说,我晓得他心里是过意不去的。有时他一个人闷坐着猛抽烟,头筋叠暴起来,样子真吓人。我又不敢去劝解他,只有干着急。这几天他更是着了魔一般,回来嚷着说公司里人人都寻他晦气。他和那些工人也使脾气,昨天还把人家开除了几个。我劝他说犯不着和那些粗人计较,他连我也喝斥了一顿。他的行径反常得很,看着不像,真不由得不叫人担心哪!"

"就是说呀!"吴家阿婆点头说道,"怕是你们徐先生也犯着了什么吧?你且把他的八字递给我,回去我替他测一测。"

徐太太把徐壮图的八字抄给了吴家阿婆说道：

"亲妈，全托你老人家的福了。"

"放心，"吴家阿婆临走时说道，"我们老师父最是法力无边，能够替人排难解厄的。"

然而老师父的法力并没有能够拯救徐壮图。有一天，正当徐壮图向一个工人拍起桌子喝骂的时候，那个工人突然发了狂，一把扁钻从徐壮图前胸刺穿到后胸。

六

徐壮图的治丧委员会吴经理当了总干事。因为连日奔忙，风湿又弄犯了，他在极乐殡仪馆穿出穿进的时候，一径拄着拐杖，十分蹒跚，开吊的那一天灵堂就设在殡仪馆里。一时亲戚友好的花圈丧帐白簇簇的一直排到殡仪馆的门口来。水泥公司同仁挽的却是"痛失英才"四个大字。来祭吊的人从早上九点钟起开始络绎不绝。徐太太早已哭成了痴人，一身麻衣丧服带着两个孩子，跪在灵前答谢。吴家阿婆却率领了十二个道士，身着法衣，手执拂尘，在灵堂后面的法坛打解冤洗业醮。此外并有僧尼十数人在念经超度，拜大悲忏。

正午的时候，来祭吊的人早挤满了一堂，正当众人熙攘之际，突然人群里起了一阵骚动，接着全堂静寂下来，一片肃穆。原来尹雪艳不知什么时候却像一阵风一般地闪了进来。尹雪艳仍旧一身素白打扮，脸上未施脂粉，轻盈盈地走到管事台前，不慌不忙地提起毛笔，在签名簿上一挥而就地签上了名，然后款款地步到灵堂中央，客人们都倏地分开两边，让尹雪艳走到灵台跟前，尹雪艳凝着神，敛着容，朝着徐壮图的遗像深深地鞠了三鞠躬。这时在场的亲友大家都呆如木鸡。有些显得惊讶，有些却是忿愤，也有些满脸惶惑，可是大家都好似被一股潜力镇住了，未敢轻举妄动。这次徐壮图的惨死，徐太太那一边有些亲戚迁怒于尹雪艳，他们都没有料到尹雪艳居然有这个胆识闯进徐家的灵堂来。场合过分紧张突兀，一时大家都有点手足无措。尹雪艳行完礼后，却走到徐太太面前，伸出手抚摸了一下两个孩子的头，然后庄重地和徐太太握了一握手。正当众人面面相觑的当儿，尹雪艳却踏着她那风一般的步子走出了极乐殡仪馆。一时灵堂里一阵大乱，徐太太突然跪倒在地，昏厥了过去，吴家阿婆赶紧丢掉拂尘，抢身过去，将徐太太抱到后堂去。

当晚，尹雪艳的公馆里又成上了牌局，有些牌搭子是白天在徐壮图祭悼会后约好的。吴经理又带了两位新客人来。一位是南国纺织厂新上任的余经理；另一位是大华企业公司的周董事长。这晚吴经理的手气却出了奇迹，一连串地在和满贯。吴经理不停地笑着叫着，眼泪从他烂掉了睫毛的血红眼圈一滴滴淌下来。到了第十二圈，有一盘吴经理突然双手乱舞大叫起来：

"阿媛，快来！快来！'四喜临门'！这真是百年难见的怪牌。东、南、西、北——全齐了，外带自摸双！人家说和了大四喜，兆头不祥。我倒霉了一辈子，和了这副怪牌，从此否极泰来。阿媛，阿媛，侬看看这副牌可爱不可爱？有趣不有趣？"

吴经理喊着笑着把麻将撒满了一桌子。尹雪艳站到吴经理身边，轻轻地按着吴经理的肩膀，笑吟吟地说道：

"干爹，快打起精神多和两盘。回头赢了余经理及周董事长他们的钱，我来吃你的红！"

（原载《现代文学》1965 年 4 月 1 日第 24 期，选自白先勇小说集《台北人》）

爱，是不能忘记的

张　洁

我和我们这个共和国同年。三十岁，对于一个共和国来说，那是太年轻了。而对一个姑娘来说，却有嫁不出去的危险。

不过，眼下我倒有一个正儿八经的求婚者。看见过希腊伟大的雕塑家米伦所创造的"掷铁饼者"那座雕塑么？乔林的身躯几乎就是那尊雕塑的翻版。即使在冬天，臃肿的棉衣也不能掩盖住他身上那些线条的优美的轮廓。他的面孔黝黑，鼻子、嘴巴的线条都很粗犷。宽阔的前额下，是一双长长的眼睛。光看这张脸和这个身躯，大多数的姑娘都会喜欢他。

可是，倒是我自己拿不准主意要不要嫁给他。因为我闹不清楚我究竟爱他的什么，而他又爱我的什么？

我知道，已经有人在背地里说长道短："凭她那些条件，还想找个什么样的？"

在他们的想像中，我不过是一头劣种的牲畜，却变着法儿想要混个肯出大价钱的冤大头。这使他们感到气恼，好像我真的干了什么伤天害理的、冒犯了众人的事情。

自然，我不能对他们过于苛求。在商品生产还存在的社会里，婚姻，也像其他的许多问题一样，难免不带着商品交换的烙印。

我和乔林相处将近两年了，可直到现在我还摸不透他那缄默的习惯到底是因为不爱讲话，还是因为讲不出来什么？逢到我起意要对他来点智力测验，一定逼着他说出对某事或某物的看法时，他也只能说出托儿所里常用的那种词藻："好!"或"不好!"就这么两挡，再也不能换换别的花样儿了。

当我问起"乔林，你为什么爱我"的时候，他认真地思索了好一阵子。对他来说，那段时间实在够长了。凭着他那宽阔的额头上难得出现的皱纹，我知道，他那美丽的脑壳里面的组织细胞，一定在进行着紧张的思维活动。我不由地对他生出一种怜悯和一种歉意，好像我用这个问题刁难了他。

然后，他抬起那双儿童般的、清澈的眸子对我说："因为你好!"

我的心被一种深刻的寂寞填满了。"谢谢你，乔林!"

我不由地想：当他成为我的丈夫，我也成为他的妻子的时候，我们能不能把妻子和丈夫的责任和义务承担到底呢？也许能够。因为法律和道义已经紧紧地把我们拴在一起。而如果我们仅仅是遵从着法律和道义来承担彼此的责任和义务，那又是多么悲哀啊！那么，有没有比法律和道义更牢固、更坚实的东西把我们联系在一起呢？

逢到我这样想着的时候，我总是有一种古怪的感觉，好像我不是一个准备出嫁的姑娘，而是一个研究社会学的老学究。

也许我不必想这么许多，我们可以照大多数的家庭那样生活下去：生儿育女，厮守在一起，绝对地保持着法律所规定的忠诚……虽说人类社会已经进入了二十世纪七十年代,可在这点上,倒也不妨像几千年来人们所做过的那样,把婚姻当成一种传宗接代的工具,一种交换、买卖,而婚姻和爱情也可以是分离着的。既然许多人都是这么过来的,为什么我就偏偏不可以照这样过下去呢?

不,我还是下不了决心。我想起小的时候,我总是没缘没故地整夜啼哭,不仅闹得自己睡不安生,也闹得全家睡不安生。我那没有什么文化却相当有见地的老保姆说我"贼风入耳"了。我想这带有预言性的结论,大概很有一点科学性,因为直到如今我还依然如故,总好拿些不成问题的问题不但搅扰得自己不得安宁,也搅扰得别人不得安宁。所谓"禀性难移"吧!

我呢,还会想到我的母亲,如果她还活着,她会对我的这些想法,对乔林,对我要不要答应他的求婚说些什么?

我之所以习惯地想到她,绝不因为她是一个严酷的母亲,即使已经不在人世也依然用她的阴魂主宰着我的命运。不,她甚至不是母亲,而是一个推心置腹的朋友。我想,这多半就是我那么爱她,一想到她已经离我远去便悲从中来的原因吧!

她从不教训我,她只是用她那没有什么女性温存的低沉的嗓音,柔和地对我谈她一生中的过失或成功,让我从这过失或成功里找到我自己需要的东西。不过,她成功的时候似乎很少,一生里总是伴着许许多多的失败。

在她最后的那些日子里,她总是用那双细细的、灵秀的眼睛长久地跟随着我,仿佛在估量着我有没有独立生活下去的能力,又好像有什么重要的话要叮嘱我,可又拿不准主意该不该对我说。准是我那没心没肺,凡事都不大有所谓的派头让她感到了悬心。她忽然冒出了一句:"珊珊,要是你吃不准自己究竟要的是什么,我看你就是独身生活下去,也比糊里糊涂地嫁出去要好得多!"

照别人看来,作为一个母亲,对女儿讲这样的话,似乎不近情理。而在我看来,那句话里包含着以往生活里的极其痛苦的经验。我倒不觉得她这样叮咛我是看轻我或是低估了我对生活的认识。她爱我,希望我生活得没有烦恼,是不是?

"妈妈,我不想嫁人!"我这么说,绝不是因为害臊或是在忸怩作态。说真的,我真不知道一个姑娘什么时候需要做出害臊或忸怩的姿态,一切在一般人看来应该对孩子隐讳的事情,母亲早已从正面让我认识了它。

"要是遇见合适的,还是应该结婚。我说的是合适的!"

"恐怕没有什么合适的!"

"有还是有,不过难一点——因为世界是这么大,我担心的是你会不会遇上就是了!"她并不关心我嫁得出去还是嫁不出去,她关心的倒是婚姻的实质。

"其实,您一个人过得不是挺好吗?"

"谁说我过得挺好?"

"我这么觉得。"

"我是不得不如此……"她停住了说话,沉思起来。一种淡淡的、忧郁的神情来到了她的脸上。她那忧郁的、满是皱纹的脸,让我想起我早年夹在书页里的那些已经枯萎了的花。

"为什么不得不如此呢?"

"你的为什么太多了。"她在回避我。她心里一定藏着什么不愿意让我知道的心事。我知道,她不告诉我,并不是因为她耻于向我披露,而多半是怕我不能准确地估量那事情的深浅而曲扭了它,也多半是因为人人都有一点珍藏起来的、留给自己带到坟墓里去的东西。想到这里,我有点不自在。这不自在的感觉迫使我没有礼貌、没有教养地追问下去:"是不是您还爱着爸爸?"

"不,我从没有爱过他。"

"他爱您吗?"

"不,他也不爱我!"

"那你们当初为什么结婚呢?"

她停了停,准是想找出更准确的字眼来说明这令人费解和反常的现象,然后显出无限悔恨的样子对我说:"人在年轻的时候,并不一定了解自己追求的、需要的是什么,甚至别人的起哄也会促成一桩婚姻。等到你再长大一些、更成熟一些的时候,你才会明白你真正需要的是什么。可那时,你已经干了许多悔恨得让你感到锥心的蠢事。你巴不得付出任何代价,只求重新生活一遍才好,那你就会变得比较聪明了。人说'知足者常乐',我却享受不到这样的快乐。"说着,她自嘲地笑了笑:"我只能是一个痛苦的理想主义者。"

莫非我那"贼风入耳"的毛病是从她那里来的?大约我们的细胞中主管"贼风入耳"这种遗传性状的是一个特别尽职尽责的基因。

"您为什么不再结婚呢?"

她不大情愿地说:"我怕自己还是吃不准自己到底要什么。"她明明还是不肯对我说真话。

我不记得我的父亲。他和母亲在我很小的时候便分手了。我只记得母亲曾经很害羞地对我说过他是一个相当漂亮的、公子哥儿似的人物。我明白,她准是因为自己也曾追求过那种浅薄而无聊的东西而感到害臊。她对我说过:"晚上睡不着觉的时候,我常常迫使自己硬着头皮去回忆青年时代所做的那些蠢事、错事!为的是使自己清醒。固然,这是很不愉快的,我常会羞愧地用被单蒙上自己的脸,好像黑暗里也有许多人在盯着我瞧似的。不过这种不愉快的感觉里倒也有一种赎罪似的快乐。"

我真对她不再结婚感到遗憾。她是一个很有趣味的人,如果她和一个她爱着的人结婚,一定会组织起一个十分有趣味的家庭。虽然她生得并不漂亮,可是优雅,淡泊,像一幅淡墨的山水画。文章写得也比较美,和她很熟悉的一位作家喜欢开这样的玩笑:"光看你的作品,人家就会爱上你的!"

母亲便会接着说:"要是他知道他爱的竟是一个满脸皱纹、满头白发的老太婆,他准会吓跑了。"

到了这种年龄,她绝不会是还不知道自己到底要什么。这分明是一句遁词。我之所以这么说,是因为她有一些引起我生出许多疑惑的怪毛病。

比如,不论她上哪儿出差,她必得带上那二十七本一套的,一九五〇年到一九五五年出版的契诃夫小说选集中的一本。并且叮咛着我:"千万别动我这套书。你要看,就看我给你买的那一套。"这话明明是多余的。我有自己的一套,干嘛要去动她的那套呢?况且这话早已三令五申地不知说过多少遍了。可她还是怕有个万一的时候。她爱那套书爱得简直像是得了魔症一般。

我们家有两套契诃夫小说选集。这也许说明对契诃夫的爱好是我们家的家风,但也许更多的是为了招架我和别的喜欢契诃夫的人。逢到有人想要借阅的时候,她便拿了我房间里的那套给人。有一次,她不在家的时候,一位很熟的朋友拿了她那套里的一本。她知道了之后,急得如同火烧了眉毛,立刻拿了我的一本去换了回来。

从我记事的那天起,那套书便放在她的书橱里了。别管我多么钦佩伟大的契诃夫,我也不能明白,那套书就那么百看不厌,二十多年来有什么必要天天非得读它一读不可?

有时,她写东西写累了,便会端着一杯浓茶,坐在书橱对面,瞧着那套契诃夫小说选集出神。要是这个时候我突然走进了她的房间,她便会显得慌乱不安,不是把茶水泼了自己一身,便是像初恋的女孩子,头一次和情人约会便让人撞见似地羞红了脸。

我便想:她是不是爱上了契诃夫?要是契诃夫还活着,没准真会发生这样的事。

当她神志不清,就要离开这个世界的时候,她对我说的最后一句话是:"那套书——"她已经没有力气说出"那套契诃夫小说选集"这样一个长句子。不过我明白她指的就是那一套。"……还有,写着,'爱,是不能忘记的'……笔记本,和我,一同火葬。"

她最后叮咛我的这句话,有些,我为她做了,比如那套书。有些,我没有为她做,比如那些题着"爱,是不能忘记的"笔记本子。我舍不得。我常想,要是能够出版,那一定是她写过的那些作品里最动人的一篇,不过它当然是不能出版的。

起先,我以为那不过是她为了写东西而积累的一些素材。因为它既不像小说,也不像札记;既不像书信,也不像日记。只是当我从头到尾把它们读了一遍的时候,渐渐地,那些只言片语与我那支离破碎的回忆交织成了一个形状模糊的东西。经过久久的思索,我终于明白,我手里捧着的,并不是没有生命、没有血肉的文字,而是一颗灼人的、充满了爱情和痛苦的心,我还看见那颗心怎样在这爱情和痛苦里挣扎、熬煎。二十多年啦,那个人占有着她全部的情感,可是她却得不到他。她只有把这些笔记本当做是他的替身,在这上面和他倾心交谈。每时,每天,每月,每年。

难怪她从没有对任何一个够意思的求婚者动过心,难怪她对那些说不出来是善意的愿望或是恶意的闲话总是淡然地一笑付之。原来她的心已经填得那么满,任什么别的东西都装不进去了。我想起"曾经沧海难为水,除却巫山不是云"的诗句,想到我们当中多半有人不会这样去爱,而且也没有人会照这个样子来爱我的时候,我便感到一种说不出来的怅惘。

我知道了三十年代末,他在上海做地下工作的时候,一位老工人为了掩护他而被捕牺牲,撇下了无依无靠的妻子和女儿。他,出于道义,责任,阶级情谊和对死者的感念,毫不犹豫地娶了那位姑娘。逢到他看见那些由于"爱情"而结合的夫妇又因为"爱情"而生出无限的烦恼的时候,他便会想:"谢天谢地,我虽然不是因为爱情而结婚,可是我们生活得和睦、融洽,就像一个人的左膀右臂。"几十年风里来、雨里去,他们可以说是患难夫妻。

他一定是她那机关里的一位同志。我会不会见过他呢?从到过我家的客人里,我看不出任何迹象,他究竟是谁呢?

大约一九六二年的春天，我和母亲去听音乐会。剧场离我们家不太远，我们没有乘车。

一辆黑色的小轿车悄无声息地停在人行道旁边。从车上走下来一个满头白发、穿着一套黑色毛呢中山装的、上了年纪的男人。那头白发生得堂皇而又气派！他给人一种严谨的、一丝不苟的、脱俗的、明澄得像水晶一样的印象。特别是他的眼睛，十分冷峻地闪着寒光，当他急速地瞥向什么东西的时候，会让人联想起闪电或是舞动着的剑影。要使这样一对冰冷的眼睛充满柔情，那必定得是特别强大的爱情，而且得为了一个确实值得爱的女人才行。

他走过来，对母亲说："您好！钟雨同志，好久不见了。"

"您好！"母亲牵着我的那只手突然变得冰凉，而且轻轻地颤抖着。

他们面对面地站着，脸上带着凄厉的，甚至是严峻的神情，谁也不看着谁。母亲瞧着路旁那些还没有抽出嫩芽的灌木丛。他呢，却看着我："已经长成大姑娘了。真好，太好了，和妈妈长得一样。"

他没有和母亲握手，却和我握了握手。而那手也和母亲的手一样，也是冰冷的，也是轻轻地颤抖着的。我好像变成了一路电流的导体，立刻感到了震动和压抑。我很快地从他的手里抽出我的手，说道："不好，一点也不好！"

他惊讶地问我："为什么不好？"或许我以为他故作惊讶。因为凡是孩子们说了什么直率得可爱的话的时候，大人们都会显出这副神态的。

我看了看妈妈的面孔。是，我真像她。这让我有些失望："因为她不漂亮！"

他笑了起来，幽默地说："真可惜，竟然有个孩子嫌自己的妈妈不漂亮。记得吗？五三年你妈妈刚调到北京，带你来机关报到的那一天？她把你这个小淘气留在了走廊外面，你到处串楼梯，扒门缝，在我房间的门上夹疼了手指头。你哇啦哇啦地哭着，我抱着你去找妈妈？"

"不，我不记得了。"我不大高兴，他竟然提起我穿开裆裤时代的事情。

"啊，还是上了年纪的人不容易忘记。"他突然转身向我的母亲说："您最近写的那部小说我读过了。我要坦率地说，有一点您写得不准确。您不该在作品里非难那位女主人公……要知道，一个人对另一个人产生感情原没有什么可以非议的地方，她并没有伤害另一个人的生活……其实，那男主人公对她也会有感情的。不过为了另一个人的快乐，他们不得不割舍自己的爱情……"

这时，有一个交通民警走到停放小汽车的地方，大声地训斥着司机，说车停的不是地方。司机为难地解释着。他停住了说话，回头朝那边望了望，匆匆地说了声："再见！"便大步走到汽车旁边，向那民警说："对不起，这不怪司机，是我……"

我看着这上了年纪的人，也俯首帖耳地听着民警的训斥，觉得很是有趣。当我把顽皮的笑脸转向母亲的时候，我看见她是怎样地窘迫呀！就像小学校里一个一年级的小女孩，凄凄惶惶地站在那严厉的校长面前一样，好像那民警训斥的是她而不是他。

汽车开走了，留下了一道轻烟。很快地，就连这道轻烟也随风消散了，好像什么都没有发生过，而我，不知道为什么却没有很快地忘记。

现在分析起来，他准是以他那强大的精神力量引动了母亲的心。那强大的精神力量来自他那成熟而坚定的政治头脑，他在动荡的革命时代里出生入死的经历，他活跃的思维、工作上的魄力、文学艺术上的素养……而且——说起来奇怪，他和母亲一样喜欢双簧管。对了，她准是崇拜他。她说过,要是她不崇拜那个人,那爱情准连一天也维持不了。

至于他爱不爱我的母亲,我就猜不透了。要是他不爱她,为什么笔记本里会有这样一段记载呢?

"这礼物太厚重了。不过您怎么知道我喜好契诃夫呢?"

"您说过的。"

"我不记得了。"

"我记得。我听到你有一次在和别人闲聊的时候说起过。"

原来那套契诃夫小说选集是他送给母亲的。对于她,那几乎就是爱情的信物。

没准儿,他这个不相信爱情的人,到了头发都白了的时候才意识到他心里也有那种可以称为爱情的东西存在,到了他已经没有权力去爱的时候,却发生了这足以使他献出全部生命的爱情。这可真够凄惨的。也许不只是凄惨,也许还要深刻得多。

关于他,能够回到我的记忆里来的就是这么一小点。

她那迷恋他,却又得不到他的心情有多么苦呀!为了看一眼他乘的那辆小车以及从汽车的后窗里看一眼他的后脑勺,她怎样煞费苦心地计算过他上下班可能经过那条马路的时间;每当他在台上做报告,她坐在台下,隔着距离、烟雾、昏暗的灯光、窜动的人头,看着他那模糊不清的面孔,她便觉得心里好像有什么东西凝固了,泪水会不由地充满她的眼眶。为了把自己的泪水瞒住别人,她使劲地咽下它们。逢到他咳嗽得讲不下去,她就会揪心地想到为什么没人阻止他吸烟?担心他又会犯了气管炎。她不明白为什么他离她那么近而又那么遥远?

他呢,为了看她一眼,天天,从小车的小窗里,眼巴巴地瞅着自行车道上流水一样的自行车辆,闹得眼花缭乱;担心着她那辆自行车的闸灵不灵,会不会出车祸;逢到万一有个不开会的夜晚,他会不乘小车,自己费了许多周折来到我们家的附近,不过是为了从我们家的大院门口走这么一趟;他在百忙中也不会忘记注意着各种报刊,为的是看一看有没有我母亲发表的作品。

在他的一生中,一切都是那么清楚、明确,哪怕是在最困难的时刻。但在这爱情面前却变得这样软弱,这样无能为力。这在他的年纪来说,实在是滑稽可笑的。他不能明白,生活为什么偏偏是这样安排着的?

可是,临到他们难得地在机关大院里碰了面,他们又竭力地躲避着对方,匆匆地点个头便赶紧地走开去。即使这样,也足以使我母亲失魂落魄,失去听觉、视觉和思维的能力,世界立刻会变成一片空白……如果那时她遇见一个叫老王的同志,她一定会叫人家老郭,对人家说些连她自己也听不懂的话。

她一定死死地挣扎过,因为她写道:

我们曾经相约:让我们互相忘记。可是我欺骗了你,我没有忘记。我想,你也同样没有忘记。我们不过是在互相欺骗着,把我们的苦楚深深地隐藏着。不过我并不是有意要欺骗你,我曾经多么努力地去实行它。有多少次我有意地滞留在远离北京的地方,把希望寄托在时间和空间上,我甚至觉得我似乎忘记了。可是等到我出差回来,火车离北京越来越近的时候,我简直承受不了冲击得使我头晕眼花的心跳。我是怎样急切地站在月台上张望,好像有什么人在等着我似的。不,当然不会有。我明白了,什么也没有忘记,一切都还留在原来的地方。年复一年,就跟一棵大树一样,它的根却越来越深地扎下去,想要拔掉这生了根的东西实在太困难了,我无能为力。

每当一天过去,我总是觉得忘记了什么重要的事情,或是夜里突然从梦中惊醒:发生了什么事情!不,什么也没有发生,我清清楚楚地意识到:没有你!于是什么都显得是有缺陷的,不完满的,而且是没有任何东西可以弥补的。我们已经到了这一生快要完结的时候了,为什么还要像小孩子一样地忘情?为什么生活总是让人经过艰辛的跋涉之后才把你追求了一生的梦想展现在你的眼前?而这梦想因为当初闭着眼睛走路,不但在道上错过了,而且这中间还隔着许多不可逾越的沟壑。

对了,每每母亲从外地出差回来,她从不让我去车站接她,她一定愿意自己孤零零地站在月台上,享受他去接她的那种幻觉。她,头发都白了的、可怜的妈妈,简直就像个痴情的女孩子。

那些文字并没有多少是叙述他们的爱情的,而多半记载的都是她生活里的一些琐事:她的文章为什么失败,她对自己的才能感到了惶惑和猜疑;珊珊(就是我)为什么淘气,该不该罚她;因为心神恍惚她看错了戏票上的时间,错过了一场多么好的话剧;她出去散步,忘了带伞,淋得像个落汤鸡……她的精神明明日日夜夜都和他在一起,就像一对恩爱的夫妻。其实,把他们这一辈子接触过的时间累计起来计算,也不会超过二十四小时。而这二十四小时,大约比有些人一生享受到的东西还深、还多。莎士比亚笔下的朱丽叶说过:"我不能清算我财富的一半。"大约,她也不能清算她的财富的一半。

似乎他在文化大革命中死于非命。也许因为当时那种特定的历史条件,这一段的文字记载相当含糊和隐晦。我奇怪我那因为写文章而受着那么厉害的冲击的母亲,是用什么办法把这习惯坚持下来的?从这隐晦的文字里,我还是可以猜得出,他大约是对那位红极一世,权极一时的"理论权威"的理论提出了疑问,并且不知对谁说过:"这简直就是右派言论。"从母亲那沾满泪痕的纸页上可以看出,他被整得相当惨,不过那老头子似乎十分坚强,从没有对这位有大来头的人物低过头,直到死的时候,留下来的最后一句话还是:"就是到了马克思那里,这个官司也非打下去不可!"

这件事一定发生在一九六九年的冬天,因为在那个冬天里,还刚近五十岁的母亲一下子头发全白了。而且,她的臂上还缠上了一道黑纱。那时,她的处境也很难。为了这条黑纱,她挨了好一顿批斗,说她坚持四旧,并且让她交代这是为了谁?

"妈妈,这是为了谁?"我惊恐地问她。

"为一个亲人!"然后怕我受惊似地解释着,"一个你不熟悉的亲人!"

"我要不要戴呢?"她做了一个许久都没有对我做过的动作,用手拍了拍我的脸颊,就像我小的时候她常做的那样。她好久都没有显出过这么温柔的样子了。我常觉得,随着她的年龄和阅历的增长,特别是那几年她所受过的折磨,那种温柔的东西似乎离她越来越远了,也或许是被她越藏越深了,以致常常让我感到她像个男人。

她恍惚而悲凉地笑了笑,说:"不,你不用戴。"

她那双又干又涩的眼睛显得没有一点水分,好像已经把眼泪哭干了。我很想安慰她,或是做点什么使她高兴的事。她却对我说:"去吧!"

我当时不知为什么生出了一种恐怖的感觉,我觉得我那亲爱的母亲似乎有一半已经随着什么离我而去了。我不由地叫了一声:"妈妈!"

我的心情一定被我那敏感的妈妈一览无余地看透了。她温和地对我说:"别怕,去吧!让我自己呆一会儿。"

我没有错,因为她的确这样地写着:

你去了。似乎我灵性里的一部分也随你而去了。

我甚至不能知道你的下落,更谈不上最后看你一眼。我也没有权利去向他们质询,因为我既不是亲眷又不是生前友好⋯⋯我们便这样地分离了。我恨不能为你承担那非人间的折磨,而应该让你活下去!为了等到昭雪的那一天,为了你将重新为这个社会工作,为了爱你的那些个人们,你都应该活着啊!我从不相信你是什么三反分子,你是被杀害的最优秀者中间的一个。假如不是这样,我怎么会爱你呢?我已经不怕说出这三个字。

纷纷扬扬的大雪不停地降落着。天哪,连上帝也是这样地虚伪,他用一片洁白覆盖了你的鲜血和这谋杀的丑恶。

我独自一人,走在我们惟一一次曾经一同走过的那条柏油小路上,听着我一个人的脚步声在沉寂的夜色里响着、响着⋯⋯我每每在这小路上徘徊、流连,哪一次也没有像现在这样使我肝肠寸断。那时,你虽然也不在我身边,但我知道,你还在这个世界上,我便觉得你在伴随着我,而今,你的的确确不在了,我真不能相信!

我走到了小路的尽头,又折回去,重新开始,再走一遍。

我弯过那道栅栏,习惯地回头望去,好像你还站在那里,向我挥手告别。我们曾淡淡地、心不在焉地微笑着,像两个没有什么深交的人,为的是尽力地掩饰住我们心里那镂骨铭心的爱情。那是一个没有一点诗意的初春的夜晚,依然在刮着冷峭的风。我们默默地走着,彼此离得很远。你因为长年害着气管炎,微微地喘息着。我心疼你,想要走得慢一点,可不知为什么却不能。我们走得飞快,好像有什么重要的事情在等着我们去做,我们非得赶快走完这段路不可。我们多么珍惜这一生中惟一的一次"散步",可我们分明害怕,怕我们把持不住自己,会说出那可怕的、折磨了我们许多年的那三个字:"我爱你"。除了我们自己,大概这个世界上没有一个活着的人会相信我们连手也没有握过一次!更不要说到其它!

不,妈妈,我相信,再没有人能像我那样眼见过你敞开的灵魂。

啊,那条柏油小路,我真不知道它是那样充满了辛酸的回忆的一条小路。我想,我们切不可忽略世界上任何一个最不起眼的小角落,谁知道呢?那些意想不到的小角落会沉默地缄藏着多少隐秘的痛苦和欢乐呢?

难怪她写东西写得疲倦了的时候,她还会沿着我们窗后的那条柏油小路慢慢地踱来踱去。有时是彻夜不眠后的清晨,有时甚至是月黑风高的夜晚,哪怕是在冬天,哪怕峭厉的风像发狂的野兽似地吼叫,卷着沙石噼哩叭啦地敲打着窗棂⋯⋯那时,我只以为那不过是她的一种怪僻,却不知她是去和他的灵魂相会。

她还喜欢站在窗前,瞅着窗外的那条柏油小路出神。有一次,她显出那样奇特的神情,以致我以为柏油小路上走来了我们最熟悉的、最欢迎的客人。我连忙凑到窗前,在深秋的傍晚,只有冷风卷着枯黄的落叶,飘过那空荡荡的小路的路面。

好像他还活着一样,用文字和他倾心交谈的习惯并没有因为他的去世而中断。直到她自己拿不起来笔的那一天。在最后一页上,她对他说了最后的话:

我是一个信仰唯物主义的人,现在我却希冀着天国。倘若真有所谓天国,我知道,你一定在那里等待着我。我就要到那里去和你相会,我们将永远在一起,再也不会分离。再也不必怕影响另一个人的生活而割舍我们自己。亲爱的,等着我,我就要来了——

我真不知道,妈妈,在她行将就木的这一天,还会爱得那么沉重。像她自己所说的,那是镂骨铭心的。我觉得那简直不是爱,而是一种疾痛,或是比死亡更强大的一种力量。假如世界上真有所谓不朽的爱,这也就是极限了。她分明至死都感到幸福:她真正地爱过。她没有半点遗憾。

如今,他们的皱纹和白发早已从碳水化合物变成了其它的什么元素。可我知道,不管他们变成什么,他们仍然在相爱着。尽管没有什么人间的法律和道义把他们拴在一起,尽管他们连一次手也没有握过,他们却完完全全地占有着对方。那是任什么都不能使他们分离的。哪怕千百年过去,只要有一朵白云追逐着另一朵白云;一棵青草傍依着另一棵青草;一层浪花拍打着另一层浪花;一阵轻风紧跟着另一阵轻风……相信我,那一定就是他们。

每每我看着那些题着“爱,是不能忘记的”笔记本,我就不能抑制住自己的眼泪。我哭,这不止一次地痛哭,仿佛遭了这凄凉而悲惨的爱情的是我自己。这要不是大悲剧就是大笑话。别管它多么美,多么动人,我可不愿意重复它!

英国大作家哈代说过:“呼唤人的和被呼唤的很少能互相答应。”我已经不能从普通意义上的道德观念去谴责他们应该或是不应该相爱。我要谴责的却是:为什么当初他们没有等待着那个呼唤着自己的灵魂?

如果我们都能够互相等待,而不糊里糊涂地结婚,我们会免去多少这样的悲剧哟!

到了共产主义,还会不会发生这种婚姻和爱情分离着的事情呢?既然世界是这么大,互相呼唤的人也就可能有互相不能答应的时候,那么说,这样的事情还会发生?可是,那是多么悲哀啊!可也许到了那时,便有了解脱这悲哀的办法!

我为什么要钻牛角尖呢!

说到底,这悲哀也许该由我们自己负责。谁知道呢?也说不定还得由过去的生活所遗留下来的那种旧意识负责。因为一个人要是老不结婚,就会变成对这种意识的一种挑战。有人就会说你的神经出了毛病,或是你有什么见不得人的隐私,或是你政治上出了什么问题,或是你刁钻古怪,看不起凡人,不尊重千百年来的社会习惯,你准是个离经叛道的邪人……总之,他们会想出种种庸俗无聊的玩意儿来糟蹋你。于是,你只好屈从于这种意识的压力,草草地结婚了事。把那不堪忍受的婚姻和爱情分离着的镣铐套到自己的脖子上去,来日又会为这不能摆脱的镣铐而受苦终生。

我真想大声疾呼地说:“别管人家的闲事吧!让我们耐心地等着,等着那呼唤我们的人,即使等不到也不要糊里糊涂地结婚!不要担心这么一来独身生活会成为一种可怕的灾难。要知道,这兴许正是社会生活在文化、教养、趣味等等方面进化的一种表现!”

(原载《北京文艺》1979年第3期)

陈奂生上城

高晓声

一

"漏斗户主"①陈奂生，今日悠悠上城来。

一次寒潮刚过，天气已经好转，轻风微微吹，太阳暖烘烘，陈奂生肚里吃得饱，身上穿得新，手里提着一个装满东西的干干净净的旅行包，也许是气力大，也许是包儿轻，简直像拎了束灯草，晃荡晃荡，全不放在心上。他个儿又高、腿儿又长，上城三十里，经不起他几晃荡；往常挑了重担都不乘车，今天等于是空身，自更不用说，何况太阳还高，到城嫌早，他尽量放慢脚步，一路如游春看风光。

他到城里去干啥？他到城里去做买卖。稻子收好了，麦垅种完了，公粮余粮卖掉了，口粮柴草分到了，乘这个空当，出门活动活动，赚几个活钱买零碎。自由市场开放了，他又不投机倒把，卖一点农副产品，冠冕堂皇。

他去卖什么？卖油绳②。自家的面粉，自家的油，自己动手做成的。今天做好今天卖，格啦嘣脆，又香又酥，比店里的新鲜，比店里的好吃，这旅行包里装的尽是它；还用小塑料袋包装好，有五根一袋的，有十根一袋的，又好看，又干净。一共六斤，卖完了，稳赚三元钱。

赚了钱打算干什么？打算买一顶簇新的、刮刮叫的帽子。说真话，从三岁以后，四十五年来，没买过帽子。解放前是穷，买不起；解放后是正当青年，用不着；文化大革命以来，肚子吃不饱，顾不上穿戴，虽说年纪到把，也怕脑后风了。正在无可奈何，幸亏有人送了他一顶"漏斗户主"帽，也就只得戴上，横竖不要钱。七八年决分以后，帽子不翼而飞，当时只觉得头上轻松，竟不曾想到冷。今年好像变娇了，上两趟寒流来，就缩头缩颈，伤风打喷嚏，日子不好过，非买一顶帽子不行。好在这也不是大事情，现在活路大，这几个钱，上一趟城就赚到了。

陈奂生真是无忧无虑，他的精神面貌和去年大不相同了。他是过惯苦日子的，现在开始好起来，又相信会越来越好，他还不满意么？他满意透了。他身上有了肉，脸上有了笑；有时候半夜里醒过来，想到囤里有米、橱里有衣，总算像家人家了，就兴致勃勃睡不着，禁不住要把老婆推醒了陪他聊天讲闲话。

提到讲话，就触到了陈奂生的短处，对着老婆，他还常能说说，对着别人，往往默默无言。他并非不想说，实在是无可说。别人能说东道西，扯三拉四，他非常羡慕。他不知道别人怎么会碰到那么多新鲜事儿，怎么会想得出那么多特别的主意，怎么会具备那么多离奇的经历，怎么会记牢那么多怪异的故事，又怎么会讲得那么动听。他毫无办法，简直犯了死症毛病，他从来不会打

---

① "漏斗户主"：系作者写的另一篇小说《漏斗户主》（发表于《钟山》1979 年第 2 期）主人公陈奂生的外号。漏斗户，意指常年负债的穷苦人家。

② 油绳：一种油煎的面食。

听什么,上一趟街,回来只会说"今天街上人多"或"人少"、"猪行里有猪"、"青菜贱得卖不掉"……之类的话。他的经历又和村上大多数人一样,既不特别,又是别人一目了然的,讲起来无非是"小时候娘常打我的屁股,爹倒不凶"、"也算上了四年学,早忘光了"、"三九年大旱,断了河底,大家捉鱼吃"、"四九年改朝换代,共产党打败了国民党"、"成亲以后,养了一个儿子、一个小女"……索然无味,等于不说。他又看不懂书;看戏听故事,又记不牢。看了《三打白骨精》,老婆要他讲,他也只会说:"孙行者最凶,都是他打死的。"老婆不满足,又问白骨精是谁,他就说:"是妖怪变的。"还是儿子巧,声明:"白骨精不是妖怪变的,是白骨精变成的妖怪。"才算没有错到底。他又想不出新鲜花样来,比如种田,只会讲"种麦要用锄头抨碎泥块"、"莳秧一蔸莳六棵",……谁也不要听。再如这卖油绳的行当,也根本不是他发明的,好些人已经做过一阵了,怎样用料? 怎样加工? 怎样包装? 什么价钱? 多少利润? 什么地方、什么时间买客多、销路好? 都是向大家学来的经验。如果他再向大家夸耀,岂不成了笑话! 甚至刻薄些的人还会吊他的背筋:"嗳! 连'漏斗户主'也有油、粮卖油绳了,还当新闻哩!"还是不开口也罢。

如今,为了这点,他总觉得比别人矮一头。黄昏空闲时,人们聚拢来聊天,他总只听不说,别人讲话也总不朝他看,因为知道他不会答话,所以就像等于没有他这个人。他只好自卑,他只有羡慕。他不知道世界上有"精神生活"这一个名词,但是生活好转以后,他渴望过精神生活。哪里有听的,他爱去听,哪里有演的,他爱去看,没听没看,他就觉得没趣。有一次大家闲谈,一个问题专家出了个题目:"在本大队你最佩服哪一个?"他忍不住也答了腔,说:"陆龙飞最狠。"人家问:"一个说书的,狠什么?"他说:"就为他能说书,我佩服他一张嘴。"引得众人哈哈大笑。

于是,他又惭愧了,觉得自己总是不会说,又被人家笑,还是不说为好。他总想,要是能碰到一件大家都不曾经过的事情,讲给大家听听就好了,就神气了。

二

当然,陈奂生的这个念头,无关大局,往往蹲在离脑门三四寸的地方,不大跳出来,只是在尴尬时冒一冒尖,让自己存个希望罢了。比如现在上城卖油绳,想着的就只是新帽子。

尽管放慢脚步,走到县城的时候,还只下午六点不到。他不忙做生意,先就着茶摊,出一分钱买了杯热茶,啃了随身带着当晚餐的几块僵饼,填饱了肚子,然后向火车站走去。一路游街看店,遇上百货公司,就弯进去侦察有没有他想买的帽子,要多少价钱? 三爿店查下来,他找到了满意的一种。这时候突然一拍屁股,想到没有带钱。原先只想卖了油绳赚了利润再买帽子,没想到油绳未卖之前商店就要打烊;那么,等到赚了钱,这帽子就得明天才能买了。可自己根本不会在城里住夜,一无亲,二无眷,从来是连夜回去的,这一趟分明就买不成,还得光着头冻几天。

受了这点挫折,心情不挺愉快,一路走来,便觉得头上凉嗖嗖,更加懊恼起来。到火车站时,已过八点了。时间还早,但既然来了,也就选了一块地方,敞开包裹,亮出商品,摆出摊子来。这时车站上人数不少,但陈奂生知道难得会有顾客,因为这些都是吃饱了晚饭来候车的,不会买他的油绳,除非小孩嘴馋吵不过,大人才会买。只有火车上下车的旅客到了,生意才会忙起来。他知道九点四十分、十点半,各有一班车到站,这油绳到那时候才能卖掉,因为时近半夜,店摊收歇,能买到吃的地方不多,旅客又饿了,自然争着买。如果十点半卖不掉,十一点二十分还有一班车,不过太晏了,陈奂生宁可剩点回去也不想等,免得一夜不得睡,须知跑回去也是三十里啊。

果然不错,这些经验很灵,十点半以后,陈奂生的油绳就已经卖光了。下车的旅客一拥而上,七手八脚,伸手来拿,把陈奂生搞得昏头昏脑,卖完一算账,竟少了三角钱,因为头昏,怕算错了,再认真算了一遍,还是缺三角,看来是哪个贪小利拿了油绳未付款。他叹了一口气,自认晦气。本来他也晓得,人家买他的油绳,是不能向公家报销的,那要吃而不肯私人掏腰包的,就会要一点魔术,所以他总是特别当心,可还是丢失了,真是双拳不敌四手,两眼难顾八方。只好认了吧,横竖三块钱赚头,还是有的。

他又叹了口气,想动身凯旋回府。谁知一站起来,双腿发软,两膝打颤,竟是浑身无力。他不觉大吃一惊,莫非生病了吗?刚才做生意,精神紧张,不曾觉得,现在心定下来,才感浑身不适,原先喉咙嘶哑,以为是讨价还价喊哑的,现在连口腔上爿都像冒烟,鼻气火热;一摸额头,果然滚烫,一阵阵冷风吹得头皮好不难受。他毫无办法,只想先找杯热茶解渴。那时茶摊已无,想起车站上有个茶水供应地方,便强撑着移步过去。到了那里,打开龙头,热水倒有,只是找不到茶杯。原来现在讲究卫生,旅客大都自带茶缸,车站上落得省劲,就把杯子节约掉了。陈奂生也顾不得卫生不卫生,双手捧起龙头里流下的水就喝。那水倒也有点烫,但陈奂生此时手上的热度也高,还忍得住,喝了几口,算是好过一点。但想到回家,竟是千难万难;平常时候,那三十里路,好像经不起脚板一颠,现在看来,真如隔了十万八千里,实难登程。他只得找个位置坐下,耐性受痛,觉得此番遭遇,完全错在忘记了带钱先买帽子,才受凉发病。一着走错,满盘皆输;弄得上不上、下不下,进不得、退不得,卡在这儿,真叫尴尬。万一严重起来,此地举目无亲,耽误就医吃药,岂不要送掉老命!可又一想,他陈奂生是个堂堂男子汉,一生干净,问心无愧,死了也口眼不闭;活在世上多种几年田,有益无害,完全应该提供宽裕的时间,没有任何匆忙的必要。想到这里,陈奂生高兴起来,他嘴巴干燥,笑不出声,只是两个嘴角,向左右同时嘻开,露出一个微笑。那扶在椅上的右手,轻轻提了起来,像听到了美妙的乐曲似的,在右腿上赏心地拍了一拍,松松地吐出口气,便一头横躺在椅子上卧倒了。

三

一觉醒来,天光已经大亮,陈奂生体肢瘫软,头脑不清,眼皮发沉,喉咙痒痒地咳了几声;他懒得睁眼,翻了一个身便又想睡。谁知此身一翻,竟浑身颤了几颤,一颗心像被线穿着吊了几吊,牵肚挂肠。他用手一摸,身下贼软,连忙一个翻身,低头望去,证实自己猜得一点不错,是睡在一张棕绷大床上。陈奂生吃了一惊,连忙平躺端正,闭起眼睛,要弄清楚怎么会到这里来的。他好像有点印象,一时又糊涂难记,只得细细琢磨,好不容易才想出了县委吴书记和他的汽车,一下子理出头绪,把一串细关节脉都拉了出来。

原来陈奂生这一年真交了好运,逢到急难,总有救星。他发高烧昏睡不久,候车室门口就开来一部吉普车,载来了县委书记吴楚。他是要乘十二点一刻那班车到省里去参加明天的会议。到火车站时,刚只十一点四十分,吴楚也就不忙,在候车室徒步起来,那司机一向要等吴楚进了站台才走,免得他临时有事找不到人,这次也照例陪着。因为是半夜,候车室旅客不多,吴楚转过半圈,就发现了睡着的陈奂生。吴楚不禁笑了起来,他今秋在陈奂生的生产队里蹲了两个月,一眼就认出他来，心想这老实肯干的忠厚人，怎么在这儿睡着了？若要乘车，岂不误事。便走去推醒他；推了一推，又发现那屁股底下，垫着个瘪包，心想坏了，莫非东西被偷了，就着紧推他，竟也不醒。这吴楚原和农民玩惯了的，一时调皮起来，就去捏他的鼻子；一摸到皮肤热辣辣，才晓得他病倒了，连忙把他扶起，总算把他弄醒了。

这些事情，陈奂生当然不晓得。现在能想起来的，是自己看到吴书记之后，就一把抓牢，听到吴书记问他："你生病了吗？"他点点头。吴书记问他："你怎么到这里来的？"他就去摸了摸旅行包。吴书记问他："包里的东西呢？"他就笑了一笑。当时他说了什么？究竟有没有说？他都不记得了；只记得吴书记好像已经完全明白了他的意思，便和驾驶员一同扶他上了车，车子开了一段路，叫开了一家门（机关门诊室），扶他下车进去，见到了一个穿白衣服的人，晓得是医生了。那医生替他诊断片刻，向吴书记笑着说了几句话（重感冒，不要紧），倒过半杯水，让他吃了几片药，又包了一点放在他口袋里，也不曾索钱，便代替吴书记把他扶上了车，还关照说："我这儿没有床，住招待所吧，安排清静一点的地方睡一夜就好了。"车子又开动，又听吴书记说："还有十三分钟了，先送我上车站，再送他上招待所，给他一个单独房间，就说是我的朋友……"

陈奂生想到这里，听见自己的心扑扑跳得比打钟还响，合上的眼皮，流出晶莹的泪珠，在眼角眶里停留片刻，便一条线挂下来了。这个吴书记真是大好人，竟看得起他陈奂生，把他当朋友，一旦有难，能挺身而出，拔刀相助，救了他一条性命，实在难得。

陈奂生想，他和吴楚之间，其实也谈不上交情，不过认识罢了。要说有什么私人交往，平生只有一次。记得秋天吴楚在大队蹲点，有一天突然闯到他家来吃了一顿便饭，听那话音，像是特地来体验体验"漏斗户"的生活改善到什么程度的。还带来了一斤块块糖，给孩子们吃。细算起来，等于两顿半饭钱。那还算什么交情呢！说来说去，是吴书记做了官不曾忘记老百姓。

陈奂生想罢，心头暖烘烘，眼泪热辣辣，在被口上拭了拭，便睁开来细细打量这住的地方，却又吃了一惊。原来这房里的一切，都新堂堂、亮澄澄，平顶（天花板）白得耀眼，四周的墙，用青漆漆了一人高，再往上就刷刷白，地板暗红闪光，照出人影子来；紫檀色五斗橱，嫩黄色写字台，更有两张出奇的矮凳，比太师椅还大，里外包着皮，也叫不出它的名字来。再看床上，垫的是花床单，盖的是新被子，雪白的被底，崭新的绸面，刮刮叫三层新①。陈奂生不由自主地立刻在被窝里缩成一团，他知道自己身上（特别是脚）不大干净，生怕弄脏了被子……随即悄悄起身，悄悄穿好了衣服，不敢弄出一点声音来，好像做了偷儿，被人发现就会抓住似的。他下了床，把鞋子拎在手里，光着脚跑出去；又眷顾着那两张大皮椅，走近去摸一摸，轻轻捺了捺，知道里边有弹簧，却不敢坐，怕压瘪了弹不饱。然后才真的悄悄开门，走出去了。

到了走廊里，脚底已冻得冰冷，一瞧别人是穿了鞋走路的，知道不碍，也套上了鞋。心想吴书记照顾得太好了，这哪儿是我该住的地方！一向听说招待所的住宿费贵，我又没处报销，这样好的房间，不知要多少钱，闹不好，一夜天把顶帽子钱住掉了，才算不来呢。

他心里不安，赶忙要弄清楚。横竖他要走了，去付了钱吧。

他走到门口柜台处，朝里面正在看报的大姑娘说："同志，算账。"

---

① 三层新：被面、被里、被絮都是新的。

"几号房间?"那大姑娘恋着报纸说,并未看他。

"几号不知道。我住在最东那一间。"

那姑娘连忙丢了报纸,朝他看看,甜甜地笑着说:"是吴书记汽车送来的? 你身体好了吗?"

"不要紧,我要回去了。"

"何必急,你和吴书记是老战友吗? 你现在在哪里工作? ……"大姑娘一面软款款地寻话说,一面就把开好的发票交给他。笑得甜极了。陈奂生看看她,真是绝色!

但是,接到发票,低头一看,陈奂生便像给火钳烫着了手。他认识那几个字,却不肯相信。"多少?"他忍不住问,浑身燥热起来。

"五元。"

"一夜天?"他冒汗了。

"是一夜五元。"

陈奂生的心,忐忑忐忑大跳。"我的天!"他想:"我还怕困掉一顶帽子,谁知竟要两顶!"

"你的病还没有好,还正在出汗呢!"大姑娘惊怪地说。

千不该,万不该,陈奂生竟说了一句这样的外行语:"我是半夜里来的呀!"

大姑娘立刻看出他不是一个人物,她不笑了,话也不甜了,像菜刀剁着砧板似的笃笃响着说:"不管你什么时候来,横竖到今午十二点为止,都收一天钱。"这还是客气的,没有嘲笑他,是看了吴书记的面子。

陈奂生看着那冷若冰霜的脸,知道自己说错了话,得罪了人,哪里还敢再开口,只得抖着手伸进袋里去摸钞票,然后细细数了三遍,数定了五元;交给大姑娘时,那外面一张人民币,已经半湿了,尽是汗。

这时大姑娘已在看报,见递来的钞票太零碎,更皱了眉头。但她还有点涵养,并不曾说什么,收进去了。

陈奂生出了大价钱,不曾讨得大姑娘欢喜,心里也有点忿忿然。本想一走了之,想到旅行包还丢在房间里,就又回过来。

推开房间,看看照出人影的地板,又站住犹豫:"脱不脱鞋?"一转念,忿忿想道:"出了五块钱呢!"再也不怕弄脏,大摇大摆走了进去,往弹簧太师椅上一坐:"管它,坐瘪了不关我事,出了五元钱呢。"

他饿了,摸摸袋里还剩一块僵饼,拿出来啃了一口,看见了热水瓶,便去倒一杯开水和着饼吃。回头看刚才坐的皮凳,竟没有瘪,便故意立直身子,扑咚坐下去……试了三次,也没有坏,才相信果然是好家伙。便安心坐着啃饼,觉得很舒服。头脑清爽,热度退尽了,分明是刚才出了一身大汗的功劳。他是个看得穿的人,这时就有了兴头,想着:"这等于出晦气钱——譬如买药吃掉!"

啃完饼,想想又肉痛起来,究竟是五元钱哪! 他昨晚上在百货店看中的帽子,实实在在是二元五一顶,为什么睡一夜要出两顶帽钱呢? 连沈万山①都要住穷的;他一个农业社员,去年工分单

① 沈万山:民间传说里的大富翁。

价七角,困一夜做七天还要倒贴一角,这不是开了大玩笑!从昨半夜到现在,总共不过七八个钟头,几乎一个钟头要做一天工,贵死人,真是阴错阳差,他这副骨头能在那种床上躺尸吗!现在别的便宜拾不着,大姑娘说可以住到十二点,那就再困吧,困到足十二点走,这也是捞着多少算多少。对,就是这个主意。

这陈奂生确是个向前看的人,认准了自然就干,但刚才出了汗,吃了东西,脸上嘴上,都不惬意,想找块毛巾洗脸,却没有。心一横,便把提花枕巾捞起来干擦了一阵,然后衣服也不脱,就盖上被头困了,这一次再也不怕弄脏了什么,他出了五元钱呢。——即使房间弄成了猪圈,也不值!

可是他睡不着,他想起了吴书记。这个好人,大概只想到关心他,不曾想到他这个人经不起这样高级的关心。不过人家忙着赶火车,哪能想得周全!千怪万怪,只怪自己不曾先买帽子,才伤了风,才走不动,才碰着吴书记,才住招待所,才把油绳的利润搞光,连本钱也蚀掉一块多⋯⋯那么,帽子还买不买呢?他一狠心:买,不买还要倒霉的!

想到油绳,又觉得肚皮饿了。那一块僵饼,本来就填不饱,可惜昨夜生意太好,油绳全卖光了,能剩几袋倒好;现在懊悔已晚,再在这床上困下去,会越来越饿,身上没有粮票,中饭到哪里去吃!到时候饿得走不动,难道再在这儿住一夜吗?他慌了,两脚一踹,把被头踢开,拎了旅行包,开门就走。此地虽好,不是久恋之所,虽然还剩得有二三个钟点,又带不走,忍痛放弃算了。

他出得门来,再无别的念头,直奔百货公司,把剩下来的油绳本钱,买了一顶帽子,立即带在头上,飘然而去。

一路上看看野景,倒也容易走过;眼看离家不远,忽然想到这次出门,连本搭利,几乎全部搞光,马上要见老婆,交不出账,少不得又要受气,得想个主意对付她。怎么说呢?就说输掉了;不对,自己从不赌。就说吃掉了;不对,自己从不死吃。就说被扒掉了;不对,自己不当心,照样挨骂。就说做好事救济了别人;不对,自己都要别人救济。就说送给一个大姑娘了;不对,老婆要犯疑⋯⋯那怎么办?

陈奂生自问自答,左思右想,总是不妥。忽然心里一亮,拍着大腿,高兴地叫道:"有了。"他想到此趟上城,有此一番动人的经历,这五块钱花得值透。他总算有点自豪的东西可以讲讲了。试问,全大队的干部、社员,有谁坐过吴书记的汽车?有谁住过五元钱一夜的高级房间?他可要讲给大家听听,看谁还能说他没有什么讲的!看谁还能说他没见过世面!看谁还能瞧不起他,唔!⋯⋯他精神陡增,顿时好像高大了许多。老婆已不在他眼里了;他有办法对付,只要一提到吴书记,说这五块钱还是吴书记看得起他,才让他用掉的,老婆保证服帖。哈,人总有得意的时候,他仅仅花了五块钱就买到了精神的满足,真是拾到了非常的便宜货,他愉快地划着快步,像一阵清风荡到了家门⋯⋯。

果然,从此以后,陈奂生的身份显著提高了,不但村上的人要听他讲,连大队干部对他的态度也友好得多,而且,上街的时候,背后也常有人指点着他告诉别人说:"他坐过吴书记的汽车。"或者:"他住过五块钱一夜的高级房间。"⋯⋯公社农机厂的采购员有一次碰着他,也拍拍他的肩胛说:"我就没有那个运气,三天两头住招待所,也住不进那样的房间。"

从此,陈奂生一直很神气,做起事来,更比以前有劲得多了。

(原载《人民文学》1980 年第 2 期)

海的梦

王　蒙

　　下车的时候赶上了雷阵雨的尾巴。车厢里热烘烘、乱糟糟、迷腾腾的。一到站台,只觉得又凉爽,又安静,又空荡。潮润的空气里充满了深绿色的针叶树的芳香。闻到这种芳香的人,觉得自己也变得洁净和高雅了,从软席卧铺车厢下来了几个外国人,他们叽叽喳喳地说笑着,噭、噭地拉长着声音。"哈啰",他们向缪可言挥了挥手,缪可言也向他们点头致意。有一个外国女人笑得非常温和,她长得并不好看,但是有很好的身材,走起路来也很见精神。此外没有什么人上车和下车。但是站台非常之大,一尘不染,清洁得令人吃惊。一幢幢方方正正的小房子,好像在《格林童话集》的插图里见到过似的,红色的瓦顶子晶晶地闪光。这个著名的海滨疗养胜地的车站,有自己的特别高贵的风貌。

　　说来惭愧。作为一个翻译家,作为一个搞了多半辈子外国文学的研究与介绍的专门家,五十二岁的缪可言却从来没有到过外国,甚至没有见过海。他向往海。年轻的时候他爱唱一首歌:

　　从前在我少年时……

　　朝思暮想去航海,

　　但海风使我忧,波浪使我愁……

　　这是奥地利的歌儿吗? 还有一首,是苏联的:

　　我的歌声飞过海洋……

　　不怕狂风,不怕巨浪,

　　因为我们船上有着

　　年轻勇敢的船长……

　　这两首歌便构成了他的青春,他的充满了甜蜜与苦恼的初恋。爱情,海洋,飞翔,召唤着他的焦渴的灵魂。A、B、C、D,事业就从这里开始,又从这里被打成"特嫌"。巨浪一个接着一个。五十二岁了,他没有得到爱情,他没有见过海洋,更谈不上飞翔……然而他却几乎被风浪所吞噬。你在哪里呢? 年轻勇敢的船长?

　　汽车在雨后的柏油路面上行驶。两旁是高大茂密的槐树。这里的槐树,有一种贵族的傲劲儿。乌云正在头顶上散开。"马上就可以看见海了",休养所的汽车驾驶员完全了解每一个初到这里的客人的心理,他介绍说。

　　海,海! 是高尔基的暴风雨前的海吗? 是安徒生的绚烂多姿、光怪陆离的海吗? 还是他亲自呕心沥血地翻译过的杰克·伦敦或者海明威所描绘的海呢? 也许,那是李姆斯基·柯萨考夫的《谢赫拉萨达组曲》里的古老的,阿拉伯人的海吧?

　　不,它什么都不是。它出现了,平稳,安谧,叫人觉得懒洋洋。是一匹与灰蒙蒙的天空浑然一体,然而比天的灰更深、更亮也更纯的灰色的绸缎。是高高地悬在地平线上的一层乳胶。隐隐约约,开始看到了绸缎的摆拂与乳胶的颤抖,看到了在笔直的水平线上下时隐时现、时聚时分的曲线,看到了昙花一现地生生灭灭的雪白的浪花。这是什么声音?是真的吗？在发动机的嗡嗡与车轮的沙沙声中,他若有若无地开始听到了浪花飞溅的溅溅声响。阴云被高速行驶的汽车越来越抛在后面了。下午的阳光耀眼,一朵一朵的云彩正在由灰变白。天啊,海也变了,蓝色的玉,黄金的浪和黑色的云影。海鸥贴着海面飞翔。可以看见海鸥的白肚皮。天水相接的地方出现了一个小黑点,一个白点,一挂船上的白帆和一条挂着白帆的船。"大海,我终于见到了你！我终于来到了你的身边,经过了半个世纪的思恋,经过了许多磨难,你我都白了头发——浪花！"

晚了,晚了。生命的最好的时光已经过去了。当他因为"特嫌"和"恶攻"而被投放到"号子"里的时候,当铁门哐地一声关死,当只有在六天一次的倒马桶的轮值的时候,他才能见到蓝天,见到阳光,得到冷得刺骨的或者热得烫脸的风的吹拂的时候,还谈得上什么对于海的爱恋和想念呢？而现在,当他在温暖的海水里仰泳的时候,当他仰面朝天,眯起眼睛,任凭光滑如缎的海浪把自己飘浮摇动的时候,他感到幸福,他感到舒张,他感到一种身心交瘁后的休息,他感到一种漠然的满足。也许,他愿意这样永远地,日久天长地仰卧在大海的碧波之上。然而,激情在哪里？青春在哪里？跃跃欲试的劲头在哪里？欢乐和悲痛的眼泪的热度在哪里？

他愧对组织上和同志们、老友们对他的关怀。平反——总有一天,中国人会到古汉语辞典里去查这些难解的词的吧？还有什么"特嫌"、"恶攻"、"反标"这些古老的汉语的生硬的缩写,出现了崭新的不通的词汇,但他感谢这种离奇的缩写,它给那些荒唐的颠倒涂上了一层灰雾——以后领导上和同事们最关心他的是两件事,一个是好好疗养一下,将息一下身体,恢复一下健康。一个是刻不容缓地建立一个家庭。

对于前一点,缪可言终于接受了安排。对于后一点,他茫然,木然,黯然。"年轻的时候你想得太玄,后来又是由于政治运动的原因,现在呢,你总该安定团结地过过日子了吧？"同事们说。

然而,桃花、枣花,各有各的开花时刻。萝卜、白菜,各有各的播种节令。误了时间,事情就会走向自己的反面。《一千零一夜》里的装在瓶子里的魔鬼,最初许多年曾经准备报酬给释放他的人以全世界的财富,但是,在绝望地等待以后,他却决心吃掉他的迟来的解放者。当然,他这样作的结果是无可逃避地被重新装进了瓶子。

当热心的同事一个又一个地给他"介绍对象"的时候,他不知为什么想起了这个故事。自然,他没有想吃人,没有准备以仇报德。他只是联想到自己误了点,过了站,无法重作少年。他联想到不论什么样的好酒,如果发酵过度也会变成酸醋。俱往矣,青春,爱情,和海的梦！

所以,他一听到"对象"二字便逃之夭夭,并为自己的逃之夭夭而讨厌自己。他想起了安徒生的童话《老单身汉的睡帽》。他想起了王尔德的童话《自私的巨人》,没有孩子的花园不会得到春天的光顾。是的,他的心里还堆积着冬日的冰雪。

然而大海没有厌弃他。大海也像与他神交已久,终得见面的旧友——新朋。她从没有变心,她从没有疲劳,她从没有告退,她永远在迎接他,拥抱他,吻他,抚摸他,敲击他,冲撞他,梳洗他,压他。时而是蓝色的,时而是黄绿色的,时而是银灰色的。而当狂风怒卷的时候,海浪变成了红褐色,像是用滚烫的水刚刚冲起的高浓度的麦乳精,稠忽忽的,泛着粘粘的泡沫,一座浪就像一座山,轰然而下,飘然而散,杳无痕迹,刚中有柔,道是无情却有情。

大浪激起了他的精神。他很快地适应了,当大浪袭来,他把头钻到水里呼气,在水里睁开双眼,眼看着浪潮从头顶涌过,耳听着大浪前进的轰轰的雷鸣般的声音,然后,他伸出头,吸气,划动双臂,面对着威严地向着他扑来的又一个浪头,又一次把头低下,冲了过去。海浪奈何不了他,更增添了游海的情趣。他在大风浪里一下子就游出去一千多米,早就越出了防鲨网。"我这么瘦,只能算是三级肉,鲨鱼不会吃我的",他曾这样说。但是,就在他兴高采烈地几乎自诩为大海的征服者,乘风破浪的弄潮儿的时候,他的左小腿肚子抽了筋。他想起"恶攻"罪的"审讯"中左腿小腿肚子所挨的一脚来了,那是为了让他跪下。他看看四周,只有山一样的大浪,连海岸都看不见了。"难道到了地方了?"他一阵痉挛,咽了一口又苦又咸的海水。他愤怒了,他不情愿,他觉得冤屈。于是,他奋力挣扎。他年轻的时候毕竟是游泳的好手,虽然是在小小的游泳池里学的艺,却可以用在无边无涯的惊涛骇浪上。他搬动自己的脚掌,又踹了两踹,最后,他总算囫囵着回到了岸上。没有被江青吃掉的缪可言,也没有被海妖吞噬。

"然而,我是老了,不服也不行。"这一次,缪可言深深地感到了这一点。什么老当益壮,重新焕发了青春啦;什么越活越年轻,五十二岁当作二十五岁过啦;所有这些可爱的豪言壮语都影响不了物质的铁一样的规律:细胞的老化,石灰质的增多,肌肉弹性的减退,心脏的劳损,牙齿的龋坏,皱纹的增多,记忆力的衰退……

而且他发现疗养地的人们大多是和他年龄相仿的人,如果不是更大的话。年近半百,须发花白的;弯腰驼背,老态龙钟的;还有扶着拐杖,带着助听器的。随身携带着抢救心肌梗死症的硝酸甘油片,或者走到哪里都跟着医生,睡到哪里都先问有没有输氧设备的。这里的女同志不多,年龄也都不小了,绝大部分都腆着肚子。就连百货商场和食品店,西餐馆和中餐馆的服务员,也大多是四十来岁的人。他们业务熟练,对顾客态度好,沉稳、耐心,招待首长和外宾都万无一失。

这样,他找不到一个游泳的伴侣。风一大,天一阴,人们干脆就不到海边去了。即使在风平浪静,蓝天白云的上好天气,即使在海水清得可以看见每一条游鱼和每一团海藻的时候,即使海浪的拍拂轻柔得像母亲向摔痛了的孩子吹的气,大部分人也只是在离岸二十米以内,在海水刚没过脚脖子,最多刚没过膝盖的地方嬉戏。倒是清晨和傍晚的散步,涨潮和落潮时的捡拾贝壳,似乎还能多吸引一些人,人们悠悠地迈动步子,他们的庄严而又缓慢的移动,就像天上的云霞一样不慌不忙。

没有同伴是再不敢游那么远了。缪可言把自己的活动限制到防鲨网以内了。每次下水半个小时,最多四十分钟,然后他上岸躺在细沙上晒太阳。他闭上眼睛,眼睛里有许多暗红色的东西在飞舞,在变化和组合,好像是电子计算机上显示的符号。他觉得自己对不起这个海。海是这样大,这样袒露着胸怀,这样忠实而又热烈地迎接着他。来——吧,来——吧,每一排浪都这样叫着涌上沙滩,要——吧,要——吧,又这样叫着退了下去。

海——呀——我——爱——你!缪可言有时候也想向着带着咸味、腥味、广阔而自由的海风这样喊上一嗓子。但是他没有喊。周围都是些从容有礼,德高望重的人。他这种"小资产阶级"的狂喊,只能被视作精神病发作的征兆。

更多的时候,他只能沿着滨海的游览公路走来走去。从西山到东山(这是两个小小的半岛,小小的海湾),慢步要走一个半小时。岸边的被常年的海风吹得一面倒的红柳使他十分动情。这些经常出现在大西北的戈壁荒滩上的灌木却原来也常常长在海边。生活,地域,总是既区别又相通的。海岸像山坡一样地伸展上去,高处建造着一幢又一幢的小楼。站在小楼上看海,大概是很惬意的吧。而现在,站在岸边,视线却似乎达不到多远,他所期待的辽阔无垠的海景,还是没有看见。

一条水平线,(同样也应该叫作地平线吧?)限制了他的视野,真像是"框框"的一个边。原来,海水也是圈在框框里的。当然,这里有眼睛的错觉。当他不是面向着海照直望去,而是按照海岸线的方向,向东面或者西面,延伸,扩展,望向远方的时候,他觉得自己是看到了很远很远的地方。正面看海的时候,地平线和海岸线横在眼前,而且远近都是一色的波浪,无从比较,无从判断。而侧面看过去呢,两条线是纵向的,岸上的景物又给人以距离的实感。于是,你的"观"感就大不相同了。虽然你一再提醒自己,由于地球是圆形的,那么你的视线在不受任何遮拦的情况下,也只能达到八公里处。正面看不会更少,侧面看也不会更多。然而这种科学的提醒,改变不了不科学的眼睛的真实的感觉。

真正辽阔的不是海而是天空,到海边去看天空吧,他多么想凌空展翅! 坐在飞机上,哪怕上升到一万米,两万米,大概也体会不到一只燕子的快乐。燕子是靠自己的双翅,自己的身体,自己的羽毛和自己的膂力。燕子和天空是不可分割的一体,而波音707,却要把机舱密闭。只有站在地面上的人,才觉得坐着飞机的人升得很高,很高。

就站在海边,向往这铺天接海的云霞吧。大面积的,扇面形的云霞,从白棉花球的堆积,变成了金色的菠萝了。然后出现了一抹玫瑰红,一抹暗紫,像是远方的花圃,雪青色,灰黑色,褐色和淡黄色时隐时现,掺和在一起。整个的天空和海洋也随着这云霞的色彩而渐渐暗下来了,陡地一亮,落日终于从云霞的怀抱里落到了海上,好像吐出了一个大鸭蛋黄,由橙黄,橙红,变得鲜红,由大圆变成了扁圆,最后被汹涌的海潮吞没了。

缪可言常常仰视天空。海边的天空是不刺目的。就像海边的太阳不会灼伤人的皮肤。浓雾一样的水汽吸收了多余的热和光。看着这天空,他感到一种轻微的、莫名的惆怅。巨大的、永恒的天空和渺小的、有限的生命。又一天过去了,过去了就永不再来。

一到这时,他就有一种强烈的冲动,脱下衣服,游过去,不管风浪,不管水温,不管鲨鱼或是海蜇,不管天正在逐渐地黑下来,黄昏后面无疑是好多个小时的黑夜。就向着天与海连接的地方,就向着由扇面形已经变成了圆锥形的云霞的尖部所指示的地方游去吧,真正的海,真正的天,真正的无垠就在那里呢。到了那里,你才能看到你少年时候梦寐以求的海洋,得到你至今两手空空的大半生的关于海的梦。星星,太阳,彩云,自由的风,龙王,美人鱼,白鲸,碧波仙子,全在那里呢,全在那里呢!

"呵,我的充满了焦渴的心灵,激荡的热情,离奇的幻想和童稚的思恋的梦中的海啊,你在哪里?"

然而,他游不过去了,那该死的左腿的小腿肚子! 那无法变成二十五的五十二个逝去了的年头!

也许,不游过去更好一些? 北欧一个作家描写过这样一个神奇的小岛,它有着无与伦比的美丽,它吸引着几个少年人的心。最后,当这几个少年人,等到天寒地冻,费尽千辛万苦,用整整一天的时间滑雪前去造访了这个小岛之后,他们才发现,小岛上除了干枯暗淡的石头以外,什么都没有。小说极为精彩地刻划了这种因为找到了梦所以失去了梦的痛苦。何况,缪可言已经过了做梦的年纪!

所以,他想离去。梦想了五十年,只呆了五天。虽然这里就像天堂。不仅和阴潮的、恶臭的、绝望的监牢比是天堂,而且和他的忙碌、简朴、艰窘的日常生活相比也是天堂。到处都有整齐如带的一排又一排的树,哪一排是法国梧桐,哪一排是中国梧桐,都不会错的。连交通民警的白色制服也特别耀眼,连大风也不会扬起哪怕一点点尘土。因为这里没有尘土。这里的土质是一种褐红色的细沙,是一种好像在医院里用生理食盐水反复冲洗过的细沙。它毫不粘连,毫无污染。而且街道上每天都要一遍又一遍地洒水和清扫。在这里换上新衬衫,一连过去几天,领子和袖口也不会脏。

他住的疗养所栽着许多花。低头可以赏花,抬头可以望海。可以站在前廊上数过往的帆船的数目。夜间,大家都入睡了以后,他可以清晰地听到大海的潮声,像儿时听到了睡眠着的母亲的呼吸。大海有多悠久,这海的呼吸就有多悠久。大海有多沉着,这海潮的起伏就有多沉着。而当海风骤紧了的时候,他听得到海的咆哮,海的呐喊,海的欢呼,好像是千军万马的厮杀。

而且这里有很好的伙食。人的一生中不是总能够吃到好东西的。在"号子"里的时候,寂寞压迫得人们要发狂。这时不知道谁搞到了一本残缺的成语词典。于是"犯人"们玩起算命来,不看书,自己报一个页码和第几条目,然后翻开查看,撞上什么成语,就说明自己的命运是什么。当然,如果翻开一看是"罪该万死"、"遗臭万年"或者"杀一儆百",那就不免要垂头丧气一番。如果是"前程似锦"、"苦尽甘来"或者"山重水复疑无路,柳暗花明又一村",就会引起一阵欢笑。缪可言唯一一次找出的成语竟是"山珍海味",这四个字带来了多少希望和快乐呀!美美的一顿精神会餐!(各自绘形绘色地描述自己吃过的美味。)现在呢,山珍虽然无有,海味却是管饱。鱼、螃蟹、虾、海蜇、海带直到海白菜……食油按每人每月一公斤供应,四倍于城市居民。而且缪可言每天伙食费只交六角,却按一块八的标准吃。休养所的彩色电视机是二十吋的。休养所有乒乓、扑克、康乐球、围棋和象棋。邻近的休养所还经常放映外国新片。

那么,他究竟缺少了什么呢?这里究竟缺少什么呢?那些非正常死亡的战友的亡灵永远召唤不回来了,自己的一番雄志壮心也永远召唤不回来了。他说要走,惹得休养所所长十分不安。我们的工作有什么差池么?服务员的态度不好么?伙食不合口味么?蚊帐挡不住蚊虫和小咬么?和其他的休养员有什么"关系"问题么?所长热烈地挽留他。他的介绍信上本来开的是疗养一个月。

但他若有所失。天太大。海太阔。人太老。游泳的姿势和动作太单一。胆子和力气太小。舌苔太厚。词汇太贫乏。胆固醇太多。梦太长。床太软。空气太潮湿。牢骚太盛。书太厚。

所以他坚持要走。确定了要走,情绪好了一些,晚上多喝了一碗大米绿豆稀饭。多夹了两筷子香油拌的酱苤蓝丝。饭后,照例和休养员伙伴沿着海岸散步,照例看天,云,海,浪花,渔船。再见吧,原谅我!他对海说。他好像一个长大了,不愿意守着母亲生活的孩子,在向母亲请求宽恕。我走了,他说。

快要入睡的时候,他走到果园里方便了一下。他走回前廊,伸长脖子,看了一下海,只见一片素雅的银光,这是他从来没有看到过的,哦,今夜有怎样团圞的明月!海上生明月,天涯共此时。在满月下面,海是什么样子的呢?不肖的儿子再向母亲告一次别吧,于是,他披上一件衣服,换上布鞋,悄悄一个人走出去了。

他感到震惊。夜和月原来有这么大的法力!她们包容着一切,改变着一切,重新涂抹和塑造着一切。一切都与白天根本不同了。红柳,松柏,梧桐,洋槐;阁楼,平房,更衣室和淋浴池;海岸,沙滩,巉岩,曲曲弯弯的海滨游览公路,以及海和天和码头,都模糊了,都温柔了,都接近了,都和解了,都依依地联结在一起。所有的差别——例如高楼和平地,陆上和海上——都在消失,所有的距离都在缩短,所有的纷争都在止歇,所有的激动都在平静下来,连潮水涌到沙岸上也是轻轻地,试探地,文明地,生怕打搅谁或者触犯谁。

而超过这一切,主宰这一切,统治着这一切的是一片浑然的银光。亮得耀眼的,活泼跳跃的却又是朦胧悠远的海波支持着布满青辉的天空,高举着一轮小小的、乳白色的月亮。在银波两边,月光连接不到的地方,则是玫瑰色的,一眼望不到头的黑暗,随着缪可言的漫步,"银光区"也在向前移动。这天海相连,缓缓前移的银光区是这样地撩人心绪,缪可言快要流出泪来了。这一切都是安排好了的,海在他即将离去的前一个夜晚,装扮好了自己,向他温存,向他流盼,向他微笑,向他喁喁地私语。

海——呀——我——爱——你——!他终于喊出了声,声音并不大,他已经没有当年的好嗓子。然而他惊起了一对青年男女。他完全没有注意到,就在他脚下的岩石上,有一对情侣正依偎在一起。他完全没有思想准备,完全想不到他会打扰年轻人。因为这里和城市的公园或者游泳池不同,这里简直就没有什么年轻人。但是,他确实已经打扰了人家,女青年已经从岩石上站了起来,离开了男青年的怀抱。他恍惚看到了女青年的淡色的发结。他怀着一种深深的歉疚,三步并两步地离开了这个地方。他非常懊悔,却又觉得很高兴,很满意。年轻人在月夜海滨,依偎着坐在一起,这很好。海和月需要青春。青春也需要海和月。但他们是谁呢?休养员里没有这样年轻的,服务人员里也没有这样年轻的。事后他才依稀感到了在自己的耳膜上残留着轻微的本地口音。那么说是农民!一定是农民!是社员!是回乡知识青年?是公社干部?还只是最一般的农民?反正是青年。反正农民也爱海,爱月,爱这"银光区"。那就更好。这天和地,海和人,都显得甜甜的了。

这是什么声音?哗——哗——,不是浪,不是潮,这只能是人的手臂划动海水的声音。他顺着这声音找去,他看到了在他刚离去的岩石下面,似乎有两个人在游海。难道是那两个青年下去游水了么?他们不觉得凉么?他们不怕黑么?他们把衣服放到了哪里?喔哟,看,那两个人已经游了那么远,他们在向着他向往过许多次,却从来没有敢于问津的水天相接的亮晶晶的地方游去了呢。

缪可言觉得有点眼花,这流动的、摇摆的、破碎的和粘连的银光真叫人眼花缭乱。是不是他看错了呢?那里是两个人吗?人有这样的游水速度吗?难道是鱼?人鱼?美人鱼?

不,那不会错,那就是人,就是刚刚被惊动了的那两位热恋中的青年人。缪可言又有什么怀疑的呢?如果是他自己,如果倒退三十年,如果他和他的心爱的姑娘在一起,他难道会怕黑吗?会嫌冷吗?会躲避这泛着银光的波浪吗?不,他和她会一口气游出去八千米。就是八公里,就是那个极目所至的地方。爱情,青春,自由的波涛,一代又一代地流动着,翻腾着,永远不会老,永远不会淡漠,更永远不会中断。它们永远和海,和月,和风,和天空在一起。

他唱起了一支歌。他怀着隐秘的激情回到了休养所。入睡之前,他一下子想起了好几首诗,普希金的,莱蒙托夫的,拜伦的,雪莱的,惠特曼的,还有他自己的。他睡了,嘴角上带着微笑。

"怎么样?这海边也没有太大的意思吧?"送他走的汽车驾驶员说。这位驾驶员是一个善知人意的心理学家。而且他已经得悉缪可言是个古板的、其貌不扬的老单身汉。然而这回他错了。缪可言回答道:

"不,这个地方好极了,实在是好极了。"

(原载《上海文学》1980 年 6 月号)

受戒

汪曾祺

明海出家已经四年了。

他是十三岁来的。

这个地方的地名有点怪,叫庵赵庄。赵,是因为庄上大都姓赵。叫做庄,可是人家住得很分散,这里两三家,那里两三家。一出门,远远可以看到,走起来得走一会,因为没有大路,都是弯弯曲曲的田埂。庵,是因为有一个庵。庵叫菩提庵,可是大家叫讹了,叫成荸荠庵。连庵里的和尚也这样叫。"宝刹何处?"——"荸荠庵。"庵本来是住尼姑的。"和尚庙"、"尼姑庵"嘛。可是荸荠庵住的是和尚。也许因为荸荠庵不大,大者为庙,小者为庵。

明海在家叫小明子。他是从小就确定要出家的。他的家乡不叫"出家",叫"当和尚"。他的家乡出和尚。就象有的地方出劁猪的,有的地方出织席子的,有的地方出箍桶的,有的地方出弹棉花的,有的地方出画匠,有的地方出婊子,他的家乡出和尚。人家弟兄多,就派一个出去当和尚。当和尚也要通过关系,也有帮。这地方的和尚有的走得很远。有到杭州灵隐寺的、上海静安寺的、镇江金山寺的、扬州天宁寺的。一般的就在本县的寺庙。明海家田少,老大、老二、老三,就足够种的了。他是老四。他七岁那年,他当和尚的舅舅回家,他爹、他娘就和舅舅商议,决定叫他当和尚。他当时在旁边,觉得这实在是在情在理,没有理由反对。当和尚有很多好处。一是可以吃现成饭。哪个庙里都是管饭的。二是可以攒钱。只要学会了放瑜伽焰口,拜梁皇忏,可以按例分到辛苦钱。积攒起来,将来还俗娶亲也可以;不想还俗,买几亩田也可以。当和尚也不容易,一要面如朗月,二要声如钟磬,三要聪明记性好。他舅舅给他相了相面,叫他前走几步,后走几步,又叫他喊了一声赶牛打场的号子"格当嘚——",说是"明子准能当个好和尚,我包了"!要当和尚,得下点本,——念几年书。哪有不认字的和尚呢!于是明子就开蒙入学,读了《三字经》、《百家姓》、《四言杂字》、《幼学琼林》、《上论、下论》、《上孟、下孟》,每天还写一张仿。村里都夸他字写得好,很黑。

舅舅按照约定的日期又回了家,带了一件他自己穿的和尚领的短衫,叫明子娘改小一点,给明子穿上。明子穿了这件和尚短衫,下身还是在家穿的紫花裤子,赤脚穿了一双新布鞋,跟他爹、他娘磕了一个头,就随舅舅走了。

他上学时起了个学名,叫明海。舅舅说,不用改了。于是"明海"就从学名变成了法名。

过了一个湖。好大一个湖!穿过一个县城。县城真热闹:官盐店,税务局,肉铺里挂着成边的猪,一个驴子在磨芝麻,满街都是小磨香油的香味,布店,卖茉莉粉、梳头油的什么斋,卖绒花的,卖丝线的,打把式卖膏药的,吹糖人的,耍蛇的,……他什么都想看看。舅舅一劲地推他:"快走!快走!"

到了一个河边,有一只船在等着他们。船上有一个五十来岁的瘦长瘦长的大伯,船头蹲着一个跟明子差不多大的女孩子,在剥一个莲蓬吃。明子和舅舅坐到舱里,船就开了。

明子听见有人跟他说话,是那个女孩子。

"是你要到荸荠庵当和尚吗?"

明子点点头。

"当和尚要烧戒疤呕!你不怕?"

明子不知道怎么回答,就含含糊糊地摇了摇头。

"你叫什么?"

"明海。"

"在家的时候?"

"叫明子。"

"明子!我叫小英子!我们是邻居。我家挨着荸荠庵。——给你!"

小英子把吃剩的半个莲蓬扔给明海,小明子就剥开莲蓬壳,一颗一颗吃起来。

大伯一桨一桨地划着,只听见船桨泼水的声音:

"哗——许!哗——许!"

·················

荸荠庵的地势很好,在一片高地上。这一带就数这片地高,当初建庵的人很会选地方。门前是一条河。门外是一片很大的打谷场。三面都是高大的柳树。山门里是一个穿堂。迎门供着弥勒佛。不知是哪一位名士撰写了一副对联:

大肚能容容天下难容之事

开颜一笑笑世间可笑之人

弥勒佛背后,是韦驮。过穿堂,是一个不小的天井,种着两棵白果树。天井两边各有三间厢房。走过天井,便是大殿,供着三世佛。佛象连龛才四尺来高。大殿东边是方丈,西边是库房。大殿东侧,有一个小小的六角门,白门绿字,刻着一副对联:

一花一世界

三藐三菩提

进门有一个狭长的天井,几块假山石,几盆花,有三间小房。

　　小和尚的日子清闲得很。一早起来，开山门，扫地。庵里的地铺的都是箩底方砖，好扫得很，给弥勒佛、韦驮烧一炷香，正殿的三世佛面前也烧一炷香、磕三个头，念三声"南无阿弥陀佛"，敲三声磬。这庵里的和尚不兴做什么早课、晚课，明子这三声磬就全都代替了。然后，挑水，喂猪。然后，等当家和尚，即明子的舅舅起来，教他念经。

　　教念经也跟教书一样，师父面前一本经，徒弟面前一本经，师父唱一句，徒弟跟着唱一句。是唱哎。舅舅一边唱，一边还用手在桌上拍板。一板一眼，拍得很响，就跟教唱戏一样。是跟教唱戏一样，完全一样哎。连用的名词都一样。舅舅说，念经：一要板眼准，二要合工尺。说：当一个好和尚，得有条好嗓子。说：民国十年闹大水，运河倒了堤，最后在清水潭合龙，因为大水淹死的人很多，放了一台大焰口，十三大师——十三个正座和尚，各大庙的方丈都来了，下面的和尚上百。谁当这个首座？推来推去，还是石桥——善因寺的方丈！他往上一坐，就跟地藏王菩萨一样，这就不用说了；那一声"开香赞"，围看的上千人立时鸦雀无声。说：嗓子要练，夏练三伏，冬练三九，要练丹田气！说：要吃得苦中苦，方为人上人！说：和尚里也有状元、榜眼、探花！要用心，不要贪玩！舅舅这一番大法说得明海和尚实在是五体投地，于是就一板一眼地跟着舅舅唱起来：

　　"炉香乍爇——"

　　"炉香乍爇——"

　　"法界蒙薰——"

　　"法界蒙薰——"

　　"诸佛现金身……"

　　"诸佛现金身……"

　　…………………

　　等明海学完了早经，——他晚上临睡前还要学一段，叫做晚经，——荸荠庵的师父们就都陆续起床了。

　　这庵里人口简单，一共六个人。连明海在内，五个和尚。

　　有一个老和尚，六十几了，是舅舅的师叔，法名普照，但是知道的人很少，因为很少人叫他法名，都称之为老和尚或老师父，明海叫他师爷爷。这是个很枯寂的人，一天关在房里，就是那"一花一世界"里。也看不见他念佛，只是那么一声不响地坐着。他是吃斋的，过年时除外。

　　下面就是师兄弟三个，仁字排行：仁山、仁海、仁渡。庵里庵外，有的称他们为大师父、二师父；有的称之为山师父、海师父。只有仁渡，没有叫他"渡师父"的，因为听起来不象话，大都直呼之为仁渡。他也只配如此，因为他还年轻，才二十多岁。

　　仁山，即明子的舅舅，是当家的。不叫"方丈"，也不叫"住持"，却叫"当家的"，是很有道理的，因为他确确实实干的是当家的职务。他屋里摆的是一张账桌，桌子上放的是账簿和算盘。账簿共有三本。一本是经账，一本是租账，一本是债账。和尚要做法事，做法事要收钱，——要不，当和尚干什么？常做的法事是放焰口。正规的焰口是十个人。一个正座，一个敲鼓的，两边一边四个。人少了，八个，一边三个，也凑合了。荸荠庵只有四个和尚，要放整焰口就得和别的庙里合伙。这样的时候也有过。通常只是放半台焰口。一个正座，一个敲鼓，另外一边一个。一来找别的庙里合伙费事；二来这一带放得起整焰口的人家也不多。有的时候，谁家死了人，就只请两个，甚至一个和尚咕噜咕噜念一通经，敲打几声法器就算完事。很多人家的经钱不是当时就给，往往要等秋后才还。这就得记账。另外，和尚放焰口的辛苦钱不是一样的。就象唱戏一样，有份子。正座第一份。因为他要领唱，而且还要独唱。当中有一大段"叹骷髅"，别的和尚都放下法器休息，只有首座一个人有板有眼地慢声吟唱。第二份是敲鼓的。你以为这容易呀？哼，单是一开头的"发擂"，手上没功夫就敲不出迟疾顿挫！其余的，就一样了。这也得记上：某月某日、谁家焰口半台，谁正座，谁敲鼓……省得到年底结账时赌咒骂娘。……这庵里有几十亩庙产，租给人种，到时候要收租。庵里还放债。租、债一向倒很少亏欠，因为租佃借钱的人怕菩萨不高兴。这三本账就够仁山忙的了。另外香烛灯火、油盐"福食"，这也得随时记记账呀。除了账簿之外，山师父的方丈的墙上还挂着一块水牌，上漆四个红字："勤笔免思"。

仁山所说当一个好和尚的三个条件，他自己其实一条也不具备。他的相貌只要用两个字就说清楚了：黄，胖。声音也不象钟磬，倒象母猪。聪明么？难说，打牌老输。他在庵里从不穿袈裟，连海青直裰也免了。经常是披着件短僧衣，袒露着一个黄色的肚子。下面是光脚踏拉着一双僧鞋，——新鞋他也是踏拉着。他一天就是这样不衫不履地这里走走，那里走走，发出母猪一样的声音："哼——哼——。"

二师父仁海。他是有老婆的。他老婆每年夏秋之间来住几个月，因为庵里凉快。庵里有六个人，其中之一，就是这位和尚的家眷。仁山、仁渡叫她嫂子，明海叫她师娘。这两口子都很爱干净，整天的洗涮。傍晚的时候，坐在天井里乘凉。白天，闷在屋里不出来。

三师父是个很聪明精干的人。有时一笔账大师兄扒了半天算盘也算不清，他眼珠子转两转，早算得一清二楚。他打牌赢的时候多，二三十张牌落地，上下家手里有些什么牌，他就差不多都知道了。他打牌时，总有人爱在他后面看歪头胡。谁家约他打牌，就说："想送两个钱给你。"他不但经忏俱通（小庙的和尚能够拜忏的不多），而且身怀绝技，会"飞铙"。七月间有些地方做盂兰会，在旷地上放大焰口，几十个和尚，穿绣花袈裟，飞铙。飞铙就是把十多斤重的大铙钹飞起来。到了一定的时候，全部法器皆停，只几十副大铙紧张急促地敲起来。忽然起手，大铙向半空中飞去，一面飞，一面旋转。然后，又落下来，接住。接住不是平平常常地接住，有各种架势，"犀牛望月"、"苏秦背剑"……这哪是念经，这是耍杂技。也算是地藏王菩萨爱看这个，但真正因此快乐起来的是人，尤其是妇女和孩子。这是年轻漂亮的和尚出风头的机会。一场大焰口过后，也象一个好戏班子过后一样，会有一个两个大姑娘、小媳妇失踪，——跟和尚跑了。他还会放"花焰口"。有的人家，亲戚中多风流子弟，在不是很哀伤的佛事——如做冥寿时，就会提出放花焰口。所谓"花焰口"就是在正焰口之后，叫和尚唱小调，拉丝弦，吹管笛，敲鼓板，而且可以点唱。仁渡一个人可以唱一夜不重头。仁渡前几年一直在外面，近二年才常住在庵里。据说他有相好的，而且不止一个。他平常可是很规矩，看到姑娘媳妇总是老老实实的，连一句玩笑话都不说，一句小调山歌都不唱。有一回，在打谷场上乘凉的时候，一伙人把他围起来，非叫他唱两个不可。他却情不过，说："好，唱一个。不唱家乡的。家乡的你们都熟。唱个安徽的。"

姐和小郎打大麦，

一转子讲得听不得。

听不得就听不得，

打完了大麦打小麦。

唱完了，大家还嫌不够，他就又唱了一个：

姐儿生得漂漂的，

两个奶子翘翘的。

有心上去摸一把，

心里有点跳跳的。

....

这个庵里无所谓清规，连这两个字也没人提起。

仁山吃水烟，连出门做法事也带着他的水烟袋。

他们经常打牌。这是个打牌的好地方。把大殿上吃饭的方桌往门口一搭，斜放着，就是牌桌。桌子一放好，仁山就从他的方丈里把筹码拿出来，哗啦一声倒在桌上。斗纸牌的时候多，搓麻将的时候少。牌客除了师兄弟三人，常来的是一个收鸭毛的，一个打兔子兼偷鸡的，都是正经人。收鸭毛的担一副竹筐，串乡串镇，拉长了沙哑的声音喊叫：

"鸭毛卖钱——！"

偷鸡的有一件家什——铜蜻蜓。看准了一只老母鸡，把铜蜻蜓一丢，鸡婆子上去就是一口。这一啄，铜蜻蜓的硬簧绷开，鸡嘴撑住了，叫不出来了。正在这鸡十分纳闷的时候，上去一把薅住。

明子曾经跟这位正经人要过铜蜻蜓看看。他拿到小英子家门前试了一试，果然！小英子的娘知道了，骂明子：

"要死了！儿子！你怎么到我家来玩铜蜻蜓了！"

小英子跑过来：

"给我！给我！"

她也试了试，真灵，一个黑母鸡一下子就把嘴撑住，傻了眼了！

下雨阴天，这二位就光临荸荠庵，消磨一天。

有时没有外客，就把老师叔也拉出来，打牌的结局，大都是当家和尚气得鼓鼓的："×妈妈的！又输了！下回不来了！"

他们吃肉不瞒人。年下也杀猪。杀猪就在大殿上。一切都和在家人一样，开水、木桶、尖刀。捆猪的时候，猪也是没命地叫。跟在家人不同的，是多一道仪式，要给即将升天的猪念一道"往生咒"，并且总是老师叔念，神情很庄重：

"……一切胎生、卵生、息生，来从虚空来，还归虚空去。往生再世，皆当欢喜。南无阿弥陀佛！"

三师父仁渡一刀子下去，鲜红的猪血就带着很多沫子喷出来。

....

明子老往小英子家里跑。

小英子的家象一个小岛,三面都是河,西面有一条小路通到荸荠庵。独门独户,岛上只有这一家。岛上有六棵大桑树,夏天都结大桑椹,三棵结白的,三棵结紫的;一个菜园子,瓜豆蔬菜,四时不缺。院墙下半截是砖砌的,上半截是泥夯的。大门是桐油油过的,贴着一副万年红的春联:

向阳门第春常在

积善人家庆有余

门里是一个很宽的院子。院子里一边是牛屋、碓棚;一边是猪圈、鸡窠,还有个关鸭子的栅栏。露天地放着一具石磨。正北面是住房,也是砖基土筑,上面盖的一半是瓦,一半是草。房子翻修了才三年,木料还露着白茬。正中是堂屋,家神菩萨的画像上贴的金还没有发黑。两边是卧房。隔扇窗上各嵌了一块一尺见方的玻璃,明亮亮的,——这在乡下是不多见的。房檐下一边种着一棵石榴树,一边种着一棵栀子花,都齐房檐高了。夏天开了花,一红一白,好看得很。栀子花香得冲鼻子。顶风的时候,在荸荠庵都闻得见。

这家人口不多。他家当然是姓赵。一共四口人:赵大伯、赵大妈,两个女儿,大英子、小英子。老两口没有儿子。因为这些年人不得病,牛不生灾,也没有大旱大水闹蝗虫,日子过得很兴旺。他们家自己有田,本来够吃的了,又租种了庵上的十亩田。自己的田里,一亩种了荸荠,——这一半是小英子的主意,她爱吃荸荠,一亩种了茨菇。家里喂了一大群鸡鸭,单是鸡蛋鸭毛就够一年的油盐了。赵大伯是个能干人。他是一个"全把式",不但田里场上样样精通,还会罩鱼、洗磨、凿砻、修水库、修船、砌墙、烧砖、箍桶、劈篾、绞麻绳。他不咳嗽,不腰疼,结结实实,象一棵榆树。人很和气,一天不声不响。赵大伯是一棵摇钱树,赵大娘就是个聚宝盆。大娘精神得出奇。五十岁了,两个眼睛还是清亮亮的。不论什么时候,头都是梳得滑溜溜的,身上衣服都是格挣挣的。象老头子一样,她一天不闲着。煮猪食,喂猪,腌咸菜,——她腌的咸萝卜干非常好吃,舂粉子,磨小豆腐,编蓑衣,织芦筐。她还会剪花样子。这里嫁闺女,陪嫁妆,磁坛子、锡罐子,都要用梅红纸剪出吉祥花样,贴在上面,讨个吉利,也才好看:"丹凤朝阳"呀、"白头到老"呀、"子孙万代"呀、"福寿绵长"呀。二三十里的人家都来请她:"大娘,好日子是十六,你哪天去呀?"——"十五,我一大清早就来!"

"一定呀!"——"一定! 一定!"

两个女儿,长得跟她娘象一个模子里托出来的。眼睛长得尤其象,白眼珠鸭蛋青,黑眼珠棋子黑,定神时如清水,闪动时象星星。浑身上下,头是头,脚是脚。头发滑溜溜的,衣服格挣挣的。——这里的风俗,十五六岁的姑娘就都梳上头了。这两个丫头,这一头的好头发! 通红的发根,雪白的簪子! 娘女三个去赶集,一集的人都朝她们望。

姐妹俩长得很象,性格不同。大姑娘很文静,话很少,象父亲。小英子比她娘还会说,一天咭咭呱呱地不停。大姐说:

"你一天到晚咭咭呱呱——"

"象个喜鹊!"

"你自己说的! ——吵得人心乱!"

"心乱?"

"心乱!"

"你心乱怪我呀!"

二姑娘话里有话。大英子已经有了人家。小人她偷偷地看过,人很敦厚,也不难看,家道也殷实,她满意。已经下过小定,日子还没有定下来。她这二年,很少出房门,整天赶她的嫁妆。大裁大剪,她都会。挑花绣花,不如娘。她可又嫌娘出的样子太老了。她到城里看过新娘子,说人家现在绣的都是活花活草。这可把娘难住了。最后是喜鹊忽然一拍屁股:"我给你保举一个人!"

这人是谁?是明子。明子念"上孟下孟"的时候,不知怎么得了半套《芥子园》,他喜欢得很。到了荸荠庵,他还常翻出来看,有时还把旧账簿子翻过来,照着描。小英子说:

"他会画! 画得跟活的一样!"

小英子把明海请到家里来,给他磨墨铺纸,小和尚画了几张,大英子喜欢得了不得:

"就是这样! 就是这样! 这就可以乱孱!"——所谓"乱孱"是绣花的一种针法:绣了第一层,第二层的针脚插进第一层的针缝,这样颜色就可由深到淡,不露痕迹,不象娘那一代绣的花是平针,深浅之间,界限分明,一道一道的。小英子就象个书僮,又象个参谋:

"画一朵石榴花!"

"画一朵栀子花!"

她把花掐来,明海就照着画。

到后来,凤仙花、石竹子、水蓼、淡竹叶、天竺果子、腊梅花,他都能画。

大娘看着也喜欢,搂住明海的和尚头:

"你真聪明! 你给我当一个干儿子吧!"

小英子捺住他的肩膀,说:

"快叫! 快叫!"

小明子跪在地下磕了一个头,从此就叫小英子的娘做干娘。

大英子绣的三双鞋,三十里方圆都传遍了。很多姑娘都走路坐船来看。看完了,就说:"啧啧啧,真好看! 这哪是绣的,这是一朵鲜花!"她们就拿了纸来央大娘求了小和尚来画。有求画帐檐的,有求画门帘飘带的,有求画鞋头花的。每回明子来画花,小英子就给他做点好吃的,煮两个鸡蛋,蒸一碗芋头,煎几个藕团子。

因为照顾姐姐赶嫁妆,田里的零碎生活小英子就全包了。她的帮手,是明子。

这地方的忙活是栽秧、车高田水、薅头遍草,再就是割稻子、打场了。这几桩重活,自己一家是忙不过来的。这地方兴换工。排好了日期,几家顾一家,轮流转。不收工钱,但是吃好的。一天吃六顿,两头见肉,顿顿有酒。干活时,敲着锣鼓,唱着歌,热闹得很。其余的时候,各顾各,不显得紧张。

薅三遍草的时候,秧已经很高了,低下头看不见人。一听见非常脆亮的嗓子在一片浓绿里唱:

栀子哎开花哎六瓣头哎……

姐家哎门前哎一道桥哎……

明海就知道小英子在哪里,三步两步就赶到,赶到就低头薅起草来。傍晚牵牛"打汪",是明子的事。——水牛怕蚊子。这里的习惯,牛卸了轭,饮了水,就牵到一口和好泥水的"汪"里,由它自己打滚扑腾,弄得全身都是泥浆,这样蚊子就咬不透了。低田上水,只要一挂十四轧的水车,两个人车半天就够了。明子和小英子就伏在车杠上,不紧不慢地踩着车轴上的拐子,轻轻地唱着明海向三师父学来的各处山歌。打场的时候,明子能替赵大伯一会,让他回家吃饭。——赵家自己没有场,每年都在荸荠庵外面的场上打谷子。他一扬鞭子,喊起了打场号子:

"格当嘚——"

这打场号子有音无字,可是九转十三弯,比什么山歌号子都好听。赵大娘在家,听见明子的号子,就侧起耳朵:

"这孩子这条嗓子!"

连大英子也停下针线:

"真好听!"

小英子非常骄傲地说:

"一十三省数第一!"

晚上,他们一起看场。——荸荠庵收来的租稻也晒在场上。他们并肩坐在一个石磙子上,听青蛙打鼓,听寒蛇唱歌,——这个地方以为蝼蛄叫是蚯蚓叫,而且叫蚯蚓叫"寒蛇",听纺纱婆子不停地纺纱,"唦——",看萤火虫飞来飞去,看天上的流星。

"呀!我忘了在裤带上打一个结!"小英子说。

这里的人相信,在流星掉下来的时候在裤带上打一个结,心里想什么好事,就能如愿。

....

"捵"荸荠,这是小英子最爱干的生活。秋天过去了,地净场光,荸荠的叶子枯了,——荸荠的笔直的小葱一样的圆叶子里是一格一格的,用手一捋,哔哔地响,小英子最爱捋着玩,——荸荠藏在烂泥里。赤了脚,在凉浸浸滑溜溜的泥里踩着,——哎,一个硬疙瘩!伸手下去,一个红紫红紫的荸荠。她自己爱干这生活,还拉了明子一起去。她老是故意用自己的光脚去踩明子的脚。

她挎着一篮子荸荠回去了,在柔软的田埂上留了一串脚印。明海看着她的脚印,傻了。五个小小的趾头,脚掌平平的,脚跟细细的,脚弓部分缺了一块。明海身上有一种从来没有过的感觉,他觉得心里痒痒的。这一串美丽的脚印把小和尚的心搞乱了。

....

明子常搭赵家的船进城,给庵里买香烛,买油盐。闲时是赵大伯划船;忙时是小英子去,划船的是明子。

从庵赵庄到县城,当中要经过一片很大的芦花荡子。芦苇长得密密的,当中一条水路,四边不见人。划到这里,明子总是无端端地觉得心里很紧张,他就使劲地划桨。

小英子喊起来:

"明子!明子!你怎么啦?你发疯啦?为什么划得这么快?"

....

明海到善因寺去受戒。

"你真的要去烧戒疤呀?"

"真的。"

"好好的头皮上烧八个洞,那不疼死啦?"

"咬咬牙。舅舅说这是当和尚的一大关,总要过的。"

"不受戒不行吗?"

"不受戒的是野和尚。"

"受了戒有啥好处?"

"受了戒就可以到处云游,逢寺挂褡。"

"什么叫'挂褡'?"

"就是在庙里住。有斋就吃。"

"不把钱?"

"不把钱。有法事,还得先尽外来的师父。"

"怪不得都说'远来的和尚会念经'。就凭头上这几个戒疤?"

"还要有一份戒牒。"

"闹半天,受戒就是领一张和尚的合格文凭呀!"

"就是!"

"我划船送你去。"

"好。"

小英子早早就把船划到荸荠庵门前。不知是什么道理,她兴奋得很。她充满了好奇心,想去看看善因寺这座大庙,看看受戒是个啥样子。

善因寺是全县第一大庙,在东门外,面临一条水很深的护城河,三面都是大树,寺在树林子里,远处只能隐隐约约看到一点金碧辉煌的屋顶,不知道有多大。树上到处挂着"谨防恶犬"的牌子。这寺里的狗出名的厉害。平常不大有人进去。放戒期间,任人游看,恶狗都锁起来了。

好大一座庙!庙门的门坎比小英子的胲膝都高。迎门蠹着两块大牌,一边一块,一块写着斗大两个大字:"放戒",一块是:"禁止喧哗"。这庙里果然是气象庄严,到了这里谁也不敢大声咳嗽。明海自去报名办事,小英子就到处看看。好家伙,这哼哈二将、四大天王,有三丈多高,都是簇新的,才装修了不久。天井有二亩地大,铺着青石,种着苍松翠柏。"大雄宝殿",这才真是个"大殿"!一进去,凉飕飕的。到处都是金光耀眼。释迦牟尼佛坐在一个莲花座上。单是莲座,就比小英子还高。抬起头来也看不全他的脸,只看到一个微微闭着的嘴唇和胖敦敦的下巴。两边的两根大红蜡烛,一搂多粗。佛像前的大供桌上供着鲜花、绒花、绢花,还有珊瑚树、玉如意、整棵的大象牙。香炉里烧着檀香。小英子出了庙,闻着自己的衣服都是香的。挂了好些幡。这些幡不知是什么缎子的,那么厚重,绣的花真细。这么大一口磬,里头能装五担水!这么大一个木鱼,有一头牛大,漆得通红的。她又去转了转罗汉堂,爬到千佛楼上看了看。真有一千个小佛!她还跟着一些人去看了看藏经楼。藏经楼没有什么看头,都是经书!妈吧!逛了这么一圈,腿都酸了。小英子想起还要给家里打油,替姐姐配丝线,给娘买鞋面布,给自己买两个坠围裙飘带的银蝴蝶,给爹买旱烟,就出庙了。

等把事情办齐,晌午了。她又到庙里看了看,和尚正在吃粥。好大一个"膳堂",坐得下八百个和尚。吃粥也有这样多讲究:正面法座上摆着两个锡胆瓶,里面插着红绒花,后面盘膝坐着一个穿了大红满金绣袈裟的和尚,手里拿了戒尺。这戒尺是要打人的。哪个和尚吃粥吃出了声音,他下来就是一戒尺。不过他并不真的打人,只是做个样子。真稀奇,那么多的和尚吃粥,竟然不出一点声音!她看见明子也坐在里面,想跟他打个招呼又不好打。想了想,管他禁止不禁止喧哗,就大声喊了一句:"我走啦!"她看见明子目不斜视的微微点了点头,就不管很多人都朝自己看,大摇大摆地走了。

第四天一大清早小英子就去看明子。她知道明子受戒是第三天半夜,——烧戒疤是不许人看的。她知道要请老剃头师傅剃头,要剃得横摸顺摸都摸不出头发茬子,要不然一烧,就会"走"了戒,烧成了一片。她知道是用枣泥子先点在头皮上,然后用香头子点着。她知道烧了戒疤就喝一碗蘑菇汤,让它"发",还不能躺下,要不停地走动,叫做"散戒"。这些都是明子告诉她的。明子是听舅舅说的。

她一看,和尚真在那里"散戒",在城墙根底下的荒地里。一个一个,穿了新海青,光光的头皮上都有八个黑点子。——这黑疤掉了,才会露出白白的、圆圆的"戒疤"。和尚都笑嘻嘻的,好象很高兴。她一眼就看见了明子。隔着一条护城河,就喊他:

"明子!"

"小英子!"

"你受了戒啦?"

"受了。"

"疼吗?"

"疼。"

"现在还疼吗?"

"现在疼过去了。"

"你哪天回去?"

"后天。"

"上午? 下午?"

"下午。"

"我来接你!"

"好!"

··················

小英子把明海接上船。

小英子这天穿了一件细白夏布上衣,下边是黑洋纱的裤子,赤脚穿了一双龙须草的细草鞋,头上一边插着一朵栀子花,一边插着一朵石榴花。她看见明子穿了新海青,里面露出短褂子的白领子,就说:"把你那外面的一件脱了,你不热呀!"

他们一人一把桨。小英子在中舱,明子扳艄,在船尾。

她一路问了明子很多话,好象一年没有看见了。

她问,烧戒疤的时候,有人哭吗?喊吗?

明子说,没有人哭。有个山东和尚骂人:

"俺日你奶奶!俺不烧了!"

她问善因寺的方丈石桥是相貌和声音都很出众吗?

"是的。"

"说他的方丈比小姐的绣房还讲究?"

"讲究。什么东西都是绣花的。"

"他屋里很香?"

"很香。他烧的是伽楠香,贵得很。"

"听说他会做诗,会画画,会写字?"

"会。庙里走廊两头的砖额上,都刻着他写的大字。"

"他是有个小老婆吗?"

"有一个。"

"才十几岁?"

"听说。"

"好看吗?"

"都说好看。"

"你没看见?"

"我怎么会看见?我关在庙里。"

明子告诉她,善因寺一个老和尚告诉他,寺里有意选他当沙弥尾,不过还没有定,要等主事的和尚商议。

"什么叫'沙弥尾'?"

"放一堂戒,要选出一个沙弥头,一个沙弥尾。沙弥头要老成,要会念很多经。沙弥尾要年轻,聪明,相貌好。"

"当了沙弥尾跟别的和尚有什么不同?"

"沙弥头,沙弥尾,将来都能当方丈。现在的方丈退居了,就当。石桥原来就是沙弥尾。"

"你当沙弥尾吗?"

"还不一定哪。"

"你当方丈,管善因寺?管这么大一个庙?!"

"还早呐!"

划了一气,小英子说:"你不要当方丈!"

"好,不当。"

"你也不要当沙弥尾!"

"好,不当。"

又划了一气,看见那一片芦花荡子了。

小英子忽然把桨放下,走到船尾,趴在明子的耳朵旁边,小声地说:

"我给你当老婆,你要不要?"

明子眼睛鼓得大大的。

"你说话呀!"

明子说:"嗯。"

"什么叫'嗯'呀!要不要,要不要?"

明子大声地说:"要!"

"你喊什么!"

明子小小声说:"要——!"

"快点划!"

英子跳到中舱,两只桨飞快地划起来,划进了芦花荡。

芦花才吐新穗。紫灰色的芦穗,发着银光,软软的,滑溜溜的,象一串丝线。有的地方结了蒲棒,通红的,象一枝一枝小蜡烛。青浮萍,紫浮萍。长脚蚊子,水蜘蛛。野菱角开着四瓣的小白花。惊起一只青桩(一种水鸟),擦着芦穗,扑鲁鲁鲁飞远了。

·················

一九八〇年八月十二日,写四十三年前的一个梦。

(原载《北京文学》1980 年第 10 期)

对倒

刘以鬯

1

一〇二号巴士进入海底隧道时,淳于白想起二十九年前的事。二十九年前,香港只有八十多万人口;现在香港的人口接近四百万。许多荒凉的地方,变成热闹的徙置区。许多旧楼,变成摩天大厦。他不能忘记二十九年前从上海搭乘飞机来到香港的情景。当他上飞机时,身上穿着厚得近似臃肿的皮袍,下机时,却见到许多香港人只穿一件白衬衫。这地方的冬天是不大冷的。即使圣诞前夕,仍有人在餐桌边吃雪糕。淳于白从北方来到香港,正是圣诞前夕。长江以北的战火越烧越旺。金圆券的狂潮使民众连气也透不转。上海受到战争的压力,在动荡中。许多人都到南方来了。有的在广州定居,有的选择香港。淳于白从未到过香港,却有意移居香港。这样做,只有一个理由:港币是一种稳定的货币。淳于白从上海来到香港时。一美元可以兑六港元;现在,只可以换到五点六二五。

2

旧楼的木梯大都已被白蚁蛀坏,踏在上面,会发出吱吱的声响。这些木梯,早该修葺或更换了。不修葺,不更换,因为业主已将这幢战前的旧楼高价卖给正在大事扩展中的置业公司。这是姨妈告诉亚杏的。亚杏的姨妈住在这幢旧楼的三楼,已有二十多年。亚杏与姨妈的感情很好,有事无事,总会走去坐坐。现在,走下木梯时,她手里拿着一只雪梨。这雪梨是姨妈给她的。亚杏走出旧楼,正是淳于白搭乘巴士进入海底隧道的时候。

拐入横街,嗅到一股难闻的臭气。这里有个公厕,使每一个在这条街上行走的路人必须用手帕或手掌掩住鼻孔。亚杏不喜欢这条横街,因为这条横街有公厕。每一次经过公厕旁边,总会产生这种想念:

"将来结婚,找房子,一定要有好的环境,近处绝对不能有公厕。"

3

巴士拐入弥敦道。淳于白见到一个女人。这个女人约莫四十岁,与二十年前的风度姿态完全不同。她不再是一个美丽的女人。虽然只是匆匆的一瞥,淳于白却清楚看出她的老态。她不再年轻了。她带着两个孩子在人行道上行走。如果没有在二十年前见过她的话,决不会相信她曾经是一个美丽的女人。她有好几个名字。二十年前淳于白在一家小舞厅里认识她的时候,她有一个庸俗的名字,叫做"美丽"。一个美丽的女人不一定需要叫"美丽"。她并不愚蠢,却做了这样愚蠢的事。那时候,淳于白的经济情况并不好。那时候,大部分逃难到香港的人都陷于经济困境。美丽常常请淳于白到九龙饭店去吃宵夜。淳于白想找工作。那时候,人浮于事的情形十分普遍。找不到工作,什么心思也没有。不再到舞厅去,不再见到美丽。他的情绪是在找到工作后才好转的。当他情绪好转时,他走去找美丽。美丽已离开那家舞厅。两年后,在渡海小轮上见到她。她不再叫做"美丽"了。她已嫁人。渡轮抵达港岛,分手。然后有一个相当长的时间互不知道对方的情形。当他再一次见到她时,她不但改了名,而且改了姓。淳于白是在一个朋友的派对上见到她的。她说她已离婚。那天晚上,他们玩到凌晨才离去。那天晚上,淳于白送她回家。那天晚上,淳于白睡在她家里。那天晚上,淳于白对她说:"下星期,我要到南洋去了。"过了一个星期,淳于白离开香港。这个一度将自己唤叫"美丽"的女人送他上飞机,还送了一件衣服给他。这件衣服是她自己缝的。现在,淳于白还保存着那件衣服。那衣服已经旧了,淳于白舍不得丢掉。他是常常想到这个女人的。刚才,巴士在弥敦道上驶去时,又见到这个一度名叫美丽而现在并不美丽的女人。

4

亚杏见到那只胖得像只猪的黑狗摇摇摆摆走过来,走到水果店前,翘起一条腿,将尿撒在灯柱上。她是常常见到这只黑狗的。常常见到这只黑狗排尿。常常见到这只黑狗走来走去。事实上,展现在眼前的一切都是看惯了的。即使士敏土的人行道上有一串鞋印,也记得清清楚楚。

5

巴士在弥敦道上疾驰。偶尔的一瞥,淳于白发现那幢四层的旧楼还没有拆除。弥敦道两旁,新楼林立,未拆卸的旧楼,为数不多。淳于白特别注意那幢旧楼,因为二十年前曾在那里炒过金。

"二半……二七五……二半……二七五……三○……三二五……三半……三二五……"报告行情的声音,由麦克风传出,犹如小石子,一粒一粒掷在炒金者心中。对于炒金者的心理,淳于白比谁都熟悉。淳于白从上海来到香港时,托人汇了一笔钱来。那时候,上海的金融乱得一塌糊涂。金圆券的币值每一分钟都在变动,民众却必须将藏有的黄金缴出。淳于白没有缴出黄金,暗中将黄金交给一个香港商人,讲明到香港取港币。那时候,一根条子可换三千港币;淳于白只换得二千五。这当然是吃亏的,淳于白心里也明白。问题是:除了这样做,没有第二个办法可以将黄金汇到香港。长江以北的战局越来越紧,朋友见面总会用蚊叫般的声音说些这一类的话:

"你怎么样?"

"我怎么样?"

"不打算离开上海?"

"打算是有的;不过,事情并不简单。"

"到过香港没有?"

"没有。"

"许多人都到香港去了?"

"是的,许多人都到香港去了。"

上海是紧张的,整个上海的脉搏加速了。每一个人都知道徐蚌会战的重要性。报纸上的新闻未必可靠;人们口头上传来传去的消息少有不添油加酱的。房屋的价格跌得最惨,花园大洋房只值七八根大条子。有钱人远走高飞。有气喘病的人趁此到南方去接受治疗。淳于白原不打算离开上海的。有一天,一位近亲从南京来,在他耳边说了这么两句,"前方的情况不大好,还是走吧。"淳于白这才痛下决心,托朋友买了飞机票,离开谣言太多而气氛紧张的上海。初到香港,人地两疏。一个自称"老香港"的同乡介绍他们到九龙去租屋,三四百呎的新楼,除了顶手还要鞋金;除了租金还要上期。那时候,顶手是很贵的。那时候,租屋必须付鞋金。那时候,从内地涌来的"难民"实在太多。大部分新楼都是"速成班的毕业生",偷工减料,但求一个"快"字。楼宇起得越快,业主们的钱赚得越多。那时候,九龙的新楼很多:都是四层的排屋,形式上与现在的摩天大楼有着极大的区别。现在,港九到处矗立着高楼大厦,所有热闹的地区都变成"石屎丛林"。淳于白刚才见到的那幢旧楼,显然是一个例外。这个"例外",使淳于白睁着眼睛走入旧日的岁月里去了。那时候,因为找不到适当的工作,几乎每天走去金号做投机生意。现在,坐在巴士里,居然产生了进入金号的感觉。依稀听到了报告行情的声音:"三半……三七五……四○……四二五……"

6

女人都喜欢看服装。亚杏不是一个例外。当她见到一家照相店橱窗里摆着一个穿着结婚礼服的木头公仔时,心就卜通卜通一阵子乱跳。那袭礼服是用白纱缝的,薄若蝉翼,很美。亚杏睁大眼睛凝视这袭礼服,有点妒忌木头公仔。"就算最丑陋的女人,穿上这种漂亮的礼服,也会美得像天仙。"她想。她睁大眼睛怔怔地望着那袭礼服,望得久了,木头公仔忽然露了笑容。木头公仔是不会笑的。那个穿着结婚礼服而面露笑容的女人竟是她自己。她面前的一块大玻璃突然失去透明,变成镜子。亚杏见到"镜子"里的自己,身上穿着白纱礼服,美得像天仙。

7

巴士停定。一种突发的冲动使淳于白跟随其他的乘客下车。不知道为什么这样做,却这样做了。

这是旺角。这里有太多的行人。这里有太多的车辆。旺角总是这样拥挤的。每一个人都好像有要紧的事要做,那些忙得满头大汗的人,也不一定都是走去抢黄金的。百货商店里的日本洋娃娃笑得很可爱。歌剧院里的女歌星有一对由美容专家割过的眼皮。旋转的餐厅。开收明年月饼会。本版书一律七折。明天下午三点供应洋澄湖大闸蟹。虾饺烧卖与春卷与芋角与粉果与叉烧包。……

8

照相馆隔壁是玩具店。玩具店隔壁是眼镜店。眼镜店隔壁是金铺。金铺隔壁是酒楼。酒楼隔壁是士多。士多隔壁是新潮服装店。亚杏走进新潮服装店,看到一些式样古怪的新潮服装。有一件衣服上印着两颗心。有一套衣服印着太多的 I LOVE YOU。亚杏对这套印着 I LOVE YOU 的衣服最感兴趣。"阿妈不识英文,"她想,"买回去,阿妈一定不会责怪的。这套衣服,穿在身上,说不定会引诱不相识的男人与我讲话。"截至目前为止,她还没有一个男朋友,当她走出那家新潮服装店时,心里有一种莫名其妙的感觉。说是高兴,倒也有点像惆怅。新潮服装店隔壁是石油气公司。石油气公司隔壁是金铺。金铺隔壁是金铺。金铺隔壁仍是金铺。

站在金铺的橱窗前,眼望双喜字,幻想自己结婚时的情景,那是一家港九最大的酒楼,可以摆两百多席。墙上挂着大双喜的金字幛。前边是一只红木长几。几上有一对龙凤花烛。烛的火舌不断往上舔。她与新郎坐在几前的大圆桌边。新郎很英俊,有点像柯俊雄,有点像邓光荣,有点像李小龙,有点像狄龙,有点像阿伦狄龙。

凌乱的脚步声,使她从幻想中回到现实。一个长发青年飞步而来,撞了她一下,她的身子失去平衡,只差没有跌倒。一时的气愤,使她说了一句非常难听的话语。这是一句俚俗的咒骂,出口时,那青年已无影无踪。邻近起了一阵骚乱,一若平静的湖面忽然被人投了一块大石。虽然不知道这是怎么一回事,见到警察,心情不免有点惊悸。警察将脚步搬得像旋转中的车轮,手里有枪。当警察从她面前擦过时,她的愤怒骤然变成惶悚。她的眼睛睁得很大。眼睛里充满惊诧神情。不知道什么地方传来这么一句:"有人打劫金铺!"——惶悚加上震悸使心跳停了一拍。然后心跳加速,咚咚咚,像一只握成拳头的手在她的内脏乱击。周围的人都很慌张。亚杏也很慌张。亚杏有点手足无措。理智暂时失去应有的清醒,感受麻痹,想离开这出了事的现场,两条大腿却不肯依照她的意志移动。她只是呆呆地站在那里。两个男人站在距离她不过三呎的地方大声谈话。"真大胆!""只有一个人?""一把西瓜刀与一块大石头,用西瓜刀朝金铺店员晃了晃;用石头打破饰柜,就这样抢走了几万块钱首饰!""几万块钱?""有人亲眼看见的,那劫匪只抢钻石与翡翠。""真大胆!""只要有胆量,不必盼望中马票。"亚杏转过脸去一看,两个男子中间的一个手里拿着一根竹竿,上边用衫夹夹了许多马票,他是一个贩售马票的人。

9

淳于白继续朝前走去。行人道上有太多的行人,旺角的街边总会有太多的行人。有一个冒失鬼犹如舞龙灯般在人堆中乱挤,踩痛了一个女人的脚,女人惊叫,他却用手掌掩着嘴巴偷笑。

站在一家眼镜店门前,将那些古老的眼镜架当作艺术品来欣赏。"几年前,我是不戴眼镜的,"他想,"现在,不但看电影要戴眼镜,阅读书报时还要戴老花眼镜。……"他的思路被两个人的谈话声打断。那是两个中年男子,一个胖,一个瘦。胖子神色紧张,说话时,眼睛睁得大大的,像桂圆。

"你知道不知道?"

"什么?"

"那边有一家金铺被匪徒打劫。"

"有没有捉到匪徒?"

"匪徒抢了一批首饰,从人堆中逃走了。"

"金铺损失多少?"

"据说损失了几万块钱首饰。"

"有人受伤吗?"

"好像没有。"

"香港的治安实在太坏了。"

胖子长叹一声,瘦子也长叹一声。胖子说"再会",瘦子也说"再会"。胖子朝南走去,瘦子朝北走去。

淳于白朝前走去,见到一只黑狗。这黑狗胖得像猪,摇摇摆摆走过来,走到巴士站旁边,翘起一条腿,将尿排在银色阑干上。一个妇人的皮鞋被尿淋到了,板着脸孔厉声赶走它。淳于白目击这一幕,不自觉地露了笑容。他想起一只名叫"玛丽"的狮子狗与一只名叫"来兴"的狮子狗。当他还在中学读书的时候,他家里养过一对狮子狗。后来,玛丽死了。来兴也死了,他的家里却有了五只狮子狗。他离开上海时,五只狮子狗还围在他的身边狂吠乱跳。……

他走到一家服装店门前。

10

惊悸的心情消失后,亚杏迈开脚步朝前走去;望望那一堆围作一团的人群,望望人群中间那根有如雨伞般的马票杆。马票,在风中飘呀飘的。那贩售马票的中年男子仍在讲述他目击抢劫金铺的情形。他的声音很大。没有人向他购买马票。亚杏想:"中了马票之后,买三层新楼;两层在旺角区,一层在港岛的半山区。我与阿妈住在港岛;旺角的两层交给阿爸收租。"——亚杏的父亲是个莫名其妙的人,中午出街,总要到深夜才回来。没有人知道他在外边做什么,连亚杏与她的母亲也不知道。

走到那家被劫的金铺门前,亚杏站定。许多人站在那里观看。金铺的铁闸拉下一半。亚杏看不到里边的情形,索性蹲下身子,虽然看到几条大腿在移动,却不知道那些人在里边做什么。

警察走来维持秩序。不许闲观的人接近被劫的金铺。闲观的人都在谈论这件事,七嘴八舌,每一个人都将嗓子提得很高,企图凭藉声调去压服别人。

在她前面,是一对年轻男女。男的用左臂围住女的肩膀;女的用右手臂圈住男的腰部。

"有一天,我有了男朋友,也要用这种姿态在街边或公园或郊外行走,"她想,"到什么地方去找男朋友?我为什么交不到男朋友?楼下士多的伙计亚财常常对我笑,我不喜欢他。他的牙齿凹凹凸凸,长长短短,很难看。他有一只酒糟鼻,很难看。他的太阳穴有一块瘢疤,很难看。我要找的男朋友,必须像电影小生那样英俊。"

走了一阵,她见到一个年轻男子,瘦瘦高高,长头发,穿了一条"真适意牌"的牛仔裤,右手插在裤袋里。裤子是蓝色的。裤袋却是红方格的。亚杏盯着他观看,再也不愿将视线移到别处。那年轻男子用牙齿咬着一枝细长的香烟。

亚杏走到他身边,望望他。

他转过脸来,望望亚杏。

使亚杏感到失望的是:这个用牙齿咬着香烟的年轻男子,不但没有对她多看一眼,反而大踏步穿过马路去了。亚杏望着他的背影,仿佛被人捆了一耳光似的。她希望疾驰而来的军车将他撞倒。

继续沿着弥敦道走了一阵,忽然感到这种闲荡并不能给她什么乐趣,穿过马路,拐入横街,怀着重甸甸的心境走回家去。横街有太多的无牌小贩,令人觉得这地方太乱。亚杏低着头,好像有了什么不可化解的心事了。其实,那只是一种无由而生的惆怅。她仍在想着那个用牙齿咬着香烟的男子。她固执地认为年轻男子应该留长头发、应该穿"真适意"的牛仔裤、应该将右手塞在裤袋里、应该用牙齿咬着香烟。她希望能够嫁给这种男子。这样想时,已走到距离家门不足一百步的地方。她见到地上有一张照片。

11

凝视镜子里的自己,淳于白发现额角的皱纹加深了;头上的白发增加了。那是一家服装店,橱窗的一边以狭长的镜子作为装饰。淳于白凝视镜子里的自己,想起了年轻时的事情。

12

亚杏见到那张照片,不能没有好奇。将照片拾了起来,定睛一瞧,心就卜通卜通一阵子乱跳。那是一张猥亵的照片。照片上的情形,是亚杏想也不敢想的。她知道这是邪恶的东西;带回家去,除非不给父母见到;否则,一定会受到责骂。她想:"将它撕掉吧。"但是,她很好奇。对于她,那张照片是刺激的来源,多看一眼,心里就会产生一种难于描摹的感觉。"何必撕掉?"她想,"将来结了婚,也要做这种事情的。"她将照片塞入手袋。走入大厦,搭乘电梯上楼。回到家,才知道母亲在厨房里。于是,拿了内衣内裤走入冲凉房,关上房门,仔细观看那张照片,羞得满面通红,热辣辣的。她脱去衣服,站在镜前,睁大眼睛细看镜子里的自己。

13

凝视镜子里的自己,淳于白想起一些旧日的事情:公共租界周围的烽火、三只轰炸机飞临黄浦江上轰炸"出云号"的情景、四行孤军、变成孤岛的上海、孤岛上的许多暗杀事件。然后太平洋战争突然爆发,日本坦克在南京路上疾驰。

14

亚杏照镜时,总觉得自己的脸型很美,值得骄傲。也许这是一种自私心理,只要有机会站在镜前,总会将自己的美丽当作艺术品来欣赏。她不大理会别人对她的看法。

当她仔细端详镜子里的自己时,觉得自己比陈宝珠更美,没有理由不能成为电影明星。

当她仔细端详镜子里的自己时,觉得自己比姚苏蓉更美,没有理由不能成为红歌星。

她就是这样一个少女,每次想到自己的将来,总被一些古怪的念头追逐着,睁大眼睛做梦。在此之前,脑子里的念头虽然不切实际,却是无邪的;现在,看过那张拾来的照片后,脑子里忽然充满肮脏的念头。她想像一个"有点像柯俊雄,有点像邓光荣,有点像李小龙,有点像狄龙,有点像阿伦狄龙"的男人也在这间冲凉房里。这间冲凉房里,除了她与"那个男人",没有第三个人。这样想时,产生一种挤迫感,仿佛四堵墙壁忽然挤拢来,一若武侠电影中的机关布景。她的脸孔红得像烧红的铁,皮肤的里层起了一阵针刺的感觉,心跳加速,内心有火焰在燃烧。她做了一个完全得不到解释的动作:将嘴唇印在镜面上,与镜子里的自己接吻。

对于她,这是一种新鲜的刺激。第一次,她有了一个爱人。这个爱人竟是她自己。

不敢对镜子里的自己多看一眼,也不敢再看那张拾来的照片,仿佛旧时代的新娘那样,纵有好奇,也没有勇气对从未见过面的新郎偷看一下。她忽然认真起来了,竭力转换思路,认为应该想想陈宝珠与姚苏蓉了。在她的心目中,陈宝珠与姚苏蓉是两个快乐的女人。

进入浴缸,怔怔地望着自己的身体。这是以前很少有的动作,她只觉得女人面孔是最重要的。那张照片给她的印象太深,使她对自己的体态也有了好奇。她年纪很轻;脸上的稚气尚未完全消失。对于她,这当然不是一个发现;可是,认真地注意自己的体态时,有点惊诧。

将肥皂擦在身上,原是一种机械的动作。当她用手掌摩擦皮肤上的肥皂时,将自己的手当作别人的手。

她希望这两只手是属于"那个男人"的。那个"有点像柯俊雄,有点像邓光荣,有点像李小龙,有点像狄龙,有点像阿伦狄龙"的男人。

半个钟头之后,她躺在卧房里,两只眼睛直勾勾地望着天花板。她应该将那张照片掷出窗口的,却没有这样做。她将它塞在那只小皮箱的底层。

楼下那家唱片公司,此刻正在播送姚苏蓉的"爱你三百六十年"。

15

镜子里的他,仿佛变成另外一个人了。淳于白对那面镜子断续凝视几分钟后,不敢再看,继续朝前走去。虽然人行道上黑压压的挤满行人,他却感到了无比的孤寂。——见到门饰充满南洋味的餐厅时,推门而入。

餐厅是狭长的,面积不大,布置得相当现代化。墙壁糊着深蓝色的墙纸,灯光黝暗。食客相当多,淳于白却意外地找到一个空着的卡位。坐定,向伙计要一杯咖啡。他见到一个年轻男子从门外走进来,瘦瘦高高,长头发,穿了一条"真适意"的牛仔裤,右手插在裤袋里。裤子是蓝色的,裤袋却是红方格的,牙齿咬着一枝细长的香烟。进门后,那男子站在门边睁大眼睛找人。淳于白旁边有一只小圆桌。小圆桌旁边坐着一个年轻女人。这个年轻女人穿着长短袖的新潮装,牛仔裤的裤脚好像用剪刀剪开的。

用牙齿咬着细长香烟的男子走到这个女人面前,拉开椅子坐下。

"肥佬走了?"年轻男子将话语随同烟雾吐出。

"走了半个钟头。"女人用食指点点面前那杯咖啡,"这是第三杯!"

那年轻男子依旧用牙齿咬着细长香烟,脸上一点表情也没有。

"拿到没有?"他问。

"只有五百。"

"肥佬不是答应拿一千给你的?"

"他说:赌外围狗输了钱。"

年轻男子脸上出现怒容,连吸两口烟,将长长的烟蒂揿熄在烟灰碟中。当他再一次开口时,话语从齿缝中说出:

"他答应拿一千给你的!"

"有什么办法?他只肯给五百。"女人的语气也有点愤怒;不过,脸上的神情却好像在乞取怜悯。

"对付肥佬那种家伙,你不会没有办法。"

"钱在他的袋中,我不能抢。"

年轻男子霍地站起,低头朝外急走。那女人想不到他会这样的,忙不迭追上前去,却被伙计一把拉住。她问:"做什么?"伙计说:"你还没有付钱。"女人打开手袋,掏了一张十元的钞票,不等找赎,大踏步走出餐厅。淳于白望着那个女人的背影,不自觉地露了一个似笑非笑的表情。然后注意力被一幅油画吸住了。那幅油画相当大,两呎乘三呎左右,挂在糊着墙纸的墙壁上。起先,淳于白没有注意到那幅画;偶然的一瞥,使他觉得这幅画的题材相当熟悉。那是"巴刹"的一角。印度熟食档边有人在吃羊肉汤——热带鱼贩在换水——水果摊上的榴莲——提着菜篮眼望蔬菜的老太婆——斗鸡——湿地——凌乱中显示浓厚的地方色彩。这是新加坡的"巴刹"。淳于白曾经在新加坡住过。住在新加坡的时候,常常走去"巴刹"吃"排骨茶"。尤其是星期日,如果不走去蜜驼律吃鸡饭的话,就会走去"巴刹"吃"排骨茶"。

现在,他听到姚苏蓉的歌声了。姚苏蓉,一个唱歌会流泪的女人。当她公开演唱时,有人花钱去听她唱歌;有人花钱去看她流泪。这是一个缺乏理性的地方,许多人都在做着不合理性的事情。流泪成为一种表演,大家都说那个女人唱得好。

坐在上海舞厅里听吴莺音唱"明月千里寄相思",与坐在香港餐厅里听姚苏蓉唱"今天不回家",心情完全不同。心情不同,因为时代变了。淳于白怀念的那个时代已过去。属于那个时代的一切都不存在了。他只能在回忆中寻求失去的欢乐。但是回忆中的欢乐,犹如一帧褪色的旧照片,模模糊糊,缺乏真实感。当他听到姚苏蓉的歌声时,他想起消逝了的岁月。那些消逝了的岁月,仿佛隔着一块积着灰尘的玻璃,看得到、抓不着。看到的种种,都是模模糊糊的。

一个脸色清癯的瘦子带着一个七八岁的男童走进来。起先,他们找不到座位;后来,淳于白旁边那只小圆台边的食客走了,他们占得这个位子。

"我要吃雪糕。"男童说。

"不许吃雪糕。"瘦子说。

"我要吃雪糕!"男童说。

"不许吃雪糕!"瘦子说,"你喝热鲜奶!"

"我要喝冻鲜奶。"男童说。

"不许喝冻鲜奶。"瘦子说。

"我要喝冻鲜奶!"男童说。

"不许喝冻鲜奶!"瘦子说。

瘦子向伙计要了热鲜奶与雪糕。他自己吃雪糕。男童忍声饮泣,用手背擦眼。

"不许哭!"瘦子的声音很响。

"我要阿妈。"男童边哭边说。

"到阴间去找她!"瘦子的声音依旧很响。

"我要阿妈!"男童边哭边说。

"你去死!"瘦子的声音响得刺耳。

好几个食客的视线被瘦子的声音吸引过去了。瘦子不知。那个用手背擦眼的男童也不知。

"我要吃雪糕!"男童边哭边喊。

"不许吃雪糕!"瘦子恶声怒叱。

"我要喝冻鲜奶!"男童连哭带喊。

"不许喝冻鲜奶!"瘦子恶声怒叱。

"我要阿妈!"男童连哭带喊。

"你去死!"瘦子的声音响得刺耳。

男童放声大哭。瘦子失去了应有的耐性,伸出手去,在男童头上重重打了一下。男童大哭。哭声像拉警报。瘦子怒不可遏,站起,将一张五元的钞票掷在台上;抓住男孩的衣领,用蛮力拉他。男童蹲在地上,不肯走。瘦子脸色气得铁青,睁大怒眼对男童呆望片刻,忽然松手,大踏步走出餐厅。男童急得什么似的,站起身,追了出去。这时候,伙计将一杯雪糕与一杯热鲜奶端了出来,发现瘦子与男童已不在,有点困惑。

"走了。"淳于白说。

"走了?"伙计问。

"桌上有五块钱,"淳于白说。

伙计耸耸肩,拿走五块钱,交给柜面;然后将雪糕与鲜奶端到里边去。

四个上海女人在口沫横飞地谈论楼价。她们谈话时声音很大,别人也许听不懂,淳于白却听得清清楚楚。甲女正在讲述排队买楼的经过。她说,"天没有亮,我就去排队了;排了几个钟头,还是买不到。"乙女说,"我的姨妈,去年在湾仔买了五层新楼,每层两三万,现在每层涨到十几万。"丙女说,"楼价为什么涨得这么高?"甲女耸耸肩,"谁知道?"丁女说,"九龙有一个地方出售楼花,有人连面积与方向都没有弄清楚,一下子买了十层。"乙女说,"香港真是一个古怪的地方,有些人什么事情都不做,单靠炒楼,就可以得到最高的物质享受。"丁女说,"依我看来,炒楼比炒股票更容易发达。"甲女说,"对,你讲得很对。炒楼比炒股票更容易发达。股票的风险比炒楼大,股票涨后会跌,跌后会涨;但是目前的楼宇只会涨,不会跌。"丙女说,"话虽如此,现在的楼价已经涨得很高了。港岛半山区的楼宇,涨到几十万一层,即使普普通通的,也要二十万以上。"甲女说,"楼价还会上涨的,香港地小人多。住屋的问题,一直没有彻底的解决。"甲女说,"楼价涨得越高,买楼的人越多!"……

淳于白点上一枝烟。

16

亚杏躺在床上,凝视天花板。楼下那家唱片公司已经播送过很多张唱片了。大部分是姚苏蓉的唱片。"做了红歌星之后,"她想,"不但每个月可以赚一万几千,而且会有许多男人追求我。……许多男人。……许多像柯俊雄、像邓光荣、像李小龙、像狄龙、像阿伦狄龙那样英俊的男人追求我。……这些男人会送大钻戒给我。这些男人会送大汽车给我。这些男人会送大洋楼给我。这些男人会送很多很多东西给我。……"

凝视天花板,天花板忽然出现聚光灯的照明圈。在这个照明圈中,一个浓妆艳服的女人手里拿着麦克风,在唱歌。这个女人长得很美。她的背后有几个菲籍洋琴鬼在吹奏流行音乐。奏的是"郊道"。亚杏很喜欢"郊道"这首歌的调子,她也会唱。有时候,全层楼只剩她一个人,就会放开嗓子唱"郊道"。她的"郊道"唱得不错。这个忽然出现在天花板上的女人也唱得不错。她有点好奇,仔细察看,原来那个拿着麦克风唱歌的人,正是她自己。

虽然从未有过醉的经验,却产生了醉的感觉。她是非常留连那种景象的,睁大眼睛,久久凝视天花板。天花板上的墙景忽然转换了,一若舞台上的转景。那是一间布置得非常现代化的卧房。这种卧房,只有在银幕上才能见到。床很大,地板铺着地毯,四壁糊着鲜红夺目的糊墙纸,窗帘极美。所有家具都是北欧产品。那只梳妆台的式样很别致,梳妆台上放着许多名贵的化妆品。她坐在化妆台前,细看镜子里的自己。镜子里,除了她之外,还有一个男子。那男子站在她背后。那男子长得很英俊,有点像柯俊雄、有点像邓光荣、有点像李小龙、有点像狄龙、有点像阿伦狄龙。那男子在笑。那男子在她耳边说了一些甜得像蜜糖般的话语。那男子送她一只大钻戒。不知道怎么一来,天花板上出现许多水银灯,那是摄影场。刚搭好的布景与现实鲜明地分成两种境界:假的境界极具美感,真的反而杂乱无章。导演最忙碌。小工们则散在各处。摄影机前有两个年轻人:男的有点像柯俊雄、有点像邓光荣、有点像李小龙、有点像狄龙、有点像阿伦狄龙。女的就是她。

"红歌星的收入也许比电影明星更多;但是,电影明星却比红歌星更出风头,"她想,"一部电影可以同时在十个地区公映,可以同时在一百家戏院公映。"

她见到十个自己。

她见到一百个自己。

天花板变成银幕。她在银幕上露齿而笑。她的笑容同时出现在十个地区,同时出现在一百家戏院的银幕上。

眼睛。眼睛。眼睛。数不清有多少眼睛凝视她的笑容。这时候,楼下唱片公司又在播送姚苏蓉的"今天不回家"了。她也会唱"今天不回家"。她觉得做一个电影明星比做一个歌星更出风头。天花板上有许多画报。天花板上有许多报纸。香港映画。银色世界。南国电影。嘉禾电影。星岛画报。四海周报。星岛晚报。快报。银灯。娱乐新闻。成报。明报。每一种画报都以她的近影做封面。

母亲走进卧房来拿剪刀,脚步声使她突然惊醒。今晚吃饭时,将有一碗豆腐炒虾。那些虾下锅之前,必须用剪刀剪一下。

"什么时候吃晚饭?"亚杏问。

"七点。"母亲答。

"七点半,行不行?"

"为什么?"

"我要去看电影。"

"五点半那一场?"

"是的,五点半那一场。"

17

淳于白昂起头,将烟圈吐向天花板。他已吸去半枝烟。当他吸烟时,他老是想着过去的事情。有些琐事,全无重要性,早被压在底下,此刻也会从回忆堆中钻出,犹如火花一般,在他的脑子一瞬即逝。那些琐事,诸如上海金城戏院公映费穆导演的"孔夫子"、贵阳酒楼吃娃娃鱼、河池见到的旧式照相机、乐清搭乘帆船飘海、龙泉的浴室、坐黄包车从宁波到宁海之类……这些都是小事,可能几年都不会想起;现在却忽然从回忆堆中钻了出来。人在孤独时,总喜欢想想过去,将过去的事情当作画片来欣赏。淳于白是个将回忆当作燃料的人。他的生命力依靠回忆来推动。

他想起了第一次吸烟的情景。那时候,二十刚出头,独个儿从上海走去重庆参加一家报馆工作。有一天,在大老鼠乱窜的石级上,一个绰号"老枪"的同事递了一枝"主力舰"给他,烟叶是用成都的粉纸卷的,叼在嘴上,嘴唇就会发白。淳于白第一次吸香烟,呛得上气不接下气。那同事说:"重庆多雾,应该吸些香烟。"

给记忆中的往事加些颜色,是这几年常做的事。

邻座一个食客已离去,留下一份报纸。淳于白闲着无聊,顺手将那份报纸拿过来翻阅。电讯版大都是越战新闻;港闻版大都是抢劫新闻。这些新闻已失去新鲜感,使淳于白只好将注意力转在电影广告上。当他见到邻近一家电影院公映的新片正是他想看的片子,他吩咐伙计埋单。

18

站在唱片公司门前,亚杏看到了许许多多唱片。每一张唱片纸套上印着歌者的彩色照片。亚杏很喜欢这些唱片;也很喜欢这些唱片的歌者。姚苏蓉、邓丽君、李亚萍、尤雅、冉肖玲、杨燕、金晶、贝蒂、钟玲玲、钟珍妮、徐小凤、甄秀仪、潘秀琼……

　　凝视这些彩色照片时,亚杏忽然见到了自己。那是一张唱片的纸套,与别的唱片纸套排列在一起。那张唱片名叫"月儿像柠檬"。纸套用彩色精印歌者的照片。歌者星目朱唇,美到极点。仔细端详,竟是她自己。这是一件难以置信的事情;然而她却见到了自己的唱片。她一直喜欢唱"月儿像柠檬"。她觉得这首歌的歌词很有趣。月亮像柠檬。一个像柠檬的月亮。这种意象,亚杏从未产生过。每一次抬头望圆月,总觉得月亮像一盏大灯。有了这首歌之后,她一再强迫自己将月亮与柠檬联在一起。她觉得自己最适宜唱这首歌,而且唱得很好。现在,在那些唱片堆中发现了一张由她唱出的唱片,又惊又喜,不自觉地跨入店内。站在柜台前,对自己的视觉全无怀疑。她伸出手去,将那张唱片拿到眼前一看,冷水浇头。那是赵晓君唱的"月儿像柠檬"。纸套上的彩色照片是赵晓君,不是她。

　　"唱给你听听?"店员的话打断她的思路。

　　她放下唱片,掉转身,仿佛逃避魔鬼的追逐似的,疾步走出唱片公司。

　　穿过马路,走向弥敦道。她想:"有一天,唱片公司会请我灌唱片的。"

　　突如其来的煞车声,使她吓了一跳。一辆汽车将一个妇人撞倒。

　　警察来了。

　　在汽车司机协助下,将受了伤的妇人抬到街角。这时候,妇人睁开眼来了。亚杏跟随人潮走到街边,见妇人已睁开眼睛,释然舒口气。

　　妇人仍在流血。警察拿了粉笔走入马路中心,将车子的位置与车牌号码写在路面。警察做好这些工作后,司机将车子驶在路旁。那些被阻塞的车辆开始行驶了。交通恢复常态。

19

　　交通恢复常态时,淳于白站在对街。好奇心虽起,却没有穿过马路去观看究竟。他只是站在银色阑干旁边,看警察怎样处理这桩突发的意外事件。三十几年前,当他还在初中读书的时候,在回家的途中,见前面有一辆电车即将到站,飞步横过马路,鞋底踩在路面的圆铁上,仰天跌了一跤。接着是刺耳的煞车声,知觉尽失。当他苏醒时,有人在厉声骂他:"想寻死,也不必死在马路上!"——他用手掌压在地面支撑起身体,想迈开脚步,两条大腿仿佛木头做的。

　　现在,当他见到那个妇人被汽车撞倒时,视线落在对街,脑子却在想着三十几年前发生过的事情。"死亡并不是一件可怕的事情。"他想。三十几年前,他曾经在死亡的边缘体验过死亡的情景。

　　救伤车来到,使这出现实生活中的戏剧接近尾声。

20

　　这出现实生活中的戏剧已接近尾声。亚杏抬起头来,顺着警笛声的来处望过去。警笛声虽然响得刺耳,但是,救伤车的速度并不快。

　　救伤车在伤者旁边停下。两个男护士抬着担架床走过来,先察看妇人的伤势,然后用担架床抬入救伤车。

亚杏低下头,看看腕表,离开开场的时间还有十分钟。如果她想看那场电影的话,就不能浪费时间了。她迈开脚步,朝电影院走去。

21

淳于白轮购戏票时,亚杏走入戏院。虽然有些海报极具吸引力,亚杏见售票处有人龙,不敢浪费时间,立即走去排队。"必定是一部好电影,要不然,怎会有这么多的观众?"她想,"那男主角长得很英俊。"

22

"那女主角长得很漂亮,有点像年轻时的凯伦希丝",淳于白的视线落在海报上。电影海报总是那样俗气的。"不过,女主角的容颜端庄中带些甜味,"他想,"凯伦希丝主演《天长地久》时,既端庄,又美丽,非常可爱。这部电影的女主角与年轻的凯伦希丝很相似。"——想着三十年代的凯伦希丝,不知不觉已挤到售票处。座位表上的号码,大部分已被红笔划去。淳于白见前排还有两个空位:"G四十六"与"G四十八"。后者是单边的,虽然距离银幕比较近,也算不错了。他伸出手指,点点"G四十八",付了钱。售票员收了钱,用红笔将"G四十八"划掉,然后在戏票上写了"G四十八",撕下,递与淳于白。淳于白望望海报上的女主角,怀着轻松的心情走入院子。带位员引领他到座位,坐定。他抬头一望,银幕上正在放映一种香烟的广告。

23

亚杏排在人龙中,见人龙越排越长,惟恐买不到戏票,有点焦躁不安。望望贴在墙上的海报,她想:"男主角长得英俊,有点像阿伦狄龙。如果不是因为男主角的叫座力强,就不会这么多的人走来看这部电影了。"——视线一直落在男主角的脸上,仿佛男主角的脸是一件精致的艺术品。

排在亚杏前头的那个男子瘦得很,脸孔清癯,呈露着病态的苍白。他的身边有一个男童。那男童的眼睛,红红肿肿,显然哭过了。

"我要吃雪糕。"男童说。

"刚才,在餐厅的时候,要不是因为你吵着要吃雪糕,我也不会发那样大的脾气。"瘦子的语气中含有显明的谴责意味,"刚才,雪糕也没有吃,热鲜奶也没有吃,白白送掉五块钱!"

"我要吃雪糕!"男童说。

"不许吃雪糕!"瘦子恶声怒叱,"再吵,就不带你看电影了!"

"我不要看电影,我要吃雪糕!"男童说。

"你又来了,可别惹我生气!"瘦子脸上的颜色白中带青。

男童侧转身子,睁大眼睛望着糖果部。那糖果部前面挤着七八个人,其中五六个是购买雪糕的。

"我要吃雪糕!"男童对瘦子说。

"不许吃雪糕!"瘦子恶声怒叱。

"我要阿妈!"男童又哭了。

"你去死!"瘦子的声音好像在跟什么人吵架。

男童听了瘦子的话,"哇"地放声大哭。这哭声引起许多人的注意。瘦子感到窘迫,所以恼怒。当他恼怒时,再也不能保持理智的清醒。在不受理性的控制下,他伸出手去,在男童头上重重打了一下。男童哭得像拉警报。瘦子抓住男童的衣领,将他拉出戏院。这一幕就在亚杏眼前上演;亚杏不能不对那个男童寄予同情了。"一个没有母亲的孩子,是无法从父亲处得到母爱的。"她想。过了三四分钟,轮到亚杏购买戏票。座位表上,划满红线,使亚杏有点眼花缭乱,找不到一个未被红笔划去的空格。那售票员不耐烦地用那枝红笔点点"G 四十六",意思是:"这里有一只空位"。亚杏见空位不多,只好点点头,将钱交给售票员。

拿了戏票,走入院子,带位员引领她到座位。

24

她与淳于白并排而坐。

25

淳于白转过脸来望望她。

亚杏也转过脸去望望他。

淳于白想:"长得不算难看,有点像我中学里的一个女同学。那女同学姓俞,名字我已忘记。"

亚杏想:"原来是一个老头子,毫无意思。如果是一个像柯俊雄那样的男人坐在旁边,就好了。"

银幕上映出预告片,一个体态美丽的女人,赤裸着身子在卧室里走来走去。然后是衣柜的长镜。长镜里是一只床的映像。床上有一对男女。然后是一块不透明的玻璃。玻璃里边是浴室,一个女人站在花洒下面洗澡。然后是字幕:"划时代巨构","切勿错过","奉谕儿童不宜观看","下期在本院隆重献映"。然后又是广告。当一种威士忌的广告出现在银幕上的时候,院子里顿时嘈杂起来。这种嘈杂使淳于白与亚杏同时意识到刚才的预告片曾经使全院子的观众屏息凝神。现在,银幕上再出现广告时,大家的情绪才由紧张转为松弛。

淳于白想:"既然儿童不宜观看,怎么可以在这部片子之前放映这种预告片?这部片子并不禁止儿童观看,但是,许多儿童看了刚才那段预告片。"

亚杏想:"这只老色狼刚才看预告时,头也没有动过;现在,又转过脸来看我了,真讨厌!"

26

银幕上出现女主角与男主角结婚的情景。亚杏神往在剧情中,陷入忘我的境界。虽然视线并没有给什么东西搅模糊,她却见到银幕上的女主角变成她自己了。她很美。她与男主角并排站在牧师的前面。牧师手里拿着一本圣经,叽哩咕噜读了一大段。亚杏听不懂他在读些什么。即使不将注意力集中在自己身上那袭新娘礼服上,也听不懂。那袭新娘礼服,与刚才在服装店的橱窗里看到的完全一样。木头公仔穿的那袭新娘礼服用白纱缝成,薄若蝉翼。她认为:就算是最丑陋的女人穿上这种礼服,也会美得像天仙。何况,她长得一点也不丑。穿上这种衣服,当然有资格与这部电影的男主角结婚,她觉得银幕上的自己很美。尤其是换戒指的时候,羞答答的,非常可爱。

27

银幕上出现女主角与男主角结婚的情景。淳于白想起自己结婚时的情景,礼堂是长方形的。墙壁上挂满喜幛。几十桌酒席。每一桌酒席边坐着穿得整整齐齐的亲友。气氛很热烈。每一个人都相信这是一件快乐的事情。淳于白相信这是快乐生活的开始,新娘也相信这是快乐生活的开始。所有的亲友都相信幸福与快乐的种子已播下。所有的婚礼都是这样的。现在,当他见到男女主角在银幕上表演结婚时,忍不住笑了起来。这原是一件可笑的事。当银幕上的一对新人喜气洋洋地奔出教堂时,他笑出声来。

28

他的笑声使亚杏从一个梦样的境界中回到现实。银幕上的女主角已不是她了。她转过脸去,用憎恶的目光注视淳于白。"简直是一只老色狼,"她想,"见到人家结婚,就笑成这个样子。这场结婚戏,一定使他转到了许多龌龊的念头,要不然,怎会发笑? 只有色狼才会这样。"

29

银幕上映出"完"字时,亚杏站起身,随着人群走出戏院。

30

随着人群走出戏院,淳于白在亚杏后边。

31

走出戏院,亚杏朝南走去。

32

淳于白朝北走去。当他朝北走去时,他见到一个男子手里拿着一根竹竿,上边用衫夹夹了许多马票。在马票中间,有一张红纸条。纸条上面写着"横财就手"四个字。他没有掏出两块一角去购买廉价的美梦,却因此想起了一件往事。那是二十年前的事了。那时候,他喜欢赌马。那时候,"空中霸王"是快活谷的马王。那时候,黑先生是最受马迷欢迎的骑师。那时候,公众棚的入场券只售三元。那时候,公众棚还没有改建。但是,那时候的马票每张也售两元。物价狂涨,马票的售价不涨。二十年前,中头奖的人可以独资建一幢新楼;现在,中了头奖,买山顶区一个单位的复式新楼也不够。……想呀想的,走到了巴士站。他打算回港岛去吃晚饭。

33

亚杏穿过马路,走回家去。当她经过一家酒楼门口时,对几帧歌星的照片瞅了一下。"有一天,我的照片也会贴在这里的,"她想,"做歌星并不是一件困难的事情。我会唱歌。我长得并不难看。我为什么不能变成红歌星?"

34

站在巴士站,淳于白感到饥饿。

35

亚杏走进大厦,士多的伙计亚财提着一只竹篮疾步追上前来。那竹篮里放着二三十瓶鲜奶。亚财总是在这个时候到上面去派鲜奶的。

等电梯的时候,亚财对亚杏露了阿谀的笑容。当他发笑时,脸相更加难看。

亚杏不笑。

亚杏讨厌亚财。

亚财很丑:酒糟鼻、胡芦脸、太阳穴上还有个瘢疤。

每一次见到亚财,亚杏总是板着脸孔将视线移到别处。

电梯门启开。

亚杏走入电梯,亚财也走入电梯。

电梯里只有他们两个。亚财睁大眼睛凝视她。

亚杏昂着头,故意将视线落在电梯顶的风扇上。

风扇有铁网罩住。铁网上的尘埃,积得太多,像黑色的棉絮一般挂在那里。

"奇怪,"亚杏想,"风扇上不应该积这么多的尘埃。风扇开动时,有风,怎会积聚这么多的尘埃?"

"你在看什么?"亚财搭讪着问。亚杏继续将视线落在风扇上,不理他。亚财加上这么两句:

"你在看风扇?风扇有什么好看?你……"

亚财的话没有说完,电梯门启开。亚杏大踏步走出来,看也不看他。

36

淳于白站在巴士站,等过海巴士。

"海底隧道是一项伟大的工程,使港岛与九龙连在一起。过去,从九龙到港岛,或者从港岛到九龙,搭车搭船浪费的时间相当多;现在,从旺角搭乘巴士过海,毋需一刻钟,就可以抵达铜锣湾。"——他想。

巴士来了。

上车。

将一块镍币掷入"车费箱",上楼,拣一个靠窗的座位。

巴士开动后,街景犹如活动布景一般在他眼前转动。

三十多年前,当他刚从北方来到香港的时候,这一带都是旧楼;现在,都已变成摩天大厦了。

"香港就是这样一个地方:空间少,人口多,楼宇不能不向高空发展。"——他想。

巴士继续沿弥敦道朝前驶去。

"单是向高空发展,也不能解除屋荒。政府必须向郊区发展,多建卫星市。在不久的将来,一定有更多的人移居卫星市。"——他想。

巴士拐弯。

"卫星市必会迅速发展。这种发展,使兴建地下铁路变成当务之急。没有地下铁路,住在卫星市的人唯有搭乘私家车或计程车或大小型巴士进入市区去工作。这样一来,交通的挤迫就变成另外一个问题了。"他想。

巴士朝红磡驶去。

"二十多年前,香港的人口只有八十多万;现在,香港已有四百多万人口了。二十多年前,红磡的新楼多数只有四层高;现在,那些新楼已拆卸,改建多层大厦。纵然如此,仍不能减少屋荒的严重性。"——他想。

巴士驶抵红磡,朝隧道口驶去。

"二十多年前,从北方涌入香港的人,多数带了一些钱。初来时,个个怀着很大的希望,以为在这个华洋杂处的地方可以大展鸿图;可是,过不了几年,房屋越住越小,车子越坐越大,景况大不如前。"——他想。

巴士驶到隧道口,停下。

"二十多年前,谁敢预言,巴士、货车、计程车、小型巴士与私家车可以在维多利亚海峡的海底疾驰。"——他想。

巴士在隧道疾驰。

"二十多年前,谁敢预言,从九龙到香港或者从香港到九龙,只需三分钟就够了。"——他想。

十分钟过后,他在北角一家菜馆吃晚饭。

37

吃过饭,亚杏扭开电视机。荧光幕显出映像时,那是一部国语电影。

不知道上半部的情节,当然不会对这部电影发生兴趣。

那部国语电影的男主角很英俊。亚杏见到英俊的男人就高兴。

38

吃过晚饭,回家。看荧光幕上的国语长片时,淳于白睡着了。

他梦见自己坐在一个很优美的环境里:有树,树上盛开着花朵,花很香。香气使这个优美的环境益具神秘感。淳于白不知道这是什么所在,只觉得它有点像公园。他坐在长凳上,亚杏也坐在长凳上。他们并排而坐,好像在电影院里看电影。

39

看完国语长片,上床。亚杏做了一场梦,梦见自己在一间没有墙壁的卧房里。这卧房的家具非常现代化,除了梳妆桍、衣柜与沙发外,还有一只大床。所有的家具都是粉红色的。她与一个长得很英俊的男人躺在床上。她身上没有穿衣服。那英俊男子身上也没有穿衣服。这种情形，与那帧照片中的男女十分相似。那帧照片是她从路旁拾到的。那帧照片给她的印象很深。

40

在优美的梦境中，淳于白与亚杏坐的长凳忽然变成床了，周围的树没有变。树上有花，花很香。淳于白嗅到的香味，可能是从亚杏身上发散出来的。亚杏刚才还穿衣服，此刻则赤裸身子，没有一样东西比少女的胴体更具诱惑力。淳于白变得很年轻，思想、感受、活力都是属于二十岁的。二十岁的淳于白常做这种事情。现在，他在梦中变成一个年轻人。

41

这是一种新的刺激，即使在梦中，她也能清晰感到这种刺激，她甚至感到了对方身体上的微暖。对于亚杏，这是前所未有的。她用热诚去接受这种前所未有的刺激。她的内心中好像有火球在燃烧。

42

淳于白从梦境中回到现实，天已亮，伸个懒腰，站起，走去窗边呼吸新鲜空气，初阳已击退黑暗。窗外有晾衫架，一只麻雀从远处飞来，站在晾衫架上。稍过片刻，另一只麻雀从远处飞来，站在晾衫架上。它看它，它看它。然后两只麻雀同时飞起，一只向东，一只向西。

1972 年作　1981 年 2 月 24 日校改

（原载香港《四季》1975 年第 2 期，选自香港获益出版公司 2000 年 12 月版《对倒》）

黑骏马

张承志

也许应当归咎于那些流传太广的牧歌吧，我常发现人们有着一种误解。他们总认为，草原只是一个罗曼蒂克的摇篮。每当他们听说我来自那样一个世界时，就会流露出一种好奇的神色。我能从那种神色中立即读到诸如白云、鲜花、姑娘和醇酒等诱人的字眼儿。看来，这些朋友很难体味那些歌子传达的一种心绪，一种作为牧人心理基本素质的心绪。

辽阔的大草原上，茫茫草海中有一骑在踽踽独行。炎炎的烈日烘烤着他，他一连几天在静默中颠簸。大自然蒸腾着浓烈呛人的草味儿，但他已习以为常。他双眉紧锁，肤色黧黑，他在细细地回忆往事，思想亲人，咀嚼艰难的生活。他淡漠地忍受着缺憾、歉疚和内心的创痛，迎着舒缓起伏的草原，一言不发地、默默地走着。一丝难以捕捉的心绪从他胸中飘浮出来，轻盈地、低低地在他的马儿前后盘旋。这是一种莫名的、连他自己也未曾发觉的心绪。

这心绪不会被理睬或抚慰。天地之间，古来只有这片被寒冬酷暑轮番改造了无数个世纪的一派青草。于是,人们变得粗犷强悍,心底的一切都被那冷冷的、男性的面容挡住。如果没有烈性酒或是什么特殊的东西来摧毁这道防线,并释放出人们柔软的那部分天性的话——你永远休想突破彼此的隔膜而去深入一个歪骑着马的男人的心。

不过,灵性是真实存在的。在骑手们心底积压太久的那丝心绪,已经悄然上升。它徘徊着,化成一种旋律,一种抒发不尽、描写不完,而又简朴不过的滋味,一种独特的灵性。这灵性没有声音,却带着似乎命定的音乐感——包括低缓的节奏、生活般周而复始的旋律,以及或绿或蓝的色彩。那些沉默了太久的骑马人,不觉之间在这灵性的催动和包围中哼起来了:他们开始诉说自己的心事,卸下心灵的重荷。

相信我:这就是蒙古民歌的起源。

高亢悲怆的长调响起来了,它叩击着大地的胸膛,冲撞着低巡的流云。在强烈扭曲的、疾飞向上和低哑呻吟的拍节上,新的一句在追赶着前一句的回声。草原如同注入了血液,万物都有了新的内容。这歌儿激越起来了,它尽情尽意地向遥远的天际传去。

歌手骑着的马走着,听着。只有它在点着头,默默地向主人表示同情。有时人的泪珠会噗地溅在马儿的秀鬃上:歌手找到了知音。就这样,几乎所有年深日久的古歌就都有了一个骏马的名字:《修长的青马》、《紫红快马》、《铁青马》等等,等等。

古歌《钢嘎·哈拉》——《黑骏马》①就是这无数之中的一首。我第一次听到它的旋律还是在孩提时代。记得当时我呆住了,双手垂下,在草地里静静地站着,一直等到那歌声在风中消逝。我觉得心里充满了一种亲切感。后来,随着我的长大成人,不觉之间我对它有了偏爱,虽然我远未将它心领神会。即便现在,我也不敢说自己已经理解了它那几行平淡至极的歌词。这是一首什么歌呢? 也许,它可以算一首描写爱情的歌?

后来,当我遇到一位据说是思想深刻的作家时,便提出这个问题向他请教。他解释说:“很简单。那不过是未开的童心被强大的爱情的一次冲击。其实,这首歌尽管堪称质朴无华,但并没有很强的感染力。”我怀疑地问:“那么,它为什么能自古流传呢? 而且,为什么我总觉得它在我心头徘徊呢?”他笑了,宽厚地捏捏我的粗胳臂:“因为你已经成熟。明白吗? 白音宝力格,那是因为爱情本身的优美。她,在吸引着你。”

我哪里想到:很久以后,我居然不是唱,而是亲身把这首古歌重复了一遍!

当我把深埋在草丛里的头抬起来,凝望着蓝空,聆听着云层间和草梢上掠过的那低哑歌句,在静谧中寻找那看不见的灵性时,我渐渐感到,那些过于激昂和辽远的尾音,那此世难以弥补的感伤,那古朴的悲剧故事;还有,那深沉而挚切的爱情,都不过是一些倚托或框架。或者说,都只是那灵性赖以音乐化的色彩和调子。而那古歌内在的真正灵魂却要隐蔽得多,复杂得多。就是它,世世代代地给我们的祖先和我们以铭心的感受,却又永远不让我们有彻底体味它的可能。我出神地凝望着那歌声逝入的长天,一个鸣叫着的雁阵掠过,打断了我的求索。我想起那位为我崇拜许久的作家,第一次感到名人的肤浅……

哦,现在,该重新把这个问题提出来了。我想问问自己,也问问人们,问问那些从未见过面、

---

① 钢嘎·哈拉:蒙古语,漂亮的黑马;黑骏马。

却又和我心心相印的朋友们:《黑骏马》究竟是一首歌唱什么的歌子呢? 这首古歌为什么能这样从远古唱到今天呢?

一

> 漂亮善跑的——我的黑骏马哟
> 拴在那门外——那榆木的车上

在远离神圣的古时会盟敖包和母亲湖、锡林河的荒僻草地深处,你能看到一条名叫伯勒根的明净小河。牧人们笑谑地解释说,也许是哪位大嫂子在这里出了名,所以河水就得到这样有趣的名字①。然而我曾经听白发的奶奶亲口说过:伯勒根,远在我们蒙古人的祖先还没有游牧到这儿时,已经是出嫁姑娘"给了"那异姓的婆家,和送行的父母分手的一道小河。

我骑着马哗哗地蹚着流水,马儿自顾自地停下来,在清澈的中流埋头长饮。我抬起头来,顾盼着四周熟悉又陌生的景色。二十年来啦,伯勒根小河依旧如故。记得我第一次来到这里时,父亲曾按着我的脑袋,吆喝说:"喂,趴下去! 小牛犊子。喝几口,这是草原家乡的水呵!"

前不久,我陪同畜牧厅规划处的几位专家来这一带调查仔畜价值问题,当我专程赶到邻旗人民委员会探望父亲时,他不知为什么又对我发了火:"哼! 陪专家? 当翻译? 哼! 牛犊子,你别以为现在就可以不挨我的鞭子……你应当滚到伯勒根河的芦苇丛里去,在河水里泡上三天三夜,洗掉你这股大翻译、大干部的臭味儿再来看我!"

父亲,难道你认为,只有你们才对草原怀着诚挚的爱么? 别忘了:经历不能替代,人人都在生活……

河湾里和湿润的草地上密密地丛生着绒花雪白的芦荻。大雁在高空鸣叫着,排着变幻不定的队列。穿行在苇墙里的骑手有时简直无法前进:刚刚降落的雁群吵嚷着、欢叫着,用翅膀朴楞楞地拍溅着浪花,芦苇被挤得哗哗乱响。大雁们在忙着安顿一个温暖的窠,它们是不会理睬自然界中那些思虑重重的人的。

我催马踏上了陡峭的河岸,熟悉的景物映入眼帘。这就是我曾生活过的摇篮,我阔别日久的草原。父亲——他一听到我准备来这里看望就熄了怒火,可他根本不理解我重返故乡的心境……哦,故乡,你像梦境里一样青绿迷朦。你可知道,你给那些弃你远去的人带来过怎样的痛苦么?

左侧山岗上有一群散开的羊在吃草,我远远看见,那牧羊人正歪在草地上晒太阳。我朝他驰去。

"呃,不认识的朋友,你好? 呃……好漂亮的黑马哟!"他乜斜着眼睛,瞟着我的黑马。

"您好。这马么,跑得还不坏——是公社借给我的。"我随口应酬着。

"呃,当然是公社借你的——我认识它。嗯,这是钢嘎·哈拉。错不了。去年它在赛马会上

---

① 伯勒根:现代蒙语中的含义是"嫂子"。但我们有证据认为它是一个突厥词源的借词。它是一个名词化的动词,词根是"给"。

跑第一的时候,我曾经远远地看过它一眼。所以,错不了。公社把最有名的钢嘎·哈拉借给你啦。"

钢嘎·哈拉? 像是一个炸雷在我眼前轰响,我双眼昏眩,骑坐不稳,险些栽下马来。但我还是沉住了气:"您的羊群已经上膘啦,大哥。"我说着下了马,坐在他旁边,递给他一支烟。

哦,钢嘎·哈拉……我注视着这匹骨架高大、脚踝细直、宽宽的前胸凸隆着块块肌腱的黑马。阳光下,它的毛皮像黑缎子一样闪闪发光。我的小黑马驹,我的黑骏马! 我默默地呼唤着它。我怎么认不出你了呢? 这个牧羊人仅仅望过你一眼,就如同刀刻一样把你留在他的记忆里。而我呢,你是知道的,当你做为一个生命刚刚来到这个世界上时,也许只有我曾对你怀有过那么热烈的希望。是我给你取了这个骄傲的名字:钢嘎·哈拉。你看,十四年过去了。时光像草原上的风,消失在比淡蓝的远山和伯勒根河源更远的大地尽头。它拂面而过,逝而不返,只在人心上留下一丝令人神伤的感触。我一去九年,从牧人变成了畜牧厅的科学工作者;你呢,成了名扬远近的骏马之星。你好吗? 我的小伙伴? 你在嗅着我,你在舐着我的衣襟。你像这个牧羊人一样眼光敏锐,你认出了我。那么——你能告诉我,她在哪里吗? 我同她别后就两无音讯,你就是这时光的证明。你该明白我是多么惦念着她,因为我深知她前途的泥泞。你在摇头? 你在点头? 她——索米娅在哪儿呢?

"呃,抽烟。"牧羊人递给我一支烟。

"好好。哦……晒晒太阳真舒服! 大哥,你是伯勒根生产队的人么?"我问。

"不是。不过,我们住得很近。"

……那时,父亲在这个公社当社长。他把我驮在马鞍后面,来到了奶奶家。

"额吉!"他嚷着,"这不,我把白音宝力格交给你啦。他住在公社镇子里已经越学越坏。最近,居然偷武装部的枪玩,把天花板打了一个大洞! 我哪有时间管他呢? 整天在牧业队跑。"

白头发的奶奶高兴得笑眯了眼。她扔给父亲一个牛皮酒壶,然后亲热地把我揽进怀里,啧地一声在我额上亲了一下,亲得头皮那儿水滑滑的。我使劲挣出她油腻的怀抱,但又不敢坐在父亲身边,于是慢慢蹭到在一旁文静地喝茶的、一个黑眼睛的小姑娘旁边。她望望我,我望望她;她笑了,我也笑了。

"你叫什么名字?"我打听道。

"索米娅。你是叫白音宝力格吗?"她的嗓音甜甜的,挺好听。

父亲喝足了奶酒,微醉地扶着我的肩头,走到外面去抓马。盛夏的草地湿乎乎的,露水珠儿在草尖上沾挂着,闪着一层迷蒙晶莹的微光。我快活地跑着,捉住父亲的铁青走马,使劲解着皮马绊。

"白音宝力格!"父亲一把扳过我的肩头。我看见他满腮的黑胡子在抖着。"孩子,从你母亲死掉那天,我就一直想找这样一个人家……你该知道我有多忙。在这儿长大吧,就像你的爷爷和父亲一样。好好干,小牛犊。额吉家没有男子汉,得靠你啦。要像那些骑马的男人一样! 懂么?"

"骑马?"我向往地问,"我会有自己的马吗?"

父亲不以为然地答道:"当然。可是要紧的是,你不能在公社镇上变成个小流氓。"

这样,我成了一个帐篷里的孩子。我学会了拾粪,捉牛犊,轰赶春季里的带羔羊;学会了套上犍牛去芨芨草丛里的井台上拖水;学会了用自己粗制滥造的小马杆套羯羊和当年的马驹子。我和索米娅同岁,都是羊年生的,也都是白发奶奶的宝贝。我们俩一块干活儿,也一块在小学里念过三年蒙文和算术:夏天在正式的学校里,冬天则在民办教师的毡包里。她喊我作"巴帕";我呢,有时喊她"沙娜",有时喊她"吉伽"——至今我也不明白草原小孩怎么会制造出那么多奇怪的称呼来,这些称呼可能会使研究亲属称谓的民族学家大费脑筋吧。

草原那么大,那么美和那么使人玩得痛快。它拥抱着我,融化着我,使我习惯了它并且离不开它。父亲骑着铁青走马下乡时,常常来看我,但我已经不愿缠他。只要包门外响起牛犊偷吃粮食或是狗撞翻水桶的声音,我就立即丢开父亲,撞开门出去教训它们。有时父亲正在朝我大发指示,我听见索米娅在门外吆牛套车,也立即冲了出去。

当我神气活现地骑在牛背上,驾着木轮车朝远处的水井进发的时候,回头一望,一个骑铁青马的人正孤零零地从我们家离开。不知怎么,我心里升起一种战胜父亲尊严的自豪感。我已经用不着他来对我发号施令了。在这片青青的、可爱的原野上,我已经是个独挡一面的男子汉。我望望索米娅,她正小心翼翼地坐在大木缸上,信赖而折服地注视着我。我威风凛凛地挺直身子,顺手给了犍牛一鞭。蓝翅膀的燕子在牛头前面纷纷闪开,粗直的芨芨草在车轮下叭叭地折断。我心满意足地驱车前进,时时扯开嗓子,吼上一两句歌子。

十四年前是羊年:我和索米娅都十三岁了。

十三岁是蒙古儿童第一次得到众人礼遇的年头。过年的时候,奶奶给我和索米娅都穿上用牛粪烟熏得鲜黄的、花边鲜艳的新皮袍。我们套上牛车到处去串门。因为是我们的本命年,所以牧人们照规矩送给我们各式各样的礼物。索米娅高兴地数着自己的礼物,一个个地翻看着那些月饼、花手巾、磁茶碗。而我,却不免开始有了一丝感慨:在这样重要的节日,我居然和女人家一样,赶着牛车去串门;而其他有畜群人家的孩子,却神气地跨着剪齐鬃毛的高头大马,随着大人的马队,在飞扬的雪雾中吆喊着,从一个蒙古包驰向另一个蒙古包。唉!我什么时候才能有匹马呢?

索米娅安慰我说:"别急,会有的。奶奶说,过两年,我们向队里要一群牛放。那时你就有整整五匹乘马啦。"

"哼!两年!"我愤愤地朝她喊道,"可是这两年里怎么办?"

没想到,事情变化得那么快。

春天,离清明前几天的一个夜里,刮了一场天昏地暗的风雪。整夜我们都缩在皮被里,挤在奶奶身边,倾听着嗷嗷的风吼声、包顶咔咔的摇晃声和分辨不清的马群的驰骤。奶奶不安地拖长了声说:"唔,马群被风雪抓跑啦……唔,怀驹的骒马要死啦……"

第二天清晨,奇迹出现了!

我和索米娅使劲推开被雪封住的木门后,突然看见,在我们包门外站着一匹漆黑漆黑的马驹子。远处依然在刮着白毛风的雪坡上,隐隐可以望见一匹黑骒马的僵尸。

我们惊叫着,又牵又抱地把马驹拉进了包内。它害怕地睁着泪汪汪的眼睛,四肢弯曲着,靠着毡墙打颤。炉火烤化了它身上冻硬的毛片,愈发显得漆黑闪亮。

奶奶连腰带都顾不上系了,她颤巍巍地搂住马驹,用自己的袖子揩干它的身体,然后把袍子解开,紧紧地把小马驹搂在怀里。她一下下亲着露在她袍襟外面的马驹的脑门儿,絮叨叨地说着一套又一套的迷信话。她说,这黑马驹很可能是神打发来的。因为白音宝力格已经到了骑马的年龄。白音宝力格是好孩子,是神给她的男孩,所以神应该记着给白音宝力格一匹好马。如果不是这样,有谁见过骒马在风雪中产驹冻死,而一口奶没吃的马驹子反而能从山坡上走下来,躲到蒙古包门口呢?她还说,她一辈子见过多少马驹子,可是没见过这么漂亮的。看来,把这马驹子养活喂大,是神打发她这把老骨头这辈子干的最后一件事啦……

我和索米娅听得入了迷。我们完全被奶奶的思想征服了。后来,我们看到她在用红布块给黑马驹缝护身符时,我们都忘了老师教过我们的、要反对迷信的教导。

晚雪尚未化净,山野还是一片斑驳。每天,黑马驹喝了一小桶牛奶以后,常在柔软的草地上挺直脖颈,轻轻跃起,又缓缓卧下,久久地凝望着山峦和流云。我和索米娅在山坡上拾粪回来时,总喜欢鼓起腮,尖尖地打个唿哨;或者拖长声音喊一声"嗬——依——"黑马驹会像灵巧的兔子一样,蹦蹦跳跳地,躲闪着它害怕的马莲草丛和牛粪堆,用那让人心疼又美丽无比的步法飞一般朝我们奔来。我们则扔下筐,帮它把弄脏的黑皮毛擦净,把歪了的红布护身符挂正,把我们省下来的月饼块、红糖、油果子,一块块地喂给它吃。远处,奶奶飘着一头银发,勤奋地忙碌着,挤奶、拴牛犊,像是为着一项神圣的使命。我们当然不让它在外面过夜,晚上总是用软羊毛绳把它拴在包里的炉火旁。小马驹加入了我们的家,我们四个愉快地生活着,享受着它给我们带来的无限乐趣。

一天,我们正在逗黑马驹玩呢,蹲在乳牛脚旁的奶奶突然来了兴致。她一面挤着奶,一面哼起了一支歌子,那就是《钢嘎·哈拉》——《黑骏马》。

奶奶旁若无人地干着活儿,唱着。她挤完奶,又把豆饼掰成小块,放进木食槽里,挨个地牵过乳牛和牛犊。她唱着、教训着贪嘴的牛:"漂亮善跑的——黑骏马,嗬哟……滚开!白鼻子!还吃不够么!——拴在……那榆木的车上,嗬哟……"

奶奶在情在意地唱着。没料到,她还是一个歌手呢!在她拖出婉转的长长的尾音时,她的嗓音嘶哑而高亢,似乎她能随便唱出很难唱的花音。也许是我以前听惯了学校教的那些节奏欢快的儿童歌曲吧,这朴直古老的《黑骏马》,使我觉得那么新奇。索米娅和我对望着,连气也不敢出,呆呆地听着奶奶自我陶醉的吟唱。奶奶唱的是一个哥哥骑着一匹美丽绝伦的黑骏马,跋涉着迢迢的路程,穿越了茫茫的草原,去寻找他的妹妹的故事。她总是在一个曲折无穷的尾腔上咏叹不已,直到把我们折磨够了才简单地用一两个词告诉我们这一步寻找的结果。那骑手哥哥一次次地总是找不到久别的妹妹,连我们在一旁听着都为他心急如焚。哦,这是多么新鲜,多么动人的歌啊,它像一道清清的雪水溪,像一阵吹得人身心透明的风,浸漫过我的肌肤,轻抚着我的心……我失神地默立在草地上,握紧拳头听着。神妙的曲调在我心灵中唤起的阵阵感动,渐渐地化成一匹浑身宛如黑缎的、昂首长嘶的骏马;这匹黑马的一举足一甩鬃都在我脑海里印下了那么深、那么逼真的印象。

歌子唱完了。我醒过来。索米娅正搂着黑马驹的脖子,不出声地流着泪。我大喊道:"喂,沙娜!我要给这匹马取一个响亮的名字!你知道吗,它就是奶奶唱的那黑马的儿子。我要叫它'钢嘎·哈拉'!它一定会成为一匹真正的快马。嘿,多棒的名字:黑骏马……我要骑着它去追那些讨厌的老牛。我,我要骑着它走遍乌珠穆沁,走遍锡林高勒,走遍整个草原!"

索米娅惊讶地看着我。她说:"当然啦,它会是一匹黑骏马。你看,它刚生下来就有本事穿过风雪跑到咱们家门口……可是,巴帕,"她闪着黑黑的眼睛盯着我,"嗯,等你真的走遍了锡林高勒和全部草原以后,你会像奶奶唱的那样,骑着你的钢嘎·哈拉回到这里,来看看我吗?"

"当然!"我毫不迟疑地回答。

"喂!喂!"牧羊人推了我一把,"你怎么,生病了吗?朋友,你的气色很不好!"

我猛然一惊,"噢,没什么,"我回答说,"天气真暖和。"随即,我站起来,拉过钢嘎·哈拉。

二

善良心好的——我的妹妹哟
嫁到了山外——那遥远的地方

十四年光阴如流水。钢嘎·哈拉已经显得骨骼粗大,不再像以前那样修长苗条。它的胸脯虽然显得更加宽厚结实,可是作为一匹在赛会上与精选的好马争一步之短长的骏马来说,它的黄金时光已近结束。就像我们已经成人立业,步入坚实的中年,结束了那充满激动和幻想的青春年华一样。

牧羊人和我并马走着。他显然觉得独自陪伴羊群很无聊,乐意陪我走几步,消磨时间。

伯勒根小河在这里缓缓地绕了一个巨大的半圆。当马儿登上吾伽·古塔尔的阪道,走上山坡时,我看见蓝玻璃般的河水静静地嵌入浓暗的绿草,在远远的大地上划出我的故乡和邻队的界限。望着河湾里影绰可辨的星点毡包,我不觉带住了钢嘎·哈拉的嚼子。故乡——我默念着这个词。故乡,我的摇篮,我的爱情,我的母亲!河滩右侧的山岗下,那黄石头垒成的牛圈依然如故。在青格尔敖包和曼卡泰·海勒罕之间的狭长山谷里,还是蓝幽幽地开满着马莲花。哦,在这块对我来说是那么熟识,那么亲切的草原上,掩埋着我童年的幸福和青春的欢乐,也掩埋着我和索米娅的美好的爱情……

我离开她整整九年。我曾经那样愤慨和暴躁地离她而去,因为我认为自己要循着一条纯洁的理想之路走向明天。像许多年轻的朋友一样,我们总是在举手之间便轻易地割舍了历史,选择了新途。我们总是在现实的痛击下身心交瘁之际,才顾得上抱恨前科。我们总是在永远失去之后,才想起去珍惜往日曾挥霍和厌倦的一切,包括故乡,包括友谊,也包括自己的过去。九年了,那匹刚进五岁的、宽胸细腰的黑马,真的成了夺标常胜的钢嘎·哈拉;而你呢?白音宝力格,你得到了什么呢?是事业的建树,还是人生的真谛?在喧嚣的气浪中拥挤;刻板枯燥的公文;无止无休的会议;数不清的人与人的摩擦;一步步逼人就范的关系门路。或者,在伯勒根草原的语言无法翻译的沙龙里,看看真正文明的生活?观察那些痛恨特权的人也在心安理得地享受特权?听那些准备移居加拿大或美国的朋友大谈民族的振兴?

而索米娅如今又怎么样呢?远处那星星点点的毡帐,哪一座才是她的家呢?

"呃,羊群远啦。老弟,再见吧。"牧羊人打个哈欠,扯开了马头。

"等等!大哥,"我拦住他。"请指给我,哪个是索米娅和她奶奶的蒙古包?要知道……"

他眯着眼睛想了一阵。"噢——你说的是伯勒根的白发额吉呀！她家已经不在啦。"

"怎么，不在了？"我急了。

"呃，老人早死了，那姑娘嫁了人。"想了想，他又说："嫁到白音乌拉——很远的地方去啦。"

说罢，牧羊人纵马朝背后的羊群驰去。

暮色已经降临。西方半个天空斜斜地布着暗蓝色的条云。正将沉没的残阳把那厚重的云层底部烧得蓝里透红。暮霭轻轻飘荡，和远方盆地里的晚炊融成一片。我骑着钢嘎·哈拉，向罩着蓝红色晚霞的西方走着，水一样清凉的风扑入心里，我周身发冷。我心情沉重而坚决地朝西走着，像古代骑手走向自己的末日一样。

在分开伯勒根河流域和外部草原的那条峥嵘的山谷里，我追上了快要逝尽的落霞。这儿是一条人迹罕至的山沟。自古以来，畜群从不来这儿吃草，人家也不靠近这儿居住。如果细细察看的话，可以看见，那高得齐腰的幽深野草中有一簇簇白得晃眼的东西。那就是一代代长辞我们而去的牧人的白骨。他们降生在这草中，辛劳在这草中，从这草中寻求到了幸福和快乐，最后又把自己失去灵魂的躯体还给这片青草。我亲爱的银发额吉，同时给了我以母爱和老人之爱的奶奶，一定也天葬在这里。

她把我从小抚养成人。而我却在羽毛丰满时，弃她远去，一去不返。我不知道在她死去的时候，是否想到过我；我只明白，这件送葬老人的事情，本来应当是由我，由她唯一的男孩子来承当的……额吉，饶恕我。你不肖的孙子在为你祈祝安息。

夜幕四合。傍晚时已高悬半空的那弯镰月，此刻显得银光照人。我勒紧马肚带，整理了一下鞍鞯。在上马之前，我默默地单膝跪下，双手拔起一束野草，向这哺育过我的伯勒根草原告别。奶奶已溘然长逝，索米娅又远嫁异乡，我和这片青青草原之间维系的血脉断了。

我跨上马。突然，钢嘎·哈拉猛地竖起前蹄，在空中转了半周，然后用立着的两条后腿一蹬，嗖地冲了出去。正前方，是白音乌拉大山的依稀远影。

哦，白音乌拉，索米娅远嫁的地方！钢嘎·哈拉已经决定我们立刻去看她。我不能再做迟到的悔恨者。也许，我的沙娜正在生活的漩流中呼喊着我，等着我向她伸出救援的手……

索米娅，我来了。黑骏马像箭一样笔直地朝着朦胧的白音乌拉大山飞驰。宁静的夜激动了……

尽管我一本正经地给黑马驹命名为"钢嘎·哈拉"，而且弄得全牧业队的男女老幼都习惯了这样称呼它；但我倒并没有像索米娅那样常常哼着《黑骏马》。对我来说，那支歌子毕竟还是古怪了一些。那时被我喜爱的歌子是《阿洛淖尔》，一支简单明快的骏马赞歌。因为在《阿洛淖尔》里，叙述了一匹神马从一岁开始，到两岁，到长大成熟的种种奇迹和本事；一直到"在达赖喇嘛的赛会上，它七十三次跑第一"那样的总结。从黑马驹降临的那个可庆幸的春天开始，我差不多整整一年反复哼着："还是一岁驹哟，你就备上鞍。"等到第二年，它的大脑袋刚刚显得小了点，小沙狐般的短尾巴刚刚能甩上几甩，我就眼巴巴地盼它长大，盼它超过全公社的千万马群。那时，我简直是发急地对它唱着："刚是二岁马哟，你就像飞箭。"有时，早晨在迷糊中被奶奶或索米娅推醒，我揉着发粘的眼皮，打着哈欠。直到端起奶茶碗，还没有清醒过来，只是觉得该说点儿什么。一张口：“二岁马哟……像飞箭！”

奶奶笑了。索米娅也格格地笑了。

第三个春天——奶奶从棚车深处找出一盘破碎的鞍子，央求附近的牧民修理。她说，这是索米娅的父亲留下的。自他死后，这个只有女人的家里就没人用它。而现在该收拾齐整啦；钢嘎·哈拉已经成为三岁马，很快就要调教出来；白音宝力格也过了十五岁，是男子汉啦。

十五岁是儿童和青年的分界。对早熟的草原少年更是如此。那时，我正一心钻研畜牧业机械和兽医技术，索米娅则在给邻居家的羊群守夜。我早已不再傻乎乎地把半句《阿洛淖尔》哼个没完了，那时我寡言少语，喜欢思索。父亲来看我时已很少耍威风，因为我常常正在安静地读一本图文并茂的《怎样经营牧业》，或者是赤着上身在用镐头刨着圈里的羊粪砖——我的汗水淋淋的两臂肌肉发达，他看着就会明白：白音宝力格已经成人了。

那天天气晴朗，是春季里的一个好天。我束紧腰带，走到草地上，解下钢嘎·哈拉的马绊。昨天晚上我们商量过：如果天气好，就正式给马备上鞍，把它调教出来。

索米娅朝我跑来。可能因为天热的缘故吧，也可能是为了帮我调马，她脱去了臃肿的皮袍子，穿着一件奶奶穿旧的、显得很小很窄的旱獭皮薄袍。她气喘吁吁地跑来，阳光直射着她的脸。她抬起手臂擦着汗珠，紧束着的腰带立即勒出了她躯体的曲线。刹那间，我的心动了一下：啊……我说不出心里的滋味儿，只觉得跑来的好像不是那个和我耳鬓厮磨地一块儿生活了六七年的沙娜了。沙娜——那个为我熟悉的小索米娅是多么小、多么胖乎乎，眼睛眯得多么可笑呵，而差几步就要跑到我面前的，却分明是一个颀长、健壮、曲线分明、在阳光下向我射出异彩的姑娘。

“巴帕，真的今天就骑么？嘿，真高兴！”她的大眼睛闪着喜悦的光。以前她也常为些小事兴高采烈的，但那时从来没有这样一种奇怪的味道。我的心绪乱了，不知为什么生起气来。我暴躁地把皮马绊摔到地上，粗声吆喝她：“喂，收好马绊子！”接着我揪紧马鬃，跃上了马背。

钢嘎·哈拉挣咬着旋转起来。索米娅高喊着：“骑稳，巴帕！”她的声音也完全不像从前那样甜甜的；而是那么圆润，扰得人心神不安。我朝她吼道：“别乱嚷！”随即松松马缰，黑马立即发疯般又踢又跳起来。

晚春的三岁马没有多大劲儿。傍晚时，钢嘎·哈拉已经学会在马鞭子的拨弄下，忽左忽右地顺路小跑了。我下了马，把它绊好放开，让它去啃刚冒芽的绿草尖。

已经融得一片斑驳的残雪，在渐渐黯淡的天色里显得白亮亮的。露出去年枯草的土地，在薄暮中颜色很黑。凉风阵阵拂过，使山凹里的积雪、袅袅的炊烟和整个春牧场都涂上了一分纯净的青色。我和索米娅抱着鞍鞯鞭绊，吱吱地踩着含水很多的雪地朝家走去。索米娅快活得很，她总是一面说话，一面朝我转过身子，或者干脆侧着走，说着，哼着什么歌子。

“巴帕，你骑得真不错！我原来以为，恐怕钢嘎·哈拉会把你摔下来。喂，喂！你听着吗？”她像以前一样，扳着我的肩头，摇着我。

“嗯。喂——”我觉得自己在费劲地寻找话题。这是多么奇怪的、异样的感觉呐。“我说，今天晚上，吃什么好呢？”

“吃肉饼！”索米娅欢叫起来，“哈哈，我们吃肉饼！我去取肉！”她一阵风似的向前跑了。我注视着她的背影,惊奇她怎么会用这样婀娜的姿态在草地上奔跑……

哦,成年的日子! 当油然而生、连自己也无法理解的那异样的兴奋和萌动,突然间从心田里破土而出的时候,惶惑中的我们究竟能理解它的几分含义呢? 我们根本没有理解,甚至不知道这就是青春的来临。我们只记得心中涌起的,那神圣的激动……我真切地感到,自己正在体验着一个纯净透明的世界和一个可怕的、令人羞耻和心跳的世界的啮咬和更替。我在初次爱上了生活的同时,也意识到自己失去的东西。我们再不会在冬夜里一块儿钻进老奶奶的皮被,你捅我一下,我打你一下地瞎闹;再不会在开着蓝花的青草地上滚成一团,争抢一个染红的羊拐骨;再不会一块儿骑在犍牛的背上,后一个扶着前一个的肩,沿着一条被成行的牛群踏出的蜿蜒小道,去水井拉水啦……索米娅穿的那旧袍子太窄了,腰带也束得太紧了。她在明媚的阳光里朝我跑来的时候,突然蜕去了过去的躯壳。她以完全陌生的东西敲击了一下我的心扉,并在一瞬间完成了一次惊人的启蒙。哦,男子汉! 我从那么小就盼着长成一个男子汉。可是男子汉原来完全不仅仅是拥有一匹骏马。我根本没有料到,也没有理解这一切,我太年轻了。

在我独自咀嚼着这模糊的感受的时候,索米娅似乎也同时悟到了什么。第二天,我看见她一个人套上牛车去拉水。她没有骑牛,而是像女人们那样,斜斜地坐在车辕一侧。她没有喊我,我也明白:不该再去插手女人们的家务活儿了。我望着她的影子消失在低洼不平的盐碱地里,然后提着十字镐和斧头走出去。那天,我把家里的木轮车一一修好,并且刨了整整半圈羊粪砖。

新的生活开始了。尽管没有人宣布过它的开始。不觉间,奶奶不太去张罗门口和停列成一排的勒勒车那儿的活计了,她更多的是撑起身子,在昏暗的包内发表着她对里里外外各种事情的看法。在阳光强烈的夏天,她喜欢蹒跚地迈出包门,舒服地晒着太阳,捉捉虱子。过路的牧人向她致意:"好舒服呀,额吉!"她乐呵呵地说:"当然。两个孩子都大了嘛! 没有我干的活儿罗。"我已经成了见习兽医,每天跟着老兽医四处转悠,去对付一些难产的骒马和不要犊的乳牛。没事的时候,我喜欢读书,尤其爱读那本《怎样经营牧业》。那本书是有模范牧民参与讨论、由专家分门别类写成的。我不仅从那里面读到了知识,也从那里窥见了为我不知的、新鲜而博大的世界。当我吃力地读完一段时,就伸手去摸茶碗。"等一下,巴帕。"一个低柔的、姑娘的声音传来,索米娅在给我斟着茶。我看见她低垂着的、微微闪动的黑睫毛和红润的一侧脸颊。我念不下去了。于是推门出来,牵过钢嘎·哈拉。它已经是新四岁的马了。我喊着:"喂! 拿剪刀来!"索米娅跑出来,递给我剪刀。我给黑马修整着打齐的鬃,时而瞟索米娅一眼,那时,她会对我微微地一笑。

这样,到了我们十七岁的那个秋天。

一天,我们把一秋天拾来晒干的白蘑菇运到公社供销社去卖。索米娅和奶奶赶着装满蘑菇的棚车,我骑着钢嘎·哈拉相随。

在公社耽搁了好久——父亲要招待奶奶和我们吃饭。等我们返回伯勒根河湾的时候,天色已晚。索米娅拾来一些早枯的芦叶和干马粪;我在河畔的硝土岸上架起一口小锅。我们打算架起篝火,用河水煮一锅茶,吃些东西再赶路。

硝土岸旁长着细嫩多盐的碱草。芨芨草丛粗硬的根茎旁,也还有一些没有变白的绿叶。犍牛和钢嘎·哈拉贪婪地嚼着,几乎一步不移,任阵阵浮动的炊烟漫过它们黝黑的身体。我们祖孙三人围坐在篝火旁,随意闲谈着。河湾青濛濛的,通红的火焰里溅着桔橙色的火星,烤着我们的胸怀。流水跳跃着磷光,平坦无声地滑过。我们注视着恬静的家乡,心里充满了美好的感觉。

"就是这儿。孩子们,"奶奶啜着茶,用浑浊的眼光注视着河湾,"这儿就是出嫁姑娘告别亲人的地方。唉,这一辈子,我看见多少姑娘,喏,就像你一样的年轻姑娘,索米娅。——跨过这条小河,就再也没有见过面呀。我也一样,自从跨过这条河,来到这儿,已经整整五十多年罗……老人们唱过这样的歌:'伯勒根,伯勒根,姑娘涉过河水,不见故乡亲人'……"

我们收拾了锅碗,熄灭了篝火,准备继续赶路时,奶奶突然扯住我们俩。她急急地、紧张地说:"索米娅!唉,如果你也跨过这条河,给了那遥远的地方,我,我会愁死的!我看,我看,你们俩就在咱们自己的家里成亲吧!你们结成夫妻!这样,我一个宝贝也不会丢掉……"

我们俩同时从奶奶怀里挣脱出来。我跳上马,连抽几鞭。在呼啸的风声中,黑马一蹦子冲上了山冈。等我勒住马时,身后响起了歌声。我扯转马头,远远看见那银发的老奶奶正精神抖擞地边走边唱,她一手牵着牛车,一手牵着一个姑娘。她步履坚定,银发在夜风中一飘一飘。她准是看见了一种最实在、最鼓舞她的美景,才滋生了如此蓬勃的精神。

当天夜里,奶奶执拗地躲到蒙古包西侧去睡;炉灶正北的、属于男女主人的那块白垫毡空出来了……

三

> 走过了一口——叫做哈莱的井啊
> 那井台上没有——水桶和水槽

钢嘎·哈拉顺着黑黝黝的峡谷奔驰着。我紧闭着双眼,伏在马鬃上。河湾、芦苇,整个伯勒根草原,包括那肃穆的天葬沟,对我都已不堪回首。我知道,此刻也许奶奶正在那丛茅草旁,责备地、目不转睛地注视着我。奶奶,忘掉我吧……我催马更快地跑着。奶奶,忘掉昔日的白音宝力格吧!是他粉碎了你人生留年的最后一个梦想,因为索米娅最终还是跨过了那道河水,给了陌生的异乡。我纵马跑着。夜,延伸着它黑色的温暖怀抱,默默地、同情地跟随着我,仿佛它洞悉我无法倾诉的委屈。当然,只有它,只有这孕育光辉黎明的夜草原才知晓一切。它知道在自己深邃怀抱里往事的细节,知道我——愚蠢而粗野的白音宝力格也曾有过真正温柔和善良的一瞬……

我和索米娅并没有占用炉灶北侧那块最大的白垫毡。奶奶好心的饶舌,反而使我们真的疏远了。我在一心迷入书本和兽医知识以后,已经开始不善言笑和有点儿不像草地上长大的年轻人。索米娅在给羊群下夜时,常常在门口的棚车里过夜。我们彼此间已经短少话语,但我们又都在相互猜测。好像,我们都愿意长久地、这样日复一日地过下去,并悄悄地保护住一株珍奇的、无形的嫩芽。只有在我们一块商议一些生活琐事时,比如准备给谁缝一件袍子啦,把在公社忙昏了头的父亲接来吃顿羊肉啦——我才发现,索米娅总是非常兴奋。她热心于每一件日常的小小的高兴事,甚至吃一次从公社买来的"酱",她也那么兴致十足。我清楚地感到:她的身上已经燃起了一股灼人的希望之火。一个像明媚春光一样的幸福未来,已经迫不及待地要闯进我们的破毡包来了!

就在那时,父亲奉命调动工作。在他出发赴邻旗的一个边远公社前,曾来和我们告别。我蹲在外面宰羊时，听见奶奶在和他叽叽咕咕地说些什么。后来听见父亲的声音："他们还太年轻，刚十七岁多一点……不过，额吉，一切就按你的主意吧。白音宝力格首先是你的孩子啊……咦，有酒吗？应该喝点……我真是个有福气的人哪！"

他临走时，猛地把我搂住了。他浑身的骨节嘎巴嘎巴地响。我很不好意思，可是又推不开他。他喉音浓重地嘟囔着说：

"白音宝力格！我真高兴。你母亲若是活着，唉——算了！我说，你真是个好小子！"

过了些日子，公社兽医站发给我一个通知：旗里准备开办一个牧技训练班，为牧业生产队培养畜牧兽医骨干，为期半年。

几年来，我一直对真正的专业学习向往不已。因为我觉得，如果继续跟着老兽医学下去，很可能会堕入旁门左道。想想看，把拖拉机排气管插进乳牛肛门吹气，医治那些不要犊的乳牛啦；用狗奶灌骒马，打下马肚子里的死胎啦，等等。这套办法虽然经常确是卓有成效，可是难道能用理论来阐明吗？也许，这个训练班将带我走进真正的牧业科学，我决定不放过这对一个牧民孩子来说是得之不易的机会。

我当然想到了索米娅。或者说正是因为她的缘故，我才有了这个抉择。等我半年后回来时，钢嘎·哈拉将是五岁马，真正的大马。我呢，也将满了十八岁。十八岁，成人的、使草原刮目相待的年龄，独立的男人和成家立业的年龄。十八岁的我将带着魁梧的身量和铁块一样的肌肉，还有一身本领回到草原。当然，十八岁的索米娅也会更勤劳、更能干、更善良和更美丽。那时，我将以坚毅的神情和成熟的大人气，向她建议我们的生活。我和她将有一个使整个草原羡慕不已的家，在幸福中照顾好我们亲爱的奶奶，让她享受一个充满安慰的晚年。啊，我深深地被自己的计划迷醉了。我渴望走向这样的未来，渴望着那跨着黑缎子般漂亮的黑骏马重归草原的日子。生活已经朝我敞开大门，那全部的劳动、温暖、充实和休憩正强烈地召唤着我的心。

我喊来索米娅，递给她那张通知书："喂，我准备去旗里参加学习，帮我收拾一下东西。"

她赶快去找马褡子，我也再没有多说什么——一切都留到将来再说吧。第二天，有一辆卡车来我们生产队拉秋毛，我同司机说好，搭他的车去旗里报到。那司机是个直爽的汉族小伙子，他说，驾驶室已经有两个人先我一步占了座位，不过，他可以在装羊毛时，用羊毛捆在车顶给我搭一个没有顶的房子。"保险像坐飞机一样舒服，"他说。

我们伯勒根草原离旗所在地很远。为了当天赶到，司机嘱咐我：夜里——也就是凌晨三点钟就要开车。

家里商量，决定由索米娅送我到旗里，帮助我安顿下来，顺便买点儿东西，再乘这辆车返回。

夜里，我俩攀着粗硬的绳索，爬上了装得比一座蒙古包还高的羊毛垛上。顶上，有一个用长方形的毛捆拦成的凹字形，这就是司机讲的房子啦。

汽车轮碾着草地上光滑的海勒格纳草，发出了均匀的密密切切的哔剥声。黑黑的天穹上星光稀疏；上半夜悬在中天的弦月潜进了辨不出形状的一抹暗云。夜，深远而浩莽。卡车偶尔驶上一道山梁时，苍茫的视野中一下子闪出一些橘黄色的光点，那是些帐篷里未熄抑或是早燃的灯火。而车子冲下黑暗的山谷时，神秘跳跃的火光熄灭了，只有座座朦胧的山影四下围合，并迎面向我们送来阵阵袭人的秋寒。

"喏,冷么?"我裹紧身上的薄皮袍,问她。

"冷。嗯,风太大……"她牙齿在打战。

我想了想,解开腰带,把宽大的袍子平摊开来,盖住我们两人的膝盖和前胸。靠着高高的羊毛捆,后背并不冷,只是冰冷的寒风马上从没盖严的肩头钻进来,我扯住袍角。

"不行,还是穿上吧。你会冻病的。"索米娅转过身来对我说。

"不。"

"你冻病了,奶奶会骂我。她会——"

"住嘴。"我顺嘴训她一句。

"喂!白音宝力格,挤过来些,你太冷啦!"

"我才不怕!"我故意坐得更高些,眺望着黯淡星光下起伏不定的原野。我们的卡车隆隆地吼着前进,路旁惊醒的黄羊从梦里跳了起来,痴呆地盯着我们这庞然大物。当车厢掠过它们伫立不动的侧影时,我觉得这些黄羊简直就像草坡上嶙峋的黑色岩石。伯勒根河上游的很多溪水在这儿汩汩地、昼夜不息地汇集着,流淌着,好像在引导着我们的车子奔向天明。我遐想着,心里突然涌起一阵激情。不是吗?像这些不辞劳苦的溪流一样,我也正在穿过荒僻空旷的漠野,把过去了的幼稚生活长留身后。就在这个宁静的草原之夜,故乡的姑娘正送我走上旅程。我当然不会感到什么冷的,傻丫头。脱下皮袍子又算什么?你知道我将来会怎样保护你和关怀你么……索米娅正在我身旁可怜巴巴地缩成一团,像只小羊一样躲在我搭在她身上的皮袍下面。在星光下,我看见她的大眼睛在一眨一眨地注视着黑暗,注视着这博大的夜草原。我的心里一下子涨起了一股强烈的、怜爱的潮水,一股要保卫这纯洁姑娘不受欺负和痛苦的决心。我猛然翻身掀起皮袍,把整个袍子都裹到她的身上。我不理睬她吃惊的叫唤和阻挠,起劲地把袍子塞紧在她的肩下、腰下和腿下。虽然寒风立即吹透了我里面穿的绒衣,呛得我喘不过气来,但我却感到那么痛快,不,是满足或者自豪。我从未有过这样的英勇的自豪感。

"不——"索米娅挣扎着跳了起来。"巴帕——白音宝力格……你疯啦?你会冻死的!"她吃惊地喊着,双手举着皮袍扑向我。

这时,汽车忽地一斜,冲进了一条浅浅的小溪,满载着羊毛捆沉重地晃了一下。我坐不稳,一下子倒在"房子"的侧墙上。索米娅叫了一声,重重地栽在我的怀里,她冰凉的脸颊一下碰到了我的脖颈。我胸中轰然掀起了雄壮的波涛,心儿像一面骤然响起的战鼓。我不顾一切地、疯狂地把她搂在自己的怀里,胡乱地抚摸着、亲吻着她。我把她搂得那么紧,以至她低低地呻吟起来。我激动得语无伦次,只顾一个劲儿地嘟囔着:"索米娅,沙娜,沙娜……"

索米娅使劲贴紧我,把头死死地扎在我的怀里,不肯抬起来。等到我贴身的衣服热乎乎地湿了一小片时,我才发现,她哭了。

这时汽车正在一条开阔的、流水纵横的戈壁里行驶。马达轰鸣着,高高的羊毛捆一摇一晃。我摇晃着索米娅的身子,伸手捧起她的腮,我着急地朝她喊着:"索米娅!你这傻瓜别哭!听我说,我早想好啦,等我明年回来,就——结婚!听见吗?半年,结婚!"

索米娅啜泣着,用力地点了点头。

就这样,我们紧紧抱着,用青春的热和更暖人心怀的美好憧憬,驱走了拂晓前秋夜的寒冷。

卡车愈开愈快,宛如一匹高大的、黝黑的巨马。茫茫的草地,条条的山梁,都呼啸着从两侧疾疾退去。哦,世界多辽阔! 未来多美好! 我禁不住小声地哼起歌来。但是索米娅止住了我。她伸出手捂住我的嘴,然后轻柔地摸着我的脸。最后,她把手指插进我的头发,把它弄乱,又抚平。她久久地、一言不发地亲吻着我,吻得那么潮湿、温暖,又使人心酸。黑暗中,她那双大眼睛一眨不眨地凝望着我,眸子深处那么晶莹。我胸中的涛声和鼓点又激越起来,带着幸福的晕眩,莫名的烦乱,和守护神般的、男人式的责任感。我又把皮袍子给索米娅裹紧,然后紧握住她的小手。车轮溅起溪流的水花,飞扬的水珠高高四散,像是碰上了我们灼热的脸。头顶上方可能浮盖着一层厚厚的云,我们看不见它,但可以相信:是它遮住了天上的乔里玛星和那片残月。我们拥抱着,默默地把手握在一起,让手心热得冒汗。东方的天空已经褪去了那种夜的清冷。它虽然仍是一片墨蓝,轻缀其中的几簇残星虽然也依旧熠熠闪亮,但是那缀着星星的墨幕后面,已经苏醒般地升起、并悄然朝这儿飘来了一支壮美音乐的最初和声。它听不见,也许根本没有音响,但它确实已经出现并愈来愈近。它使莽莽的长夜失去了均匀的平静。也许它就是爱情吧,它汹涌而来,把不安宁的、富有活力的情绪注入这已经黑暗了太久的夜草原。

索米娅用鬓发触着我的面颊。她用几乎听不见的声音轻轻说道:"你真好! 巴帕……"

就在这一瞬间,我们的大卡车轰鸣着冲上了青格尔敖包一线最高的山口。朝向我的索米娅的脸庞在那一瞬突然变成通红通红的、妩媚的颜色。我吃惊地转向东方一看——

啊,日出……极远极远的、大概在几万里以外的、草原以东的大海那儿吧,耀眼的地平线上,有半轮鲜红欲滴的、不安地颤动的太阳露了出来。从我们头顶上方一直伸延东去的那块遮满长空的蓝黑色云层,在那儿被火红的朝阳烧熔了边缘。熊熊燃烧的,那红艳醉人的一道霞火,正在坦荡无垠的大地尽头蔓延和跳跃,势不可挡地在那遥远的东方截断了草原漫长的夜。

啊,话语已不能形容。这是我一生中见到的最美好、最壮丽的一次黎明。

我们已经不觉站立起来,在那强劲而热情地喷薄而来的束束霞光中望着东方。索米娅惊讶万分地睁大眼睛,注视着那天际烧沸的红云,她的脸上久久凝着感动的神情。金红的朝霞辉映着她黑亮的眸子,在那儿变成了一星喜悦的火花。我忍着心跳,屏住了呼吸,牢牢地抓着她的手。那半轮红日转动着,轻跳着,终于整个挣出了大地,跃进了人间。索米娅忽然抱住了我,我也把她紧贴在胸前。我们目不转睛地望着这千载难逢的美景,心里由衷地感激着太阳和大地,感激着我们的草原母亲,感激着她们对我们的祝福。

……哦,黎明,朝霞染红的黎明! 你带给我们多么醉人的开始啊!

直至如今,我仍然认为,即使我失去了这美好的一切;即使我只能在忐忑不安中跋涉草原,去找寻我往昔的姑娘,而且明知她已不复属我;即使我知道自己无非是在倔犟地决心找到她,而找到她也只能重温那可怕的痛苦——我仍然认为,我是个幸福的人。因为我毕竟那样地生活过。因为生活毕竟给过我一个那样难忘的开始。我将永远回忆那绚美难再的朝霞和那颤动着从大地尽头一跃而出的太阳。我觉得那天的太阳也曾显示过最纯洁、最优美的人间的感情。哪怕我现在正踏在古歌《黑骏马》周而复始、低回无尽的悲怆节拍上,细细咀嚼并吞咽着我该受的和强加于我的罪过与痛苦,我还是觉得:能做个内心丰富的人,明晓爱憎因由的人,毕竟还是人生之幸。

四

路过了两家——当作艾勒的帐篷①

那人家里没有——我思念的妹妹

钢嘎·哈拉确实是匹好马。尽管它年纪稍嫌老了些,可是跑起来又快又稳。我骑着它,上坡走,下坡跑,一夜一天赶了二百多里路。道路左侧,已经看见白音乌拉大山巍峨的侧影在渐渐移近。

傍晚时分,在这片白音乌拉的草滩上,我信马走着,打量着每一个远远的女人的身影。直到天黑透了,我才下了决心,在一个破烂灰黑的小毡包前下了马。

我推开门,朝昏暗的包内问着好。好久才辨清毡子上端坐着两个默默吸烟的老头。简单的交谈中,我打量着这个包。没有女人。从简陋而有条有理的家什用具来看,我明白,这一定是两个过去的喇嘛。这种人家正是我最满意的宿处。

一个老头取出一块案板,从案板背的横木里抽出菜刀,慢腾腾地切了些肉,然后在那块尺来方的案板上擀着面条。等他终于把面条下了锅,把案板翻过盖在锅上之后,我谨慎地向他们询问索米娅的消息。煮面条的老头说:

"知道啦,你问的是大车老板达瓦仓的老婆。不过,唔……他们不在草地上住。好像住在公社那边? 是么?"他问另一个老汉。

那老汉又装上一袋烟,点燃。他久久地呷着假玉石的烟嘴,好久才懒懒地说:

"嗯。达瓦仓住在诺盖淖尔。前两天,我还见到过他老婆。"说罢,他伸出腿,仔细地在靴底上磕着烟袋锅里的灰。我没有再问下去。他打了个哈欠,开始收拾枕头皮被,然后躺下了。

油灯熄了。我裹紧毯子,枕着手臂,望着天窗外面的夜空。

这已经是白音乌拉草原的夜。

索米娅真的在这片夜空之下么?

那次的牧业技术训练班延长了两个月。等我回到伯勒根草原时,已经是五月初,草皮泛青的季节了。

我学得很好。在小畜改良和兽医这两门课程上,我都得到教师的赞扬。结业式上,我得到了一张奖状和一套奖品——一个装满兽医用的器械的皮药箱。

旗畜牧局李局长说,内蒙古农牧学院畜牧系和兽医系今年都在我们这里招收新生,根据我的学习成绩,如果我愿意的话,旗畜牧局愿意推荐我去其中任何一个系去上学深造。我看了那份表格,又还给了李局长。我说,这实在太诱人啦,但是我不愿意离开草原。李局长劝我再考虑考虑。他说:"你应当懂得什么叫机会。并不是每一个草原青年都能遇上它的。"而我却在第二天一早,就跨上一匹借来的马,朝伯勒根河湾飞驰而去。

---

① 艾勒:ayli,人家,聚落,邻居。元代汉译为"阿寅勒"。

走近家门口时,远远看见奶奶和索米娅都站在门口。风儿正掀得她们的袍角上下翻飞。

啊,这才是千金难买的机会! 和心爱的姑娘一起,劳动、生活,迎接一个个红霞燃烧的早晨,做一个真正的男子汉。这样的前景是怎样地吸引着我啊!

奶奶依然饶舌地问这问那,索米娅给我搬出了那么多好吃的东西。我整理着带回来的一大包书籍,心里很快活。我把这些书齐齐地码在箱盖上,觉得我们的家已经焕然一新。一切都要开始啦,我们郑重地、仔细地商量了我和索米娅结婚的事。我们想等到秋天,等到忙完了接羔、剪毛和畜群检疫以后,而且那时父亲也许能有些空闲。奶奶准备在夏天给他烧一大桶奶子酒,让他来这儿尽情地喝个痛快。

有了书,我当然更喜欢读书了。我还是习惯地在读完一页以后,就伸手去端茶碗。索米娅还是在那时立刻把热腾腾、香喷喷的奶茶斟进我手中的碗里。

那时,我照旧望她一眼,有时会遇见她出神地、直直地望着我的目光。但是,她的目光和神情非常古怪,甚至可以说是神色黯伤。她小心地、迟疑地盯着我,那眼光不仅使我感到陌生,而且似乎含着敌意的警惕。那是一种女人的眼神。

我奇怪了。难道新娘对她的未婚夫是这么疑心重重么?我说:"索米娅,你怎么啦?唉,过来。"而她却慌忙连连摇头,急匆匆地推门出去。没系腰带的宽大袍子绊着她的脚。

回家几天后的一个傍晚,我出诊去一户牧人家医治几头跛腿的山羊。等我干完后,主人搬出一个塑料桶来,请我喝酒。这时又来了一群闲逛的牧民,于是,大家便围着炉火喝起来。

喝一阵,唱一会儿,大家都醉了。我的兴致很好,歌子唱得也特别响亮。这时,黄头发的希拉醉醺醺地扳过我的肩,问道:

"白音宝力格,你……可真高兴呀,把,把高兴事说给我们……听听嘛!"

"是这样,希拉兄弟。"我兴奋地对他倾吐心曲,"我不久就要……就要和索米娅结婚啦!我不去农牧学院!不去!我要永远和……和索米娅……和额吉,嗯……永远!"我的舌头僵硬,可是心里却满是甜蜜。

"索米娅么?嘎、嘎、嘎",希拉怪声怪气地哑笑起来。他端起半碗烈酒,咕咚咚地灌下肚,又凑向我:"那可真是……真是头漂亮的小乳牛哇……嘿嘿,那奶——那奶,甜哟——"他开心得前仰后合,最后竟哼唱起来。

昏暗中,有人厉声喝斥他:"住嘴!希拉!""你胡说些什么!""住嘴,你喝醉了!"

"我胡说?"希拉突然蹦起来,呼呼地喷着浓烈的酒气,血红的眼珠乜斜着,恶狠狠地扫视着屋里的人。最后,他盯住了我,盯了好久。接着,他无耻地笑起来:"反正白音宝力格最明白!对吧?你那漂亮的……小乳牛快下犊了吧?对!黄牛犊……嘎嘎嘎……对吧,兄弟?"

我气疯了。我暴跳起来,甩开揪扯着我的牧人,狠狠地扬起靴子,一脚把这个黄毛踢翻在毡子上,随即冲出了包门。

当我气急败坏地扯过钢嘎·哈拉的缰绳,踏住马镫时,包里传出那卑劣的黄毛恶毒的、发狂般的怪吼声:"滚回去吧!摸摸你那头小乳牛……我希拉把她连牛犊子都送给你啦!"

我狠狠地鞭打着马,黑马的四蹄在石头上重重地击出一串串火星。这黄毛鬼的恶毒诅咒气昏了我。自从我生长在这片草原,还从没有听到过这样肮脏的话!我后悔没有揍那张污秽的嘴,或者用头号粗针头给他扎上一针冬眠灵——他居然如此放肆地侮辱和中伤我的爱情,还有我亲爱的索米娅!

黑马在门口猛地停住,我翻身下马,一下子撞开了家门。同时,我听见一声尖厉的惊叫。

索米娅正在换衣服。她还来不及扣上袍子的前襟。我的眼睛被牢牢地吸住了——在她敞开的长袍里面,我看见一个高高凸起的肚子。

我呆住了,手扶着门框一动不动,只顾直直地盯住她那怀孕至少五六个月的、隆起的肚子。刹那间,我似乎突然明白了黄毛希拉那些毒言恶语的含义,也明白了几天来索米娅古怪的神情和敌意的目光。

奶奶在一旁呼呼熟睡着。索米娅惶惑地、害怕地望着我,慢慢朝角落退去。她扣着袍子上的纽扣,可是总扣不上。我看见她睁圆的眼睛里溢满了泪水。酒精和狂怒已经攫住了我,但一种莫名的难过又一下涌来,使我痛苦而悲伤。我一步步地朝她走去,她一步步地退着。我绝望地问她:

"真的吗……是黄毛鬼希拉吗?"我听着自己的声音,觉得它简直像是哭。

索米娅紧紧靠着毡墙,颤抖着。她一言不发地死死盯着我,脸上已是泪水纵横。

我的眼前黑了……哦,黄头发希拉是一个真正的恶棍。他要弄过的牧民妇女究竟有多少,没有谁数得清。草原上已经有不少孩子长着一头丑陋的黄发,用呆滞阴沉的眼睛看人。我不止一次地听到人们指着那些孩子说:"哼,都是黄毛希拉的种子!"

我勃然大怒了,可怕的痉挛阵阵袭来,我觉得眼前直冒金星。我猛扑过去,抓住索米娅的衣领,拼命地摇撼着她,要她开口。可她却倔犟地愈发沉默。我发狂地吼叫起来,更用力地摇着她:"你说! 你说呀! 为什么……说……你说! 那个黄毛恶鬼!"

"松开——"索米娅忽然锐声地尖叫起来,"孩子! 我的孩子! 你——松开! 松开——"她哭叫着,在我死命钳住她的手里挣扎着。突然,她一低头,狠狠地在我僵硬的手上咬了一口!

我痛得倒抽了一口凉气,手瘫软地松开了。索米娅愣怔了一下,一下子捂住脸嚎啕大哭起来,她撞开我,披头散发地奔到外面去了。

我揩去手上的血,伤口处立即又渗出新的一层血珠。我颓然坐下,猛地看见白发蓬松的奶奶正在一旁神色冷峻地注视着我。原来她早就坐在一旁。我想喊她一声"奶奶",但是喊不出来。她那样隔膜地看着我,使我感到很不是滋味。一种真正可怕的念头破天荒地出现了:我突然想到自己原来并不是这老人亲生的骨肉。

奶奶慢条斯理地开口了。她讲了很多,但我没有听进去,也不愿听进去。那无非是古老草原上比比皆是的一些过程,是我们久已耳闻并决心在我们这一代结束它的丑恶。这些丑恶的东西就像黑夜追逐着太阳一样,到处追逐着、玷污着、甚至扼杀着过于脆弱的美好的东西。所以,索米娅也无法逃避在打水路上遇见黄毛希拉时的那种厄运。"唉,自从你去学习以后,那个希拉闹腾得叫我们一秋天都不得安宁。"奶奶感慨地说,"这狗东西。"听她的口气,显然也没有觉得事情有多严重。

我沉默了。包里一片寂静。奶奶低下头数着她的那串念珠。门外,在远处传来的声声狗吠中,隐约能听见索米娅在棚车里的啜泣。

我打开箱子,摸出一柄父亲送我的蒙古刀。我悲愤地用力拔出刀子,雪亮的刀光在灯下一闪。奶奶抬起头来,不解地望着我。

"白音宝力格,怎么,"她用充满了奇怪的口吻说,"怎么,孩子,难道为了这件事也值得去杀人么?"

我生气了。我怨恨地、愤愤地朝她问道:

"怎么？难道那样的坏蛋还配活到明天?"

她不以为然地摇摇头,然后开始搔着那一头的白发。她嘟囔地说:"不,孩子。佛爷和牧人们都会反对你。希拉那狗东西……也没有什么太大的罪过。"她朝我伸过一只瘦骨嶙峋的手来,"给我,好孩子。让我收起你那吓人的玩艺儿来吧……有什么呢？女人——世世代代还不就是这样吗？嗯,知道索米娅能生养,也是件让人放心的事呀。"

我气得浑身哆嗦。但我更感到无法忍受的孤独。手里的匕首沉重地落在地上。我一句话也说不出,只是痛苦地、感慨地凝视着这一头银发的老人。我推门走到包外,皎好的银月正静挂中天。我倚门站着,久久注视着这一望迷茫的广袤草原。

钢嘎·哈拉嘶鸣起来。我看见它正披鞍挂镫,精神抖擞地跺着脚,像是等待着我。不,已经用不着我们去复仇啦,我的朋友。我走近它,开始松开它的肚带。那肚带勒得很紧,我解着它,流血的手背一阵疼痛。我感到身心交瘁,就把脸埋在骏马的鬃毛里,马儿不安地打着响鼻,用前蹄刨着草地。

……也许是因为几年来读书的习惯渐渐陶冶了我的另一种素质吧,也许就因为我从根子上讲毕竟不是土生土长的牧人,我发现了自己和这里的差异。我不能容忍奶奶习惯了的那草原的习性和它的自然法律,尽管我爱它爱得是那样一往情深。我在黑暗中搂着钢嘎·哈拉的脖颈,忍受着内心的可怕的煎熬。不管我怎样拼命地阻止自己,不管我怎样用滚滚的往事之河淹灭那一点诱惑的火星,但一种新鲜的渴望已经在痛苦中诞生了。这种渴望在召唤我、驱使我去追求更纯洁、更文明、更尊重人的美好、也更富有事业魅力的人生。

但我决不能没有索米娅！我回忆着远自童年就开始了的那漫长的十几年生活。昔日的生活是那样亲切,就像春季化雪时节在山谷里浸过草根,汩汩淌着的溪流。那溪水清澄又甘甜,浸泡着我心田的一寸一分。我仿佛又看见了那些两小无猜、无忧无虑的日子;又看到索米娅美丽眸子里的明亮火花,和那熊熊燃烧的、使一切自然界和人间的美都相形见绌的绚丽红霞。我走到棚车前面,轻声地呼唤着索米娅。我盼望她马上跳下车来,像以前那样使劲地紧贴着我的胸膛。我盼望她能再用湿润的嘴唇吻着我,把手指插进我的头发。我等着她把满腹的委屈和痛苦向我诉说。我最终是会原谅她的,而且我坚信会有办法让恶魔希拉一直到死都不得安生。

索米娅已经不再哭了,但她不回答我的呼唤。我又在棚车旁站了许久,才回到包里。那一夜,我彻夜未眠。

两天过去了。索米娅已经恢复了平静。我一直在等着她来向我倾诉。每当我饮马回来,出诊回来,或者在夜里走到棚车附近时,我总以为,她会立即出现在我眼前并扑向我。

但是没有。两天就这样过去了。

第三天早晨,我去伯勒根河湾里赶牛,在一块被芦苇隔开的浅滩草地上,遇上了我的仇人:黄毛希拉。

他骑着一匹棕白相间的小花马，歪戴着一顶软软的鸭舌帽。他见了我，有些手足无措，似乎想搭讪着和我讲些话。可是他的嘴角刚一动，我就看见了那个恶毒下流的笑容。

我的怒火燃烧起来了。痉挛的手几乎握不住缰绳。突然间，钢嘎·哈拉嘶叫着跳了起来，朝着他冲上去。我也用力挥起马鞭，狠狠地朝他那丑恶的嘴脸抽过去。鸭舌帽打飞了，我看见那个焦黄的头倒栽向河滩的盐碱地。我下了马，朝他走去。希拉凶狠地瞪着我，突然一跃而起，朝我扑来。

我和他扭打了好久，踏倒了一大片芦苇。我的小腹被他踢得疼痛难忍，但他最终还是被我一拳打翻在蓝色的河水里，浪花溅得很高很远。

我浑身打着战，忍着小腹的剧疼，跨上黑马，慢慢走回家来。

在门外，我听见包里索米娅正在和奶奶说话。我捂着腹部，艰难地一步步捱到门口。我听见索米娅的声音："奶奶，这布多好看啊。"我的脚步太轻了，她们都没有听见。我口渴得要命，恶心得想呕吐。我想喊索米娅来扶我一下，可是喊不出声来。我费劲地拉开门，索米娅的声音停住了。我看见她正慌忙藏起一双红花绒布缝的婴儿鞋子。她警惕地望着我，把那双为腹中婴儿准备的小鞋子藏在背后，一声不响。

一阵从未体验过的绝望和伤心笼罩了我。我觉得一股酸酸的东西堵住了喉头。我转过脸，把一口黏稠的血吐在外面的草地上——像她们一样，我也没有让她们看见。我无力地倚着门框，缓缓地滑坐在门槛上，目不转睛地望着索米娅。而索米娅却像是想起来什么一样，突然不顾一切地朝门口冲来。我抬起一只手臂，轻轻地说："别到棚车那儿去了……索米娅，这里是你的家啊。"

一句话不知怎样滑了出来。后来，我曾经长久地感到奇怪：自己从哪儿找到了这样的一句话。我说：

"你不要走——是该我走了……索米娅，奶奶，我要走了。"

五

向一个放羊的人打听音讯，
他说，听说她运羊粪去了

诺盖淖尔是个深幽幽的小湖。由于白音乌拉山侧面的陡壁斜斜插入湖水，所以从南面看去，这小湖很像融雪蓄成的那种山中湖，而和一般锡林高勒草原上常见的那种洼地和泉眼生成的浅湖大有不同。由于深，所以湖水并不浑浊。清晨，在牲畜前来饮水之前，它平静地、蓝晶晶地在山谷里闪着光。大概就是为着这难得的水源吧，白音乌拉公社的许多单位都移建于此：乳粉厂、皮革作坊、食品公司收购站，还有小学。当我驱马走近这里时，甚至有一种觉得是离开了牧区的陌生感。这儿甚至还有啄食的母鸡和鸭子。索米娅难道会生活在这么一个地方么？

我找到了赶马车人达瓦仓的小泥屋。

这是一座傍着湖岸修成的、只有三面墙的那种低矮的地窝子式土坯屋。木门旁有一个烧得焦黑的泥炉灶，旁边停放着一辆双辕高高翘起的马车。车上已满载着货物，马轭马套散乱一地。绳子上晾晒着五颜六色的衣服，我还发现尘土里埋着一个廉价的橡皮动物玩具。

我犹豫着，迟迟没有下马。索米娅就在这土屋里面。我是敲门呢，还是喊一声？哦，所谓人生的重逢就要在我眼前出现啦……我的心跳了起来。不远的湖面上，灰蒙蒙的水均匀地一摇一荡，让人如刻如镂地感受着这难熬的时间。

我咬咬牙，把钢嘎·哈拉拴在马车跨杠上，然后踩着门前的羊骨头、牛粪块朝门走去。我俯身拾起一件踩在土里的格子布小衣服，然后用力推开了门。

屋里，充斥视野的是一条大炕。炕沿上的镶木少了一半，露出磨得圆滑的草泥坯。在炕上的皮被、大氅、山羊皮、蒙古式袍子和汉式棉袄中间，我数出三个酣睡着的小孩。他们七横八竖地挤作一团，污垢厚厚的光脚丫乱蹬着那些衣被——没有大人。西墙上还有一个小门，我推开那小门，一眼看见一个蛛网尘封的黝黑的蒙古包木格天窗。旁边堆着折叠的哈那墙，俄尼棍，还有一扇紫红色的小木门。我的眼睛湿润了：这是我们的家，这是我们祖孙三人，不，还有黑马驹曾一块儿生活其中的那个家……

我凝视着这个被拆散了的蒙古包。是的，索米娅真的在这儿。她真的嫁到了这个离我们伯勒根河湾那样遥远的地方。她已经像藏起这架毡包般地藏起了过去，在外面那间临湖的肮脏泥屋里，迎送着沉重的、而又是大家都在过着的生活。

"哟！你找谁？"一个女人的清脆声音在我脑后响起。我吓得浑身哆嗦了一下。

我转过身来。一个穿着西式女上衣，梳着齐耳短发的女人正温和地打量着我——不是她。我吁了口气，用汉语回答说：

"我找索米娅……噢，就是达瓦仓的……老婆。她是我的妹妹，我从伯勒根草原来。"

"啊，白音宝力格同志！"她惊喜地大叫起来，"我知道你！你不是念大学去了吗？"

"唔，是的。大学——已经毕业了。"我说，心里忐忑不安。她知道我？知道我多少呢？

"上的哪个学校？内大？师院？什么专业？唉，索米娅姐姐总说不清！"她兴致勃勃地问。

"农牧学院，"我回答说，"您是……"

她笑了，扶扶眼镜："哈，我姓林，是这儿的学校老师。内蒙师院毕业的——真难得啊，我第一次在这儿碰上个大学生。而且是我的小其其格的亲戚！"

"其其格？"我赶快追问了一句。

"怎么，你忘啦？索米娅姐姐的大女儿嘛！已经上二年级啦！一直是我的学生！"

我当然不会忘记。我永远不会忘记那一切的，连同那个万恶的淫棍。哦，在向奶奶天葬的山沟告别的时候，我没有想起来该去见见那个黄毛希拉。我们的账还没有结清……其其格，其其格，我默默念着这个名字。不幸的孩子，可怜的小花啊，你不至于真的长着那种污脏的黄头发吧？女孩总该比男孩纯洁些，就像索米娅比我要纯洁一样。我实心实意地愿这孩子能学好，能爱她的母亲。因为她毕竟是降生于索米娅的怀腹之中。不论我是否愿意，此时此刻我已经决不能否认她的存在了……

"林老师，其其格这孩子……听话吗？我想，嗯，她长得一定很高了？"

"长得很高？哈哈！哪里……看来，你上了大学以后，什么也不知道呀！"女教师叫嚷着，突然想起来什么，"咦，你看，我是来帮忙的！索米娅姐姐今天不回来，要我帮助提水呢！"

她麻利地拎起铁桶，歪着头望着我问："你呢，是坐在这儿等，还是也帮我去提一桶？"

我提起一对铁桶，在她带领下朝湖畔走去，苍茫天色和薄暮中的湖面溶成一片，使我心绪淡

凉。我等着她继续讲下去,因为这都是我所不知道的故事。而林老师并没有觉察到我的情绪,兴致勃勃地闲扯了好多才转回原题:

"你猜,其其格刚生下来有多大?哈哈——你猜不着!一支勺子!真的,我是在这孩子已经三岁那年才来到这里的,如果现在我不是确实了解我的学生的年龄,我怎么也不会相信那时她有三岁……天哪,比别人六个月的婴儿还要小呐!咦,你信吗?白音宝力格同志?"

"唔。"我含糊地答应着。

"索米娅姐姐告诉我,这孩子生下来时,还不满一尺长!一只小脚比不上你的大拇指!脑袋只有——唉!她像一只小猫崽那么小!"这年轻女教师激动了,她耸动着眉毛,用力挥着手,急匆匆地讲着。我拎着两只铁桶,小心不让它们晃响,紧张地听着。

"太小了!可能是不足月……你们伯勒根草原的人都跑去看新鲜,男人们用大拇指比比她的脚,孩子们用拳头比比她的脑袋。她小得出奇,用一张旱獭皮就能包起来。人们都说,不行呀,扔了吧,这样的孩子养不活呀。听说也有人恶言恶语,说索米娅生的不是人,是怪物!可是,索米娅姐姐的老奶奶——喂,白音宝力格同志,你总不会连你奶奶也忘了吧?哈哈!"她开玩笑地问我。

"唔,没有。"我嘟囔了一声,心里很难受。

"……你们的老奶奶坐在门槛上,对那些牧人说:'住嘴!愚蠢的东西!这是一条命呀!命!我活了七十多岁,从来没有把一条活着的命扔到野草滩上。不管是牛羊还是猫狗……把有命的扔掉,亏你们说得出嘴!我用自己的奶喂活的羊羔子今天已经能拴成一排!我养活的马驹子成了有名的好马……钢嘎·哈拉,你们这些瞎子难道还没有看见钢嘎·哈拉吗?只怕你们还没有福气骑那样的好马!哼,扔了吧——把这孩子扔给乳牛,乳牛也会舐她。走吧!你们走开吧!别用你们的脏手碰我的小宝贝儿!你们几年别来才好!等我把她养成人,变成一朵鲜花,再让你们来看看!'"

林老师兴奋地说着,激动得满脸通红,这时我们已经来到湖边。她蹲下来,用手撩着湖水,突然又睁大眼睛朝向我:

"啊,你们的奶奶真好啊。你知道吗?自从听说了这个故事,每当我和小其其格在一块儿,给她讲课的时候,我总觉得自己错过了机会,没能亲眼见见这位老人,这位伟大的女性!"

……我再也听不见什么了。尽管这位热情的汉族姑娘还在抑制不住地谈着她对我奶奶的无限崇拜。暮色中的湖水宁静幽暗,西斜的太阳在这暗色的水面上洒着一些耀眼的、粉末般的光点。我把铁桶浸进水里,荡起的涟漪更使那浮动的波光闪烁无尽。我望着湖水,觉得那闪闪的银光正摇动着,现出奶奶飘拂的银发。我提出满盛着水的桶,那银发又化成奶奶昏花而又灼人的眼睛。我闭上了眼睛。我真想把这位有点学生腔的女教师立即支开,然后纵身跳进湖水,跳进奶奶那微微颤动着的、一闪一闪的呼唤中去,把我满心的痛苦,难言的委屈和悔恨,都埋进她那亲切温暖的银发和浑浊而深邃的目光中去。

我没有让林老师帮忙,一个人提着两桶水向小泥屋走去。女教师默默地跟着我,像是在回味刚才那故事的感受,也许,是我的沉默使她感到不解。我抱歉地说:

"林老师,再讲点什么吧。你知道,我离开得太久了,什么都不知道……"

"讲就讲……哼,你呀,真不像话。你还不知道索米娅姐姐有多好。唉,我总觉得,就算我这一辈子扔在这荒草地上,碌碌无为吧,但是认识了她,也可以说是有点收获啦……知道么? 我总是摆脱不了这样一种幻觉:我总觉得索米娅姐姐是个刚刚生了孩子的女人。我总觉得,她一连多少年总是抱着一个哇哇哭的婴儿在这条路上慢慢走着。就这种幻觉。后来,有一天她来找我,说:'林老师,收下我的其其格做学生吧!'我非常奇怪,就问她:'姐姐,你的其其格能上学么? 她顶多才三岁吧?'她急了,说:'哪里! 我女儿已经七岁啦! 求求你,收下她吧! 我可以每天给你提水、烧茶、做饭! 我可以给你挤乳牛,可以到草地上去给你拾牛粪烧!'唉,她说着说着就哭起来了,后来简直是嚎啕大哭,哇哇的,撕扯着我衣服。啊,那样子真惨……她为什么那样伤心呢? 我想,一定是为了把这孩子养大,她熬得太艰难啦……"

女教师低下头,擦了擦眼角,又说下去:

"当时,我把其其格揽到怀里——噢,这哪里像个学龄儿童呀,又瘦又矮,看上去像是刚刚学会走路。可是,索米娅姐姐哭得那么凶,她穿的一件蓝布袍子湿了一大片。头发乱蓬蓬的,脸上又是泪水又是鼻涕。我——唉,也陪着她哭了一顿……就这样,开学时,我把其其格安排在我讲桌前面的位子上。我想,这样孩子离我很近,我可以随时发现她的一切。我不敢大意——要知道,索米娅姐姐常常躲在教室窗子外面听着,有时候,外面下着雨,她就那样淋着,呆呆地站在窗子外面呀……"

直到我们回到那熏黑的小泥屋的门口,女教师还在不停地讲着。此时已经不是我要听,而是她自己要讲了。我觉得,她一定是受了太深的感染,才如此对人倾吐。当然,我看得出她是个直肠快语的人,这样的人喜欢用强烈的方式来表达内心。而不像我,只是默默地吞咽一切。从她瞟着我的眼神看,她似乎在怀疑我能否理解她的索米娅姐姐。或许,她的怀疑是对的。因为我实实在在地觉得,她描述的那个女人的作为不像是我的索米娅。我不能想象那一切。我也没有她那种幻觉。我的脑海里只深刻着一个脸颊妩媚的姑娘,她正动情地凝视着一派幸福醉人的红霞……索米娅,你哪里会像她讲述得那样呢? 你是个多么温柔,多么单纯的小姑娘呵。

推开门,我看见一个小姑娘正在忙碌着。

"其其格!"林老师高兴地喊着。"其其格,快喊舅舅! 这是白音宝力格舅舅。知道吗? 他是你妈妈的哥哥!"

小姑娘停下了手中的活儿,转过身来,目不转睛地盯着我。

看上去,这女孩子只有六七岁。她穿着一件打着补钉的汉族女孩儿那种对襟花布衫和一条蓝布裤子,光脚穿着一双显然尺寸和样式都不合适的黄球鞋。我发现乱七八糟的屋子已经被她收拾干净了,炕上靠里面叠放着一层层码齐的被褥和衣袍。地扫过了,连着土坯炕的灶里,干透的羊粪烧得轰轰响。炕上,三个一律剃成锅盖头的小孩正围着一块案板,跃跃欲试地想把小黑手伸向案板上的面团。

小姑娘拘谨地、慢慢地搓着手上粘着的面屑,忧郁地望着我。这眼光里混杂着惊讶、隔阂和思索。我还无法分辨出它究竟是友善的还是猜忌的。我有些手足无措,半晌,才喃喃地开口说:

"其其格,你好。我是……"

小姑娘的嘴唇轻轻地嚅动了一下——

"巴帕。"她小声叫道。

一股酸酸的滋味猛地涌向我的喉头和鼻尖。

"巴帕，我看见了门口拴着的黑马。"小女孩怯生生地说，"妈妈以前说过，我的巴帕会骑着一匹黑骏马来看我们。"

六

朝一个牧牛的人询问消息
他说，听说她拾牛粪去了

门外响起一阵纷沓的马蹄声，伴着一个粗嗓门的吆喝。女教师笑道："瞧，是达瓦仓回来了。喂——"她朝门外喊着，"车老板！来客人啦！索米娅的哥哥来啦！"

门外那个粗嘎的嗓门大声赞叹着："哈，好威风的一匹大黑马！"随即，一个四十来岁的魁梧大汉推开门跨进来。

女教师给我们介绍了一番，然后起身告辞。

"我回家啦，白音宝力格同志。你妹妹要明天才能回来——她给学校运煤去了。如果没事，明天到学校来玩吧，还没有听你讲讲城里的事情呢。"说罢，她走了。

大汉拍着我的肩头："坐，坐。上炕。嘿——"他朝炕上那几个小家伙吼着，"滚下来！让纳合齐①上炕坐！狗崽子们，把炕弄成狗窝啦！"一面吼着，他顺手把已经爬到炕沿的两个小孩一拨拉，两个孩子噔地摔在地上。我慌忙伸手去扶，但那两个小机灵鬼却是司空见惯，打个滚儿爬起来，"赶马去哟！赶马去罗！"闹嚷着，撞开门朝外面奔去。最小的那个在炕上哇哇哭了，连滚带爬地要追随哥哥们出去。大汉一把揪住他的开裆裤，把孩子提溜起来，搂在怀里。

"宝贝——别跑，别跟他们乱跑，给阿爸当宝贝——啧！"他粗鲁地用大嘴在那小孩的屁股上亲了一口，一巴掌抹掉孩子脸上的两道黄鼻涕，又顺手抹在炕褥上。"上炕坐嘛，白音宝力格兄弟……嘿！其其格，愣着干什么？快做饭呀！哼！"

我搭讪地说："一共这四个孩子么？"

"就这四个啦。没听说么，公社卫生院正到处抓女人，连敲带阉。哼，妈的！索米娅——你妹妹，去年就给他们——咦，其其格！看我不揍肿你的脸！怎么还愣在那里？等死么？"他突然又暴怒起来，凶恶地朝小姑娘吼着。

"面条已经擀好了。"女孩子低声说。她靠着炕沿坐着，显得那么矮小。

"那么就去给纳合齐饮马！到房子后面找条绳子，把纳合齐的黑马和我的黄辕马连在一起放去吃草！怎么，你准备让马饿死么？"他挺着胸，唾沫星子乱溅在怀里的小男孩和我身上。我连忙跳下炕说："还是我自己去饮马吧，这马不太老实呢。"

"那么就去给纳合齐带路！提上我的帆布水斗，黑马如果不喝湖水，就去井台！"他继续盘着腿大吼大叫，神气十足。"喂，白音宝力格兄弟，快去快回！我等你——今天咱们好好喝它一瓶子！"

天还没有黑透。我和其其格默默地走在通向湖畔的路上。这女孩子走路脚步很轻，而且一

---

① 纳合齐：母亲系统亲戚的泛称。

句话也不说。但是,每当我转脸看她一眼时,她都迅速地和我对视一下,并瞟瞟我牵着的钢嘎·哈拉。

"其其格,你妈妈给你讲过这匹马么?"我小心翼翼地开口问道。

"嗯。讲过的。"她简单地回答。

静静地走了一会儿。这回是她主动开口了:

"巴帕——这马真的名叫钢嘎·哈拉吗?"

"当然。"

她转过身来,轻轻地朝黑马喊道:"钢嘎·哈拉! 钢嘎·哈拉!"

黑马猛地扬起头来,呼噜噜地打了一个响鼻。小女孩欣喜地笑了。"多好啊!"她说。

我感动地蹲了下来。轻轻抱起了她。她很轻,像一片羽毛。我把她举起来放到黑马的背上。这样她才差不多和我一样高了。我扶着她的小小的肩头,仔细地端详着她。

我没在她脸上找到我记忆中的那个少女的痕迹。她不像她的母亲。索米娅没有这样瘦削,也没有这样忧郁的眼神。而她呢,也没有索米娅那红扑扑的脸颊和温柔的表情。不过,我还是得承认,这小女孩生得挺好看。昏暗中,她默默地跨在马上,双手抚弄着黑马肩上的长鬃,小小的躯干显得那么单薄和弱小,我想把目光移向她的头发,突然又感到这样很可耻。于是,我提起帆布桶,牵着马,继续朝湖边走去。

钢嘎·哈拉埋头长饮。从它埋入嘴唇的地方,湖水漾起一圈圈次第扩展的波纹,在黯淡的湖面上画出条条闪光的弧线,一直密集地排向对岸轮廓朦胧的陡峭山崖。

其其格蹲在黑马旁边,洗着手上面粉结成的硬垢。"才九岁,已经在给家里做饭了。"我想着,望着她。黑马喝足了,侧过头来,好奇地打量着这个女孩,其其格高兴地伸出小手,触着马儿毛茸茸的嘴唇。

我凑过去问:"你在学校里高兴么? 学习好么? 其其格?"

"昨天算术考坏了。林老师给了我二分。"

"题很难?"

"不,"她抬起脸望着我,"因为妈妈昨天一早就去海拉金山里运煤了。去年她是暑假里去的。所以我也一块去了。那地方很远,我知道。"

"你不该想妈妈,其其格。应当只想着怎样把题算对。"我开导说。

"嗯,是的,"女孩子说,"去年在回来的路上,有一辆勒勒车的轮子散了。妈妈抱着我,在黑地里坐了一夜……今年,牛车会不会又在那里坏了呢? 我想着,就把题算错啦。今年她赶了四辆牛车。"

小女孩又沉默了,我也再说不出什么。我们牵着马,朝家走去。走了一会儿,我忍不住又问这孩子:

"其其格,阿爸对你妈妈——我是说,为什么你阿爸不去运煤呢? 那么远。"

"不,那是妈妈的事。她在给学校干活儿呢。不光运煤,还挤奶,拉水。学校呢,就每个月都给我们钱。"

天全黑了。其其格把马笼头交给我,自己跑进黑暗中,一会儿,"嗨! 嗨!"传来了她的吆喝声。一匹辨不出颜色的高头大马被她赶来。她把一条绳子拴在那马的双腿绊上，然后递给我绳子的另一头。"呶，让钢嘎·哈拉去吃草吧。我也该去煮面条啦。"她说。

我接过那绳头，触着了她凉冰冰的小手。

孩子默默地任我攥着她的手。半晌，她说：

"巴帕，要我明天带你去看妈妈的奶牛么？可好看啦。"然后，她小心地捏了捏我的手背。

达瓦仓已经脱了上衣，露着肌肉隆起的、黑毛丛丛的胸脯。那个小儿子在他怀里闹腾着，咬着他胸上那个硬硬的乳头。另外两个，则在旁边扭作一团，撕抢着什么东西。"白音宝力格兄弟！"他喜气洋洋地招呼着我，"快上炕！先喝一碗再吃饭！其其格，下面条！"

我们对饮起来。见到大人喝酒，那两个小鬼头更来了劲。他们拼命抢着酒瓶子和我们手里的杯盏，一边给我们添酒一边尖声喊叫。下午我曾觉得那么冷清凄凉的小泥屋沸腾起来，弥漫着面汤的蒸气、呛鼻的酒味儿和孩子们的喊叫。

我想起了一首什么时候读过的小诗。那诗令人感受真切地描写了一个充满橘黄色火苗的温暖的家庭晚餐。和这位虎背熊腰的赶车人一块儿喝着烈酒，我似乎又感受到了那小诗的意境。达瓦仓开心地饮着，说着，时时用粗野难听的骂人话吆喝着三个小狗崽般在炕上闹的小孩。干透的泥草墙吸着熊熊炉火的热，又把这热散向歪斜小屋里的生活。孩子们的吵嚷震着我的耳鼓，我有些微微发醉。车老板舒服地仰面躺着，和我议论着天气、风俗和草场的优劣。我发现，这魁梧大汉尽管粗野，但却也不失为豪爽有力。他无疑是这个家庭的坚强支柱和当然的主人。哦，可以想象，索米娅在这间小屋里度过的日子尽管可能艰难，但决非是无法容忍和水深火热。如果此刻她也在这间小屋里面，无论是蹲在灶火旁，坐在炕沿上，或躺在被垛上，都只会使这温暖起来的小泥屋增添更多的温暖和亲切。看来，人的热力是能够点燃世界任何冰冷角落的生命的。真正被生活抛弃的，只是像我这样不能随遇而安的人。也许，这就是我的悲剧……

不过，其其格和这热烘烘的天伦之乐也不尽协调。整整一个晚上，她一直坐在屋角的一堆鞍具上，手里揉弄着一本皱巴巴的课本。只要我看她一眼，总是碰上她逃避般慌忙移开的眼睛。整个晚上，尽管我和达瓦仓谈天论地，但我总觉得那小姑娘在用火辣辣的目光盯着我，那目光好像穿透了我的衣服和肌肤，灼得我的心隐隐作痛。

夜深了，透过窗户框子里嵌着的玻璃，我看见墨蓝的夜空和泛着灰白色的湖浪。不觉之间，那三个淘气鬼已经睡熟了，一个枕着另一个。达瓦仓打了个酒嗝，开始扯住小孩的腿和胳膊，把他们拉成一排。最后他把一条大皮被用力摔在小其其格身上，嘴角泄出一句低沉的咒骂。"哼！这鬼老婆今天还不知道死在哪里！呃，连个铺炕的人都没有……"他狠狠地咬得牙响。眼角一瞥，我们的目光相遇了。他马上闭上了嘴。但我在那一瞬却感觉到了些什么。

难堪的寂静只持续了几秒钟。也许是借着酒力吧，我扳住了他粗壮的肩头：

"你大概讨厌我吧？"我问。

赶车人喘着粗气，想了一会儿，又斟上半碗酒。他沉吟了一下，低低地开口了：

"兄弟，我的话可能不好听——说真的，我们早把你忘了。我根本没想到你还会来看看。我以为，城里人就是那么没心肝，亲娘老子死了也不理睬……"

我难堪地低下了头。

达瓦仓和解地递过酒碗，宽容地说："唉，今天我才知道，是我想错了。看看，你这不是骑着马，爬山过河地找到我们白音乌拉来了？来，喝酒，喝酒。"

我看了看这碗苦酒，然后咕咚咚一饮而尽。我能说什么呢？

我俩挨着斜靠着一垛衣被躺着，默默地啜着酒。大车老板自言自语地说起来："唉，兄弟！说真的，那个时候你不该不在哟……那些事，实在不能甩给一个女人家呀！噢，快十年罗——"

我坐起来，缓缓地给他斟上酒。

"那天夜里，我吆着空车在月亮地里赶路。嗨，太困，睡着啦。后来，又不知怎么醒了。我好像听见一个女人的哭嚎声。说真的，我吓得浑身打战。可是，准是鬼催的——我吆着马，朝那个哭音寻去啦。走近一看，哈！是个女人守着一辆碎了木轮子的牛车，哭得哇哇响。我下了车问她。噢——她是给她奶奶送葬呢！黑夜里，路不好，车坏了，又伤心，就哭开啦。咦，还抱着孩子——那孩子像条剥了皮的猫，小得吓人。见她哭，我也心软啦。我说：姑娘，别哭啦！就算你家额吉有我这个儿子吧！这会儿他刚赶来给老人家送葬……就这样，我把包着老太婆的毡子抱上大车，又把她那辆倒楣的破车拆开，装上大车，把老人家运到了那个山沟里……等我把她们母子送回蒙古包以后，我问她，以后，你们打算怎样过呢？她说，不知道。后来，我就吆上车离开啦。回去以后，我总想起她。越想越觉得她可怜。这样，我就又赶上车，开了张结婚证，第二次去了伯勒根河湾……"

他端起酒，呷了一口。下炕给蜷在炉灶旁睡熟的其其格盖严了皮被，又在我身边躺下来。

"后来，我问过你妹妹。我问她，索米娅，你们家就没有个男人亲戚？送葬——那种事也非要你一个姑娘干？她说，有个哥哥，他上大学进城啦。兄弟，我这才知道还有个你。我又问她，那就一定要抱着个猫崽子自己去送老人？草原上有那么多人家！她说，我不愿意求别人，该我去。唉——真傻呀！"

第二天，天气晴朗。达瓦仓早早起来，把四匹马套上了大车。他在屋子里翻腾了好一阵，大概是没有找到什么像样的干粮吧，最后，他骂骂咧咧地把一壶酒揣进怀里，走出门来。

他拔下那杆大鞭，然后拍拍我的肩头："兄弟，天不坏，我要出车送货去啦，你饿了就催其其格那小猫崽子烧茶。我半路上能碰上你妹妹，她用不了天黑就能回来，我会催她狠狠地揍着学校那几头懒猪似的老牛跑的。哼，瞧她这个临时工……喂，"他又想起来什么，"你就多住几天吧。等我三五天回来，咱们再一块喝两瓶。你酒量不坏。"

他吆着车走了，顺着一条直直攀上湖畔高高山梁的车道。他赶车很凶，鞭梢尖锐地炸响着，车轮扬起弥漫的黄尘。他挺胸坐在跨杠上，粗声叫骂着，神气十足。"是条好汉子。"我独自想。一阵怅惘又漾上了心头。

学校课间休息的时候，其其格领着我去看了学校的奶牛。原来是我在大学里研究过的荷兰种改良牛。那些长着大块大块黑白相间的毛皮的乳牛优雅地踱着步子，在一个小小院子里晒着太阳。我走进了那稀泥塘一样的院子。污泥在我脚下咕唧咕唧响着。我在那烂泥地里站了好久。是的，索米娅每天都蹲在这片泥地里挤奶……其其格又把我领去看了学校的厨房后院，那儿堆着小山般的冬季燃料：黄褐的牛粪，黑亮的煤。当这女孩子领着我走近湖边的时候，上课铃响起来了,其其格远远地指给我湖畔的一块青石板,就慌忙跑去上课了。

我走到湖旁,在那块青石板上慢慢坐下。在冰封千里的冬天,索米娅就是在这块石头上蹲着,用力凿开诺盖淖尔的坚冰,把一桶桶水汲进水缸,运到学校。

我找到了她留在这片土地上的步步足迹。我看见了她的生活和劳动。一天一夜的耳闻目睹,使我视野里充斥着纷乱炫目的、简直应接不暇的印象。但是,我仍然不能相信和接受它们,尽管它们是如此真实。我仍然只是看见她的那个形象:那是一个面对着早晨朝霞的、眸子中闪跳着金红色的憧憬的美好姑娘。我伏在岸边的草丛里,难过地闭上了眼睛,竭力不去再想这一切往事。后来,我睡熟了。

很久,我抬起头来:太阳已经偏西。我看见钢嘎·哈拉在我旁边的湖水里站着,它浑身的毛皮在湖水洗过之后,像纯净的炭一样漆黑,向阳的一面闪着漂亮的漆光。

它笔直地站在清波摇荡的湖水浅滩里,一动不动。它高高地昂着头,箭一般的双耳耸立着——它在注意地眺望着什么。

我忙起身朝那边望去——在那条宛如浮在湖面蒸腾的烟气之上的青灰色的高高山梁上,在那青青山梁上的那条宛如扶摇直上的轻烟般的车道上,有一连串四个小黑点,是四辆首尾相连的牛车,正在朝着这儿蜿蜒而下。

七

我举目眺望那茫茫的田野啊
那长满艾可的山梁上有她的影子

哦,如果我们能早些懂得人生的真谛;如果我们能读一本书,可以从中知晓一切哲理而避开那些必须步步实践的泥泞的逆旅和必须口口亲尝的酸涩苦果,也许我们会及时地抓住幸福,而不至和她失之交臂。可是,哪怕是为着最平凡、微小的追求吧,想完美如愿也竟是那样艰难莫测。也许,正因此人们才交口感叹生活。我们成长着,强壮和充实起来,而感情的重负和缺憾也在增加着,使我们渐渐学会了认真的感慨。而当我们突然觉得在思想上长大了一岁,并实在地看清了前方时,往事却不能追赶,遗恨已无法挽回。我们望着比我们年轻些的后来者,望着他们的无畏、幻想和激情,会有一点儿深沉些的目光。在清风中,在人群里,我们神情平静地走着,暗暗地加快了一点儿步伐……

当见到了索米娅以后,我体会到了上述的这一切。

我们见面时,并没有出现什么戏剧性的情景。索米娅用力拽着牛鼻绳,大步迎面走来。她笑着向我问好:"啊,白音宝力格!我听达瓦仓说你来啦。怎么样,路上累么?工作好么?你还是老样子!嗬——嘿!"她使劲拉着缰绳。

她牵着首车的一头红花牛,和我并排走着。她并没有哇地哭出来,更没有一下子扑进我的怀里,甚至也没有喊我"巴帕"。她丝毫没有流露对往事的伤感和这劳苦生涯的委屈。甚至在我挡开她,用力挥着三齿耙和平底锨,替她把那四车煤炭卸在学校伙房后面时,也是一样。她随口说着什么,若无其事。

　　她变了,若是没有那熟悉的脸庞,那斜削的肩膀和那黑黑的眼睛,或许我会真的认不出她来。毕竟我们已阔别九年。她身上消逝了一种我永远记得的气味;一种从小时、从她骑在牛背上扶着我的肩头时就留在我记忆里的温馨。她比以前粗壮多了,棱角分明,声音暗哑,说话带着一点大嫂子和老太婆那样的、急匆匆的口气和随和的尾音。她穿着一件磨烂了肘部的破蓝布袍子,袍襟上沾满黑污的煤迹和油腻。她毫不在意地抱起沉重的大煤块,贴着胸口把它们搬开,我注意到她的手指又红又粗糙。当我推开她,用三齿耙去对付那些煤块时,她似乎并没有觉察到我的心情,马上又从牛车另一侧再抱下一块。她絮叨叨地和我以及前来帮忙的炊事员聊着天气和一路见闻,又自然又平静。但是,我相信这只是她的一层薄薄的外壳。因为,此刻的我在她眼里也一定同样是既平静又有分寸。生活教给了我们同样的本领,使我们能在那层外壳后面隐藏内心的真实。我们一块儿干着活儿,轰轰地卸着煤块;我们也一定正想着同样的往事,让它在心中激起轰轰的震响。

　　下午的诺盖淖尔湖边小镇阳光明丽。已经放了学的孩子们像小鸟一样在索米娅周围又吵又嚷。休息的教师们,乳品厂的临时工,还有蹒跚着串门的老汉,都围着这堆刚卸下的煤品头品足地议论。我发觉索米娅在这里人缘很好,她总是被那些人们喊住,谈笑上几句什么。

　　直到活儿干完了,她领着我回家时,我们还是用这样的方式随意闲谈着。当我们转过学校前面的低缓土坡,顺着湖畔的小路朝那间半地穴式的小泥坯屋走去的时候,突然传来一阵急促的马嘶。钢嘎·哈拉拖着脚绊,一蹦一跳地奔来。直到马儿蹦跳着来到我们跟前,不管不顾地径自把脖颈伸向索米娅、把颤动着的嘴唇伸到她的怀里时,我才明白了这黑马所具备的一切。

　　我惊奇万分地望着钢嘎·哈拉。它一声不吭地用黑黑的大脑袋在索米娅怀里揉搓着,双耳一耸一耸,不安地睁大着那对琥珀色的眼睛,好像在无言地诉说着什么。

　　索米娅用沾满煤末的手轻轻搂着黑骏马的头,久久地抚摸着它。我看见,她的眼睛里盈满着泪水,肩膀在微微地发抖。但是她始终背朝着我,一句话也没有说。

　　她飞快地收拾着屋子。打开窗子,点燃炉火。刷洗所有锅碗什物,挨个地给三个男孩子洗掉脸蛋上的脏污,把其其格支使得团团转。

　　泥屋里又充满了温暖,但不是昨夜那种热烘烘、乱糟糟。她烧了一大锅浓浓的酽茶,把大茶壶煨在炉灶旁的红灰上。她找出一罐黄油和一包黑砂糖,煎了很多黄澄澄的小面饼。她把炸饼摆在我面前,那散着诱人甜香的饼上,油花在滋滋地响着。

　　山那边白音乌拉公社没有送过柴油机发的电来,天黑了,屋里一片昏暗。索米娅点燃了煤油灯。又一个傍晚,我一直盼望着、又一直害怕的傍晚降临了。炉灶里的牛粪火闪着橘黄色的火焰。这活泼的暖色点缀了浓暮灰蓝的阴暗色彩,一闪一跳地,把那被严严压实的不安和激动引了出来,像一阵气浪,像一支无声的旋律,在这低矮的小泥屋里愈来愈浓郁地回旋着。

　　小面饼又甜又香,我吃了好多。这时我才想起:中午我在湖畔睡着了,忘了喝午茶。

　　孩子们在炕上闹着,争抢着被褥和枕头。

　　索米娅吩咐其其格给我铺一条新毡子。小姑娘跑进旁边的小屋,很快抱来一块白条毡。她把条毡铺在靠墙的炕头,又麻利地扫净上面的草末。最后,她把一个新皮袍子摊开在条毡上,然后下了炕,站在一旁,默默地望望母亲,又望望我。不知为了什么;我忍不住一把拉过她来,抚摸了一下她的头发。接着,我躺下了。

索米娅一口吹熄了灯。

黑暗中,我睁着眼睛,仔细地倾听着隔着四个孩子的土炕那一头传来的每一点轻微的声响。好久,我都判断不出索米娅是否已经躺下。我茫然望着屋顶,而那里也是混沌一片,数不清究竟有几条椽檩。最小的那个男孩,也就是马车夫的宝贝心肝突然哼了起来。于是我听见索米娅开始小声哄着他。我屏住呼吸,倾听着她低柔的嗓音。她在用那种只有母亲和孩子才懂的、只有在沉睡的蒙古包里才能听到的甜美的、气声很重的絮语在说着什么。这种声音使人近如咫尺地感觉到女人独有的浓郁气息……就这样,我和我昔日的姑娘,和我的沙娜躺在一个低矮的屋顶之下,躺在一条土炕上。我们都竭力使自己弄出的声响小些。我们是那么疏远,那么直似路人。哦,别了,我的草原上的百灵鸟儿,我的披着红霞的、眸子黑黑的姑娘,我已经永远地失去了你……

没有月光。夜空上大概布满了乌云,连窗棂那儿也是昏黑一片。只有炉膛里残存的牛粪火亮着微弱的红光,时而响起一星半点清晰的爆裂声。屋子里响起了均匀的鼾声:孩子们都睡熟了。

这时,我听见索米娅发出一声压低的、长长的叹息。像是一声颤抖的呻吟般的、缓缓舒出的叹息。

像是听见了召唤的号角,我猛地坐了起来。我宁愿去死也不能继续在这沉寂中煎熬。我哧哧喘着,对着黑暗大声说:

"索米娅! 不,沙娜! 你……你说点什么吧!"

说罢我就使劲闭上眼睛,死命咬着嘴唇。

过了好久,索米娅开口了。她低声说道:

"奶奶死了。"

又是沉默。我明白,该我对那湮没的质问回答了。

我开始艰难地讲起来。自从我跨着黑骏马踏上旅途,这个问题已经不止一次地撕扯着我的心。九年多了,在学院里和机关里,在研究室同事当中和在一切朋友之间,我从来没有想到荒僻草原上有这样一个严厉的法庭,在准备着对我的灵魂的审判。现在由索米娅进行的,也许是最后一次。我费劲地讲着,讲到了那条山石峥嵘的山谷,讲到了天葬的牧人遗骨,讲到了我怎样在那里向亲爱的奶奶告别并请求她的饶恕。我也讲到了赶车人达瓦仓对我的责备。我讲着,泪水止不住哗哗流下。

这是我第一次哭。以前我从来没有流过眼泪。甚至,我曾怀疑这是自己的一种生理缺陷。我总是咬着牙关,皱紧眉头,把一切痛楚强咽而下,人们则常常因此认定我是个冷酷和无情无义的家伙……

我拼命咬着袖子,生怕吵醒沉睡的孩子们。但是这次我忍不住了,我已经说不下去,只管没出息地发出一声声难听的哭声。

"别这样,白音宝力格……"索米娅低声唤着我。她哑声说:"难道有永远活着的老人么?"

而我已经悲恸难禁。我已经分不清究竟是在为奶奶,还是在为自己而哭泣。我想到自己把匕首扔在地上时对那老人的蔑视,也想到自己捂着被踢伤的小腹挣扎回家的情形。我想到荒凉的天葬沟旁那清冷孤单的感觉,也想到自己把皮袍披在索米娅身上时的柔情。我想到那红霞,那黑马驹,那卑污的希拉,那可怕的分离。又想到了像一柄勺子和一条小猫般大小的婴儿,想到女教师、马车夫和诺盖淖尔湖的清波。我想到自己那已无法分辩的委屈,更想起了那些简直已经无法全部记忆的、使我从一个儿童长成一个青年的许许多多的岁月,想起父亲怎样把幼年丧母的我托付给那个慈祥的老人……"奶——奶!"我伤心极了,只顾把头埋在手里呜呜地哭着。"奶——奶!"我只想拼命拉回那不归的老人,然后对着她痛快地大哭一场。

索米娅轻轻地下了地,往炉膛里添了些牛粪块,然后给我端来一碗茶。

她坐在炕沿上,看着我咽着茶水。喝完了茶,我渐渐平静了下来。

炉火在轻轻地闪跳,暗红的火焰摇动着索米娅映在土墙上的影子,无声地和我们一起默送着流逝的时间。

"索米娅,"我谨慎地用这个称呼叫着她。

"嗯?"她刚才仿佛沉入了遐思。

"你给学校干临时工,累吧?"我问。

"不,没什么,反正我也要干活儿的。一个月能挣四十五块钱呢。"

"昨天,一个姓林的女老师给我讲了好多你的事。她可喜欢你啦。"

索米娅淡然笑了,"她心肠好,"她说。

我又说:"达瓦仓昨晚和我喝了好多酒,他也是个好人。"

索米娅没有回答。一会儿,她轻轻地说:

"白音宝力格,你还记得吗?那条伯勒根小河……"

"什么?我们家乡的伯勒根小河么?"

"嗯。"她的声音低得几乎听不见,"还记得么,奶奶讲过那样的歌谣:'伯勒根,伯勒根,姑娘涉过河水,不见故乡亲人'……奶奶还说过,希望我永远也不要跨过伯勒根小河嫁到异乡去。可是,看来,我还是没能叫她称心。知道吗,那天,我坐着丈夫的马车,离开了咱们住过那么多年的营盘。那营盘光秃秃的,只留着一层青灰的羊粪。蒙古包拆掉啦,装到了车上。钢嘎·哈拉……因为你走了,我把它卖给了公社。那天风刮得很凶,马车走进伯勒根河的芦苇里,风刮得苇叶哗喇喇地响。后来,我们路过了那个地方,那个咱们曾经和奶奶一块烧茶休息的硝土岸上的地方。那时候,我突然想起了奶奶说过的话,想起了她讲过的那个歌谣……我哭了。啊,我想,我到底还是没能逃开蒙古女人的命运;到底还是跨过了伯勒根的河水,成了这白音乌拉地方的伯勒根……"

索米娅终于讲完了。我听着,什么也没有说。从窗棂子往外望去,好像浮云已经褪尽,微微发亮的夜空上,闪着几颗晶亮的星。我转过身望见索米娅黑暗里的面影,觉得那儿也闪着晶莹的光亮。我想伸出手去替她擦掉那些泪珠,可是我没敢。

这时,索米娅又讲了:"白音宝力格,那时我猜不出你在哪里。我只记得马车一摇一晃地走在河水里,车轮子溅起冰凉的浪头,溅了我一脸一身。我使劲搂紧女儿,把脸藏在她身子后面。哦,那时我多么感激其其格呀,我觉得只有这块小小的血肉在暖和着我……当然,白音宝力格,这样的话你是不愿意听的。我知道,你非常讨厌我有这么一个女儿……"

"不!"我绝望地喊起来。我打断了她的话,激动地分辩说:"沙娜!你错了,我喜欢她,其其格是个好孩子……而且,好像她也、也喜欢我。她喊我'巴帕'。她还知道钢嘎·哈拉。我发现,和我在一块的时候,这孩子就爱说话……"

索米娅叹了口气,我似乎感到她在暗影里惨然一笑。

"你不知道真情,白音宝力格。"她迟疑着,犹豫了一阵,才继续说道:

"是这样的:我丈夫不喜欢这个女儿。去年他喝醉啦,打其其格,还骂她是……野狗养的。后来,啊,女儿就一直盯着我。天哪,一连几天盯着我,那眼神很吓人。我慌了,就悄悄对她说:其其格,你有一个巴帕,现在正骑着一匹举世无双的漂亮黑马在闯荡世界。我们给这匹马取名叫钢嘎·哈拉——黑骏马。这巴帕就是你的父亲,他的名字叫白音宝力格。会有一天,他突然骑着黑骏马来到这里,来看我们……"

我望望炕上,其其格正拥着一角毯子睡着,小手枕在脸颊下面。索米娅疲惫地垂下了头,吁了长长一口气。

"别记恨我吧,白音宝力格!"她用微弱的声音喃喃着。"我实在没有别的办法。我想,反正这一生再也不会见到你啦……"

我鼓足勇气,向她伸出手去,抚摸着她蓬乱的长发。索米娅佝偻着身子,用双手紧紧掩着脸庞。随着我的抚摸,她浑身剧烈地颤抖着。

过了许久,她猛然昂起头来,用一种异样的、嘶哑的声调大声问我:

"为什么你不是其其格的父亲呢?为什么?如果是你该多好啊……哪怕你远走高飞,哪怕你今天也不来看我!"

我木然地、僵硬地坐着,好久答不上话来。后来,我不知是背诵了一句谁的话:

"我不能够。索米娅,你是多么美好呵……"

炉膛里的牛粪火完全熄灭了。灶口那儿早已没有了那种橘黄的或是暗红的火光。可是,这间小泥屋已经不再那么黑暗,木窗框里乌蒙蒙的玻璃上泛出了一层白亮。不觉之间,我们的周围已经流进了晨曦。

天亮了。

这又是一个难忘的、我们俩的黎明。

八

黑骏马昂首飞奔哟,跑上那山梁
那熟识的绰约身影哟,却不是她

我在索米娅家的小泥屋里一共住了五夜。从那天黎明以后,我们再也没有去回顾那些不堪回首的往事。我想等达瓦仓回来以后再告辞,从各方面来讲,那样都更好些。

在诺盖淖尔湖畔的这个清净的小镇上,我们度过了平和的三天。每天除开照料黑马之外,我就到学校的乳牛圈和伙房后面去,尽力帮助索米娅干点活儿。此外,我把心思都花在其其格身上。我骑马从白音乌拉供销社给她买来新的书包和钢笔,还有一条天蓝色的纱巾。我想暗中帮助索米娅巩固那个谎言。为什么不呢?为什么要让这不满十岁的女孩子心里那一星幻想的火花熄灭呢？就让她继续把我想象成她的父亲吧，我愿一生致力于扮演这个角色。也许，这对于我要比对于她更为重要和迫切。

但是，我已经发现事情将不会那么简单。因为她在更固执地，用那种尖锐的眼睛盯着我。她并没有变得更快乐一些或者更孩子气一些。

我想起在城里，我曾在一个朋友那儿看到过一帧他女儿的照片。那是一张寄自美国的、大幅柯达相纸印的彩色照片。照片上那女孩也和其其格差不多大小。她被已经同父亲离了婚的母亲带到了那个极乐世界。在那张彩色照片上，我看到那女孩穿着一件胸前印着"HAPPY"①的套头衫，正在起劲地和一群黄发碧眼的小朋友们嬉戏。她笑得真是那么快乐和幸福。我曾感慨，她就那么无忧无虑地忘掉了父亲和自己的祖国。而其其格却完全不同。她衣衫褴褛，乱蓬蓬的头发结成毡片。她吃力地迈着小腿和挥着小手，从湖边提来满桶的水。她令人发笑也使人心疼地抱着比自己小不了多少的弟弟。她默默地接过我买的书包、钢笔和头巾，然后默默地走到一边翻弄课本。她时时用那清澈而严肃的眼神望着我，仿佛在和我的心灵进行着无止无休的辩论。

我懂了，这种留在孩子心灵深处的创伤是不会愈合的，这伤疤将随着他们的渐通世事而流血发疼。我恨透了制造这创伤的丑恶力量，难道还有比这更严重的残害么？

索米娅从那天天亮以后，也忘却了悲伤。当她来到学校的时候，我看见她脸上满是兴奋的，甚至是喜气洋洋的光彩。她走近那头高贵的黑白花荷兰乳牛，亲切地拍拍它的额头。那奶牛转动着闪着缎光的脖颈，聪慧地睁大温柔的眼睛等着她。她蹲下，把木桶放稳在袍襟上。唰，唰，雪白的奶浆一股股射向桶底。其余几头奶牛也慢腾腾地踱过来，围着她站成一圈，等着轮到自己。她挥动着双臂，上身一动一动地摇着，用力地挤着，脸上浮着平和的微笑。我站在圈墙外面看着她，看得出神。下课铃响了，一大群孩子喧闹着冲来，小脑袋在圈墙上露出齐齐的一排。他们七嘴八舌地议论着，争执着，用清脆的童声向索米娅问好。索米娅挤满一小桶，孩子们就震耳欲聋地喊成一片，拼命地朝她伸出手臂。她把奶桶递给孩子们，微笑地嘱咐着他们，目送着他们把奶桶送到伙房。铃声又响了，孩子们吵嚷着奔回教室，围墙外面像是飞走了一群乱叫的小鸟。

索米娅拴紧圈门，又走到住宿的牧区孩子的宿舍。在那儿，她已经用我提来的湖水泡上了一大堆要洗的窗帘和被单。早晨的太阳已经高高升上了白音乌拉大山。诺盖淖尔湖畔的这几排简陋的土房子渐渐显出了平稳的秩序和劳动的活力。索米娅洗着衣服，用湿漉漉的手撩着脸上的散发，随口和路过的人们说着话。阳光照着她黧色的面颊和黑黑的眼睛，她显得安详、自信而平静。不久，白杨树干上扯起了一条条绳子，洗好的床单在绳索上迎风飞舞，像是成排的旗子。索米娅吃力地站了起来，轻轻捶捶后腰，拖着沉重的步子朝湖畔的泥屋蹒跚走去，随手在地上拾起一段铁丝，几块牛粪和木头。她从邻居的汉族老太婆家里把儿子们吆回来，顺便给那户人家养的一只山羊羔喂了奶。她点燃炉灶，用斧头砸碎茶砖。一家人围坐在炕上，奶茶正在铁锅里沸腾。

我长久地观察着她的一举一动。我觉得自己似乎看见了她过去的日子，也看清了她未来还要继续度过的生活。

我临行的前一天，达瓦仓赶着马车回来了。那天中午，学校的林老师跑来，把我们全家请到

---

① HAPPY：英语，快乐。

她的宿舍去吃午饭。

我们三个大人率领着四个孩子，一一围着她的炕桌坐好。这时，女教师乐不可支地咯咯笑着，满面红光地告诉我们一个消息：

"啊呀，你们听着！学校刚刚开完了会。会上决定，把索米娅姐姐转为正式职工啦！嗯，听说是让你专门管理学生内务。索米娅姐姐，知道吗？以后，孩子们就要喊你'老师'啦！"她快活地嚷着，一面飞快地把冒热气的白馍头摆在桌上。"嘿，真高兴呀！哈哈！喂——车老板！你瞪什么眼？"

她朝达瓦仓喊着。马车夫不以为然地晃晃脑袋，端起酒杯，对我说道："喝，白音宝力格兄弟。你瞧，她也能当老师！很可能，明天会派我去当自治区书记。唉！"

女教师摆着菜，骂着达瓦仓说："不害羞！你算什么？除了赶大车就会喝酒。可索米娅姐姐呢，开会时，有的老师说，只要索米娅在，住宿生就不会想家啦。"

索米娅惶恐地、害羞地坐着，不安地揉弄着筷子，忘记了吃饭。她呆呆地看着几个狼吞虎咽的儿女，好久没有说一句话。后来，她仿佛刚刚醒悟过来般失声叫了起来："哎哟！弄错啦……我怎么能，怎么能喊我老师呢！"

她丢掉筷子，双手捂住了脸。可是，我已经在她的脸上看到了一种复活了的美丽神彩，那是羞怯和紧张都遮掩不住的、一种难得出现的神彩。林老师说笑着，给孩子们添着菜，给我们男人添着酒。其其格一面吃着，一面翻看着一本连环画。达瓦仓喝干一杯酒，就忙着教训一下伺机捣乱的儿子，只有索米娅坐在角落里，独自静静地出神。她在想什么呢？孩子们在吵闹，女教师在谈笑，丈夫在饮酒。她只是茫然向他们投去一瞥，随即又陷入自己的遐思。也许此时她第一次感到了疲乏和劳累，第一次有机会歇息一会儿。她一定正在安详地回想着那难熬的岁月，回想着那些快要淡漠了的酸辛。她的神情松弛了，痴痴的目光像是在注视着什么，那目光里充满了使我感到新奇的怜爱和慈祥。你变了。我的沙娜，我的朝霞般的姑娘。像草原上所有的姑娘一样，你也走完了那条蜿蜒在草丛里的小路，经历了她们都经历过的快乐、艰难、忍受和侮辱。你已一去不返，草原上又成熟了一个新的女人。

在古歌《黑骏马》的终句里，那骑手最后发现，他在长满了青灰色艾可草的青青山梁上找到的那个女人，原来并不是他寻找的妹妹。小时候，当我听着这两句叠唱的长调时，曾经百思不得其解。后来，成年以后，当我为思念索米娅哼起这首歌的时候，我一直认为这支古歌在这儿完成了优美的升华。它用"不是"这个平淡无奇的单词，以千钧之力结束了循回不已的悬念，铸成了无穷的感伤意境和古朴的、悲剧的美。

但是，这一回，当我真的踏着这古歌的节奏，亲身体味了歌中概括的生活以后，我不能不再次沉入了深深的思索。

第二天清晨，我牵着钢嘎·哈拉，告别了达瓦仓、其其格和孩子们。索米娅陪着我，牵马绕过了清澄的、早晨的诺盖淖尔湖水，慢慢地走上直插旗所在地的那条小路。

我尽量开朗地和她闲谈着，讲叙着我在自治区畜牧厅的工作和生活。当然也商量了许多事情，包括怎样抚养和教育正在长大的其其格。

那天早晨，湖面上低低地流动着淡白色的浓雾，天上湿润的云彩拉成长长的薄丝，在峡谷的避风处和湖雾连成一片。只有天幕后面那轮巨大的淡红朝日正在无声升起,把一束束微红的光线穿过流雾,斜斜地投向蓝幽幽的水面。

索米娅低着头走在我身旁,露水打湿了她的袍襟。在小路开始向山坡上伸延而去的一片马莲草地上,我转过身来。我决心不再制造那种感伤的离别场面,于是,我说了一声"再见吧,索米娅",就奋力跃上了马背。

"巴帕!"索米娅突然撼人肺腑地喊了一声。

我浑身一震,猛地收住马缰。这是我第一次,也是最后一次听见她这样亲昵地称呼我。

索米娅急急跑上几步,双手抓住马勒,气喘吁吁地说:

"我有一件心事,不,有一个请求。我不知道是不是该说——"她满怀希望地凝视着我的眼睛,犹豫了一下。突然又用热烈的、兴奋的声调对我说:"如果,如果你将来有了孩子,而且……她又不嫌弃的话,就把那孩子送来吧……把孩子送到我这里来!懂么?我养大了再还给你们!"她的眼睛里一下涌满了泪水。"你知道,我已经不能再生孩子啦。可是,我受不了!我得有个婴儿抱着!我总觉得,要是没有那种吃奶的孩子,我就没法活下去……我一直打算着抱养一个。啊,你以后结了婚,工作多,答应我,生了孩子送来吧!我养成个人再还给你……"

我震惊地听着她的表白。

我想起了我的奶奶。想起了奶奶总是一本正经地讲述而被我挤着鬼脸嘲笑过的、那许许多多的哲理。奶奶已经长眠不醒,但我此刻相信她一定得到了真正的安宁。我几乎要对索米娅冲动地说:"沙娜,我的好姑娘!你将来一定会像奶奶一样慈祥!"可是我没敢说。而且,这样说也许并不正确。我只是僵坐在马鞍上,目瞪口呆地听着她的倾吐。我觉得,像我这样的人是很难彻底理解她们的一切的。我目不转睛地望着索米娅。那个梳着牛犄角小辫和我同骑一牛的小女孩,那个紧束着腰带朝我奔来的少女,那个红霞中的姑娘,还有那个赶车人泥屋里的主妇,都闪电般地从我眼前掠过。我似乎已经从中辨出了一道轨迹,看到了一个震撼人心的人生和人性的故事。——快点成熟吧!我暗暗呼唤着自己。

我放开勒紧的马嚼,钢嘎·哈拉抖动着满颈黑鬃,飞一样地冲向前方,把激动的风儿甩在身后,久久地带着一阵远去的呼哨。我驰上了地平线,在高高的山冈上扯转马头。在茫茫的草海里,索米娅微小的背影正在向彼岸踽踽前行。再见吧,我的沙娜,继续走向你的人生。让我带着对你的思念,带着我们永远不会玷污的爱情,带着你给我的力量和思索,也去开辟我的前途……如果我将来能有一个儿子,我一定再骑着黑骏马,不辞千里把他送来,把他托付给你,让他和其其格一块生活,就像我的父亲当年把我托付给我们亲爱的白发奶奶一样。但是,我决不会像父亲那样简单和不负责任;我要和你一块儿,拿出我们的全部力量,让我们的后代得到更多的幸福,而不被丑恶的黑暗湮灭。

钢嘎·哈拉沿着开阔的山坡飞驰。畜牧厅规划处的同志们一定已经完成了在旗里的调查。我要快马加鞭去和他们会合,然后去开始新的工作。

此刻,宇宙深处轻轻地飘来了一丝音响。它愈来愈近,但难以捕捉,像是在草原上空的浓郁空气中传递着一个不安的消息。等我刚刚辨出了它的时候,它突然排山倒海地飞扬而至,掀起一阵壮美的风暴。我被它牢牢地吸引住了,黑骏马追赶着它的步伐。接着,从那狂风般的雄浑前奏中,流出了一个优美悲怆的旋律,它激烈而又委婉地起伏着,好像在诉说着草原古老的生活。

那一浪浪涌来的、苍凉古朴的调子叩击着我的心,又伴和着钢嘎·哈拉急骤的蹄音,把我们的心绪向莽莽的大草原传递。在这天宇和大地奏起的浑厚音乐中,我低低地唱起了《黑骏马》,从那古歌的第一节开始,一直唱到终止的"不是"那个词。

当我的长调和全部音乐那久久不散的余音终于悄然逝尽的一霎间,我滚鞍下马,猛地把身体扑进青青的茂密草丛之中。我悄悄地亲吻着这苦涩的草地,亲吻着这片留下了我和索米娅的斑斑足迹和炽热爱情,这出现过我永志不忘的美丽红霞和伸展着我的亲人们生路的大草原。我悄悄地哭了。青绿的草茎和嫩叶上,沾挂着我饱含丰富的、告别昔日的泪珠。我想把已成过去的一切都倾洒于此,然后怀着一颗更丰富、更湿润的心去迎接明天,就像古歌中那个骑着黑骏马的牧人一样。

1981.12

(原载《十月》1982 年第 6 期)

哦,香雪

铁 凝

如果不是有人发明了火车,如果不是有人把铁轨铺进深山,你怎么也不会发现台儿沟这个小村。它和它的十几户乡亲,一心一意掩藏在大山那深深的皱褶里,从春到夏,从秋到冬,默默地接受着大山任意给予的温存和粗暴。

然而,两根纤细、闪亮的铁轨延伸过来了。它勇敢地盘旋在山腰,又悄悄地试探着前进,弯弯曲曲,曲曲弯弯,终于绕到台儿沟脚下,然后钻进幽暗的隧道,冲向又一道山梁,朝着神秘的远方奔去。

不久,这条线正式营运,人们挤在村口,看见那绿色的长龙一路呼啸,挟带着来自山外的陌生、新鲜的清风,擦着台儿沟贫弱的脊背匆匆而过。它走得那样急忙,连车轮辗轧钢轨时发出的声音好像都在说:不停不停,不停不停! 是啊,它有什么理由在台儿沟站脚呢,台儿沟有人要出远门吗? 山外有人来台儿沟探亲访友吗? 还是这里有石油储存,有金矿埋藏? 台儿沟,无论从哪方面讲,都不具备挽留火车在它身边留步的力量。

可是,记不清从什么时候起,列车时刻表上,还是多了"台儿沟"这一站。也许乘车的旅客提出过要求,他们中有哪位说话算数的人和台儿沟沾亲;也许是那个快乐的男乘务员发现台儿沟有一群十七八岁的漂亮姑娘,每逢列车疾驶而过,她们就成帮搭伙地站在村口,翘起下巴,贪婪、专注地仰望着火车。有人朝车厢指点,不时能听见她们由于互相捶打而发出的一两声娇嗔的尖叫。也许什么都不为,就因为台儿沟太小了,小得叫人心疼,就是钢筋铁骨的巨龙在它面前也不能昂首阔步,也不能不停下来。总之,台儿沟上了列车时刻表,每晚七点钟,由首都方向开往山西的这列火车在这里停留一分钟。

这短暂的一分钟,搅乱了台儿沟以往的宁静。从前,台儿沟人历来是吃过晚饭就钻被窝,他们仿佛是在同一时刻听到了大山无声的命令。于是,台儿沟那一小片石头房子在同一时刻忽然完全静止了,静得那样深沉、真切,好像在默默地向大山诉说着自己的虔诚。如今,台儿沟的姑娘们刚把晚饭端上桌就慌了神,她们心不在焉地胡乱吃几口,扔下碗就开始梳妆打扮。她们洗净蒙受了一天的黄土、风尘,露出粗糙、红润的面色,把头发梳得乌亮,然后就比赛着穿出最好的衣裳。有人换上过年时才穿的新鞋,有人还悄悄往脸上涂点胭脂,尽管火车到站时已经天黑,她们还是按照自己的心思,刻意斟酌着服饰和容貌。然后,她们就朝村口,朝火车经过的地方跑去。香雪总是第一个出门,隔壁的凤娇第二个就跟了出来。

七点钟,火车喘息着向台儿沟滑过来,接着一阵空哐乱响,车身震颤一下,才停住不动了。姑娘们心跳着涌上前去,像看电影一样,挨着窗口观望。只有香雪躲在后边,双手紧紧捂着耳朵。看火车,她跑在最前边;火车来了,她却缩到最后去了。她有点害怕它那巨大的车头,车头那么雄壮地喷吐着白雾,仿佛一口气就能把台儿沟吸进肚里。它那撼天动地的轰鸣也叫她感到恐惧。在它跟前,她简直像一叶没根的小草。

"香雪,过来呀!看那个妇女头上别的金圈圈,那叫什么?"凤娇拉过香雪,扒着她的肩膀问。

"怎么我看不见?"香雪微微眯着眼睛说。

"就是靠里边那个,那个大圆脸。唉!你看她那块手表比指甲盖还小哩!"凤娇又有了新发现。

香雪不言不语地点着头,她终于看见了妇女头上的金圈圈和她腕上比指甲盖还要小的手表。但她也很快就发现了别的。"皮书包!"她指着行李架上一只普通的棕色人造革学生书包。这是那种在小城市随处都可见的学生书包。

尽管姑娘们对香雪的发现总是不感兴趣,但她们还是围了上来。

"哟,我的妈呀!你踩着我脚啦!"凤娇一声尖叫,埋怨着挤上来的一位姑娘。她老是爱一惊一乍的。

"你咋呼什么呀,是想叫那个小白脸和你搭话了吧?"被埋怨的姑娘也不示弱。

"我撕了你的嘴!"凤娇骂着,眼睛却不由自主地朝第三节车厢的车门望去。

那个白白净净的年轻乘务员真下车来了。他身材高大,头发乌黑,说一口漂亮的北京话。也许因为这点,姑娘们私下里都叫他"北京话"。"北京话"双手抱住胳膊肘,和她们站得不远不近地说:"喂,我说小姑娘们,别扒窗户,危险!"

"哟,我们小,你就老了吗?"大胆的凤娇回敬了一句。

姑娘们一阵大笑,不知谁还把凤娇往前一搡,弄得她差点撞在他身上。这一来反倒更壮了凤娇的胆:"喂,你们老呆在车上不头晕?"她又问。

"房顶子上那个大刀片似的,那是干什么用的?"又一个姑娘问,她指的是车厢里的电扇。

"烧水在哪儿?"

"开到没路的地方怎么办?"

"你们城市里一天吃几顿饭?"香雪也紧跟在姑娘们后边小声问了一句。

"真没治!""北京话"陷在姑娘们的包围圈里,不知所措地嘟囔着。

快开车了,她们才让出一条路,放他走。他一边看表,一边朝车门跑去,跑到门口,又扭头对她们说:"下次吧,下次告诉你们!"他的两条长腿灵巧地向上一跨就上了车,接着一阵叽哩哐啷,绿色的车门就在姑娘们面前沉重地合上了。列车一头扎进黑暗,把她们撒在冰冷的铁轨旁边。很久,她们还能感觉到它那越来越轻的震颤。

一切又恢复了寂静,静得叫人惆怅。姑娘们走回家去,路上总要为一点小事争论不休:"那九个金圈圈是绑在一块插到头上的。"

"不是!"

"就是!"

有人在开凤娇的玩笑:"凤娇,你怎么不说话,还想那个……'北京话'哪?"

"去你的,谁说谁就想。"凤娇说着捏了一下香雪的手,意思是叫香雪帮腔。

香雪没说话,慌得脸都红了。她才十七岁,还没学会怎样在这种事上给人家帮腔。

"我看你是又想他又不敢说。他的脸多白呀。"一阵沉默之后,那个姑娘继续逗凤娇。

"白?还不是在那大绿屋里捂的。叫他到咱台儿沟住几天试试。"有人在黑影里说。

"可不,城里人就靠捂。要论白,叫他们和咱香雪比比。咱们香雪,天生一副好皮子,再照火车上那些闺女的样儿,把头发烫成弯弯绕,啧啧!凤娇姐,你说是不是?"

凤娇不接茬儿,松开了香雪的手。好像姑娘们真在贬低她的什么人一样,她心里真有点替他抱不平呢。不知怎么的,她认定他的脸绝不是捂白的,那是天生。

香雪又悄悄把手送到凤娇手心里,她示意凤娇握住她的手,仿佛请求凤娇的宽恕,仿佛是她使凤娇受了委屈。

"凤娇,你哑巴啦?"还是那个姑娘。

"谁哑巴啦!谁像你们,专看人家脸黑脸白。你们喜欢,你们可跟上人家走啊!"凤娇的嘴很硬。

"我们不配!"

"你担保人家没有相好的?"

…………

不管在路上吵得怎样厉害,分手时大家还是十分友好的,因为一个叫人兴奋的念头又在她们心中升起:明天,火车还要经过,她们还会有一个美妙的一分钟。和它相比,闹点小别扭还算回事吗?

哦,五彩缤纷的一分钟,你饱含着台儿沟的姑娘们多少喜怒哀乐!

日久天长,她们又在这一分钟里增添了新的内容。她们开始挎上装满核桃、鸡蛋、大枣的长方形柳条篮子,站在车窗下,抓紧时间跟旅客和和气气地做买卖。她们踮着脚,双臂伸得直直的,把整筐的鸡蛋、红枣举上窗口,换回台儿沟少见的挂面、火柴,以及姑娘们喜爱的发卡、纱巾,甚至花色繁多的尼龙袜。当然,换到后面提到的这几样东西是冒着回去挨骂的风险的,因为这纯属她们自作主张。

凤娇好像是大家有意分配给那个"北京话"的,每次都是她提着篮子去找他。她和他做买卖很有意思,她经常故意磨磨蹭蹭,车快开时才把整篮的鸡蛋塞给他。他还没来得及付钱,车身已经晃动了,他在车上抱着篮子冲她指指划划,解释着什么,她在车下很开心,那是她甘心情愿的。

当然,小伙子下次会把钱带给她,或是捎来一捆挂面、两块纱巾和别的什么。假如挂面是十斤,凤娇一定抽出一斤再还给他。她觉得,只有这样才对得起和他的交往,她愿意这种交往和一般的做买卖有所区别。有时她也想起姑娘们的话:"你担保人家没有相好的?"其实,有没有相好的不关凤娇的事,她又没想过跟他走。可她愿意对他好,难道非得是相好的才能这么做吗?

香雪平时话不多,胆子又小,但作起买卖却是姑娘中最顺利的一个。旅客们爱买她的货,因为她是那么信任地瞧着你,那洁如水晶的眼睛告诉你,站在车窗下的这个女孩子还不知道什么叫受骗。她还不知道怎么讲价钱,只说:"你看着给吧。"你望着她那洁净得仿佛一分钟前才诞生的面孔,望着她那柔软得宛若红缎子似的嘴唇,心中会升起一种美好的感情。你不忍心跟这样的小姑娘要滑头,在她面前,再爱计较的人也会变得慷慨大度。

有时她也抓空儿向他们打听外面的事,打听北京的大学要不要台儿沟人,打听什么叫"配乐诗朗诵"(那是她偶然在同桌的一本书上看到的)。有一回她向一位戴眼镜的中年妇女打听能自动开关的铅笔盒,还问到它的价钱。谁知没等人家回话,车已经开动了。她追着它跑了好远,当秋风和车轮的呼啸一同在她耳边鸣响时,她才停下脚步意识到,自己的行为是多么可笑啊。

火车眨眼间就无影无踪了。姑娘们围住香雪,当她们知道她追火车的原因后,便觉得好笑起来。

"傻丫头!"

"值不当的!"

她们像长者那样拍着她的肩膀。

"就怪我磨蹭,问慢了。"香雪可不认为这是一件值不当的事,她只是埋怨自己没抓紧时间。

"咳,你问什么不行呀!"凤娇替香雪挎起篮子说。

"也难怪,咱们香雪是学生呀。"也有人替香雪分辩。

也许就因为香雪是学生吧,是台儿沟唯一考上初中的人。

台儿沟没有学校,香雪每天上学要到十五里以外的公社。尽管不爱说话是她的天性,但和台儿沟的姐妹们总是有话可说的。公社中学可就没那么多姐妹了,虽然女同学不少,但她们的言谈举止,一个眼神,一声轻轻的笑,好像都是为了叫香雪意识到,她是小地方来的,穷地方来的。她们故意一遍又一遍地问她:"你们那儿一天吃几顿饭?"她不明白她们的用意,每次都认真地回答:"两顿。"然后又友好地瞧着她们反问道:"你们呢?"

"三顿!"她们每次都理直气壮地回答。之后,又对香雪在这方面的迟钝感到说不出的怜悯和气恼。

"你上学怎么不带铅笔盒呀?"她们又问。

"那不是吗。"香雪指指桌角。

其实,她们早知道桌角那只小木盒就是香雪的铅笔盒,但她们还是做出吃惊的样子。每到这时,香雪的同桌就把自己那只宽大的泡沫塑料铅笔盒摆弄得哒哒乱响。这是一只可以自动合上的铅笔盒,很久以后,香雪才知道它所以能自动合上,是因为铅笔盒里包藏着一块不大不小的吸铁石。香雪的小木盒呢,尽管那是当木匠的父亲为她考上中学特意制作的,它在台儿沟还是独一无二的呢。可在这儿,和同桌的铅笔盒一比,为什么显得那样笨拙、陈旧?它在一阵哒哒声中有几分羞涩地畏缩在桌角上。

香雪的心再也不能平静了,她好像忽然明白了同学们对于她的再三盘问,明白了台儿沟是多么贫穷。她第一次意识到这是不光彩的,因为贫穷,同学们才敢一遍又一遍地盘问她。她盯住同桌那只铅笔盒,猜测它来自遥远的大城市,猜测它的价钱肯定非同寻常。三十个鸡蛋换得来吗?还是四十个、五十个?这时她的心又忽地一沉:怎么想起这些了?娘攒下鸡蛋,不是为了叫她乱打主意啊!可是,为什么那诱人的哒哒声老是在耳边响个没完?

深秋,山风渐渐凛冽了,天也黑得越来越早。但香雪和她的姐妹们对于七点钟的火车,是照等不误的。她们可以穿起花棉袄了,凤娇头上别起了淡粉色的有机玻璃发卡,有些姑娘的辫梢还缠上了夹丝橡皮筋。那是她们用鸡蛋、核桃从火车上换来的。她们仿照火车上那些城里姑娘的样子把自己武装起来,整齐地排列在铁路旁,像是等待欢迎远方的贵宾,又像是准备着接受检阅。

火车停了,发出一阵沉重的叹息,像是在抱怨台儿沟的寒冷。今天,它对台儿沟表现了少有的冷漠:车窗全部紧闭着,旅客在昏黄的灯光下喝茶、看报,没有人向窗外瞥一眼。那些眼熟的、常跑这条线的人们,似乎也忘记了台儿沟的姑娘。

凤娇照例跑到第三节车厢去找她的"北京话",香雪系紧头上的紫红色线围巾,把臂弯里的篮子换了换手,也顺着车身一直向前走去。她尽量高高地踮起脚尖,希望车厢里的人能看见她的脸。车上一直没有人发现她,她却在一张堆满食品的小桌上,发现了渴望已久的东西。它的出现,使她再也不想往前走了,她放下篮子,心跳着,双手紧紧扒住窗框,认清了那真是一只铅笔盒,一只装有吸铁石的自动铅笔盒。它和她离得那样近,如果不是隔着玻璃,她一伸手就可以拿到。

一位中年女乘务员走过来拉开了香雪。香雪挎起篮子站在远处继续观察。当她断定它属于靠窗那位女学生模样的姑娘时,就果断地跑过去敲起了玻璃。女学生转过脸来,看见香雪臂弯里的篮子,抱歉地冲她摆了摆手,并没有打开车窗的意思。谁也没提醒香雪,车门是开着的,不知怎么的她就朝车门跑去,当她在门口站定时,还一把攥住了扶手。如果说跑的时候她还有点犹豫,那么从车厢里送出来的一阵阵温馨的、火车特有的气息却坚定了她的信心,她学着"北京话"的样子,轻巧地跃上了踏板。她打算以最快的速度跑进车厢,以最快的速度用鸡蛋换回铅笔盒。也许,她所以能够在几秒钟内就决定上车,正是因为她拥有那么多鸡蛋吧,那是四十个。

香雪终于站在火车上了。她挽紧篮子,小心地朝车厢迈出第一步。这时,车身忽然悸动了一下,接着,车门被人关上了。当她意识到应该赶快下车时,列车已经缓缓地向台儿沟告别了。香雪扑到车门上,看见凤娇的脸在车下一晃。看来这不是梦,一切都是真的,她确实离开姐妹们,站在这既熟悉、又陌生的火车上了。她拍打着玻璃,冲凤娇叫喊着:"凤娇!我怎么办呀,我可怎么办呀!"

列车无情地载着香雪一路飞奔,台儿沟刹那间就被抛在后面了。下一站叫西山口,西山口离台儿沟三十里。

三十里,对于火车、汽车真的不算什么,西山口在旅客们闲聊之中就到了。这里上车的人不少,下车的却只有一位旅客。车上好像有人阻拦她,但她还是果断地跳了下来,就像刚才果断地跃上去一样。

她胳膊上少了那只篮子,她把它悄悄塞在女学生座位下面了。在车上,当她红着脸告诉女学生,想用鸡蛋和她换铅笔盒时,女学生不知怎么的也红了脸。她一定要把铅笔盒送给香雪,还说她住在学校吃食堂,鸡蛋带回去也没法吃。她怕香雪不信,又指了指胸前的校徽,上面果真有"矿冶学院"几个字。香雪却觉着她在哄她,难道除了学校她就没家吗?香雪收下了铅笔盒,到底还是把鸡蛋留在了车上。台儿沟再穷,她也从没白拿过别人的东西。后来,当旅客们知道香雪要在西山口下车时,他们是怎么对她说的?他们劝她在西山口住一夜再回去,那个热情的"北京话"甚至告诉她,他爱人有个亲戚住在站上。香雪并不想去找他爱人的亲戚,可是,他的话却叫她感到一点委屈,替凤娇委屈,替台儿沟委屈。想到这些委屈,难道她不应该赶快下车吗?赶快下车,赶快回家,第二天赶快去上学,那时她就会理直气壮地打开书包,把"它"摆在桌上……于是,她对车上那些再次劝阻她的人们说:"没关系,我走惯了。"也许他们信她的话,他们没见过火车的呼啸曾经怎样叫她惧怕,叫她像只受惊的小鹿那样不知所措。他们搞不清山里的女孩子究竟有多大本事,她的话使他们相信:山里人不怕走夜路。

现在,香雪一个人站在西山口,目送列车远去。列车终于在她的视野里彻底消失了,眼前一片空旷,一阵寒风扑来,吸吮着她单薄的身体,她把滑到肩上的围巾紧裹在头上,缩起身子在铁轨上坐了下来。香雪感受过各种各样的害怕,小时候她怕头发,身上沾着一根头发择不下来,她会急得哭起来;长大了她怕晚上一个人到院子里去,怕毛毛虫,怕被人胳肢(凤娇最爱和她来这一手)。现在她害怕这陌生的西山口,害怕四周黑幽幽的大山,害怕叫人心跳的寂静,当风吹响近处的小树林时,她又害怕小树林发出的悉悉索索的声音。三十里,一路走回去,该路过多少大大小小的林子啊!

一轮满月升起来了,照亮了寂静的山谷,灰白的小路,照亮了秋日的败草,粗糙的树干,还有一丛丛荆棘、怪石,还有漫山遍野那树的队伍,还有香雪手中那只闪闪发光的小盒子。

她这才想到把它举起来仔细端详。她想,为什么坐了一路火车,竟没有拿出来好好看看?现在,在皎洁的月光下,她才看清了它是淡绿色的,盒盖上有两朵洁白的马蹄莲。她小心地把它打开,又学着同桌的样子轻轻一拍盒盖,"哒"的一声,它便合得严严实实。她又打开盒盖,觉得应该立刻装点东西进去。她从兜里摸出一只盛擦脸油的小盒放进去,又合上了盖子。只有这时,她才觉得这铅笔盒真属于她了,真的。她又想到了明天,明天上学时,她多么盼望她们会再三盘问她啊!

她站了起来,忽然感到心里很满,风也柔和了许多。她发现月亮是这样明净,群山被月光笼罩着,像母亲庄严、神圣的胸脯;那秋风吹干的一树树核桃叶,卷起来像一树树金铃铛,她第一次听清它们在夜晚,在风的怂恿下"豁啷啷"地歌唱。她不再害怕了,在枕木上跨着大步,一直朝前走去。大山原来是这样的!月亮原来是这样的!核桃树原来是这样的!香雪走着,就像第一次认出养育她成人的山谷。台儿沟是这样的吗?不知怎么的,她加快了脚步。她急着见到它,就像从来没见过它那样觉得新奇。台儿沟一定会是"这样的":那时台儿沟的姑娘不再央求别人,也用不着回答人家的再三盘问。火车上的漂亮小伙子都会求上门来,火车也会停得久一些,也许三分、四分,也许十分、八分。它会向台儿沟打开所有的门窗,要是再碰上今晚这种情况,谁都能从从容容地下车。

对了,今晚台儿沟发生了这样的情况,火车拉走了香雪,为什么现在她像闹着玩儿似地去回忆呢?对了,四十个鸡蛋也没有了,娘会怎么说呢?爹不是盼望每天都有人家娶媳妇、聘闺女吗?那时他才有干不完的活儿,他才能光着红铜似的脊梁,不分昼夜地打出那些躺柜、碗橱、板箱,挣回香雪的学费。想到这儿,香雪站住了,月光好像也黯淡下来,脚下的枕木变成一片模糊。回去怎么说?她环视群山,群山沉默着;她又朝着近处的杨树林张望,杨树林悉悉索索地响着,并不真心告诉她应该怎么做。是哪儿来的流水声?她寻找着,发现离铁轨几米远的地方,有一道浅浅的小溪。她走下铁轨,在小溪旁边蹲了下来。她想起小时候有一回和凤娇在河边洗衣裳,碰见一个换芝麻糖的老头。凤娇劝香雪拿一件旧汗褂换几块糖吃,还教她对娘说,那件衣裳不小心叫河水给冲走了。香雪很想吃芝麻糖,可她到底没换。她还记得,那老头真心实意等了她半天呢?为什么她会想起这件小事?也许现在应该骗娘吧,因为芝麻糖怎么也不能和铅笔盒的重要性相比。她要告诉娘,这是一个宝盒子,谁用上它,就能一切顺心如意,就能上大学、坐上火车到处跑,就能要什么有什么,就再也不会叫人瞧不起……娘会相信的,因为香雪从来不骗人。

小溪的歌唱高昂起来了,它欢腾着向前奔跑,撞击着水中的石块,不时溅起一朵小小的浪花。香雪也要赶路了,她捧起溪水洗了把脸,又用沾着水的手抿光被风吹乱的头发。水很凉,但她觉得很精神。她告别了小溪,又回到了长长的铁路上。

前边又是什么?是隧道,它愣在那里,就像大山的一只黑眼睛。香雪又站住了,但她没有返回去,她想到怀里的铅笔盒,想到同学们惊羡的目光,那些目光好像就在隧道里闪烁。她弯腰拔下一根枯草,将草茎插在小辫里。娘告诉她,这样可以"避邪"。然后她就朝隧道跑去。确切地说,是冲去。

香雪越走越热了,她解下围巾,把它搭在脖子上。她走出了多少里?不知道。只听见不知名的小虫在草丛里鸣叫,松散、柔软的荒草抚弄着她的裤脚。小辫叫风吹散了,她停下来把它们编好。台儿沟在哪儿?她向前望去,她看见迎面有一颗颗黑点在铁轨上蠕动。再近一些她才看清,那是人,是迎着她走过来的人群。第一个是凤娇,凤娇身后是台儿沟的姐妹们。当她们也看清对面的香雪时,忽然都停住了脚步。

香雪猜出她们在等待,她想快点跑过去,但腿为什么变得异常沉重?她站在枕木上,回头望着笔直的铁轨,铁轨在月亮的照耀下泛着清淡的光,它冷静地记载着香雪的路程。她忽然觉得心头一紧,不知怎么的就哭了起来,那是欢乐的泪水,满足的泪水。面对严峻而又温厚的大山,她心中升起一种从未有过的骄傲。她用手背抹净眼泪,拿下插在辫子里的那根草棍儿,然后举起铅笔盒,迎着对面的人群跑去。

迎面,那静止的队伍也流动起来了。同时,山谷里突然爆发了姑娘们欢乐的呐喊。她们叫着香雪的名字,声音是那样奔放、热烈;她们笑着,笑得是那样不加掩饰、无所顾忌。古老的群山终于被感动得颤栗了,它发出宽亮低沉的回音,和她们共同欢呼着。

哦,香雪!香雪!

(原载《青年文学》1982 年第 5 期)

铃铛花

陈映真

一九五〇年。

我一个人蹲在崁顶上一座废弃的砖窑旁边,看着早上九、十点钟的太阳,透过十月的莺镇晴朗的天光,照在崁子下一片橙黄色的稻田。崁子上面的这废窑,隔着约略四十公尺的斜削的险坡,和崁下的一排林投树林相接。这一整个斜坡,数十年来,一直是这附近一带的陶窑丢弃它们烧坏了的陶器的场所。一大片或橙黑、或焦褐、或破损、或变形的陶器的尸体,在越发明亮起来的阳光里,越发散发出一片橘红色的微光,恍惚一看,竟把杂乱地生在斜坡上的野草,也烘托成橙黄的颜色了。斜坡的很远的一端,正有几个穷人的孩子,带着一只黑色的土狗,捡拾着可用的盘、碗、小瓮之类。有一个男孩轻轻地滑下斜坡,响起一阵轻脆的陶物相挤碰的声音,连同小孩的哗笑和狗的吠声,传了过来。

事实上,方才我也捡到了几样很好的东西:一只深咖啡色的煎药壶,一只稍微倾斜的,画着两只突睛金鱼的粗瓷大盘。我把它们都放在我和曾益顺共有的秘密储藏室——废窑里了。这时候,忽然从铁路那边的莺镇小学,飘来一阵又一阵琅琅的读书声。我的心中,蓦然泛起了一阵寂寞。我瞒着家里,天天跟着阿顺逃学,竟而已经三天了。

第一天逃学,实在是为了太想看看曾益顺饲养的小青蛇,才跟了阿顺到这废窑来的。

那一天,曾益顺拉着我的手走进了废窑。我终于看见了养在一个肚子上裂开了一条细缝的大水缸里的,暗绿色的小蛇。曾益顺得意地从另一个养着野蛙的水缸里,抓出一只只灰色或者土色的小蛙,丢到蛇缸里。那原本不住地慌忙着试图把头伸出缸外,却总是不到水缸的半腰就滑落到缸底的小蛇,在我还来不及看清楚的瞬间里,就把那不住跳动的泥色的青蛙,含在嘴中,只让两条挣扎着划动的蛙腿露在嘴外。青蛙"唧——唧——"地悲鸣着。那暗绿色的小蛇,却只消几个吞咽,就把整只青蛙吞食了。我看见那原本细瘦的蛇颈,因为一团蛙肉而胀大起来,并且十分缓慢地向着蛇身移动。就这样,我们把一只只青蛙丢进蛇缸里,直到小蛇再也吃不动了,懒懒地注视着两只青蛙瑟缩在身边,才爬出了废窑。

就是那天,曾益顺几经考虑,答应了让我也共有这个废窑,却不是毫无条件的。

"第一,要守秘密。"

比我高了一个头,黝黑而粗壮的曾益顺说:

"第二,要把自己最爱的东西,放到窑里去。"

第二天,我把一截姊姊做裁缝用的粉笔、一座日本人留下来的木雕弥勒笑佛,从家里偷出来摆在废窑里。但无论如何,我总觉得自己的贡献,怎么也比不上曾益顺的小蛇和一缸子野蛙,而感到羞愧。然而,曾益顺却对那一座抚腹大笑的弥勒佛十分称意,以为有了它镇坐在窑中,可以驱除夜中来到废窑里借宿的孤鬼和游魂。而从此,我们在进出废窑时,无端地多出一道向着废窑合十的仪礼了。

"不许这边走！听到了吗？回去……回去！"

听见曾益顺的声音，我霍地绕过了废窑。

"阿顺！"我叫着说。

我看见曾益顺伸开两手，背向着我，站在通往废窑的小径上，阻拦着满身褴褛的一个小女孩、两个较小的男孩和一条壮硕的黑色的土狗。

"这路也不是你的……"那为首的，抱着满怀捡来的瓦盆和大小陶碗的女孩说。

"这路是我开，这树是我栽……"

曾益顺唱着说。黑狗"汪汪、汪汪！"地叫了起来。"×你娘哩，你吠个什么×！"曾益顺怒声说，捡起石头，向着往后逃窜的黑狗掷去。女孩和男孩悻悻地调转头走了。

"凸肚尸，你半路死唉……"

女孩在半路上开始咒骂起来了。狗依然汪汪地叫着。

"这路若是你的，脱下裤子围起来吧！"女孩自恃必在石头扔不到的距离，大声叫嚷着，"你凸肚短命，没好死哟！"

曾益顺默默地向着废窑走来，额头上蓄积着一层单薄的汗珠子。当他走过我的身边的时候，我听见了束紧在他的腰上的鱼笼里，有东西不断地跳动，发出沉闷的"扑、扑"的声音。我知道，那是小青蛇的餐点——青蛙。

一阵微风带着时强时弱、时近时远的风琴声，向着坎顶上的废窑吹来。在琴韵中，我听见这整齐的歌声：

——太阳出来亮晃晃，

中国的少年志气强，

志气强唉……

啊，都第二节了，是中年级的唱说课，我想着。我于是想起了坐在风琴前时还能露出大上半身的、瘦高的陈彩鸾老师。她老是把"志气强"唱成"住气强"。我对自己微笑起来。

"……志气强——"我轻轻地唱了起来。然后又学舌地，摇晃着肩身，唱着："中国的少年，住气强——唉……"

"早上，喂过了吗？"

曾益顺把头探出窑外，问着说。

"嗯。"我说。

"不要喂得太饱。"阿顺苦着脸说，"胀死了，找你赔。"

我看见阿顺爬出窑口，草草地向着黝暗的窑内合十一拜。风琴声和学生们的歌声又飘飘忽忽地传来。我们静默地望着坎下金黄色的、广阔的稻田；望着在十月的微风里无甚兴致地摇曳着的竹围，耳朵和心里却不约而同地倾听着从小学那边流泄过来的风琴声和歌声。

"明天，我不想来了。"

我望着远处稻田和溪埔相接的地方，悠悠地说。

阿顺吃惊地回过头来望着我。

"我想回学校去。"我低下头,嗫嚅着说。

"好嘛。"沉默了一会,①阿顺说,"明天,我一定带笋龟来给你。"

"骗人。"

"为什么?"阿顺说,"咦呀,为什么?"

"因为十月里,没有笋龟,"我说,"你自己说过的。"

阿顺沉默了。

"有是有的。"阿顺终于说,"有是有的啦。只是要往尖山的山顶上的竹林去找。老笋龟,全在那儿。这么大……"

阿顺把两个姆指并排起来,以象老笋龟之大。

"真的?"

"真的。"阿顺说,憨厚的脸上,突然轻轻地暗淡了下来,"只是我二叔不能再带我上山去了。"他忧心地说,"我二叔,他快死了。"

"噢!"

两个多月前,台风带来连日的豪雨,使大汉溪水哄哄地上涨了。风雨一歇,阿顺的二叔和别的乡下小伙子,跳到汹涌的溪流中去钩拖大水冲下来的流木当柴火,不慎被一大块深山流下来的大材,从胸背猛撞了一下。及至被救上岸来,阿顺他二叔当下就吐了几口殷红的血水。据说就从那时直躺到现在,不能起来。

我们俩又沉默起来,听着呜呜的风琴声。

"我带你去看兵仔好了!"

"真的?"

"真的。"

"我不敢。"

我睁大眼睛说。

学校后壁,有一大片黑松林。就在松林下边,有五栋莺镇小学最古老的教室,全拨给了军队住着。学校三令五申,不准许学生过去。因此在学童的心中,黑松林下的一区,成了神秘的禁区。

"我都去看过好几回呢。"阿顺笑了起来。

"骗人。"我说,"你又骗人了。"

"骗你?"阿顺眯着眼睛说,"为什么? 咦呀,为什么?"

我们于是把书包全扔进窑子里。阿顺没有书包,只用一条大白布巾将书本、簿子和便当扎实地打着一个小包。我们离开了废窑,沿着相思树林里的一条红土小路走下去,然后抄过一个长满了月桃花的小丘。我忽然闻到一股奇异的香味:混合着葱、蒜、辣椒的菜香。

"他们在吃饭哩。"阿顺说。

阿顺带着头慢跑起来。

---

① 初刊版无"沉默了一会,"。

"快去看，"阿顺说，"你就没看见他们怎么吃饭的。"

我们跑过了小丘，跳下一条废弃的旧铁路，在一片蔓草中来到一个陈旧的、已经封闭多时的学校后门。一进了后门，便是一个废弃的小园。园中竖立着一块石碑，纪念往昔日军征台时北白川宫亲王在此营帐设立行宫的往事。台湾光复以后，碑石虽在，碑上的文字，却早被人用水泥涂去了。废园再过去，是一片古老的黑松林。驻军把五栋瓦顶木造的教室，分别设为厨房、军官办公室和营房。

我们躲在纪念碑的石台后面，看着士兵们围蹲成三个圈子，用铝碗、大漱口缸盛饭，就着摆在地上的菜盆里的菜吃饭。

"好香。"阿顺说。

"不香。好怪的味。"

我反驳说。

"好香。"阿顺说，"你不知道的，我吃过兵仔吃的饭。"

"你骗人。"

我说。我睁大了眼睛看着士兵们蹲在地上呼呼地吃饭。有些人也站着吃。我问阿顺：

"为什么他们不在屋里吃？"

"不知道。"

"为什么不找个饭桌吃饭？"

"不知道哩。"

"他们为什么现在才……"我说，"才吃早饭？"

"这你就不知道了。"阿顺说，"他们一天只吃两顿饭。"

"你又骗人了。"

"为什么？"阿顺又眯着眼，不耐其烦似地说，"咦呀，为什么骗你？"

"你听谁说的？"

"听我们曾厝那边一个人说的。"阿顺现在干脆就站着趴在石台上。"他每天都挑菜去卖给兵仔。"

"你还是蹲下吧。"我说，"你这样，他们会看到你的。"

"看到怎样？"阿顺笑了起来。

"他们会用扁担打死你，然后抬出去埋掉。"

"这还不是我告诉你的？"阿顺说。

阿顺曾说过，曾厝那个挑菜去卖给兵仔的人，有一回挑了菜去，正好有一个犯了军纪的兵，在另外的教室里挨打。哀号的声音，先是凄厉，继而衰竭，再继而是呻吟，只听得"辟扑、辟扑"的拷打声。过了几天，那兵死了，几个兵用毯子裹着死尸，用担架抬到公墓上埋了。

"其实，也未必是被打死的哩。我们曾厝那个人说的。"阿顺说。

阿顺接着说，兵仔里头有些人患下痢，治不好。"也是我们曾厝那边的人说的。到他们厕所挑出来的大肥，全是稀的多。"

我忽然觉得有些臭气。我看见一小间木造的厕所，斜斜地敞开着脱落了一个门钮的木门。

一个步履蹒跚的兵，一边从厕所走出来，一边在系着腰带。

"走吧。"我吐了口水说。

我们于是悄悄地退出了那一扇废闭不用的学校的后门。一群白头翁在相思树林上喊喊喳喳地叫着。

"多嘴的白头翁，"阿顺不高兴地说，"多嘴的白头翁！"

阿顺于是捡起一粒碎石，往头顶上的相思树梢掷去。白头们振着翅膀飞走了，停在不远的树梢上，却又依旧鼓噪起来。

"我二叔，他死定了，"阿顺忧烦地说，"前年我们隔壁的阿冬姑要死了，这些死白头也来竹围里吵了两天的嘴。"

"其实，我也未必就非要那些老笋龟不可的。"

我仿佛歉然似地说。我于是也捡了几颗石头，远远地扔到白头们正在聒噪着的树影里。白头们果然鼓翼飞起了，在树枝间跳跃了一回，就飞向更远的林间，又开始在更远处叽呱、叽呱地叫着。

走出相思树林，眼前一亮，通往桃镇的火车道，便长长地横在我们的眼前了。阿顺顿时忘却了白头聒噪的恶兆，三步两步跳上铁轨，伸开两臂平衡着自己，在铁轨上踩着细碎而熟练的步子。

"阿助，这样，你会吗？"

阿顺说。

我兴奋地踩上铁轨。我虽也本能地伸直了两臂，去平衡在铁轨上不住地摇晃的自己的身体，却总是踩了两步、三步，就要跌下来。而阿顺则不但已经在铁轨上走了好一段距离，还一边嗡嗡地唱着歌：

——张灯结彩喜洋洋，

胜利歌儿大家唱。

唱遍城市和村庄，

台湾光复不能忘……

我们上二年级的那年，台湾光复了。一时间，许多中国歌曲，以国民学校为中心，唱遍莺镇的每一个角落。那时候，学校和民众，动辄游行，挥舞着青天白日旗，沿街高唱着例如这首《台湾光复歌》。可这几年来，却忽然唱得少了。我想起一首直到四年级时男生们一玩"骑马战"时总要唱的一首歌。于是把两手插在口袋里，两只脚干脆就踏着枕木走着，一边大声地唱了起来：

——八年抗战，八年抗战，

胜利终是我。

……

阿顺和我，像这样地一个踩着铁轨——当然，即使阿顺的技艺再纯熟，间或也不免于跌下铁轨，格格地笑了起来——一个踏着枕木，一边走，一边唱着大凡想得起来的，让我们高兴的歌。铁路的一边，是长满了柔嫩的茅草的小坡地；铁路的另一边，则是由石头和水泥砌成的，约莫有一丈来高的路基。路基上有一条小路，间或有破旧的客运车走过，则总要扬起一片褐黑色的泥尘。

"阿助，不要唱！"在十数步前的曾益顺忽然大声叫了起来，"静静，不要唱！"

我疑惑地看着阿顺卧在铁路旁边，把右耳紧紧地贴着铁轨，笑着说：

"听！火车来了。"

我极目望去，在铁路的尽头，并不见火车的踪影。在晴朗的天空下，只看见铁道旁边的电线杆，齐齐整整地排成一线，和铁道一齐向着莺镇以外的广阔的世界延伸出去。两只老鹰正在左近的天空慵慵懒懒地画着从容的、不落迹痕的圈圈。

"听！火车来喽！"阿顺说，"趴下来听，像我这样。"

我把耳朵贴上微温的铁轨，立即听见轰轰的车声从铁轨传到我的耳朵。那有节奏的车声，并且以固定的比率增加它的明快的节奏和音量。现在我们坐在枕木上，等待火车出现。远远地有不知名的鸟鸣传来。我们终于看见了一缕黑烟，在铁路的尽处袅袅地上升。

"来了。来了！"阿顺跳着站了起来，"你瞧！火车来了！"

我们终于看见了黑色的车头了。火车快速地向着我们驶来。我们跳到茅草坡上，聚精会神地看着火车越来越近，听着强力的蒸汽声和轰隆隆的车声。火车终于飞快地以优美而又雄伟的姿势，在我们的面前，顺着铁路转过微小的弯度，疾驰而去。

"嗬呀！嗬呀！喂呀！"

曾益顺在茅草地上向着疾驰的火车跳跃着，大声地叫嚷。当火车驶远，阿顺忽而默默地目送着它远去，脸上挂着一层的寂寥依恋。

"阿助，我问你。"曾益顺忽然说。

"嗯。"

"阿助，如果高东茂老师在火车上，他会看见我们——吗？"

"不知道。"我沉思着说，"我不知道。"

我确实不知道。有谁知道呢？

高东茂老师，是阿顺那一班"看牛仔班"的级任老师。我们上了五年级的去年，学校在家长会有力者的压力下，决定把在经济上和"智力"上无法升学的学生另外设立"职工班"。在校务会议上唯一的、极力反对分班的高东茂老师，志愿接下"看牛仔班"的级任。

"他教过我们唱很多歌，都是你们没教过的。"

曾益顺说着，便寂寞地、轻声唱了起来：

——枪口对外，

齐步向前。

不打老百姓，

不打自己人。

……

我其实也记得，高东茂老师除了教他们"看牛仔班"打算盘和记账之外，还增加图画、唱歌的课。高老师并且不顾校长的反对，带着全班学生到莺镇附近的卫星村庄如二甲和大坤，去帮穷苦学生的农家种地、整顿公共卫生；带着学生到田里学习种菜、施肥、除虫的知识。高老师并把学校公认为"素行顽劣"、又贫穷、又调皮的曾益顺擢升为班长,要他向班级报告笋龟的生活史,使虽在"升学班"中而玩心仍重的我,在暗中钦羡不已。而正就在那时候,曾益顺的话里,突然多出了许多比较生涩的内容,例如说:分班教育是教育上的阶级歧视;说穷人种粮食却要饿肚子;说穷人盖房子却没有房子住……

"他打过你一个巴掌,你不会记恨吧?"曾益顺说。

现在我们仰躺在茅草坡上,看着远处峡镇的一抹青绿色的山。从小就听说那山是郑成功征台的时候,带着官兵路过住着鸢精的那座鸢山,被鸢精生吃了许多兵丁。郑成功一怒,开了火炮制服了鸢精,地方才平静①下来。我沉默着,一面细细地咬着含在嘴里的一株细嫩的茅草茎,吸吮着淡淡的甜汁。分班何尝是我乐意的呢?尤其和素常要好的朋友——特别是和有满肚子精彩的鬼故事;一到了夏天,就可以把笋龟装满他那巨大的空饭盒,带来卖给住在镇上的我和别的同学;又特别知道去什么地方钓鱼;知道瞒着家人去河里游水之后要如何躲开家人的调查的曾益顺——分开,看着他们怀着卑怯和怒恨疏远,在我的幼小的心中,常常涌起自己无从解说的悲伤。

那年夏天,许多同学照旧向阿顺预订了笋龟。但一天天过去,阿顺就是若无其事地不带笋龟来。有一天,下了第三节课,五六个同学跑到"看牛仔班"找曾益顺要笋龟。

"笋龟全看牛去了,没有。"

曾益顺说着,斜着眼,挑衅地迎上前来。

"你明天带来好了。"我忙着解围说。

"明天也没有。后天也没有。大后天也没有!"曾益顺说,"没有。你爸爸我,不给。怎样?"

谢樵医院的儿子,高大的谢介杰冷不防猛然向曾益顺的肩膀一推,竟使曾益顺跌坐在四五尺远的地上,撞翻了一个书桌。他茫然地坐在地上,苍白着脸,显然不曾料到这突然的攻击。

"没有笋龟,还钱来!"谢介杰说。

就在这时,高东茂老师走进了教室。除了我一个人,来要笋龟的同学,全都一哄而散了。高东茂老师一个箭步欺了上来,挥出一记沉重的掌掴,准确地甩在我的右脸上。

"还没有到社会上去,就学会欺负穷人么?"

高东茂老师怒声说。

我觉得有些目眩。整个"看牛仔班"里,一时鸦雀无声了。当我惘然地转身离去,正瞥见阿顺一脸的惊惶和内疚。就是那天放学的路上,当我走过高大的邱记窑厂旁边的一条小路,高东茂老师和曾益顺忽然从车牌边走了下来。

"庄源助,老师对不起你。"高东茂老师微笑着说。我抬头望着高瘦的高东茂老师,看到他一张苍白的脸,用一双像是为了什么而长时忧愁着的眼睛望着我。

"分班是……大人做的坏事。"高东茂老师说,"老师的错,在于用一个坏事来反对另一个坏事。啊,不懂吧?总之,老师对不起你了。"

我自然是不懂的,可是不知道为什么,两个五年级的学生都同时流下了眼泪。

---

① "平静",初刊版为"平安"。

"我们都不要让别人教你们从小就彼此分别,彼此仇恨,"高东茂老师说,"啊,彼此……"

寒假结束以后,回到学校,却不见了高东茂老师。"看牛仔班"换了一个脾气暴躁的女老师。曾益顺被撤去了班长的职务,又开始恢复打架、闹事和逃学的旧态。但唯独在小径上经高东茂老师恢复起来的两个少年的友情,却从此不曾再松动过。学生中,没有人知道高东茂老师去了什么地方。看牛仔班的同学曾向任课老师问起过,却立刻被制止了。那一年,整个莺镇出奇的沉悒,连大人们也显得沉默而惧畏。即使平时喜欢和农会总干事许有义、谢樵医院的"谢先生"、邱记窑厂的邱信忠这些地方"有志",集中到被同学们的母亲们齐声咒詈的"秀凤酒楼"去喝酒打牌的我的父亲,也只待在家里,默默地吃饭、默默地到台北上班。

"高老师那么好,为什么不说一声就走了呢?"

我说。我吐掉嘴里的茅草秆子,重又挑了一只嫩茎放在嘴里,学着水牛在嘴里磨着。茅草在我的嘴外轻轻地摇曳。天气逐渐炎热起来了。

"谁知道呢?"

阿顺说着,坐了起来,随手抓住一只大头蚂蚁放在自己的手掌上,任它张皇失措地爬行。事实上,曾益顺早已听说过,在旧历年前一个细雨的夜里,一辆吉普车开进了高老师家窄小的庭院,两三个人下来敲高家的门。高老师撞破了屋后的一扇窗子,冲出细雨中的暗夜,消失在通往大湖乡一带的稻田里。然而他把从大人的耳语中听来的这事,深深地锁在幼小的、迷惑的心里,即使对像我这样的好友,也不轻易吐露。

"有谁知道呢?"阿顺叹着气说,"如果你想跟我去抓青蛙,就不要再提高老师。"

这时忽而又有一列火车奔驰而来了。阿顺弹簧也似地跃了起来,对着火车,睹气似地尖声叫喊:

"嗬呀!嗬呀!唷!——呀……"

"嗬呀!嗬呀!唷——呀……"

我也跟着挥舞着两臂,向着火车高声叫喊。

等到火车去远,在一个光秃的红土丘陵边的弯口上消失,一切重又恢复到只能听见远处的鸟声时,我们俩便开始顺着茅草小坡往下走去。翠绿色的小蝗虫从我们走过的茅草床中,向着两边飞窜,在空中留下劈劈拍拍的振翅之声。

"看!那只红衣的!"阿顺叫了起来。

一只硕大无比的、湛绿色的蝗虫,正从我们的眼前飞跃而起。粉红色的内翅,在阳光中变成一团明媚的粉红色的彩球,悠然地飞向远远的茅草地上。

走下茅草小坡,就是一片经年屯积起来的溪埔了。白色和灰色的大石头,是历年来几次山洪留下的遗物。我们在一段段芒草①丛中走着。白花花的、粗大的芒草花,就像古代驻扎的兵营插着的军旗,一排又一排,一团又一团,迎着西风,威武地飘扬着。一种不知其名的黄色的水鸟,在芒草秆上慌忙地跳跃,"哔!哔!哔!哔!"地叫个不停。

---

① "芒草",初刊版均作"芦苇"。

"阿助。"曾益顺说。

"嗯。"

"我看,打明天起,你还是回学校去的好。"

"……"

"我在想:高老师知道了,恐怕也是会生气的。"

"已经都三天没去了。"

"……"

"那,你呢?"我说,"高老师也不见得高兴你这个样。"

阿顺沉默地走着。他忽然唱起来:

——同胞们,

请听我来唱;

我们的

东邻舍,

有一个小东洋。

几十年来练兵马,

要把中国亡①,

……

即使阿顺的歌声有些粗笨和沙哑,那歌听来犹原有些凄楚。

"教我唱。"我说。

"也是高老师教的啊。"

"教我唱吧。"

阿顺于是有一句没一句地教唱,而我也有一句没一句地跟。一直唱到最后一句:"一心要把中国亡呀伊唷嘿",我却呼呼地笑了起来。

"为什么是'伊唷嘿'?"我说。

阿顺抓着头皮,说:

"看,铃铛花!"

我一抬头,看见了一大片用溪石堆高的地基,周围用铃铛花树围成了篱笆。篱笆上开满了一朵朵标致的铃铛花儿。五瓣往上卷起的、淡红色的花瓣,围起一个婴儿拳头那么大的铃子。长长的花蕊,带着淡黄色的花粉,像个流苏似地挂在下垂的花朵上,随着风轻轻地摆荡,仿佛叫人都听见"叮吟,叮吟"的铃声。

篱笆里的狗,忽而凶狠地吠起来了。这使我有些骇怕,伸了一只手紧紧地拉着阿顺的衣角。

"屋里没人吗?"我说,"狗要是真冲出来,怎么办?"

"他们一家只母女俩,"阿顺说,"这个时候,应该全在园里做活。"

---

① "要把中国亡",以及后文"一心要把中国亡",为贺绿汀创作的抗战歌曲《保家乡》,此处原词为:"同胞们,细听我来讲,我们的东邻舍,有一个小东洋,几十年来练兵马,东亚逞霸强,一心要把中国亡,咿呀嗨!……"

绕过铃铛花的篱笆,就望见在一片荒漠的溪埔上,开垦出三分地大小的菜圃。菜圃的周围,都用白色或者灰色的石头砌成矮小的围墙。远远地有一位穿着黑衣的老婆婆和一位穿着褪了色的花布衣裳的闺女,弯着身子,在园里做活。

"'客人仔蕃薯'这个人,听过吧?"阿顺说。

我们坐在铃铛花树的阴影里,解开上衣的钮扣,坐在石头上,望着在太阳底下细心地为园里的菜蔬浇水的母女。我摇了摇头,说不知道。

"你什么也不知道。"阿顺叹着气说,"真不知道你们升学考的是什么玩意。"

曾益顺于是讲了一个故事。这故事自然又是阿顺从他们曾厝那边的农民在晒谷场上吃晚饭聊天的时候听了来的。

约莫五年前吧,在全是福佬人世代群居的莺镇,突然从南部的客庄搬来了一家姓徐的客家人。由于语言不通,又不免在福佬人的莺镇受一点点歧视,他们就选定了这片荒废的屯积溪埔地,盖起农舍,养着鸡鸭,把一片荒草和砾石之地,开成几分园圃,种起了蕃薯。由于据说是南方客庄带来的异种,种出来的蕃薯,倒也格外地香松。摆在市场上卖,"客(家)人仔蕃薯"之名,非但竟不胫而走,甚且还成了镇上和四处村庄的人们指着这孤单地在荒乱的溪埔中开地种菜的一家人的称呼了。

但这初来莺镇时就带着胃病的徐阿兴,在把蕃薯园改种了各种菜蔬的那年,竟撒手死在胃病上。"奇咧,胃病也有痛死人的吗?"莺镇的人议论着说。但因着客家妇女勤劳刻苦的惯习,徐阿兴的女人和独一个闺女,在沉默的哀伤中,结结实实地接下了整地种菜的工作。

到了去年年末,莺镇上的兵忽然多了。徐阿兴的女人在菜市场上逢了一个出来采购菜蔬的、青年的、徐姓的炊事兵,便成了"客人仔蕃薯"家的客人,两相认起宗亲来。这年轻的炊事班长,每逢星期假日,便到溪埔的徐家帮忙挑水、整地、种菜。日子一久,徐阿兴的女人渐渐有意把女儿许配与他。每当节日,硬是到国校松林下的营区门口,央求着让那炊事兵出来过节,使那年轻的炊事班长成了弟兄们哗笑的对象。

"后来呢?"我说。

"可怜喂,那炊事小班长,也得了痢疾,拖了个把月,竟也是死了。"

这时,我看见了那穿着黑衣的妇人在园中直起腰来,用袖口擦去脸上的汗水。那是个高大的女人,太阳早已晒黑了她的脸。

"她们都是命中带克的女人。"

阿顺把嘴附在我的耳朵,细声说。

"克夫?"

"嘘!"曾益顺紧张地望着菜园里的女人,说,"轻一点说。笨!"

"什么意思?"我细声说。

"走吧。"阿顺无奈地说。

在我们离开"客人仔蕃薯"的家和菜圃之前,我尽情地采了两手满满的铃铛花。太阳爬得更高了。脚底下的泥沙开始有些烫人。好的是到处都有因为地下水而潮湿的、黑色的地带,使我们得以在觉得烫脚的时候,跳到黑色的泥沙上去歇歇。现在,我开始把铃铛花撕开了,撒在干燥的、白色的石头上。忽然间,我看见了一只土色的蛙,从我的身边纵身跃起,不消几个跳跃,便消失在石头的阴影里了。

"青蛙!"我高兴地说,"看,青蛙!"

曾益顺回过身来,面对着我,倒退地走着。

"肚子饿了。"他说,"你不饿吗?"

我想起来留在废窑中的便当,便说:

"回去吃便当吧。"

倒退着走路的曾益顺被一个石头绊倒了。猛一个筋斗,使他跌坐在地上。我于是不禁格格地笑了起来。然而坐在地上的阿顺,却一本正经地说:

"我们吃花生去!"

我们于是开始向着溪边跑了起来。比起我来,曾益顺跑起来又快又俐落。由于不善于踩着比较大的石子跑,几次让尖硬的细石刺痛了脚底的我,不得不放慢了速度。"想吃花生的,就跑快些哟!"曾益顺欢呼着说。我终于跑到了溪边一片黑色的砂埔上。砂埔再过去,是一道约莫有六尺多宽的、混浊的溪水。溪水再过去,是一大片黑色的砂地。极目望去,除了防风的竹围,尽是翠绿色的花生园。园上隔着老远,便搭着一间以稻草盖成的看守的草寮。我看见早已脱得只剩下一条内裤的阿顺,向我招手。

"我游水过去对岸,偷些花生,"阿顺说,"你拿着我的衣服,看见对岸上有人来,拿着衣服在草丛上胡乱地打,一面要高声喊叫:打蝗虫唷!打蝗虫唷!"

阿顺于是背着我脱下裤子,走进水里。走到水浸及他的早熟的腰身时,阿顺便开始蛙泳。他游得一点水声也没有,却坚定地向着对岸挺进。当他静静地抵达了对岸,迅速地回头望了我一眼,这才使我想到:自己的职责,应该在监看那一整片花生园。由于正午的暑气,现在花生园看来好像是隔着一个滚水的大锅一般,使得一片翠绿,整个儿在热气中轻微地颤动着。除了几只灰色的野鸽子,整个花生园子里,看不见人在走动的影子。

阿顺俐落地匍匐着前进,把身体趴得很低。他一逼近花生园的边缘,就开始迅速地从黑色的沙地中,拔起一棵棵伸手可及的花生。由于沙地松软,他看来不必卖多少力气,就把一串串白壳的花生拔出泥沙。

现在他抱着满怀的花生,以立泳往回头游过来了。他依旧小心地,充满着阴谋那么样沉默地游着,只听见沉悒的水声,汨汨地流着。当他在这一边站出水面时,带起一片白花花的水,哗哗作响,使我紧张得拚命地向对岸张望。他抱着带叶带茎的花生,迅速地向着我所站立的岸上跑来。但是头一次,我看到与我同年龄的他的鸡鸡,竟发育得差不多像个大人了,在他的快跑中,很是累累地摇动着,使我惊异得目瞪口呆。

"哇——哇。"阿顺说。

阿顺堆着一脸狡慧的、兴奋的笑,把抱在怀中的一大把花生,丢在一大丛老芒草后面的沙地上。他伸手接过我递给他的衣裤,突然若有所思地,背过身子去穿起裤子。

"这些花生，够我们吃个饱了。"他说。

我惊魂甫定，才喃喃地说：

"阿顺，不想你已变了大人了。"

他先是一愣，继而便嗔怒似地说：

"×！不要笑我，你也会的。"

我其实竟没有丝毫调笑的意思的。那时候，我只感觉到一种于当时为无由言宣的，对于自然的敬畏罢了。他开始用双手在松软的泥沙地上挖起一个小坑，并叫我四处去找些干枯的芒草秆子，或者大水流来的碎木枝来，铺在坑洞里。他然后得意地从衣服口袋里摸出一盒火柴，点燃了柴火。我一面依他的指令，把花生的茎叶去掉，只剩下一个拖着大串大串十分丰实的黄白色的花生的根。等到最旺的火一过，我们便把所有的生的花生投入火坑中，迅速地用干燥的砂子封平了烫人的砂坑，并且还堆成小小的砂丘。

我们于是在不远的两棵茄冬树下并躺了下来。从树下这样完全地仰视，看得见明亮的、浅蓝色的天空，透过并不缜密的、又随着溪床上的风不住地摇曳的、茄冬的叶影，在我们的眼前开了又合，合了又开，久而竟觉得整个天地穹苍都在轻微地、温柔地摇动着、旋转着，仿佛幼小时睡过摇篮的记忆，都在这辽阔的天籁中苏醒过来了。

"其实呢，"阿顺说，"我一直到十岁了才入学的。"

他说，由于出生于贫乏的佃农家，一直到他十岁，台湾光复的那年，他都不曾入学。

"光复那年，我们曾厝那边，有一个远亲，被日本人从监牢里放了回来，"阿顺说，"看了我还不曾读书，就说：现在是咱中国的时代，人人都要读书识字，建设中国什么的……"

阿顺于是入了小学。据阿顺说，过了两年，他那"曾厝的远亲"，牵涉了什么事变，就从此再没有回家过。

"那时，阿爸说，不读了。读书做读书人，做官有分，杀头也有分，阿爸说了，我们还是当①戆牛，戆戆的过日好些。"阿顺说，"就是在三年级那年，阿爸把我拉在他身边种田，说是再也不让我读书了。"

阿顺说，又过了一年，二甲那边的高厝，从中国大陆回来了一个青年。他原是日本征了去中国大陆打仗的。可一去了大陆，却投到中国那边做事了。这年轻的人，恰好就是高东茂老师。

"二甲的高厝，同我们曾厝，因为我们先人拜过兄弟，彼此走得很近。"阿顺说，"阿爸这回又听了高老师的话，送我来上学的。"

"你不想再回学校吗？好歹先毕业了……"我忽然说。

他沉默了。过了许久，他忽然说：

"饿不饿？"

"嗯。"

"一直到高东茂老师当级任，我才开始觉得：庄里人，并不就是没路用的人。"

他沉思着说，把右腿翘在左腿上。太阳越发的亮丽了。现在他把左手臂弯起来遮住仰视着

---

① 洪范版为"我们还是戆牛"，据初刊版补"当"字，作"我们还是当戆牛"。

的他的双眼,而我则侧身而卧,正好看见不远的沙堆上半埋着一只深绿色的小汽水瓶,叫人想着嵌在瓶颈里的玻璃珠子。

"高老师走了。再没人把放牛的当人看哟……"阿顺唱歌般地说。于是他叹了一口气,坐了起来。

"饿不饿?"他终于说。

"嗯。"

两个小孩用枯树枝拨开闷烤着花生的砂坑。

"可当心! 这砂还是烫人的啊。"他说。

我们又回到茄冬树下去吃花生。那些年,花生是最普遍的零食。砂炒的、盐水炒的、炒蒜泥的……几乎在每一家杂货铺子里,都用玻璃缸子分类盛着卖。你要买罢,老板就把手伸到玻璃缸里,拿起缸里的小茶杯,杯子里垫着厚纸,量给你的时候,他还把大姆指压进杯子里。就这样,算你一杯多少钱,几乎到处都这个卖法,也真不知道哪一个精灵的老板第一个想起来的办法。尽管人人都知道其中之"诈",可是爱吃花生的,却人人都认可了这个"诈"。

然而这火闷的花生,却有一切砂炒的、盐水炒的和蒜泥炒的花生所没有的香味:新鲜,带着一股生豆的香味,和被烧焦了的花生壳熏出来的独特的芬芳。

我们把花生吃满了两个肚子,还剩下许多,我们把它统统装进了每一个口袋。曾益顺开始打嗝。太阳早已爬到我们的头顶上,茄冬树的影子变得越发的小了。偌大一个溪床,开始燥热起来。每一个大石头辐射出来的热气,使周遭变得格外的燠热。

"回去,睡个午觉。"阿顺说。

"到我们的窑子吗?"

"嗯。"

我想起废窑里那股清冽的凉爽来。这两天,都是在那儿睡的午觉。头一次,总觉得养在水缸里的小毒蛇会随时探出头来,滑落在我的头上,紧张得睡不成觉。而阿顺却早已打着轻轻的鼾声了。这时候,不远的芒草丛里,忽然窜出一团土灰色的东西来。阿顺跳了起来,直追了出去。

"野兔子!"他叫着说。

他跑了几步,站立在那里,看着它飞快地消失在炎热的乱石中,只剩下一片白色的芒花,在风中若无其事地晃动着。

"×! 野兔呢!"阿顺回过头来,兴奋地说,"好肥的一只,×伊娘咧!"

我站在茄冬树下,忽而在野兔消失的方向看见一座很小的山丘。在它的顶端,有一间仿佛小亭子似的黑色的影子。

"嘿! 看见了么?"

我高兴地叫了起来。曾益顺困惑地寻着我看出去的方位。一点也不错,那就是"水螺台"了。在离开我家后面不远的地方,有一座小山,我们邻右的孩子们都称它为"后壁山"。

"看见了么? 那就是我告诉过你的'后壁山'。"我叫着说,"看见了罢?"

"噢。"他说。

我从来也不曾知道,从它的后面看起来,"后壁山"上的相思树林看来会那么样的婆娑有致。从小到现在,我曾或者独自一人,也或者和几个玩伴,在那日本时代留下来的,专为了空袭警报器——人们称为"水螺"的——盖起来的山顶上的小亭子下,胡乱地眺望过我现在站着的这一大片荒芜的溪埔。但是从这溪埔反过来看山,则这是第一次。山底下有一小片细竹林,中间的一块,竟有些焦黄了。竹林旁边,生着一些杂木,犹记得其中的一棵还能在秋时先是开出一种四片的白花,其后便结出一种果肉硬涩的淡紫色的果子。从这杂木层往上,便是一片墨绿色的相思树林。在晴朗的天空下,相思树叶在瘦高、黝黑的枝干上,渲染着大大小小的、由叶子织成的球形。在它的最外层,又布置了一层嫩绿色的新芽,在明亮的阳光中,发出温柔的绿光。

我和曾益顺终于从"后壁山"的背后,登上了它的山顶,肩并着肩,坐在一个红砖亭下。亭子上头,就是一个木头钉好的小棚,装着废弃多时的警报马达。在战争的末期,每当美国的飞机出现,它就发出响彻整个莺镇的,骇人心魄的空袭警报。所好的是,真正落在莺镇上的炸弹合起来只有三颗:一颗落在集中了许多窑厂的尖山一带,炸断了两三只窑厂的烟囱;一颗落在日本人所经营,于早已废置的"西松组"焦炭厂旁边的水稻田中,却不曾爆炸。

"另外有一颗就落在那边,"我指着山脚下靠右的派出所,说,"偏就是落在一个防空壕上,一口气炸死了几个日本人和台湾人警察,还有他们的家属。"

在这个亭下,我们可以看见绝大部分的莺镇东区所有人家的、陈旧的瓦屋顶。升着青天白日旗的地方,就是派出所了。现在看来,非但看不见轰炸的一点点痕迹,即连日本人经营过的院子里的一些花木,还茂盛地长高过派出所的屋顶。

"你来学学鸡叫。"阿顺忽然说。

我笑了起来。是我告诉他的。我喜欢在周日的清早,独自在这里学公鸡啼叫。在那个年代,即使在镇上,几乎每隔几家,就有人自己饲养着鸡鸭,准备在年节或者待客时使用。此所以每当我来这山上对着错错落落的、莺镇东区的屋顶,学着鸡啼时,立刻就有附近的公鸡炫耀似地、热心地应和起来。而它们的啼声,又得了更远一些的公鸡的响应。不要多久,差不多全莺镇的东区一带的公鸡,都此起彼落地唱和起来,使自以为得计的,这"后壁山"上的少年,独自享受着指挥者的快乐。

"喔、喔、喔——"

阿顺用两手护着嘴,笨拙地、沙哑地学着鸡鸣,然后独自笑了起来。

"不像。"我说。

"喔、喔、喔——"

"这种时候,鸡也不叫的。"我说。

然而偏是在山的西边,远远地竟有一声听起来还半大不小的公鸡的啼声,在风中传来。

"听!叫了,嘿!"阿顺高兴地叫了起来。

"喔、喔、喔——"

他又向着西边的屋顶尽心地学着。但不论他怎样的想学像些,回应他的,却单只有镇上的稀疏的市声罢了。

"看到吗?那就是我家。"我说。

我指着山的西边的,从一个高高地突出于屋顶上的破旧的鸽子笼,往右边计算了四个同是灰黑色的屋顶,告诉他,那透露着老榕树顶的地方,便是我常提起的,我家屋后的深可二丈余的一口古井。

"两丈多深?"他摇着头说,"我不信。"

两丈多深,却是一点也不假的。在莺镇,尤其是在这东区,非但每一口井都有一两丈深,而且水质又不好。清晨打开水缸,常常可以看见在水面上浮着一层暗色的水锈,间或也漂着并不鲜艳的油光。也正由于井特别的深,铁辘轳的生铁轴心也就消耗得特别的快。把木桶坠下去,那辘轳总要发出好久的、悲切"唧唧"声,才听见木桶甩在遥远的井底的沉滞的撞水声。而后妇女便得用双手去使出全身的力气,把臂部歪在一边,一节节从井中拉上装满了水的水桶。而由于水少,井边妇女们吵架的事,尤其多见。

我也告诉阿顺,井边的一家,就是我说过的外省人金先生的家。

"你说是给他老婆做饭、洗衣服的金先生吗?"他说。

光复以后,在莺镇,也陆续来住过一些外省人。但也不知因何都终又搬了出去。金先生之不同,在于他是唯一的单身来到莺镇的外省人。他长得高大,头发总是光光鲜鲜地上着发油。由于语言不通,他总是用笑嘻嘻的脸,连比带写地同人谈话。而每值他笑开了口,便不由得要露出一排黄澄澄的、微暴的金牙来。他还常常喜欢穿着宽松的裤子,总是白色的棉袜,穿黑色的布鞋。即使是现在,我也不清楚当时他做的什么行业,但觉得在当时他似乎颇有些势力,连镇长、派出所里的人,都对他恭恭敬敬。

就是那年的夏天,那时已接近四十岁的金先生结了婚,租下了我家后院井边的一栋古老的日式房子。

"不是说,外省人租房子,一住就占着不放么?"他说。

大人们是常这样说的。不过,在莺镇,似乎也还不曾发生过这样的事。四年前才从上海回乡来的金先生的房东余义德,便是一向极力声言绝不租房子给外省人的人。但这回他却不但租了房子给了金先生,却连一个二十岁的女儿也嫁给了他。

"那房东,在上海的时候,是替日本做事的。"我回忆着大人们的耳语说,"说是在上海,全家住在日本人的住区,讲的全是日本话,不许儿女说一句中国话。"

"为什么哩?"

"不知道。"我说,"大人们,都是这样说啊。"

笑嘻嘻的金先生搬来后院那家日式房子的时候,我曾挤在小孩堆里去看过。金先生把桌子、椅子、床铺,一概搬到榻榻米上。上榻榻米的时候,金先生并不脱掉他那巨大的黑布鞋,也不怕踩脏了干干净净的榻榻米,从而颇引起左右邻舍的主妇们的议论。然则议论归议论,房东的余义德先生不久就当上了镇公所的户政课长,并且开始在官式的场合,以带着土音的上海话,谈着三民主义,谈着建设中国之类的事了。而婚后不久,金先生左右邻舍的主妇们,立刻又传出金先生如何竟会下厨做菜;如何竟帮着新娘洗衣服;如何整天对新太太轻声细气,体贴入微,而艳羡不已。

"哎唷，"在井边洗衣淘米的女人们惊叹地说，"外省男人怎么跟我们的男人全不同款哩！"

"我就不信，"阿顺不以为然地说，"我就不信外省男人都怕老婆。例如那个周宏时老师。哼！"

曾益顺果然举出了好例子。周宏时老师，是学校里唯一的外省老师。他的一口浓重的湖北口音——例如国家的"国"字念成"鬼"字之类——一时间使学校的国语教育弄得无所适从。而这周老师，就是成天皱着眉心，不只是动辄狠打学生的手心，回到那陈旧的教员宿舍也常对老婆、孩子拳打脚踢，高声咒骂。

太阳开始有些偏西了。在这小小的山上，风一直不断地从后面的溪埔吹来。向着左前方极目望去，尖山一带林立着的窑厂的烟囱，开始吐着黄黑色的浓烟。有一列长长的货车正向桃镇驶去，在远处的树影中忽隐忽现，而终至于消失了。我和阿顺就是这样地说着各自的见闻，消磨着长长的、逃学的午后。我带他去看过一个左侧山腰的灌木丛中的一个陈旧的鸟巢，告诉他，那一对鸟是怎样的比野鸽略小，胸前有着一片深红色的、发亮的羽毛，并且产下一对翠绿色的蛋，阿顺却只顽固地说：

"我不信。"

"骗你，就死！走不回家！"我赌咒说，"分明我还趁鸟儿不在的时候，把蛋摸出来放在手里玩过的。"

"我不信，蛋有绿色的？"他说，"那你说，后来呢？"

我于是又花了许多唇舌，告诉他母鸟知道人动过它的巢和蛋，赌狠不要巢和蛋，就一去不返了。

"这你就说到内行话了，"阿顺沉思地说，"鸟，是会这样的。"

我又带他去看一株我秘为"私有"的野蕃石榴树。在那个年代，凡小孩就必须自己到自然中找零嘴儿吃。酢浆草的又肥又长的白茎，嚼起来是酸中带着些甜的；早晨蝴蝶尚不曾采过蜜的牵牛花儿，拨开花瓣，用舌尖去舐花心，真有一丝蜜蜜的甜味。还有一种指头尖那么大的野草莓，贪心地采了一口袋，却让红色的甜汁染脏了衣服，而谁要是发现了一棵野蕃石榴树，总要秘为"私有"，直等到吃腻了，也或者快过了结实的季节，才漫不经心地对玩伴"公开"。我于是带着阿顺去找我那至今尚未"公开"的野蕃石榴树，一路上告诉他我初发现了它是如何结着累累的硕实；如何地上都烂着熟透的果子；如何每一个蕃石榴都留着鸟儿的啄印。但当我们走到，却出乎我意外地，树上连一颗待熟的、青涩的果子都没有。即连地上，也找不着一颗稍微成形的落实。

"看吧，"阿顺笑着说，"我说过，我就是不信。"

"不！你非信不可。"我着急地说，"一定让人找着了，采个精光。"

"我想拉屎。"他忽然叫人啼笑皆非地说。

他三步两步找到一个草不搔着屁股的地方蹲了下来。在这人迹罕到的野地，经他一说，自己也无端地想去蹲着。我于是也走到另外一头蹲下来。

"有蛇没?"他在那头笑着问。

"从没见过,除非在山洞里。"

"山洞?"

"对啦!"我高兴地想起来,"从这儿再往左边下,在半山腰上,有个碉堡。"

"碉堡?"阿顺又笑了,"我不信。"

"待会就带着你去,"我一边用力,一边说,"日本人怕美国人登陆,从峡镇那边打过来,炮口便开向峡莺桥那边……"

"我不信。"

"碉堡的旁边,隔十来步罢,开着一个山洞,直通到用水泥砌成的碉堡里。"

"嗯……"

现在轮着他在用力了。

"光复以后,洞里面塌过一部分。"我说,开始折下一截枯枝揩后面,"有时候,有野狗在里头生小狗呢。"

"可是你说的是有蛇住里头。"

"可不是,龟壳花! 不骗你!"

"你又见过龟壳花啦。"他笑了起来。

"见过。当然见过!"

"什么样子,龟壳花?"

"细细的脖子,"我拉起裤子,眼睛往上翻,努力地想着那次点蜡烛跟邻居的陈大哥进山洞里"探险"那一遭所见过的龟壳花,"三角形头的①嘛,肥肥的身,粗短的尾巴,像是被剁掉了尾,初初才好了似的。"

"是毒蛇,哪一种不是这样?"他又笑了起来,"我问你是什么花色?"

"蛇身上是六角形的花,"我不假思索地说,"花上带着一点点红。"

我听见他窸窸窣窣地穿着裤子。

"你说对了。"他走出草丛说,"带我去罢。"

"现在洞里面怕都塌得不成样子。"

"没关系。"

"也许有野狗住着。"

"也没关系。"

"我看,下回去罢,带着棍子和蜡烛。"

"要不就根本没什么碉堡了。"阿顺笑了起来。

我们于是一边踩着几乎要被怒生的羊齿漫遮了的小路,一边挑着结实的石头握在手里,由我带头,走向碉堡去。

阿顺终于看到了几乎要被杂草遮住的,水泥砌成的炮口。"啊,真是一个炮口。"他惊叹地说。

_____

① "三角形头的",初刊版为"三角形的头"。

如果不是在炮口上隔着三尺多深的水泥台,曾益顺一定会把他的手伸进那幽暗的炮口去的。我于是告诉他,从山洞走进去,如果没有塌坏,就可以走到这个碉堡里的。

然而当我们走近洞口,忽然看见一个人影正要夺着洞口冲出去。就在那一瞬间,我听见阿顺一声悲厉的叫声:

"高老师!"

那人紧紧地握着一枝短棒,收住正要奔逃的双脚,回过头来。啊! 那是高老师么? 脏脏的长发,深陷的面颊,凌乱而浓黑的胡须,因着消瘦和污垢而更显得巨大、散发着无比的惊恐的,满是血丝的眼睛。

"高老师……"

曾益顺开始流泪。我则只是傻楞楞地站在一边。现在我逐渐认出这鬼魂一般的人,确实是高东茂老师了。他开始以极度恐惧的神色,左右盼顾着。

"进去。"

他指着洞口说。那声音像是发自一个极其老衰的老人。阿顺毫不踌躇地走进洞口。

"进去!"

高东茂老师惊恐地、压低了声音,斥责犹豫不前的我。我终于挤在阿顺的身边,瑟缩地蹲着,把眼睛睁得大大地看着高老师弯着腰也走了进来。我逐渐闻到他身上发出来的异味了。他的一身衣服很单薄,污秽而且破烂。他靠着比较阴暗的一面石壁,坐了下来。他几次躲避了我们两双疑惑、哀伤而又同情的眼睛,终于低下了头。

"走吧。"他微弱地说,"走吧。"他忽然惊醒似地抬起头来,睁开寓藏着无量数的惧怖和忧伤的眼睛,"不要告诉别人好吗? 不要告诉任何人。"

"高老师。"阿顺说。

"不可以告诉任何人。走吧。"高东茂老师说。

"高老师,要不要我们回去带些吃的东西?"阿顺说。

"不要。你们走吧。"

"我马上就回来。"阿顺央求着说。

"走吧!"高东茂老师似乎急躁起来,望着黑暗的山洞深处,对着自己絮絮地说着什么。

"高老师。"阿顺说。

"走,走!"高东茂老师忽然用高亢的声音说。他的一只手里紧紧地抓着木棒,却轻轻地抖动着。他的另一只手直指着洞口。

曾益顺满脸的泪痕,开始把每一个口袋里的花生掏出来,放在地上。我也学着他的样,把所有的花生全掏了出来,和阿顺的堆成一个小花生堆。

"高老师,明天早上,我送饭来。"阿顺拭着眼泪说。

"走吧!"高老师张着空洞的、愁苦的眼睛说。

阿顺和我出了山洞。天色逐渐地晚了。两个人从后壁山一直走到崁顶的废窑,一路上都沉默着,一句话也没说过。直到我们在废窑各自拿了书包,红肿着眼睛的曾益顺才说:

"阿助,我们谁都不能说出去。"他严肃地说,"明天一早,我们把我们的便当都拿去送他吃。"

"放心，我一定装一个结实的大便当。"我说。

第二天早上，我迫不及待地跑到山洞口，却看见曾益顺早已呆呆地坐在洞口。我走近一看，整个山洞里，除了乱石和一些沿着洞壁的岩石汩汩地渗落的水滴，在晨光中，却空无一物。

"高老师还在睡着罢？"我细声说。

阿顺摇了摇头，说：

"他早走了。"

"你没往里找吧？"

"找过了。"

"没在？"

他摇着头，忍着忍着的他的眼泪，就静悄悄地挂了下来。

我进了山洞，走了几步，恰好就在左转的一个小坑道上，看见一块铺在地上的破旧的毛毯，和几个粗糙的陶碗。碗边还留着三四个熟透了的蕃石榴，它们的浓香和山洞里独有的霉味，混合成一种奇异的气味，直向鼻前袭来。毛毯的另一端，是一堆剥开的花生壳。

我走出洞外，看见曾益顺早已走在几十步外了。

"阿顺！"我叫着，匆匆跟了上去。

他没有回答，只是一径拨开怒生了满地的羊齿，往山下走去。我默默地跟在后面，偶尔叫他几声，阿顺只是沉默地走着。我就这样跟着他一前一后地走在清晨的大汉溪埔上，看见他久久就抬一次手拭泪的背影。一直到我跟过了那满开着铃铛花的花树做篱笆的"客人仔蕃薯"的女人的家，不知为了什么，忽然觉得我不应该再这样跟着阿顺。让他一个人吧，我忽然对着自己说。我缓缓地立定了脚，在那欣然地开着粉红色的铃铛花的篱笆下，目送着阿顺一边拭泪，一边走远了。

而那年的夏天，我考取了台北的C中初中部。这以后的一年中，我逐渐从大人的口中知道了逃离山洞的高东茂老师，不久就被捕获了。并且又在其后不久，有人在台北车站的一个告示上，在一排都被重重地用朱红的墨勾画过的名字中，找到"高东茂"三个字。而说来怪奇，就那一年，故乡莺镇的事故也特别的多。例如在铁桥下发生过一宗溪镇和桃镇的流氓火并的事件，把一条壮硕的汉子，用扫刀劈下整个肩膀，横尸在大街上；莺镇小学的那一大片漂亮的黑松林，忽然得了虫害，不消几个月，全部枯死了，被驻军砍了当柴火；笑呵呵的金先生的原配夫人忽然带着儿女从大陆来了台湾。被金先生遗弃的余义德的女儿，恰好就吊死在"后壁山"上。而余义德先生虽然离开了镇公所，却也坐到莺镇农会总干事的位子上去了。

至于曾益顺，则自从在铃铛花下的一别，三十多年来，一直都没有再遇见过。而我和我的全家，在我考取大学工科的那年，举家迁来这都会。一直到近年来，偶尔在报章杂志上读到一些文章，才在连自己都不甚了然的情怀中，重又想起高东茂老师来。而虽说是想起了他，其实再也无从清晰地想起高老师的面容。但唯独高东茂老师的那一双仓惶的、忧愁的眼睛，倒确乎是历历如在眼前……

一九八三年三月二十日

（原载《文季：文学双月刊》1983年4月第1卷第1期，选自台湾人间出版社2017年版《陈映真全集》）

棋王

阿　城

一

车站是乱得不能再乱，成千上万的人都在说话。谁也不去注意那条临时挂起来的大红布标语。这标语大约挂了不少次，字纸都折得有些坏。喇叭里放着一首又一首的语录歌儿，唱得大家心更慌。

我的几个朋友，都已被我送走插队，现在轮到我了，竟没有人来送。我虽无父无母，孤身一人，却算不得独子，不在留城政策之内。父母生前颇有些污点，运动一开始即被打翻死去。家具上都有机关的铝牌编号，于是统统收走，倒也名正言顺。我野狼似的转悠一年多，终于还是决定要走。此去的地方按月有二十几元工资，我便很向往，争了要去，居然就批了。因为所去之地与别国相邻，斗争之中除了阶级，尚有国际，出身孬一些，组织上不太放心。我争得这个信任和权利，欢喜是不用说的，更重要的是，每月二十几元，一个人如何用得完？只是没人来送，就有些不耐烦，于是先钻进车厢，想找个地方坐下，任凭站台上千万人话别。

车厢里靠站台一面的窗子已经挤满各校的知青，都探出身去说笑哭泣。另一面的窗子朝南，冬日的阳光斜射进来，冷清清地照在北边儿众多的屁股上。两边儿行李架上塞满了东西，令人担心。我走动着找我的座位号，却发现还有一个精瘦的学生孤坐着，手拢在袖管儿里，隔窗望着车站南边儿的空车皮。

我的座位恰与他在一个格儿里，是斜对面儿，于是就坐下了，也把手拢在袖里。那个学生瞄了我一下，眼里突然放出光来，问："下棋吗？"倒吓了我一跳，急忙摆手说："不会！"他不相信地看着我说："这么细长的手指头，就是个捏棋子儿的，你肯定会。来一盘吧，我带着家伙呢。"说着就抬身从窗钩上取下书包，往里掏着。我说："我只会马走日，象走田。你没人送吗？"他已把棋盒拿出来，放在茶几上。塑料棋盘却搁不下，他想了想，就横摆了，说："不碍事，一样下。来来来，你先走。要不，让你车、马、炮？"我笑起来，说："你没人送吗？这么乱，下什么棋？"他一边码好最后一个棋子，一边说："我他妈要谁送？去的是有饭吃的地方，闹得这么哭哭啼啼的。来，你先走。"我奇怪了，可还是拈起炮，往当头上一移。我的棋还没移到，他的马却"啪"地一声跳好，比我还快。我就故意将炮移过当头的地方停下。他很快地看了一眼我的下巴，说："你还说不会？这炮二平六的开局，我在郑州遇见一个高人，就是这么走，险些输给他。炮二平五当头炮，是老开局，可有气势，而且是最稳的。嗯？你走。"我倒不知怎么走了，手在棋盘上游移着。他不动声色地看着整个棋盘，又把手袖起来。

就在这时，车厢乱了起来。好多人拥进来，隔着玻璃往外招手。我就站起身，也隔着玻璃往北看月台上。站上的人都拥到车厢前，都在叫，乱成一片。车身忽地一动，人群"嗡"地一下，哭声四起。我的背被谁捅了一下，回头一看，他一手护着棋盘，说："没你这么下棋的，走哇！"我实在没心思下棋,而且心里有些酸,就硬硬地说:"我不下了。这是什么时候!"他很惊愕地看着我,忽然像明白了,身子软下去,不再说话。

车开了一会儿,车厢开始平静下来。有水送过来,大家就掏出缸子要水。我旁边的人打了水,说:"谁的棋?收了放缸子。"他很可怜的样子,问:"下棋吗?"要放缸子的人说:"反正没意思,来一盘吧。"他就很高兴,连忙码好棋子。对手说:"这横着算怎么回事儿?没法儿看。"他搓着手说:"凑合了。平常看棋的时候,棋盘不等于是横着的?你先走。"对手很老练地拿起棋子儿,嘴里叫着:"当头炮。"他跟着跳上马。对手马上把他的卒吃了,他也立刻用马吃了对方的炮。我看这种简单的开局没有大意思,又实在对象棋不感兴趣,就转了头。

这时一个同学走过来,像在找什么人,一眼望到我,就说:"来来来,四缺一,就差你了。"我知道他们是在打牌,就摇摇头。同学走到我们这一格,正待伸手拉我,忽然大叫:"棋呆子,你怎么在这儿?你妹妹刚才把你找苦了,我说没见啊。没想到你在我们学校这节车厢里,气儿都不吭一声儿。你瞧你瞧,又下上了。"

棋呆子红了脸,没好气儿地说:"你管天管地,还管我下棋,走,该你走了。"就又催促我身边的对手。我这时听出点音儿来,就问同学:"他就是王一生?"同学睁了眼,说:"你不认识他?唉呀,你白活了。你不知道棋呆子?"我说:"我知道棋呆子就是王一生,可不知道王一生就是他。"说着,就仔细看着这个精瘦的学生。王一生勉强笑一笑,只看着棋盘。

王一生简直大名鼎鼎。我们学校与旁边几个中学常常有学生之间的象棋厮杀,后来拼出几个高手。几个高手之间常摆擂台,渐渐地,几乎每次冠军就都是王一生了。我因为不喜欢象棋,也就不去关心什么象棋冠军,但王一生的大名,却常被班上几个棋篓子供在嘴上,我也就对其事迹略闻一二,知道王一生外号棋呆子,棋下得很神不用说,而且在他们学校那一年级里数理成绩总是前数名。我想棋下得好而有个数学脑子,这很合情理,可我又不信人们说的那些王一生的呆事,觉得不过是大家"寻逸闻鄙事,以快言论"罢了。后来运动起来,忽然有一天大家传说棋呆子在串连时犯了事儿,被人押回学校了。我对棋呆子能出去串连表示怀疑,因为以前大家对他的描述说明他不可能解决串连时的吃喝问题。可大家说呆子确实去串连了,因为老下棋,被人瞄中,就同他各处走,常常送他一点儿钱,他也不问,只是收下。后来才知道,每到一处,呆子必要挤地头看下棋。看上一盘,必要把输家挤开,与赢家杀一盘。初时大家看他其貌不扬,不与他下。他执意要杀,于是就杀。几步下来,对方出了小汗,嘴却不软。呆子也不说话,只是出手极快,像是连想都不想。待到对方终于闭了嘴,连一圈儿观棋的人也要慢慢思索棋路而不再支招儿的时候,与呆子同行的人就开始摸包儿。大家正看得紧张,哪里想到钱包已经易主?待三盘下来,众人都摸头。这时呆子倒成了棋主,连问可有谁还要杀?有哪位不服,就坐下来杀,最后仍是无一盘得利。后来常常是众人齐做一方,七嘴八舌与呆子对手。呆子也不忙,反倒促众人快走,因为师傅多了,常为一步棋如何走自家争吵起来。就这样,在一处呆子可以连杀上一天。后来有那观棋的人发觉钱包丢了,闹嚷起来。慢慢有几个有心计的人暗中观察,看见有人掏包,也不响,之后见那人晚上来邀呆子走,就发一声喊,将扒手与呆子一齐绑了,由造反队审。呆子糊糊涂涂,只说别人常给他钱,大约是可怜他,也不知钱如何来,自己只是喜欢下棋。审主看他呆相,就命人押了回来,一时各校传为轶事。后来听说呆子认为外省马路棋手高手不多,不能长进,就托人找城里名手近战。有个同学就带他去见自己的父亲，据说是国内名手。名手见了呆子，也不多说，只摆一副据说是宋时留下的残局，要呆子走。呆子看了半晌，一五一十道来，替古人赢了。名手很惊奇，要收呆子为徒。不料呆子却问："这残局你可走通了？"名手没反应过来，就说："还未通。"呆子说："那我为什么要做你的徒弟？"名手只好请呆子开路，事后对自己的儿子说："你这个同学倨傲不逊，棋品连着人品，照这样下去，棋品必劣。"又举了一些最新指示，说若能好好学习，棋锋必健。后来呆子认识了一个捡烂纸的老头儿，被老头儿连杀三天而仅赢一盘。呆子就执意要替老头儿去撕大字报纸，不要老头儿劳动。不料有一天撕了某造反团刚贴的"檄文"，被人拿获，又被这造反团栽诬于对立派，说对方"施阴谋，弄诡计"，必讨之，而且是可忍，孰不可忍！对立派又阴使人偷出呆子，用了呆子的名义，对先前的造反团反戈一击。一时呆子的大名"王一生"贴得满街都是，许多外省来取经的革命战士许久才明白王一生原来是个棋呆子，就有人请了去外省会一些江湖名手。交手之后，各有胜负，不过呆子的棋据说是越下越精了。只可惜全国忙于革命，否则呆子不知会有什么造就。

这时我旁边的人也明白对手是王一生，连说不下了。王一生便很沮丧。我说："你妹妹来送你，你也不知道和家里人说说话儿，倒拉着我下棋！"王一生看着我说："你哪儿知道我们这些人是怎么回事儿？你们这些人好日子过惯了，世上不明白的事儿多着呢！你家父母大约是舍不得你走了？"我怔了怔，看着手说："哪儿来父母，都死毯了。"我的同学就添油加醋地叙了我一番，我有些不耐烦，说："我家死人，你倒有了故事了。"王一生想了想，对我说："那你这两年靠什么活着？"我说："混一天算一天。"王一生就看定了我问："怎么混？"我不答。呆了一会儿，王一生叹一声，说："混可不易。一天不吃饭，棋路都乱。不管怎么说，你父母在时，你家日子还好过。"我不服气，说："你父母在，当然要说风凉话。"我的同学见话不投机，就岔开说："呆子，这里没有你的对手，走，和我们打牌去吧。"呆子笑一笑，说："牌算什么，瞌睡着也能赢你们。"我旁边儿的人说："据说你下棋可以不吃饭？"我说："人一迷上什么，吃饭倒是不重要的事。大约能干出什么事儿的人，总免不了有这种傻事。"王一生想一想，又摇摇头，说："我可不是这样。"说完就去看窗外。

一路下去，慢慢我发觉我和王一生之间，既开始有互相的信任和基于经验的同情，又有各自的疑问。他总是问我与他认识之前是怎么生活的，尤其是父母死后的两年是怎么混的。我大略地告诉了他，可他又特别在一些细节上详细地打听，主要是关于吃。例如讲到有一次我一天没有吃到东西，他就问："一点儿也没吃到吗？"我说："一点儿也没有。"他又问："那你后来吃到东西是在什么时候？"我说："后来碰到一个同学。他要用书包装很多东西，就把书包翻倒过来腾干净，里面有一个干馒头，掉在桌上就碎了，我一边儿和他说话，一边儿就把这些碎馒头吃下去。不过，说老实话，干烧饼比干馒头解饱得多，而且顶时候儿。"他同意我关于干烧饼的见解，可马上又问："我是说，你吃到这个干馒头的时候是几点？过了当天夜里十二点吗？"我说："噢，不。是晚上十点吧。"他又问："那第二天你吃了什么？"我有点儿不耐烦。讲老实话，我不太愿意复述这些事情，尤其是细节。我觉得这些事情总在腐蚀我，它们与我以前对生活的认识太不合辙，总好像是在嘲笑我的理想。我说："当天晚上我睡在那个同学家。第二天早上，同学买了两个油饼，我吃了一个。上午我随他去跑一些事，中午他请我在街上吃。晚上嘛，我不好意思再在他那儿吃，可另一个同学来了，知道我没什么着落，硬拉了我去他家，当然吃得还可以。怎么样？还有什么不清楚?"他笑了,说:"你才不是你刚才说的什么'一天没吃东西',你十二点以前吃了一个馒头,没有超过二十四小时。更何况第二天你的伙食水平不低,平均下来,你两天的热量还是可以的。"我说:"你恐怕还是有些呆!要知道,人吃饭,不但是肚子的需要,而且是一种精神需要。不知道下一顿在什么地方,人就特别想到吃,而且,饿得快。"他说:"你家道尚好的时候,有这种精神压力吗?恐怕没有什么精神需求吧?有,也只不过是想好上再好,那是馋。馋是你们这些人的特点。"我承认他说得有些道理,禁不住问他:"你总在说你们、你们,可你是什么人?"他迅速看着其它地方,只是不看我,说:"我当然不同了。我主要是对吃要求得比较实在。唉,不说这些了,你真的不喜欢下棋?'何以解忧?唯有象棋'。"我瞧着他说:"你有什么忧?"他仍然不看我,"没有什么忧,没有。'忧'这玩意儿,是他妈文人的佐料儿。我们这种人,没有什么忧,顶多有些不痛快。何以解不痛快?唯有象棋。"

我看他对吃很感兴趣,就注意他吃的时候。列车上给我们这几节知青车厢送饭时,他若心思不在下棋上,就稍稍有些不安。听见前面大家拿饭时铝盒的碰撞声,他常常闭上眼,嘴巴紧紧收着,倒好像有些恶心。拿到饭后,马上就开始吃,吃得很快,喉节一缩一缩的,脸上绷满了筋。常常突然停下来,很小心地将嘴边或下巴上的饭粒儿和汤水油花儿用整个儿食指抹进嘴里。若饭粒儿落在衣服上,就马上一按,拈进嘴里。若一个没按住,饭粒儿由衣服上掉下地,他也立刻双脚不再移动,转了上身找。这时候他若碰上我的目光,就放慢速度。吃完以后,他把两只筷子吮净,拿水把饭盒冲满,先将上面一层油花吸净,然后就带着安全到达彼岸的神色小口小口地呷。有一次,他在下棋,左手轻轻地叩茶几。一粒干缩了的饭粒儿也轻轻地小声跳着。他一下注意到了,就迅速将那个干饭粒儿放进嘴里,腮上立刻显出筋络。我知道这种干饭粒儿很容易嵌入槽牙里,巴在那儿,舌头是赶它不出的。果然,呆了一会儿,他就伸手到嘴里去抠。终于嚼完,和着一大股口水,"咕"地一声儿咽下去,喉节慢慢移下来,眼睛里有了泪花。他对吃是虔诚的,而且很精细。有时你会可怜那些饭被他吃得一个渣儿都不剩,真有点儿惨无人道。我在火车上一直看他下棋,发现他同样是精细的,但就有气度得多。他常常在我们还根本看不出已是败局时就开始重码棋子,说:"再来一盘吧。"有的人不服输,非要下完,总觉得被他那样暗示死刑存些侥幸。他也奉陪,用四五步棋逼死对方,略带嘲讽地说:"给你棋脸,非要听'将',有瘾?"

我每看到他吃饭,就回想起杰克·伦敦的《热爱生命》,终于在一次饭后他小口呷汤时讲了这个故事。我因为有过饥饿的经验,所以特别渲染了故事中的饥饿感觉。他不再喝汤,只是把饭盒端在嘴边上,一动不动地听我讲。我讲完了,他呆了许久,凝视着饭盒里的水,轻轻吸了一口,才很严肃地看着我说:"这个人是对的。他当然要把饼干藏在褥子底下。照你讲,他是对失去食物发生精神上的恐惧,是精神病?不,他有道理,太有道理了。写书的人怎么可以这么理解这个人呢?杰……杰什么?嗯,杰克·伦敦,这个小子他妈真是饱汉子不知饿汉子饥。"我马上指出杰克·伦敦是一个如何如何的人。他说:"是呀,不管怎么样,像你说的,杰克·伦敦后来出了名,肯定不愁吃的,他当然会叼着根烟,写些嘲笑饥饿的故事。"我说:"杰克·伦敦丝毫也没有嘲笑饥饿,他是……"他不耐烦地打断我:"怎么不是嘲笑?把一个特别清楚饥饿是怎么回事儿的人写成发了神经,我不喜欢。"我只好苦笑,不再说什么。可是一没人和他下棋了,他就又问我:"嗯?再讲个吃的故事?其实杰克·伦敦那个故事挺好。"我有些不高兴地说:"那根本不是个吃的故事,那是一个讲生命的故事。你不愧为棋呆子。"大约是我脸上有种表情,他于是不知怎么办才好。我心里有一种东西升上来,我还是喜欢他的,就说:"好吧,巴尔扎克的《邦斯舅舅》听过吗?"他摇摇头。我就又好好儿描述了一下邦斯这个老饕。不料他听完,马上就说:"这个故事不好,这是一个馋的故事,不是吃的故事。邦斯这个老头儿若只是吃而不馋,不会死。我不喜欢这个故事。"他马上意识到这最后一句话,就急忙说:"倒也不是不喜欢。不过洋人总和咱们不一样,隔着一层。我给你讲个故事吧。"我马上感了兴趣:棋呆子居然也有故事!他把身体靠得舒服一些,说:"从前哪,"笑了笑,又说:"老是他妈从前,可这个故事是我们院儿的五奶讲的。嗯——老辈子的时候,有这么一家子,吃喝不愁。粮食一囤一囤的,顿顿想吃多少吃多少,嘿,可美气了。后来呢,娶了个儿媳妇。那真能干,就没说把饭做糊过,不干不稀,特解饱。可这媳妇,每做一顿饭,必抓出一把米藏好……"听到这儿,我忍不住插嘴:"老掉牙的故事了,还不是后来遇了荒年,大家没饭吃,媳妇把每日攒下的米拿出来,不但自家有了,还分给穷人?"他很惊奇地坐直了,看着我说:"你知道这个故事?可那米没有分给别人,五奶没有说分给别人。"我笑了,说:"这是教育小孩儿要节约的故事,你还拿来有滋有味儿地讲,你真是呆子。这不是一个吃的故事。"他摇摇头,说:"这太是吃的故事了。首先得有饭,才能吃,这家子有一囤一囤的粮食。可光穷吃不行,得记着断顿儿的时候,每顿都要欠一点儿。老话儿说'半饥半饱日子长'嘛。"我想笑但没笑出来,似乎明白了一些什么。为了打消这种异样的感触,就说:"呆子,我跟你下棋吧。"他一下高兴起来,紧一紧手脸,啪啪啪就把棋码好,说:"对,说什么吃的故事,还是下棋。下棋最好,何以解不痛快?唯有下象棋。啊?哈哈哈!你先走。"我又是当头炮,他随后把马跳好。我随便动了一个子儿,他很快地把兵移前一格儿。我并不真心下棋,心想他念到中学,大约是读过不少书的,就问:"你读过曹操的《短歌行》?"他说:"什么《短歌行》?"我说:"那你怎么知道'何以解忧,唯有杜康'?"他愣了,问:"杜康是什么?"我说:"杜康是一个造酒的人,后来也就代表酒,你把杜康换成象棋,倒也风趣。"他摆了一下头,说:"啊,不是。这句话是一个老头儿说的,我每回和他下棋,他总说这句。"我想起了传闻中的捡烂纸的老头儿,就问:"是捡烂纸的老头儿吗?"他看了我一眼,说:"不是。不过,捡烂纸的老头儿棋下得好,我在他那儿学到不少东西。"我很感兴趣地问:"这老头儿是个什么人?怎么下得一手儿好棋还捡烂纸?"他很轻地笑了一下,说:"下棋不当饭。老头儿要吃饭,还得捡烂纸。可不知他以前是什么人。有一回,我抄的几张棋谱不知怎么找不到了,以为当垃圾倒出去了,就到垃圾站去翻。正翻着,这个老头儿推着筐过来了,指着我说:'你个大小伙子,怎么抢我的买卖?'我说不是,是找丢了的东西,他问什么东西,我没搭理他。可他问个不停:'钱?存折儿?结婚帖子?'我只好说是棋谱,正说着,就找着了。他说叫他看看。他在路灯底下挺快就看完了,说'这棋没根哪'。我说这是以前市里的象棋比赛。可他说:'哪儿的比赛也没用,你瞧这,这叫棋路?狗脑子。'我心想怕是遇上异人了,就问他当怎么走。老头儿哗哗说了一通谱儿,我一听,真的不凡,就提出要跟他下一盘。老头儿让我先说。我们俩就在垃圾站下盲棋,我是连输五盘。老头儿棋路猛听头几步,没什么,可着子真阴真狠,打闪一般,网得开,收得又紧又快。后来我们见天儿在垃圾站下盲棋,每天回去我就琢磨他的棋路,以后居然跟他平过一盘,还赢过一盘。其实赢的那盘我们一共才走了十几步。老头儿用铅丝扒子敲了半天地面,叹一声:'你赢了。'我高兴了,直说要到他那儿去看看。老头儿白了我一眼,说:'撑的?!'告诉我明天晚上再在这儿等他。

第二天我去了,见他推着筐远远来了。到了跟前,从筐里取出一个小布包,递到我手上,说这也是谱儿,让我拿回去,看瞧得懂不。又说哪天有走不动的棋,让我到这儿来说给他听听,兴许他就走动了。我赶紧回到家里,打开一看,还真他妈看不懂。这是本异书,也不知是哪朝哪代的,手抄,边边角角儿,补了又补。上面写的东西,不像是说象棋,好像是说另外的什么事儿。我第二天又去找老头儿,说我看不懂,他哈哈一笑,说他先给我说一段儿,提个醒儿。他一开说,把我吓了一跳。原来开宗明义,是讲男女的事儿。我说这是四旧。老头儿叹了,说什么是旧?我这每天捡烂纸是不是在捡旧?可我回去把它们分门别类,卖了钱,养活自己,不是新?又说咱们中国道家讲阴阳,这开篇是借男女讲阴阳之气。阴阳之气相游相交,初不可太胜,太胜则折,折就是'折断'的'折'。"我点点头。"'太胜则折,太弱则泻'。老头儿说我的毛病是太胜。又说,若对于胜,则以柔化之。可要在化的同时,造成克势。柔不是弱,是容,是收,是含。含而化之,让对手入你的势。这势要你造,需无为而无不为。无为即是道,也就是棋运之大不可变,你想变,就不是象棋,输不用说了,连棋边儿都沾不上。棋运不可悖,但每局的势要自己造。棋运和势既有,那可就无所不为了。玄是真玄,可细琢磨,是那么个理儿。我说,这么讲是真提气,可这下棋,千变万化,怎么才能准赢呢?老头儿说这就是造势的学问了。造势妙在契机。谁也不走子儿,这棋没法儿下。可只要对方一动,势就可入,就可导。高手你入他很难,这就要损。损他一个子儿,损自己一个子儿,先导开,或找眼钉下,止住他的人势,铺排下自己的人势。这时你万不可死损,势式要相机而变。势势有相因之气,势套势,小势导开,大势含而化之,根连根,别人就奈何不得。老头儿说我只有套,势不太明。套可以算出百步之远,但无势,不成气候。又说我脑子好,有琢磨劲儿,后来输我的那一盘,就是大势已破,再下,就是玩了。老头儿说他日子不多了,无儿无女,遇见我,就传给我吧。我说你老人家棋道这么好,怎么还干这种营生呢?老头儿叹了一口气,说这棋是祖上传下来的,但有训——'为棋不为生',为棋是养性,生会坏性,所以生不可太胜。又说他从小没学过什么谋生本事,现在想来,倒是训坏了他。"我似乎听明白了一些棋道,可很奇怪,就问:"棋道与生道难道有什么不同么?"王一生说:"我也是这么说,而且魔怔起来,问他天下大势。老头儿说,棋就是这么几个子儿,棋盘就这么大,无非是道同势不同,可这子儿你全能看在眼底。天下的事,不知道的太多。这每天的大字报,张张都新鲜,虽看出点道儿,可不能究底。子儿不全摆上,这棋就没法儿下。"

我就又问那本棋谱。王一生很沮丧地说:"我每天带在身上,反复地看。后来你知道,我撕大字报被造反团捉住,书就被他们搜了去,说是四旧,给毁了,而且是当着我的面儿毁的。好在书已在我脑子里,不怕他们。"我就又和王一生感叹了许久。

火车终于到了。所有的知识青年都又被用卡车运到农场。在总场,各分场的人上来领我们。我找到王一生,说:"呆子,要分手了,别忘了交情,有事儿没事儿,互相走动。"他说当然。

二

这个农场在天山林里,活计就是砍树,烧山,挖坑,再栽树。不栽树的时候,就种点儿粮食。交通不便,运输不够,常常就买不到煤油点灯。晚上黑灯瞎火,大家凑在一起臭聊,天南地北。又因为常割资本主义尾巴,生活就清苦得很,常常一个月每人只有五钱油,吃饭钟一敲,大家就疾跑如飞。落在后边,常常就只能吃清水南瓜或清水茄子。大锅菜是先煮后搁油,油又少,只在汤上浮几个大花儿。米倒是不缺,国家供应商品粮,每人每月四十二斤。可没油水,挖山又不是松活,肚子就越吃越大。我倒是没什么,毕竟强似讨吃。每月又有二十几元工薪,家里没有人惦记着,又没有找女朋友,就买了烟学抽,不料越抽越凶。

山上活儿紧时,常常累翻,就想:呆子不知怎么干?那么精瘦的一个人。晚上大家闲聊,多是精神会餐。我又想,呆子的吃相可能更恶了。我父亲在时,炒得一手好菜,母亲都比不上他。星期天常邀了同事,专事品尝,我自然精于此道。因此聊起来,常常是主角,说得大家个个儿腮胀,常常发一声喊,将我按倒在地上,说像我这样儿的人实在是祸害,不如宰了炒吃。下雨时节,大家都慌忙上山去挖笋,又到沟里捉田鸡,无奈没有油,常常吃得胃酸。山上总要放火,野兽们都惊走了,极难打到。即使打到,野物们走惯了,没有膘,熬不得油。尺把长的老鼠也捉来吃,因鼠是吃粮的,大家说鼠肉就是人肉,也算吃人吧。我又常想,呆子难道不馋?好上加好,固然是馋,其实饿时更馋。不馋,吃的本能不能发挥,也不得寄托。又想,呆子不知还下不下棋。我们分场与他们分场隔着近百里,来去一趟不容易,也就见不着。

转眼到了夏季。有一天,我正在山上干活儿,远远望见山下小路上有一个人。大家觉得影儿生,就议论是什么人。有人说是小毛的男的吧。小毛是队里一个女知青,新近在外场找了一个朋友,可谁也没见过。大家就议论可能是这个人来找小毛,于是满山喊小毛,说她的汉子来了。小毛丢了锄,跌跌撞撞跑过来,伸了脖子看。还没等小毛看好,我却认出来人是王一生——棋呆子。于是大叫,别人倒吓了一跳,都问:"找你的?"我很得意。我们这个队有四个省市的知青,与我同来的不多,自然他们不认识王一生。我这时正代理一个管三四个人的小组长,于是对大家说:"散了,不干了。大家也别回去,帮我看看山上可有什么吃的弄点儿。到钟点儿再下山,拿到我那儿去烧。你们打了饭,都过来一起吃。"大家于是就钻进乱草里去寻了。

我跳着跑下山,王一生已经站住,一脸高兴的样子,远远地问:"你怎么知道是我?"我到了他眼前说:"远远就看你呆头呆脑,还真是你。你怎么老也不来看我?"他跟我并排走着,说:"你也老不来看我呀!"我见他背上的汗浸出衣衫,头发已是一绺一绺的,一脸的灰土,只有眼睛和牙齿放光,嘴上也是一层土,干得起皱,就说:"你怎么摸来的?"他说:"搭一段儿车,走一段儿路,出来半个月了。"我吓了一跳,问:"不到百里,怎么走这么多天?"他说:"回去细说。"

说话间已经到了沟底队里。场上几只猪跑来跑去,个个儿瘦得赛狗。还不到下班时间,冷冷清清的,只有队上伙房隐隐传来叮叮咣咣的声音。

到了我的宿舍,就直进去。这里并不锁门,都没有多余东西可拿,不必防谁。我放了盆,叫他等着,就提桶打热水来给他洗。到了伙房,与炊事员讲,我这个月的五钱油全数领出来,以后就领生菜,不再打熟菜。炊事员问:"来客了?"我说:"可不!"炊事员就打开锁了的柜子,舀一小匙油找了个碗盛给我,又拿了三只长茄子,说:"明天还来打菜吧,从后天算起,方便。"我从锅里舀了热水,提回宿舍。

王一生把衣裳脱了,只剩一条裤衩,呼噜呼噜地洗。洗完后,将脏衣服按在水里泡着,然后一件一件搓,洗好涮好,拧干晾在门口绳上。我说:"你还挺麻利的。"他说:"从小自己干,惯了。几件衣服,也不费事。"说着就在床上坐下,弯过手臂,去挠后背,肋骨一根根动着。我拿出烟来请他抽。他很老练地敲出一支，舔了一头儿，倒过来叼着。我先给他点了，自己也点上。他支起肩深吸进去，慢慢地吐出来，浑身荡一下，笑了，说："真不错。"我说："怎么样？也抽上了？日子过得不错呀。"他看看草顶，又看看在门口转来转去的猪，低下头，轻轻拍着净是绿筋的瘦腿，半晌才说："不错，真的不错。还说什么呢？粮？钱？还要什么呢？不错，真不错。你怎么样？"他透过烟雾问我。我也感叹了，说："钱是不少，粮也多，没错儿，可没油哇。大锅菜吃得胃酸。主要是没什么玩儿的，没书，没电，没电影儿。去哪儿也不容易，老在这个沟儿里转，闷得无聊。"他看看我，摇一下头，说："你们这些人哪！没法儿说，想的净是锦上添花。我挺知足，还要什么呢？你呀，你就是叫书害了。你在车上给我讲的两个故事，我琢磨了，后来挺喜欢的。你不错，读了不少书。可是，归到底，解决什么呢？是呀，一个人拼命想活着，最后都神经了，后来好了，活下来了，可接着怎么活呢？像邦斯那样？有吃，有喝，好收藏个什么，可有个馋的毛病，人家不请吃就活得不痛快。人要知足，顿顿饱就是福。"他不说了，看着自己的脚趾动来动去，又用后脚跟去擦另一只脚的背，吐出一口烟，用手在腿上掸了掸。

我很后悔用油来表示我对生活的不满意，还用书和电影儿这种可有可无的东西表示我对生活的不满足，因为这些在他看来，实在是超出基准线之上的东西，他不会为这些烦闷。我突然觉得很泄气，有些同意他的说法。是呀，还要什么呢？我不是也感到挺好了吗？不用吃了上顿惦记着下顿，床不管怎么烂，也还是自己的，不用窜来窜去找刷夜的地方。可我常常烦闷的是什么呢？为什么就那么想看看随便什么一本书呢？电影儿这种东西，灯一亮就全醒过来了，图个什么呢？可我隐隐有一种欲望在心里，说不清楚，但我大致觉出是关于活着的什么东西。

我问他："你还下棋吗？"他就像走棋那么快地说："当然，还用说？"我说："是呀，你觉得一切都好，干嘛还要下棋呢？下棋不多余吗？"他把烟卷儿停在半空，摸了一下脸，说："我迷象棋。一下棋，就什么都忘了。呆在棋里舒服。就是没有棋盘、棋子儿，我在心里就能下，碍谁的事儿啦？"我说："假如有一天不让你下棋，也不许你想走棋的事儿，你觉得怎么样？"他挺奇怪地看着我说："不可能，那怎么可能？我能在心里下呀！还能把我脑子挖了？你净说些不可能的事儿。"我叹了一口气，说："下棋这事儿看来是不错。看了一本儿书，你不能老在脑子里过篇儿，老想看看新的。可棋不一样了，自己能变着花样儿玩。"他笑着对我说："怎么样，学棋吧？咱们现在吃喝不愁了，顶多是照你说的，不够好，又活不出个大意思来。书你哪儿找去？下棋吧，有忧下棋解。"我想了想，说："我实在对棋不感兴趣。我们队倒有个人，据说下得不错。"他把烟屁股使劲儿扔出门外，眼睛又放出光来："真的？有下棋的？嘿，我真还来对了。他在哪儿？"我说："还没下班呢。看你急的，你还是来看我的吗？"他双手抱着脖子仰在我的被子上，看着自己松松的肚皮，说："我这半年，就找不到下棋的。后来想，天下异人多得很，这野林子里我就不信找不到个下棋下得好的。现在我请了事假，一路找人下棋，就找到你这儿来了。"我说："你不挣钱了？怎么活着呢？"他说："你不知道，我妹妹在城里分了工矿，挣钱啦，我也就不用给家寄那么多钱了。我就想，趁这功夫儿，会会棋手。怎么样？你一会儿把你说的那人找来下一盘？"我说当然，心里一动，就又问他："你家里到底是怎么个情况呢？"他叹了一口气，望着屋顶，很久才说："穷。困难啊！我们家三口儿人，母亲死了，只有父亲、妹妹和我。我父亲嘛，挣得少，按平均生活费的说法儿，我们一人才不到十块。我母亲死后，父亲就喝酒，而且越喝越多，手里有俩钱儿就喝，就骂人。邻居劝，他不是不听,就是一把鼻涕一把泪,弄得人家也挺难过。我有一回跟我父亲说:'你不喝就不行? 有什么好处呢?'他说:'你不知道酒是什么玩意儿,它是老爷们儿的觉啊! 咱们这日子挺不易,你妈去了,你们又小。我烦哪,我没文化,这把年纪,一辈子这点子钱算是到头儿了。你妈死的时候,嘱咐了,怎么着也要供你念完初中再挣钱。你们让我喝口酒,啊? 对老人有什么过不去的,下辈子算吧。'"他看了看我,又说:"不瞒你说,我母亲解放前是窑子里的。后来大概是有人看上了,做了人家的小,也算从良。有烟吗?"我扔过一根烟给他,他点上了,把烟头儿吹得红红的,两眼不错眼珠儿地盯着,许久才说:"后来,我妈又跟人跑了,据说买她的那家欺负她,当老妈子不说,还打。后来跟的这个是什么人,我不知道,我只知道我是我妈跟这个人生的。刚一解放,我妈跟的那个人就不见了。当时我妈怀着我,吃穿无着,就跟了我现在这个父亲。我这个后爹是卖力气的,可临到解放的时候儿,身子骨儿不行了,又没文化,钱就挣得少。和我妈过了以后,原指着相帮着好一点儿,可没想到添了我妹妹后,我妈一天不如一天。那时候我才上小学,我脑筋好,老师都喜欢我。可学校春游、看电影我都不去,给家里省一点儿是一点儿。我妈怕委屈了我,拖累着个身子,到处找活。有一回,我和我母亲给印刷厂叠书页子,是一本讲象棋的书。叠好了,我妈还没送去,我就一篇一篇对着看。不承想,就看出点儿意思来。于是有空儿就到街上看人家下棋。看了有些日子,就手痒痒,没敢跟家里要钱,自己用硬纸剪了一副棋,拿到学校去下。下着下着就熟了。于是又到街上和别人下。原先我看人家下得挺好,可我这一跟他们真下,还就赢了。一家伙就下了一晚上,饭也没吃。我妈找了来,把我打回去。唉,我妈身子弱,都打不疼我。到了家,她竟给我跪下了,说:'小祖宗,我就指望你了! 你若不好好儿念书,妈就死在这儿。'我一听这话吓坏了,忙说:'妈,我没不好好儿念书。您起来,我不下棋了。'我把我妈扶起来坐着。那天晚上,我跟我妈叠页子,叠着叠着,就走了神儿,想着一路棋。我妈叹一口气说:'你也是,看不上电影儿,也不去公园,就玩儿这么个棋。唉,下吧。可妈的话你得记着,不许玩儿疯了。功课要是拉下了,我不饶你。我和你爹都不识字儿,可我们会问老师。老师若说你功课跟不上,你再说什么也不行。'我答应了。我怎么会把功课拉下呢? 学校的算术,我跟玩儿似的。这以后,我放了学,先做功课,完了就下棋,吃完饭,就帮我妈干活儿,一直到睡觉。因为叠页子不用动脑筋,所以就在脑子里走棋,有的时候,魔怔了,会突然一拍书页、喊棋步,把家里人都吓一跳。"我说:"怨不得你棋下得这么好,小时候棋就都在你脑子里呢!"他苦笑笑说:"是呀,后来老师就让我去少年宫象棋组,说好好儿学,将来能拿大冠军呢! 可我妈说:'咱们不去什么象棋组,要学,就学有用的本事。下棋下得好,还当饭吃了? 有那点儿功夫,在学校多学点儿东西比什么不好? 你跟你们老师说,不去象棋组,要是你们老师还有没教你的本事,你就跟老师说,你教了我,将来有大用呢。啊? 专学下棋? 这以前都是有钱人干的! 妈以前见过这种人,那都是身份,他们不指着下棋吃饭。妈以前呆过的地方,也有女的会下棋,可要的钱也多。唉,你不知道,你不懂。下下玩儿可以,别专学,啊?'我跟老师说了,老师想了想,没说什么。后来老师买了一副棋送我,我拿给妈看,妈说:'唉,这是善心人啊! 可你记住,先说吃,再说下棋。等你挣了钱,养活家了,爱怎么下就怎么下,随你。'"我感叹了,说:"这下儿好了,你挣钱了,你就能撒着欢儿地下了,你妈也就放心了。"王一生把脚搬上床,盘了坐,两只手互相捏着腕子,看着地下说:"我妈看不见我挣钱了。家里供我念到初一,我妈就死了。死之前,特别跟我说:'这一条街都说你棋下得好,妈信。可妈在棋上疼不了你。你在棋上怎么出息，到底不是饭碗。妈不能看你念完初中，跟你爹说了，怎么着困难，也要念完。高中，妈打听了，那是为上大学。咱们家用不着上大学，你爹也不行了，你妹妹还小，等你初中念完了就挣钱，家里就靠你了。妈要走了，一辈子也没给你留下什么，只捡人家的牙刷把，给你磨了一副棋。'说着，就叫我从枕头底下拿出一个小布包来，打开一看，都是一小点儿大的子儿，磨得光了又光，赛象牙，可上头没字儿。妈说，'我不识字，怕刻不对。你拿了去，自己刻吧，也算妈疼你好下棋。'我们家多困难，我没哭过，哭管什么呢？可看着这副没字儿的棋，我绷不住了。"

我鼻子有些酸，就低了眼，叹道："唉，当母亲的。"王一生不再说话，只是抽烟。

山上的人下来了，打到两条蛇。大家见了王一生，都很客气，问是几分场的，那边儿伙食怎么样。王一生答了，就过去摸一摸晾着的衣裤，还没有干。我让他先穿我的，他说吃饭要出汗，先光着吧。大家见他很随和，也就随便聊起来。我自然将王一生的棋道吹了一番，以示来者不凡。大家就都说让队里的高手"脚卵"来与王一生下。一个人跑去喊，不一刻，脚卵来了。脚卵是南方大城市的知识青年，个子非常高，又非常瘦。动作起来颇有些文气，衣服总要穿得整整齐齐，有时候走在山间小路上，看到这样一个高个儿纤尘不染，衣冠楚楚，真令人生疑。脚卵弯腰进来，很远就伸出手来要握，王一生糊涂了一下，马上明白了，也伸出手去，脸却红了。握过手，脚卵把双手捏在一起端在肚子前面，说："我叫倪斌，人儿倪，文武斌。因为腿长，大家叫我脚卵。卵是很粗俗的话，请不要介意，这里的人文化水平是很低的。贵姓？"王一生比倪斌矮下去两个头，就仰着头说："我姓王，叫王一生。"倪斌说："王一生？蛮好，蛮好，名字蛮好的。一生是哪两个字？"王一生一直仰着脖子，说："一二三的一，生活的生。"倪斌说："蛮好，蛮好。"就把长臂曲着往外一摆，说："请坐。听说你钻研象棋？蛮好，蛮好，象棋是很高级的文化。我父亲是下得很好的，有些名气，喏，他们都知道的。我会走一点点，很爱好，不过在这里没有对手。你请坐。"王一生坐回床上，很尴尬地笑着，不知说什么好。倪斌并不坐下，只把手虚放在胸前，微微向前侧了一下身子，说："对不起，我刚刚下班，还没有梳洗，你候一下好了，我马上就来。噢，问一下，家父也是棋道里的人么？"王一生很快地摇头，刚要说什么，但只是喘了一口气。倪斌说："蛮好，蛮好。好，一会儿我再来。"我说："脚卵，洗了澡，来吃蛇肉。"倪斌一边退出去，一边说："不必了，不必了。好的，好的。"大家笑起来，向外嚷："你到底来是不来？什么'不必了，好的'！"倪斌在门外说："蛇肉当然是要吃的，一会儿下棋是要动脑筋的。"

大家笑着脚卵，关了门，三四个人精着屁股，上上下下地洗，互相开着身体的玩笑。王一生不知在想什么，坐在床里边，让开擦身的人。我一边将蛇头撕下来，一边对王一生说："别理脚卵，他就是这么神神道道的一个人。"有一个人对我说："你的这个朋友要真是有两下子，今天有一场好杀。脚卵的父亲在我们市里，真是很有名气哩。"另外的人说："爹是爹，儿是儿，棋还遗传了？"王一生说："家传的棋，有厉害的。几代沉下的棋路，不可小看。一会儿下起来看看。"说着就紧一紧手脸。我把蛇挂起来，将皮剥下，不洗，放在案板上，用竹刀把肉划开，并不切断，盘在一个大碗内，放进一个大锅里，锅底蓄上水，叫："洗完了没有？我可开门了！"大家慌忙穿上短裤。我到外边地上摆三块土坯，中间架起柴引着，就将锅放在土坯上，把猪吆喝远了，说："谁来看着？别叫猪拱了。开锅后十分钟端下来。"就进屋收拾茄子。

有人把脸盆洗干净，到伙房打了四五斤饭和一小盆清水茄子，捎回来一棵葱和两瓣野蒜、一小块姜,我说还缺盐,就又有人跑去拿来一块,捣碎在纸上放着。

脚卵远远地来了,手里抓着一个黑木盒子。我问:"脚卵.可有酱油膏?"脚卵迟疑了一下,又返身回去。我又大叫:"有醋精拿点儿来!"

蛇肉到了时间,端进屋里,掀开锅,一大团蒸气冒出来,大家并不缩头,慢慢看清了,都叫一声好。两大条蛇肉亮晶晶地盘在碗里,粉粉的冒鲜气。我嗖地一下将碗端出来,吹吹手指,说:"开始准备胃液吧!"王一生也挤过来看,问:"整着怎么吃?"我说:"蛇肉碰不得铁,碰铁就腥,所以不切,用筷子撕着蘸料吃。"我又将切好的茄块儿放进锅里蒸。

脚卵来了,用纸包了一小块儿酱油膏,又用一张小纸包了几颗白色的小粒儿,我问是什么,脚卵说:"这是草酸,去污用的,不过可以代替醋。我没有醋精,酱油膏也没有了,就这一点点。"我说:"凑合了。"脚卵把盒子放在床上,打开,原来是一副棋,乌木做的棋子,暗暗地发亮。字用刀刻出来,笔划很细,却是篆字,用金丝银丝嵌了,古色古香。棋盘是一幅绢,中间亦是篆字:楚河汉界。大家凑过去看,脚卵就很得意,说:"这是古董,明朝的,很值钱。我来的时候,我父亲给我的。以前和你们下棋,用不着这么好的棋。今天王一生来嘛,我们好好下。"王一生大约从来没有见过这么精彩的棋具,很小心地摸,又紧一紧手脸。

我将酱油膏和草酸冲好水,把葱末、姜末和蒜末投进去,叫声:"吃起来!"大家就乒乒乓乓地盛饭,伸筷撕那蛇肉蘸料,刚入嘴嚼,纷纷嚷鲜。

我问王一生是不是有些像蟹肉,王一生一边儿嚼着,一边儿说:"我没吃过螃蟹,不知道。"脚卵伸过头去问:"你没吃过螃蟹?怎么会呢?"王一生也不答话,只顾吃。脚卵就放下碗筷,说:"年年中秋节,我父亲就约一些名人到家里来,吃螃蟹,下棋,品酒,作诗。都是些很高雅的人,诗做得很好,还要互相写在扇子上。这些扇子过多少年也是很值钱的。"大家并不理会他,只顾吃。脚卵眼看蛇肉渐少,也急忙捏起筷子夹,不再说什么。

不一刻,蛇肉吃完,只剩两副蛇骨在碗里。我又把蒸熟的茄块儿端上来,放少许蒜和盐拌了。再将锅里热水倒掉,续上新水,把蛇骨放进去熬汤。大家喘一口气,接着伸筷,不一刻,茄子也吃净。我便把汤端上来,蛇骨已经煮散,在锅底刷拉刷拉地响。这里屋外常有一二处小丛的野茴香,我就拔来几棵,揪在汤里,立刻屋里异香扑鼻。大家这时饭已吃净,纷纷舀了汤在碗里,热热的小口呷,不似刚才紧张,话也多起来了。

脚卵抹一抹头发,说:"蛮好,蛮好的。"就拿出一支烟,先让了王一生,又自己叼了一支,烟包正待放回衣袋里,想了想,便放在小饭桌上,摆一摆手说:"今天吃的,都是山珍,海味是吃不到了。我家里常吃海味的,非常讲究。据我父亲讲,我爷爷在时,专雇一个老太婆,整天就是从燕窝里拨脏东西。燕窝这种东西,是海鸟叼来小鱼小虾,用口水粘起来的,所以里面各种脏东西多得很,要很细心地一点一点清理,一天也就能搞清一个,再用小火慢慢地蒸。每天吃一点,对身体非常好。"王一生听呆了,问:"一个人每天就专门是管做燕窝的?好家伙!自己买来鱼虾,熬在一起,不等于燕窝吗?"脚卵微微一笑,说:"要不怎么燕窝贵呢?第一,这燕窝长在海中峭壁上,要舍命去挖。第二,这海鸟的口水是很珍贵的东西,是温补的。因此,舍命,费工时,又是补品;能吃燕窝,也是说明家里有钱和有身份。"大家就说这燕窝一定非常好吃。脚卵又微微一笑,说:"我吃过的,很腥。"大家就感叹了,说费这么多钱,吃一口腥,太划不来。

　　天黑下来，早升在半空的月亮渐渐亮了。我点起油灯，立刻四壁都是人影子。脚卵就说："王一生，我们下一盘？"王一生大概还没有从燕窝里醒过来，听见脚卵问，只微微点一点头。脚卵出去了。王一生奇怪了，问："嗯？"大家笑而不答。一会儿，脚卵又来了，穿得笔挺，身后随来许多人，进屋都看看王一生。脚卵慢慢摆好棋，问："你先走？"王一生说："你吧。"大家就上上下下围了看。

　　走出十多步，王一生有些不安，但也只是暗暗捻一下手指。走过三十几步，王一生很快地："重摆吧。"大家奇怪，看看王一生，又看看脚卵，不知是谁赢了。脚卵微微一笑，说："一赢不算胜。"就伸手抽一颗烟点上。王一生没有表情，默默地把棋重新码好。两人又走。又走到十多步，脚卵半天不动，直到把一根烟吸完，又走了几步，脚卵慢慢地说："再来一盘。"大家又奇怪是谁赢了，纷纷问。王一生很快地将棋码成一个方堆，看着脚卵问："走盲棋？"脚卵沉吟了一下，点点头。两人就口述棋步。好几个人摸摸头，摸摸脖子，说下得好没意思，不知谁是赢家。就有几个人离开走出去，把油灯带得一明一暗。

　　我觉出有点儿冷，就问王一生："你不穿点儿衣裳？"王一生没有理我。我感到没有意思，就坐在床里，看大家也是一会儿看看脚卵，一会儿看看王一生，像是瞧从来没见过的两个怪物。油灯下，王一生抱了双膝，锁骨后陷下两个深窝，盯着油灯，时不时拍一下身上的蚊虫。脚卵两条长腿抵在胸口，一只大手将整个儿脸遮了，另一只大手飞快地将指头捏来弄去。说了许久，脚卵放下手，很快地笑一笑，说："我乱了，记不得。"就又摆了棋再下。不久，脚卵抬起头，看着王一生说："天下是你的。"抽出一支烟给王一生，又说："你的棋是跟谁学的？"王一生也看着脚卵，说："跟天下人。"脚卵说："蛮好，蛮好，你的棋蛮好。"大家看出是谁赢了，都高兴松动起来，盯着王一生看。

　　脚卵把手搓来搓去，说："我们这里没有会下棋的人，我的棋路生了。今天碰到你，蛮高兴的，我们做个朋友。"王一生说："将来有机会，一定见见你父亲。"脚卵很高兴，说："那好，好极了，有机会一定去见见他。我不过是玩玩棋。"停了一会儿，又说："你参加地区的比赛，没有问题。"王一生问："什么比赛？"脚卵说："咱们地区，要组织一个运动会，其中有棋类。地区管文教的书记我认得，他早年在我们市里，与我父亲认识。我到农场来，我父亲给他带过信，请他照顾。我找过他，他说我不如打篮球。我怎么会打篮球呢？那是很野蛮的运动，要伤身体的。这次运动会，他来信告诉我，让我争取参加农场的棋类队到地区比赛，赢了，调动自然好说。你棋下到这个地步，参加农场队，不成问题。你回你们场，去报名就可以了。将来总场选拔，肯定会有你。"王一生很高兴，起来把衣裳穿上，显得更瘦。大家又聊了很久。

　　将近午夜，大家都散去，只剩下宿舍里同住的四个人与王一生、脚卵。脚卵站起来，说："我去拿些东西来吃。"大家都很兴奋，等着他。一会儿，脚卵弯腰进来，把东西放在床上，摆出六颗巧克力，半袋麦乳精，纸包的一斤精白挂面。巧克力大家都一口咽了，来回舔着嘴唇。麦乳精冲得稀稀的六碗，喝得满屋喉咙响。王一生笑嘻嘻地说："世界上还有这种东西？苦甜苦甜的。"我又把火升起来，开了锅，把面下了，说："可惜没有调料。"脚卵说："我还有酱油膏。"我说："你不是只有一小块儿了吗？"脚卵不好意思地说："咳，今天不容易，王一生来了，我再贡献一些。"就又拿了来。

　　大家吃了，纷纷点起烟，打着哈欠，说没想到脚卵还有如许存货，藏得倒严实。脚卵急忙申辩这是剩下的全部了。大家吵着要去翻，王一生说："不要闹，人家的是人家的，从来农场存到现在，说明人家会过日子。倪斌,你说,这比赛什么时候开始呢?"脚卵说:"起码还有半年。"王一生不再说话。我说:"好了,休息吧。王一生,你和我睡在我的床上。脚卵,明天再聊。"大家就起身收拾床铺,放蚊帐。我和王一生送脚卵到门口,看他高高的个子在青白的月光下远远去了。王一生叹一口气,说:"倪斌是个好人。"

王一生又呆了一天,第三天早上,执意要走。脚卵穿了破衣服,肩着锄来送。两人握了手,倪斌说:"后会有期。"大家远远在山坡上招手。我送王一生出了山沟,王一生拦住,说:"回去吧。"我嘱咐他,到了别的分场,有什么困难,托人来告诉我,若回来路过,再来玩儿。王一生整了整书包带儿,就急急地顺公路走了,脚下扬起细土,衣裳晃来晃去,裤管儿前后荡着,像是没有屁股。

三

这以后,大家没事儿,常提起王一生,津津有味儿地回忆王一生光膀子大战脚卵。我说了王一生如何如何不容易,脚卵说:"我父亲说过的,'寒门出高士'。据我父亲讲,我们祖上是元朝的倪云林。倪祖很爱干净,开始的时候,家里有钱,当然是讲究的。后来兵荒马乱,家道败了,倪祖就卖了家产,到处走,常在荒村野店投宿,很遇到一些高士。后来与一个会下棋的村野之人相识,学得一手好棋。现在大家只晓得倪云林是元四家里的一个,诗书画绝佳,却不晓道倪云林还会下棋。倪祖后来信佛参禅,将棋炼进禅宗,自成一路。这棋只我们这一宗传下来。王一生赢了我,不晓得他是什么路,总归是高手了。"大家都不知道倪云林是什么人,只听脚卵神吹,将信将疑,可也认定脚卵的棋有些来路,王一生既赢了脚卵,当然更了不起。这里的知青在城里都是平民出身,多是寒苦的,自然更看重王一生。

将近半年,王一生不再露面。只是这里那里传来消息,说有个叫王一生的,外号棋呆子,在某处与某某下棋,赢了某某。大家也很高兴,即使有输的消息,都一致否认,说王一生怎么会输呢?我给王一生所在的分场队里写了信,也不见回音,大家就催我去一趟。我因为这样那样的事,加上农场知青常常斗殴,又输进火药枪互相射击,路途险恶,终于没有去。

一天脚卵在山上对我说,他已经报名参加棋类比赛了,过两天就去总场,问王一生可有消息?我说没有。大家就说王一生肯定会到总场比赛,相约一起请假去总场看看。

过了两天,队里的活儿稀松,大家就纷纷找了各种借口请假到总场,盼着能见着王一生。我也请了假出来。

总场就在地区所在地,大家走了两天才到。这个地区虽是省以下的行政单位,却只有交叉的两条街,沿街有一些商店,货架上不是空的,即是"展品概不出售"。可是大家仍然很兴奋,觉得到了繁华地界,就沿街一个馆子一个馆子地吃,都先只叫净肉,一盘一盘地吞下去,拍拍肚子出来,觉得日光晃眼,竟有些肉醉,就找了一处草地,躺下来抽烟,又纷纷昏睡过去。

醒来后,大家又回到街上细细吃了一些面食,然后到总场去。

一行人高高兴兴到了总场,找到文体干事,问可有一个叫王一生的来报到。干事翻了半天花名册,说没有。大家不信,拿过花名册来七手八脚地找,真的没有,就问干事是不是搞漏掉了。干事说花名册是按各分场报上来的名字编的,都已分好号码,编好组,只等明天开赛。大家你望望我,我望望你,搞不清是怎么回事儿。我说:"找脚卵去。"脚卵在运动员们住下的草棚里,见了他,大家就问。脚卵说:"我也奇怪呢。这里乱糟糟的,我的号是棋类,可把我分到球类组来住,让我今晚就参加总场联队训练,说了半天也不行,还说主要靠我进球得分。"大家笑起来,说:"管他赛什么,你们的伙食差不了。可王一生没来太可惜了。"

直到比赛开始,也没有见王一生的影子。问了他们分场来的人,都说很久没见王一生了。大家有些慌,又没办法,只好去看脚卵赛篮球。脚卵痛苦不堪,规矩一点儿不懂,球也抓不住,投出去总是三不沾,抢得猛一些,他就抽身出来,瞪着大眼看别人争。文体干事急得抓耳挠腮,大家又笑得前仰后合。每场下来,脚卵总在嚷野蛮,埋怨脏。

赛了两天,决出总场各类运动代表队,到地区参加地区决赛。大家看看王一生还没有影子,就都相约要回去了。脚卵要留在地区文教书记家再待一两天,就送我们走一段。快到街口,忽然有人一指:"那不是王一生?"大家顺着方向一看,真是他。王一生在街另一面急急地走来,没有看见我们。我们一齐大叫,他猛地站住,看见我们,就横过街向我们跑来。到了跟前,大家纷纷问他怎么不来参加比赛? 王一生很着急的样子,说:"这半年我总请事假出来下棋,等我知道报名赶回去,分场说我表现不好,不准我出来参加比赛,连名都没报上。我刚找了个由头儿,跑上来看看赛得怎么样。怎么样? 赛得怎么样?"大家一迭声儿地说早赛完了,现在是参加与各县代表队的比赛,夺地区冠军。王一生愣了半晌,说:"也好,夺地区冠军必是各县高手,看看也不赖。"我说:"你还没吃东西吧? 走,街上随便吃点儿什么去。"脚卵与王一生握过手,也惋惜不已。大家就又拥到一家小馆儿,买了一些饭菜,边吃边叹息。王一生说:"我是要看看地区的象棋大赛。你们怎么样? 要回去了吗?"大家都说出来的时间太长了,要回去。我说:"我再陪你一两天吧。脚卵也在这里。"于是又有两三个人也说留下来再耍一耍。

脚卵就领留下的人去文教书记家,说是看看王一生还有没有参加比赛的可能。走不多久,就到了。只见一扇小铁门紧闭着,进去就有人问找谁,见了脚卵,不再说什么,只让等一下。一会儿叫进了,大家一起走进一幢大房子,只见窗台上摆了一溜儿花草,伺候得很滋润。大大的一面墙上只一幅毛主席诗词的挂轴儿,绫子黄黄的很浅。屋内只摆几把藤椅,茶几上放着几张大报与油印的简报。不一会儿,书记出来,胖胖的,很快地与每个人握手,又叫人把简报收走,就请大家坐下来。大家没见过管着几个县的人的家,头都转来转去地看。书记呆了一下,就问:"都是倪斌的同学吗?"大家纷纷回过头看书记,不知该谁回答。脚卵欠一欠身,说:"都是我们队上的。这一位就是王一生。"说着用手掌向王一生一倾。书记看着王一生说:"噢,你就是王一生? 好。这两天,倪斌常提到你。怎么样,选到地区来赛了吗?"王一生正想答话,倪斌马上就说:"王一生这次有些事耽误了,没有报上名。现在事情办完了,看看还能不能参加地区比赛。您看呢?"书记用胖手在扶手上轻轻拍了两下,又轻轻用中指很慢地擦着鼻沟儿,说:"啊,是这样。不好办。你没有取得县一级的资格,不好办。听说你很有天才,可是没有取得资格去参加比赛,下面要说话的,啊?"王一生低了头,说:"我也不是要参加比赛,只是来看看。"书记说:"那是可以的,那欢迎。倪斌,你去桌上,左边的那个桌子,上面有一份打印的比赛日程。你拿来看看,象棋类是怎么安排的。"倪斌早一步跨进里屋,马上把材料拿出来,看了一下,说:"要赛三天呢!"就递给书记。书记也不看,把它放在茶几上,掸一掸手,说:"是啊,几个县嘛。啊? 还有什么问题吗?"大家都站起来,说走了。书记与离他近的人很快地握了手,说:"倪斌,你晚上来,嗯?"倪斌欠欠身说好的,就和大家一起出来。大家到了街上,舒了一口气,说笑起来。

大家漫无目的地在街上走,讲起还要在这里呆三天,恐怕身上的钱支持不住。王一生说他可以找到睡觉的地方,人多一点恐怕还是有办法,这样就能不去住店,省下不少钱。倪斌不好意思地说他可以住在书记家。于是大家一起随王一生去找住的地方。

原来王一生已经来过几次地区,认识了一个文化馆画画儿的。王一生便带了我们投奔这位画家。到了文化馆,一进去,就听见远远有唱的,有拉的,有吹的,便猜是宣传队在演练。只见三四个女的,穿着蓝线衣裤,胸瞒得不能再高,一扭一扭地走过来,近了,并不让路,直脖直脸地过去。我们赶紧闪在一边儿,都有点儿脸红。倪斌低低地说:"这几位是地区的名角。在小地方,有她们这样的功夫,蛮不容易的。"大家就又回过头去看名角。

画家住在一个小角落里,门口鸡鸭转来转去,沿墙摆了一溜儿各类杂物,草就在杂物中间长出来。门前又被许多晒着的衣裤布单遮住。王一生领我们从衣裤中弯腰过去,叫那画家。马上就乒乒乓乓出来一个人,见了王一生,说:"来了? 都进来吧。"画家只有一间小屋,里面一张小木床,到处是书、杂志、颜色和纸笔。墙上钉满了画的画儿。大家顺序进去,画家就把东西挪来挪去腾地方,大家挤着坐下,不敢再动。画家又迈过大家出去,一会儿提来一个暖瓶,给大家倒水。大家传着各式的缸子、碗,都有了,捧着喝。画家也坐下来,问王一生:"参加运动会了吗?"王一生叹着将事情讲了一遍。画家说:"只好这样了。要待几天呢?"王一生就说:"正是为这事来找你。这些都是我的朋友。你看能不能找个地方,大家挤一挤睡?"画家沉吟半晌,说:"你每次来,在我这里挤还凑合。这么多人,嗯——让我看看。"他忽然眼里放出光来,说:"文化馆有个礼堂,舞台倒是很大。今天晚上为运动会的人演出,演出之后,你们就在舞台上睡,怎么样? 今天我还可以带你们进去看演出。电工与我很熟的,跟他说一声,进去睡没问题。只不过脏一些。"大家都纷纷说再好不过了。脚卵放下心的样子,小心地站起来,说:"那好,诸位,我先走一步。"大家要站起来送,却谁也站不起来。脚卵按住大家,连说不必了,一脚就迈出屋外。画家说:"好大的个子! 是打球的吧?"大家笑起来,讲了脚卵的笑话。画家听了,说:"是啊,你们也都够脏的。走,去洗洗澡,我也去。"大家就一个一个顺序出去,还是碰得叮咚乱响。

原来这地区所在地,有一条江远远流过。大家走了许久,方才到了。江面不甚宽阔,水却很急,近岸的地方,有一些小洼儿。四处无人,大家脱了衣裤,都很认真地洗,将画家带来的一块肥皂用完。又把衣裤泡了,在石头上抽打,拧干后铺在石头上晒,除了游水的,其余便纷纷趴在岸上晒。画家早洗完,坐在一边儿,掏出个本子在画。我发觉了,过去站在他身后看。原来他在画我们几个人的裸体速写。经他这一画,我倒发现我们这些每日在山上苦的人,却矫健异常,不禁赞叹起来。大家又围过来看,屁股白白的晃来晃去。画家说:"干活儿的人,肌肉线条极有特点,又很分明。虽然各部分发展可能不太平衡,可真的人体,常常是这样,变化万端。我以前在学院画人体,女人体居多,太往标准处靠,男人体也常静在那里,感觉不出肌肉滚动,越画越死。今天真是个难得的机会。"有人说羞处不好看,画家就在纸上用笔把说的人的羞处涂成一个圪垯,大家就都笑起来。衣裤干了,纷纷穿上。

这时已近傍晚,太阳垂在两山之间,江面上金子一样滚动,岸边石头也如热铁般红起来。有鸟儿在水面上掠来掠去,叫声传得很远。对岸有人在拖长声音吼山歌,却不见影子,只觉声音慢慢小了。大家都凝了神看。许久，王一生长叹一声，却不说什么。

大家又都往回走，在街上拉了画家一起吃些东西，画家倒好酒量。天黑了，画家领我们到礼堂后台入口，与一个人点头说了，招呼大家悄悄进去，缩在边幕上看。时间到了，幕并不开，说是书记还未来。演员们都化了装，在后台走来走去，抻一抻手脚，互相取笑着。忽然外面响动起来，我拨了幕布一看，只见胖书记缓缓进来，在前排坐下，周围空着，后面黑压压一礼堂人。于是开演，演出甚为激烈，尘土四起。演员们在台上泪光闪闪，退下来一过边幕，就嘻笑颜开，连说怎么怎么错了。王一生倒很入戏，脸上时阴时晴，嘴一直张着，全没有在棋盘前的镇静。戏一结束，王一生一个人在边幕拍起手来，我连忙止住他，向台下望去，书记不知什么时候已经走了，前两排仍然空着。

大家出来，摸黑拐到画家家里，脚卵已在屋里，见我们来了，就与画家出来和大家在外面站着，画家说："王一生，你可以参加比赛了。"王一生问："怎么回事儿？"脚卵说，晚上他在书记家里，书记跟他叙起家常，说十几年前常去他家，见过不少字画儿，不知运动起来，损失了没有？脚卵说还有一些，书记就不说话了。过了一会儿书记又说，脚卵的调动大约不成问题，到地区文教部门找个位置，跟下面打个招呼，办起来也快，让脚卵写信回家讲一讲。于是又谈起字画古董，说大家现在都不知道这些东西的价值，书记自己倒是常在心里想着。脚卵就说，他写信给家里，看能不能送书记一两幅，既然书记帮了这么大忙，感谢是应该的。又说，自己在队里有一副明朝的乌木棋，极是考究，书记若是还看得上，下次带上来。书记很高兴，连说带上来看看。又说你的朋友王一生，他倒可以和下面的人说一说，一个地区的比赛，不必那么严格，举贤不避私嘛。就挂了电话，电话里回答说，没有问题，请书记放心，叫王一生明天就参加比赛。

大家听了，都很高兴，称赞脚卵路道粗。王一生却没说话。脚卵走后，画家带了大家找到电工，开了礼堂后门，悄悄进去。电工说天凉了，问要不要把幕布放下来垫盖着？大家都说好，就七手八脚爬上去摘下幕布铺在台上。一个人走到台边，对着空空的座位一敬礼，尖着嗓子学报幕员，说："下一个节目——睡觉。现在开始。"大家悄悄地笑，纷纷钻进幕布躺下了。

躺下许久，我发觉王一生还没有睡着，就说："睡吧，明天要参加比赛呢！"王一生在黑暗里说："我不赛了，没意思。倪斌是好心，可我不想赛了。"我说："咳，管它！你能赛棋，脚卵能调上来，一副棋算什么？"王一生说："那是他父亲的棋呀！东西好坏不说，是个信物。我妈留给我的那副无字棋，我一直性命一样存着，现在生活好了，妈的话，我也忘不了。倪斌怎么就可以送人呢？"我说："脚卵家里有钱，一副棋算什么呢？他家里知道儿子活得好一些了，棋是舍得的。"王一生说："我反正是不赛了，被人作了交易，倒像是我沾了便宜。我下得赢下不赢是我自己的事，这样赛，被人戳脊梁骨。"不知是谁也没睡着，大约都听见了，咕噜一声："你真是呆子。"

四

第二天一早儿，大家满身是土的起来，找水擦了擦，又约画家到街上去吃。画家执意不肯，正说着，脚卵来了，很高兴的样子。王一生对他说："我不参加这个比赛。"大家呆了，脚卵问："蛮好的，怎么不赛了呢？省里还下来人视察呢！"王一生说："不赛就不赛了。"我说了说，脚卵叹道："书记是个文化人，蛮喜欢这些的。棋虽然是家里传下的，可我实在受不了农场这个罪，我只想有个干净的地方住一住，不要每天脏兮兮的。棋不能当饭吃的，用它通一些关节，还是值的。家里也不很景气，不会怪我。"画家把双臂抱在胸前，抬起一只手摸了摸脸，看着天说："理想没有了，只剩下目的。倪斌，不能怪你。你没有什么不得了的要求。我这两年，也常常犯糊涂，生活太具体了。幸亏我还会画画儿。何以解忧？唯有——唉。"王一生很惊奇地看着画家，慢慢转了脸对脚卵说："倪斌，谢谢你。这次比赛决出高手，我登门去与他们下。我不参加这次比赛了。"脚卵忽然很兴奋，攥起大手一顿，说："这样，这样！我呢，去跟书记说一下，组织一个友谊赛。你要是赢了这次的冠军，无疑是真正的冠军。输了呢，也不太失身份。"王一生呆了呆："千万不要跟什么书记说，我自己找他们下。要下，就与前三名都下。"

大家也不好再说什么，就去看各种比赛，倒也热闹。王一生只钻在棋类场地外面，看各局的明棋。第三天，决出前三名。之后是发奖，又是演出，会场乱哄哄的，也听不清谁得的是什么奖。

脚卵让我们在会场等着，过了不久，就领来两个人，都是制服打扮。脚卵作了介绍，原来是象棋比赛的第二、三名。脚卵说："这位是王一生，棋蛮厉害的，想与你们两位高手下一下，大家也是一个互相学习的机会。"两个人看了看王一生，问："那怎么不参加比赛呢？我们在这里呆了许多天，要回去了。"王一生说："我不耽误你们，与你们两人同时下。"两人互相看了看，忽然悟到，说："盲棋？"王一生点一点头。两人立刻变了态度，笑着说："我们没下过盲棋。"王一生说："不要紧，你们看着明棋下。来，咱们找个地方儿。"话不知怎么就传了出去，立刻嚷动了，会场上各县的人都说有一个农场的小子没有赛着，不服气，要同时与亚、季军比试。百十个人把我们围了起来，挤来挤去地看，大家觉得有了责任，便站在王一生身边儿。王一生倒低了头，对两个人说："走吧，走吧，太扎眼。"有一个人挤了进来，说："哪个要下棋？就是你吗？我们大爷这次是冠军，听说你不服气，叫我来请你。"王一生慢慢地说："不必。你大爷要是肯下，我和你们三人同下。"众人都轰动了，拥着往棋场走去。到了街上，百十人走成一片。行人见了，纷纷问怎么回事，可是知青打架？待明白了，就都跟着走。走过半条街，竟有上千人跟着跑来跑去。商店里的店员和顾客也都站出来张望。长途车路过这里开不过，乘客们纷纷探出头来，只见一街人头攒动，尘土飞起多高，轰轰的，乱纸踏得嚓嚓响。一个傻子呆呆地在街中心，咿咿呀呀地唱，有人发了善心，把他拖开，傻子就依了墙根儿唱。四五条狗窜来窜去，觉得是它们在引路打狼，汪汪叫着。

到了棋场，竟有数千人围住，土扬在半空，许久落不下来。棋场的标语标志早已摘除，出来一个人，见这么多人，脸都白了。脚卵上去与他交涉，他很快地看着众人，连连点头儿，半天才明白是借场子用，急忙打开门，连说"可以可以"，见众人都要进去，就急了。我们几个，马上到门口守住，放进脚卵、王一生和两个得了荣誉的人。这时有一个人走出来，对我们说："高手既然和三个人下，多我一个不怕，我也算一个。"众人又嚷动了，又有人报名。我不知怎么办好，只得进去告诉王一生。王一生咬一咬嘴说："你们两个怎么样？"那两个人赶紧站起来，连说可以。我出去统计了，连冠军在内，对手共是十人。脚卵说："十人是满数，不吉利的，九个人好了。"于是就九个人。冠军总不见来，有人来报，既是下盲棋，冠军只在家里，命人传棋。王一生想了想，说好吧。九个人就关在场里。墙外一副明棋不够用，于是有人拿来八张整开白纸，很快地画了格儿。又有人用硬纸剪了百十个方棋子儿，用红黑颜色写了，背后粘上细绳，挂在棋格儿的钉子上，风一吹，轻轻地晃成一片，街上人们也嚷成一片。

人是越来越多。后来的人拼命往前挤,挤不进去,就抓住人打听,以为是杀人的告示。妇女们也抱着孩子们,远远围成一片。又有许多人支了自行车,站在后架上伸脖子看,人群一挤,连着倒,喊成一团。半大的孩子们钻来钻去,被大人们用腿拱出去。数千人闹闹嚷嚷,街上像半空响着闷雷。

王一生坐在场当中一个靠背椅上,把手放在两条腿上,眼睛虚望着,一头一脸都是土,像是被传讯的歹人。我不禁笑起来,过去给他拍一拍土。他按住我的手,我觉出他有些抖。王一生低低地说:"事情闹大了。你们几个朋友看好,一有动静,一起跑。"我说:"不会。只要你赢了,什么都好办。争口气。怎么样?有把握吗?九个人哪!头三名都在这里!"王一生沉吟了一下,说:"怕江湖的不怕朝廷的,参加过比赛的人的棋路我都看了,就不知道其他六个人会不会冒出冤家。书包你拿着,不管怎么样,书包不能丢。书包里有……"王一生看了看我,"我妈的无字棋。"他的瘦脸上又干又脏,鼻沟儿也黑了,头发立着,喉咙一动一动的,两眼黑得吓人。我知道他拼了,心里有些酸,只说:"保重!"就离了他。他一个人空空地在场中央,谁也不看,静静的像一块铁。

棋开始了。上千人不再出声儿。只有自愿服务的人一会儿紧一会儿慢地用话传出棋步,外边儿自愿服务的人就变动着棋子儿。风吹得八张大纸哗哗地响,棋子儿荡来荡去。太阳斜斜地照在一切上,烧得耀眼。前几十排的人都坐下了,仰起头看,后面的人也挤得紧紧的,一个个土眉土眼,头发长长短短吹得飘,再没人动一下,似乎都把命放在棋里搏。

我心里忽然有一种很古的东西涌上来,喉咙紧紧地往上走。读过的书,有的近了,有的远了,模糊了。平时十分佩服的项羽、刘邦都在目瞪口呆,倒是尸横遍野的那些黑脸士兵,从地下爬起来,哑了喉咙,慢慢移动。一个樵夫,提了斧在野唱。忽然又仿佛见了棋呆子的母亲,用一双弱手一页一页地折书页。

我不由伸手到王一生的书包里去掏摸,捏到一个小布包儿,掏出来一看,是个旧蓝斜纹布的小口袋,上面用线绣了一口蝙蝠,布的四边儿都用线做了圈口,针脚很是细密。取出一个棋子,确实很小,在太阳底下竟是半透明的,像是一只眼睛,正柔和地瞧着。我把它攥在手里。

太阳终于落下去,立刻爽快了。人们仍在看着,但议论起来。里边儿传出一句王一生的棋步,外边儿的人就嚷动一下。专有几个人骑车为在家的冠军传送着棋步,大家就不太客气,笑话起来。

我又进去,看见脚卵很高兴的样子,心里就松开一些,问:"怎么样?我不懂棋。"脚卵抹一抹头发,说:"蛮好,蛮好。这种阵式,我从来也没见过,你想想看,九个人与他一个人下,九局连环!车轮大战!我要写信给我的父亲,把这次的棋谱都寄给他。"这时有两个人从各自的棋盘前站起来,朝着王一生一鞠躬,说:"甘拜下风。"就捏着手出去了。王一生点点头儿,看了他们的位置一眼。

王一生的姿式没有变,仍旧是双手扶膝,眼平视着,像是望着极远极远的远处,又像是盯着极近极近的近处,瘦瘦的肩挑着宽大的衣服,土没拍干净,东一块儿,西一块儿。喉节许久才动一下。我第一次承认象棋也是运动,而且是马拉松,是多一倍的马拉松!我在学校时,参加过长跑,开始后的五百米,确实极累,但过了一个限度,就像不是在用脑子跑,而像一架无人驾驶飞机,又像是一架到了高度的滑翔机,只管滑翔下去。可这象棋,始终是处在一种机敏的运动之中,兜捕对手,逼向死角,不能疏忽。我忽然担心起王一生的身体来。这几天,大家因为钱紧,不敢怎么吃,晚上睡得又晚,谁也没想到会有这么一个场面。看着王一生稳稳地坐在那里,我又替他赌一口气:死顶吧! 我们在山上扛木料,两个人一根,不管路不是路,沟不是沟,也得咬牙,死活不能放手。谁若是顶不住软了,自己伤了不说,另一个也得被木头震得吐血。可这回是王一生一个人过沟过坎儿,我们帮不上忙。我找了点儿凉水来,悄悄走近他,在他眼前一挡,他抖了一下,眼睛刀子似的看了我一下,一会儿才认出是我,就干干地笑了一下。我指指水碗,他接过去,正要喝,一个局号报了棋步。他把碗高高地平端着,水纹丝儿不动。他看着碗边儿,回报了棋步,就把碗缓缓凑到嘴边儿。这时下一个局号又报了棋步,他把嘴定在碗边儿,半晌,回报了棋步,才咽一口水下去,"咕"的一声儿,声音大得可怕,眼里有了泪花。他把碗递过来,眼睛望望我,有一种说不出的东西在里面游动,苦甜苦甜的。嘴角儿缓缓流下一滴水,把下巴和脖子上的土冲开一道沟儿。我又把碗递过去,他竖起手掌止住我,回到他的世界里去了。

我出来,天已黑了。有山民打着松枝火把,有人用手电照着,黄乎乎的,一团明亮。大约是地区的各种单位下班了,人更多了。狗也在人前蹲着,看人挂动棋子,不知是懂是不懂,只是眼神凄凄的,像是在担忧。几个同来的队上知青,各被人围了打听。不一会儿,"王一生"、"棋呆子"、"是个知青"、"棋是道家的棋",就在人们嘴上传。我有些发噱,本想到人群里说说,但又止住了,随人们传吧,我开始高兴起来。这时墙上只有三局在下了。

忽然人群发一声喊。我回头一看,原来只剩了一盘,恰是与冠军的那一盘。盘上只有不多几个子儿。王一生的黑子儿远远近近地峙在对方棋营格里,后方老帅稳稳地呆着,尚有一"士"伴着,好像帝王与近侍在聊天儿,等着前方将士得胜回朝;又似乎隐隐看见有人在伺候酒宴,点起尺把长的红蜡烛,有人在悄悄地调整管弦,单等有人跪奏捷报,鼓乐齐鸣。我的肚子拖长了音儿在响,脚下觉得软了,就拣个地方坐下,仰头看最后的围猎,生怕有什么差池。

红子儿半天不动,大家不耐烦了,纷纷看骑车的人来没来,嗡嗡地响成一片。忽然人群乱起来,纷纷闪开。只见一老者,精光头皮,由旁人搀着,慢慢走出来,嘴嚼动着,上上下下看着八张定局残子。众人纷纷传着,这就是本届地区冠军,是这个山区的一个世家后人,这次"出山"玩玩儿棋,不想就夺了头把交椅,评了这次比赛的大势,直叹棋道不兴。老者看完了棋,轻轻抻一抻衣衫,跺一跺土,昂了头,由人搀进棋场。众人都一拥而起。我急忙抢进了大门,跟在后面。只见老者进了大门,立定,往前看去。

王一生孤身一人坐在大屋子中央,瞪眼看着我们,双手支在膝上,铁铸一个细树桩,似无所见,似无所闻。高高的一盏电灯,暗暗地照在他脸上,眼睛深陷进去,黑黑的似俯视大千世界,茫茫宇宙。那生命像聚在一头乱发中,久久不散,又慢慢弥漫开来,灼得人脸热。

众人都呆了,都不说话。外面传了半天,眼前却是一个瘦小黑魂,静静地坐着,众人都不禁吸了一口凉气。

半晌,老者咳嗽一下,底气很足,十分洪亮,在屋里荡来荡去。王一生忽然目光短了,发觉了众人,轻轻地挣了一下,却动不了。老者推开搀的人,向前迈了几步,立定,双手合在腹前摩挲了一下,朗声叫道:"后生,老朽身有不便,不能亲赴沙场。命人传棋,实出无奈。你小小年纪,就有这般棋道,我看了,汇道禅于一炉,神机妙算,先声有势,后发制人,遣龙治水,气贯阴阳,古今儒将，不过如此。老朽有幸与你接手，感触不少，中华棋道，毕竟不颓，愿与你做个忘年之交。老朽这盘棋下到这里，权做赏玩，不知你可愿意平手言和，给老朽一点面子？"

王一生再挣了一下，仍起不来。我和脚卵急忙过去，托住他的腋下，提他起来。他的腿仍然是坐着的样子，直不了，半空悬着。我感到手里好像只有几斤的分量，就示意脚卵把王一生放下，用手去揉他的双腿。大家都拥过来，老者摇头叹息着。脚卵用大手在王一生身上，脸上，脖子上缓缓地用力揉。半晌，王一生的身子软下来，靠在我们手上，喉咙嘶嘶地响着，慢慢把嘴张开，又合上，再张开，"啊啊"着。很久，才呜呜地说："和了吧。"

老者很感动的样子，说："今晚你是不是就在我那儿歇了？养息两天，我们谈谈棋？"王一生摇摇头，轻轻地说："不了，我还有朋友。大家一起出来的，还是大家在一起吧。我们到、到文化馆去，那里有个朋友。"画家就在人群里喊："走吧，到我那里去，我已经买好了吃的，你们几个一起去。真不容易啊。"大家慢慢拥了我们出来，火把一圈儿照着。山民和地区的人层层围了，争睹棋王丰采，又都点头儿叹息。

我搀了王一生慢慢走，光亮一直随着。幼时曾见过荷兰画家伦勃朗名作《夜巡》，恍惚觉得就是这般情景。进了文化馆，到了画家的屋子，虽然有人帮着劝散，窗上还是挤满了人，慌得画家急忙把一些画儿藏了。

人渐渐散了，王一生还有些木。我忽然觉出左手还攥着那个棋子，就张了手给王一生看。王一生呆呆地盯着，似乎不认得，可喉咙里就有了响声，猛然"哇"地一声儿吐出一些粘液，眼泪就流了下来，呜呜地哭着说："妈，儿今天明白事儿了。人还要有点儿东西，才叫活着。妈——"大家都有些酸，扫了地下，打来水，劝了。王一生哭过，滞气调理过来，有了精神，就一起吃饭。画家竟喝得大醉，也不管大家，一个人倒在木床上睡去。电工领了我们，脚卵也跟着，一齐到礼堂台上去睡。

夜黑黑的，伸手不见五指。王一生已经睡死。我却还似乎耳边人声嚷动，眼前火把通明，山民们铁了脸，肩着柴禾在林中走，咿咿呀呀地唱。我笑起来，想：不做俗人，哪儿会知道这般乐趣？家破人亡，平了头每日荷锄，却自有真人生在里面，识到了，即是幸，即是福。衣食是本，自有人类，就是每日在忙这个。可囿在其中，终于还不太像人。倦意渐渐上来，就拥了幕布，沉沉睡去。

（原载《上海文学》1984 年第 7 期）

命若琴弦

史铁生

莽莽苍苍的群山之中走着两个瞎子，一老一少，一前一后，两顶发了黑的草帽起伏蹿动，匆匆忙忙，像是随着一条不安静的河水在漂流。无所谓从哪儿来，也无所谓到哪儿去，每人带一把三弦琴，说书为生。

　　方圆几百上千里的这片大山中,峰峦叠嶂,沟壑纵横,人烟稀疏,走一天才能见一片开阔地,有几个村落。荒草丛中随时会飞起一对山鸡,跳出一只野兔、狐狸,或者其它小野兽。山谷中常有鹞鹰盘旋。

　　寂静的群山没有一点阴影,太阳正热得凶。

　　"把三弦子抓在手里。"老瞎子喊,在山间震起回声。

　　"抓在手里呢。"小瞎子回答。

　　"操心身上的汗把三弦子弄湿了。弄湿了晚上弹你的肋条?"

　　"抓在手里呢。"

　　老少二人都赤着上身,各自拎了一条木棍探路,缠在腰间的粗布小褂已经被汗水洇湿了一大片。蹚起来的黄土干得呛人。这正是说书的旺季。天长,村子里的人吃罢晚饭都不呆在家里;有的人晚饭也不在家里吃,捧上碗到路边去,或者到场院里。老瞎子想赶着多说书,整个热季领着小瞎子一个村子一个村子紧走,一晚上一晚上紧说。老瞎子一天比一天紧张、激动,心里算定:弹断一千根琴弦的日子就在这个夏天了,说不定就在前面的野羊坳。

　　暴躁了一整天的太阳这会儿正平静下来,光线开始变得深沉。远远近近的蝉鸣也舒缓了许多。

　　"小子!你不能走快点吗?"老瞎子在前面喊,不回头也不放慢脚步。

　　小瞎子紧跑几步,吊在屁股上的一只大挎包叮喽哐啷地响,离老瞎子仍有几丈远。

　　"野鸽子都往窝里飞啦。"

　　"什么?"小瞎子又紧走几步。

　　"我说野鸽子都回窝了,你还不快走!"

　　"噢。"

　　"你又鼓捣我那电匣子呢。"

　　"噫——!鬼动来。"

　　"那耳机子快让你鼓捣坏了。"

　　"鬼动来!"

　　老瞎子暗笑:你小子才活了几天?"蚂蚁打架我也听得着。"老瞎子说。

　　小瞎子不争辩了,悄悄把耳机子塞到挎包里去,跟在师父身后闷闷地走路。无尽无休的无聊的路。

　　走了一阵子,小瞎子听见有只獾在地里啃庄稼,就使劲学狗叫,那只獾连滚带爬地逃走了,他觉得有点开心,轻声哼了几句小调儿,哥哥呀妹妹的。师父不让他养狗,怕受村子里的狗欺负,也怕欺负了别人家的狗,误了生意。又走了一会,小瞎子又听见不远处有条蛇在游动,弯腰摸了块石头砍过去,"哗啦啦"一阵高粱叶子响。老瞎子有点可怜他了,停下来等他。

　　"除了獾就是蛇。"小瞎子赶忙说。担心师父骂他。

　　"有了庄稼地了,不远了。"老瞎子把一个水壶递给徒弟。

　　"干咱们这营生的,一辈子就是走,"老瞎子又说,"累不?"

　　小瞎子不回答,知道师父最讨厌他说累。

"我师父才冤呢。就是你师爷,才冤呢,东奔西走一辈子,到了没弹够一千根琴弦。"

小瞎子听出师父这会儿心绪好,就问:"什么是绿色的长乙(椅)?"

"什么? 噢,八成是一把椅子吧。"

"曲折的油狼(游廊)呢?"

"油狼? 什么油狼?"

"曲折的油狼。"

"不知道。"

"匣子里说的。"

"你就爱瞎听那些玩艺儿。听那些玩艺儿有什么用? 天底下的好东西多啦,跟咱们有什么关系?"

"我就没听您说过,什么跟咱们有关系。"小瞎子把"有"字说得重。

"琴! 三弦子! 你爹让你跟了我来,是为让你弹好三弦子,学会说书。"

小瞎子故意把水喝得咕噜噜响。

再上路时小瞎子走在前头。

大山的阴影在沟谷里铺开来。地势也渐渐地平缓,开阔。

接近村子的时候,老瞎子喊住小瞎子,在背阴的山脚下找到一个小泉眼。细细的泉水从石缝里往外冒,淌下来,积成脸盆大的小洼,周围的野草长得茂盛,水流出去几十米便被干渴的土地吸干。

"过来洗洗吧,洗洗你那身臭汗味。"

小瞎子拨开野草在水洼边蹲下,心里还在猜想着"曲折的油狼"。

"把浑身都洗洗。你那样儿准像个小叫花子。"

"那您不就是个老叫花子了?"小瞎子把手按在水里,嘻嘻地笑。

老瞎子也笑,双手掬起水往脸上泼。"可咱们不是叫花子,咱们有手艺。"

"这地方咱们好像来过。"小瞎子侧耳听着四周的动静。

"可你的心思总不在学艺上。你这小子心太野。老人的话你从来不着耳朵听。"

"咱们准是来过这儿。"

"别打岔! 你那三弦子弹得还差着远呢。咱这命就在这几根琴弦上,我师父当年就这么跟我说。"

泉水清凉凉的。小瞎子又哥哥呀妹妹的哼起来。

老瞎子挺来气:"我说什么你听见了吗?"

"咱这命就在这几根琴弦上,您师父我师爷说的。我都听过八百遍了。您师父还给您留下一张药方,您得弹断一千根琴弦才能去抓那付药,吃了药您就能看见东西了。我听您说过一千遍了。"

"你不信?"

小瞎子不正面回答,说:"干嘛非得弹断一千根琴弦才能去抓那付药呢?"

"那是药引子。机灵鬼儿,吃药得有药引子!"

"一千根断了的琴弦还不好弄?"小瞎子忍不住嗤嗤地笑。

"笑什么笑! 你以为你懂得多少事? 得真正是一根一根弹断了的才成。"

小瞎子不敢吱声了,听出师父又要动气。每回都是这样,师父容不得对这件事有怀疑。

老瞎子也没再做声,显得有些激动,双手搭在膝盖上,两颗骨头一样的眼珠对着苍天,像是一根一根地回忆着那些弹断的琴弦。盼了多少年了呀,老瞎子想,盼了五十年了! 五十年中翻了多少架山,走了多少里路哇,挨了多少回晒,挨了多少回冻,心里受了多少委屈呀。一晚上一晚上地弹,心里总记着,得真正是一根一根尽心尽力地弹断的才成。现在快盼到了,绝出不了这个夏天了。老瞎子知道自己又没什么能要命的病,活过这个夏天一点不成问题。"我比我师父可运气多了,"他说,"我师父到了没能睁开眼睛看一回。"

"咳! 我知道这地方是哪儿了!"小瞎子忽然喊起来。

老瞎子这才动了动,抓起自己的琴来摇了摇,叠好的纸片碰在蛇皮上发出细微的响声,那张药方就在琴槽里。

"师父,这儿不是野羊岭吗?"小瞎子问。

老瞎子没搭理他,听出这小子又不安稳了。

"前头就是野羊坳,是不是,师父?"

"小子,过来给我擦擦背。"老瞎子说,把弓一样的脊背弯给他。

"是不是野羊坳,师父?"

"是! 干什么? 你别又闹猫似的。"

小瞎子的心扑通扑通跳,老老实实地给师父擦背。老瞎子觉出他擦得很有劲。

"野羊坳怎么了? 你别又叫驴似的会闻味儿。"

小瞎子心虚,不吭声,不让自己显出兴奋。

"又想什么呢? 别当我不知道你那点心思。"

"又怎么了,我?"

"怎么了你? 上回你在这儿病得不够? 那妮子是什么好货!"老瞎子心想,也许不该再带他到野羊坳来。可是野羊坳是个大村子,年年在这儿生意都好,能说上半个多月。老瞎子恨不能立刻弹断最后几根琴弦。

小瞎子嘴上嘟嘟嚷嚷的,心却飘飘的,想着野羊坳里那个尖声细气的小妮子。

"听我一句话,不害你,"老瞎子说,"那号事靠不住。"

"什么事?"

"少跟我贫嘴。你明白我说的什么事。"

"我就没听您说过,什么事靠得住。"小瞎子又偷偷地笑。

老瞎子没理他,骨头一样的眼珠又对着苍天。那儿,太阳正变成一汪血。

两面脊背和山是一样的黄褐色。一座已经老了,嶙峋瘦骨像是山根下裸露的基石。另一座正年轻。老瞎子七十岁,小瞎子才十七。

小瞎子十四岁上父亲把他送到老瞎子这儿来,为的是让他学说书,这辈子好有个本事,将来可以独自在世上活下去。

老瞎子说书已经说了五十多年。这一片偏僻荒凉的大山里的人们都知道他：头发一天天变白，背一天天变驼，年年月月背一把三弦琴满世界走，逢上有愿意出钱的地方就拨动琴弦唱一晚上，给寂寞的山村带来欢乐。开头常是这么几句："自从盘古分天地，三皇五帝到如今，有道君王安天下，无道君王害黎民。轻轻弹响三弦琴，慢慢稍停把歌论，歌有三千七百本，不知哪本动人心。"于是听书的众人喊起来，老的要听董永卖身葬父，小的要听武二郎夜走蜈蚣岭，女人们想听秦香莲。这是老瞎子最知足的一刻，身上的疲劳和心里的孤寂全忘却，不慌不忙地喝几口水，待众人的吵嚷声鼎沸，便把琴弦一阵紧拨，唱道："今日不把别人唱，单表公子小罗成。"或者："茶也喝来烟也吸，唱一回哭倒长城的孟姜女。"满场立刻鸦雀无声，老瞎子也全心沉到自己所说的书中去。

他会的老书数不尽。他还有一个电匣子，据说是花了大价钱从一个山外人手里买来，为的是学些新词儿，编些新曲儿。其实山里人倒不太在乎他说什么唱什么，人人都称赞他那三弦子弹得讲究，轻轻漫漫的，飘飘洒洒的，疯颠狂放的，那里头有天上的日月，有地上的生灵。老瞎子的嗓子能学出世上所有的声音，男人、女人、刮风下雨、兽啼禽鸣。不知道他脑子里能呈现出什么景象，他一落生就瞎了眼睛，从没见过这个世界。

小瞎子可以算见过世界，但只有三年，那时还不懂事。他对说书和弹琴并无多少兴趣，父亲把他送来的时候费尽了唇舌，好说歹说连哄带骗，最后不如说是那个电匣子把他留住。他抱着电匣子听得入神，甚至没发觉父亲什么时候离去。

这只神奇的匣子永远令他着迷，遥远的地方和稀奇古怪的事物使他幻想不绝，凭着三年朦胧的记忆，补充着万物的色彩和形象。譬如海，匣子里说蓝天就像大海，他记得蓝天，于是想象出海；匣子里说海是无边无际的水，他记得锅里的水，于是想象出满天排开的水锅。再譬如漂亮的姑娘，匣子里说就像盛开的花朵，他实在不相信会是那样，母亲的灵柩被抬到远山上去的时候，路上正开遍着野花，他永远记得却永远不愿意去想。但他愿意想姑娘，越来越愿意想；尤其是野羊坳的那个尖声细气的小妮子，总让他心里荡起波澜。直到有一回匣子里唱道，"姑娘的眼睛就像太阳"，这下他才找到了一个贴切的形象，想起母亲在红透的夕阳中向他走来的样子，其实人人都是根据自己的所知猜测着无穷的未知，以自己的感情勾画出世界。每个人的世界就都不同。

也总有一些东西小瞎子无从想象，譬如"曲折的油狼"。

这天晚上，小瞎子跟着师父在野羊坳说书，又听见那小妮子站在离他不远处尖声细气地说笑。书正说到紧要处——"罗成回马再交战，大胆苏烈又兴兵。苏烈大刀如流水，罗成长枪似腾云，好似海中龙吊宝，犹如深山虎争林。又战七日并七夜，罗成清茶无点唇……"老瞎子把琴弹得如雨骤风疾，字字句句唱得铿锵。小瞎子却心猿意马，手底下早乱了套数……

野羊岭上有一座小庙，离野羊坳村二里地，师徒二人就在这里住下。石头砌的院墙已经残断不全，几间小殿堂也歪斜欲倾百孔千疮，唯正中一间尚可遮蔽风雨，大约是因为这一间中毕竟还供奉着神灵。三尊泥像早脱尽了尘世的彩饰，还一身黄土本色返朴归真了，认不出是佛是道。院里院外、房顶墙头都长满荒藤野草，蓊蓊郁郁倒有生气。老瞎子每回到野羊坳说书都住这儿，不出房钱又不惹是非。小瞎子是第二次住在这儿。

散了书已经不早,老瞎子在正殿里安顿行李。小瞎子在侧殿的檐下生火烧水。去年砌下的灶稍加修整就可以用。小瞎子撅着屁股吹火,柴草不干,呛得他满院里转着圈咳嗽。

老瞎子在正殿里数叨他:"我看你能干好什么。"

"柴湿嘛。"

"我没说这事。我说的是你的琴,今儿晚上的琴你弹成了什么。"

小瞎子不敢接这话茬,吸足了几口气又跪到灶火前去,鼓着腮帮子一通猛吹。"你要是不想干这行,就趁早给你爹捎信把你领回去。老这么闹猫闹狗的可不行,要闹回家闹去。"

小瞎子咳嗽着从灶火边跳开,几步蹿到院子另一头,呼哧呼哧大喘气,嘴里一边骂。

"说什么呢?"

"我骂这火。"

"有你那么吹火的?"

"那怎么吹?"

"怎么吹? 哼,"老瞎子顿了顿,又说,"你就当这灶火是那妮子的脸!"

小瞎子又不敢搭腔了,跪到灶火前去再吹。心想:真的,不知道兰秀儿的脸什么样。那个尖声细气的小妮子叫兰秀儿。

"那要是妮子的脸,我看你不用教也会吹。"老瞎子说。

小瞎子笑起来,越笑越咳嗽。

"笑什么笑!"

"您吹过妮子脸?"

老瞎子一时语塞。小瞎子笑得坐在地上。"日他妈。"老瞎子骂道,笑笑,然后变了脸色,再不言语。

灶膛里腾的一声,火旺起来。小瞎子再去添柴,一心想着兰秀儿。才散了书的那会儿,兰秀儿挤到他跟前来小声说:"哎,上回你答应我什么来?"师父就在旁边,他没敢吭声。人群挤来挤去,一会儿又把兰秀儿挤到他身边。"噫,上回吃了人家的煮鸡蛋倒白吃了?"兰秀儿说,声音比上回大。这时候师父正忙着跟几个老汉拉话,他赶紧说:"嘘——,我记着呢。"兰秀儿又把声音压低:"你答应给我听电匣子你还没给我听。""嘘——,我记着呢。"幸亏那会儿人声嘈杂。

正殿里好半天没有动静。之后,琴声响了,老瞎子又上好了一根新弦。他本来应该高兴的,来野羊坳头一晚上就又弹断了一根琴弦。可是那琴声却低沉、零乱。

小瞎子渐渐听出琴声不对,在院里喊:"水开了,师父。"

没有回答。琴声一阵紧似一阵了。

小瞎子端了一盆热水进来,放在师父跟前,故意嘻嘻笑着说:"您今儿晚还想弹断一根是怎么着?"

老瞎子没听见,这会儿他自己的往事都在心中,琴声烦躁不安,像是年年旷野里的风雨,像是日夜山谷中的溪流,像是奔奔忙忙不知所归的脚步声。小瞎子有点害怕了:师父很久不这样了,师父一这样就要犯病,头疼、心口疼、浑身疼,会几个月爬不起炕来。

"师父,您先洗脚吧。"

琴声不停。

"师父,您该洗脚了。"小瞎子的声音发抖。

琴声不停。

"师父!"

琴声戛然而止,老瞎子叹了口气。小瞎子松了口气。

老瞎子洗脚,小瞎子乖乖地坐在他身边。

"睡去吧,"老瞎子说,"今儿个够累的了。"

"您呢?"

"你先睡,我得好好泡泡脚。人上了岁数毛病多。"老瞎子故意说得轻松。

"我等您一块儿睡。"

山深夜静。有了一点风,墙头的草叶子响。夜猫子在远处哀哀地叫。听得见野羊坳里偶尔有几声狗吠,又引得孩子哭。月亮升起来,白光透过残损的窗棂进了殿堂,照见两个瞎子和三尊神像。

"等我干嘛,时候不早了。"

"你甭担心我,我怎么也不怎么。"老瞎子又说。

"听见没有,小子?"

小瞎子到底年轻,已经睡着了。老瞎子推推他让他躺好,他嘴里咕囔了几句倒头睡去。老瞎子给他盖被时,从那身日渐发育的肌肉上觉出,这孩子到了要想那些事的年龄,非得有一段苦日子过不可了。唉,这事谁也替不了谁。

老瞎子再把琴抱在怀里,摩挲着根根绷紧的琴弦,心里使劲念叨:又断了一根了,又断了一根了。再摇摇琴槽,有轻微的纸和蛇皮的磨擦声。唯独这事能为他排忧解烦。一辈子的愿望。

小瞎子做了一个好梦,醒来吓了一跳,鸡已经叫了。他一骨碌爬起来听听,师父正睡得香,心说还好。他摸到那个大挎包,悄悄地掏出电匣子,蹑手蹑脚出了门。

往野羊坳方向走了一会儿,他才觉出不对头,鸡叫声渐渐停歇,野羊坳里还是静静的没有人声。他愣了一会儿,鸡才叫头遍吗?灵机一动扭开电匣子。电匣子里也是静悄悄。现在是半夜。他半夜里听过匣子,什么都没有。这匣子对他来说还是个表,只要扭开一听,便知道是几点钟,什么时候有什么节目都是一定的。

小瞎子回到庙里,老瞎子正翻身。

"干嘛哪?"

"撒尿去了。"小瞎子说。

一上午,师父逼着他练琴。直到晌午饭后,小瞎子才瞅机会溜出庙来,溜进野羊坳。鸡也在树荫下打盹,猪也在墙根下说着梦话,太阳又热得凶,村子里很安静。

小瞎子踩着磨盘,扒着兰秀儿家的墙头轻声喊:"兰秀儿——兰秀儿——"

屋里传出雷似的鼾声。

他犹豫了片刻,把声音稍稍抬高:"兰秀儿——!兰秀儿——!"

狗叫起来。屋里的鼾声停下,一个闷声闷气的声音问:"谁呀?"

小瞎子不敢回答,把脑袋从墙头上缩下来。

屋里吧唧了一阵嘴,又响起鼾声。

他叹口气,从磨盘上下来,快快地往回走。忽听见身后嘎吱一声院门响,随即一阵细碎的脚步声向他跑来。

"猜是谁?"尖声细气。小瞎子的眼睛被一双柔软的小手捂上了。——这才多余呢。兰秀儿不到十五岁,认真说还是个孩子。

"兰秀儿!"

"电匣子拿来没?"

小瞎子掀开衣襟,匣子挂在腰上。"嘘——,别在这儿,找个没人的地方听去。"

"咋啦?"

"回头招好些人。"

"咋啦?"

"那么多人听,费电。"

两个人东拐西弯,来到山背后那眼小泉边。小瞎子忽然想起件事,问兰秀儿:"你见过曲折的油狼吗?"

"啥?"

"曲折的油狼。"

"曲折的油狼?"

"知道吗?"

"你知道?"

"当然。还有绿色的长椅。就是一把椅子。"

"椅子谁不知道。"

"那曲折的油狼呢?"

兰秀儿摇摇头,有点崇拜小瞎子了。小瞎子这才郑重其事地扭开电匣子,一支欢快的乐曲在山沟里飘荡。

这地方又凉快又没有人来打扰。

"这是'步步高'。"小瞎子说,跟着哼。

一会儿又换了支曲子,叫"旱天雷",小瞎子还能跟着哼。兰秀儿觉得很惭愧。

"这曲子也叫'和尚思妻'。"

兰秀儿笑起来:"瞎骗人!"

"你不信?"

"不信。"

"爱信不信。这匣子里说的古怪事多啦。"小瞎子玩着凉凉的泉水,想了一会儿。"你知道什么叫接吻吗?"

"你说什么叫?"

这回轮到小瞎子笑,光笑不答。兰秀儿明白准不是好话,红着脸不再问。

音乐播完了,一个女人说,"现在是讲卫生节目。"

"啥?"兰秀儿没听清。

"讲卫生。"

"是什么?"

"嗯——,你头发上有虱子吗?"

"去——,别动!"

小瞎子赶忙缩回手来,赶忙解释:"要有就是不讲卫生。"

"我才没有。"兰秀儿抓抓头,觉得有些刺痒。"噫——,瞧你自个儿吧!"兰秀儿一把搬过小瞎子的头。"看我捉几个大的。"

这时候听见老瞎子在半山上喊:"小子,还不给我回来! 该做饭了,吃罢饭还得去说书!"他已经站在那儿听了好一会儿了。

野羊坳里已经昏暗,羊叫、驴叫、狗叫、孩子们叫,处处起了炊烟。野羊岭上还有一线残阳,小庙正在那淡薄的光中,没有声响。

小瞎子又撅着屁股烧火。老瞎子坐在一旁淘米,凭着听觉他能把米中的砂子捡出来。

"今天的柴挺干。"小瞎子说。

"嗯。"

"还是焖饭?"

"嗯。"

小瞎子这会儿精神百倍,很想找些话说,但是知道师父的气还没消,心说还是少找骂。

两个人默默地干着自己的事,又默默地一块儿把饭做熟。岭上也没了阳光。

小瞎子盛了一碗小米饭,先给师父:"您吃吧。"声音怯怯的,无比温顺。

老瞎子终于开了腔:"小子,你听我一句行不?"

"嗯。"小瞎子往嘴里扒拉饭,回答得含糊。

"你要是不愿意听,我就不说。"

"谁说不愿意听了? 我说'嗯'!"

"我是过来人,总比你知道的多。"

小瞎子闷头扒拉饭。

"我经过那号事。"

"什么事?"

"又跟我贫嘴!"老瞎子把筷子往灶台上一摔。

"兰秀儿光是想听听电匣子。我们光是一块儿听电匣子来。"

"还有呢?"

"没有了。"

"没有了?"

"我还问她见没见过曲折的油狼。"

"我没问你这个!"

"后来,后来,"小瞎子不那么气壮了,"不知怎么一下就说起了虱子……"

"还有呢?"

"没了。真没了!"

两个人又默默地吃饭。老瞎子带了这徒弟好几年,知道这孩子不会撒谎,这孩子最让人放心的地方就是诚实、厚道。

"听我一句话,保准对你没坏处。以后离那妮子远点儿。"

"兰秀儿人不坏。"

"我知道她不坏,可你离她远点儿好。早年你师爷这么跟我说,我也不信……"

"师父? 说兰秀儿?"

"什么兰秀儿,那会儿还没她呢。那会儿还没有你们呢……"老瞎子阴郁的脸又转向暮色浓重的天际,骨头一样白色的眼珠不住地转动,不知道在那儿他能"看"见什么。

许久,小瞎子说:"今儿晚上您多半又能弹断一根琴弦。"想让师父高兴些。

这天晚上师徒俩又在野羊坳说书。"上回唱到罗成死,三魂七魄赴幽冥,听歌君子莫嘈嚷,列位听我道下文。罗成阴魂出地府,一阵旋风就起身,旋风一阵来得快,长安不远面前存……"老瞎子的琴声也乱,小瞎子的琴声也乱。小瞎子回忆着那双柔软的小手捂在自己脸上的感觉,还有自己的头被兰秀儿搬过去时的滋味。老瞎子想起的事情更多……

夜里老瞎子翻来覆去睡不安稳,多少往事在他耳边喧嚣,在他心头动荡,身体里仿佛有什么东西要爆炸。坏了,要犯病,他想。头昏,胸口憋闷,浑身紧巴巴的难受。他坐起来,对自己叨咕:"可别犯病,一犯病今年就甭想弹够那些琴弦了。"他又摸到琴。要能叮叮当当随心所欲地疯弹一阵,心头的忧伤或许就能平息,耳边的往事或许就会消散。可是小瞎子正睡得香甜。

他只好再全力去想那张药方和琴弦:还剩下几根,还只剩最后几根了。那时就可以去抓药了,然后就能看见这个世界——他无数次爬过的山,无数次走过的路,无数次感到过她的温暖和炽热的太阳,无数次梦想着的蓝天、月亮和星星……还有呢? 突然间心里一阵空,空得深重。就只为了这些? 还有什么? 他朦胧中所盼望的东西似乎比这要多得多……

夜风在山里游荡。

猫头鹰又在凄哀地叫。

不过现在他老了,无论如何没几年活头了,失去的已经永远失去了,他像是刚刚意识到这一点。七十年中所受的全部辛苦就为了最后能看一眼世界,这值得吗? 他问自己。

小瞎子在梦里笑,在梦里说:"那是一把椅子,兰秀儿……"

老瞎子静静地坐着。静静地坐着的还有那三尊分不清是佛是道的泥像。

鸡叫头遍的时候老瞎子决定,天一亮就带这孩子离开野羊坳。否则这孩子受不了,他自己也受不了。兰秀儿人不坏,可这事会怎么结局,老瞎子比谁都"看"得清楚。鸡叫二遍,老瞎子开始收拾行李。

可是一早起来小瞎子病了,肚子疼,随即又发烧。老瞎子只好把行期推迟。

一连好几天,老瞎子无论是烧火、淘米、捡柴,还是给小瞎子挖药、煎药,心里总在说:"值得,当然值得。"要是不这么反反复复对自己说,身上的力气似乎就全要垮掉。"我非要最后看一眼不可。""要不怎么着? 就这么死了去?""再说就只剩下最后几根了。"后面三句都是理由。老瞎子又冷静下来,天天晚上还到野羊坳去说书。

这一下小瞎子倒来了福气。每天晚上师父到岭下去了,兰秀儿就猫似的轻轻跳进庙里来听匣子。兰秀儿还带来熟的鸡蛋,条件是得让她亲手去扭那匣子的开关。"往哪边扭?""往右。""扭不动。""往右,笨货,不知道哪边是右哇?""咔哒"一下,无论是什么便响起来,无论是什么两人都爱听。

又过了几天,老瞎子又弹断了三根琴弦。

这一晚,老瞎子在野羊坳里自弹自唱:"不表罗成投胎事,又唱秦王李世民。秦王一听双泪流,可怜爱卿丧残身,你死一身不打紧,缺少扶朝上将军……"

野羊岭上的小庙里这时更热闹。电匣子的音量开得挺大,又是孩子哭,又是大人喊,轰隆隆地又响炮,嘀嘀哒哒地又吹号。月光照进正殿,小瞎子躺着啃鸡蛋,兰秀儿坐在他旁边。两个人都听得兴奋,时而大笑,时而稀里糊涂莫名其妙。

"这匣子你师父哪买来?"

"从一个山外头的人手里。"

"你们到山外头去过?"兰秀儿问。

"没。我早晚要去一回就是,坐坐火车。"

"火车?"

"火车你也不知道? 笨货。"

"噢,知道知道,冒烟哩是不是?"

过了一会儿兰秀儿又说:"保不准我就得到山外头去。"语调有些恓惶。

"是吗?"小瞎子一挺坐起来,"那你到底瞧瞧曲折的油狼是什么。"

"你说是不是山外头的人都有电匣子?"

"谁知道。我说你听清楚没有? 曲、折、的、油、狼,这东西就在山外头。"

"那我得跟他们要一个电匣子。"兰秀儿自言自语地想心事。

"要一个?"小瞎子笑了两声,然后屏住气,然后大笑:"你干嘛不要俩? 你可真本事大。你知道这匣子几千块钱一个? 把你卖了吧,怕也换不来。"

兰秀儿心里正委屈,一把揪住小瞎子的耳朵使劲拧,骂道:"好你个死瞎子。"

两个人在殿堂里扭打起来。三尊泥像袖手旁观帮不上忙。两个年轻的正在发育的身体碰撞在一起,纠缠在一起,一个把一个压在身下,一会儿又颠倒过来,骂声变成笑声。匣子在一边唱。

打了好一阵子,两个人都累得住了手,心怦怦跳,面对面躺着喘气,不言声儿,谁却也不愿意再拉开距离。

兰秀儿呼出的气吹在小瞎子脸上,小瞎子感到了诱惑,并且想起那天吹火时师父说的话,就往兰秀儿脸上吹气。兰秀儿并不躲。

"嘿,"小瞎子小声说,"你知道接吻是什么了吗?"

"是什么?"兰秀儿的声音也小。

小瞎子对着兰秀儿的耳朵告诉她。兰秀儿不说话。老瞎子回来之前,他们试着亲了嘴儿,滋味真不坏……

就是这天晚上,老瞎子弹断了最后两根琴弦。两根弦一齐断了。他没料到。他几乎是连跑带爬地上了野羊岭,回到小庙里。

小瞎子吓了一跳:"怎么了,师父?"

老瞎子喘吁吁地坐在那儿,说不出话。

小瞎子有些犯嘀咕:莫非是他和兰秀儿干的事让师父知道了?

老瞎子这才相信:一切都是值得的。一辈子的辛苦都是值得的。能看一回,好好看一回,怎么都是值得的。

"小子,明天我就去抓药。"

"明天?"

"明天。"

"又断了一根了?"

"两根。两根都断了。"

老瞎子把那两根弦卸下来,放在手里揉搓了一会儿,然后把它们并到另外的九百九十八根中去,绑成一捆。

"明天就走?"

"天一亮就动身。"

小瞎子心里一阵发凉。老瞎子开始剥琴槽上的蛇皮。

"可我的病还没好利索,"小瞎子小声叨咕。

"噢,我想过了,你就先留在这儿,我用不了十天就回来。"

小瞎子喜出望外。

"你一个人行不?"

"行!"小瞎子紧忙说。

老瞎子早忘了兰秀儿的事。"吃的、喝的、烧的全有。你要是病好利索了,也该学着自个儿去说回书。行吗?"

"行。"小瞎子觉得有点对不住师父。

蛇皮剥开了,老瞎子从琴槽中取出一张叠得方方正正的纸条。他想起这药方放进琴槽时,自己才二十岁,便觉得浑身上下都好像冷。

小瞎子也把那药方放在手里摸了一会儿,也有了几分肃穆。

"你师爷一辈子才冤呢。"

"他弹断了多少根?"

"他本来能弹够一千根,可他记成了八百。要不然他能弹断一千根。"

天不亮老瞎子就上路了。他说最多十天就回来，谁也没想到他竟去了那么久。

老瞎子回到野羊坳时已经是冬天。

漫天大雪，灰暗的天空连接着白色的群山。没有声息，处处也没有生气，空旷而沉寂。所以老瞎子那顶发了黑的草帽就尤其蹒动得显著。他蹒蹒跚跚地爬上野羊岭。庙院中衰草瑟瑟，蹿出一只狐狸，仓惶逃远。

村里人告诉他，小瞎子已经走了些日子。

"我告诉他我回来。"

"不知道他干嘛就走了。"

"他没说去哪儿？留下什么话没？"

"他说让您甭找他。"

"什么时候走的？"

人们想了好久，都说是在兰秀儿嫁到山外去的那天。

老瞎子心里便一切全都明白。

众人劝老瞎子留下来，这么冰天雪地的上哪去？不如在野羊坳说一冬书。老瞎子指指他的琴，人们见琴柄上空荡荡已经没了琴弦。老瞎子面容也憔悴，呼吸也孱弱，嗓音也沙哑了，完全变了个人。他说得去找他的徒弟。

若不是还想着他的徒弟，老瞎子就回不到野羊坳。那张他保存了五十年的药方原来是一张无字的白纸。他不信，请了多少个识字而又诚实的人帮他看，人人都说那果真就是一张无字的白纸。老瞎子在药铺前的台阶上坐了一会儿，他以为是一会儿，其实已经几天几夜，骨头一样的眼珠在询问苍天，脸色也变成骨头一样的苍白。有人以为他是疯了，安慰他，劝他。老瞎子苦笑：七十岁了再疯还有什么意思？他只是再不想动弹，吸引着他活下去、走下去、唱下去的东西骤然间消失干净，就像一根不能拉紧的琴弦，再难弹出赏心悦耳的曲子。老瞎子的心弦断了。现在发现那目的原来是空的。老瞎子在一个小客店里住了很久，觉得身体里的一切都在熄灭。他整天躺在炕上，不弹也不唱，一天天迅速地衰老。直到花光了身上所有的钱，直到忽然想起了他的徒弟，他知道自己的死期将至，可那孩子在等他回去。

茫茫雪野，皑皑群山，天地之间蹒动着一个黑点。走近时，老瞎子的身影弯得如一座桥。他去找他的徒弟。他知道那孩子目前的心情、处境。

他想自己先得振作起来，但是不行，前面明明没有了目标。

他一路走，便怀恋起过去的日子，才知道以往那些奔奔忙忙、兴致勃勃的翻山、赶路、弹琴，乃至心焦、忧虑都是多么欢乐！那时有个东西把心弦扯紧，虽然那东西原是虚设。老瞎子想起他师父临终时的情景。他师父把那张自己没用上的药方封进他的琴槽。"您别死，再活几年，您就能睁眼看一回了。"说这话时他还是个孩子。他师父久久不言语，最后说："记住，人的命就像这琴弦，拉紧了才能弹好，弹好了就够了。"……不错，那意思就是说：目的本来没有。老瞎子知道怎么对自己的徒弟说了。可是他又想：能把一切都告诉小瞎子吗？老瞎子又试着振作起来，可还是不行，总摆脱不掉那张无字的白纸……

在深山里,老瞎子找到了小瞎子。

小瞎子正跌倒在雪地里,一动不动,想那么等死。老瞎子懂得那绝不是装出来的悲哀。老瞎子把他拖进一个山洞,他已无力反抗。

老瞎子捡了些柴,打起一堆火。

小瞎子渐渐有了哭声。老瞎子放了心,任他尽情尽意地哭。只要还能哭就还有救,只要还能哭就有哭够的时候。

小瞎子哭了几天几夜,老瞎子就那么一声不吭地守候着。火光和哭声惊动了野兔子、山鸡、野羊、狐狸和鹞鹰……

终于小瞎子说话了:"干嘛咱们是瞎子!"

"就因为咱们是瞎子。"老瞎子回答。

终于小瞎子又说:"我想睁开眼看看,师父,我想睁开眼看看!哪怕就看一回。"

"你真那么想吗?"

"真想,真想——"

老瞎子把篝火拨得更旺些。

雪停了。铅灰色的天空中,太阳像一面闪光的小镜子。鹞鹰在平稳地滑翔。

"那就弹你的琴弦,"老瞎子说,"一根一根尽力地弹吧。"

"师父,您的药抓来了?"小瞎子如梦方醒。

"记住,得真正是弹断的才成。"

"您已经看见了吗?师父,您现在看得见了?"

小瞎子挣扎着起来,伸手去摸师父的眼窝。老瞎子把他的手抓住。

"记住,得弹断一千二百根。"

"一千二?"

"把你的琴给我,我把这药方给你封在琴槽里。"老瞎子现在才弄懂了他师父当年对他说的话——咱的命就在这琴弦上。

目的虽是虚设的,可非得有不行,不然琴弦怎么拉紧;拉不紧就弹不响。

"怎么是一千二,师父?"

"是一千二,我没弹够,我记成了一千。"老瞎子想:这孩子再怎么弹吧,还能弹断一千二百根?永远扯紧欢跳的琴弦,不必去看那张无字的白纸……

这地方偏僻荒凉,群山不断。荒草丛中随时会飞起一对山鸡,跳出一只野兔、狐狸,或者其它小野兽。山谷中鹞鹰在盘旋。

现在让我们回到开始:

莽莽苍苍的群山之中走着两个瞎子,一老一少,一前一后,两顶发了黑的草帽起伏蹿动,匆匆忙忙,像是随着一条不安静的河水在漂流。无所谓从哪儿来,到哪儿去,也无所谓谁是谁……

1985 年 4 月 20 日

(原载《现代人》1985 年第 2 期)

冈底斯的诱惑

马　原

当然,信不信都由你们,打猎的故事本来是不能强要人相信的。

——拉格洛孚

一

我知道这么晚来找你你要骂我,要骂你就骂吧。这次我是非来不可,知道要挨骂我还是来了,我说你到底开不开门？啊?!下雨呢,我不骗你,你到窗前来听听。不是我屙尿,一泡尿哪有这么长久的？哎哎,起来嘛。真的有要紧事,天字第一号重要的大事,是世界最大的事。快开门,我都给淋透了,我打哆嗦呢。别装睡了,我停自行车你才关灯的,你知道我又来找你了。不是扰你,是真有事,真的。

我也是刚刚听说,听了就睡不着了,我激动得心里一个劲儿发抖。这事太重大了,我不能站在雨地里隔着门板告诉你,隔墙有耳。谁故弄玄虚?!骗你是那个。哎呀！我三十来岁的人跟你起誓还想怎么的？我直说了吧,是叫你参加我的探险队,我是组织者也是队长,还有个顾问。我们需要几条枪,两架好一点的照相机,几个有胆子的汉子。你是我头一个想到也头一个来相邀的。我知道你是个有种的。我看过关于你和你弟弟的那篇传奇故事,陆高是那些血性男儿的偶像——你看我在当面捧你了,本来我讨厌这样。我们认识十年,时间不算很短了,我没有当面说过你一句好听的。现在我来找你,你不开门我才说了这句话。也许你以为我也是个姚亮吧。是又怎么样呢？虽然我不是。姚亮讲了关于你和陆二的故事,姚亮使我们知道了你,为了这一点我感谢姚亮。

可我一直闹不清楚,姚亮为什么要说——《海边也是一个世界》呢？我不明白这个也字是什么意思。莫非姚亮早知道陆高将来要上大学？知道你大学毕业要到西藏？知道注定还有一个关于陆高的故事:《西部是一个世界》？不然为什么姚亮要说:海边(东部)也是个世界呢？姚亮肯定知道一切。天呐,姚亮是谁？

二

这是穷布。穷布不会说汉话,而你们不会说藏话。你们喝茶。晚上我刚把这件事讲给姚亮(为什么又是姚亮),他就向我讲了你和你那条狗的故事,那是个很动人的故事。我们还是谈眼前这件事。你们连夜来了,说明你们很激动,我也一样。我五十岁,常言道已经是知命之年。我是老十八军的,五〇年进藏,不用细算你们也知道有三十三年了。进藏的时候我还是个小鬼,刚穿上军装,穷布你喝茶。不,我不想回去。第二次内调名额就有我,我不打算回去,我要求留下了。我有胃病,没有老伴儿,我没结婚。你们看,头发也快掉光啦,说好听一点要叫谢顶,其实我知道人家背后叫我什么。大秃瓢。人到这个年纪叫什么也没有关系。我在这习惯了，这里安静，可以完全不受干扰地看书写东西。我知道你们笑我，笑我是个徒有虚名的作家。是的，我有很多年拿不出作品了，我的剧本都是五十年代的，用你们的话说是唱颂歌的。我文化水平很低，当兵前只读过三年私塾，当兵以后又补了补文化课。我也是穷人家出身，是共产党把我教育成人，我当然要为共产党唱颂歌。这是心里话。喝茶。

我不抽烟，也没预备烟来招待你们。我知道现在的年轻人都抽烟。刚才扯远啦。在自治区里，我也算个所谓老作家了。是年龄老了，作品可不多。开始在部队文化工作队编节目，相声快板书都搞过，是关于部队生活的。后来搞过一个独幕剧，得了军区文艺汇演二等奖。转业以后就留在自治区文化局当创作员，也完成了一个三幕剧，那是五七年的事。七百年谷子八百年糠，都是老仓底子。这些年，除了日记我什么都没写过，说来你们也许不信，我连信都没写过。没有人好写，小时候爹妈就都死了，还有个姥姥不识字，我从小跟姥姥长大。你们看，这些年写了十三本日记，没有社会上的大事，都是我个人的琐碎事。我不愿意找麻烦，谁知道哪次运动搞到我头上，抄家给抄去可就不是闹着玩的了。

前年我收拾旧东西，找出张国华军长和我们文工队的合影照片，也找出那张奖状，我觉得该写点东西了。我这些年白吃了人民的粮了。我又开始写东西，可是不知道写什么，我过去写的是剧本。我还是想写剧本。那不，搞了两年还没有眉目。我写了七遍稿，连自己也不满意，也许还要写七遍。这是我这辈子最后一部作品了，我力争写好它。我写的是强曲坚赞，是历史剧，我很喜欢这个藏民族的英雄。他是元朝皇帝册封的大司徒。这些年我唯一的收获是学会了藏语藏文，接触了藏族各阶层的人，大贵族，热巴艺人，农民，牧民，商人。我在各阶层人士中都有朋友。穷布是我猎人中的朋友，是个典型的西部硬汉。我征求了穷布的意见，他同意我把这件事讲给几个可以信赖的青年朋友。姚亮是队长，穷布是第一个队员。

三

你就生在那山里。山势多半是平缓的，只有地衣和矮棵的几种叫不出名字的植物是标志季节变化的自然色彩。平缓的山坡覆满地衣。每当六月份地衣开始泛绿，山也就变成一派青翠。过了十月地衣重又变得褐黄，山又恢复了它本来的颜色。谷地是碱土，既然是碱土作物就不能愉快地生长，所以小片草地是不能养活大群牲畜的。你和父亲一样靠山吃山。草地上最多的是老鼠，老鼠洞一个挨一个，你肩着枪走过草地，老鼠们一个个缩进洞子向你挤眉弄眼儿。你从不因此生它们的气，你和它们一样世代在这里繁衍生息，你们自然相安无事。

草地和不长草的碱滩通常给一些弯弯曲曲的涓流分割开，谷地因此逐渐丰饶。是流水洗涤了土里的碱，使碱地逐渐变成草地因而养育了牲畜。你常在两道溪水之间和野兔遭遇，你的火枪从来都是斜挎在左肩，你只对它们会意地吹吹口哨。

更多的时候你逆流而上，在黄褐或者青绿的山冈缓慢地踱步。你当然不是陶醉在高地的景色当中，你是冈底斯山的猎人，你是山的儿子。你不是不知道麝香很值钱，可以卖好多钱换好多子弹，可是你为什么看着那只漂亮的雄獐在你近处疑神疑鬼地走过，你甚至连枪也不碰一下？你的火枪从来都是装满火药和铁霰弹的。你对雄獐肚脐这块珍贵的药材完全不感兴趣吗？山坡是一直向上的,看上去覆盖雪顶的山巅并不算高,像就在前面不远处。你知道那只是由于这里空气稀薄能见度太好的缘故。你是这山的儿子,你从来不曾到过这山最高处,从来没有人到过。那块在阳光下白得耀眼的所在远着呢,而且其间充满凶险和神秘,特异的气候和雪崩,还有深不可测的冰川裂缝。你知道这些,这是座神山,这是冈底斯主脉上的一座。在这块地球上最高也是最大的高地上,虽然没有葱茏繁茂的森林草地,却同样生息着更有活力的生物。人是其中最聪明的,也有小动物和各种猛兽。你是猛兽的天敌正如你父亲一样——然而你父亲还是死在他斗了一辈子的猞猁的爪下。你从小就记下了你父亲的话:"有棕熊和雪豹,有最凶恶最狡诈的猞猁,那些小家伙们已经够难的了。我们不要再去打扰它们,我们还是来对付棕熊雪豹和猞猁吧。"你因此在接过你父亲的枪成为一个正式猎手之后没打过任何小动物,哪怕是人们讨厌的狐狸。对狼你是不客气的,但你更有兴致的是更凶残的熊豹猞猁这些猛兽。那些远在拉萨的皮毛贩子以及更远的来自尼泊尔、印度的商人都知道你,都来到这大山里找神猎手穷布。

三百颗火枪弹壳等于一张老棕熊皮,一个熊胆是一对象牙手镯,四只熊掌换三大把铁霰弹。你腰上那柄镂花银鞘藏刀是刚刚咽气的黑花白底大尾巴雪豹。那豹子是你平生见过的最大的一个。当它从十几步远的一块石头向你迎头扑下,你沉住气完全不躲闪,对准它两条前腿中间的又软又白的长毛扣了扳机。它在空中毙命,在死时也仍然是斗势扑下来,死豹的前爪击伤了你的额头,使你脸上留下大块标志勇气的伤疤。那个早讲好价的贩子就在村子里等你。那把刀实在太漂亮了,你心里说要两头豹子我也答应。你不知道,那贩子可以用豹骨去换三把同样的刀子,不要说还有豹皮豹肉了。那是头像虎一样大的雪豹呵!

我不说你猎熊的故事,有那么多好作家讲过猎熊的故事。美国人福克纳,瑞典人拉格洛孚,还有一部写猎熊老人的日本影片。可是村里人、邻村人都不会忘了你是怎样治服了那头使百里震慑的山地之王。那是你一生最辉煌的时刻。那张熊皮你留下了,盖满你石砌的小屋整整一面墙壁。你不会忘了两个伙伴给它拍成肉团,你不会忘了二十天追击的疲惫和放松。我说了我不说你猎熊的故事。

你和你父亲不一样,你父亲一生和猞猁打交道,而你似乎更喜欢熊。你没有继承父亲那熊一样硕大的体魄,也许因此你喜欢熊。你深知这些看上去笨拙的巨兽其实聪颖灵巧,这次你开始以为还是一头棕熊。只有熊才这样;你这样认为,那些喊你来的牧民也这样认为。他们是把你当作猎熊人请来的。

"这头熊好大,有这么高;"

说话的人用手臂高扬起比划着,唯恐不能说清熊的高度又翘起脚跟。他是很老实的牧牛人,他给熊吓坏啦。你这么想。

"它很瘦,可是力气特别大,手掌也大;"

他是给吓坏啦。你比他更清楚熊和熊掌。

"开始我听见牛群发惊,我心里也突然害怕了。我从地上拿起火枪往四下看。等我看到它已经晚啦,它从老远的地方不知怎么一下就到了我跟前,我的枪口还没抬起来就被它抢去了。我看得清清楚楚,它手指比我手指长这么多;喏,有这么长。"

他用自己的手比量着，说那熊的手指有他手指两倍那么长；他是吓坏了，这个老实人。

"它跑得太快啦，从老远一下就到跟前了——我完全来不及把枪口抬起来瞄准；"

他是怕别的牧羊牧牛的伙伴们笑他胆小，他吓坏啦，也难怪他。你比这些牧人更知道熊是怎么跑的，追击的时候和被追击的时候。

"它力气真大，把我的火枪像一根干树枝似的折断了枪柄，连枪管也弄弯啦。"

你不想要他把折断枪柄的火枪拿来看看，你知道他没有，他会说给那长着长手指的熊扔掉了，你知道他准会这么说。然而他返身到帐篷里把折断了枪柄弄弯了枪管的火枪拿给你，当时你的确惊愕了，完全没料到会是这样。你是个有经验的猎熊人，你马上找到的解释说明你是有经验的。是熊把火枪在石上砸断的，熊最恨火枪。你没有把这解释给他听，你不想使他脸红。并不是每个人都不怕熊的，害怕不是什么过错，是他自己觉得见不得人才编出这许多神话的。你知道熊，你从心里宽宥了他。

他也讲了那熊奇怪地没有伤害他。

"它不再理会我，转身冲进牛群，抓过我最大的一头牦牛的角。那牛角又粗又长，那头牛哞叫着用力挣扭着牛头，我心里想它也许会顶穿那熊的肚皮。可是我当时几乎吓死啦！它一扭索性把牛扭倒了，它显然动了气。这次它干脆拽住牛的两支角用力掰，它居然把整个牛头掰成两半！白花花的脑子和血掺在一起顺着脖子淌下来，一个有小拳头那么大的眼珠也挤出来啦，我简直吓死啦，我就一边站着看着。"

你不知道他为什么编排这些话讲给人们，这是你认识的牧人里最多话的一个。他看上去很老实，牧人一般都不多话。

"那牛有六七百斤，我肯定有六七百斤。它拽过两条后腿往身上一搭就背走了，掰成两半的牛头牛角垂在它屁股后面，血和脑子滴滴嗒嗒往下淌，它一点也不在乎。"

"半个月以后，平措在一个崖下看到那个掰成两半的带角的头骨，看到脊骨腿骨都给弄断了，骨油也给吃干净了。"

你不是他找来的，他讲的也都是前两个月的事。他是作为目击者讲这头又瘦又高长着长手指的熊。据他说它从不爬行，一直都是直立着行走的，而且奔走起来连看都来不及。他不是唯一的目击者，在这以后两个月里看到这熊的有四个人。

"就是像他说的，那熊跑起来真快，一眨眼的功夫就到跟前啦，真的真快。我还没明白怎么回事，它一下抢过我手里赶羊的棍子就折断啦。它像来时一样一眨眼就去了；它有那么高，直着身子，一下就不见啦。"

"过去这地方也闹熊，就没看过这么瘦的熊，又瘦又高，还长着那么长的手指头。开始年青人说，我没信他们。这一辈子熊我见多啦，我要不是亲眼看着说什么也不会信的。那天半夜狗突然乱叫成一团，我听声音不对，就出去了。快七十岁的人我什么也不怕，我知道准是又闹熊啦。那天有月亮，熊就在羊栏跟前。透着月亮我看到它伸出长指头，我就没看过长着长指头的熊，就像大手似的。它也看见我出来了，它抓起羊就走啦，一点也不着急，不像他们说的跑得那么快。它太瘦啦，准饿坏了。"

四

现在要讲另一个故事,关于陆高和姚亮的另一个故事。应该明确一下,姚亮并不一定确有其人,因为姚亮不一定在若干年内一直跟着陆高。但姚亮也不一定不可以来西藏工作呵。

不错,可以假设姚亮也来西藏了,是内地到西藏帮助工作的援藏教师,三年或者五年。就这样说定了。读者已经知道陆高分在地区体委做干事工作。体委隔壁是经计委大院,陆高有时到隔壁办一点杂事,他因此知道这院里有个非常漂亮的藏族姑娘。他只知道她是这院子里的,至于她在哪个科室具体做什么工作他不知道也没打听过。我猜他是不好意思,一个小伙子没道理到一个地方就打听周围的漂亮姑娘。陆高三十岁了,他平时胡子头发乱糟糟的,其实如果收拾打扮一下他是满漂亮的。一米八十几的个子……我不在他的相貌上兜圈子了,不然读者肯定要认为这是个爱情故事(理由很明显:先有个漂亮姑娘,然后再说小伙子也满漂亮,不是么?)。声明不是爱情故事。

姚亮有时到陆高单位来,也发现了她。

"我说那姑娘怎么那么白?是你们体委的吗?这么白的藏族姑娘我还是头一次看见。你看那双耳环把耳唇都拉长了,准是翡翠的。听我姥姥说,好的翡翠耳环比金的还贵重,我姥姥说……"随他姥姥说什么吧。

也算有缘分,经计委礼堂演电影,主任给经计委办公室打电话要了几张票,别人都不在,只好由陆高去取一趟。正巧那姑娘在办公室。

"主任出去了。你有什么事么?"

"是这样,我是体委的,隔壁……"

"我知道。你是新来的大学生,你是来取票的。你坐嘛。"

"呵,不了,你们主任……"

"你从哪儿来?他们说你是东北的。"

"辽宁。你是藏族……同志?"

她笑得可谓婉约了,点头首肯。

"你普通话说得挺好的。"

"我在北京读了七年书。你坐嘛。"

这时陆高来得及看清她细长的眉,她的鼻子尤其漂亮,看得出她是施过淡妆的。她的头发束到头顶用一个很大的银发饰别住,使挂着绿耳环的小耳朵格外醒目。她的确美,嘴巴很小,嘴唇也很薄。脖颈也是细细的长长的。她很瘦,加上过臀的紧身雪青色毛外套和牛仔裤配衬,显得就格外瘦削。她话不多也庄重,可是陆高觉得心慌,觉得她略凹的瞳人里还有什么话要说。陆高觉出了自己的变态,觉到了过去没有过的窘迫,他接过票告辞离去了。

有时候我们说某人漂亮;有时候也说某人比某人漂亮(当然前提是后者必须公认漂亮),这样说的时候容易引起争执,因为各人的审美标准不甚相同。比如张瑜,陈冲,刘晓庆,到底谁最美?五个人起码有三种结论。这藏族姑娘到底有多美陆高也说不清,反正他觉得她够美的,他觉得比以上三位比另外一些演员都要美一些。丛珊?殷亭如?真由美?

他想不好。他想也许她该当演员。

那以后他和她算认识了,如果走对面要碰额头的时候她准会款款一笑,他拿不准她的会说话的瞳人说的什么(对不起? 你好?),他知道该有所反应就条件反射似的点点头。

姚亮提议去看天葬,这没有说的。陆高看过一组天葬照片,六十几张,一男一女两位老人。天葬是藏族独有的丧葬方式,很神圣。死去的人由亲属陪送到天葬台,由天葬师在曙色到来之前把死者肢解成碎块(包括骨头),然后点燃骨油引来鹰群;当第一线曙光照上山梁,死者已经由神鹰带上天庭了。这是庄严的再生仪式,是对未来的坚定信心,是生命的礼赞。肢解尸身的过程是在天亮前进行的,照片不甚清晰,然而还是可以看到被肢解的尸块内脏。正如医科学生第一次参加解剖尸体,看了照片后有两天陆高吃东西就呕,不过仅两天就过去了。陆高知道自己和其他人也都是一样的血肉之躯,最终也都不免一死。陆高甚至想过自己死时也取这种仪式。他不是相信关于上天的传说,但是他喜欢这样壮阔的想象,这充满想象的仪式本身使他着迷。

他们说好了一道找台车去。天葬台在远郊山上,有十几里远,他们决定去。陆高找本单位司机小何。小何也没看过天葬,一口应承。可是主任给陆高派下差来,陆高需要到拉萨去几天。他们说好了陆高回来第二天一早就去天葬台。陆高出差来回正好一星期,这星期中发生了一件事,那位姑娘遇车祸死了。

那是个一般性车祸,司机酒后开车。小何说她脸全烂了,血肉模糊;小何说她是爱国人士大贵族巴朗的女儿,她和父母亲七七年由挪威回国的,她在北京读书也是刚刚毕业。

经计委明天为她开追悼会。

晚上姚亮来了,他们去找小何。

"明天还去吗?"

"不是说好了么? 怎么不去?"

"去要起早。小何,你把车弄好。"

"我睡你这吧,省得一早来回跑了。"

"那就早点睡。"

"睡吧,早点躺下。"

"我有闹表,我叫你们。四点半起来。"

开始下雨了,他们都没睡着就下雨了。西藏的夏季气候有一个特点,通常都是白天晴夜里下雨,早上起来空气洗涤一新。

"那姑娘死了,你听说了?"

"听说了。"

"她是我见过的最美的姑娘。"

"……"

"要是别人死了,我不会多想。"

"想什么?"

"想她不应该死。别人都能死,可她就不能,她不应该死。她死的时候我听说了,我没到肇事现场去,我不想看她死时的样子。"

"怎么回事？"

"你说我爱她了？没有。她太美了，她的美和我和人们拉开了距离，她成了一种象征。就像花朵、雄鹰、大海、雪山这些东西一样代表着某种精神上的东西。美丽的姑娘比任何别人都更能让人直观地感受到生命的存在，感受到生活的价值和意义。这么说有点抽象，我有时就觉得因为姑娘们，特别是因为那些漂亮姑娘人类才生气勃勃地延续和发展……"

"睡吧睡吧，明天要起大早呢。"

"我忘了你刚出差回来，你累了。"

陆高觉得好像睡着的时候，姚亮又开口了。

"你睡了么？我想起件事，大概追悼会没有和遗体告别的节目吧。她是藏族，说不定明天早上我们赶上的是她的天葬呢，你睡了？"

第二天回来的时候，经计委的追悼会刚刚散场，陆高不知为什么想要到灵堂去看看，礼堂布置成灵堂。人们已经离去，陆高进去的时候没有任何人。她的带笑靥的放大照片挂在舞台正中墙上，舞台上下摆满花圈挽幛。

灵堂自有一种肃穆气氛，陆高不由自主地带上了哀伤的情绪。昨晚睡前姚亮的话留下了重量。陆高走近照片，照片放得很大很大，大约是 24 寸吧。她活灵灵地看着他，他竟感觉不到她已经死了。照片效果很好，明暗适度层次分明，而且她表情极其自然，几乎还原了她和陆高唯一一次对话时的真切神情。细长又圆润的颈项，线条清隽的嘴角，跟耳朵比起来略嫌大些的耳坠，好看的鼻翼微张着，特别是那双凹陷的眸子仍然一如既往地像有话要说。她就这么看着他。他从挽联上知道她叫央金。西藏成千上万的女孩子女人都叫这个名字。

他累了，他要回去换换衣服，擦擦身洗洗脚，最好用热水烫烫脚然后钻被窝睡上一觉。这天是星期天，公休日。

五

我刚才说我不想回内地，不仅仅是因为我要完成这个剧本（剧本当然要完成），我还有另一些原因。今天你们来了我很高兴，想讲一点从来没对人讲的关于我自己的事。不是爱情故事，我没有爱情故事好讲。

我小时候喜欢听神话故事，大概人小时候都喜欢吧。大一点了就不再喜欢，以为那是专门编出来给孩子们听的，是大人为了哄孩子顺口胡诌出来的。后来搞创作看了些文学理论方面的书，又把这些神话归入民间文学类，认为这是广大劳动人民在劳动之余创作的，是人们对善恶是非的褒贬好憎，是对生活理想化的概括和向往。我们生活在科学时代，神话这个概念对我们是过于遥远了。

刚从内地来西藏的人，来旅游的外国人，他们到西藏觉得什么都新鲜：磕长头的，转经的，供奉酥油和钱的，八角街的小贩诵经人，布达拉山脚下凿石片经的匠人，山上岩石雕出的巨大着色神祇，寺院喇嘛金顶，牦牛，五颜六色的经幡，沐浴节赛马节，一下子说不完。来的人围观、照相煞有介事（恐怕你们也一样），须知这根本不是什么新鲜事，这里的人们千百年来就一直这样生活着。外来的人觉得新鲜，是因为这里的生活和他们自己的完全不一样，他们在这里见到了小时候在神话故事里听到的那些已经太遥远的回忆。他们无法理解,然而他们觉得有趣,好像这里是狄斯耐乐园中某个仿古的城堡。不是谁都能亲眼看到回忆的。

听说我们国家要在西安搞一个唐城,在那里开酒馆旅店茶肆的人都穿唐朝衣服,街道房屋也一律照唐代式样兴建。这是从开辟旅游区的角度考虑;西安附近名胜古迹居全国之首,一个仿唐的旅游城会给国家收入大量外汇。

尽管穿上唐代服装住进唐代式样的建筑,唐城的居民仍然是现代人,和你我一样;可这里不一样。我在藏多半辈子了,我就不是这里的人;虽然我会讲藏语,能和藏胞一样喝酥油茶、抓糌粑、喝青稞酒,虽然我们肤色晒得和他们一样黑红,我仍然不是这里的人。我这么说并非我不爱这里和这里的藏胞,我爱他们,我到死也不会离开他们,不会离开这里。我说我不是;我也不止一次和朋友们一起朝拜;一起供奉;我没有磕过长头,如果需要磕我同样会磕。我说我不是,因为我不能像他们一样去理解生活。那些对我来说是一种形式,我尊重他们的生活习俗。他们在其中理解的和体会到的我只能猜测,只能用理性和该死的逻辑法则去推断,我们和他们——这里的人们——最大限度的接近也不过如此。可是我们自以为聪明文明,以为他们蠢笨原始需要我们拯救开导。

你们可以在黄昏到拉萨八角街去,加入转经的行列;你们可以左顾右盼看一看穿着皮藏袍的,穿着人民服的,穿着袈裟的人们。他们旁若无人,个个充满信心大步向前,一圈两圈三圈。你会觉得自己空虚无聊,吃饱没事干到这里东张西望,你会觉得自己走错了地方——这不是你该来的地方。跟你们说的这些都是我直接经历过的。

美国人为印第安人搞了一些保留地,这些保留地成了以活人为实物的文史博物馆。这里——世界屋脊青藏高原上完全是另一番情景,我的一百八十万同胞在走进了社会主义的同时——在走进科学和文明的同时,以他们独有的方式仍然生活在自己的神话世界。他们用自来水(城镇),穿胶鞋,开汽车,喝四川白酒,随着录音机的电子乐曲跳舞,在电视前看到中国和世界的大事小情。

这些使我想到,光从习俗(形式)上尊重他们是不够的;我爱他们,要真正理解他们,我就要走进他们那个世界。你们知道,除了说他们本身的生活整个是一个神话时代,他们日常生活也是和神话传奇密不可分的。神话不是他们生活的点缀,而是他们的生活自身,是他们存在的理由和基础,他们因此是藏族而不是别的什么。美国在哪?除了地理和物质的差异它和世界其他民族有什么两样呢,没有。(请原谅在这段文字里用了诡辩术——作者注)

(作者又注——在一篇小说中这样长篇大论地发感慨是很讨厌的,可是既然已经发了作者自己也不想收回来,下不为例吧。)

春天的时候我到阿里去了一个月,我跟着一个地质小队的车到了西藏西部的无人区。巧了,那里也是冈底斯山脉的延伸区域。像往常一样我在小队安营扎寨之后离开地质队员们(他们有他们的工作),背着干粮睡袋往西去。我带了指南针望远镜和一支旧驳壳枪。

这里地理情况比较复杂,有草地,有绵亘远至千里的大山脉,有沙漠,也有干涸了的沼泽地。第一天没遇到人,也没发现人留下的踪迹,如果第二天还没有人迹我就要回头了。我的给养只够四天用的。第二天仍然没有人迹,但是我来到一个不大的小湖泊旁边,这真是天不绝我。我先试着尝了湖水,是淡水。温温的淡水。我走累了,天也黑下来,我找了块不长草的沙窝安顿下来。我不打算点火;这里只有枯草,我不能一夜不睡守着火堆添草。我的睡袋挺不错的,是朋友送的抗美援朝战利品。

看白天出太阳挺暖和的,到了夜间气温仍然在零下二十度上下,我索性整个钻进睡袋,把出入口的拉链拉合。睡了一觉我起身解手,突然发现身上沉甸甸地压了好多东西,我拉开拉链时湿乎乎的雪团灌了满脸,是下雪了。我抖抖脑袋钻出来,埋下头解手。等我抬起头,我一下惊呆了。

雪已经停了一些时候,满地素白色,空间很亮,可以看出去很远。不远处的湖面竟像沸水一样腾起老高的白汽。天是暗蓝色的,没有月亮,星星又低又密;白汽柱向上似乎接到了星星,袅袅腾腾向上浮动着。我相信这景致从没有人看见过,我甚至不相信我就站在这景致跟前。这是一条通向蓝色夜幕的路,是连接着星星的通道。

我以我所剩无几的白头发向你们起誓,那条通道就在我跟前,那天晚上,在那个地图上也没标出的小湖畔,我就这样像个傻孩子似的站了许多时候。我没有向湖泊走近,我怕那是海市蜃楼,走近就消失了。

后来我重又装进睡袋,这次我把头露在外面,看着星星一闪一闪地眨动,我没做梦就睡着了,睡得沉沉的,直到嘎嘎的野鸭群把我吵醒。这时我知道我可以不必往回去了,我起身后打了两只肥肥的黄鸭。

鸭群只在湖边嬉水,湖心仍然蒸腾着白色的水汽。我为昨天夜里的激动感到好笑,这不过是个温泉湖。在地热源非常丰富的青藏高原上,这样的小温泉湖何止一个呢,可夜里我简直像到了天堂。天气晴朗无风,太阳很快使气温上升,半尺厚的春雪到中午时已经融化得不留一点痕迹,渗入沙质草滩了。

第四天中午我走到了那个巨大羊头所在的沼泽边缘,不能再向前了,我站的地方离它大约三四百米。我沿着沼泽边缘走,试图寻找一条哪怕是能够稍稍接近它一点的途径,我失败了。没有任何一条可以接近它的路。

我是前一天晚上发现它的,当时暗红色的夕阳正缓慢地向地平线滑去。它的剪影意外地印到已经不再刺眼的巨大的落日上,我用望远镜什么也看不清楚,只模模糊糊地知道那是个平地兀立而起的什么东西。

那是个巨大的羊头,两只巨角都已经折断了,凭着几百米外的目测,我估计它有二十几米高。用我的五倍望远镜可以比较清楚地看到它是石质,表面蚀剥得很厉害。

开始我想到的,这是尊石雕。

不对。如果是石雕,它是怎么移到这里来的呢,就体积说它有几千吨,而周围没有大块的石料来源,这里又是沼泽地,它位于沼泽地里面几百米。这是一。第二,在世界各民族的宗教偶像中还从来没有以羊头塑雕的,况且又是这样规模巨大的雕像。第三,望远镜可以清楚看到羊头的各部分比例是合理的精细的,形象酷肖,下颔淹没在积水的沼泽里。我们知道东方的绘画和雕塑都是写意传神的,只有西方古代美术艺术品才是写实的,莫非这是尊希腊石雕?第四……第五。它肯定不是石雕。

这个结论有了,马上也就有了另一结论。

它是史前生物,是什么恐龙吧,也许可以叫它羊角龙吧。最遗憾的是我没带相机,没有留下这个珍贵的印象。我说了没有人相信,地质小队的不信,其他人也不信。我神经出毛病了,我得了狂想症。这是我自己的诊断。

我曾经给有关部门写了信,没有回音。

那么我也不再认真,当玩笑当故事说说而已。可是穷布呢?穷布也得了神经病?

六

这还不是全部,不是他们请你来的缘由。你随他们到山里去,他们指给你一个很大的碎石堆,你看见了他们叫你看的。

那是只朝上伸着的马的短腿,圆的蹄壳,棕红色的短毛。他们告诉你这马就是那熊弄走的,大概它一下没吃完就埋在石堆里,留出一只腿来作记号以便下次能够找到。他们说这是早晨发现的,发现了就及时去请。他们把你当成了保护神。他们迷信你,相信你可以为他们杀死那头瘦熊。

你知道你得杀死它,你自然是能够杀死它的,因为你是猎熊人,你只能杀死它。他们要留下两个带枪的帮助你,你把他们劝回了。打孤熊不需人多,人多只会增加伤亡的可能性。那次在山地之王的巨掌下丧命的伙伴使你记忆犹新。你一个人留下来,在埋死马的石堆近处隐下身子。你知道来了这么多人,熊一定可以闻到气味,它短时间是不会来的。只有在它饿了又觅不到食物的时候,它才可能来。

你不敢打瞌睡,那样你就成了送上门的瘦熊的又一顿美餐。他们的话重新响在你的耳鼓;第一个人说的你完全不信,可是其他人说的它的情况无疑等于为第一个人的话作佐证,你不能不信大家的话呵。

那么准有一方面错啦,是你还是大家?你当然相信自己是对的,可是难道大家会对你一个人说谎吗?搞不清楚搞不清楚。"到时候就知道啦。等我打死它就知道它是不是长着像手那样的长指头啦。"你对打死它满怀信心。

周围有种你不习惯的静默。你是个猎人,通常你是一个人,按说你早该习惯安静和孤寂了。你其实早就习惯了,只是这一次不同,你觉到了这一次和往常不一样。

山巅一如既往,眩目的白色使你蛊惑,这时你想起该有条狗来和你作伴。连你自己也说不清,为什么你不要一条好狗崽子来养。你是整个冈底斯山唯一不养猎犬的猎人,而且是猎人里最悍勇的猎熊人。

你突然明白了。没有鹰隼和貌似凶恶的秃鹫。往日的寂静里,澄碧的天穹上总有几只褐鹰像风筝一样缓缓盘桓,移动的鹰影使你觉到了蓝天,白云,雪顶之间的相互位置,因而天地间也就有了生气,大自然是你活的伴侣。你想,是该要个狗崽子了。

你又记起,大约有半天时间了,你没看到任何小动物。而平时,那些兔子、秃鹫、黄羊和獐子都时不时地来和你互道一声你好,它们知道你不会伤害它们。你记得有一次你坐在篝火旁擦枪,那只漂亮的草狐走过篝火旁竟站住了,你和它长时间对视;你因此断定它并不像人们说得那么狡黠可憎,你从它的眼神感到你完全能够理解的轻柔和善意。现在它们都到哪去了呢?

还有那只小毒蝎，那只差点要了你命的小家伙。你在一块平滑的山石上打盹，觉得谁在搔你的痒，你睁开眼缝就看见它雄踞在你鼻尖上，威严地四下巡视。你不敢动一下，不敢大睁开眼睛，甚至不敢出气了。它似乎完全不知道这对你多么残酷地开着玩笑。你不敢在它伫立不动的时候下手，你怕它那时和你一样正严阵以待；你等着它移动。移动的时候也就是它麻痹的时候，是它以为平安无事对自己神经稍加放松的时候。它终于移动了，你突然挥动手臂挥掉了它。它掉在碎石上挣扎着要重新爬来，你本想上前踏烂它；最后你只是不知其然地摇摇脑袋去了。现在你无端想起它，这许是你觉得静默使你不堪忍受的缘故吧。

这时你才发现了其中的问题，它不伤人。先后有五个人见过它，把它说得非常凶残，然而五个人中间没有一个受到它哪怕是轻微的伤害。这才是关键。还有一个细节，它一次抢过火枪折断了，又一次抢过棍棒也折断了；而且每次都是先做这件事。这么说它知道枪？知道人拿着这种棍棒会对它造成致命的伤害？不然它为什么总是先行下手把枪毁掉呢？

你知道熊，熊尽管聪颖却没有这么具体；熊是伤人的，特别要伤害拿枪的人。熊没有指头这谁都知道；熊并不总是直立着奔跑的；最大的棕熊也没有他们说的那么高；也没有他们说的那么瘦的熊。你觉到这里有个误会。

你初步肯定它不是熊。不是熊，那么可能是什么呢？这里巨兽除了熊就只有虎了，而虎只有在冈底斯山脉东南麓的森林地带才有；按他们说的不是熊也更不是虎呵。

不去想它，只有看见它才知道它是什么。你开始把思绪转向父亲。父亲死的时候你只有十一岁，那一年你算正式继承了父亲的衣钵，你有了自己的火枪（它曾经在父亲手里震慑了百里山区的猛兽）。

那对年轻的猞猁夫妇在成功地袭击了三只幼獐之后，卧在草丛里挑剔地用长舌舔净对方皮毛上的血点，灼热的阳光使吃饱喝足的他们昏昏欲睡，与枯草颜色相近的华贵的毛皮不时地痉挛般抽动一下。这时你父亲故意弄出个声音使它们惊觉。雄猞猁显然看到了枪筒在阳光下的闪亮；它后腿慢慢弓起，前腿扑倒在地，头以下颏着地的姿势平放在地上。你父亲知道它就要窜起来了，食指浸出的汗渍润滑着枪扳机。雌猞猁在这个不长的时间里悄没声息地钻进身边的草丛。这是最糟糕的。雄猞猁没有马上扑击猎人。

结果可想而知，雌猞猁向侧翼包抄，雄猞猁为它赢得了时间。你父亲的枪声和惨叫引来近处的猎獐人，刚刚吃饱的猞猁没有把你父亲的身体拽走。

你父亲死于他的孤傲，通常猎人是不用单管枪打成双的猛兽的。你父亲自恃勇武过人，自恃弹无虚发，自恃有熊一样的体魄。他多次猎过双豹，双猞猁。他一枪干掉一个，然后用猎刀和另一个肉搏，除了活着的这个跑掉他每次都可以同时弄死它们两个。它们在他脸上身上留下无数痕迹，他因此自豪而变得孤傲。

这种时候想想你父亲是有益的。现在你相信他们绝无诳言。他们请你来帮助，他们没有必要编一些耸人听闻的话来开你的玩笑。"我居然不相信他们，我真够糊涂。"你开始自责。

你开始意识到带枪来是个错误，你起身把枪塞进一处岩缝，那处岩缝远离你藏身处。它不想与人为敌，这是显而易见的。那又为什么袭击与人相依而存的牲畜呢？只有一种解释，它无法理解牲畜对人的从属关系。你不懂生物链原理，但你知道只有人才拥有草场，拥有牛羊；你也知道这些它是不懂的。它袭击牲畜和袭击野兽一样,都是为着它自身生存的需要。它分不出野兽和家畜,它不知道它因此成了人类的敌人。它是不愿与人为敌的。也就是说它无意中对人造成了损害。

这一次是你对了,你是一个孤傲猎人的儿子,你是一个猎熊人,更主要的你是人。因而你的智力使你又一次成了强者。它来的时候是那么安静,它从石堆里扒出马的残骸,它把这残骸撕成碎块放在嘴里嘎嘎地咀嚼。

你看得很清楚,它的确有他们说的那么高大,那么瘦削,但也看得出它非常有力气。它的皮毛比较稀疏,它的头不像熊那么臃肿,嘴巴也不那么朝前伸出。它的长手指完全像人一样灵活。它大吃大嚼,突然抬头盯住你藏身的地方。你干脆走出来,慢慢地有节奏地向它走近,太阳在你身后渐渐下沉,它的面部突然暗下去了。刚才是日落前最好的一瞬,落照平射使你能够非常清晰地看到它的整个形象,现在一切都过去了。但你来得及记下它注视你时,眼里射出的完全是你所熟悉的人的表情。

它就那么一窜就离开了。你过去到岩缝里拿出火枪。它真的像他们说的跑得那么快,一眨眼就不见了。它有你一个半人高,可你断定他(它?)也是人;虽然有长毛的皮肤他一定也是人。你跟他们没说什么,你想到了一个头发快掉光的汉族朋友。

七

现在你们知道了,穷布遇到的是野人;也叫喜马拉雅山雪人。这是个只见于珍闻栏的虚幻传说;喜马拉雅山雪人早已流传世界各地,没有任何读者把这种奇闻轶事当真的。在世界各地相继发现一些有关野人的线索,好多国家派出专门科学考察队花费巨资考察都没有见到死的或活的野人整体,所得都是些传闻和支离破碎的所谓"物证"。我国也在湖北神农架发现一些有关野人的传闻和线索,并且据说还成立了中国"野人"考察研究协会。

了解野人的奥秘在科学上有非常重大的价值,也许可以借此揭开人类起源的奥秘。野人是世界四大谜之一;百慕大"魔鬼"三角;飞碟;野人;你们谁知道第四个是什么?

八

小何过来推醒陆高,陆高看表整四点半。

外面淅淅沥沥,听声音雨没有停。陆高穿好衣服又推醒姚亮,姚亮先是迷迷糊糊嘟嚷着"谁呀……干什么……",随即一下坐起来。

"几点啦?还好嘛,来得及。好长时间没起过早啦,起早真不是滋味。哎,你什么时候起来的?去叫小何一下吧,他准还睡呢。"

陆高推门出去。雨不大,天还阴得黑漆漆的,要等段时间眼睛才能适应。小何在大门前开锁,那台北京吉普就停在大门边。

"哎!哎!还下雨呢?陆高。"

陆高不吭声。姚亮该懂得这是深夜,别人都在睡觉。他总算穿好出来了,陆高进屋里关了灯。小何轻轰油门把车开出城区。

他们三个人都没去过天葬台,只知道在西山。姚亮的学校在西郊,姚亮指挥汽车走大道先接近西山脚下。车灯一闪一闪的,雨丝断断续续地闪烁很美。到了山脚汽车离开大路,沿着一条贴进山岩的小路向北去。山路起伏颠簸得很厉害,车走得很慢。过了一小片藏式房子以后路不清晰了,好像上了一片长着稀疏茅草的碱滩。姚亮借着灯光给小何打气。

"大方向没错,开吧。没有路也没有太大的沟,往前开没问题。好像再往前一段就差不多啦。反正我们沿着山脚走,又没有岔路不会走错。"

大方向是没有错。车灯照出前面是一道陡坡,好像往左右两侧延伸很远,没法绕过去。姚亮自告奋勇冒雨下车探路,他一溜小跑上了坡顶,发傻地在雨里站了好一阵。他回过身对着汽车沮丧地摇着手。那是一道水渠干线。

怎么办?也许前面不远就是了。那么可以弃车步行走去。干渠是有单板桥的,过单人没问题。可是谁知道前面多远才到地方呢?从这里听不到一点声音,离天亮也不过两小时了,总不至于现在人还没来。小何是司机,他不放心车。现在已经五点了。

"这样吧,我们回到城区先往北去,然后有路再向西拐,那样就可以绕过这道水渠了。来回二十多里,小车跑用不了二十分钟。你们看呢?"

只好这样了。他们又上公路的时候,车灯照出迎面来的一群穿红戴绿的人。雨又大了。

"是旅游的,是港客。他们准是也要去看天葬的。停下,我去问问他们;他们有向导。"

他们没有向导,而且他们都没带雨具。他们十来个人都穿的羽绒服,已经看出差不多都淋透了。他们事先没有联系,他们和我们都还不知道天葬是不许外人围观的。他们步行,可以过去。这里距市区十一里,他们怕走了一个多小时了。我们的车往回开到市区。

陆高看看表,姚亮骂了声倒霉。

雨夜气温很低,小何问他俩是否回去取件棉衣,陆高说算啦。他不愿再次惊动邻里。这次刚出市区过一个三岔路口的时候,小何瞄见岔路不远处有个黑乎乎的东西,他停下车。他和姚亮一起朝那黑乎乎的暗影走过去。

"不是醉鬼吧?要不是哪个车压人了?"

小何说着给自己的话吓住了,姚亮不管一直朝前去。姚亮回头告诉小何是个麻袋包。小何也到跟前来了,两个人都不想伸手解开封口的绳子,陆高那边又按起喇叭。

"走吧,回去。抓紧赶路吧。"

"是呵,天大概快亮了。"

再开车时谁都不说话。车向北然后向西,这是一条简易公路。雨没有停下来的趋势,时大时小,雨刷在车前窗玻璃上不停地来去。有对开的拖拉机,双方都熄了大灯礼让。前面是同向的一辆拖拉机,小何按喇叭要路。路很窄对方没法让路,小何只好自认晦气,跟在拖拉机后面慢吞吞地爬。陆高姚亮蜷缩在后排,昏昏欲睡。车里温度很低,他们都没穿棉衣。

小何低低的声音喊他们。

"哎,哎,你们看前面车上——"

吉普车灯透过雨帘照出前面拖拉机挂车的轮廓。上面有三个人披着东西背靠在前车帮坐着,大约是脸朝着车灯照去的方面,也就是说和吉普车里的三个人对面。因为雨大,他们又都披着东西,车里的人看不清车上人的脸。

"你们说他们能不能是去天葬的?"

"谁知道? 真够冷的。"

"我看了他们好一阵,右边那两个人一会动一动,左边角上那个一直没动过一下。你们说能不能是死人? 刚刚你们都迷糊着,我一个人都有点害怕了,我才叫你们也看看。"

"别吓唬自己啦。哪有那么巧的?"

陆高想的是睡前姚亮那句话。能否真碰上肢解她呢? 要真是她,还要不要看呢? 什么都是可能的。一星期前,你可曾想过她会死么? 好多事情都难以预料。小何说那可能是去天葬的,为什么不可能呢? 不然它有什么必要冒雨赶夜路呢? 西藏生活节奏慢,开车运货完全不必冒这么大的雨,况且又是夜路。那么如果是去天葬的,又为什么不可能是她呢? 时间上也差不了许多。那么如果是她,还要不要去看呢? 姚亮说的对,看一个前不久还是活灵灵的美丽姑娘死了,看着这个大自然完美的造物在钝刀分割下变成一堆碎肉,那准不是一件好受的事情。陆高一边假设前面车上左角的人是她,一边决定了如果这样就不再看。

姚亮和小何还在有兴致地观察分析。

"等着前车过沟时你细看,车头爬坡时正好拖车向后倾斜,我把车停下来你细看。"

"下沟啦——哎上沟啦,停下呀! 嗳!"

观察仍然没有确定的结果,分析却有了进展;拖拉机向偏左方向拐上一条小路,那是天葬台的大致方向。这下小何很有几分得意。

"我怎么说的? 我看就是去天葬的,这下可以肯定左边的是死人了。这么长时间,又颠又挨雨淋,你看他(她)动过一下吗?"

"不管怎么说我不信。人死了可以平放在车厢板上,有什么必要让他(她)坐着? 还有死人能坐得那么老实吗? 人死就打挺了,根本坐不住,况且车又那么颠来颠去的。"

"可以把他(她)固定一下嘛。"

"怎么固定? 你以为死者亲属会同意把人勒上几道绳子? 你也不想想……"

作为旁观者,陆高觉得有意思。各执一端是人的天性,他们争来吵去,其实连他们自己也未必就相信自己要说服对方的那番推理。他们和他一样,不过都在猜测罢了。任何谜底无非都只有两种可能,正确的或错误的。谁对没有把握的事抱绝对的信心呢? 相信没有谁。不过各执一端也并非是什么坏事,人们开动脑筋,为自己在争辩中占上风把各种有益于己的可能性都摆出来,争辩到最后虽然没有说服对方,事情倒也完全清楚了。另外争一争吵一吵也痛快,刚才不就使姚亮小何忘记喊冷了么。

车开始爬山路了,其间还过了一道铺满砾石的浅水沟。这时可以看到前面半山上点起了一堆火。三个人都松了口气,天还没亮,人还没到,一切都来得及。看来他们运气不坏。

有一点还不可心,天还下着雨。他们看天葬时要给雨淋湿的,他们穿的不多,天又冷。

九

经过姚亮推荐,陆高成了这支小队伍的队长,姚亮甘当副手。结果是四个人各司其职,都弄了个不大不小的官衔。穷布是向导,老作家是当然的顾问。他们动身前每人借了一枝长枪,这样三枝半自动加上穷布的火枪组成了一股很强的火力。按计划他们带了两部相机十几个胶卷,另有两桶军需品压缩干粮。

走前他们再三商量了各种可能性。诸如多少时间;如果发现线索怎样;看到它(他?)是否射击;怎样拍照;打死了怎样处置;照片怎样收藏等等。到了后来简直那个它已经放在他们前面了,想象可以带来十倍的热情。他们也商讨了遇险的可能性,陆高姚亮都给家里写信讲清了情况。还有什么没考虑到?

三天后他们到了穷布所在的县,到了穷布遭遇野人的山脚下那个牧村。穷布为他们借了顶帐篷。他们以这个牧村为站脚点,转了附近几十里山谷。他们在这里住了四天。

其间两个内地来的年轻人知道了老作家和穷布相识的一段故事。他们没有机会和野人遭遇,因为各自的工作和其他一些原因,他们在第五天走上了归途。看上去他们毫无沮丧。那是穷布们的生活,强巴和央金们的生活。那四天里经历的一切足够他们三个人各自写整本书的。老作家和两个年轻作家的书不久就会问世。在这之外,陆高还写了个关于说唱艺人的真实故事。那故事里虽然没有讲到野人和羊角龙,仍然使巨脉冈底斯山充满了诱惑。

故事就发生在他们驻脚的牧村。

十

是他们过分乐观了。

拖拉机已经到火堆跟前停下了,机器没有熄灭,继续轰响着。北京吉普在后面大约三百米左右慢慢地跟近。可以看到火堆周围有一些人影活动。小何有点拿不定主意。

"就把车停这吧,前面太陡了。"

"你是不是害怕啦? 拖拉机上得去北京吉普上不去? 你怎么这么……"

"得得,我上就是了。"

山路的确很陡,小何用低档大油门爬坡。

迎面来人了,正冲着汽车气势汹汹吼着。小何踩住刹车,陆高下车了。对方大约四十岁,用汉话问陆高要介绍信,陆高看出这是个藏族同胞。陆高耐心地问什么介绍信,对方忽然动气了,大声嚷着要自治区公安局的介绍信。陆高一下明白了。他们不要人看,特别不要外来的人看。陆高还是耐心地说只是在远处看一看,不会影响他们的工作。他更生气了,直接用藏话对着陆高的脸吵。看这样子也说不通,陆高进车里让小何调头开回去了。

车驶离刚才停留的地方有一里远,小何锁了车门,三个人徒步往上去。这时南面有来回跳闪的亮光向这里移动,可以看出是袖珍手电的亮光。同时可以看到朦胧的拿手电的人影。姚亮猜是那批港客到了。他们三个人站下,等港客过来结伴往半山的火堆方向去。

"大家一齐去,人多;他们人不多。"

他们差不多全湿透了,有几个女的冻得脸色青里泛白。当时是名副其实的毛毛雨,小何刚下车就开始喊冷了。港客看来知道不让看,他们并不急于向前靠近,有五个人干脆绕过火堆从侧面爬山。从高处鸟瞰也不失是个办法,陆高他们三个也跟着那五个人向上爬。

天色渐白,细雨仍然下个不停。从高处看这伙人简直像,像什么呢?犹豫,畏缩,又贼心不死。由于能见度好了一点,火堆那边也可以看得清楚些了。一台解放卡车,和后来的拖拉机;火堆周围人也不少,大约有十来个吧。

有人熄灭了火堆,坐着的人站起来在两台车周围活动,现在六点半了。这里距下面的人们有二三百米,这里可以隐约看到离熄灭的火堆不远一块巨大的有水平面的石阶,看来那就是天葬台了。天葬台不像他们原来想的那样在山顶,它只是半山的一块巨大的石头台。

这里毕竟离得太远,几乎就看不清下面活动着的人们在干什么。也许在抬死者?也许已经开始肢解?陆高决定再靠近些;别人似乎也都这么想,也在向前蠕动。没有事先约定,可是谁都不说话;这使姚亮想到去陵园墓地的时候,那种时候即使是爱说爱笑的姑娘们也都自觉缄口。是什么因素促使人们一下变得沉默?是对死者的敬慕?并不完全如此。姚亮以为还有别的。一定还有别的。比如设想生命和死亡之间该有一条界;通常这界限在人们感觉中太飘忽,而到这种时候就具体了。肯定是人们到此便清晰地感觉到这条界,说句玩笑叫一脚门里一脚门外,跨在界上。

得寸进尺是一句成语,与贪心不足蛇吞象意思差不多。也许他们老实待在原地就不会惹出这场麻烦了。酸苹果总比没有苹果好,这道理虽然明了透彻,真正理解也并不那么容易。都是得寸进尺的心理作祟。当他们被赶开后,他们才开始懂得前面那句格言的意义。

天葬师终于被彻底激怒了,三个带大围裙的汉子朝漫在附近山冈的人们发狠地叫着,虽然语言不通但可以猜出是在骂人。向前蠕动的人们都停下了,静候事态发展。这时候他们如果聪明,最好自己乖乖离去,人们都知道被激怒的人是不可通融的,聪明人对此不该抱幻想。事实他们这些人都不聪明,都在作梦。

太阳还没出来,现在是做梦的时候。

他们的蜷伏进一步使天葬师恼恨,他们开始用石头朝最近的人砸。石头不飞向空中,可以看出只是吓吓,无意伤人。

胆小的已经撤了。小何撤在最前面。现在可以看到北京吉普停在山下的石滩,陆高心里有点急,大声叫小何回车上去。天葬师像赶羊似的赶着这群人,陆高姚亮和一个粗胖的港客小伙子走在最后。姚亮不甘心,一再回头停下脚,结果到底给一块石头砸在腿上。

姚亮试图讲理,对方不说汉话只是用藏话恶狠狠地对他吵,并且又一次弯腰捡石头。这下稍在前面一点的港客们放开步子跑下山。两个天葬师也就往回走了,只有那个年龄稍大的(也就是用石头打姚亮的)还跟在人群后面。

坡路很滑,泥泞不堪,后撤的人们脚步跌跌撞撞。陆高狠狠打了个寒噤,外衣水淋淋的抖动了一下。姚亮跟在他后面。

那个天葬师放慢步子,他们拉开了一段距离。姚亮捅一下陆高。

"就这么回去?!"

陆高也站下,回头看天葬师站在上面。

天葬师见他们不走了,便又嚷着追下来。姚亮跺一下脚,压着嗓子向对方吆喝。

"你要再动手我就不客气了!"

对方终于又叫汉话了。

"你不客气又能怎么样!"

说着把石头朝姚亮飞过来,这次石头是要打人的,石头离姚亮的头只有二尺远。姚亮低头也捡起两块石头;天葬师用藏话大喊,远处天葬台跟前的人们都站起来了,往回走的两个天葬师又回转身朝这边跑。陆高使劲拉了姚亮一把,他们也快跑起来。陆高跑着向坐在车里的小何挥手,小何知道这是让他先走别砸了车,开动汽车先向前去了。

陆高姚亮快跑着,还要提防后面飞来的石子。港客们都站下了。他俩跑过他们后回头,看追赶的天葬师不理睬港客们只向他俩追过来。天葬师跑得不是很快,他俩也就放慢速度。

"尽找麻烦。"

"我气坏了。"

"那也不能动手。"

"我只想吓吓他。"

"别忘了这是民族地区。"

"今天真晦气透了。早知道这样还不如离远点在山上看了。看不清楚也比看不见强呵。"

"别跑啦,他不追了。你不该捡石头。"

酸苹果总比没有苹果好。

真的如此吗?陆高不以为如此。姚亮说过的话说过就过去了;可是陆高到现在一直不能够断定,拖拉机里(或解放牌卡车里)的是不是她。当然陆高也知道追悼会今天开,回去问一下就知道她是否今天早上天葬,可是现在陆高不知道。他希望知道。这时陆高发现自己是很希望看到这个姑娘的天葬的,并不像他在来时车上想的那样——如果是她就不再看。

天已经亮啦,然而乌云荫蔽,而且下着绵密的毛毛雨。姚亮脸色铁青,陆高想自己大概也差不多;他们的毛衣也都透湿,上下牙齿碰得格格响。小何在前面等他们。上到车里也仍然禁不住打颤,姚亮又在抱怨。小何问陆高:

"回去嘛?"

姚亮抢着说走吧走吧。他们往回去了。

陆高听到什么声音,回头见是那个天葬师朝汽车摆手,他让小何停车。看到车停下来,天葬师又朝他们走过来,一面摆手说着什么。姚亮让快开车,别把车给砸啦;陆高说不像,说他像有什么事,也许是搭车回城里去。姚亮还是催促小何把车开动了,姚亮说即使是要搭车也不必冒这份险,万一车给砸了……陆高想自己下去,姚亮不同意不让小何停车,还说侵犯了他们的风俗习惯,他们会打死你的。

车终于上了公路,天葬师还在后面挥手。车加速了,他们不再回头。

故事到这里就算结束了。这是陆姚探险队的第一次探险。他们要在这里工作几年,来日方长。我们已经知道他们的第二次探险是去寻访野人。两次探险都以没有结果而告结束。

我们也知道他们在第二次探险后各写了一部关于冈底斯山的故事,那是若干年以后的事了。我们还知道在这之外陆高另写了一篇关于说唱艺人的真实故事。在讲这个故事之前,先讲一下离开天葬台后的一个意外的小小插曲。

"那时候我还在部队汽车连开车。有次刹车失灵肇事了,撞伤了一个藏族男孩。当时我被男孩父亲揪住头往车前挡泥板上撞。我当时十八岁,个子又小。我吓坏了。

"连长从前面折回来。我求救地看着连长,希望他能替我说情。连长是我同县的老乡,平时待我像自己弟弟一样。藏胞们对解放军首长向来是尊重的。连长没替我说一句好话。他到跟前时,男孩父亲停下手放开我。

"我万万没想到,连长到我跟前狠狠地给我一个耳光,我一下给打倒了,也给打懵了。我从来没看过他这样黑着脸;平时他甚至有一点婆婆妈妈的。别的同志把车开走了,连长和我留下来,连长和镇里的派出所警察一道把我送到公安局。"

小何低头看了看仪表盘。

"糟糕!没油了。"

"也许能凑合开回去?"

"不行啦。加不上油啦。我昨天晚上就忘了看看油表,到这个院里去借点吧。"

这是郊外的一个什么工厂。

"现在要是天葬师追上来就糟啦。"

"这里的车库在哪?"

院里出来的一个人指了指方向,小何锁上车,三个人到车库去借油。

姚亮异想天开说这时候有碗热粥就好啦。

真是天从人愿。陆高居然从一个房子里出来的人脸上找到了这碗热粥。这是陆高同车进藏的一个大学生,分在厂里做助理工程师;而且当时刚好是早饭时间。他和陆高热情地相互问候,然后让三个冻坏了的人在电炉旁烤火;他熬了粥,让他们暖了身子,又到隔壁借了一瓶白酒,开启了两听罐头。小何说要开车不能喝,主人陪陆高姚亮喝了几杯。然后主人去找司机要些汽油。这里离市区不到十里路了。主人挥手喊着一路顺风回去了。真够惬意的,虽然湿衣服还在身上,心里可暖和多啦。

他们把车开出院子,这时坐在后排的姚亮看到通往天葬台方向的路上那群港客正朝这走。

"应该问问他们,他们到底看到没有?"

"问问天葬师挥手到底有什么事。"

他们的香港话(也许是广东话,粤语)什么也搞不清,不过从他们沮丧的表情可以知道他们没有接近天葬台。那个粗胖的小伙子像要跟小何商量什么事情,他指着一个抱肩发抖的姑娘大约是要小何搭她回去。她上了车坐在后排,姚亮看到她鸡肠一样的细腿,知道她给冻坏了。跟这些港客比,他们境遇总要好些。

她向她的伙伴们挥挥手;姚亮催促小何。

"后来呢?"

"后来男孩的父母都赶到公安局来。男孩已经咽气了。他们守到他咽气后都赶来了。"

"真糟透了!"

"母亲找到交警中队长，找到连长。

"'放了他吧。我儿子死啦。放了他吧。'

"母亲是哭着对他们说的。

"'求求你们啦。放了他吧。他不是有意的不是有意的。求求你们啦。放了他吧。'

"我就这样给放回来啦，驾驶执照吊销了五个月。后来连长告诉我，说藏族是真心向善的，他们对佛祈祷的都是心里话。她说已经死了一个，再不能死另一个了。她怕要我去为她儿子抵命。"

小何把她一直送到旅游局招待所，她下去以后用不熟练的普通话说了声"谢谢你们"。

姚亮也给送回学校，姚亮自认晦气。

车里只剩陆高小何两个人。

"你应该给那个母亲做干儿子。"

"我是那么做的。"

十一

这里原来就有一个关于顿珠顿月兄弟的故事，人们把这个故事排成藏戏。顿珠，顿月，这实在是两个很美的名字。不过那故事是很久远了，久远到连年龄最大的老人都说这故事是听曾祖父讲来的。

我不知道凡人是否也可以转世，不过对双胞胎确实也叫顿珠和顿月。有一点可以冒昧肯定，这对兄弟都不可能当国王；也许这就是所谓天意吧。顿珠是个牧羊人。开汽车的叫顿月，是弟弟，大约比顿珠小一个小时。

不像其他双胞胎，两兄弟完全是两副模样——顿珠是名副其实的哥哥，高身材大块头，褐紫色的大脸盘像刚用刀子削成半成品的石雕头像；顿月纤巧精细，和哥哥恰成对照，头顶也只抵到顿珠颈上的桃核珠串底下。

开始顿月和哥哥一样，也是个牧羊的小伙子。他爱笑爱动，他的羊子也显得比哥哥的羊有活力。人们常常可以在西山的峭壁上看到他的红帽子，看到红帽子跟前像蛆虫一样蠕动着的并不很白的羊群。西山上多巨石，也有分布不匀的点点绿色，是柳树和小片草坪。西山只有羊才能走的羊路。总之顿月是个活泼爱动的小伙子，他没有硕大的体魄，但他很灵活，也很结实，还会唱歌，而且唱得非常好听。

终于有一天，顿月找顿珠说起悄悄话了。

"我要去当兵了。"

"跟阿妈说了？"

"我想，我想……"

他们坐的地方离帐篷并不远。旁边就是羊栏，他们躺着，身下是冻得硬硬的干草地。顿月还是坐起来。

"我想……哥，你说阿妈能让我走吗？"

他根本不在乎顿珠怎样回答，只是自顾自地边想边说。

"我想不能,阿妈不能让我走。我想她准不让我走。"

他似乎满有把握,可他又突然捣了顿珠一拳,"你说呢,哥?"

"不管怎么说你得告诉阿妈一声。"

"阿妈准不让我走,我知道她不会让我走的。可是我一定得走。我想出去看看,到内地各地去走一走。到成都,到西安,到北京和上海,我还想看看海。"

"那你跟阿妈说吧。"

"我还想学点手艺,我想开汽车。我最想开汽车了;小时候就想。要是能开汽车,我就把什么地方都跑遍。我一定把车开到日喀则,开到黑河,开到拉萨,也开到山南和昌都,当然要跑遍咱们整个阿里。"

"你什么时候跟阿妈说呢?"

"我还要在晚间开着车灯追黄羊。我记得九岁那年坐郭班长的车,现在想起来还觉得够味儿。就在南边那片草甸子上那群黄羊有十几只;车灯一照到它们,它们就伸直脖子机伶伶的,等车开到近处它们才跑。真怪,它们一直跑不拐弯;郭班长说它们是沿着汽车灯光照亮的方向,它们不愿跑进黑暗;这下它们就倒霉了。那天晚上,我们压了五只羊子,真带劲!"

"你明天跟阿妈说吧,慢慢说……"

"那时候你就不用背柴草了。我可以用车把你带到西边有林子的地方,在那里砍满满一车树枝回来。我在西山顶上可以看到西边那片林子;太远了,看不清楚,只看到黑森森的一大片。还可以看到神湖的水在阳光下的闪亮。我真看到了,我保证那是片大林子,有的是树枝和干树叶。那时候我一定把你带去,拉满满一车柴草回来,足够阿妈烧一整个冬天的。那样你就再也用不着背了。也用不着捡牛粪了。哥,那样你不高兴吗?"

"我高兴。跟阿妈说的时候慢慢来,别着急。别让阿妈着急。"

"到时候我把尼姆也接去。那时她阿爸准同意她嫁给我了,你说呢? 她阿爸早就说了,要把尼姆嫁给一个开汽车的,尼姆说她阿爸说话算话的——你说呢,哥? 尼姆爱我,可她还是听她阿爸的;她让我无论如何都要去学开汽车。我能去开汽车,就能把尼姆娶到家里了。"

"阿妈也喜欢尼姆,你跟阿妈说,她准会高兴的。不过说的时候要注意……"

"我还要给尼姆家里拉柴草。她阿爸想的就是这个。我得给她家拉,不过说心里话我真不情愿。我不喜欢她阿爸。真不情愿。哥,你知道不情愿我也得拉,不然尼姆会不高兴的。我不愿意做尼姆不高兴的事,我愿意她高兴。"

"你打算怎么和阿妈说呢? 阿妈喜欢你,喜欢听你唱歌,你走了阿妈会想你的。"

"那样我可以看很多歌舞了。你记得么,那次歌舞团来演出,我跟着他们跑了三百多里路,连续看了七场演出。要不是他们走远了我还会跟着他们的。看了七遍我还是没看够,他们演得太好了。他们就住在拉萨,住在冈底斯山的那一面。以后我可以常去拉萨看他们演出了,开上车就去了。听说拉萨有好几个歌舞团呢! 还有藏戏团,还有曲艺队,还有话剧团。我每场演出都去看。哥,我也带你去看……我忘了你不爱看演出,那我就带你去看电影,到拉萨看电影。听说拉萨每天每天都放电影呐。你挺喜欢看电影的。"

"顿月,你知道我不会唱歌。阿妈年轻的时候就爱唱。现在她老了就只爱听你唱了。"

"哥,我真后悔没把中学读完,中学里学的地理课我全忘了。这下我要到各处去了,要是把地理课学好就好了。可惜我没读完,读过的又都忘了。唉!我只知道成都、西安、北京和上海。还有格尔木。剩下的全忘光了。我一直想看看海是什么样子,听说比玛旁雍神湖还大,比整个草原还大,一眼看不到边呢。听说用机器开动的大船一个月也走不到头呢。我太想看看大海了。哥,你就一点都不想么?"

"我想。可是阿妈呢?阿妈会想你的。"

"阿妈会想我的,我也会想阿妈的。"

"阿妈会哭的,阿妈肯定会常常掉泪。"

"我知道。"顿月说,"我知道。"

牧羊犬不出声音地走过来,插到兄弟两个中间,懂事地蜷伏下来。说不上是不希望狗听他们谈话,还是该谈的都谈了,顿月再没有继续他的憧憬,顿珠也不再追问弟弟什么时候跟妈妈谈怎么谈。星星在头上慢慢移动位置,羊皮藏袍给夜露沾得湿漉漉的了。他们没有手表,但是他们知道天快亮了。

这个晚上弟弟顿月显然有些兴奋,平时他和哥哥顿珠一样并不多话;不同的只是他爱唱牧歌,而且唱得好听。

另一个晚上,来了电影放映队,大家都去看电影了。这次坐到羊栏附近的是顿月和尼姆姑娘。寒星寒月,天更清冷了,他们长久不说一句话。顿月其实不是个饶舌的小伙子。

尼姆难得晚间出来一次,阿爸不让。阿爸不能不让她出来看电影。阿爸自己也看电影。那么尼姆就出来了,来到顿月身边。两天后顿月就要动身走了。

顿月把新发的军用皮大衣披到尼姆身上,尼姆还是禁不住发抖,就是顿月搂紧她也仍然抖个不停。电影散场还早,阿妈和顿珠回来还早,他和尼姆还是钻到帐篷里去了。顿月伸手摸火柴要点酥油灯,尼姆把他抱住了。结果帐篷里一直黑着,而且一直没有声音。

读者们一定猜到了,顿月如愿以偿,当了汽车兵。顿月当然是唱着歌子走的。

十二

在附近百里牧区,有许多关于顿珠的各种各样的传说。顿珠这个老实巴脚的牧羊汉子,居然成了这里的传奇式人物。

乡亲们都知道,老寡妇曲珍为了供小儿子顿月读书,和大儿子顿珠吃了不少苦。现在小儿子出去了,还当了连长,曲珍没有白白吃苦受累。隔上两个月她可以收到儿子的汇款。乡亲们还知道顿月是个开汽车的连长。

又开汽车,又当连长,顿月真是个有出息的。乡亲们都说早就看出小伙子有出息。

那么顿珠呢?这个不识字的汉子,这个高大壮健又很少作声的汉子。也许这是不可思议的,然而乡亲们异口同声地作证,说他的确没读到书,他从小就拽着羊尾巴跟着羊群跑,他没有阿爸。阿爸是个过路汉子,阿爸只留给阿妈一夜温存和这一对双胞胎。连阿妈也记不得阿爸的样子了,阿妈只记得他左面颊上有条寸把长的刀疤。阿妈说他是个打铁的。

说是顿珠和他的羊群曾经失踪了一个月,说是那以后顿珠就成了说唱艺人,他开始给乡亲们说唱《格萨尔王传》了。这是一部堪称世界最长的藏族英雄史诗,据研究学者们说,全部《格萨尔王传》有一千万或者几千万行。没读过一天书的牧羊汉子顿珠开始说唱这部英雄史诗了。这件事真的那么不可思议么?

一种比较流行的说法。顿珠和他的羊群误入神地,顿珠不知怎么就睡了,是睡在一块又平又大的巨石上。(这个细节很要紧,请注意)周围有很好的草场,也有很多野花。总之是块神地,像神山、神湖、神鹰和神鱼一样,传说带有藏民族特有的美丽的神话色彩。他睡了。

然后他醒了,羊群还在安闲地吃草。他用手肘支起身子,浑身倦怠地茫然四顾,这时他发现这地方他没来过,从来没有。不过这里是天然的好牧场,水草丰饶,环境也美。

太阳还高,他不着急,他想让羊群多吃一阵,而且他倦得要命。他又躺下来了。这次顿珠没有睡,没有睡意了。天像格外高远,空气显现出一种罕见的透明质,就像连续多天阴霾霉雨之后那样的清朗和透明。也有白云,丝丝片片的,宛如撕烂的哈达。他饿了,把手伸进腰间的糌粑口袋,把捏成团团的糌粑往嘴里大团地塞。那个黑点划过云片,径直朝下落,越来越大。是鹰把他当成了一具腐尸。转眼间鹰就扎到他的脸上了。顿珠猛坐起来,顺势拔出尺把长的藏刀。鹰给惊起,变线飞开了。云片更薄更烂,逐渐淡化了;鹰重又变成黑流星或快或慢在天空上划过。天蓝得叫人惊奇。

顿珠起身到一处水泊,用两手掬了几捧清水喝,然后拍拍肚皮,好痛快呵!他突然想唱点什么,这是从来没有过的,他开始唱了。过去总是顿月在唱,他从不应和,默默干着什么。没有人知道他是否在听,他从来没有所表示,兴趣——还是没兴趣?

这一次是他在唱了。他只是想唱,想不停地唱下去,而且——他在唱着格萨尔,唱着关于格萨尔的传奇故事。他毫不惊奇(这一点就足以使那些熟悉的人们惊奇了),仿佛他原就从师多年学唱这部恢宏的民族史诗。更使人们惊奇的,是他竟然对人们的疑问反而惊奇。他不能理解人们何以这样大惊小怪。在他看来,唱格萨尔王是他最自然不过的举动了。他为什么不唱,为什么不能唱呢?人们为什么要问是谁教他的呢?谁教过你吸吮乳头么?

当乡亲和母亲说他失踪了一个月时,顿珠觉得像痴人说梦。阿妈怎么啦?还有乡亲们?阿妈瘦了,瘦得脱了相,这简直不像真的。早上出去的时候,他的糌粑口袋是阿妈给装的,阿妈笑盈盈的,阿妈好健康呵!顺心顺气,有两个好儿子的幸福的阿妈呵!可是现在。

另有一些不那么流行的说法。

顿珠顿月的阿爸是个打铁的流浪说唱艺人——他的真传骨血传给了双胞胎的母亲,顿珠是得了阿爸的真传,是天生天成的。这种说法倒似乎有一点现代科学——遗传工程学——的味道,只是仍然是一种超验主义哲学的思想方法。看得出,多数人是宁可相信神话的,虽然神话中更多唯心或唯灵的成分,但是它美。这类传说显然不宜掺杂太多的唯理成分。

彻底的唯物主义者对凡此种种传说都付之一笑。他们有比较令人信服的解释,说这不过是艺人自己为渲染民族史诗和其自身的神秘而故意编出这许多奥秘的,说汉族无法理解藏民族那种与宗教、神话以及迷信杂糅在一起的崇尚神秘事物的原始意识;说藏民族天生就是产生优美神话的民族,正如他们天生崇尚各种精美的雕饰——镂银藏刀;金玉耳环、戒指;各种珍宝、桃核、骨刻的珠串;多种头饰、发辫;多种服饰;织花地毯、卡垫,不一而足!

反正顿珠自己知道。他知道这是否神话;他知道自己是个铁匠的儿子;他还知道自己怎么就唱起了格萨尔王。他虽然不懂哲学及其五花八门的概念,但他会唱,会唱这部世界最长的藏族的英雄史诗。他看不出这有什么值得如此大惊小怪。后面自然还有关于顿珠的故事。

十三

尼姆为顿月生了一个男孩。顿月收到尼姆捎去的口信没有? 这不好说。顿月没给她写信,尼姆盼着的信没来;尼姆以为他准会来信。顿月把她忘了?

总之顿月没有信来,没有回来看看儿子。尼姆曾经捱了阿爸的咒骂。很怕人的咒骂。阿爸是个虔信佛教的老人,从来到这个世界那天就开始膜拜释迦牟尼。他中年得女丧妻,性情格外孤僻乖戾,酒喝得很凶,一天里很少有清醒的时候,而且他心地狭窄,习惯斤斤计较。

尼姆生了私孩子,他骂,他绝不原谅,因而对着他的偶像诅咒女儿,酒喝得更凶了。尼姆只好搬出去住,在远离阿爸的地方支起一顶小帐篷。一个女人带着一个孩子,生活可想而知。

没有人知道孩子是顿月的,尼姆没讲过。她似乎有几年没说话了,没有人听见她说过什么话。也许她说过,对儿子,对她那群羊和那只卷毛蓬松的牧羊犬。还有可能在一人独处时自言自语,只是没有人听她说过什么。她过分地离群索居,以至使多数乡亲甚至忘记了她的存在。

她也回来,那通常是天黑下来的时候,她像躲避豹子似的躲躲闪闪地溜回家里。这种时候阿爸总是流着口涎歪倒在卡垫上,经常已经鼾声大作,而且吐得一塌糊涂。她不出声音地把呕吐的秽物拾掇干净,然后架起锅,烧上浓茶,再把阿爸搁到卡垫上躺好,盖上皮大衣,之后默默地对着冒烟的灰烬站了一阵,又像来时一样幽灵似的闪出帐篷,在黑处消失了。

儿子可以到处跑了。尼姆仍然时常偷偷溜回家。只是她从来都是一个人回去,儿子不认得外祖父。三岁的孩子连一句话也不会说,这一定是完全离开了语言环境的缘故,他完全习惯于一个人玩,有时像成年人一样发呆。这个孩子很少对人感兴趣,无论是从他帐篷跟前走过的乡亲或路人,无论是他阿妈,谁都不能使他分神去看一眼。吆喝也罢,柔声呼唤也罢,结果都一样。他原来干什么仍然干什么,丝毫不会受到惊扰。

那个晚上尼姆照例一个人在夜里去阿爸那里。天黑得有点怕人。她急急地出了门,用头巾兜住两颊。路上有点儿磕绊,没有碰到什么人。阿爸一如既往,早醉成一滩泥。她进去就开始收拾,自己也说不清为什么心里发急。天阴得实在反常,儿子已经睡下了,这之间有什么联系呢? 尼姆确实心神不宁。锅里有冷茶水,今晚就这样吧,阿爸夜里醒来需要的就是这个。当然有热茶或温茶更好些,可是今晚的天气! 她没有多耽搁,掩好帐篷的门帘子就往回赶了。天黑心急,她一路跌倒两次,这不算什么。走近自己的小帐篷时,她听到低沉而悸心的呜咽,是她的牧羊犬。她马上又看到更怵目的:帐篷门帘掉了,原来点着酥油灯的里间一片漆黑。瞬间,她突然知道完了,全完了。她知道自己为什么心神不安,为什么发急。当她从怀里摸出火柴擦燃时,那个大约三秒钟的光明使她身子发瘫,她就地坐下了,好半天想不起该点亮灯,该把血肉模糊的牧羊犬抱进帐篷。可怜的畜生,它断了一条腿和两根肋骨,上颚的毛皮给抓豁了。后来,它居然活下来了。

是熊。

她也说不清，为什么她借着火柴光亮看到儿子安然入睡时竟全无惊喜和庆幸的感觉，她不该庆幸或者惊喜么？她只记得浑身瘫软下去了，她不记得自己这样坐了多久。后来还是狗的呻吟呜咽提醒了她。它是这个家庭里的第三个成员，现在是它的痛苦使她清醒了。只是她永远闹不明白，熊怎么能和儿子相安无事？牧羊犬的伤残，翻倒在地的酥油桶和摔碎的茶碗，这许多在夜里肯定很刺激的音响竟没有使儿子醒转过来，尼姆知道儿子听觉正常，很正常。

这以后，每当儿子睡下，尼姆都就着跳荡的油灯长久地守在儿子跟前。她看着儿子的厚嘴唇，看着儿子轮廓粗糙的脸型，她努力去想很久以前她和顿月共有的那个夜晚，去想那以后她发现自己怀了孩子的种种感觉。她努力想回忆起顿月的相貌和他仅有的那次粗暴（多么令人回味的粗暴呵），可是不成，她什么也回忆不起来；不成，不成了。于是，她又努力试图俯身从眼下这个小家伙的睡相上找出顿月的影子，也不成，她不禁惊奇了。

她奇怪儿子居然像顿珠。笨拙，反应相当迟钝，脸廓尤其显著。顿月可不是这种样子。她想不出道理，也不再费力去想。

牧羊犬终于痊愈了，这个三口之家又以过去的形式度过了一段重复的时间。

十四

顿珠成了说唱艺人之后，同时也还是一个羊倌，还是个孝顺儿子。他和阿妈不识字。每次邮递员把汇款单交给他时，都告诉他简短附言栏上写着的话，诸如：阿妈买点好吃的，别舍不得花钱——我在这挺好的，部队番号保密，不要回信了——我现在是班长了……我现在是排长了……我现在是连长了……我还在开车……部队任务紧，请阿妈原谅我不能回家探望云云。顿珠每次都一字不误地记下来转述给阿妈。阿妈挺知足的，娘俩也就不用多惦记了。

尼姆的事顿珠是否多想过，不得而知。大概只有顿珠知道顿月和尼姆有恋情，然而这不能使顿珠因此就认定尼姆的私生子就是弟弟顿月的。牧羊汉子顿珠不可能潜心计算尼姆生产距顿月离家整整九个月，他知道的简单事实是尼姆在顿月走后很久生了一个私孩子，谁知道是哪个的野种呢？另一个人所共知的事实，是尼姆的阿爸因此把尼姆赶出去了。她阿爸咒她，骂她，到死也没原谅她（他是在某个上午在自己的帐篷里被邻人发现的，身子硬了，仍然带着酒气）。顿珠还知道那个从不说话的男孩子从熊掌下脱生的故事。那孩子有五六岁了，长得粗大笨拙，尼姆赶着羊群出去的时候，这孩子总是拽住某只大羊的尾巴跟上去。与孩子为伴的只有牧羊犬，羊和鹰或者其它鸟儿。这些顿珠都是知道的。

现在，就是白天放牧的时候，仍然有人凑在顿珠的羊群附近，听顿珠说唱那些又古老又亲切又悲壮的故事。时间久了，再没有人问顿珠是怎么学会的，跟谁学会的；顿珠的关于格萨尔王的故事，自然而然地成了这里的藏族牧民们自古以来的生活的有机部分。

如果顿珠不健忘的话，他肯定记得顿月走前的晚上那些愉快的憧憬。如果他富于联想，有足够的浪漫气，他肯定会设想在过去的这些年头里，弟弟顿月开着汽车不止一次地去到成都、西安、北京和上海这些地方。开始带着一班人，后来是一个排，现在是一个整连，幸运的顿月啊！顿月应该看了几百场演出了吧？有内地的，也有拉萨的，他一定不会错过任何机会。顿珠最知道弟弟了。

也许顿月已经跑遍全藏了。日喀则，阿里，拉萨，山南，对了，还有昌都。他追过大群的黄羊吗？一定追过的，就是压了千把只也说不定，他是个多么好玩的家伙呵。

还有，为了到各地开眼界，顿珠想顿月肯定会把什么地理课重新好好学一学。顿月是个肯学习肯动脑筋的，顿珠知道自己不如弟弟。

现在顿珠和从前一样，利用闲遐到处捡牛粪，到处弄柴草，从老远老远的地方往回背。顿珠一定还记得弟弟的许诺，等着弟弟开汽车回来，带他到西山西面老远的大林子里拉满车的干树枝干叶子回来。那里是太远了，乡亲们没有一个人到过那呢。

还有，顿珠是喜欢看电影的，他是否同时期待着弟弟开车送他到拉萨看电影呢？

也许吧，什么都是可能的。

然而——

尼姆呢？顿月走前讲的关于尼姆那些话？顿珠并不健忘，他记得，全记得，那么

我不知道那么后面该是什么，删节号？或者一些可以连缀上下文的文字？我不知道，我找不到合适的东西，因为结果大出我的意料。我尤其不知道该用什么伦理道德标准去衡量这个结果。问题明摆的清楚。顿月对于尼姆是失踪了，对于顿珠正在纵横驰骋于自我想象。尼姆对于顿珠，是某个野孩子的母亲（她早已不是弟弟顿月的恋人了），同时又是一个年龄相近的女人；尼姆不丑也不算老。就这些。

是这样，尼姆水葬了阿爸，之后在河边站了半天半宿，据说她没有掉泪。周年过了，她找到顿珠，顿珠正在捡牛粪，冬天就要到了。没有人知道尼姆对顿珠说的什么，也许就是"跟我结婚吧"。或者"把我娶到家里去吧"这么简单又直接的一句话。尼姆好久没说一句话了，她一定不会讲更多的。我想。反正她和她那拽羊尾巴长大的不说话的儿子一起和顿珠家合了帐篷。真想知道顿珠的阿妈对这件事作何感想——读者知道，那是她老人家的嫡生孙子，她该不会把孙子当成一个小野种罢。

十五

故事到这里已经讲得差不多了，但是显然会有读者提出一些技术以及技巧方面的问题。我们来设想一下。

a. 关于结构。这似乎是三个单独成立的故事，其中很少内在联系。这是个纯粹技术性问题，我们下面设法解决一下。

b. 关于线索。顿月截止第一部分，后来就莫名其妙地断线，没戏了，他到底为什么没给尼姆写信？为什么没有出现在后面的情节当中？又一个技术问题，一并解决吧。

c. 遗留问题。设想一下：顿月回来了，兄弟之间，顿月与嫂子尼姆之间将可能发生什么？三个人物的动机如何解释？

第三个问题涉及技术和技巧两个方面。

好了。先看 c。

首先顿月不会回来（也不可能回来，排除了顿月回来的可能性，问题就简单了），因为他入伍不久就因公牺牲了。他的班长为了安抚死者母亲，自愿顶替了这个儿子角色；近十年来他这个冒

名儿子给母亲寄了近两千元钱。然后——

还用然后么,我亲爱的读者?

十六

姚亮一直自诩是个诗人,陆高叫他情种。诗人也罢,情种也罢。姚亮倒全不以为然。姚亮有时也开陆高的玩笑,野人是姚亮送陆高的雅号。

陆高偶尔也作诗,甚至不逊于姚亮的诗。

当有人问及姚亮,问他为什么要到这块号称第三极的不毛之地来,姚亮完全以一个大诗人的气势和气度答复这问话。也有陆高的。

姚亮——

牧歌走向牧歌

许多人都是听了你的话
因而受到蛊惑才来的
说是北面一块
起伏不大的五千里高地
永远是零度。只有
虫草和精壮的羊子
慵懒而且消闲
莫名地拥在帐子周围
还有那些褐石。是的还有
南面那些褐石糅进
透明质的白色和蓝色
之间。为什么我还要说
我们是听了你的话来的?
我们都记得你。

高地有极好的能见度因而
可以清晰地想见,月亮
和没有光泽的六枚镍币
不是到这里以后我们
才开始借助寺庙,借助
遍野的尸骸学习幻想
我说不是。我这样
郑重剖白只是想向高地
表示一个曾经是孩子的

成年人的崇敬。古语说
三十是我而立之年。

我自想是骑着白色的快马
来的,而且要不时停下来
便溺或抓一点糌粑
我喝不来酥油茶。草原风
应该是有某种颜色的
不然为什么大张的
我的鼻孔里竟至塞满灰尘?
  正在行走的马儿
  请别用鞭儿抽打
  马儿的阿妈看到
  心里要难过的呵

隔着飞隼的背羽,远远就看到
那堵白墙。看到白墙上的
金顶下面的砖红色宫殿。那个
牧羊小姑娘十二分骄傲地
说它就是这块高地的
标志。小姑娘梳着七十七条
有头虱的发辫,露出白牙
对我的马儿笑笑。我说
我是从渤海边上来的
我是一个喜欢牧歌的诗人

  已经过了午夜
  我们还在歌唱
  在收割过的田野
  对着不圆的月亮
  我们唱着忧郁的歌
  唱着被雪覆盖的小河
  唱着一个相同的夜晚
  唱着马车上的
  我们的寂寞
牧女不客气打断我的吟咏:

"怎么你们那儿也下雪么?"

叫我怎么回答你呢。是的
是的我的小姑娘,到处
都在下雪到处。到处。
可我为什么要这么急促地
催着白马赶路呢?
该从山海关攀上长城向西去
也拐到圆明园稍事停留
看看荷塘废墟也看看
巨大的白石头

我刚刚感到我是太急了
我不应该这么急
我甚至忘记了我是谁
(上帝是个宇航员)
我又是从哪里来的
我只是懊悔我太快就到了
布达拉山脚。我当然记得
又潮又咸的海水的涌动
和关于红帆船水手的诗篇
　　不如总在途中
　　于是常有希冀

陆高——
野　鸽　子
看到拉萨河的湍流再说
这不是一片荒漠,那样
你不以为是太晚了一点?
没有人真正理解秃鹫
永远带着敌视的鹰嘴
因为白褐色的河心岛
我又记起了睿智的容格
　　每当我把自己想象为
　　石头,冲突就停止了

别说蠢话。别说

诸如这样的蠢话

"走进一块石头

　那才是我的路"

我是宁愿掉进冰川裂口的

不然,我又算个什么诗人

其实我是想说

应该还有别的。

比如很久就流传下来的

炊烟和这些村庄的名字

而今这些村子

也只有在黄昏

才变得美丽

于是我们来了。带着

口红、画箱和避孕用具

(我们可是来过日子的

　真傻,真糊涂透了

　我们不是早说好的

　要在这里生一大群儿子么)

我突然意外地兴奋。不再

只有爱情才带给我灵感

你看没有熟悉的鸽哨空鸣

栖在白居寺后墙的大群

野鸽子仍然飞来了

1983 年 6 月—1984 年 2 月

拉萨—灌县—拉萨

（原载《上海文学》1985 年第 2 期）

透明的红萝卜

莫　言

一

　　秋天的一个早晨,潮气很重,杂草上,瓦片上都凝结着一层透明的露水。槐树上已经有了浅黄色的叶片,挂在槐树上的红锈斑斑的铁钟也被露水打得湿漉漉的。队长披着夹袄,一手里拤着一块高粱的饼子，一手里捏着一棵剥皮的大葱，慢吞吞地朝着钟下走。走到钟下时，手里的东西全没了，只有两个腮帮子像秋田里搬运粮草的老田鼠一样饱满地鼓着。他拉动钟绳，钟锤撞击钟壁，"喤喤喤"响成一片。老老少少的人从胡同里涌出来，汇集到钟下，眼巴巴地望着队长，像一群木偶。队长用力把食物吞咽下去，抬起袖子擦擦被络腮胡子包围着的嘴。人们一齐瞅着队长的嘴，只听到那张嘴一张开——那张嘴一张开就骂："他娘的腿！公社里这些狗娘养的，今日抽两个瓦工，明日调两个木工，几个劳力全被他们给零打碎敲了。小石匠，公社要加宽村后的滞洪闸，每个生产队里抽调一个石匠，一个小工，只好你去了。"队长对着一个高个子宽肩膀的小伙子说。

小石匠长得很潇洒，眉毛黑黑的，牙齿是白的，一白一黑，衬托得满面英姿。他把脑袋轻轻摇了一下，一绺滑到额头上的头发轻轻地甩上去。他稍微有点口吃地问队长去当小工的人是谁，队长怕冷似的把膀子抱起来，双眼像风车一样旋转着，嘴里嘟嘟地说："按说去个妇女好，可妇女要拾棉花。去个男劳力又屈了料。"最后，他的目光停在墙角上。墙角上站着一个十岁左右的男孩子。孩子赤着脚，光着脊梁，穿一条又肥又长的白底带绿条条的大裤头子，裤头上染着一块块的污渍，有的像青草的汁液，有的像干结的鼻血。裤头的下沿齐着膝盖。孩子的小腿上布满了闪亮的小疤点。

"黑孩儿，你这个小狗日的还活着？"队长看着孩子那凸起的瘦胸脯，说，"我寻思着你该去见阎王了。打摆子好了吗？"

孩子不说话，只是把两只又黑又亮的眼睛直盯着队长看。他的头很大，脖子细长，挑着这样一个大脑袋显得随时都有压折的危险。

"你是不是要干点活儿挣几个工分？你这个熊样子能干什么？放个屁都怕把你震倒。你跟上小石匠到滞洪闸上去当小工吧，怎么样？回家找把小锤子，就坐在那儿砸石头子儿，愿意动弹就多砸几块，不愿动弹就少砸几块，根据历史的经验，公社的差事都是胡弄洋鬼子的干活。"

孩子慢慢地蹭到小石匠身边，扯扯小石匠的衣角。小石匠友好地拍拍他的光葫芦头，说："回家跟你后娘要把锤子，我在桥头上等你。"

孩子向前跑了。有跑的动作，没有跑的速度，两只细胳膊使劲甩动着，像谷地里被风吹动着的稻草人。人们的目光都追着他，看着他光着的背，忽然都感到身上发冷。队长把夹袄使劲扯了扯，对着孩子喊："回家跟你后娘要件褂子穿着，嗐，你这个小可怜虫儿。"

他翘腿蹶脚地走进家门。一个挂着两条清鼻涕的小男孩正蹲在院子里和着尿泥，看着他来了，便扬起那张扁乎乎的脸，夯煞着手叫："可……可……抱……"黑孩弯腰从地上拣起一个浅红色的杏树叶儿，给后母生的弟弟把鼻涕擦了，又把粘着鼻涕的树叶像贴传单一样"巴唧"拍到墙上。对着弟弟摆摆手，他向屋里溜去，从墙角上找到一把铁柄羊角锤子，又悄悄地溜出来。小男孩又冲着他叫唤，他找了一根树枝，围着弟弟画了一个大大的圆圈，扔掉树枝，匆匆向村后跑去。他的村子后边是一条不算大也不算小的河，河上有一座九孔石桥。河堤上长满垂柳，由于夏天大水的浸泡，树干上生满了红色的须根。现在水退了，须根也干巴了。柳叶已经老了，橘黄色的落叶随着河水缓缓地向前漂。几只鸭子在河边上游动着，不时把红色的嘴插到水草中，"呱唧呱唧"地搜索着，也不知吃到什么没有。

孩子跑上河堤，已经累得气喘吁吁。凸起的胸脯里像有只小母鸡在打鸣。

"黑孩!"小石匠站在桥头上大声喊他,"快点跑!"

黑孩用跑的姿式走到小石匠跟前,小石匠看了他一眼,问:"你不冷?"

黑孩怔怔地盯着小石匠。小石匠穿着一条劳动布的裤子,一件劳动布夹克式上装,上装里套一件火红色的运动衫,运动衫领子耀眼地翻出来,孩子盯着领口,像盯着一团火。

"看着我干什么?"小石匠轻轻拨拉了一下孩子的头,孩子的头像货郎鼓一样晃了晃。"你呀,"小石匠说,"生被你后娘给打傻了。"

小石匠吹着口哨,手指在黑孩头上轻轻地敲着鼓点,两人一起走上了九孔桥。黑孩很小心地走着,尽量使头处在最适宜小石匠敲打的位置上。小石匠的手指骨节粗大,坚硬得像小棒槌,敲在光头上很痛,黑孩忍着,一声不吭,只是把嘴角微微吊起来。小石匠的嘴非常灵巧,两片红润的嘴唇忽而噘起,忽而张开,从他唇间流出百灵鸟的婉啭啼声,响,脆,直冲到云霄里去。

过了桥上了对面的河堤,向西走半里路,就是滞洪闸,滞洪闸实际上也是一座桥,与桥不同的是它插上闸板能挡水,拔开闸板能放洪。河堤的漫坡上栽着一簇簇蓬松的紫穗槐。河堤里边是几十米宽的河滩地,河滩细软的沙土上,长着一些大水落后匆匆生出来的野草。河堤外边是辽阔的原野,连年放洪,水里挟带的沙土淤积起来,改良了板结的黑土,土地变得特别肥沃。今年洪水不大,没有危及河堤,滞洪闸没开闸滞洪,放洪区里种植了大片的孟加拉国黄麻。黄麻长得像原始森林一样茂密。正是清晨,还有些薄雾缭绕在黄麻梢头,远远看去,雾下的黄麻地像深邃的海洋。

小石匠和黑孩悠悠逛逛地走到滞洪闸上时,闸前的沙地上已集合了两堆人。一堆男,一堆女,像两个对垒的阵营。一个公社干部拿着一个小本子站在男人和女人之间说着什么,他的胳膊忽而扬起来,忽而垂下去。小石匠牵着黑孩,沿着闸头上的水泥台阶,走到公社干部面前。小石匠说:"刘副主任,我们村来了。"小石匠经常给公社出官差,刘副主任经常带领人马完成各类工程,彼此认识。黑孩看着刘副主任那宽阔的嘴巴。那构成嘴巴的两片紫色嘴唇碰撞着,发出一连串音节:"小石匠,又是你这个滑头小子! 你们村真他妈的会找人,派你这个笊篱捞不住的滑蛋来,够我淘的啦。小工呢?"

孩子感到小石匠的手指在自己头上敲了敲。

"这也算个人?"刘副主任捏着黑孩的脖子摇晃了几下,黑孩的脚跟几乎离了地皮。"派这么个小瘦猴来,你能拿动锤子吗?"刘副主任虎着脸问黑孩。

"行了,刘副主任,刘太阳。社会主义优越性嘛,人人都要吃饭。黑孩家三代贫农,社会主义不管他谁管他? 何况他没有亲娘跟着后娘过日子,亲爹鬼迷心窍下了关东,一去三年没个影,不知是被熊瞎子舔了,还是被狼崽子啖了。你的阶级感情哪儿去了?"小石匠把黑孩从刘太阳副主任手里拽过来,半真半假地说。

黑孩被推搡得有点头晕。刚才靠近刘副主任时,他闻到了那张阔嘴里喷出了一股酒气。一闻到这种味儿他就恶心,后娘嘴里也有这种味。爹走了以后,后娘经常让他拿着地瓜干子到小卖铺里去换酒。后娘一喝就醉,喝醉了他就要挨打,挨拧,挨咬。

"小瘦猴!"刘副主任骂了黑孩一句,再也不管他,继续训起话来。

黑孩提着那把羊角铁锤,焉儿古唧地走上滞洪闸。滞洪闸有一百米长,十几米高,闸的北面是一个和闸身等长的方槽,方槽里还残留着夏天的雨水。孩子站在闸上,把着石栏杆,望着水底下的石头,几条黑色的瘦鱼在石缝里笨拙地游动。滞洪闸两头连结着高高的河堤,河堤也就是通往县城的道路。闸身有五米宽,两边各有一道半米高的石栏杆。前几年,有几个骑自行车的人被马车搡到闸下,有的摔断了腿,有的摔折了腰,有的摔死了。那时候他比现在当然还小,但比现在身上肉多,那时候父亲还没去关东,后娘也不喝酒。他跑到闸上来看热闹,他来得晚了点,摔到闸下的人已被拉走了,只有闸下的水槽里还有几团发红发浑的地方。他的鼻子很灵,嗅到了水里飘上来的血腥味……

他的手扶住冰凉的白石栏杆,羊角锤在栏杆上敲了一下,栏杆和锤子一齐响起来。倾听着羊角铁锤和白石栏杆的声音,往事便从眼前消散了。太阳很亮地照着闸外大片的黄麻,他看到那些薄雾匆匆忙忙地在黄麻里钻来钻去。黄麻太密了,下半部似乎还有间隙,上半部的枝叶挤在一起,湿漉漉,油亮亮。他继续往西看,看到黄麻地西边有一块地瓜地,地瓜叶子紫勾勾地亮。黑孩知道这种地瓜是新品种,蔓儿短,结瓜多,面大味道甜,白皮红瓤儿,煮熟了就爆炸。地瓜地的北边是一片菜园,社员的自留地统统归了公,队里只好种菜园。黑孩知道这块菜园和地瓜都是五里外的一个村庄的,这个村子挺富。菜园里有白菜,似乎还有萝卜。萝卜缨儿绿得发黑,长得很旺。菜园子中间有两间孤独的房屋,住着一个孤独的老头,孩子都知道。菜园的北边是一望无际的黄麻。菜园的西边又是一望无际的黄麻。三面黄麻一面堤,使地瓜地和菜地变成一个方方的大井。孩子想着,想着,那些紫色的叶片,绿色的叶片,在一瞬间变成井中水,紧跟着黄麻也变成了水,几只在黄麻梢头飞蹿的麻雀变成了绿色的翠鸟,在水面上捕食鱼虾……

刘副主任还在训话。他的话的大意是,为了农业学大寨,水利是农业的命脉,八字宪法水是一法,没有水的农业就像没有娘的孩子,有了娘,这个娘也没有奶子,有了奶子,这个奶子也是个瞎奶子,没有奶水,孩子活不了,活了也像那个瘦猴。(刘副主任用手指指着闸上的黑孩。黑孩背对着人群,他脊梁上有两块大疤瘌,被阳光照得忽啦忽啦打闪电)而且这个闸太窄,不安全,年年摔死人,公社革委特别重视,认真研究后决定加宽这个滞洪闸。因此调来了全公社各大队共合二百余名民工。第一阶段的任务是这样的,姑娘媳妇半老婆子加上那个瘦猴(他又指指闸上的孩子,阳光照着大疤瘌,像照着两面小镜子),把那五百方石头砸成柏子养心丸或者是鸡蛋黄那么大的石头子儿。石匠们要把所有的石料按照尺寸剥磨整齐。这两个是我们的铁匠(他指着两个棕色的人,这两个人一个高,一个低;一个老,一个少),负责修理石匠们秃了尖的钢钻子之类。吃饭嘛,离村近的回家吃,离村远的到前边村里吃,我们开了一个伙房。睡觉嘛,离村近的回家睡,离村远的睡桥洞(他指指滞洪闸下那几十个桥洞)。女的从东边向西睡,男的从西边向东睡。桥洞里铺着麦秸草,暄得像钢丝床,舒服死你们这些狗日的。

“刘副主任,你也睡桥洞吗?”

“我是领导。我有自行车。我愿意在这儿睡不愿意在这儿睡是我的事,你别操心烂了肺。官长骑马士兵也骑马吗?狗日的,好好干,每天工分不少挣,还补你们一斤水利粮,两毛水利钱,谁不愿干就滚蛋。连小瘦猴也得一份钱粮,修完闸他保证要胖起来……”

刘副主任的话,黑孩一句也没听到。他的两根细胳膊拐在石栏杆上,双手夹住羊角锤。他听到黄麻地里响着鸟叫般的音乐和音乐般的秋虫鸣唱。逃逸的雾气碰撞着黄麻叶子和深红或是淡绿的茎杆,发出震耳欲聋的声响。蚂蚱剪动翅羽的声音像火车过铁桥。他在梦中见过一次火车,那是一个独眼的怪物,趴着跑,比马还快,要是站着跑呢?那次梦中,火车刚站起来,他就被后娘的扫炕条帚打醒了。后娘让他去河里挑水。条帚打在他屁股上,不痛,只有热乎乎的感觉。打屁股的声音好像在很远的地方有人用棍子抽一麻袋棉花。他把扁担钩儿挽上去一扣,水桶刚刚离开地皮,担着满满两桶水,他听到自己的骨头"咯崩咯崩"地响。肋条跟胯骨连在了一起。爬陡峭的河堤时,他双手扶着扁担,摇摇晃晃。上堤的小路被一棵棵柳树扭得弯弯曲曲。柳树干上像装了磁铁,把铁皮水桶吸得摇摇摆摆。树撞了桶,桶把水撒在小路上,很滑,他一脚踏上去,像踩着一块西瓜皮。不知道用什么姿式他趴下了,水像瀑布一样把他浇湿了。他的脸碰破了路,鼻子尖成了一个平面,一根草梗在平面上印了一个小沟沟。几滴鼻血流到嘴里,他吐了一口,咽了一口。铁桶一路欢唱着滚到河里去了。他爬起来,去追赶铁桶。两个桶一个歪在河边的水草里,一个被河水载着向前漂。他沿着水边追上去,脚下长满了四个棱的他和一班孩子们称之为"狗蛋子"的野草。尽管他用脚指头使劲扒着草根,还是滑到了河里。河水温暖,没到了他的肚脐。裤头湿了,漂起来,围在他的腰间,像一团海蜇皮。他呼呼隆隆蹚着水追上去,抓住水桶,逆着水往回走。他把两只胳膊夯煞开,一只手拖着桶,另一只手一下一下划着水。水很硬,顶得他趔趔趄趄。他把身体斜起来,弓着脖子往前用力。好像有一群鱼把他包围了,两条大腿之间有若干温柔的鱼嘴在吻他。他停下来,仔细体会着,但一停住,那种感觉顿时就消逝了。水面忽地一暗,好像鱼群惊惶散开。一走起来,愉快的感觉又出现了,好像鱼儿又聚拢过来。于是他再也不停,半闭着眼睛,向前走啊,走……

"黑孩!"

"黑孩!"

他猛然惊醒,眼睛大睁开,那些鱼儿又忽地消失了。羊角铁锤从他手中挣脱了,笔直地钻到闸下的绿水里,溅起了一朵白菊花一样的水花。

"这个小瘦猴,脑子肯定有毛病。"刘太阳上闸去,拧着黑孩的耳朵,大声说:"过去,跟那些娘们砸石子去,看你能不能从里边认个干娘。"

小石匠也走上来,摸摸黑孩凉森森的头皮,说:"去吧,去摸上你的锤子来。砸几块算几块,砸够了就要要。"

"你敢偷奸磨滑我就割下你的耳朵下酒。"刘太阳张着大嘴说。

黑孩哆嗦了一下。他从栏杆空里钻出去,双手勾住最下边一根石杆,身子一下子挂在栏杆下边。

"你找死!"小石匠惊叫着,猫腰去扯孩子的手。黑孩往下一缩,身体贴在桥墩菱状突出的石棱上,轻巧地溜了下去。黑孩子贴在白桥墩上,像粉墙上一只壁虎。他哧溜到水槽里,把羊角锤摸上来,然后爬出水槽,钻进桥洞不见了。

"这小瘦猴!"刘太阳摸着下巴说,"他妈的这个小瘦猴!"

黑孩从桥洞里钻出来,畏畏缩缩地朝着那群女人走去。女人们正在笑骂着。话很脏,有几个姑娘夹杂在里边,想听又怕听,脸儿一个个红扑扑的像鸡冠子花。男孩黑黑地出现在她们面前时,她们的嘴一下子全封住了。愣了一会儿,有几个咬着耳朵低语,看着黑孩没反应,声音就渐渐大了起来。

"瞧瞧,这个可怜样儿! 都什么节气了还让孩子光着。"

"不是自己腔里养出来的就是不行。"

"听说他后娘在家里干那行呢……"

黑孩转过身去,眼睛望着河水,不再看这些女人。河水一块红一块绿,河南岸的柳叶像蜻蜓一样飞舞着。

一个蒙着一条紫红色方头巾的姑娘站在黑孩背后,轻轻地问:"哎,小孩,你是哪个村的?"

黑孩歪歪头,用眼角扫了姑娘一下。他看到姑娘的嘴上有一层细细的金黄色的茸毛,她的两眼很大,但由于眼睫毛太多,毛茸茸的,显出一副睡眼惺忪的样子。

"小孩,你叫什么名字?"

黑孩正和沙地上一棵老蒺藜作战,他用脚指头把一个个六个尖或是八个尖的蒺藜撕下来,用脚掌去捻。他的脚像骡马的硬蹄一样,蒺藜尖一根根断了,蒺藜一个个碎了。

姑娘愉快地笑起来:"真有本事,小黑孩,你的脚像挂着铁掌一样。哎,你怎么不说话?"姑娘用两个手指戳着孩子的肩头说:"听到了没有,我问你话呢!"

黑孩感觉到那两个温暖的手指顺着他的肩头滑下去,停到他背上的伤疤上。

"哎,这,是怎么弄的?"

孩子的两个耳朵动了动。姑娘这才注意到他的两耳长得十分夸张。

"耳朵还会动,哟,小兔一样。"

黑孩感觉到那只手又移到他的耳朵上,两个指头在捻着他漂亮的耳垂。

"告诉我,黑孩,这些伤疤,"姑娘轻轻地扯着男孩的耳朵把他的身体调转过来,黑孩齐着姑娘的胸口。他不抬头,眼睛平视着,看见的是一些由红线交叉成的方格,有一条梢儿发黄的辫子躺在方格布上。"是狗咬的? 生疮啦? 上树拉的? 你这个小可怜……"

黑孩感动地仰起脸来,望着姑娘浑圆的下巴。他的鼻子吸了一下。

"菊子,想认个干儿吗?"一个脸盘肥大的女人冲着姑娘喊。

黑孩的眼睛转了几下,眼白像灰蛾儿扑棱。

"对,我就叫菊子,前屯的,离这儿十里,你愿意说话就叫我菊子姐好啦。"姑娘对黑孩说。

"菊子,是不是看上他了? 想招个小女婿吗? 那可够你熬的,这只小鸭子上架要得几年哩……"

"臭老婆,张嘴就喷粪。"姑娘骂着那个胖女人。她把黑孩牵到像山岭一样的碎石堆前,找了一块平整的石头摆好,说:"就坐在这儿吧,靠着我,慢慢砸。"她自己也找了一块光滑石头,给自己弄了个座位,靠着男孩坐下来。很快,滞洪闸前这一片沙地上,就响起了"噼噼啪啪"的敲打石头声。女人们以黑孩为话题议论着人世的艰难和造就这艰难的种种原因,这些"娘儿们哲学"里,永恒真理羼杂着胡说八道,菊子姑娘一点都没往耳里入,她很留意地观察着孩子。黑孩起初还以那双大眼睛的偶然一瞥来回答姑娘的关注,但很快就像入了定一样,眼睛大睁着,也不知他看着什么,姑娘紧张地看着他。他左手摸着石头块儿,右手举着羊角锤,每举一次都显得筋疲力竭,锤子落下时好像猛抛重物一样失去控制。有时姑娘几乎要惊叫起来,但什么也没发生,羊角铁锤在空中划着曲里拐弯的轨迹,但总能落到石头上。

黑孩的眼睛本来是专注地看着石头的,但是他听到了河上传来了一种奇异的声音,很像鱼群在唼喋,声音细微,忽远忽近,他用力地捕捉着,眼睛与耳朵并用,他看到了河上有发亮的气体起伏上升,声音就藏在气体里。只要他看着那神奇的气体,美妙的声音就逃跑不了。他的脸色渐渐红润起来,嘴角上漾起动人的微笑。他早忘记了自己坐在什么地方干什么,仿佛一上一下举着的手臂是属于另一个人的。后来,他感到左手食指一阵麻木,右胳膊也不由自主地抽搐了一下。他的嘴里突然迸出了一个音节,像哀叫又像叹息。低头看时,发现食指指甲盖已经破成好几半,几股血从指甲破缝里渗出来。

"小黑孩,砸着手了是不?"姑娘耸身站起,两步跨到孩子面前蹲下,"亲娘哟,砸成了什么样子?哪里有像你这样干活的?人在这儿,心早飞到不知哪国去了。"

姑娘数落着黑孩。黑孩用右手抓起一把土按到砸破的手指上。

"黑孩,你昏了?土里什么脏东西都有!"姑娘拖起黑孩向河边走去,孩子的脚板很响地扇着油光光的河滩地。在水边上蹲下,姑娘抓住孩子的手浸到河水里。一股小小的黄浊流在孩子的手指前形成了。黄土冲光后,血丝又渗出来,像红线一样在水里抖动,孩子的指甲像砸碎的玉片。

"痛吗?"

他不吱声。这时候他的眼睛又盯住了水底的河虾,河虾身体透亮,两根长须冉冉飘动,十分优美。

姑娘掏出一条绣着月季花的手绢,把他的手指包起来。牵着他回到石堆旁,姑娘说:"行了,坐着耍吧,没人管你,冒失鬼。"

女人们也都停下了手中的锤子,把湿漉漉的目光投过来,石堆旁一时很静。一群群绵羊般的白云从青蓝蓝的天上飞奔而过,投下一团团稍纵即逝的暗影,时断时续地笼罩着苍白的河滩和无可奈何的河水。女人们脸上都出现一种荒凉的表情,好像寸草不生的盐碱地。待了好长一会儿,她们才如梦初醒,重新砸起石子来,锤声寥落单调,透出了一股无可奈何的情绪。

黑孩默默地坐着,目不转睛地看着手绢上的红花儿。在红花旁边又有一朵花儿出现了,那是指甲里的血渗出来了。女人们很快又忘了他,"嘎嘎咕咕"地说笑起来。黑孩把伤手举起来放在嘴边,用牙齿咬开手绢的结儿,又用右手抓起一把土,按到伤指上。姑娘刚要开口说话,却发现他用牙齿和右手又把手绢扎好了。她长长地叹了一口气,举起锤子,沉重地打在一块酱红色的石片上。石片很坚硬,石棱儿像刀刃一样,石棱与锤棱相接,碰出了几个很大的火星,大白天也看得清。

中午,刘副主任骑着辆乌黑的自行车从黑孩和小石匠的村子里窜出来。他站在滞洪闸上吹响了收工哨。他接着宣布,伙房已经开火,离家五里以外的民工才有资格去吃饭。人们匆匆地收拾着工具。姑娘站起来。孩子站起来。

"黑孩,你离家几里?"

黑孩不理她,脑袋转动着,像在寻找什么。姑娘的头跟着黑孩的头转动,当黑孩的头不动了时,她也把头定住,眼睛向前望,正碰上小石匠活泼的眼睛,两人对视了几十秒钟。小石匠说:"黑孩,走吧,回家吃饭,你不用瞪眼,瞪眼也是白瞪眼,咱俩离家不到二里,没有吃伙房的福份。"

"你们俩是一个村的?"姑娘问小石匠。

小石匠兴奋地口吃起来,他用手指指村子,说他和黑孩就是这村人,过了桥就到了家。姑娘和小石匠说了一些平常但很热乎的话。小石匠知道了姑娘家住前屯,可以吃伙房,可以睡桥洞。姑娘说,吃伙房愿意,睡桥洞不愿意。秋天里刮秋风,桥洞凉。姑娘还悄悄地问小石匠黑孩是不是哑巴。小石匠说绝对不是,这孩子可灵性哩,他四五岁时说起话来就像竹筒里晃豌豆,咯崩咯崩脆。可是后来,话越来越少,动不动就像尊小石像一样发呆,谁也不知道他寻想着什么。你看看他那双眼睛吧,黑洞洞的,一眼看不到底。姑娘说看得出来这孩子灵性,不知为什么我很喜欢他,就像我的小弟弟一样。小石匠说,那是你人好心眼儿善良。

小石匠、姑娘、黑孩儿,不知不觉落到了最后边,他和她谈得很热乎,恨不得走一步退两步。黑孩跟在他俩身后,高抬腿,轻放脚,那神情和动作很像一只沿着墙边巡逻的小公猫。在九孔桥上,刚刚在紫穗槐树丛里耽误了时间的刘太阳骑着车子"嘎嘎啦啦"地赶上来,桥很窄,他不得不跳下车子。

"你们还在这儿磨蹭? 黑猴,今天上午干得怎么样? 噢,你的爪子怎么啦?"

"他的手让锤子打破了。"

"他妈的。小石匠,你今天中午就去找你们队长,让他趁早换人,出了人命我可担不起。"

"他这是公伤,你忍心撵他走?"姑娘大声说。

"刘主任,咱俩多年的老交情了,你说,这么大个工地,还多这么个孩子? 你让他瘸着只手到队里去干什么?"小石匠说。

"瘦猴儿,真你妈的,"刘太阳沉吟着说,"给你调个活儿吧,给铁匠炉拉风匣,怎么样? 会不会?"

孩子求援似地看看小石匠,又看看姑娘。

"会拉,是不是黑孩?"小石匠说。

姑娘也冲着他鼓励地点点头。

二

黑孩在铁匠炉上拉风箱拉到第五天,赤裸的身体变得像优质煤块一样乌黑发亮;他全身上下,只剩下牙齿和眼白还是白的。这样一来,他的眼睛就更加动人,当他闭紧嘴角看着谁的时候,谁的心就像被热铁烙着一样难受。他的鼻翼两侧的沟沟里落满煤屑,头发长出有半寸长了,半寸长的头发间也全是煤屑。现在,全工地的男人女人们都叫他"黑孩"儿,他谁也不理,连认真看你一眼也不。只有菊子姑娘和小石匠来跟他说话时,他才用眼睛回答他们。昨天中午,工地上的人们全去吃饭了,铁匠师傅的一把小锤和一个淬火用的新水桶被人偷走了。刘太阳在滞洪闸上大骂了半个小时。他分派给黑孩一个新任务:每天中午放工吃饭后,留在工地看守工具,午饭由铁匠师傅从伙房里带来。刘副主任说,便宜黑孩这个狗小子一顿午饭。

人全走了,喧闹了一上午的工地静得很。黑孩走出桥洞,在闸前的沙地上慢慢地踱步。他倒背着胳膊,双手捂着屁股,蹙着眉毛,额头上出现三道深深的皱纹。他翻来覆去地数着桥洞,从两片嘴唇间"叭儿叭儿"地吐出一个个小泡泡儿。在第七个桥墩前,他站住了,然后双腿夹住桥墩的菱状石棱,一耸一耸地往上爬。爬到半截时,他滑了下来,肚皮上擦破了一大块,渗出一层血珠来。他弯腰抓起一把土,按到肚子上。然后倒退几步,抬起手掌打着眼罩,看着桥墩与桥面相接处那道石缝,他放心了。

很快他又走到了妇女们砸石子的地方,他曾经坐过的那块石头没有了。他很准地找到了菊子姑娘的座位,他认识她那把六棱石匠锤。他坐在姑娘的座位上,不断地扭动着身体,变换着姿式,一直等调整到眼睛跟第七个桥墩上那条石缝成一条直线时,才稳稳地坐住,双眼紧盯着石缝里那个东西……

那天中午,他早早地跑到滞洪闸下,在西边第一个桥洞里蹲下来。他眼睛一遍遍地抚摸红炉、铁钳、大锤、小锤、铁桶、煤铲,甚至每块煤,甚至每块煤渣。快到上工时间了,他右手拿起煤铲,捅开了压住火的红炉,左手用力一拉风箱,煤烟和着煤灰飞起来,迷了眼睛,他使劲揉着,眼眶处充血发了紫。风箱里新勒了鸡毛,很沉,他一只手拉起来有些吃力。左手食指被碰了一下。看手指时才想起那条包着伤指的手绢。手绢已经不白了,月季花还是鲜红的。他转了一个念头,走出桥洞,四下打量着。在第七个桥墩前,他解下手绢用口叼着,费力地爬上去,把手绢塞到石缝里……三捅两戳,火灭了。他的额上沁出一层汗珠。这时桥洞外响起踢踢踏踏的脚步声,他惶恐地倒退着,一直退到脊背贴着凉凉的石壁。黑孩看到一个短腿的青年弯着腰走进桥洞,那姿势好像要证明桥洞很低他很高。黑孩咧了咧嘴。短腿青年看着被捅灭的火炉和拉出半截的风箱,又看看紧贴石壁站着的他,骂一声:"小狗崽子!你来折腾什么?火也捅灭了,风匣也拉歪了,欠揍的小混蛋。"黑孩听到头上响起一阵风声,感到有一个带棱角的巴掌在自己头皮上扇过去,紧接着听到一个很脆的响,像在地上摔死一只青蛙。

"滚出去砸你的石头子儿,小混蛋!"青年人骂着。

黑孩这才知道这就是小铁匠。小铁匠的脸上布满密集的粉刺疙瘩,鼻子像牛犊的鼻子一样,扁扁的,平平的,上边布满汗珠。黑孩看到小铁匠麻利地清理炉膛。又看着他从桥洞的角上抓过一把金黄的麦秸塞到炉膛里,点燃,轻轻地拉几下风箱,麦秸先冒出又轻又白的烟,紧跟着窜出火苗。小铁匠铲子一铲湿漉漉的煤,薄薄地撒在正在燃烧的麦秸上,拉风箱的手一直不停。又撒了一层煤。又撒了一层煤。炉里窜起焦黄的烟,烟里夹带着呛鼻子的煤味。小铁匠用铁铲尖儿把炉中煤一戳,几缕强劲有力的暗红色的火苗窜了出来,煤着了。

黑孩兴奋地"啾"了一声。

"你还不滚,小混蛋!"

一个又高又瘦的老头子慢吞吞地走进桥洞,问小铁匠:"不是压住火了吗?怎么又生?"他的语声沉闷,声音像是从胸膈以下发出来的。

"被这个小混蛋给捅灭了。"小铁匠抬起煤铲指指黑孩。

"你让他拉吧。"老头说。他把一块蛋黄色的油布围在腰间,把两块蛋黄色的油布绑在脚脖子上护住了脚面。油布上布满了火星烧成的洞洞眼眼。黑孩知道这就是老铁匠了。

"让他拉风匣,你专管打锤,这样你也轻松一点。"老铁匠说。

"让这么个毛孩子拉风匣?你看他瘦得那个猴样,在火炉边还不给烤成干柴棍儿!"小铁匠不满意地嘟哝着。

刘太阳一步闯进来,翻着眼皮说:"怎么啦? 不是你说的要个拉火的吗?"

"要拉火的不要他! 刘副,你看看他瘦得那个样子,恐怕连他妈的煤铲都拿不动,你派他来干什么? 臭杞摆碟凑样数!"

"我知道你小子的鬼心眼子。你想要个大姑娘来给你拉火是不是? 挑个最漂亮的,让那个蒙着紫红色方头巾的来? 美得你这个臊包狗蛋! 黑孩,拉风匣吧。"刘太阳冲着小铁匠说,"你他妈的好好教训他!"

黑孩畏畏缩缩地走到风箱前站定,目光却期待什么似的望着老铁匠的脸。孩子发现,老铁匠的脸色像炒焦了的小麦,鼻子尖像颗熟透了的山楂。他走上前来,教给黑孩一些烧火的要领。黑孩的耳朵抖动着,把老铁匠的话儿全听进去了。

刚开始拉火时,他手忙脚乱,满身都是汗水,火焰烤得他的皮肤像针尖刺着一样疼痛。老铁匠面部没有表情,僵硬犹如瓦片,连看也不看他一眼。黑孩咬着下嘴唇,不断地抬起黑胳膊擦着流到眼睛上边的汗水。他的鸡胸脯一起一伏,嘴和鼻孔像风箱一样"呼哧呼哧"喷着气。

小石匠送来磨秃的钢钻待修,看着黑孩那副样子,说:"能不能挺住? 挺不住就吱一声,还去砸你的石头子儿。"

黑孩连头都没抬。

"这偏种!"小石匠把钢钻扔在地上,走了。但很快他又折了回来,和菊子姑娘一起。菊子把方头巾扎在脖子上,整个脸显得更加完整。

桥洞里的小铁匠忽然感到眼前一亮,使劲咽了一口唾液,又用肥厚的舌头舔了舔干裂的嘴唇。他的两只眼睛不比黑孩的眼睛小,但右眼里有一个鸭蛋皮色的"萝卜花"遮盖了瞳孔。天长日久地用左眼看东西,养成了脑袋往右歪的习惯。他的头枕在右肩上,左眼里射出一道灼热的光,直盯着姑娘红扑扑的脸膛。十八磅的大铁锤头朝下站在他的两腿间,他手扶锤把子,像挂着一根拐棍。

炉中烟火升腾,黑烟挟带着火星直冲到桥面上,又愤怒地反扑下来。孩子的脸笼罩在烟雾里,他咳嗽着,胸脯里"咝咝"地响。老铁匠冷冷地看了黑孩一眼,从磨得油亮的皮口袋里掏出烟袋,慢吞吞地装上烟,就着炉火点燃,把两股白色烟喷进黑色烟里,鼻孔里两撮黑毛抖动着,他从烟雾里漠然地看了一眼桥洞口的小石匠和菊子,这才对黑孩说:"少加煤,撒匀一点。"

孩子急促地拉着风箱,瘦身子前倾后仰,炉火照着他汗湿的胸脯,每一根肋巴条都清清楚楚。左胸脯的肋条缝中,他的心脏像只小耗子一样可怜巴巴地跳动着。老铁匠说:"拉长一点,一下是一下。"

菊子姑娘看到黑孩的下唇流出深红的血,眼睛里顿时充满泪水。她喊道:"黑孩,不给他们干了。走,回去跟我砸石子儿。"她走到风箱前,捏住了黑孩那两条干柴棍一样的细胳膊。黑孩拼命挣扎着,喉咙里呜呜地响着,像一条要咬人的小狗。他身体很轻,姑娘架着他的胳膊把他端出了桥洞,他粗糙的脚趾划着地面,地上的碎石片儿哗哗地响着。

"黑孩,咱不给他们干了,你顶不住烟熏火燎,你这么瘦,流光了汗,就烤成锅巴啦。还是跟姐姐去砸石子儿轻松。"一边说着,一边把他放下,用一只手拖着他往石堆那边走。她的胳膊粗壮有力,手很大很柔软,捏着黑孩的手腕,像捏着一条小山羊腿。黑孩打着坠,脚后跟哗哗啦啦犁着地上的碎石片。"小傻瓜，小拗种，好好跟我走。"姑娘停住脚，回头对他说着，手用力捏捏他的腕子，"看看你这小狗腿，我要一用劲，保准捏碎了，那么重的活你怎么干得了？"黑孩恨恨地盯了她一眼，猛地低下头，在姑娘胖胖的手腕上狠狠地咬了一口。她"哎哟"了一声，松开手，黑孩转身跑回了桥洞。

黑孩的牙齿十分锋利，姑娘的手腕上被咬出了两排深深的牙印。他的犬齿是两个锥牙儿，这两个锥牙在姑娘腕上钻出了两个流血的小洞。小石匠关切地走上前去，掏出一条皱巴巴的手绢要给姑娘包扎。她推开他，眼睛也不看他。弯腰从地上抓起一把土，按在伤口上。

"有病菌！"小石匠吃惊地叫喊。

姑娘走回乱石堆前，寻着自己的座位坐下来，呆呆地瞅着河水上层出不穷的波纹，一块石头儿也不砸。

"看看，又傻了一个。"

"黑孩八成会使魔法。"

女人们咬着耳朵低语。

"黑孩，你给我滚出来，狗崽子，狗咬吕洞宾，不识好人心。"小石匠骂着往铁匠炉所在的桥洞里走。

一股脏乎乎、热烘烘的水泼出来，劈头盖脸蒙住了小石匠。小石匠对得正，桥洞里瞄得准，半桶水几乎没浪费一滴。他柔软的黄头发上，劳动布夹克衫上、大红运动衫翻领上，沾满了铁屑和煤灰，脏水像小溪一样从头往脚流。

"瞎了狗眼了！"小石匠大骂着冲进桥洞，"谁干的？说，谁干的？"

没有人管理他。桥洞里黑烟散尽，炉火正旺，紫红色的老铁匠用一把长长的铁钳子把一根烧得发白透亮的钢钻子从炉里夹出来，钻子尖上"噼噼"地爆着耀眼的钢花。老铁匠把钻子放在铁砧上，用小叫锤敲了一下铁砧的边缘，铁砧清脆地回答着他。他的左手操着长把铁钳，铁钳夹着钻子，钻子按着他的意思翻滚着；右手的小叫锤很快地敲着钢钻。他的小锤敲到哪儿，独眼小铁匠的十八磅大铁锤就打到哪儿。老铁匠的小锤像鸡啄米一样迅疾，小铁匠的大锤一步不让，桥洞里习习生出热风。在惊心动魄的锻打声中，钢钻子火星四溅，火星溅到老铁匠和小铁匠围腰护脚的油布上，"滋滋"地冒着白色的烟。火星也飞到了黑孩裸露的皮肤上，他咧着嘴，龇出两排雪白的小狼牙齿。钢火在他肚皮上烫起几个大燎泡，他一点都没有痛的表情，眼睛里跳动着心荡神迷的火苗，两个瘦削的肩头耸起来，脖子使劲缩着，双臂交叠在胸前，手捂着下巴和嘴巴，挤得鼻子上满是皱纹。

秃钻子被打出了尖，颜色暗淡下来——先是殷红，继而是银白。地下落着一层灰白的铁屑，铁屑引燃了一根草梗，草梗悠闲地冒着袅袅的白烟。

"谁他妈的泼了我？"小石匠盯着小铁匠骂。

"老子泼的，怎么着？"小铁匠遍体放光，双手拄着锤把，优雅地歪着头，说。

"你瞎眼了吗？"

"瞎了一个。老爹泼水你走路，碰上了算你运气。"

"你讲理不讲？"

"这年头,拳头大就有理。"小铁匠捏起拳头,胳膊上的肉隆起来。

"来吧,独眼龙!老子今天把你这只狗眼也打瞎。"小石匠怒气冲冲地靠了前,老铁匠好像无意地往前跨了一步,撞了他一下。小石匠猛然觉得老人那双深深地眍䁖着的眼窝里射出了一股物质,好像暗示着什么,他顿时感到浑身肌肉松弛。老铁匠微微扬起脸,极随便地哼唱了一句说不出是什么味道的戏文或是歌词来。

恋着你刀马娴熟通晓诗书少年英武,跟着你闯荡江湖风餐露宿吃尽了世上千般苦。

老铁匠只唱了这一句,声音戛然而止,听得出他把一大截悲怆凄楚的尾音咽进了肚子。老铁匠又看了小石匠一眼,低下头去给刚打出尖的钻子淬火。淬火前,他挽起右手衣袖,把手伸进水桶里试着水温,他的小臂上有一个深紫色的伤疤,圆圆的,中间凸出,尽管这个伤疤不像一只眼睛,但小石匠却觉得这个紫疤像一只古怪的眼睛盯着自己。他撇了一下嘴,恍恍惚惚像中了魔怔,飘飘地出了桥洞。红炉这边,一下午没见到他的影子。

……孩子的眼睛酸了,头皮也晒得发烫。他从姑娘的座位上站起来,踱回到铁匠炉边。桥洞里很暗,他摸摸索索地坐在老铁匠的马扎上,什么都不想的时候,双手便火烧火燎地痛起来,他把手放在凉森森的石壁上,赶快去想过去的事情。

三天前,老铁匠请假回家拿棉衣和铺盖,他说人老了腿值钱,不愿天天往家跑,在红炉边絮个铺,冻不着的。(黑孩抬眼看看老铁匠的铺。桥洞的北边已经用闸板堵起来了,几缕亮光从板缝里漏进来,斜照着老铁匠那件油晃晃的棉袄和那条狗毛脱落的皮裤子。)老师傅回了家,小铁匠成了一洞之主。那天上午进桥洞来,他挺着胸,凸着肚,好颜好色地说:"黑孩,生火,老东西回家了,咱们俩干。"

黑孩看着他。

"瞪什么眼,兔崽子!你瞧不起老子是不?老子跟着老东西已经熬了整三年啦,他那点把戏我全知道。"小铁匠说。

黑孩懒洋洋地生起火来。小铁匠得意地哼着什么。他把几支头天没来得及修的钢钻插进炉膛烧着。黑孩把火拉得很旺,照着自己的黑脸透出红来。小铁匠忽然笑起来,说:"黑孩,你小子冒充老红军准行,浑身是疤。"

孩子使劲拉火。

"这几天怎么也不见你那个浪干娘来看你啦?你咬了她一口,把她得罪啦,狗儿子。她的胳膊什么味儿?是酸的还是甜的?你狗日的好口福。要是让我捞到她那条白嫩胳膊,我像吃黄瓜一样啃着吃了。"

黑孩提起长钳,夹起一根烧透了的钢钻扔到砧子上。

"哟,儿子,好快!"小铁匠抄起一把比大锤小比小锤大的中锤,一手掌钳,一手抡锤,狠狠地打起来。黑孩呆呆地看着。小铁匠一身好力气,铁锤耍得出神出鬼,打出的钢钻尖儿棱角分明,像支削好的铅笔。黑孩很悲哀地看着老铁匠那把小叫锤儿。小铁匠用铁钳夹着打好的钢钻到桶边淬火,他淬火的动作跟老铁匠一模一样。黑孩背过脸,又去看那把躺在砧子旁边的小叫锤,小叫锤的木把儿像老牛的角尖一样又光又滑。

小铁匠好马快刀,一会儿功夫就修好十几支钢钻。他得意地坐在师傅的马扎上卷烟。卷好烟,插进嘴,吩咐黑孩夹过一块通红的炭给他点着。

"儿子,看到了吧？没有老梆子我们照样干！"

小铁匠正得意着,刚才拿走钻子的石匠们找他来了。

"小铁匠,你淬得什么鸟火？不是崩头就是弯尖,这是剥石头,不是打豆腐。没有弯弯肚子,别吞镰头刀子。等你师傅回来吧,别拿着我们的钢钻练功夫。"

石匠们把那十几支坏钻子扔在地上。走了。小铁匠脸变了色,咋呼着黑孩拉火烧钻子。一会儿功夫他又把钻子打好,淬好,亲自抱着送到工地上。他前脚进了桥洞,石匠们后脚就跟来了。坏钻子扔在地上,脏话扔在小铁匠头上:"去你娘的蛋,别耍我们的大头了,看看你淬的火！全崩了你娘的尖啦！"

黑孩看看小铁匠,嘴角上漾出两道纹来,谁也不知道他是高兴还是难过。小铁匠把工具摔得"噼哩卡啦"响,蹲到地上,呼呼地吐闷气。他抽了一支烟,那只独眼古噜噜地转着,射出迷茫暴躁的光线,两条大蝌蚪一样的眉毛急遽地扭动着。他扔掉烟屁股,站起来,说:

"妈的,就不信羊不吃蒿子！黑孩,拉火再干！"

黑孩无精打采地拉着风箱,动作一下比一下迟缓。小铁匠催他,骂他,他连头都不抬。钻子又烧好了。小铁匠草草打了几锤,就急不可耐地到桶边淬火。这次他改变了方式,不是像老铁匠那样一点点地淬,而是把整个钻子一下插到水里。桶里的水吱吱地叫着,一股白气绞着麻花冲起来。小铁匠把钢钻提起来,举到眼前,歪着头察看花纹和颜色。看了一阵,他就把这支钻子放在砧子上,用锤轻轻一敲,钢钻断成两半。他沮丧地把锤子扔到地上,把那半截钻子用力甩到桥洞外边去。坏钻子躺在洞前石片上,怎么看都难受。

"去把那根钻子捡回来！"小铁匠怒冲冲地吩咐黑孩。黑孩的耳朵动了动,脚却没有动。他的屁股上挨了一脚,肩膀上被捅了一钳子,耳边响起打雷一样的吼声:"去把钻子捡回来。"

黑孩垂着头走到钻子前,一点一点弯下腰去,伸手把钻子抓起来。他听到手里"滋滋啦啦"地响,像握着一只知了。鼻子里也嗅到炒猪肉的味道。钻子沉重地掉在地上。

小铁匠一楞,紧接着大笑起来:"兔崽子,老子还忘了钻子是热的,烫熟了猪爪子,啃吧！"

黑孩走回桥洞,一眼也不看小铁匠,把烫熟了皮肉的手淹到水桶里泡了泡,又慢悠悠走出桥洞。他弯下腰去,仔细地端详着那半截钢钻子。钢钻是银灰色的,表面粗糙,有好多小颗粒。地上的湿土在钢钻下冒着白气,那白气很细,若有若无。他更低地俯下身去,屁股高高地翘起来,大裤头全褪到屁股上,露出比小腿颜色略浅的大腿。他的一只手捂在背上,一只手从肩前垂下去,慢慢地接近钢钻,水珠沿着指尖滴下去,钢钻子嗤啦一声响。水珠在钻子上跳动着,叫着,缩小着,变成一圈波纹,先扩大一下,立即收缩,终于消逝了。他的指尖已经感到了钢钻的灼热,这种灼热感一直传导到他心里去。

"你他妈的在那儿干什么,弯腰撅腚,冒充走资派吗?"小铁匠在桥洞里喊他。

他一把攥住钢钻,哆嗦着,左手使劲抓着屁股,不慌不忙走来。小铁匠看到黑孩手里冒出黄烟,眼像风瘫病人一样呙斜着叫:"扔、扔掉！"他的嗓子变了调,像猫叫一样,"扔掉呀,你这个小混蛋！"

黑孩在小铁匠面前蹲下,松开手,抖了两抖,钻子打了两滚儿躺在小铁匠脚前。然后就那么蹲着,仰望着小铁匠的脸。

小铁匠浑身哆嗦起来:"别看我,狗小子,别看我。"他拧过脸去。黑孩站起来,走出桥洞……他记得他走出桥洞后望了一会儿西天,天上连一丝云彩也没有,只有半个又白又薄的月亮,像一块小小的云……

他想得很累,耳朵里有蜜蜂的叫声。从马扎子上起来,走到老铁匠的铺前躺下来。头枕着棉袄,眼皮不知不觉合上了。他感到有一个人在抚摸自己的脸,抚摸自己的手,痛,他忍着。有两滴沉甸甸的水珠落下来,一滴落在两片唇间,他咽了;一滴打到鼻尖上,鼻子被砸得酸溜溜的。

"黑孩、黑孩,醒醒,吃饭啦。"

他觉得鼻子酸得厉害,匆忙爬起来,看着姑娘。有两股水儿想从眼窝里滚出来,他使劲憋住,终于让水儿流进喉咙。

"给你。"姑娘解开那条紫红色头巾。头巾里包着两个窝窝头。一个窝窝头的眼里塞着一根腌黄瓜,一个窝窝头眼里栽着一棵大葱。一根长长的梢儿发黄的头发沾在窝窝头上。姑娘用两个指头拈起头发,轻轻一弹,头发落地时声音很响,黑孩听到了。

"吃吧,你这条小狗!"姑娘摸着他的脖子说。

黑孩咬葱咬黄瓜咬窝窝头,一边咀嚼一边看姑娘。

"手是怎么烫的? 是不是独眼龙使坏? 还咬我吗? 看看你的狗牙多快。"

孩子的耳朵使劲忽扇着,左手举起窝窝头,右手举起大葱腌黄瓜,遮住了脸。

三

夜里,莫名其妙地下了一场雷阵雨。清晨上工时,人们看到工地上的石头子儿被洗得干干净净,沙地被拍打得平平整整。闸下水槽里的水增了两拃,水面蓝汪汪地映出天上残余的乌云。天气仿佛一下子冷了,秋风从桥洞里穿过来,和着海洋一样的黄麻地里的猝缪之声,使人感到从心里往外冷。老铁匠穿上了他那件亮甲似的棉袄,棉袄的扣子全掉光了,只好把两扇襟儿交错着掩起来,拦腰捆上一根红色胶皮电线。黑孩还是只穿一条大裤头子,光背赤足,但也看不出他有半点瑟缩。他原来扎腰的那根布条儿不知是扔了还是藏了,他腰里现在也扎着一节红胶皮电线。他的头发这几天像发疯一样地长,已经有二寸长,头发根根竖起,像刺猬的硬毛。民工们看着他赤脚踩着石头上积存的雨水走过工地,脸上都表现出怜悯加敬佩的表情来。

"冷不冷?"老铁匠低声问。

黑孩惶惑地望着老铁匠,好像根本不理解他问话的意思。"问你哩! 冷吗?"老铁匠提高了声音。惶惑的神色从他眼里消失了,他垂下头,开始生火。他左手轻拉风箱,右手持煤铲,眼睛望着燃烧的麦秸草。老铁匠从草铺上拿起一件油腻腻的褂子给黑孩披上。黑孩扭动着身体、显出非常难受的样子。老铁匠一离开、他就把褂子脱下来,放回到铺上去。老铁匠摇摇头,蹲下去抽烟。

"黑孩,怪不得你死活不离开铁匠炉,原来是图着烤火暖和哩,妈的,人小心眼儿不少。"小铁匠打了一个百无聊赖的呵欠,说。

工地上响起哨子声,刘副主任说,全体集合。民工们集合到闸前向阳的地方,男人抱着膀子,女人纳着鞋底子。黑孩偷觑着第七个桥墩上的石缝,心里忐忑不安。刘副主任说,天就要冷,因此必须加班赶,争取结冰前浇完混凝土底槽。从今天起每晚七点到十点为加班时间,每人发给半斤粮,两毛钱。谁也没提什么意见。二百多张脸上各有表情。黑孩看到小石匠的白脸发红发紫、姑娘的红脸发灰发白。

当天晚上,滞洪闸工地上点亮了三盏汽灯。汽灯发着白炽刺眼的光,一盏照耀石匠们的工场,一盏照着妇女们砸石子儿的地方。妇女们多数有孩子和家务,半斤粮食两毛钱只好不挣。灯下只围着十几个姑娘。她们都离村较远,大着胆子挤在一个桥洞里睡觉,桥洞两头都堵上了闸板,只在正面留了个洞,钻进钻出。菊儿姑娘有时钻桥洞,有时去村里睡(村里有她一个姨表姐,丈夫在县城当临时工,有时晚上不回家睡,表姐就约她去作伴)。第三盏汽灯放在铁匠炉的桥洞里,照着老年青年和少年。石匠工场上锤声叮当,钢钻子啃着石头,不时迸出红色的火星。石匠们干得还算卖劲,小石匠脱掉夹克衫,大红运动衣像火炬一样燃烧着。姑娘们围灯坐着,产生许多美妙联想。有时嘎嘎大笑,有时窃窃私语,砸石子的声音零零落落。在她们发出的各种声音的间隙里,充填着河上的流水声。菊儿放下锤子,悄悄站起来,向河边走去。灯光把她的影子长长地投在沙地上。"当心被光棍子把你捉去。"一个姑娘在菊儿身后说。菊儿很快走出灯光的圈子。这时她看到的灯光像几个白亮亮的小刺球,球刺儿伸到她面前停住了,刺尖儿是红的、软的。后来她又迎着灯光走上去。她忽然想去看看黑孩儿在干什么,便躲避着灯光,闪到第一个桥墩的暗影里。

她看到黑孩儿像个小精灵一样活动着,雪亮的灯光照着他赤裸的身体,像涂了一层釉彩。仿佛这皮肤是刷着铜色的陶瓷橡皮,既有弹性又有韧性,撕不烂也扎不透。黑孩似乎胖了一点点,肋条和皮肤之间疏远了一些。也难怪么,每天中午她都从伙房里给他捎来好吃的。黑孩很少回家吃饭,只是晚上回家睡觉,有时候可能连家也不回——姑娘有天早晨发现他从桥洞里钻出来,头发上顶着麦秸草。黑孩双手拉着风箱,动作轻柔舒展,好像不是他拉着风箱而是风箱拉着他。他的身体前倾后仰,脑袋像在舒缓的河水中漂动着的西瓜,两只黑眼睛里有两个亮点上下起伏着,如萤火虫优雅地飞动。

小铁匠在铁钻子旁边以他一贯的姿式立着,双手拄着锤柄,头歪着,眼睛瞪着,像一只深思熟虑的小公鸡。

老铁匠从炉子里把一支烧熟的大钢钻夹了出来,黑孩把另一支坏钻子捅到大钢钻腾出的位置上。烧透的钢钻白里透着绿。老铁匠把大钢钻放到铁砧上,用小叫锤敲敲砧子边,小铁匠懒洋洋地抄起大锤,像抢麻杆一样抢起来,大锤轻飘飘地落在钢钻子上,钢花立刻光彩夺目地向四面八方飞溅。钢花碰到石壁上,破碎成更多的小钢花落地,钢花碰到黑孩微微凸起的肚皮,软绵绵地弹回去,在空中画出一个个漂亮的半圆弧,坠落下去。钢花与黑孩肚皮相撞以及反弹后在空中飞行时,空气摩擦发热发声。打过第一锤,小铁匠如同梦中猛醒一般绷紧肌肉,他的动作越来越快,姑娘看到石壁上一个怪影在跳跃,耳边响彻"咣咣咣咣"的钢铁声。小铁匠塑铁成形的技术已经十分高超。老铁匠右手的小叫锤只剩下干敲砧子边的份儿。至于该打钢钻的什么地方,小铁匠是一目了然。老铁匠翻动钢钻,眼睛和意念刚刚到了钢钻的某个需要锻打的部位,小铁匠的重锤就敲上去了,甚至比他想的还要快。

姑娘目瞪口呆地欣赏着小铁匠的好手段,同时也忘不了看着黑孩和老铁匠。打得最精彩的时候,是黑孩最麻木的时候(他连眼睛都闭上了,呼吸和风箱同步),也是老铁匠最悲哀的时候,仿佛小铁匠不是打钢钻而是打他的尊严。

钢钻锻打成形,老铁匠背过身去淬火,他意味深长地看了小铁匠一眼,两个嘴角轻蔑地往下撇了撇。小铁匠直勾勾地看着师傅的动作。姑娘看到老铁匠伸出手试试桶里的水,把钻子举起来看了看,然后身体弯着像对虾,眼瞅着桶里的水,把钻子尖儿轻轻地、试试探探地触及水面,桶里水“咝咝”地响着,一股很细的蒸气窜上来,笼罩住老铁匠的红鼻子。一会儿,老铁匠把钢钻提起来举到眼前,像穿针引线一样瞄着钻子尖,好像那上边有美妙的画图,老头脸上神采飞扬,每条皱纹里都溢出欣悦。他好像得出一个满意答案似的点点头,把钻子全淹到水里,蒸气轰然上升,桥洞里形成一个小小的蘑菇烟云。汽灯光变得红殷殷的,一切全都朦胧晃动。雾气散尽,桥洞里恢复平静,依然是黑孩梦幻般拉风箱,依然是小铁匠公鸡般冥思苦想,依然是老铁匠如枣者脸如漆者眼如屎克螂者臂上疤痕。

老铁匠又提出一支烧熟的钢钻,下面是重复刚才的一切,一直到老铁匠要淬火时,情况才发出了一些变化。老铁匠伸手试水温。加凉水。满意神色。正当老铁匠要为手中的钻子淬火时,小铁匠耸身一跳到了桶边,非常迅速地把右手伸进了水桶。老铁匠连想都没想,就把钢钻戳到小伙子的右小臂上。一股烧焦皮肉的腥臭味儿从桥洞里飞出来,钻进姑娘的鼻孔。

小铁匠“嗷”地号叫一声,他直起腰,对着老铁匠恶狠狠地笑着,大声喊:“师傅,三年啦!”

老铁匠把钢钻扔到桶里,桶里翻滚着热浪头,蒸气又一次弥漫桥洞。姑娘看不清他们的脸子,只听到老铁匠在雾中说:“记住吧!”

没等烟雾散尽她就跑了,她使劲捂住嘴,有一股苦涩的味儿在她胃里翻腾着。坐在石堆前,旁边一个姑娘调皮地问她:“菊儿,这一大会儿才回去,是跟着大青年钻黄麻地了吧?”她没有回腔,听凭着那个姑娘奚落。她用两个手指捏着喉咙,极力不让自己发出声音。

收工的哨声响了。三个钟头里姑娘恍惚在梦幻中。“想汉子了吗?菊儿?”“走吧,菊儿。”她们招呼着她。她坐着不动,看着灯光下憧憧的人影。

“菊子,”小石匠板板整整地站在她身后说,“你表姐让我捎信给你,让你今夜去作伴,咱们一道走吗?”

“走吗?你问谁呢?”

“你怎么啦?是不是冻病啦?”

“你说谁冻病啦?”

“说你哩!”

“别说我。”

“走吗?”

“走。”

石桥下水声响亮,她站住了。小石匠离她只有一步远。她回过头去,看到滞洪闸西边第一个桥洞还是灯火通明,其他两盏汽灯已经熄灭。她朝滞洪闸工地走去。

“找黑孩吗?”

“看看他。”

"我们一块去吧,这小混蛋,别迷迷糊糊掉下桥。"

菊子感觉到小石匠离自己很近了,似乎能听到他"砰砰"的心跳声。走着,走着。她的头一倾斜,立刻就碰到小石匠结实的肩膀,她又把身子往后一仰,一只粗壮的胳膊便把她揽住了。小石匠把自己一只大手捂在姑娘窝窝头一样的乳房上,轻轻地按摩着,她的心在乳房下像鸽子一样乱扑楞。脚不停地朝着闸下走,走进亮圈前,她把他的手从自己胸前移开。他通情达理地松开了她。

"黑孩!"她叫。

"黑孩!"他也叫。

小铁匠用只眼看着她和他,腮帮子抽动一下。老铁匠坐在自己的草铺上,双手端着烟袋,像端着一杆盒子炮。他打量了一下深红色的菊子和淡黄色的小石匠,疲惫而宽厚地说:"坐下等吧,他一会儿就来。"

……黑孩提着一只空水桶,沿着河堤往上爬。收工后,小铁匠伸着懒腰说:"饿死啦。黑孩,提上桶,去北边扒点地瓜,拔几个萝卜来,我们开夜餐。"

黑孩睡眼迷蒙地看看老铁匠。老铁匠坐在草铺上,像只羽毛凌乱的败阵公鸡。

"瞅什么? 狗小子,老子让你去你尽管去。"小铁匠腰挺得笔直,脖子一抻一抻地说。他用眼扫了一下瘫坐在铺上的师傅。胳膊上的烫伤很痛,但手上愉快的感觉完全压倒了臂上的伤痛,那个温度可是绝对的舒适绝对的妙。

黑孩拎起一只空水桶,踢踢踏踏往外走。走出桥洞,仿佛"忽通"一声掉下了井,四周黑得使他的眼睛里不时迸出闪电一样的虚光,他胆怯地蹲下去,闭了一会眼睛。当他睁开眼睛时,天色变淡了,天空中的星光暖暖地照着他,也照着瓦灰色的大地……

河堤上的紫穗槐枝条交叉伸展着,他用一只手分拨着枝条,仄着肩膀往上走。他的手扶着湿漉漉的枝条和枝条顶端一串串结实饱满的树籽,微带苦涩的槐枝味儿直往他面上扑。他的脚忽然碰到一个软绵绵热乎乎的东西,脚下响起一声"唧喳",没及他想起这是只花脸鹌,这只花脸鹌就懵头转向地飞起来,像一块黑石头一样落到堤外的黄麻地里。他惋惜地用脚去摸花脸鹌适才趴窝的地方,那儿很干燥,有一簇干草,草上还留着鸟儿的体温。站在河堤上,他听到姑娘和小石匠喊他。他拍了一下铁桶,姑娘和小石匠不叫了。这时他听到了前边的河水明亮地向前流动着,村子里不知哪棵树上有只猫头鹰凄厉地叫了一声。后娘一怕天打雷,二怕猫头鹰叫。他希望天天打雷,夜夜有猫头鹰在后娘窗前啼叫。槐枝上的露水把他的胳膊濡湿了,他在裤头上擦擦胳膊。穿过河堤上的路走下堤去。这时他的眼睛适应了黑暗,看东西非常清楚,连咖啡色的泥土和紫色的地瓜叶儿的细微色调差异也能分辨。他在地里蹲下,用手扒开瓜垄儿,把地瓜撕下来,"叮叮当当"地扔到桶里。扒了一会儿,他的手指上有什么东西掉下,打得地瓜叶儿哆嗦着响了一声。他用右手摸摸左手,才知道那个被打碎的指甲盖儿整个儿脱落了。水桶已经很重,他拐着水桶往北走。在萝卜地里,他一个挨一个地拔了六个萝卜,把缨儿拧掉扔在地上,萝卜装进水桶……

"你把黑孩弄到哪儿去了?"小石匠焦急地问小铁匠。

"你急什么? 又不是你儿子!"小铁匠说。

"黑孩呢?"姑娘两只眼盯着小铁匠一只眼问。

"等等,他扒地瓜去了。你别走,等着吃烤地瓜。"小铁匠温和地说。

"你让他去偷？"

"什么叫偷？只要不拿回家去就不算偷！"小铁匠理直气壮地说。

"你怎么不去扒？"

"我是他师傅。"

"狗屁！"

"狗屁就狗屁吧！"小铁匠眼睛一亮，对着桥洞外骂道："黑孩，你他妈的去哪里扒地瓜？是不是到了阿尔巴尼亚？"

黑孩歪着肩膀，双手提着桶鼻子，趔趔趄趄地走进桥洞，他浑身沾满了泥土，像在地里打过滚一样。

"哟，我的儿！真够下狠的了，让你去扒几个，你扒来一桶！"小铁匠高声地埋怨着黑孩，说，"去，把萝卜拿到池子里洗洗呢。"

"算了，你别指使他了。"姑娘说："你拉火烤地瓜，我去洗萝卜。"

小铁匠把地瓜转着圈子垒在炉火旁，轻松地拉着火。菊子把萝卜提回来，放在一块干净石头上。一个小萝卜滚下来，沾了一身铁屑停在小石匠脚前，他弯腰把它捡起来。

"拿来，我再去洗洗。"

"算了，光那五个大萝卜就尽够吃了。"小石匠说着，顺手把那个小萝卜放在铁砧子上。

黑孩走到风箱前，从小铁匠手里把风箱拉杆接过来。小铁匠看了姑娘一眼，对黑孩说："让你歇歇哩，狗日的。闲着手痒痒？好吧，给你，这可不怨我，慢着点拉，越慢越好，要不就烤糊了。"

小石匠和菊子并肩坐在桥洞的西边石壁前。小铁匠坐在黑孩后边。老铁匠面南坐在北边铺上，烟锅里的烟早烧透了，但他还是双手捧烟袋，双肘支在膝盖上。

夜已经很深了，黑孩温柔地拉着风箱，风箱吹出的风犹如婴孩的鼾声。河上传来的水声越加明亮起来，似乎它既有形状又有颜色，不但可闻，而且可见。河滩上影影绰绰，如有小兽在追逐，尖细的趾爪踩在细沙上，声音细微如同毳毛纤毫毕现，有一根根又细又长的银丝儿，刺透河的明亮音乐穿过来。闸北边的黄麻地里，"泼剌剌"一声响，麻杆儿碰撞着，摇晃着，好久才平静。全工地上只剩下这盏汽灯了，开初在那两盏汽灯周围寻找过光明的飞虫们，经过短暂的迷惘之后，一齐麇集到铁匠炉边来，为了追求光明，把汽灯的玻璃罩子撞得"哔哔啪啪"响。小石匠走到汽灯前，捏着汽杆，"噗唧噗唧"打气。汽灯玻璃罩破了一个洞，一只蝼蛄猛地撞进去，炽亮的石棉纱罩撞掉了，桥洞里一团黑暗。待了一会儿，才能彼此看清嘴脸。黑孩的风箱把炉火吹得如几片柔软的红绸布在抖动，桥洞里充溢着地瓜熟了的香味。小铁匠用铁钳把地瓜挨个翻动一遍。香味愈来愈浓，终于，他们手持地瓜红萝卜吃起来。扒掉皮的地瓜白气袅袅，他们一口凉，一口热，急一口，慢一口，咯咯吱吱，唏唏溜溜，鼻尖上吃出汗珠。小铁匠比别人多吃了一个萝卜两个地瓜。老铁匠一点也没吃，坐在那儿如同石雕。

"黑孩，回家吗？"姑娘问。

黑孩伸出舌头，舔掉唇上残留的地瓜渣儿，他的小肚子鼓鼓的。

"你后娘能给你留门吗？"小石匠说，"钻麦秸窝儿吗？"

黑孩咳嗽了一声。把一块地瓜皮扔到炉火里，拉了几下风箱，地瓜皮卷曲，燃烧，桥洞里一股焦糊味。

"烧什么你！小杂种，"小铁匠说，"别回家，我收你当个干儿吧，又是干儿又是徒弟，跟着我闯荡江湖，保你吃香的喝辣的。"

小铁匠一语未了，桥洞里响起凄凉亢奋的歌唱声。小石匠浑身立时爆起一层幸福的鸡皮疙瘩，这歌词或是戏文他那天听过一个开头。

恋着你刀马娴熟，通晓诗书，少年英武，跟着你闯荡江湖，风餐露宿，受尽了世上千般苦——

老头子把脊梁靠在闸板上，从板缝里吹进来的黄麻地里的风掠过他的头顶，他头顶上几根花白的毛发随着炉里跳动不止的煤火轻轻颤动。他的脸无限感慨，腮上很细的两根咬肌像两条蚯蚓一样蠕动着，双眼恰似两粒燃烧的炭火。

……你全不念三载共枕，如云如雨，一片恩情，当作粪土。奴为你夏夜打扇，冬夜暖足，怀中的香瓜，腹中的火炉……你骏马高官，良田千亩，丢弃奴家招赘相府，我我我是苦命的奴呀……

姑娘的心高高悬着，嘴巴半张开，睫毛也不眨动一下地瞅着老铁匠微微仰起的表情无限丰富的脸和他细长的脖颈上那个像水银珠一样灵活地上下移动着的喉结。凄婉艾怨的旋律如同秋雨抽打着她心中的田地，她正要哭出来时，那旋律又变得昂扬壮丽浩渺无边，她的心像风中的柳条一样飘荡着，同时，有一种麻酥酥的感觉从脊椎里直冲到头顶，于是她的身体非常自然地歪在小石匠肩上，双手把玩着小石匠那只厚茧重重的大手，眼里泪光点点，身心沉浸在老铁匠的歌里，意里。老铁匠的瘦脸上焕发出夺目的光彩，她仿佛从那儿发现了自己像歌声一样的未来……

小石匠怜爱地用胳膊揽住姑娘，那只大手又轻轻地按在姑娘硬梆梆的乳房上。小铁匠坐在黑孩背后，但很快他就坐不住了，他听到老铁匠像头老驴一样叫着，声音刺耳，难听。一会儿，他连驴叫声也听不到了。他半蹲起来，歪着头，左眼几乎竖了起来，目光像一只爪子，在姑娘的脸上撕着，抓着。小石匠温存地把手按到姑娘胸脯上时，小铁匠的肚子里燃起了火，火苗子直冲到喉咙，又从鼻孔里、嘴巴里喷出来。他感到自己蹲在一根压缩的弹簧上，稍一松神就会被弹射到空中，与滞洪闸半米厚的钢筋混凝土桥面相撞，他忍着，咬着牙。

黑孩双手扶着风箱杆儿，炉中的火已经很弱了，一绺蓝色火苗和一绺黄色火苗在煤结上跳跃着，有时，火苗儿被气流托起来，离开炉面很高，在空中浮动着，人影一晃动，两个火苗又落下去。孩子目中无人，他试图用一只眼睛盯住一个火苗，让一只眼黄一只眼蓝，可总也办不到，他没法把双眼视线分开。于是他懊丧地从火上把目光移开，左右巡睃着，忽然定在了炉前的铁砧上。铁砧蹲伏着，像只巨兽。他的嘴第一次大张着，发出一声感叹（感叹声淹没在老铁匠高亢的歌声里）。黑孩的眼睛原本大而亮，这时更变得如同电光源。他看到了一幅奇特美丽的图画：光滑的铁砧子。泛着青幽幽蓝幽幽的光。泛着青蓝幽幽光的铁砧子上，有一个金色的红萝卜。红萝卜的形状和大小都像一个大个阳梨，还拖着一条长尾巴，尾巴上的根根须须像金色的羊毛。红萝卜晶莹透明，玲珑剔透。透明的、金色的外壳里包孕着活泼的银色液体。红萝卜的线条流畅优美，从美丽的弧线上泛出一圈金色的光芒。光芒有长有短，长的如麦芒，短的如睫毛，全是金色，……老铁匠的歌唱被推出去很远很远，像一个小蝇子的嗡嗡声。他像个影子一样飘过风箱，站在铁砧前，伸出了沾满泥土煤屑、挨过砸伤烫伤的小手，小手抖抖索索……当黑孩的手就要捉住小萝卜时，小铁匠猛地窜起来，他踢翻了一个水桶，水汩汩地流着，渍湿了老铁匠的草铺。他一把将那个萝卜抢过来,那只独眼充着血:"狗日的!公狗!母狗!你也配吃萝卜?老子肚里着火,嗓里冒烟,正要它解渴!"小铁匠张开牙齿焦黑的大嘴就要啃那个萝卜。黑孩以少有的敏捷跳起来,两只细胳膊插进小铁匠的臂弯里,身体悬空一挂,又嘟噜滑下来,萝卜落到了地上。小铁匠对准黑孩的屁股踢了一脚,黑孩一头扎进姑娘怀里,小石匠大手一翻,稳稳地托住了他。

老铁匠停下了嘶哑的歌喉,慢慢地站起来。姑娘和小石匠也站起来。六只眼睛一起瞪着小铁匠。黑孩头很晕,眼前的一切都在转动。使劲晃晃头,他看到小铁匠又拿着萝卜往嘴里塞。他抓起一块煤渣投过去,煤渣擦着小铁匠腮边飞过,碰到闸板上,落在老铁匠铺上。

"日你娘,看我打死你!"小铁匠咆哮着。

小石匠跨前一步,说:"你要欺负孩子?"

"把萝卜还给他!"姑娘说。

"还给他?老子偏不。"小铁匠冲出桥洞,扬起胳膊猛力一甩,萝卜带着飕飕的风声向前飞去,很久,河里传来了水面的破裂声。

黑孩的眼前出现了一道金色的长虹,他的身体软软地倒在小石匠和姑娘中间。

四

那个金色红萝卜砸在河面上,水花飞溅起来。萝卜漂了一会儿,便慢慢沉入水底。在水底下它慢慢滚动着,一层层黄沙很快就掩埋了它。从萝卜砸破的河面上,升腾起沉甸甸的迷雾,凌晨时分,雾积满了河谷,河水在雾下伤感地呜咽着。几只早起的鸭子站在河边,忧悒地盯着滚动的雾。有一只大胆的鸭子耐不住了,蹒跚着朝河里走。在蓬生的水草前,浓雾像帐子一样挡住了它。它把脖子向左向右向前伸着,雾像海绵一样富于伸缩性,它只好退回来,"呷呷"地发着牢骚。后来,太阳钻出来了,河上的雾被剑一样的阳光劈开了一条条胡同和隧道,从胡同里,鸭子们望见一个高个子老头儿挑着一卷铺盖和几件沉甸甸的铁器,沿着河边往西走去了。老头的背驼得很厉害,担子沉重,把它的肩膀使劲压下去,脖子像天鹅一样伸出来。老头子走了,又来了一个光背赤脚的黑孩子。那只公鸭子跟它身边那只母鸭子交换了一个眼神,意思是说:记得吧?那次就是他,水桶撞翻柳树滚下河,人在堤上做狗趴,最后也下了河拖着桶残水,那只水桶差点没把麻鸭那个臊包砸死……母鸭子连忙回应:是呀是呀是呀,麻鸭那个讨厌家伙,天天追着我说下流话,砸死它倒利索……

黑孩在水边慢慢地走着,眼睛极力想穿透迷雾,他听到河对岸的鸭子在"呷呷呷呷,嘎嘎嘎嘎"地乱叫着。他蹲下去,大脑袋放在膝盖上,双手抱住凉森森的小腿。他感觉到太阳出来了,阳光晒着背,像在身后生着一个铁匠炉。夜里他没回家,猫在一个桥洞里睡了。公鸡啼鸣时他听到老铁匠在桥洞里很响地说了几句话,后来一切归于沉寂。他再也睡不着,便踏着冰凉的沙土来到河边。他看到了老铁匠伛偻的背影,正想追上去,不料脚下一滑,摔了一个屁股墩,等他爬起来时,老铁匠已经消逝在迷雾中了。现在他蹲着,看着阳光把河雾像切豆腐一样分割开,他望见了河对岸的鸭子,鸭子也用高贵的目光看着他。露出来的水面像银子一样耀眼,看不到河底,他非常失望。他听到工地上吵嚷起来,刘太阳副主任响亮地骂着:"娘的,铁匠炉里出了鬼了,老混蛋连招呼都不打就卷了铺盖,小混蛋也没了影子,还有没有组织纪律性?"

"黑孩!"

"黑孩!"

"那不是黑孩吗？瞧，在水边蹲着。"

姑娘和小石匠跑过来，一人架着一支胳膊把他拉起来。

"小可怜，蹲在这儿干什么？"姑娘伸手摘掉他头顶上的麦秸草，说："别蹲在这儿，怪冷的。"

"昨夜里还剩下些地瓜，让独眼龙给你烤烤。"

"老师傅走了。"姑娘沉重地说。

"走了。"

"怎么办？让他跟着独眼？要是独眼折磨他呢？"

"没事，这孩子没有吃不了的苦。再说，还有我们呢，谅他不敢太过火的。"

两个人架着黑孩往工地上走，黑孩一步一回头。

"傻蛋，走吧，走吧，河里有什么好看的？"小石匠捏捏黑孩的胳膊。

"我以为你狗日的让老猫叼了去了呢！"刘太阳冲着黑孩说。他又问小铁匠："怎么样你？把老头挤兑走了，活儿可不准给我误了。淬不出钻子来我剜了你的独眼。"

小铁匠傲慢地笑笑，说："请看好吧，刘头。不过，老头儿那份钱粮可得给我补贴上，要不我不干。"

"我要先看看你的活。中就中，不中你也滚他妈的蛋！"

"生火，干儿。"小铁匠命令黑孩。

整整一个上午，黑孩就像丢了魂一样，动作杂乱，活儿毛草，有时，他把一大铲煤塞到炉里，使桥洞里黑烟滚；有时，他又把钢钻倒头儿插进炉膛，该烧的地方不烧，不该烧的地方反而烧化了。"狗日的，你的心到哪儿去啦？"小铁匠恼怒地骂着。他忙得满身是汗，绝技在身的兴奋劲儿从汗珠缝里不停地流溢出来。黑孩看到他在淬火前先把手插到桶里试试水温，手臂上被钢钻烫伤的地方缠着一道破布，似乎有一股臭鱼烂虾的味道从伤口里散出来。黑孩的眼里蒙着一层淡淡的云翳，情绪非常低落。九点钟以后，阳光异常美丽，阴暗的桥洞里，一道光线照着西壁，折射得满洞辉煌。小铁匠把钢钻淬好，亲自拿着送给石匠师傅去鉴定。黑孩扔下手中工具，蹑手蹑脚溜出桥洞，突然的光明也像突然的黑暗一样使他头晕眼花。略为迟疑了一下，他便飞跑起来，只用了十几秒钟，他就站在河水边缘上了。那些四个棱的狗蛋子草好奇地望着他，开着紫色花朵的水茺和擎着咖啡色头颅的香附草贪婪地嗅着他满身的煤烟味儿。河上飘逸着水草的清香和鲢鱼的微腥，他的鼻翅扇动着，肺叶像活泼的斑鸠在展翅飞翔。河面上一片白，白里掺着黑和紫。他的眼睛生涩刺痛，但还是目不转睛，好像要看穿水面上漂着的这层水银般的亮色。后来，他双手提起裤头的下沿，试试探探下了水，跳舞般向前走。河水起初只淹到他的膝盖，很快淹到大腿，他把裤头使劲搊起来，两半葡萄色的小屁股露了出来。这时候他已经立在河的中央了，四周的光一齐往他身上扑，往他身上涂，往他眼里钻，把他的黑眼睛染成了坝上青香蕉一样的颜色。河水湍急，一股股水流撞着他的腿。他站在河的硬硬的沙底上，但一会儿，脚下的沙便被流水掏走了，他站在沙坑里，裤头全湿了，一半贴着大腿，一半在屁股后飘起来，裤头上的煤灰把一部分河水染黑了。沙土从脚下卷起来，抚摸着他的小腿，两颗琥珀色的水珠挂在他的腮上，他的嘴角使劲抽动着。

他在河中走动起来,用脚试探着,摸索着,寻找着。

"黑孩!黑孩!"

他听到小铁匠在桥洞前喊叫着。

"黑孩,想死吗?"

他听到小铁匠到了水边,连头也不回,小铁匠只能看到他青色的背。

"上来呀!"小铁匠挖起一块泥巴,对准黑孩投过去,泥巴擦着他的头发梢子落到河水里,河面上荡开椭圆形的波纹。又一坨泥巴扔过来,正打着他的背,他往前扑了一下,嘴唇沾到了河水。他转回身,"嗯嗯隆隆"地蹚着水往河边上走。黑孩遍身水珠儿,站在小铁匠面前。水珠儿从皮肤上往下滚动,一串一串的,"嘟噜噜"地响。大裤头子贴在身上,小鸡子像蚕蛹一样硬梆梆地翘着。小铁匠举起那只熊掌一样的大巴掌刚要扇下去,忽然觉得心脏让猫爪子给剐了一下子,黑孩的眼睛直盯着他的脸。

"快去拉火。师傅我淬出的钢钻,不比老家伙差。"他得意地拍拍黑孩的脖颈。

铁匠炉上暂时没有活儿,小铁匠把昨夜剩下的生地瓜放在炉边烤着。黄麻地里的风又轻轻地吹进来了。阳光很正地射进桥洞。小铁匠用铁钳翻动着烤出焦油的地瓜,嘴里得意地哼着:"从北京到南京,没见过裤裆里拉电灯。黑孩,你见过裤裆里拉电灯吗?你干娘裤裆里拉电灯哩……"小铁匠忽然记起似地对黑孩说:"快点,拔两个萝卜去,拔回来赏你两个地瓜。"黑孩的眼睛猛然一亮,小铁匠从他肋条缝里看到他那颗小心儿使劲地跳了两下,正想说什么没及开口,孩子就像家兔一样跑走了。

黑孩爬上河堤时,听到菊子姑娘远远地叫了他一声。他回过头,阳光捂住了他的眼。他下了河堤,一头钻进黄麻地。黄麻是散种的,不成垄也不成行,种子多的地方黄麻杆儿细如手指,铅笔;种子少的地方,麻杆如镰柄,手臂。但全都是一样高矮。他站在大堤上望麻田时,如同望着微波荡漾的湖水。他用双手分拨着粗粗细细的麻杆往前走,麻杆上的硬刺儿扎着他的皮肤,成熟的麻叶纷纷落地。他很快就钻到了和萝卜地平行着的地方,拐了一个直角往西走。接近萝卜地时,他趴在地上,慢慢往外爬。很快他就看到了满地墨绿色的萝卜缨子。萝卜缨子的间隙里,阳光照着一片通红的萝卜头儿。他刚要钻出黄麻地,又悄悄地缩回来。一个老头正在萝卜垄里爬行着,一边爬一边从口袋里往外掏着麦粒,一穴一穴地点种在萝卜垄沟中间。骄傲的秋阳晒着他的背,他穿着一件白布褂儿,脊沟溻湿了,微风扬起灰尘,使汗溻的地方发了黄。黑孩又膝行着退了几米远,趴在地上,双手支起下巴,透过麻杆的间隙,望那些萝卜。萝卜田里有无数的红眼睛望着他,那些萝卜缨子也在一瞬间变成了乌黑的头发,像飞鸟的尾羽一样耸动不止……

一个红脸膛汉子从地瓜地里大步走过来,站在老头背后,猛不丁地说:"哎,老生,你说昨天夜里遭了贼?"

老头手忙脚乱地爬起来,垂着手回答:"遭了,偷了六个萝卜,缨子留下了,地瓜八墩,蔓子留下了。"

"怕是让修闸的那些狗日的偷去了,加点小心,中饭晚点回去吃。"

"我听着啦,队长。"老头儿说。

黑孩和老头一起,目送着红脸汉子走上大堤。老头坐在萝卜地里,面对着孩子。黑孩又惶乱地往后退出一节,这时,密密麻麻的黄麻把他的视线遮住了。

"黑孩!"

"黑孩!"

姑娘和小石匠站在大堤上,对着黄麻地喊着。他们背对着正晌的太阳,阳光照着散工的人群。

"我看到他钻到黄麻地里,我还以为他去撒尿拉屎了呢!"姑娘说。

"独眼龙难道又欺负他了?"小石匠说。

"黑孩!"

"黑孩!"

姑娘和小石匠的男女声二重喊贴着黄麻梢头像燕子一样滑翔,正在黄麻梢头捕食灰色小蛾的家燕被惊吓得高飞,好一会儿才落下来。小铁匠站在桥洞前边,独眼望着这并膀站着的男女,感到肚子越胀越大。方才姑娘和小石匠来找黑孩,那语气那神态就像找他们的孩子。"等着吧,丫头养的你们!"他恨恨地低语着。

"黑孩!黑孩!"姑娘说,"他怕是钻到黄麻地里睡着了。"

"去看看吗?"小石匠乞求地看着姑娘。

"去吗?去吧。"

两个人拉着手下了堤,钻到黄麻地里。小铁匠尾追着冲上河堤,他看到黄麻叶子像波浪一样翻滚着,黄麻杆子"唰拉拉"地响着,一男一女的声音在喊叫黑孩,声音像从水里传上来的一样……

黑孩趴累了,舒了一口气,翻了一个身,仰面朝天躺起来。他的身下是干燥的沙土,沙土铺着一层薄薄的黄麻落叶。他后脑勺枕着双手,肚子很瘪的凹陷着,一个带着红点的黄叶飘飘地落下来,盖住了他满是煤灰的肚脐。他望着上方,看到一缕粗一缕细的蓝色光线从黄麻叶缝中透下来,黄麻叶片好像成群的金麻雀在飞舞。成群的金麻雀有时又像一簇簇的葫芦蛾,蛾翅上的斑点像小铁匠眼中那个棕色的萝卜花一样愉快地跳动。

"黑孩!"

"黑孩!"

熟悉的声音把他从梦幻中唤醒,他坐起来,用手臂摇了一下身边那棵粗大的黄麻。

"这孩子,睡着了吗?"

"不会的,我们这么大声喊。他肯定是溜回家去了。"

"这小东西……"

"这里真好……"

"是好……"

声音越来越低,像两只鱼儿在水面上吐水泡。黑孩身上像有细小的电流通过,他有点紧张,双膝跪着,扭动着耳朵,调整着视线,目光终于通过了无数障碍,看到了他的朋友被麻杆分割得影影绰绰的身躯。一时间极静了的黄麻地里掠过了一阵小风,风吹动了部分麻叶,麻杆儿全没动。又有几个叶片落下来,黑孩听到了它们振动空气的声音。他很惊异很新鲜地看到一根紫红色头巾轻飘飘地落到黄麻杆上,麻杆上的刺儿挂住了围巾,像挑着一面沉默的旗帜,那件红格儿上衣也落到地上。成片的黄麻像浪潮一样对着他涌过来。他慢慢地站起来,背过身,一直向前走,一种异样的感觉猛烈冲击着他。

五.

一连十几天,姑娘和小石匠好像把黑孩忘记了,再也不结伴到桥洞里来看望他。每当中午和晚上,黑孩就听到黄麻地里响起百灵鸟婉转的歌唱声,他的脸上浮起冰冷的微笑,好像他知道这只鸟在叫着什么。小铁匠是比黑孩晚好几天才注意到百灵鸟的叫声的。他躲在桥洞里仔细观察着,终于发现了奥秘:只要百灵鸟叫起来,工地上就看不见小石匠的影子,菊子姑娘就坐立不安,眼睛四下打量,很快就会扔下锤子溜走。姑娘溜走后一会儿,百灵鸟就歇了歌喉。这时,小铁匠的脸色就变得更加难看,脾气变得更加暴躁。他开始喝起酒来。黑孩每天都要走过石桥到村里小卖部给他装一瓶地瓜烧酒。

这天晚上,月光皎皎如水,百灵鸟又叫起来了。黄麻地里的熏风像温柔的爱情扑向工地。小铁匠攥着酒瓶子,把半瓶烧酒一气灌下去,那只眼睛被烧得泪汪汪的。刘太阳副主任这些天回家娶儿媳妇去了,工地上人心涣散,加夜班的石匠们多半躺在桥洞里吸烟,没有钻子要修理,炉火半死不活地跳动着。

"黑孩……去,给老子拔几个萝卜来……"酒精烧着小铁匠的胃,他感到口中要喷火。

黑孩像木棍一样立在风箱边上,看着小铁匠。

"你,等着老子揍你吗?去……"

黑孩走进月光地,绕着月光下无限神秘的黄麻地,穿过花花绿绿的地瓜地,到了晃动着沙漠蜃影的萝卜地。等他提着一个萝卜走回桥洞时,小铁匠已经歪在草铺上呼呼地睡了。黑孩把萝卜放在铁砧子上,手颤抖着拨亮炉火,可再也弄不出那一蓝一黄升腾到空中的火苗,他变换着角度,瞅那个放在铁砧子上的萝卜,萝卜像蒙着一层暗红色的破布,难看极了,孩子沮丧地垂下头。

这天夜里,黑孩没有睡好。他躺在一个桥洞里,翻来覆去地打着滚。刘副主任不在,民工们全都跑回家去睡觉。桥洞里只剩下一层薄薄的麦秸草。月光斜斜地照进桥洞,桥洞里一片清冷光辉,河水声,黄麻声,小铁匠在最西边桥洞里发出的鼾声,以及其它一些莫名其妙的声音,一齐钻进了他的耳朵。石头上的麦草闪闪烁烁,直扎着他的眼睛。他把所有的麦秸草都收拢起来,堆成一个小草岭,然后钻进去,风还是能从草缝里钻进来,他使劲蜷缩着,不敢动了。他想让自己睡觉,可总是睡不着。他总是想着那个萝卜,那是个什么样的萝卜呀。金色的,透明。他一会儿好像站在河水中,一会儿又站在萝卜地里,他到处找呀,到处找……

第二天早晨,太阳还没出来,月亮还没完全失去光彩,成群的黑老鸹惊惶失措地叫着从工地上空掠过,滞洪闸上留下了它们脱落的肮脏羽毛。东边的地平线上,立着十几条大树一样的灰云,枝杈上挂满了破烂的布条。黑孩从桥洞里一钻出来就感到浑身发冷,像他前些日子打摆子时寒颤上来一样滋味。刘副主任昨天回来了,检查了工地上的情况,他非常生气,大骂了所有的民工。所以今天人们来得都很早,干活也卖力,工地上的锤声像池塘里的蛙鸣连成一片。今天要修的钢钻很多,小铁匠的工作态度也非常认真,活儿干得又麻利又漂亮。来换钢钻的石匠们不断地夸奖他,说他的淬火功夫甚至超过了老铁匠,淬出的钢钻又快又韧,下下都咬石头。

太阳两竿子高的时候,小石匠送来两支钢钻待修。这是两支新钻,每支要值四五块钱。小铁匠瞥瞥神采焕发的小石匠,独眼里射出一道冷光。小石匠没觉察到小铁匠的表情,幸福的眼睛里看到的全是幸福。黑孩儿感到心里害怕,他看出小铁匠要作弄小石匠了。小铁匠把那两支钢钻烧得像银子一样白,草草地在砧子上打出尖儿,然后一下子浸到水里去……

小石匠提着钢钻走了,小铁匠嘴上滑过一个得意的笑容,他对着黑孩眨眨眼,说:"孙子,他他妈的也配使老子淬出的钻子?儿子,你说他配吗?"黑孩缩在角落里,使劲打着哆嗦。一会儿,小石匠回到铁匠炉边,他把两支钻子扔到小铁匠跟前,骂道:"独眼龙,你这是淬的什么火?"

"孙子,叫唤什么?"小铁匠说。

"睁开你那只独眼看看!"

"这是你的钻子不好。"

"放屁,你这是成心捉弄老子。"

"作弄你又怎么着?爷们看着你就长气!"

"你、你,"小石匠气得脸色煞白,说,"有种你出来!"

"老子怕你不成!"小铁匠撕下腰间扎着的油布,光着背,像只棕熊一样踱过去。

小石匠站在闸前的沙地上,把夹克衫和红运动衣脱下来,只穿一件小背心。他身材高大,面孔像个书生,身体壮得像棵树。小铁匠脚上还扎着那两块防烫的油布,脚掌踩得地上尖利的石片欻欻地响,他的臂长腿短,上身的肌肉非常发达。

"文打还是武打?"小铁匠不屑一顾地说。

"随你的便。"小石匠也不屑一顾地说。

"你最好回家让你爹立个字据,打死了别让我赔儿子。"

"你最好回家先钉口棺材。"

骂着阵,两个人靠在了一起。黑孩远远地蹲着,一直没停地打着哆嗦。他看到,小铁匠和小石匠最初的交锋很像开玩笑。小石匠卷着舌头啐了小铁匠一脸唾沫,小铁匠扬起长臂,把拳头捅过去,小石匠一退,这一拳打空了。又啐。又一拳。又退。闪空。但小石匠的第三口唾沫没迸出唇,肩头上就被小铁匠猛捅了一拳,他的身体不由自主地转了一圈。

人们惊叫着围拢上来,高喊着:"别打了,别打了。"但没有人上前拉架。后来,连喊声也没有了,大家都睁大眼,屏住气,看着这两个身段截然不同的小伙子比试力气。菊子姑娘脸色灰白,使劲地抓住她身边一个姑娘的肩头。当她的情人吃了小铁匠的铁拳时,她就低声呻唤着,眼睛像一朵盛开的墨菊。

决斗还难分高低,你打我一拳,我也打你一拳,小石匠个头高,拳头打得漂亮潇洒,但显然有点飘,有点花哨,力量不很足,小铁匠动作稍慢一点,但出拳凶狠扎实,被他懵上一拳,小石匠就要转一个圈。后来,小铁匠头上挨了一拳,有点晕头转向,小石匠趁机上前,雨点般的拳头打得小铁匠的身体澎澎地响。小铁匠一猫腰,钻进了小石匠腋下,两只长臂像两条鳗鱼一样缠住了小石匠的腰,小石匠急忙夹住小铁匠的头,两个人前进,后退,后退,又前进,小石匠支持不住,仰面朝天摔在沙地上。

人群里爆发了一阵欢呼。

小铁匠站起来，吐吐口中的血沫子，歪着头，像只斗胜的公鸡。

小石匠爬起来，向着小铁匠扑过去。一白一黑两个身体又扭在一起。这次小石匠把身体伏得很低，保护着自己的下三路不让小铁匠得手，四只胳膊紧紧地纠缠着，有时候，小石匠把小铁匠撩起来，转着圈抡动，但并不能把小铁匠摔出去。小石匠气喘吁吁，满身都是汗水，小铁匠却连一个汗珠都没掉。小石匠体力不支，步伐错乱，眼前出现重影，稍一懈怠，手臂便被拨开，小铁匠抱住他的腰，箍得他出气不匀，他再次仰天倒地。

第三个回合小石匠败得更惨，小铁匠一个癞狗钻裆把他扛起来，摔出去足有两米远。

菊子姑娘哭着扑上去，扶起了小石匠。在菊子姑娘的哭声中，小铁匠脸上的喜色顿时消逝，换上了满面凄凉。他呆呆地站着。小石匠爬起来，拨开菊子的手，抓起一把沙土，对准小铁匠的脸打上去。沙土迷住了小铁匠的独眼，他像野兽一样嗥叫着，使劲搓着眼睛。小石匠趁机扑上去，卡着小铁匠的脖子把他按倒，拳头像擂鼓一样对着小铁匠的脑袋乱打……

这时候，从人们的腿缝里，钻出了一个黑色的影子。这是黑孩。他像只大鸟一样飞到小石匠背后，用他那两只鸡爪一样的黑手抓住小石匠的腮帮子使劲往后扳，小石匠龇着牙，咧着嘴，"啾啾"地叫着，又一次沉重地倒在沙地上。

小铁匠挣扎着坐起来，两只大手摸起地上的碎石片儿，向着四周抛撒。"畜牲！狗！"骂声和着石头片儿，像冰雹一样横扫着周围的人群，人们慌乱地躲闪着。菊子姑娘突然惨叫了一声。小铁匠的手像死了一样停住了。他的独眼里的沙土已被泪水冲积到眼角上，露出了瞳孔。他朦胧地看到菊子姑娘的右眼里插着一块白色的石片，好像眼里长出一朵银耳。他怪叫一声，捂着眼睛，躺在地上痛苦地扭动着。

黑孩听到姑娘的惨叫，便松开了自己的手。他的手指把小石匠的腮帮子抓出两排染着煤灰的血印。趁着人们慌乱的时候，他悄悄地跑回桥洞，蹲在最黑暗的角落上，牙齿"的的"地打着战，偷眼望着工地上乱纷纷的人群。

六

第二天，滞洪闸工地上消失了小石匠和菊子姑娘的影子，整个工地笼罩着沉闷压抑的气氛。太阳像抽疯般颤抖着，一股股肃杀的秋风把黄麻吹得像大海一样波浪起伏，一群群麻雀惊恐不安地在黄麻梢头噪叫着。风穿过桥洞，扬起尘土，把半边天都染黄了。一直到九点多钟，风才停住，太阳也慢慢恢复正常。

刚娶完儿媳妇回来的刘太阳副主任碰上了这些事，心里窝着一腔火，他站在铁匠炉前，把小铁匠骂得狗血淋头，并扬言要抠出他那只独眼给菊子姑娘补眼。小铁匠一气不吭，黑脸上的刺疙瘩一粒粒憋得通红，他大口喘着气，大口喝着酒。

石匠们不知被什么力量催动着，玩儿命地干活，钢钻子磨秃了一大批，堆在红炉旁等着修理。小铁匠像大虾一样蜷曲在草铺上，咕咕地灌着酒，桥洞里酒气扑鼻。

刘副主任发火了，用脚踹着小铁匠骂："你害怕了？装孙子了？躺着装死就没事了？滚起来修钻子，这样也许能将功补过。"

小铁匠把手中的酒瓶向上抛起来,酒瓶在桥面上砰然撞碎,碎玻璃掺着烧酒落了刘副主任一头。小铁匠跳起来,一路歪斜跑出去,喊着:"老子怕什么,老子天都不怕,死都不怕,还怕什么?"他爬上滞洪闸,继续高叫着:"我谁都不怕!"他的腿碰到了石栏杆,身子歪歪扭扭,桥下有人喊:"小铁匠,当心掉下桥。""掉下桥?"他哈哈大笑起来,笑着攀上石栏杆,一松手,抖抖擞擞地站在石栏杆上。桥下的人都中了魔,入了定,呼吸也不敢用力。

小铁匠双臂夸煞开,一上一下起伏着,像两只羽毛丰满的翅膀。他在窄窄的石栏杆上走起来,身体晃来晃去。他慢走变成快走,快走变成小跑,桥下的人捂住眼睛,又松手露出眼睛。

小铁匠一起一伏晃晃悠悠地在石栏杆上跑着,栏杆下乌蓝的水里映出他变了形的身影。他从西头跑到东头,又从东头跑回来,一边跑一边唱起来:"南京到北京,没见过裤裆里拉电灯,格里咙格里格咙,里格咙,里格咙,南京到北京,没见过裤裆里打弹弓……"

几个大胆的石匠跑上闸去,把小铁匠拖了下来。他拼命挣扎着,骂着:"别他妈的管我,老子是杂技英豪,那些大妞在电影上走绳子,老子在闸上走栏杆,你们说,谁他妈的厉害……"几个人累得气喘吁吁,总算把他弄回桥洞里。他像块泥巴一样瘫在铺上,嘴里吐着白沫,手撕着喉咙,哭叫着:"亲娘哟,难受死了,黑孩,好徒弟,救救师傅吧,去拔个萝卜来……"

人们突然发现,黑孩穿上了一件包住屁股的大褂子,褂子是用崭新的、又厚又重的小帆布缝的。这种布非常结实,五年也穿不破。那条大裤头子在褂子下边露出很短的一截,好像褂子的一个花边。黑孩的脚上穿着一双崭新的回力球鞋,由于鞋子太大,只好紧紧地系住鞋带,球鞋变得像两条丑陋的胖头鲇鱼。

"黑孩,听到了吗?你师傅让你去干什么?"一个老石匠用烟袋杆子戳着黑孩的背说。

黑孩走出桥洞,爬上河堤,钻进黄麻地。黄麻地里已经有了一条依稀可辨的小径,麻杆儿都向两边分开。走着走着,他停住脚。这儿一片黄麻倒地,像有人打过滚。他用手背揉揉眼睛,抽泣了一声,继续向前走。走了一会,他趴下,爬进萝卜地。那个瘦老头不在,他直起腰,走到萝卜地中央,蹲下去,看到萝卜垅里点种的麦子已经钻出紫红的锥芽,他双膝跪地,拔出了一个萝卜,萝卜的细根与土壤分别时发出水泡破裂一样的声响。黑孩认真地听着这声响,一直追着它飞到天上去。天上纤云也无,明媚秀丽的秋阳一无遮拦地把光线投下来。黑孩把手中那个萝卜举起来,对着阳光察看。他希望还能看到那天晚上从铁砧上看到的奇异景象,他希望这个萝卜在阳光照耀下能像那个隐藏在河水中的萝卜一样晶莹剔透,泛出一圈金色的光芒。但是这个萝卜使他失望了。它不剔透也不玲珑,既没有金色光圈,更看不到金色光圈里包孕着的活泼的银色液体。他又拔出一个萝卜,又举到阳光下端详,他又失望了。以后的事情就变得很简单了。他膝行一步。拔两个萝卜。举起来看看。扔掉。又膝行一步,拔,举,看,扔……

看菜园的老头子眼睛像两滴浑浊的水,他蹲在白菜地里捉拿钻心虫儿。捉一个用手指捏死,再捉一个还捏死。天近中午了,他站起来,想去叫醒正在看院屋子里睡觉的队长。队长夜里误了觉,白天村里不安宁,难以补觉,看院屋子里只能听到秋虫浅吟,正好睡觉。老头儿一直起腰,就听到脊椎骨"叽哽叽哽"响。他恍然看到阳光下的萝卜地一片通红,好像遍地是火苗子。老头打起眼罩,急步向前走,一直走到萝卜地里,他才看到那遍地通红的竟是拔出来的还没有完全长成的萝卜。

"作孽啊!"老头子大叫一声。他看到一个孩子正跪在那儿,举着一个大萝卜望太阳。孩子的眼睛是那么大,那么亮,看着就让人难受。但老头子还是不客气地抓住他,扯起来,拖到看园屋子里,叫醒了队长。

"队长,坏了,萝卜,让这个小熊给拔了一半。"

队长睡眼惺忪地跑到萝卜地里看了看,走回来时他满脸杀气。对着黑孩的屁股他狠踢了一脚,黑孩半天才爬起来。队长没等他清醒过来,又给了他一耳巴子。

"小兔崽子,你是哪个村的?"

黑孩迷惘的眼睛里满是泪水。

"谁让你来搞破坏?"

黑孩的眼睛清澈如水。

"你叫什么名字?"

黑孩的眼睛里水光潋滟。

"你爹叫什么名字?"

两行泪水从黑孩眼里流下来。

"他娘的,是个小哑巴。"

黑孩的嘴唇轻轻嚅动着。

"队长,行行好,放了他吧。"瘦老头说。

"放了他?"队长笑着说,"是要放了他。"

队长把黑孩的新褂子、新鞋子、大裤头子全剥下来,团成一堆,扔到墙角上,说:"回家告诉你爹,让他来给你拿衣裳。滚吧!"

黑孩转身走了,起初他还好像害羞似的用手捂住小鸡儿,走了几步就松开了手。老头子看着这个一丝不挂的黑孩,抽抽答答地哭起来。

黑孩钻进了黄麻地,像一条鱼儿游进了大海。扑簌簌黄麻叶儿抖,明晃晃秋天阳光照。

黑孩——黑孩——。

(原载《中国作家》1985年第2期)

访问梦境

孙甘露

到了结束的地方,
没有了回忆的形象,只剩下了语言。

卡塔菲卢斯

如果,谁在此刻推开我的门,就能看到我的窗户打开着。我趴在窗前。此刻,我为晚霞所勾勒的剪影是不能以幽默的态度对待的。我的背影不能告诉你我的目光此刻正神秘地阅读远处的景物。谁也不能走近我静止的躯体,不能走近暮色中飞翔的思绪。因为,我不允许谁打扰死者的沉思。

这显然不是最初的事件。这些目光游移的人骑马来到海边。黎明前夕,岸边的风吹打他们。这种潮湿而充满暗示的抚摸使他们绝望地守候天明。时临正午,他们中间有人发现他们的皮肤渐趋棕色,他们意识到有什么东西正开始发生变化,就是这种对变化的意识使他们驻足不前。他们面对大海朝后退去,仿佛那蓝色是生命的一种威胁。当一些植物在他们膝间摇曳时,他们中间的一部分人倒下了。作为对倒地的崇拜,所有的人也都仪式般地倒向大地。当一行飞禽掠过之际,他们化作了泥淖。并且宣布:我们是沼泽。

与此同时,在远方山脉的另一侧,一些面容枯淡的人预言:一切静止的东西终将行走。于是,树开始生长。平原梦想它们褪去了干草和瓦砾的遮掩,向临近他们的人物和故事开始吟唱追忆的歌曲。世纪的帷幕拉上了。死者的窗户也已关闭。一只手在我的眼帘上画下了另一只手。

我行走着,犹如我的想象行走着。我前方的街道以一种透视的方式向深处延伸。我开始进入一部打开的书。它的扉页上标明了几处必读的段落和可以略去的部份。它们街灯般地闪亮在昏暗的视野里,不指示方向,但大致勾画了前景。它的迷人之处为众多的建筑以掩饰的方式所加强,一如神话为森林以迷宫似的路径传向年代久远的未来。它的每一页都是一种新建筑。对这种新建筑的扼要解释,在我读来全是对某个显而易见的传说的暗示。在页与页之间,或者说在两种建筑之间,我读到了一条深不可测的河流,读到了它污秽的色彩,读到了它两岸明丽的传说以及论述河流与堤岸关系的许许多多的著作和文献。我的眼睛随着书页的翻动渐渐地湿润。一个声音在地平线上出现,它以一种呓语般的语调宣称:最终,我将为语词所溶化。我的肉体将化作一个光辉的字眼,进入我所阅读过的所有书籍中的某一本,完成它那启示录的叙述。

但是在此之前,我还必须以一种平凡的方式,阅读我梦一般的内心。以此守候我的奇异的苏醒。

修枝时节。鸽羽般洁白的书页为我棕色的手指所翻动之际,我听不见任何音响,战争在远方。当我孤独地默读讨论情感流放那一节文字的时辰,一枚暗红色的植物标本从书页间落到我的怀里。我把它举到我的眼前。我惊异地意识到,这枚勿忘我就要引导我踏上遗忘之舟,逐渐远离具体事物。由我的阅读方式所造成的语感,将使我无以表达我的痛楚,我墓地般的神情只能给人以扫墓者的追悼之感,我肃穆的语气将我的纯洁转化成了不诚实的成熟。我用年轻的目光打开缅怀之门,我又以垂暮之年的仁慈注视它关闭。我的激情在此之间无影无踪。悲痛因此遭受时代的非难和指责,个人私情因此写入祖国纪事之中。

这时我的手指移开。下午的风吹拂我的书籍,并且依次翻动它,直至尾声和黎明。

天色将暗。那些在深夜进港和出航的船只此刻正在锚地宁静地停泊和对停泊的向往中行驶。我沿堤岸行走。我断定,我对这次航行会有所记忆。我甚至早已认出了无可避免的干枯的河道。我渴望我能体验在水边生长的人们对风景的感受,我察觉到人类有能力复制他们隐秘的感情和愿望,并对此进行有节制的批判和扬弃。无色的风帆就要扬起,我看到我这个婴儿被置入理性的澡盆,在情感的潮汐之间,随水而去。

丰收神站立在夜色中的台阶上迎接我。她的呼吸化作一件我穿着的衣服,在星月隐约的夜色下,护卫着我也束缚着我。

室内灯光昏黄,语声充满柔情蜜意。这一切在我看来既是引语也是诚言。一年前,我们共同途经一家古玩商店的时候,她忽然转身对我说:我们家族的历史是秘不示人的。你要想赢得我,就得首先赢得我的家族。也就是进入我的祖先的内心深处。此类箴言似的告诫,当时我只能以沉默应之,我幼稚的心灵不容我设想,我拥抱我的情人,就是拥抱我情人身后一切与之有关的人物和事件。

这时辰,我只能任我的印象安慰我的感觉,让城市生活培育的陌生意识安慰肉体进入恐惧。

在我假想的相遇中,她曾经以异族神话的方式坐在一株千年古树的枝桠上,在我处子的仰视中飘飘欲仙,她以传说和现实编织目光的眼睛放射着迷惘的圣女的贞洁。我内心平凡的冲动为她的眼睛所揭示。我幼稚而荒谬的情感方式因她的话语而享受到时代的阳光。丰收神在我迟疑的时刻直率而委婉地向我表白了她对潮汐和新月的热爱。这种对超越生命和沉溺生活所作的奇妙而诗意的结合,指引我跨越了异性介入的水线。在鸽子的咕咕声中,完成了青春期的自我接纳,从此驶入布满情感暗礁的智慧之泽。

丰收神向我走来,她在夜色中朝我伸出手。那姿态仿佛正行走在史前的平原上。

在这种时候,你还能那么健康,我真是高兴。

我猜想她所说的"健康"可能指的是"正常"。我确实是通过航行开始驶入某个港湾的,大海的波涛在摇晃中培养了我的飘逸感。

你选择夜晚来访,的确意味深长。

我并不是有意选择,只是我赶到此地已是夜幕降临。

你是怎么找到这片橙子林的?我们居住的这一带家家门前都有一大片橙子林,几乎很难分辨。你是怎么找到的?

我看到了梯子。那架靠在门前的白色梯子。就是你告诉我的那架由一位闪闪血统的老人在他双目失明之前,用他裱书手艺制成的白色梯子。这架梯子是你们家的标志。

我不喜欢你这么说,你这是在模仿我,而我只是在心境恶劣时才会这样说,请你以后再也不要模仿这些,我不喜欢阿谀的模仿,尤其是我的恋人,你别想用这种方式混入我的家族。

我非常难过。我告诉她,确实是因为看见了这架白梯子才没有使我因夜晚和橙子林的香味而消沉以至迷失。我确实将这件家传的古物看作一种文明的象征,才没有被途中所见的所有那些少女和大同小异的橙子林所蛊惑,直接抵达了她的宅邸。

不!她大声宣告。你因此错过了天赐的良机,你途经湖泽而不饮水,正好说明了你天性的软弱,你害怕得病、夭折乃至半途而废,你想表明你以完美的形式寻求到达完美的完美途径。而我的家族,我身后的这扇门正好是歧路。说完,她扭过身去,用手指点了一下那扇带纹饰的漆成玫瑰色的大门。大门应了咒语似的无声地打开了。室内的灯光照射到门前的台阶上,给清凉的夜色增添了几分寒意。

她转过脸来。我感到恍若隔世。

丰收神的身后站着一位穿睡袍的男子。他的脸修整得干干净净。

我父亲。说完,丰收神径自走进屋去。

我通常是在我祖先为我留下的院子里会客的。我对年轻客人的来访尤其满意,这是我的家族兴旺的体现。我这个人对下一代如此宽容,我自己也感到奇怪。我遵从简化了的闪闪人的习俗,在饭桌上和我的子女讨论爱情和性爱喜悦的从属关系。但你不要因此误以为我们漠视世代相传的清规戒律,我们内心的节制是以我们体验朗诵理论的快感来补偿的。我的祖先很早就认为:谈论吃比吃这一行为本身更具光彩,更何况谈论吃什么和谈论怎么吃比之具体吃什么和能够吃到什么来得更有现实意义也更具有超脱精神。总之,你不难从我的言谈中领悟到:惯例对我们这样一个有历史可追溯,有传统可依附的家族来说是崇高的。

他做了一个短暂的停顿,清理一下喉咙中的杂音,俯身凑近我的耳际,神秘地宣布:我愿意在我的余年,忍受你这样有理论倾向的贫民,你来自下层,刚好可以补充我们家族的混乱的血系。

远处传来一阵歌唱般的哭泣。丰收神的父亲消失在橙子林中。那哭泣象是一个女性在缅怀她的初次分娩,又象是一个男人在搜寻他的私生弃儿。

你不用对此感到惊讶。

我身后传来一位女性的温柔的嗓音。我丈夫过的是一种理想的生活。我打断她的话,告诉她,我并没有对她丈夫的这番演说感到惊讶,我只是说,用这样一种别出心裁的方式待客,容易使人气馁。她没有理睬我,两眼注视着漆黑的夜幕,咏叹似的继续她的解释。那是一种文字的回忆,一种尚未泯灭的纯朴的愿望,这的确幼稚,但可以奉献。并且是以自己意识不到的方式。说着,她将手伸给我,引我走进门厅。我丈夫有一种不健康的阅读方式,他总是熟记那些不能被死亡抹去的名字。

你指的是象群居的企鹅这样一些概念吗?我好奇地问道。

不是!你不要以为我在为我丈夫辩护,他无时不刻不在检阅他内心森林般的欲望,你别以为这是冲着你说的,他是个病人,他这一辈子就被澳大利亚肝炎折磨得不行,你应该原谅他,这我求你了。你务必答应我,我以一个妻子、一个女人的名义求你了。你自便吧,我要找他去了,他还是个孩子呢!

她把我独自一人撇在这过道里,往橙子林深处去了。

我从傍晚时分开始。走过迷人的街道,走过诱人的橙子林,走进这座令人生畏的楼房直到现在,我不知道时间过去了多久。这些彼此相似的街道,林子和院落给人一种迷宫的感觉。处处都是希望。而每一步都是陷阱。我的乐趣此刻已不在于何时走出,而在于备受折磨。

我记得丰收神对我说过,她爱我,我是她的理想的化身。但你是我阴暗的理想。我揣测,她大概想将她所意识到的所有罪恶通过我得以具体化。我因此成了罪恶的化身。值得庆幸的是,她时常爱抚她的罪恶。

这个客厅似乎是夜晚的化身。它具有夜晚所具有的由远而近的寒意、渐渐降临又缓缓升起的黑暗,音乐般的遐想以及自我暗示的恐惧。我惊喜于我以如此具体实在的方式迈入了我渴望已久的抽象的历史。

我正面对一扇窄门,迎门置放的一把椅子几乎意味着一种邀请,而椅背上挂着的一条鲜艳如血的围巾又似乎是对邀请的某种解释,而围巾的悬挂方式又象是对任何试图理解解释的劝阻。我在这把木椅前逡巡不止。在我贫乏的记忆中罗列以往无数世纪的那些著名的狂想:侏儒的诞生和巨人的死亡,愚昧的早产和聪慧的夭折,图腾的变迁和祭祀的延续,恋尸者的欣悦和牧羊人的忧伤。由此,将我对具体事物的注视引入对暴力和爱的思考。这个在门前摆设象征物的家族理应被载入典籍,以便为后世赋闲的人们所引用。

越过这把白色的木椅和血色的围巾,沿墙是一排褐色的陶罐。它们一共是十二只,分别盛放着十二种动物的尿液。它们的用途和它们联合散发的气味是我无法臆想和讨论的。我草率地把它们归结为对飞禽走兽的崇拜而导致的"爱物及尿"的心理所为,随即便掩鼻越过了它们。这一由感官决定的忽略是由我固有的偏见所规定了的,而面对旷世的奇臭我们有保留偏见的权力。可是,对这一明显的错误的认识能力是在我进入街道拐入橙子林远远地看见那架白色的梯子的瞬间丧失的。在这迷宫里,我的理性是无所作为的,我只能为我遐想的冲动所驱使,在悲观的侥幸中择路而行。

每当我经历了什么平凡而亲切的事物,我的热情总为我的虚荣所鼓荡,为自己勾画恢宏的远景好在它前面放声高歌。有时,我们日常的对话也是诗,也是舞蹈,没有目的,只是我们内在情感和欲望的折射或剪影。这是我们语言发展的一个较次要的原因。我唯有取这种态度,方可容易地克制对丰收神父母的厌恶感。他们的滔滔不绝的说话欲只能使这块地方徒增语言垃圾,有朝一日,他们说过的话将充满在大气之中,直至我们的唇边,使我们无法启齿。倘若不能有效地控制丰收神父母这一类说话狂,总有一天,人类的交往要依靠细致而准确地吞吃字眼、短语、长句来维持了。在这幢房子里没有沉默。但四周静得可怕。我很想找一个人聊聊,即使是跟一个死去的人说几句不相干的废话。

你可以到剪纸院落去。

我现在开始回忆。我将排除时间的因素,就是说将慧星的漫游和星宿的静止现象从我们的印象中剔除出去。

我在橙子林中迷失了方向。

一个有着一张修女般脸孔的少妇坐在树下吃橙子。她嘴里不断发出的咀嚼声,听起来象是在啃纸板。在她的身边公猫和母狗偎依着沉溺在缺乏宗教倾向的幸福之中。

你在寻找剪纸院落吗?

是的,但请你告诉我,你是怎么知道我要往剪纸院落去的呢?我惊异于她美妙的嗓音。

从你脸上的神情可以看得出。所有到剪纸院落来的人都呈现出相同的迷惘。

难道这里就是剪纸院落?在我的想象中剪纸院落即使不是神圣的,至少也不至于平庸到和别的橙子林毫无二致。

那少妇点点头,继续嚼她的硬纸板。不同的只是比起先前更加起劲,那声音近乎一个男人在夜间磨牙。她身旁安于与异族异性杂处的动物的脸上浮现出如梦的甘甜与和谐来。

她似乎看出了我为在进化的行列里落伍于人类的低能动物所吸引。她起身朝我走来,脸上那纯洁的笑意令我神魂颠倒。我期待着从她的嘴里吐出些涉及高级动物情感的话题来。我并非兀自作此妄想,是她的神态指引着我的向往。

你是个了不起的小伙子,你如此热爱动物,真是令我感动。我的祖上是干狩猎这一行的,后来,他们和他们捕杀的对象结下了深厚的感情,那真是一些富于情感的动物,它们中间的一部分具有高贵的气质,它们在与我们祖先的交往中表现出了良好的教养,我的祖先就是在它们的帮助下逐渐脱离了那野蛮的生活,告别了原始森林,跋山涉水来到这块丰饶之地的。他们告别时的场面感人至深,有一千匹雄性斑马为他们舞蹈。其中有一匹领舞的斑马在表演一组模拟交配的动作时,为四匹跳群舞的小斑马踢碎了生殖器。鲜血和精液混合着喷射出来,那场面真是壮观,我这一生始终沉浸在那样一种狂热的向往中。我养了二十七条母狗,一百十三只母鸡,四十六条母狼,还有少量的雄性动物,这跟我崇拜它们有关。

我怀疑在这番话的背后隐藏着某种哲学上的偏见,但是,这样一个象疯子一样具有魅力的家族是不会因为哲学史上的某次大论战而败落到今天这种耽于口舌之乐的地步的。

你生活在一个直觉高于思辨的家族里。我装扮出我有非凡的归纳力。

我们热爱梦想就如我们热爱光荣。她说这话时,两眼流露出悲戚的目光来。

此刻,透过茂密的橙子林,可以看见远方天际的云霞,她从怀中取出一本白色封皮的小册子。她的眼眶里漾起了忧郁的泪水,她的胸脯山峦般地起伏着。

我负有使命,将这本书交给你。你务必熟记它的每一个字,直至你的内心深处。好吧,现在你随从我吧。今年的反陈述节,就由你和我来共度。

在夕阳的余晖中我们相随而行。我手中的这本记载伟人们的日常生活的小书,是一本连环画。书名叫做《审慎入门》。它的每一页都充满了谵语似的独白。它由十三位不同时代,不同种族,不同性别的伟人的事迹片断所组成。我揣测,它的每一个字都来源于史前流行的咒语,它暗指我们这些行走着的活人全是应运而生。

在我们这里,所有的事物都诞生于一夜之间。我们生活在一个一开始就有文字记载的环境里。这就是在你们外人看来,我们生活得如此轻松的原因。我们没有想象的义务,我们思维中所有的形象都取决于未来。这又是我们的生活为创造的混乱所充斥的原因。这就是反陈述节的由来。我想,你选择这样一个具有历史意义的反历史的日子来造访剪纸院落是怀有阴谋的。当然,我丝毫也不怀疑我的妹妹有什么不清白的可为我们家族所指摘之处。她交上你这么个丑陋的小伙子,不会是基于什么性的考虑。这一点,我可以断定。好了,接下来的散步必须在静谧中度过。你留神你的眼睛,你看见什么,就将是什么了。

《审慎入门》是参观剪纸院落的导游手册。这个院落的所有一切都与伟人们的所作所为有着对应关系。

在暮色中阅读这本书,无异于做一次内心故乡的漫游。从内心生活来看,伟人们的故乡就是我的故乡,只是当伟人们悄然离去之后,我无法辨认出它们而已。

在十三位伟人中间,有七位是女性。而其中有四位来自于尼姑庵。其余的各位不是翻山而来,便是涉水而至。甚至从这些记载他们光辉业绩的文字中都可以看出旅途的疲惫来。《审慎入门》的编撰者把他们最初的长途跋涉说成是精神上的求索,而非肉体的流放。致使我这样的读者无以领会超验的陌生感,只是沉溺于快意的体验之中。

我觉得我生来就是属于剪纸院落的。属于它美丽的无须耕种的土地(当然它寸草不生,橙子树是一种理论上的例外)。属于它众多的庙宇和同样众多的心不在焉的信仰者(我即是其中之一)。属于它平静而大量繁殖同时又迅速为时间之潮湮没的守林人。他们不分性别穿同样的衣服,怀里揣着同样的书。他们以同样神圣的方式向过路人掏出他们并不认为神圣的典籍。这个院落因此变成福址。

你能告诉我,你此刻正行走在何处吗?

她在我前面两米处突然转过身来。从她的目光来推测,这与其说是询问,还不如说是诱导。

我正走入审慎之门。

剪纸院落如纸一样单薄、脆弱,跟纸一样光滑、冰冷。那位来自落日故乡的伟人,一路上扶老携幼、风餐露宿,历尽了千辛万苦。他喝遍了三江四海之水,把五脏六腑呕了个干净。最终,才以他独有的规矩劲挤了伟人行列。《审慎入门》里收入了他亲笔抄写的唯一一封情书。字迹端端正正,十分宜人。尽管这封情书文笔拘谨,仍可以从中略窥伟人的当年风采。这封措词怪异的情书详尽地介绍了从古至今的各种冷兵器,并且客观而雄心勃勃地对未来的冷兵器作了实有远见卓识的预测。正是在这封情书里,这位喝葫芦水长大的远祖的后裔,有史以来首次明确提出在不远的将来,在和平环境里兴建冷兵器纪念馆的设想。

他的热情没有白费,在这位孤家寡人于某个风清月朗之夜溘然长逝之后不久,他的精神上的一部分远亲,坐在一种竹制藤编、前后两人抬着行走的玩艺里匆匆赶到此地。凭着对这句话的创造性的理解,加之他们自己的特殊爱好,于一昼夜之间,盖成了冷兵器纪念堂。在当时不知是由于疏忽还是有意篡改,纪念馆变成了纪念堂。就此堂馆之争成了历史遗留的悬案。

我为我手中的著作所指引来到冷兵器纪念堂。我惊讶地向她表示,没想到橙子林中竟有这等美妙的去处。

我这人有古癖。我打从小就嗜铁器,尤其嗜熟铁,对从土里挖出来的铁器更是视若珠玑,奉若神明。你们女人不知,只有这些冷冰冰的东西,才能使我们男人热血沸腾。

你也算男人? 你还是个孩子呢,孩子不能跟那些真正的男人混为一谈。你还是乖乖地跟着我四处看看吧。我看你是叫那股子潮湿、腐烂的味儿熏昏了头啦。

从前,我是能够自由出入我的冥想的。现在,我冥想的门户,全叫一些不伦不类的疯子扼守着。他们把我挡在我的冥想之外嘲弄我。你知道,有些人一旦离开了他的冥想他就立刻化为乌有了。我深知我的处境险恶。

这个纪念堂为一张凉席隔为两个部分。正面叫做远征时期,反面叫做和平时期。由一些过分注重形式的文字作为它们的解释。远征时期遗留下来的冷兵器在今天看来非常威严。依我之见,用这些东西来演戏或者用于某种仪式要比用之冲着什么人和动物乱比划要合适得多。和平时期的冷兵器在风格上则迥然不同。它们制作得更为精致、锋利,适宜直接佩戴在肉体上,或者,捅到肉里面去。一看,就知道它们与鲜血啦、头颅啦,骨骸啦什么的有着密切的联系。

据《审慎入门》记载,和平时期也叫做雨季时期。因为它牵涉到两次象征性的远征,并且完全是为雨水所遏止的,要不是支那半岛每年有一半时间是为雨季所控制,《审慎入门》的篇幅很有可能是今天的一倍。

据说,支那半岛原本是一块四季如春的土地,那儿居住着的人个个如花似玉,连干粗活的男人也不例外。后来,有一部分上身发达,下身萎缩的人鉴于战事频繁、四处奔波实在倒胃口,便一致决定,将这个地方划为永久战场。同时,考虑到接连不断的大规模斗殴,肯定会使战场污秽不堪,便将一年中的一半时间划为雨季,以此,清扫战场,冲洗血污。

对于我们某些祖先的这一举动的含义,《审慎入门》的编撰者不置可否,只是含糊其词地说什么:金戈铁马啊啊啊。这种念书人的词藻让我这个武夫的后代大动肝火。

我想知道,写这本书的混账东西如今躲在哪儿?

你指的是我吗?我才不是什么混帐东西呢,我描写的那些人才是混帐东西呢。她并没有气恼的意思。

怎么,《审慎入门》是谁都可以编的吗?我为如此神圣的东西出自这个疯疯癫癫的女人之手大为不满。

不!这种事情适宜心灵手巧的女性来做,这是个细致活,既要有耐心,又得沉得住气,要是男人来做的话,那必须是个阉人。说完她做了一个含混的手势,似乎是宰割什么。

这一类对著书立说者的全新解释,真是闻所未闻。它使古往今来的一切文稿转瞬间全成了阉人的私语。以往,我们那些光辉灿烂的年代顿时黯然失色。我们必须在女人和阉人之间小心翼翼地寻找通向历史源头的坦途。

我躲避瘟疫似的逃离看来阴暗、想来苍白的烂铁堆,没入眼前的一片橙子林。远处,仿佛是天际尽头传来一阵悠扬的钟声。

这很美。我对《审慎入门》的编撰者说。令人想到战争之外的事情,比如,爱情和友谊,沉思或者奉献。

啊。你弄错了。这是澡堂子的钟声,是在招呼那些阵亡将士的灵魂去洗澡呢。

此刻,我确信,我已陷入迷宫。

在橙子林以往的历史中,死者们总是在反陈述节这天从天堂和地狱的各个角落赶到剪纸院落的池塘来洗凉水澡。于是,反陈述节就成了所有死者和生者会晤的节日。由于这一会晤是在澡堂子里进行的,所以,会晤双方都是裸体出现的。区别仅在于死者裸露的是灵魂,而生者裸露的是肉体。这一习俗沿袭至今,对我这样一个外来的、涉世未深的少年来说,反陈述节意味着暴露。总之,是一个性感的节日。

沐浴是在向往尼姑庵生活的未成年的少女所组成的合唱队的伴唱中进行的。她们自始至终以无伴奏的形式反复咏唱一首无词歌。这种圣咏般的倾诉寄托着无数时代天上人间的相互向往和相互影响,乃至相互模仿。

这萦绕在耳际的歌声渐渐地充溢于用作沐浴的这片金色的池塘,和钟声、晚霞、水汽以及生者和死者的呼吸混合一体在橙子林间飘荡,便生者感到飘飘欲仙,使死者重温尘世之乐。尽管他们之间存在着无法逾越的奇异的间隔,但他们以持久的袒露赢得了彼此之间的宽容。

同样奇异的是,在每次反陈述节之后的相当一段时间里,裸露这一方式被保存着。这个家族的全体成员世代相袭,于今全都染上了裸癖。他们以生者的方式暴露肉体,以死者的方式袒露灵魂。使橙子林沉浸在毫无遮掩的狂热之中。在此之间我倒成了唯一真正的隐秘所在。

你是一个窥视者。我的女友——丰收神,以我刚才详细论述过的方式出现在我的面前。她的脸上带着谜一样的微笑。

在我们家的这些日子,你过得愉快吗?

这些日子,你这是什么意思?难道我不是在今天晚间赶到此地,而是在一个世纪之前的某个傍晚。

哎呀!你真是老糊涂了,一个中年人,怎么还可以象一个少年那样跟人拌嘴呢?

等等,你说清楚,我是中年人?我什么时候成了中年人的?

我内心极为恐惧,尽管我的肉体是以空间的方式存在着的,但我对时间的流逝还是充满敬畏。

好啦,只要我还爱着你,我们是否还象从前那样年轻又有什么关系呢。

没关系?明天早上我还要赶去会考呢。你知道什么叫做会考么,从前那叫做考状元。

已经太晚了。

她安慰我道:剪纸院落在夜晚是封闭的。也就是说,逝去的岁月在夜晚是封闭的。否则,你将走出历史之外。现在跟我来吧,我给你安排一个睡觉的地方。要知道,在历史里睡一夜是很舒服的,这不比在母亲的子宫里睡一夜差。这一点不假。

我随手将《审慎入门》弃入路经的杂草丛,满怀对新的良知的期待扬长而去。

我们穿过一片有晨晖的北方旷野,丝毫没有感到寒冷。一个渔夫打扮的中年人坐在田埂上吹笛子。他表情忧伤,但吹奏的乐曲倒是让人感到无比快乐。我上前和他攀谈,他满不在乎地告诉我,他是个木匠,纯粹是一个偶尔的机会,被大街上一位自称是幻术大师的人拉到此地,幻术大师一再告诫他:从前是什么,现在做什么,这中间没有什么必然的联系,关键在于体验。说完继续吹他的笛子。

我和丰收神继续前行。忽然,她指着不远处的一幢小木屋对我说:看见没有,你穿过这片牧场,你今晚住宿的地方就到了。你自己去吧。

丰收神很有可能是一位向导,领我在诺大的假想世界中漫游。我所耳闻目睹的一切极有可能全是布景和效果。我得找人问个明白。我不能永远置身于这种杜撰的真实之中。

你就是我姐姐的情人,是不是?

一个精瘦的小男孩倚在小木屋的门上,他手中正捏着一团褐色的泥巴。他手指修长,简直不是一双孩子的手。我惊异于他的手艺,不一会儿功夫,他就捏出一只狗来。

杂种狗。你看得出吗？他头也不抬地问我：你想进屋吗？

不！我想看你的手艺。我想，他是我在这个家族见到的唯一可亲可近的人。在这个意义上，他倒有可能是这个家族里的杂种。

我的手艺只传儿子，外人是不可以看的。这哪里是一个孩子在说话。

你以此为生吗？我岔开话题，我得制服这个孩子。

这门手艺靠我得以传世。我只消看一眼，就知道你是个势利小人，你以为我姐姐会嫁给你这样的人吗？她是在逗你玩呢，这就叫玩弄。你懂吗？

说话间他又捏成一只狐狸，随后便捧起它们走了。

我目送他消失在橙子林间，然后进屋躺下。此刻，我疲惫不堪，又困又饿。不多一会儿，我就睡着了。这个家族所给的一切冷遇全都扔给了这个醒着的家族。扔给了这些精力充沛的疯子。

但出乎我的逆料之外，丰收神推门走了进来。她如出席反陈述节般来到我的床边，在我的面前俯下身来。我闻到了她皮肤的气味。我几乎可以说，我闻到了橙子林的气味。我原本打算对这样一个家族做一次意念上的清算，在我的想象中将他们一个个打翻在地，往他们的身上、脸上吐唾沫、擤鼻涕，好好宣泄一番。现在我只能收回这一幼稚的打算，我并不是热衷于报复的人，我如此善良，我早就料到是能够打动他们的。他们至多是有些变态，这完全无关大局。他们这样的家族以延续体现了诞生、死亡和复活这一壮举，真是独辟蹊径，不可多得。

我向她伸出手去。她说：你想知道我的过去么？我是指我个人的过去，也就是所谓的私生活。

你要知道，打听隐私是我的爱好，你快说吧。我已经迫不及待了。

今天看来，这似乎不是我的故事，它就象是一个传说世代留传，已经开始发生变化了。

我的祖先，你不反对我稍稍谈谈我的祖先吧。在我表示赞许之后，她凑近我继续说：我的祖先是些打鱼的人，他们惯于逆水而行，便得到一些鱼类之外的东西，诸如海马和水龙，他们便将这些东西饲养起来，长年累月，越积越多，它们便开始死亡和腐烂。于是，土地开始肥沃，渔夫便开始耕耘，他们撒下一些海龟的卵，企望从土地长出海龟来。当然，他们大失所望，这异致了他们对土地和大海同样的失望，他们便开始流浪，但他们曾经以四海为家，于是，他们又为似曾相识而苦，又只好安营扎寨，过起游牧生活来。渐渐地，河水流到他们那儿，一艘火轮在黎明时分抵达他们的茅舍，从上面下来一些面容和善的人，他们自称是信使，我的祖先便留他们住宿，夜间，那些信使就是就着月光从信封中取出匕首将他们一一宰割。然后，装箱送走，我的祖先，由此消失。

我发现我自己时，我已成年。当时，我在一所外国人办的学校里念书，我念洋码也念洋字，比如，拉丁文。在今天听来，简直不可思议，我居然成绩优异。我在冥想中重复我未曾谋面的祖先的业绩，想象他们的痛苦和甘甜。很快我们中间一部分人拥到远方的一个岛上去做岛民，其余的或戎装出征，或艳装下海。总之，我们独自人生。

我先把自己嫁给一个老人，同时打算在此之后再嫁一个中年人和一个青年人，也就是你。这没有什么特殊理由，仅只是爱好而已。人人都有爱好，这无可非议。

我攒下许多钱，同时也积累了不少经验，但最重要的是，我发现我不会生孩子，这或许可以说我大概不会死亡。我陷入极度的沮丧之中，我开始整天想象死亡，搜集这方面的著作和研究资料,为自己勾画死亡的蓝图,设计死亡的各种方案以及实施这种种方案所需的一切准备。是的,死亡高于一切。但很快我就淡漠了,我觉得盯着死亡不放是幼稚的表现。于是,我重新开始学习生活,恢复我从前的一切能力。

夜晚的小木屋如此潮湿,天长日久,墙角已经长出许多无以名状的小花了,它们象童话中的植物一样能说会道,想来让人不寒而栗。一些无性繁殖的动物在草木间舒展身姿,一幅歌舞升平的景象。

他们这一家人最初前呼后拥地来到这个城市,在城墙外稍作停顿,对这个城市根本不加打量,便开始英勇地穿越它。一旦进入这个城市他们便转晕了头,一家人刚经过一座废弃的宫殿和一个才兴建的屠宰场就走散了。被这个可怜的城市溶化掉了。许多年以后,他们逢人便说,几乎是到处倾诉。也许,他们期待着这种倾诉可以象瘟疫一样四处传播,最终,通过瘟疫找到他们失散了的祖先抑或是他们祖先的后裔也行。但是,这个城市中走散的人遍地皆是,他们早已成立了失散者协会。在协会的聚会上,人们有组织的痛哭流涕,互诉衷肠。随着活动的日益频繁,他们依恋起这种可爱的悲天悯人的聚会来。于是,从失散者的心中,升起一股对走散了的亲人的厌恶感来。一开始,这种厌恶是没有具体指向的,久而久之,这种莫名其妙的厌恶已不能满足他们的痛恨,他们便将厌恶投向协会中那些与他们亲人相近似的人来。相貌啦,脾气啦,口音啦,到后来甚至吃饭时咂嘴的声音啦,口吃的程度啦,趴着睡觉的习惯啦,全成了厌恶的缘由。就这样,在一个阳光灿烂的早晨,失散者协会解散了,人们以一种老练的失去可亲近的人的神态消失在集市中,码头上,大街小巷之中。他们深知,不久一种崭新的组织将应运而生,而他们将是这新协会的当然成员。果不然,他们在度过了漫长夏季中的短暂的一天之后,又在集市拐角处碰头会面了。

这个家族中的一位乐于体验再见这种情感的男子,是失散者中唯一没有加入协会的人。他刚慢慢悠悠地和家人走散便遇上了一场革命。这个城市每逢农历的初一和十五便要发生革命。革命的内容是相当广泛的,形式也是极为多样,搞革命的人经验丰富得有些可疑。

这位美男子碰上的这场革命是关于算卦的。据历史的记载,在这个城市里,算卦最先是以业余爱好的方式出现的。在城中居住的各民族人民在茶余饭后,三五成群,于街头巷尾展开自发的激烈的讨论。在那个时代,算卦是一项高尚的嗜好,这不仅因为算卦体现了大众对未来命运的深切关注,更为重要的这是人与超自然力量的平等对话。那个时代人们崇尚促膝谈心,许多罪恶因此避免,但同样多的罪恶也因此而诞生。物换星移,岁月流逝,男女老幼渐渐醒悟,算卦可以换饭谋生。于是,人们这一受人尊敬的余兴就蒙上了功利主义的色彩。更有甚者,还因为算卦在一辆行驶的电车上爆发过一场有争议的闪电式的战争。人们意识到,终于到了该清算算卦这一行为本身的时候了,如果任其发展下去,它必将毒化人类的心灵仍至日常生活,更为可怕的是它亵渎了人们对神秘事物的向往。

美男子在革命的大街上行走,他深感欣慰。并不是任何人都有机会一进城就遇上大革命的。更何况这是一场涉及人们理想的纯洁性的革命。大街两旁所有的商店大门洞开,店员们挥舞长短不一、大小各异的刷子干得正欢,他们起誓说是要在一天之内将城市粉刷一新。鉴于革命的领导者还没有最后决定到底要将城市刷成什么颜色,而店员又都早已按捺不住要使城市旧貌换新颜的决心,便依据各自的爱好将各种颜色先刷将起来。忽然传来消息,因为革命爆发得过于匆忙,一时找不到领导者。这一下店员们议论纷纷,他们认为领导者一时找不到倒也罢了,关键是要搞清楚粉刷和算卦有什么必然关系。店员们全是有头脑并且也肯动脑筋的人,他们并不满足于挥动几下刷子便了事。这样一来,一场关于算卦的革命演变成了一场关于先找到领导者再粉刷城市还是先自刷起来边干边等领导者自己出现的大论战。

美男子乘着市民沉溺于思辨热潮之中,走进了他路经的一家镜子商店。

玩镜子的男人。事后人们追忆他的时候这样说。他迈进镜子商店的店堂的头一分钟里,就意识到,他余下的日子将在对自己的注视中度过。象他这样的美貌,对于这个不断爆发革命的城市显然显得过于奢侈。街上的行人根本不会注意到他这盖世的容颜。流浪的人们总是美的。比这群挤在这个闹哄哄的城市里的店员要漂亮千百倍。而这些伶牙利齿的店员根本无心过问他人的相貌,他们总是说:内心生活是第一位的。这句话是为革命的领导者所推荐的。至于这位热衷于推荐格言的领导者谁也没有见过。关于他有许多流言。但能说会道的人们并不看重这些流言,他们有绝对的把握来修正、润饰、篡改、发挥以至全盘否定而另起炉灶散布更出色的流言。流言是这个城市的一种标志。日报上辟有流言版,招聘录用要测验撰写和传播流言的技能。流言是公立学校的必修课,人们娶亲时总要打听:此人流言怎样。

美男子最终没有找到他的家人,他有了镜子,他找到了自己。据传说,他死时美丽异常,但他脖子以下已全部瘫痪。人们猜测,是因为他用毕生的精力注意自己的脸,把其余的部分赔了个干净。他的遗容人们争相瞻仰,许多少女少妇当场晕倒,醒来后便就地翻滚。她们在心中暗暗地推举他为丈夫的偶象。就连他生前下肢毫无知觉也全然不顾。从人们搜集到的,仅存的关于美男子的资料中得知,美男子在世时每天单单洗脸要花费十二小时,照镜子十一小时,这还不包括边洗脸边照镜子的时间。他每天仅用一个小时来处理诸如大便小解,吃饭喝汤之类的琐事。人们奇怪的是,找不到任何关于美男子睡觉的记载,人们甚至断定美男子是不用睡觉的。这种观点盛行了相当长的一段时期。其间,经历了两次革命(一次是关于行车是靠左还是靠右,另一次是关于冬天是否一定洗澡)也没有衰落,只是经过很久很久,人们才小心翼翼地猜想,他可能是边照镜子边睡觉的。

美男子对镜子有特殊的秘不示人的研究。他并非如别人揣度的是拥有世界上最大一面镜子的人。他用极薄的铜片打磨以后,制成鸡心形状,用一根麻绳吊在前胸。

你看,就是这一枚。

这是一块烂铁皮吗。我大不以为然。

丰收神陷入对往事的追忆之中。美男子是她的兄弟,到底是哥哥还是弟弟她搞不清。他平日讲话就象朗诵一般,他是一个理想主义者,他是她们家族中最需要照顾的一个人。就因为他不加入任何协会,致使他失去了与家人团聚的可能。

为了找他,我参加了五百个协会。丰收神伤心地说。他们在他从不光顾的地方找他。在他死之前,我们为什么没有一个人想到镜子呢,据算卦的人说,我们家族中只要有一个人哪怕是照一次镜子就会看到他。但那时正对算卦者进行革命呢，我们怎么会听信这种人的劝告呢。这也许是说人们还是有希望通过面容找到自己的亲人的。这太荒唐了。偏偏发生在一个注视灵魂的时期。丰收神至今想起这件事还忿忿不平。

我仔细地端详这枚被称做镜子的烂铁皮，妄想用它来照一照我，好以此使自己漂亮哪怕是一丁点也好。我犯了一个致命的错误，我终于得以清楚地看见我已走入了这个疯狂的家族。

美男子生前就没有留下什么话吗？在一个下雨的下午，我在躲雨的房檐下诚恳地向丰收神提出这一问题。她大为惊讶。

你怎么知道他会留下话呢？

那也就是说这位悲壮地故去的前美男子的所作所为与我的愿望相符。那他究竟说了什么呢？

丰收神象宣读祷文似地张开她的小嘴：我需要爱我的人离我远远的。

这是不是说相爱者彼此是孤独的。是不是说爱的甘醇只有在一定的距离里才体味尤深。是不是说背离也是爱的一种形式。斯人已逝，美男子是否带走了所有关于爱的答案。

我的兄弟曾经是位出色的骑手。他纵马驰骋确实有帝王之风。他如今依然在我的梦中款款而行。令人痛心的是进城后他曾随一些洋人圈地跑马。他从前总是独自奔波，苍穹大地无声地陪伴他。你想象一大群贼眉鼠眼的看客挤在条凳上狂呼乱吼，叫人怎么消受得了。

在某些特殊的日子里，女人的唠叨自有特殊的魅力。恰似鼓书艺人口中的故事，令人百听不厌。其实我们并非在听取他人口中的故事，只是随着故事想自己的心事而己。

美男子显然算不上他们家族中最优秀的代表，充其量不过是个犯有幼稚过失的小小的叛逆。最为出类拔萃的要数丰收神的表兄。俗话说：一表三千里。这个家族藏污纳垢的本领由此可略见一斑。这位表兄长相平平，无丝毫惊人之处，但是位闭门思过的楷模。尽管他从不出门，未见过有何过失，但据这个家族的古训：没有过失便是最大的过失。他便是罪孽深重。此人一生未曾婚娶，备受伦常的煎熬，但他对床第之乐云雨之事有非常深厚的理论素养和批判能力。尤为可贵的是，他乐于向人吐露衷肠。

我最大的愿望就是当一个廉洁的掘墓人。

我们至今仍可看到这位苦行僧端坐在窗前静观院内家禽们的日常生活的身影。

你们应该对此有所了解。在革命时期干掘墓这行是能发财的。每一个掘墓人都有自己的领地。外人是不得随意进出的。掘墓人中大多数从前是手工艺者。雕梁画栋、琢瓷刻瓦的行当给他们的掘墓提供了良好的训练。我早已想好了，我先要选好一块风水宝地，然后就在这块土地上种植奇花异草，等到略具规模，我就开一家花店，我会买卖公道，和蔼待人，以此招徕游人。紧接着就将它发展成一个小型但非常完备的鲜花的集市。经过一个漫长的萧条时期，来到这里种花、卖花、买花的各色人等相继辞世而去。我就将此地用雕花的栅栏围起来，留下仅供我一人出入的一扇小木门。这时候，我就正式向世人宣称：这是我的墓地。啊，你要知道，这时我就开始施展我掘墓的才华了。这是一个多么广阔的天地呀。这是一个宝藏，待我把它发掘完了。我还将把它改造为一座广场。我就叫它睡意广场。经过如此漫长的一段岁月,我是多么劳累啊,我就在这个广场里睡觉,这真是太奇妙、太令人陶醉了。

不过,这种事情一旦做起来,那可就太麻烦了。想到这一点,我就放弃了这一打算,我已把这件事的前前后后想了个透,所以不干也没什么可惜的。只是那真是一块风水宝地呀,倘若你有意从事这一行当,我可以把这块宝地让给你。你不要为难,我可是真想把它送人呢。就送给你吧,你一定要收下它,在我看来你天生就是个掘墓人。你就不要再推辞了。

那么,你所描述的如此动人的地方在哪儿呢。

我不想当什么掘墓人,不过,既然到这个家族来一趟,亲眼目睹那块自封的宝地也是应该的。

你能领我去观赏一下吗?

它在我生前的想象里。

这可真是太遗憾了。那么你生前还有什么理想呢。

怎么,这样一个理想对一个人来说还不够么? 难道一个人应该有一个以上的理想么?

这个家族的先人古时与山林为伴,染就凄苦之风。面如土色,心如溪水。天气晴朗他们便走马观花,梅雨时节他们便偷香窃玉。族中人个个身染百疾,经年累月翻查医案,千百年来尝遍世间草本。冬来依山而卧,夏临傍水而坐。他们以山石为墨,以松枝为笔,饱蘸深谷涧流,挥洒旷野青天。走笔随心意,留字为医证。到头来这块不毛之地为山岚嶂气所充盈,路人闻之便得不治之症。

时光流转。他们在山里呆腻了,便在山林间遗下一些奇谲多变的故事,径自寻找新生活去了。他们路上的情形无人知晓,大约早已随道旁的野草腐烂消失湮没于泥土之中了。

有一首民谣讲述的是关于一个舞蹈者的故事。

现在由我来从一种无所不知的叙述者角度来讲丰收神家族的最后一个故事。

很久以来,人们已经看不到舞蹈者了。人们几乎忘记了舞蹈的含义。这个家族的成员已经习惯于把舞蹈当作一种巫术来理解。从前,这块土地寸草不生,橙子林只是人们的理想和奢望。一望无际的平原是天然的舞蹈场所,只是因为有一种传说。说是舞蹈是一种高山病,只有山民才跳舞。于是,人们暗自认定舞蹈是疾病的表现,平原人跳舞是对病态的模仿。而在平原,模仿是列入禁忌的。

平原人是有节制的,他们克服了这种为习俗禁止的乱蹦乱跳,把省下来的力气用作谈话和散步。这便是后世闲扯淡和闲逛悠的由来。少数渴望舞蹈的人走了高原,他们天真地幻想搞个折衷,这使他们爱上了骑马和牧羊,这便是后世流浪和驱赶的由来。极少数进入崇山峻岭的人学会舞蹈之后便将余生的全部精力化在跳舞上,他们全在手舞足蹈中死去。这个消息经高原传到平原。节制便成了人们的戒律。舞蹈从此成了一种遥远的传说,它总是和死亡和恐怖联系在一起,因为舞蹈抽象而没有明确的含义。直到有一天,他们这个家族的一个姑娘的诞生改变了这一切。

这布满每一个角落的橙子树,是为了纪念这位姑娘而种植的。这姑娘是这个家族中的唯一舞蹈者。她是平原上过着悠闲生活的人们的唯一例外。遗憾的是,她是个聋哑人。这是她被准许跳舞的原因。她的舞蹈是一种语汇。她不分春夏秋冬舞蹈着与人交往,向认识的和不认识的,可亲近的和可厌恶的人传达她的情感与感受,渴望得到他人的一掬同情之泪。她就如一颗神秘而忠实的星辰,在遥远而固定的轨迹上向人们闪烁她明亮而忧伤的眼睛。但是,这样一种诗意而痛苦的生活过早地结束了。她被她所在的家族纳入了一次宏伟的但最终以失败而告终的远征计划。这个历史悠久但没有族徽的家族认为在出征队伍的前列应当安排一名旗帜式的人物。否则他们在众人眼里无异于一群乌合之众。因这一异想天开的壮举而生发的使命便落到了聋哑人身上。她必须在行列的最前方,舞蹈着直至抵达此行的目的地。她没有被告知行程究竟有多远。这倒不是家族内部认为她知道这一点有什么不妥,这纯粹是因为他们认为必须在远征的途中逐渐确定被征服的对象。

他们以流浪的方式四处飘泊,他们日夜期待有谁自动出现好让他们这支雄伟的大军前去收伏。他们不断地派人向家乡送去信札,函告他们的艰辛和勇敢。让家乡的亲人或仇人坐等他们的坏消息或好消息。

终于,在一个风雨交加的早晨,这支大军中的最后一位勇士为自己拟就了一份给家乡的战报,对自己千叮咛万嘱咐了一番,便返转身来,打道回府了。

他们轻而易举地失去了他们的族徽。舞蹈者舞蹈着在家族的思念中消逝了。

等到人们为时间稍稍平复了他们最初的冲动,冷静到了对历史事件能够作判断、下定义的时候。他们便编辑出版了一本书信集:《流浪的人们》。用以追悼和检讨家族历史上的这次声势浩大而又莫名奇妙的远足。细心而有闲的人只是在书信集的后记里读到编撰者笼统而糊模地提到一位女性,在远征队伍的前列一路舞蹈,而后越走越远乃至不知去向。让人感到这个舞蹈者似乎是中途退场的,她并未坚持到这次了不起的行动的最末一刻。

倘若我们暂时离开一下这个精力充沛、历来东征西讨的家族,我们有可能在外部世界——也就是距离橙子林不远的港口城市读到另外一部回忆录:《流浪的舞蹈者》。这部回忆录的作者是一位美丽聪慧的中年妇女、两个孩子的母亲、一位考古学家的妻子。她本人是烹饪学专家。目前正主持《吃与吃法与吃什么》这一课题的研究工作。

《流浪的舞蹈者》叙述的是一个至今保留着诸多古老习俗的原始部落的故事。这个部落叫闪闪族。

闪闪人除了维持生存的基本需要而外,所从事的主要活动便是舞蹈。闪闪人在他们赖以生存的小岛上舞蹈着四处游荡,使每一天都象在过节一般,闪闪族的妇女甚至是舞蹈着生下她们的后代,这是叙述者目睹的。

闪闪人的祖先是为古希伯莱先知所遗弃的后裔的旁支。尽管岁月早已过去千百年,但闪闪人对此事依然耿耿于怀。闪闪人普遍认为他们被遗弃是不公正的,倒是让闪闪人来遗弃希伯莱先知那还差不多。《流浪的舞蹈者》总结说:被遗弃的人天生具有一种遗弃的欲望。闪闪人将他人、它物乃至闪闪人自己都列入该遗弃之列。闪闪人以一种渴望遗弃的方式至今被遗弃在一座孤岛上,过着食不果腹的艺术生活。在形而上的玄想中消磨时日。

《流浪的舞蹈者》既非学术著作,又非畅销小说。它印行的一百册全部躺在公立图书馆的书库里。很少有人问津。

该书的作者,我们刚才提到的那位风韵犹存的女性也早已把它忘了,只是在一个桃花盛开的季节里,一位刚刚考进大学的小伙子,偶然在阅览室里翻了翻它。他感到这部书的名字对他来说具有异乎寻常的魅力。于是,他玩了一个小手腕,将这本书带出了图书馆,当作爱情的信物寄给了远方的情人。这部蕴含着连原作者自己也未必意识到惊心动魄的内涵的人类学著作,如此结束了它的使命。除非它耐心等待另一位有特殊嗜好的情人为他的女友挑选此书。

有一些事物必须以封闭的形式呈现,有一些话必须以夸张的方式说出,有一种生活是滑稽剧的幕间休息,它没有玩笑和幽默,是因为人们笑累了。一个家族不会因为我的介入或叙述而消亡,所谓最后也只是就我个人而言。时光倒流,也许我会凭栏而坐,而现在我倚在窗前,看着田野里风起草落,鸟走云飞。在这午后,我期待着与陌生的来客会晤直至夕阳西垂,晚餐前的时光需要以消磨的方式度过。有人将人世的空虚化入这一时辰,好使入夜后的睡眠不为恶梦骚扰。

这张宽大的餐桌旁只我一个人,这个家族的其余成员到时便会鱼贯而入。我打开手中的一本菜谱,想象在远方小心打开我的未来的岁月,我能看见的就是在这张餐桌旁的饕餮之徒,我加入他们的行列,迷恋于口腹之乐,装扮出眉飞色舞的模样,终于沦为一名酒囊饭袋。我因饱食暴饮而泪流满面,竟不知这是一桌幽灵的筵席。

我已入知命之年,赴宴早已不再具有社交的意味。更何况与幽灵打交道是无任何经验可依的。我正左右为难,丰收神飘然而至。于是,我们相携而行,内心充满了温暖的感情。

平静的湖面上荡着一只小船。划小船的大概应当唤做舟子。这很美。我和丰收神在沿湖公路旁的斜坡上坐了下来。阳光很好,当你和情人在一块,无须对场景多加描述,你甚至可以不必注意。事后倘若需要,你会惊异于你对环境的敏感。反之,风景是一堆废物。

公路上有两个郊游的年轻人骑车驶过。一切复归平静。我们在一起感受休息的安谧,我们被下午的阳光照耀着象阳光照耀我们一样自然。唯一可能存在的不自然是将来回忆时的追述。而避免的方法是不回忆。

湖边是一些被践踏过的芦苇。它们是不是在等待风来摇曳它们。我不得而知。也许某一天一位画画的人会来描绘这一切。那我就等着看画吧。我们想象中的回忆在别人可能画的图画里,情感在我们审视这一景物时已离我们远去。在户外,我们和他人一同呼吸和感受。

如果我们现在接吻已经不是什么私情。周围阒无人迹。人们对这种事情已经不感兴趣。在高度嘈杂的历史的间隙里可以享受到最充分的休息。

我和丰收神并排躺着。我想我们一同看着那舟子。那小船一动不动,几乎静止。那舟子似乎是在垂钓,或者冥想,或者休息(和我们一样),或者有意等在那儿让我们看他。

公路上有两个郊游的年轻人骑车驶过。一切复归平静,那两个人在斜坡上躺下。那个男的用手遮阳,他们在朝我这边看,他们好象在休息。他们好象喜欢安静,他们一定在想,那是一个舟子。但是他在湖心干吗？太远了看不清。我想要是把我对丰收神家族的拜访从丰收神的角度写下来又会怎样。我奢想，有一些基本的东西不变。比如，家族中的人物啦，场景啦等等。变换的是一个角度。

太阳略微西斜。舟子站起身来。我依然躺着。对舟子来说站起来的也是舟子（他自己）躺着的是斜坡上的我。

丰收神不吱声。她吱不了声。这不是他们家族的历史，这是我的臆想。这也是我在困境中的逃避和休息。在历史中我只有一种角度。

我们走在空寂的街道上，鹅卵石路面湿漉漉的，迎面吹来的风也是潮湿的。

你要小心，在这样的道路中间行走，是会遇见你的仇人的。

丰收神打着手势加强她的语气，她的手势是从她的那位又聋又哑的一刻不停地舞蹈着的祖先那儿继承下来的。

如果真是这样，那么我首先遇见的将是我自己。我满有把握地说。

那么你打算决斗吗。她的目光中含带嘲讽的意思。

我们将相互披露心迹。我确实乐于跟人攀谈。无论在什么样的境遇中都可以做到。我有一些信件和照片要交给他，如果他把我杀了。那么，这些东西他将代我保存。

你提到了你的信件和照片，看来你是在谈论抽象的死亡。你的生命靠文字得以延续，象你这样是体会不到真正的诞生、死亡和复活的，你的细脖子上长着一颗玄而又玄的脑袋，你不会有仇人的。

我曾经在我虚构的决斗中被我虚构的仇人杀死过一回，不过那是以前的事，但虚构的时间倒是未来，严格计算起来，也就是再等一会儿。

你是说现在。或者说迫在眉睫。她问这话时，丝毫也没有露出惊讶感来。

我从前在公立学校念书，同窗中有男有女。这些信件和照片便是那时的留念。想到我临近了我虚构中的决斗，不由得对少年时代的耽于幻想追悔莫及。我希望他能好好保存这些东西。

决斗未必是你输，何况这还是虚构的。她象在安慰我。

那么，你们家族的历史难道不也是虚构的吗？

我们的悲惨之处正在于此。我们应该在一开始就懂得虚构我们家族的历史。

那不成了一个语言的世界了吗？

那么你将面临的也是语言的决斗喽？

这我拿不准。但是，我总觉得，我先谈论它，它会变得更加真实。

这是一个词藻的世界，而词藻不是用来描写想象的。想象有它自身的语言，我们只能暗示它和它周围事物的关系，我们甚至无法逼近它，想象中的事物抵御我们的词藻。

可是虚构不同，虚构可能是真实的，这是它的可怕之处。

虚构几乎是谋划，而想象仅只是憧憬。要说真实，想象倒可能是真实的，而虚构倒荒诞得可怕。

现在讨论这一切为时已晚。我已逼近我虚构的那一刻，路面依然潮湿，并且天空好象飘起了雨丝。

我们还是先去避雨吧,你也好就此机会修改你的虚构。至少你可以把决斗往后推迟,比如放到明天,我还想读一读你的书信呢。

我不能让丰收神接触我的书信和照片,我在这些书信和照片中虚构了我的过去和与我相关的一切。这些东西是秘而不宣的。

或者这样。她提醒我。你把我虚构进你的将要来到的决斗去,我来扮演你的仇人。

但是,你不是我呀,我希望看到我倒在我自己手下。

天哪,这正是我们家族的传统。

丰收神惊厥得几乎晕了过去。

你还记得我们从前要好的那些日子吗(我不能写相爱的那些日子),我现在就象爱你那样热烈地爱上了另一位姑娘(我虚构了她的种种美德)。她的家人尽是些浑浑噩噩的窝囊废。在她们这儿做做梦倒是不坏。这不是一块忏悔的土地。这不能责怪她们,她们有病,平常她们总是柔情地歌唱那些死去的人物的事迹(我将要为这些人物杜撰新的事迹),我在这里学会了抽水烟,可能的话,你给我捎些烟草来(你别真的送来,我这是在哄你),我现在执迷于生活的程度与损坏生活的程度相等,我已经学会置生离死别于不顾(你看,我还是象从前那样爱吹牛),在这个地方我感到愚蠢是一桩乐事。一种从前我们讨论过的具有成年人的现实感的回忆在这儿一钱不值。天天都有一种迷失的感觉(我在逗你呢),我可能很快就要结婚了(你别在意,还没准儿呢),结婚给人一种完整的感觉,它不完全意味着到位。它只是把你的位置指给你看(只是你别真的一本正经地去看它),一个严谨而又不缺乏幽默感又有同情心的人物的心智应该是健全的。也就是说应该是经受了磨练的(我可是受不了这种磨练),我眼看着自己一天天消瘦,四肢麻木,老眼昏花,我认为是到了用愚蠢来调和某种光泽的时候了(这该是一个恶时辰),我说起话来就象一个堕落的女人在朗诵一首表现无止境的追求的诗歌(我比以前可是粗俗多啦),温情对我来说显得如此突兀,温存对我来说变得无法耐受的冗长。我变得没有丝毫分寸感(我倒是在这儿学会斯斯文文地散步),我已经平庸到了呆头呆脑、笨手笨脚简直没有丝毫乐趣的地步,我开始拿腔拿调地说话(满脸堆着应景的笑容),我变成了流行的通俗音乐,美丽而短暂(我的比喻又烂又臭)。

每当上午,阳光流泻到我的窗棂上(我开始抒情),经常会有一对白鸽子在暖洋洋的光线中飞过,久而久之,这几乎凝成了什么人告别时的一幅图画(我们当初告别,可以用这来描写),不远处是一支悠扬而低徊的笛曲,这支才华横溢的笛子(这支该死的笛子),我为它以如此令人神往的方式尾随他人的思绪而去,并在远处向他人的灵魂挥手感叹不已。这是一种神秘的生活(我在这里面爬不出来了),当我们的想象以一种休息的姿态飞翔时,我的全身为一种难以名状的幸福所充溢,我目睹我冥想时的姿态是如此优美,它化入窗外的阳光,化入阳光中的白鸽子,化入那种轻盈的滑翔,远离喧嚣,远离早已远去而又时时切近的罪恶和羞耻(这不是感伤,也不是富于感情,倒象是准备悼念什么人)。

好啦,就写到这里(反正你也收不到。因为我压根儿就没打算寄,写完我就满足了,寄不寄是极为次要的）。

可以与这封信对照着阅读的是一张四寸的黑白照片。照片里一位姑娘背对着镜头，她穿着夏装，她的裙子给人一种丝绸的质感，她头发梳成一把绾在脑后。遗憾的是看不到她的眼睛。她趴在窗前，窗帘叫某个傍晚的微风吹拂着，窗外是一条宽阔的河流，我们可以看到船和一些飞翔着的什么东西（可以把它们假定为江鸥、鸽子，或者打食的鹰）。沿河是石砌的堤岸，一些人正在此重逢或者告别，另一些人在一旁冷眼相看。堤岸下是一个广场，几个下课了的中学生正在默不作声地穿越它。烦躁的是一个在广场边上踯躅的中年人，一辆汽车无声地从他身后驶过，进入对着广场的街道，街道两旁的商店已经打烊，商店楼上的窗口里开始飘出扑鼻的油香，过不了多一会儿，街灯就要照亮那些行道树了，树下偎依的情侣就要出现，那些形单影只的人的脚步就要放慢，行色匆匆的是不明身分的和公务人员。晚场电影开场还有一会儿，戏迷都已在剧场入口处等候入场了。他们找到座位并不急于坐下，而是先打量一下四周，见了熟人便高声招呼或者轻轻扬一扬手，等到脚灯一亮他们便全被卷入黑暗之中。

他们将要看到的正是我接下来所要写的结尾。

这是众神的黄昏。在通往天堂的走廊里，小天使穿着五彩羽衣绕柱飞行。在辞书里，这是一个捷报飞传的时刻，而在千里之外的平原则是一个耕耘的季节，如果诗神飞临这一地区，那么有一种世俗生活将和神话结为一体。送葬的行列如果在此刻路经旷野，死者就会在天宇尽头找到自己的星座。流浪的人们将从此回家。人们终将发现，愿望之树已经开遍了故乡的原野。圈养的牲畜和放飞的理想在云泥之间颔首问候，古河道干枯之际，剪纸和绣花再度开始盛行，人们的衣着渐趋绮靡，交往时使用的语言日见雕琢，橙子林内的居民刻意追求完美的生活，他们为被写入典籍、编入教科书做好了一切准备。

我身后的小径已为橄榄枝和鸟粪所覆盖，我已经无法按原路折回。我把沿路收集的趣闻轶事戏谑地编成可供行吟的断章残卷。在平地上行走，我心中充满快慰。我在周末的傍晚去和橙子林的守夜人厮混，在林间吐露稚气地遐想，其余的日子，我便打起精神收拾我的房间，为互不理解的人安排会见的场所，夜深人静，我便挑选一些假想的人物供我自己怀念，而在睡梦中我又奔向一些似是而非，兴味索然的家伙。我用了大量的时间从事睡眠和梦游。草率打发我余下的时光。

这一天，丰收神来敲我的门。

我是来改造你的生活的！她装作与我素不相识。

我的生活任意改造。我也装作与她萍水相逢。

我们沿橙子林一路走来，似乎是在寻找什么东西。但是天气如此之好，使我们又并不急于要找到它。我刚到橙子林那会儿，总是急切地想见识一切，现在想来不免黯然。如今，我总是说去追忆吧，其实并不追忆。

我的祖先是一个武士，毕生为掠掳美女而奔波。在他的晚年，又为他众多的儿女而操劳。这样的人显然入不了正史，据此，他的后人便纷纷落草为寇，坐山为王。直至我的父辈便成了个做手饰的工匠，由走南闯北而至安家乐业。这其间着实花费了一点时间，倘若依我则宁愿用它下一盘象棋。方寸之间，楚河汉界，谋画上演一出出短小的戏剧。或者我可以去替人抄书，在书页开合翻动之间，亲历朝廷兴衰、世事变迁。要不我可以给人做伴读，在少年琅琅的读书声中，听闻官话野史，巨细无遗。但我最想干的，还是象我的祖先，走马看花，东游西逛。

我这样游手好闲，无所事事的人，误入迷途，为了一个丰收神跑进这橙子林中也是劫数。这正好验明了我的血液。

你这样低头沉思大可不必，一个人有心思应该讲出来，告诉他身边的人。丰收神劝告我。

我根本没想什么你的那种心思。我只是饿了，你要知道一个人饿了，那神态跟想心思是差不多的。

难道我是在说思想就是饥饿的一种吗？或者说进食就是思考的结果吗？那么，在我的余生就应当去不遗余力地搜集菜谱，它是我思想的唯一材料。

我把这想法告诉了丰收神。

你明显是饿昏了头，我们家族几千年来，关于吃流传下来无数的界说，如果等到搞清了这一切再行饮食，那我们早就饿死了。我们这个家族早就消失了。丰收神气忿得不行。

那么这就是准许饕餮的理由吗？我小心地追问。

我模糊地感到，这是吃的理论过分丰富的缘故。

那么如此过分地依赖我们的胃，我们是否会撑死？

不会！我们的胃是经受得住考验的，它已经为千百年来的历史所证明。

那么，我们其余的器官是否会因此退化。

这些次要的问题不必考虑过多，要是全象你这么瞻前顾后，我们不知要错过多少美食呢。

这么说，你们已经尝遍山珍海味了。

可悲的是，这可能是我们祖先的享受。如今，我们只是烹饪的理论比较发达。严格地说，我们只吃一种东西。

你是说，一种东西有多种吃法。

不！你没有领悟到我所说的实质。我是说一种东西同时就是一切东西。

在我听来，这似乎是一种离吃这样一种具体行为十分遥远的形而上的学问。

这正是我们家族多少年来，前赴后继追求的理想。

将一种食物化成一切食物？

不！将食物化成非食物。也就是说，我们最终的目的是超越吃这一行为本身。

我惊呆了。我不干！我大声叫唤起来。我这人享受惯了，别的不说，没有吃的那万万不行。况且我的胃口不是很大，我只需要少量的食品。

闭上你的嘴！丰收神以一种非人的声音盖过我的呐喊。

吃是神圣的事业，任何人都必须虔诚地接近它，决不容许你这样大叫大嚷的。你有力气叫嚷，单凭这一点，就该饿上你十天，好让你在第九天的傍晚死去。

是抽象的死吗？我哀求道。

不！丰收神拂袖而去。

我神智有些紊乱，表情木讷，口齿不清，我被饥饿吓昏了头。一时间放弃了我所有的理想和观念。我在橙子林间到处乱窜，似乎想找到那恼怒的丰收神。

我突然意识到，我在橙子林中四处转悠，原来为的是寻找这架白色的梯子。它以寓言的方式竖立在近乎透明的蔚蓝的天空下。我感到一种非血缘的亲切和亲昵。

我初来之时，橙子林已经一片金黄，成熟的芬芳四处飘逸。如今，它依然成熟芳香，仿佛永不颓败。我迈步来到这架白色的梯子跟前，拾级而上，将我的脸凑近我神之所往的温馨。这片土地的确神奇，它从未承受雨水，却也从未见世代在此繁衍生息的家族祭神求水。这里的湖汊自成一体，未见贯通任何江河，却也千年不腐。它的四周枝叶扶疏，果实累累，以人间仙境的不朽传之久远。

在橙子树下虚度闲适时日的各色人等，各操一门手艺，精工细作，百般雕琢，以巧夺天工为人际圣事。余暇，他们又将家族内部的干系详加钻研，分门别类又互为牵扯，使近处者相互埋怨，使远离者相互挂念，而一旦迁徙或重返故里又平添一分转瞬即逝的惆怅和喜悦。他们如此生发出一种文化来，当哭不哭，该乐不乐。大悲时强喜，极乐时嚎啕。以苦乐互济，乃至生死不辨。芸芸众生纷入化境，一任喜怒哀乐自生自灭。他们至多只是在一旁或隔岸观火，或详做详点。观火者文饰玩火者勾当，详点者勾沉玩火及观者趣闻。有更高手者，便加入评点者自身之感慨醒悟之类。他们人人具备明澈的睿智，个个满腹经纶。必要时只需口中念念有词便逢凶化吉，万事如意。多少年来，他们遇水而绕行，于是两岸如荫；他们遇山而迂回，于是四围鸡犬衍生。他们以水为酒，对酒当歌；他们以草为席，盘腿围坐。阴霾时节，他们怀念阳光；明媚季节，他们追悼晦黯。他们架小桥以渡流水，驭瘦马厕于古道，剪纸院落，西风人家，秉烛者昼夜无梦。

我的手指轻轻触摸那些金黄的橙子，它们便奇迹般地纷纷坠落。

丰收神老妪般地弯下腰去，一一将它们拾入篮内。她两鬓花白却依然面色如玉，只是为岁月修饰得愈加浑成。

你下来吧，你不该在高处呆得太久，那样，一旦你下来，你会感到脚下的大地不够真实，那会影响你的胃口，来吧，下来，我们就在这橙子树下吃这些橙子。

橙子可以当饭吃吗？这类开胃的东西不是越吃越饿吗？

你非得把它当橙子吃吗？你可以把它当做梨、当做苹果、当做鱼、当做肉、当做稻米、当做小麦、一切一切。

难道丰收神想把整个世界都吃到肚子里去？

我忽然想到数个世纪前北方一位圣人的遗训。

食无言。

1986.3.25

（原载《上海文学》1986 年 9 月号）

十八岁出门远行

余 华

柏油马路起伏不止，马路像是贴在海浪上。我走在这条山区公路上，我像一条船。这年我十八岁，我下巴上那几根黄色的胡须迎风飘飘，那是第一批来这里定居的胡须，所以我格外珍重它们。我在这条路上走了整整一天，已经看了很多山和很多云。所有的山所有的云，都让我联想起了熟悉的人。我就朝着它们呼唤他们的绰号。所以尽管走了一天，可我一点也不累。我就这样从早晨里穿过，现在走进下午的尾声，而且还看到了黄昏的头发。但是我还没走进一家旅店。

我在路上遇到不少人，可他们都不知道前面是何处，前面是否有旅店。他们都这样告诉我："你走过去看吧。"我觉得他们说的太好了，我确实是在走过去看。可是我还没走进一家旅店。我觉得自己应该为旅店操心。

我奇怪自己走了一天竟只遇到一次汽车。那时是中午，那时我刚刚想搭车，但那时仅仅只是想搭车，那时我还没为旅店操心，那时我只是觉得搭一下车非常了不起。我站在路旁朝那辆汽车挥手，我努力挥得很潇洒。可那个司机看也没看我，汽车和司机一样，也是看也没看，在我眼前一闪就他妈的过去了。我就在汽车后面拼命地追了一阵，我这样做只是为了高兴，因为那时我还没有为旅店操心。我一直追到汽车消失之后，然后我对着自己哈哈大笑，但是我马上发现笑得太厉害会影响呼吸，于是我立刻不笑。接着我就兴致勃勃地继续走路，但心里却开始后悔起来，后悔刚才没在潇洒地挥着的手里放一块大石子。

现在我真想搭车，因为黄昏就要来了，可旅店还在它妈肚子里。但是整个下午竟没再看到一辆汽车。要是现在再拦车，我想我准能拦住。我会躺到公路中央去，我敢肯定所有的汽车都会在我耳边来个急刹车。然而现在连汽车的马达声都听不到。现在我只能走过去看了。这话不错，走过去看。

公路高低起伏，那高处总在诱惑我，诱惑我没命奔上去看旅店，可每次都只看到另一个高处，中间是一个叫人沮丧的弧度。尽管这样我还是一次一次地往高处奔，次次都是没命地奔。眼下我又往高处奔去。这一次我看到了，看到的不是旅店而是汽车。汽车是朝我这个方向停着的，停在公路的低处。我看到那个司机高高翘起的屁股，屁股上有晚霞。司机的脑袋我看不见，他的脑袋正塞在车头里。那车头的盖子斜斜翘起，像是翻起的嘴唇。车厢里高高堆着箩筐，我想着箩筐里装的肯定是水果。当然最好是香蕉。我想他的驾驶室里应该也有，那么我一坐进去就可以拿起来吃了。虽然汽车将要朝我走来的方向开去，但我已经不在乎方向。我现在需要旅店，旅店没有就需要汽车，汽车就在眼前。

我兴致勃勃地跑了过去，向司机打招呼："老乡，你好。"

司机好像没有听到，仍在拨弄着什么。

"老乡，抽烟。"

这时他才使了使劲,将头从里面拔出来,并伸过来一只黑糊糊的手,夹住我递过去的烟。我赶紧给他点火,他将烟叼在嘴上吸了几口后,又把头塞了进去。

于是我心安理得了,他只要接过我的烟,他就得让我坐他的车。我就绕着汽车转悠起来,转悠是为了侦察箩筐的内容。可是我看不清,便去用鼻子闻,闻到了苹果味。苹果也不错,我这样想。

不一会他修好了车,就盖上车盖跳了下来。我赶紧走上去说:"老乡,我想搭车。"不料他用黑糊糊的手推了我一把,粗暴地说:"滚开。"

我气得无话可说,他却慢慢悠悠打开车门钻了进去,然后发动机响了起来。我知道要是错过这次机会,将不再有机会。我知道现在应该豁出去了。于是我跑到另一侧,也拉开车门钻了进去。我准备与他在驾驶室里大打一场。我进去时首先是冲着他吼了一声:"你嘴里还叼着我的烟。"这时汽车已经活动了。

然而他却笑嘻嘻地十分友好地看起我来,这让我大惑不解。他问:"你上哪?"

我说:"随便上哪。"

他又亲切地问:"想吃苹果吗?"他仍然看着我。

"那还用问。"

"到后面去拿吧。"

他把汽车开得那么快,我敢爬出驾驶室爬到后面去吗?于是我就说:"算了吧。"

他说:"去拿吧。"他的眼睛还在看着我。

我说:"别看了,我脸上没公路。"

他这才扭过头去看公路了。

汽车朝我来时的方向驰着,我舒服地坐在座椅上,看着窗外,和司机聊着天。现在我和他已经成为朋友了。我已经知道他是搞个体贩运。这汽车是他自己的,苹果也是他的。我还听到了他口袋里面钱儿丁当响。我问他:"你到什么地方去?"

他说:"开过去看吧。"

这话简直像是我兄弟说的,这话可真亲切。我觉得自己与他更亲近了。车窗外的一切应该是我熟悉的,那些山那些云都让我联想起来了另一帮熟悉的人来了,于是我又叫唤起另一批绰号来了。

现在我根本不在乎什么旅店,这汽车这司机这座椅让我心安而理得。我不知道汽车要到什么地方去,他也不知道。反正前面是什么地方对我们来说无关紧要,我们只要汽车在驰着,那就驰过去看吧。

可是这汽车抛锚了。那个时候我们已经是好得不能再好的朋友了。我把手搭在他肩上,他把手搭在我肩上。他正在把他的恋爱说给我听,正要说第一次拥抱女性的感觉时,这汽车抛锚了。汽车是在上坡时抛锚的,那个时候汽车突然不叫唤了,像死猪那样突然不动了。于是他又爬到车头上去了,又把那上嘴唇翻了起来,脑袋又塞了进去。我坐在驾驶室里,我知道他的屁股此刻肯定又高高翘起,但上嘴唇挡住了我的视线,我看不到他的屁股。可我听得到他修车的声音。

过了一会他把脑袋拔了出来,把车盖盖上。他那时的手更黑了,他的脏手在衣服上擦了又擦,然后跳到地上走了过来。

"修好了?"我问。

"完了,没法修了。"他说。

我想完了,"那怎么办呢?"我问。

"等着瞧吧。"他漫不经心地说。

我仍在汽车里坐着,不知该怎么办。眼下我又想起什么旅店来了。那个时候太阳要落山了,晚霞则像蒸气似的在升腾。旅店就这样重又来到了我脑中,并且逐渐膨胀,不一会便把我的脑袋塞满了。那时我的脑袋没有了,脑袋的地方长出了一个旅店。

司机这时在公路中央做起了广播操,他从第一节做到最后一节,做得很认真。做完又绕着汽车小跑起来。司机也许是在驾驶室里呆得太久,现在他需要锻炼身体了。看着他在外面活动,我在里面也坐不住,于是打开车门也跳了下去。但我没做广播操也没小跑。我在想着旅店和旅店。

这个时候我看到坡上有五个人骑着自行车下来,每辆自行车后座上都用一根扁担绑着两只很大的箩筐,我想他们大概是附近的农民,大概是卖菜回来。看到有人下来,我心里十分高兴,便迎上去喊道:"老乡,你们好。"

那五个人骑到我跟前时跳下了车,我很高兴地迎了上去,问:"附近有旅店吗?"

他们没有回答,而是问我:"车上装的是什么?"

我说:"是苹果。"

他们五人推着自行车走到汽车旁,有两个人爬到了汽车上,接着就翻下来十筐苹果,下面三个人把筐盖掀开往他们自己的筐里倒。我一时间还不知道发生了什么,那情景让我目瞪口呆。我明白过来就冲了上去,责问:"你们要干什么?"

他们谁也没理睬我,继续倒苹果。我上去抓住其中一个人的手喊道:"有人抢苹果啦!"这时有一只拳头朝我鼻子下狠狠地揍来了,我被打出几米远。爬起来用手一摸,鼻子软塌塌地不是贴着而是挂在脸上,鲜血像是伤心的眼泪一样流。可当我看清打我的那个身强力壮的大汉时,他们五人已经跨上自行车骑走了。

司机此刻正在慢慢地散步,嘴唇翻着大口大口喘气,他刚才大概跑累了。他好像一点也不知道刚才的事。我朝他喊:"你的苹果被抢走了!"可他根本没注意我在喊什么,仍在慢慢地散步。我真想上去揍他一拳,也让他的鼻子挂起来。我跑过去对着他的耳朵大喊:"你的苹果被抢走了。"他这才转身看起我来,我发现他的表情越来越高兴,我发现他是在看我的鼻子。

这时候,坡上又有很多人骑着自行车下来了,每辆车后面都有两只大筐,骑车的人里面有一些孩子。他们蜂拥而来,又立刻将汽车包围。好些人跳到汽车上面,于是装苹果的箩筐纷纷而下,苹果从一些摔破的筐中像我的鼻血一样流了出来。他们都发疯般往自己筐中装苹果。才一瞬间功夫,车上的苹果全到了地下。那时有几辆手扶拖拉机从坡上隆隆而下,拖拉机也停在汽车旁,跳下一帮大汉开始往拖拉机上装苹果,那些空了的箩筐一只一只被扔了出去。那时的苹果已经满地滚了,所有人都像蛤蟆似的蹲着捡苹果。

我是在这个时候奋不顾身扑上去的,我大声骂着:"强盗!"扑了上去。于是有无数拳脚前来迎接,我全身每个地方几乎同时挨了揍。我支撑着从地上爬起来时,几个孩子朝我击来苹果,苹果撞在脑袋上碎了,但脑袋没碎。我正要扑过去揍那些孩子,有一只脚狠狠地踢在我腰部。我想叫唤一声,可嘴巴一张却没有声音。我跌坐在地上,我再也爬不起来了,只能看着他们乱抢苹果。我开始用眼睛去寻找那司机,这家伙此时正站在远处朝我哈哈大笑,我便知道现在自己的模样一定比刚才的鼻子更精彩了。

那个时候我连愤怒的力气都没有了。我只能用眼睛看着这些使我愤怒至极的一切。我最愤怒的是那个司机。

坡上又下来了一些手扶拖拉机和自行车,他们也投入到这场浩劫中去。我看到地上的苹果越来越少,看着一些人离去和一些人来到。来迟的人开始在汽车上动手,我看着他们将车窗玻璃卸了下来,将轮胎卸了下来,又将木板撬了下来。轮胎被卸去后的汽车显得特别垂头丧气,它趴在地上。一些孩子则去捡那些刚才被扔出去的箩筐。我看着地上越来越干净,人也越来越少。可我那时只能看着了,因为我连愤怒的力气都没有了。我坐在地上爬不起来,我只能让目光走来走去。

现在四周空荡荡了,只有一辆手扶拖拉机还停在趴着的汽车旁。有几个人在汽车旁东瞧西望,是在看看还有什么东西可以拿走。看了一阵后才一个一个爬到拖拉机上,于是拖拉机开动了。

这时我看到那个司机也跳到拖拉机上去了,他在车斗里坐下来后还在朝我哈哈大笑。我看到他手里抱着的是我那个红色的背包。他把我的背包抢走了。背包里有我的衣服和我的钱,还有食品和书。可他把我的背包抢走了。

我看着拖拉机爬上了坡,然后就消失了,但仍能听到它的声音,可不一会连声音都没有了。四周一下子寂静下来,天也开始黑下来。我仍在地上坐着,我这时又饥又冷,可我现在什么都没有了。

我在那里坐了很久,然后才慢慢爬起来。我爬起来时很艰难,因为每动一下全身就剧烈地疼痛,但我还是爬了起来。我一拐一拐地走到汽车旁边。那汽车的模样真是惨极了,它遍体鳞伤地趴在那里,我知道自己也是遍体鳞伤了。

天色完全黑了,四周什么都没有,只有遍体鳞伤的汽车和遍体鳞伤的我。我无限悲伤地看着汽车,汽车也无限悲伤地看着我。我伸出手去抚摸了它。它浑身冰凉。那时候开始起风了,风很大,山上树叶摇动时的声音像是海涛的声音,这声音使我恐惧,使我也像汽车一样浑身冰凉。

我打开车门钻了进去,座椅没被他们撬去,这让我心里稍稍有了安慰。我就在驾驶室里躺了下来。我闻到了一股漏出来的汽油味,那气味像是我身内流出的血液的气味。外面风越来越大,但我躺在座椅上开始感到暖和一点了。我感到这汽车虽然遍体鳞伤,可它心窝还是健全的,还是暖的。我知道自己的心窝也是暖和的。我一直在寻找旅店,没想到旅店你竟在这里。

我躺在汽车的心窝里,想起了那么一个晴朗温和的中午,那时的阳光非常美丽。我记得自己在外面高高兴兴地玩了半天,然后我回家了,在窗外看到父亲正在屋内整理一个红色的背包,我扑在窗口问:"爸爸,你要出门?"

父亲转过身来温和地说:"不,是让你出门。"

"让我出门?"

"是的,你已经十八了,你应该去认识一下外面的世界了。"

后来我就背起了那个漂亮的红背包,父亲在我脑后拍了一下,就像在马屁股上拍了一下,于是我欢快地冲出了家门,像一匹兴高采烈的马一样欢快地奔跑了起来。

1986.11.16,北京

（原载《北京文学》1987 年第 1 期）

刺青时代

苏 童

男孩小拐出生于一月之夜,恰逢大雪初歇的日子,北风吹响了屋檐下的冰凌,香椿树街的石板路上泥泞难行,与街平行的那条护城河则结满了厚厚的冰层。小拐的母亲不知道她的漫长的孕期即将结束,她在闹钟的尖叫声中醒来,准备去化工厂上夜班。临河的屋子里一片黑暗,小拐的母亲在黑暗中摸索了一会儿,提起竹篮打开了面向大街的门。街上的积雪已经结成了苍白的冰碴,除了几盏暗淡的路灯,街上空无一人。小拐的母亲想在雨鞋上绑两道麻绳以防路滑摔跤,但她无法弯下腰来,小拐的母亲就回到屋里去推床上的男人,她想让他帮忙系那些麻绳,男人却依然呼呼大睡着,怎么也弄不醒。小拐的母亲突然着急起来,她怕是要迟到了。她对着床上的男人低低咒骂了几声,决定抄近路去化工厂上班。

小拐的母亲选择从结冰的河上通过,因为河的对岸就是那家生产樟脑和油脂的化工厂。她打开了平时锁闭的临河的后门,拖着沉重的身体下到冰河上,像一只鹅在冰河上蹒跚而行,雨鞋下响起一阵细碎的冰碴断裂的声音。小拐的母亲突然有点害怕,她看见百米之外的铁路桥在月光里铺下一道黑色的菱形阴影,似乎有一列夜间货车正隆隆驶向铁路桥和桥下的冰河。小拐的母亲用绿头巾包住她整个脸和颈部,疾步朝对岸的土坡跑去,她听见脚下的冰层猛地发出一声脆响,竹篮从手中飞出去,直到她的下半身急遽地坠进冰层以下的河水中,她才意识到真正的危险来自冰层下的河水,于是小拐的母亲一边大声呼救一边用双脚踢着冰冷的河水。她的呼救声听来是紊乱而绝望的,临河窗户里的人们无法辨别它来自人还是来自传说中的河鬼,甚至没有人敢于打开后窗朝河面上张望一下。

第二天凌晨,有人看见王德基的女人穿着红毛衣躺在冰河上。她抱着她的花棉袄,棉袄里包着一个新生的婴儿。

男孩小拐出生没几天他母亲就死了,在香椿树街的妇女看来小拐能活下来是一个奇迹,她们对这个没有母亲的婴孩充满了怜悯和爱心,三个处于哺乳期的女人轮流去给小拐喂奶,可惜这种美好的情景只持续了两三个月。问题出在小拐的父亲王德基身上,王德基在那种拘谨的场合从来不回避什么,而且他有意无意地在喂奶的妇女周围转悠,那三个女人聚在一起时都埋怨王德基的眼睛不老实,她们觉得他不应该利用这种机会占便宜,但又不好赶他走。终于有一次王德基从喂奶妇女手中去接儿子时做了一个明显的动作，一只手顺势在姓高的女人的乳房上摸了一把。姓高的女人失声叫起来，该死，她把婴孩往王德基怀里一塞，你自己喂他奶吧。姓高的女人恼羞成怒地跑出王家，再也没有来过，姓陈和姓张的女人也就不来了。

男孩小拐出生三个月后就不吃奶了，多年以后王德基回忆儿子的成长，他竟然不记得自己是怎么把小拐喂大的。他向酒友们坦言他的家像一个肮脏的牲口棚，他和亡妻生下的一堆孩子就像小猪小羊，他们在棚里棚外滚着拱着，慢慢地就长大了，长大了就成人了。

七十年代初期在香椿树街的男孩群中盛行一种叫钉铜的游戏。男孩们把各自的铜丝弯成线圈带到铁路上，在火车驶来之前把它放在铁轨上，当火车开走那圈铜丝就神奇地变大变粗了。男孩们一般就在红砖上玩钉铜的游戏，谁把对方的铜圈从砖上钉落在地，那个被钉落的铜圈就可以归为己有。

曾有一个叫大喜的男孩死于这种游戏，他翻墙去铜材厂偷铜的时候被厂里的狼狗吓着了，人从围墙上坠下去，脑袋恰恰撞在一堆铜锭上。大喜之死给香椿树街带来了一阵惶乱，人们开始禁止自己的孩子参与钉铜游戏。但是男孩们有足够的办法躲避家人的干扰，他们甚至把游戏的地点迁移到铁路两旁，干脆就在枕木堆上继续那种风靡一时的游戏。每个人的口袋里塞满了铜丝，输光了就临时放在轨道上等火车碾成铜圈，那年月来往于铁路桥的火车司机对香椿树街的这群孩子无可奈何，他们就一遍一遍地拉响尖厉的汽笛警告路轨旁的这群孩子。

后来人们听说王德基的儿子也出事了，男孩小拐的一条腿也在这场屡禁不绝的钉铜游戏中丧失了。这次意外跟小拐的哥哥天平有关，是天平让小拐跟着他上铁路的。那天天平输红了眼睛，他没有心思去照看年幼的弟弟，他不知道小拐为什么突然窜到火车前面去捡东西。大概是一只被别人遗漏的铜圈吧。火车的汽笛和小拐的惨叫同时刺破铁路上的天空，事情就这样猝不及防地发生了。

香椿树街的居民还记得天平背着他弟弟一路狂奔的情景，从天平残破的裤袋里掉出来一个又一个铜圈，从小拐身上淌下来的是一滴一滴的血，铜圈和血一路均匀地铺过去。那一年小拐九岁，人们都按着学名叫他安平，叫他小拐当然是以后的事了。

小拐在区医院昏死的时候他的两个姐姐陪着他，大姐锦红和二姐秋红，锦红不断地呜呜哭泣着，秋红就在一旁厉声叱责道，哭什么哭？腿轧断了又接不回去，光知道哭，哭有什么用？

王德基在家里拷打肇事的天平，他用绳子把天平捆了起来，先用脚上的劳动皮鞋踢。踢了几脚又害怕踢了要害得不偿失，就解下皮带抽打天平。王德基一只手拉着裤腰一只手挥舞皮带，多少有点不便，干脆就脱了工装裤穿着个三角裤抽打天平。天平起先一直忍着，但父亲皮带上的金属扣刮到了他的眼睛，天平猛然吼叫一声，操，我操你娘。王德基说，你说什么？你要操我的娘？天平一边拼命挣脱着绳子，一边鄙夷地扫视着衣冠不整的父亲，你算老儿？天平舔了舔唇边的血沫说，实话告诉你吧，我已经参加了野猪帮，你现在住手还来得及，否则我的兄弟不会饶过你的。王德基愣了一下，捏着皮带的手在空中滞留了几秒钟，然后就更重地往天平身上抽去，我让你参加野猪帮，王德基边打边说，我还怕你们这帮毛孩子，你把野猪帮的人全叫来，我一个个地抽过去。

王德基为他的一句话付出了代价。隔天夜里他去轧钢厂上夜班,在铁路桥的桥洞里遭到野猪帮的袭击。他的自行车被横跨桥洞的绳子绊倒了,人还没从地上爬起来,一只布袋就扣住了他的脑袋,一群人跑过来朝他腹部和后背一顿拳脚相加,王德基只好抱住头部在桥洞里滚。过了一会那群人散去,王德基摘下头上的布袋想辨别袭击者是谁,他看见七八条细瘦的黑影朝铁路上散去,一眨眼就不见了。周围一股香烟味,那根绳子扔在地上。然后他发现手里的那只布袋上写着"王记"二字,原来就是他家的量米袋子。王德基想起儿子天平昨天的威胁,不禁惊出了一身冷汗。一辆夜行列车正从北方驶来,即将穿越王德基头顶上的桥洞,桥洞的穹壁发出一阵轰鸣声。王德基匆匆忙忙地把量米袋子夹在自行车后架上,跳上去像逃似的穿过了铁路桥。

一条香椿树街静静地匍匐在月光下,青石板路面和两旁的低矮的房屋上闪烁着一些飘游不定的阴影,当火车终于从街道上空飞驰而过时,夜行人会觉得整条街都在咯吱咯吱地摇晃,王德基骑在车上朝前后左右张望,他生平第一次对这条熟悉的街道产生了一丝恐惧之心。

男孩小拐对于车祸的回忆与目击者的说法是截然不同的,他告诉两个姐姐锦红和秋红,有人在火车驶来时朝他推了一把,他说他是被谁推到火车轮子下面的。但当时在铁路上钉铜的男孩有五六个人,其中包括他的哥哥天平。他们发誓没有人推过小拐,他确实是想去捡一只被别人遗漏的铜圈的。

香椿树街的人们认为小拐在说谎,或者是那场飞来横祸使他丧失了记忆,这个文静腼腆的男孩从此变得阴郁而古怪起来,他拖着一条断腿沿着街边屋檐游荡,你偶尔和他交谈几句,可以发现这个独腿男孩心里生长着许多谵妄阴暗的念头。

是你推了我。小拐走进红旗的家里对红旗说。红旗家里的人都围着饭桌吃饭,他们用厌恶的目光斜睨着小拐,谁也不理他。是你推了我。小拐碰了碰红旗端碗的手,他的声音听上去 是干巴巴的。他等待着红旗的回答,但红旗突然放下饭碗,双手揪住小拐的衣领把他拎了起来,一直拎到门外,红旗猛地松开手,小拐就像一个玩具跌在地上了。红旗的鼻孔里哼了一声,揍不死你。他摊开手掌在门框上擦了擦,然后就撞上门把小拐关在门外了。隔着门红旗又高声警告他,下次再敢来我敲断你的好腿,你以为我怕你哥哥天平?回去告诉天平,他们野猪帮如果动我一根毫毛,白狼帮和黑虎帮的人就来铲平他们的山头。

红旗是一个过早发育的膀大腰圆的少年,他与天平曾经是好朋友,后来又反目为仇,一切缘于他们参加了两个不同的帮派。小拐三番五次的无理纠缠使红旗非常恼怒,他不知道为什么小拐会咬定是他推了他一把。红旗怀疑在小拐的后面隐藏着另一种挑衅,它来自天平和野猪帮那里。那些日子里红旗出门不忘在鞋帮里别上一把三角刀,而且他特意挑选傍晚街上人多的时候坐在门口磨刀,一块偌大的扇形砂轮,砂轮边躺着三种刀器:三角刮刀、劈柴的斧子和切菜用的菜刀,少年红旗就坐在门口,蘸着一盆暗红的水,沙啦沙啦地磨刀。他瞥见小拐站在街角杂货店门口,小拐抓着一根树枝无聊地抽打着墙壁,他似乎窥望着红旗家这边的动静。红旗仍然在路人的侧目下磨着刀,脸上露出倨傲的微笑,他从来没把小拐放在眼里。

几天后的一个早晨,红旗家的人不约而同地发现家里有一股味,像是死物身上散发出来的,一家人满屋子寻找臭味的根源,终于在米缸后面找到一只腐烂的死猫。红旗用竹竿把死猫挑到街上,他母亲就跟出去在门口高声咒骂起来,一家人都认定是王德基的断腿儿子干了这件卑劣下流的事情。

王德基家离红旗家隔了七八户门洞,红旗看见男孩小拐的脸在门口探了一下,然后就缩进去不见了。红旗扔掉手里的竹竿,冷笑着说,只要让我抓住,看我不把他搋成肉酱。

男孩小拐第二天夜里就被红旗抓住了。小拐手里捧着一包东西,刚要往红旗的门上涂抹,红旗就像猛虎窜出去揪住了小拐,小拐慌忙扔掉了那个纸包,但粪便的臭味残留在小拐的手心和指缝里。红旗抓住小拐的手闻了闻,就势打了他一耳光,然后他把小拐压在电线杆上开始搋他。搋不死你,红旗的两只脚左右开弓踢小拐的臀部和肋下,搋不死你。红旗的踢踏动作随小拐的呼救愈发迅疾猛烈起来,小拐一声声尖叫着,一只手孤立无援地指向自己的家,另一只手紧紧抱着电线杆。

先是锦红和秋红从家里奔出来了,两个女孩冲上去想架住红旗,但红旗力大无比,手一甩就把她们甩开了。锦红上去抱住了小拐,秋红却趁红旗不防备突施冷箭,她学了香椿树街妇女与男人干架的有效措施,在红旗的双腿之间猛地捏了一把。不要脸的畜生,秋红咬着牙骂道,欺负小拐算什么本事?有种你跟我家天平打去。

少年红旗就这样狂叫起来,叫声引来了红旗一家人。秋红的耍泼无疑把他们激怒了。红旗的母亲和祖父祖母都参与了这场街头混战,他们撕扯着王家姐妹的头发和衣裳,并且用肮脏的语言咒骂着她们。秋红和锦红保护着小拐夺路而逃。在一片哭叫声中,附近人家沿街的窗户纷纷推开,邻居们看见王家的三个儿女像一群被拔光了羽毛的鸟禽,从窗前仓皇而逃。后来街上就响起了红旗母亲无休无止的诅咒声,主要是针对秋红的。狼心狗肺的小婊子货,你想让我家断子绝孙?红旗是三代单传的男丁,你捏坏了他赔得起吗?秋红在她家门后不甘示弱地回敬一句,他活该,谁让他欺负小拐?红旗的母亲被秋红再次激怒了,她用什么硬物敲着王家的门,一窝没人管教的小畜生,红旗的母亲边敲边说,我家红旗要是有个三长两短,我就剁了你的小×喂狗吃。

那天夜里恰巧王德基上夜班,而天平正在别人家里玩扑克牌。香椿树街的人认为这是一个善意的巧合,否则那天夜里的事情是不会就此平息的,六月的石灰厂之祸也许就在当天发生了。

男孩小拐对他哥哥天平充满了崇拜之情,他总是像一个影子似的尾随着天平,天平走到哪里小拐就跟到哪里。但自从天平加入野猪帮以后这种情形就难以为继了,天平开始厌恶小拐影子般的追随。别跟着我,他用一种不耐烦的语言驱逐小拐,你不能跟着秋红玩吗?有时候天平干脆利用小拐的行动不便,在路上加快步子伺机甩掉他弟弟小拐。即使这样小拐也能准确地捕捉到天平的踪影,有时候天平刚刚在骆驼家系上练功的皮带,小拐就像一个幽灵闪进了院门,他悄然缩在墙角,静静地审视着天平的一举一动。天平就变得烦躁起来,操,他一边击打着沙袋一边发泄着对小拐的恼恨,为什么要跟着我?谁要是欺负你你来告诉我,好端端的为什么老是跟着我?

红旗打了我。男孩小拐抠了抠鼻孔,他用单拐的端部在地上划着圈说,红旗家的人还打了秋红和锦红。

这事我知道了,我答应你们找红旗算账的。

红旗打了我,他还打了秋红和锦红。小拐重复了一遍他已说过的话。

我知道了。天平皱着眉头说,这些事你不懂,是我们野猪帮和他们白狼帮的事,别着急,收拾他们的日子快要到了。

男孩小拐不知道他哥哥的允诺就是几天后发生的石灰厂之战。那场大规模的血殴后来轰动了整个古城,成为血性少年们孜孜不倦的话题,而男孩小拐在他的少年时代常常向别人提及著名的石灰厂之战和他哥哥天平的名字,信不信由你,小拐对别人说,野猪帮的人是为了我去石灰厂的,那封生死帖是我哥哥送给白狼帮的,信不信由你,我哥哥是为了给我报一箭之仇。

事实上除了石灰厂砖窑上的几个工人之外,几乎没人有机会目击五十一名少年在垃圾瓦砾堆上的浴血之战。他们选择的地点是香椿树街以北三里的石灰厂后面的空地,时间则是天色乍亮的清晨五点钟,砖窑上的工人看见两拨人从不同的方向朝空地上集结而来,有人把铁链挂在脖子上,有人边走边转动手里的古巴刀,白狼帮的人甚至扛着一面用窗帘布制成的大旗,旗上有墨汁绘成的似狼似狗的动物图案。在仅仅几分钟的对峙后,两支队伍就乱成一堆了,从刀器和人的嘴里发出的呼啸声很快覆盖了石灰厂那台巨大的粉碎机运转的噪声。

砖窑上的那几个工人对那场血战不堪回首,他们心有余悸地描摹当时的情景,疯了,那帮孩子都疯了,他们拼红了眼睛,谁也不怕死。他们说听见了尖刀刺进皮肉的类似水泡翻滚的声音,他们还听见那群发疯的少年几乎都有着流行的滑稽的绰号,诸如汤司令、松井、座山雕、王连举、鼻涕、黑×、一撮毛、杀胚。那帮孩子真的发疯了,几个目击者摇着头,举起手夸张地比划了一下,拿着刀子你捅我,我劈你的,血珠子差点就溅到我们砖窑上了。

男孩小拐记得那天早晨他是被街上杂沓的脚步声和救护车的喇叭惊醒的。街上有人尖声喊着:石灰厂,出人命啦。锦红和秋红已经穿好了衣裳准备去看热闹,小拐心急慌忙地摸不到他的拐杖,就一把攥住了锦红的长辫子。带我去,小拐叫道,带我去看死人。

锦红背着弟弟小拐,秋红边跑边用木梳梳着头发,姐弟三人也汇聚在街上的人流里朝北涌动,他们不知道石灰厂到底发生了什么事。秋红边跑边问旁边的人,怎么回事?是谁死了?那人气喘吁吁地说,打架,听说死了好几个。姐弟三人不知道天平就是其中之一,所以后来他们看见几个警察把天平从瓦砾堆里拖出来时都吓呆了,天平的衣服被撕割成布条在晨风中飘动,半尺长的刀口处露出了肠子,从他的身体各处涌出的血像泉眼沿途滴淌。天平的眼睛怒视着天空,但是他被人拖拽的情形就像一根圆木了无生气,看样子他已经死了。男孩小拐记得两个姐姐同时失声狂叫起来,然后他就从大姐锦红的背上摔了下来。

男孩小拐坐在瓦砾上环顾四周,石灰厂附近笼罩着一种杂乱的节日般的气氛。小拐看见他们把天平抬上一辆平板车,锦红和秋红哭叫着拉住一个车把,快送他去医院,秋红跺着脚对警察喊,快点吧,快去医院。板车另一侧的一个警察说,还去什么医院? 他已经咽气了。另一个却阴沉着脸说,他要没咽气还得去拘留所。小拐看见那辆平板车在工业垃圾和杂草间颠动着,慢慢地朝他这边拖来,现在他知道板车上的那具死尸就是他哥哥天平,他觉得天平就像一根圆木被人装在板车上,就像一根圆木在车上颠动着,一切都显得离奇而古怪。小拐迎着板车站起来,他怀着惶惑的心情朝天平的手臂猛地一触,触及的是天平饱满发达的肱二头肌,但那是近乎瞬间的一次触碰,男孩小拐的手像是被火烫了一下,或者是被冰刺了一下,他惊惶地缩回了他的手,曾经与他胼手胝足的那个身体突然变得如此恐怖如此遥远,男孩小拐第一次发现天平的手臂上刺了图纹,那是一只简单而丑陋的猪头。

他有刺青。男孩小拐突然叫道，他的手臂上有一只猪头，他是野猪帮的大哥了。

六月初王德基家的天平死了，天平的丧事办得很简单，这是因为那些日子天气异常炎热，王德基没有钱去冰厂订购那种大冰砖，死者在家里只停放了一天一夜就送出门了。王德基在悲伤而忙碌的日子里精疲力尽，他对那些前来吊唁的邻居说，早知道这样，不如我自己动手结果他的性命。

租用火葬场的白色灵车也是要花钱的，王德基舍不得掏钱，就去邻近的石码头借了辆三轮车，然后用塑料布为天平制作了一个简易凉棚。这样，六月灼热的阳光被遮挡住了，天平盖着白被单躺在车上，看上去就像一个苍白的患了急病的少年。王德基自制的灵车从容地经过香椿树街，有不知详情的路人在街口问他，老王，送谁上医院？王德基闷闷地说，儿子。低着头骑了一程，王德基看见天平就读的红旗中学的铁门从身边一掠而过，操场上有一群男孩正在踢足球。王德基突然悲从中来，一边骑着车一边哽咽起来，操，别人家的孩子都活蹦乱跳的，偏偏就轮到我家，废了一个不够，现在又死了一个。王德基就这样骑着灵车涕泗满面地经过城北的街道，他不知道小拐早悄悄地钻到了车上，他毫无畏惧地坐在天平的尸体旁边向往着火葬场新鲜的不为人知的风景。后来灵车经过北门的瓜果集市，王德基想起天平一直是贪吃西瓜的，小时候曾经为了抢夺秋红的那块，王德基扬手打掉了天平的一颗门牙。王德基犹豫了一会儿停下车，就近买了半只切开的红瓤瓜放到天平身旁，猛地就发现了小拐，小拐直直地瞪着西瓜，说，我要吃西瓜。王德基的手下意识扇过去，但最后只滞留在小拐的头顶上，过了一会儿他说，你吃吧，反正天平也不会吃瓜了。

男孩小拐后来就坐在天平的灵车上吃西瓜，那是一只南方罕见的又甜又脆的西瓜，直至几年以后小拐还记得嘴里残留的那股美妙的滋味。除此以外占据小拐记忆的依然是天平手臂上的刺青，在去火葬场的途中，男孩小拐多次撩起死者的衣袖，察看他左手臂上的猪头刺青，它在死者薄脆的皮肤上放射着神奇的光芒。

警车呼啸着驶进狭窄的香椿树街，警察们带走了松井、鼻涕、汤司令这帮少年，而白狼帮的红旗却突然从他家里消失不见了，一个梳着羊角辫的女孩子穿过围观的人群，用一种冷静的语调向警察报告了红旗的踪迹，他在河里，女孩指着河的方向说，他泡在水里，头上顶了半只西瓜皮。她后面跟着一个跛脚的男孩，男孩则尖声指出头顶西瓜皮是从电影里学来的把戏，男孩说，我知道他是从《小兵张嘎》里学来的，是我先看见他的。

所以红旗被推上警车的时候是光着脚的，身上只有一条湿漉漉的短裤头。一个警察从红旗的头顶上摘下那半只西瓜皮，扔出去很远，围观的人群里就发出一片哄笑声。有人将惊诧的目光转向王德基家的两个孩子，秋红和小拐，秋红像一个成熟的妇女那样撇了撇嘴，然后她拍了拍她弟弟的脑袋，小拐，我们回家。

夏天的大搜捕使城市北端变得安静萧条起来，那些三五成群招摇过市的少年像草堆被大风吹散，不再有尖厉的嗯哨刺破清晨或黄昏的空气，凭窗而站的香椿树街的居民莫名地有点烦躁，他们觉得过于清净的街道并非一种平安的迹象,似乎更大的灾祸就要降临香椿树街了。

男孩小拐穿着他哥哥天平遗留的白衬衫在街上游逛,有一天他在码头的垃圾里看见一面残破的绘有狼形图案的旗帜,旗上可见暗红色的疏淡不一的干血。小拐认出那是白狼帮的旗帜,他不知道他们为什么要把旗帜扔在这里,也许那帮人在大搜捕后已经吓破了胆,也许伤亡和被捕使强大的白狼帮形如匆匆一掠的流星。小拐拾起了那面旗帜,小心地把它折起来掖在裤腰里,他想把它带回家藏好。石码头上有装卸工在卸一船油桶,油桶就在水泥地上骨碌碌地滚向街道另一侧的工厂大门,男孩小拐灵活地绕开油桶往家里走,他相信装卸工们没有发现他藏起了一面白狼帮的旗帜。从此以后男孩小拐拥有了一个真正的秘密。

作为男孩小拐唯一的朋友,我曾经见过精心藏匿的白狼帮的旗帜,他打开一只木条钉成的工具箱说,这就是我的百宝箱。箱子里装满了过时的铜片、烟壳、玻璃弹子和破损了的连环画,那面神秘的令人浮想联翩的旗帜放在箱子的最底层,上面还铺盖了几张报纸。

这是白狼帮的旗,男孩小拐的眼睛在阁楼黯淡的光线里闪闪烁烁,他把那面旗快疾地摊开,然后又快疾地叠好。我哥哥他们的野猪帮大旗我还没找到,小拐说,他们也有一面旗,比这面旗大多了,我看见过野猪帮的大旗。

你藏着它想干什么?

小拐没有回答我的疑问,或许他根本没听见我的疑问,我看见他把百宝箱用挂锁锁好了,推到阁楼的角落里,然后用一种坚定的语气说,我会找到那面旗的,我要复兴野猪帮。

那是红鸡冠花盛开的晚夏的一天,在小拐家闷热肮脏的阁楼上,我清晰地听见男孩小拐说,我要复兴野猪帮。

九月孩子们重归学校,假期发生的石灰厂之战仍然使高年级的男孩津津乐道,他们坐在双杠和矮墙上谈论着白狼帮和野猪帮孰优孰劣,各执一词难以统一意见。后来校工老董的儿子董彪说,你们别争了,白狼帮和野猪帮算什么人物,真正厉害的是城西的梅花帮,梅花帮的人胸前都刺一朵梅花。

董彪在胡说。男孩小拐当着许多人的面戳穿了董彪的谎言,他说,城西没有什么梅花帮,只有龙虎八兄弟,他们和野猪帮是盟友。左臂刺龙,右臂刺虎,根本不刺梅花。

男孩小拐因此招来了董彪日复一日的追逐和报复。我看见男孩小拐像一只袋鼠在泡桐树林里绕行奔跑,因过早发育而成为学校一霸的董彪快乐地追逐着小拐,董彪最后把小拐按在树干上,用膝盖猛力地顶击小拐完好的那条左腿,这样男孩小拐总是应声倒在董彪的脚下。有一次董彪忽发异想地解开裤扣,对着手下败将撒了泡尿。董彪说,去叫你哥哥来,你哥哥算什么?就是他活着我也敢揍你。

我知道那是小拐童年时代最灰暗的日子,几乎每一个男孩都敢欺负王德基的儿子小拐,他姐姐秋红和锦红对他的保护无法与天平活着时相比,在香椿树街的生活中叽叽喳喳的女孩子一向是微不足道的。除我之外大概没有人知道小拐心里那个古怪而庞大的梦想,关于那面传说中的野猪帮的旗帜,关于复兴野猪帮的计划。小拐曾经邀我同去寻访那面旗帜的踪迹,被我拒绝了。在我看来小拐已经成为一种赢弱无力备受欺辱的象征,他的那个梦想因此显得可笑而荒诞。

曾经有人效仿董彪在学校沙坑那儿追打小拐,体育教师上去把他们拉开了。体育教师责问那个男孩,为什么要打他?你欺负他腿不好?那个男孩很诚实,他说,他哥哥天平死了。体育教师又问,他哥哥死了你就打他?这是为什么?男孩涨红了脸踩踏着沙坑里的黄沙,最后他又说了一句大实话,他腿瘸,他跑不快。

关于男孩小拐的拜师习武在香椿树街有种种说法,人们普遍认为那是王德基为了儿子免受欺侮的权宜之计,是王德基把小拐送到延恩巷的武林泰斗罗乾门上习武的,还有一种说法误传天平是罗乾的门徒之一,罗乾肯收下小拐是缘于这段人情,但是男孩小拐后来轻蔑地否定了这些想当然的猜测,他说罗乾从来不搭理那些少年帮派,当然也不认识他死去的哥哥天平,他父亲王德基就更不认识罗乾了,他那种人怎么会认识罗乾?男孩小拐提及他父亲时满脸不屑之色,然后他用一种神秘的口气说,我是我师父的关门弟子,你别告诉人家。

他为什么要收你做关门弟子呢?问话的人毫不掩饰话里的潜台词,为什么罗乾要收一个断了一条腿的孩子做关门弟子呢?

我跪着求他,我跪了很长时间。男孩小拐终于把所有的秘密和盘托出,我给他看腿上手上的伤,我告诉他所有的人都来欺负我,你猜他最后怎么说?男孩小拐环顾着周围的孩子,眼睛里充满了喜悦和激情之光,罗乾最后把我抱起来,他说既然所有人都来欺负你,那我就教你去欺负所有的人。

男孩小拐本人的说法也令人半信半疑,但是香椿树街上有不少人亲眼目睹他出入于延恩巷罗乾的家门,不管怎么说,小拐现在是一个习武的孩子,香椿树街头的男孩们再也不敢轻易对他施以拳脚了。

最初小拐把三节棍插在书包里去上学,每次在学校遇见董彪时,小拐仍然提防着董彪对他的袭击,他的手紧紧地抓住三节棍的一端。董彪试探着靠近他,你拿着三节棍装什么蒜?董彪说,你瘸了条腿怎么用三节棍?但是小拐猛地从书包里抽出三节棍时董彪还是害怕了,董彪嘀咕了一句就溜走了。他妈的你吓唬谁?他边走边说,吓唬谁?

那是男孩小拐开始扬眉吐气的日子,我曾经在他的书包里看见过多种习武器械,除了他随身携带的三节棍外,还有九节鞭、月牙刀、断魂枪等等,这些极具威慑力和神秘色彩的名称当然是小拐亲口告诉我的。我记得一个秋日的黄昏,在石码头布满油渍的水泥地上,男孩小拐第一次当众表演了他的武艺,虽然是初学乍练,但我们还是听到了三节棍和九节鞭清脆悦耳的声音,舞鞭的男孩小拐脸上泛起鲜艳的红晕,双目炯炯发亮,左腿的疾患使小拐难以控制身体的重心,他的动作姿态看上去多少有些生硬和别扭,但是在石码头上舞鞭弄棍的确实是我们所鄙夷的男孩小拐,到了秋天他已经使所有人感到陌生。

四五个男孩坐在石码头的船坞上,听小拐描绘他师傅罗乾的容貌和功夫。秋天河水上涨,西斜的夕阳将水面和两岸的房屋涂上一种柑橘皮似的红色,香椿树街平庸芜杂的街景到了石码头一带就变得非常美丽。空气中隐约飘来化工厂油料燃烧的气味,而那些装满货物的驳船正缓缓通过河面,通过围坐在船坞上的孩子们的视线。

我师傅只比我高半个脑袋,男孩小拐用手在头顶上比划了一下,他看了看其他孩子的表情又补充道,你们不懂,功夫深的人个子都很矮小。

我师傅留一丛山羊胡子,雪白雪白的,你们不懂,功夫深的人都要留山羊胡子的。男孩小拐还说。

我对延恩巷的武林高手罗乾的了解仅限于那天男孩小拐的一夕之谈。像所有的香椿树街少年一样,我也曾渴望拜罗乾为师学习武艺,但据说那个老人深居简出性情孤僻,除了小拐以外,拒绝所有陌生人走进他的种满药草的院子。整个少年时代我一直无缘见识罗乾的真面目。后来我知道关于延恩巷罗乾的传说完全是一场骗局,知悉内情的人透露罗乾只是一个年老体衰的病人,他每天例行的舞刀弄棍只是他祛病延年的方法,因为罗乾患有严重的哮喘和癫痫症。这个消息曾令我莫名惊诧,但那已经是多年以后的事了,昔日的男孩小拐已经成为香椿树街著名的风云人物,骗局的受害者也已淡忘了许许多多的童年往事。

城北的居民风闻野猪帮又重新出现,他们对此都觉得奇怪,因为野猪帮的那批少年在夏天的大搜捕中已经被一网打尽了。但是许多人家养的鸡都在夜晚相继失踪,石码头的垃圾上堆满了形形色色的鸡毛,从这一点判断确实又有少年们在歃血结盟了。

人们想不到野猪帮的新领袖是王德基家的小拐,更想不到新的野猪帮只是一群十四五岁的男孩。

歃血结盟的仪式是在王德基家的阁楼上举行的,狭小低矮的阁楼里充满了新鲜鸡血的腥味,大约有九个男孩,每人面前放了一碗鸡血,他们端起碗紧张而冲动地望着小拐。喝下去,小拐说,他的声音听上去不容违抗,你们怕什么? 人血都不怕还怕鸡血吗?

一个男孩先端起碗在碗沿上小心地舔了一下,另一个男孩则捏着鼻子喝了半碗,突然大叫起来,太腥了,我要吐了。你们能干什么事? 然后小拐出乎意料地亮出了他的九节鞭,你们到底喝不喝? 不喝就挨鞭子,小拐晃动着他的九节鞭说,喝鸡血还是挨鞭子? 你们自己挑吧。

阁楼上的那群男孩终于还是选择了鸡血,但是他们的呕吐物已经把床铺和板墙弄得污秽不堪,在一片反胃的呕吐声中小拐打开了他珍藏的白狼帮的旗帜,我没找到野猪帮的大旗,就拿它代替吧,小拐把那面破旗铺在地板上,考虑了片刻说,把白狼用墨汁涂掉,画上一只猪头就行了,他们就是这么干的。

小拐的大姐锦红这时候从竹梯爬上了阁楼,你们在上面闹什么? 都给我下去。锦红一转脸就发现了满地秽物,不由尖叫起来,该死,你们到底在干什么坏事? 阁楼简直成了猪厩了。已经有人开始往竹梯前走,但是男孩小拐伸出他的九节鞭挡住了他们的去路。

谁也不许逃。男孩小拐声色俱厉,他说,仪式刚刚开始,谁也不许逃。

让他们走,小拐你快让他们走。锦红忙着要清扫地板,一边扫一边对男孩们说,要闹到外面闹去,你们把我家当公园啦?

你别管我们的事,下楼去,我让你下楼去。男孩小拐用鞭柄朝锦红背上戳了一下,我让你别管你就别管。

不准再闹了,要闹到外面去,别在阁楼上闹。锦红说着就用扫帚把男孩们往竹梯上赶,但是随着一声清脆的鞭击,少女锦红就像一只受惊的鸟尖叫着跳起来,她的手伸到背后去摸她的长辫,摸到的是一只失落的蝴蝶结和一绺断发。

是男孩小拐用九节鞭抽落了他姐姐的半截辫梢和辫子上的红蝴蝶结。那群男孩看见少女锦红因惊吓过度而异常苍白的脸,她的嘴哆嗦着似乎想骂小拐,但终于什么也没有说。而持鞭的男孩小拐坐在那面破旗上,眼睛里依然喷射出阴郁的怒火,他说,我让你别来管我的事,为什么你偏偏不听?

香椿树街两侧的泡桐树是最易于繁殖的落叶乔木,它们在潮湿而充满工业废烟的空气里疯狂地生长,到了来年的夏季,每家每户的泡桐树已经撑起一片浓密的树阴,遮盖了街道上方狭窄的天空。香椿树街的男孩也像泡桐一样易于成长,游荡于街头的少年们每年都是新的面貌和新的阵容,就像路边的泡桐每年都会长出更绿更大的新叶。

七五年之夏是属于少年小拐的。新兴的野猪帮在城市秩序相对沉寂之时犹如红杏出墙,吸引了人们的目光。在黄昏的街头,一群处于青春期的少年簇拥着他们的领袖,矮小瘦弱的少年小拐,他们挤在一辆来历不明的三轮车上往石灰厂那里集结而去。石灰厂外面的空地是他们聚会习武的最好去处,就在那里他们把校工老董的儿子绑在树干上,由小拐亲自动手给他剃了个丑陋的阴阳头,然后小拐用红墨水在董彪暴露在外的头皮上打了几个叉,据说这是被野猪帮列入黑名单者的标志。被列入黑名单的还有其他六七个人,甚至包括学校的语文教员和政治教员。

我知道少年小拐在制定帮规和戒条时煞费苦心,他告诉我天平他们的野猪帮是有严格的帮规和戒条的,由于保密小拐无从知道它们的内容。他对此感到茫然。后来少年小拐因陋就简地模仿了解放军的三大纪律八项注意条令,稍作修改用复写纸抄了许多份散发给大家,至于戒条则套用了一句流行的政治口号:人不犯我,我不犯人,人若犯我,我必犯人。

少年小拐面临的另一个问题是如何刺青。城里仅有的几个刺青师傅都拒绝替这群未成年的少年文身,而且拒绝传授刺青的工艺和技术。失望之余小拐决定自己动手摸索,他对伙伴们说,没什么稀罕的,他们不干我们自己干,只要不怕疼,什么东西都能刺到身上去。

新野猪帮的刺青最终失败了。他们想象用一柄刀尖蘸着蓝墨水在皮肤上刻猪头的形状,但是尖锐的疼痛使许多人半途而废,少年小拐痛斥那些伙伴是胆小鬼,他独自在阁楼上百折不挠地摸索刺青技术,换了各种针具和染料,少年小拐一边呻吟一边刺割着他的手臂,渴望猪头标志跃然于他的手臂之上,他的手臂很快就溃烂发炎了,脓血不停地从伤处滴落下来,在王德基每天的咒骂和奚落声中,少年小拐终于允许他姐姐锦红和秋红替他包扎伤口,他说,十天过后,等纱布拆除了,你们会看见我手臂上的东西。

拆除纱布那天少年小拐沉浸在一种沮丧的情绪中,他发现自己的冒险彻底失败了,手臂上出现的不是他向往的威武野性的猪头标志,而是一块扭结的紊乱的暗色疤瘢。少年小拐捂着他的手臂在家里嗷嗷地狂叫,就像一条受伤的狗。叫声使刚从纺织厂下班回家的锦红难以入睡,锦红烦躁地拍打着床板说,别叫了,让我睡上一会。少年小拐停止了叫喊,他开始用拳头拼命捶击阁楼的板壁,整座朽败的房子微微摇晃起来。锦红一气之下就尖着嗓门朝阁楼上骂了一句,我操你妈,你只剩了一条腿,怎么就不能安分一点?锦红骂完就后悔了。她看见弟弟小拐从竹梯上连滚带爬冲下来,手里举着一把细长的刀子,锦红从小拐阴郁而暴怒的眼神中判出他的可怕的念头,抱着枕头就跳下床,慌慌张张一直跑到门外。

锦红光着脚,穿着背心和短裤站在街上,手里抱了一只枕头,过路人都用询问的眼神注视着王德基家的女孩锦红。锦红你怎么啦?锦红脸色煞白,她不时地回头朝家里张望一眼,朝问话的那些人摇着头。锦红不肯告诉别人什么,她只是衣衫不整地倚墙站着,用枕头擦着眼里的泪,没什么,锦红牢记着亡母传授的家丑不可外扬的道理,她对一个追根刨底的邻居说,我跟小拐闹着玩,他吓唬我,他吓唬要杀我。

少女锦红很早就显露出南方美人的种种风情,人们认为她生在王德基家就像玫瑰寄生于一摊污泥之中,造化中包含了不幸。香椿树街的妇女们建议锦红耐心等待美好的婚姻,起码可以嫁一个海军或者空军军官,但是锦红在十九岁那年就匆匆嫁给了酱品厂的会计小刘,而且出嫁时似乎已经有了身孕了。街上有谣传说王德基曾和女儿锦红睡觉,但那毕竟是捕风捉影的谣言。真正了解锦红的当然是她妹妹秋红,锦红出嫁前夜姐妹俩在灯下相拥而泣,锦红对秋红说的那番话几乎使人柔肠寸断。

我知道我不该急着嫁人,可是我在这个家里老是担惊受怕,我受不了。锦红捂着脸呜咽着说,不如一走了之吧。

你到底怕什么?秋红问。

以前怕父亲,后来怕天平,现在怕小拐,锦红仍然呜咽着,她说,我一看见小拐的眼睛,一看见他那条断腿,心里就发冷,现在我最怕他。

小拐怎么啦?秋红又问。

没怎么,可我就是害怕,他迟早会惹下大祸。锦红最后作出她的预言,秋红注意到姐姐说话时忧心忡忡的表情,她想笑却笑不出来,这个瞬间锦红美丽的容颜突然变得苍老而憔悴了,这使秋红对锦红充满了深情的怜悯。

那天夜里少年小拐又出门了,王家的人对此已习以为常,他们临睡前用椅子顶在门上,这样不管何时小拐都可以回家睡觉。凌晨时分锦红姐妹被门口杂沓的脚步声惊醒了,起床一看小拐带着七八个少年穿过黑暗的屋子往后门涌去,秋红想去拉灯绳,但她的手被谁拽住了。别开灯,有人在追我们。秋红睡意全消,她试图去阻挡他们,你们又在干什么坏事?干了坏事就都往我家跑。少年们一个个从秋红身旁鱼贯而过,消失在河边的夜色中。最后一个是少年小拐,你别管我们的事,小拐气喘吁吁地把一匹布往秋红的怀里塞,然后他把通向河埠的后门反锁上,隔着门说,这匹布给锦红做嫁妆。

秋红回忆起那天夜里的事件一直心有余悸,布店的人带着几个巡夜的民兵很快就来敲门。锦红到阁楼上藏起那匹布,秋红就到门口去应付。来人说,让我们进去,偷布的那帮孩子跑你家来了。秋红伸出双臂把住门框两侧,她像一个成熟的妇女一样处乱不惊,秋红说,你们抓贼怎么抓到我家来了?难道我家是贼窝吗?布店的人说,你家就是个贼窝。这句话激怒了秋红,秋红不容分说朝那人脸上扇了记耳光。我操你八辈子祖宗,我让你糟蹋我们家的名声,秋红边骂边唾,顺手撞上了大门。她听见门外人的交谈仍然很不中听,一个说,王德基家的孩子怎么都像恶狗一样的?另一个说,一个比一个坏,一个比一个凶。秋红的一点恐慌现在恰巧被满腔怒火所替代,她对着门踢了一脚,高声说,你们滚不滚?你们再不滚我就拎马桶来,泼你们满身是粪。

少年小拐和伙伴们偷来的是一匹白色的棉布,这匹布令锦红啼笑皆非,锦红怀着一种五味混杂的心情注视着小拐和白布,她说,办喜事不能用白布,这是办丧事用的。锦红伸手在弟弟的头顶上轻抚了一下,这个举动意味着她最后宽恕了少年小拐。

没有人知道少年小拐和武界泰斗罗乾的关系是如何中断的,那种令人艳羡的关系也许持续了半年之久,也许只有短短的二三个月。我记得少年小拐后来不再谈及罗乾的名字,有人追问罗乾的近况时,小拐的回答令人吃惊,他用一种满不在乎的语气说,他中风了,不行了,现在我用一只手就能把我师傅拍死。然后少年小拐眉飞色舞地说起另一位大师张文龙的故事,那是风靡一时的龙拳的创始人,武功非凡,方圆百里的少年都梦想成为张文龙的门徒,但是张文龙只卖伤药不授武艺。他经常在北门吊桥设摊卖他的跌打风湿膏药,卖完药就卷摊走路,从来没有人知道张文龙的住处,胆大的少年去他的药摊前打听时,张文龙就拿一块膏药塞过来说,先掏钱把药买去,你们这帮孩子就缺伤药了,你们打吧,你们天天打架我的药就好卖了。当你死磨硬缠刺探他家的住处时,张文龙眨着眼睛说,我哪里有家呀? 我天天在野地里为你们采药熬膏,夜里就睡在水沟里,睡在菜花地里。

你们知道张文龙的刺青刺了什么? 少年小拐最后向他的伙伴提出了一个热门的问题。

是一条龙。有人回答道。

可是你不知道那是一条什么样的龙,少年小拐的神情显得非常冲动,他先在自己的腹部用力划了一下,龙头在这儿,然后小拐的手顺着胸前往肩部爬,最后在后背上又狠狠戳了一下,龙尾在这儿,你说这条龙有多大? 小拐说着叹了口气,他的脸看上去突然变得忧怨起来,罗老头背上那条龙比起张文龙来算什么? 汤司令和红旗他们的刺青就更提不起来了。

少年小拐羞于正视自己左臂上那块失败的刺青,说那番话时我注意到他的目光不时偷窥他的左臂,海魂衫肥大的短袖子遮掩了那片疤瘢的一半,另一半却袒露在夏日阳光里,我发现从那片疤瘢中无法看清猪头的形状,它们看上去更像秋天枯萎的黑红色的树叶。

这年夏天少年小拐疯狂地追逐着张文龙的踪迹,我听说他长时间地蹲在北门吊桥的药摊前,期待河上吹来的风卷起张文龙那件黑布衬衫的下摆,他渴望亲眼目睹那条恢宏而漂亮的盘龙刺青,大风却迟迟不来。少年小拐在一阵迷乱的冲动中向张文龙的衬衫伸出了手,听说小拐的手刹那间被张文龙夹在腋下,张文龙半愠半笑地说,你这孩子断了一条腿不够,还想再断一条胳膊吗?

桥上的遭遇对于少年小拐是一个沉重的打击,在张文龙匆匆离去后他仍然站在北门吊桥上,受辱后的窘迫表情一直滞留在他苍白的脸上,伙伴们的窃笑使少年小拐恼羞成怒,他对着桥下的护城河骂了一声,张文龙,我操你妈,再过五年,你看我怎么报一箭之仇。

谁都能发现少年小拐在受到伤害后情绪低落,他担心自己在新野猪帮内的地位受到损坏或者排挤,有一天我惊讶地发现他采取了杀鸡吓猴的做法,在一番关于张文龙籍贯的争执中,少年小拐突然缄口动手,他突然从皮带缝里抽出一把飞镖朝朱明身上掷去,你也想来反对我? 小拐冷笑着审视朱明的表情,他说,我说他是东北人就是东北人,别来跟我犟。那把飞镖从朱明的耳朵一侧飞出去,朱明惊呆了,谁也没想到少年小拐突然翻脸,事后少年们对小拐的举动褒贬不一,支持小拐和同情朱明的人形成了两个阵营,据我所知这也是新野猪帮最后分崩离析的原因之一。

几天后少年们相约在石灰厂外面集合,准备搭乘长途汽车去清塘镇寻找一个姓王的刺青师傅,那个人是朱明家的亲戚,但是朱明和他的几个朋友却迟迟不来。小拐就派人去朱明家喊他。派去的人到了朱明家,看见几个人正围坐在桌前打扑克牌,朱明的脸上贴满了纸条,头也不抬地对人说,我们不去了,要去你们自己去吧,不过我提醒你们,清塘镇的人们比香椿树街的可野多了,小心让他们踩扁了抬回来。

聚集在石灰厂的少年们没有把朱明的话放在心上,他们拦住了去往清塘镇的长途汽车。去的时候大约有七八个人,当天回来的却只有三个人,而且都是鼻青脸肿的,他们提着撕破的衣服和断损的凉鞋从街上一闪而过,像做贼似的溜进各自的家门。他们告诉前来打听儿子下落的那些妇女说,小拐他们留在清塘镇了,清塘镇的人把他们扣起来了。侥幸逃离清塘镇的三个人惊魂未定,用一种夸张的语言描述那场可怕的殴斗。我们一下长途汽车就有人来撩拨逗事,也不知道是怎么打起来的,他们用的都是铁搭、锄头和镰刀,那么多人追着我们打,我们还来不及编队形就给他们打散了。

好好的他们为什么打你们?有人提出了简单的疑问。

不知道,他们说不准我们在清塘镇耀武扬威。

王德基家的秋红也挤在那堆焦灼而忙乱的妇女中间,她关心的自然是她弟弟小拐的情况,秋红刚想开口问什么,那三个少年几乎异口同声地说,小拐最惨了,他头上挨了一铁搭,开了两个洞。

他怎么啦?他不是会武功吗?秋红惊叫过后问。

他腿不好,跑不快,那么多人围上来,会武功也没有用。一个少年说。

他没带三节棍和九节鞭,光是一支飞镖对付不了人家的锄头铁搭。另一个少年表示惋惜说,小拐今天要是带上他的家伙就好了,我们也不会输那么惨了。

带上家伙也没用,清塘镇的人一个比一个野。再说小拐本来就不怎么样,我看见他第一个被清塘镇的人按在地上。第三个少年说起小拐却已经显得很轻蔑了。

旁边的秋红听到这里勃然生怒,她指着三个少年的鼻子说,一帮不知廉耻的杂种,你们知道小拐腿不好,跑不快,你们就不肯拉他一把?你们就不能背上他跑吗?

你说得轻巧!一个少年斜睨着秋红反驳道,那种时刻谁还顾得上谁?我背了小拐谁又肯来背我?

愤怒的秋红一时哑然失语,她的丰腴而红润的脸上不知不觉挂上了泪珠。人们都用一种隔膜而厌恶的目光注视着她,似乎没有人为秋红的一腔姐弟之情所感动。事实上那是一个混乱的人心浮躁的黄昏,人们关注的是自己的滞留在清塘镇生死未卜的儿子或家人,每个人的心情其实都是相仿的。

少年小拐和他的伙伴直到第二天早晨才返回香椿树街,负责解送的警察对围观的人们说,这次还幸亏没打出人命,否则就直接把他们送拘留所了。王德基和秋红也在街口等候,看见小拐他们依次爬下了卡车,王德基舒了一口气,他对旁人说,这帮孩子是不是吃了疯狗的肉?在街上闹不够,打架竟然打到清塘镇去了。那人问,回家要收拾你儿子吗?王德基被问得有点尴尬,从小收拾到大,就是收拾不了他,想想真奇怪。王德基苦笑一声,随后说了一句令人伤感的话,孩子他母亲搭上她一条命,换了这么个宝贝儿子,想一想真是奇怪。

少年小拐扶着墙与他父亲和姐姐逆向而行,他的头部缠着一条肮脏的被血洇透的纱布,看上去小拐显得出奇的从容而冷静。秋红跑过去想察看他头上的伤势,被他推开了。我死不了,小拐说,你回家去,别来管我的事。秋红就跟在他后面说,让你别打架你偏不听,这回好了,头上弄了个窟窿让人看笑话。街上的人都看着王家姐弟,看见小拐突然回过头打了秋红一记耳光,让你别来管我你偏不听,你为什么老是要来管我? 小拐几乎是在吼叫,他的仇视的目光使秋红不寒而栗,秋红掩面坐在地上哭号起来,不管就不管,秋红绝望地拍打着地面,边哭边叫,我要再管你的事我就是畜生。

从清塘镇铩羽而归的少年们很快就聚集在朱明家门口,隔着窗子他们看见朱明那帮人仍然在桌前玩扑克牌,只是每个人的膝盖上都添了一根一尺多长的角铁,屋里的人对窗外的人显然已有防备,少年小拐和他的伙伴无法对朱明他们实施惩罚。叛徒,有人伏在窗台上对屋里的人喊。而少年小拐嘴里吐出的是一句江湖行话:君子报仇,十年不晚。他的声音听来冷峻而充满杀机。我看见他提起撑拐,用一种轻柔的动作在朱明家的窗户上捣了一个圆孔,屋里人朝外面张望了一眼,并没有作出任何反应,紧接着是一声哗啦啦的脆响,少年小拐挥舞着他的撑拐,砸碎了朱明家窗户上的每一块玻璃。

到了中秋节前夕,香椿树街的新野猪帮已经分裂成两派,人多势众的那派由少年小拐统辖,另外一派的六七个少年则死心塌地跟着朱明,他们从此开始了漫长的此长彼消的内战。我之所以如此清晰地记得这个时间概念,是因为那天香椿树街上弥漫着糖果铺煎制鲜肉月饼的香气,那种一年一度的香味诱使许多人聚集到糖果铺的煎锅前面。少年小拐他们和朱明他们的人就在那儿相遇了。我记得朱明他们一共只有三个人,三个人每人手里捧了一包月饼往人堆外挤,但是朱明突然被什么绊了一下,绊他的是小拐腋下的那根撑拐。

买那么多月饼独吃? 好意思吗? 小拐似笑非笑地说。

朱明没说什么,他迟疑了一会儿抓了两块月饼给小拐,但小拐没去接,他的表情已经显露出寻衅的端倪,我看见他用撑拐的底端拨了拨朱明拿月饼的手。

给兄弟们每人两块。小拐说。

你在玩我? 朱明说,你以为我们怕你们? 要打架约个地方和时间,我操,你真以为我们怕你们?

铁路桥下面怎么样? 你要是嫌桥洞里不好上铁路也行,你要是带的人多就去石灰厂外面,或者就去石码头? 随你挑,时间也随你挑。

我随你挑,你真以为我们怕你们? 朱明的嘴里咬了一块月饼,含糊地嘀咕着往小拐他们的人圈外走。朱明带着两个人走出去几步远,没有明确回复小拐的挑衅,却说了一句莫名其妙的话,朱明说,他算什么人物? 他姐姐跟他爹睡觉,肚子都睡大啦。

我看见少年小拐的眼睛里倏地迸出罕见的可怕的红光,他狂叫了一声,从别人手里夺过九节鞭,率先发起了对朱明他们的攻击。九节鞭准确地抽到了朱明的后颈上,小拐的伙伴们一拥而上,本来应该避人耳目的混战就这样猝不及防地发生了,糖果铺周围一片骚乱,女店员在柜台后面尖叫着,快去喊警察,要打出人命啦。更多的香椿树街人则训练有素地退到糖果铺的台阶上,或者爬到运货的三轮车上,居高临下地观望了少年小拐棍鞭齐发痛打朱明的场面,观望者们除了对少年小拐身残志坚的英武形象赞叹几声外,并没有太多的惊诧,虽然他们亲眼看见朱明他们满脸血污地在街上翻滚,这毕竟还是少年们之间的小型殴斗,生活在香椿树街的人们对此已经司空见惯。

平心而论中秋之战在小拐一方也并不光彩,谁都注意到朱明他们是赤手空拳的,而且人数少于小拐他们。另外他们选择的地点也缺乏考虑,糖果铺的煎饼锅最后被人群挤翻了,一锅热腾腾的鲜肉月饼全部倾倒在地,一些馋嘴的孩子和妇女趁乱捡走了好多月饼。糖果铺的女店员们一气之下去少年们就读的红旗中学告了状。

三天之后红旗中学的门口出现了一张布告,龙飞凤舞的毛笔字流露出校方卸除一份重负后的喜悦。被开除的名单很长,包括从初一到高二的几十名学生,有人用手卷成喇叭形状朗读着那份名单,其中包括了少年小拐常常被人遗忘的学名:王志刚,而在糖果铺之战中吃了亏的朱明也遭到了校方同样的发落。

少年小拐当天下午在石码头听说了这个消息,伙伴们听见他发出一声难以捉摸的怪笑,怎么拖到现在才开除?少年小拐的笑声突然变得疯狂而不可抑制,他坐在一只空油桶上用右脚踢着油桶,笑得弯下了腰,我的教科书早都擦了屁股,他说,怎么拖到现在才开除?

白狼帮的红旗在九月的一个傍晚出狱归来,红旗提着行李东张西望地出现在香椿树街上时,人们一下子就认出了他。虽然在狱中的两年红旗已变成一个膀大腰圆的青年,虽然他的脑袋剃得光溜溜的胡须反而很长,但红旗的眼睛却像以前一样独具风格,它们仍然愤怒地斜视着。

现在看来红旗的狱中归来其实宣告了少年小拐的英雄生涯的结束,很少有人敏感地觉察到这一点,少年小拐也许觉察到了,也许没有。他们在街口不期而遇时,红旗的嘴角浮出一丝含义不明的微笑,而双眼却习惯性地愤怒地斜视着少年小拐。那是一次典型的狭路相逢,但当时什么也没有发生,少年小拐避开了红旗的目光,他突然回首眺望不远处的铁路桥,桥上恰巧有一辆满载着大炮和坦克的军用货车通过。

少年小拐和他的伙伴们曾经暗中观察红旗的行踪,大多数时间红旗都在家门口拆卸自行车,或者站在家门口吃饭,偶尔他会朝门后唠叨不休的母亲骂几句粗话,红旗和城东白狼帮城西黑虎帮似乎中断了一切联系。唯一值得警惕的是朱明,朱明几乎天天去红旗家,红旗一出狱朱明就和他打得火热,不难看出势单力薄的朱明他们正在竭力拉拢新的盟友。

他去拉红旗有什么用?少年小拐极其轻蔑朱明的算盘,他对伙伴们说,你们千万别以为从监狱里出来的人就怎么样,红旗不怎么样,别看他样子凶,其实是个孬种。

小拐的这番话意在安抚日渐涣散的野猪帮的人心。到了九月他发现伙伴们中间弥漫着一种消极的恐慌的情绪,香椿树街上到处纷传说本地警察对少年帮派的第二次围捕就要开始。每当谁向他提起这个话题时,小拐就显得极不耐烦,你怕吗?他说,你怕就到你妈怀里吃奶去。说话的人于是极力否认他的恐惧,小拐就笑着甩出他的口头禅,东风吹,战鼓擂,现在世界上究竟谁怕谁?

我们想象中的警车云集香椿树街的场面没有出现,它们驶过香椿树街街口去了城东,也去了城西,唯独遗漏了铁路桥下面的这个人口和房屋同样稠密的地区,或许香椿树街与城市的其他角落相比是一块安宁净土,或许警察们是有意把街上的这群少年从法网中筛了出来。尖厉的令人焦虑的警车汽笛在深夜戛然而止,那些夜不成寐的妇女终于松了口气,她们看见儿子仍然睡在家里,她们觉得一个关口总算度过去了。那些妇女中当然包括少年小拐的姐姐秋红,秋红在夜空复归宁静后爬下阁楼,察看了弟弟小拐的床铺,小拐正在酣睡之中,小拐竟然睡得无忧无虑,这使秋红心里升起无名之火,贱货,秋红一边唾骂自己一边回到阁楼上,她对自己发誓说,我要再为那畜生操心我就是个不折不扣的贱货。

男孩小拐幸运地逃脱了九月的大搜捕,这使他们得以重整旗鼓,更加威风地出现在香椿树街上。不久少年小拐在石码头召集了野猪帮的聚会,宣布将朱明等六人开除出野猪帮。就在这里少年小拐突然向伙伴们亮出一面大红缎子的锦旗,旗上新野猪帮四个大字出于小拐亲笔,笨拙、稚气却显得威风凛凛。至于这面锦旗的来历,少年小拐坦言是从居民委员会的墙上偷摘的,本来那是一面卫生流动红旗。我有幸参加了新野猪帮的石码头聚会,记得在那次聚会中少年们处于大难不死的亢奋中,他们商讨了惩治叛徒朱明和去西汇湾踩平那里新兴的小野猪帮的计划,谈的更多的当然是座山雕的刺青技术,座山雕与小拐死去的哥哥是割头兄弟,他与红旗几乎同时出狱归来,作为对天平的一种悼念,座山雕答应为少年小拐在手上刺一只猪头,但是他只肯为小拐一个刺青。少年小拐注意到伙伴们对此的不满情绪,最后他安慰他们说,明天我先去,我会把座山雕的刺青技术学来的,等我学会了再给你们刺,别着急,每人手臂上都会有一只猪头的。那天石码头上堆放着化工厂的一种名叫苯干的货物,苯干芳香而强烈的气味刺激着少年们的鼻喉和眼腺,许多人一边打喷嚏一边流泪,它给这次聚会带来了强制性的悲壮气氛,恰巧加深了少年们对最后一次聚会的回忆。我看见少年小拐后来对着河上的驳船挥舞那面野猪帮的红旗,一边狂呼一边流泪,但是我并不知道那是小拐一生中最后的辉煌时刻。

少年小拐是在去刺青的路上遭到红旗和朱明的伏击的,后者选择的时机几乎是天衣无缝,令人怀疑其中设置的骗局和精心策划,或许是小拐朝夕相守的伙伴里出现了奸细,或者是小拐所信赖的座山雕参与了这次阴谋也不得而知。作为少年小拐的知心朋友,我清晰地记得他遭到伏击的时间是黄昏,地点是在香椿树街北端的羊肠弄。

去座山雕家必须通过狭窄的仅容一人通过的羊肠弄,羊肠弄的一侧是居民的后窗和北墙,另一侧是五金厂的后门和破败的围墙,红旗就是从围墙的断口突然跳到少年小拐身上的,小拐来不及拔出腰带里的匕首,在短短的一个瞬间他意识到一直担心的伏击已经来临,他后悔单身一人来刺青,但是一切都无法改变。他看见朱明和几个人从五金厂的后门和弄堂口朝他包抄过来。

你们搞伏击,这么多人对付我一个,传出去多丢脸。少年小拐被那帮人抬了起来,他的声音悲壮而愤慨。

我们不管什么丢脸不丢脸的,我们今天就是要把你摆平。朱明说。朱明的脸上洋溢着伸冤雪耻的喜悦。

山中无老虎,猴子称大王,好好的香椿树街让你这个小瘸子称王称霸?红旗一直揪着少年小拐的耳朵,他指挥着朱明他们把少年小拐抬进了五金厂的后门。五金厂的工人已经下班,由几间破庙宇改建的厂房静悄悄的,小拐不知道他们把他弄到这里来干什么。他不知道他们到底想对他干什么。他现在无力挣脱那么多双手的钳制,于是也就不想挣脱了,他想呼救但喉咙也被老练的对手红旗卡住了,少年小拐突然对眼前事物产生了一种似曾相识的感觉,他记得九岁那年在铁路上发生的灾祸,当那列火车向他迎面撞来的时候,他也是这种无力挣脱的状态,他也觉得有一双手牢牢地钳住他的腿,有一个人正在把他往火车轮子下面推。

他们把少年小拐抬到了一台冲床旁边,朱明拉上了电闸后冲床开始工作,而红旗坐在冲床后面朝小拐挤了挤眼睛,冲床的钻头正在一块钢片上打孔,嘎嘣、嘎嘣,富有韵律和残酷的美感。现在少年小拐终于知道了红旗新奇的出人意料的绝招,他听说红旗发明了一种讨巧的置人于死地的办法,原来就是他天天操作的冲床。

把他那条好腿搬上来。红旗命令朱明,红旗的嘴里发出一种亢奋的哂笑,他说,快点,让我来试试冲人的技术,冲人比冲刀片难多了。

别碰我的好腿。别碰它。少年小拐的目光注视着冲床上下律动的钻头,不难发现他的目光从好奇渐渐转向恐惧,他的尖厉的抗议声也渐渐地变成一种哀告,别碰我的好腿,你们干什么都行,千万别碰我的好腿了。

据朱明后来告诉别人说,小拐那天跪在冲床边向他求饶,向红旗和其他人求饶,他的可怜而卑琐的样子令人作呕。朱明和红旗让他过了第一关,但是第二关却是由座山雕控制的。从五金厂的后门出来,他们按照事先的约定把少年小拐挟到座山雕家里,五六个人按住半死半活的少年小拐,由座山雕为他刺青,刺的不是小拐想象中的野猪标志,而是歪歪扭扭的两个字:孬种。刺青的部位不在常见的手臂上,而在少年小拐光洁的前额上,座山雕在完成了他蓄谋已久的工程后得意地笑了,他说的话与红旗如出一辙,山中无老虎,猴子称大王,香椿树街怎能让一个小拐子称王称霸?

我知道那么多人出卖少年小拐缘于一个简单的事实,他们无法容忍少年小拐在香椿树街的风光岁月,尽管那是短暂的昙花一现的风光岁月。命运如此残忍地捉弄了小拐,他额上的孬种标志是一个罕见的物证。

香椿树街的人们后来习惯把王德基的儿子叫做孬种小拐,孬种小拐在阁楼和室内度过了他的另一半青春时光,他因为怕人注意他的前额而留了奇怪的长发,但乌黑的长发遮不住所有的耻辱的回忆之光,孬种小拐羞于走到外面的香椿树街上去,渐渐地变成孤僻而古怪的幽居者。

孬种小拐的两个姐姐出嫁后经常回来照顾父亲和弟弟的生活,有一次锦红和秋红到阁楼上清理出成堆的垃圾,其中有小拐儿时的百宝箱,姐妹俩在百宝箱里发现了一些霉烂的布卷,打开来一看像是旗帜,旗上画的野猪图案依然看得清楚,锦红皱着眉头问孬种小拐,这是什么鬼旗子?孬种小拐没有回答,秋红在一边说,把它扔掉。然后姐妹俩开始收拾床底下的那些刀棍武器,锦红抓着三节棍问孬种小拐,这东西你现在用不着了吧?扔吗?孬种小拐仍然没有回答,他坐在阁楼面向街道的小窗前,无所用心地观望着街景。秋红在一边说,什么三节棍九节鞭的,都给我去扔掉,留着还有什么用?后来姐妹俩从箱子里倒出许多铜圈、铜锁、铜片来,阁楼上响起一阵铜片相撞的清脆的声音,孬种小拐就是这时候回过头阻止了秋红,他对她说,把那些铜圈给我留下,我一个人没事的时候可以钉铜玩。

作为孬种小拐唯一的朋友,我偶尔会跑到王德基家的阁楼上探望孬种小拐,他似乎成了一个卧病在家的古怪的病人,他常常要求我和他一起玩儿时风行的钉铜游戏,我和他一起重温了钉铜游戏,但许多游戏的规则已经被我们遗忘了,所以钉铜钉到最后往往是双方各执一词的争吵。对于我们这些在香椿树街长大的人来说,温馨美好的童年都是在吵吵嚷嚷中结束的,一切都很平常。

1993 年

(原载《作家》1993 年第 1 期)

流浪地球

刘慈欣

刹车时代

我没见过黑夜,我没见过星星,我没见过春天、秋天和冬天。

我出生在刹车时代结束的时候,那时地球刚刚停止转动。

地球自转刹车用了四十二年,比联合政府的计划长了三年。妈妈给我讲过我们全家看最后一个日落的情景,太阳落得很慢,仿佛在地平线上停住了,用了三天三夜才落下去。当然,以后没有"天"也没有"夜"了,东半球在相当长的一段时间里(有十几年吧)将处于永远的黄昏中,因为太阳在地平线下并没落深,还在半边天上映出它的光芒。就在那次漫长的日落中,我出生了。

黄昏并不意味着昏暗,地球发动机把整个北半球照得通明。地球发动机安装在亚洲和美洲大陆上,因为只有这两个大陆完整坚实的板块结构才能承受发动机对地球巨大的推力。地球发动机共有一万二千台,分布在亚洲和美洲大陆的各个平原上。从我住的地方,可以看到几百台发动机喷出的等离子体光柱。你想象一个巨大的宫殿,有雅典卫城上的神殿那么大,殿中有无数根顶天立地的巨柱,每根柱子像一根巨大的日光灯管那样发出蓝白色的强光。而你,是那巨大宫殿地板上的一个细菌,这样,你就可以想象到我所在的世界是什么样子了。其实这样描述还不是太准确,是地球发动机产生的切线推力分量刹住了地球的自转,因此地球发动机的喷射必须有一定的角度,这样天空中的那些巨型光柱是倾斜的,我们是处在一个将要倾倒的巨殿中!南半球的人来到北半球后突然置身于这个环境中,有许多人会精神失常的。比这景象更可怕的是发动机带来的酷热,户外气温高达七八十摄氏度,必须穿冷却服才能外出。在这样的气温下常常会有暴雨,而发动机光柱穿过乌云时的景象简直是一场噩梦!光柱蓝白色的强光在云中散射,变成无数种色彩组成的疯狂涌动的光晕,整个天空仿佛被白热的火山岩浆所覆盖。爷爷老糊涂了,有一次被酷热折磨得实在受不了,看到下大雨喜出望外,赤膊冲出门去,我们没来得及拦住他,外面雨点已被地球发动机超高温的等离子光柱烤热,把他身上烫脱了一层皮。

但对于我们这一代在北半球出生的人来说,这一切都很自然,就如同对于刹车时代以前的人们,太阳星星和月亮那么自然。我们把那以前人类的历史都叫做前太阳时代,那真是个让人神往的黄金时代啊!

我在小学入学时,作为一门课程,教师带我们班的三十个孩子进行了一次环球旅行。这时地球已经完全停转,地球发动机除了维持这个行星的这种静止状态外,只进行一些姿态调整,所以从我三岁到六岁的三年中,光柱的光度大为减弱,这使得我们可以在这次旅行中更好地认识我们的世界。

我们首先在近距离见到了地球发动机,是在石家庄附近的太行山出口处看到它的,那是一座金属的高山,在我们面前赫然耸立,占据了半个天空,同它相比,西边的太行山脉如同一串小土丘。有的孩子惊叹它如珠峰一样高。我们的班主任小星老师是一位漂亮姑娘,她笑着告诉我们,这座发动机的高度是一万一千米,比珠峰还要高两千多米,人们管它们叫"上帝的喷灯"。我们站在它巨大的阴影中,感受着它通过大地传来的震动。

地球发动机分为两大类,大一些的叫"山",小一些的叫"峰"。我们登上了"华北794号山"。登"山"比登"峰"花的时间长,因为"峰"是靠巨型电梯上下的,上"山"则要坐汽车沿盘"山"公路走。我们的汽车混在不见首尾的长车队中,沿着光滑的钢铁公路向上爬行。我们的左边是青色的金属峭壁,右边是万丈深渊。车队是由50吨的巨型自卸卡车组成,车上满载着从太行山上挖下的岩石。汽车很快升到了5 000米以上,下面的大地已看不清细节,只能看到地球发动机反射的一片青光。小星老师让我们戴上氧气面罩。随着我们距喷口越来越近,光度和温度都在剧增,面罩的颜色渐渐变深,冷却服中的微型压缩机也大功率地忙碌起来。在6 000米处,我们见到了进料口,一车车的大石块倒进那闪着幽幽红光的大洞中,一点声音都没传出来。我问小星老师地球发动机是如何把岩石做成燃料的。

"重元素聚变是一门很深的学问,现在给你们还讲不明白。你们只需要知道,地球发动机是人类建造的力量最大的机器,比如我们所在的华北794号,全功率运行时能向大地产生150亿吨的推力。"

我们的汽车终于登上了顶峰,喷口就在我们头顶上。由于光柱的直径太大,我们现在抬头看到的是一堵发着蓝光的等离子体巨墙,这巨墙向上伸延到无限高处。这时,我突然想起不久前的一堂哲学课,那个憔悴的老师给我们出了一个谜语。

"你在平原上走着走着,突然迎面遇到一堵墙,这墙向上无限高,向下无限深,向左无限远,向右无限远,这墙是什么?"

我打了一个寒战,接着把这个谜语告诉了身边的小星老师。她想了好大一会儿,困惑地摇摇头。我把嘴凑到她耳边,把那个可怕的谜底告诉她。

死亡。

她默默地看了我几秒钟,突然把我紧紧地抱在怀里。我从她的肩上极目望去,迷蒙的大地上,耸立着一片金属的巨峰,从我们周围一直延伸到地平线。巨峰吐出的光柱,如一片倾斜的宇宙森林,刺破我们的摇摇欲坠的天空。

我们很快到达了海边,看到城市摩天大楼的尖顶伸出海面,退潮时白花花的海水从大楼无数的窗子中流出,形成一道道瀑布……刹车时代刚刚结束,其对地球的影响已触目惊心:地球发动机加速造成的潮汐吞没了北半球三分之二的大城市,发动机带来的全球高温融化了极地冰川,更给这大洪水推波助澜,波及到南半球。爷爷在三十年前亲眼目睹了百米高的巨浪吞没上海的情景,他现在讲这事的时候眼还直勾勾的。事实上,我们的星球还没启程就已面目全非了,谁知道在以后漫长的外太空流浪中,还有多少苦难在等着我们呢?

我们乘上一种叫船的古老的交通工具在海面上航行。地球发动机的光柱在后面越来越远,一天以后就完全看不见了。这时,大海处在两片霞光之间,一片是西面地球发动机的光柱产生的青蓝色霞光,一片是东方海平面下的太阳产生的粉红色霞光,它们在海面上的反射使大海也分成了闪耀着两色光芒的两部分,我们的船就行驶在这两部分的分界处,这景色真是奇妙。但随着青蓝色霞光的渐渐减弱和粉红色霞光的渐渐增强,一种不安的气氛在船上弥漫开来。甲板上见不到孩子们了,他们都躲在船舱里不出来,舷窗的帘子也被紧紧拉上。一天后,我们最害怕的那一时刻终于到来了,我们集合在那间用来做教室的大舱中,小星老师庄严地宣布:

"孩子们,我们要去看日出了。"

没有人动,我们目光呆滞,像突然冻住一样僵在那儿。小星老师又催了几次,还是没人动地方。她的一位男同事说:

"我早就提过,环球体验课应该放在近代史课前面,学生在心理上就比较容易适应了。"

"没那么简单,在近代史课前,他们早就从社会上知道一切了。"小星老师说,她接着对几位班干部说,"你们先走,孩子们,不要怕,我小时候第一次看日出也很紧张的,但看过一次就好了。"

孩子们终于一个个站了起来,朝着舱门挪动脚步。这时,我感到一只湿湿的小手抓住了我的手,回头一看,是灵儿。

"我怕……"她嘤嘤地说。

"我们在电视上也看到过太阳,反正都一样的。"我安慰她说。

"怎么会一样呢,你在电视上看蛇和看真蛇一样吗?"

"……反正我们得上去,要不这门课会扣分的!"

我和灵儿紧紧拉着手,和其他孩子一起战战兢兢地朝甲板走去,去面对我们人生中的第一次日出。

"其实,人类把太阳同恐惧连在一起也只是这三四个世纪的事。这之前,人类是不怕太阳的,相反,太阳在他们眼中是庄严和壮美的。那时地球还在转动,人们每天都能看到日出和日落。他们对着初升的太阳欢呼,赞颂落日的美丽。"小星老师站在船头对我们说,海风吹动着她的长发,在她身后,海天连接处射出几道光芒,好像海面下的一头大得无法想象的怪兽喷出的鼻息。

终于,我们看到了那令人胆寒的火焰,开始时只是天水连线上的一个亮点,很快增大,渐渐显示出了圆弧的形状。这时,我感到自己的喉咙被什么东西掐住了,恐惧使我窒息,脚下的甲板仿佛突然消失,我在向海的深渊坠下去,坠下去……和我一起下坠的还有灵儿,她那蛛丝般柔弱的小身躯紧贴着我颤抖着;还有其他孩子,其他的所有人,整个世界,都在下坠。这时我又想起了那个谜语,我曾问过哲学老师,那堵墙是什么颜色的,他说应该是黑色的。我觉得不对,我想象中的死亡之墙应该是雪亮的,这就是为什么那道等离子体墙让我想起了它。这个时代,死亡不再是黑色的,它是闪电的颜色,当那最后的闪电到来时,世界将在瞬间变成蒸汽。

三个多世纪前,天体物理学家们就发现这太阳内部氢转化为氦的速度突然加快,于是他们发射了上万个探测器穿过太阳,最终建立了这颗恒星完整精确的数学模型。巨型计算机对这个模型计算的结果表明,太阳的演化已向主星序外偏移,氦元素的聚变将在很短的时间内传遍整个太阳内部,由此产生一次叫氦闪的剧烈爆炸,之后,太阳将变为一颗巨大但暗淡的红巨星,它膨胀到如此之大,地球将在太阳内部运行!事实上在这之前的氦闪爆发中,我们的星球已被汽化了。

这一切将在四百年内发生,现在已过了三百八十年。

太阳的灾变将炸毁和吞没太阳系所有适合居住的类地行星,并使所有类木行星完全改变形态和轨道。自第一次氦闪后,随着重元素在太阳中心的反复聚集,太阳氦闪将在一段时间反复发生,这"一段时间"是相对于恒星演化来说的,其长度可能相当于上千个人类历史。所以,人类在以后的太阳系已无法生存下去,唯一的生路是向外太空恒星际移民,而照人类目前的技术力量,全人类移民唯一可行的目标是半人马座比邻星,这是距我们最近的恒星,有4.3光年的路程。以上看法人们已达成共识,争论的焦点在移民方式上。

为了加强教学效果,我们的船在太平洋上折返了两次,又给我们制造了两次日出。现在我们已完全适应了,也相信南半球那些每天面对太阳的孩子确实能活下去。

以后我们就在太阳下航行了,太阳在空中越升越高,这几天凉爽下来的天气又热了起来。我正在自己的舱里昏昏欲睡,听到外面有骚乱的人声。灵儿推开门探进头来。

"嗨,飞船派和地球派又打起来了!"

我对这事儿不感兴趣,他们已经打了四个世纪了。但我还是到外面看了看,在那打成一团的几个男孩儿中,一眼就看出了挑起事儿的是阿东。他爸爸是个顽固的飞船派,因参加一次反联合政府的暴动,现在还被关在监狱里。有其父必有其子。

小星老师和几名粗壮的船员好不容易才拉开架,阿东鼻子血糊糊的,振臂高呼:"把地球派扔到海里去!"

"我也是地球派,也要扔到海里去?"小星老师问。

"地球派都扔到海里去!"阿东毫不示弱,现在,在全世界飞船派情绪又呈上升趋势,所以他们又狂起来了。

"为什么这么恨我们?"小星老师问。其他几个飞船派小子接着喊了起来:

"我们不和地球派傻瓜在地球上等死!"

"我们要坐飞船走!飞船万岁!"

……

小星老师按了一下手腕上的全息显示器,我们面前的空中立刻显示出一幅全息图像,孩子们的注意力立刻被它吸引过去,暂时安静下来。那是一个晶莹透明的密封玻璃球,大约有10厘米直径,球里有三分之二充满了水,水中有一只小虾、一小枝珊瑚和一些绿色的藻类植物,小虾在水中悠然地游动着。小星老师说:"这是阿东的一件自然课的设计作业,小球中除了这几样东西外,还有一些看不见的细菌,它们在密封的玻璃球中相互依赖、相互作用。小虾以海藻为食,从水中摄取氧气,然后排出含有机物质的粪便和二氧化碳废气,细菌将这些东西分解成无机物质和二氧化碳,然后海藻利用了这些无机物质与人造阳光进行光合作用,制造营养物质,进行生长和繁殖,同时放出氧气供小虾呼吸。这样的生态循环应该能使玻璃球中的生物在只有阳光供应的情况下生生不息。这是我见过的最好的课程设计,我知道,这里面凝聚了阿东和所有飞船派孩子的梦想,这就是你们梦中飞船的缩影啊!阿东告诉我,他按照计算机中严格的数学模型,对球中每一样生物进行了基因设计,使他们的新陈代谢正好达到平衡。他坚信,球中的生命世界会长期活下去,直到小虾寿命的终点。老师们都很钟爱这件作业,我们把它放到所要求强度的人造阳光下,也坚信阿东的预测,默默地祝福他创造的这个小小的世界。但现在,时间只过去了十几天……"

小星老师从随身带来的一个小箱子中小心翼翼地拿出了那个玻璃球,死去的小虾漂浮在水面上,水已混浊不堪,腐烂的藻类植物已失去了绿色,变成一团没有生命的毛状物覆盖在珊瑚上。

"这个小世界死了。孩子们,谁能说出为什么?"小星老师把那个死亡的世界举到孩子们面前。

"它太小了!"

"说得对,太小了,小的生态系统,不管多么精确,是经不起时间的风浪的。飞船派们想象中的飞船也一样。"

"我们的飞船可以造得像上海或纽约那么大。"阿东说,声音比刚才低了许多。

"是的,按人类目前的技术也只能造这么大,同地球相比,这样的生态系统还是太小了,太小了。"

"我们会找到新的行星。"

"这连你们自己也不相信。半人马座没有行星,最近的有行星的恒星在八百五十光年以外,目前人类能建造的最快的飞船也只能达到光速的百分之零点五,这样就需十七万年时间才能到那儿,飞船规模的生态系统连这十分之一的时间都维持不了。孩子们,只有像地球这样规模的生态系统,这样气势磅礴的生态循环,才能使生命万代不息!人类在宇宙间离开了地球,就像婴儿在沙漠里离开了母亲!"

"可……老师,我们来不及的,地球来不及的,它还来不及加速到足够快,航行到足够远,太阳就爆炸了!"

"时间是够的,要相信联合政府!这我说了多少遍,如果你们还不相信,我们就退一万步说:人类将自豪地去死,因为我们尽了最大的努力!"

人类的逃亡分为五步:第一步,用地球发动机使地球停止转动,使发动机喷口固定在地球运行的反方向;第二步,全功率开动地球发动机,使地球加速到逃逸速度,飞出太阳系;第三步,在外太空继续加速,飞向比邻星;第四步,在中途使地球重新自转,掉转发动机方向,开始减速;第五步,地球泊入比邻星轨道,成为这颗恒星的卫星。人们把这五步分别称为刹车时代、逃逸时代、流浪时代Ⅰ(加速)、流浪时代Ⅱ(减速)、新太阳时代。

整个移民过程将延续两千五百年时间,一百代人。

我们的船继续航行,到了地球黑夜的部分,在这里,阳光和地球发动机的光柱都照不到,在大西洋清凉的海风中,我们这些孩子第一次看到了星空。天啊,那是怎样的景象啊,美得让我们心醉。小星老师一手搂着我们,一手指着星空,看,孩子们,那就是半人马座,那就是比邻星,那就是我们的新家!说完她哭了起来,我们也都跟着哭了,周围的水手和船长,这些铁打的汉子也流下了眼泪。所有的人都用泪眼探望着老师指的方向,星空在泪水中扭曲抖动,唯有那个星星是不动的,那是黑夜大海狂浪中远方陆地的灯塔,那是冰雪荒原中快要冻死的孤独旅人前方隐现的火光,那是我们心中的太阳,是人类在未来一百代人的苦海中唯一的希望和支撑……

在回家的航程中,我们看到了启航的第一个信号:夜空中出现了一个巨大的彗星,那是月球。人类带不走月球,就在月球上也安装了行星发动机,把它推离地球轨道,以免在地球加速时相撞。月球上行星发动机产生的巨大彗尾使大海笼罩在一片蓝光之中,群星看不见了。月球移动产生的引力潮汐使大海巨浪冲天,我们改乘飞机向南半球的家飞去。

启航的日子终于到了!

我们一下飞机,就被地球发动机的光柱照得睁不开眼,这些光柱比以前亮了几倍,而且所有光柱都由倾斜变成笔直。地球发动机开到了最大功率,加速产生的百米巨浪轰鸣着滚上每个大陆,灼热的飓风夹着滚烫的水沫,在林立的顶天立地的等离子光柱间疯狂呼啸,拔起了陆地上所有的大树……这时从宇宙空间看,我们的星球也成了一个巨大的彗星,蓝色的彗尾刺破了黑暗的太空。

地球上路了,人类上路了。

就在启航时,爷爷去世了,他身上的烫伤已经感染。弥留之际他反复叨着一句话:

"啊,地球,我的流浪地球啊……"

逃逸时代

学校要搬入地下城了,我们是第一批入城的居民。校车钻进了一个高大的隧洞,隧洞成不大的坡度向地下延伸。走了有半个钟头,我们被告之已入城了,可车窗外哪有城市的样子? 只看到不断掠过的错综复杂的支洞和洞壁上无数的密封门,在高高洞顶一排泛光灯下,一切都呈单调的金属蓝色。想到后半生的大部分时光都要在这个世界中度过,我们不禁黯然神伤。

"原始人就住洞里,我们又住洞里了。"灵儿低声说,这话还是让小星老师听见了。

"没有办法的,孩子们,地面的环境很快就要变得很可怕很可怕,那时,冷的时候,吐一口唾沫,还没掉到地上呢,就冻成小冰块儿了;热的时候,再吐一口唾沫,还没掉到地上,就变成蒸汽了!"

"冷我知道,因为地球离太阳越来越远了;可为什么还会热呢?"同车的一个低年级的小娃娃问。

"笨,没学过变轨加速吗?"我没好气地说。

"没有。"

灵儿耐心地解释起来,好像是为了分散刚才的悲伤。"是这样:跟你想的不同,地球发动机没那么大劲儿,它只能给地球很小的加速度,不能把地球一下子推出太阳轨道,在地球离开太阳前,还要绕着它转 15 个圈呢! 在这 15 个圈中地球慢慢加速。现在,地球绕太阳转着一个挺圆的圈儿,可它的速度越快呢,这圈就越扁,越快越扁越快越扁,太阳越来越移到这个扁圈的一边儿,所以后来,地球有时离太阳会很远很远,当然冷了……"

"可……还是不对! 地球到最远的地方是很冷,可在扁圈的另一头儿,它离太阳……嗯,我想想,按轨道动力学,还是现在这么近啊,怎么会更热呢?"

真是个小天才，记忆遗传技术使这样的小娃娃成了平常人，这是人类的幸运，否则，像地球发动机这样连神都不敢想的奇迹，是不会在四个世纪内变成现实的。

我说："可还有地球发动机呢，小傻瓜，现在，一万多台那样的大喷灯全功率开动，地球就成了火箭喷口的护圈了……你们安静点吧，我心里烦！"

我们就这样开始了地下的生活，像这样在地下 500 米处人口超过百万的城市遍布各个大陆。在这样的地下城中，我读完小学并升入中学。学校教育都集中在理工科上，艺术和哲学之类的教育已压缩到最少，人类没有这份闲心了。这是人类最忙的时代，每个人都有做不完的工作。很有意思的是，地球上所有的宗教在一夜之间消失得无影无踪，人们现在终于明白，就算真有上帝，他也是个王八蛋。历史课还是有的，只是课本中前太阳时代的人类历史对我们就像伊甸园中的神话一样。

父亲是空军的一名近地轨道宇航员，在家的时间很少。记得在变轨加速的第五年，在地球处于远日点时，我们全家到海边去过一次。运行到远日点顶端那一天，是一个如同新年或圣诞节一样的节日，因为这时地球距太阳最远，人们都有一种虚幻的安全感。像以前到地面上去一样，我们须穿上带有核电池的全密封加热服。外面，地球发动机林立的刺目光柱是主要能看见的东西，地面世界的其它部分都淹没于光柱的强光中，也看不出变化。我们乘飞行汽车飞了很长时间，到了光柱照不到的地方，到了能看见太阳的海边。这时的太阳已成了一个棒球大小，一动不动地悬在天边，它的光芒只在自己的周围映出了一圈晨曦似的亮影，天空呈暗暗的深蓝色，星星仍清晰可见。举目望去，哪有海啊，眼前是一片白茫茫的冰原。在这封冻的大海上，有大群狂欢的人。焰火在暗蓝色的空中开放，冰冻海面上的人们以一种不正常的感情在狂欢着，到处都是喝醉了在冰上打滚的人，更多的人在声嘶力竭地唱着不同的歌，都想用自己的声音压住别人。

"每个人都在不顾一切地过自己想过的生活，这也没有什么不好。"爸爸突然想起了一件事，"呵，忘了告诉你们，我爱上了黎星，我要离开你们和她在一起。"

"她是谁？"妈妈平静地问。

"我的小学老师。"我替爸爸回答。我升入中学已两年，不知道爸爸和小星老师是怎么认识的，也许是在两年前那个毕业仪式上？

"那你去吧。"妈妈说。

"过一阵我肯定会厌倦，那时我就回来，你看呢？"

"你要愿意当然行。"妈妈的声音像冰冻的海面一样平稳，但很快激动起来，"啊，这一颗真漂亮，里面一定有全息散射体！"她指着刚在空中开放的一朵焰火，真诚地赞美着。

在这个时代，人们在看四个世纪以前的电影和小说时都莫名其妙，他们不明白，前太阳时代的人怎么会在不关生死的事情上倾注那么多的感情。当看到男女主人公为爱情而痛苦或哭泣时，他们的惊奇是难以言表的。在这个时代，死亡的威胁和逃生的欲望压倒了一切，除了当前太阳的状态和地球的位置，没有什么能真正引起他们的注意并打动他们了。这种注意力高度集中的关注，渐渐从本质上改变了人类的心理状态和精神生活，对于爱情这类东西，他们只是用余光瞥一下而已，就像赌徒在盯着轮盘的间隙抓住几秒钟喝口水一样。

过了两个月，爸爸真从小星老师那儿回来了，妈妈没有高兴，也没有不高兴。

爸爸对我说："黎星对你印象很好，她说你是一个有创造力的学生。"

妈妈一脸茫然："她是谁?"

"小星老师嘛，我的小学老师，爸爸这两个月就是同她在一起的!"

"哦，想起来了!"妈妈摇头笑了，"我还不到四十，记忆力就成了这个样子。"她抬头看看天花板上的全息星空，又看看四壁的全息森林，"你回来挺好，把这些图像换换吧，我和孩子都看腻了，但我们都不会调整这玩艺儿。"

当地球再次向太阳跌去的时候，我们全家都把这事忘了。

有一天，新闻报道海在融化，于是我们全家又到海边去。这是地球通过火星轨道的时候，按照这时太阳的光照量，地球的气温应该仍然是很低的，但由于地球发动机的影响，地面的气温正适宜。能不穿加热服或冷却服去地面，那感觉真令人愉快。地球发动机所在的这个半球天空还是那个样子，但到达另一个半球时，真正感到了太阳的临近：天空是明朗的纯蓝色，太阳在空中已同启航前一样明亮了。可我们从空中看到海并没融化，还是一片白色的冰原。当我们失望地走出飞行汽车时，听到惊天动地的隆隆声，那声音仿佛来自这颗星球的最深处，真像地球要爆炸一样。

"这是大海的声音!"爸爸说，"因为气温骤升，厚厚的冰层受热不均匀，这很像陆地上的地震。"

突然，一声雷霆般尖厉的巨响插进这低沉的隆隆声中，我们后面看海的人们欢呼起来。我看到海面上裂开一道长缝，其开裂速度之快如同广阔的冰原上突然出现的一道黑色的闪电。接着在不断的巨响中，这样的裂缝一条接一条地在海冰上出现，海水从所有的裂缝中喷出，在冰原上形成一条条迅速扩散的急流……

回家的路上，我们看到荒芜已久的大地上，野草在大片大片地钻出地面，各种花朵在怒放，嫩叶给枯死的森林披上绿装……所有的生命都在抓紧时间焕发着活力。

随着地球和太阳的距离越来越近，人们的心也一天天揪紧了。到地面上来欣赏春色的人越来越少，大部分人都深深地躲进了地下城中，这不是为了躲避即将到来的酷热、暴雨和飓风，而是躲避那随着太阳越来越近的恐惧。有一天在我睡下后，听到妈妈低声对爸爸说："可能真的来不及了。"

爸爸说："前四个近日点时也有这种谣言。"

"可这次是真的，我是从钱德勒博士夫人口中听说的，她丈夫是航行委员会的那个天文学家，你们都知道他的。他亲口告诉她已观测到氦的聚集在加速。"

"你听着亲爱的，我们必须抱有希望，这并不是因为希望真的存在，而是因为我们要做高贵的人。在前太阳时代，做一个高贵的人必须拥有金钱、权力或才能，而在今天只要拥有希望，希望是这个时代的黄金和宝石，不管活多长，我们都要拥有它! 明天把这话告诉孩子。"

和所有的人一样，我也随着近日点的到来而心神不定。有一天放学后，我不知不觉走到了城市中心广场，在广场中央有喷泉的圆形水池边呆立着，时而低头看着蓝莹莹的池水，时而抬头望着广场圆形穹顶上梦幻般的光波纹，那是池水反射上去的。这时我看到了灵儿，她拿着一个小瓶子和一根小管儿，在吹肥皂泡。每吹出一串，她都呆呆地盯着空中漂浮的泡泡，看着它们一个个消失,然后再吹出一串……

"都这么大了还干这个,这好玩吗?"我走过去问她。

灵儿见了我以后喜出望外:"我俩去旅行吧!"

"旅行?去哪?"

"当然是地面啦!"她挥手在空中划了一下,用手腕上的计算机甩一幅全息景象,显示出一个落日下的海滩。微风吹拂着棕榈树,道道白浪,金黄的沙滩上有一对对的情侣,他们在铺满碎金的海面前呈一对对黑色的剪影。"这是梦娜和大刚发回来的,他俩现在还满世界转呢,他们说外面现在还不太热,外面可好呢,我们去吧!"

"他们因为旷课刚被学校开除了。"

"哼,你根本不是怕这个,你是怕太阳!"

"你不怕吗?别忘了你因为怕太阳还看过精神病医生呢。"

"可我现在不一样了,我受到了启示!你看,"灵儿用小管儿吹出了一串肥皂泡,"盯着它看!"她用手指着一个肥皂泡说。

我盯着那个泡泡,看到它表面上光和色的狂澜,那狂澜以人的感觉无法把握的复杂和精细在涌动,好像那个泡泡知道自己生命的长度,疯狂地把自己浩如烟海的记忆中无数的梦幻和传奇向世界演绎。很快,光和色的狂澜在一次无声的爆炸中消失了,我看到了一小片似有似无的水汽,这水汽也只存在了半秒钟,然后什么都没有了,好像什么都没有存在过。

"看到了吗?地球就是宇宙中的一个小水泡,啪一下,什么都没了,有什么好怕的呢?"

"不是这样的,据计算,在氦闪发生时,地球被完全蒸发掉至少需要一百个小时。"

"这就是最可怕之处了!"灵儿大叫起来,"我们在这地下 500 米,就像馅饼里的肉馅一样,先给慢慢烤熟了,再蒸发掉!"

一阵冷战传遍我的全身。

"但在地面就不一样了,那里的一切瞬间被蒸发,地面上的人就像那泡泡一样,啪一下……所以,氦闪时还是在地面上为好。"

不知为什么,我没同她去,她就同阿东去了,我以后再也没见到他们。

氦闪并没有发生,地球高速掠过了近日点,第六次向远日点升去,人们绷紧的神经松弛下来。由于地球自转已停止,在太阳轨道的这一面,亚洲大陆上的地球发动机正对它的运行方向,所以在通过近日点前都停了下来,只是偶尔做一些调整姿态的运行,我们这儿处于宁静而漫长的黑夜之中。美洲大陆上的发动机则全功率运行,那里成了火箭喷口的护圈。由于太阳这时也处于西半球,那儿的高温更是可怕,草木生烟。

地球的变轨加速就这样年复一年地进行着。每当地球向远日点升去时,人们的心也随着地球与太阳距离的日益拉长而放松;而当它在新的一年向太阳跌去时,人们的心一天天紧缩起来。每次到达近日点,社会上就谣言四起,说太阳氦闪就要在这时发生了;直到地球再次升向远日点,人们的恐惧才随着天空中渐渐变小的太阳平息下来,但又在酝酿着下一次的恐惧……人类的精神像在荡着一个宇宙秋千,更适当地说,在经历着一场宇宙俄罗斯轮盘赌:升上远日点和跌向太阳的过程是在转动弹仓,掠过近日点时则是扣动扳机!每扣一次时的神经比上一次更紧张,我就是在这种交替的恐惧中度过了自己的少年时代。其实仔细想想，即使在远日点，地球也未脱离太阳氦闪的威力圈，如果那时太阳爆发，地球不是被气化而是被慢慢液化，那种结果还真不如在近日点。

在逃逸时代，大灾难接踵而至。

由于地球发动机产生的加速度及运行轨道的改变，地核中铁镍核心的平衡被扰动，其影响穿过古腾堡不连续面，波及地幔。各个大陆地热逸出，火山横行，这对于人类的地下城市是致命的威胁。从第六次变轨周期后，在各大陆的地下城中，岩浆渗入灾难频繁发生。

那天当警报响起来的时候，我正走在放学回家的路上，听到市政厅的广播："F112市全体市民注意，城市北部屏障已被地应力破坏，岩浆渗入！岩浆渗入！现在岩浆流已到达第四街区！公路出口被封死，全体市民到中心广场集合，通过升降梯向地面撤离。注意，撤离时按危急法第五条行事，强调一遍，撤离时按危急法第五条行事！"

我环视了一下四周迷宫般的通道，地下城现在看上去并没有什么异常。但我知道现在的危险：只有两条通向外部的地下公路，其中一条去年因加固屏障的需要已被堵死，如果剩下的这条也堵死了，就只有通过经竖井直通地面的升降梯逃命了。升降梯的载运量很小，要把这座城市的36万人运出去需要很长时间，但也没有必要去争夺生存的机会，联合政府的危急法把一切都安排好了。

古代曾有过一个伦理学问题：当洪水到来时，一个只能救走一个人的男人，是去救他的父亲呢，还是去救他的儿子？在这个时代的人看来，提出这个问题很不可理解。

当我到达中心广场时，看到人们已按年龄排起了长长的队。最靠近电梯口的是由机器人保育员抱着的婴儿，然后是幼儿园的孩子，再往后是小学生……我排在队伍中间靠前的部分。爸爸现在在近地轨道值班，城里只有我和妈妈，我现在看不到妈妈，就顺着长长的队伍跑，没跑多远就被士兵拦住了。我知道她在最后一段，因为这个城市主要是学校集中地，家庭很少，她已经算年纪大的那批人了。

长队以让人心里着火的慢速度向前移动，三个小时后轮到我跨进升降梯时，心里一点都不轻松，因为这时在妈妈和生存之间，还隔着两万多名大学生呢！而我已闻到了浓烈的硫磺味……

我到地面两个半小时后，岩浆就在500米深的地下吞没了整座城市。我心如刀绞地想象着妈妈最后的时刻：她同没能撤出的一万八千人一起，看着岩浆涌进市中心广场。那时已经停电，整个地下城只有岩浆那可怕的暗红色光芒。广场那高大的白色穹顶在高温中渐渐变黑，所有的遇难者可能还没接触到岩浆，就被这上千度的高温夺去了生命。

但生活还在继续，这严酷恐惧的现实中，爱情仍不时闪现出迷人的火花。为了缓解人们的紧张情绪，在第十二次到达远日点时，联合政府居然恢复了中断达两个世纪的奥运会。我作为一名机动冰橇拉力赛的选手参加了奥运会，比赛是驾驶机动冰橇，从上海出发，从冰面上横穿封冻的太平洋，到达终点纽约。

发令枪响过之后，上百只雪橇在冰冻的海洋上以每小时二百公里左右的速度出发了。开始还有几只雪橇相伴，但两天后，他们或前或后，都消失在地平线之外。这时背后地球发动机的光芒已经看不到了，我正处于地球最黑暗的部分。在我眼中，世界就是由广阔的星空和向四面无限延伸的冰原组成的，这冰原似乎一直延伸到宇宙的尽头，或者它本身就是宇宙的尽头。而在无限的星空和无限的冰原组成的宇宙中，只有我一个人！雪崩般的孤独感压倒了我，我想哭。我拼命地赶路，名次已无关紧要，只是为了在这可怕的孤独感杀死我之前尽早地摆脱它，而那想象中的彼岸似乎根本就不存在。

就在这时，我看到天边出现了一个人影。近了些后，我发现那是一个姑娘，正站在她的雪橇旁，她的长发在冰原上的寒风中飘动着。你知道这时遇见一个姑娘意味着什么，我们的后半生由此决定了。她是日本人，叫山彬加代子。女子组比我们先出发十二个小时，她的雪橇卡在冰缝中，把一根滑杆卡断了。我一边帮她修雪橇，一边把自己刚才的感觉告诉她。

"您说得太对了，我也是那样的感觉！是的，好像整个宇宙中就只有你一个人！知道吗，我看到您从远方出现时，就像看到太阳升起一样呢！"

"那你为什么不叫救援飞机？"

"这是一场体现人类精神的比赛，要知道，流浪地球在宇宙中是叫不到救援的！"她挥动着小拳头，以日本人特有的执著说。

"不过现在总得叫了，我们都没有备用滑杆，你的雪橇修不好了。"

"那我坐您的雪橇一起走好吗？如果您不在意名次的话。"

我当然不在意，于是我和加代子一起在冰冻的太平洋上走完了剩下的漫长路程。经过夏威夷后，我们看到了天边的曙光。在被那个小小的太阳照亮的无际冰原上，我们向联合政府的民政部发去了结婚申请。

当我们到达纽约时，这个项目的裁判们早等得不耐烦，收摊走了。但有一个民政局的官员在等着我们，他向我们致以新婚的祝贺，然后开始履行他的职责：他挥手在空中划出一个全息图像，上面整齐地排列着几万个圆点，这是这几天全世界向联合政府登记结婚的数目。由于环境的严酷，法律规定每三对新婚配偶中只有一对有生育权，抽签决定。加代子对着半空中那几万个点犹豫了半天，点了中间的一个。当那个点变为绿色时，她高兴得跳了起来。但我的心中却不知是什么滋味，我的孩子出生在这个苦难的时代，是幸运还是不幸呢？那个官员倒是兴高采烈，他说每当一对儿"点绿"的时候他都十分高兴，他拿出了一瓶伏特加，我们三个轮着一人一口地喝着，都为人类的延续干杯。我们身后，遥远的太阳用它微弱的光芒给自由女神像镀上了一层金辉，对面，是已无人居住的曼哈顿的摩天大楼群，微弱的阳光把它们的影子长长地投在纽约港寂静的冰面上。醉意朦胧的我，眼泪涌了出来。

地球，我的流浪地球啊！

分手前，官员递给我们一串钥匙，醉醺醺地说："这是你们在亚洲分到的房子，回家吧，哦，家多好啊！"

"有什么好的？"我漠然地说，"亚洲的地下城充满危险，这你们在西半球当然体会不到。"

"我们马上也有你们体会不到的危险了，地球又要穿过小行星带，这次是西半球对着运行方向。"

"上几个变轨周期也经过小行星带，不是没什么大事吗？"

"那只是擦着小行星带的边缘走，太空舰队当然能应付，他们可以用激光和核弹把地球航线上的那些小石块都清除掉。但这次……你们没看新闻？这次地球要从小行星带正中穿过去！舰队只能对付那些大石块，唉……"

在回亚洲的飞机上，加代子问我："那些石块很大吗？"

我父亲现在就在太空舰队干那件工作，所以尽管政府为了避免惊慌照例封锁消息，我还是知道一些情况。我告诉加代子，那些石块大的像一座大山，五千万吨级的热核炸弹只能在上面打出一个小坑。"他们就要使用人类手中威力最大的武器了！"我神秘地告诉加代子。

"你是说反物质炸弹？"

"还能是什么？"

"太空舰队的巡航范围是多远？"

"现在他们力量有限，我爸说只有一百五十万公里左右。"

"啊，那我们能看到了！"

"最好别看。"

加代子还是看了，而且是没戴护目镜看的。反物质炸弹的第一次闪光是在我们起飞不久后从太空传来的，那时加代子正在欣赏飞机舷窗外空中的星星，这使她的双眼失明了一个多小时，以后的一个多月眼睛都红肿流泪。那真是让人心惊肉跳的时刻，反物质炮弹不断地击中小行星，湮灭的强光此起彼伏地在漆黑的太空中闪现，仿佛宇宙中有一群巨人围着地球用闪光灯疯狂拍照似的。

半小时后，我们看到了火流星，它们拖着长长的火尾划破长空，给人一种恐怖的美感。火流星越来越多，每一个在空中划过的距离越来越长。突然，机身在一声巨响中震颤了一下，紧接着又是连续的巨响和震颤。加代子惊叫着扑到我怀中，她显然以为飞机被流星击中了，这时舱里响起了机长的声音。

"请各位乘客不要惊慌，这是流星冲破音障产生的超音速爆音，请大家戴上耳机，否则您的听觉会受到永久的损害。由于飞行安全已无法保证，我们将在夏威夷紧急降落。"

这时我盯住了一个火流星，那个火球的体积比别的大出许多，我不相信它能在大气中烧完。果然，那火球疾驰过大半个天空，越来越小，但还是坠入了冰海。从万米高空看到，海面被击中的位置出现了一个小白点，那白点立刻扩散成一个白色的圆圈，圆圈迅速在海面扩大。

"那是浪吗？"加代子颤着声儿问我。

"是浪，上百米的浪。不过海封冻了，冰面会很快使它衰减的。"我自我安慰地说，不再看下面。

我们很快在檀香山降落，由当地政府安排去地下城。我们的汽车沿着海岸走，天空中布满了火流星，那些红发恶魔好像是从太空中的某一个点同时迸发出来的。一颗流星在距海岸不远处击中了海面，没有看到水柱，但水蒸汽形成的白色蘑菇云高高地升起。涌浪从冰层下传到岸边，厚厚的冰层轰隆隆地破碎了，冰面显出了浪的形状，好像有一群柔软的巨兽在下面排着队游过。

"这块有多大？"我问那位来接应我们的官员。

"不超过五公斤，不会比你的脑袋大吧。不过刚接到通知，在北方八百公里的海面上，刚落下一颗二十吨左右的。"

这时他手腕上的通讯机响了,他看了一眼后对司机说:"来不及到 204 号门了,就近找个入口吧!"

汽车拐了个弯,在一个地下城入口前停了下来。我们下车后,看到入口处有几个士兵,他们都一动不动地盯着远方的一个方向,眼里充满了恐惧。我们都顺着他们的目光看去,在天海连线处,我们看到一层黑色的屏障,初一看好像是天边低低的云层,但那"云层"的高度太齐了,像一堵横在天边的长墙,再仔细看,墙头还镶着一线白边。

"那是什么呀?"加代子怯生生地问一个军官,得到的回答让我们毛发直竖。

"浪。"

地下城高大的铁门隆隆地关上了,约莫过了十分钟,我们感到从地面传来的低沉的声音,咕噜噜的,像一个巨人在地面打滚。我们面面相觑,大家都知道,百米高的巨浪正在滚过夏威夷,也将滚过各个大陆。但另一种震动更吓人,仿佛有一只巨拳从太空中不断地击打地球,在地下这震动并不大,只能隐约感到,但每一个震动都直达我们灵魂深处。这是流星在不断地击中地面。

我们的星球所遭到的残酷轰炸断断续续持续了一个星期。

当我们走出地下城时,加代子惊叫:"天啊,天怎么是这样的!"

天空是灰色的,这是因为高层大气弥漫着小行星撞击陆地时产生的灰尘,星星和太阳都消失在这无际的灰色中,仿佛整个宇宙在下着一场大雾。地面上,滔天巨浪留下的海水还没来得及退去就封冻了,城市幸存的高楼形单影只地立在冰面上,挂着长长的冰凌柱。冰面上落了一层撞击尘,于是这个世界只剩下一种颜色:灰色。

我和加代子继续回亚洲的旅行。在飞机越过早已无意义的国际日期变更线时,我们见到了人类所见过的最黑的黑夜。飞机仿佛潜行在墨汁的海洋中,看着机舱外那没有一丝光线的世界,我们的心情也黯淡到了极点。

"什么时候到头呢?"加代子喃喃地说。我不知道她指的是这个旅程还是这充满苦难和灾难的生活,我现在觉得两者都没有尽头。是啊,即使地球航出了氦闪的威力圈,我们得以逃生,又怎么样呢?我们只是那漫长阶梯的最下一级,当我们的一百代重孙爬上阶梯的顶端,见到新生活的光明时,我们的骨头都变成灰了。我不敢想象未来的苦难和艰辛,更不敢想象要带着爱人和孩子走过这条看不到头的泥泞路,我累了,实在走不动了……就在我被悲伤和绝望窒息的时候,机舱里响起了一声女人的惊叫:

"啊!不!不能亲爱的!"

我循声看去,见那个女人正从旁边的一个男人手中夺下一支手枪,他刚才显然想把枪口凑到自己的太阳穴上。这人很瘦弱,目光呆滞地看着前方无限远处。女人把头埋在他膝上,嘤嘤地哭了起来。

"安静。"男人冷冷地说。

哭声消失了,只有飞机发动机的嗡嗡声在轻响,像不变的哀乐。在我的感觉中,飞机已粘在这巨大的黑暗中,一动不动,而整个宇宙,除了黑暗和飞机,什么都没有了。加代子紧紧钻在我怀里,浑身冰凉。

突然,机舱前部有一阵骚动,有人在兴奋地低语。我向窗外看去,发现飞机前方出现了一片朦胧的光亮,那光亮是蓝色的,没有形状,十分均匀地出现在前方弥漫着撞击尘埃的夜空中。

那是地球发动机的光芒。

西半球的地球发动机已被陨石击毁了三分之一,但损失比启航前的预测要少;东半球的地球发动机由于背向撞击面,完好无损。从功率上来说,它们是能使地球完成逃逸航行的。

在我眼中,前方朦胧的蓝光,如同从深海漫长的上浮后看到的海面的亮光,我的呼吸又顺畅起来。

我又听到那个女人的声音:"亲爱的,痛苦呀恐惧呀这些东西,也只有在活着时才能感觉到。死了,死了什么也没有了,那边只有黑暗,还是活着好。你说呢?"

那瘦弱的男人没有回答,他盯着前方的蓝光看,眼泪流了下来。我知道他能活下去了,只要那希望的蓝光还亮着,我们就都能活下去,我又想起了父亲关于希望的那些话。

一下飞机,我和加代子没有去我们在地下城中的新家,而是到设在地面的太空舰队基地去找父亲,但在基地,我只见到了追授他的一枚冰冷的勋章。这勋章是一名空军少将给我的,他告诉我,在清除地球航线上的小行星的行动中,一块被反物质炸弹炸出的小行星碎片击中了父亲的单座微型飞船。

"当时那个石块和飞船的相对速度有每秒一百公里,撞击使飞船座舱瞬间汽化了,他没有一点痛苦,我向您保证,没有一点痛苦。"将军说。

当地球又向太阳跌回去的时候,我和加代子又到地面上来看春天,但没有看到。世界仍是一片灰色,阴暗的天空下,大地上分布着由残留海水形成的一个个冰冻湖泊,见不到一点绿色。大气中的撞击尘埃挡住了阳光,使气温难以回升。甚至在近日点,海洋和大地都没有解冻,太阳呈一个朦胧的光晕,仿佛是撞击尘埃后面的一个幽灵。

三年以后,空中的撞击尘埃才有所消散,人类终于最后一次通过近日点,向远日点升去。在这个近日点,东半球的人有幸目睹了地球历史上最快的一次日出和日落。太阳从海平面上一跃而起,迅速划过长空,大地上万物的影子很快地变换着角度,仿佛是无数根钟表的秒针。这也是地球上最短的一个白天,只有不到一个小时。当一小时后太阳跌入地平线,黑暗降临大地时,我感到一阵伤感。这转瞬即逝的一天,仿佛是对地球在太阳系四十五亿年进化史的一个短暂的总结。直到宇宙的末日,它不会再回来了。

"天黑了。"加代子忧伤地说。

"最长的一夜。"我说。东半球的这一夜将延续两千五百年,一百代人后,半人马座的曙光才能再次照亮这个大陆。西半球也将面临最长的白天,但比这里的黑夜要短得多。在那里,太阳将很快升到天顶,然后一直静止在那个位置上渐渐变小,在半世纪内,它就会融入星群难以分辨了。

按照预定的航线,地球升向与木星的会合点。航行委员会的计划是:地球第15圈的公转轨道是如此之扁,以至于它的远日点到达木星轨道,地球将与木星在几乎相撞的距离上擦身而过,在木星巨大引力的拉动下,地球将最终达到逃逸速度。

离开近日点后两个月,就能用肉眼看到木星了,它开始只是一个模糊的光点,但很快显出圆盘的形状,又过了一个月,木星在地球上空已有满月大小了,呈暗红色,能隐约看到上面的条纹。

这时,15 年来一直垂直的地球发动机光柱中有一些开始摆动,地球在做会合前最后的姿态调整。木星渐渐沉到了地平线下,以后的三个多月,木星一直处在地球的另一面,我们看不到它,但知道两颗行星正在交会之中。

有一天我们突然被告知东半球也能看到木星了,于是人们纷纷从地下城中来到地面。当我走出城市的密封门来到地面时,发现开了 15 年的地球发动机已经全部关闭了,我再次看到了星空,这表明同木星最后的交会正在进行。人们都在紧张地盯着西方的地平线,地平线上出现了一片暗红色的光,那光区渐渐扩大,伸延到整个地平线的宽度。我现在发现那暗红色的区域上方同漆黑的星空有一道整齐的边界,那边界呈弧形,那巨大的弧形从地平线的一端跨到了另一端,在缓缓升起,巨弧下的天空都变成了暗红色,仿佛一块同星空一样大小的暗红色幕布在把地球同整个宇宙隔开。当我回过神来时,不由倒吸一口冷气,那暗红色的幕布就是木星!我早就知道木星的体积是地球的 1 300 倍,现在才真正感觉到它的巨大。这宇宙巨怪在整个地平线上升起时产生的那种恐惧和压抑感是难以用语言描述的,一名记者后来写道:"不知是我身处噩梦中,还是这整个宇宙都是一个造物主巨大而变态的头脑中的噩梦!"木星恐怖地上升着,渐渐占据了半个天空。这时,我们可以清楚地看到它云层中的风暴,那风暴把云层搅动成让人迷茫的混乱线条,我知道那厚厚的云层下是沸腾的液氢和液氦的大洋。著名的大红斑出现了,这个在木星表面维持了几十万年的大旋涡大得可以吞下整整三个地球。这时木星已占满了整个天空,地球仿佛是浮在木星沸腾的暗红色云海上的一只气球!而木星的大红斑就处在天空正中,如一只红色的巨眼盯着我们的世界,大地笼罩在它那阴森的红光中……这时,谁都无法相信小小的地球能逃出这巨大怪物的引力场,从地面上看,地球甚至连成为木星的卫星都不可能,我们就要掉进那无边云海覆盖着的地狱中去了!但领航工程师们的计算是精确的,暗红色的迷乱的天空在缓缓移动着,不知过了多长时间,西方的天边露出了黑色的一角,那黑色迅速扩大,其中有星星在闪烁,地球正在冲出木星的引力魔掌。这时警报尖叫起来,木星产生的引力潮汐正在向内陆推进,后来得知,这次大潮百多米高的巨浪再次横扫了整个大陆。在跑进地下城的密封门时,我最后看了一眼仍占据半个天空的木星,发现木星的云海中有一道明显的划痕,后来知道,那是地球引力作用在木星表面的痕迹,我们的星球也在木星表面拉起了如山的液氢和液氦的巨浪。这时,木星巨大的引力正在把地球加速甩向外太空。

离开木星时,地球已达到了逃逸速度,它不再需要返回潜藏着死亡的太阳,向广漠的外太空飞去,漫长的流浪时代开始了。

就在木星暗红色的阴影下,我的儿子在地层深处出生了。

叛 乱

离开木星后,亚洲大陆上一万多台地球发动机再次全功率开动,这一次它们要不停地运行500 年,不停地加速地球。这 500 年中,发动机将把亚洲大陆上一半的山脉用做燃料消耗掉。

从四个多世纪死亡的恐惧中解脱出来,人们长出了一口气。但预料中的狂欢并没有出现,接下来发生的事情出乎所有人的想象。

在地下城的庆祝集会后,我一个人穿上密封服来到地面。童年时熟悉的群山已被超级挖掘机夷为平地,大地上只有裸露的岩石和坚硬的冻土,冻土上到处有白色的斑块,那是大海潮留下的盐渍。面前那座爷爷和爸爸度过了一生的曾有千万人口的大城市现在已是一片废墟,高楼钢筋外露的残骸在地球发动机光柱的蓝光中拖有长长的影子,好像是史前巨兽的化石……一次次的洪水和小行星的撞击已摧毁了地面上的一切,各大陆上的城市和植被都荡然无存,地球表面已变成火星一样的荒漠。

这一段时间,加代子心神不定。她常常扔下孩子不管,一个人开着飞行汽车出去旅行,回来后,只是说她去了西半球。最后,她拉我一起去了。

我们的飞行汽车以四倍音速飞行了两个小时,终于能够看到太阳了,它刚刚升出太平洋,这时看上去只有棒球大小,给冰封的洋面投下一片微弱的、冷冷的光芒。加代子把飞行汽车悬停在5 000米的空中,然后从后面拿出了一个长长的东西,去掉封套后我看到那是一架天文望远镜,业余爱好者用的那种。加代子打开车窗,把望远镜对准太阳,让我看。

从有色镜片中我看到了放大几百倍的太阳,我甚至清楚地看到太阳表面缓缓移动的明暗斑点,还有日球边缘隐隐约约的日珥。

加代子把望远镜同车内的计算机联起来,把一个太阳影像采集下来。然后,她又调出了另一个太阳图像,说:"这个是四个世纪前的太阳图像。"接着,计算机对两个图像进行比较。

"看到了吗?"加代子指着屏幕说,"它们的光度、像素排列、像素概率、层次统计等参数都完全一样!"

我摇摇头说:"这能说明什么? 一架玩具望远镜,一个低级图像处理程序,加上你这个无知的外行……别自寻烦恼了,别信那些谣言!"

"你是个白痴。"她说着,收回望远镜,把飞行汽车向回开去。这时,在我们的上方和下方,我又远远地看到了几辆飞行汽车,同我们刚才一样悬在空中,从每辆车的车窗中都伸出一架望远镜对着太阳。

以后的几个月中,一个可怕的说法像野火一样在全世界蔓延。越来越多的人自发地用更大型更精密的仪器观测太阳。后来,一个民间组织向太阳发射了一组探测器,它们在三个月后穿过日球。探测器发回的数据最后证实了那个事实。

同四个世纪前相比,太阳没有任何变化。

现在,各大陆的地下城已成了一座座骚动的火山,局势一触即发。一天,按照联合政府的法令,我和加代子把儿子送进了养育中心。回家的路上我俩都感到维系我们关系的唯一纽带已不存在了。走到市中心广场,我们看到有人在演讲,另一些人在演讲者周围向市民分发武器。

"公民们! 地球被出卖了! 人类被出卖了! 文明被出卖了! 我们都是一个超级骗局的牺牲品! 这个骗局之巨大之可怕,上帝都会为之休克! 太阳还是原来的太阳,它不会爆发,过去现在将来都不会,它是永恒的象征! 爆发的是联合政府中那些人阴险的野心! 他们编造了这一切,只是为了建立他们的独裁帝国! 他们毁了地球! 他们毁了人类文明! 公民们,有良知的公民们! 拿起武器,拯救我们的星球! 拯救人类文明! 我们要推翻联合政府,控制地球发动机,把我们的星球从这寒冷的外太空开回原来的轨道! 开回到我们的太阳温暖的怀抱中!"

加代子默默地走上前去,从分发武器的人手中接过了一支冲锋枪,加入到那些拿到武器的市民的队列中,她没有回头,同那支庞大的队列一起消失在地下城的迷雾里。我呆呆地站在那儿,手在衣袋中紧紧攥着父亲用生命和忠诚换来的那枚勋章,它的边角把我的手扎出了血……

三天后,叛乱在各个大陆同时爆发了。

叛军所到之处,人民群起响应,到现在,很少有人怀疑自己受骗了。但我加入了联合政府的军队,这并非由于对政府的坚信,而是我三代前辈都有过军旅生涯,他们在我心中种下了忠诚的种子,不论在什么情况下,背叛联合政府对我来说是一件不可想象的事。

美洲、非洲、大洋洲和南极洲相继沦陷,联合政府收缩防线死守地球发动机所在的东亚和中亚。叛军很快对这里构成包围态势,他们对政府军占有压倒优势,之所以在相当长一段时间里攻势没有取得进展,完全是由于地球发动机。叛军不想毁掉地球发动机,所以在这一广阔的战区没有使用重武器,使得联合政府得以苟延残喘。这样双方相持了三个月,联合政府的十二个集团军相继临阵倒戈,中亚和东亚防线全线崩溃。两个月后,大势已去的联合政府连同不到十万军队在靠近海岸的地球发动机控制中心陷入重围。

我就是这残存军队中的一名少校。控制中心有一座中等城市大小,它的中心是地球驾驶室。我拖着一条被激光束烧焦的手臂,躺在控制中心的伤兵收容站里。就是在这儿,我得知加代子已在澳洲战役中阵亡。我和收容站里所有的人一样,整天喝得烂醉,对外面的战事全然不知,也不感兴趣。不知过了多久,听到有人在高声说话。

"知道你们为什么这样吗?你们在自责,在这场战争中,你们站到了反人类的一边,我也一样。"

我转头一看,发现讲话的人肩上有一颗将星,他接着说:"没关系的,我们还有最后的机会拯救自己的灵魂。地球驾驶室距我们这儿只有三个街区,我们去占领它,把它交给外面理智的人类!我们为联合政府已尽到了责任,现在该为人类尽责任了!"

我用那只没受伤的手抽出手枪,随着这群突然狂热起来的受伤和没受伤的人,沿着钢铁的通道,向地球驾驶室冲去。出乎预料,一路上我们几乎没遇到抵抗,倒是有越来越多的人从错综复杂的钢铁通道的各个分支中加入我们。最后,我们来到了一扇巨大的门前,那钢铁大门高得望不到顶。它轰隆隆地打开了,我们冲进了地球驾驶室。

尽管以前无数次在电视中看到过,所有的人还是被驾驶室的宏伟震惊了。从视觉上看不出这里的大小,因为驾驶室淹没在一幅巨型全息图中,那是一幅太阳系的模拟图。整个图像实际就是一个向所有方向无限伸延的黑色空间,我们一进来,就悬浮在这空间之中。由于尽量反映真实的比例,太阳和行星都很小很小,小得像远方的萤火虫,但能分辨出来。以那遥远的代表太阳的光点为中心,一条醒目的红色螺旋线扩展开来,像广阔的黑色洋面上迅速扩散的红色波圈。这是地球的航线。在螺旋线最外面的一点上,航线变成明亮的绿色,那是地球还没有完成的路程。那条绿线从我们的头顶掠过,顺着看去,我们看到了灿烂的星海,绿线消失在星海的深处,我们看不到它的尽头。在这广漠的黑色的空间中,还漂浮着许多闪亮的灰尘,其中几个尘粒飘近,我发现那是一块块虚拟屏幕,上面翻滚着复杂的数字和曲线。

我看到了全人类瞩目的地球驾驶台,它好像是漂浮在黑色空间中的一个银白色的小行星,看到它我更难以把握这里的巨大——驾驶台本身就是一个广场,现在上面密密麻麻地站着五千多人,包括联合政府的主要成员、负责实施地球航行计划的星际移民委员会的大部分,和那些最后忠于政府的人。这时我听到最高执政官的声音在整个黑色空间响了起来。

"我们本来可以战斗到底的,但这可能导致地球发动机失控,这种情况一旦发生,过量聚变的物质将烧穿地球,或蒸发全部海洋,所以我们决定投降。我们理解所有的人,因为在已经进行了四十代人、还要延续一百代人的艰难奋斗中,永远保持理智确实是一个奢求。但也请所有的人记住我们,站在这里的这五千多人,这里有联合政府的最高执政官,也有普通的列兵,是我们把信念坚持到了最后。我们都知道自己看不到真理被证实的那一天,但如果人类得以延续万代,以后所有的人将在我们的墓前洒下自己的眼泪,这颗叫地球的行星,就是我们永恒的纪念碑!"

控制中心巨大的密封门隆隆开启,那五千多名最后的地球派一群群走了出来,在叛军的押送下向海岸走去。一路上两边挤满了人,所有人都冲他们吐唾沫,用冰块和石块砸他们。他们中有人密封服的面罩被砸裂了,外面零下一百多度的严寒使那些人的脸麻木了,但他们仍努力地走下去。我看到一个小女孩,举起一大块冰用尽全身力气狠命地向一个老者砸去,她那双眼睛透过面罩射出疯狂的怒火。

当我听到这五千人全部被判处死刑时,觉得太宽容了。难道仅仅一死吗? 这一死就能偿清他们的罪恶吗? 能偿清他们用一个离奇变态的想象和骗局毁掉地球、毁掉人类文明的罪恶吗? 他们应该死一万次! 这时,我想起了那些做出太阳爆发预测的天体物理学家,那些设计和建造地球发动机的工程师,他们在一个世纪前就已作古,我现在真想把他们从坟墓中挖出来,让他们也死一万次。

真感谢死刑的执行者们,他们为这些罪犯找了一种好的死法:他们收走了被判死刑的每个人密封服上加热用的核能电池,然后把他们丢在大海的冰面上,让零下百度的严寒慢慢夺去他们的生命。

这些人类文明史上最险恶最可耻的罪犯在冰海上站了黑压压的一片,在岸上有十几万人在看着他们,十几万双牙齿咬得咔咔响,十几万双眼睛喷出和那个小女孩一样的怒火。

这时,所有的地球发动机都已关闭,壮丽的群星出现在冰原之上。

我能想象出严寒像无数把尖刀刺进他们的身体,他们的血液在凝固,生命从他们的体内一点点流走,这想象中的感觉变成一种快感,传遍我的全身。看到那些人在严寒的折磨中慢慢死去,岸上的人们快活起来,他们一起唱起了《我的太阳》。我唱着,眼睛看着星空的一个方向,在那个方向上,有一颗稍大些刚刚显出圆盘形状的星星发出黄色的光芒,那就是太阳。

啊,我的太阳,生命之母,万物之父,我的大神,我的上帝! 还有什么比您更稳定,还有什么比您更永恒。我们这些渺小的,连灰尘都不如的碳基细菌,拥挤在围着您转的一粒小石头上,竟敢预言您的末日,我们怎么能蠢到这个程度!

一个小时过去了,海面上那些反人类的罪犯虽然还全都站着,但已没有一个活人,他们的血液已被冻结了。

我的眼睛突然什么都看不见了,几秒钟后,视力渐渐恢复,冰原、海岸和岸上的人群又在眼前慢慢显影,最后完全清晰了,而且比刚才更清晰,因为这个世界现在笼罩在一片强烈的白光中,刚才我眼睛的失明正是由于这突然出现的强光的刺激。但星空没有重现,所有的星光都被这强光所淹没,仿佛整个宇宙都被强光融化了,这强光从太空中的一点迸发出来,那一点现在成了宇宙中心,那一点就在我刚才盯着的方向。

太阳氦闪爆发了。

《我的太阳》的合唱戛然而止,岸上的十几万人呆住了,似乎同海面上那些人一样,冻成了一片僵硬的岩石。

太阳最后一次把它的光和热洒向地球。地面上的冰结的二氧化碳干冰首先融化,腾起了一阵白色的蒸汽;然后海冰表面也开始融化,受热不均的大海冰层发出惊天动地的巨响;渐渐地,照在地面上的光柔和起来,天空出现了微微的蓝色;后来,强烈的太阳风产生的极光在空中出现,苍穹中飘动着巨大的彩色光幕……

在这突然出现的灿烂阳光下,海面上最后的地球派们仍稳稳地站着,仿佛五千多尊雕像。

太阳爆发只持续了很短的时间,两个小时后强光开始急剧减弱,很快熄灭了。在太阳的位置上出现了一个暗红色球体,它的体积慢慢膨胀,最后从这里看它,已达到了在地球轨道上看到的太阳大小,那么它的实际体积已大到越出火星轨道,而水星、火星和金星这三颗地球的伙伴行星这时已在上亿度的辐射中化为一缕轻烟。但它已不是太阳,它不再发出光和热,看去如同贴在太空中一张冰冷的红纸,它那暗红色的光芒似乎是周围星光的散射。这就是小质量恒星演化的归宿:红巨星。

50 亿年的壮丽生涯已成为飘逝的梦幻,太阳死了。

幸运的是,还有人活着。

流浪时代

当我回忆这一切时,半个世纪已过去了。二十年前,地球航出了冥王星轨道,航出了太阳系,在寒冷广漠的外太空继续着它孤独的航程。

最近一次去地面是十几年前的事了,那是儿子和儿媳陪我去的,儿媳是一个金发碧眼的姑娘,就要做母亲了。

到地面后,我首先注意到,虽然所有地球发动机仍全功率地运行,巨大的光柱却看不到了,这是因为地球大气已消失,等离子体的光芒没有散射的缘故。我看到地面上布满了奇怪的黄绿相间的半透明晶体块,这是固体氧氮,是已冻结的空气。有趣的是空气并没有均匀地冻结在地球表面,而是形成了小山丘似的不规则的隆起,在原来平滑的大海冰原上,这些半透明的小山形成了奇特的景观。银河系的星河纹丝不动地横过天穹,也像被冻结了,但星光很亮,看久了还刺眼呢。

地球发动机将不间断地开动 500 年,到时地球将加速至光速的千分之五,然后地球将以这个速度滑行 1 300 年,之后地球就走完了三分之二的航程,它将掉转发动机的方向,开始长达 500 年的减速。地球在航行 2 400 年后到达比邻星,再过 100 年时间,它将泊入这颗恒星的轨道,成为它的一颗卫星。

我知道已被忘却

流浪的航程太长太长

但那一时刻要叫我一声啊

当东方再次出现霞光

我知道已被忘却
启航的时代太远太远
但那一时刻要叫我一声啊
当人类又看到了蓝天

我知道已被忘却
太阳系的往事太久太久
但那一时刻要叫我一声啊
当鲜花重新挂上枝头
……

每当听到这首歌,一股暖流就涌进我这年迈僵硬的身躯,我干涸的老眼又湿润了。我好像看到半人马座三颗金色的太阳在地平线上依次升起,万物沐浴在它温暖的光芒中。固态的空气融化了,变成了碧蓝的天。两千多年前的种子从解冻的上层中复苏,大地绿了。我看到我的第一百代孙子孙女们在绿色的草原上欢笑,草原上打清澈的小溪,溪中有银色的小溪……我看到了加代子,她从绿色的大地上向我跑来,年轻美丽,像个天使……

啊,地球,我的流浪地球……

(原载《科幻世界》2000 年第 7 期)

地球上的王家庄 毕飞宇

我还是更喜欢鸭子,它们一共有八十六只。队长把这些鸭子统统交给了我。队长强调说:"八十六,你数好了,只许多,不许少。"我没法数。并不是我不识数,如果有时间,我可以从一数到一千。但是我数不清这群鸭子。它们不停地动,没有一只鸭子肯老老实实地呆上一分钟。我数过一次,八十六只鸭子被我数到了一百零二。数字是不可靠的。数字是死的,但鸭子是活的。所以数字永远大于鸭子。

每天天一亮我就要去放鸭。我把八十六只也可能是一百零二只鸭子赶到河里,再沿河赶到乌金荡。乌金荡是一个好地方,它就在我们村子的最东边,那是一片特别阔大的水面,可是水很浅,水底下长满了水韭菜。因为水浅,乌金荡的水面波澜不惊,水韭菜长长的叶子安安静静地竖在那儿,一条一条的,借助于水的浮力亭亭玉立。水下没有风,风不吹,所以草不动。

水下的世界是鸭子的天堂。水底下有数不清的草虾、罗汉鱼。那都是一览无余的。鸭子们一到乌金荡就迫不及待了,它们的屁股对着天,脖子伸得很长,全力以赴,在水的下面狼吞虎咽。

为什么鸭子要长一只长长的脖子？原因就在这里。鱼就没有脖子，螃蟹没有，虾也没有。水底下的动物没有一样用得着脖子，张着嘴就可以了。最极端的例子要数河蚌，它们的身体就是一张嘴，上嘴唇、下嘴唇、舌头，没了。水下的世界是一个饭来张口的世界。

乌金荡同样也是我的天堂。我划着一条小舢板，滑行在水面上。水的上面有一个完整的世界。无聊的时候我会像鸭子一样，一个猛子扎到水的下面去，睁开眼睛，在水韭菜的中间鱼翔浅底。那个世界是水做的，空气一样清澈，空气一样透明。我们在空气中呼吸，而那些鱼在水中呼吸，它们吸进去的是水，呼出来的同样是水。不过有一点是不一样的，如果我们哭了，我们的悲伤会变成泪水，顺着我们的面颊向下流淌。可是鱼虾们不一样，它们的泪水是一串又一串的气泡，由下往上，在水平面上变成一个又一个水花。当我停留于水面上的时候，我觉得我飘浮在遥不可及的高空。我是一只光秃秃的鸟，我还是一朵皮包骨头的云。

我已经八周岁了。按理说我不应当在这个时候放鸭子。我应当坐在教室里，听老师们讲刘胡兰的故事，雷锋的故事。可是我不能。我要等到十周岁才能够走进学校。我们公社有规定，孩子们十岁上学，十五岁毕业，一毕业就是一个壮劳力。公社的书记说了，学制"缩短"了，教育"革命"了。革命是不能拖的，要快，最好比铡刀还要快。"咔嚓"一下就见分晓。

但是父亲对黑夜的兴趣越来越浓了。父亲每天都在等待，他在等待天黑。那些日子父亲突然迷上宇宙了。夜深人静的时候，他喜欢黑咕隆咚的，和那些远方的星星们呆在一起。父亲站在田埂上，一手拿着手电，一手拿着书，那本《宇宙里有些什么》是他前些日子从县城里带回来的。整个晚上父亲都要仰着他的脖子，独自面对那些星空。看到要紧的地方父亲便低下脑袋，打开手电，翻几页书。父亲的举动充满了神秘性，他的行动使我相信，宇宙只存在于夜间。天一亮，东方红、太阳升，这时候宇宙其实就没了，只剩下满世界的猪与猪，狗与狗，人与人。

父亲是一个寡言的人。我们很难听到他说起一个完整的句子。父亲说得最多的只有两句话，"是"，或者"不是"。对父亲来说，他需要回答的其实也只有两个问题，是，或者不是。其余的时间他都沉默。父亲在沉默的夏夜迷恋上了宇宙，可能也就是那些星星。星空浩瀚无边，满天的星光却没有能够照亮大地。它们是银灰色的，熠熠生辉，宇宙却还是一片漆黑。我从来不认为那些星星是有用的。即使有少数的几颗稍微偏红，可我坚持它们百无一用。宇宙只是太阳，在太阳面前，宇宙永远是附带的，次要的，黑灯瞎火的。

父亲在夜里把眼睛睁得很大，一到了白天，父亲全蔫了。除了吃饭，他的嘴巴永远紧闭着。当然，还有吸烟。父亲吸的是烟锅。父亲光着背脊蹲在田埂上吸旱烟的时候，看上去完全就是一个庄稼人了。然而，父亲偶尔也会吸一根纸烟。父亲吸纸烟的时候十分陌生，反而更像他自己。他端端正正地坐在天井里，翘着腿，指头又长又白，纸烟被他的指头夹在中间，安安静静地冒着蓝烟，烟雾散开了，缭绕在他的额头上方。父亲的手真是一个奇迹，晒不黑，透过皮肤我可以看见天蓝色的血管。父亲全身的皮肤都是黑乎乎的。然而，他手上的皮肤拒绝了阳光。相同的状况还有他的屁股。在父亲洗澡的时候，他的屁股是那样地醒目，呈现出裤衩的模样，白而发亮，傲岸得很，洋溢出一种冥顽不化的气质。父亲的身上永远有两块异己的部分，手，还有屁股。

父亲的眼睛在大白天里蔫得很，偶尔睁大了，那也是白的多，黑的少。北京的一位女诗人有一首诗，她说："黑夜给了你一双黑色的眼睛，你却用它来翻白眼。"我觉得女诗人说得好。我有一千个理由相信,她描述的是我的父亲。

父亲从县城带回了《宇宙里有些什么》,同时还带回了一张《世界地图》。《世界地图》被父亲贴在堂屋的山墙上。谁也没有料到,这张《世界地图》在王家庄闹起了相当大的动静。大约在吃过晚饭之后,我的家里挤满了人,主要是年轻人,一起看世界来了。人们不说话,我也不说话。但是,这一点都不妨碍我们对这个世界的基本认识:世界是沿着"中国"这个中心辐射开去的,宛如一个面疙瘩,有人用擀面杖把它压扁了,它只能花花绿绿地向四周延伸,由此派生出七个大洲,四个大洋。中国对世界所做的贡献,《世界地图》上已经是一览无余。

《世界地图》同时修正了我们关于世界的一个错误看法,关于世界,王家庄的人们一直认为,世界是一个正方形的平面,以王家庄作为中心,朝着东南西北四个方向纵情延伸。现在看起来不对。世界的开阔程度远远超出了我们的预知,也不呈正方,而是椭圆形的。地图上左右两侧的巨大括弧彻底说明了这个问题。

看完了地图我们就一起离开了我的家。我们来到了大队部的门口,按照年龄段,很自然地分成了几个不同的小组。我们开始讨论。概括起来说有这样的几点:第一,世界究竟有多大? 到底有几个王家庄大? 地图上什么都有,甚至连美帝、苏修都有,为什么反而没有我们王家庄? 王家庄所有的人都知道王家庄在哪儿,地图它凭什么忽视了我们? 这个问题我们完全有必要向大队的党支部反映一下。第二,这一点是王爱国提出来的,王爱国说,如果我们像挖井那样不停地往下挖,不停地挖,我们会挖到什么地方去呢? 世界一定有一个基础,这个是肯定的。可它在哪里呢? 是什么托起了我们? 是什么支撑了我们? 如果支撑我们的那个东西没有了,我们会掉到什么地方去? 这个问题吸引了所有的人。人们聚拢在一起,显然,开始担忧了。我们不能不对这个问题表示我们深切的关注。当然,答案是没有的。因为没有答案,我们的脸庞才格外地凝重,可以说暮色苍茫。还是王爱国首先打破了沉默,提出了一个更令人害怕的问题。第三,如果我们出门,一直往前走,一定会走到世界的尽头,白天还好,万一是夜里,一脚下去,我们肯定会掉进无底的深渊。那个深渊无疑是一个无底洞,这就是说,我们掉下去之后,既不会被摔死,也不会被淹死,我们只能不停地坠落,一直坠落,永远坠落。王爱国的话深深吸引了我们,我们感受到了恐惧,无边的恐惧,无尽无止的恐惧。因为恐惧,我们紧紧地挨在一起。但是,王爱国的话立即受到了质疑。王爱贫马上说,这是不可能的。王爱贫说,他看地图看得非常仔细,世界的尽头并不是陆地,只不过是海洋,并没有路,我们是不会走到那里去的。王爱贫补充说,地图上清清楚楚,世界的左边是大西洋,右边也是大西洋,我们怎么能走到大西洋里去呢? 王爱贫言之有理。听了他的话我们都松了一口气,同时心存感激。然而,王爱国立即反驳了。王爱国说,假如我们坐的是船呢? 王爱国的话又把我们甩进了无底的深渊。形势相当严峻,可以说危在旦夕。是啊,假如我们坐的是船呢。假如我们坐的是船,永远坠落的将不只是我们,还得加上一条小舢板。这个损失将是无法弥补的。我们几个岁数小的一起低下了脑袋。说实话,我们已经不敢再听了。就在这个最要紧的关头,还是王爱贫挺身而出了。王爱贫没有正面反击王爱国,而是直接给了我们一个结论:"这是不可能的!"王爱国说:"为什么不可能?"王爱贫笑了笑,说,如果船掉下去了,"那么请问,满世界的水都淌到了哪里?"

满世界的水都淌到了哪里?

我们看了看身后的鲤鱼河。水依然在河里，并没有插上翅膀，并没有咆哮而去，安静得像一口井。我们看到了希望。心安理得。我们坚信，有水在，就有我们在。王爱贫挽救了我们，同时挽救了世界。我们都一起看着王爱贫，心中充满了爱戴与崇敬。他为这个世界立下了不朽的功勋。

但是，我还是不放心。或者说，我还是有疑问。在大西洋的边缘，满世界的水怎么就没有淌走的呢？究竟是什么力量维护了大西洋？我突然想起了《世界地图》。可以肯定，世界最初的形状一定还是正正方方的，大西洋的边沿原来肯定是直线。地图上巨大的外弧线只能说明一个问题，那是被海水撑的。像一张弓。弯过来了。充满了张力。充满了崩溃的危险性。然而，它终究没有崩溃。这是一种奇异的力量，不可思议的力量，我们不敢承认的力量。然而，是一种存在的力量。

我们完全可以设想，大西洋的边沿一旦决口了，海水会像天上的流星，消失在无边的黑暗中。水都是手拉手的，它们只认识缺口，满世界的水都会被缺口吸光，我们王家庄鲤鱼河的水也会奔涌而去。到那时，神秘的河床无疑会袒露在我们的面前，河床上到处都是水草、鱼虾、蟹、河蚌、黄鳝、船、鸭子，也许我们家的码头上还会出现我去年掉进河里的五分钱的硬币。可是，五分钱能把满世界的水重新买回来么？用不了两天这个世界就臭气熏天了。我傻在那里，我的心像夏夜里的宇宙，一颗星就是一个窟窿。

我没有回家，直接找到了我的父亲。我要在父亲那里找到安全，找到答案。父亲站在田埂上，一手拿着书，一手拿着手电，仰着头，一心没有二用。满天的星光，交相辉映，全世界只剩下我和我的父亲。我说："爸爸。"父亲没有理我。过了好半天，父亲说："我们来看看大熊座。这是摇光，这是开阳，依次是玉衡、天权、天玑、天璇、天枢，北斗七星就是它们。儿子，我们现在沿着天璇和天枢五倍远的距离，喏，这个，最亮的一颗。"父亲一边说一边打开了他手里的手电，夜空立即出现了一根笔直的光柱，银灰色的，消失在遥不可及的宇宙边缘。父亲说："看见了吗？这就是北斗。"我看不见。我没有耐心关心这个问题。我说："王家庄到底在哪儿？"父亲说："我们在地球上。地球也是宇宙里的一颗星。"我仰起头，看着夜空。我一定要从宇宙中找到地球，看地球在哪里闪烁。我从父亲的手上接过手电，到处照，到处找。星光灿烂，但没有一处是手电的反光。没有了反光手电也就彻底失去了意义。我急了，说："地球在哪里？"父亲笑了。父亲的笑声里有难得的幸福，像星星的光芒。有一点柔弱，有一点勉强。父亲摸了摸我的头，说："回去睡吧。"我说："地球在哪里？"父亲说："地球是不能用眼睛去找的，要用你的脚。"父亲对着漆黑的四周看了几眼，用手掸了掸身边的萤火虫，犹豫了半天，说："我们不说地球上的事。"我把手电塞到父亲的手上，掉头就走。走到很远的地方，对着父亲的方向我大骂了一声："都说你是神经病！"

我坐在小舢板上，八十六只也可能是一百零二只鸭子围绕在我的四周，它们全力以赴地吃，全力以赴地喝。它们完全不能理会我内心的担忧。万里无云，宇宙已经没有了，天上只有一颗太阳。乌金荡的水把天上的阳光反弹回来了，照耀在我的身上。我的身上布满了水锈，水锈是黑色的，闪闪烁烁。然而，这丝毫不能说明我的内心通体透亮。乌金荡里只有我，以及我的八十六只也可能是一百零二只鸭子。我承认我有点恐惧。因为我在水里，我在船上。我非常担心乌金荡的水流动起来,我担心它们向着远方不要命地呼啸。对于水,我是知道的,它们一旦流动起来了,眨眼的功夫就会变成一条滑溜溜的黄鳝,你怎么用力都抓不住它们。最后,你只能看着它们远去,两手空空。

这一切都是《世界地图》闹的。可是我不打算抱怨《世界地图》什么。即使没有那张该死的地图,世界该是什么样一定还是什么样。危险的确是存在的。我甚至恨起了我的父亲,人间的麻烦是如此巨大,你不问不管,你去操宇宙的那份心做什么?北斗星再亮也只是夜空的一块疤,它永远不可能变成集体的财产,永远不可能变成第八十七只或第一百零三只鸭子。甚至不可能变成第八十七粒或第一百零三粒芝麻。

然而,危险在任何时候都是有诱惑力的。它使我陷入了无休无止的想象。我的思绪沿着乌金荡的水面疯狂地向前逼进,风驰电掣。一直来到大西洋。大西洋很大,比乌金荡和大纵湖还要大,突然,海水拐了一个九十度的弯,笔直地俯冲下去。这时候你当然渴望变成一只鸟,你沿着大西洋的剖面,也就是世界的边沿垂直而下,你看见了带鱼、梭子蟹、海豚、剑吻鲨、乌贼、海鳗,它们在大西洋的深处很自得地沉浮。它们游弋在世界的边缘,企图冲出来。可是,世界的边沿挡住了它们。冲进来的鱼"铛"地一下,被反弹回去了,就像教室里的麻雀被玻璃反弹回去一样。基于此,我发现,世界的边沿一定是被一种类似于玻璃的物质固定住的。这种物质像玻璃一样透明,玻璃一样密不透风。可以肯定,这种物质是冰。是冰挡住了海水的出路。是冰保持了世界的稳固格局。

我拿起竹篙,一把拍在了水面上。水面上"啪"的一声,鸭子们伸长了脖子,拼命地向前逃窜。我要带上我的鸭子,一起到世界的边缘走一走,看一看。

我把鸭子赶出乌金荡,来到了大纵湖。大纵湖一望无际,我坚信,穿过大纵湖,只要再越过太平洋,我就可以抵达大西洋了。

我没有能够穿越大纵湖。事实上,进入大纵湖不久我就彻底迷失了方向。我满怀斗志,满怀激情,就是找不到方向。望着茫茫的湖水,我喘着粗气,斗志与激情一落千丈。

我是第二天的上午被两位社员用另外一条小舢板拖回来的。鸭子没有了。这一次不成功的探险损失惨重,它使我们第二生产队永远失去了八十六只也可能是一百零二只鸭子。两位社员没有把我交给我的父亲,直接把我交给了队长。队长伸出一只手,提起我的耳朵,把我拽到了大队部。大队支书在那儿,父亲也在那儿。父亲无比谦卑,正在给所有的人敬烟,给所有的人点烟。父亲一看见我立即走了上来,厉声问:"鸭子呢?"我用力睁开眼,说:"掉下去了。"父亲看了看队长,又看了看大队支书,大声说:"掉到哪里去了?"我说:"掉下去了,还在往下掉。"父亲仔细望着我,摸了摸我的脑门。父亲的手很白,冰凉的。父亲揎了我一个大嘴巴。我在倒地的同时就睡着了。听村子里的人说,倒地之后我的父亲还在我的身上踢了一脚,告诉大队支书说我有神经病。后来王家庄的人一直喊我神经病。"神经病"从此成了我的名字。我非常高兴。它至少说明了这一点,我八岁的那一年就和我的父亲平起平坐了。

2001 年 11 月 8 日南京龙江小区

(原载《上海文学》2002 年 1 月号)

驮水的日子

温亚军

上等兵是半年前接上这个工作的。这个工作其实很简单，就是每天赶上一头驴去山下的盖孜河边，往山上驮水。全连吃用的水都是这样一趟一趟由驴驮到山上的。

在此之前，是下士赶着一头牦牛驮水，可牦牛有一天死了，是老死的。连里本来是要再买一头牦牛驮水的，刚上任的司务长去了一趟石头城，牵回来的却是一头驴。连长问司务长怎么不买牦牛？司务长说驴便宜，一头牦牛的钱可以买两头驴呢。连长很赞赏地对司务长说了声你还真会过日子，就算认可了。但他们谁也没有想到，这驴是有点脾气的，第一天要去驮水时，就和原来负责驮水的下士犟上了，驴不愿意往它背上搁装水的挑子，第一次放上去，就被它摔了下来。下士偏不信这个邪，唤几个兵过来帮忙硬给驴把挑子用绳子绑在了身上，驴气得又跳又踢。下士抽了驴一鞭子，骂了句：不信你还能犟过人。就一边抽打着赶驴去驮水了，一直到晚上才驮着两个半桶水回来，并且还是司务长带人去帮着下士才把驴硬拉回来的。司务长这才知道自己图省钱却干了件蠢事，找连长去承认错误并打算再用驴去换牦牛。连长却说还是用驴算了，换来换去，要耽搁全连用水的。司务长说这驴不听话，不愿驮水。连长笑着说，它不愿驮就不叫它驮了？这还不乱套了！司务长说，那咋办？连长说，调教呗！司务长一脸茫然地望着连长。连长说，我的意思不是叫下士去调教，他的脾气比驴还犟，是调教不出来的，换个人吧。连长就提出让上等兵去接驮水工作。

上等兵是第二年度兵，平时沉默寡言，和谁说个话都会脸红，让他去调教一头犟驴？司务长想着驮水可是个重要岗位，它关系着全连一日的生计问题，这么重要的工作交给平时话都难得说上半句的上等兵，他着实有点不放心。可连长说，让他试试吧。

上等兵接上驮水工作的第一天早上，还没有吹起床哨，他就提前起来把驴牵出了圈，往驴背上搁装水的挑子。驴并没有因为换了一张生面孔就给对方面子，它还是极不情愿，一往它身上搁挑子就毫不留情地往下摔。上等兵一点也不性急，也不抽打驴，驴把挑子摔下来，他再搁上去，反正挑子两边装水的桶是皮囊的，又摔不坏。他一次又一次地放，用足够的耐心和驴较量着。最后把他和驴都折腾得出了一身汗，可上等兵硬叫驴没有再往下摔挑子的脾气了，才牵上驴下山。

连队所在的山上离盖孜河有八公里路程，八公里在新疆就算不了什么，说起来是几步路的事。可上等兵赶着驴，走了近两个小时，驴故意磨蹭着不好好走，上等兵也是一副不急不恼的样子，任它由着自己的性子走。到了河边，上等兵往挑子上的桶里装满水后，驴又闹腾开了，几次都把挑子摔了下来，弄得上等兵一身的水。上等兵也不生气，和来时一样，驴摔下来，他再搁上去，摔下来，再搁上去。他一脸的惬意样惹得驴更是气急，那动作就更大，折腾到最后，就累了。直到半下午时，上等兵才牵着驴驮了两半桶水回来了。连里本来等着用水，司务长准备带人去帮上等兵的，但连长不让去。连长说叫上等兵一个人折腾吧，人去多了，反倒是我们急了，让驴看出我们拿它没有办法了,不定以后它还多嚣张呢。

上等兵回来倒下水后,没有歇息,抓上两个馒头又要牵着驴去驮水。司务长怕天黑前回不来,就说别去了。可上等兵说今天的水还不够用,一定要去。司务长就让上等兵去了。

天黑透了,上等兵牵着驴才回来,依然是两半桶水。倒下水后,上等兵给驴喂了草料,自己吃过饭后,牵上驴一声不吭又往山下走。司务长追上来问他还去呀?上等兵说今天的水没有驮够!司务长说,没够就没够吧,只要吃喝的够了,洗脸都凑合点行了。上等兵说,反正水没有驮够,就不能歇。说这话时,上等兵瞪了犟头犟脑的驴一眼,驴此时正低头用力扯着上等兵手里的缰绳。司务长想着天黑透了不安全坚决不放上等兵走,去请示连长,连长说,让他去吧,对付这头犟驴也许只能用这种方法,反正这秃山上也没有野兽,让他带上手电筒去吧。司务长还是不放心。连长对他说,你带上人在暗中跟着就行了。

上等兵牵着驴,这天晚上又去驮了两次水,天快亮时,才让驴歇下。

第二天,刚吹了起床哨,上等兵就把驴从圈里牵了出来,喂过料后,就去驮水。这天虽然也驮到了半夜,可桶里的水基本上是满的。一连几天都是如此,如果不驮够四趟水,上等兵就不让驴休息,但他从没抽打过驴一鞭子。驴以前是有过挨抽的经历的,不知驴对上等兵抱有知遇之恩,还是真的被驯服了,反正驴是渐渐地没有脾气了。

连里的驮水工作又正常了。

连长这才对司务长说,怎么样,我没看错上等兵吧,对付这种犟驴,就得上等兵这样比驴更能一磨到底的人才能整治得了。

为此,连长在军人大会上表扬了上等兵。

上等兵就这样开始了驮水工作。刚开始他每天都牵着驴去驮水,慢慢地,驴的性格里也没了那份暴烈,在上等兵不愠不怒、不急不缓的调教中,心平气和得就像河边的水草。上等兵在日复一日的驮水工作中,感觉到驴已经真心实意地接纳了他,便对驴更加亲切和友好了。驴读懂了他眼中的那份亲近,朝空寂的山中吼叫几声,又在自己吼叫的回声里敲着鼓点一样的蹄音欢快地走着。上等兵感应着驴的那份欢快,明白了驴对自己的认同,就更加知心地拍了拍驴背,然后把缰绳往它的脖子上一盘,不再牵它了,让它自己走,他跟在一边,一人一驴,走在上山或者下山的小道上。山道很窄,有些地方窄得只容一人通过,上等兵就走到了驴后面。时间一长,驴也熟悉了这种程序,上等兵基本上是跟在了驴后面,下山上山都是这样。有时候,驴走得快了,见上等兵迟迟未跟上来,就立在路边候着,直到上等兵到了它跟前,伸手摸了摸它被山风吹得乱飞的鬃毛,说一声走吧,才又踢踏踢踏地往前走。到了河边,上等兵只需往驴背上的桶里装水就行,水装满了,驴驮上水就走。到了夏天,盖孜河边长满了草,上等兵就让驴歇一歇,吃上一阵嫩嫩的青草。他就躺在草地上,感受盖孜河湿润的和风,看着不远处驴咀嚼青草,被嚼碎的青草的芳香味洋溢着喜悦一瓣一瓣又掉入草丛。他闭上眼睛,静静地听着一些小昆虫振翅跳跃,从这棵青草跳到另一棵青草的声响,还有风钻入草丛拱出一阵窸窸窣窣的声音。他那么醉心地聆听着,竟隐隐约约地捕捉到一些悠长的牧笛声。他蓦然睁眼,那悠长的声音没有了,只有夏日的阳光宁静地铺洒着,还有已在他近处的驴咀嚼着青草,不时抬头凝视他,那眼神竟如女人一般,湿湿的,平静中含着些许的温柔和多情。每当这时,上等兵就从草地上坐起来,看着驴吃青草的样子,想着这么多日子以来他和驴日渐深厚的情谊。他和驴彼此越来越对脾气了，他说走驴就走，说停驴就停，配合得好极了，他就觉出了驴的可爱来。上等兵觉出驴可爱的时候，突然想着该给这头驴起个名字了。每天在河边、山道上，和驴在一起，他叫驴走或者停时，不知叫什么好，总是硬邦邦地说"停"或"走"，太伤他们之间的感情了。起个名字叫着多好。有了这样一个念头，上等兵兴奋起来。他一点都没有犹豫，就给驴起了个"黑家伙"的名字。上等兵起这个名字，是受了连长的影响。连长喜欢叫兵们这个家伙那个家伙的，因为驴全身都是黑的，他就给它起了"黑家伙"。虽然驴不是兵，但也是连队的一员，也是他的战友之一，当然还是他的下属。这个名字叫起来顺口也切合实际。

上等兵就这么叫了。

起初，他一叫，"黑家伙"还不知道这几个字已是它自己的名字了，见上等兵一直是对着自己叫，就明白了。但它还是不大习惯这个名字，对上等兵不停地"黑家伙"、"黑家伙"的呼叫显得很迟钝，总是在上等兵叫过几遍之后才略有反应。但随着这呼叫次数的增多，它也无可奈何，就认可了自己叫"黑家伙"。

上等兵每天赶上"黑家伙"要到山下去驮四趟水，上午两趟，下午两趟，一次是驮两桶水，共八桶水，其中四桶水给伙房，另外三桶给一、二、三班，还有一桶给连部。一般上午驮的第一趟水先给伙房做饭，第二趟给一班和二班各一桶，供大家洗漱，下午的第一趟还是给伙房，第二趟给三班和连部各一桶。这样就形成了套路，慢慢地，"黑家伙"就熟悉了，每天的第几趟水驮回来给哪里，黑家伙会主动走到哪里，绝不会错，倒叫上等兵省了不少事。

有一天，上等兵晚上睡觉时肚子受了凉，拉稀，上午驮第二次水回来的路上，他憋不住了，没有来得及喊声"黑家伙"站下等他，就到山沟里去解决问题了。待他解决完了，回到路上一看，"黑家伙"没有接到叫它停的命令，已经走出好远，转过几个山腰了。他赶紧去追，一直追到连队，"黑家伙"已经把两桶水分别驮到一班和二班的门口，兵们都把水倒下了，"黑家伙"正等着上等兵给它取下挑子，吃午饭呢。

司务长正焦急地等在院子里，以为上等兵出了什么事，还想着带人去找呢。

上等兵冲到"黑家伙"跟前。"黑家伙"以为自己做错了事，扑闪着大眼睛看着上等兵，等着上等兵给它不高兴的表情。上等兵不但没有骂它，反而伸出手细细抚着它的背，表扬它真行。"黑家伙"冲天叫了几声，它的兴奋感染得大家都和它一块高兴起来。

有了第一次，上等兵就给炊事班打招呼，决定让驴自己独自驮水回连。他在河边装上水后，对"黑家伙"说声你自己回去吧，"黑家伙"就自己上山了。上等兵第一次让"黑家伙"独自上路的时候，还有点不大放心，悄悄地跟在"黑家伙"的后面，走了好几里路。弯弯曲曲的山路上，"黑家伙"不受路两旁的任何干扰，其实也没有什么可以干扰"黑家伙"的东西。上等兵就立着，看"黑家伙"独自离去。上等兵远远地看着，发现"黑家伙"稳健的身影，竟是这山中唯一的动点。在上等兵的眼中，这唯一的动点，一下子使四周沉寂的山峰山谷多了些让人感动的东西。但究竟是什么样的感动，上等兵却又说不出来。上等兵就那样看着"黑家伙"一步一步走远，直到消失在他的视线里。视野里没有了"黑家伙"的影子了，上等兵才一下子感到心里有点空落，四面八方涌来的寂寞把他从那种无名的感动中揪了出来，他抖抖身子，寂寞原来已在刹那间浸淫了他的全身。上等兵这才明白,原来"黑家伙"已在他的心中占了一大块位置。在平日的相处中,他倒没有太大的注意,而一旦"黑家伙"离开了他,哪怕像现在这样短短的离开,他的失落感便像春日里的种子一样迅速钻出土来。上等兵望眼欲穿地盼着山道上"黑家伙"身影的出现。

过了一个多小时,果然"黑家伙"不负他望,又驮着空挑子下山来到了河边。上等兵高兴极了,扑上去竟亲了"黑家伙"一口,当场表扬了"黑家伙"的勇敢,并把自己在河边等"黑家伙"时割的青草奖赏给它。嫩嫩的青草一根一根卷进"黑家伙"的嘴中,"黑家伙"吃着,还不停地甩着尾巴,表示着它的高兴。

上等兵托人从石头城里买了一个铃铛回来,拴到"黑家伙"的脖子上。铃铛声清脆悦耳,陪伴着"黑家伙"行走在寂静的山道上。"黑家伙"喜欢这铃铛声,它常常在离上等兵越来越近的时候,步子也就越来越快,美妙的铃铛声也就越加地响亮,远远地就传到在盖孜河边等候着他的上等兵耳朵里。到了山上,负重的"黑家伙"脖子上的铃铛声也可以早早地让连队的人意识到"黑家伙"回来了。上等兵每天在河边只负责装水,装完水,他就很亲热地拍拍"黑家伙"的脖子,说一声黑家伙,路上不要贪玩。"黑家伙"用它那湿湿的眼睛看一看上等兵,再低低叫唤几声,转身便又向连队走。上等兵再不用每趟都跟着"黑家伙"来回走了。

为了打发"黑家伙"不在身边的这段空闲时间,上等兵带上了课本,送走"黑家伙"后,便坐在河边看着书,复习功课。上等兵的心里一直做着考军校的梦呢。复习累了,他会背着手,悠闲地在草地上散散步,呼吸着盖孜河边纤尘不染的新鲜空气,感受远离尘世、天地合一的空旷感觉。在这里,人世间的痛苦与欢乐,幸福与失落,功利与欲望,都像是融进了大自然中,被人看得那样淡薄。连"黑家伙"也一样,本来充满了对抗的情绪,却慢慢地变得充满了灵性和善意。想到"黑家伙",上等兵心里又忍不住漫过一阵留恋。他知道,只要他一考上军校,他就会和"黑家伙"分开,可他又不能为了"黑家伙"而放弃自己的理想。上等兵想着自己不管能不能考上军校,他迟早都得和"黑家伙"分开,这是注定的,心里好一阵难受,就扔开书本,拼命给"黑家伙"割青草,他想把"黑家伙"一个冬天甚至几个冬天要吃的草都割下、晒干,预备好,那样,"黑家伙"就不会忘记他,他也不会在分离的日子里备感难受。

在铃铛的响声中,又过了一年。这年夏天,已晋升为下士的上等兵考取了军校。接到通知书的那天,连长对上等兵说,你考上了军校,还得感谢"黑家伙"呢,是它给你提供了复习功课的时间,你才能考出好成绩高中的。

上等兵激动地点着头说,我是得感谢"黑家伙"。他这样说时,心里一阵难过,为这早早到来的他和"黑家伙"的分手,几天都觉得心里沉甸甸的。临离开高原去军校的那一段日子里,他一直坚持和"黑家伙"驮水驮到了他离开连队的前一天。他还给"黑家伙"割了一大堆青草。

走的那天,上等兵叫"黑家伙"驮着自己的行李下山,"黑家伙"似乎预感到了什么,一路上走得很慢,慢得使刚接上驮水工作的新兵有点着急了,几次想动手赶它,都被上等兵制止了。半晌午时才到了盖孜河边,上等兵给"黑家伙"背上的挑子里最后一次装上水,对它交待一番后,看着它往山上走去,直到"黑家伙"走出很远。等他恋恋不舍地背着行李要走时,突然听到熟悉的铃声由远及近急促而来。他猛然转过身,向山路望去,"黑家伙"正以他平时不曾见过的速度向他飞奔而来,纷乱的铃铛声大片大片地摔落在地,"黑家伙"又把它们踏得粉碎。上等兵被铃声惊扰着,心却不由自主地一颤,眼睛就被一种液体模糊了。模糊中,他发现,奔跑着的"黑家伙"是这凝固的群山唯一的动点。

（原载《天涯》2002 年第 3 期）

戒指花

格　非

　　突然间黄昏变得明亮,因为此刻正有细雨落下。透过有栅栏的窗户,丁小曼可以看见那处空荡荡的停车场。遮雨篷下坐着一个小男孩。他看上去只有四五岁,身上背着一个洗得发黄的小书包,双腿不时地踢着不锈钢的垃圾筒。他很瘦。哪怕是让目光轻轻一碰,也能触摸到他突出的肩胛骨。他已经在那儿坐了好一会了。街道对面的山坡上,是一片开阔的玉米地。茂密的玉米几乎将那条通往水泥厂的小路遮盖住了。不久前,在这条小路上发生了一起离奇的凶杀案。说它离奇,倒不是因为案件本身有多么复杂,也不是因为歹徒在杀死被害者之后的奸尸行径令人发指;这个普通的刑事案件之所以吸引了众多媒体的注意,疑犯的年龄是一个关键的因素。蜘蛛新闻网是这样报道这个案件的:

96 岁的耄耋老者奸杀 18 岁花季少女

　　世界之大,无奇不有。体态丰盈、长相俏丽的平谷镇水泥厂女工白莉莉(18 岁)做梦也没有想到她竟然会被一个足以做她祖父的老人奸杀。8 月 18 日夜间,白莉莉在下夜班返回宿舍的途中,在经过一片玉米地时,身后突然窜出一道黑影,犯罪嫌疑人高德顺(96 岁)用木棒猛击她的后脑勺,将其击晕,然后强奸了她。白莉莉的尸体于第二天凌晨被发现。尽管她的嘴巴和下体被塞满了泥土,但技艺精湛的侦缉队员们还是从她的阴道中提取了毛发和精液的残留物,从而在事发 48 小时内将罪犯一举擒获。据高德顺事后交代,他在发泄兽欲的过程中,白莉莉曾经醒过来一次,她不断地叫他爷爷,恳求他不要杀死自己,高德顺自称当时也曾的确动了"恻隐之心",但他最终还是残忍地掐死了她,随后又进行了两次奸尸。(记者李鼎新)

　　诺亚网的报道与蜘蛛网几乎一字不差,但却使用了另外一个标题:**96 岁? 不可思议!!!** 这也是丁小曼听到这件事的第一反应。当《新闻周刊》主编邱怀德打电话让她赶往发案现场采写一篇两万字的新闻稿时,丁小曼脱口而出的一句话也是:怎么可能?

　　"这个世界上没有什么事是不可能的,"邱怀德说,"当初我第一次请你吃饭时,你说不可能,可后来呢?"

　　丁小曼是今天凌晨到达这里的。她没有费什么周折,就找到了那家水泥厂以及报道中提到的那一片玉米地。整整一个上午,她一共采访了十六个人。每一个人的回答都是一致的:不知道。他们的表情和语调也都完全一样。不知道,然后扭身就走。最后一个人的回答稍有不同,他的答复是:知不道。

丁小曼独自一人在玉米地里转悠了两个小时。四周寂然无声,她能听到地沟里流淌的水声,甚至玉米叶在阳光下卷曲的声音。这些声音让她想起了自己没有实现的抱负:上大学时母亲让她报考植物学,父亲让她报考垃圾处理,为了讨好他们两个人,她就两个专业一起报。最后却录取在西班牙语专业。

她来到镇派出所时,已经是中午时分了。在传达室里,几个民警正在边吃饭边聊天。丁小曼刚刚掏出记者证来,说明了自己的意图,屋里的人就全笑了。一个高个子民警用筷子敲了敲饭盆:"呵,又来一个!"他一下子就把窗户给关了。总之,采访进行得很不顺利,她打算找一个旅馆先住下来再说。后来,天空中就有细雨落下。**或曾经落下。下雨,无疑是在过去发生的一件事。**它牵动了她的全部记忆,什么时候、什么地方全都想不起来了。

那个小男孩朝窗口这边走过来了。他抬头看雨,又看看手里捏着的一枚硬币,仿佛对天空的阴霾迷惑不解。丁小曼朝他勾了勾手指,像招呼一条小狗。"宝贝儿,过来。"她喊道。于是,小男孩来到了窗下。他装出对她没有兴趣的样子,用硬币刮着窗户栏上的铁锈。

"怎么不回家?雨下大了。"丁小曼说。小男孩不理睬她,只是用力吸了吸鼻涕。手机的铃声响了。那是一条短讯,是邱怀德发来的:**你还没有告诉我肚脐眼下面那道疤是怎么回事。**

"我有很多钱……"小男孩突然说了一句,带着天真的炫耀。丁小曼抬头看了他一眼,笑了笑,给他的上司回了一个短讯:虽然你是我的领导,但我不得不说你这个人真是有点无聊。

"你刚才说你有很多钱?"丁小曼问他。小男孩点点头,他有点害羞。

"拿出来给我看看。"丁小曼朝他挤了挤眼睛。

小男孩犹豫了一下,把背上的小书包里转过来,从里面拿出了一个塑胶袋。里面花花绿绿果然装满了钞票。

"有多少?"丁小曼笑道。

"多极了,"小男孩也笑了,"比一千还要多,根本数不过来。"

"阿姨帮你数,怎么样?"丁小曼本来是随口这么一说,没想到小男孩还真的把钱从窗户中递了进来。丁小曼将塑胶袋里的钱一古脑地倒在桌子上,然后坐了下来,按照币值的大小帮他理了起来。

"妈妈呢?"丁小曼问道。

"在抽屉里。"他想了想答道。

她听见他在小声地唱歌。那是她从来没有听过的一首歌。不过,他的声音太小了,丁小曼几乎什么也听不清。很快,丁小曼就帮他把那些钱数好了,一共是四十七块二角。她从头上取下一根橡皮筋,将那些钱用橡皮筋勒好,仍然放回到塑胶袋里递给他。

"一共是四十七块两毛,加上你手里的那枚硬币,就是四十八块两毛,你记住了吗?"

"记住了。"他说。

"好吧,那你现在可以回家了,把钱交给妈妈,走吧,雨下大了。"

"我不能回去。"

"为什么?"

"你说,什么东西可以悬在空中……?"小男孩忽然向她提出了这么一个古怪的问题。

丁小曼又笑了。她有点喜欢这个小男孩了。他长长的眼睫毛上缀满了亮晶晶的雨珠。"你是在给我猜谜语吧,让我猜猜看——鸟,对不对?"他摇摇头。

"风筝,对不对?"

他仍然在摇头:"我是说人,人可以悬在空中不落下来吗?"

丁小曼想了想,说:"跳伞运动员大概可以。"

"什么是跳伞运动员呀?"

"从飞机上跳下来,有降落伞。"丁小曼答道。随着一声清脆的铃声,邱怀德又发来了短讯:**案件有新进展,请立刻上网浏览。**丁小曼随后就打开了电脑。在等待桌面出现的这段时间里,那个小男孩又在唱歌了。这一次,她听清楚了他唱的内容:

> 你说要听听我唱歌,
>
> 你说要看看我的脸,
>
> 我不能唱歌给你听,因为一唱我就要流眼泪,
>
> 我不能让你看我的脸,你一看我我就要流眼泪。

丁小曼的心就像是被针突然刺了一下。毕竟,她已有很长时间没有听过这么稚拙的歌了。她又抬头重新打量起这个孩子来。天色已暗。街道对面的一幅巨大的广告牌,已经亮起了霓虹灯,小男孩也注意到丁小曼正在看他,他突然不唱了。

"下面呢? 你接着唱,阿姨很想听。"

"可我忘了,你说这是怎么回事呀?"小男孩向她摊开手。

"谁教你唱这首歌?"

"妈妈。"

"妈妈呢?"

"在抽屉里。"还是那句话。

互联网接通了,丁小曼打开了蜘蛛网的网页。初一看,并没有关于凶杀案的最新报道,倒是网民参加这个案件讨论的人数已经猛增到 106 873 人。丁小曼随即进入讨论区,马上就看到了网民所发的新贴子:

来自 61.53.185.* 的网友于 17:03:23 发表评论

我 KAO,这是真的吗? 96 岁? 他能硬得起来吗? 而且是三次!!!

来自 128.72.64.* 的网友于 17:02:34 发表评论

真羡慕这条老狗。我今年才 37 岁,就已经完全丧失了 TMD 性欲,害得我老婆像一条发情的母狗,成天嗷嗷乱叫。

来自 78.52.38.* 的网友于 17:01:12 发表评论

没准那老头一发愤,果然就写出一部《史记》来。拜托各位,今晚阿森纳对曼联榜首大战中央 5 台转不转播?

网友 Catch Wind 261 于 16:52:02 发表评论

宰了他。最好把他阉了,让他成为另一个司马迁。

网友 6158KV3100 于 16：47：01 发表评论

强力建议政府不要枪毙他。应全面跟踪他的饮食习惯，做认真细致的调查研究，为什么人家96 岁了，还能有如此旺盛的性功能？争取早日生产出咱们中国人自己的伟哥。

来自 117.28.413.的网友于 16：33：56 发表评论

为什么要把我的帖子删去？我抗议！我只不过就说了几句真话而已。

在诺亚网上，全国著名性心理学家耿玉秀教授正和网友在线交谈：**这事按常识来说，不太可能，但也不是完全不可能。我看到报道，既然警方从被害人性器官中检测出了精液，说明性交是完成了的。医学，尤其是解剖学研究的成果表明，海绵体充血和脑丘体和中枢神经类型……**

丁小曼从网上下来，发现那个小男孩已经不在了。窗外的雨下得更大了。车灯不时地照亮了停车场，雨点把路面弄得像一锅烧开的粥。

服务员按铃进来送开水，丁小曼就和她聊了起来。丁小曼一提起不久前发生的那件事，服务员就笑了，她说，今天也有一个电视台的记者向她打听这件事。

"那是不可能的，"她说，"你们所说的那个案子就发生在我们宾馆对面的那个山坡上，出这么大的事，我们不可能不知道，何况……"服务员说到这里，忽然停住了，只是抿嘴而笑。

"何况什么？"

"那种事情，我说的强奸这回事，在我们镇上，已经五六年没有听说了，根本用不着。到处都是妓女，你只要花很少的一点钱，就哪儿都能找到，什么服务都有，你都想象不出他们搞的那些鬼名堂。用不着冒那么大的风险，除非他疯了。"丁小曼又问她，餐厅在哪，服务员说了声"二楼"，就倒退着走出去了。

服务员的话多少证实了她此前的判断：这是一则假新闻。蜘蛛网和诺亚网的新闻来源都注明是《淮阳晚报》。她从电话簿上很快就查到了这家报社的电话号码。可对方说，他们的新闻是《星星都市报》的一位兼职记者提供的。在丁小曼的再三恳求下，对方才提供了这位记者的电话。丁小曼拨通了这位记者的电话，接电话的是一台电脑：**你好，这里是省农机公司……**

丁小曼看着窗外的雨有点心烦意乱。她给邱怀德的手机发了一个短讯：**我怀疑这是一条假新闻，没有任何进展。**邱怀德不喜欢接电话，他迷上了短讯，因为他觉得这样更时尚。窗外的一个报贩正在高声叫卖当天的报纸：

卖报，卖报，最新消息。巩俐自杀。

卖报，卖报，巩俐自杀。最新消息。

不一会她的手机就响了，邱怀德给她回了电：**那你就编一个。在新闻行业中，适当的杜撰是允许的，宝贝，我想你。这么潮，这么长。**

这个短讯显然增加了她的忧虑。丁小曼一生气干脆就把手机给关了。

丁小曼上楼去用餐的时候，心里还在想着那个小男孩。她总觉得有什么事不对劲。她上了电梯，可就在她转过身来的那一刻，她看见了他。原来他并没有离开，他蜷缩着身子趴在大堂的沙发上睡着了。他的屁股撅得很高。一个头发花白的门卫正打算把他推醒。电梯的门很快就关上了。

餐厅里到处都是人,服务生将她带到一个靠窗的位子座下。点完菜以后,服务生向她躬了躬身子:"对不起,今天晚上客人比较多,菜上得比较慢,您得多等一会。"

她的对面坐着一位穿西装的男士已经用完了餐,一边剔着牙,一边看报纸。桌上有一只白瓷花瓶,瓶子里插着一朵玫瑰。喧闹的说话声,杯盘的碰撞声,甚至把窗外的雨声都盖住了。可她知道雨下得很大,窗户玻璃上泻水如注。她坐在那儿一阵胡思乱想。任意几个事物之间都能找到联系,都能给她提供丰富的联想。比如说小男孩和那个子虚乌有的水泥厂女工;比如跳伞运动员和张开翅膀的鸟;比如说玫瑰和雨,还有她熟悉的博尔赫斯。**谁听见雨落下来,谁就回想起那个时候,幸福的命运向她呈现了一朵叫作玫瑰的花,和它那奇妙、鲜红的色彩。**可她的玫瑰凋萎了,正在腐烂。她甚至觉得自己的脑子也正在一点点地烂掉。她等了足足有四十五分钟,可是菜还是没有送来。坐在她对面的那个男士已经离开了,却将看完的报纸随手放在了餐桌上。丁小曼拂去了两根丢在报纸上的牙签,拿起报纸翻了翻,头版上的醒目标题一下子就吸引住了她:**巩俐自杀身亡(详情请见第八版)。**

丁小曼将报纸翻到第八版,找了半天,才在右下角很小的一块地方读到了这则报道:

本报通讯员王小强　诸葛镇八里乡丁卯村七组农妇巩俐为两只鸭子与邻居争吵呕气,回到家中一时想不开,用一根麻绳将自己吊死在屋梁下……。

丁小曼的嘴角撇过一丝冷笑,随后就将报纸丢在了桌上。饭菜上来了,丁小曼吃了几口,眼睛又朝那份报纸看了一眼。她忽然想起一件什么事来,放下碗筷又拿起那张报纸看了起来,她的目光紧紧盯在"用一根麻绳将自己吊死在屋梁下"这一行小字上。她心头一紧,忽然想起了刚才那个小男孩给她猜的谜语:**人可以悬在空中不落下来吗?**

她意识到了某种危险,又有点责怪自己的粗心。她向服务生招了招手,结完账就朝楼下跑去。

她一口气跑到大堂里。沙发上空空荡荡,小男孩已经离开了。她朝门卫走过去,向他打听小男孩的去向。老人指了指门外,没有理她。

"你认识他吗?"丁小曼问道。

"怎么不认识?"老头一说话,嘴里就冒出一股刺鼻的蒜味,"说起来,他爹还是我的学生呢。"

"这么说,你还是个老师?"

"我退休前在高中教地理,那是好多年前的事了。他爹就在我班上,他肝不好,读到高三就退学了,现在在镇子上扫马路。我差不多每天都看见他们爷儿俩。那个小男孩可懂事了,他爹扫马路,他就跟着他爹捡废纸。"

"你这两天看到过他爹吗?"丁小曼问。

老头认真地想了想说道:"你这一说,我倒想起来了,这两天都没见他来扫马路。你找那孩子有事吗?"

"他家住哪儿?"丁小曼急切地问道,"你能不能带我去一趟?"

"他家我倒认识,不过我的腰不太好,走不动路,再说外面还下着雨呢。"

丁小曼取出钱包,抽出一张一百元的人民币递给老人:"麻烦你带我去一趟,我有急事要找他。"

老头看了看丁小曼递过来的钱,嘿嘿地笑了两声,似乎没有料到她给了这么多。老人转过身去向服务台的小姐借伞,小姐打趣道:"您老的腰不疼了吗?"中学教师还挺幽默,他答道:"不疼,不疼,她要是给我两百块,我可以一口气跑到美国。"

他们俩在雨中走了差不多一小时,终于来到了一幢五层的灰砖楼前。一辆白色的面包车亮着灯迎面驶来,将泥水溅了她一脸。地理教师把她带到楼房最西侧的一个楼洞前就站住了。

"我不上去了,把伞给我,他家住在四楼,401。我就不上去了。"说完,他从丁小曼手里接过雨伞,自己收拢了它,转身走了。

门洞里积了一层雨水。底楼的两家住户都开着门,两家的女主人在高声地谈论着什么。**他的舌头吐出了那么长,怪吓人的。**在三楼她碰到三个警察正从楼上下来,他们穿着雨衣,脚上是高高的雨靴,手里拿着长长的电筒。楼道里聚集了不少人。**孩子也不懂事,人死了这么长时间,怎么也不知道叫人。**她闻到了一股刺鼻的消毒药水的味道,怪怪的。

401的门开着。丁小曼一眼就看见了那个小东西。他正趴在床上吃着梨或苹果,他已经吃得只剩下核了。一个四十多岁的中年妇女站在床边,一副心神不定的样子。房间里还有一个小女孩,七八岁。她正踮着脚要从五斗橱上拿什么东西,中年妇女大叫一声:"别碰,会传染的!"转过身来就给了她一巴掌。与此同时,妇人也发现了门口站着的丁小曼。小男孩显然也看见了她,他咧开嘴笑了。

"你是他家什么人?"中年妇女上上下下地打量着她。

丁小曼想了想,说:"亲戚。"

妇人长长地松了一口气,笑道:"那就太好了。"

她说她就住在对门。刚才民警吩咐她,暂时由她来照管这个小男孩。明天早上居委会会有人来处理这件事的。

"他家出什么事了?"

"刚才你没看见殡仪馆来的车吗?他爹吊死了。"妇人说,"这孩子今天一大早,也就四五点钟吧,就来敲我的门,我从水泥厂下夜班回家,刚睡了两个小时就被这小东西吵醒了,我开了门,问他有什么事,小东西说'你快去看看我爸爸',我心想,'你爸爸我又不是没见过,有什么好看的'。说实话,我那时是太困了,就把门关上了,谁知道他爹上了吊。"

那女人摊开双手凑在灯光下仔仔细细地看:"我刚才帮他们搬尸体来着,你说会不会传染,他是老肝炎。不过我已经用肥皂洗过手了。"

"洗过手就没事了。"丁小曼对她说。

那妇人牵过女孩的手转身就往外走。

"他妈呢?"丁小曼对着她们的背影问了一句。妇人回过头来,朝她挥了挥手:"也死了。两个月前刚死的,肺癌。"随后,她听见对面的门"砰"的一声关上了。

现在屋子里就只剩下了他们两个人,丁小曼和小男孩。朝西的窗户玻璃破了一块,风呼呼地灌进来,将墙边的一摞旧报纸打得透湿。五斗橱上有一张医院的病历单,字迹潦草但还能辨认:**肝,CA,晚期。**旁边还搁着一卷麻绳,是新的。这自然使丁小曼联想到:孩子的父亲在从医院回来的路上，说不定产生了自杀的念头，就去杂货店买了麻绳。

丁小曼挨着孩子坐在床上，摸了摸他的头，问他饿不饿。小男孩眼睛有点迷糊了，他说他刚才吃了苹果，不太饿，就是有点想睡觉。随后，他忽然从床上溜到地上，搬过一张凳子来，爬上去，打开了五斗橱最上面一层的那个抽屉，取出一个相框来，朝丁小曼晃了晃。

"这就是我妈妈。我说过，她住在抽屉里。"

在看这幅照片的时候，丁小曼才意识到嘴里咸咸的泪水。那是一张苍白而脆弱的脸，目光中带着疑问、哀矜和惊恐。仿佛在拍下它的那一刹那，她正巧看到了一件什么可怕的事。丁小曼把相框放回抽屉里。她想去打盆水来给孩子洗洗脸，但却找不到脸盆。她只得将孩子带到厨房里，凑近水龙头，用手蘸了水替他抹脸。她看到他鼻子下面有一块血斑，就问他鼻子是不是破了。男孩说，他早上去敲对面阿姨的门，阿姨一关门，就把他的鼻子撞流血了。

"可流了一会，就不流了，你说这是怎么回事呀？"男孩道。

丁小曼一直在流泪。她抱起他，替他脱了鞋，洗了脚，然后就把他抱到床上去，他那小身体软绵绵的，一接触到床铺，几乎立刻就睡着了。

丁小曼坐在床边看着他，独自流了一会儿泪。她取出手机来，拨通了邱怀德的电话。

"邱主编……我想换一个题目……另写一篇报道。"

"你的声音怎么不对劲，出什么事了……喂喂……"

"我这里发生了一件事，我想把它写出来……"丁小曼随后就在电话里说了这件事。

"傻瓜，这事哪儿都有，每天都在发生，算不得什么新闻，"在电话的另一端，邱怀德耐着性子听她说完了那件事，笑了起来，"你不要感情用事。我这里要接另一个电话，待会儿我给你打过来。"

她靠在床上，等了两个小时。脑子里乱七八糟。邱怀德的电话还没有打来，窗外的雨飒飒地下着。**这蒙住了窗玻璃的细雨，必将在被遗弃的郊外，在某个不复存在的庭院里洗亮架上的黑葡萄，潮湿的暮色带给我一个声音，我渴望的声音，我的父亲回来了，他没有死去。**丁小曼迷迷糊糊地睡了一会，脑子里一直在想，第二天早上如何与这个小男孩告别。一想到这里，她的眼泪不知不觉又流下来了。

半夜里，小东西忽然醒了过来，眼睛又黑又亮。他正在拨弄着丁小曼的左手，实际上他是在看丁小曼无名指上戴着的那枚戒指。丁小曼把戒指退下来，递给他看。

"它是什么？"小东西问她。

"它是一枚戒指。"

小家伙把戒指放在眼前看了半天，忽然说："我想起妈妈教我唱的那首歌了。"正在这时，手机的铃声响了，是邱怀德打来的，依然是一条短讯：**计划改变，明天一早赶往合肥，随后转机飞往北京。刘晓庆出事了。**

小男孩呆呆地看着她："我要唱歌了，你听不听。"

"听，阿姨很想听，你唱吧！"她摸了摸他的头。他的眼睛又黑又亮。

你说要听听我唱歌

你说要看看我的脸

我不能唱歌给你听,我一唱歌就要流眼泪

我不能让你看我的脸,你一看我我就要流眼泪

还是给你摘一朵野花吧

你问我,妈妈,那是什么名字的花

你问我,妈妈,那是什么颜色的花

那是戒指花呀

那是洁白漂亮的戒指花

它是妈妈的泪,它是妈妈的心

它是戒指花

（原载《天涯》2003 年第 2 期）

大老郑的女人

魏　微

一

算起来,这是十几年前的事了。

那时候,大老郑不过四十来岁吧,是我家的房客。当时,家里房子多,又是临街,我母亲便腾出几间房来,出租给那些来此地做生意的外地人。也不知从哪一天起,我们这个小城渐渐热闹了起来,看起来,就好像是繁华了。

原来,我们这里是很安静的,街上不大看得见外地人。生意人家也少,即便有,那也是祖上的传统,习惯在家门口摆个小摊位,卖些糖果、干货、茶叶之类的东西。本城的大部分居民,无论是机关的工厂的学校的……都过着闲适、有规律的生活——上班,下班,或有周末领着一家人去逛逛公园,看场电影。

城又小,一条河流,几座小桥。前街,后街,东关,西关……我们就在这里生活着,出生,长大,慢慢地衰老。

谁家没有那些陈芝麻烂谷子的事,说起来都不是什么新鲜事,不过东家长西家短的,谁家婆媳闹不和了,谁离婚了,谁改嫁了,谁作风不好了,谁家儿子犯了法了……这些事要是轮着自己头上,就扛着,要是轮着别人头上,就传一传,说一说,该叹的叹两声,该笑的笑一通,就完了,各自忙生活去了。

这是一座古城,不记得有多少年的历史了,项羽打刘邦那会儿,它就在着,现在它还在着;项

羽打刘邦那会儿,人们是怎么生活的,现在也差不多这样生活着。

有一种时候,时间在这小城走得很慢。一年年地过去了,那些街道和小巷都还在着,可是一回首,人已经老了。也许是,那些街道和小巷都老了,可是人却还活着;如果你不经意走过一户人家的门口,看见这家的门沿里坐着一个小妇人,她在剥毛豆米,她把竹筐放在膝盖上,剥得飞快,满地绿色的毛豆壳子。一个静静的瞬间,她大约是剥累了,或者把手指甲剥疼了,她抬起头来,把手甩了甩,放在嘴唇边咬一咬,哈哈气……可不是,她这一哈气,从前的那个人就活了。所有的她都活在这个小妇人的身体里,她的剥毛豆米的动作里,她抬一抬头,甩一甩手……从前的时光就回来了。

再比如说,你经过一条巷口,看见傍晚的老槐树底下,坐着几个老人,有一搭无一搭地聊着什么。他们在讲古诚。其中一个老人,也有八十了吧,讲着讲着,突然抬起头来,拿手朝后颈处挠了几下,说,日娘的,你个毛辣子。

多少年过去了,我们小城还保留着淳朴的模样,这巷口,老人,俚语,傍晚的槐树花香……有一种古民风的感觉。

另一种时候,我们小城也是活泼的。时代的讯息像风一样地刮过来,以它自己的速度生长,减弱,就变成我们自己的东西了。时代讯息最惊人的变化首先表现在我们小城女子的身上。我们这里的女子多是时髦的。不记得是哪一年了,我在报纸上看到,广州妇女开始化妆了,涂口红,掸眼影,一些窗口单位如商场等还做了硬性规定,违者罚款。广州是什么地方,可是也就一年半载的工夫,化妆这件事就在我们这里流行起来了。

我们小城的女子,远的不说,就从穿列宁装开始,到黄军服,到连衣裙,到超短裙……这里横躺了多少个时代,我们哪一趟没赶上?

我们这里不发达,可是信息并不闭塞。有一阵子,我们这里的人开口闭口就谈改革、下海、经济,因为这些都是新鲜词汇。

后来,外地人就来了。

外地人不知怎么找到了我们这个小城,在这里做起了生意,有的发了财,有的破了产,最后都走了,新的外地人又来了。

最先来此地落脚的是一对温州姐妹。这对姐妹长得好,白皙秀美,说话的声音也温婉曲折,听起来就像唱歌一样。她们的打扮也和本地人有所区别,谈不上哪有区别,就比如说同样的衣服穿在她们身上,就略有不同。她们大约要洋气一些,现代一些;言行淡定,很像是见过世面的样子。总之,她们给我们小城带来了一缕时代的气息,这气息让我们想起诸如开放、沿海、广东这一类的词。

也许是基于这种考虑,这对姐妹就为她们的发廊取名叫做"广州发廊"。广州发廊开在后街上,这是一条老街,也不知多少年了,这条街上就有了新华书店,老邮局,派出所,文化馆,医院,粮所……后来,就有了这家发廊。

这是我们小城的第一家发廊,起先,谁也没注意它,它只有一间门面,很小。而且,我们这里管发廊不叫发廊,我们叫理发店,或者剃头店。一般是男顾客占多,隔三差五地来理理发,修修面,或者叫人捏捏肩膀、捶捶背。我们小城女子也有来理发店的,差不多就是洗洗头发,剪了,左右看看就行了。那时,我们这里还没有烫发的,若是在街上看见一个自来卷的女子,她的波浪形的头发,那真是能艳羡死很多人的,多洋气啊,像个洋娃娃。

广州发廊给我们小城带来了一场革新。就像一面镜子,有人这样形容道,它是一个时代在我们小城的投影。仅仅从头发上来说,我们知道,生活原来可以这样,花样百出,争奇斗艳。是从这里,我们被告知关于头发的种种常识,根据脸形设计发型,干洗湿洗,修护保养,拉丝拉直,更不要说烫发了。

等我知道了广州发廊,已经是两三年以后的事了。有一天放学,我和一个女同学过来看了,一间不足十米见方的小屋子里,集中了我们城里最时髦漂亮的女子。她们取号排队,也有坐着的,也有站着的,或者手里拿着一本发型书,互相交流着心得体会……我有些目眩,到底因为年纪小,胆怯,矬在门口看了一下就跑出来了。

我听人说,广州发廊之所以生财有道,是因为不单做女人的生意,就连男人的生意也要做的。做男人的生意,当然不是指做头发,而是别的。这"别的",就有人不懂了,那懂的人就会诡秘一笑,解释给他听:这就是说,白天做女人的生意,夜里做男人的生意。听的人这才似懂非懂,恍然大悟,因为这类事在当时是破天荒的,人的见识里也是没有的。因此都当做一件新奇事,私下里议论得很有劲道。

大老郑是在后些年来到我们小城的,他是福建莆田人,来这里做竹器生意。当时,我们城里已经集聚了相当规模的外地人,就连本地人也有下海做生意的,卖小五金的,卖电器的,开服装店的。

广州发廊不在了,可是更多的发廊冒出来,像温州发廊,深圳发廊……这些发廊也多是外地人开的,照样门庭若市。那温州两姐妹早走了,她们在这里待了三四年,赚足了钱。关于她们的传言没人再愿意提起了,仿佛它已成了老黄历。总之,传言的真假且不去管它,但有一点却是真的,人们因为这件事被教育了,他们的眼界开阔了,他们接受了这样一个现实。一切已见怪不怪。

大老郑租的是我家临街的一间房子。后来,他三个兄弟也跟过来了,他就在我家院子里又回租了两间房。院子里凭空多了一户人家,起先我们是不习惯的,后来就习惯了,甚至有点喜欢上他们了,因为这四兄弟为人正派乖巧,个性又各不一样,凑在一起实在是很热闹。关键是,他们身上没有生意人的习气,可什么是生意人的习气,我们又一下子说不明白了。

就说大老郑吧,他老实持重,长得也温柔敦厚,一看就是个做兄长的样子。平时话不多,可是做起事来,那真是既有礼节,却又不拘泥于礼节,这大概就是常人所说的分寸了。当年,我家院子里结了一株葡萄,长得很旺盛,一到夏天,成串的葡萄从架子上挂下来,我母亲便让大老郑兄弟摘着吃。或者她自己摘了,洗净了,放到盘子里,让我弟弟送过去。大老郑先推让一回,便收下了;可是隔一些日子,他就瓜果桃李也买回来,送到我家的桌子上。又会说话,又能体贴人,说的是:是去乡下办事,顺便从瓜田里买回来的,又新鲜,又便宜,不值几个钱的,吃着玩吧……一边说,一边笑,仿佛占了多少便宜似的。

他又是顶勤快的一个人。每天清晨,天蒙蒙亮就起床了,开门第一件事就是扫院子,又为我家的花园浇浇水,除除草……就像待自己家里一样。我奶奶也常夸大老郑懂事,能干,心又细,眼头又活……哪个女人跟了他,怕要享一辈子福呢。

大老郑的女人在家乡,十六岁的时候就嫁到郑家了,跟他生了一双儿女。我们便常常问大老郑,他的女人,还有他的一双儿女。大凡这时候,大老郑总是要笑的,不说好,也不说不好……总之,那样子就是好了。

我们说,大老郑,什么时候把你老婆孩子也接过来吧,一起住一段。

大老郑便说好,说好的时候照样还是笑着的。

有很长一段时间,我们都信了大老郑的话,以为他会在不经意的某天,突然带一个女人和两个少年到院子里来,尤其是我和弟弟,整个暑假就更加盼望着院子里能多出一两个玩伴。他们来自遥远的海边,身体被晒得黝黑发亮,身上能闻见海的气味。他们那儿有高山,还有平原,可以看见大片的竹林。

这些,都是大老郑告诉我们的。大老郑并不常提起他的家乡,我们要是问起了,他就会说一两句,只是他言语朴实,他也很少说他的家乡有多好,多美。但是不知为什么,我的眼前总浮现出一幅和我们小城迥然不同的海边小镇的图景。那儿有青石板小路,月光是蓝色的,女人们穿着蓝印花布衣衫,头上戴着斗笠,背上背着竹筐……和我们小城一样,那儿也有民风淳朴的一瞬间,总有那么一瞬间,人们善良地生活着,善良而且安宁。

我不知道,我为什么会有这样的想象,也许这一切是缘于大老郑吧。一天天的日常相处,我们慢慢对他生出了感情,还有信任,还有很多不合实际的幻想。我们喜欢他。还有他的三个弟弟,也都个个讨人喜欢。就说他的大弟弟吧,我们俗称二老郑的,最是个活泼俏皮的人物,又爱说笑,又会唱歌。唱的是他们家乡的小调:

姑娘啊姑娘

你水桶腰,水桶腰

腔调又怪,词又贫,我们都忍不住要笑起来。有一次,大老郑以半开玩笑的口吻,托我母亲替他的这个弟弟在我们小城里结一门亲事。我母亲说,不回去了?大老郑笑道,他们可以不回去,我是要回去的,我是有老婆孩子的人呢。

大老郑出来又有一些年头了,他们莆田的男人,是有外出跑码头的传统的。钱挣多挣少不说,一年到头是难得回几次家的。我母亲便说,不想老婆孩子啊?大老郑挠挠腮说道,有时候想。我母亲说,怎么叫有时候想?大老郑笑道,我这话错了吗?不有时候想,难道是时时刻刻想?我母亲说,那还不赶快回去看看。大老郑说,不回去。我母亲说,这又是为什么?大老郑笑道,都习惯了。他又朝他的几个兄弟努努嘴,道,这一摊子事丢给他们,能行吗?

大老郑爱和我母亲叨唠些家常。这几个兄弟,只有他年纪略长,其余的三个,一个二十六岁,一个二十岁,最小的才十五岁。我母亲说,书也不念了?大老郑说,不念了。都不是念书的人。我母亲说,老三还可以,文弱书生的样子,又不爱说话,又不出门。大老郑说,他也就闷在屋子里吹吹笛子罢了。

老三吹得一手好笛子,每逢有月亮的晚上,他就把灯灭了,一个人坐在窗前,悠悠地吹笛子去了。难得有那样安静惬意的时刻,我们小城仿佛也不再喧闹了,变得寂静,沉默,离一切好像很远了。

有一阵子,我们仿佛真是生活在一个很远的年代里,尤其是夏天的晚上,我们早早地吃完了饭,我和弟弟把小矮凳搬到院子里,就摆出乘凉的架式了。我们三三两两地坐着,在幽暗的星空底下,一边拍打着蒲扇,一边听我父母讲讲他们从单位听来的趣闻,或者大老郑兄弟会说些他们远在天边的莆田的事情。

或有碰上好的连续剧,我们就把电视机搬到院子里,两家人一起看;要是谈兴甚浓的某个晚上,我们就连电视也不看的,就光顾着聊天了。

我们说一些闲杂的话,吃着不拘是谁家买来的西瓜,困了,就陆续回房睡了。有时候,我和弟弟舍不得回房,就赖在院子里。我们躺在小凉床上,为的就是享受这夏夜安闲的气氛,看天上的繁星,或者月亮光底下梧桐叶打在墙上的影子;听蛐蛐、知了在叫,然后在大人切切的细语中,在郑家兄弟悠扬的笛声和催眠曲一样的歌声中睡去了。

似乎在睡梦之中,还能隐隐听到,我父亲在和大老郑聊些时政方面的事,关于经济体制改革,政企分开,江苏的乡镇企业,浙江的个体经营……那还了得! 只听我父亲叹道,时代已发展到什么程度了!

我们两家人,坐在那四方的天底下,关起院门来其实是一个完整的小世界。不管谈的是什么,这世界还是那样的单纯,洁净,古老……使我后来相信,我们其实是生活在一场遥远的梦里面,而这梦,竟是那样的美好。

二

有一天,大老郑带了一个女人回来。

这女人并不美,她是刀削脸,却生得骨胳粗大。人又高又瘦,身材又板,从后面看上去倒像个男人。她穿着一身黑西服,白旅游鞋,这一打眼,就不是我们小城女子的打扮了。说是乡下人吧,也不像。因为我们这里的乡下女子,多是老老实实的庄稼人的打扮,她们不洋气,可是她们朴素自然,即便穿着碎花布袄,方口布鞋,那样也是得体的,落落大方的。

我们也不认为,这是大老郑的老婆,因为没有哪个男人是这样带老婆进家门的。大老郑把她带进我家的院子里,并不作任何介绍,只朝我们笑笑,就进屋了。隔了一会儿,他又出来了,踅在门口站了会儿,仍旧朝我们笑笑。

我们也只好笑笑。

我母亲把二老郑拉到一边说,该不会是你哥哥雇的保姆吧。二老郑探头看了一眼,说,不像。保姆哪有这样的派头,拎两只皮箱来呢。

我母亲说,看样子要在这里落脚了,你哥哥给你们找了个新嫂子呢。二老郑便吐了一下舌头,笑着跑了。

说话已到了傍晚,天色还未完全暗下来,从那半开着的门窗里,我们就看见了这个女人,她坐在靠床的一张椅子上,略低着头,灯光底下只看见她那张平坦的脸,把眼睛低着,看自己的脚。她大约是坐得无聊了,偶尔就抬起头来朝院子里睃上一眼,没想到和我们其中一个的眼睛碰个正着,她就又重新低下了头,手不知往哪放,先拉拉衣角,然后有点局促的,就摆弄自己的手去了。

她的样子是有点像做新娘子的,害羞,拘谨,生疏。来到一个新环境里,似乎还不能适应。屋里的这个男人,看上去她也不很熟悉,也许见过几次面,留下一个模糊美好的印象,知道他是个老实人,会待她好,她就同意了,跟了他。

那天晚上,她给我们造成了一种婚嫁的感觉,这感觉庄重,正大,还有点羞涩,仿佛是一对少年夫妻的第一次结合,这中间经过媒妁之言,一层层繁杂的手续……终于等来了这一天。而这一天,院子里的气氛里冷淡了些,大家都在观望。只有大老郑兴兴头头的,在屋子里一刻不停地忙碌着,他先是扫地,擦桌子……当这一切都做完的时候,他犹豫了一下,在离她有一拳之隔的床头坐下了。他搓着手,一直微笑着,也许他在跟她说些什么,她抬起头来看他一眼,就笑了。

他起来给她倒了一杯水。

再起来给她搬来一只放杯子的凳子。

那么下面还能做些什么呢?想起来了,应该削个苹果吧,于是他就削苹果了。他把苹果削得很慢很慢,像在玩一样技艺。有时他会看她,但更多的还是看我们,看我和弟弟,还有他家的老四。我们这几个半大不小的孩子,就站在院子正中的花园里,一边说着玩着笑着,一边装做不经意地探头看着……隔着花园里的各种盆盆罐罐,两棵冬青树,我们看见大老郑半恼不恼地瞪着我们,他伸出一只腿来把门轻轻地挡上了。

那天晚上,这女人就在大老郑的房里住下了。原先,大老郑是和老四住一间房,后来,老四被叫进去了,隔了一会儿,我们看见他卷着铺盖从这一间房挪到另一间房,他又嘟着嘴,好像很不情愿的样子,我们就都笑了。

那天的气氛很奇怪,我们一直在笑。按说,这件事本没有什么特别可笑的地方,因为我们小城的风气虽然保守了些,可是在男女之事上,也有它开通豁达的一面。大约这类事在哪里都是免不了的,一个已婚男子,老婆又常不在身边,那么,他偶尔做些偷鸡摸狗的事也是正常的。我父亲有一个朋友,我们唤做李叔叔的,最是个促狭的人物,因常来我们家,和大老郑混熟了,有一次他就拿他玩笑说,大老郑,给你找个女朋友吧?

大老郑便笑了,嗫嚅着嘴巴,半晌没见他说出什么来。李叔叔说,你看,你长得又好,牙齿又白,还动不动就脸红……

我母亲一旁笑道,你别逗他了,大老郑老实,他不是那种人。可是那天晚上,我母亲也不得不承认道:这个死大老郑,我真是没看出来呢。她坐在沙发上,很笃定地等大老郑过来跟她谈一次。她是房主,院子里突然多出来一个女人,她总得过问一下,了解一些情况吧。

原来,这女人确是我们当地的,虽家在乡下,可是来城里已有很多年了。先是在面粉厂做临时工,后来不知为什么辞了职,在人民剧场一带卖葵花子。我母亲说,我们也常去人民剧场看电影看戏的,怎么就没见过你?

女人说,我也常回家的——当天晚些时候,大老郑领女人过来拜谒我母亲,两人坐在我家的客厅里,女人不太说什么,只是低着头,拿手指一遍遍地画沙发上的布纹,她画得很认真,那短暂的十几分钟,她的心思都集中到她的手指和布纹上去了吧?大老郑呢,只是一个劲地抽着烟,偶尔,他和我母亲聊些别的事,常常就沉默了。话简直没法说下去了,他抬头看了一眼灯下的蛾虫,就笑了。我母亲说,你笑什么?

大老郑说,我没笑啊。

这么一说,禁不住女人也笑了起来。

女人就这样来到我们的生活里,成为院子里的一个成员。这一类的事,又不便明说的,大家也就睁一只眼闭一只眼的,就此混过去算了。我母亲原是极开明的,可是有一阵子,她也苦恼了,常对我父亲嘀咕道,这叫什么事啊!家妻外妾的,还当真过起小日子来了——又是叹气,又是笑的,说,别人要是知道了,还不知该怎么嚼舌呢,以为我这院子是藏污纳垢的——

其实,这是我母亲多虑了。时间已走到了一九八七年秋天,我们小城的风气已经很开化了。像暗娼这样古老的职业都慢慢回来了,公安局就常下达"扫黄"文件,我父亲所在的报社也做过几次跟踪报道。当然了,我们谁也没见过暗娼,也不知她们长什么样子,穿什么样的衣裳,有着怎样的言行和做派,所以私下里都很好奇。我母亲因笑道,再怎么着,大老郑带来的这个也不像。我奶奶说,不像,这孩子老实。再则呢,她也不漂亮,吃这行饭的,没个脸蛋身段,那股子浪劲,那还不饿死!我父亲笑道,你们都瞎说什么呢?

总之,那些年,我们的疑心病是重了些,我们是对一切都有好奇,都要猜疑的。那的确是个与众不同的年代吧,人心总是急吼吼的,好像睡觉也睡不安稳。一夜醒来,看到的不过还是那些旧街道和旧楼房,可是你总会感觉到,有什么东西变了,它正在变,它已经变了,它就发生在我们的生活里,而我们是看不见的。

无论如何,女人就在我家的院子里住了下来。起先,我们对她并不友善,我母亲也有点忌讳她和大老郑的姘居关系,可是她又不能赶的,一则和大老郑的交情还不错,二则呢,这女人也着实可怜,没家没道的。乡下还有个八岁的男孩,因离了婚,判给前夫了。

她待大老郑又是极好的,主要是勤快,不惜力气。平时浆洗缝补那是免不了的,几个兄弟回来,哪次吃的不是现成饭?还换着花样,今天吃鱼明天吃肉的,逢着大老郑兴致好了,哥几个咂二两小酒也是有的。他们一家子人,围着饭桌坐着,在日光灯底下,刚擦洗过的地面泛着清冷的光。

有时候,饭是吃得冷清了些,都不太说话,偶尔大老郑会搭讪两句,女人坐在一旁静静地笑。有时却正好相反,许是喝了点酒的缘故吧,气氛就活跃了起来。老二敲着竹筷唱起了歌,他唱得哩哩啦啦的,不成腔调,女人抿嘴一乐道,是喝多了吧?

老三说,别理他,他一会儿就好了。

两人都愣了一下,可不是,话就这么接上了,连他们自己都不提防。郑家几个兄弟都是老实人,他们对她始终是淡淡的,淡不是冷淡,而是害羞和难堪。就比如说她姓章,可是怎么称呼呢,又不能叫嫂子或姐姐的,于是就叫一声"哎"吧,"哎"了以后再笑笑。

女人很聪明,许是看出我们的态度有点睥睨,所以轻易不出门的。白天她一个人在家,她把衣服洗了,饭做了,卫生打扫了,就坐在沙发上嗑嗑瓜子,看看电视。看见我们,照例会笑笑,抬一下身子,并不多说什么。从她进驻的那一天起,这屋子就变了,新添了沙发、茶几、电视……她还养了一只猫,秋天的下午,猫躺在门洞里睡着了,下午三四点钟的太阳照下来,使整个屋子洋溢着动物皮毛一样的温暖。

有一次,我看见她在织手套,枣红色的,手形小巧而精致,就问,给谁的?织给儿子的吗?她笑道,儿子的手会有这么大?是老四的。她放下手里的活儿,找来织好的那一只放在我手上比试一下,说,我估计差不多,不会小吧?

　　几个弟弟中,她是最疼老四的,老四嘴巴甜,又不明事理,有一次就喊她做"姐姐"了,她愣了一下。一旁的老二老三对了对眼色,竟笑了。没人的时候,老四会告诉她莆田的一些事情,他的嫂子,两个侄儿。她们镇上,很多人家都住上小楼了,她就问,那你家呢? 老四说,暂时还没有,不过也快了。

　　她又问,你嫂子漂亮吗? 这个让老四为难了,他低着头,把手伸进脖颈处够了够,说,反正是,挺胖的。她就笑了。

　　她并不太多问什么的,说了一会儿话,就差老四回房,看看他二哥三哥可在,老四把头贴在窗玻璃上说,你待会儿来打扫吧,他们在睡觉。她笑道,谁说我要打扫,我要洗被子,顺带把你们的一块洗了。

　　她虽是个乡下人,却是极爱干净的,和几个兄弟又都处得不错,平时帮衬着替他们做点事情。她说,我就想着,他们挺不容易的,到这千儿八百里的地方来,也没个亲戚朋友的,也没个女人。说着就笑了起来。她的性格是有点淡的,不太爱说话,可是即便一个人在房间里坐着,房间里也到处都是她的气息。就像是,她把房间给撑起来了,她大了,房间小了。

　　也真是奇怪,原来我们看见的散沙一样的四个男人,从她住进来不久,就不见了,他们被她身上一种奇怪的东西统领着,服从了,慢慢成了一个整体。有一次,我母亲叹道,屋里有个女人,到底不一样,这就像个家了。

　　而在这个家里,她并不是自觉的,就扮演了她所能扮演的一切角色——妻子,母亲,佣工,女主人……而她,不过是大老郑的萍水相逢的女人。

　　她和大老郑算得上是恩爱了。也说不上哪儿恩爱,在他们居家过日子的生活里,一切都是平平常常的,不过是在一间屋子里吃饭,睡觉。得空大老郑就回来看看,也没什么要紧事,就是陪陪她,一起说说话。她坐在床上,他坐在床对面的沙发上,门也不关。门一不关,大方就出来了,就像夫妻了。

　　慢慢地,我们也把她当做大老郑的妻子,竟忘了莆田的那个。我们说话又总是很小心,生怕伤了她。只有一次,莆田的那个来信了,我奶奶对大老郑笑道,信上说什么了? 是不是盼着你回去呢? 我母亲咳嗽了一声,我奶奶立刻意识到了,讪讪的,很难为情了。女人像是没听见似的,微笑着坐在灯影里,相当安静地削苹果给我们吃。

　　也许我们不会意识到,时间怎样纠正了我们,半年过去了,我们接受了这女人,并喜欢上了她。我们对她是不敢有一点猜想的,仿佛这样就亵渎了她。我母亲曾戏称他们叫"野鸳鸯"的,她说,她待他好,不过是贪图他那点钱。后来,我母亲就不说了,因为这话没意思透了,在流水一样平淡的日子里,我们看见,这对男女是爱着的。

　　他们爱得很安静,也许他们是不作兴海誓山盟的那一类,经历了很多事情了,都不天真了。往往是晚饭后,如果天不很冷的话,他们就出去走走,我母亲打趣道,还轧马路,怎么跟年轻人似的? 他们就笑笑,女人把围巾挂在大老郑的脖子上,又把他的衣领立起来。有时候他们也会带上老四,老四在院子外玩陀螺,他一边抽着陀螺,一边就跟着他们走远了。

　　或有碰上他们不出去的,我们两家依旧是要聊聊天的,说一说天气,饭食,时政。老二倚在门口,说了一句笑话,我们便"喷"的一声笑了,也是赶巧了,这时候从隔壁的房间里传来了一声清亮的笛音,试探性的,断断续续的。女人说,老三又在吹笛子了。我们便屏住了声息,老三吹得不很熟练,然而听得出来,这是一首忧伤的调子,在寒夜的上空,像云雾一样静静地升起来了。

我家的院子似乎又恢复了从前的样子,甚至比从前还要好的。一个有月亮光的晚上,人们寒缩,久长,温暖。静静地坐在屋子里,知道另一间屋子里有一个女人,她坐在沙发上织毛线衣,猫蜷在她脚下睡着了。冬夜是如此清冷,然而她给我们带来了一种岁月悠长的东西,这东西是安稳,齐整,像冬天里人嘴里哈出来的一口热气,虽然它不久就要冷了,可是那一瞬间,它在着。

她坐在哪儿,哪儿就有小火炉的暖香,烘烘的木的气味,整间屋子地弥漫着,然而我们真的要睡了。

有一阵子,我母亲很为他们忧虑,她说,这一对露水夫妻,好成这样子,总得有个结果吧？然而他们却不像有"结果"的样子,看上去,他们是把一天当做一生来过的,所以很沉着,一点都不着急。冬天的午后,我们照例是要午睡的,这一对却坐在门沿里,男人在削竹片,女人搬个矮凳坐在他身后,她把毛线团高高地举起来,逗猫玩。猫爬到她身上去了,她跳起来,一路小跑着,且回头"喵喵"地叫唤着,笑着。

这时候,她身上的孩子气就出来了,非常生动的,俏皮的,像一个可爱的姑娘。她年纪并不大,顶多有二十七八岁吧。有时候她把眼睛抬一抬,眼风里是有那么一点活泼的东西的。背着许多人,她在大老郑面前,未尝就不是个活色生香的女人。

逢着这时候,大老郑是会笑的,他看她的眼神很奇怪,是一个男人对女人的,又是一个长者对孩子的,他说,你就不能安静会儿？

她重新踅回来坐在他身后,或许是拿手指戳他的腰。他回过头来笑道,你干什么？她说,没干什么。他们不时地总要打量上几眼,笑笑,不说什么,又埋头干活了。看得多了,她就会说,你傻不傻？大老郑笑道,傻。

这时候,轮着他做小孩子了,她像个长者。

三

第二年开春,院子里来了一个男人。这男人大约有四十来岁吧,一身乡下人的打扮,穿着藏青裤子,解放鞋。许是早春时节,天嫌冷了些,他的对襟棉袄还未脱身,袖口又短,穿在身上使他整个人变得寒缩,紧张。

按说,我们也算是见过一些乡下人的,有的甚至比他穿得还要随便,不讲究的,但没有像他这样邋遢、落伍的……他又是一副浑然无知的样子,看上去既愚钝又迂腐,像对一切都要服从,都能妥协的。那些年,我们这里的乡下人也多有活络的,部分时髦人物甚至胆敢到城里来做买卖的,开口闭口就谈钱,经济、回扣,十足见过世面的样子。可这个男人不是,看得出来,他是属于土地的,他固守在那里,摆弄摆弄庄稼……这大概是他第一次进城吧。

他像是要找人的样子,有点怯生生的,先是站在我家院门外略张了张,待进不进的。手里又攥着一张皱巴巴的纸条,不时地朝门牌上对照着。那天是星期天,院子里没什么人,吃完了午饭,大老郑携女人逛街去了,其余的人,或有出去办事的,到澡堂洗澡的,串门的……因此只剩下我和母亲在太阳底下闲坐着,老四和我弟弟伏在地上打玻璃球。

这时候,我们就看见了他,生涩地笑着,瑟缩而谦卑,仿佛怕得罪谁似的。我母亲因勾头问道,你找谁?他低下头,微微弯着身子,把手抄进衣袖里说道,我来找我的女人。我母亲说,你女人叫什么?并向他招招手,他满怀感激地就进来了,轻声说了一个名字,我母亲扭头看了我一眼,噢了一声。

他要找的是大老郑的女人,这就是说,他是女人的前夫了?

我们再也不会想到,这辈子会见到女人的前夫,因此都细细地打量起他来。他长得还算结实,一张红膛脸,五官怕比大老郑还要精致些,只是肤质粗糙,明显能看出风吹日晒的痕迹,那痕迹里有尘土,暴阳,田间劳作的种种辛苦……也不知为什么,这乡下人身上的辛苦是如此多而且沉重,仿佛我们就看见似的,其实也没有。

他一个人站在我家的院子里,孤零零的,显得那样的小,而且苍茫。春天的太阳底下,我们吃饱了饭,温暖,麻木,昏沉,然而看见他,心却一凛,陡地醒过来了。我母亲说,要么,你就等等?他笑笑。我母亲示意我进屋搬个凳子出来,等我把凳子搬出来时,他已贴着墙壁蹲下了,从怀里取出烟斗,在水泥地上磕了磕。

无庸讳言,我们对他是有一点好奇的。就比如说,我们不知道他为什么来找女人,是想重修旧好吗?他们现在还有密切的联系吗?他们又是怎么离的婚?我们对女人是一点都不了解的,只知道她的好,他也是好的……可是两个好人,怎么就不能安安生生地过日子呢?

起先,他是很拘谨的,不太说什么。可是也就一袋烟的工夫,他就和我母亲聊上了。原来,他是极爱说话的,他说话的时候有一种沉稳又活泼的声色,使我们稍稍有些惊诧,又觉得他是可爱的。他说起田里的收成,他家的一头母猪和五头小猪,屋后的树……总之加起来,扣除税和村上的提留,他一年也能挣个几百块钱呢!不过,他又叹道,也没用处,这几百块钱得分开八瓣子用,买化肥和农药,孩子的书学费,他寡母的医药费……所以,手里不但落不下什么钱,反倒欠了些债。

我母亲说,这如何是好呢?

他没有答话,把手伸进腋窝里挠了几下,拿出来嗅嗅,就又说起他们村上,有两家万元户的,他们凭什么?不就因着手里有点余钱,承包个果园,鱼塘……他哼了一声,看得出有点不屑了。他们丢了田,他咕哝道,天要罚的。他说这话时有一种平静的声气,很忧伤,而且悲苦。

我母亲打趣道,依我看,你要解放思路,那田不种也罢。

他打量了我母亲一眼,瓮声瓮气说道,种田好。

我母亲笑道,怎么好了?种田你就当不上万元户。

他的脸都涨红了,急忙申辩道,种田踏实。自从盘古开天以来,哪有农民不种田的。你倒跟我说说!也就是这些年——可这些年怎么了,他一下子又说不出来了——再说,我不当万元户,也照样有饭吃,有衣穿,也能住上新瓦房。不过——他想了想,把手肘压在膝盖上,突然羞涩地笑了。他承认道,造瓦房的钱主要是女人的,她在城里当干部,每月总能挣个三四百,够得上他半年的收入了。

我们都愣了一下,我母亲疑惑道,当干部?当什么干部?我一个月都挣不了三四百,问问这城里,除了做生意的——再说,不是离婚了吗?

离婚？他扶着膝盖站起来了,睁大眼睛说道,你听谁说的?

看他那眉目神情,我们都有点明白了,也许……我们应该怀疑了,什么地方出问题了,我们被蒙蔽了。他不是女人的前夫,他是她的男人。我母亲朝我努努嘴,示意我把老四和弟弟领到院外去,她又笑道,瞧我说的这是哪门子胡话,因不常见着你,小章又一个人住,就以为你们是离了婚的。

男人委屈地叫道,她不让我来呀。再说了,家前屋后的也离不开人,要不是细伢子的书学费……这不,都欠了一个月了。老师下最后通牒了,说是再不交就甭上学了。也是赶巧了,那天二顺子进城,在这门口看见了她,要不我哪儿找她去?

他絮絮地说着,抱怨起这些年他的生活,又当爹又当妈的,家也不像家了,但凡手里宽绰些,他也不会放她出来。当什么干部?他哧的一声笑了,我还不知道她那点能耐?双手捧不动四两的,也就混在棉织厂,当个临时组长罢了。

我和母亲面面相觑。面粉厂,棉织厂,人民剧场卖葵花子……这么一说,都是假的了。我母亲且不敢声张,又拐弯抹角地问了他一些别的。总之,事情渐趋明朗了,它被撕开了面纱,朝我们最不愿意看到的那个方向转弯了。

男人一说竟滑了嘴,收不住了。那天晌午,我们耳旁嗡嗡的全是他的声音。那是怎样的声音啊……一说起他的婆娘,他显得那样的啰嗦,亲切而且忧伤。他时常想她吗?夜深人静的时候,他是否常常就醒过来,看窗格子外的一轮月亮。一天中难得有这样的时刻,能静下来想点事情吧?白天下田劳作,晚上锅前灶后地忙碌,一年年地,他侍候老母,抚养幼子……这简直要了他的命!他的女人在哪儿?这当儿,她也睡了吧?一想起她在床上的熊样了,他就想笑。想得要命。她是顾家的,哪次回来没给他捎上好的烟叶,给儿子买各式玩具,给婆婆带几样药品?可他不如意,也不知为什么,有时简直想哭。他就想着,等日子好了,他要把她接回来,安派她做分内的事,让家里重新燃起油烟气。

呵,让家里燃起油烟气。那一刻,他坐在正午的太阳底下,慢慢地眯起了眼睛。

他停顿了一下,许是说累了,不愿再说下去了。在那空旷的正午,满地白金的太阳影子,我家的院子突然变得大了,听不到一点声音,人身上要出汗了——再也没有比这更寂寞荒凉的一瞬间,我们一点点地沉了下去,在太阳地里坐得久了,猛地抬起头来,阳光变成黑色的了。

丈夫最终没能等来他的女人,他兴高采烈地回去了。他知道,隔几天他的女人就会把工资如数上交,他要用这笔钱给细伢子交学杂费。他又从门沿里拖出半袋米,托我们转交,说,这是好米,在城里能卖不少的价钱呢,留着她吃吧;我们在家里的,能省些则省些。

女人是在晚上才回的家,她跟在大老郑的后头,手里提着大包小包的。我母亲趋前问道,都买了什么?大老郑笑道,随便给她买了些衣服。女人立在床头,把东西一样样地抖出来,皮鞋,衣裙……又把一件衣料放在膀子上比试一下,问我母亲道,也不知好看不好看?我就嫌它太花哨了,都是他主张要买。大老郑笑道,这几样当中,我就看中这一件,花色好,穿上去人会显得俏丽。

平心而论,女人的做派和先前没什么两样,可是我们都看出一些别的来了。就比如说她是细长眼睛,大老郑说话的当儿,她把眼睛稍稍往上一抬,慢慢地,又像是不经意地……反正我是怎么也描述不出来，学不出来的——就这么一抬，我母亲拿手肘抵抵我，耳语道，真像。

原来，我母亲早就听人说过，我们城里有两类卖春的妇女，说起来这都是广州发廊以后的事了。就有一次，有人指着沿街走过的一个女子，告诉她说这是做"那营生"的。那真是天仙似的一个人物，我母亲后来说，年轻且不论，光那打扮我们城里就没见过。我母亲因问道，不是本地人吧？那人淡淡笑道，哪有本地人在本地做生意的？她们敢吗？人有脸，树有皮，再不济也得给亲戚朋友留点颜面，万一做兄弟、叔伯身上怎么办？

还有一类倒真是我们本地人，像大老郑的女人，操的是半良半娼的职业。对于类似的说法，我母亲一向是不信的，以为是谣言，她的理由是，良就是良，娼就是娼，哪有两边都沾着的？殊不知，这一类的妇女在我们小城竟是有一些的，她们大多是乡下人，又都结过婚，有家室，因此不愿背井离乡。

这类妇女做的多是外地人的生意，她们原本善良，或因家境贫寒，在乡下又手不缚鸡，吃不了苦，耐不了劳；或有是贪图富贵享乐的，也有因家庭不和而离家出走的……凡此种种，不一而足。她们找的多是一些未带家眷的生意人，手里总还有点钱，又老实持重，不寒碜，长得又过得去，天长日久，渐渐生了情意，恋爱上了。

她们用一个妇人该有的细心、整洁和勤快，慰藉这些身在异乡的游子，给他们洗衣做饭，陪他们说话；在他们愁苦的时候，给他们安慰，逗他们开心，替他们谋划；在他们想女人的时候，给他们身体；想家的时候，给他们制造一个临时的安乐窝……她们几乎是全方位地付出，而这，不过是一个妇人性情里该有的，于她们是本色。她们于其中虽是得了报酬的，却也是两情相悦的。

若是脾性合不来了，那自然很快分手了，丝毫不觉得可惜；若是感情好的，那男人最终又要回去的，难免就有麻烦了，总会痛哭几场，缠绵难分，互留了信物，相约日后再见的。不过真走了，也慢慢好了，人总得活下去吧？隔一些日子，待感情慢慢地平淡了，她们就又相中了一个男子，和他一起过日子去了。

做这一路营生的妇人，多由媒人介绍来的，据说和一般的相亲没什么两样，看上两眼，互相满意了，就随主顾一起走了。而这一类的妇人，天性里有一些东西是异于常人的，就比如说，她们多情，很容易就怜惜了一个男子；她们或许是念旧的，但绝不痴情。她们是能生生不息，换不同男子爱着的……或许，这不是职业习性造就的，而是天性。

和我们一样，她们也瞧不起娼妓，大老郑的女人就说过，那多脏，下流呀！而且，也不卫生。她吃吃地笑起来。那是早些时候，她的"前夫"还未出现。她们和娼妓相比，自然是有区别的，和一般妇女比呢，就有点说不清楚了。照我看来，唯一的区别就在于，在通过恋爱或婚嫁改善境遇方面，她们是说在明处的，而普通妇女是做在暗处的。因此，她们是更爽利、坦白的一类人，值不值得尊敬是另一说了。

我们家对过，有一户姓冯人家的老太太，我们都唤做冯奶奶的，最是个开朗通达的人物。长得又好，皮肤白，头发也白，夏天若是穿上一身白府绸衣褂，真是跟雪人一般。这老太太是颇有点见识的，大概因她儿子在监察局做局长、女儿在人民医院做护士长的缘故吧，她说起天文地理来，那是能让人震一震的。常常是坐在自家门口剥毛豆来，隔着一条马路就朝我奶奶喊过来，你家今天吃什么？两个老太太一递一声地说着话，末了她端着一个竹筐子，一路颠颠地就跑过来了。看见我，就笑道，阿大下学堂了？看见我弟弟，就说，小二子，今天挨没挨先生批？她是很得人缘的一个，凡是认识她的没有不尊敬她的。她的风流事在我们这一带是传遍了的，年轻时因男人跑台湾，单单丢下她娘儿三个，两张嗷嗷待哺的嘴，怎么活呀？就找相好呗，也不知找了多少个，才把这两个孩子拉扯大，出息了，成家了。倘若有人跟她做媒，她大凡是回绝的，说的是，她男人一天不死，她就要等他回来。有人背地里取笑她，这叫什么等？比她男人在时还快活。无论如何，她是抚养了两个孩子，不是含辛茹苦，而是快快乐乐。

我们无论如何也说不清，在大老郑的女人和冯奶奶之间，到底有何不同，可是我们能谅解冯奶奶，而不能谅解大老郑的女人。我母亲很快下逐客令，当天晚上，她就找大老郑过来摊牌了，大老郑如实招供，和我们了解的情况没什么出入，不过他说，她是个好人。我母亲通情达理地说，我知道。你也是好人，可是这跟好人坏人没关系，我们是体面人家，要面子，别的都好说，单是这方面……你不要让我太为难。

我母亲又说，你是生意人，凡事得有个分寸，别让外人把你的家底给扒光了。大老郑难堪地笑着，隔了一会儿，他搓搓手道，这个，我其实是明白的。

大老郑携女人走了，为眼不见心不烦，我母亲让他的几个兄弟也跟着一起走了。从那以后，我们再也没见过他们，也没听到过他们的任何讯息了。

这一晃，已是十五年过去了，我们也不知道，大老郑和他的女人，他们过得还好吗？他们是不是早分开了？各自回家了？在他们离开院子的最初几个年头，每到夏天，我们乘凉的时候，或是冬天，我们早早缩在被子里取暖的时候，就会想起他们，那是怎样安宁纯朴的时光啊，像我们幻想中的莆田的竹林，在月光底下发出静谧的光……现在，它已经遥不可及了，或许，它压根儿就没存在过？

而这些年来，我们小城是一步步往前走着的，这其中也不知发生了多少事。有一次，我父亲因想起他们，就笑道，这叫怎么说呢，卖笑能卖到这种分上，还搭进了一点感情，好歹是小城特色吧，也算古风未泯。我母亲则说，也不一定，卖身就是卖身，弄到最后把感情也卖了，可见比娼妓还不如。

唉，这些事谁能说得好呢，我们也就私下里瞎议论罢了。

（原载 2003 年《人民文学》第 4 期）

那儿

曹征路

一

开头很简单。

某天，半夜两点多了，霓虹灯下的哨兵杜月梅杜师傅顺着工人新村的小马路朝家走，走到公用自来水龙头拐弯的地方,冷不丁蹿出一条狗来。杜月梅妈呀叫了一声,那狗回头看看,也汪汪狂吠两下,然后就往工人东村方向去了。可就是这两声,把杜月梅吓瘫了,站不起来了。开头她还想爬回家的,她不想叫别人看见。但水龙头那儿结冰了,加上害怕和委屈,她居然爬不上台阶。绝望之中她只好喊救命。深更半夜的,惊动了很多邻居,出来好多人看热闹。一看,杜月梅把裙子都尿湿了,就七嘴八舌埋怨,说天寒地冻地你穿什么裙子呀?你他妈的找死啊?

杜师傅是那样一种人,每天早晨六七点就推着一辆小车,上头装着几个暖瓶,几袋面包蛋糕,穿白大褂戴大口罩满大街吆喝:珍珠奶茶,热的!珍珠奶茶,热的!而到了夜里却换上一身时装,浓妆艳抹,十分青春地去霓虹灯下做哨兵。逮住一个可疑分子就笑:先生洗头不洗?不洗?敲敲背吧,舒服,小费才一百!当然这种情形也不常有,主要是缺钱花的时候。干这事瞒得了一时瞒不了永远,谁都知道,可谁也帮不了她。她太穷,太需要钱,也太要强了。

人们把杜月梅抬回家再一看,见一脸的脂粉已经千沟万壑被泪水冲得不成样子了。他们这才知道夹住臭嘴,男的摇头叹气离开了,只剩下些妇女,有几个老娘们还抹起了眼泪。杜月梅捶着床哇哇大哭,说我们家小改后天就开刀了!我要有一点法子我都不会去的呀,我没法子啊!

开头就是这样,小事一桩,可后来居然也弄出七荤八素来。谁都没有想到。

所谓的工人新村其实并不新,只是顺着睡女山搭建的工人宿舍,东边的叫东村,西边的叫西村,中间的叫新村,随便取个名字而已。平时也都三号妈四号妈地叫着,其实全都是矿机厂工人,谁还不了解谁呀。所以到天亮的时候,角角落落都已经传遍了,都在叹息杜月梅命苦,都在骂那只缺德带冒烟的恶狗。

在我们那个地方,邻里纠纷吵嘴打架的事天天都有,但在这样的问题上人们不会有第二种看法。原因很简单,生活越来越难了。生活越难人们对领导的怨气也就越大,这也是常识。这样到了中午,住东村的小舅已经知道了事情的全过程。尽管小舅只是个破工会主席,但大小也是个厂领导(别的领导早搬走了,他算是坚持到了最后),何况那条狗就是他们家的罗蒂。这样他就不得不做出反应。

小舅经过怎样的思考不得而知,反正到了晚上,他趁月月在里屋看电视剧,跟着韩国美女抹眼泪的时候,把罗蒂牵到外头拿一只塑料编织袋套住,然后扛到西村跑个体运输的丁师傅家里,让丁师傅连夜开车出发,拉到两百公里外的芜城才放了生。

此后那几天,小舅就跟傻了似的整日发呆,一天总有五六个小时站在家门口,望着厂区沉默不语,叫他吃就吃一口,不叫他他就那么站着。厂区还有什么可看的?荒草,斜阳,铁疙瘩?小舅妈那几天也在气头上,也不愿管他。那几天的气氛确实不太好。

那条狗叫罗蒂,是条真正的好狗。让它代人受过实在有点不公平。

为了好狗罗蒂,月月跟我哭过两回了。说,捏不住鼻子揪耳朵,算什么本事啊?你心里有气你就怨我们罗蒂啊?

月月是我表妹,在集贤街开鞋店的,别看她读书不行,做生意绝对一流,她要有机会准能当上大老板。她是我们家的先进生产力。可她毕竟是个女孩,犟不过小舅。犟不过就一直哭,一直哭。

罗蒂是在很小很小就跟上月月的。说来也是有缘,考不上大学的月月有一天正无聊着闲逛着,罗蒂就来咬她裤脚,月月到哪它就跟到哪,躲都躲不开。月月回到家,罗蒂就跟到家,趴在门槛上,眼睛直眨直眨。后来月月给它一点水喝,一点馒头吃,它吃了喝了就爬到一个鞋盒子里睡下了,比人都乖。再后来,月月受到罗蒂的启发就开始卖鞋了,而且越卖越多,成了老板。罗蒂也就跟着越长越大,越长越漂亮。罗蒂的名字是这样来的:这小东西别看它平时不吭不哈,可一旦叫起来嗓门特别洪亮饱满,比那些大狗都厉害。我那时候非常崇拜帕瓦罗蒂,我就主张叫帕瓦罗蒂。月月说,万一它长出一脸脏兮兮的大胡子怎么办?就简称罗蒂吧。罗蒂长到八个月的时候,有个宠物贩子找到月月,愿意出三千块买它,磨了好几天。那月月就能干了吗?月月说你问它自己答应不答应。罗蒂就冲宠物贩子吼了一嗓子,那小子一屁股就坐下地了。后来那小子才说出来,这是一条纯种德国黑背,说跟着你们可惜了。月月说放你妈的屁。而罗蒂自从明确了身份,就越发显得优雅高贵,它目光深沉,神态安详,轻易不做声,可一旦发起威来没有哪条狗敢靠近。特别是罗蒂那身毛皮,黑缎子一样,油乎乎的,闪闪发亮,谁见了都想摸一把,只是不敢。还有罗蒂的额头,在眼睛上方长着两个白点,像黑夜里的星星,显得特别机警。总之那是一种无法言说的世外高人游侠武士派头,无与伦比。罗蒂好像对什么都满不在乎,只在乎月月。在外面如果月月不发话,任何美味佳肴是休想引诱罗蒂的,它看都不会多看一眼。月月如果说那就吃一点吧,它才会慢腾腾地踱过去,用湿漉漉的鼻子嗅嗅,吃上一点,然后又很快回到月月身边。大多数时候它就蹲在月月身后,成了她的贴身保镖。月月长得不算太漂亮,可她个头高皮肤白,穿的又时髦,在集贤街那种地方自然也是少不了骚扰的。所以有了罗蒂,家里也都放心些。可罗蒂万万没有想到,是月月的老爸骗了它,把它骗进了麻袋。毕竟罗蒂是条狗,不像人那么狡猾。

也是该着罗蒂倒霉,那天月月的鞋铺关门才七点多钟,不知怎么就心血来潮想去看一个老同学,这样就到了湖边。那一带都是高尚住宅,自然养狗的人家就多。有一只花皮的母狗见了罗蒂,多老远就把屁股撅起来。开头罗蒂还不为所动,守在人家门口等着月月。后来月月回来时,那只花皮狗就一直跟着,而罗蒂也显得焦躁不安,跑几步就回头看看,又瞧着月月呜呜地叫。这样月月就笑了,说我早就知道你花心了,说你想去你就去吧,记着早点回家。于是罗蒂就领着花皮,不知到哪狂欢了几个小时。于是就发生了深夜吓着杜师傅的事。

其实真正吓着的是我小舅。

那天,刮了一夜的风,还夹着冰雹。晚黑还挺来劲,风硬硬的,冰尖尖的,电线嘘嘘的,要吃人的样子,可到早晨就化了。那天小舅只讲了一句话:终于下下来了。这话是什么意思?谁也猜不透。也许指的是暖冬,该下又不下。也许什么意思都没有。总之,那天小舅站门口看了半天,然后摔上门就走了。

另外在走之前,他和外婆还有几句对话:他说雪化了。外婆说雪化了好。他说外面不冷。外婆说不冷好。他说天暖和穷人就好过了。外婆说穷人好。他说妈,你好生躺着不要下床。外婆说好,好。

这些话是什么意思?雪早就化完了,哪儿哪儿都现了原形,坑坑洼洼,垃圾遍地,还有破鞋烂纸,一踩一腿泥。要是雪不化表面上还能好看一点,还能平整一点,心里也能素净一点。另外,人穷人富跟天气有什么关系?难道连一床被子都没有的人才能算上穷人?总之他是烦透了,糊涂了。

我妈来电话时我们报社正在传达文件,内容是关于正确掌握突发事件的宣传口径。有人进来说我们楼顶上有一个民工好像要表演跳楼秀,警察已经把这一带封锁了。就在这时我妈来电话说小舅离家出走了。

当时会场就如一幅潦草的铅笔画,主编那张脸比擦脏的橡皮还难看。我的注意力肯定也在跳楼秀上,没怎么在意这事。我看见楼下有人正在给民工加油:跳啊跳啊,想跳就快跳啊,昭仓都跳下来了,你狗日的怎么还不跳?可是警察很快就拿来了充气垫。接着电视转播车也来了,主持人扔掉大衣就开讲,一阵风把她的裙子掀翻过来,露出了里头的红毛线裤。结果那哥们错过了时机,又不跳了,楼上楼下全都白为他激动一回。后来我们分析,那小子不是真想死,想死他早就跳了,不用等警察。他不过是想讨回三个月工资,三个月也才七百块,想想也不值。于是我们十分悲愤,感到这年头实在没劲,连跳楼都学会造假了。

后来才记起我妈来过电话,说小舅失踪了。我小舅不是小孩子了,过年就五十的人了,这情况怎么说也有点严重。我妈责备我,出了这么大的事你也不说一声?小舅从前对你那么好,你良心叫狗吃了?又问:他们也没怎么大吵,怎么说走就走了呢?怎么走了连电话都不打一个呢?这样的连珠炮显然多余,谁也无法回答。既然是真想离家出走他就不会通知你,既然不通知你他就是不希望你知道,小舅可不是个能造假的人。

我听见手机里小舅妈在那头哭喊:这回你们信了吧?这是他的灵魂大暴露!小舅妈不识几个字,可有一嘴电视剧词汇,一见电视里有第三者就联想丰富义愤填膺。小舅和杜月梅究竟有没有关系谁都说不清,他们那代人在爱情上多多少少都有一点奇怪。依我看他们是没有,否则杜月梅就不会去做那种事。如今下岗女工靠上一个拉边套的并不稀奇,毕竟活下去是第一位的,毕竟比当霓虹灯下的哨兵强。稀奇的是小舅竟然也玩起离家出走了,这倒是闹出了新意。

然后就是数日不归,也没有任何消息。

我妈天天晚上和小舅妈通电话,了解最新动态。但每次说到后来小舅妈就来气,总要强调指出:就是因为罗蒂!罗蒂咬了那个婊子,他心疼了!

然后我妈就骂她,说你昏头了你!这话也能随便说的吗?

在我们那个地方,如今看法已经变了。下岗工人越来越多,人人都有亲戚朋友,骂婊子,被视为不凭良心。你可以骂小姐,可不能骂婊子。小姐都是外来的,她们年轻,一般都在娱乐场所坐台等候顾客上门。而这样的岗位下岗女工是很难参与竞争的,她们只好在霓虹灯下晃来晃去,打一枪换一个地方。谁家没有老婆孩子啊,谁家没有七灾八难啊,谁还不是为了混口饭吃啊?谁又敢保证自己没有那一天呢?所以她们是被划入好人行列的,她们是没法子才去当哨兵的。至于说小舅是因为心疼杜月梅才离家出走,这话就更加离谱了。所以我妈也每每坚决予以反击,我妈说:弟妹你这话就说岔了,朱卫国对你怎么样你自己心里还能没数吗?几十年夫妻了你这点良心都没有吗?现在人都失踪几天了,你不去找人你还说这种屁话!劈头盖脸一顿臭骂,小舅妈才不敢吭了。其实小舅妈也是个老实人,她也是心里急,说话才不着四六的。

放下电话我妈就流泪了,说:你小舅是心里有事啊,他心里苦又不愿意说啊,他心事太重啊。父亲只好过来劝,说这年头谁没有心事,心事重又能解决什么问题?父亲及时提议把外婆接回来住,说这样小舅妈也用不着一心挂着两头,咱们也可以表现表现。于是我妈这才好过了一点点,商量着天一亮就去接外婆。而我心里想的是,小舅那样的人,怎么会为这点破事想不开呢?为一条狗?

我这样说当然是有为罗蒂抱不平的意思,可这毕竟是年轻人的看法。这点看法在父亲母亲、在小舅舅妈、在矿山机械厂几千名下岗职工看来简直太微不足道了。好人都快活不下去了,都在干那事了,你们还养狗?还放狗出来咬人?他们就是这么看的。所以小舅把罗蒂放生其实还是爱护它。要是留在家里迟早叫人砸死。所以小舅妈再有气也不敢到外头去说。所以月月要死要活要跟她爸拼命也不过是闹腾两天而已。大家冷静下来,都明白当务之急还得把小舅找回来。

可上哪去找呢?该汇报的汇报了,该报案的报过了,谁也不知他上哪了。最后只剩下领导说的那句话:再等等,再等等。

那天我们并没有把外婆接回来。外婆死活不愿下床,她说,躺着好,大头说躺着好。大头是小舅的小名,大头说过的话就是真理,她就听大头的。我妈把舌条都磨短了,气得眼睛水直喷,等于零。

外婆说好,好,就是不肯下床。你要来硬的,她就哇哇直叫,杀猪的样。

外婆的老年痴呆症其实并不严重。你要跟她聊天,她都能明白你的意思,只是她的反应是一律的好好。你说下雨了她就说下雨好,你说吃饭了她就说吃饭好,你说死人了她就说死人好,她是我们家的好好主义者。清醒的时候她还会唱歌:英——特——纳雄——那——儿就一定要实现……

我们说是英特那雄耐尔,不是那儿。她说就是那儿,那儿好!一点办法没有。

对于小舅的失踪,她也说好。好,大头是去那儿了,那儿好!

母亲流着泪说:你可不敢瞎说啊妈,不吉利啊。

外婆说,不吉利好,那儿好!

二

回到家我妈一直难过,心口痛。父亲就劝,说老太太是有心灵感应的,她是要在床上等儿子回来呢,还举例说明谁谁家出过的怪事,以证明心灵感应确实是存在的。其实父亲是学理工的,这时也不得不装神弄鬼让我妈睡一会儿。

其实我妈气的是外婆,她对外婆偏爱小儿子一直心存不满。我外公去世早,两个大姨嫁人也早,从前一个家庭的全部重担早早就落在了我妈身上。她做出了巨大牺牲,自认为是家庭的功臣,甚至直到小舅插队回来结婚以后她才松下一口气。可外婆就是和她不亲,就是愿意和小舅过,一点法子都没有。这让母亲觉得很委屈,小舅讲什么外婆都说好,小舅至今住平房也说好,没有厕所也说好,她觉得她把心操烂了外婆也不心疼。我知道她心里最气的是这个,对小舅的事她还没绝望。只是这些琐事在我们这一代人看来,简直太可笑了。

我曾经问过母亲:小舅小时候是不是特别可爱?外婆是不是一直沉浸在过去的快乐里?母亲说才不是呢,你小舅从前特别淘,在家老挨打,上学老挨罚,天天站墙根,是个出了名的逃学大王。你外婆是有病才那样的!

说起来也确实奇怪,小舅是个天才的技工,车钳锻铆焊没一样不精通,年年是厂里的技术能手,可小时候居然也不爱上学,看见书就头痛。小舅说,那时候老师负责任,要是一天不给我板栗子吃(敲脑壳),老师就会觉得那一天没干活,缺了点什么。他说,小时候我耳朵天天都是红的,是让你外婆揪的,还是你妈最疼我,经常给我揉揉。

那时,小舅最爱做的事就是看人家打铁,他看见人家风箱一拉炉口火头一蹿,就浑身发热,血往外直喷,魂都不在身上了。他十来岁就学会给刀口淬火,能做出像样的锻工活。他说他有了这个手艺下乡插队也没吃过苦,他打的镰刀锄头在那一个县都很有名气。

小舅十五岁下乡,十九岁回城,招工单位就是外公干了一辈子的矿山机械厂。谁也没料到,进厂的第二年小舅就出了大名。那年江南造船厂在维修一条外国客轮时遇到了麻烦:有一种推八的铁楔要求手工砸进榫槽里,但作业的场地是个半人高的圆筒,大锤抡不开,小榔头又力量不够,而且铁楔必须一次到位,否则就报废了。这下可难坏了造船厂,没法子就向我们矿机厂求援。矿机厂就找老师傅们开会,问谁会打"腰锤"?老师傅说,现在什么都靠机械靠设备,这种手艺早就失传多年了。二十四磅的大榔头抡起来不能超过头顶,而且砸下去要准确够劲,谁都没把握。厂长说,这么个小问题咱都解决不了呀?咱矿机厂的脸叫你们丢尽了。还八级工呢,狗屎!

其实这问题并不小,人猫着腰,还得使那么大的榔头抡圆了砸,今天谁有这本事?这时小舅跑进来说,他愿意试试,他说他在乡下打过"腰锤"。老师傅们全都不信,说你小狗日的老鼠舔猫×呀,你知道虾子从哪头放屁呀?小舅不服,嘴巴又讲不清,只能犟着脑袋小声嘀咕:试试呗,不信就试试呗,连试都不叫试呀?这样就答应叫他试试,不试不知道虾子从哪头放屁。

厂里模拟了一个半人高的现场,新领了一把二十四磅大锤,砸核桃。要求是,核桃扔到哪榔头砸到哪,一锤下去核桃拍死,只准流油不准见碎壳。玩过榔头的人都知道,榔头不过顶就意味着重力不垂直,而榔头围着腰甩出弧线又不能见碎壳就必须做到正面落下,既准又狠一锤到位。这不光要技巧,更要一把好力气。那天的结果一些老师傅至今不忘,说是眼珠子都掉下地了:十几颗核桃砸完,居然四周找不到一粒碎渣。

厂长大喜,连夜就拉小舅坐上吉普车,送到芜城。在芜城,小舅更是风光无限,那个大胡子德国佬一再搂着小舅要亲吻,拉小舅照相。他说小舅要是在德国一定能当上议员,他承认自己是成心为难江南厂的,因为他根本不相信中国有这样好的技术工人。报纸电台也来猛吹,说小舅心怀祖国放眼世界苦练硬功什么的。

那年也是凑巧,中央美术学院有一个老师带学生到江南来写生,听说了这件事,就要求小舅光膀子打铁给他们看,看过了个个都叫美。真美,美极了。有个女学生摸着小舅的后背激动得浑身发抖。然后他们集体创作了一幅油画,名字就叫《脊梁》,这幅画今天还在省博物馆收藏着。

八十年代的审美趣味我说不上来,反正那种画搁今天白送人还嫌占地方。我们市百货大楼门口天天表演内衣秀都没人看。不过小舅打铁的样子我是见过的。他个子高皮肤白身材匀称,身上布满三角形的小块肌肉,榔头在火光中舞动的时候那些肌肉全都会说话,好像全都欢快起来聒噪起来,像一只只跳舞的小老鼠浑身乱窜。那时的小舅也是最快活的,榔头像是敲在编钟上,每一个细胞都在唱歌,整个身心都飞升出去。根本不像现在,一副苦大仇深的样子,额头赛过皮带轮子。

那一年底,小舅评上了省劳模。

照说,那时的小舅稍微会来事一点就能走上另外一条道路。可实际上他并不是一个真正聪明的人,他所有的灵气都表现在手艺上。他不爱说话,也不会说话,嘴巴一张就伤人。所以他即使当了领导也是不讨好的。但是不提拔他好像也说不过去,因为同时期进厂的也都当了干部,何况他还是个劳动模范。

小舅不止一次对我说过:我要不当这个鸡巴干部就好了,我有手艺我上哪混不上饭吃啊?这个问题好像是个宿命,一直在折磨着他。我说,那你现在也可以走啊?听说上海那边就缺高级技工,一个月能挣好几千,你干吗不走?他把眼瞪圆了想半天说,我要是走了这边怎么办?说这话时他的眼睛洞穿出去,似乎看到很远想到很多,很深刻很全面,其实那里头很空洞,什么内容也没有。所以他的悲剧不是当不当干部,也不是有没有手艺,而是他心中有个疙瘩始终解不开。他太认死理了,只有一根筋。

小舅二十八岁才正式谈恋爱,这就足以说明问题。以他当时的条件,漂亮女工随手抓,可就是搞不成。这期间光我妈给他介绍的就不下四五个,没有哪个能处得下去。原因就一条,他不爱说话。不说行,也不说不行,问他什么都哼哼,哪个女的也受不了这个。

小舅到二十五六岁还爱找我来玩,一到星期天就来了。我妈总骂他:你就不能约个谁出去逛逛?跟个小屁孩玩个什么?没出息成这样!可他就愿意跟我玩,一点办法没有,钓鱼扳虾,上树掏蛋,逮什么玩什么。大头大头,下雨不愁,人家有伞,我有大头——这是我少年时代特有的骄傲。小时候我特别胆小,而且我对外界始终保持着足够的警觉,因为小舅没准儿就躲在哪个路口拐角,冷丁冲出来把我的裤衩往下一拽,让我捂着小鸡满街乱跳。我急了也会骂他:看老子不告外婆收拾你狗日的!他把大拇哥一跷:你告啊,老子要怕你告老子就认你做老子!一直到他结婚,月月出生,小舅和我的友谊才算告一段落。

那时能跟他聊天逗笑的女人就一个,就是他十七岁的徒弟杜月梅。原因是他根本没把杜月梅当女人看,该说的说,该骂的骂,有时候还在屁股上拍一巴掌。小舅有个习惯,就是嘴巴表达不清的时候,喜欢用手,捅你一下或者打你一巴掌。但那时的杜月梅对他实际上是有意思的,很愿意挨他打被他骂。有两件事情可以证明:一件是小舅不爱吃蔬菜,但特别爱吃杜月梅腌的咸菜。那时上班就有保健票,两毛钱的保健票能打一个荤素炒菜,但小舅就怕吃这个,筷子翻翻眉头就皱起来了,什么鸡巴菜!这时杜月梅就跟变魔术似的拿出一缸子咸菜,高梗白腌得黄黄的脆脆的,淋上香麻油,小舅立马咧嘴笑了。所以有一段时间基本上是杜月梅替他买饭,打一个红烧肉或者米粉肉,就她的咸菜。吃完了也是杜月梅去涮饭盒。还有一件事是调工作。按规定干部是没有义务带徒弟的,但小舅坐不惯办公室,所以就带了一个钳工徒弟。可有一次厂长找他找不着,大光其火。后来发现小舅在帮杜月梅磨钩针(那时流行编织,钩针的精巧程度也是女孩的人气指标),就下死命令要杜月梅跟别的师傅做。小舅居然没敢反对,大概是觉得自己理亏。这件事杜月梅嘴上不说,可心里难受,据说眼睛都哭肿了。

那时候的杜月梅还是车间团支书,活泼、快乐,天天还唱着歌——年轻的朋友们,大家来相会,天也美,地也美,春风惹人醉……咱们二十年后再相会!

可惜这段日子并不长,如果长一点也许情况就会不同,两个人也许会认真考虑这个问题。可惜那时家里人太急,我妈还问过他,是不是对那个小徒弟有点意思,小舅张嘴就是:放屁!家里人只好算了。同时也认为杜月梅太小了,要等她能结婚小舅该三十多了,那是不可能的事。其实现在看来两个人心里不是没有，只是不敢承认。小舅对女人太紧张了，紧张到了无话可说，已经分不清喜欢和需要，以至于该正视的时候他也不敢面对。而那一年他已经二十八岁了。

那一年，出现一个戏剧性的转折，原因是工人开玩笑。

据我看凡有人群的地方都免不了男女关系方面的精神生活，谈不上谁高谁低，只不过工人更直接一点，更有创造性。矿机厂就发生过这样的事：一个平时嘴巴很油、爱占女人便宜的师傅中午睡觉，被女工解开裤带，裆下糊了一大捧黄油。当然他们全是结过婚的，玩了乐了也就忘了，并不当回事。那天也是这样，午休时小舅睡着了，这时来了个库工找他签字。有人就说，朱师傅啊？睡了，你能亲他一口立马就醒！又有人说，咱们朱师傅什么都行就是那玩意不行，就缺你这一口了！人们嘻嘻哈哈说着这些，库工并不恼，一个人拿着领料单往里去。可到了小舅身边她愣住了。工人睡觉简单，找一张晒图纸或者旧报纸随便一垫就能睡着。夏天，都穿着单衣，小舅那一身肌肉就显得特别动人，让她有点发呆。

这种表情很奇特，触了电抽了疯一样。这表情立刻被几个女工捕捉到了，几个人一嘀咕，一二三就把库工给拎起来放到小舅身上。放上了还不能算完，还摁着胯子来回搓上磕下。小舅就在这种哇哇大叫的集体快慰中坚挺起来。有人喊，硬了，他硬了，谁说他不行的？他硬了！工人们拍着巴掌笑啊跳啊，肚筋都笑断了，认为这是最富创意最过瘾的一次恶作剧。

但事后，库工哭了，骂了流氓。小舅傻了，觉得抬不起头来。再后来，他就决定跟这个库工谈恋爱，再再后来他们就结婚了。这个库工就是我的小舅妈。

当时我妈是不同意的（也没有其他理由，主要是觉得她不太好看），一再跟小舅说，现在改主意还来得及。小舅说，我都那样了，还怎么改？我妈说，哪样了？不就是开个玩笑吗？可小舅坚持说：我都那样了，我都那样了！

那个时代确实很奇特。在小舅看来，他都那样了就等于做出了承诺，他就不能不负责任，否则他就真是流氓了。

这件事我跟月月交流过看法，我认为人的命运确实不可捉摸。人这个东西，我说，真的很偶然，很虚无，很结构，很符号。如果不是那次恶作剧，可能你就不是现在的样子，假定小舅和杜月梅好上了，也许你就是个大美人，一切的一切都要重新改写。

但月月不以为然，她说，你是烧糊涂了吧？即使那样又能怎么样？如果我比现在漂亮，也许我就不开鞋店了，而是直接去当破鞋。那个来钱多快啊。

有一天深夜，十二点多了，小舅突然来了电话，说：我回来了。

我妈抓着电话，一个激灵就坐起来，憋了半天才哭出声，骂：你个死大头啊你死到哪去了啊？

小舅说：我去了趟省城。

我妈说：那怎么不招呼一声啊？你要把人急死啊？

小舅解释，主要是跟月月妈干仗，他懒得啰嗦。原来他是找老领导告状去了。一家人这才把心放回去。

三

小舅把一条烟放在我面前，又让月月给我沏了一杯好茶，然后一挥手就把月月撵出去，郑重其事地说：请你帮我搞一个材料。我搓着手说这么高的接待规格我不好意思啊真的不好意思！
小舅说：应该的，应该的。月月在他身后一个劲地撇嘴，我也装着看不见。

搞材料就是写稿子的意思，工厂里把一切文字的东西统统称为材料。小舅知道我喜欢写小说而不是搞材料，但小说都能写了材料还不能写吗？我算是个还有点品位的人，也经常参加一些文学沙龙，只是暂时成就还不明显而已。但我们报社有个笔名叫西门庆的哥们，是专门写苦难的，已经很火了，他有一次到前街邮政所拿稿费，把柜台的现金都拿空了。这事在我们那个圈子里已经成为标志性美谈，我在家也吹过。我一直深信，有一天我也能这么爽一把。虽然我明白小舅这是因为看重这个材料，但小舅的庄重本身就说明了对我的承认。这也让我带上了一点神秘激动的想象。

他首先申明：你放心，出了问题一切由我承担。

小舅说，你是我们家的知识分子！

其实事情很简单，他就是要把矿机厂这几年的衰落给领导汇报汇报，把工人现在的处境跟领导反映反映，把造成这种情况的原因给领导分析分析。其实照我看，这些破烂事你不说领导也未必不知道。现在我们那个地方哪家国营企业不是这样？哪个工人日子好过？男的蹬板爷女的搞破鞋领导不知道？那些早年离职下海的反倒好了，有了位置也有了积累。而那些听领导话要以厂为家的，现在满大街都是。分工越来越细，连掏耳朵挠痒痒的都有了。现在谁要能想出一个挣钱的点子，立马就有成百上千学样的，可谁来消费呢？领导不知道？

但小舅不这么看，他坚决要我给他写。他说，不是你想的那样，我们厂落到这个地步是有原因的。别的厂我不了解情况，不好说，可我们厂我是一本清账，我是眼看着他们一步一步把厂子整垮的。他说，这是一场严肃的斗争！我要和他们斗争到底！他目光如炬气势如虹，很正义。

他都这样讲了，我也就无话可说，只当陪小舅玩上一把。

小舅告诉我，这一趟去省城他把矿机厂的第一任厂长给找着了。他说这老头是延安时期搞兵工厂的，现在住在干休所。他费吃屎的劲才把他给找出来。然后这老头又领着他去见了国资办和总工会的人，现在这些人全都答应帮他告状。他说要是省里告不赢，他就去中央告，非把他们告下来。

说着小舅又拉我到厂里去，他说：眼睛看着我们厂，我才能说清楚。就这样，又陪他在厂区转了大半夜。

其实这个厂我从小玩到大，龙门吊，大行车，车铣刨镗，全都是我熟悉的。这里有我一半的童年欢乐。而今却人去厂空，无比荒凉。小舅就在这荒芜中讲述了他认为不该如此荒芜的历史。冬夜，风很冷，可小舅却讲得一头是汗，把毛衣解开，胸口呼呼冒着热气。这很让我怀疑自己的观察能力。他高大的身影像鬼一样在墙壁上扭动，使他的动机显得宏大而且飘渺。

简单归纳一下就是这样：矿机厂的前身是东北某军工企业，五十年代由国家投资，转战千里来到江南，属于当时国家大型骨干企业中的配套项目，是为周围几家矿山服务的特大机械设备厂。到了七十年代末已经发展成设备总吨位号称江南第一的大厂，拥有三千多工人和五百多工程技术干部。按小舅的说法，除了飞机不能造，他什么都能干。到了八十年代实行价格双轨制的时候，厂里要求分出一部分生产能力开发电冰箱（那时海尔小鸭美菱那些牌子连影子都还没有呢),可上级就是不批准,说是要坚持为矿山服务的方向。好,就为矿山服务。那时厂里每年都有电解铜计划(当时市场上电解铜八千多一吨,而计划价才四千多一吨,谁能批到条子谁就能发财,当时倒腾铜的人比苍蝇都多),厂里根据这种情况决定自己拉铜杆拉铜线,这样每吨可以卖到两三万,可上级一看又不干了,愣下文件把厂里的拉线车间给砍掉,眼睁睁看着那些倒爷在厂门口倒卖调拨单。拿到调拨单还不提货,转手又卖给别人。就是活抢啊!小舅说。可领导还要我们维护大局。好,就维护大局。到了九十年代,等人家把市场瓜分完了,原始积累差不多了,领导说你们该下海了,要自己在市场经济中学会游泳了。也行,就自己学游泳。谁怕谁啊?一直到九十年代末,我们厂其实还是能生存的。虽然工人多一点效益差一点,可我们生产的收割机拖拉机还是不错的,农用机械还是有市场的,还是垮不了。好,他看你还不垮,他就给你换领导班子。非把你搞垮不可。他给你换上一帮贪污犯来当领导,看你垮不垮!

我笑起来,我说这也太邪乎了,领导还能是天生的坏蛋?非把你搞垮不可?小舅说:我看就是故意的。原来我也不明白,以为真是什么产业结构调整,什么阵痛,现在想想,就是故意的!我说,那领导图个什么呢?犯罪也要有个动机啊?小舅沉默了半天,说:捞钱呗。你想想,工厂是死的,设备是死的,怎么才能变成现钱?

我没有文化啊,是个猪脑子啊,我现在都后悔死了。小舅说。

我承认想不出这里的道道。但是我认为,这年头捞着了算你走运,捞不着也不用心里痒痒,对老实人而言吃亏是福乃绝对真理。现在出事的贪污犯没有一个是真正狡猾的,我在报社干我还能不精通这个吗?

小舅摇摇头:我说的捞钱没有那么简单,要拐很多道弯呢。他说:我会给你一些资料,那都是有数据的,不是瞎说的。

小舅承认,他犯过两次错误,都是不可饶恕的。第一件是让工人集资买岗位,一个人三千块,不掏钱就下岗。他说这是上一届贪污犯来干的事。他们哄他,你是工会主席,老工人,有威信,让他去动员。结果集资款全叫那帮人拿去投资,打了水漂。这帮人调走的调走了坐牢的坐牢了,只有他成了名副其实的猪主席。

第二件事更愚蠢,这一届新班子来了以后,政府牵头引进了一个港商,让厂里跟港商签订协议,由港商整体收购,全员安置,改成私营公司。但干这样的事要开职代会,表决通过才行,结果领导又来哄他,让他做工作。当时他想,工人已经吃了大亏了,港商又愿意拿出几千万建立收购发展基金,逐步偿还工人的集资款,就同意了。但职代会开完了通过了,到实际过户的时候才发现,原来自称资产十几亿的香港公司不见了,却变成了我们本省的一家港龙公司。注册资本金只有三千万,而且公司副总经理居然就是我们厂从前上级主管局的财务处长(清算时还挂着市中级人民法院破产清算组副组长)!更滑稽的是,他们所谓的注册资金就是以收购矿机厂以后的实有资本来充抵的。空手套白狼啊!

小舅说:我着急的还不是这个,这些都已经过去了。我现在最着急的是眼下,眼下我们一定要想办法保住厂子。所以你一定要帮我把这个材料写好,要有说服力,要能打动人,让人一看就明白,还不能太长!其实小舅已经讲得很清楚了,他在心里一遍一遍想,想过一百遍了,可一写到纸上就不是那么回事。

小舅说：我太笨了，没文化真的不行。

我说，我保证给你好好写。不过小舅你也别太认真了。你写了又能怎么样？现在有谁还关心这种事？你们厂工人关心吗？反正你也不少拿一分钱。人家爱怎么整就叫他整去，他能把喜马拉雅山搬回家当盆景，咱没意见呀。小舅发愣说：你怎么会这么想？你帮了忙，矿机厂全体工人都会感谢你。他说：现在我已经搞清楚了，这家公司的所有承诺都是放屁，不但拿不出一分钱来实现转产，而且还要职工掏钱集资。当然工人也掏不出钱，有也不可能再掏给他。这样他们就有理由卖厂房卖设备，他们真正的目的是要这片地，他们是搞房地产的！

小舅就是这样的人，他认准的道理是不可拐弯的。可是他在那儿一惊一乍地喊，十分痛苦十分正义，在我看来就二十分可笑。就算他是世界上最后一个把工厂当成自己家的人，又有谁信？就算你把这个事搞成了，又有谁来感谢你？这话我没有讲，我要讲出来他能把我拍死。

我问，他们现在进行到了哪一步了？小舅说：眼下还僵着。我没签字。我不签字就等于少了职代会这一道。我说，那不就结了吗？不签字他就不合法，不合法他还能把你吃了？小舅又摇头：你到底还年轻啊，法算个什么鸟呀？法院就是他们家开的。现在他还对你客气，又要送别墅又要送小姐。你等着吧，不答应好果子还在后头呢。

我阴笑，我琢磨着这才是问题的实质。我问，他真给你送过小姐？他点头，是啊。你没要？是啊。你真的没有一点点私心？他愣住了。

我说：我的意思是，让你下这么大的决心，让你激动成这样，就没有一点点个人的理由？小舅想想说，你是什么意思啊？我说，你太崇高太伟大了，所以让我不太相信。他说：你的意思是我想当厂长？我说一个破厂长能让你这样大动干戈吗？这还不够本质。你就说说为什么非要把罗蒂送走吧，罗蒂妨碍你什么了？你肯定还有别的原因。小舅呷着嘴想想，说你个小兔崽子，你究竟想知道什么？想让我说杜月梅呀，我就给你说了又能怎么样？

小舅证实了我的一个猜想：他确实去过杜月梅家。是杜月梅的处境让他受了刺激，让他决心去上访告状的。小舅妈说的没错，他确实是心疼杜月梅了。

小舅承认，他确实喜欢杜月梅，不过这种喜欢是结婚以后自己才发现的，那时已经有了月月，太迟了。但是他们并没有来往，只是在心里憋着。在厂里碰上了，就多看上两眼，看过了心里就酸酸的。有时候碰不上，他还特意去精工车间转转，转过了心里就好受一点。这种心情持续了好几年，后来岁数大了才渐渐淡了。杜月梅到了二十七岁才结婚（是什么原因他也不清楚），嫁的是厂里的一个司机，当时小舅舅妈还包了钱去喝过喜酒。但后来杜月梅的命一直不太好，生过女儿以后丈夫也出了车祸，死了。前年，她女儿小改查出有骨髓炎，这以后日子就一天比一天凄惶。下岗以后她卖过血坐台，但岁数大了连这种生意也不常有。这样小舅就时常会有一些愧疚和感慨，但并不像舅妈说的那样。小舅向我保证绝没有干过那种事。我想这也是一个男人非常正常的心态，算不上什么。

那天，杜月梅被狗吓着以后，小舅揣了点钱去看她（工会救济是不可能了，只能从家里偷点出来）。但没想到的是，杜月梅一见他就破口大骂，能捞着什么就砸什么。说朱卫国你妈了个×，你骗我们集资你喝我们血，你害得我们还不够惨啊？小舅本想说点好听话就走的，可遇见她这样就一句话也讲不出来，舌头被台虎钳夹住一样。杜月梅说，你是不是也想嫖啊？这些钱你够嫖几次的，你来啊！小舅吓得掉头就走，可杜月梅把那个钱阄成一团又扔出来。小舅拣起那些钱，可能比他一辈子锻出的铁器分量还要重，那时日头还没下去，空气里弥漫着尘埃，可他眼睛里灰蒙蒙的，什么也看不清。只听见大锤咣咣地在耳朵边上砸。他一攫头又回来了，说，我早想和你好了，我都想二十年了，钱你先收下吧。他的意思是只要你收下钱就行，别的以后再说。谁知这下坏了，杜月梅身子一挺就扑到砧板上，菜刀也抓起来了，说我早知道你就是这么个人，说我就是跟狗睡我也不能叫你污辱我！……

现在我能体会到，小舅为什么坚决要把罗蒂送走了，其实他也喜欢罗蒂的，但现在罗蒂的每一声叫唤都让他心里滴血。他不杀死罗蒂，他就要去杀人。

现在我也能猜到，一连几天站在家门口的小舅其实并没有想什么，他脑袋里是一片混沌。破败的厂房，昏黄的流云，还有凛冽的北风，都不能让他清醒。在他眼前晃动的只有一个人，那个他从前喜欢过的女人。这个女人从前是那样的快乐那样的单纯，跟在他后面师傅师傅地叫着，咯咯咯咯地笑着，如今为了三十块五十块就能随便跟人睡一下！她没有法子，因为她还是个母亲，她还有一个住在医院里的孩子。可她心里还有尊严还有向往，她不能让小舅看不起她。这些都让小舅很受伤害，他不能不对这个女人，还有跟这个女人一样的工人负起责任。

他都那样了，他就不能不这样！

小舅站在龙门吊上，瞧着墓群一样的车间，眼睛里全是泪。说咱工人不贱啊，咱要求不高啊，咱工人卖的是力气靠的是手艺啊，只要有活儿干咱都能把日子打发得快快活活，咱怕谁个啊？

四

敬爱的×××同志，您好。尊敬的×××首长，您好。此致工人阶级的崇高敬礼。××市矿机厂工会主席朱卫国。这样的信件我打印了十来份，每份两页纸，可以说有理有据，有情有义，把我自己都感动了。然后我又给了小舅一个软盘，告诉他不够了就找一家文具店再打，两块钱。这样小舅就揣着它去了省城。

接下来的日子就像转个不停的陀螺，每天都一样。我发现我也染上了某种宏大的毛病，我的额头也开始像皮带轮子一样深刻起来。我居然相信小舅能带回一点好消息回来，居然。

这期间，我还给报社写过几篇小通讯，都是反映下岗工人看病难和孩子上学难的。当然，都给毙了。不过我本来就不抱指望，我知道这不符合主编的导向。我们主编操心的都是后现代问题，比如我市有多少人买了第二套房第二辆车，为什么野菜比蔬菜贵，吃骨头比吃肉还养人，死在家里比死在医院更符合人道精神，看谁能勇敢地面对乞丐，等等。但我还是写了这样的东西，惹得主编龙颜不爽要重新考虑我的续聘问题。直到有一天西门庆来拍我肩膀，说要请我去鸿运楼洗澡，说那儿新来的小辣椒特别有味道。他说，你呀你呀，你怎么会犯这样的低级错误？瞧你脖子僵的，快让小辣椒给你暖和暖和。

小舅是半个月以后叫人给领回来的。确切地说，是叫人给押回来的。被领回来的小舅蓬头垢面，满身黑泥，一笑一嘴白牙。不过看上去精神状态还不错，搞成这样是因为他又去了一趟北京。

这趟去省城开头还挺顺利，该见的人都见上了，该递的信都递上去了，总工会还给他介绍了一家便宜的小旅馆。但过了两天就不对劲了,来一个处长找他谈话,自称是美国回来的博士。博士开口就叫他先回去,然后又说一通工人阶级最拥护改革最通情达理最有组织纪律性之类的话。他觉着口风不对,就问,那我们厂的事怎么办呢? 博士就笑了,说你是省劳模,又是领导干部,你怕什么呀? 省里都有政策的。小舅说不是我怕,我怕谁个? 我们厂还有三千多工人啊? 三千工人都要吃饭呀。那人脸就沉下来了,说,你这个同志怎么这么不开窍呢? 有个人要求你就谈个人要求,不要动不动拿三千人说话,你能代表三千人吗? 组织上怕你吓唬吗? 小舅说,我没有个人要求,我不想吓唬谁,我就是担心国有资产流失。博士说: 很好,既然你提到国有资产,你知道国有资产谁有处置权? 是你吗? 你连企业法人都不是,你来谈什么国有资产? 你不是瞎掰吗?

小舅傻了,心想他上次来,各级领导都很客气,还让他写材料,怎么几天工夫就变卦了呢? 这个博士他上次没见到,说话果然有水平,一口咬定他是带着个人目的来的,弄得他浑身是嘴都说不清。小舅就要求见领导,可所有的领导都说没时间不愿见,都传话让他先回去,让他相信组织相信党。小舅心想我要不相信我干吗写材料告状,干吗来找你们呢? 小舅觉得委屈死了,跳楼的心都有了。

还是干休所的老头有头脑,说: 风向变了小朱啊,他们这是背叛啊。

老头给小舅指了两条路。一,向后转回家去,捏着鼻子不吱声,看他们怎么搞。二,去北京,去国资委,去财政部,去中纪委,去……老头问: 你怕不怕死?

小舅当然不怕死。他又不是为自己,他相信组织相信党,他怕谁个? 这样小舅就揣着老头写的几封信,上了去北京的火车。

这期间,还发生了一个小插曲,市委办公室的副主任领着矿机厂的两个领导也到了省城。他们是专程来接小舅回家的,在稻香宾馆摆了一桌,上了鱼翅和鲍鱼,还有乱七八糟叫不出名的海鲜。他们知道小舅酒量大,专门备了一箱五粮液。他们说,朱卫国你狗日的今天不喝够,我们回去不好交差。然后就喝酒,一人拿一瓶,亲不亲,一口闷。小舅心想你知道我去上访,还非要来给我送行。上访是我的权利,党纪国法上都写着,你还能把老子鸟咬掉了吗? 喝! 看哪个狗日的先趴下。然后,那几个狗日的就滑桌肚里了。然后,小舅就摇摇晃晃上了火车。

小舅没钱,也不敢乱花钱,买的是夜间的硬座车。他盘算着上车就睡觉,眼一睁就到北京了,在哪睡不是睡? 结果这一觉就睡出问题来了。车过德州的时候,他闻到了扒鸡香。车过天津的时候,他闻到了肉包子香。睡梦中他还记得扒鸡和肉包子都很好吃,只不过这种香甜的感觉很快过去了。等他睁开眼,天已大亮,这才发现除了手上还捏着一张火车票,他已一无所有。他翻遍了所有的口袋,发现连裤兜里的手纸都没给他剩下。

这样,他头脑就开始盘旋。他相信,这绝不是一般的小偷。于是小舅坚定地认为: 这一趟是来对了。不然他们为什么害怕自己上访呢? 连一张纸片都不给他留下呢? 这说明他们心里有鬼。于是这个小偷反而帮助了他,让他重新评估了此行的意义,让他觉着自己正在做着一件了不起的大事。而他们,并不像嘴巴上说得那么理直气壮。他想,老子一无所有就不能告状了吗? 老子偏告给你们看。

这样他走出北京火车站的时候,心里一点都不沮丧不胆怯,而是瞄准了有塔吊的地方,直奔了建筑工地。兄弟,有活干吗? 兄弟,我是来北京上访的,没钱了,帮个忙吧? 这样问到第三家,他找到一个拌浆的活。可是北京的包工头也坏得很,只管饭不给现钱。现在眼看到年底了,更不愿给现钱。小舅对自己说,管他妈的,先吃两顿饱再说,就干上了。有了这样的心态,以后什么也没难住他。小舅觉着,这正是一种考验,他要是连这点考验都经受不住,他还跟那帮人斗什么斗?这样想想他的这些磨难就非常合理了,甚至有了点精神提升的意思,再苦再累,再饿再冻,都是应该的。

北京的冬天我知道,我在那上过四年学。那是个屋里屋外两重天的世界,屋里能让你鼻子热得流血,屋外能让你觉得胸膛是个开放的空洞,冷风能从前胸直穿后背。而小舅没有这种感觉,只穿一件毛线衣整天站在寒风里,小舅觉得快活得很。在北京的这几天,他拌过砂浆,扛过麻包,在路边修过自行车。他给自己做了个纸牌子:高级技工,只收现金。还真管用,有一家汽车修理厂还想长期聘用他。最走运的一次是,某工地的罐笼卡在钢槽里,他爬几十米高给人修好了,一次就赚到三百元。开头经理还想赖账,小舅一把抓住那人的胳膊,还没开口,那小子身子就矮下来。后来他俩还成了朋友,经理还介绍他到郊区的一个上访村去住,五块钱一晚,还管一顿早餐。

有了这样的经历,小舅信心倍增。他一边给自己找活干找饭吃,一边满世界打听那些大机关。上访村的村友也都是各地来的,他们也教给他一些上访的诀窍,比如怎么排队拿号,怎么给关键的人物递材料等等。这样到了第十天,他给自己买了一套干净外衣,又去理发店修了边幅。

然而最严峻的问题出现了,他没有证件。一个不能证明自己身份的人凭什么走进那些大机关呢?怎么可以让人相信你的上访申诉是可靠的呢?甚至可以进一步推论:一个没有身份证的人是不是一个真实的人?小舅显然没有去作这样的思考,他很容易就接受了别人的建议:花一百元给自己买了一个身份证一个工作证。他想,朱卫国还能是假的吗?他认为这个人是谁并不重要,关键是这些材料真实不真实,严重不严重。他相信组织上一定会来调查的,一查什么都清楚了。

果然,在各个大机关,人家都很客气地接待了他。都对国有资产流失很关注,都表示这个问题很严重,都说要认真对待。在总工会,人家还查了大本子,核对了朱卫国的省劳模称号,还对他的到访表示了感谢。可是有一天晚上拉网,小舅还是被拉进去了。警察眼睛毒得很,一眼就看出了他伪造证件的本质。

在一个大黑屋子里,小舅睡了两天。他太累了,一倒下就睡着了。这个表现让警察都有点疑惑,别人进来都是赶紧打电话托人求情,让人送钱来,六百块放人。可这个人不吭不哈,倒头就睡,连饭也不吃。他们反而担心起来,万一这个人有什么病,死在里头不是麻烦大了吗?于是就找他谈话,交代政策,提供方便,要他和家里联系。小舅说我不联系要联系你们联系,我把嘴磨破了你们都不相信。警察说不联系你就在这儿凉快吧。小舅说凉快就凉快,反正我的事也办完了。说话的时候市政府正派了人满北京城在找他,最后交了罚款才把他领回来。

我不知道在身无分文的情况下我能不能坦然面对,也许被逼到绝境里人都会求生存,但小舅显然不是这种情况,只要他愿意,打一个电话就能解决问题。但他没有这样做。有意思的是,这趟北京历险让小舅开朗了很多,两眼贼亮,话也多起来。好像是去国外旅游了一趟,开阔了眼界,丰富了思想,整个人都长高了一截。他说,你瞧着吧,中央马上就要抓了,上头不会不管的。让他们这样搞下去,还得了?在他看来,咱们这儿的情况还不算最严重的,别处比这还厉害,这就是非抓不可的理由。我问过小舅,你怎么这么有把握呢?中央就听你的?他说:这不明摆着吗?他们让国家吃亏,让工人吃亏,这就是活拉拉抢银行啊。另外他听说,全国总工会正在起新大楼,盖一百多米高的新大楼,这说明什么?他说:这说明咱工人阶级还是有地位呀,工人还是国家的主人公不是?

有一件事我没搞懂,小舅连手纸都让人给偷走了,他拿什么材料向中央机关告状呢?小舅夹着眼笑,说你那个材料我早就背下来了,他就是把我衣服扒了,我光屁股也能进北京,不就是花两个钱找人打印吗?我不信,他就背给我听。我发现三四千字的文稿,几十个数据,只弄错了两个标点符号。

小舅得意地说,咱笨人自有笨办法,老天爷安排好的。

五

工友们,老少爷们儿们,兄弟姐妹们,请你们有空回厂里来看一看,想一想,大家商量商量!小舅提了个电声喇叭,从东村喊到西村,从西村喊到新村。他的意思是,最好能开一个全厂职工大会,把当前的形势说一说。当前的形势是什么?就是有人要出卖咱工人阶级,侵吞咱国家财产,咱眼看就无家可归了。

小舅在厂门口支了张大桌子,上面放了一份倡议书,留了一摞子空白纸给人签名。倡议书是他口述我起草的,本来还有一千个不答应一万个不答应之类的话,我认为这也太“文化大革命”了,就删掉了一些。可小舅认为,就是这样的大白话才来劲,工人一听就懂,一看就明白,大家才能团结起来。现在谁怕咱工人团结?谁是工贼谁害怕!总之他是横下一条心了,要发动工人抵制卖厂。在他想来,只要三千个名字往上一写,吓都把他们吓死。

这期间还发生过一件事,市领导把他找去谈过一次话。小舅回来后脸青过两天,脸青过之后就让我帮他打倡议书。小舅说:他们也说不出什么道道来!你有理说理嘛,你敢说这不是侵吞?你敢说这不叫贪污?你敢公开包庇他们吗?你们也不敢。你们也说不出道道来!就说我不该上访不该去北京,我不去北京我找你管用吗?我找你找得还少吗?

小舅这一趟出去,明显能说会道了。一个人对着墙壁也能嘀嘀咕咕说个不停,好像一直在跟谁苦辩,好像他一辈子该说的话都积攒在心里,此时阀门才大开。我听不懂他在说什么,却知道他的短发已经白了一片,看上去比我妈都苍老。而在他的脸上,刀刻斧凿的脸上却有一种神性的光辉——目光专注,印堂发亮——我这样说不是赞美,而是实实在在有点害怕。我真怕他支撑不住,走向崩溃。用小舅妈的话说,他这是想上电视了,想当名人了,过瘾!

那天回来我把小舅的情况一说,我妈就愣了。白菜刚撂下锅她也不管了,扔了锅铲就走。见了小舅又拉又推又喊又叫:大头啊,你想哭你就哭一场,啊?你别想不开啊,别吓我们啊!

小舅当然不是想哭,他正亢奋着。问:我干吗要哭?放什么屁呀?

可他的亢奋我妈十万分地不感冒。在她看来,小舅完全是疯了。企业改制,国家转型,是你一个工会主席管得了的事吗?你工资不少拿一分,饭不少吃一碗,别人能过你就不能过了?再说你还是个省劳模副县级干部,怎么改也不能把你改掉了。你操什么心?退一万步说,你就是心疼杜月梅也没啥,悄悄帮她几个不就完了吗?我妈大气磅礴地指出:谁爱贪就叫他们贪去,他能把长江水都喝干吗？咱们安安分分过咱的日子。可惜小舅的回答是不理睬，他认为这比放屁还不如。

我妈说那么多人不出头你为什么要出头？枪打出头鸟你懂不懂？你这是造反啊你知道不知道？古今中外有几个造反派得善终的？"文化大革命"的时候你还小啊，你根本就没见过事啊。你越来越不懂事了！我妈是当小学老师的，革命历史她知道得不少，可她就是不能说服小舅，而且从来没有说服过小舅。说服不了，她就觉得很伤心，一伤心眼睛水就一泻千里。

后来我父亲也赶过来了，僵局这才打破一点。我父亲是个工程师，是搞机电一体化的，对矿机厂也算了解，小舅不敢不尊敬他。按我父亲的看法，写个倡议书还够不上造反，和"文化大革命"挨不上，只是他怀疑这种做法有没有价值。在他看来，当今世界五轴连动的机床都有了，咱们这个矿机厂也确实落后了，能改改不是更好？再说现在是市场经济，资源要向优势企业倾斜，你们硬顶着不是逆市场而动吗？

小舅叫道，它哪是什么优势企业啊？他们一分钱也没有，是空手套白狼啊。而且他们搞的是房地产，连名字都想好了。靠山的这一片叫睡女花园，靠厂区的那一片叫雄风广场。我父亲这才傻了，说，不对吧？我昨天才看的报纸，怎么会这样呢？怎么可能这样呢？小舅说：报纸上要有一句真话我何必去上访呢？他要真能改造矿机厂，别说五轴连动，八轴连动我都想要啊。我父亲经过严肃的思考，还是认为这一切太不可思议，便指着我骂：这就是你办的报纸？

这天晚上，一家人在一起吃了一顿饭。快过年了，有点最后晚餐的意思，虽说气氛沉重，可人总算是聚齐了。我妈也不劝小舅了，倒是一改往常劝他多喝酒，说：多喝点，喝醉了你就清醒了。

小舅站起来说：姐，那我就谢谢你！又说：我们家往上数几辈都是本本分分的工人，咱本分可咱不是孬种。你们猜我这几天看见谁了？我总能看见咱姥爷，我总能想起他说的那些话。他对外婆大声说，妈，我看见我姥爷了！

外婆答道，好，好，你姥爷好！

我看见母亲脸色一惨，热泪喷了一脸。

他们说的姥爷，就是我外婆的父亲。他老人家死的时候还不到三十岁。他没留下照片，谁也不知他长得什么样，可小舅居然说看见了他。我想小舅看见的应该是一幅素描画，这幅画至今还挂在大连市一座著名的监狱博物馆里。我读大三的时候，我妈和小舅回东北探亲，领着我去参观过。画上的那个人是个工人领袖，他正在驳斥法官的指控。他说：我们从来不隐瞒自己的观点，我们就是反对资本家剥削和欺骗，就是要为工人争福利、争权利，改善工人生活。那个人后来死于一次著名的监狱暴动，身上中了十几枪，肩上居然还扛着一副铁栅栏。……我说小舅脸上的神性，指的就是这种表情。我明白，小舅真的是走火入魔了。

但是事情并不像小舅想象的那样，他振臂一呼，然后应者云集，然后大家同仇敌忾就把厂子保住了。小舅的错误在于，他根本就忘记了这是一个什么样的时代，也忘记了自己的身份。这事我在报社里也谈过，他们都认为这种事早就不稀奇了，连新闻价值都没有。他们说矿机厂要是以一块钱转让那才叫新闻。当然，这种话小舅是听不进去的。

几天过去了，回厂来看热闹的不少，真上来签名的并不多。小舅见人就讲形势严峻，见人就宣传保住工厂就是保护自己，他眼睛充血嗓子喊哑，可人家就是不愿签名。人家说对呀对呀，是这么个理儿呀,朱主席你真是个好人。这年头像你这样恐怕已经不多了,可就是不签名。就这样他还不死心,他还要挨家挨户去做思想工作,上门去促膝谈心,掂着电声喇叭一片一片地宣讲形势。小舅说:我以前是犯过错误,大家上过我的当,所以大家不相信我,这我能理解。可我没有贪污过一分钱是真的,我为咱们厂着想为大家着想是真的,这点总可以信吧?请你们相信我,只要工厂还在,只要大家团结起来,厂子还有救……

到了后来,他身后只剩下一帮小孩,他走到哪都有小孩跟在后头喊:厂子还有救,厂子还有救,厂子还有救!

原先跟着签名的都是职代会的代表,还有跟小舅关系特别好的一些老工人。现在看见人气不旺,那些代表又后悔了,还偷偷摸摸把名字擦掉几个。小舅气得眼珠子都要飞溅出来,说,你们怎么孬成这样?滚,怕死的都滚!

这样的结果是小舅完全没有料到的,他不能接受这样的事实。在他看来,他两次出去上访,经历千辛万苦,完全彻底是为了维护工人的合法权益,到头来却是热脸蹭了冷屁股,这怎么可能?他想不通,工人阶级怎么能这么冷漠?这么自私?这么怕死?这还是从前那些老少爷们兄弟姐妹吗?

然而真正让小舅伤心的还不是这些。真正令小舅感受到人世间冰寒彻骨的悲哀是一个晚上。那天,他一口气喝掉一瓶大曲酒,正要摔瓶子,家里来了两个老头。老头是他从前的师傅,老头对他说:你随它去吧,孩死娘嫁人,折腾也是瞎折腾。我们是看你可怜,才来跟你说这个话。

小舅哭了,说,师傅啊,师傅我真是为大家好啊,我没有半点私心啊。

可老头们说,现在的话都好听得很了,听了也都好过得很了,可谁知道哪句话是真的呢?搞不清啊,真搞不清啊。老头告诉他:你说你为大家好没有用,你算老几呀?就算厂子不卖了,你就能保证搞好吗?到时候不还是人家说了算?

小舅说,那他们也不能这样对我!

老头眼一瞪,说这样对你还是客气的,你坑了咱厂多少人啊?你摸良心想想,工人都拿128,你拿多少钱?你早就不是工人啦!

小舅这才一屁股坐下地了。在小舅看来,到这时才算真相大白,自以为代表工人说话的他,其实只能代表自己。而那个美国博士说得一点也不错,不要动不动拿三千人说话,你能代表三千人吗?组织上怕你吓唬吗?

就是这天晚上,小舅喝得大醉,瓶子摔了一地。小舅妈气不过,说:过完瘾了?过完瘾就爬到床上去,别在地下耍赖。一会儿你女儿回来还说我怎么着你了!然后嘀嘀咕咕又说了些守活寡之类的话,小舅叫她夹住屁股嘴她也不夹。这样小舅积郁了一冬的怒火终于点燃了,他抄起一把竹笤帚劈面就打。

小舅并不是一个喜欢家庭暴力的人,作为工会主席他还调解过不少暴力纠纷。他和舅妈的感情虽说不大好,舅妈那张嘴巴虽说也有点臭,时常疑神疑鬼说些难听话,但真打这还是第一次。小舅真的是气疯了。

当时的情况是这样:小舅妈夺门而逃,嘴巴里大喊杀人了,朱卫国杀人了,朱卫国不要脸,搞不到婊子就打老婆。小舅在后面追,她就在前头喊,从工人东村一直喊到西村。当时晚上九点还不到,几乎全体工人和家属都看到了这一幕。在工人区吵嘴打架并不稀奇,当时也没有人出来拉架,人们只是觉得很惊讶,甚至还有点小快活,觉得很过瘾:朱卫国怎么也是这样的人?也许他们觉得,这才是本色的朱卫国。

正好月月收工回家,愣在小马路上,人都傻掉了。后来她就跪在路中间,抱住小舅的腿哭得撕心裂肺:爸呀,爸呀我求求你呀!你别再闹了啊!

小舅这才站住,然后直挺挺地倒了下去。

六

这是入冬以来少见的一个夜晚,皓月当空,纹风没有,暖得出奇。工人东村背后的睡女山在月色下显出了少有的凄清柔媚冷艳逼人,有点像冰心在乡愁想象里出现的月下青山。当时是十点来钟,一家人都还没睡。小舅被弄到床上呼呼吐着粗气,月月母女俩在堂屋里坐着没话可说,该吵的吵过了该骂的骂过了,相对无言而已。就是这时,她们听见大门上有指甲划动的声响。

月月打个激灵就跳起来,说,是罗蒂!

真的是罗蒂。好汉罗蒂流浪一个多月居然自己找回家来了。它一见月月就呜的一声扑进怀里,两个前爪搭在月月肩上不肯放下来。然后月月也哭了,嘴里喊着罗蒂罗蒂,她们就倒在地上不停打滚。罗蒂没有放声吼叫,而是把声音憋在喉咙里,发出一种奇怪的哭声,好像生怕别人听见,好像生怕再次惹祸,好像它对人世间的一切都已经看透,只是发出那种小心翼翼的呜呜的低号。它一边哭还一边不停地抽搐,让人感受到它从心灵到肉体都经历了怎样的痛苦。

我相信人是无法体验这种痛苦的。芜城离我们那个地方有二百多公里,中间隔着好几条河流和大片的丘陵山地,我想象不出罗蒂是怎么找回来的。这一个多月,罗蒂肯定每一分钟都在寻找,它不会放弃任何一点熟悉的气息。但狡猾的人类把房子和公路都建得差不多,把每一辆汽车都造成轱辘和钢铁的联合体,而且到处是可疑的灯光和讨厌的石油废气。它肯定走过不止一座城市,走过不下几千里,从一点点细微的差别中辨别方向,一个地方一个地方地区别真伪。它还必须忍耐饥饿和疲劳,躲避人类的追捕,因为像它那样的体格和皮毛是无法不让人生出贪婪歹毒之心的。它不敢停下来休息,不敢放松警惕,因为稍有松懈就可能遭到毒手。还有,就是它内心的煎熬,它想月月呀,这种思念每一分钟都在折磨着它呀。它不懂贫穷和富有,也不懂高贵和低贱,更不懂文化和禁忌,它只相信一条,它只有一个家,只有那一种气味才是它需要的,只有那一个人才是它的朋友。也许它还想到了月月的痛苦,也许它认为月月也像自己一样在四处流浪,它不愿意月月也受着同样的煎熬。所以它只有不懈地顽强地寻找,现在它回来了,它怎么能不呜呜地失声痛哭!

后来小舅妈从震惊中清醒过来,说月月你先给它洗洗吧,你看罗蒂都成啥样了?月月这才发现罗蒂形容枯槁,满身污垢,毛发黏合,后胯上还带着一片血迹。月月说罗蒂你先吃饭吧,吃了饭我再给你洗。可是,罗蒂已经瘫在那儿起不来了,嘴角流着白沫,一条腿不住地抽搐。再一细看,有一根小腿骨露在了皮毛外边,已经发黑了。

月月一边流着泪一边给罗蒂擦洗,一边擦洗还一边让罗蒂喝牛奶,一边喝牛奶还一边给它上药、包扎、捆夹板。月月说,罗蒂呀罗蒂呀我对不起你呀,以后我俩再也不分开了好不好?我明天就带你去看腿好不好？罗蒂吃了喝了来精神了，爬起来打个激灵，然后又汪地叫一声表示同意。

月月说，罗蒂你好好睡一觉，明天我带你去买好吃的。罗蒂不动。月月拍它的头说，罗蒂乖罗蒂听话罗蒂你先去睡吧。可罗蒂就是不动。在以前，月月只要发出指令，罗蒂就回它的小窝，她不让罗蒂进她的房间。月月奇怪，四下里看看，院子里也没有别人。月月问，你是不是想到我屋里去？罗蒂不吭，但喘息分明粗重起来，目光变得警觉而且凶狠。

月月不知道，罗蒂一声叫唤，把小舅叫醒了。小舅看见了罗蒂。于是小舅这些日子所有的委屈和怒火都有了发泄口，而且全部集中在罗蒂身上。于是小舅发了疯一样满屋乱窜，后来他抓到了一把榔头。舅妈本来想拦他的，可见到小舅两眼血红一副要吃人的架势也吓呆了，一个字也喊不出来。等月月明白这一切，小舅已经冲到了院子里，罗蒂在月月身后狂吠不已。

小舅骂个不停：你妈了个×，看我不砸死你！骂着就撵着罗蒂要砸。

罗蒂开头是要躲闪的，它在月月身后钻来钻去地躲。后来月月喊，爸呀爸呀，你干什么呀？我求求你呀！

但突然地罗蒂就不躲了，嗷地吼叫一声就站住了，吐出了血红的舌头和尖牙，喉咙里呼噜呼噜喷出热气。小舅被这个动作弄得一愣。

月月知道不好，她扑通一下跪在了地上。她想抱住罗蒂，可罗蒂闪开了。她想抱住小舅的腿，小舅也跳开了。她只好对着地面一下一下撞脑袋。她说爸呀爸呀你千万不要砸呀，又说罗蒂罗蒂他是我爸呀你不能咬他呀。

这时小舅妈也冲出来了，对着小舅就一头撞过去，说妈个×朱卫国，你把我们娘俩都砸死吧，我们都死了你就省心了。小舅这才清醒了一点。

当时夜已深了，这一家人的喊杀喊打和罗蒂的大嗓门惊动了不少人。也有邻居过来劝架的，劝小舅息怒，犯不着为一点小事动肝火。也有说月月的，说月月不懂事，说这条狗的确不能再留了，留在家迟早是个祸害。

后来有人把丁师傅也叫来了，丁师傅答应这次一定把罗蒂送到江北，他保证是放生，绝不把它卖给任何人。而可怜的罗蒂并不清楚这些，不清楚人们和颜悦色的表面，不过是掩盖谋杀。它只是缩在月月怀里一下一下舔着月月的手。

最后的时刻到来了，人们把塑料编织袋交给了月月。月月想留罗蒂到天亮他们都不能答应。在父亲和罗蒂之间她最终选择了父亲。

然而最不可思议的事情也出现在这一刻：罗蒂一看见那个编织袋就警醒起来，它狂叫不已，后退着躲闪着。月月拢不住它，就流着泪说，罗蒂乖罗蒂听话，罗蒂我给你找一个好人家。可是罗蒂再一次看见编织袋要罩过来的时候，它一口就咬住月月的袖子，月月一抖，被它挣脱了口袋，跑了。月月撵出去喊，罗蒂罗蒂，你听我说！罗蒂就停下来听她说，它腿瘸着跑得也不快。可是月月一追上，它就看见那只可恶的口袋，然后它就再跑。这样她们从东村一路喊着追着，罗蒂一路听着停着，一直跑到了厂区。在月月身后跟着好几十人，看着这样的奇观，听着这样凄厉的呼喊，他们谁也不觉悟。后来月月再喊它也不听了，它一瘸一瘸地爬上了龙门吊。后来月月实在跑不动了，就趴在铁梯上哭，说罗蒂罗蒂我错了，我跟你走行不行？我不要咱爸了行不行？可是月月忘记了，她手里始终抓着那只编织袋，这种形象她说什么罗蒂都不信。这样，罗蒂最后回过头看了月月一眼,放开嗓门长长地吼了一声,一头栽了下去。

罗蒂是自杀身亡的,这点确凿无疑。当时在场的有好几十人,他们都看得清清楚楚,罗蒂跳下来时是屈着腿,伸着头,而且准确无误,一头扎进道岔铁轨的结合部。当时人们费好大劲才把它的脑袋从道岔里完整地扒出来。它把自己的天灵盖撞得粉碎。

当时虽是深夜,可月正圆,光正亮,在场的人都看见罗蒂划出了一条几十米长的高空弧线,发出了沉闷的钝响。虽是冬夜,清冷,可那条黑色弧线就像一把刀子,劈空一下就把人的胸膛豁开了,热辣辣地喊疼。虽是人多势众,热闹无比,可那一刻竟都齐齐铆在地下动弹不得,接着就是坟墓一样的长时间的荒寒寂静。

我是第二天中午才得到消息的。月月打电话说,你来看罗蒂一眼吧。我赶到时,月月嗓子已经哭哑了,里外都透着冷漠。后山上聚集了很多人,都是来送罗蒂的。罗蒂躺在月月的五斗柜里。坑已经挖好了,旁边有一块木牌子,写着:义狗罗蒂。我看见月月的毛毯盖在罗蒂身上,它闭着眼,只有额头的两撮白毛还支楞着,像鲜亮的眼睛,像黑夜里的星星,冷峻,高傲,威风不减。

山上风挺大,也冷。人们都是来看这条义狗的,并没有什么话要说。看过了,心事了了,就有人用铁锨铲土。然后那些土就一点一点把罗蒂固定在睡女山上,然后就三三两两地下山。有人轻轻叹息。

而好汉罗蒂已经听不见这些了。它奔跑不止几千几百里,在荒原,在山岭,在冰冷的城市间四处寻觅,不知经历了多少痛苦,不知忍耐了多少残害和阴谋,它遍体鳞伤,还被打断一条腿。它终于回到了家,可是家里人不但不收留它,不可怜它,反而二话没有又要把它撵走。还用一条花里胡哨的编织袋!这些人说尽了好听话最后还是要抛弃它。任何一条有志气有感情有尊严的狗都受不了,何况是罗蒂?它怎么能忍受这样的侮辱?怎么能接受这样的安排?与其再度被冷酷的人类抛弃,它还不如自寻了断,在这个世界里寻求彻底解脱。

那天小舅没有来。他发起了高烧,一个人在家躺着。我猜他心里也不会好受,他的暴行直接伤害了罗蒂,他不会没有一点震动。如果说当时是发酒疯,还有情可原,可现在罗蒂都死了,你还有什么可怨的?小舅是一头犟驴,这是外婆和母亲的一致评价,我小时候常听她们这么骂他。但小舅的悲剧很难用一个犟字来说明。小舅不小了,出事的这一年整五十了。五十岁不是五十斤,怎一个犟字了得?写到这里我已经很难表达我对小舅的看法,我说过他那一代人的情感我理解不了。

下山时我们碰见了杜月梅。她拿着一束梅花,看样子也是去祭罗蒂的。可迎面碰上了,总还是有点尴尬。杜月梅轻轻喊了一声月月,说我对不起你。小舅妈哼一声就走过去,但月月却很大方,叫了声杜姨。后来这两个人凝视了一会儿,就慢慢走近,还搂在了一起。我觉得月月这一点就很不简单,比老一代强。

七

月月从家里搬出去了,搬到集贤街她那个小鞋铺里住去了。她说她受不了了,在家她眼一闭就能看见罗蒂的目光,那种最后回头看她时的目光。她说那就像烧红的烙铁直插进脑袋里一样,眼一闭就痛。

舅妈也受不了家里的冷淡凄清，也回娘家去了，说要过了年才能回来。这样就苦了我们，我妈不能不去照顾外婆，还有躺在床上的小舅，我和父亲只好两头蹭饭吃。

元旦之后，市里突然下文要求所有的国营企业限期改制，先是 3 号文件，后来又是 5 号 9 号文件。我们报纸也公布了国有企业产权制度改革实施细则，好像是突然之间，领导都睡醒了。我们主编说，这次是休克疗法铁腕推进！而且靓女先嫁，把靓女都嫁完了，看你那些丑女还动不动？

三九天，人人都热得不行。先是几家股份有限公司相继宣告成立，走到哪都能闻到鞭炮的硝烟味。广播电视里也都是喜庆气氛，歌词是：看成败，人生豪迈，只不过从头再来。它们从原来的国有独资，一下就变成了国有资本不控股或相对控股。这是几家效益好的企业，通常被认为是市里旱涝保收的铁杆庄稼。此举的引人注目之处还在于通过一次性补偿，置换掉职工的身份。而且来势凶猛动作干脆，要求在十天内走完全部关键程序：员工购股、身份置换、召开首届股东会、员工重新招聘、把企业资产一次性量化分配到人。给人的感觉是，在产权明晰、国退民进的大气候下，无论怎样化公为私都可以，可以，也可以。鬼子就要进村了，能捞一点就捞一点，赶紧把家给分了。

那天小舅是出来晒太阳的。他对外面的事情已经完全麻木，也不再感兴趣了。众叛亲离和我妈的强大思想攻势，使他彻底投降认输。他现在唯一的想头就是让月月赶紧回家来叫他一声爸。可月月就是绷着不理他，连我妈也说不动。月月对我解释，这个伤痛是她的永远，看来三五天是不可能修复的。小舅没法子只有求外婆，但外婆是个彻底的好好主义者，拿着电话说了半天好，好。那头月月早挂线了。

几天的高烧让小舅有点飘，明晃晃的日头也让他有点飘，后来他找到一只小板凳，才顺着墙壁慢慢坐下来。坐下来才发现，竹篱笆外头围了一圈人，而且人越来越多。这些全都是厂里的老师傅、他的老兄弟，还有职代会的代表，他们居然不敢进家来，只是隔着篱笆墙跟他笑，想讨他的好：好点啦老朱？你起来啦朱师傅？厂里宣布啦，出大事啦，朱……朱主席？

小舅把眼翻翻，不吭。

那帮人就七嘴八舌说，港龙公司已经进来啦，布告都贴出来啦！

小舅把眼翻翻，还是不吭，

他们问，你不管了？

小舅说，我不管。

他们说，你真不管？

小舅说，我真不管。

他们说，你真不管我们就走了。

小舅说，走吧，走远远的。我要再管我就是你孙子。

后来他们急了，说，那总得有人领个头啊？我们该怎么办？

小舅说，爱怎么办就怎么办。反正你们能过我也能过。

后来又有人骂，说日你妈朱卫国，你把大家都骗了又甩手不管了？

小舅就把眼翻白了，再也不吭声。这样人来人往，僵持到天黑，人们又把他师傅搬出来。俩老头来了也劝不出个道道，只是干叹气，完了，这个厂真的完了！小舅说，不是我不愿管，可我管有什么用？我算老几呀？反正大家能拿128我也能拿128，我不信别人能过我不能过。

我妈对小舅的表现一百二十个满意，在她看来只要小舅能顶住十天半个月，厂里旗号一换，人们再怎么闹腾都没用了。到时候小舅这个省劳模、副县级干部市里不会不考虑的。再说闹有什么用？厂里那么多干部，人家不出头凭什么我们要出头？这年头没有是非只有利益，谁出头谁倒霉。这个信念使她十分兴奋，她决定要把这半个月当做一场战役来打，住在小舅家不走了。她要看住小舅，她要保护小舅，她要为这个家庭在她退休前做一次辉煌的贡献。尽管这个念头在我，和我父亲看来是可笑的，可她干得十分认真。当然，在工作方法上她也有所改进，现在以表扬为主。她说：大头哎，你这就对了，听领导的没有错，错了你也没有责任，天塌了有大个儿顶着。

可小舅的回答却是，放屁。然后回屋蒙头大睡。

我妈愣了一会儿，笑了，说，放屁就放屁。然后把围裙拍拍去做饭。

我猜想，我妈那几天是幸福的。如果在自己家里有人胆敢说她放屁，她不大闹几天绝不罢休。可她是在小舅家里，小舅骂她放屁她不但不生气，她还笑了。她在小舅家里高声大气：大头你要吃干饭还是稀饭？要不你还是吃疙瘩汤吧，疙瘩汤好消化！我认为这就叫使命感，在这个社会转折的关键时期，她要像老母鸡护小鸡那样把小舅塞在翅膀底下。一个在为最高历史使命奋斗的人，无论有怎样的委屈、怎样的辛苦，她都会很幸福。

由此我推论，小舅那几天是痛苦的，因为小舅也有使命感。尽管我不清楚他脑子里具体想些什么（我的一言一行都受到我妈的监控，甚至我都不能和他通电话），可我能想象他那两天的沉默并非心甘情愿。这种沉默实际是在扇自己的脸。不是他不想站出来，而是他毫无办法。

本来他的想法是，通过全厂职工签名，来向上级表明态度，甚至走进法院。因为三千人的声音谁都不能装听不见，因为这样一来谁也不敢再说他不能代表三千人了，他也就不是吓唬谁了。可是来签名的不过一二百人，那他还能有什么话说？还能有什么办法？这个冬天并不冷，可他觉着骨头都冻酥了。

然而事情在起变化。谁都没有料到，轰动一时的"矿机厂员工购股事件"就是在绝望中发生的。这个点子是由一个女人想出来的，这个女人叫杜月梅。

这是一个早晨，好像还下着小雨，很冷，杜月梅穿着白大褂撑着一把伞，从小路上慢慢走过来，她走到篱笆外头喊：朱卫国，朱卫国！

我妈开头一见是杜月梅，还挺高兴，说进来吧，快进来，瞧外头多冷。我妈为什么欢迎杜月梅？这心理很奇特很复杂，也许她觉得这时候小舅特别需要杜月梅，只有杜月梅才能安慰小舅。也许她还有点阴暗心理，觉得反正小舅妈不在家，正好给他们一个机会。总之她非常热情地欢迎了杜月梅。

可是杜月梅没有进来，这个家她是不可能进来的。她说谢谢你大姑，我说几句话就走。这样小舅就隔着窗子和她说了几句话。就是这几句话，让小舅突然站立起来，自此再也没有人能阻拦他。几句话是这样的：

杜月梅：你真的就这么算了？

小舅：不算了又能怎么样？

杜月梅：孬种，朱卫国你真孬！

小舅：不是我孬，是咱厂的工人太孬。

杜月梅：你放屁，咱厂搞成这样是工人造成的吗？

小舅：那是另一回事。

杜月梅：厂门口的公告你看了没有？

小舅：我没看，不看我也知道是怎么回事。

杜月梅：你真该好好看看。员工购股是什么意思？

小舅：还想让工人掏钱呗，现在谁还愿意掏啊，上当还没上够啊？

杜月梅：你说工人成了股东，工人自己说了能算，他们还愿意不愿意掏？

小舅：就是愿意也没用，现在谁还掏得出钱来？

杜月梅：不见得。说着她从怀里摸出一个红本子来，说：你忘了，咱厂是搞过房改的，谁家没有这个东西？有这个东西，就能上银行，抵押贷款！

小舅呆掉了，接着是浑身簌簌地抖。他说：你是说，拼了？

杜月梅眼睛亮着：拼了。

小舅：可是，可是……

杜月梅：可是什么？

小舅：可是你愿意拼，我愿意拼，大家都愿意拼吗？

杜月梅没有回答。她定定地瞅着小舅，瞅了好大一会儿，然后掉头就走。她越走越快，越走越快，然后再也没有回头。她举着一把小花伞，碎碎的那种小花，在灰蒙蒙的烟雨中越走越远。我相信，那一刻在小舅眼中，这是一团火，而且突然就燃烧起来。

后来我想，这种点子也只有杜月梅才能想得出来。这用信任解释不了，用爱情也解释不了（爱情没有那么伟大）。根本的原因是，这是一种在绝境中求生存的本能。只有一个濒临绝境的人，才会去认真思考、反复盘点自己手中究竟还剩下一些什么样的资源。也许在她心里不止一次想到过要拿房产证去换钱，她不止一次抚摸过那个红本子，在她女儿要做手术的时候，在她一次次去霓虹灯下游荡的时候。可最终她没有那样做，可能这就叫天意。

我小舅那一代人从前的工资是非常低的，一个月只有几十元。他们在那个时代被告知这叫低工资高福利，是由国家负责他的医疗、住房，和子女教育的。我想这是为了平等，因为集中起来的财富办起了食堂、幼儿园、公费医疗、免费住房。这是低工资换来的，虽然不是很灵活的选择，但毕竟是不花钱的。据说这能最大限度地利用宝贵的资源。但接下来的事就很难解释，有人来说，为了更好的生活出现，我们必须改革，房子要卖给个人，医疗要自己交保险，幼儿园和食堂要交给专门的公司管理。一个工人，忍受了几十年的低收入，他创造的大部分价值已经变成了他的住房、公费医疗和幼儿园，这些东西本来就属于他的。凭什么要他们用嘴巴里一点点抠出来的钱去买回原本就属于自己的东西？又有人来说，已经考虑到你们的贡献，所以一间住房只要一两万块就可以买下来，你们已经占了大便宜了。可是按照当年的承诺，他们本该一分钱不花的啊。但他们还是把钱掏出来了，他们相信这叫阵痛，是必须为将来的好日子付出的代价。而现在，他们期盼的好日子并没有出现，甚至连住房也要舍去了，他们要付出双倍的价钱，买回本来属于自己的工厂，买回属于自己的劳动权利。

　　我认为小舅当时可能想到了这些,也可能想得不太清楚,他只能用两个字来表达:拼了。我相信小舅当时两眼是冒着火的,它们被一把小花伞点燃了,放出了异样的光彩。小舅就是带着这样的光彩,拉开门冲了出去。

　　我妈一把没有拉住,然后腿一软就跌坐在地。

　　她捶着水泥地,喊到了嗓音破碎。大头啊,你是找死啊——

八

　　我不清楚小舅这一次是怎么发动成功的。几乎是在一夜之间,全厂工人都活过来了,各家各户都在翻箱倒柜找那个小红本子。起码他们都在思考,要不要购买厂里的股权。也许这一次,大家都意识到了个人的危机。也许这一次,大家都觉着比上一次实在。也许股权二字,让人们看到了自己的利益。也许,在限定时间内,允许员工购股是政府的号召。也许是小舅拿着自己家的红本子做出了表率,也许大家觉得连杜月梅都舍得一搏,咱们还不敢搏? 总之人人都莫名其妙地兴奋起来,行动起来。

　　其实在工人心目中,真正的疑虑不是舍不得一搏,而是看不到前途。他们都算准了,上级领导是不会让小舅这样的人当厂长的。他说了不算,所以说什么也等于放屁。谁愿意冒着风险跟着说话放屁的人干呢? 他们上当上得还少吗? 而现在就不同了,股权二字就意味着权利,意味着他们自己也能说了算,他们想让谁当厂长就让谁当,他们看着谁不顺眼就把他撸下来。所以开大会的那天晚上,要不要以房产为抵押购买工厂的股权已经不成为问题,大部分人已开始有了信心,愿意跟着小舅搏一把。他们更关心的是,你朱卫国究竟有什么点子能让工厂起死回生? 头一个问题就是这个。

　　那天我们报社去了十几个人,毕竟这是本市最震撼的新闻。在这样的时刻有人逆潮流而动,这比人咬狗还来劲。大会是在矿机厂的金砂库开的,密密麻麻站了好几千人。小舅他们几个站在行车上,在探照灯下,人看上去渺小得很。

　　小舅说,我没有什么点子,点子靠大家出。但是我知道咱们厂是怎么一天一天落到这一步的,知道了原因就不难想出办法。另外我还知道咱是工人,咱工人卖的是力气靠的是技术,只要有活干咱就能把日子打发得快快活活。

　　小舅说,上哪找活干? 到市场上去找。我就不相信,咱们厂有这么好的设备,这么好的技术工人,在市场上找不到一口饭吃? 搞不过一个街道工厂? 搞不过一个乡镇企业? 说到天边我都不相信。

　　小舅说,胡七你们知道吧? 他是我徒弟,是个没出息的人。可就是这个没出息的人,开了一个小厂,生产铁葫芦,卖到美国去了。现在他还要生产家用割草机,成了一家大公司。这些破玩意儿咱们生产不出来?

　　小舅说,我还知道一个窍门:随便找一家外国公司,挂上外企的牌子,不要他真出钱,咱就可以免好多税。如果产品能出口,咱还能退税,缴多少退多少。你们知道为什么外企的员工工资高? 那都是咱们缴税给他们开工资啊。他们拿了钱还不感谢咱,还笑咱没有竞争力,不会经营! 这他妈×还讲理不讲?

我的小舅，从来不是个能言善辩之士，我也从来没听他说过一段完整的囫囵意思。可这会儿他的清晰准确，他的生动犀利，有如神助。他足足讲了半个钟头，一个磕巴都不打。从公司的组织到生产经营，从股东的权利到办事的章程，他似乎早就想好了，他早就在等着这一天，等着这一刻。我甚至有点怀疑，本省又一颗企业家明星就这么升起来了？这样的结果绝对超出想象。

这是个真正激动人心的不眠之夜。几乎没有多少异议，就通过了拿房产证抵押贷款的办法。唯一的疑惑是，这一切好像太容易了。根据以往的经验，太容易的事，往往都隐含着危险。所以有人提出来，大家最好绑在一起共进退，如果出现意外不能控股的话谁都不要出一分钱。小舅说，那怎么可能呢？还给大家解释，这次改制是市政府下的文件，对矿机厂资产评估是财政局下的文件，要求员工在有效期内自愿购股是厂里贴出的公告，而且时间这么紧，不可能说变就变的。接下来就是登记造册，回家去拿红本本，连夜干。

当然也有不同意见，那就是厂领导和准备入主的港龙公司，但在那样的气氛下他们的声音是微弱的。白纸黑字，覆水难收，他们说了也是白说。他们原先也没有估计到会出现这样的局面。他们认为工人再也拿不出钱了，即使有钱也不敢往外拿了。他们不相信兔子急了也会咬人。

实事求是地说，这么大一个矿机厂估价三千万，确实等于白送。但从市政府的角度看，由于国有资本存量太大难以卖掉，就干脆采用"界定"的方式，把企业创建时的初始投资算作国有，而以后的投资和积累都被"界定"为法人资产。他们的想法是能捞回一个是一个。这种改革堪称界定式改革。只是这么一界定，庞大的企业资产便从国家账面上消失并转入内部人手中，再经优惠赎买，余下的国有资产就缩水成了三千万。原来人们心目中的几代人积累起来的国有资产被大笔一挥就这么界定掉了。

这是一个显而易见的漏洞。以矿机厂三千多职工计算，一个人只要拿出几千元就已经取得了绝对控股地位。这样的好事小舅他们也觉得不踏实，所以又连夜派人请律师，后来是委托了省里一家著名的律师事务所来代理所有的公证、贷款事项。这样到了第九天，差不多已经板上钉钉了，连贷款银行都已经来厂实地调查过了，但矿机厂职工集体购股却成了一个事件！

原来的头条新闻变成了绝对机密。

就在这天夜里，市里下发了29号文件。文件提出了本市正在进行的企业改制进程中实行"经营者持大股"的原则，并且强调要确保核心经营者能持大股。文件对股权结构做出了规定：在股本设置时，要向经营层倾斜，鼓励企业经营层多持股、持大股，避免平均持股；鼓励企业法人代表多渠道筹资买断企业法人股，资金不足者，允许他们在三到五年内分期付清，亦可以以未来的红利冲抵；在以个人股本作抵押的前提下，也可将企业的银行短期贷款优先划转到企业经营层个人的名下，实行贷款转股本，引导贷款扩股向企业经营层集中。显然，这就是针对矿机厂来的。他们就是要把矿机厂界定为内部人所有，在内部人中又界定老板拿大头，看你能怎么样？

市里来传达文件的那个人，把文件念完后，还笑着对小舅说，朱卫国同志，根据文件精神，你最少能拿3％啊，你以后就是大老板啦。

小舅跳起来抓过那文件，抖抖地问：那以前说的都是放屁？

那人吓得身子往后一仰，说你这个同志，怎么能这样说话呢？

小舅噢地大叫了一声，然后人就一点一点矮了下去。他想抓住那人的胳膊没有抓住，然后就跪在了地上。然后他咚咚地给他们磕头，说我求求你们了，无论如何请你们发发慈悲，把工人的房产证退给他们，还给他们，那是他们最后一点东西了。说我求求你们，求求你们了！

那人说，你是个省劳模，还是个领导干部，你看看你现在像个什么样子？你不能文明一点吗？没吃过猪肉还没见过猪跑吗？他后来掸掸袖口放缓了语气：

你还是不是共产党员？

小舅号啕大哭。

写到这里，我浑身颤抖，无法打字。我只能用"一指禅"在键盘上乱敲。我不能停下来，停下来我要发疯。我也写不下去，再写下去我也要发疯。

矿机厂事件和29号文件在报社内部传达以后，我们报社也疯了。他们说，这是有屎以来最臭的一泡屎，当今世界上哪去找这么好的投资环境？他们说，工人也太无知了，这帮人也太无耻了，究竟有没有长过牙（齿）啊？他们说，早知道这样，大家都应该到国营企业混，一觉睡过来就是个百万富翁。西门庆说得更绝，他说这就叫君要臣富，臣不得不富；父要子贫，子不得不贫。他托着腮撅着嘴，拇指恶狠狠地扣进下巴里庄严宣告：宁赠友邦，不予家奴！

我瞧着西门庆那颗硕大的脑袋，发觉那里面真的装满了智慧，就忽然像见到了救苦救难的菩萨。我说，求求你西门大官人，你写了那么多苦难也给工人写一点吧，为什么不写写我小舅？我小舅真够你写的！西门庆怔着说，你真认为我应该写？我说当然，你是写苦难的高手啊。他说不对吧？我说怎么不对？他说写了你给我发表？我说你都成大作家了，我不就想借你的名气用一下吗？可是他身子一扭就进了厕所。我又跟进去求他，我说我给你磕个头行不行？

他甩着他的家伙笑起来，说你呀你呀你呀，你小子太现实主义了，太当下了。现在说的苦难都是没有历史内容的苦难，是抽象的人类苦难。你怎么连这个都不懂？那还搞什么纯文学？再说你小舅都那么大岁数了，他还有性能力吗？没有精彩的性狂欢，苦难怎么能被超越呢？不能超越的苦难还能叫苦难吗？

后来我说我听明白了，没事找抽，是挺苦也挺难的。你也能当主编了。

九

我离开报社半年以后的一个早晨，我正坐在工地的一堆钢筋上吸烟，冷丁看见一个穿白大褂戴大口罩的妇女在路口卖早点。她喊着：珍珠奶茶，热的，珍珠奶茶，热的！

我心里一动，就走过去。杜月梅见是我，也把口罩摘了下来。我说杜姨你还干这个呀，说完了又有些尴尬。她说，不干这个我能干什么？不过她很快告诉我：那个事我不干了。于是我知道她们家小改已经出院了，失去了一条右腿。我们简单聊了几句就分开了，我还得去干活，也不能耽误她做生意。分手时她突然说：我信教了，现在心里平静得很。

我心里又一动，有点好奇，就问：能不能带我也去看看？她说行。这样就约好晚上见。这样，我又见到了另外一种生活。

杜月梅领着我去了一个居民点，那是教友聚会的一个点。杜月梅告诉我，矿机厂有不少人参加了教会。那天是大家为一个困难教友捐款，领头的一个老太太说，某某姊妹家里出了点事，大家想一想要不要帮她一把？大家说好的呀，要帮的呀。于是就有人把方桌抬到屋子中间，一个人把电灯关了,说,开始吧。然后就听见有人在掏钱。又有人问,好了没有？好了。然后灯又亮了,我看见桌上堆了一些钱。有十块的有五块的,也有二十的五十的。

忽然就有些感动,我说我也捐一点吧。杜月梅赶紧把我拦住,说这样不好,在这儿帮人是用心帮,你这样做反而亵渎了主。然后就把桌子抬开,大家再也不提这件事。然后就唱歌：

> 为了我们的罪恶,他受伤
> 为了我们的正义,他挨打
> 因他受责罚,我们得健康
> 因他受鞭打,我们得医治
> 我们是一群迷途的羔羊
> 各走自己的路
> 但我们一切的罪过
> 上主都使他替我们承当
> 哈里路亚,哈里路亚！

我不知道杜月梅心里除了主以外还有没有小舅,而我听见这样的歌只能想起小舅。我的眼睛模糊了,眼前飘起了漫天雪花。我不知杜月梅怎么想,只知道自己并没有平静。

从我的住处望出去,巷口就有霓虹灯,灯下有一些女人在游击。我知道杜月梅是退出去了,可又有千百个杜月梅站出来。我记起耶稣在山上的一个故事：众人抓住了一个行淫的妇人,就把她抓去见耶稣,众人都喊着：砸死她,砸死她！耶稣低着头在地上写字,好半天终于抬起头来,说：你们中间谁认为自己是无罪的,谁就可以用石头砸这妇人。众人你看看我,我看看你,最后都走了。

有时我也会思考,比如良知,比如正义,比如救赎什么的。当然更多的时候我什么也不想,只是为当天的工钱操心。其实我也想不了什么,比如我都不知道为什么自己还留在这座城市里。

月月说,你不就是想看看人间吗？这就是人间。月月说,富人的快乐都是相似的,穷人的痛苦各有各的不同,而且痛得稀奇古怪。月月不读托尔斯泰,却能说出这么经典的话来,让我很惭愧。

月月有时候也会来看我,来了就带一包卤菜,把我灌得烂醉。有一天她突然小声说,回家吧,我姑眼睛都快哭瞎了。说完就偷偷观察我的脸色。当时心里是刺了一下,可很快就没有了那种感觉。我是下过决心要独立生活的,我顶多有时间回去看看他们。我不可能再回到过去了。

我租的这间小阁楼很好,视野很开阔,只是有点漏,一到下雨就滴答,滴答,好像总在提醒我点什么。提醒我什么呢？

九月的一天,我给老板押车,车过矿机厂的时候,心跳忽然加速,颤个不停,我就跳下来了。我看见矿机厂的大铁门是关着的,门下长满了蒿草,只有港龙股份有限公司的铜牌牌还挂在门外。铜牌上不知让谁屙了一泡屎,是用那种小学生作业纸包着的,于是我就笑了。笑着笑着,我突然明白,我之所以不走,其实就是在等待,我想等着最后一个结果。可是这个结果始终不来。

现在这个港龙公司的牌子虽然还挂着,可他们毕竟退出去了。那几个领导虽然还是领导,可卖厂毕竟不那么容易。因为据说现在上边已经有了明确说法,禁止这种自己定价自己买的内部人交易。也因为小舅虽然不在了,但他的幽灵还在厂里游荡,矿机厂还有三千多双眼睛。也许那些人并没有死心,他们也在等待,等着下一个机会。本市的企业改制依然成绩很大很大,问题很小很小。29号文件再也没有人提起,就像从来没有发生过一样。事情就是这样僵着。我也这样等着。我相信矿机厂三千多职工也是这样等着。

实际上小舅在那个29号文件宣布的第三天就死了。死得很突然。但他没有白死,他的灵魂一直守在矿机厂里。他死的时候,矿机厂改制领导小组公布的方案刚刚贴出来,还没有干透。在这个方案里,朱卫国的名下写着3%的股权。

我想正是这3%的股权,让小舅彻底孤立了,崩溃了。在他看来,他做的一切不过是彻头彻尾的表演。他唯一想做的事,就是赶紧把房产证还给大家。可是就这一点,他都没有办法做到。他们回答,你不是说员工自愿购股的吗?

他没有办法解释,也没有人再相信任何解释。这是他第三次欺骗了他的老少爷们、兄弟姐妹。除了死,他没有办法证明自己。除了死,他也没有办法让他们良心发现。事不过三啊。

他都已经那样了,他就不能不这样!

小舅自己砸死了自己,他为自己选择了一种最好的方式。躺在空气锤下,怀里抱着脚踏开关,那一刻我猜他没有犹豫。另外,此前他也过了一把瘾:那台空气锤周围,扔了一地的酒瓶子,还有一堆新打的镰刀和斧头。镰刀有长的短的,带齿的带钩的。斧头有宽的窄的,带改锥带撬爪的。我猜他站在火光里,抿上一口酒,然后叮叮当当敲打这些东西的时候,是快乐的。因为那才是他真正热爱的一种生活,那才是他身心舒畅灵魂飞升的舞台。

临死前他有没有想到过罗蒂?也许他至死都不曾想过。其实他的命运罗蒂早就暗示给他了。

在最后一刻,他有没有想到过他的姥爷,我的外爷爷?我猜他是想过的。因为那个素描画上的人一直是他心目中的英雄。他就像那个卖火柴的小女孩,在火光中看到了那个英雄。他向往那种生活。那个人肩上扛着铁栅栏,身上中了十几枪,可还喊叫着,让他的狱友往外冲。

冲啊,冲啊,为了明天,为了下一代,为了……冲啊,冲啊!

我们得到消息已经是早晨九点多了。几乎全厂人都到齐了,密密麻麻站了一地,全都挤在车间外面,当时正是大雪飞扬。

当时焦炭炉还没有熄灭,小舅平躺在工作台上,穿着工作服和大围裙,可是他的脑袋已经没了。没有了头颅的身躯并不可怕,只是有点怪。

我妈扑上去喊:大头啊,你怎么这么傻啊?不值啊真的不值啊!

月月抓着小舅的手猛扇自己耳光:爸呀爸呀,我对不起你呀!

那一刻哭声震天,他的徒弟们一个一个扑通扑通跪在雪地里,杜月梅也在他们中间,他们哭着叫着,师傅啊,师傅啊。

只有外婆一个人没有哭。我们告诉她,小舅已经走了,小舅这回真的走了。外婆拉拉小舅的手说:好,走了好。我们跟她解释不清,又不敢给她看小舅没有头颅的躯体。外婆就固执地认为大头是去那儿了,说:走了好,那儿好啊!

那天的雪花出奇的大,一片一片都跟小孩手掌似的。雪花直直地泼下来,不一会儿就把大地给抹平了。那是憋了一冬的雪,所以才格外地激烈和肃穆,格外地庄严和洁白。

两天以后,矿机厂把职工的房产证退还给了大家。五天以后,港龙公司宣布撤出矿机厂。这年年底,也是这么个下雪天,市里忽然放起了炮仗,离过年还好些日子呢,居然噼里啪啦炸了一夜。后来才听说,市头头被抓进去好几个。

矿机厂也来了一个调查组。据说调查组讲了两个"没想到":一是没想到一个停产几年的工厂能保养得这么好(不知是什么人,居然还去保养设备);二是没想到矿机厂这支队伍还是这么整齐。

我想,小舅这回该瞑目了吧。

2004 年写毕于春节,6 月 26 日再改

(原载《当代》2004 年第 5 期)

穿堂风

刘庆邦

他的名字叫瞧,因是个瞎子,村里人就把他叫成瞎瞧。他是胎里瞎,一生下来就两眼一抹黑,什么都看不见,可不是瞎瞧么!除了眼睛先天有缺陷,他不少胳膊不短腿,身体别的方面还算全活。然而人的身体如同一台机器,缺少了任何一个部件都不灵,整台"机器"都不能正常发动,运转。比如瞎瞧的两条腿,没有眼睛指明道路,他的两条腿就迈不出去,就不能发挥腿的功能,有腿跟没腿也差不多。不能走动的瞎瞧只能一年到头在屋里待着。下雨了下雪了,他在屋里待着;收麦天,村里人忙得脚后跟打腔锤子,他还是一个人在屋里待着。

瞎瞧也不是一点用处都没有,村里人如果有人受了屈,或心里憋得慌,想找个人说说话,他们就找瞎瞧去了。他们找别人不一定找得到,找瞎瞧一准能找到。瞎瞧像是一棵树,一棵椿树或一棵石榴树,老是待在一个地方。没人找他的时候,他在地上站着,右手的食指和中指岔开,捣着两个没有眼珠的眼窝子,身子左转一下,右转一下,像是在做转体运动。听见有人来了,他就把手放下,停止转动,面向来人,脸上露出微笑的表情。他对谁都表示欢迎。有时来的是一个小闺女儿,小闺女儿在家里刚挨了娘的打,脸上的眼泪揉得满脸花。他把小闺女儿的小手拉住了,蹲下身子说:来,我替你出气!出气的办法,是拿着小闺女儿的小手打在自己脸上,一边打一边说:我叫你打人,我看你还打不打!有一下打得重一些,他故作惊讶道:哟我的娘哎,你别真打呀!这么一逗,小闺女儿就乐了。有时来的是一个叫金狼的残疾人。金狼小时候,娘给他拔火罐,拔在了脊梁骨上,结果把他的脊梁骨拔弯了,他就成了背锅子。腰上背了"锅子"的金狼干啥都差点劲,四十多岁了还没找下老婆。没老婆就没人说话,没人做伴,有事无事,金狼只好去找同样没娶老婆的瞎瞧。他们在一起也不一定说话,两相比较,金狼觉得自己眼能看人,腿能走路,比瞎瞧多少还是优越一些,这对他精神上像是一个安慰。

有时来的是一个不久前死了丈夫的中年妇女,妇女向瞎瞧打听,她丈夫在阴间干什么呢?因瞎瞧从黑暗中来,并一直生活在黑暗之中,有人认为他的处境应该与阴间有相通的地方,就问他能不能过阴。所谓过阴,就是阳间的人能到阴间去,与阴间的鬼对话,打探到阴间的一些消息,带回阳间来。瞎瞧顺水推舟,说他当然能过阴。既然能过阴,村里人不免向他打听阴间的事。他对那个妇女说,妇女的丈夫到阴间上大学去了,每天带着皮夹子,骑着自行车,上得高兴得很。得到好消息的妇女也很高兴,说她丈夫年轻时一直想上大学,在阳间没有上成,没想到在阴间遂了愿。不过妇女也有担心,问瞎瞧她丈夫身边有没有女同学,要是丈夫跟女同学好上了,将来会不会不再要她?妇女烦瞎瞧再到阴间替她问问,她丈夫有什么想法,会不会变心?瞎瞧答应再过阴,但白天不能过,要等到夜深人静、鸡不叫狗不咬的时候才能过。瞎瞧还说,他过一次阴也不容易,要上一个刀山,下一个火海,还得把七十二个把门的牛头马面都打败,累得歇上三天三夜都缓不过来。尽管每过一次阴都要付出相当大的代价,瞎瞧还是再次闯入了阴间,给妇女带回了好消息。他说妇女的丈夫说了,不管是上了大学,还是当了官,妇女的丈夫都不会起花心,会一直等着妇女到阴间跟丈夫团聚。妇女对这个消息非常满意,感动得直抽鼻子。后来村里的人们知道了,不管谁请瞎瞧过阴,瞎瞧从另一个世界带回的都是好消息,一个不好的消息都没有。谁都爱吃甜枣儿,不爱吃黄连,人们都愿意相信瞎瞧带回的消息是真的。越是日子过得不如意的人家,越愿意请瞎瞧过阴。这么说来,瞎瞧是专门让人高兴的。他虽然不会下地干活儿,不会给人吃,给人喝,但凡是找过他的人,比吃了他的,喝了他的,心里还快活。

瞎瞧的侄媳妇房林凤,跟别人的看法不大一样。房林凤不把瞎瞧喊叔,人前背后都把瞎瞧叫成瞎子。她说瞎子都是瞎说,谁都不要相信瞎子的话。她还说,瞎子该死了还不死,都六十多了,还活着干啥呢!房林凤这话是跟邻居说的,说的声音很大,故意让瞎子听见。瞎子的眼睛不行,要是耳朵也不行就好了,他就彻底清静了。无奈他的耳朵没什么毛病,该听见的,不该听见的,他都听得见。他的耳朵不但没什么毛病,仿佛因为他天生失明,使用耳朵多一些,他的耳朵显得特别灵,春天的第一滴春雨,冬天的第一朵落雪,都是他先听见。侄媳妇跟邻居说的话他听见了,不止一次听见了。听见了能怎么样呢,他脸上一寒,把眉毛低下了。他的眼睛不存在,眉毛还是存在的。他的两道眉毛细细的,弯弯的,如两个修饰性的括号。可惜他的"括号"是单向的,好像只有上"括号"没有下"括号",或者说只有前"括号",没有后"括号","括号"就括不到什么,也修饰不到什么。可既然眉毛存在着,对眼睛就有一些象征性,并能代替眼睛发挥一点作用。眉毛低下来,表明他在沉思。沉思的结果如何呢?他对侄媳妇希望他死提不出什么反对性的意见。就算他不想死,他也不敢说半个不字。现在他跟着侄媳妇生活,靠侄媳妇养活,侄媳妇给他端一口饭,他就有一口饭吃,侄媳妇不给他端呢,一口饭就没了。俗话说人以食为天,侄媳妇给他饭吃,就等于给一块天,不给他饭吃,他的天就得塌。他从来没有见过天是什么样,不知是青的还是白的,是黄的还是红的。他扬起眉毛,象征性地往天上望了望,并伸出一只手往天上够了够,预感不是很好,他的天似乎越压越低。

房林凤再给瞎子端饭时,当面把要瞎子死的话对瞎子说了出来。她给瞎子端的是半碗汤面条,瞎子伸着双手接时,她却不往瞎子手里递,瞎子向东边伸手,她往西边递,瞎子向西边伸手,她又往东边递。这样房林凤就有话说了,她说:连个饭碗都摸不着,还活着干什么,我看不胜死了他,谁该伺候你一辈子呢!

瞎子终于把饭碗接住,却不好意思就吃。侄媳妇把话说得这样直截了当,他没有一个态度恐怕说不过去。他承认自己是该死了,离死不会太远了。

侄媳妇问他离死到底还有多远,是一里还是二里?是三天还是两天?

让瞎子准确做出答复,瞎子也难。别管是谁,都是只知道自己出生的时间,不知道自己死的时间,等到死的那一刻,就什么都不知道了。且不说记死,就说睡觉吧,谁说得清自己是哪一分哪一秒睡的,你要是说得清,就不算睡着。瞎子叹了一口气,说:依我说我想这会儿就死,一口气上不来,比啥都强。谁都不怨,我就怨老天爷,老天爷不收我,我有啥办法呢!

侄媳妇说:你不要怨老天爷,你的命阎王爷管,不归老天爷管,别当我不知道。你不是会过阴吗,不是吹着认识阎王爷吗,你去问问阎王爷嘛,看看阎王爷啥时候招你回去。我看你还是不想死,要是想死的话,早几百年头里就死了。

爹死了,娘死了,哥死了,嫂死了,连侄子也死了,瞎瞧觉得自己真的没必要活着了。生产队那会儿,家里吃粮磨面靠人力推磨。那时候,瞎瞧还可以帮嫂子推推磨。现在都是用机器打面,石磨东扔一扇,西扔一扇,早就用不着了。年轻的时候,瞎瞧还学过拉弦子,曲胡、坠曲都会拉。下雨天或下雪天,无法下地干活,人们就到瞎瞧住的小屋去了,让瞎瞧拉一段。那么瞎瞧从床里侧的墙上取下一只曲胡,拧拧调弦的纽子,就拉。曲胡的琴杆是枣红色的,挺长。他坐在床边,把琴筒放在大腿上,琴杆的杆首要高过他的头。琴杆被他的虎口磨得很光滑,滑得闪着紫红的亮光,像镀了一层玻璃质的东西。操琴时,他抚弦的手在琴杆上下翻飞,滑动极快。他握弓的手抽送得也极快,称得上弓如腾蛇,指似飞鸟。拉弦归拉弦,他闭着眼睛,谁都不看。他本来就没有眼睛,想看也不能看哪!也许他心里有一双眼睛,他只看着自己的内心。这样他拉弦子就拉得比较忘我,仿佛世界上只有琴声。他拉了一曲又一曲,把前去听琴的人都听得痴迷着。过春节时,有人拉了他的手,把他拉到村中大一点的场合,让他在那里拉琴。他拉着拉着,有人心潮涌起,便凑上来和着弦子唱戏。男人唱罢女人唱,一潮未平一潮又起,给人们带来的欢乐就大一些。这么说吧,全村的男男女女,老老少少,没有一个人没听过瞎瞧的琴声,他们都在瞎瞧的琴声里叹过气,走过神儿。小孩子是听着瞎瞧的琴声长大的,老年人则听着瞎瞧的琴声走完了人生的最后一程。自从侄子死后,瞎瞧就不再拉弦子。侄子死时岁数不大,才五十多岁。侄子活着时,都是由侄子给他买琴弦,买涩弓子用的松香。侄子一死就没人操弦子的心。弦子的丝线已经断了,琴筒上应该有松香的地方也光光的。有人难免仍到瞎瞧住的小屋让瞎瞧再拉弦子,瞎瞧把挂在墙上的两把胡琴一指,口气并不悲观,说胡琴的嗓子坏了,拉不成了。又说胡琴老了,底气不足了,该歇着了。细心的人走到床边,就近把胡琴看了看,见胡琴的纽子之间果然长了白发。那不是真的白发,是蜘蛛用极细的蛛丝结的蛛网。见大面积的人脸凑近蛛网,一只小蜘蛛大概吃惊不小,吓得赶紧溜到蛛网的边缘去了。

机会来了,是瞎瞧死的机会,也是房林凤让瞎子死的机会。瞎子住的小屋要扒掉,翻盖成新房,瞎子必须从小屋搬出来。房林凤自己住的房子翻盖过了,盖成四间砖瓦房。这次扒掉瞎子住的小屋,是利用那片宅基地,为房林凤的儿子盖房。房林凤的儿子到城里打工挣了钱,当然也要盖几间像样的房子。瞎子原来住的房子是两间矮趴趴的泥巴座草顶小屋,一间由瞎子住,另一间盛过柴草,养过牛,也拴过羊。这个小屋瞎子住了几十年,现在住不成了。季节到了秋后,秋风一阵凉似一阵,瞎子住到哪里去呢?按说房林凤应该让她的瞎叔到她的砖瓦房里住。房林凤才不呢。房林凤知道,因公爹长年在外面工作,瞎子年轻时,曾与婆婆不干不净过,这件事在村里传得七个八个,房林凤才不愿意让瞎子进她的房呢!房林凤的院子口搭有一个门楼,门楼下面有一个过道,她让瞎子住在过道里。等房子翻盖完成后,瞎子还能搬回去住吗?不能。房林凤已经放出话了,她的儿子才不让瞎子住新房呢。这就是说,瞎子出来后,再也回不去了,从草屋扒掉那天起,就预示着他从此无家可归。实际上,这是房林凤给瞎子规定的一个期限,一个死的期限,在这个期限内,瞎子应该死掉,或者必须死掉。瞎瞧不笨,他明白侄媳妇的意思,这等于侄媳妇给他判了死刑。古戏上都说秋后问斩,这个时间是对的。

门楼下的过道很窄,要是放一张小床,就等于把过道堵上一多半,进出很不方便。房林凤不让瞎瞧睡床了,靠过道一侧墙边的地上放一领折叠起来的秫秆箔,让瞎子睡在秫秆箔上。他们这里有一个规矩,人将死时,都不能再躺在里间屋,也不能再躺在床上,而是要抬到屋当门儿地上铺的秫秆箔上。秫秆箔也叫停尸箔。躺在秫秆箔上的瞎瞧,人还没死,心已经开始凉了。

过道一头有门,一头大敞着口子。门是老房上拆下来的旧木门,门上裂着宽缝子,挡风是有限的。过道往院子里吸风,过道口就是进风口,穿过过道的风叫穿堂风。风在村街上走着走着,遇到一个院子的过道口,就突然集中,并加快速度,向过道里涌去,因此穿堂风总是比较大,也比较迅猛,凌厉。打个比方,乡村河流上的小石桥总是比河道窄,当河里涨水时,水头就汹涌着往桥下挤,桥洞里的水流特别猛烈,冲击力特别强,谁要是从桥上掉下去,桥洞子一口就会把人吞掉。过道里的穿堂风就好比桥洞里的流水差不多。在夏天,人们对穿堂风是喜欢的。在外面干活出了一身汗,站到过道里让穿堂风吹一会儿,身上的汗就落下去了。夏天吃午饭,人们也愿意蹲在过道里吃,穿堂风溜溜地吹着,人们不必拿嘴吹热饭,风就把饭里的热气吹跑了。然而到了寒秋就不行了,人们从过道里走过,穿堂风吹得透骨凉,人们赶紧躲到屋里去。瞎瞧无处可躲,只能听凭穿堂风发落。穿堂风穿过他的被子、衣服、皮肤、骨头,还有五脏六腑,都可以。既然侄媳妇给他规定了死期,他自己也没提出什么异议,那就赶快死吧。

别人都渴望生,瞎瞧这时候渴望死。最好是头天晚上睡着,一觉睡死过去,第二天早上就起不来了,永远起不来了。可是,第二天第三天早上,窗台上的公鸡一叫,他又醒过来了。他摸摸鼻子,鼻孔还能出气。摸摸小肚子,小肚子还是热的。真烦人!有那么一刻,他在秫秆箔上躺直,衣服拉展,扣子扣齐,双腿并拢,双手放在身体两侧,闭上嘴巴开始憋气。不就是一口气嘛,他把气憋住,不让气出来,不就完了。不料他把气憋到了最大限度,憋得肚子和腮帮子都鼓了起来,到底未能把一口气憋住。他的牙把气咬住,鼻孔里没有牙,气都从鼻孔里冒了出来。看来一个人想死也不是那么容易的。

直到第五天早上,瞎瞧身上才起了烧。他觉得胳膊腿儿冷得直打抽抽儿,摸摸脑门子,脑门子已经热得烫手。掺了曲粉子的麦仁儿起了烧,就会烧得稀软,变成酒酿子。包了湿麻叶和棉被的熟黄豆起了烧,豆子上就会长白毛,变成臭豆子。身上起了烧的瞎瞧似乎有些欢喜,人一起烧,离死就不远了。这天他一直在箔上躺着,吃午饭时都没起来。帮着儿子盖新房的房林凤来回从过道里走,看见瞎子跟没看见一样,她大概提前把瞎子当成了死人。瞎子觉得应该把自己发烧的消息向佺媳妇报告一下,就报告了。佺媳妇没有伸手摸他的脑门儿,没说给他请医生,也没有显得太高兴,只是问:那你晌午还吃饭吗?

瞎子回答得有些犹豫,说,那就不吃了吧!

佺媳妇说,不吃就不吃,这可是你自己说的。

天阴了,下起了小雨。雨落在地上,落在杨树叶上,落在柴草垛上,落在哪儿,就把哪儿变湿,颜色变深。鸡的翅膀也淋湿了,一淋湿它们的羽毛就失去了光彩,变成了所谓落汤鸡。落汤鸡们不想继续落汤,三三两两踱到门楼下的过道里避雨去了。其实过道里避雨效果并不好,除了风更紧,更冷,秋风还裹着斜雨,溂了过道里。那些借了风力的斜雨射在地上丁丁的,简直像是雪粒子。鸡们大概顶不住了,它们缩成一团,提起一条腿,纷纷呻吟起来。

瞎瞧也想呻吟,可他使劲忍住了。鸡的呻吟是给人听的,他呻吟给谁听呢!

翻盖房子期间最好是响晴天,阴天下雨是让人讨厌的。于是房林凤骂人,骂老天爷。她骂老天爷不长眼,早不下,晚不下,为啥单等她家盖房子时才下雨呢!

瞎瞧死了。村里有了这样的说法儿。瞎瞧尽管是个瞎子,他也是村里的一口人哪!是一个人,就不是一只猫,一只狗,死了也算一件事呀!老辈子传下来的章程,不管谁家死了人,不管人是啥时候死的,人在刚断气之后,都要放三声炮向全村人知会一下,让村里人知道,村里又死了一口人。可这两天一声炮响也没听见,怎么就说瞎瞧死了呢?

背锅子的金狼,踏着泥巴找瞎瞧来了,在过道的地上找到了瞎瞧。按辈数,他该把瞎瞧叫瞎爷。瞎爷的被子蒙着头,粗布蓝印花被被雨水溂湿了半截。金狼没敢掀瞎爷的被头,他想象不出瞎爷死后是什么样子,他害怕看死人。他问:瞎爷,瞎爷,你当真死了吗?

瞎爷在被子下面嗯了一声。

金狼说:人家都说你死了,你没死呀!

瞎爷说:快了,也就是这一两天的事儿。你来得正是时候,你要再晚来两天,咱俩就说不成话了。你不想再看我一眼吗?

我不敢,我害怕死人。

我不是跟你说了嘛,我还没死呢,一点儿都不吓人。

金狼这才蹲下来,小心地把盖在瞎爷脸上的被子掀开了。金狼还是吃了一惊,因为瞎爷的脸太白了,白得像沤烂的麦草下面长出来的蘑菇一样。

瞎爷说:你看,我说没死吧。你摸摸我的鼻子,还会出气呢。

金狼把手背到身子后头去了,他说:瞎爷,我不想让你死。

瞎爷说:这事儿你不当家,我也不当家,该死的时候,谁都得死。

你死了,我就找不到人说话了。

我到阴间等你,等你到了阴间,咱爷儿俩再说话。

到了阴间,你的眼还瞎吗?

看你这孩子说的,到了阴间还瞎什么!我的两只眼睛变得明明亮亮的,大闺女经我的眼看,小腰儿就变得软软的。

金狼这才放松下来,问,那我呢,到了阴间,我的腰还背锅子吗?

我敢保证,到了阴间,你的腰会挺得比杨树都直,谁的腰都比不上你的腰直。到那时候,大闺女会争着嫁给你。

金狼像吃了一枚定心丸,咧嘴笑了,说,那,我也到阴间去。

老队长也来看瞎瞧了。老队长虽然七十多岁了,辈分却比瞎瞧小,应该喊瞎瞧为瞎叔。老队长是个爱说笑话的人,他说,瞎叔,村里人都说你走了,你这不是还出着气嘛!

瞎叔说,气出不长了,秋后的蚂蚱,没几天蹦跶。

老队长把死说成走,说,说走就走吗?你急什么!等过罢年,春暖花开时再走也不晚哪!

瞎叔说,我在阳间待的时间不算短了,该走了,轮也轮到我了。打我记事起,村里年年都走人,走一个,我心里记一个。到今天为止,村里已经走了一百零五个人了。我这两天一走,就是一百零六个。

老队长心里打了个沉儿,方知道瞎叔是个心里有数的人。村里一共走了多少人,恐怕别人心里都没数,只有瞎叔心里有数。瞎叔走了之后呢,也许再也没人记数了,永远都是一笔糊涂账。他呢,也得落到糊涂账里头,成一个糊涂鬼。老队长也有些悲观,他说,要走就走吧,反正早晚都得走,早走早清净。你提前问问那边管事儿的没有,到阴间你准备干啥呢?

我问过了,我一到那边,那边的人就安排我到戏班子里拉弦子。

要得欢,进戏班,老队长认为拉弦子的差事不错。他要瞎叔临走时一定想着把两把弦子带走,别忘在这边。到阴间虽说不愁买不到弦子,但这两把弦子瞎叔毕竟拉了几十年,用习惯了。说到弦子,老队长就往墙上瞅,墙上没挂着弦子。老队长问,你的弦子呢?

弦子?弦子没在墙上挂着吗?他发烧烧得可能有些不大清醒了,以为自己还住在原来的小屋里,从被窝里伸出一只手往墙上摸。

老队长说,你不用摸了,墙上啥都没有。他喊房林凤,问,瞎叔的弦子呢?

房林凤说,我也不知道,扒房子弄得那么乱,谁知道弦子扔到哪儿去了。

你去找找,把弦子给瞎叔拿过来。

我没地方找。

老队长生气了。房林凤故意把瞎叔放在过道里冷冻,冻病了也不找医生给瞎叔看看,明摆是不让瞎叔活,这女人做得太过分了。老队长说,不行,你必须把弦子给我找到,找不到我不愿你的意!

老队长是房林凤远房的堂哥。见堂哥发了脾气,房林凤不敢不去找弦子。临去找弦子,她还小声嘟囔着犟嘴,说,他又拉不成了,还要弦子干什么!

过了阳间,还有阴间,瞎叔在阳间拉不成了,不等于到阴间也拉不成。谁都有到阴间的那一天,你到了阴间,说不定还得听瞎叔拉弦子呢。

我不听!我不去阴间!

这不是你想去不想去的问题。

房林凤把弦子找来了,两把弦子都成了残废。那把坠胡的杆首被摔断了,没有了头,只剩下尾。而那把曲胡下面的琴筒没有了,没有了尾,只剩下头。房林凤一手握着两把残缺不全的弦子,像随便拿着两根柴火,还是被雨淋湿的柴火,交给了老队长。

老队长没有告诉瞎叔弦子坏了,这两把弦子是瞎叔平生的心爱之物,弦子陪瞎叔笑过,陪瞎叔哭过,瞎叔的喜怒哀乐都在弦子肚子里装着,倘是瞎叔知道他的弦子坏成这样,不知有多伤心呢! 他说,瞎叔,你的弦子拿来了,两把弦子都好好的。

瞎叔的手抬起来了,显然是想把弦子摸一摸。

老队长把弦子递到瞎叔手里,让瞎叔摸。少尾的那一把,他只让瞎叔摸头;没头的那一把,他只让瞎叔摸尾。瞎叔的手又瘦又弱,苍白得好像只剩下几根绿筋。瞎叔的手颤抖得厉害,仿佛知道他的弦子已经坏了,又仿佛在与阳间的弦子作最后的告别。以前瞎叔拉弦子时,手指也这样颤抖过,那是为了让弦子发出颤音,是出于技术上的需要。现在的颤抖是从内部发出来的,瞎叔已管不住自己,想不颤抖都不行了。

雨还在下,村里不少人都去看瞎瞧。其中有一个当娘的,儿子前几天刚在煤窑里被砸死了,她还处在悲痛之中。她叫瞎瞧瞎哥,她想请瞎哥过一下阴,看看她儿子在阴间干啥呢,嘱咐她儿子一句,在阴间千万不要再下煤窑了,阴间太阴,煤窑也太阴,儿子会受不了。她喊了瞎哥好几声,瞎哥都不答应。瞎哥的眉毛动了动,像是答应的样子,但到底没有答应。瞎哥的嘴微张着,出气回气都很费劲,看来过阴是过不动了。那么这样一来,村里再也无人会过阴,再也无法从阴间带回好消息,阳间的人再也无从得到安慰。当娘的顿感失望,眼泪扑簌簌滚了下来。

一天下午,三声小炮响过,瞎瞧死了。从小屋搬出来后,他只存活了八天。

瞎瞧死后,人们才意识到瞎瞧其实是一个很有意思的人,以后再也不会出现那样有意思的人了。人们心里一时空落落的。

(原载《人民文学》2006 年第 4 期)

骄傲的皮匠

王安忆

一

倘若要说明这块方寸之地为什么属于小皮匠,大约就要涉及这近代城市的发展史了,具体地说来,且又是一些个别的人和事。最初时候,这片地方还是在城市的近郊,外国人在这里开了墓园,本地人称"外国坟山"。四周就有了一些鲜花店,蜡烛店,还有出售木雕和石刻的十字架、小天使、耶稣圣母像等等装饰墓地的用物。后来,墓园的边缘,那些连接田地的地方,被开辟出来埋葬中国人,墓园扩大了,周遭就有了中国殡葬习俗的店铺:香烛、纸扎、寿衣、锡箔、中国样式的棺椁。再后来,墓园越延越广,最深远处,其实已成荒冢。终于有一天,工部局征下地皮,准备建住宅区。第一要务清理墓地,也就是本地人说的"坟山"。先在报纸上登了七天启事,让中国人来迁坟,无人认领的墓便拾骨平地,一总焚烧,只留下外国人的墓地,用围墙圈起来。这样,周遭的殡葬业便不驱自散了。等这片地方建起几条弄堂和一排洋房,初具街区规模,就又有一些当年的旧业主回来,不过都转了行。有的摆水果摊,有的是馄饨挑,还有的做了看弄堂的人。其中有一个浦东人,原来是卖锡箔的,现在骑了脚踏车,车后面坐一个蒲包,包里面是河鲜鱼虾,挨家挨户兜售。渐渐与住户相熟,还和一个山东籍的巡捕交了朋友,就在一条弄堂口搭出偏厦,卖虾肉馄饨,将原先的柴爿馄饨挑挤走了。浦东人的女人也从乡下上来,镇日坐在弄堂口挤虾仁。后来生意做大了,巡捕又到别处为他找了地方开店。这偏厦,其实只够放一个煤炉坐汤锅的,巡捕又让给一个铜匠做营生。后来,巡捕走了,铜匠自作主把地方让给他的同乡人,一个盐城乡下的皮匠。自此,这块地方就归了皮匠的行业以及家族。

在城里,所谓皮匠其实就是鞋匠。城市里又不像农村,有牲口的鞍具络口什么的,除去脚上一双鞋还有什么皮具?这个皮匠将手艺和地盘传给了儿子,自己回乡下度晚年了。然后,儿子也老了,从小皮匠变成老皮匠。这个街区呢,随着城市的扩展,早已从边缘走向中心,但是,依然以居住为主,与闹市只相距一条马路。中间,皮匠也挪过几回地方。弄堂要卫生整顿,就让弄口的营生撤离,去什么地方?铜匠去了小菜场,补丝袜的女人回家里去,老虎灶关掉一个,那一家生煎包子铺归进区饮食公司,重新挂牌为合作食堂。皮匠摊收拾收拾,挪到马路对面,一排街心花园前。所谓街心花园只不过是一条两米宽的绿化带,沿墙十数米,墙里面是一所中等师范学校。师范学校总是女生多,女生脚上的鞋是需要经常修理的,纽襻断折,后跟磨损,帮和底脱胶。皮匠摊跟前的小马扎上,常常坐着一个女孩子,脱了鞋的脚踩在另一只脚的脚背上,等待皮匠做完她的活计,这情景看起来挺温馨的。过了一阵,却轮到整顿马路了,皮匠摊就又要被驱走。他收拾收拾,再回到原先的弄堂口。那弄堂口多少有些阴暗,可是比较安定一些,过街楼避风挡雨,有一面墙根,可以堆放他的那些胶皮啊、鞋跟啊、钉子线绳,还有等着做的活计,或者做好等人来取的活计,也一并靠墙根。弄堂里的人,要么不来,要来就是一大堆,大大小小,男男女女,单的棉的,但都不是急等,所以就放在他这里,过一两天再来取。也不要领取凭证,不见得能认识人,可鞋总归认识的,而且,鞋这样东西,也不怕别人错领的。安稳了一个时期,说不定又有哪一个部门来驱赶,皮匠总也没二话的,收拾收拾再搬,还是搬到马路对面。这一回可能不是在街心花园,而是一扇大门的门洞里。那幢公寓楼有着宽阔的门洞,但因为长年失修,门洞很破旧,木头门的油漆剥落了,墙壁和顶上的石灰也剥落了。皮匠摊设在台阶上退进去的地方,很妥帖,也很谐调的样子。要等到哪一天,大楼要大修了,皮匠就再搬出来。收拾收拾,回到弄堂口或者街心花园。总之,虽然是漂泊的,可总也漂泊不出这条街。倒未必是早年与山东巡捕的口头协议生效,恐怕没有人能够将历史回溯那么远,更不会有人认这本账。只是一个手艺人,他已经在这里做熟了,这里的人都是他的老主顾,他不能轻易放弃。这条街上的人,也习惯了他的活计,有时候他回乡下去几天,人们就将活计留着,等他回来做,并不会去找隔街的那个皮匠——顺便说一句,每条街都有每条街的皮匠。再说,他又不碍事的,各部门对他的驱赶其实也不认真,渐渐地,就形成事实。城管税务按月来收缴一些费用,皮匠摊就在弄口安顿下来了。现在,墙上敲了一排钉子,钉子底下是工具箱,一具铁皮柜。每天早上,工具箱横过来,与墙面形成一个直角,就成为一个小小的工作室。打开工具箱的锁,取出家什用物,一架缝鞋机放在地上,一些锤、钳、剪刀之类的小工具,一一挂在钉子上,还有一盘盘的胶胎,也挂在钉子上。工具箱的小格子里,放着胶水,钉子,纽襻,针线,鞋油。

我说现在,又已经换了一代,这小皮匠不是那老皮匠的儿子,而是女婿。老皮匠把手艺和地盘传给了他,告老还乡,不久便生癌症去世,用小皮匠的话来说,就是去见马克思了。因为岳父是将手艺传给了他,所以即便不是招女婿,他也是要赡养岳母,其实也是师娘。小皮匠自己呢,虽然有兄弟,但兄弟和父母不合,因为父母把家里的大瓦房以及院里的两棵杉树给了他,于是,他也是要赡养父亲母亲的。现在,三个长辈都还能劳动,但是为了表示赡养的决心,小皮匠把媳妇留在家中,单身一人住在上海。他住的也是老皮匠留给他的地方,距离他做活地方有一站多路的一片棚户里的一间阁楼,那房主与老皮匠的交情有年头。那片棚户在老皮匠活着的时候,就已经圈上"拆"的字样,可是至今也没有拆。有一度是因为房产市场不好,后一阵市场好了,可是动迁费又上升得厉害,而这一片棚户人口密集,且都是私房,又都不停地加盖,房擦房,屋叠屋的。开发商迟迟不敢下手,就拖到现在。小皮匠的房东其实已经在别处买了房子,将底下的房间租给了三个卖炒货的河南人,小皮匠一方面是房客,另一方面也帮着房东照看房子。这一间阁楼有六七个平方大小,搁下一张大床,一张条桌,一个柜子,还够打一张地铺。有时候,小皮匠的女人来住一阵;有时候父母亲来住,小皮匠就把床让给大人,自己打地铺;还有时候,是岳母和女人一同来,那么,母女俩睡床,小皮匠还是打地铺。他女人来上海,从来不到他做活的弄口来看看,因为害羞。他父母也不来,心情就要复杂些,似乎那是人家传给儿子的衣食,难免会生愧疚。只有他的岳母,会到他的皮匠摊跟前,坐在小马扎上,看他做活。她男人活着的时候,也是在这地方做活,那些主顾,以及主顾的上辈人,也是与她男人交道过的。弄堂前马路上的景色,曾经在她男人眼睛里留连过,女婿手里的活计,就是她老头子的手艺,似乎觉着将来有靠头了一些。小皮匠呢?心里一清二楚。但乡下人都不惯于表达感情的,再说一老一少,也没什么可说的。就是这么缄默着,却也流露出相互依赖的亲情。所以,人们有时候看见的,守着小皮匠的那个老女人,不是他的母亲,而是岳母。

岳母守在小皮匠身边,看着小皮匠接活做活。光顾皮匠摊的大多是女人,与小皮匠很稔熟的样子,有的还有些轻薄。小皮匠则很持重,并不啰嗦,倒不止是因为岳母在场,岳母不在场他也同样,他是有架子的。小皮匠长得挺讨人喜爱,敦实的身体,眼睛溜圆,是那种稚气的长相。女人们,包括那些轻薄他的,都将他当孩子待,张口小皮匠,闭口小皮匠。事实上,乡下人婚姻早,他已经是两个孩子的父亲了,这也是使他持重的一个原故。

现在,皮匠摊的业务随时代发展而扩大,尤其是像小皮匠这样有渊源的手艺人,他们善于融会贯通:修拉链,钉牛仔裤的敲纽,给皮包的金属扣上蜡。至于皮匠的本业,修鞋,他们也面临许多新课题。单说一件,鞋底。材质在不断地革命,结构也在不断地进步——有一种,内部如同铺地板似地架有龙骨。由于人们生活方式的改变,鞋掌的磨损部位与形状,也出现了不同于传统的情形,比如开车的人,是磨损在踩油门和刹车的那一个点上。但是小皮匠应对得很沉着,他心里有一个底,就是万变不离其宗。怎么说?鞋总归是鞋,总归是要吃力,所以,坚固总归是第一位的。别看他镇日在这方寸之地,可他的见识却不少,什么名牌的鞋,还有包,他没见识过啊——曾经,就在这条街上,那街心花园后面,也就是师范学校的围墙,全都破门开店:面包房、礼品屋、文具店,其中挤出半扇门面,开出一个"山姆大叔机器修鞋"。就有人对小皮匠要挟:你能修好吗?修不好我拿对过去!小皮匠说:你拿对过去吧!有人真拿过去,请"山姆大叔"修了,可结果如何?"山姆大叔"要价奇高,而且不论何种问题,统统一个办法,换底。倘若遇到那些比较特殊的情况,外面的底好好的,内里的衬底却让脚汗沤烂了;或者鞋底没坏,坏的是鞋帮;再抑或仅仅是些极小的毛病,鞋面的气孔掉了铁皮边,一道边缝绽了线,"山姆大叔"便没办法了。于是,送去的鞋就又送了回来,那人多少有些汗颜,小皮匠却毫无讥诮之色,就当没有发生过方才的事情一般,接过鞋,按传统的方式处理了。两个月不到,对过的"山姆大叔"悄然引退。就这样,即便是几千块钱的意大利皮鞋,小皮匠都能以平常心来对待。也不是说他完全不放在眼里,他当然是要格外小心一些,是天生的惜物,而不是出于对昂贵价格的诚服,这种天价的名牌让他觉得造孽。有时候,有人拿一条名牌牛仔裤来修理拉链,他果决地撤掉坏了的拉链头,换上新的。那刻着名牌标记的拉链头被他一扔,主顾伸手去捞,捞了一个空,不由得叫道:这是名牌!小皮匠说:名牌?坏了有什么用!在对名牌的态度里,包含着小皮匠对消费社会的批判性。

镇日交道的都是鞋,而且是穿过的鞋,皮革的气味里混杂着各式各样的脚臭、汗臭,和起来,就是皮匠的体味。每一代皮匠都是这个味,他们的女人和孩子,都已经习惯了这股气味。他们的屋里头也是这股气味。像小皮匠的女人,也就是老皮匠的女儿,就是在这股气味中长大的。她的母亲,小皮匠的岳母,更不用说了,这股气味可说就代表了她的男人。这一点上,小皮匠却与他的前辈们不同,他身上没气味。他从来不把做活的衣服穿回家,而是留在工具箱里。他就像一个正规企业里的工人,上班之前要换上工作服,至于换下来的干净衣服,那是一件西装,配有领带,自有寄存的地方,暂且按下。为了不染上这股皮匠行业的传统气味,他做活时从不穿毛线衣裤,因为毛线衣裤最吸气味。傍晚,天将黑未黑,他收工了,就到弄内人家的水斗,用香皂洗了手脸,穿好衣服,回家去了。

倘若是乡下有亲戚来的日子,他回家就有现成饭吃。女人们烧好了饭菜,老远的,油烟味便扑鼻。天热的时候,各家各户的饭桌就铺排在弄堂里,我敢说,小皮匠家的饭桌不是第一,也是第二。东西都是从乡下带出来的,草鸡炖汤,六月蟹拦腰一刹两半,拖了面糊炸,蛏子炒蛋,卤水点的老豆腐,过年的腊肉或者风鹅,还有酒。要是小皮匠的父亲在,就两个人对酌,单小皮匠自己,就是独饮。他喝一阵子,吃了一些菜,女人就给盛上满碗的饭,重新热了鸡汤。虽然是盛暑,可他们家乡的习惯,荤汤是要吃大滚的,吃出一身热汗,内里的湿热便发散出来。果然,风吹在身上,沁凉了许多。月亮也升起了。女人将桌上的碗碟收去,擦拭干净。这时候,小皮匠要看一会儿书了。

小皮匠看的书是比较广泛的。他有一套《说岳全传》,半部他们家乡人、著名说书人王少棠的《武松》,再有一二本《资治通鉴》。除此,还有一些杂志,比如《检察风云》《读者》《今古传奇》,是他从书报亭上买的,也有的是很偶然地落到他手里的。他认为现代的书不如古书有看头,那些旧书他是称作古书的,古书里面有很多大的小的道理,大道理是关于世道,小道理则关系做人。当然现代的书也很重要,因为是说当下的事,可以开眼界,不至于太蒙塞。然而,他还是觉得,当下的这些事再是千奇百怪,却也出不了古书里的道理。就像俗话说,孙悟空七十二变,变不出如来佛的手掌心。当下的事都是说一是一,说二是二,古书上的事则是举一反三。不过,这又正是读书有趣的地方,他可以用现代书里的那些人和事来检验古书里的道理,反过来,古书里的道理又可用来解释现代的事情。所以,小皮匠读书是用心读的,从屋内接出来的一盏电灯照耀着小桌上的书本,四周大多是牌桌,有纸牌,也有麻将,牌在桌面上甩来甩去,还有牌友们为牌局起的争执,都吵不了他。无论是他的女人、母亲,或者岳母,这时都不与他说话,以免打扰他。但要是父亲在,他有时会从书本上抬起头,谈一些读书的心得,是为表示对父亲的尊敬。这些都是靠他的人,他不能过于倨傲了,当然,女人,就又是另一回事了。

更多的时间里,小皮匠是一个人在上海生活着,那是要冷清一些的。每天收工回来,还要做饭。但做饭对于小皮匠并非难事,他们那地方,男人多会烧一手好菜。只不过,一个人吃饭总是简单的。他将路上买的菜洗洗切切,烧出一荤一素,吃一半,留一半。留出的一半装在一口小钢精锅里,第二日带去做活的地方当中午饭。因为要烧饭和洗涮,时间过得很快,忙完坐定,看书的时间已经不多了,但他总也要读两页。在他看来,读书也是一种手艺,一天放下,就要花两天拾起来。看几页书,就熄灯睡了。入睡之前,免不了会想起女人绵软的身体,这是单身在外最大的煎熬。楼下那三个河南籍的房客,有时候会分别带足浴房的小姐来,在门口让他撞上过几次。他愠怒的表情让河南人一下子畏缩起来,不由得心软了。小皮匠是有些洁癖的,觉着这种事很腌臜,而且他又对房东负有照看房子的责任。但是,他毕竟是个男人,晓得厉害。在他们乡下,有一个老光棍,就是在人民公社时候,向队里的耕牛下手,结果判刑坐牢。刑满释放回到家乡,大人都不让小孩与他说话,兄弟也与他分家,一个人过着十分孤寂的日子。小皮匠自小就可怜他,却是当畜牲来可怜的。他觉得,人要是一点不能忍,就和畜牲是一样的。所以,他最后还是决定向房东缄口,但是,从此与他们保持距离。因有一些设施是共用的,比如水斗,煤气灶,他就将自己的用物拿到阁楼上,尽可能错开烧煮的时间,避免接触。房东自己修了一个小小的厕所,他也不再使用,而是到马路对面的公共厕所如厕。其实那几个河南人禀性都还忠厚,有时烧了好菜,喊他过去喝酒。他去喝过几回,四个男人喝到舌头都大了,称兄道弟地分手,在楼梯口再要纠缠一会,然后各自睡觉。如今,他总是托辞谢绝,于是,这点五湖四海的友情也牺牲了。

小皮匠没有让女人过来长住,有一部分原因就是顾虑环境,倒不止是说居住的小环境,更是指大环境。虽然小皮匠每日里只是从住处到做活处往返,所闻所见不过五百米一块街区,但也足够他了解这个城市的阴暗面了。就在他途经的一条马路上,沿街一排发廊,说是发廊,却也不见有什么发廊的生意。透过一扇玻璃门,只看见遮面的长发,裸着的胳膊和腿——一种阴地里捂出来的没有光泽的石灰白,又好像没有发育起来,细瘦孱弱。小皮匠又要觉着可怜了,这一回不是觉着哪一个人,而是这个世界,他不能让他的女人到这可怜的世界里来。他那女人,有着开阔的眉心,桃花红的脸颊,嘴角上有一颗褐色痣,一笑起来,嘴没动,痣先动,星星似的一闪,眼睛一亮。她没什么见识,没享过大福,可也没受过欺负。他宁可她耳目闭塞,乡下人的那些村话,他都不愿她听的。就让她在家中伺候老人,带孩子吧!乡下也有腌臜事,比如那个老光棍,但不是受责罚了吗?人都不挨近他。城里就不同了,什么都搅在一处,分也分不开,所以就叫做“大染缸”嘛!“大染缸”这个词用得太对了!

就这样,在没有女人陪伴的夜晚,小皮匠也安宁地入睡了。

二

前面说过,小皮匠来到做活的弄堂口,先要换工作服。穿来的西装,冬天是滑雪衫,夏天则是很平整的衬衫,总之是干净体面的衣服,寄存在哪里呢?寄存在根娣家里。根娣是谁?是弄内一户居民。小皮匠不仅在根娣那里存衣服,中午带来的饭菜,也在根娣家热。根娣根据他带来饭菜的内容,或者在她家电饭煲的蒸格里蒸热,或者加工成菜泡饭,给他添点佐料和配菜,也是有的。小皮匠并不是白得根娣的劳动,他每月都交根娣一些煤气钱,根娣家的鞋,他也是无偿修理。这样,双方都坦然自在。

小皮匠本来是央求一个老太,天气适宜的时候,这老太常在弄口坐着,看街上往来的人和车辆,难免要和小皮匠聊几句,就有些相熟。但是她没有应承小皮匠的央求,因她在家说不了话,媳妇才是一家之主。小皮匠说:怎么可能,你是婆婆呀!老太说:她是太婆!说话时,脸上的表情变得严峻,像是对整个社会抗议。小皮匠笑笑,止了话头,晓得再要说下去,就有挑拨是非的嫌疑了。无论乡下城里,这都是一个令人激愤的话题。停了一会,老太平静下来,建议小皮匠到根娣家去蒸饭,小皮匠不认识根娣,老太就说怎么不认识?敲破你头的那个。小皮匠就晓得是哪个了。有一回几个女人与小皮匠逗嘴,其中一个用鞋跟在小皮匠脑门上叩了一下,鞋跟像锥子似的,立刻破了皮。小皮匠在这弄口坐久了,晓得上海弄堂里的女人和乡下女人没什么两样。田间地头,兴头一旦起来,说话行动就很放肆,尤其是逮着一个年轻的男人。任她们怎么调侃,小皮匠也不动气的,她们没有恶意,相反,还挺喜欢他,当然,多少也是不放他在眼里。

老太的建议很有道理,根娣一口答应。这是一个热情的女人,再则,她也有空闲。根娣是属于"四〇五〇"的人,原先工作的一爿化学制剂厂让台湾人买走了,工人遣散回家。根娣不到五十岁的法定退休年龄,就办了协保。开始的几年里,根娣和小姊妹一样,四处找工作。先到一幢商住大楼做清洁工,再到一个民营公司烧饭,还八十学吹打地参加收银员培训,到超市做收银员。但是,似乎所有的单位都和她们厂一样的遭遇,先是大楼还不出贷款,抵押给了银行,所有的租户都退租,员工也清退;然后那家民营公司也倒闭了;再后来,一夜之间,大卖场拔地而起,将小零售商的生意抢个精光,她做收银员的小超市就关门了,算起来,培训三个月,工作倒只两个月。这些经验平息了根娣吃协保的愤怒,使她认识到社会全面性的动荡不安。她与丈夫商量,此时,丈夫的厂也倒闭了,跟着办了协保——他们俩是化工技校里的同学,所就业的单位性质差不多,她与丈夫商量,要做自己的生意才是安全,于是决定卖盒饭。方才起意的时候,邻里们因为同情他们两人都下岗,家中还有一个读书的孩子,都表示了支持。可一旦真做起来,意见就来了。暑天里,大锅小炒的,公用厨房里热不可耐,厨房顶上亭子间的地板都是烫的;后弄里的阴沟让鱼鳞菜皮堵了,污水横溢;接洽生意、领取盒饭的纷沓而至,弄堂里顿时多出许多生面孔,门户就不严谨了,于是起了纠纷。根娣是从闸北棚户区嫁过来的,在那里,一个水龙头十七八户人家用,不抢就别想用水,她是在争夺中长大的,脾性相当强悍,她才不怕呢!她以一当十,多少人也不是她的对手。在这市中心的里弄里,大约都没有听过她这样的村话和谩骂。人们背地里都说,她婆婆就是被她气死的,怪只怪小弟太软弱。小弟就是根娣的男人,自从娶进根娣,就再也没有了声音。但是,如今毕竟是法理社会,根娣再凶,也凶不过法和理。四邻们自己不出面,而是联名写信。先是写到居委会,再写到卫生大队,然后是税务局,最终是城管大队来执法,勒令停止生意。这样,根娣夫妇就又失业了。后来,小弟考了驾照,招募去开出租车,多做多赚,辛苦点,也能挣出吃喝以及孩子的学费,根娣干脆就闲在家里。反正再过三年,她这么算着,再过三年,她到了五十岁,就可以吃养老金了。这么说来,这一年,根娣就是四十七岁。

在小皮匠他们乡下,这个年纪已经是做祖母了,可是在上海,年龄的概念相当宽泛。像根娣,穿扮好了，都可以当姑娘看。有一回，她去赴小姊妹的女儿的婚宴，穿一身粉红色的套装，头发高高束在脑后，发根上别一个水晶发针，就好像她是新娘。根娣是一个俊俏的女人，而小弟，形象多少有些萎缩，性格上也是。当初，他们恋爱，当然是根娣主动。坊间有一句话，叫作"男追女，隔座山，女追男，隔张纸"，又何况是根娣小弟这样的女和男。

小弟家很早死了父亲，由母亲主事。他最小，上面两个姐姐，也是领导他的。所以惯了服女性管，同时也养成怠惰的性格，凡事都等着别人作决定。在自己的终身大事上，他也是如此，局面变成他的家人和根娣之间的争夺。他的母亲和姐姐自然是不接纳根娣，因她是那样的背景，住在闸北江北人的聚集区，父亲踩三轮车，母亲在纱厂做挡车工，让她们气不过的是，这样人家的女儿，竟然长成如此模样，就更危险了，谁知道她在窥窬什么呢？虽然她们自己的生活是拮据的，甚至比根娣家还要瘠薄。自从小弟父亲去世，经济来源主要就是母亲在里弄生产组领绒线编织活计，再靠亲戚接济一点。两个姐姐都赶上了插队落户，那一段日子，就离不开借贷了，简直称得上惨淡。但不论怎么样，住在西区蜡地钢窗的新式里弄，即便只是其中的一间住房，厕所厨房都与邻里合用，那也表明了身份阶层。不是人们都称"上只角"吗？根娣家则是"下只角"。根娣自己也曾向小姊妹坦言，看上小弟，至少有一半是小弟居住的地段和房子，在她们闸北，是称这里"上海"，好像她们所居住不是上海似的，从这叫法也能看出上海市区发展之地理沿革。嫁到"上海"去，是她们那里的女孩子，尤其是像根娣这样生相俊俏的女孩子，心向往之的事情。事实上，这"上海"又不单单意味着地方的概念，它还派生出一些其他的内容。就拿小弟这个人来说吧，他和根娣从小熟悉的男孩子很不一样。他清洁整齐，当她站在他背后，可以嗅到后颈里散发出的体香，说到底，就是肥皂的清香。他的床铺——他们是住读，小弟的床铺也散发出肥皂的有些凛冽的清香。他从来不说脏话，而她们那里，女孩都说脏话的。他有一张小小的白皙的脸，这张脸在后来的岁月磨蚀中，渐渐失了光泽，萎缩成枣核的形状。他笑起来很温和，就像一个妈妈的乖孩子，后来是根娣的乖孩子。这是根娣对小弟，小弟对根娣呢？虽然是被动的人，可他最终完全臣服于争夺的结果，为胜利者根娣所获，就像那些童话故事里的公主，嫁给智勇比试的胜出者，说明他也是有自己的标准的。他的软弱禀性，潜在地指导着他的倾向，就是倾向强者。因此，表面看起来，互相中意的是长相和居住地段，但内里，还是具体的人的作用。

现在，根娣的生活又有了新的规律。因为小弟开出租车是做一天，歇一天，根娣的安排也是一天隔一天。小弟歇在家的这一天，她专司烧煮，侍奉小弟，让这个赚钱人吃好歇好。根娣对小弟是没话说的，就像母鸡把小鸡护在翅翼底下。小弟可说是从母亲的翅翼里钻进了根娣的翅翼里，当然是根娣的年轻新鲜的翅翼更让他舒服，再说，还有性的乐趣呢！后来有了儿子，根娣的翅翼下又挤进了一只鸡雏。曾经根娣走在马路上，被人叫住算命，别的都没什么可信，只一句，你的男人也是你的儿子，根娣摸出五块钱给了那人。小弟歇在家的一日，是从前一天夜里三时睡到中午十二时。根娣把饭端到床上，人蜷在被窝里，差不多是要喂进嘴里，一样样尝过，再缩下去继续睡，根娣坐月子都没这么养过。这一伏午觉是到下午四点钟，磨磨蹭蹭起来，来到后弄里。假如根娣这时候正在麻将桌上，便让给小弟，自己到厨房烧晚饭。这一顿是一家三口围桌而坐，一边看电视，一边吃饭，然后又是睡觉。次日早晨，六点钟光景，小弟出门上路了。根娣打发儿子上了学，开始了她文化娱乐的一天。

上午,根娣是去舞场跳舞。舞场在公园的茶室楼上,加盖的一层里。垂得很低的吊顶上垂着彩灯和彩条,装饰成圣诞节的样子。窗幔拉着,遮住了天光,就还是圣诞夜的样子。因为舞客极大多数是中老年人,所以舞曲都是比较老派的,规整的节奏:经典的圆舞曲,邓丽君的歌曲,活泼的轻音乐,可以跳快四步,也可以跳伦巴。来舞场的都是熟面孔,但依然抱矜持的态度,并不随便邀请舞伴,因多是结伴而来。那些单个儿来跳舞的,无论男女,都显得颇为可疑。人们一般都对他们有些侧目,偶然的,现场邀约舞伴,不会邀约他们,也不会接受他们的邀请,其实是舞伴和舞伴的互换。在舞场,有舞伴的人显得身世清白。这些单打的男女,落寞地坐在一边,喝着附送的饮料,听着乐曲一支一支播放。场子里旋转的彩灯底下,人被切成一条红,一条绿,好像也看不出有多少欣悦,而是郑重其事的。一曲结束,纷纷走下场来,方才看见脸上有轻松的表情。根娣有那么两到三个舞搭子,都是和她这样的"四〇五〇",其中有一个在做保安,做两天歇一天,假如这一天正好和根娣的日子碰上,就做一对舞搭子。还有两个工作都是不定期,有工作时不来,没工作是天天来。这样,基本上,根娣可保证有舞搭子。即便有一天,这几个谁都不来,那个舞场里教舞的"老克勒"就会来请她跳,因根娣是有舞搭子的人。根娣虽长得俏丽,但跳舞并不怎么在行,不是反了方向转,就是踩了人家的脚,跳完一曲,"老克勒"就把她送回到座位,几曲以后,再来带她。这样也好,根娣不会对跳舞上瘾,跳舞只不过是她的一项消遣,也表示她拥有着社会生活。所以,她是极有分寸的,一到时间,就退出来,回家烧饭了。

中午饭主要是烧给儿子吃,根娣自己无所谓。她从舞场上学来,中午只吃一只番茄,一根黄瓜,就可以对付的。给小皮匠热饭也是在这时间。午饭过后,就到了下午,下午是打牌的节目,就在自家后门口。若是下雨,就挪进灶间。牌友是左右邻居,两个老太,一个男人,人称"爷叔",还有一个看牌的,就是介绍根娣给小皮匠热饭的老太。看她热切的眼神,根娣就要让她,她却又冷漠下来,说没有赌资,家中一应钱财都在媳妇掌握中。根娣也是不怎么擅长打牌,但打牌往往是不会打的手气好,所以她也不是全输。根娣是个豁达人,输的当作买门票,就和跳舞要买门票一样,赢的就作小菜钱。爷叔的牌路子很专业,照理这三个根本不是他对手,但爷叔心地纯良,不忍欺负妇孺老弱,所以并不十分较真。老太总归是苛索的,首先把输赢定得很小,再是谨小慎微,从不做大牌,图个小利。所以牌桌上就很平淡,这也是叫人心安的,根娣不会跌进赌局里面去。

再有时候,根娣就和隔壁的金蓉逛街。金蓉就是被那老太形容得十分刻薄的媳妇,其实没那么可怕。金蓉比根娣略小两岁,下岗后考了财会上岗证。那时候,财会还比较稀少,不像现在,什么都是过剩的,她很快找到一家中型企业做出纳。然而,几年后,这家企业关停并转,于是二次失业。此时,劳动市场上涌现了更多更年轻学历也更高的人力,金蓉只能在私人小老板的公司里打打工。原先她是看不起根娣的,自恃有个好娘家。她娘家离夫家只隔了一条马路,地段更加中心,寸土寸金的地方,已经被发展商割得七零八落,一条弄堂剩了一截尾巴,金蓉娘家就在这截尾巴上,不定哪一天,就会迁往不知远到什么地方的地方,似乎也没有理由继续看不起根娣了。而一旦相处,便发现根娣比弄堂里长大的女孩多出许多好处,首先一条不记仇。当时抵制根娣家的盒饭生意,金蓉也积极参与的,还是出谋划策者,可事情过去,根娣也并没怎么样。就这一点,金蓉就和根娣结交下来了。但金蓉只限于和根娣逛街,或者到"乐购"、"家乐福"买东西,跳舞和麻将她是不参加的,倒也不是坚持某种原则,而是没有兴趣。在一个女人,能够杜绝染上癖好,说明她有着相当自律的性格，但另一方面也能看出，金蓉是一个比较刻板的人。她的外形也有点这个意思，其实五官轮廓挺端正，也不见老，可是从没有笑容，就显得一张脸铁青，叫人看到无趣。她婆婆把她说得如此厉害，也多半是从这张脸引起的。可是，一个女人生就这样一种冷淡的表情，实是出于无奈，她的内心，完全可能也是活泼的。

那老太，就是金蓉的婆婆，镇日里，不是坐在弄口，就是坐在根娣他们的麻将桌边，晚上在家，也是要说一些她的见闻。比如一个偷窨井盖的外乡女人，连人带赃当场捉住；一辆桑塔纳剐倒一辆机动自行车；更奇的是，一个过路的女人央求小皮匠取下她的耳钉，那耳钉旋得太紧，耳朵都已肿起来，于是，陷得更深——这并不是皮匠的业务范围，可是结果怎么样？小皮匠替她旋了下来，而且耳钉一点没损坏，尽管那女人痛苦地直说："我不要了！"事实上，她接过耳钉，小心地揣好，欢天喜地走了。至于麻将桌上的是非就多了：牌局的风云变幻，即便是如此枯燥的牌局，在老太看来也是很激动的；由牌局引起的纷争龃龉；各家的是非短长也在这里互通有无。金蓉除了必要的交代，是从不与婆婆闲话的，儿子孙子更没有耐心听了，所以，老太只是对了空气说而已。但是有一天，却有一个意思入了金蓉的耳朵，那就是根娣和爷叔有染。老太的原话是，像爷叔这样牌路很凶的人，为什么倒要天天和几个女人打小麻将了，奇怪不奇怪？金蓉不由得竖起耳朵，听老太又补了一句：根娣这种女人，骨头没有四两重！老太说这话的表情就和她说媳妇时候的一样，都是俨然的，表示出对世事的不满，以及自己的正直。这就可以印证出，她媳妇未必就是像她说的那么不堪，只是在老太，需要有一些谈资。那么，反过来再对照根娣，老太的话也可能是失实的。可是，不知怎么，金蓉却上心了。

就像方才说的，外表冷淡并不表明内心没有热情，和所有的女性一样，金蓉也向往经历更加丰富的感情生活。倒不是说她们对自己的婚姻不满意，完全不是，和婚姻就没什么关系。应该说，她们的婚姻都是相当稳定的。可也正是因为稳定，就让人觉得沉闷了。在这样的年龄，老的多已送走，当然，金蓉的婆婆还在，并且很健旺，那也就不太拖累；小的呢，也长大了。她们一下子多出许多时间和精力，而她们的丈夫，往往是在这个时间段进入低潮期。好像人生的要务都已完成得差不多，一时又看不见新的目标，不由得便颓唐下来。生理也正在经历转变，凡事都不大能打起精神，难免跟不上女人的节奏了。当金蓉听婆婆嚼舌头，传爷叔和根娣的闲话，她的脸一下子板得更紧了，内心则起了波澜。她本来不对爷叔有什么注意，可是，可是就算是这么个不怎么样的人，为什么偏偏是根娣，而不是她金蓉，与他生出暧昧来？张眼望去，除了爷叔，又还有什么人呢？金蓉忽然感到一种冷清，生活里已经不再有机会，而时间则明显地紧迫了。在公司里，她是被人叫作阿姨的，四周都是二十多岁的年轻男女，连老板亦不过三十来岁。去商店，服装的尺寸款式全都面向年轻人，而且是时髦的年轻人。到化妆品柜台，向你介绍商品的小姐总会说一句：像你这样的年纪——似乎已经被逐出生活的舞台。可事实上，她精力比以往任何时候都充沛，比以往任何时候都更懂得生活，而且充满了感情。

下一日，金蓉在弄堂里遇见根娣，走到跟前，忽然间不能自持，一闪身，走了过去。根娣本来是要和金蓉说话的，却扑了个空，心中十分纳闷，但过一会儿也忘了。等金蓉再一次走过弄堂时，根娣家后门口的牌桌已经摆出来，四个人正襟危坐，专心地看牌。金蓉觉得这情景有一种造作，隐藏着极大的用心。她的婆婆坐在牌桌边，抬头望她，远远地，婆媳对视一眼，忽就有了默契，交换出心得。之后,根娣还碰过金蓉的钉子,再木的人也要起反应了,再说,根娣又不木,只是不那么计较。她想:究竟什么事上得罪了金蓉呢?她跑去金蓉家,想把金蓉叫出来,当面问一声。这就是根娣的性格,简单直接,可金蓉则微妙多了。她家住底层,房门对了后门,既不应根娣的叫,却也不关门,兀自在房间内行来走去。根娣以为没听见,再叫,还是不应。几次三番,根娣才晓得是叫不应了,悻悻地打回转。从此决定,金蓉不理她,她也不理金蓉。下回迎面碰上,就很轩昂地走上去,两人撞个脸对脸,再错开来,交臂而过。这样,根娣就把金蓉的表情看清了,她看见的是,鄙夷。这就又是金蓉的微妙之处了,心里明明是艳羡,脸上露出来的却是鄙夷。根娣不知道这表情缘由何处,但颇为受伤,纳闷之余,又添上一层愤怒。不过,根娣受蒙蔽的日子不会太久,弄堂里的生活正应了那句俗话,没有不透风的墙。像金蓉的婆婆,得来那许多见闻,单在家里说是远不够的,也要和左邻右舍说说,再和牌桌上那两个老太议议,很快,就通过一种很复杂的途径传到根娣的耳朵里。根娣这一气,非同小可,却又不知向谁发作。正如方才说的,传说是经复杂的途径进入根娣耳朵,要追溯回去几乎不可能。根娣取缔了后门口的麻将桌,老太们识趣地走了,另外去找消遣,只那爷叔上门来找了两回,两回都被根娣将门在鼻子跟前碰上,看上去更像是那么回事了。根娣向小弟发牢骚,小弟到底是成熟了,开出租车也长了见识,对根娣说了些人生经验。小弟说,他从出生到现在,在这条弄堂里住了几十年,就知道弄堂是个是非之地——朝夕相处,脚碰脚的,各家与各家都有些仇怨;也是因为脚碰脚,还必须将仇怨埋在心里,否则怎么共处下去?所以,弄堂里的人都是面和心不和,不要企图有什么真心,面子上保持和气就可以了。小弟的人生经验确有几分精到,但总归是消极的,这也就是时届中年的男人的怠惰,已消磨了锐气。这经验并没有让根娣振作起来,反而更加丧气,但她还是吸取了教训,不再和弄堂里的人打拢,连跳舞都没了胃口,因人世是这样一种扫兴的境遇。她将自己闷在家里,一日内,出门只是为买菜买东西,还有,中午替小皮匠送热好的饭菜。送去饭菜,就在皮匠摊的马扎上坐着,等小皮匠吃完,收了碗筷,再回家去。坐在皮匠摊上,根娣的神气很有趣,有一种孩子式的挑衅,好像说,你们坏,我不和你们玩,和小皮匠玩!

三

　　根娣和小皮匠说话,是说她们闸北棚户区通行的苏北话。她们这一代人的苏北话,已是杂烩,并没有清晰的地方区域,但总归是苏北话,在小皮匠听来,已相当于乡音了。于是,两人间就好像有了点乡谊。根娣不免要把近日内的烦恼说给小皮匠听,小皮匠以为,这烦恼又是与他们乡下女人间的差不多。但是由根娣,这个长相明媚,穿着鲜艳的女人说出来,却变得有点好玩。根娣的长相是明眸皓齿,匀整的鹅蛋脸,年轻的时候,是称得上纤细,现在多少要松弛些,在旁人看来,也不过是丰腴而已。头发原本是漆黑的,后来生了白发,总体的颜色也变浅,于是焗染成一种金红色,烫了无数小卷,向上梳到发顶,堆起来,发卡别住,露出一对品相极端正的耳朵,垂着金链子,坠着碧绿的翡翠玉,将她浑圆的颈项映衬得更加润泽。因此,她总是穿低胸的羊毛衫,桃红或者宝蓝,领口绽放出内衣的蕾丝。羊毛衫底下是裙子,五彩格子或者是烂漫的花朵,视上衣的颜色为定。脚上是羊皮短靴,后跟尖细如锥子,抑或是巨大的方跟。总之,根娣的风格是夸张的,可以往乡气里看,也可以往洋气里看,决定于何种眼光。而且,无论是跳舞,逛街,买菜,后门口打牌,坐在皮匠摊上闲话,甚而至于闷在家里,只是在房间和公用厨房往返,根娣也都要认真地穿着、梳头、化妆,这些活动都是被她视为社交的,否则,她那么多漂亮衣服,漂亮发式,还有化妆品,到哪里用去?一个盛装的美人,坐在皮匠摊前,挺古怪的。可是,皮匠摊这样的地方,常常是有美人落座的。忽然间,好好的鞋别了后跟,断了纽襻,或者皮包带子脱线了,那么就要找皮匠摊了。所以也并不是太扎眼的。只是这么一种隆重的形象,说着那么一些家长里短,很令小皮匠觉着有趣。根娣的说话,显得特别幼稚,远远比不上乡间的女人们有心机和世故,很像一个小孩子。当说到金蓉对她看不起的眼光时,愤愤道:她说我和爷叔,她自己呢?爷叔还不要她呢!这话字面上是不怎么合逻辑,但很奇怪地,也说出了几分真相。小皮匠感到十分好笑,说道:你看看,你不也在说她坏话?常言道,谁人面前不说人,谁人背后无人说。根娣觉得这两句话挺有道理,从来没听说过的,在嘴里念叨了两遍,称赞道:看不出小皮匠你很有素质!这回小皮匠就笑出来了,好像大人受了小孩夸奖。根娣站起来,伸手在小皮匠头上刮了一下,拿起他吃空的锅碗走了。

下一天,小弟歇在家,根娣对小弟说,别看小皮匠是乡下人,挺有素质的,就把那两句话学给他听。小弟听了后,趴在枕头上,也和根娣说了一则乡下人的故事。他说的是两个浦东人,一人拎几个大蒲包,上了他的车,一路上,蒲包里窸窸窣窣响个不停,是大闸蟹,去了几个地方,到一处拎一个蒲包下车,听他们说话,是为开厂通关节。所以说,乡下人是不可小瞧的,说不定有一天,我们大家都要为乡下人打工。但是,这有什么呢?人家肯做,不像上海人,做一天还要歇一天。小弟说:做一天歇一天有什么呢?还有的人一天不做,全部歇!根娣不同意了,说,全部歇等于全部做!于是将每日里要做的事历数一遍。小弟又不同意了,说反而是老婆养活老公不成?一看小弟认真,根娣只好哄他,当然是老公养活老婆,这不是应该吗?她娘家妈有一句口头禅,就叫做:嫁汉嫁汉,穿衣吃饭。小弟就说,也不见得是应该,就有女人养男人的。根娣让他去找一个人养他,小弟却让根娣找一个人来养。根娣说:我自己都要靠你养,怎么还能养别人?小弟说:就有这样的事情!于是又讲了一则故事,关于一个男人养一个女人,女人用这男人的钱再养了一个男人。他开出租车长的就是这样乌七八糟的见识。两人纠缠了一会儿谁养活谁的问题,根娣就说要去烧饭,还要给小皮匠热饭送去。

再下一日,根娣在皮匠摊上,将和小弟的争端告诉给小皮匠听。对于前一个问题,就是谁养活谁,小皮匠认为根本无须讨论,在一起搭伙过日子,有人忙锅里的,有人忙灶下的,缺谁都不行。至于后一种情况,三个人串起来,鱼咬尾似的一个咬一个,小皮匠则认为是人作践人,并且断定如此作践下去,会遭报应。然后说了段上帝惩罚人类,发大洪水的故事,是他从《读者》类杂志上看来的。又联系他家乡的传说,古时候,有男女不规矩,在土地庙苟合,结果当年见颜色,先旱后涝,颗粒无收。根娣听得入迷,微张着嘴,眼睛睁得溜圆。小皮匠心想,上海的女人,眼睛长到额角上似的目中无人,其实呢,是长不大,不懂得世道人心。

根娣在皮匠摊上坐的时间长了些,或者是她聒噪地说,小皮匠静静地听;或者是反过来,小皮匠娓娓地道,她睁大了眼睛听。有时候金蓉的婆婆也凑过来,想参加他们的谈话,根娣就陡地立起来,踩着高跟鞋登登地走了。虽然没有确凿的证据,但金蓉婆婆的嫌疑是明显的。第一,她是麻将桌边的看客;第二,她还是金蓉的婆婆。根娣本不是气量窄小的人,但金蓉方面始终没有表示出道歉与和好的意思,而且,关于她与爷叔的闲话,非但不见息止,还有上涨的趋势。到底也不知道爷叔有心还是无心，有两次到皮匠摊来找根娣打牌，都被根娣拒绝了。根娣的神色再严肃不过了，可爷叔嬉着脸，还说那样的话：怎么，怎么？有新方向了吗？根娣不搭腔，只是给一个白眼。这种来去，经过金蓉婆婆的眼和嘴，就又为根娣的绯闻添了章回。金蓉的脸板得更紧了。

　　暗地里，金蓉拿自己与根娣作比较，比较的结果是，自己并不输给根娣的。根娣的长相和穿扮确实很夺目，可却挺粗鲁，是苏北人的风气。根娣说话也很粗鲁，有时还夹带着脏话。金蓉的疏眉淡眼，细高身材，穿着的清静雅致，不是扎眼，却很经看。她在公司里做，虽然人们喊她"阿姨"，但总也是白领的阶层，无论身份还是修养，根娣都不能与她同日而语。为什么根娣却比她具有吸引力呢？想两人的婚姻，根娣和小弟是自己谈的，她金蓉则通过介绍。两人一同逛街买东西，明显感到那些商场的保安，柜台先生也对根娣更热切一些。根娣有一种自然熟的作派，是为金蓉瞧不上的，可现在她不得不承认，这正是根娣讨人喜欢的原因。不由得，金蓉也有些学根娣了，她向来矜持惯了，再放开也只不过是见面点个头，笑一笑。金蓉是不太笑的，一旦笑起来，总不那么自然，显得尴尬，但再怎么也是笑啊，也比不笑好。就有人与她婆婆说了，今天你媳妇很高兴！只是这样的笑脸，金蓉婆婆也是看不见的，一进家门，金蓉的笑就收起来了。这实在是一种禀性了，若不是内心活跃着一股巨大的欲望，连这一点扭转也不会发生。自然，爷叔也得到了金蓉这一份慷慨的馈赠。

　　爷叔这个人，并不能说有什么不规矩，也不见得对根娣有非分之想，只不过是无聊。这城市任何一条弄堂里，都有着这样的男人，或者坐在麻将桌边，或者站在弄口马路上。倒不是说这种人惟独弄堂才有，而是说弄堂的生活是敞开的，什么内情都暴露着。爷叔不是出生在这弄堂里的人，他女人是，他是上门女婿。不过，上海这地方，并没有这方面的偏见，所以爷叔就不存在屈抑之感。相反，他是一个轩昂的人。他在一家大型机械厂工作，从十八块月薪的学徒工做上来，做到了车间主任。那时候，他头发梳得锃亮，骑一架凤凰牌自行车，飞快地驶过弄堂，就像一道光。他女人家人口很单薄，只母女二人，所以他就是一家之主。到了八十年代下半期，女人与一班小姊妹商议去日本打工，本当是闹着玩玩的，不想真有几个办成了，其中就有他的女人。素常是沉默的性子，开始是爷叔的徒弟，后来是爷叔的下属，总之，掩在爷叔的声色之下，可此时忽然焕发出能量。住在城市西区的弄堂里，出门就是闹市，再蒙塞的耳目也挡不住见识。尤其是女人们，最惯从街市上汲取人生理想。街市是物质的，但因超出了实际需要，那盈余的一点，就是精神性的了。这合乎女人的性格，就是现实和浪漫的统一。

　　爷叔的女人去日本，似乎是一个转折点，事情从此改变了局面。开始时并未见得，等两年后，女人第一次从日本回来，征兆便显现出来。一部出租车从飞机场开来，大箱子，小行李在弄堂里壅塞了一时，然后一件一件消失在爷叔家的门洞里。久别重逢，女人回家并没有滋润爷叔的生活，爷叔反而委顿下来。女人在上海和日本之间又往返了几次，然后彻底回来不再去，在隔马路的宾馆区开了一间小服装店。她依然是不言不语，无声无息的，偶有几回，有人走过她的店面，看见玻璃门里，穿着黑衣黑裙的她，还以为是个日本女人，这才意识到爷叔女人的变化。就是在这期间，爷叔的工厂走了下坡路，经过几番转产，兼并，联营，合资，费改税，股权制，由控股到不控股，最终全盘为外资购买，说是体制改革，实质就是关门大吉。厂级领导由所属部局重新安置，工人们则提早退休和待退休，像爷叔这样的中层干部又多一条路，就是买断工龄。爷叔的工龄长，买断的这笔钱比较可观,领回家放进银行,先也是令他兴奋的,但随着人们富裕程度的增长和通货膨胀,这笔钱款的数字越来越平淡了。在此同时,爷叔再就业的遭遇也是令人气馁的。他在机械方面的专长,竟派不上什么用场,更受打击的是,来到劳动市场,爷叔发现自己已经进入老龄队伍了,其实,那年爷叔还不到五十。爷叔最不喜欢"四〇五〇"的称谓,这意味着社会弱势群体,需要别人发慈悲来照顾了。虽然谁也不会来照顾你,还得靠你自己。爷叔的女人曾经帮他在一个日资企业谋到职位,说是负责营销管理。可所谓日资企业不过是当年去日本打工然后移民的上海人的小生意,将些中国绣品、漆筷、檀香扇什么的销到日本去。总共两间写字间,三五个职员,营销部连管理带员工就只爷叔一个人。老板惨淡经营这一份家业,兴许吃过太多的苦,于是待人相当刻薄。爷叔哪能受得了这个,做了半个月就不干了,宁可这工资泡汤白干。这次经验使他产生创办自己企业的念头,这一点和根娣很像,看起来,再就业的人都有着同样的心理历程。但爷叔是个男人,野心比较大,他在枕头上和女人商量,将服装店关了,夫妻二人同心协力开个大店。即便是在缠绵的时分,女人的头脑也很清醒,她说:你要做生意我可以支持你本钱和路子,但你归你,我归我。她在生意场上看得多了,生意破产大半是自己人和自己人过不去,所以家族企业才需要董事会制约权力。爷叔想不到自己的女人长进到这样,已经是女强人,起心里敬重又生畏,只得退了回来。现在,劳动市场留给爷叔这样的人,或者是快递公司做快递,或者是做保安。爷叔也长了年纪,渐渐地不太想出去,于是就在家待着,偶尔去帮女人的店里进进货,平日负责一日三餐,过起了女主外,男主内的生活。

这样的生活有一种极大的好处,就是让人变得谦虚。金蓉婆婆说爷叔有精湛的牌艺却甘心和女人们打小麻将,是有其他的用心,用心其实就是,他不能用女人的钱滥赌。爷叔是个识相的男人,也因为此,爷叔决不会生出金蓉婆婆所说的用心。他对根娣只是觉得合得来,根娣是个好相处的女人,而且还挺有趣。比如她听庄时摸牌,怕摸了坏牌,就要求爷叔——这一日,爷叔很旺,所以她要求爷叔在她将要摸的牌上吹一口气,沾一点好运。爷叔的这口气没有吹在牌上,而是吹了根娣的手上。是有些轻薄,可也不过仅此而已。一到烧饭时间,爷叔不管风头多好,还不是乖乖地回家去。逢到女人需要他出场应酬,爷叔便新吹了头发,穿一身簇新的西装,目不斜视地走出去了。爷叔打扮起来,还是很标致的,现在,谦虚的表情又使他看上去挺温柔。

金蓉渐渐发现了爷叔的好处,她惊异以前竟然一点没感觉,她向爷叔笑的时候,就不完全是礼节性的,而是有一些真心的示好。可是,爷叔却不由得畏缩了。方才说过,爷叔已是一个谦虚的人了,从他和女人强弱互换的经验里走来,他对女人都有些望而生畏,尤其是像金蓉这样严肃,每天到公司上下班的女人,觉得她们一概不可小视。这也是他喜欢找根娣的缘故,根娣不上班,也不严肃,当然,还很漂亮,让人赏心悦目,这也是爷叔的一点精神生活。金蓉素常不将爷叔放在眼里,爷叔也惯了吃她的冷脸,现在,猛一得她的笑靥,实在尴尬大于欣喜。爷叔都来不及作出回应,只是怔着,等他也要笑一下的时候,金蓉已经走过去了。她穿一身豆绿的丝质衣裙,裙摆很长,就有一些翩然的意思,爷叔有一阵惘然。等下一次,金蓉再向爷叔笑,是在傍晚时分。一部面包车停在弄堂口,车门打开,下来金蓉,站定了,车上人就传下一件件东西,显然是公司里发的福利,饮料、水果和点心。看见爷叔站在弄口,嫣然一笑道:帮帮忙。爷叔弯腰搬起饮料箱,金蓉又往上加了一盒曲奇饼干,自己提了两个马夹袋,走在了前面。

　　她踩着一双细高跟凉鞋,步履轻快,爷叔眼睛里是金蓉的背影,手里沉甸甸的,感慨地想,这世界全部是女人的了!爷叔随金蓉一直走进她家房间,将东西放到指定的位置,要走,金蓉却送过来一个冷毛巾把,让他擦汗。毛巾把是从冰箱里取出的,上面洒了六神牌花露水。爷叔擦汗的时候,金蓉问道:你女人店里有什么新款吗?爷叔猝不及防金蓉会问他话,心里一紧,脱口说道:新款都是年轻小姑娘穿的样式,衣服吊在肚脐眼上,裤子吊在脚踝上,裙子吊在屁股上——金蓉收起笑容,沉下了脸,爷叔这才意识到出言粗鲁了,止住话头。爷叔这人就是这样,一旦开口,就托不住下巴,话风都是车间里的传统。金蓉皱着眉说:是啊,我们这样年纪的人是跟不上潮流了。爷叔心里又是一紧,赶紧地说:金蓉你看上去很年轻,就像小姑娘。金蓉冷笑一声:你们男人眼睛里总是小姑娘,小姑娘!爷叔再不敢说话,站了一会儿。金蓉说:谢谢你,爷叔。他明白该走了,走到门口却又被叫住,原来毛巾还捏在手里。木木然将毛巾还到金蓉手里,一团毛巾已被他捏热了,而金蓉的手却是冰凉的。爷叔走在回家的路上,怀着一种挫败感。这段日子,根娣突然翻脸,而后金蓉示好,让他领教了女人的不可测。

　　郁闷的爷叔有几日没出门,金蓉婆婆也有几日没出门。金蓉命令爷叔搬东西的一幕就发生在她眼皮底下,不谓不是一个打击,关于根娣与爷叔的闲话不攻自破。弄堂里的谣言起得快也收得快,转眼间风平浪静。这几日,弄堂里显得很安宁。弄口只有小皮匠自己在做活,到了中午,根娣送来饭,一口钢精锅。小皮匠喜欢将饭、菜、汤,全搅和在一起,痛快淋漓地吃。所以,根娣干脆就都热在一起,连锅端过来。小皮匠吃饭,根娣坐在马扎上说话;小皮匠吃好了,根娣还不走,继续说话。从小弟那里听来的事情,她都要原样搬给小皮匠,为了听听他的评论。她由衷地说:小皮匠,别看你是乡下人,比许多上海人都有素质!小皮匠说:什么地方都有什么样的人。根娣解释说:我没有看不起你的意思!小皮匠笑了,想这女人天真得像小孩子,却也是细心的。他也感到了女人的神秘。他们坐着说话,不知不觉地,时间过去了,根娣要回家烧晚饭,先走了。再过一会儿,小皮匠也要收工了。将工具材料一一收进铁皮工具箱,然后进弄堂,到根娣家洗脸洗手换衣服。倘若是小弟歇的一天,这时候,根娣就正在煎炸炖煮。小弟坐在厨房里的一张饭桌上,好像餐馆里的客人等着上菜,看到小皮匠来,就客套地邀他入座,小皮匠当然是谢绝。可是这一次,小弟却是力邀,无限的恳切,根娣也跟着留他,还将他的好衣服扣着不给。不得已,小皮匠就入座了。

　　根娣摆上碗筷酒杯,小弟替小皮匠斟满红酒,称了一声"朋友",他说,朋友,出门在外,多一个朋友多一条路,不要拘谨,喝酒吃菜。小皮匠微微一笑,端起酒杯,向小弟敬了敬,仰头喝去半杯,吃了些菜。小弟也喝了一口,问小皮匠出来多久,家人在何处,生活好不好,小皮匠一一作了回答,两人又端了几次杯,吃了些菜。小皮匠还是原样,小弟眼眶浮起了红晕,衬得肤色白皙,又回到了少年时的小弟。他说:原来你已经出来多年,不算新上海人,倒算得上老上海人。怪不得你挺有见识。小皮匠晓得平时与根娣说的,根娣都学给了男人听,不由得又是一笑。小弟接着道:我说几桩奇怪的事给你听,你谈谈你的看法。小皮匠做了个请说无妨的手势,小弟就说了。第一桩是,他昨日拉的一个客人,上海人,西装领带,手里提黑色拷克箱;车到地方,打开皮夹子,从后视镜看见,里面一排信用卡,惟独没有现金,于是说,师傅请等一下,我回家取了车钱付你,说着就下了车;一等不来,二等也不来,小弟不由得生疑,下了车,循客人的去向,这才发现客人走入的那条弄堂是两头通的一个夹道,老早不知道跑去哪里了!这是一桩奇事。第二桩是发生在上周,也是发生在付车钱的时候。这一回,客人的皮夹里倒是鼓鼓的钱,但都是外汇;客人为难地说,他刚从香港来,能不能付港币,并且报出牌价,港币还贵一点,但他还是按一比一支付;客人付了一百元,小弟找回他八十一元,可是这张钱并不是港币,而是秘鲁币,银行里说一分不值。现在,这张奇怪的货币就放在桌面上。第三桩则是更远一些的一月前,倒是十分的干脆,三个外地口音的男人上得车来,坦言没有钱付车资,你拉也得拉,不拉也得拉!小弟说完了,歪着头对了小皮匠:你说,这是怎么回事?小皮匠的回答很简单,前两个是骗子,后三个是明火执仗的强盗,总之,都是为一个财字。小弟说:小皮匠你真是一针见血,根娣说你有素质,我还不相信,说什么我倒要领教领教,果然名不虚传!此时,小弟的脸全布满红晕,酒上头的样子,根娣也红了脸,是因为兴奋。小弟向小皮匠凑近脸,讨教道:你说,现在的人比过去不是富了很多?本来邓小平是让一部分人先富起来,可是,不要说一部分人,八部分的人都富起来了,结果呢,人比任何时候都更缺钱了!这是为什么?小皮匠的脸也有些红,因肤色深,所以并不显,只觉得有光泽,他也向小弟的脸凑了凑:朋友,这个问题提得好,看来你对社会很了解,我的意见是肚子容易喂饱,眼睛是不容易喂饱的!小弟拍了小皮匠的肩膀一下:我再没可说的了!这一晚,两人喝得微醺,尽欢而散。

后来,小皮匠又和小弟喝过一回酒。结束时,根娣说,明日小弟出车,一天不在家吃,剩了这么多饭和菜,天气又热,小皮匠你就当帮个忙,明天晚上也在我们家吃了吧!小皮匠说好,下一日收工后去根娣家,却见根娣又烧了新菜,说这是干什么?讲好是来收拾残局的。根娣说:我自己想吃!吃饭的时候,小皮匠不碰那碗新炒的菜,根娣也不强求,但等他不防备,将那碗菜扣了大半在他碗里,小皮匠只能摇头。吃罢饭,桌上的剩菜还有十之六七,根娣张开一个塑料袋,直接将剩菜往里倒。小皮匠劈手抢过半碗肉丝毛豆茭白,说留我明天中午饭。根娣不让,说明天有明天的菜。两人争了一时菜碗,小皮匠还是争不过,倒不是根娣有劲,而是根娣有蛮力。晚上回去,小皮匠将篮里的半棵卷心菜斩碎,又斩进一些虾皮,打两个鸡蛋,作馅,和面擀皮,包了三十个素饺子,装在一个深碗,浸在冷水里,第二天带去根娣家作午饭。他不能顿顿吃在根娣家,把客气当福气。到了中午,根娣送来的却不是素饺子,而是米饭和大排骨,还有半锅鲫鱼豆腐汤。小皮匠问:我的饺子呢?根娣说:我吃了。小皮匠说:那是素馅的,你吃亏了。根娣说:那是手包饺子,人工比什么都贵,还是我占便宜。小皮匠又只能摇头,根娣则得意地笑,说:你是犟我不过的!

四

这样饭菜上的往来,虽然没有持续下来,但小皮匠和根娣之间的乡谊更增进了。小皮匠收工去根娣家洗手,顺便就洗个头。根娣提一吊子温水,帮小皮匠浇满头的肥皂沫,浇着浇着,就浇进他后颈里去了。小皮匠躲,根娣追,将小皮匠的衬衣浇个透湿。小皮匠干脆脱了衬衣,光了膀子擦身。小皮匠的体魄竟然相当壮实,是出过力气的人的身子,没什么赘肉。而且,人们这才发现,小皮匠身个挺高的,平时光看他坐着,就不觉得。根娣将吊子里余下的热水,统统从他背脊浇下去,黑黝黝的皮色像上了一层釉,水珠子大颗地滚落下来。两人在弄堂里疯,别人并不留意,因都知道根娣的脾性,再说,和一个小皮匠能怎么样?又不是爷叔,爷叔这几日似乎很沉寂,极少见他露面。有几次,被人看见坐在他女人的店里,举一张报纸遮住了脸。其实,爷叔是在躲金蓉呢!

　　自从那次帮金蓉搬东西上她家,爷叔就怕了她,他也不知道怕的什么,金蓉能把他怎么样?可他就是怕呢!像爷叔这样,从车间里出来的人,什么样的村话都说得出口,也招架得住,但遇到稍微暧昧些的形势,立马失了方寸,其实就是嘴硬。金蓉的笑容,又像是欢喜又像是生气;还有她的眼睛,不是像根娣,铺天盖地的过来,而是迂回曲折,不晓得藏着什么;再有,她的手,冰凉的,让他不由地起寒噤。可是,当然,毋庸说,爷叔看出了这女人的好看,过去不曾发现的。她走路有一种姿态,又喜欢穿长裙,风摆荷叶般的。他女人是小巧玲珑的身段,走不出这样的幅度。根娣的身材也不错,但和她的人性一样,是憨直的,就缺乏了婉约。这样说来,爷叔对金蓉的怕就变得复杂了,它含有着一种警惕,警惕受诱惑。爷叔在家里藏了两天,实在闷极了,就去女人的小店里坐着,至少可以看看门前的车与人。可是,这一天,金蓉到店里来了。

　　金蓉供职的公司就在附近写字楼里,午休时候,她就过来了。这一惊非同小可,爷叔都没从椅子上站起来,他女人已经迎上前去。两个女人原本在弄堂里是淡淡的,点头之交而已,此时因是客主之间,顿时变得很热络,互问一番寒暖,然后共同翻拣服装。爷叔的女人向金蓉推荐各种新型的材质和款式,产自哪一个地区,又应合了哪一股国际潮流,鼓动金蓉去试衣间试穿,不买没关系,过过瘾也很开心。金蓉一件一件看着,最后挑出一件套头上装,胸前缀着细小的蕾丝。她上下地看了一遍,然后比在身前,对了镜子侧着脸看。爷叔女人称赞她很有眼光,再劝她进试衣间试穿。金蓉只笑不答,又对了镜子看一会,方才说:有人说你店里的衣服只有小姑娘能穿!爷叔女人说:这是什么瞎话,时尚是针对人的,不是针对年龄的,这是一种气质。她的手指从一排衣服上划过,好像钢琴家的手从琴键划过。时尚是有生命力,很快就过时的那叫时髦,不过是些奇装异服,我店里从来不进的。这女人真的受过历练了,表现得如此沉着。金蓉将衣服从胸前放下,挂回原处,说:世界上的人都像你这么看就好了!那女人低头整理着衣架,说:人家怎么看是人家的事,自己心里就这么看好了!金蓉不由得注意地看这女人一眼,说要上班了,下一日再来。女人送她到门口,开门闭门时,门上的电子风铃就"叮"地响一声。此时,爷叔整个人都缩在了报纸后面。

　　下一日,金蓉真的来了,随她一起来的还有两个小姑娘,是她们公司的白领。小姑娘们在衣架上翻拣,爷叔的女人则陪金蓉说话。她们这一回见面竟是稔熟许多,说了各自的生活和经历。爷叔的女人告诉金蓉在日本打工的苦楚,刚去时候,一句话也听不懂,自然也找不到工作;这时,有一个小姊妹的父亲急病,她要回上海,就让她顶工;老板娘和她说话,她一副茫茫然的样子,老板娘说:我的话你懂不懂?她连这句话都听不懂。说到此,不禁笑出声来,是熬过来的自嘲又自得的笑。缩在报纸后面的爷叔自然听过女人的诉苦,但却是头一次听女人将自己的苦楚说得如此生动。而且,金蓉也变得生动了,她的笑声竟是清脆的。说了一会儿,那两个小姑娘已经各自挑了中意的,进试衣间试穿。金蓉说前一日的那一件想想还是放不下,也想试一试。于是,爷叔的女人就去原来的衣架上拿,可是,却没有。再去另一座衣架上找,也没有。金蓉略感遗憾地说,也许被人买走了。爷叔的女人说并没有,卖了哪些,余了哪些,她心里有一本账。又回头问爷叔,有没有人从他手里买走过衣服。爷叔的脸始终藏在报纸后面,回答说:你从来不让我接生意的,现在倒要问我。女人微微一笑,向金蓉解释:我不是不让他碰生意,他实在搞不明白的,都是女人的衣服。两人分头在店堂找了一圈,女人连柜子的门都打开翻了一遍,还是没有。金蓉说,算了,上班时间到了,要走了!女人说:明天你再来,不相信我找它不到,分明在眼面前的东西,难道会飞了!金蓉和两个小姑娘出得门去,女人没顾得送客,站在店堂间纳闷:衣服到哪里去了呢?

第二日,金蓉没有去爷叔女人的店里,她怕她这一去,很像是上门逼债似的。傍晚下班回家,爷叔正站在弄口,她看都没看一眼走了过去。不想,爷叔却悄悄尾随而来,喊了一声"金蓉"。金蓉吓了一跳,回身看见爷叔,问道:你有什么事吗?爷叔的表情很神秘,悄声道:进门去说。金蓉疑惑着开进门去,家里没人,竹窗帘垂着,凉森森的,金蓉的家就像她这个人,有一股凛冽的清洁,但这只是表面,爷叔想起她和自己女人讲话的神采,原来她也有活泼泼的一面。金蓉将爷叔让进房间,她的眼光让爷叔生怯,他强撑着,有些黪出去地嘻开笑脸,这却使他显得油滑。金蓉心中生厌,早已忘了本来是她先招惹的他。她又问了一句:你有什么事吗?这时,爷叔的手从身后伸出来,手里有一个塑料袋。给你!爷叔说。

金蓉接过塑料袋,从里面抽出一件衣服,正是前一日她们上天入地找寻的那件,藕色的丝织套头上装,胸前缀了一些细巧的蕾丝。金蓉将衣服抖开,对了光照了照,又重新叠起来,扔回给爷叔,冷笑道:偷老婆的东西送给女人,算什么本事!爷叔涨红了脸,辩解道:我是看你喜欢!金蓉说:看我喜欢你买呀,买下来送我!爷叔嗫嚅着终于说不出话,金蓉将空塑料袋也扔回给爷叔,中途落下来,爷叔弯腰去拾,心急慌忙中,没有抓住塑料袋,抓住的是金蓉的裙裾。金蓉提脚轻轻一踢,爷叔松了手,凭空抓了两把,抓住塑料袋,仓惶退出去了。再下一日,金蓉去爷叔女人的小店,女人迎上前就说,那件衣服找到了,就在原来的地方,当时怎么会漏掉了。金蓉说,这就叫鬼打墙!她进到试衣间穿了,走出来,对着镜子左右地看,果然很好。爷叔的女人说:我就说你穿了好,你不相信。金蓉说:现在我相信了。于是一个付钱,一个收款,当即交割了买卖。爷叔的女人又说:这回你相信了吧,我这店里的衣服是不分年龄的。金蓉服气道:我再不听信鬼话了!从此,金蓉和爷叔的女人做了好朋友,和根娣呢,恢复了点头之交,仅此而已。

根娣现在的心思,早不在金蓉,弄堂里的闲话已经风清云散,金蓉的态度就也无所谓。根娣有了新朋友,就是小皮匠。她的闲暇时间,都是在皮匠摊上度过的了。她带着毛线活,坐在小马扎上,和小皮匠做伴。这期间倘若小皮匠走开一会儿,去方便或是干什么,根娣就帮着招呼生意,接下送来的活,交出做妥的活,再收下工钱,丢进小皮匠的钱罐子,一只雀巢咖啡铁皮听。关于小皮匠的业务,她很了解,而且可做得一半的主。不过,这只是她自认的,在小皮匠,也许并不这么看。有一回,根娣回掉的活儿,小皮匠又接了过来。那一双旧皮鞋,鞋底里的龙骨都塌了,一看就是假冒的名牌。小皮匠征得顾主的同意,将一整个鞋底统统揭掉,换了一双胶皮底。这样,不看底,单看面,还是名牌无疑。小皮匠认为凡喜欢名牌的人无一不是面子作祟,内容是什么无所谓,就给他个面子好了。相反,根娣有一回接下的活却让小皮匠给退了。那是一双麂皮女软靴,帮和底之间开了胶,根娣以为重新上胶就可以了,小皮匠则告诉她,看上去是开胶,其实是沿了底割裂的,一定是碰上了利器。根娣不由得吃了一惊,问顾主难道不自知吗?小皮匠说"未必",根娣更加吃惊:难道要栽你不成?小皮匠正色道:倒不敢这么说,只是常言道,害人之心不可有,防人之心不可无!反正,我也是无能为力了。根娣笑了,在小皮匠头上掴了一掌:我还当没什么你不能的了!小皮匠说:要什么都能,就是什么都不能。根娣又不懂了,睁着眼睛看小皮匠,小皮匠解释说:凡包治百病的,总是一桩病也治不好,比如万金油。根娣笑着又要掴他头皮,小皮匠笑嘻嘻地用手一挡,正巧扼住手腕,根娣挣,却挣不脱,就说:小皮匠你蛮有劲嘛!小皮匠说:让女人捆惯了头皮,人就矮了。根娣说:你还矮啊,铁塔似的一座。小皮匠说:我说的不是个头,是威风!说话间一松手,根娣抽出手来,再要捆去,小皮匠一让,不料根娣只是作势,虚晃一下收回去,另一只手握了这只手的腕,来回揉搓着抱怨:小皮匠你的手真狠!表情却是满意小皮匠的力气。她这才发现小皮匠是个男人,一个健壮的男人。

根娣和小皮匠饭食上的来往还是止于中午的热饭,只是根娣每一回都要加工加料。她晓得小皮匠的口味,她从小就是在这样的食风里长大,那就是酥烂咸浓。红烧的五花肉,油浸浸的炒素,鸡汤里下了黄芽菜、粉丝、蛋饺,肉丝青菜焖烂面,里面埋了整个的鸡蛋。无论多么热的天,小皮匠还都喜欢滚烫,呼隆隆往喉管里倒,黄豆大的汗珠滚滚而下。小皮匠受了根娣的惠顾,心知肚明,感慨这女人的好,好得如此夯实有力,也是家乡的风格。乡里来人带了家养的母鸡,河塘里的鱼虾,成捆的甜秫秆,还有山上的野茶,他都分给根娣一半,根娣就当是自己乡下来了亲戚。要是那岳母坐去了她的位子,她就站在一边。有长辈在场,两人说话不免要受拘束,那岳母又是个讷言的人,所以三个人都静默着。静默中,偶尔地,小皮匠和根娣相互对一对眼,忽就有些未明的情意。先是小皮匠避开眼睛,根娣停了会儿也移开了。那几日,中午饭是由岳母送的,铝锅里是小皮匠女人的手艺,质和量都远逊于根娣的,但根娣知道,晚上必有一顿好的等着小皮匠,女人不会亏待自己的男人。收工时,小皮匠照例到根娣家洗脸更衣,他身上的气息似乎也有改变,是一种居家的有些狎昵的气息,根娣不敢走近他。小皮匠的动作显得很毛躁,水龙头哗地打开,然后骤然关上,穿衣服臂肘抻裂了腋下的缝线,扣子对错了孔,来不及解开重扣,人已经走到弄堂口,脚步急迫,逃跑似的。

乡下来人住了一阵回去了,有那么两天,小皮匠没有带饭让根娣热,只是早晚到根娣家换衣存衣。根娣的儿子——一个倨傲的二十岁少年,在读三年制大专的最后一年,此时又都在家。无论是根娣还是小弟,对了儿子都流露出巴结的神情,他则一概以无言而应之,小皮匠从他面前走过,就更像是没有这个人一般。小皮匠觉得他一点不像他的父母,单纯和快乐,继而又觉得,惟有他的父母,才养得出这种没规矩的孩子。根娣光顾着照应儿子,都没和小皮匠说话,后一日,她将儿子打发出门,再转身要对小皮匠说什么,小皮匠也走了。看他和儿子一前一后的背影,就好像是兄弟俩,年龄相距比较大,年长的那个就要帮父母养家。再一日,根娣来到皮匠摊,对小皮匠说:你还热饭不热饭,不热饭中午怎么吃?小皮匠说:这几日带的都是凉面,不用热。根娣要去揭他的锅盖看,小皮匠不让看。根娣又问:吃了三天凉面,明天还吃凉面?小皮匠答:明天再说。根娣不说话,转身走了,过一会儿,再转来,扔下一卷钱,说:我要退你的煤气费了。小皮匠不答应了,拾起钱还给根娣,根娣不接,说:反正你以后不要我热饭!小皮匠一定要给她,她一定不接,小皮匠站起身,抓住根娣的手,将钱塞在手里,说:明天就热了。根娣这才收下。但不等明天,当天中午就端来半锅鱼肚虾仁,夺过小皮匠的凉面,呼隆倒进去,兜底一搅,顿在小皮匠跟前。根娣坐在小马扎上,看小皮匠吃,两人没说话,都有些鼻酸。默默地吃完,根梯端了空锅走了。

事情恢复了原有状态,依然是早晚更衣存衣,中午热饭送饭,根娣坐在小马扎上,手里做着毛线活计,两人做伴。但是根娣不像过去聒噪,相处间,就多了些静默的时候。现在,爷叔他们又补齐了一桌麻将,因根娣不参加,就不好再在根娣家后门口摆牌阵,而是摆到了弄口,皮匠摊旁边。

上面是过街楼,遮阳避雨,又有穿堂风。爷叔说:小皮匠,你很有眼力啊!这句话有着双关的意思,根娣不定听得出来,却遮不过小皮匠的耳朵。小皮匠淡然一笑,并不搭话。爷叔又说:一弄堂的上海人也搞不过你一个小皮匠啊!新来的麻将搭子,也是弄堂里的一名闲人,比爷叔几乎低一辈,一房妻儿全由老父母养着,自己只顾玩,将一张嘴练得十分油滑,此时接过话头:三个臭皮匠,顶个诸葛亮!此话并不好笑,说的人却已经笑倒了。小皮匠还是一笑,根娣坐不住了,这句话她听得懂,转过身,斜过眼去:到底是谁臭?吃女人饭,靠女人养!这话明摆是针对爷叔,且是最犯爷叔忌的,而"臭皮匠"这句话既不是爷叔说的,也不是说根娣的。爷叔自然不饶,厉声道:眼睛看看清楚,骂谁?根娣笑起来:谁应就骂谁!爷叔一下子被套进来,急了,离开麻将桌,逼到根娣面前:你这个女人,跟谁像谁,跟了臭皮匠,嘴先就臭了!根娣从马扎上刷地站起来:谁跟谁,谁跟谁,倒是跟呀,可惜跟不上,跟个屁滚尿流!这话又是指的爷叔,且是又一件隐痛。弄堂里的事情,谁能瞒谁?爷叔赤红了脸,走近一步,威吓道:我捆你!根娣也走近一步:谁捆谁!两人头抵着头,彼此的鼻息都拂到对方脸上,根娣的眼睫毛一动一动,爷叔浑身的血都涌上头,他抬起手在根娣脸上撩了一下,指尖刚一触到根娣的脸颊,便被撞飞了,小皮匠一举胳膊:打女人算什么本事!是你老婆吗?要你管闲事!爷叔推他一把,推上去才知道小皮匠的结实,胸脯像个箍紧的铁桶。爷叔再推一把,纹丝不动,张口骂了一声娘。小皮匠也变了脸,他从缝鞋机后面走出来,一边解下身上的围裙,对了爷叔说:我本来是不打算与你计较的,现在你骂了我娘,我要不计较就是我的不孝,违背三纲五常,你要向我赔不是!爷叔哪里理会这一套,骂娘的脏话连珠炮似地吐出来,小皮匠叫了声:那就对不住了!话没落音,就在爷叔的额下送去一拳。爷叔退了两步,站住了,稍停片刻,猛地向小皮匠扑去,这些日子一连串的失意此时全聚集成对小皮匠的愤怒。小皮匠虽然年轻血旺,可到底招架不住一个拚命的人,一时被爷叔的拳脚挫下来了。根娣就不服了,拾起马扎,两手一合,向爷叔兜头抢过去。爷叔头一让,结果击中的是小皮匠,一个眼睛顿时青了。根娣急了,头一低,撞进爷叔怀里,爷叔没站住,仰后跌坐在地,根娣照了头脸一阵捶打,把他打给小皮匠的那些全还了回去。麻将桌上的老太都躲得远远的,那个起事的人老早看不见影子了,将干系脱得一干二净。小皮匠此时冷静下来,过去将根娣扯开,说:不兴两个打一个的。爷叔坐在地上,咬牙骂:你这个小皮匠,还想不想在这里摆摊了!小皮匠回道:我在哪里摆摊,不是由你管,是由政府管!爷叔冷笑:政府认识你?管你的皮匠摊!小皮匠再回道:政府不仅管得我,也管得你,它要你们动迁,你们一日不敢耽误!小皮匠到底在上海呆得有年头,深谙上海人的软肋在哪里,出语很有力度。

这天下午,麻将桌散了,小皮匠也提早收工,被根娣拉回去洗脸。根娣用冷毛巾给小皮匠敷脸上的青肿,问他疼不疼。小皮匠先是"嘶"了一声,然后"嘻"地笑了,说爷叔这人倒有种,不像上海人,骂来骂去骂多少个回合,也动不出手去。根娣的毛巾从小皮匠的脸上移到背上,冷毛巾渐渐变温了,根娣将毛巾扔进脸盆,空出手抱住小皮匠的后肩。小皮匠一动不动,感觉到根娣软和的胸,热热的,肩窝这里滚烫的,是根娣的脸。根娣张嘴咬了咬小皮匠的肩膀,又侧过脸贴住咬出来的牙印。根娣茂盛蓬松的头发堆在小皮匠的肩和颈之间,又刺毛,又暄和,小皮匠一歪头,压住那头发。停了一会,根娣说了声:你这个小皮匠呀!小皮匠从根娣的怀抱里挣着转过身子,暗想这女人真有力气,这样,他们就脸对脸了。小皮匠看了根娣一会,说:你总是叫我小皮匠,我有名字。根娣问什么名字？我家姓席——根娣惊奇道：有姓席的？小皮匠说《聊斋》里有一篇,说的就是一个叫"席方平"的人。根娣"哦"了一声。姓席,名字和你差一个字,叫根海。根娣就叫他一声:根海。

五

根娣和根海的好,热辣辣的。根娣中午端到根海跟前的那一锅饭,谁看了谁眼热。黄澄澄的鸡汤面,底下埋着对虾头,熏鱼块,鸡大腿,整鸡蛋;或者是半个蹄髈,炖得起膏,稠浓的肉汁拌米饭。根海的回报是扛米、扛纯净水、扛成箱的雪碧可乐,凡出力气的活都是他。根海在根娣家后门口洗脸,干脆脱了上衣,连上半身一起洗,根娣帮着往他背上打肥皂,搓灰。还有时候,是根海帮根娣,晾晒衣物。竹竿是搭在对面人家的墙头和这边的水泥门檐上,有一人半高,根海就抱住根娣的腿,举起来,再往下放,根娣在他手臂中转个身,圈住颈项,落了地。这样裸露的亲昵,倒没有暧昧的意思了。人们打趣说:一个根娣,一个根海,说不定就是亲姐姐和亲弟弟啊! 现在,根海的名字被根娣叫开了,弄堂里人就都改了口,根海说:听见吗? 叫姐姐。根海说:偏要叫妹妹! 根娣去掌他的嘴,掌一下,叫一声妹妹,根海就笑。旁人到底觉着肉麻了,讪讪地走开去,他们却浑然不觉,一劲打闹着。闹过一阵,方才安静下来。

他们安静的时候委实是很安静的,彼此说说往事,认认乡亲。根海来自盐城,根娣是涟水原籍,根海说这两地其实隔得老远呢! 根娣却说,反正同是江北。根海就用块划粉在地上划给她看:江苏有一多半都在江北,从上海崇明对过的启东一直顶到山东边上的徐州。根娣说,徐州不算江北,在上海,江北指的就是说他们这样话的人。什么样的话? 根海问。我和你这样的话,根娣回答。你我的话也差得一大块呢! 根海很好笑地说。根娣说:反正就是"这块那块"的话。根海摇头道:上海人自以为多么聪明,其实是面条饺子一锅端,连个青红皂白都分不出。根娣很大度地说:江北就江北,不过是个叫法罢了。根海又摇头:我说你糊涂呢,自己家在哪里都不知道,迟早有一天被人卖了。根娣就侧了头对着根海的眼睛:卖给你,买不买? 根海说:买不起。根娣流露出失望的表情:你是看不上。根海手里的锤子一狠劲砸在鞋跟上:你家小弟要肯卖,我砸锅卖铁! 提到小弟,两人就都一时的语塞。

这一段,无论小弟怎样留饭,根海也不肯留了。根娣呢,不帮着留客,反是说:随他! 放根海出门去,也不顾小弟遗憾的脸色。小弟是真心留根海,他已经对这个小皮匠刮目相看,而且自觉得很对心思。越是如此诚挚,就越是让人窘迫。根娣和根海,虽然并没怎么着,充其量是在房间里抱一抱,亲个嘴。要是小弟像爷叔,横蛮有力,根海与根娣也许就横下一条心了。可小弟是孱弱的,豆芽儿般的一个人,让生计岁月磨折得见老见黄,实是不忍心。两人也很煎熬,根海三十多的年龄,身体又极好,与媳妇分离着,夜夜守个空床。根娣呢,年龄是长上去些,可也是气血两旺。而且,怎么说呢? 有一回,她咬着根海的耳根说过,出租车司机,十之八九有那个毛病,就是不行! 太累,缺觉,总是窝着坐,前列腺就有问题。可是,怎么行呢? 小弟和根娣的结婚照就在墙上,抬眼便是。二十年前的结婚照还不像现在,人在云里雾里,又作姿作态,就不大像真人。那时候的照片清晰鲜亮,是放大的活人。根娣的眼睛睁得大大的,小弟的是细细一弯,像女人的媚——这样的人,怎么敢欺负! 还有根娣和小弟的儿子,进进出出的,一语不发,身体和脸是小弟的形状,脸上的表情却不是小弟的,冷漠无情,也是不好惹的。根娣和小弟都怕儿子,根海就跟着打怵。每一次,眼看到了刀刃上,根娣的眼神都乱了,可根海还是一跺脚,撕开根娣的身子,走了。下一回,根娣说:根海,你是嫌我年纪大。根海不回答,停一会儿,伏在根娣耳边说:叫哥哥!他们的乡音里,"哥哥"这个字,发"蝈蝈"的声,叫的人和听的人都觉得销骨的缠绵。不过,两人都是过来人,晓得那难受只是一阵子,过去了还是大块大块的快乐时光。

这一天,爷叔的女人提来两男一女一共三双皮鞋,让根海换掌。下午时,爷叔他们在弄口开出麻将桌,根海一努嘴,根娣将三双换好掌的鞋甩在爷叔脚边。爷叔一边垒牌一边问:多少钱?根海说:不要钱!爷叔说:不要穷大方,赔本了买卖。根海说:自家的手艺,无本生意。爷叔便不再客气,两下里的怨仇也算是了结了。爷叔就是那类人,男人淘里来去自如,却不会在女人中间混。上海人只是一张嘴坏,心里未必真有什么成见,自打上回交手,领教到根海嘴巴和拳头的厉害,爷叔内心也对他起了些敬畏,说话行事略有顾忌。根海是知轻重的人,得理饶人,对爷叔反敬上三分。两人嘴上不说,心里却有些交上朋友的意思。接下来,就在小弟歇工的一日,根娣照例在家服侍赚钱人,等麻将桌散去,爷叔没急着回家烧饭,而是走到根海跟前,刮他一下头皮:小皮匠——爷叔坚持这么称呼,好像要守住某种立场——小皮匠,爷叔送你一句话!什么话?根海不抬头地问。兔子不吃窝边草!说罢,爷叔转身走了。走了几步,再回头看,根海也正看他,晓得他听明白了,再一转身,走了。

根海往鞋跟上砸钉子,一连气砸歪了两根,第三次砸肿了手指头。爷叔的话向他敲了记警钟,根海意识到这段时间是太不检点了。根娣有股子疯劲,做起事来不顾头尾,他本该直辖住她,可却跟着她一起上火。如今,弄堂里人就看出了端倪,根海不由得感到了惭愧。下一日,根娣再到皮匠摊来,根海说话行动便收敛许多。根娣不晓得其中的奥妙,加倍地撩拨,根海只是不接茬。那边,麻将桌上,爷叔则投来会意的目光。有几回,根海与爷叔目光相遇,根海的锤子就又砸在了手指头上,心中一股怒火突然间勃勃然升起。事情就是这样,根海不能与小弟为敌,却可与爷叔做对头。爷叔越是警告他,他越是不理会。他掉转头要搭根娣的腔,可是根娣早已不高兴了,刷地立起来,登登地走了。爷叔做了一个释然的表情,也让根海看进眼里,更加火大。这一天,都是在郁闷中度过。根海一向平静的生活打破了,心情相当浮动,那些新鲜的刺激都是以苦闷为代价的,这时的郁闷其实也是这些日子的总和。这日,根海直到天暗得看不清活了,才收工。磨蹭地放好东西,锁好铁皮柜,心里期待着根娣的儿子此时已经回家。正如他所愿,那少年顶着一头新染的麦穗黄头发,坐在他父亲的位置上,享受母亲的服务。今天是小弟出车的日子,夜半才可回家。那孩子照例是看也不看根海一眼,根娣也没看他,他知道根娣在生气。自己走过灶间,进房间取了干净衣服换上,走出来,连通常的道别的话也没有说。

根海走出弄堂。这条弄堂很浅,没有灯,街灯就足够照明。弄内的房子是洋房的格式,有阔大的台阶,卷拱的门头,壁炉的烟囱立在屋顶的坡面上。曾经居住着上等人家,可后来却零割成无数居室,搬进无数住户。天井搭出披厦,晒台加盖阁楼,楼体变得臃肿,弄堂也嘈杂了。但是,到了夜晚,弄里的人走干净,那些赘物隐进了黑影地,还是有一股端肃的格调。弄前的马路原先是静谧的,现在,沿街的人家一半以上破墙开店,不外两类,餐饮和服装,所以,往来纷沓,车也比先前多了。根海顺了街走去,胸口十分壅塞。寂寂地走了一段,拐进一条窄巷,两边多是发廊和足浴房,垂着窗帘,灯光透过来,传达出暧昧的声气。根海忽然涌起一股想要放纵一下的欲望,那朦胧的光后面的白胳膊白腿显现在眼前,奇异地交织着,令他又生厌恶又生可怜。可是放纵的欲望是那么强烈,他心跳着,手脚都在颤抖。最后,他走进了一家重庆火锅店,要了一个麻辣锅底。这一个锅底是可供四个人涮的,现在根海一个人守着一口,周围铺满了肥牛,羊肉,猪脑,猪血,他大筷地涮下去,再捞起来,送进嘴里。烫,辣,麻,膏腴的香浓,还有对钱的心疼,激得他热泪盈眶。他简直像一个阔佬,他这个阔佬的钱是怎样来的啊!缝一道绽线五角钱,钻两排气眼一块钱,打一副后掌两块钱,充其量换一双鞋底,五块钱!他的小孩,没有吃过一回汉堡包和肯德基炸鸡。他实是心疼,可就是这心疼让他过瘾,满颐肥香,眼泪流了下来。在激昂的食欲中,他渐渐平静下来。一个人静静地喝着汤,感到一股颓唐的满足。根海摸空口袋里所有的钱,出了店门。

这是在菜市场里面,菜场已经收市,各种店铺却正兴隆着,地摊也摆出来了,挤挤挨挨,人声鼎沸。声音是各路的乡音,人呢,也是各路的人,一律穿着灰暗,举止鲁莽,一看便是乡人。脸色是枯黄的,但在夜市的灯光下,却也展开着笑颜。脏兮兮的小孩子奔跑追逐,受着大人们的斥骂和推搡。店铺里电视机录音机也来助兴,增添许多摇曳的声色。在这些光色的辉映下,店铺里和地摊上的杂货,也生出一种廉价的鲜艳。根海神志恍惚,在地摊间插着脚,终于从这个喧哗的尘世中走出来。接下来的路是在漆黑中行走,那是一片空地,人家已经迁走,房屋也拆除,开发商却断了资金,就搁置下来,变成一个垃圾场。在空地的边缘,远远的,留有一排房屋,应是原先的弄底。窗户里的灯光,微弱地投到空地,转眼又被吞没了。根海痛快地出着汗,出汗的身体在夜晚的空气里是凉爽的。他头脑是清明的,却控制不住身体,走得飞快,想慢也慢不下来,就听见风在耳边呼呼地响。他走入他居住的那一片棚户,从乘凉的人们中间穿行过去,有人喊他,好像从很远处传来。他没有听见,听见了也不回答,直走到门口,忽然一个趔趄,站住了。门口一张竹椅上,坐着根娣。

根娣已经来了很久,坐在邻居给的竹椅上,看谁家接到门外的电视里的连续剧,见根海回来,站了起来,身姿怯怯的。根娣很少有这种表情,看起来让人生怜。楼下卖炒货的河南人还没回来,门关着,楼道很黑,根海摸灯绳摸了半天。黑暗里,听得见根娣的鼻息声,很柔软地掀动着空气。摸到灯绳,拉亮了电灯,两人的影子陡地跳在木扶梯边的墙上。他们一前一后地走在逼仄的木扶梯上,根海又摸钥匙开阁楼的门,推了进去。

根娣打量着这间素净的小屋,她没想到一个男人也那么会收拾,东西归置得十分齐整。床上的草席,草席下垂着的床单,还有枕头,毛巾被,都是干净平整的。地板拖白了,立了一架风扇,靠墙的三屉桌上有电饭煲,电炒锅,电水壶,显然都是旧东西,这里那里留下疤痕,但也擦拭得锃亮。一个淘箩里盛着些毛豆,是根海的晚饭菜,今天他在外面已经吃过了。这就是孤身在外,男人清寂的禁欲的生活。此时,走进了女人的热烘烘的身体。根娣手里提着一茶缸绿豆百合汤,还温热着。根海接过来,浸在脸盆的凉水里,说:这是我的冰箱。根娣说:你还缺一个电视机,显然还牵挂着方才看的连续剧。根海就把窗户打开,说:电视机在这里。窗一打开,对面窗户里的情景扑面而来,电灯光下,又是一桌麻将,几乎看得见他们的牌。静静看了一会,根海将窗户关上,两人自然拥在一起。两个汗津津的身子,彼此听得见心跳。这一回,根海眼前浮起的不是小弟的脸,而是爷叔那张表情有些凶悍的脸。他将根娣推在床边,两人一起倒下去。

　　就这样，堤坝决口，一泻千里。正是夏收和秋种季节，乡里人忙着地里的营生，没有人上来看根海，根海就是个自由人。小弟做一日歇一日，根娣就一日隔一日地过来。这一片将拆未拆的旧屋，大多是租住的外乡人，流动性极大，彼此都不认识，都是生面孔，所以并没有人注意根娣的造访。根娣总是在根海回住处一小时后来到，此时根海已经吃过饭，擦了身。天还没有全黑，屋里有昏暗的光，然后渐渐沉下去，沉到底。两人一身热汗，身下的草席都漉湿了，风扇的叶片咯唧唧地响，每一转头，就更激烈地咯唧一声，却没有多少凉意，干脆就关了。喘息着，听外面传进来的人声。有时热极了，事毕后开了窗，睡在黑洞洞的床上，看对面窗户里的人。看一会儿，根海莛过去掩上窗，根娣就穿衣服回家了。楼下河南人已经回来，隔了削薄的板壁，有喁喁的说话声。他们不敢开过道的灯，就着阁楼里的一方光亮，蹑着手脚下楼，出得门去。一阵凉风拂来，方才发觉夜的凉爽。不知什么时候，已入秋。歇凉的人大半进了屋。哪面墙脚下，有蟋蟀的嘤嘤声。

　　根娣从崎岖的巷道里走过，两边是低矮的房屋。月亮当头，就好像照耀着一片瓦砾堆。根娣有一阵子迷糊，似乎这地方曾经来过，其实就是她自小生活的地方。不过，却是圮颓的。门窗歪斜，墙壁开裂，地是坑洼的，不小心就要别了脚，窗户里的小姑娘也变成了妇人。热汗让风吹凉了，通体舒泰，根娣一身轻松。她和根海都是肉欲强的男女，再加上有情义，这人生的际遇给了两人莫大的欢喜。两人都是跃然的，眼睛放出光来。因为有了夜晚的肉体的亲昵，白日里倒是恬淡的。饭食里的热情息止下来，回到过去根海带什么，根娣就热什么送什么。不是为掩人耳目，而是有着更大的满足。小弟遭了几回拒绝，不再作奋力的邀请，渐渐也忘了这档子事。爷叔呢，自以为警告生效，也放松了警觉和注意。然而，平淡底下的狂热，白日里想起来，简直能尖叫出声，叫什么？叫哥哥。好哥哥，亲哥哥，热和和的哥哥！乡音里的"哥哥"，把人的肠子都要揉碎了。

　　在这热火朝天的时候，根海与家乡的联系从未中断过。庄稼收了，又种了；院里栽了一棵杉树，又补了一棵枣树；父母亲略有小恙，又不治而愈；大孩子开学了，又要放国庆长假——这一个消息让根海惊了一下，长假里，学校组织学生来上海参观东方明珠，可是临时又改变计划，去了南京参观中山陵。于是松下一口气，事情又继续下去。有一日，根海与根娣完事后，开门下楼去。根海手里端着一盆洗涮的水，走在后面，根娣空手走在前面。两人的步态里都带有欲望满足的慵懒，踢踏着脚，踩得木扶梯空空响。他们这些日子沉湎于极度的快感之中，有些不顾所以了。楼下的河南人开出门来，先看着根娣的背影，继而又看根海，其中一个笑着点了下头，十分会意的样子，这会意里有一种猥亵。根海明白，他们是将根娣当成了那种女人。就是他们有时候带到住处来的那种女人，也就是在那条暧昧的街上，发廊和足浴房的门后面，有着缠绕的石灰色的手臂和腿的女人。

　　就在第二日，根海回到住处，正烧晚饭，河南人来敲他的门，邀他下去喝酒。他们已经很久没有发出这样的邀请，可是现在又来了。根海拒绝了，河南人又邀了一会儿，还用手来拉他的胳膊。根海突然就发火了，将胳膊使劲一抽，劲过大了，几乎将河南人抢倒。根海克制住情绪，努力笑着，解释说，今天累了，他要早睡，改天他请他们喝。河南人悻悻地下楼去了，根海身上微微起着颤，心跳得又轻又快。他一个人吃过晚饭，洗了碗筷，在面前放上一本不知什么书。他好久没有读书了，书上的字令他感到生分。今晚小弟在家，根娣不会来，可屋子里全是根娣的气息，烘热的，柔软的，熟透的，经过了生育非但没有萎缩，而是更加丰饶的气息。夜里，根海和老家的媳妇打了电话,媳妇显然已经睡了,梦中被唤醒,懵懵懂懂的,说话含混,就像一个小孩子。根海要她带小孩子来上海,媳妇说大孩子要上学,根海说请两天假,接着就是双休日。媳妇说,明天要去和学校的先生商量,也不晓得准不准假。根海就说,要快,快来! 媳妇这时清醒了,说你急什么,火要上房似的。这一头根海的眼泪下来了,嘎着嗓子说:我想你们了。媳妇从来没听过男人说这样的话,默了一会,说:好的。

第二天,根海没去弄口摆摊,许多老主顾来送活,都失望地走了。还有些是来取前日送来的活,也失望地走了,根娣往弄口去了几回,没看到根海的人,心中狐疑,想去他的住处,到底没敢贸然,不晓得他是怎么了。再过一天,根海来了,跟他一起来的,是他的两个女儿。他们都不曾想到,根海的孩子是女儿,而且,是两个粉白粉白的女儿,想来是像她们的母亲。两个小姑娘,被阳光照成透明似的,因为来上海,还因为来看爸爸,身上就穿着新衣服。大孩子已经读书,坐在马扎上读一本英语课本,声音琅琅的,一点不怯场。小的就在弄口跑来跑去地看,什么都觉新鲜。她很大胆地跑到麻将桌边,看爷叔的牌,爷叔用点着的香烟头吓唬她,她一笑,躲开了,过一会,再蹑了手脚过来。爷叔问根海昨天到哪里去了,根海说街道召集他们这些操路边营生的人开会,将他们编进治安联防队,要负起城市保卫的责任。果然,根海的臂上多了一个红袖章,上面写着“联防”两个字。爷叔又说,这两个捣蛋鬼在上海玩多久。根海说,大的要读书,过了双休日,就让一个同乡人带回家,小的和她娘就住一段,家里也没什么事。说话时,根娣一直在边上站着,一声不出,站一会儿,反身走了。

2007 年 11 月 23 日　上海

(原载《收获》2008 年第 1 期)

诗歌

SHI
GE

有的人

　　——纪念鲁迅有感　　　　　　　　　　　　臧克家

有的人活着
他已经死了；
有的人死了
他还活着。

有的人
骑在人民头上："呵，我多伟大！"
有的人
俯下身子给人民当牛马。

有的人
把名字刻入石头想"不朽"；
有的人
情愿作野草，等着地下的火烧。

有的人
他活着别人就不能活；
有的人

他活着为了多数人更好地活。

骑在人民头上的，
人民把他摔垮；
给人民作牛马的，
人民永远记住他！

把名字刻入石头的，
名字比尸首烂得更早；
只要春风吹到的地方，
到处是青青的野草。

他活着别人就不能活的人，
他的下场可以看到；
他活着为了多数人更好地活着的人，
群众把他抬举得很高，很高。

　　　　　　　　　　　1949 年 10 月下旬于北京

（原载北京《新民报·萌芽》1949 年 11 月 1 日第 16 号）

人民的日子　　　　　　　　　　　　　　　林 庚

一个属于人民的日子
它让祖国这样的开始

一

祖国的心埋在泥土里

在几千年尘封的土里
爱它的是祖国的人民
他说给他他又说给你
日子是长得让人不能相信的
可不是日子真是不能相信的

大海把一切灰尘冲洗得干净
让人民从今天起只相信自己

当秋风吹裂了高天①
当太阳落下地平线
今天我看见投降的旗子
这里又一次坠毁在地面
从山前飞去的白云
从天外吹来的风里
人们是从来没有休息的
跑过了日夜不同的土地

秋风吹裂了真叫高的天
黄昏走过了人山人海去
这里有思想的再来
这里有问题在更改

多可爱的这祖国天地
他说给他他又说给你

二

他饱吸着清晨的阳光
如同说着自由是什么
今天站在大家的面前
是第一次一样的生活

我知道什么是祖国
我知道什么最难得
站在一切人民的面前
如同站在海洋的面前
如同站在阳光的面前
人山人海铺成的道路

如同看到前面的远处

春季天野外变得更绿了
从高处流下山来的山泉
从天上落下地来的细雨
春季天野外变得更绿了

跑过了更多野外的兵士
他们是穿着乡间的鞋子
他们要带着人心最多数
渡过那一条更绿的江去

泥土里长出紫色的地丁
泥土里长出黄的蒲公英
跑过了更多野外的士兵
他们要带着乡间的名字
渡过更绿的那一条江去

从高处流下山来的山泉
从天上落下地来的细雨
春季天野外变得更绿了

三

日子真快得让人赶不上
你有才的人就应该歌唱
人民的名字写在黑板上
人民的名字写在大路上
每一段故事就是一首歌
人民的队伍又打胜了仗
没有用的要从头打算
掉了队的要被人遗忘

工厂里高的烟突整天的忙着

---

① 一九四八年秋天济南解放，我开始写这一段诗；之后大军渡江，一切生活在改变，我的感情也随着发展；四九年九月间从东北回来，写完了最后的一段。

田野里绿的庄稼成年的长着　　　　像每一座山都朝着那天
工人都上工去了农民下地了　　　　每一座工厂吐着青的烟
请问你路上的人想做点什么　　　　劳动的建筑征服了空间
　　　　　　　　　　　　　　　　一点的突破带来了全面

春天的锄头是土的声音
春天的脚步是路的声音　　　　　　知识耕种在黄的泥土里
你要探问那修路的人吗　　　　　　知识建筑在高的烟突里
春天第一次收在你信里　　　　　　路上又有了新的指路牌
　　　　　　　　　　　　　　　　人生的工作您说得出来

人民的名字写在黑板上
人民的名字写在大路上　　　　　　让那远远的一座四面钟
　　　　　　　　　　　　　　　　组织成都市忘了家的人

四

田野有全新的劳力　　　　　　　　像春天的河化了薄的冰
田野有钢铁的生客　　　　　　　　像工厂的烟飞向天的心
农夫们都在麦浪里　　　　　　　　我们是对着不停的指针
铁路从远远地穿过　　　　　　　　歌唱着人间自由的工人
带来了新的五幅布
带去了新的农作物　　　　　　　　人民的名字写在黑板上
　　　　　　　　　　　　　　　　人民的名字写在大路上
大海在洗净了那灰尘的时候　　　　多可爱的这祖国天地
年青人把日子又许在你前头　　　　他说给他他又说给你

（原载《大众诗歌》1950 年 1 卷 2 期，选自清华大学出版社 2005 版《林庚诗文集》）

错误
郑愁予

我打江南走过　　　　　　　　　　跫音不响，三月的春帷不揭
　　那等在季节里的容颜如莲花的开落　　你底心是小小的窗扉紧掩

东风不来，三月的柳絮不飞　　　　我达达的马蹄是美丽的错误
你底心如小小的寂寞的城　　　　　我不是归人，是个过客……
恰若青石的街道向晚
　　　　　　　　　　　　　　　　　　　　　　　　　1954 年
（选自台北志文出版社 1974 年 3 月版《郑愁予诗选集》）

舞会结束以后

闻 捷

深夜，舞会结束以后，
忙坏年轻的琴师和鼓手，
他们伴送吐尔地汗回家，
一个在左，一个在右……

琴师踩得落叶沙沙响，
他说："葡萄吊在藤架上，
我这颗忠诚的心呵，
吊在哪位姑娘辫子上？"

鼓手碰得树枝哗哗响，
他说："多少聪明的姑娘！
她们一生的幸福呵，
就决定在古尔邦节晚上。"

姑娘心里想着什么？
她为什么一声不响？
琴师和鼓手闪在姑娘背后
嘀咕了一阵又慌忙追上——

"你心里千万不必为难，
三弦琴和手鼓由你挑选……"
"你爱听我敲一敲手鼓？"
"还是爱听我拨动琴弦？"

"你的鼓敲得真好，
年轻人听见就想尽情地跳；
你的琴弹得真好，
连夜莺都羞得不敢高声叫。"

琴师和鼓手困惑地笑了，
姑娘的心难以捉摸到：
"你到底爱琴还是爱鼓？
你难道没有做过比较？"

"去年的今天我就做了比较，
我的幸福也在那天决定了，
阿西尔已把我的心带走，
带到乌鲁木齐发电厂去了。"

（原载《人民文学》1955 年 3 月号）

向困难进军

——再致青年公民

郭 小 川

骏马
    在平地上如飞地奔走，
    有时却不敢越过

            湍急的河流；

大雁
    在春天爱唱豪迈的进行曲，
    一到严厉的冬天

            歌声里就满含着哀愁；

公民们：

你们

在祖国的热烘烘的胸脯上长大，

会不会

在困难面前低下了头！？

不会的

我信任你们

甚至超过我自己，

不过

我要问一问

你们做好了准备没有？

我

比你们年长几岁

而且光荣地成了你们的朋友，

禁不住

要把你们的心

带回到那变乱的年头。

当我的少年时代

生活

决不像现在这样

自由而温暖，

我过早地同我们的祖国在一起

负担着巨大的忧患，

可是我仍然是稚气的，

人生的道路

在我看来是如此地一目了然，

仿佛

只要报晓的钟声一响，

神话般的奇迹

就像彩霞似地出现在天边；

一切

都会是不可思议地美满。……

呵，就在这个时候

严峻的考验来了！

抗日战争的炮火

在我寄居的城市中

卷起浓烟，

我带着泪痕

投入红色士兵的行列

走上前线。

……真正的生活开始了！

可惜

它开始得过于突然！

我呀

几乎是毫无准备地

遭遇到一场风险。

在一个雨夜的行军的路上，

我慌张地跑到

最初接待我的将军的面前，

诉说了

我的烦恼和不安：

打仗嘛

我还不能自如地往枪膛里装子弹，

动员人民嘛

我嘴上只有书本上的枯燥的语言。

我说：

"同志，

请允许我到后方再学几年。"

于是

将军的沉重的声音

在我的耳边震响了：

"问题很简单——

不勇敢的

在斗争中学会勇敢，

怕困难的

去顽强地熟悉困难。"

呵呵

这闪光的话

像雨点似地打在我的心间，

我怀着感激

回到我们的队伍中

继续向前……

现在
　　十八年已经过去了，
时间
　　锻炼了我
　　　　并且为我们的祖国带来荣耀，
不是我们
　　被困难所征服，
而是那些似乎很吓人的困难
　　　　　　一个个
　　　　　　　在我们的面前跪倒，
黑暗永远地消亡了，
随太阳一起
　　　　滚滚而来的
　　　　　是胜利和欢乐的高潮。
公民们
　　我羡慕你们，
你们的青年时代
　　　　就这样好！
你们再不要
　　　　赤手空拳
　　　　　　去夺敌人手中的三八枪了，
而是怎样
　　　　去建造
　　　　　　保卫祖国的远射程的海防炮；
你们再不要
　　　　乘着黑夜
　　　　　　去挖隐蔽身体的地洞了，
而是怎样
　　　　寻根追底地
　　　　　　到深山去探宝；
你们再不要
　　　　越过地堡群
　　　　　　偷袭敌人控制的城市了，
而是怎样
　　　　把从工厂中伸出的烟囱
　　　　　　筑得直上云霄；

你们再不要
　　　　打着小旗
　　　　　　到地主庭院去减租减息了，
而是怎样
　　　　把农业生产合作社
　　　　　　办得又多又好。……
是呵
　　连你们遭遇的困难
　　　　　　都使我感到骄傲，
可是我要说
　　　　它的威风
　　　　　　决不会比从前小。
社会主义的道路上
　　　　并非
　　　　　　平安无事，
就在阳光四射的早晨
　　　　也时常
　　　　　　有风雨来袭，
帝国主义者
　　　　对着我们
　　　　　　每天都要咬碎几颗吃人的牙齿
生活的河流里
　　　　随处都可能
　　　　　　埋伏着坚硬的礁石，
旧世界的苍蝇们
　　在每个阳光不会照进的角落
　　　　　　　生着蛆……
新生的事物
　　　　每时每刻都遇到
　　　　　　没落者的抗拒……
然而我要告诉你们
　　　　凭着我所体味的生活的真理；
困难
　　这是一种愚蠢而又懦怯的东西，
它
　　惯于对着惊恐的眼睛

卖弄它的威力，
而只要听见刚健的脚步声
　　就像老鼠似地
　　　悄悄向后缩去，
它从来不能战胜
　　　人们的英雄的意志。
我要号召你们
　　凭着一个普通的战士的良心：
以百倍的
　　勇气和毅力

向困难进军，
不仅用言词
　　而且用行动
　　　说明你们是真正的公民，
在我们的祖国中
　　困难减一分
　　　幸福就要长几寸，
困难的背后
　　伟大的社会主义世界
　　　正向我们飞奔。

（原载《中国青年》1956 年第 3 期，署名马铁丁）

草木篇

流沙河

寄言立身者
勿学柔弱苗
　　——（唐）白居易

白　杨

她，一柄绿光闪闪的长剑，孤零零地立在平原，高指蓝天。也许，一场暴风会把她连根拔去。但，纵然死了吧，她的腰也不肯向谁弯一弯！

藤

他纠缠着丁香，往上爬，爬，爬……终于把花挂上树梢。丁香被缠死了，砍作柴烧了。他倒在地上，喘着气，窥视着另一株树……

仙人掌

她不想用鲜花向主人献媚，遍身披上刺刀。主人把她逐出花园，也不给水喝。在野地里，在沙漠中，她活着，繁殖着儿女……

梅

在姐姐妹妹里，她的爱情来得最迟。春天，百花用媚笑引诱蝴蝶的时候，她却把自己悄悄地许给了冬天的白雪。轻佻的蝴蝶是不配吻她的，正如别的花不配被白雪抚爱一样。在姐姐妹妹里，她笑得最晚，笑得最美丽。

毒　菌

在阳光照不到的河岸，他出现了。白天，用美丽的彩衣，黑夜，用暗绿的磷火，诱惑人类。然而，连三岁孩子也不去采他。因为，妈妈说过，那是毒蛇吐的唾液……

1956 年 10 月 30 日成都

（原载《星星》1957 年第 1 期）

巴黎

痖 弦

奈何奈蔼？关于床我将对你说什么呢？
　　　　　　　　——A·纪德

你唇间软软的丝绒鞋
践踏过我的眼睛。在黄昏，黄昏六点钟
当一颗陨星把我击昏，巴黎便进入
一个猥琐的属于床笫的年代

在晚报与星空之间
有人溅血在草上
在屋顶与露水之间
迷迭香于子宫开放中

你是一个谷
你是一朵看起来很好的山花
你是一枚馅饼，颤抖于病鼠色
胆小而窘窄的偷嚼间

一茎草能负载多少真理？上帝
当眼睛习惯于午夜的罂粟

以及鞋底的丝质的天空；当血管如菟丝子
从你膝间向南方缠绕

去年的雪可曾记得那些粗暴的脚印？上帝
当一个婴儿用渺茫的凄啼诅咒脐带
当明年他蒙着脸穿过圣母院
向那并不给他什么的，猥琐的，床笫的年代

你是一条河
你是一茎草
你是任何脚印都不记得的，去年的雪
你是芬芳，芬芳的鞋子

在塞纳河与推理之间
谁在选择死亡
在绝望与巴黎之间
唯铁塔支持天堂

1958 年 7 月 30 日

（原载 1958 年 8 月《公论报》"蓝星"周刊第 208 期；

选自台湾黎明文化事业股份有限公司 1977 年版《痖弦自选集》）

五陵少年

余光中

台风季　巴士峡的水族很拥挤
我的血系中有一条黄河的支流
黄河太冷，需要渗大量的酒精
浮动在杯底的是我的家谱

喂！再来杯高粱！

我的怒中有燧人氏，泪中有大禹
我的耳中有涿鹿的鼓声

传说祖父射落了九只太阳
有一位叔叔的名字能吓退单于
听见没有？来一瓶高粱！

千金裘在拍卖行的橱窗里挂着
当掉五花马只剩下关节炎
再没有周末在西门町等我
于是枕头下孵一窝武侠小说
来一瓶高粱哪，店小二！

重伤风能造成英雄的幻觉

当咳嗽从蛙鸣进步到狼嗥
肋骨摇响疯人院的铁栅
一阵龙卷风便自肺中拔起
没关系，我起码再三杯！

末班巴士的幽灵在作祟
雨衣！我的雨衣呢？六席的
榻榻米上，失眠在等我
等我闯六条无灯的街
不要扶，我没醉！

1960 年 10 月

（选自文星书店股份有限公司 1967 年版《五陵少年》）

桂林山水歌

贺 敬 之

云中的神呵，雾中的仙，
神姿仙态桂林的山！

情一样深呵，梦一样美，
如情似梦漓江的水！

水几重呵，山几重？
水绕山环桂林城……

是山城呵，是水城？
都在青山绿水中……

呵！此山此水入胸怀，
此时此身何处来？

……黄河的浪涛塞外的风，
此来关山千万重。
马鞍上梦见沙盘上画：
"桂林山水甲天下"……

呵！是梦境呵，是仙境？
此时身在独秀峰①！

心是醉呵，还是醒？
水迎山接入画屏！

画中画——漓江照我身千影，
歌中歌——山山应我响回声……

招手相问老人山②，

————————————

① 独秀峰，在桂林市中心，孤峰一柱，拔地而起。
② 老人山、鸡笼山、屏风山，均在桂林市区，因状得名。

云罩江山几万年？

——伏波山下还珠洞①，
宝珠久等叩门声……

鸡笼山②一唱屏风③开，
绿水白帆红旗来！

大地的愁容春雨洗，
请看穿山④明镜里——

呵！桂林的山来漓江的水，——
祖国的笑容这样美！

桂林山水入胸襟，
此景此情战士的心——

是诗情呵，是爱情，
都在漓江春水中！

三花酒⑤攒一分漓江水，
祖国呵，对你的爱情百年醉……

江山多娇人多情，
使我白发永不生！

对此江山人自豪，

使我青春永不老！

七星岩⑥去赴神仙会，
招呼刘三姐呵打从天上回……

人间天上大路开，
要唱新歌随我来！

三姐的山歌十万八千箩，
战士呵，指点江山唱祖国……

红旗万梭织锦绣，
海北天南一望收！

塞外的风砂呵黄河的浪，
春光万里到故乡。

红旗下：少年英雄遍地生——
望不尽：千姿万态"独秀峰"！

——意满怀呵，才满胸，
恰似漓江春水浓！

呵！汗雨挥洒彩笔画——
桂林山水——满天下！……

一九五九年七月旧稿，

一九六一年八月整理于北戴河。

（原载《人民文学》1961 年 10 月号）

---

① 伏波山，汉"伏波将军"马援遗迹。山下还珠洞，有老龙谢情还珠神话，本诗转意借用。
②③ 老人山、鸡笼山、屏风山，均在桂林市区，因状得名。
④ 穿山，在桂林市南郊。峰顶有巨大圆形洞口，洞穿露天，状似明镜高悬。相传为马援一箭射穿。
⑤ 三花酒，桂林名酒。
⑥ 七星岩，桂林最著名岩洞之一。传说歌仙刘三姐在此洞中赛歌，后化石成仙。

凶年逸稿

在饥馑的年代　　　　　　　　　　　　　　　　　　昌　耀

1

我喜欢望山。
席坐山脚,望山良久良久
而蓦然心猿意马。
我喜欢在峻峭的崖岸背手徘徊复徘徊,
而蓦然被茫无头绪的印象或说不透的原由
深深苦恼。

2

有一个时期(那已像梦一般遥远)
我坐在黄瓜藤蔓的枝影里抄录采自民间的
　　歌词。
我时而停下笔来揣摩落在桌布的影迹
或有着石涛的墨韵笔意。
中午,太阳强烈地投射在这个城市上空
烧得屋瓦的釉质层面微微颤抖。
没有云。没有风。斗拱檐角的钟铃不再摇摆。
真实的夏季每天在此仅停留四个小时。
但在紧张施工的城市下水道堑壕却极阴凉。
整晚我坐在自己的斗室敞开唯有的后窗
听古城墙上泥土簌簌剥落如铭文流失于金石。
夜气中沉浮着一种特殊的丁香气味。
是线装图书、露水或黎明的气味。

3

这是一个被称作绝少孕妇的年代。
我们的绿色希望以语言形式盛在餐盘
任人下箸。我们习惯了精神会餐。
一次我们隐身草原暮色将一束青草误投给了
夜游的种公牛,当我们蹲在牛胯才绝望地醒悟

已不可能得到原所期望吮嗫的鲜奶汁。
我们在大草原上迷失,跑啊跑啊……
直到夜深才跑到一处陌生村落,
我们倒头便在廊阶沉沉睡去,
一晚夕只觉着门厅里笙歌弦舞不辍,
身边时而驰过送客的车马。
我们再也醒不来。
既然这里曾也沃若我们青春的花叶,
我们早已与这土地融为一体。
我们不想苏醒。但是鸡已啼明。
新燃的腐殖土堆远在对河被垦荒者巡护,
荧荧如同万家灯火,如黎明中的城。
而我们才发觉自己是露宿在一片荒坟。

4

是的,在那些日子我们因饥馑而恍惚。
当我走出森林头枕手杖在草地睡去,
银杉弯向我年轻的脸庞,讨好地
向我证实我的山河诚然可爱。
而当在薄暮中穿越荒芜的滩头,
一只白须翁仲立起在坟场泥淖,
让我重新考虑他所护卫的永恒真理,
我感觉他开裂的指爪已迫近我单薄的马甲,
然而此刻究竟是谁的口吻暖似红樱桃
轻轻吹亮了我胸中的火种。

5

有一天我看到了山的分娩。
我看见从山的穴道降生一条钢铁长龙。
这里原是一处僻远州县,
不久前熊还是截道逞强的暴徒

大胆袭击过往的卡车司机。
后来建筑师用图板在山边构思出了
许多许多的红色屋顶,从此
骆驼队跨过沙漠走在沥青路的鱼形脊背。
那一年在双层防风玻璃窗底
有各式花瓣的雕刻奇妙地折射阳光,
那是以冬日黄昏的寒冷孕育的浮雕。
终于等到某日一个男孩推开门扇跨进大厅,
手举一棵采自向阳墙脚连同土根刨起的青禾,
众人从文案抬起下颌向他送去一束可疑的
　　目光,
仿佛男孩手心托起的竟是一块盗来的宝石。
而我想道:大地果然已在悄悄中妊娠了啊。

6

我以炊烟运动的微粒
娇纵我梦幻的马驹。而当我注目深潭,
我的马驹以我的热情又已从湖底跃出,
有一身黎黑的水浆。我觉得它的因成熟
而欲绽裂的股臀更显丰足更显美润。
我觉得我的马驹行走在水波,甩一甩尾翼
为自己美润的倒影而有所矜持。
我以冥构的牧童为它抱来甜美的刍草,
另以冥构的铁匠为它打制晶亮的蹄铁。
当我坐在湖岸用杖节点触涟漪,
那时在我的企盼中会听到一位村姑问我
何以如此忧郁,而我定要向她提议:
可愿与我一同走到湖心为海神的马驹梳沐?

7

我是这土地的儿子。
我懂得每一方言的情感细节。

那些乡间的人们总是习惯坐在黄昏的门槛
向着延伸在远方的路安详地凝视。
夜里,裸身的男子趴卧在炕头毡条被筒
让苦惯了的心薰醉在捧吸的烟草。
黑眼珠的女儿们都是一颗颗生命力旺盛的
　　种子。
都是一盏盏清亮的油灯。

8

风是鹰的母亲。鹰是风的宠儿。
我常在鹰群与风的嬉戏中感受到被勇敢者
领有的道路,听风中激越的嘶鸣迂回穿插
有着瞬息万变。有着钢丝般的柔韧。
我在沉默中感受了生存的全部壮烈。
如果我不是这土地的儿子,将不能
在冥思中同样勾勒出这土地的锋刃,

9

我以极好的兴致观察一撮春天的泥土。
看春天的泥土如何跟阳光角力。
看它们如何僵持不下,看它们喘息。
看它们摩擦,痛苦地分泌出黄体脂。
看阳光晶体如何刺入泥土润湿的毛孔。
看泥土如何附着松针般锐利的阳光挛缩抽搐。
看它们相互吞噬又相互吐出。
看它们如何相互威胁、挖苦、嘲讽。
看它们又如何挤眉弄眼紧紧地拥抱。

啊,美的泥土。
啊,美的阳光。
生活当然不朽。

1961—1962 于祁连山

(选自青海人民出版社 1994 年 8 月第 1 版《命运之书》)

有赠

曾　卓

我是从感情的沙漠上来的旅客，
我饥渴，劳累，困顿。
我远远地就看到你窗前的光亮，
它在招引我——我的生命的灯。

我轻轻地叩门，如同心跳。
你为我开门。
你默默地凝望着我
（那闪耀着的是泪光么？）

你为我引路，掌着灯。
我怀着不安的心情走进你洁净的小屋，
我赤着脚，走得很慢，很轻，
但每一步还是留下了灰土和血印。

你让我在舒适的靠椅上坐下，
你微现慌张地为我倒茶，送水。
我眯着眼——因为不能习惯光亮，
也不能习惯你母亲般温存的眼睛。

我的行囊很小，
但我背负着的东西却很重，很重，
你看我的头发斑白了，我的背脊佝偻了，

虽然我还年轻。

一捧水就可以解救我的口渴，
一口酒就使我醉了，
一点温暖就使我全身灼热。
那么，我能有力量承担你如此的好意和温
　　情么？

我全身颤栗，当你的手轻轻地握着我的，
我忍不住啜泣，当你的眼泪滴在我的手背。
你愿这样握着我的手走向人生的长途么？
你敢这样握着我的手穿过蔑视的人群么？

在一瞬间闪过了我的一生，
这神圣的时刻是结束也是开始，
一切过去的已经过去，终于过去了，
你给了我力量、勇气和信心。

你的含泪微笑着的眼睛是一座炼狱，
你的晶莹的泪光焚冶着我的灵魂，
我将在彩云般的烈焰中飞腾，
口中喷出痛苦而又欢乐的歌声……

1961 年 11 月

（选自人民文学出版社 1981 年版《白色花》）

逍遥游

周梦蝶

北溟有鱼,其名为鲲。鲲之大,不知几千里也。化而为鸟,其名为鹏;鹏之背,不知几千里也;怒而飞……
——庄子

绝尘而逸。回眸处
乱云翻白,波涛千起;
无边与苍茫与空旷
展笑着如回响
遗落于我踪影底有无中。

从冷冷的北溟来
我底长背与长爪
犹滞留着昨夜底濡湿;
梦终有醒时——
阴霾拨开,是百尺雷啸。

昨日已沉陷了,

甚至鲛人底雪泪也滴干了;
飞跃啊,我心在高寒
高寒是大化底眼神
我是那眼神没遮拦的一瞬。

不是追寻,必须追寻
不是超越,必须超越——
云倦了,有风扶着
风倦了,有海托着
海倦了呢? 堤倦了呢?

以飞为归止的
仍须归止于飞。
世界在我翅上
一如历历星河之在我胆边
浩浩天籁之出我胁下……

(原载《狮子吼》1962 年第 2 期;选自台湾文星书店 1965 年版《还魂草》)

相信未来

食 指

当蜘蛛网无情地查封了我的炉台,
当灰烬的余烟叹息着贫困的悲哀,
我依然固执地铺平失望的灰烬,
用美丽的雪花写下:相信未来。

当我的葡萄化为深秋的露水,
当我的鲜花依偎在别人的情怀,
我依然固执地用凝露的枯藤

在凄凉的大地上写下:相信未来。

我要用手指那涌向天边的排浪,
我要用手撑那托住太阳的大海,
摇曳着曙光那枝温暖漂亮的笔杆,
用孩子的笔体写下:相信未来。

我之所以坚定地相信未来,

是我相信未来人们的眼睛——
她有拨开历史风尘的睫毛，
她有看透岁月篇章的瞳孔。

那无数次的探索、迷途、失败和成功，
一定会给予热情、客观、公正的评定。
是的，我焦急地等待着他们的评定。

不管人们对于我们腐烂的皮肉，
那些迷途的惆怅，失败的痛苦，
是寄予感动的热泪，深切的同情，
还是给以轻蔑的微笑，辛辣的嘲讽。

朋友，坚定地相信未来吧，
相信不屈不挠的努力，
相信战胜死亡的年轻，
相信未来，相信生命。

我坚信人们对于我们的脊骨，

1968 年

（选自漓江出版社 1986 年初版《北京青年现代诗十六家》）

重读《圣经》
——"牛棚"诗抄第 n 篇 　　　　　　　　　　　　　　绿　原

儿时我认识一位基督徒，
他送给我一本小小的《福音》，
劝我用刚认识的生字读它：
读着读着，可以望见天堂的门。

青年时期又认识一位诗人，
他案头摆着一部厚厚的《圣经》，
说是里面没有一点科学道理，
但确不乏文学艺术最好的味精。

我一生不相信任何宗教，
也不擅长有滋味的诗文。
惭愧从没认真读过一遍，
尽管赶时髦，手头也有它一本。

不幸"贯索犯文昌"：又一次沉沦，
沉沦，沉沦到了人生的底层。
所有书稿一古脑儿被查抄，
单漏下那本异端的《圣经》。

常常是夜深人静，倍感凄清，
辗转反侧，好梦难成，
于是披衣下床，摊开禁书，
点起了公元初年的一盏油灯。

不是对譬喻和词藻有所偏好，
也不是要把命运的奥秘探寻，
纯粹是为了排遣愁绪：一下子
忘乎所以，仿佛变成了但丁。

里面见不到什么灵光和奇迹，
只见蠕动着一个个的活人。
论世道，和我们的今天几乎相仿，
论人品（唉！）未必不及今天的我们。

我敬重为人民立法的摩西，
我更钦佩推倒神殿的沙逊：
一个引领受难的同胞出了埃及，

一个赤手空拳，与敌人同归于尽。

但不懂为什么丹尼尔竟能
单凭信仰在狮穴中走出走进；
还有那彩衣斑斓的约瑟夫
被兄弟出卖后又交上了好运。

大卫血战到底，仍然充满人性：
《诗篇》的作者不愧是人中之鹰；
所罗门毕竟比常人聪明，
可惜到头来难免老年痴呆症。

但我更爱赤脚的拿撒勒人：
他忧郁，他悲伤，他有颗赤子之心；
他抚慰、他援助一切流泪者，
他宽恕、他拯救一切痛苦的灵魂。

他明明是个可爱的傻角，
幻想移民天国，好让人人平等。
他却从来只以"人之子"自居，
是后人把他捧上了半天云。

可谁记得那个千古的哑谜，
他临刑前一句低沉的呻吟：
"我的主啊，你为什么抛弃了我？
为什么对我的祈祷充耳不闻？"

我还向马丽娅·马格黛莲致敬：
她误落风尘，心比钻石更坚贞，
她用眼泪为耶稣洗过脚，
她恨不能代替恩人去受刑。

我当然佩服罗马总督彼拉多：
尽管他嘲笑"真理几文钱一斤？"
尽管他不得已才处决了耶稣，
他却敢于宣布"他是无罪的人！"

我甚至同情那倒楣的犹大：
须知他向长老退还了三十两血银，
最后还勇于悄悄自缢以谢天下，
只因他愧对十字架的巨大阴影……

读着读着，我再也读不下去，
再读便会进一步堕入迷津……
且看淡月疏星，且听鸡鸣荒村，
我不禁浮想联翩，惘然期待着黎明……

今天，耶稣不止钉一回十字架，
今天，彼拉多决不会为耶稣讲情，
今天，马丽娅·马格黛莲注定永远蒙羞，
今天，犹大决不会想到自尽。

这时"牛棚"万籁俱寂，
四周起伏着难友们的鼾声。
桌上是写不完的检查和交代，
明天是搞不完的批判和斗争。

"到了这里一切希望都要放弃。"
无论如何，人贵有一点精神。
我始终信奉无神论：
对我开恩的上帝——只能是人民。

1970 年

（选自人民文学出版社 1983 年 4 月版《人之诗》）

华南虎

牛 汉

在桂林
小小的动物园里
我见到一只老虎。

我挤在叽叽喳喳的人群中
隔着两道铁栅栏
向笼里的老虎
张望了许久许久，
但一直没有瞧见
老虎斑斓的面孔
和火焰似的眼睛。

笼里的老虎
背对胆怯而绝望的观众
安详地卧在一个角落，
有人用石块砸它
有人向它厉声呵喝
有人还苦苦劝诱
它都一概不理！
又长又粗的尾巴
悠悠地在拂动，
哦，老虎，笼中的老虎，
你是梦见了苍苍莽莽的山林吗？
是屈辱的心灵在抽搐吗？
还是想用尾巴鞭击那些可怜而又可笑的观众？

你的健壮的腿
直挺挺地向四方伸开，

我看见你的每个趾爪
全都是破碎的，
凝结着浓浓的鲜血，
你的趾爪
是被人捆绑着
活活地铰掉的吗？
还是由于悲愤
你用同样破碎的牙齿
（听说你的牙齿是被钢锯锯掉的）
把它们和着热血咬碎……

我看见铁笼里
灰灰的水泥墙壁上
有一道一道的血淋淋的沟壑
像闪电那般耀眼刺目！

我终于明白……
羞愧地离开了动物园。
恍惚之中听见一声
石破天惊的咆哮，
有一个不羁的灵魂
掠过我的头顶
腾空而去，
我看见了火焰似的斑纹
火焰似的眼睛，
还有巨大而破碎的
滴血的趾爪！

1973 年 6 月，咸宁

（原载《诗刊》1982 年第 2 期）

回答

北　岛

卑鄙是卑鄙者的通行证，
高尚是高尚者的墓志铭。
看吧，在镀金的天空中，
飘满了死者弯曲的倒影。

冰川纪已过去了，
为什么到处都是冰凌？
好望角发现了，
为什么死海里千帆相竞？

我来到这个世界上，
只带着纸、绳索和身影。
为了在审判之前，
宣读那些被判决的声音：

告诉你吧，世界，
我——不——相——信！
如果你脚下有一千名挑战者，

那就把我算作第一千零一名。

我不相信天是蓝的；
我不相信雷的回声；
我不相信梦是假的；
我不相信死无报应。

如果海洋注定要决堤，
就让所有苦水都注入我心中；
如果陆地注定要上升，
就让人类重新选择生存的峰顶。

新的转机和闪闪的星斗，
正在缀满没有遮拦的天空。
那是五千年的象形文字，
那是未来人们凝视的眼睛。

1976 年 4 月

（原载《诗刊》1979 年 3 月号）

冬

穆　旦

一

我爱在淡淡的太阳短命的日子，
临窗把喜爱的工作静静做完；
才到下午四点，便又冷又昏黄，
我将用一杯酒灌溉我的心田。

多么快，人生已到严酷的冬天。

我爱在枯草的山坡，死寂的原野，
独自凭吊已埋葬的火热一年，
看着冰冻的小河还在冰下面流，
不知低语着什么，只是听不见。

啊,生命也跳动在严酷的冬天。

我爱在冬晚围着温暖的炉火,
和两三昔日的好友会心闲谈,
听着北风吹得门窗沙沙地响,
而我们回忆着快乐无忧的往年。
人生的乐趣也在严酷的冬天。

我爱在雪花飘飞的不眠之夜,
把已死去或尚存的亲人珍念,
当茫茫白雪铺下遗忘的世界,
我愿意感情的热流溢于心间,
来温暖人生的这严酷的冬天。

二

寒冷,寒冷,尽量束缚了手脚,
潺潺的小河用冰封住口舌,
盛夏的蝉鸣和蛙声都沉寂,
大地一笔勾销它笑闹的蓬勃。

谨慎,谨慎,使生命受到挫折,
花呢?绿色呢?血液闭塞住欲望,
经过多日的阴霾和犹疑不决,
才从枯树枝漏下淡淡的阳光。

奇怪!春天是这样深深隐藏,
哪儿都无消息,都怕峥露头角,
年轻的灵魂裹进老年的硬壳,
仿佛我们穿着厚厚的棉袄。

三

你大概已停止了分赠爱情,
把书信写了一半就住手,
望望窗外,天气是如此肃杀,
因为冬天是感情的刽子手。

你把夏季的礼品拿出来,
无论是蜂蜜,是果品,是酒,
然后坐在炉前慢慢品尝,
因为冬天已经使心灵枯瘦。

你拿一本小说躺在床上,
在另一个幻象世界周游,
它使你感叹,或使你向往,
因为冬天封住了你的门口。

你疲劳了一天才得休息,
听着树木和草石都在嘶吼,
你虽然睡下,却不能成梦,
因为冬天是好梦的刽子手。

四

在马房隔壁的小土屋里,
风吹着窗纸沙沙响动,
几只泥脚带着雪走进来,
让马吃料,车子歇在风中。

高高低低围着火坐下,
有的添木柴,有的在烘干,
有的用他粗而短的指头
把烟丝倒在纸里卷成烟。

一壶水滚沸,白色的水雾
弥漫在烟气缭绕的小屋,
吃着,哼着小曲,还谈着
枯燥的原野上枯燥的事物。

北风在电线上朝他们呼唤,
原野的道路还一望无际,
几条暖和的身子走出屋,
又迎面扑进寒冷的空气。

1976 年 12 月

(选自人民文学出版社 1986 年版《穆旦诗选》)

狼之独步

纪 弦

我乃旷野里独来独往的一匹狼。
不是先知,没有个字的叹息。
而恒以数声凄厉已极之长嗥
摇撼彼空无一物之天地,

使天地战栗如同发了疟疾;
并刮起凉风飒飒的,飒飒飒飒的:
这就是一种过瘾。

(选自台湾黎明文化事业股份有限公司 1978 年 12 月版《纪弦自选集》)

小草在歌唱

——悼女共产党员张志新烈士

雷抒雁

一

风说:忘记她吧!
我已用尘土,
把罪恶埋葬!
雨说:忘记她吧!
我已用泪水,
把耻辱洗光!

是的,多少年了,
谁还记得
　这里曾是刑场?
行人的脚步,来来往往,
谁还想起,
他们的脚踩在
　一个女儿、
　一个母亲、
　一个为光明献身的战士的心上?

只有小草不会忘记。
因为那殷红的血,
已经渗进土壤;
因为那殷红的血,
已经在花朵里放出清香!

只有小草在歌唱。
在没有星光的夜里,
唱得那样凄凉;
在烈日暴晒的正午,
唱得那样悲壮!
像要砸碎礁石的潮水,
像要冲决堤岸的大江……

二

正是需要光明的暗夜,
阴风却吹灭了星光;
正是需要呐喊的荒野,

真理的嘴却被封上!①
黎明。一声枪响,
在祖国遥远的东方,
溅起一片血红的霞光!
呵,年老的妈妈,
四十多年的心血,
就这样被残暴地泼在地上;
呵,幼小的孩子,
这样小小年纪,
心灵上就刻下了
　　终生难以愈合的创伤!
我恨我自己,
竟睡得那样死
像喝过魔鬼的迷魂汤,
让辚辚囚车,
碾过我僵死的心脏!
我是军人,
却不能挺身而出,
像黄继光,
用胸脯筑起一道铜墙!
而让这颗罪恶的子弹,
　　射穿祖国的希望,
　　打进人民的胸膛!
我惭愧我自己,
我是共产党员,
却不如小草,
让她的血流进脉管,
日里夜里,不停歌唱……

三

虽然不是
面对勾子军的大胡子连长,
她却像刘胡兰一样坚强;
虽然不是

在渣滓洞的魔窟,
她却像江竹筠一样悲壮!
这是二十世纪,七十年代,
社会主义中国特殊的土壤里,
成长起的英雄
　　——丹娘!
她是夜明珠,
暗夜里,
放射出灿烂的光芒;
死,消灭不了她,
她是太阳,
离开了地平线,
却闪耀在天上!

我们有八亿人民,
我们有三千万党员,
七尺汉子,
伟岸得像松林一样,
可是,当风暴袭来的时候,
却是她,冲在前边,
挺起柔嫩的肩膀,
肩起民族大厦的栋梁!

我曾满足于——
月初,把党费准时交到小组长的
　　手上;
我曾满足于——
党日,在小组会上滔滔不绝地
　　汇报思想!
我曾苦恼,
我曾惆怅,
专制下,吓破过胆子,
风暴里,迷失过方向!

────────────

　① 一次,张志新烈士被带去陪决,被用泡沫塑料塞进嘴里,又用透明指纹胶把嘴封上。

如丝如缕的小草哟，
你在骄傲地歌唱，
感谢你用鞭子
　　抽在我的心上，
让我清醒！
让我清醒！
昏睡的生活，
比死更可悲，
愚昧的日子，
比猪更肮脏！

四

就这样——
黎明。一声枪响，
她倒下去了，
倒在生她养她的祖国大地上。

她的琴呢？
那把她奏出过欢乐，
奏出过爱情的琴呢？
莫非就此成了绝响？
她的笔呢？
那支写过檄文，
写过诗歌的笔呢？
战士，不能没有刀枪！

我敢说：她不想死！
她有母亲：风烛残年，
受不了这多悲伤！
她有孩子：花蕾刚绽，
怎能落上寒霜！
她是战士，
敌人如此猖狂，
怎能把眼合上！

我敢说：她没想到会死。

不是有宪法么，
民主，有明文规定的保障；
不是有党章么，
共产党员应多想一想。
就像小溪流出山涧，
就像种子钻出地面，
发现真理，坚持真理，
本来就该这样！

可是，她却被枪杀了，
倒在生她养她的母亲身旁……

法律呵，
怎么变得这样苍白，
苍白得像废纸一方；
正义呵，
怎么变得这样软弱，
软弱得无处伸张！
只有小草变得坚强，
托着她的身躯，
抚着她的枪伤，
把白的，红的花朵，
插在她的胸前，
日里夜里，风中雨中，
为她歌唱……

五

这些人面豺狼，
愚蠢而又疯狂！
他们以为镇压，
就会使宝座稳当；
他们以为屠杀，
就能扑灭反抗！
岂不知烈士的血是火种，
播出去，
能够燃起四野火光！

我敢说：
如果正义得不到伸张，
红日，
就不会再升起在东方！
我敢说：
如果罪行得不到清算，
地球，
也会失去分量！

残暴，注定了灭亡，
注定了"四人帮"的下场！

你看，从草地上走过来的是谁？
油黑的短发，
披着霞光；
大大的眼睛，
像星星一样明亮；
甜甜的笑，
谁看见都会永生印在心上！

母亲呵，你的女儿回来了，

她是水，钢刀砍不伤；
孩子呵，你的妈妈回来了，
她是光，黑暗难遮挡！
死亡，不属于她，
千秋万代，
人们都会把她当作榜样！

去拥抱她吧，
她是大地的女儿，
太阳，
给了她光芒；
山岗，
给了她坚强；
花草，
给了她芳香！
跟她在一起，
就会看到希望和力量……

六月七日夜不成寐
六月八日急就于曙光中

（原载《诗刊》1979 年 8 月号）

边界望乡　　　　　　　　　　　　　　　洛　夫

说着说着
我们就到了落马洲

雾正升起，我们在茫然中勒马四顾
手掌开始生汗
望远镜中扩大数十倍的乡愁
乱如风中的散发
当距离调整到令人心跳的程度

一座远山迎面飞来
把我撞成了
严重的内伤

病了病了
病得像山坡上那丛凋残的杜鹃
只剩下唯一的一朵
蹲在那块"禁止越界"的告示牌后面

咯血。而这时

一只白鹭从水田中惊起

飞越深圳

又猛然折了回来

而这时,鹧鸪以火发音

那冒烟的啼声

一句句

穿透异地三月的春寒

我被烧得双目尽赤,血脉贲张

你却竖起外衣的领子,回头问我

冷,还是

不冷?

惊蛰之后是春分

清明时节该不远了

我居然也听懂了广东的乡音

当雨水把莽莽大地

译成青色的语言

喏! 你说,福田村再过去就是水围

故国的泥土,伸手可及

但我抓回来的仍是一掌冷雾

后记:一九七九年三月中旬应邀访港,十六日上午余光中兄亲自开车陪我参观落马洲之边界,当时轻雾氤氲,望远镜中的故国山河隐约可见,而耳边正响起数十年未闻的鹧鸪啼叫,声声扣人心弦,所谓"近乡情怯",大概就是我当时的心境吧。

一九七九年六月三日。

(选自台湾九歌出版社 1989 年 5 月版《中华现代文学大系(台湾 1970—1989)·诗卷 1》)

双桅船

舒 婷

雾打湿了我的双翼

可风却不容我再迟疑

岸呵,心爱的岸

昨天刚刚和你告别

今天你又在这里

明天我们将在

另一个纬度相遇

是一场风暴、一盏灯

把我们联系在一起

是一场风暴、另一盏灯

使我们再分东西

不怕天涯海角

岂在朝朝夕夕

你在我的航程上

我在你的视线里

1979.8.

(选自上海文艺出版社 1982 年 2 月版《双桅船》)

中国，我的钥匙丢了

梁小斌

中国，我的钥匙丢了。
那是十多年前，
我沿着红色大街疯狂地奔跑，
我跑到了郊外的荒野上欢叫，
后来，
我的钥匙丢了。

心灵，苦难的心灵
不愿再流浪了，
我想回家，
打开抽屉、翻一翻我儿童时代的画片，
还看一看那夹在书页里的
翠绿的三叶草。

而且，
我还想打开书橱，
取出一本《海涅歌谣》，
我要去约会，
我向她举起这本书，
作为我向蓝天发出的
爱情的信号。

这一切，

这美好的一切都无法办到，
中国，我的钥匙丢了。

天，又开始下雨，
我的钥匙啊，
你躺在哪里？
我想风雨腐蚀了你，
你已经锈迹斑斑了；
不，我不那样认为，
我要顽强地寻找，
希望能把你重新找到。

太阳啊，
你看见了我的钥匙了吗？
愿你的光芒
为它热烈地照耀。

我在这广大的田野上行走，
我沿着心灵的足迹寻找，
那一切丢失了的，
我都在认真思考。

1979 年 12 月—1980 年 8 月

（原载《诗刊》1980 年第 10 期）

一代人

顾 城

黑夜给了我黑色的眼睛，

我却用它寻找光明。

（原载《星星》1980 年 3 月号）

星星变奏曲

江 河

如果大地的每个角落都充满了光明

谁还需要星星,谁还会

在夜里凝望

寻找遥远的安慰

谁不愿意

每天

都是一首诗

每个字都是一颗星

象蜜蜂在心头颤动

谁不愿意,有一个柔软的晚上

柔软得象一片湖

萤火虫和星星在睡莲丛中游动

谁不喜欢春天,鸟落满枝头

象星星落满天空

闪闪烁烁的声音从远方飘来

一团团白丁香朦朦胧胧

如果大地的每个角落都充满了光明

谁还需要星星,谁还会

在寒冷中寂寞地燃烧

寻求星星点点的希望

谁愿意

一年又一年

总写苦难的诗

每一首都是一群颤抖的星星

象冰雪覆盖在心头

谁愿意,看着夜晚冻僵

僵硬得象一片土地

风吹落一颗又一颗瘦小的星

谁不喜欢飘动的旗子,喜欢火

涌出金黄的星星

在天上的星星疲倦了的时候——升起

去照亮太阳照不到的地方

（原载《上海文学》1980 年 5 月号）

麦地

海 子

吃麦子长大的

在月亮下端着大碗

碗内的月亮

和麦子

一直没有声响

和你俩不一样

在歌颂麦地时

我要歌颂月亮

月亮下

连夜种麦的父亲

身上像流动金子

月亮下

有十二只鸟

飞过麦田

有的衔起一颗麦粒

有的则迎风起舞,矢口否认。

看麦子时我睡在地里

月亮照我如照一口井

家乡的风

家乡的云

收聚翅膀

睡在我的双肩

麦浪——

天堂的桌子

摆在田野上

一块麦地。

收割季节

麦浪和月光

洗着快镰刀。

月亮知道我

有时比泥土还要累

而羞涩的情人

眼前晃动着

麦秸。

我们是麦地的心上人

收麦这天我和仇人

握手言和

我们一起干完活

合上眼睛,命中注定的一切

此刻我们心满意足地接受。

妻子们兴奋地

不停用白围裙

擦手。

这时正当月光普照大地。

我们各自领着

尼罗河、巴比伦或黄河

的孩子　在河流两岸

在群蜂飞舞的岛屿或平原

洗了手

准备吃饭。

就让我这样把你们包括进来吧

让我这样说

月亮并不忧伤

月亮下

一共有两个人

穷人和富人

纽约和耶路撒冷

还有我

我们三个人

一同梦到了城市外面的麦地

白杨树围住的

健康的麦地

健康的麦子

养我性命的麦子!

1985.6

（选自人民文学出版社 1995 年 4 月版《海子的诗》）

有关大雁塔（外三首）

韩　东

有关大雁塔
我们又能知道些什么
有很多人从远方赶来
为了爬上去
做一次英雄
也有的还来做第二次
或者更多
那些不得意的人们
那些发福的人们
统统爬上去
做一做英雄
然后下来
走进这条大街
转眼不见了
也有有种的往下跳
在台阶上开一朵红花
那就真的成了英雄
当代英雄

有关大雁塔
我们又能知道些什么
我们爬上去
看看四周的风景
然后再下来

你的小屋

你的小屋又焕然一新
摘掉夏天的蚊帐
桌子换个方向
我们四个人坐下来
打上几圈牌

这房子真是很高
你说可以把它倒过来
一隔为二
但现在只有往高处发展
将来你在上面熬夜
灯光从板缝里漏下照在
妻儿的脸上
会是怎样一番景象
据说这里也要拆迁
你们会分到一套
我们就敲定乔迁之喜的一桌
心里充满了希望

下午的阳光

下午的阳光透过窗帘

这是临时的
一条印花布的被面
因为这所房子是新的
我们刚刚搬进来
阳光透过窗帘
变得很柔和
外面的天空暗淡下去了
它们还在这儿久久地逗留

坐着两个开始新生活的人
此刻却显得有些陈旧
就象一件衣裳
多年没穿
又突然展现在你的面前

这也许就是阳光的妙用

它不改变事物

却让事物改变了自身

你的手

你手搭在我身上

安心睡去

我因此而无法入棋

轻微的重量

逐渐变成了铅

夜晚又很长

你的姿势毫不改变

这只手应该象征着爱情

也许还另有深意

我不敢推开它

或惊醒你

等到我习惯并且喜欢

你在梦中又突然把手抽回

并对一切无从知晓

（原载《中国》1986 年第 7 期）

独白

翟永明

我，一个狂想，充满深渊的魅力

偶然被你诞生。泥土和天空

二者合一，你把我叫作女人

并强化了我的身体

我是软得象水的白色羽毛体

你把我捧在手上，我就容纳这个世界

穿着肉体凡胎，在阳光下

我是如此眩目，使你难以置信

我是最温柔最懂事的女人

看穿一切却愿分担一切

渴望一个冬天，一个巨大的黑夜

以心为界，我想握住你的手

但在你的面前我的姿态就是一种惨败

当你走时，我的痛苦

要把我的心从口中呕出

用爱杀死你，这是谁的禁忌？

太阳为全世界升起！我只为了你

以最仇恨的柔情蜜意贯注你全身

从脚至顶，我有我的方式

一片呼救声，灵魂也能伸出手？

大海作为我的血液就能把我

高举到落日脚下，有谁记得我？

但我所记得的，绝不仅仅是一生

（原载《诗刊》1986 年第 9 期）

尚义街六号

于 坚

尚义街六号
法国式的黄房子
老吴的裤子晾在二楼
喊一声　胯下就钻出戴眼镜的脑袋
隔壁的大厕所
天天清早排着长队
我们往往在黄昏光临
打开烟盒　打开嘴巴
打开灯
墙上钉着于坚的画
许多人不以为然
他们只认识凡高
老卡的衬衣　揉成一团抹布
我们用它拭手上的果汁
他在翻一本黄书
后来他恋爱了
常常双双来临
在这里吵架　在这里调情
有一天他们宣告分手
朋友们一阵轻松　很高兴
次日他又送来结婚的请柬
大家也衣冠楚楚　前去赴宴
桌上总是摊开朱小羊的手稿
那些字乱七八糟
这个杂种警察样地盯牢我们
面对那双红丝丝的眼睛
我们只好说得朦胧
象一首时髦的诗
李勃的拖鞋压着费嘉的皮鞋
他已经成名了　有一本蓝皮会员证
他常常躺在上边

告诉我们应当怎样穿鞋子
怎样小便　怎样洗短裤
怎样炒白菜　怎样睡觉　等等
八二年他从北京回来
外衣比过去深沉
他讲文坛内幕
口气象作协主席
茶水是老吴的　电表是老吴的
地板是老吴的　邻居是老吴的
媳妇是老吴的　胃舒平是老吴的
口痰烟头空气朋友　是老吴的
老吴的笔躲在抽桌里
很少露面
没有妓女的城市
童男子们老练地谈着女人
偶尔有裙子们进来
大家就扣好钮子
那年纪我们都渴望钻进一条裙子
又不肯弯下腰去
于坚还没有成名
每回都被教训
在一张旧报纸上
他写下许多意味深长的笔名
有一人大家很怕他
他在某某处工作
"他来是有用心的，
我们什么也不要讲！"
有些日子天气不好
生活中经常倒霉
我们就攻击费嘉的近作
称朱小羊为大师

后来这只羊摸摸钱包

支支吾吾　闪烁其辞

八张嘴马上笑嘻嘻地站起

那是智慧的年代

许多谈话如果录音

可以出一本名著

那是热闹的年代

许多脸都在这里出现

今天你去城里问问

他们都大名鼎鼎

外面下着小雨

我们来到街上

空荡荡的大厕所

他第一回独自使用

一些人结婚了

一些人成名了

一些人要到西部

老吴也要去西部

大家骂他硬充汉子

心中惶惶不安

吴文光　你走了

今晚我去哪里混饭

恩恩怨怨　吵吵嚷嚷

大家终于走散

剩下一片空地板

象一张旧唱片　再也不响

在别的地方

我们常常提到尚义街六号

说是很多年后的一天

孩子们要来参观

一九八四年六月

（原载《诗刊》1986 年 11 月号）

手艺

——和玛琳娜·茨维塔耶娃　　　　　　　多　多

我写青春沦落的诗

（写不贞的诗）

写在窄长的房间中

被诗人奸污

被咖啡馆辞退街头的诗

我那冷漠的

再无怨恨的诗

（本身就是一个故事）

我那没有人读的诗

正如一个故事的历史

我那失去骄傲

失去爱情的

（我那贵族的诗）

她，终会被农民娶走

她，就是我荒废的时日……

1973

（原载《里程——多多诗选》，1988 年 12 月油印发行；

选自花城出版社 2005 年版《多多诗选》）

先锋

骆一禾

世界说需要燃烧
他燃烧着
像导火的绒绳
生命属于人只有一次
当然不会有
凤凰的再生……
在春天到来的时候
他就在长空下
最后一场雪……

明日里
就有那大树的常青
母亲般夏日的雨声

我们一定要安详地
对心爱的谈起爱
我们一定从容地
向光荣者说到光荣

1982

（选自上海三联书店 1997 年版《骆一禾诗全编》）

虚构的家谱

西　川

以梦的形式，以朝代的形式
时间穿过我的躯体。时间像一盒火柴
有时会突然全部燃烧
我分明看到一条大河无始无终
一盏盏灯，照亮那些幽影幢幢的河畔城

我来到世间定有些缘由
我的手脚是以谁的手脚为原型？
一只鸟落在我的头顶，以为我是岩石
如果我将它挥去，它又会落向
谁的头顶，并回头张望我的行踪？

一盏盏灯，照亮那些幽影幢幢的河畔城
一些闲话被埋葬于夜晚的箫声
繁衍。繁衍。家谱被续写

生命的铁链哗哗作响
谁将最终沉默，作为它的结束

我看到我皱纹满脸的老父亲
渐渐和这个国家融为一体
很难说我不是他：谨慎的性格
使他一生平安：很难说
他不是代替我忙于生计，委曲逢迎

他很少谈及我的祖父。我只约略记得
一个老人在烟草中和进昂贵的香油
遥远的夏季，一个老人被往事纠缠
上溯 300 年是几个男人在豪饮
上溯 3 000 年是一家数口在耕种

从大海的一滴水到山东一个小小的村落
从江苏一份薄产到今夜我的台灯
那么多人活着：文盲、秀才
土匪、小业主……什么样的婚姻
传下了我？我是否游荡过汉代的皇宫？

一个个刀剑之夜、贩运之夜
死亡也未能阻止喘息的黎明
我虚构出众多祖先的名字，逐一呼喊
总能听到一些声音在应答；但我
看不见他们，就像我看不见自己的面孔

1993.9

（选自中国和平出版社 1997 年版《虚构的家谱》）

铁

郑小琼

小小的铁，柔软的铁，风声吹着
雨水打着，铁露出一块生锈的胆怯与羞涩
去年的时光落着……像针孔里的滴漏
有多少铁还在夜间，露天仓库，机台上……
　　它们
将要去哪里，又将去哪里？多少铁
在深夜自己询问，有什么在
沙沙地生锈，有谁在夜里
在铁样的生活中认领生活的过去与未来

还有什么是不锈的呢？去年已随一辆货柜车

去了远方，今年还在指间流动着
明天是一块即将到来的铁，等待图纸
机台，订单，而此刻，我又在哪里，又将去哪里
"生活正像炉火在燃亮着，涌动着"
我外乡人的胆怯正在躯体里生锈
我，一个人，或者一群人
和着手中的铁，那些沉默多年的铁
随时远离的铁，随时回来的铁
在时间沙沙地流动中，锈着，眺望着
渴望像身边的铁窗户一样在这里扎根

（选自长征出版社 2006 年版《黄麻岭》）

散文

SAN

WEN

给傅聪

傅　雷

一九五六年二月二十九日夜

亲爱的孩子：昨天整理你的信，又有些感想。

关于莫扎特的话，例如说他天真、可爱、清新等等，似乎很多人懂得；但弹起来还是没有那天真、可爱、清新的味儿。这道理，我觉得是"理性认识"与"感情深入"的分别。感性认识固然是初步印象，是大概的认识；理性认识是深入一步，了解到本质。但是艺术的领会，还不能以此为限。必须再深入进去，把理性所认识的，用心灵去体会，才能使原作者的悲欢喜怒化为你自己的悲欢喜怒，使原作者每一根神经的震颤都在你的神经上引起反响。否则即使道理说了一大堆，仍然是隔了一层。一般艺术家的偏于 intellectual，偏于 cold，就因为他们停留在理性认识的阶段上。

比如你自己，过去你未尝不知道莫扎特的特色，但你对他并没发生真正的共鸣；感之不深，自然爱之不切了；爱之不切，弹出来当然也不够味儿；而越是不够味儿，越是引不起你兴趣。如此循环下去，你对一个作家当然无从深入。

这一回可不然，你的确和莫扎特起了共鸣，你的脉搏跟他的脉搏一致了，你的心跳和他的同一节奏了；你活在他的身上，他也活在你身上；你自己与他的共同点被你找出来了，抓住了，所以你才会这样欣赏他，理解他。

由此得到一个结论：艺术不但不能限于感性认识，还不能限于理性认识，必须要进行第三步的感情深入。换言之，艺术家最需要的，除了理智以外，还有一个"爱"字！所谓赤子之心，不但指纯洁无邪，指清新，而且还指爱！法文里有句话叫做"伟大的心"，意思就是"爱"。这"伟大的心"几个字，真有意义。而且这个爱决不是庸俗的，婆婆妈妈的感情，而是热烈的、真诚的、洁白的、高尚的、如火如荼的、忘我的爱。

从这个理论出发，许多人弹不好东西的原因都可以明白了。光有理性而没有感情，固然不能表达音乐；有了一般的感情而不是那种火热的同时又是高尚、精练的感情，还是要流于庸俗；所谓sentimental，我觉得就是指的这种庸俗的感情。

一切伟大的艺术家（不论是作曲家，是文学家，是画家……）必然兼有独特的个性与普遍的人间性。我们只要能发掘自己心中的人间性，就找到了与艺术家沟通的桥梁。再若能细心揣摩，把他独特的个性也体味出来，那就能把一件艺术品整个儿了解了。——当然不可能和原作者的理解与感受完全一样，了解的多少、深浅、广狭，还是大有出入；而我们自己的个性也在中间发生不小的作用。

大多数从事艺术的人，缺少真诚。因为不够真诚，一切都在嘴里随便说说，当作唬人的幌子，装自己的门面，实际只是拾人牙慧，并非真有所感。所以他们对作家决不能深入体会，先是对自己就没有深入分析过。这个意思，克利斯朵夫（在第二册内）也好像说过的。

真诚是第一把艺术的钥匙。知之为知之,不知为不知。真诚的"不懂",比不真诚的"懂",还叫人好受些。最可厌的莫如自以为是,自作解人。有了真诚,才会有虚心,有了虚心,才肯丢开自己去了解别人,也才能放下虚伪的自尊心去了解自己。建筑在了解自己了解别人上面的爱,才不是盲目的爱。

而真诚是需要长时期从小培养的。社会上,家庭里,太多的教训使我们不敢真诚,真诚是需要很大的勇气作后盾的。所以做艺术家先要学做人。艺术家一定要比别人更真诚,更敏感,更虚心,更勇敢,更坚忍,总而言之,要比任何人都 less imperfect!

好像世界上公认有个现象:一个音乐家(指演奏家)大多只能限于演奏某几个作曲家的作品。其实这种人只能称为演奏家而不是艺术家。因为他们的胸襟不够宽广,容受不了广大的艺术天地,接受不了变化无穷的形与色。假如一个人永远能开垦自己心中的园地,了解任何艺术品都不应该有问题的。

有件小事要和你谈谈。你写信封为什么老是这么不 neat?日常琐事要做的 neat,等于弹琴要讲究干净是一样的。我始终认为做人的作风应当是一致的,否则就是不调和;而从事艺术的人应当最恨不调和。我这回附上一小方纸,还比你用的信封小一些,照样能写得很宽绰。你能不能注意一下呢?以此类推,一切小事养成这种 neat 的习惯,对你的艺术无形中也有好处。因为无论如何细小不足道的事,都反映出一个人的意识与性情。修改小习惯,就等于修改自己的意识与性情。所谓学习,不一定限于书本或是某种技术,否则随时随地都该学习这句话,又怎么讲呢?我想你每次接到我的信,连寄书谱的大包,总该有个印象,觉得我的字都写得整整齐齐、清楚明白吧!

(选自生活·读书·新知三联书店 1981 年 8 月版《傅雷家书》)

社稷坛抒情

秦 牧

北京有座美丽的中山公园,公园里有个用五色土砌成的社稷坛。

社稷坛是北京九坛之一,它和坐落在南城的天坛遥遥相对。古代的帝王们,在天坛祭天,在社稷坛祭地。祭天为了要求风调雨顺,祭地为了要求土地肥沃。祭天祭地的终极目的只有一个:就是五谷丰登。可以"聚敛贡城阙"。五谷是从地里长出来的,因此,人们臆想的稷神(五谷)就和社神(土地)同在一个坛里受膜拜了。

穿过古柏参天,处处都是花圃的园林,来到这个社稷坛前,突然有一种寥廓空旷的感觉。在庄严的宫殿建筑之前,有这么一个四方的土坛,屹立在地面,它东面是青土,南面是红土,西面是白土,北面是黑土,中间嵌着一大块圆形的黄土。这图案使人沉思,使人怀古。遥想当年帝王们穿着衮服,戴着冕旒,在礼乐声中祭地的情景,你仿佛看到他们在庄严中流露出来的对于"天命"畏惧的眼色,你仿佛看到许多人慑服在大自然脚下的神情。

　　这社稷坛现在已经没有一点儿神秘庄严的色彩了。它只是一个奇特的历史遗迹。节日里，欢乐的人群在上面舞狮，少年们在上面嬉戏追逐。平时则有三三两两的游人在那里低徊。对，这真是一个引发人们思古幽情的好所在！作为一个中国人，可以让这种使人微醉的感情发酵的去处可真多呢！你可以到泰山去观日出，在八达岭长城顶看日落。可以在西湖荡画舫，到南京鸡鸣寺听钟声。可以在华北平原跑马，在戈壁滩上骑骆驼。可以访寻古代宫殿遗迹听一听燕子的呢喃，或者到南方的海神庙旁看浪涛拍岸……这些节目你随便可以举出一百几十种来，但在这里面千万不能遗漏掉这个社稷坛！这坛后的宫殿是华丽的，飞檐、斗拱、琉璃瓦、白石阶……真是金碧辉煌！而坛呢，却很荒凉，就只有五色的泥土。然而这种对照却也使人想起：没有这泥土所代表的大地，没有在大地上胼手胝足的劳动者，根本就不会有这宫殿，不会有一切人类的文明。你在这个土坛上走着走着，仿佛走进古代去，走到一望无际的原野上，在那里，莽莽苍苍，风声如吼。一个戴着高冠，穿着芒鞋的古代诗人正在用他的悲悯深沉的眼睛眺望大地，吟咏着这样的诗句：

　　　　朝东西眺望没有边际，

　　　　朝南北眺望没有头绪，

　　　　朝上下眺望没有依归，

　　　　我的驱驰不知何所底止！

　　　　…………

　　　　九州究竟安放在什么上面？

　　　　河床何以洼陷？

　　　　地面，从东至西究竟多少宽，从南至北多少长？

　　　　南面要比东西短些，短的程度究竟是怎样？

　　　　　　（屈原：《悲回风》和《天问》，引自郭沫若译诗）

　　这不仅仅是屈原的声音，也是许许多多古代诗人瞭望原野时曾经涌起的感情。这种"大地茫茫"的心境，是和对于自然之谜的探索和对于人间疾苦的愤慨联结在一起的。

　　想一想这些肥沃土地的来历，你不由得涌起一种遥接万代的感情。我们居住的这个星球在最古老时代原是一个寂寞的大石球，上面没有一株草，一只虫，也没有一层土壤。经过了多少亿万年，太阳风雨的力量，原始生物的尸骸，才给地球造成了一层层的土壤，每经历千年万年，土壤才增加薄薄的一层。想一想我们那土壤厚达50公尺的华北黄土高原吧！那该是大自然在多长的时间里的杰作！但这还不算，劳动者开辟这些土地，是和大自然进行过多么剧烈的斗争呀！这种斗争一代接连一代继续着，我们仿佛又会见了古代的唱着"诗经"里怨愤之歌的农民，像敦煌壁画上面描绘的辛勤劳苦的农民，驾着那种和古墓里挖掘出来的陶制高轮牛车相似的车子，奔驰在原野上，辛苦开辟着田地。然而他们一代代穿着破絮似的衣服，吃着极端粗劣的食物。你仿佛看到他们在田野里仰天叹息，他们一家老小围着幽幽的灯光在饮泣。看到他们画红了眉毛，或者在头上包一块黄布揭竿起义，看到他们大批地陈尸在那吸尽了他们的汗水然后又吸尽了他们鲜血的土地。想一想在原始社会中他们怎样匍匐在鬼神脚下，在阶级社会中他们又怎样挣扎在重重枷锁之中。啊，这些给荒凉的大地铺上了锦绣花巾的人们，这些从狗尾草、蟀蟀草中给我们选出了稻麦来的人们,我们该多么感念他们! 想象的羽翼可以把我们带到古代去,在一家家的门口清清楚楚看到他们在劳动,在饮食,在希望,在叹息,可惜隔着一道历史的门限,我们却不能和他们作半句的交谈! 但怀古思今,想起了我们这个时代的农民是几千年历史中第一次真正挣脱了枷锁,逐渐离开了鬼神天命的羁绊的农民,我们又仿佛走出了黑暗的历史的隧洞,突然见到耀眼的阳光了。

你在这个五色土坛上面走着走着,仿佛又回到公元前几千年去,会见了古代的思想家。他们白发苍苍,正对着天上的星辰,海里的潮汐,陶窑的火光,大地的泥土沉思。那时的思想家没有什么书籍可以阅读参考,日月经天,江河行地,四时代谢,万物死生的现象,都使他们抱头苦思。他们还远不能给世界的现象写出一个较完整的答案。但是他们终究也看出一点道理来了,世间的万物万事,有因有果,有主有从,它们互相错综地关联着……正是由于古代有这样的思想家在这样地思想过,才给后来的历史创造了这样一座五色的土坛。

"五行"的观念和我们这个民族一样地古老,东南西北是人们很早就知道的,人们总以为自己所处是大地的中间,于是在四方之外又加上了一个"中心",东、南、西、北、中凑成了五方五土的观念,直到今天我们还看到好些人家的屋角有"五方五土龙神"的牌位。烧陶方法和冶铜技术发明了,人们在熊熊火光旁边,看到火把泥土变成了陶器,把矿石烧成溶液,木头燃烧发出了火光,水又能够把火熄灭。这种现象使古代的思想家想到木火金水土(依照"左传"的排列次序)是万物的本源。于是木火金水土把五行的观念充实起来了。

烧制陶器这件事使人类向文明跨前一大步,在埃及,在希腊,都由此产生了神祇用泥土造人的神话。在中国,却大大地发扬了"五行"的观念。根据木火金水土五种东西彼此的作用,又产生了五行相克相生的理论。根据这几种东西的颜色:树木是苍翠的,火光是红艳艳的,金属是亮晶晶的,深深的水潭是黝黑的,中原的泥土是黄色的。于是青赤白黑黄五种颜色就被拿来配木火金水土,成为颜色上的五行了。

这个四方、五行的观念被古代思想家用来分析许许多多的事物,音乐上的宫、商、角、徵、羽五个音阶,天上二十八宿的分隶青龙、朱雀、白虎、玄武(乌龟)四方,都是和这种观念紧密地联结起来的。

把世界万物的本源看做是木火金水土五种元素相互作用产生出来的,这和古代印度哲学家把万物说成是由地火水风所构成,古代希腊哲学家说万物的本源是水或者火……那思想的脉络是多么地近似啊。

尽管这种说法在几千年后的今天看来是奇特甚至好笑的,然而那里面不也包含着光辉的真理吗:万物的本源都是物质,物质彼此起着错综的作用……哦! 我们遇见的对着泥土沉思的思想家,他们正是古代的略具雏形的唯物主义者!

没有这些古代思想家,我们就不会有这个五色的土坛。审视这五种颜色吧,端详这个根据"天圆地方"的古代观念筑起来的四方坛吧! 它和我们民族的古代文化发生多么密切的关系啊!

我们汉民族的摇篮在黄河的中上游,那里绵亘的是一望无际的黄土高原。因此,黄色被用来配"土",用来配"中心",成为我们民族传统中高贵的颜色。中心是不同于四方的,能够生长五谷的土地是不同于其他东西的,黄色是不同于其他颜色的。在这个土坛的中心,黄土被特别砌成了一个圆形,审视这个黄色的圆圈吧! 它使我们想起奔腾澎湃的黄河,想起在地层下不断被发掘出来的古代村落,也想起那古木参天的黄帝的陵墓。

我多么想去抱一抱那些古代的思想家,没有他们的艰苦探索,就没有今天人类的智慧。正像没有勇敢走下树来的猿人,就不会有人类一样。多少万年的劳动经验和生活智慧积累起来,才有了今天的人类文明。每一个人在人类智慧的长河旁边,都不过像一只饮河的鼹鼠。在知识的大森林里面,都不过像一只栖于一枝的鹪鹩。这河是多少亿万滴水汇成的啊,这森林是多少亿万株草木构成的啊!

瞧着这个社稷坛,你会想起了中国的泥土,那黄河流域的黄土,四川盆地的红壤,肥沃的黑土,洁白的白垩土……,你会想起文学里许许多多关于泥土的故事:有人包起一包祖国的泥土藏在身旁到国外去;有人临死遗嘱必须用祖国的泥土撒到自己胸上;有人远适异国归来俯身去吻一吻自己国门的土地。这些动人的关于泥土的故事,使人对五色土发生了奇异的感情,仿佛它们是童话里的角色,每一粒土壤都可以叙述一段奇特的故事或者唱一首美好的诗歌一样。

瞧着这个紧紧拼合起来的五色土坛,一个人也会想起了国土的统一,在我们的土地上为了统一而发生的战争该有多少万次呀,然而严格说来,历史上的中国从来没有高度统一过。四分五裂,豪强纷纷划地称王的时代不去说它了,可怜的共主像傀儡似地住在京都,整天送猪肉龟肉慰问跋扈的诸侯的时代不去说它了,就是号称强盛统一的时代,还不是有许多拥兵的藩镇,许多专权的贵戚,许多地方的豪霸,在他们的领地里当着小皇帝,使中央号令不行,使国中还有许许多多的小国。中国历史上没有一个时候像今天这样高度统一过,等我们解放了台湾和一些沿海岛屿以后,这种统一的规模就更加空前了。古代思想家的预言:"不嗜杀人者能一之。"由于不剥削人的劳动阶级登上了历史舞台,竟使这一句话在两千多年后空前地应验了。

我在这个土坛上低回漫步,想起了许许多多的事情。我们未必"前不见古人,后不见来者",凭着思想和感情的羽翼,我们尽可去会一会古人,见一见来者。我仿佛曾经上溯历史的河流,看见了古代的诗人、农民、思想家、志士,看他们的举动,听他们的声音,然后又穿过历史的隧道,回到阳光灿烂的现实。啊,做一个历史悠久的民族的子孙是多么值得自豪的一回事!做今天的一个中国的人民是多么值得快慰的一回事!回溯过去,瞻望未来,你会觉得激动,很想深深呼吸一口新鲜的空气,想好好地学习和劳动,好好地安排在无穷的时间中一个人仅有一次,而我们又恰恰生逢其时的宝贵的生命。

我真爱北京这座发人深思的社稷坛!

(原载《作品》1956年11月号)

知识分子的早春天气

费孝通

我想谈谈知识分子,谈谈我所熟悉的一些在高等学校里教书的老朋友们的心情。所谈的无非是一隅之见,一时之感;写出来还是杂文之类的东西而已。

出门半年,回家不久,接到一个通知,是劳动干部学校邀我去参加一个座谈会,讨论陈达先生的一篇有关人口问题论文的提纲。陈先生是我的一位老师。提起他,很多朋友是熟悉的;他是个几十年如一日的学者,社会学的老前辈,桃李满门墙的灰发教授。解放以来,一直还是手不释卷,但是报纸杂志上却很少见他的名字,书店里已经找不到他所写的书,同行老朋友见面时常会互相打听陈先生近来怎样了。这个通知是一个喜讯,他老人家的科学研究工作又活跃起来了。

还有,到家刚逢春节,次日在《人民日报》上看到了李景汉先生写的《北京郊区乡村家庭生活的今昔》。这篇文章连载了三天。李先生又是一位同行的老前辈,三十年前出版的《北平郊外之乡村家庭》一书的作者。我记得大概一年多前,在一个民盟召集的关于知识分子问题的座谈会上,李先生曾说起过他自从院系调整后,三年多来已准备过三门不同的而都没有上堂机会的新功课。尽管他用了极为幽默的口吻,很轻松地道来,在座的朋友却半晌接不上话头。那时谁也想不到,他今年春节会献出这份珍贵的礼物。在我看来,他不仅报了乡村家庭生活改善的喜讯,同时也报了知识分子政策胜利的喜讯。

春到人间,老树也竟然茁出新枝。

这个感觉并不是回到了北京才有的。去年暑假,我初到昆明,曾会见过不久前为了笺注杜诗特地到成都草堂去采访回来的刘文典老先生。去年年底,张文渊先生邀我去吃小馆子送行,大谈他正在设计中的排字机器。这半年多来,知识分子的变化可真不小。士隔三日怎能不刮目而视?

这自是情理之中的事。几年来,经过了狂风暴雨般的运动,受到了多次社会主义胜利高潮的感染,加上日积月累的学习,知识分子原本已起了变化。去年一月,周总理关于知识分子问题的报告,像春雷般起了惊蛰作用,接着百家争鸣的和风一吹,知识分子的积极因素应时而动了起来。但是对一般老知识分子来说,现在好像还是早春天气。他们的生气正在冒着,但还有一点腼腆,自信力不那么强,顾虑似乎不少。早春天气,未免乍寒乍暖,这原是最难将息的时节。逼近一看,问题还是不少的。当然,问题总是有的,但目前的问题毕竟和过去的不同了。

前年年底,我曾到南京、苏州、杭州走过一趟。一路上也会到不少老朋友。在他们谈吐之间,令人感觉到有一种寂寞之感;当一个人碰到一桩心爱的事而自己却又觉得没有份的时候,心里油然而生的那种无可奈何的意味。这些老知识分子当他们搞清楚了社会主义是什么的时候,他们是倾心向往的。但是未免发觉得迟了一步,似乎前进的队伍里已没有他们的地位,心上怎能不浮起了墙外行人"笑渐不闻声渐悄,多情却被无情恼"的感叹。

去年下半年,我一直在西南一带东跑西走,在朋友中听到了这种感叹是不多了。周总理的报告对于那些心怀寂寞的朋友们所起的鼓舞作用是难于言喻的,甚至有人用了"再度解放"来形容自己的心情。知识分子在新社会里的地位是肯定了,心跟着落了窠,安了。心安了,眼睛会向前看,要看出自己前途,因此,对自己也提出了新的要求。有的敢于申请入党了,有的私下计议,有余钱要买些大部头书,搞点基本建设。这种长期打算的念头正反映那些老知识分子心情的转变。不说别人,连我自己都把二十四史搬上了书架,最近还买了一部《资治通鉴》。

知识分子这种心情是可喜的,这是积极因素,蕴育着进步的要求,也提出了新的问题。

这些知识分子当前主要的要求是什么呢?

要概括地答复这个问题是有困难的。我只能就比较熟悉的一部分朋友们这个范围里来捉摸捉摸。新年里报纸上曾发表过一种知识分子的新年愿望。武汉大学校长李达先生说得很干脆，要做一个专任教授或者专任研究员。做了教授之后要什么呢？在成都工学院的一次座谈会上康振黄教授总结了在座许多朋友们的心愿："一间房，二本书。"意思是要能静静地做做功课。

要体会这些要求，得说个由来。一年多前知识分子苦恼的是有力使不上；一年来这个问题基本解决了，现在感觉到自己力量不足，要求提高。

周总理报告之后，各地学校在知识分子问题上都做了不少工作，改善了他们的生活条件和工作条件，两者比较起来，生活条件似乎改善得更多一些。比如工资提高了，过去许多只够衣食的教师们现在可以买买书了，就是子女多，家属中有病人的困难户也大多得到了特殊照顾。生活上的问题总的说来基本上是解决了。知识分子是满意的，甚至有点受之有愧。而且过去这一段时间里，很多学校里对高级知识分子照顾得也非常周到。比如为了剪发、医疗、买菜等排队费时间，给高级知识分子优先待遇，甚至看戏都可以预定前排座位。高级知识分子对于这些优待自然是领情的，但是这也使他们过分突出，叫别人看来不很舒服，甚至引起了群众的反感。这些办法是否妥当还值得考虑。我自己就没有用过这些优待券，因为拿出来怪不好意思的。

应当说生活条件的改善是基本的，但是现在这已不是重点了。针对知识分子的要求来说，现在主要是要帮助他们。先谈谈他们的业务情况吧。在教学改革初期，教师们曾经紧张过一阵。那是由于要学习苏联，很多教材都要新编，又由于经过思想改造运动，许多教师们把原来学来的一套否定了，而新的体系没有建立，有些青黄不接。所以突击俄文，翻译讲义，显得很忙。这两年来，是不是学习苏联已经学通了呢？是不是新的学术体系已经建立了呢？我想并不都是如此。但是上课的困难似乎确是比较少了。那是因为一方面教师已有所提高，另一方面讲义也编出了一套，上堂照本宣读，问题已不大。但是到了去年，却又发生了新的情况，反教条主义的结果，对教师提出了新的要求。要培养能独立思考的学生，老师自己得先要独立思考一番。过去和教本不同的说法，不论自己信与不信，可以闭口不谈，现在得讲讲各家的异同，那就免不了要批判批判，如果自己没有钻研过，道理也就说不明白。过去可以口头上复述一些心里不太同意的理论，现在心口不一致，连自圆其说都有难处了。过去可以根据权威对那些自己连原书都没有见过的异说，跟着大加驳斥，现在别人追问就会露马脚了。总之，现在没有一点真才实学，教书这个行道是不容易搞了。反教条主义能提高教学质量的道理在此，引起教师们业务上的紧张的道理也在此。

我所接触到的许多朋友们，对反教条主义是拥护的，对自己提高业务的要求也是积极的，他们要求帮助也是真实的。要"一间房、二本书"静静的做做功课就是指这个。说得具体一些，他们要求开展科学研究，要有机会出席学术性的会议，甚至要脱离生产进修一个时期，和出国留学，等等。这种要求是好的，应当说是可贵的。

现在让我们看看实际情况，帮助教师们提高业务的科学研究开展得怎样了呢？有的学校好些，有的学校差些，总的说来，我认为并没有满足教师们的要求。

如果研究一下科学研究工作开展得不够令我满意的情况，关键问题是什么呢？是不是工作条件不好呢？我看并不如此。教师们工作条件在过去半年中是有很大改善的。首先说过去吵得最凶的时间问题。自从规定六分之五的业务时间之后，各地高等学校想了很多办法来贯彻，效果是不坏的。去年上半年,北京的高等学校里大约已有四分之三的教师得到了保证。八月里我到昆明,听说云南大学里只有不到五分之一的教师还不能保证业务时间。今年年初我知道有些学校业务时间得不到保证的教师比例已降到十分之一以下。这个问题虽则不能说全部解决,而且像李达先生在新年愿望中所提到的情况还是存在,这些业务时间得不到保证的人又多是有能力搞科学研究的,但是一般说来时间问题已不是开展科学研究的主要障碍了。其次,图书、资料、仪器、设备的条件怎样呢?这些条件各地、各校是不平衡的。过去一年中,各校购置图书一般都有增加,现在的问题主要不是书少,而是编目慢,流通难,分配还不够合理。仪器方面在生产、供应、修配、使用上问题还多,特别是内地和边区的学校困难不少。但过去一年中,我们在这些方面的工作还是做得不少的。除了特别的专题外,一般还没有发生有人因为这些方面的条件缺乏而不能进行科学研究的。

那么现在高等学校里的教师们在开展科学研究上最重要的问题是什么呢?我认为是具体领导不够。在这半年的旅行中,我看到:凡是加强了对教师们科学研究工作的领导,这些学校里教师们也就安心工作,业务有提高,学生也满意;凡是放松了这方面领导的,教师们彷徨苦闷,情绪也多。这种区别是可以理解的。教师们当前积极要求提高业务,一有奔头就心安理得。如果积极性起来了,有了要求,不能满足,看不到用力的方向,心就乱了。

全国各高等学校里科学研究工作开展得怎样,我不清楚,但是我知道没有把科学研究工作认真领导起来的学校还是不少的。有些学校把"向科学进军"当运动来搞,做了号召性的动员报告之后,发表格要教师们填题目,造计划,甚至过了一个时候就伸手要成果。在高等学校里究竟应当搞些什么研究?科学研究和教学怎样结合?各科抓些什么问题?教师之间又怎样组织起来,分工合作,互相帮助?进行研究时要什么具体条件?工作中遇到了困难怎样帮助克服?怎样组织讨论来提高学术思想?这一系列的问题显然不是任何一个教师能单独解决的。在这些问题上都须要具体领导。如果学校领导上不深入实际,依靠科学研究上有经验的教师,逐步地跟着工作的发展,解决这些问题,教师们尽管主观上怎样积极,科学研究工作不是开展不起来,就是搞得有些混乱。我就遇到过已经填过几次科学研究计划表的朋友,见了我还是说科学研究方向不明,题目难找,甚至有些连自己在表上填过些什么都不大清楚了。对于这些朋友,向科学进军真像一阵风,只"吹皱了一池春水"。另外还有些朋友,急于赶世界水平,对实际条件考虑不够,一动手首先和已有的教学任务碰了头,时间冲突,精力兼顾不来,发生了矛盾。我又注意到有一些学校领导上对第一种情况倒并不焦急,按兵不动,但求完得成当前教学任务就满意了,而且科学研究表格已汇报了上级,交了卷子。他们对于第二种情况却相当敏感,惟恐教学任务受到影响。他们不去分析怎么会发生这种情况的,更少自觉到这正是缺乏具体领导的结果;反而大叫教学和科学研究有矛盾,教师们名利心重,轻教重研。好像为按兵不动,填表了事,找到了正当理由。这种叫喊对教师们的积极性是不利的。上推下拉,进退两难,他们思想上怎能不混乱,情绪上怎能不受波动?高等学校里怎样开展科学研究问题进一步明确一下是必要的。如果真的在高等学校里科学研究和教学有矛盾,不能放手开展科学研究,也得拿出个提高教师们业务水平的具体办法来。我对这个问题没有深入研究,但总觉得解决的办法,不是在冻结科学研究、保证教学,而是在加强对科学研究的具体领导,密切和教学的结合。高等学校里科学研究搞得太多了还是太少了?我想这个问题是值得检查一下的。

知识分子提高业务的积极要求反映了他们已自觉到业务水平不足以适应社会主义建设急速发展的需要。这种自觉表示了他们的政治觉悟已有了提高，是过去几年思想改造和学习的效果。如果他们还是自认为是社会主义事业的旁观者，他们为什么要不到午夜不上床的自苦如此呢？我想强调知识分子搞科学研究是为名利双收，是个人打算是不好的，因为和事实不符。

接着想谈谈百家争鸣。

百家争鸣实实在在地打中了许多知识分子的心，太好了。知识分子的思想改造是从立场这一关改起的。划清敌我似乎还比较容易些，一到观点、方法，就发生唯心和唯物的问题，似乎就不简单了。比如说，拥护党、政府，爱国家、人民，对知识分子来说是容易搞得通的，但是要批判资产阶级唯心主义思想体系，就有不少人弄不大清楚什么是唯物的，什么是唯心的那一套。唯物和唯心的界线弄不大清楚，只有简单地划一下，说凡是资产阶级国家里讲的学术都是唯心的，凡是社会主义国家里讲的学术都是唯物的。如果这条线划对了，事情是容易办些。英美的书本占书架，当废纸卖掉；俄文来不及学，就买翻译的小册子来读。写文章、上讲堂多引几句引经据典的话，找几个英美学者骂上一番。这些都好办，而且很多人是这样办了。但是学习了一些辩证唯物主义之后，逐步会觉得这样简单的划法，似乎是很成问题的，觉得有一点像小孩子看草台戏，剧情看不懂，就看白脸还是红脸，白脸挨打了就叫好。他们逐步明白过去那样以为那些人说的话一定是唯物的，那些人说的话一定是唯心的想法不很对头的。他们开始要求从学术思想本身来辨别唯心还是唯物。我想这应当可以说是学习上进了一步，但是这步一进，问题却多了，心情也跟着复杂起来了。他们很希望把官司打清楚，自己的学术思想里究竟哪些是唯物的，哪些是唯心的。但是在百家争鸣的方针提出之前，却还没有这个条件。

积极的东西搞得不好会变成消极的东西。要求搞清楚唯物唯心的界线应当肯定是积极的，但是如果条件不具备，这种要求能满足，别人还是红脸白脸地来对待他，他心里就会不服气，会产生情绪。我体会到学习苏联这个问题上就有这种情况。最初确是有人反对学习苏联，本质上是立场问题。但是最近又出现一些对学习苏联的态度不满的情绪，如果不加分析，会觉得立场又不稳了，其实性质是和过去不同的。在过去一段时期里确有一些地方把学习苏联简单化了。有些苏联传来的东西不一定是正确的，有些人提出了怀疑或不同意见，反而受到批评，于是搞出了情绪。这些情绪并不是从立场问题上发生的。但一有情绪，消极因素也跟着滋长，那就不好了。

百家争鸣恰好解决当前知识分子思想发展上发生出来的这些问题。据我的了解，百家争鸣就是通过自由讨论来明确是非，即是知识分子进一步的思想改造，在观点、方法上更进一步的接受辩证唯物主义。现在绝大多数知识分子是有接受辩证唯物主义的要求的。他们希望具体地弄清哪些是唯物的，哪些是唯心的，唯心的为什么不对，口服心服地在思想上进入工人阶级。他们欢迎百家争鸣，因为百家争鸣可以保障不会冤屈任何一点正确的东西，而且给任何一点可以长成为正确的东西充分发展的条件。这样，可以防止积极转化为消极，而使知识分子的潜力充分发挥出来。

"百家争鸣"的方针贯彻得怎样了呢？和"向科学进军"来比较似乎又差一些。先从知识分子方面来说：他们对百家争鸣是热心的；心里热，嘴却还是很紧，最好是别人争，自己听。要自己出头,那还得瞧瞧,等一等再说,不为天下先。依我接触到的范围来说,不肯敞开暴露思想的人还是占多数。这一年来,情况是有些好转,在一定场合下,有些人是肯吐露些知心话了,但是还是相当腼腆的。向科学进军可以关起门来进,而百家争鸣就得抛头露面来鸣,腼腆了就鸣不成。

究竟顾虑些什么呢?对百家争鸣的方针不明白的人当然还有,怕是个圈套,搜集些思想情况,等又来个运动时可以好好整一整。这种人不能说太多。比较更多些的是怕出丑。不说话,抱了书本上堂念,肚子里究竟有多少货,别人莫测高深。抛头露面,那就会显原形。说穿了这里还有个"面子问题"。面子问题并不是简单的。我记得有一次座谈会上有一位朋友说得很生动。他说,我不是怕挨批评,我们以前还不是大家有被批评的,学术论战还是搞过,现在可挨不得,因为一有人说自己有了唯心主义,明天上课学生的脸色就不同,自己脚也软了。面子是很现实的东西,戴上一个"落后分子"的帽子,就会被打入冷宫,一直会影响到物质基础,因为这是"德",评薪评级,进修出国,甚至谈恋爱,找爱人都会受到影响。这个风气现在是正在转变中,但是积重难返,牵涉的面广,也不是一下就转得过来的。"明哲保身""不吃眼前亏"的思想还没有全消的知识分子,想到了不鸣无妨,鸣了说不定会自讨麻烦,结果是何必开口。

另一方面是具体领导知识分子工作的人对于百家争鸣的方针是不是都搞通了呢?也不全是通的。有些是一上来就有点担心。"中央定的方针当然是正确的,但是我们这里具体情况还没有条件。"接着有些人想把这个方针圈个范围:先圈在学术里,再圈在教学之外,这样一来就可以不出乱子了。等到鸣了起来,闻到一些唯心主义的气味,就有人打起警钟,"唯心主义泛滥了","资产阶级的思想又冒头了"。大有好容易把妖魔锁住了,这石碣一揭开,又会冲出来,捣乱人间的样子。对这方针抗拒的人固然不算多,但是对这方针不太热心,等着瞧瞧再说的人似乎并不少。

"草色遥看近却无"——这原是早春天气应有的风光。

知识分子的早春天气意味着他们的积极性是动起来了,特别表现在提高业务的要求上,但是消极因素还是很多的。他们对百家争鸣还是顾虑重重,不敢鸣,不敢争;至于和实际政治关系比较密切的问题上,大多更是守口如瓶,有点事不关己,高高挂起的神气。比如说:波匈事件发生时,我正在边区旅行,没有直接听到当时高级知识分子的反映,但是去年年底回到城市里和朋友们谈起了这些事,我的印象是这样大的事情在高级知识分子中引起的波动却是不大的。一方面这是好的,说明我们的这些知识分子立场是稳的;但另一方面,如果仔细了解一下,可以看到他们并不是思想上是非辨别得很清楚所以很稳,而是没有深刻的动过脑筋,古井没有生波,不很关心。

我想,对世界的和国家的大事不很关心可能是当前许多高级知识分子的一般情况。这种情况当然不是新发生的,由来已久。有一次我和几个朋友一同聊天,谈起了为什么很多朋友不很关心政治。有一位朋友说得很有意思。他说大概有四个原因:第一是有一种相当普遍的想法,认为国家大事自有贤能,自己可以不必操心。大家的确相信共产党的领导是错不到哪里去的,很放心,只要好好跟共产党走,把自己岗位工作做好了,就是了。其次是很多人对自己缺乏信心,不必等别人批评,自己常常会问问自己是不是旧思想又在冒头,所以对于世界大事或是国家大事自己没有个看法和主张,等《人民日报》发表了社论才动脑筋。第三,对世界大势,自觉很孤陋寡闻,不要说别的,连很多外国人的名字说起来都觉得绕口。情况不熟悉,要动脑筋也没有资材。第四,多年来养成了没有布置就不学习的懒汉习惯。我们曾经想替这些思想配个帽子,但是配来配去尺寸都不很合。说信任党、接受领导不对么？当然不可以这样说。但是怎么会信任得成了依赖了呢？虚心些也是好的，但是怎么搞得没有了主张了呢？不论怎样，总的看来，对国家的事情关心不够总是消极性的东西。

为什么会发生这些思想情况呢？这些思想情况又说明些什么呢？我们在一起聊天的朋友，自认为水平不够，说不清楚。我们似乎觉得这里是不是反映着这些知识分子觉得问不问国事对国家对自己都没有什么区别呢？自己有个主张和没有个主张又有什么关系呢？是不是他们觉得积极来提出意见似乎也没有什么必要，别人也不见得考虑，不赘一词，国家的事还是办得很好呢？如果真是这样想法，是不是说这些知识分子的政治积极性还没有很好发挥呢？那么怎样能把他们在这方面的积极性发挥出来呢？——说到了这些问题，我想可能会超过这篇杂文的范围。那是春暖花开时节的事了。

（原载《人民日报》1957 年 3 月 24 日）

"伟大的空话"

邓 拓

有的人擅长于说话，可以在任何场合，嘴里说个不停，真好比悬河之口，滔滔不绝。但是，听完他的说话以后，稍一回想，都不记得他说的是什么了。

这样的例子可以举出不少。如果你随时留心，到处都可以发现。说这种话的人，有的自鸣得意，并且向别人介绍他的经验说："我遵守古人语不惊人死不休的遗训，非用尽人类最伟大的语言不可。"

你听，这是多么大的口气啊！可是，许多人一听他说话，就讥笑他在做"八股"。我却以为把这种话叫做"八股"并不确切，还是叫它做"伟大的空话"更恰当一些。当然，它同八股是有密切关系的，也许只有从八股文中才能找到它的渊源。

举一个典型的例子吧，有一篇八股文写道：

"夫天地者，六合宇宙之乾坤，大哉久矣，数千万年而非一日也。"

你看，这作为一篇八股文的"破题"，读起来不是也很顺口吗？其中不但有"天地"、"六合"、"宇宙"、"乾坤"等等大字眼，而且音调铿锵，煞是好听。如果用标准的八股调子去念，可以使人摇头摆尾，忘其所以。

但是，可惜得很，这里所用的许多大字眼，都是重复的同义语，因此，说了半天还是不知所云，越解释越糊涂，或者等于没有解释。这就是伟大的空话的特点。

不能否认，这种伟大的空话在某些特殊的场合是不可避免的，因而在一定的意义上有其存在的必要。可是，如果把它普遍化起来，到处搬弄，甚至于以此为专长，那就相当可怕了。假若再把这种说空话的本领教给我们的后代，培养出这么一批专家，那就更糟糕了。因此，遇有这样的事情，就必须加以劝阻。

　　凑巧得很,我的邻居有个孩子近来常常模仿大诗人的口气,编写了许多"伟大的空话",形式以新诗为最多,并且他常常写完一首就自己朗诵,十分得意。不久以前,他写了一首"野草颂",通篇都是空话。他写的是:

　　　"老天是我们的父亲,

　　　大地是我们的母亲,

　　　太阳是我们的保姆,

　　　东风是我们的恩人,

　　　西风是我们的敌人。

　　　我们是一丛野草,

　　　有人喜欢我们,

　　　有人讨厌我们,

　　　但是不管怎样,

　　　我们还要生长。"

　　你说这叫做什么诗?我真为他担忧,成天写这类东西,将来会变成什么样子!如果不看题目,谁能知道他写的是野草颂呢?但是这个孩子写的诗居然有人予以夸奖,我不了解那是什么用意。

　　这首诗里尽管也有天地、父母、太阳、保姆、东风、西风、恩人、敌人等等引人注目的字眼,然而这些都被他滥用了,变成了陈词滥调。问他本人,他认为这样写才显得内容新鲜。实际上,他这么搞一点也不新鲜。

　　任何语言,包括诗的语言在内,都应该力求用最经济的方式,表达最丰富的内容。到了有话非说不可的时候,说出的话才能动人。否则内容空虚,即便用了最伟大的字眼和词汇,也将无济于事,甚至越说得多,反而越糟糕。因此,我想奉劝爱说伟大的空话的朋友,还是多读,多想,少说一些,遇到要说话的时候,就去休息,不要浪费你自己和别人的时间和精神吧!

(原载《前线》1961 年第 21 期)

谈写文章

吴　晗

　　从前有人说过:文章本天成,妙手偶得之。

　　我说,不对。应该是:文章非天成,努力才写好。

　　天成的文章是不存在的。即使是妙手,也无从偶得。

　　妙手当然有,但也决不是天生的,而是经过长期的努力学习,锻炼,在实践中逐步提高。"妙"是努力的结果。妙手写了好文章,也还是要经过努力,而决不是偶然得来。假如说"偶"是灵感,看见了什么,接触了什么,有所感,有所会通,因而写出一点什么好东西来,那也还是要有先决条件,那便是具有一定的文化水平。要不,没有这个水平,即使"偶",也还是不能"得"的。

要写好文章,必须经过长期的努力学习和实践。

首先是多读书,今人的书要读,古人的书也要读一些。中国的书要读,外国的书也最好能读一些。

生活在现代,写文章当然要用现代的语言,以此,多读一些近、现代好文章的道理是无需解释的。为什么要读一点古书呢?这是因为古代曾经有许多妙手,写了很多好文章,多读一些,吸取、学习他们的写作方法,结构布局,遣词造句,对写好文章会有很大帮助。读一点外国的文学名著,道理也是如此。

对初学写作的人来说,我想,选择《古文观止》中三五十篇好文章,读了又读,直到烂熟到能背诵为止,这样便可以初步掌握古文的规律,虚字的用法,各类文章的体裁了。进一步便有条件阅读其他古代文献,有了领会、欣赏的能力了。当然,选读的文章要以散文为主,楚辞、汉赋之类,可以不读。此外,选读几十首唐诗,懂得一点旧诗的组织韵律,也是有好处的。

其次是多写作。在读了大量的近、现代文章和一些古文之后,懂得了前人掌握运用文字的方法,但并不等于自己会写文章。要学会写文章,还得通过长期的实践,自己动手写,还要多写。学习两字是联用的,读书是学,写作便是习。不但要多写,还要学习写各种体裁不同的文章,例如写散文,写书信,写日记,写发言提纲,写工作报告之类。

写作要有题目,就是要有中心思想,要有内容。目的性要明确,例如这篇文章是记载一件事情,或提出一个问题,解决一个问题,或发表自己的主张、见解等等,总之,是要有所为而作的。无所"为"的文章,尽管文理通顺,语气连贯,但是内容空洞,也只能归入废话一栏,以不写为好。

第三是多修改。一篇文章写成之后,要读一遍改一遍,多读几遍多改几遍。要挑剔自己文章的毛病,发现了就改,决不可存爱惜之心。用字不当的要改,含义不明的要改,词句不连贯的要改,道理说不透彻的要改。左改右改,一直改到找不出毛病为止。必须记住一条原则,写了文章是给别人看的,目的是要使别人都能看懂,以此,只要设身处地,站在别人的地位来看这篇文章,有一点含糊的地方,晦涩的地方就改,尽最大的努力使别人容易懂,这是一个基本的也是最起码的要求,必须做到。

有了这三多:多读书,多写作,多修改,文章是可以写好的。只要坚持不懈,任何人都可以成为妙手。

(原载《人民日报》1962 年 5 月 15 日)

北平年景

梁实秋

过年须要在家乡里才有味道。羁旅凄凉,到了年下只有长吁短叹的分儿,还能有半点欢乐的心情?而所谓家,至少要有老小二代,若是上无双亲,下无儿女,只剩下伉俪一对,大眼瞪小眼,相敬如宾,还能制造什么过年的气氛?北平远在天边,徒萦梦想,童时过年风景,尚可回忆一二。

祭灶过后,年关在迩。家家忙着把锡香炉,锡蜡签,锡果盘,锡茶托,从蛛网尘封的箱子里取出来,作一年一度的大擦洗。宫灯,纱灯,牛角灯,一齐出笼。年货也是要及早备办的,这包括厨房里用的干货,拜神祭祖用的苹果干果等等,屋里供养的牡丹水仙,孩子们吃的粗细杂拌儿,蜜供是早就在白云观订制好了的,到时候用纸糊的大筐篓一碗一碗的装着送上门来。家中大小,出出进进,如中风魔。主妇当然更有额外负担,要给大家制备新衣新鞋新袜,尽管是布鞋布袜布大衫,总要上下一新。

祭祖先是过年的高潮之一。祖先的影像悬挂在厅堂之上,都是七老八十的,有的撇嘴微笑,有的金刚怒目,在香烟缭绕之中,享用蒸祼,这时节孝子贤孙叩头如捣蒜,其实亦不知所为何来,慎终追远的意思不能说没有,不过大家忙的是上供,拈香,点烛,磕头,紧接着是撤供,围桌吃年夜饭,来不及慎终追远。

吃是过年的主要节目。年菜是标准化了的,家家一律。人口旺的人家要进全猪,连下水带猪头,分别处理下咽。一锅炖肉,加上蘑菇是一碗,加上粉丝又是一碗,加上山药又是一碗,大盆的芥末墩儿,鱼冻儿,肉皮辣酱,成缸的大腌白菜,芥菜疙瘩,——管够。初一不动刀,初五以前不开市,年菜非囤积不可,结果是年菜等于剩菜,吃倒了胃口而后已。

"好吃不过饺子,舒服不过倒着",这是乡下人说的话,北平人称饺子为"煮饽饽"。城里人也把煮饽饽当做好东西,除了除夕宵夜不可少的一顿之外,从初一至少到初三,顿顿煮饽饽,直把人吃得头昏脑涨。这种疲劳填充的方法颇有道理,可以使你长期的不敢再对煮饽饽妄动食指,直等到你淡忘之后明年再说。除夕宵夜的那一顿,还有考究,其中一只要放进一块银币,谁吃到那一只主交好运。家里有老祖母的,年年是她老人家幸运的一口咬到。谁都知道其中作了手脚,谁心里有数。

孩子们须要循规蹈矩,否则便成了野孩子,唯有到了过年时节可以沐恩解禁,任意的作孩子状。除夕之夜,院里洒满了芝麻秸儿,孩子们践踏得咯吱咯吱响,是为"踩岁"。闹得精疲力竭,睡前给大人请安,是为"辞岁"。大人摸出点什么作为赏赐,是为"压岁"。

新正是一年复始,不准说丧气话,见面要道一声"新禧"。房梁上有"对我生财"的横披,柱子上有"一人新春万事如意"的直条,天棚上有"紫气东来"的斗方,大门上有"国恩家庆人寿年丰"的对联。墙上本来不大干净的,还可以贴上几张年画,什么"招财进宝","肥猪拱门",都可以收补壁之效。自己心中想要获得的,写出来画出来贴在墙上,俯仰之间仿佛如意算盘业已实现了!

好好的人家没有赌博的。打麻将应该到八大胡同去,在那里有上好的骨牌,硬木的牌桌,还有佳丽环列。但是过年则几乎家家开赌,推牌九、状元红、呼幺喝六,老少咸宜。赌禁的开放可以延长到元宵,这是唯一的家庭娱乐。孩子们玩花炮是没有腻的。九隆斋的大花盒,七层的九层的,花样翻新,直把孩子看得瞪眼咋舌。冲天炮、二踢脚、太平花、飞天七响、炮打襄阳,还有我们自以为值得骄傲的可与火箭媲美的"旗火",从除夕到天亮彻夜不绝。

街上除了油盐店门上留个小窟窿外,商店都上板,里面常是锣鼓齐鸣,狂擂乱敲,无板无眼,据说是伙计们在那里发泄积攒一年的怨气。大姑娘小媳妇擦脂抹粉的全出动了,三河县的老妈儿都在头上插一朵颤巍巍的红绒花。凡是有大姑娘小媳妇出动的地方就有更多的毛头小伙子乱钻乱挤。于是厂甸挤得水泄不通,海王村里除了几个露天茶座坐着几个直流鼻涕的小孩之外并没有什么可看,但是入门处能挤死人!火神庙里的古玩玉器摊,土地祠里的书摊画棚,看热闹的多,买东西的少。赶着天晴雪霁,满街泥泞,凉风一吹,又滴水成冰,人们在冰雪中打滚,甘之如饴。"喝豆汁儿,就咸菜儿,琉璃喇叭大沙雁儿",对于大家还是有足够的诱惑。此外如财神庙、白云观、雍和宫,都是人挤人,人看人的局面,去一趟把鼻子耳朵冻得通红。

新年狂欢拖到十五。但是我记得有一年提前结束了几天,那便是民国元年,阴历的正月十二日,在普天同庆声中,中华民国第一任大总统袁世凯先生嗾使北军第三镇曹锟驻禄米仓部队哗变掠劫平津商民两天。这开国后第一个惊人的年景使我到如今不能忘怀。

(选自台北正中书局 1973 年 10 月版《雅舍小品续集》)

听听那冷雨

余光中

惊蛰一过,春寒加剧。先是料料峭峭,继而雨季开始,时而淋淋漓漓,时而淅淅沥沥,天潮潮地湿湿,即连在梦里,也似乎把伞撑着。而就凭一把伞,躲过一阵潇潇的冷雨,也躲不过整个雨季。连思想也都是潮润润的。每天回家,曲折穿过金门街到厦门街迷宫式的长巷短巷,雨里风里,走入霏霏令人更想入非非。想这样子的台北凄凄切切完全是黑白片的味道,想整个中国整部中国的历史无非是一张黑白片子,片头到片尾,一直是这样下着雨的。这种感觉,不知道是不是从安东尼奥尼那里来的。不过那一块土地是久违了,二十五年,四分之一的世纪,即使有雨,也隔着千山万山,千伞万伞。二十五年,一切都断了,只有气候,只有气象报告还牵连在一起。大寒流从那块土地上弥天卷来,这种酷冷吾与古大陆分担。不能扑进她怀里,被她的裙边扫一扫吧也算是安慰孺慕之情。

这样想时,严寒里竟有一点温暖的感觉了。这样想时,他希望这些狭长的巷子永远延伸下去,他的思路也可以延伸下去,不是金门街到厦门街,而是金门到厦门。他是厦门人,至少是广义的厦门人,二十年来,不住在厦门,住在厦门街,算是嘲弄吧,也算是安慰。不过说到广义,他同样也是广义的江南人,常州人,南京人,川娃儿,五陵少年。杏花春雨江南,那是他的少年时代了。再过半个月就是清明。安东尼奥尼的镜头摇过去,摇过去又摇过来。残山剩水犹如是。皇天后土犹如是。纭纭黔首纷纷黎民从北到南犹如是。那里面是中国吗?那里面当然还是中国永远是中国。只是杏花春雨已不再,牧童遥指已不再,剑门细雨渭城轻尘也都已不再。然则他日思夜梦的那片土地,究竟在哪里呢?

在报纸的头条标题里吗?还是香港的谣言里?还是傅聪的黑键白键马思聪的跳弓拨弦?还是安东尼奥尼的镜底勒马洲的望中?还是呢,故宫博物院的壁头和玻璃柜内,京戏的锣鼓声中太白和东坡的韵里?

杏花。春雨。江南。六个方块字,或许那片土就在那里面。而无论赤县也好神州也好中国也好,变来变去,只要仓颉的灵感不灭美丽的中文不老,那形象,那磁石一般的向心力当必然长在。因为一个方块字是一个天地。太初有字,于是汉族的心灵他祖先的回忆和希望便有了寄托。譬如凭空写一个"雨"字,点点滴滴,滂滂沱沱,淅沥淅沥淅沥,一切云情雨意,就宛然其中了。视觉上的这种美感,岂是什么 rain 也好 pluie 也好所能满足?翻开一部《辞源》或《辞海》,金木水火土,各成世界,而一入"雨"部,古神州的天颜千变万化,便悉在望中,美丽的霜雪云霞,骇人的雷电霹雹,展露的无非是神的好脾气与坏脾气,气象台百读不厌门外汉百思不解的百科全书。

听听,那冷雨。看看,那冷雨。嗅嗅闻闻,那冷雨,舔舔吧那冷雨。雨在他的伞上这城市百万人的伞上雨衣上屋上天线上,雨下在基隆港在防波堤海峡的船上,清明这季雨。雨是女性,应该最富于感性。雨气空濛而迷幻,细细嗅嗅,清清爽爽新新,有一点点薄荷的香味,浓的时候,竟发出草和树沐发后特有的淡淡土腥气,也许那竟是蚯蚓和蜗牛的腥气吧,毕竟是惊蛰了啊。也许地上的地下的生命也许古中国层层叠叠的记忆皆蠢蠢而蠕,也许是植物的潜意识和梦吧,那腥气。

第三次去美国,在高高的丹佛他山居了两年。美国的西部,多山多沙漠,千里干旱,天,蓝似安格罗・萨克逊人的眼睛,地,红如印地安人的肌肤,云,却是罕见的白鸟,落矶山簇簇耀目的雪峰上,很少飘云牵雾。一来高,二来干,三来森林线以上,杉柏也止步,中国诗词里"荡胸生层云",或是"商略黄昏雨"的意趣,是落矶山上难睹的景象。落矶山岭之胜,在石,在雪。那些奇岩怪石,相叠互倚,砌一场惊心动魄的雕塑展览,给太阳和千里的风看。那雪,白得虚虚幻幻,冷得清清醒醒,那股皑皑不绝一仰难尽的气势,压得人呼吸困难,心寒眸酸。不过要领略"白云回望合,青霭入看无"的境界,仍须回来中国。台湾湿度很高,最饶云气氤氲雨意迷离的情调。两度夜宿溪头,树香沁鼻,宵寒袭肘,枕着润碧湿翠苍苍交叠的山影和万籁都歇的岑寂,仙人一样睡去。山中一夜饱雨,次晨醒来,在旭日未升的原始幽静中,冲着隔夜的寒气,踏着满地的断柯折枝和仍在流泻的细股雨水,一径探入森林的秘密,曲曲弯弯,步上山去。溪头的山,树密雾浓,蓊郁的水汽从谷底冉冉升起,时稠时稀,蒸腾多姿,幻化无定,只能从雾破云开的空处,窥见乍现即隐的一峰半壑,要纵览全貌,几乎是不可能的。至少入山两次,只能在白茫茫里和溪头诸峰玩捉迷藏的游戏,回到台北,世人问起,除了笑而不答心自闲,故作神秘之外,实际的印象,也无非山在虚无之间罢了。云缭烟绕,山隐水迢的中国风景,由来予人宋画的韵味。那天下也许是赵家的天下,那山水却是米家的山水。而究竟,是米氏父子下笔像中国的山水,还是中国的山水上纸像宋画。恐怕是谁也说不清楚了吧?

雨不但可嗅,可亲,更可以听。听听那冷雨。听雨,只要不是石破天惊的台风暴雨,在听觉上总是一种美感。大陆上的秋天,无论是疏雨滴梧桐,或是骤雨打荷叶,听去总有一点凄凉,凄清,凄楚,于今在岛上回味,则在凄楚之外,更笼上一层凄迷了。饶你多少豪情侠气,怕也经不起三番五次的风吹雨打。一打少年听雨,红烛昏沉。两打中年听雨,客舟中,江阔云低。三打白头听雨在僧庐下,这便是亡宋之痛,一颗敏感心灵的一生:楼上,江上,庙里,用冷冷的雨珠子串成。十年前,他曾在一场摧心折骨的鬼雨中迷失了自己。雨,该是一滴湿漓漓的灵魂,窗外在喊谁。

雨打在树上和瓦上,韵律都清脆可听。尤其是铿铿敲在屋瓦上,那古老的音乐,属于中国。王禹偁在黄冈,破如椽的大竹为屋瓦。据说住在竹楼上面,急雨声如瀑布,密雪声比碎玉,而无论鼓琴,咏诗,下棋,投壶,共鸣的效果都特别好。这样岂不像住在竹筒里面,任何细脆的声响,怕都会加倍夸大，反而令人耳朵过敏吧。

雨天的屋瓦，浮漾湿湿的流光，灰而温柔，迎光则微明，背光则幽黯，对于视觉，是一种低沉的安慰。至于雨敲在鳞鳞千瓣的瓦上，由远而近，轻轻重重轻轻，夹着一股股的细流沿瓦槽与屋檐潺潺泻下，各种敲击音与滑音密织成网，谁的千指百指在按摩耳轮。"下雨了"，温柔的灰美人来了，她冰冰的纤手在屋顶拂弄着无数的黑键啊灰键，把响午一下子奏成了黄昏。

在古老的大陆上，千屋万户是如此。二十多年前，初来这岛上，日式的瓦屋亦是如此。先是天黯了下来，城市像罩在一块巨幅的毛玻璃里，阴影在户内延长复加深。然后凉凉的水意弥漫在空间，风自每一个角落里旋起，感觉得到，每一个屋顶上呼吸沉重都覆着灰云。雨来了，最轻的敲打乐敲打这城市，苍茫的屋顶，远远近近，一张张敲过去，古老的琴，那细细密密的节奏，单调里自有一种柔婉与亲切，滴滴点点滴滴，似幻似真，若孩时在摇篮里，一曲耳熟的童谣摇摇欲睡，母亲吟哦鼻音与喉音。或是在江南的泽国水乡，一大筐绿油油的桑叶被啮于千百头蚕，细细琐琐屑屑，口器与口器咀咀嚼嚼。雨来了，雨来的时候瓦这么说，一片瓦说千亿片瓦说，说轻轻地奏吧沉沉地弹，徐徐地叩吧挞挞地打，间间歇歇敲一个雨季，即兴演奏从惊蛰到清明，在零落的坟上冷冷奏挽歌，一片瓦吟千亿片瓦吟。

在日式的古屋里听雨，听四月，霏霏不绝的黄梅雨，朝夕不断，旬月绵延，湿黏黏的苔藓从石阶下一直侵到他舌底，心底。到七月，听台风台雨在古屋顶上一夜盲奏，千峰海底的热浪沸沸被狂风挟来，掀翻整个太平洋只为向他的矮屋檐重重压下，整个海在他的蜗壳上哗哗泻过。不然便是雷雨夜，白烟一般的纱帐里听羯鼓一通又一通，滔天的暴雨滂滂沛沛扑来，强劲的电琵琶志志怎怎志怎怎，弹动屋瓦的惊悸腾腾欲掀起。不然便是斜斜的西北雨斜斜，刷在窗玻璃上，鞭在墙上打在阔大的芭蕉叶上，一阵寒濑泻过，秋意便弥漫日式的庭院了。

在日式的古屋里听雨，春雨绵绵听到秋雨潇潇，从少年听到中年，听听那冷雨。雨是一种单调而耐听的音乐，是室内乐是室外乐，户内听听，户外听听，冷冷，那音乐。雨是一种回忆的音乐，听听那冷雨，回忆江南的雨下得满地是江湖，下在桥上和船上，也下在四川在秧田和蛙塘，下肥了嘉陵江，下湿布谷咕咕的啼声。雨是潮潮润润的音乐下在渴望的唇上舔舔那冷雨。

因为雨是最最原始的敲打乐从记忆的彼端敲起。瓦是最最低沉的乐器灰蒙蒙的温柔覆盖着听雨的人，瓦是音乐的雨伞撑起。但不久公寓的时代来临，台北你怎么一下子长高了，瓦的音乐竟成了绝响。千片万片的瓦翩翩，美丽的灰蝴蝶纷纷飞走，飞入历史的记忆。现在雨下下来下在水泥的屋顶和墙上，没有音韵的雨季。树也砍光了，那月桂，那枫树，柳树和擎天的巨椰，雨来的时候不再有丛叶嘈嘈切切，闪动湿湿的绿光迎接。鸟声减了啾啾，蛙声沉了阁阁，秋天的虫吟也减了唧唧。七十年代的台北不需要这些，一个乐队接一个乐队便遣散尽了。要听鸡叫，只有去诗经的韵里寻找。现在只剩下一张黑白片，黑白的默片。

正如马车的时代去后，三轮车的时代也去了。曾经在雨夜，三轮车的油布篷挂起，送她回家的途中，篷里的世界小得多可爱，而且躲在警察的辖区以外。雨衣的口袋越大越好，盛得下他的一只手里握一只纤纤的手。台湾的雨季这么长，该有人发明一种宽宽的双人雨衣，一人分穿一只袖子，此外的部分就不必分得太苛。而无论工业如何发达，一时似乎还废不了雨伞。只要雨不倾盆，风不横吹，撑一把伞在雨中仍不失古典的韵味。任雨点敲在黑布伞或是透明的塑胶伞上，将骨柄一旋,雨珠向四方喷溅,伞缘便旋成了一圈飞檐。跟女友共一把雨伞,该是一种美丽的合作吧。最好是初恋,有点兴奋,更有点不好意思,若即若离之间,雨不妨下大一点。真正初恋,恐怕是兴奋得不需要伞的,手牵手在雨中狂奔而去,把年轻的长发和肌肤交给漫天的淋淋漓漓,然后向对方的唇上颊上尝凉凉甜甜的雨水。不过那要非常年轻且激情,同时,也只能发生在法国的新潮片里吧。

大多数的雨伞想不会为约会张开。上班下班,上学放学,菜市来回的途中,现实的伞,灰色的星期三。握着雨伞,他听那冷雨打在伞上。索性更冷一些就好了,他想。索性把湿湿的灰雨冻成干干爽爽的白雨,六角形的结晶体在无风的空中回回旋旋地降下来,等须眉和肩头白尽时,伸手一拂就落了。二十五年,没有受故乡白雨的祝福,或许发上下一点白霜是一种变相的自我补偿吧。一位英雄,经得起多少次雨季?他的额头是水成岩削成还是火成岩?他的心底究竟有多厚的苔藓?厦门街的雨巷走了二十年与记忆等长,一座无瓦的公寓在巷底等他,一盏灯在楼上的雨窗子里,等他回去,向晚餐后的沉思冥想去整理青苔深深的记忆。前尘隔海。古屋不再。听听那冷雨。

1974 年春

(选自台北纯文学出版社 1974 年版《听听那冷雨》)

说园

陈从周

我国造园具有悠久的历史,在世界园林中树立着独特风格,自来学者从各方面进行分析研究,各抒高见。如今就我在接触园林中所见闻掇拾到的,提出来谈谈,姑名《说园》。

园有静观、动观之分,这一点我们在造园之先,首要考虑。何谓静观,就是园中予游者多驻足的观赏点;动观就是要有较长的游览线。二者说来,小园应以静观为主,动观为辅。庭院专主静观。大园则以动观为主,静观为辅。前者如苏州"网师园",后者则苏州"拙政园"差可似之。人们进入网师园宜坐宜留之建筑多,绕池一周,有槛前细数游鱼,有亭中待月迎风,而轩外花影移墙,峰峦当窗,宛然如画,静中生趣。至于拙政园径缘池转,廊引人随,与"日午画船桥下过,衣香人影太匆匆"的瘦西湖相仿佛,妙在移步换影,这是动观。立意在先,文循意出。动静之分,有关园林性质与园林面积大小。像上海正在建造的盆景园,则宜以静观为主,即为一例。

中国园林是由建筑、山水、花木等组合而成的一个综合艺术品,富有诗情画意。叠山理水要造成"虽由人作,宛自天开"的境界。山与水的关系究竟如何呢?简言之,范山模水,用局部之景而非缩小(网师园水池仿虎丘白莲池,极妙),处理原则悉符画本。山贵有脉,水贵有源,脉源贯通,全园生动。我曾经用"水随山转,山因水活"与"溪水因山成曲折,山蹊(路)随地作低平"来说明山水之间的关系,也就是从真山真水中所得到的启示。明末清初叠山家张南垣主张用平冈小陂、陵阜陂阪,也就是要使园林山水接近自然。如果我们能初步理解这个道理,就不至于离自然太远,多少能呈现水石交融的美妙境界。

中国园林的树木栽植,不仅为了绿化,且要具有画意。窗外花树一角,即折枝尺幅;山间古树三五,幽篁一丛,乃模拟枯木竹石图。重姿态,不讲品种,和盆栽一样,能"入画"。拙政园的枫杨、网师园的古柏,都是一园之胜,左右大局,如果这些饶有画意的古木去了,一园景色顿减。树木品种又多有特色,如苏州留园原多白皮松,怡园多松、梅,沧浪亭满种箬竹,各具风貌。可是近年来没有注意这个问题,品种搞乱了,各园个性渐少,似要引以为戒。宋人郭熙说得好:"山水以山为血脉,以草为毛发,以烟云为神采。"草尚如此,何况树木呢!我总觉得一地方的园林应该有那个地方的植物特色,并且土生土长的树木存活率大,成长得快,几年可茂然成林。它与植物园有别,是以观赏为主,而非以种多斗奇。要能做到"园以景胜,景因园异",那真是不容易。这当然也包括花卉在内。同中求不同,不同中求同,我国园林是各具风格的。古代园林在这方面下过功夫,虽亭台楼阁,山石水池,而能做到风花雪月,光景常新。我们民族在欣赏艺术上存乎一种特性,花木重姿态,音乐重旋律,书画重笔意等,都表现了要用水磨功夫,才能达到耐看耐听,经得起细细的推敲,蕴藉有余味。在民族形式的探讨上,这些似乎对我们有所启发。

园林景物有仰观、俯观之别,在处理上亦应区别对待。楼阁掩映,山石森严,曲水湾环,都存乎此理。"小红桥外小红亭,小红亭畔,高柳万蝉声。""绿杨影里,海棠亭畔,红杏梢头。"这些词句不但写出园景层次,有空间感和声感,同时高柳、杏梢,又都把人们视线引向仰观。文学家最敏感,我们造园者应向他们学习。至于"一丘藏曲折,缓步百跻攀",则又皆留心俯视所致。因此园林建筑物的顶,假山的脚,水口,树梢,都不能草率从事,要着意安排。山际安亭,水边留矶,是能引人仰观、俯观的方法。

我国名胜也好,园林也好,为什么能这样勾引无数中外游人,百看不厌呢?风景洵美,固然是重要原因,但还有个重要因素,即其中有文化、有历史。我曾提过风景区或园林有文物古迹,可丰富其文化内容,使游人产生更多的兴会、联想,不仅仅是到此一游,吃饭喝水而已。文物与风景区园林相结合,文物赖以保存,园林借以丰富多采,两者相辅相成,不矛盾而统一。这样才能体现出一个有古今文化的社会主义中国园林。

中国园林妙在含蓄,一山一石,耐人寻味。立峰是一种抽象雕刻品,美人峰细看才像美人,九狮山、鸳鸯厅的前后梁架,形式不同,不说不明白,一说才恍然大悟,竟有鸳鸯之意。然而今天有许多好心肠的人,惟恐游者不了解,水池中装了人工大鱼,熊猫馆前站着泥塑熊猫,如做着大广告,与含蓄两字背道而驰,失去了中国园林的精神所在,真太煞风景。鱼要隐现方妙,熊猫馆以竹林引胜,渐入佳境,游者反多增趣味。过去有些园名,如寒碧山庄(留园)、梅园、网师园,都可顾名思义,园内的特色是白皮松、梅、水。尽人皆知的西湖十景,更是佳例。亭榭之额真是赏景的说明书,拙政园的荷风四面亭,人临其境即无荷风,亦觉风在其中,发人遐思。而联对文字之隽永,书法之美妙,更令人一唱三叹,徘徊不已。镇江焦山顶的"别峰庵",为郑板桥读书处,小斋三间,一庭花树,门联写着"室雅无须大,花香不在多",游者见到,顿觉心怀舒畅,亲切地感到景物宜人,博得人人称好,游罢个个传诵。至于匾额,有砖刻、石刻,联屏有板对、竹对、板屏、大理石屏,外加石刻书条石,皆少用画面,比具体的形象来得曲折耐味。其所以不用装裱的屏联,因园林建筑多敞口,有损纸质,额对露天者用砖石,室内者用竹木,皆因地制宜而安排。住宅之厅堂斋室,悬挂装裱字画,可增加内部光线及音响效果,使居者有明朗清静之感,有与无,情况大不相同。当时宣纸规格、装裱大小皆有一定,乃根据建筑尺度而定。

园林中曲与直是相对的,要曲中寓直,灵活应用,曲直自如。画家讲画树,要无一笔不曲,斯理至当。曲桥、曲径、曲廊,本来在交通意义上,是由一点到另一点而设置的。园林中两侧都有风景,随直曲折一下,使行者左右顾盼有景,信步其间使距程延长,趣味加深。由此可见,曲本直生,重在曲折有度。有些曲桥,定要九曲,既不临水面(园林桥一般要低于两岸,有凌波之意),生硬屈曲,行桥宛若受刑,其因在于不明此理(上海豫园前九曲桥即坏例)。

造园在选地后,就要因地制宜,突出重点,作为此园之特征,表达出预想的境界。北京圆明园,我说它是“因水成景,借景西山”,园内景物皆因水而筑,招西山入园,终成“万园之园”。无锡寄畅园为山麓园,景物皆面山而构,纳园外山景于园内。网师园以水为中心,殿春簃一院虽无水,西南角凿冷泉,贯通全园水脉,有此一眼,绝处逢生,终不脱题。新建东部,设计上既背固有设计原则,且复无水,遂成僵局,是事先对全园未作周密的分析,不假思索而造成的。

园之佳者如诗之绝句,词之小令,皆以少胜多,有不尽之意,寥寥几句,弦外之音犹绕梁间(大园总有不周之处,正如长歌慢调,难以一气呵成)。我说园外有园,景外有景,即包括在此意之内。园外有景妙在“借”,景外有景在于“时”,花影、树影、云影、水影、风声、水声、鸟语、花香,无形之景,有形之景,交响成曲。所谓诗情画意盎然而生,与此有密切关系。

万顷之园难以紧凑,数亩之园难以宽绰。紧凑不觉其大,游无倦意,宽绰不觉局促,览之有物,故以静、动观园,有缩地扩基之妙。而大胆落墨,小心收拾(画家语),更为要谛,使宽处可容走马,密处难以藏针(书家语)。故颐和园有烟波浩渺之昆明湖,复有深居山间的谐趣园,于此可悟消息。造园有法而无式,在于人们的巧妙运用其规律。计成所说的“因借(因地制宜,借景)”,就是法。《园冶》一书终未列式。能做到园有大小之分,有静观动观之别,有郊园市园之异等等,各臻其妙,方称“得体”(体宜)。中国画的兰竹看来极简单,画家能各具一格;古典折子戏,亦复喜看,每个演员演来不同,就是各有独到之处。造园之理与此理相通。如果定一式使学者死守之,奉为经典,则如画谱之有《芥子园》,文章之有“八股”一样。苏州网师园是公认为小园极则,所谓“小而精,以少胜多”。其设计原则很简单,运用了假山与建筑相对而互相更换的一个原则(苏州园林基本上用此法。网师园东部新建反其道,终于未能成功),无旱船、大桥、大山,建筑物尺度略小,数量适可而止,亭亭当当,像一个小园格局。反之,狮子林增添了大船,与水面不称,不伦不类,就是不“得体”。清代汪春田重葺文园有诗,“换却花篱补石阑,改园更比改诗难;果能字字吟来稳,小有亭台亦耐看”,说得透彻极了,到今天读起此诗,对造园工作者来说,还是十分亲切的。

园林中的大小是相对的,不是绝对的,无大便无小,无小也无大。园林空间越分隔,感到越大,越有变化,以有限面积,造无限的空间,因此大园包小园,即基此理(大湖包小湖,如西湖三潭印月)。此例极多,几成为造园的重要处理方法。佳者如拙政园之枇杷园、海棠坞,颐和园的谐趣园等,都能达到很高的艺术效果。如果入门便觉是个大园,内部空旷平淡,令人望而生畏,即入园亦未能游遍全园,故园林不起游兴是失败的。如果景物有特点,委宛多姿,游之不足,下次再来。风景区也好,园林也好,不要使人一次游尽,留待多次,有何不好呢?我很惋惜很多名胜地点,为了扩大空间,更希望一览无余,甚至于希望能一日游或半日游,一次观完,下次莫来,将许多古名胜园林的围墙拆去，大是大了，得到的是空，西湖平湖秋月、西泠印社都有这样的后果。西泠饭店造了高层，葛岭矮小了一半。扬州瘦西湖妙在瘦字，今后不准备在其旁建造高层建筑，是有远见的。本来瘦西湖风景区是一个私家园林群（扬州城内的花园巷，同为私家园林群，一用水路交通，一用陆上交通），其妙在各园依水而筑，独立成园，既分又合，隔院楼台，红杏出墙，历历倒影，宛若图画。虽瘦而不觉寒酸，反窈窕多姿。今天感到美中不足的，似觉不够紧凑，主要建筑物少一些，分隔不够。在以后的修建中，这个原来瘦西湖的特征，还应该保留下来。拙政园将东园与之合并，大则大矣，原来部分益现局促，而东园辽阔，游人无兴，几成为过道。分之两利，合之两伤。

本来中国木构建筑，在体形上有其个性与局限性，殿是殿，厅是厅，亭是亭，各具体例，皆有一定的尺度，不能超越，画虎不成反类犬，放大缩小各有范畴。平面使用不够，可几个建筑相连，如清真寺礼拜殿用勾连搭的方法相连，或几座建筑缀以廊庑，成为一组。拙政园东部将亭子放大了，既非阁，又不象亭，人们看不惯，有很多意见。相反，瘦西湖五亭桥与白塔是模仿北京北海大桥、五龙亭及白塔，因为地位不够大，将桥与亭合为一体，形成五亭桥，白塔体形亦相应缩小，这样与湖面相称了，形成了瘦西湖的特征，不能不称佳构，如果不加分析，难以辨出它是一个北海景物的缩影，做得十分"得体"。

远山无脚，远树无根，远舟无身（只见帆），这是画理，亦造园之理。园林的每个观赏点，看来皆一幅幅不同的画，要深远而有层次。"常倚曲阑贪看水，不安四壁怕遮山。"如能懂得这些道理，宜掩者掩之，宜屏者屏之，宜敞者敞之，宜隔者隔之，宜分者分之，等等，见其片断，不逞全形，图外有画，咫尺千里，余味无穷。再具体点说：建亭须略低山巅，植树不宜峰尖，山露脚而不露顶，露顶而不露脚，大树见梢不见根，见根不见梢之类。但是运用上却细致而费推敲，小至一树的修剪，片石的移动，都要影响风景的构图。真是一枝之差，全园败景。拙政园玉兰堂后的古树枯死，今虽补植，终失旧貌。留园曲溪楼前有同样的遭遇。至此深深体会到，造园困难，管园亦不易，一个好的园林管理者，他不但要考查园的历史，更应知道园的艺术特征，等于一个优秀的护士对病人作周密细致的了解。尤其重点文物保护单位，更不能鲁莽从事，非经文物主管单位同意，须照原样修复，不得擅自更改，否则不但破坏园林风格，且有损文物，关系到党的文物政策问题。

郊园多野趣，宅园贵清新。野趣接近自然，清新不落常套。无锡蠡园为庸俗无野趣之例，网师园属清新典范。前者虽大，好评无多；后者虽小，赞辞不已。至此可证园不在大而在精，方称艺术上品。此点不仅在风格上有轩轾，就是细至装修陈设皆有异同。园林装修同样强调因地制宜，敞口建筑重线条轮廓，玲珑出之，不用精细的挂落装修，因易损伤；家具以石凳、石桌、砖面桌之类，以古朴为主。厅堂轩斋有门窗者，则配精细的装修。其家具亦为红木、紫檀、楠木、花梨所制，配套陈设，夏用藤棚椅面，冬加椅披椅垫，以应不同季节的需要。但亦须根据建筑物的华丽与雅素，分别作不同的处理，华丽者用红木、紫檀，雅素者用楠木、花梨；其雕刻之繁简亦同样对待。家具俗称"屋肚肠"，其重要可知，园缺家具，即胸无点墨，水平高下自在其中。过去网师园的家具陈设下过大功夫，确实做到相当高的水平，使游者更全面地领会我国园林艺术。

古代园林张灯夜游是一件大事，屡见诗文，但张灯是盛会，许多名贵之灯是临时悬挂的，张后即移藏，非永久固定于一地。灯也是园林一部分，其品类与悬挂亦如屏联一样，皆有定格，大小形式各具特征。现有些园林为了适应夜游,都装上电灯,往往破坏园林风格,正如宜兴善卷洞一样,五色缤纷,宛若餐厅,几不知其为洞穴,要还我自然。苏州狮子林在亭的戗角头装灯,甚是触目。对古代建筑也好,园林也好,名胜也好,应该审慎一些,不协调的东西少强加于它。我以为照明灯应隐,装饰灯宜显,形式要与建筑协调。至于装挂地位,敞口建筑与封闭建筑有别,有些灯玲珑精巧不适用于空廊者,挂上去随风摇曳,有如塔铃,灯且易损,不可妄挂,而电线电杆更应注意,既有害园景,且阻视线,对拍照人来说,真是有苦说不出。凡兹琐琐,虽多陈音俗套,难免絮聒之讥,似无关大局,然精益求精,繁荣文化,愚者之得,聊资参考!

(原载《同济大学学报》建筑版 1978 年第 2 期)

怀念萧珊

——随想录之五
巴　金

（一）

今天是萧珊逝世的六周年纪念日。六年前的光景还非常鲜明地出现在我的眼前。那一天我从火葬场回到家中,一切都是乱糟糟的,过了两三天我渐渐地安静下来了,一个人坐在书桌前,想写一篇纪念她的文章。在五十年前我就有了这样一种习惯:有感情无处倾吐时我经常求助于纸笔。可是一九七二年八月里那几天,我每天坐三四个小时望着面前摊开的稿纸,却写不出一句话。我痛苦地想,难道给关了几年的"牛棚",真的就变成"牛"了? 头上仿佛压了一块大石头,思想好像冻结了一样。我索性放下笔,什么也不写了。

六年过去了。林彪、"四人帮"及其爪牙们的确把我搞得很"狼狈",但我还是活下来了,而且偏偏活得比较健康,脑子也并不糊涂,有时还可以写一两篇文章。最近我经常去火葬场,参加老朋友们的骨灰安放仪式。在大厅里,我想起许多事情。同样地奏着哀乐,我的思想却从挤满了人的大厅转到只有二三十个人的中厅里去了,我们正在用哭声向萧珊的遗体告别。我记起了《家》里面觉新说过的一句话:"好像珏死了,也是一个不祥的鬼。"四十七年前我写这句话的时候,怎么想得到我是在写自己! 我没有流眼泪,可是我觉得有无数锋利的指甲在搔我的心。我站在死者遗体旁边,望着那张惨白的脸,那两片咽下千言万语的嘴唇,我咬紧牙齿,在心里唤着死者的名字。我想,我比她大十三岁,为什么不让我先死? 我想这是多么不公平! 她究竟犯了什么罪? 她也给关进"牛棚",挂上"牛鬼"的小牌子,还扫过马路! 究竟为什么? 理由很简单。她是我的妻子。她患了病,得不到治疗,也因为她是我的妻子。想尽办法一直到逝世前三个星期,靠开后门,她才住进医院。但是癌细胞已经扩散,肠癌变成了肝癌。

她不想死,她要活,她愿意改造思想,她愿意看到社会主义建成。这个愿望总不能说是痴心妄想吧。她本来可以活下去,倘使她不是"黑老 K"的"臭婆娘"。一句话,是我连累了她,是我害了她。

在我靠边的几年中间,我所受到的精神折磨她也同样受到。但是我并未挨过打,她却挨了

"北京来的红卫兵"的铜头皮带,留在她左眼上的黑圈好几天以后才褪尽。她挨打只是为了保护我,她看见那些年轻人深夜闯进来,害怕他们把我揪走,便溜出大门,到对面派出所去,请民警同志出来干预。那里只有一个人值班,不敢管。她当场被他们用铜头皮带狠狠抽了一下,给押了回来,同我一起关在马桶间里。

她不仅分担了我的痛苦,还给了我不少的安慰和鼓励。在"四害"横行的时候,我在原单位(作协分会)给人当作"罪人"和"贱民"看待,日子十分难过,有时到晚上九十点钟才能回家。我进了门看到她的面容,满脑子的乌云都消散了。我有什么委屈、牢骚,都可以向她尽情倾吐。有一个时期我和她每晚临睡前服两粒"眠尔通"才能够闭眼,可是天刚刚发白就都醒了。我唤她,她也唤我。我诉苦般地说:"日子难过啊!"她也用同样的声音回答:"日子难过啊。"但是她马上加一句:"要坚持下去。"或者再加一句:"坚持就是胜利。"我说"日子难过",因为在那一段时间里,我每天在"牛棚"里面劳动、学习、写交待、写检查、写思想汇报。任何人都可以责骂我、教训我、指挥我。从外地到作协来串连的人可以随意点名叫我出去"示众",还要自报罪行。上下班不限时间,由管理"牛棚"的"监督组"随意决定。任何人都可以闯进我家里来,高兴拿什么就拿走什么。这个时候大规模的群众性批斗和电视批斗大会还没有开始,但已经越来越逼近了。

她说"日子难过",因为她给两次揪到机关,靠边劳动,别上"牛鬼蛇神萧珊"的小纸牌,也常常参加陪斗。在淮海中路大批判专栏上张贴着批判我的罪行的大字报,我一家人的名字都给写出来"示众",不用说"臭婆娘"的大名占着显著的地位。这些文字像虫子一样咬痛她的心。她给"狂妄派"学生突然袭击揪到作协去的时候,在我家大门上还贴了一张揭露她的所谓罪行的大字报。幸好当天夜里我儿子把它撕毁。否则这一张大字报就会要了她的命!

人们的白眼,人们的冷嘲热骂蚕食着她的身心。我看出来她的健康逐渐遭到损害。表面上的平静是虚假的。内心的痛苦像一锅煮沸的水,她怎么能遮盖住!怎么压得下去!她不断地给我安慰,对我表示信任,替我感到不平。然而她看到我的问题一天天地变得严重,对我的压力一天天地增加,她又非常担心,有时同我一起上班或者下班,走近巨鹿路,她总是抬不起头。我理解她,同情她,也非常担心她经受不起沉重的打击。我记得有一天到了平常下班的时间,我们没有受到留难,回到家里她比较高兴,到厨房去烧一样菜。我翻看当天的报纸,在第三版上看到当时做了作协的"头头"的两个工人作家写的文章《彻底揭露巴金的反革命真面目》。我看了两三行,连忙把报纸藏起来,我害怕让她看见。她端着烧好的菜出来,脸上还带笑容,吃饭时她有说有笑。饭后她要看报,我企图把她的注意力引到别处。但是没有用,她找到了报纸。她的笑容一下子完全消失。这一夜她再没有讲话,早早地进了房间。我后来发现她躺在床上小声哭着。一个安静的夜晚给破坏了。今天回想当时的情景,她那张满是泪痕的脸还历历在我的眼前。我当时多么愿意让她的泪痕消失,笑容在她那憔悴的脸上重现,即使减少我几年的生命来换取我们家庭生活中一个宁静的夜晚,我也心甘情愿。然而在"四害"横行的时候这是办不到的!

(二)

我听周信芳同志的媳妇说,周的夫人在逝世前经常被打手们拉出去当作皮球推来推去,打得遍体鳞伤。有人劝她躲开,她说:"我躲开,他们就要这样对付周先生了。"萧珊并未受到这种新式体罚。可是她在精神上给别人当皮球打来打去。她也有这样的想法:她多受一点精神折磨,可以减轻对我的压力。其实这是她一片痴心,结果只苦了她自己。我看见她一天天地憔悴下去,我看见她的生命之火逐渐熄灭,我多么痛心!我劝她,安慰她,我想拉住她,一点也没有用。

她常常问我:"你的问题什么时候才解决呢?"我苦笑地说:"总有一天会解决的。"她叹口气说:"我恐怕等不到那个时候了。"后来她病倒了,有人劝她打电话找我回家,她不知从哪里得来的消息,她说:"他在写检查,不要打岔他。他的问题大概可以解决了。"等到我从五·七干校回家休假,她已经不能起床。她还问我检查写得怎样,问题是否可以解决。

这时离她逝世不过两个多月,癌细胞已经扩散,可是我们不知道,想找医生给她认真检查一次也无办法。平日去医院挂号看门诊,等了许久才见到医生或者实习医生,随便给开个药方就算解决问题。只有在发烧到摄氏三十九度才有资格挂急诊号,或者还可以在病人拥挤的观察室里待上一天半天。当时去医院看病找交通工具也很困难,常常是我女婿借了自行车来,让她坐在车上,他慢慢地推着往前走。有一次她雇到小三轮卡去看病,看好门诊回家雇不到车了,只好同陪她看病的朋友一起慢慢地走回去,走走停停,走到街口,她快要倒下了,只得请求行人到我们家通知,她一个表侄正好来探病,就由他去把她背回家来。她希望拍一张X光片子查一查肠子有什么病,但是办不到。后来靠了她一位亲戚帮忙开后门两次拍片,才查出她患肠癌。以后又靠朋友设法开后门住进了医院。她自己还很高兴,以为得救了。只有她一个人不知真实的病情,她在医院里只活了三个星期。

我休假回家假期满了,我又请过两次假,留在家里照料病人。最多也不到一个月。我看见她病情日趋严重,实在不愿意把她丢开不管,我要求延长假期的时候,我们那个单位的一个"工宣队"头头逼着我第二天就回干校去。我回到家里,她问起来,我无法隐瞒。她叹了一口气,说:"你放心去吧。"她把脸掉过去,不让我看她。我女儿、女婿看到这种情景,自告奋勇跑到巨鹿路向那位"工宣队"头头解释,希望同意我在市区多留些日子照料病人。可是那个头头"执法如山",还说:"他不是医生,留在家里,有什么用!留在家里对他改造不利。"他们气愤地回到家中,只说机关不同意,后来才对我传达了这句"名言"。我还能讲什么呢?明天回干校去!

整个晚上她睡不好,我更睡不好。出乎意外,第二天一早我那个插队落户的儿子在我们房间里出现了,他是昨天半夜里到的。他得到了家信,请假回家看母亲,却没有想到母亲病成这样。我见了他一面,把他母亲交给他就回干校去了。

在车上我的情绪很不好。我实在想不通为什么会有这样的事情。我在干校待了五天,无法同家里通消息。我已经猜到她的病不轻了。可是人们不让我过问她的事情。这五天是多么难熬的日子!到第五天晚上在干校的头头通知我们全体第二天一早回市区开会。这样我才又回到了家,见到我的爱人。靠了朋友帮忙,她可以住进中山医院肝癌病房,一切都准备好,她第二天就要住院了。她多么希望住院前见我一面,我终于回来了。连我也没有想到她的病情发展得这么快。我们见了面,我一句话也讲不出来。她说了一句:"我到底住院了。"我答说:"你安心治疗吧。"她父亲也来看她,老人家双目失明,去医院探病有困难,可能是来同他的女儿告别了。我还得安慰他。

我吃过中饭,就去参加给别人戴上反革命帽子的大会,受批判、戴帽子的人不止一个,其中有一个我的熟人王若望,过去也是作家,不过比我年轻。我们一起在"牛棚"里关过一个时期,他的罪名,是"摘帽右派"。他不服,不听话,他贴出大字报,声明"自己解放自己",因此罪名越搞越大,给捉去关了一个时期不算,还戴上了反革命的帽子。在会场里我一直像在做怪梦。开完会回家,见到萧珊我感到格外亲切,仿佛重回人间。可是她不舒服,不想讲话,偶尔讲一句半句。我还记得她讲了两次:"我看不到了。"我连声问她看不到什么?她后来才说:"看不到你解放了。"我能讲什么呢?

我儿子在旁边,垂头丧气,精神不好,晚饭只吃了半碗,像是患感冒。她忽然指着他小声说:"他怎么办呢?"他当时在安徽山区农村已经待了三年半,政治上没有人管,生活上不能养活自己,而且因为是我的儿子,给剥夺了好些公民权利。他先学会沉默,后来又学会抽烟。我怀着内疚的心情看看他。我后悔当初不该写小说,更不该生儿育女。我还记得前两年在痛苦难熬的时候她对我说:"孩子们说爸爸做了坏事,害了我们大家。"这好像用刀子在割我身上的肉。我没有出声,我把泪水全吞在肚里。她睡了一觉醒过来忽然问我:"你明天不去了?"我说:"不去了。"就是那个工宣队头头在今天通知我不用再去干校就留在市区。他还问我:"你知道萧珊是什么病?"我答说:"知道。"其实家里瞒住我,不给我知道真相,我还是从他这句问话里猜到的。

(三)

第二天早晨她动身去医院,一个朋友和我女儿、女婿陪她去。她穿好衣服等候车来。她显得急躁,又有些留恋,东张张西望望,她也许在想是不是能再看到这里的一切。我送走她,心上反而加了一块大石头。

将近二十天里,我每天去医院陪她大半天。我照料她,我坐在病床前守着她,同她短短地谈几句话。她的病情恶化,一天天衰弱下去,肚子却一天天大起来,行动越来越不方便。当时病房里没有人照料,生活方面除饮食外一切都必须自理。后来听同病房的人称赞她"坚强",说她每天早晚都默默地挣扎着下了床,走到厕所。医生对我们谈起,病人的身体经不住手术,最怕的是她的肠子堵塞,要是不堵塞,还可以拖延一个时期。她住院后的半个月是一九六六年八月以来我既感痛苦又感到幸福的一段时间,是我和她在一起度过的最后的平静的时刻,我今天还不能将它忘记。但是半个月以后,她的病情又有了发展,一天吃中饭的时候,医生通知我儿子找我去谈话。他告诉我:病人的肠子给堵住了,必须开刀。开刀不一定有把握,也许中途出毛病。但是不开刀,后果更不堪设想。他要我决定,并且要我劝她同意。我做了决定,就去病房对她解释。我讲完话,她只说了一句:"看来,我们要分别了。"她望着我,眼睛里全是泪水。我说:"不会的……"我的声音哑了。接着护士长来安慰她,对她说:"我陪你,不要紧的。"她回答:"你陪我就好。"时间很紧迫,医生、护士们很快作好了准备,她给送进手术室去了,是她的表侄把她推到手术室门口的。我们就在外面廊上等了好几个小时,等到她平安地给送出来,由儿子把她推回到病房去。儿子还在她的身边守过一个夜晚。过两天他也病倒了,查出来他患肝炎,是从安徽农村带回来的。本来我们想瞒住他的母亲,可是无意间让他母亲知道了。她不断地问:"儿子怎么样?"我自己也不知道儿子怎么样,我怎么能使她放心呢?晚上回到家,走进空空的、静静的房间,我几乎要叫出声来:"一切都朝我的头打下来吧,让所有的灾祸都来吧。"

　　我应当感谢那位热心而又善良的护士长,她同情我的处境,要我把儿子的事情完全交给她办。她作好安排,陪他看病、检查,让他很快住进别处的隔离病房,得到及时的治疗和护理。他在隔离病房里苦苦地等候母亲病情的好转。母亲躺在病床上,只能有气无力地说几句短短的话,她经常问:"棠棠怎么样?"从她那双含泪的眼睛里我明白她多么想看见她最爱的儿子。但是她已经没有精力多想了。

　　她每天给输血,打盐水针。她看见我去就断断续续地问我:"输多少CC的血? 该怎么办?"我安慰她:"你只管放心。没有问题,治病要紧。"她不止一次地说:"你辛苦了。"我有什么苦呢? 我能够为我最亲爱的人做事情,哪怕做一件小事,我也高兴! 后来她的身体更不行了。医生给她输氧气,鼻子里整天插着管子。她几次要求拿开,这说明她感到难受,但是听了我们的劝告,她终于忍受下去了。开刀以后她只活了五天。谁也想不到她会去得这么快! 五天中间我整天守在病床前,默默地望着她在受苦(我是设身处地感觉到这样的),可是她除了两三次要求搬开床前巨大的氧气筒,三四次表示担心输血较多付不出医药费之外,并没有抱怨过什么。见到熟人她常有这样一种表情:请原谅我麻烦了你们。她非常安静,但并未昏睡,始终睁大两只眼睛。眼睛很大,很美,很亮。我望着,望着,好像在望快要燃尽的烛火。我多么想让这对眼睛永远亮下去! 我多么害怕她离开我! 我甚至愿意为我那十四卷"邪书"受到千刀万剐,只求她能安静地活下去。

　　不久前我重读梅林写的《马克思传》,书中引用了马克思给女儿的信里的一段话,讲到马克思夫人的死。信上说:"她很快就咽了气。……这个病具有一种逐渐虚脱的性质,就像由于衰老所致一样。甚至在最后几小时也没有临终的挣扎,而是慢慢地沉入睡乡。她的眼睛比任何时候都更大、更美、更亮!"这段话我记得很清楚。马克思夫人也死于癌症。我默默地望着萧珊那对很大、很美、很亮的眼睛,我想起这段话,稍微得到一点安慰。听说她的确也"没有临终的挣扎",也是"慢慢地沉入睡乡"。我这样说,因为她离开这个世界的时候,我不在她的身边。那天是星期天,卫生防疫站因为我们家发现了肝炎病人,派人上午来做消毒工作。她的表妹有空愿意到医院去照料她,讲好我们吃过中饭就去接替。没有想到我们刚刚端起饭碗,就得到传呼电话,通知我女儿去医院,说是她妈妈"不行"了。真是晴天霹雳! 我和我女儿、女婿赶到医院。她那张病床上连床垫也给拿走了。别人告诉我她在太平间。我们又下了楼赶到那里,在门口遇见表妹,还是她找人帮忙把"咽了气"的病人抬进来的。死者还不曾给放进铁匣里,送进冷库,她躺在担架上,但已经给白布床单包得紧紧的,看不到面容了。我只看见她的名字。我弯下身子,把那个还有点人形的白布包拍了好几下,一面哭着唤她的名字,不过几分钟的时间。这算是什么告别呢?

　　据表妹说,她逝世的时刻,表妹也不知道。她曾经对表妹说:"找医生来。"医生来过,并没有什么。后来她就渐渐地"沉入睡乡"。表妹还以为她在睡眠。一个护士来打针,才发觉她的心脏已经停止跳动了。我没有能同她诀别,我有许多话没有能向她倾吐。她不能没有留下一句遗言就离开我! 我后来常常想,她对表妹说"找医生来",很可能不是"找医生",是"找李先生"(她平日这样称呼我)。为什么那天上午偏偏我不在病房呢? 家里人都不在她身边,她死得这样凄凉!

　　我女婿马上打电话给我们仅有的几个亲戚。她的弟媳赶到医院,马上晕了过去。三天以后在龙华火葬场举行告别仪式。她的朋友一个也没有来,因为一则我们没有通知,二则我是一个审查了将近七年的对象。没有悼词,没有吊客,只有一片伤心的哭声,我衷心感谢前来参加仪式的少数亲友和特地来帮忙的我女儿的两三个同学，最后我跟她的遗体告别，女儿望着遗容哀哭，儿子在隔离病房还不知道把他当作命根子的妈妈已经死亡。值得提说的是她当作自己儿子照顾了好些年的一位亡友的男孩从北京赶来只为了看见她的最后一面。这个整天同钢铁打交道的技术员，他的心倒不像钢铁那样。他得到电报以后，他爱人对他说："你去吧，你不去一趟，你的心永远安定不了。"我在变了形的她的遗体旁边站了一会。别人给我和她照了相。我痛苦地想：这是最后一次了，即使给我们留下来很难看的形象，我也要珍视这个镜头。

一切都结束了。过了几天我和女儿、女婿到火葬场，领到了她的骨灰盒。在存放室寄存了三年之后，我按期把骨灰盒接回家里。有人劝我把她的骨灰安葬，我宁愿让骨灰盒放在我的寝室里，我感到她仍然和我在一起。

（四）

梦魇一般的日子终于过去了。六年仿佛一瞬间似的远远地落在后面了。其实哪里是一瞬间！这段时间里有多少流着血和泪的日子啊。不仅是六年，从我开始写这篇短文到现在又过去了半年，半年中我经常在火葬场的大厅里默哀，行礼，为了纪念给"四人帮"迫害致死的朋友。想到他们不能把个人的智慧和才华献给社会主义祖国，我万分惋惜。每次戴上黑纱、插上纸花的同时，我也想起我自己最亲爱的朋友，一个普通的文艺爱好者，一个成绩不大的翻译工作者，一个心地善良的人。她是我的生命的一部分，她的骨灰里有我的泪和血。

她是我的一个读者。一九三六年我在上海第一次同她见面。一九三八年和一九四一年我们两次在桂林像朋友似地住在一起。一九四四年我们在贵阳结婚。我认识她的时候，她还不到二十，对她的成长我应当负很大的责任。她读了我的小说，给我写信，后来见到了我，对我发生了感情。她在中学念书，看见我以前，因为参加学生运动被学校开除，回到家乡住了一个短时期，又出来进另一所学校。倘使不是为了我，她三七、三八年一定去了延安。她同我谈了八年的恋爱，后来到贵阳旅行结婚，只印发了一个通知，没有摆过一桌酒席。从贵阳我和她先后到了重庆，住在民国路文化生活出版社门市部楼梯下七八个平方的小屋里。她托人买了四只玻璃杯开始组织我们的小家庭。她陪着我经历了各种艰苦生活。在抗日战争紧张的时期，我们一起在日军进城以前十多个小时逃离广州，我们从广东到广西，从昆明到桂林，从金华到温州，我们分散了，又重见，相见后又别离。在我那两册《旅途通讯》中就有部分这种生活的记录。四十年前有一位朋友批评我："这算什么文章！"我的《文集》出版后，另一位朋友认为我不应当把它们也收进去。他们都有道理，两年来我对朋友、对读者讲过不止一次，我决定不让《文集》重版。但是为我自己，我要经常翻看那两小册《通讯》。在那些年代，每当我落在困苦的境地里、朋友们各奔前程的时候，她总是亲切地在我的耳边说："不要难过，我不会离开你，我在你的身边。"的确，只有在她最后一次进手术室之前她才说过这样一句："我们要分别了。"

我同她一起生活了三十多年。但是我并没有好好地帮助过她。她比我有才华，却缺乏刻苦钻研的精神。我很喜欢她翻译的普希金和屠格涅夫的小说。虽然译文并不恰当，也不是普希金和屠格涅夫的风格，它们却是有创造性的文学作品，阅读它们对我是一种享受。她想改变自己的生活，不愿作家庭妇女，却又缺少吃苦耐劳的勇气。她听一个朋友的劝告，得到后来也是给"四人帮"迫害致死的叶以群同志的同意,到《上海文学》"义务劳动",也做了一点点工作,然而在运动中却受到批判,说她专门向老作家组稿,又说她是我派去的"坐探"。她为了改造思想,想走捷径,要求参加"四清"运动,找人推荐到某铜厂的工作组工作,工作相当忙碌、紧张,她却精神愉快。但是到我快要靠边的时候,她也被叫回作家协会参加运动。她第一次参加这种急风暴雨般的斗争,而且是以反动权威家属的身份参加,她不知道该怎么办才好。她张皇失措,坐立不安,替我担心,又为儿女的前途忧虑。她盼望什么人向她伸出援助的手,可是朋友们离开了她,"同事们"拿她当作箭靶,还有人想通过整她来整我。她不是作家协会或者刊物的正式工作人员,可是仍然被"勒令"靠边劳动、站队挂牌,放回家以后,又给揪到机关。过一个时期,她写了认罪的检查、第二次给放回家的时候,我们机关的造反派头头却通知里弄委员会罚她扫街。她怕人看见,每天大清早起来,拿着扫帚出门,扫得精疲力尽,才回到家里,关上大门,吐了一口气。但有时她还碰到上学去的小孩,对她叫骂"巴金的臭婆娘"。我偶尔看见她拿着扫帚回来,不敢正眼看她,我感到负罪的心情,这是对她的一个致命的打击。不到两个月,她病倒了,以后就没有再出去扫街(我妹妹继续扫了一个时期),但是也没有完全恢复健康。尽管她还继续拖了四年,但一直到死她并不曾看到我恢复自由。这就是她的最后。然而这绝不是她的结局。她的结局将和我的结局连在一起。

我绝不悲观。我要争取多活。我要为我们社会主义祖国工作到最后一息。在我丧失工作能力的时候,我希望病榻上有萧珊翻译的那几本小说。等到我永远闭上眼睛,就让我的骨灰同她的搀和在一起。

一九七九年一月十六日

(原载香港《大公报》1979 年 2 月 2 日至 5 日)

秦淮拾梦记

黄　裳

在住处安顿下来,主人留下一张南京地图,嘱咐我好好休息一下就离开了。遵命躺在床上,可是无论如何也睡不着。只好打开地图来看,一面计划着游程。后来终于躺不住,索性走出去。

在珠江路口跳上电车,只一站就是新街口。这个闹市中心对我来说已经完全变成了一个陌生的地方,新建的市楼吞没了旧时仅有的几幢"洋楼"。三十年前,按照我的记忆,这地方就像被敲掉了满口牙齿的赤裸的牙床,只新装了一两颗"金牙",此外就全是残留着参差断根的豁口。通往夫子庙的大路一眼望不到底,似乎可以一直看到秦淮河。

在地图上很容易就找到了就在附近的羊皮巷和户部街。

三十三年以前,报社的办事处就设在户部街上。这真是一个可怜的办事处,在十来亩大小的院落里,零落地放着许多大缸,原来这是一个酱园的作坊。前面有一排房子,办事处借用了两间斗室,睡觉、办公、写稿就都在这里。门口也没有挂什么招牌,在当时这倒不失为一种聪明的措置。

我就在这里紧张而又悠闲地生活过一段日子,也并没有什么不满足。特别是从《白下琐言》等书里发现,这里曾经有过一座"小虹桥",是南唐故宫遗址所在,什么澄心堂、瑶光殿都在这附近时,就更产生了一种虚幻的满足。这就是李后主曾经与大周后、小周后演出过多少恋爱悲喜剧的地方;也是他醉生梦死地写下许多流传至今的歌词的地方;他后来被樊若水所卖,被俘北去,仓皇辞庙、挥泪对宫娥之际,应当也曾在这座桥上走过。在我的记忆里,户部街西面的洪武路,也就是卢妃巷的南面有一条小河,河上是一座桥,河身只剩下一潭深黑色的淤泥,桥身下半也已埋在土里,桥背与街面几乎已经拉平。这座可怜的桥不知是否就是当年"小虹桥"的遗蜕。

三十年前的旧梦依然保留着昔日的温馨。这条小街曾经是很热闹的,每当华灯初上,街上就充满了熙攘的人声,还飘荡着过往的黄包车清脆的铃声,小吃店里的小笼包子正好开笼,咸水鸭肥白的躯体就挂在案头。一直到深夜,人声也不会完全萧寂。在夜半一点前后,工作结束放下电话时,还能听到街上叫卖夜宵云吞和卤煮鸡蛋的声音,这时我就走出去,从小贩手中换取一些温暖……总之,我已完全忽视并忘却这条可以代表南京市内陋巷风格而无愧的小巷的种种,高低不平的路面,从路边菜圃一直延伸过来的沟渠,污水面上还满覆了浮萍。雨后,路上就到处布满了一个个小水潭……

这一切,今天是大大变化了,但有的却没有什么变化。那个酱园作坊的大院子,不用说,是没有找到。户部街的两侧,已经新建了许多工厂、机关……再也没有了那样的空地。但街面依旧像当年一样逼仄。这时正在翻修下水道,路面中间挖起了一条深沟。人们只能在沟边的泥水塘中跳来跳去,要这样一直走到杨公井。寻找旧居的企图是失败了,但这跳来跳去的经验倒还与当年无异。

还是到秦淮河畔去看看吧。

在建康路下车,走过去就是贡院西街。我走来走去找了许久,也没有找到那座已经成为夫子庙标记的亭子。但我毫不怀疑,那拥挤的人群,繁盛的市场,那种特有的气氛,是只有夫子庙才会有的。晚明顾起元在《客座赘语》中提到这一带时说"百货聚焉"、"市魁驵侩,千百嘈哜其中"。这样的气氛,依然保留了下来,但社会的性质完全改变了,一切自然也与过去不同。

与三十年前相比,黄包车、稀饭摊子、草药铺、测字摊、穿了长衫走来走去的人们都不见了;现在这里是各种类型的百货店、饮食店……还有挂了招牌,出售每斤九角一分的河蟹的小铺,和为一个热闹的市井所不可少的一切店铺,甚至在路边上我还发现了一个旧书摊。

穿过街去,就到了著名的秦淮。河边有一排精巧的石栏,有许多老人都在石栏上闲坐,栏杆表面发着油亮的光泽,就像出土的古玉。地上放着一排排鸟笼子。过去对河挂了"六朝小吃馆"店招的地方现在是一色新修的围墙。走近去凭栏一望,不禁吃了一惊。秦淮河还是那么浅,甚至更浅了,记忆中惨绿的河水现在变成了暗红,散发出来的气味好像也与从前不同了。

在文德桥侧边是新建的"白鹭洲菜场"。卡车正停在门口卸货。过桥就是钞库街,在一个堆了煤块的曲折的小弄墙角,挂着一块白地红字搪瓷路牌,上面写着"乌衣巷"。这时已是下午四时,巷口是一片照得人眼睛发花的火红的夕阳。

乌衣巷是一条曲折的小巷,不用说汽车,脚踏车在这里也只能慢慢地穿过,巷里的人家屋宇还保留着古老的面貌,偶然也能看到小小的院落、花木,但王谢家族那样的第宅是连影子也没有,自然也不会看到什么燕子。

巷子后半路面放宽了，两侧的建筑也整齐起来。笔直穿出去就是白鹭洲公园，但却紧紧地闭着铁门。向一位老人请教，才知道要走到小石坝街的前门才能进去。我顺便又向他探问了一些秦淮河畔的变迁，老人的兴致很好，热情地向我推荐了能吃到可口的蟹粉包子和干丝的地方，但也时时流露出一种惆怅的颜色，当我告诉他三十多年前曾来过这里时，老人睁大了眼睛，"噢，噢，变了，变了。"他指引给我走到小石坝街去的方向，我道了谢，走开去，找到了正门，踏进了白鹭洲公园。

这是一处完全和旧有印象不同了的园林。一切都是新的，包括了草地、新植的树木和水泥制作的仿古亭台。干净、安谧，空阔甚至清冷。我找了一个临水的地方坐下，眼前是夕阳影里的钟山和一排城堞。我搜寻着过去的记忆，记得这里有着一堵败落的白垩围墙，嵌着四字篆书"东园故址"的砖雕门额，后面是几株枯树，树上吊着一个老鸦窠。这样荒凉破败的一座"东园"，今天是完全变了。

园里虽然有相当宽阔的水面，但这地方并非当年李白所说的白鹭洲。几十年前，一个聪明的商人在破败的"东园"遗址开了一个茶馆，借用了这个美丽的名字，还曾请名人撰写过一块碑记。碑上记下了得名的由来，也并未掩饰历史的真相，应该还要算是老实的。

在一处经过重新修缮彩绘的曲槛回廊后面，正举行着菊展，菊花都安置在过去的老屋里，这时暮色已经袭来，看不真切了。名种的菊花错落地陈列在架上、地上，但盆上并没有标出花的名色。像"幺凤"、"青鸾"、"玉骚头"、"紫雪窝"这样的名色，一个都不见。这就使我有些失望。我不懂赏花，正如也不懂读画一样。看画时兴趣只在题跋，看花就必然注意名色。从花房里走出，无意中却在门口发现了那块"东园故址"的旧额，真是如逢旧识。不过看得出来，这是被捶碎以后重新镶拼起来的。面上还涂了一层白粉。即使如此，我还是非常满意。整个白鹭洲公园，此外再没有一块旧题、匾对、碑碣……这是一座风格大半西化了的园林，却恰恰坐落在秦淮河上。

坐在生意兴旺的有名的店里吃着著名的蟹粉小笼包饺和干丝，味道确实不坏。干丝上面还铺着一层切得细细的嫩黄姜丝。这是在副食品刚刚调整了价格之后，但生意似乎并未受到怎样的影响。一位老人匆匆走进来和我同坐，他本意是来吃干丝的，不巧卖完了，只好改叫了一碗面。他对我说："调整了价格，生意还是这么好。不过干丝是素的，每碗也提高了五分钱，这是没有道理的。"我想，他的意见不错。

杂七搭八地和老人谈话，顺便也向他打听这里的情形，经过他的指点，才知道过去南京著名的一些酒家，六华春、太平洋……就曾开设在窗外的一条街上，我从窗口张望了一下，黝黑的一片，什么也看不见。我记起三十多年前曾在六华春举行过一次"盛宴"，邀请了南京电话局长途台的全体女接线员，请求她们协助，打破国民党反动派的干扰，使我每晚打出的新闻专电畅通无阻的旧事。这些年轻女孩子叽叽喳喳的笑语，她们一口就答应下来的爽朗、干脆的姿态，这一切都好像正在目前。

自公元三世纪以来，南京曾经是八个王朝的首都。宫廷政治中心一直在城市的北部、中部。城南一带则是主要的平民生活区。像乌衣巷，曾是豪族的住宅区，不过后来败落了，秦淮河的两岸变成了市民经济和文化生活的中心。明代后期这种发展趋势尤为显著。形成商业中心的各行各业,百工货物,几乎都集中在这里。繁复的文化娱乐活动也随之而发展。这里既是王公贵族、官僚地主享乐的地方,也是老百姓游息的场所。不过人们记得的只是写进《板桥杂记》、《桃花扇》里的场景,对普通市民和社会下层的状况则所知甚少,其实他们的存在倒是更为重要的,是全部的基础。曾国藩在镇压了太平天国起义以后,第一件紧急措施就是恢复秦淮的画舫。他不再顾及"理学名臣"的招牌,只想在娼女身上重新找回封建末世的繁荣,动机和手段都是清清楚楚的。

穿着高贵的黑色华服的王谢子弟,早已从历史的屏幕上消失了;披了白袷春衫的明末的贵公子,也只能在旧剧舞台上看见他们的影子,今天在秦淮河畔摩肩擦背地走着的只是那些"寻常百姓",过去如此,今后也仍将如此。不同的是今天的"寻常百姓"已经不是千多年来一直被压迫、被侮辱损害的一群了。

从饭店里出来,走到街上,突然被刚散场的电影院里涌出的人群裹住,几乎移动不得,就这样一路被推送到电车站,被送进了候车的人群。天已经完全昏黑了,我站在车站上寻思,在三十年以后我重访了秦淮,没有了河房,没有了画舫,没有了茶楼,也没有了"桨声灯影",这一切似乎都理所当然地成了历史的陈迹。可是我们应该怎样更好地安排人民的休息、娱乐和文化生活呢?人们爱这个地方,爱这个祖祖辈辈的"游钓之地"。我们应该怎样来满足人民炽热的愿望呢?

一九七九年十二月二日

补记:

偶然找到一张三十年前拍的旧照片,是当时白鹭洲公园的入口处,门上有"东园故址"的横额。

东园,是明中山王徐达的东花园,又名太傅园。其西园即今天的瞻园。两园相去约四五里。可知徐达的赐第和私园都在秦淮附近,更可见其煊赫豪奢之状。可参阅王世贞《弇州名园记》和正德《江宁县志》。永乐中成为外戚府第的蔬圃,正德中又经过布置改建,遂为金陵名园之一。

清末,园已荒废。"白鹭洲茶庐"开始出现于辛亥革命之后。曾悬有一副对联:"此地为东园故址,其名出太白遗诗。"简单说明了取名的由来。原址辟为公园,则在北伐以后了。一九七一年南京大学吴新雷于园中发现一块断碑,系一九二四年所立之"白鹭洲茶庐建筑碑记",茶庐的故事,大抵见于此碑。碑今已不存。

至于李白所说的白鹭洲,据《景定建康志》,当在石头城外的长江中。余怀《咏怀古迹》说,应"在府西南大江傍"。余鸿客《金陵览古》说:"西出驯象门,滨河……河东为白鹭洲,广轮二十五里,无葭苇。村村植柳,柳阴相。柳色照行人,衣白者皆碧。旧有'赏心'、'白鹭'、'二水'三亭。踞城瞰洲,城下有折柳亭。宋张乖崖建,为送客之所。今城既变更,亭亦废没。"所记要算是详细的。这是清初的情况。大约在南宋以后因泥沙淤积,江流西移,洲址已与陆地相衔,不复存在了。现在这地方还有个白鹭村,属江东公社江东大队白鹭生产队。

一九七九年十二月八日

(选自花城出版社 1982 年版《花步集》)

拣麦穗

张　洁

　　在农村长大的姑娘,谁不熟悉拣麦穗的事呢?

　　我要说的,却是几十年前拣麦穗的那段往事。

　　月残星疏的清晨,挎着一个空荡荡的篮子,顺着田埂上的小路走去拣麦穗的时候,她想的是什么呢?

　　在那夜雾腾起的黄昏,趟着沾着露水的青草,挎着装满麦穗的篮子,走回破旧的窑洞的时候,她想的是什么呢?

　　唉,她能想什么呢?!

　　假如你没在那种日子里生活过,你永远不能想象,从这一粒粒丢在地里的麦穗上,会生出什么样的幻想。

　　她拼命地拣呐,拣呐,一个收麦子的时节,能拣上一斗? 她把这麦子换来的钱积攒起来,等到赶集的时候,扯上花布、买上花线,然后,她剪呀,缝呀,绣呀……也不见她穿,也不见她戴。谁也没和谁合计过,谁也没找谁商量过,可是等到出嫁的那一天,她们全会把这些东西,装进新嫁娘的包裹里去。

　　不过当她们把拣麦穗时所伴着的幻想,一同包进包裹里去的时候,她们会突然感到那些幻想全都变了味儿,觉得多少年来她们拣呀、缝呀、绣呀实在是多么傻啊! 她们要嫁的那个男人,和她们在拣麦穗、扯花布、绣花鞋的时候所幻想的那个男人,有着多么大的不同啊! 但是,她们还是依依顺顺地嫁了出去,只不过在穿戴那些衣物的时候,再也找不到做它、缝它时的那种心情了。

　　这算得了什么呢? 谁也不会为她们叹一口气,表示同情。谁也不会关心她们还曾经有过幻想。连她们自己也甚至不会感到过分地悲伤。顶多不过像是丢失了一个美丽的梦。有谁见过哪一个人会死乞白赖地寻找一个梦呢?

　　当我刚刚能够歪歪咧咧地提着一个篮子跑路的时候,我就跟在大姐姐的身后拣麦穗了。

　　那篮子显得太大,总是磕碰着我的腿子和地面,闹得我老是跌跤。我也很少有拣满一个篮子的时候,我看不见田里的麦穗,却总是看见蝴蝶和蚂蚱,当我追赶它们的时候,拣到的麦穗还会从我的篮子里再掉到地里去。

　　有一天,二姨看着我那盛着稀稀拉拉几个麦穗的篮子说:“看看,我家大雁也会拣麦穗了。”然后,她又戏谑地说:“大雁,告诉姨,你拣麦穗做啥?”

　　我大言不惭地说:“我要备嫁妆哩!”

　　二姨贼眉贼眼地笑了,还向围在我们周围的姑娘婆姨们眨了眨她那双不大的眼睛:“你要嫁谁嘛!”

是呀,我要嫁谁呢? 我忽然想起那个卖灶糖的老汉。我说:"我要嫁那个卖灶糖的老汉!"

她们全都放声大笑,像一群鸭一样嘎嘎地叫着。笑啥嘛! 我生气了。难道做我的男人,他有什么不体面的地方吗?

卖灶糖的老汉有多大年纪了? 我不知道。他脸上的皱纹一道挨着一道。顺着眉毛弯向两个太阳穴,又顺着腮帮弯向嘴角。那些皱纹给他的脸上增添了许多慈祥的笑意。当他挑着担子赶路的时候,他那剃得像半个葫芦样的后脑勺上的长长的白发,便随着颤悠悠的扁担一同忽闪着。

我的话,很快就传进了他的耳朵。

那天,他挑着担子来到我们村,见到我就乐了。说:"娃娃你要给我做媳妇吗?"

"对呀!"

他张着大嘴笑了,露出一嘴的黄牙。他那长在半个葫芦似的头上的白发,也随着笑声抖动着。

"你为啥要嫁我呢?"

"我要天天吃灶糖咧!"

他把旱烟锅子朝鞋底上磕着:"娃呀,你太小哩。"

"你等我长大嘛。"

他摸着我的头顶说:"不等你长大,我可该进土啦。"

听了他的话,我急了。他要是死了,可咋办呢? 我急得要哭了。

他赶紧拿块灶糖塞进了我的手里。看着那块灶糖,我又带着眼泪笑了:"你别死呵,等着我长大。"

他又乐了。答应着我:"我等你长大。"

"你家住啊哒呢?"

"这担子就是我的家,走到哪哒,就歇在啊哒!"

我犯愁了:"等我长大,去啊哒寻你呀!"

"你莫愁,等你长大,我来接你!"

这以后,每逢经过我们这个村子,他总是带些小礼物给我。一块灶糖,一个甜瓜,一把红枣……还乐呵呵地对我说:"看看我的小媳妇来呀!"

我呢,也学着大姑娘的样子——我偷偷地瞧见过——要我娘找块碎布,给我剪了个烟荷包,还让我娘在布上描了花。我缝呀,绣呀……烟荷包缝好了,我娘笑得个前仰后合,说那不是烟荷包,皱皱巴巴,倒像个猪肚子。我让我娘收了起来,我说了,等我出嫁的时候,我要送给我男人。

我渐渐地长大了。到了知道认真拣麦穗的年龄了。懂得了我说的都是让人害臊的话。卖灶糖的老汉也不再开那玩笑——叫我是他的小媳妇了。不过他还是常常带些小礼物给我。我知道,他真的疼我呢。

我不明白为什么,我倒真是越来越依恋他,每逢他经过我们村子,我都会送他好远。我站在土坎坎上,看着他的背影渐渐地消失在山坳坳里。

年复一年,我看得出来,他的背更弯了,步履也更加蹒跚了。这时,我真的担心了,担心他早晚有一天会死去。

有一年,过腊八的前一天,我约摸着卖灶糖的老汉那一天该会经过我们村。我站在村口上一棵已经落尽叶子的柿子树下,朝沟底下的那条大路上望着,等着。

路上来了一个挑担子的人。走近一看,担子上挑的也是灶糖,人可不是那个卖灶糖的老汉。我向他打听卖灶糖的老汉,他告诉我,卖灶糖的老汉老去了。

我哭了,哭得很伤心。哭那陌生的、但却疼爱我的卖灶糖的老汉。

我常想,他为什么疼爱我呢? 无非因为我是一个贪吃的,因为极其丑陋而又没人疼爱的小女孩吧? 我常常想念他。也常常想要找到我那个皱皱巴巴的像猪肚子一样的烟荷包。可是,它早已不知被我丢到哪里去了。

（原载《光明日报》1979 年 12 月 16 日）

太阳下的风景

——沈从文与我　　　　　　　　　　　　　　　　　黄永玉

从十二岁出来,在外头生活了将近四十五年,才觉得我们那个县城实在是太小了。不过,在天涯海角,我都为它而骄傲,它就应该是那么小,那么精致而严密,那么结实。它也实在是太美了,以致以后的几十年我到哪里也觉得还是我自己的故乡好。

我那个城,在湘西靠贵州省的山洼里。城一半在起伏的小山坡上,有一些峡谷,一些古老的森林和草地,用一道精致的石头城墙上上下下地绣起一个圈来圈住。圈外头仍然那么好看,有一座大桥,桥上层叠着二十四间住家的房子,晴天里晾着红红绿绿的衣服,桥中间是一条有瓦顶棚的小街,卖着奇奇怪怪的东西。桥下游的河流拐了一个弯,有学问的设计师在拐弯的地方使尽了本事,盖了一座万寿宫,宫外左侧还点缀一座小白塔。于是,成天就能在桥上欣赏好看的倒影。

城里城外都是密密的、暗蓝色的参天大树,街上红石板青石板铺的路,路底有下水道,蔷薇、木香、狗脚梅、桔柚,诸多花果树木往往从家家户户的白墙里探出枝条来。关起门,下雨的时候,能听到穿生牛皮钉鞋的过路人丁丁丁丁地从门口走过。还能听到庙中建筑四角的"铁马"风铎丁丁当当的声音,下雪的时候,尤其动人,因为经常一落即有二尺来厚。

一天傍晚,我正在孔庙前文星街和一群孩子进行一场简直像真的厮杀的游戏,忽然一个孩子告诉我,你们家来了个北京客人!

这个人和祖母围着火炉膛在矮凳上坐着,轻言细语地说着话,回头看见了我。

"这是老大吗?"那个人问。

"是呀!"祖母说,"底下还有四个咧! 真是旺丁不旺财啊!"

"喂!"我问:"你是北京来的吗?"

"怎么那样口气? 叫二表叔!"祖母说,"是你的从文表叔!"

我笑了,在他周围看了一圈,平平常常,穿了件灰布长衫。

"嗯……你坐过火车和轮船?"

他点点头。

"那好!"我说完马上冲出门去。继续我的战斗。一切一切就那么淡漠了。

几年以后,我将小学毕业,妈妈叫我到四十五里外的外婆家去告穷,给骂了一顿,倒也在外婆家住了一个多月。有一天,一个中学生和我谈了一些很深奥的问题,我一点也不懂,但我马上即将小学毕业,不能在这个中学生面前丢人,硬着头皮装着对答如流的口气问他,是不是知道从凤凰到北京要坐几次轮船和几次火车?

他好像也不太懂,这教我非常快乐。于是我又问他知不知道北京的沈从文?他是我爸爸的表弟,我的表叔。

"知道!他是文学家,写过许多书,我有他的书,好极了,都是凤凰口气,都是凤凰事情,你要不要看?我有,我就给你拿去!"

他借的一本书叫做《八骏图》,我看了半天也不懂:"怎么搞的?见过这个人,又不认得他的书?写些什么狗皮唠糟的事?老子一点也不明白……"我把书还给那个中学生。

"怎么样?"

"唔、唔、唔。"

许多年过去了。

我流浪在福建德化山区里,在一家小瓷器作坊里做小工。我还不明白世界上有一种叫做工资的东西,所以老板给我水平极差的三顿伙食已经十分满足。有一天,老板说我的头发长得已经很不成话,简直像个犯人的时候,居然给了我一块钱。我高高兴兴地去理了一个"分头",剩下的七角钱在书店买了一本《昆明冬景》。

我是冲着沈从文三个字去买的。钻进阁楼上又看了半天,仍然是一点意思也不懂。这我可真火了。我怎么可以一点也不懂呢?就这么七角钱?你还是我表叔,我怎么一点也不明白你在说些什么呢?七角钱,你知不知道我这七角钱要派多少用场?知不知道我日子多不好过?我可怜的七角钱……

德化的跳蚤很多,摆一脸盆水在床板底下,身上哪里痒就朝哪里抓一把,然后狠狠往床下一摔,第二天,黑压压一盆底跳蚤。

德化出竹笋,柱子般粗一根,山民一人抬一根进城卖掉买盐回家。我们买来剁成丁子,抓两把米煮成一锅清粥,几个小孩一口气喝得精光,既不饱,也不补人,肚子给胀了半天,胀完了,和没有吃过一样。半年多,我明白大腿跟小腿都肿了起来,脸也肿了,但人也长大了。……

我是在学校跟一位姓吴的老师学的木刻,我那时是很自命不凡的,认为既然刻了木刻,就算是有了一个很好的倾向了。听说金华和丽水的一个木刻组织出现,就连忙把自己攒下来的一点钱寄去,算是入了正道,就更是自命不凡起来。

以后,我拥有一个小小的书库,其中收集了从文表叔的几乎全部的著作。我不仅明白了他书中说过的话,他是那么深度地了解故乡土地和人民的感情,也反映出他青少年时代储存的细腻的观察力和丰富的语言的魅力,对以后创作起过了不起的作用。对一个小学未毕业的人来说,这几乎是奇迹,而且坚信,人是可以创造奇迹的。

抗日战争胜利后我只身来到上海,生活困难得相当可以了,幸好有几位前辈和好友的帮助和鼓舞,正如伊比鸠鲁说过的"欢乐的贫困是美事",工作还干得颇为起劲。先是在一个出版社的宿舍跟一个朋友住在一起,然后住到上海庙里,然后又在一家中学教音乐和美术课。那地方在上海的郊区,每到周末,我就带着一些刻好的木刻和油画到上海去,给几位能容忍我当时年轻的狂放作风的老人和朋友们去欣赏,记得曾经有过一次要把油画给一位前辈看看的时候,才发现不小心早已把油画遗落在公共汽车上了,生活穷困,不少前辈总是一手接过我的木刻稿子一手就交出了私人垫的预支稿费。记得一位先生在一篇文章里写过这样的话,"大上海这么大,黄永玉这么小",天晓得我那时才二十一岁。

我已经和表叔沈从文开始通信。他的毛笔蝇头行草是很著名的,我收藏了将近三十年的来信,好几大捆,可惜在令人心疼的前些日子,都散失了。有关传统艺术系统知识和欣赏知识,大部分是他给我的。那一段时间,他用了许多精力在研究传统艺术,因此我也沾了不少的光,他为我打开了历史的窗子,使我有机会沐浴着伟大传统艺术的光耀。在一九四六还是四七年,他有过一篇长文章谈我的父母和我的行状,与其说是我的有趣的家世,不如说是我们乡土知识分子在大的历史变革中的写照。表面上,这文章有如山峦上抑扬的牧笛与江流上浮游的船歌相呼应的小协奏;实质上,这文章道尽了旧时代小知识分子,小山城相互依存的哀哀欲绝的悲惨命运。我在傍晚的大上海的马路上买到了这张报纸,就着街灯,一遍又一遍地读着,眼泪湿了报纸,热闹的街肆中没有任何过路的人打扰我,谁也不知道这哭着的孩子正读着他自己的故事。

五十年代初终于见到表叔。表叔的家在沙滩中老胡同宿舍。一位叫石妈妈的保姆料理家务。我们发现在北方每天三餐要吃这么多面食而惊奇不止。

我是一个从来不会深思的懒汉。因为"革大"在西郊,表叔几乎是"全托",周一上学,周末回来,一边吃饭一边说笑话,大家有一场欢乐的聚会。好久我才听说,表叔在"革大"的学习,是一个非常奇妙的日子。他被派定要扭秧歌,要过组织生活。有时凭自己的一时高兴,带了一套精致的小茶具去请人喝茶时,却受到一顿奚落。

在那一段日子里,从文表叔和婶婶一点也没有让我看出在生活中所发生的重大的变化。他们亲切地为我介绍当时还健在写过"玉君"的杨振声先生,写过"莫须有先生坐飞机以后"的废名先生,至今生气勃勃,老当益壮的朱光潜先生,冯至先生。记得这些先生当时都住在一个大院子里。

两个表弟那时候还戴着红领巾,我们四人经过卖冰棍摊子时,他们还客气地做出少先队员从来不嗜好冰棍的样子。使我至今记忆犹新。现在他们的孩子已经跟当时的爸爸一般大了,真令人唏嘘……。

两年后,我和梅溪又带着七个月大的孩子坐火车回到北京。

那是北方的二月天气。火车站还在大前门东边,车停下来,一个孤独的老人站在月台上迎接我们。我们让幼小的婴儿知道:"这就是表爷爷啊!"

从南方来,我们当时又太年轻,什么都不懂,只用一条小小的薄棉绒毯子包裹着孩子,两只小光脚板露在外边,在广东,这原是很习见的做法,却吓得老人大叫起来:

"赶快包上,要不然到家里连小脚板也冻掉了……"

从文表叔十八岁的时候也是从前门车站下的车,他说他走出车站看见高耸的大前门时几乎吓坏了!

"啊!北京,我要来征服你了……"

时间一晃,半个世纪过去了。

比他晚了十年,我已经廿八岁才来到北京。

时间是一九五三年二月。

我们坐着古老的马车回到另一个新家,北新桥大头条十一号,他们已离开沙滩中老胡同两年多了。在那里,我们寄居下来。

从文表叔一家老是游徙不定。过去他写过许多小说,照一位评论家的话说:"叠起来有两个等身齐。"那么,他该有足够的钱去买一套四合院的住屋了。没有,他只是把一些钱买古董文物,一下子玉器,一下子宋元旧锦,明式家具……精精光。买成习惯,也送成习惯,全搬到一些博物馆和图书馆去。有时连收条也没打一个。人知道他无所谓,索性捐赠者的姓名也省却了。

现在租住下的房子很快也要给迁走的。所以住得很匆忙,很不安定,但因为我们到来,他就制造一副长住的气氛,免得我们年轻的远客惶惑不安。晚上,他陪着我刻木刻,看刀子在木板上运行,逐渐变成一幅画。他为此而兴奋。轻声地念道一些鼓励的话。……

他的工作是为展品写标签,无须乎用太多的脑子。但我为他那精密之极的脑子搁下来不用而深深惋惜。我多么地不了解他,问他为什么不写小说,粗鲁地逼迫有时使他生气。

一位我们多年尊敬的、住在中南海的"同志"写了一封信给他,愿意为他的工作顺利出一点力气。我从旁观察,他为这封回信几乎考虑了三四年,事后恐怕始终没有写成。凡事他总是想得太过朴素,以致许多年的话不知从何谈起。

保姆石妈妈的心灵的确像块石头。她老是强调从文表叔爱吃熟猪头肉夹冷馒头。实际上这是一种利用老人某种虚荣心的鼓励,而省了她自己做饭做菜的麻烦。从文表叔从来是一位精通可口饭菜的行家,但他总是以省事为宜,过分的吃食是浪费时间。每次回家小手绢里的确经常胀鼓鼓地包着不少猪头肉。

几十年来,他从未主动上馆子吃过一顿饭,没有这个习惯。当他得意地提到有限的几次宴会时——徐志摩、陆小曼结婚时算一次,郁达夫请他吃过一次什么饭算一次,另一次是他自己结婚。我没有听过这方面再多的回忆。那些日子距今,实际上已有半个世纪。

借用他自己的话说:

"美,总不免有时叫人伤心……"

什么力量使他把湘西山民的朴素情操保持得这么顽强。真是难以相信,对他自己却早已习以为常。

我在"中央美术学院"教学的工作一定,很快地找到了住处,是在北京东城靠城边的一个名叫大雅宝的胡同。宿舍很大,一共三进院子,头一间房子是李苦禅夫妇和他的岳母,第二间是董希文一家,第三间是张仃夫妇。然后是第二个院子,第一家是我们,第二家是柳维和,第三家是程尚仁。再是第三个院子,第一家是李可染,第二家是范志超,第三家是袁迈,第四家是彦涵,接着就是后门了。

我搬家不久,从文表叔很快也搬了家,恰好和我们相距不远。他们有三间房,朝南都是窗子,卧室北窗有一棵枣树横着,影着蓝天,真是令人难忘。

儿子渐渐长大了,每隔几天三个人就到爷爷家去一趟。爷爷有一具专装食物的古代金漆柜子,儿子一到就公然地面对柜子站着,直到爷爷从柜子里取出点什么大家吃吃为止。令人丧气的是,吃完东西的儿子马上嚷着回家,为了做说服工作每一次都要花很多工夫。

从文表叔满屋满床的画册书本,并以大字报的形式把参考用的纸条条和画页都粘在墙上。他容忍世界上最噜苏的客人的马拉松访问,尤其仿佛生怕他们告辞,时间越长,越热情越精神的劲头使我不解,因为和我对待生熟朋友的情况竟如此相似。

有关于民族工艺美术及其他史学艺术的著作一本本出来了,天晓得他用什么时间写出来的。

婶婶像一位高明的司机,对付这么一部结构很特殊的机器,任何情况都能驾驶在正常的生活轨道上,真是神奇之至。两个人几乎是两个星球上来的人,他们却巧妙地走在一道来了。没有婶婶,很难想象生活会变成什么样子,又要严格,又要容忍。她除了承担全家运行着的命运之外,还要温柔耐心引导这长年不驯的山民老艺术家走常人的道路。因为从文表叔从来坚信自己比任何平常人更平常。所以形成一个几十年无休无止的学术性的争论。婶婶很喜欢听我讲一些有趣的事和笑话,往往笑得直不起身。这里有一个秘密,作为从文表叔文章首席审查者,她经常为他改了许多错别字。婶婶一家姐妹的书法都是非常精彩的,但她谦虚到了腼腆的程度,面对着称赞往往像是身体十分不好受起来,使人简直不忍心再提起这件事。

那时候,《新观察》杂志办得正起劲,编辑部的朋友约我为一篇文章赶着刻一幅木刻插图。那时候年轻,一晚上就交了卷。发表了,自己也感觉弄得太仓促,不好看。为这幅插图,表叔特地来家里找我,狠狠地批了我一顿:

"你看看,这像什么?怎么能够这样浪费生命?你已经三十岁了。没有想象,没有技巧,看不到工作的庄严!准备就这样下去?……好,我走了……"

给我的打击是很大的。我真感觉羞耻。将近三十年,好像昨天说的一样,我总是提心吊胆想到这些话,虽然我已经五十六岁了。

在从文表叔家,常常碰到一些老人。金岳霖先生、巴金先生、李健吾先生、朱光潜先生、曹禺先生和卞之琳先生。他们相互间的关系温存得很,亲切地谈着话,吃着客人带来的糖食。印象较深的是巴老伯(家里总那么称呼巴金先生),他带了一包鸡蛋糕来,两个老人面对面坐着吃这些东西,缺了牙的腮帮动得很滑稽,一面低声地品评这东西不如另一家的好。巴先生住在上海,好些时候才能来北京一次,看这位在文学上早已敛羽的老朋友。

金岳霖先生的到来往往会使全家沸腾的。他一点也不像在世纪初留学英国的洋学生,而更像哪一家煤厂的会计老伙计。长长的棉袍,扎了腿的棉裤,尤其怪异的是头上戴的罗宋帽加了个自制的马粪纸帽檐,里头还贴着红纸,用一根粗麻绳绕在脑后捆起来。金先生是从文表叔的前辈,表弟们都叫他"金爷爷",这位哲学家来家时不谈哲学,却从怀里掏出几个其大无匹的苹果来和表弟家里的苹果比赛,看谁的大(当然就留下来了)。或者和表弟妹们大讲福尔摩斯。老人们的记忆力真是惊人,信口说出的典故和数字,外行几乎不大相信其中的准确性。

表叔自己记性也非常好,但谈论现代科学所引用的数字明显地不准确,问题在聊天,孩子们却很认真,抓着辫子就不放手,说爷爷今天讲的数字很多相似。表叔自己有时发觉了也会好笑起来说:"怎么我今天讲的全是'七'字?"(七十辆车皮,七万件文物,七百名干部调来搞文物,七个省市……)

"文化大革命"时,那些"管"他的人员要他背"语录",他也是一筹莫展。

我说他的非凡的记忆力,所有和他接触过的年轻朋友是无有不佩服的。他曾为我开过一个学术研究的一百多个书目,注明了出处和卷数以及大约页数。

他给"中央美院"讲过古代丝绸锦缎课,除了随带的珍贵古丝绸锦缎原件之外,几乎是空手而至,站在讲台上把近百的分期和断代信口讲出来。

他那么热衷于文物,我知道,那就离开他曾经朝夕相处近四十年的小说生涯越来越远了。他后来在《沈从文小说选集》序言中有一句话:

"我和我的读者都行将老去。"

听起来真令人伤感……

有一年我在森林,我把森林的生活告诉他,不久就收到他一封毛笔蝇头行草的长信,他给我三点自己的经验:

一、充满爱去对待人民和土地。二、摔倒了,赶快爬起来往前走,莫欣赏摔倒的地方耽误事,莫停下来哀叹。三、永远地、永远地拥抱自己的工作不放。

这几十年来,我都尝试着这么做。

有时候,他也讲俏皮话——

"有些人真奇怪,一辈子写小说,写得好是应该的,不奇怪;写得不好倒真叫人奇怪。"

写小说,他真是太认真了,十次、二十次地改。文字音节上,用法上,一而再的变换写法,薄薄的一篇文章,改三百回根本不算一回事。

"文化大革命"开始了。

我们两家是颠簸在波浪滔天的大海中的两只小船,相距那么远,各有各的波浪。但我们总还是找得到巧妙的机会见面。使我惊奇的是,从文表叔非常坚强洒脱,每天接受批斗之外,很称职地打扫天安门左边的历史博物馆的女厕所。(对年纪大的老人比较放心。)

真是人人熟悉的一段漫长的经历。

我的爱人也变了另一个样,过去从学校到学校,没有离开过家门,连老鼠也害怕的人,居然帮着几家朋友处理起家务来了。表叔一生几十年收藏的心爱的书、家具,满堆在院子里任人践踏、日晒雨淋。由我爱人一个决心,论斤地处理掉了。骑着自行车,这家料理,那家帮忙,简直是一反常态。锻炼得很了不起的精明能干,把几家人的担子全挑在肩膀上,过了这么些年。

我们一有机会就偷偷地见面。也有大半年没有见面的时候,但消息总是非常灵通的。

生活变化多端,有一个规律常常使我产生信仰似的尊敬。那就是真正的痛苦是说不出口的,且往往不愿说。比如,在战场上,身旁的战友突然死去,看谁口头细致地对人描述过这些亲身的经历,那个逐渐走近死亡的战友的痛苦煎熬的过程?这几乎是不可能的。描述总有个情感能承受的极限。它不牵涉到描述才能问题。

聪明的莱辛把这个道理在艺术理论范畴里阐述得很透彻(见《拉奥孔》),但有一点我还在考

虑;照他说:

"为什么拉奥孔在雕刻里不哀号,而在诗里却哀号?"又说:

"为什么诗不受上文的局限?"

依我看,莱辛和他列举的诸般中外诗人是不是经历过痛苦的极限的生活? 我不知道;知道了,肯不肯写到头,那又是一回事。用现实生活印证,雕塑和诗的描写深广度应该是一致的。

从文表叔一家和我们一家在那段年代的生活,我就不想说得太多了。因为这不仅仅是我们两家的事。太具体、太现实的"考验"面前,往往我们的生活变得非常抽象,只靠一点点脆弱的信念活下去,既富于哲理,也极端蒙昧。

不久,从文表叔就"下乡"了。走之前,他把他积留下来的一点点现金,分给所有的孩子们,我们也得到一份。这真是一个悲壮的骊歌。他已经相信,再也不可能回到多年生活过的京华了。

他走得非常糊涂,到了湖北咸宁,才清醒过来,原来机关动员下乡的几十个人,最后成为下乡现实的就只老弱病三个人。几乎是给一种什么迷药糊里糊涂弄到咸宁去的。真用得上"彷徨"两个字。那么大的机关只来一个老高知和另外二老弱病,简直不成气候。吊儿郎当。谁也不去理会他,他也管不着任何人。

幸好,我说幸好是姊姊较早三个月已跟着另一个较齐整的机构到了咸宁,从文表叔作为"家属"被"托"在这个有点慈善劲头的机构里,过了许多离奇的日子。在这多雨泥泞遍地的地方,他写信给我时,居然:

"……这儿荷花真好,你若来……"

天晓得! 我虽然也在另一个倒霉的地方,倒真想找个机会到他那儿去看一场荷花……

在这场"文化大革命"中,他的确是受到锻炼,性格上撒开了,"七十而从心所欲不逾矩",派他看菜园子,"……牛比较老实,一轰就走;猪不行,狡诈之极,外象极笨,走得飞快。貌似走了,却冷不防又从身后包抄转来,……"还提到史学家唐兰先生在嘉鱼大江边码头守砖,钱钟书先生荣任管仓库钥匙工作,吴世昌先生又如何如何……每封信充满了欢乐情趣,简直令人忌妒。为那些没有下去的人深感怅惜。

这段时候,仅凭记忆,写下了的《中国服装史》稿的补充材料。还为我的家世写了一个近两万余字的"楔子"。《中国服装史》稿充满着灿烂的文采,严密的逻辑性,以及美学价值,以社会学和历史的角度阐明艺术发展和趋势。那个"楔子",从文表叔如果在咸宁多呆上五年,就会连接成一部几十万字的长篇小说。当然,留下这个"楔子"就已经很好,我宁愿世界没有这部未完成的小说,也不希望从文表叔在咸宁多呆上一天。在那种强作欢悦的忧郁生活中,对一位具有细腻心地的老年人说来,是不适宜维持过久的。

咸宁有个地方也叫双溪,当然跟金华的那个双溪是两码事,从文表叔呆在那里不少日子了。我几次地想在信上提一提李清照的《武陵春词》:"……闻说双溪春尚好,也拟泛轻舟。只恐双溪舴艋舟,载不动,许多愁。"都深感自己可耻的残忍。这不是诗情大发的时候!

几年之后,我们全家在北京站为表叔举行一个充满温暖的归来仪式。"楔子"不必继续写下去了:"要爷爷,不要《红楼梦》!"(孩子们把那部未完成的小说代号为《红楼梦》)能够健康地回来,比一切都好。

原来的三间房子已经变成一间。当然,比一切都没有要好得多。回忆前几年的生活,谁不珍惜眼前的日子呢?

再过半年,婶婶作为退休也回来了,和从文表叔得到一些关心,在另一条两里远的胡同里,为他们增加了一个房间。要知道,当时关心人的人,自己的生活也是颇不稳定的,所以这种微薄的照顾是颇显得具有相濡以沫的道义的勇气和美感的。于是,表叔婶一家就有了一块"飞地"了,像以前的东巴基斯坦和西巴基斯坦一样。从文表叔在原来剩下的那间房间里为所欲为,写他的有关服装史和其他一些专题性的文章,会见他那批无止无休的不认识的客人。把那小小的房间搅得天翻地覆,无一处不是书,不是图片,不是零零碎碎的纸条。任何人不能移动,乱中有致,心里明白,物我混为一体。床已经不是睡觉的床,一半堆随手应用的图书。桌子只有稍微用肘子推一推才有地方写字。夜晚,书躺在躺椅上,从文表叔就躺在躺椅上的书上。这一切都极好,十分自然。恩格斯说过:"……除了真实的细节之外,还应注意典型环境的典型性格……"在这里,创作的三个重要元素都具备了。

不管是冬天或夏天的下午五点钟,认识这位"飞地"总督的人,都有机会见到他提着一个南方的带盖的竹篮子,兴冲冲地到他的另一个"飞地"去。他必须到婶婶那边去吃晚饭,并把明早和中午的两餐饭带回去。

冬天尚可,夏天天气热,他屋子特别闷热,带回去的两顿饭很容易变馊的。我们担心他吃了会害病。他说:

"我有办法!"

"什么办法?"因为我们家里也颇想学习保存食物的先进办法。

"我先吃两片消炎片。"

从文表叔许许多多回忆,都像是用花朵装点过的,充满了友谊的芬芳。他不像我,我永远学不像他,我有时用很大的感情去咒骂、去痛恨一些混蛋。他是非分明,有泾渭,但更多的是容忍和原谅。所以他能写那么好的小说。我不行,忿怒起来,连稿纸也撕了,扔在地上践踏也不解气。但我们都是故乡水土养大的子弟。

十八岁那年,他来到北京找他的舅舅——我的祖父。那位老人家当时在帮熊希龄搞香山慈幼院的基本建设工作,住在香山,论照顾,恐怕也没有多大的能力。从文表叔据说就住在城里的湖南酉西会馆的一间十分潮湿,长年有霉味的小亭子间里。到冬天,那当然是更加凉快透顶的了。

下着大雪,没有炉子,身上只两件夹衣,正用旧棉絮裹住双腿,双手发肿、流着鼻血在写他的小说。

敲门进来的是一位清瘦个子而穿着不十分讲究的,下巴略尖而眯缝着眼睛的中年人。

"找谁?"

"请问,沈从文先生住在哪里?"

"我就是。"

"哎呀……你就是沈从文……你原来这么小。……我是郁达夫,我看过你的文章,好好地写下去……我还会再来看你。……"

听到公寓大厨房炒菜打锅边,知道快开饭了。"你可吃包饭?"

"不。"

邀去附近吃了顿饭,内有葱炒羊肉片,结账时,一共约一元七角多。饭后两人又回到那个小小住处谈谈。

郁达夫走了,留下他的一条浅灰色羊毛围巾和吃饭后五元钞票找回的三元二毛几分钱。表叔俯在桌上哭了起来。

从文表叔有时也画画,那是一种极有韵致的妙物,但竟然不承认那是正式的作品,很快地收藏起来,但有时又很豪爽地告诉我,哪一天找一些好纸给你画些画。我知道,这种允诺是不容易兑现的。他自然是极懂画的。他提到某些画,某些工艺品高妙之处,我用了许多年才醒悟过来。

他也谈音乐,我怀疑七个音符组合的常识他清不清楚?但是明显地他理解音乐的深度用文学的语言却阐述得非常透彻。

"音乐、时间和空间的关系。"

他也常常说,如果有人告诉他一些作曲的方法,一定写得出非常好听的音乐来。这一点,我特别相信,那是毫无疑义的。但我的孩子却偷偷地笑爷爷吹牛,他们说:自然咯! 如果上帝给我肌肉和力气,我就会成为大力士……。

孩子们不懂的是,即使有了肌肉和力气的大力士,也不一定是个杰出的智慧的大力士。

契诃夫说过写小说的极好的话:

"好与坏都不要叫出声来。"

这几乎是搞文学的基本规律和诀窍。也标志了文学的深广度和难度。

从文表叔的书里从来没有——美丽呀! 雄伟呀! 壮观呀! 幽雅呀! 悲伤呀! ……这些词藻的泛滥,但在他的文章里,你都能感觉到它们的恰如其分的存在。

他的一篇小说《丈夫》,我的一位从事文学几十年的,和从文表叔没见过面的前辈,十多年前读到之后,深受感动,他说:

"……这篇小说真像普希金说过的,'伟大的俄罗斯的悲哀'。"

跟表叔的第三次见面是最令人难忘的了。经历的生活是如此漫长、如此浓郁,那么彩色斑斓,谁也没有料到,而恰好就把我们这两代表亲拴在一根小小的文化绳子上,像两只可笑的蚂蚱,在崎岖的道路上作着一种逗人的跳跃。

我们那个小小山城不知由于什么原因,常常令孩子们产生奔赴他乡的献身的幻想。从历史角度看来,这既不协调且充满悲凉,以致表叔和我都是在十二三岁时背着小小包袱,顺着小河,穿过洞庭去"翻阅另一本大书"的。

一九七九年十二月三十一日

(原载《花城》1980 年第 5 期)

下放记别

杨　绛

中国社会科学院，以前是中国科学院哲学社会科学部，简称学部。我们夫妇同属学部；默存在文学所，我在外文所。一九六九年，学部的知识分子正在接受"工人、解放军宣传队"的"再教育"。全体人员先是"集中"住在办公室里，六七人至九十人一间，每天清晨练操，上下午和晚饭后共三个单元分班学习。过了些时候，年老体弱的可以回家住，学习时间渐渐减为上下午两个单元。我们俩都搬回家去住，不过料想我们住在一起的日子不会长久，不日就该下放干校了。干校的地点在纷纷传说中逐渐明确，下放的日期却只能猜测，只能等待。

我们俩每天各在自己单位的食堂排队买饭吃。排队足足要费半小时；回家自己做饭又太费事，也来不及。工、军宣队后来管束稍懈，我们经常中午约会同上饭店。饭店里并没有好饭吃，也得等待；但两人一起等，可以说说话。那年十一月三日，我先在学部大门口的公共汽车站等待，看见默存杂在人群里出来。他过来站在我旁边，低声说："待会儿告诉你一件大事。"我看看他的脸色，猜不出什么事。

我们挤上了车，他才告诉我："这个月十一号，我就要走了。我是先遣队。"

尽管天天在等待行期，听到这个消息，却好像头顶上着了一个焦雷。再过几天是默存虚岁六十生辰，我们商量好：到那天两人要吃一顿寿面庆祝。再等着过七十岁的生日，只怕轮不到我们了。可是只差几天，等不及这个生日，他就得下干校。

"为什么你要先遣呢？"

"因为有你。别人得带着家眷，或者安顿了家再走；我可以把家撂给你。"

干校的地点在河南罗山，他们全所是十一月十七号走。

我们到了预定的小吃店，叫了一个最现成的沙锅鸡块——不过是鸡皮鸡骨。我舀些清汤泡了半碗饭，饭还是咽不下。

只有一个星期置备行装，可是默存要到末了两天才得放假。我倒借此赖了几天学，在家收拾东西。这次下放是所谓"连锅端"——就是拔宅下放，好像是奉命一去不复返的意思。没用的东西、不穿的衣服、自己宝贵的图书、笔记等等，全得带走，行李一大堆。当时我们的女儿阿圆、女婿得一，各在工厂劳动，不能叫回来帮忙。他们休息日回家，就帮着收拾行李，并且学别人的样，把箱子用粗绳子密密缠捆，防旅途摔破或压塌。可惜能用粗绳子缠捆保护的，只不过是木箱、铁箱等粗重行李；这些木箱、铁箱，确也不如血肉之躯经得起折磨。

经受折磨，就叫锻炼；除了准备锻炼，还有什么可准备的呢。准备的衣服如果太旧，怕不经穿；如果太结实，怕洗来费劲。我久不缝纫，胡乱把耐脏的绸子用缝衣机做了个毛毯的套子，准备经年不洗。我补了一条裤子，坐处像个布满经线纬线的地球仪，而且厚如龟壳。默存倒很欣赏，说好极了，穿上好比随身带着个座儿，随处都可以坐下。他说，不用筹备得太周全，只需等我也下去,就可以照看他。至于家人团聚,等几时阿圆和得一乡间落户,待他们迎养吧。

转眼到了十一号先遣队动身的日子。我和阿圆、得一送行。默存随身行李不多,我们找个旮旯儿歇着等待上车。待车室里,闹嚷嚷、乱哄哄人来人往;先遣队的领队人忙乱得只恨分身无术,而随身行李太多的,只恨少生了几双手。得一忙放下自己拿的东西,去帮助随身行李多得无法摆布的人。默存和我看他热心为旁人效力,不禁赞许新社会的好风尚,同时又互相安慰说:得一和善忠厚,阿圆有他在一起,我们可以放心。

得一捎着、拎着别人的行李,我和阿圆帮默存拿着他的几件小包小袋,排队挤进月台,挤上火车,找到个车厢安顿了默存。我们三人就下车,痴痴站着等火车开动。

我记得以前看见坐海船出洋的旅客,登上摆渡的小火轮,送行者就把许多彩色的纸带抛向小轮船;小船慢慢向大船开去,那一条条彩色的纸带先后迸断,岸上就拍手欢呼。也有人在欢呼声中落泪;迸断的彩带好似迸断的离情。这番送人上干校,车上的先遣队和车下送行的亲人,彼此间的离情假如看得见,就决不是彩色的,也不能一迸就断。

默存走到车门口,叫我们回去吧,别等了。彼此遥遥相望,也无话可说。我想,让他看我们回去还有三人,可以放心释念,免得火车驰走时,他看到我们眼里,都在不放心他一人离去。我们遵照他的意思,不等车开,先自走了。几次回头望望,车还不动,车下还是挤满了人。我们默默回家;阿圆和得一接着也各回工厂。他们同在一校而不同系,不在同一个工厂劳动。

过了一两天,文学所有人通知我,下干校的可以带自己的床,不过得用绳子缠捆好,立即送到学部去。粗硬的绳子要缠捆得服帖,关键在绳子两头;不能打结子,得把绳头紧紧压在绳下。这至少得两人一齐动手才行。我只有一天的期限,一人请假在家,把自己的小木床拆掉。左放、右放,怎么也无法捆在一起,只好分别捆;而且我至少还欠一只手,只好用牙齿帮忙。我用细绳缚住粗绳头,用牙咬住,然后把一只床分三部分捆好,各件重复写上默存的名字。小小一只床分拆了几部,就好比兵荒马乱中的一家人,只怕一出家门就彼此失散,再聚不到一处去。据默存来信,那三部分重新团聚一处,确也害他好生寻找。

文学所和另一所最先下放。用部队的辞儿,不称"所"而称"连"。两连动身的日子,学部敲锣打鼓,我们都放了学去欢送。下放人员整队而出;红旗开处,俞平老和俞师母领队当先。年逾七旬的老人了,还像学龄儿童那样排着队伍,远赴干校上学,我看着心中不忍,抽身先退;一路回去,发现许多人缺乏欢送的热情,也纷纷回去上班。大家脸上都漠无表情。

我们等待着下干校改造,没有心情理会什么离愁别恨,也没有闲暇去品尝那"别是一般"的"滋味"。学部既已有一部分下了干校,没下去的也得加紧干活儿。成天坐着学习,连"再教育"我们的"工人师傅"们也腻味了。有一位二十二三岁的小"师傅"嘀咕说:"我天天在炉前炼钢,并不觉得劳累;现在成天坐着;屁股也痛,脑袋也痛,浑身不得劲儿。"显然炼人比炼钢费事;"坐冷板凳"也是一项苦功夫。

炼人靠体力劳动。我们挖完了防空洞——一个四通八达的地下建筑,就把图书搬来搬去。捆、扎、搬运,从这楼搬到那楼,从这处搬往那处;搬完自己单位的图书,又搬别单位的图书。有一次,我们到一个积尘三年的图书室去搬出书籍、书柜、书架等,要腾出屋子来。有人一进去给尘土呛得连打了二十来个嚏喷。我们尽管戴着口罩,出来都满面尘土,咳吐的尽是黑痰。我记得那时候天气已经由寒转暖而转热。沉重的铁书架、沉重的大书橱、沉重的卡片柜——卡片屉内满满都是卡片,全都由年轻人狠命用肩膀扛,贴身的衣衫磨破,露出肉来。这又使我惊叹,最经磨的还是人的血肉之躯!

弱者总沾便宜;我只干些微不足道的细事,得空就打点包裹寄给干校的默存。默存得空就写家信;三言两语,断断续续,白天黑夜都写。这些信如果保留下来,如今重读该多么有趣! 但更有价值的书信都毁掉了,又何惜那几封。

他们一下去,先打扫了一个土积尘封的劳改营。当晚睡在草铺上还觉燠热。忽然一场大雪,满地泥泞,天气骤寒。十七日大队人马到来,八十个单身汉聚居一间屋里,分睡几个炕上。有个跟着爸爸下放的淘气小男孩儿,临睡常绕炕撒尿一匝,为炕上的人"施肥"。休息日大家到镇上去买吃的:有烧鸡,还有煮熟的乌龟。我问默存味道如何;他却没有尝过,只悄悄做了几首打油诗寄我。

罗山无地可耕,干校无事可干。过了一个多月,干校人员连同家眷又带着大堆箱笼物件,搬到息县东岳。地图上能找到息县,却找不到东岳。那儿地僻人穷,冬天没有燃料生火炉子,好多女同志脸上生了冻疮。洗衣服得蹲在水塘边上"投"。默存的新衬衣请当地的大娘代洗,洗完就不见了。我只愁他跌落水塘;能请人代洗,便赔掉几件衣服也值得。

在北京等待上干校的人,当然关心干校生活,常叫我讲些给他们听。大家最爱听的是何其芳同志吃鱼的故事。当地竭泽而渔,食堂改善伙食,有红烧鱼。其芳同志忙拿了自己的大漱口杯去买了一份;可是吃来味道很怪,愈吃愈怪。他捞起最大的一块想尝个究竟,一看原来是还未泡烂的药肥皂,落在漱口杯里没有拿掉。大家听完大笑,带着无限同情。他们也告诉我一个笑话,说钱钟书和丁××两位一级研究员,半天烧不开一锅炉水! 我代他们辩护:锅炉设在露天,大风大雪中,烧开一锅炉水不是容易。可是笑话毕竟还是笑话。

他们过年就开始自己造房。女同志也拉大车,脱坯,造砖,盖房,充当壮劳力。默存和俞平伯先生等几位"老弱病残"都在免役之列,只干些打杂的轻活儿。他们下去八个月之后,我们的"连"才下放。那时候,他们已住进自己盖的新屋。

我们"连"是一九七○年七月十二日动身下干校的。上次送默存走,有我和阿圆还有得一。这次送我走,只剩了阿圆一人;得一已于一月前自杀去世。

得一承认自己总是"偏右"一点,可是他说,实在看不惯那伙过左派。他们大学里开始围剿"五一六"的时候,几个有"五一六"之嫌的过左派供出得一是他们的"组织者","五一六"的名单就在他手里。那时候得一已回校,阿圆还在工厂劳动;两人不能同日回家,得一末了一次离开我的时候说:"妈妈,我不能对群众态度不好,也不能顶撞宣传队;可是我决不能捏造个名单害人,我也不会撒谎。"他到校就失去自由。阶级斗争如火如荼,阿圆等在厂劳动的都返回学校。工宣队领导全系每天三个单元斗得一,逼他交出名单。得一就自杀了。

阿圆送我上了火车,我也促她先归,别等车开。她不是一个脆弱的女孩子,我该可以放心撇下她。可是我看着她蹭蹭独归的背影,心上凄楚,忙闭上眼睛;闭上了眼睛,越发能看到她在我们那破残凌乱的家里,独自收拾整理,忙又睁开眼。车窗外已不见了她的背影。我又合上眼,让眼泪流进鼻子,流入肚里。火车慢慢开动,我离开了北京。

干校的默存又黑又瘦，简直换了个样儿，奇怪的是我还一见就认识。

我们干校有一位心直口快的黄大夫。一次默存去看病，她看他在签名簿上写上钱钟书的名字，怒道："胡说！你什么钱钟书！钱钟书我认识！"默存一口咬定自己是钱钟书。黄大夫说："我认识钱钟书的爱人。"默存经得起考验，报出了他爱人的名字。黄大夫还将信不信，不过默存是否冒牌也没有关系，就不再争辩。事后我向黄大夫提起这事，她不禁大笑说："怎么的，全不像了。"

我记不起默存当时的面貌，也记不起他穿的什么衣服，只看见他右下颌一个红包，虽然只有榛子大小，形状却峥嵘险恶：高处是亮红色，低处是暗黄色，显然已经灌脓。我吃惊说："啊呀，这是个疖吧？得用热敷。"可是谁给他做热敷呢？我后来看见他们的红十字急救药箱，纱布上、药棉上尽是泥手印。默存说他已经生过一个同样的外疹，领导上让他休息了几天，并叫他改行不再烧锅炉。他目前白天看管工具，晚上巡夜。他的顶头上司因我去探亲，还特地给了他半天假。可是我的排长却非常严厉，只让我随人去探望一下，吩咐我立即回队。默存送我回队，我们没说得几句话就分手了。得一去世的事，阿圆和我暂时还瞒着他，这时也未及告诉。过了一两天他来信说：那个包儿是疖，穿了五个孔。幸亏打了几针也渐见痊好。

我们虽然相去不过一小时的路程，却各有所属，得听指挥、服从纪律，不能随便走动，经常只是书信来往，到休息日才许探亲。休息日不是星期日；十天一次休息，称为大礼拜。如有事，大礼拜可以取消。可是比了独在北京的阿圆，我们就算是同在一处了。

（原载香港《广角镜》1981 年 4 月 103 期）

《书海夜航》二集序

唐 弢

初读《书海夜航》，我就十分吃惊于作者外国文学知识的渊博，信手拈来，信口开讲，没有规矩而自成方圆。尤其难得的是，这不是一般的读书记，而是掌故史乘的漫谈，谈的是成书的经过，版本的优劣，插图的变易，观点的沿革，作者的遭遇，……一句话，不限于书里的故事，多的是书外的见闻。这样，属于知识范围的纵笔所之的放谈不必说了，便是就书论书，也要有独具的识见，精当的材料，那就完全依靠作者平日的修养和积累，不是可以侥幸取得，一蹴即就的了。

我以为这是《书海夜航》的一个最大的特色。

北京有句赞扬京剧表演家的话，叫做：台上几分钟，台下几年功。艺术修养在京剧、音乐、美术乃至文学方面，有许多共通的地方，所以这一句话，同样可以移赠《书海夜航》的作者。他的文章，即使不是全部，也很有清淡娓娓、言之有物的妙处，显示了一个书话作者的深厚的功力。

这是难得的，但决非偶然。作者精通外文，热爱图书，如他自己所说，他的秘密在于没有秘密：每天晚上，"从八点到深夜两点"，"老老实实一句句地看书"，"十年如一日"，驾扁舟航行于书的海洋中。如今积储在手头的，写入在书里的，正是他多年来从海上不断渔猎、不断网罟而得的珠贝。《书海夜航》是一个名副其实的名称。

据作者说,这是他的挚友严庆澍(笔名唐人)代为命名的,现在,《书海夜航二集》又将出版,写法稍有变动,特点却还清楚地保存着。至于书名,只添上"二集"两字,一来说明作者自己的爱好,二则表示对亡友的纪念,这样就多了一层意义,不知不觉中,终于默默地加重了书的感情的分量了。

我不知道这些内幕,只觉得《书海夜航》的名称很不错。当初一看书名,首先想到的是明朝张宗子(岱)的《夜航船》,我有这书,版本虽然粗陋,内容却很别致;其次是阿英的由《夜航船》而命名的《夜航集》,一九三五年三月列为"良友文库之二"出版,收入的是读书小品、考订随笔,读来也颇有趣;从书的性质出发,我把《书海夜航》和这两本联起来,看作是第三代,那就不是毫无根据的了。这回很想将《夜航船》找出,重读一过,几经迁徙,又遭变乱,苦思冥想,翻箱倒箧,还是连影踪都没有。不过序文收入《近代散文抄》,不算难找,我拿来和阿英的《夜航小引》阅读,倒也很有启发。

《书海夜航》、《夜航集》、《夜航船》有一个共同含义,暗示作者都是在夜阑人静、万籁俱寂的时候,开始其读书写字的生活的。三本书的序文都谈到了这一点。不过张宗子另有自己的阅历和见解,值得我们注意。他说天下学问,唯夜航船中最难对付。余姚风俗,后生小子,无不读书,二十岁后学为手艺,所以百工杂技,偶有问讯,举凡"瀛洲十八学士,云台二十八将",逐一报名,对答如流,活像一口"两脚书橱"。这种问答常在夜航船中进行。本来,偶然失记姓名,无害学问文理。但在百工杂技眼里,认为有损博学之名,往往传为笑柄。他还讲了一个很有风趣的故事:

昔有一僧人,与一士子同宿夜航船。士子高谈阔论,僧畏慑,拳足而寝。僧听其语有破绽,乃曰:请问相公,澹台灭明是一个人两个人? 士子曰:是两个人。僧曰:这等,尧舜是一个人两个人? 士子曰:自然是一个人! 僧乃笑曰:这等说起来,且待小僧伸伸脚。

这个故事很有意思。张宗子劝我们"聊且记取","勿使僧人伸脚则可已矣"。我有点不同的看法。像我们这样以摇笔杆为业的人,有时总不免要谈这谈那,既然谈这谈那,总不免会出现破绽,既然出现破绽,总希望有人能够驳难更正,居士和尚,一概欢迎。何况拳足而寝,时间一久,两腿便要发麻,为什么不许和尚转个身、"伸伸脚"呢?

谁都知道,航船的舱身实在是很小,很小的呵!

约定为《书海夜航二集》写篇序,话却说远了,作者一定会原谅的吧。我从"夜航"拉扯到"夜航船",又因先前写过书话,竟将自己的一点心意和盘托出了。我没有《书海夜航》作者的博识,如果重理旧业,提起笔来,即使不至于将尧舜说成一个人,将春秋鲁国的澹台灭明说成两个人,但差池一定难免的,有朝一日,在夜航船里答问,正当兴高采烈之际,船舱角落,忽然传出一声低低的讪笑,说道:

这等说起来,且待小僧伸伸脚。

诚然,对自己,我会觉得惭愧的。但对这个发笑的人,不管居士和尚,我都竭诚欢迎,欢迎他伸伸脚,再伸伸脚! 如果天下和尚,从此都说:"且待小僧伸伸脚。"到那时候,看来也就不会再有认尧舜是一个人、澹台灭明是两个人,而又"高谈阔论"、盛气凌人的"相公"了,这将是文化界和知识界的莫大的幸运。

话已经说得不少了,又都是个人的意见。质之《书海夜航二集》的作者,不知以为何如?

一九八二年二月十四日夜于北京

(原载《读书》1982 年第 12 期)

秦腔

贾平凹

　　山川不同，便风俗区别，风俗区别，便戏剧存异；普天之下人不同貌，剧不同腔，京，豫，晋，越，黄梅，二簧，四川高腔，几十种品类；或问：历史最悠久者，文武最正经者，是非最汹汹者？曰：秦腔也。正如长处和短处一样突出便见其风格，对待秦腔，爱者便爱得要死，恶者便恶得要命。外地人——尤其是自夸于长江流域的纤秀之士——最害怕秦腔的震撼；评论说得婉转的是：唱得有劲，说得直率的是：大喊大叫。于是，便有柔弱女子，常在戏台下以绒堵耳，又或在平日教训某人：你要不怎么怎么样，今晚让你去看秦腔！秦腔成了惩罚的代名词。所以，别的剧种可以各省走动，唯秦腔则如秦人一样，死不离窝；严重的乡土观念，也使其离不了窝；可能还在西北几个地方变腔走调的有些市场，却绝对冲不出往东南而去的潼关呢。

　　但是，几百年来，秦腔却没有被淘汰，被沉沦，这使多少人在大惑而不得其解。其解是有的，就在陕西这块土地上。如果是一个南方人，坐车轰轰隆隆往北走，渡过黄河，进入西岸，八百里秦川大地，原来竟是：一抹黄褐的平原；辽阔的地平线上，一处一处用木橡夹打成一尺多宽墙的土屋，粗笨而庄重；冲天而起的白杨，苦楝，紫槐，枝干粗壮如桶，叶却小似铜钱，迎风正反翻覆……你立即就会明白了：这里的地理构造竟与秦腔的旋律惟妙惟肖的统一！再去接触一下秦人吧，活脱脱的一群秦始皇兵马俑的复出：高个，浓眉，眼和眼间隔略远，手和脚一样粗大，上身又稍稍见长于下身。当他们背着沉重的三角形状的犁铧，赶着山包一样团块组合式的秦川公牛，端着脑袋般大小的耀州瓷碗，蹲在立的卧的石碌子碌碡上吃着牛肉泡馍，你不禁又要改变起世界观了：啊，这是块多么空旷而实在的土地，在这块土地挖爬滚打的人群是多么"二愣"的民众！那晚霞烧起的黄昏里，落日在地平线上欲去不去的痛苦的妊娠，五里一村，十里一镇，高音喇叭里传播的秦腔互相交织，冲撞，这秦腔原来是秦川的天籁，地籁，人籁的共鸣啊！于此，你不渐渐感觉到了南方戏剧的秀而无骨吗？不深深地懂得秦腔为什么形成和存在而占却时间、空间的位置吗？

　　八百里秦川，以西安为界，咸阳，兴平，武功，周至，凤翔，长武，岐山，宝鸡，两个专区几十个县为西府，三原，泾阳，高陵，户县，合阳，大荔，韩城，白水，一个专区十几个县为东府。秦腔，就源于西府。在西府，民性教厚，说话多用去声，一律咬字沉重，对话如吵架一样，哭丧又一呼三叹。呼喊远人更是特殊：前声拖十二分地长，末了方极快地道出内容。声韵的发展，使会远道喊人的人都从此有了唱秦腔的天才。老一辈的能唱，小一辈的能唱，男的能唱，女的能唱；唱秦腔成了做人最体面的事，任何一个乡下男女，只有唱秦腔，才有出人头地的可能，大凡有出息的，是个人才的，哪一个何曾未登过台，起码不能吼一阵乱弹呢？！

　　农民是世上最劳苦的人，尤其是在这块平原上，生时落草在黄土炕上，死了被埋在黄土堆下；秦腔是他们大苦中的大乐，当老牛木犁疙瘩绳，在田野已经累得筋疲力尽，立在犁沟里大喊大叫来一段秦腔，那心胸肺腑，关关节节的困乏便一尽儿涤荡净了。秦腔与他们，要和"西凤"白酒，长线辣子,大叶卷烟,牛肉泡馍一样成了生命的五大要素。若与那些年长的农民聊起来,他们想象的伟大的共产主义生活,首先便是这五大要素。他们有的是吃不完的粮食,他们缺的是高超的艺术享受,他们教育自己的子女,不会是那些文豪们讲的,幼年不是祖母讲着动人的迷丽的童话,而是一字一板传授着秦腔。他们大都不识字,但却出奇地能一本一本整套背诵出剧本,虽然那常常是之乎者也的字眼从那一圈胡子的嘴里吐出来十分别扭。有了秦腔,生活便有了乐趣,高兴了,唱"快板",高兴得似被烈性炸药爆炸了一样,要把整个身心粉碎在天空!痛苦了,唱"慢板",揪心裂肠的唱腔却表现了多么有情有味的美来,美给了别人的享受,美也熨平了自己心中愁苦的皱纹。当他们在收获时节的土场上,在月在中天的庄院里大吼大叫唱起来的时候,那种难以想象的狂喜,激动,雄壮,与那些献身于诗歌的文人,与那些有吃有穿却总感空虚的都市人相比,常说的什么伟大的永恒的爱情是多么渺小、有限和虚弱啊!

我曾经在西府走动了两个秋冬,所到之处,村村都有戏班,人人都会清唱。在黎明或者黄昏的时分,一个人独独地到田野里去,远远看着天幕下一个一个山包一样隆起的十三个朝代帝王的陵墓,细细辨认着田埂上,荒草中那一截一截汉唐时期石碑上的残字,高高的土屋上的窗口里就飘出一阵冗长的二胡声,几声雄壮的秦腔叫板,我就痴呆了,感觉到那村口的土尘里,一头叫驴的打滚是那么有力,猛然发现了自己心胸中一股强硬的气魄随同着胳膊上的肌肉疙瘩一起产生了。

每到农闲的夜里,村里就常听到几声锣响:戏班排演开始了。演员们都集合起来,到那古寺庙里去。吹,拉,弹,奏,翻,打,念,唱,提袍甩袖,吹胡瞪眼,古寺庙成了古今真乐府、天地大梨园。导演是老一辈演员,享有绝对权威,演员是一家几口,夫妻同台,父子同台,公公儿媳也同台。按秦川的风俗:父和子不能不有其序,爷和孙却可以无道,弟与哥嫂可以嬉闹无常,兄与弟媳则无正事不能多言。但是,一到台上,秦腔面前人人平等,兄可以拜弟媳为帅为将,子可以将老父绳绑索捆。寺庙里有窗无扇,屋梁上蛛丝结网,夏天蚊虫飞来,成团成团在头上旋转,薰蚊草就墙角燃起,一声唱腔一声咳嗽。冬天里四面透风,柳木疙瘩火当中架起,一出场一脸正经,一下场凑近火堆,热了前怀,凉了后背。排演到什么时候,什么时候都有观众,有抱着二尺长的烟袋的老者,有凳子高、桌子高趴满窗台的孩子。庙里一个跟头未翻起,窗外就哇地一声叫倒好,演员出来骂一声:谁说不好的滚蛋!他们抓住窗台死不滚去,倒要连声讨好:翻得好!翻得好!更有殷勤的,跑回来偷拿了红薯、土豆,在火堆里煨熟给演员作夜餐,赚得进屋里有一个安全位置。排演到三更鸡叫,月儿偏西,演员们散了,孩子们还围了火堆弯腰踢脚,学那一招一式。

一出戏排成了,一人传出,全村振奋,扳着指头盼那上演日期。一年十二个月,正月元宵日,二月龙抬头,三月三,四月四,五月五日过端午,六月六日晒丝绸,七月过半,八月中秋,九月初九,十月一日,再是那腊月五豆,腊八,二十三……月月有节,三月一会,那戏必是上演的。戏台是全村人的共同的事业,宁肯少吃少穿也要筹资积款,买上好的木石,请高强的工匠来修筑。村子富不富,就比这戏台阔不阔。一演出,半下午人就扛凳子去占地位了,未等戏开,台下坐的、站的人头攒拥,台两边阶上立的卧的是一群顽童。那锣鼓就叮叮咣咣地闹台,似乎整个世界要天翻地覆了。各类小吃趁机摆开,一个食摊上一盏马灯,花生,瓜子,糖果,烟卷,油茶,麻花,烧鸡,煎饼,长一声短一声叫卖不绝。锣鼓还在一声儿敲打,大幕只是不拉,演员偶尔从幕边往下望望,下边就喊:开演呀,场子都满了!幕布放下,只说就要出场了,却又叮叮咣咣不停。台下就乱了,后边的喊前边的坐下,前边的喊后边的为什么不说最前边的立着；场外的大声叫着亲朋子女名字，问有坐处没有，场内的锐声回应快进来，有要吃煎饼的喊熟人去买一个，熟人买了站在场外一扬手，"日"地一声隔人头甩去，不偏不倚目标正好；左边的喊右边的踩了他的脚，右边的叫左边的挤了他的腰，一个说：狗年快完了，你还叫啥哩？一个说：猪年还没到，你便拱开了！言语伤人，动了手脚；外边的趁机而入，一时四边向里挤，里边向外扛，人的旋涡涌起，如四月的麦田起风，根儿不动，头身一会儿倒西，一会儿倒东，喊声，骂声，哭声一片；有拼命挤将出来的，一出来方觉世界偌大，身体胖胖，但差不多却光了脚，乱了头发。大幕又一挑，站出戏班头儿，大声叫喊要维持秩序；立即就跳出一个两个所谓"二干子"人物来。这类人物多是头脑简单，四肢发达，却十二分忠诚于秦腔，此时便拿了树条儿，哪里人挤，哪里打去，如凶神恶煞一般。人人恨骂这些人，人人又都盼有这些人，叫他们是秦腔宪兵，宪兵者越发忠于职责，虽然彻夜不得看戏，但大家一夜满足了，他们也就满足了一夜。

终于台上锣鼓停了，大幕拉开，角色出场。但不管男的女的，出来偏不面对观众，一律背身掩面，女的就碎步后移，水上漂一样，台下就叫：瞧那腰身，那肩头，一身的戏哟！是男的就摇那帽翎，一会儿双摇，一会儿单摇，一边上下飞闪，一边纹丝不动，台下便叫：绝了，绝了！等到那角色儿猛一转身，头一高扬，一声高叫，声如炸雷豁啷啷直从人们头顶碾过，全场一个冷颤，从头到脚，每一个手指尖儿，每一根头发梢儿都麻酥酥的了。如果是演《救裴生》，那慧娘站在台中往下蹲，慢慢地，慢慢地，慧娘蹲下去了，全场人头也矮下去了半尺，等那慧娘往起站，慢慢地，慢慢地，慧娘站起来了，全场人的脖子也全拉长了起来。他们不喜欢看生戏，最欢迎看熟戏，那一腔一调都晓得，哪个演员唱得好，就摇头晃脑跟着唱，哪个演员走了调，台下就有人要纠正。说穿了，看秦腔不为求新鲜，他们只图过过瘾。

在这样的地方，这样的环境，这样的气氛，面对着这样的观众，秦腔是最逞能的，它的艺术的享受，是和拥挤而存在，是有力气而获得的。如果是冬天，那风在刮着，像刀子一样，如果是夏天，人窝里热得如蒸笼一般，但只要不是大雪，冰雹，暴雨，台下的人是不肯撤场的。最可贵的是那些老一辈的秦腔迷，他们没有力气挤在台下，也没有好眼力看清演员，却一溜一排地蹲在戏台两侧的墙根，吸着草烟，慢慢将唱腔品赏。一声叫板，便可以使他们坠入艺术之宫，"听了秦腔，肉酒不香"，他们是体会得最深。那些大一点的，脾性野一点的孩子，却占领了戏场周围所有的高空，杨树上，柳树上，槐树上，一个枝杈一个人。他们常常乐而忘了险境，双手鼓掌时竟从树杈上掉下来，掉下来自不会损伤，因为树下是无数的人头，只是招致一顿臭骂罢了。更有一些爬在了场边的麦秸积上，夏天四面来风，好不凉快，冬日就扒个草洞，将身子缩进去，露一个脑袋。也正是有闲阶级享受不了秦腔吧，他们常就瞌睡了，一觉醒来，月在西天，戏毕人散，只好苦笑一声悄然没声儿地溜下来回家敲门去了。

当然，一次秦腔演出，是一次演员亮相，也是一次演员受村人评论的考场。每每角色一出场，台下就一片喊喊喳喳：这是谁的儿子，谁的女子，谁家的媳妇，娘家何处？于是乎，谁有出息，谁没能耐，一下子就有了定论。有好多外村的人来提亲说媒，总是就在这个时候进行。据说有一媒人将一女子引到台下，相亲台上一个男演员，事先夸口这男的如何俊样，如何能干，但戏演了过半，那男的还未出场，后来终于出来，是个国民党的伪兵，还持枪未走到中台，扮游击队长的演员挥枪一指，"叭"地一声，那伪兵就倒地而死，爬着钻进了后幕。那女子当下哼了一声，闭了嘴，一场亲事自然了了。这是喜中之悲一例。据说还有一例，一个老头在脖子上架了孙孙去看戏，孙孙吵着要回家，老头好说好劝只是不忍半场而去，便破费买了半斤花生，他眼盯着台上，手在下边剥花生，然后一颗一颗扬手喂到孙孙嘴里，但喂着喂着，竟将一颗塞进孙孙鼻孔，吐不出，咽不下，口鼻出血，连夜送到医院动手术，花去了七十元钱。但是，以秦腔引喜的事却不计其数。每个村里，总会有那么个老汉，夜里看戏，第二天必是头一个起床往戏台下跑。戏台下一片石头，砖头，一堆堆瓜子皮，糖果纸，烟屁股，他掀掀这块石头，踢踢那堆尘土，少不了要捡到一角两角甚至三元四元钱币来，或者一只鞋，或者一条手帕。这是村里钻刁人干的营生，而馋嘴的孩子们有的则夜里趁各家锁门之机，去地里摘那香瓜来吃，去谁家院里将桃杏装在背心兜里回来分红。自然少不了有那些青春妙龄的少男少女，则往往在台下混乱之中眼送秋波，或者就悄悄退出，相依相偎到黑黑的渠畔树林子里去了……

　　秦腔在这块土地上，有着神圣的不可动摇的基础。凡是到这些村庄去下乡，到这些人家去作客，他们最高级的接待是陪着看一场秦腔，实在不逢年过节，他们就会要合家唱一会乱弹，你只能点头称好，不能耻笑，甚至不能有一点不入神的表示。他们一生最崇敬的只有两种人，一是国家领导人，一是当地的秦腔名角。即是在任何地方，这些名角没有在场，只要发现了名角的父母，去商店买油是不必排队的，进饭馆吃饭是会有座位的，就是在半路上挡车，只要喊一声：我是某某的什么，司机也便要嘎地停车。但是，谁要侮辱一下秦腔，他们要争死争活地和你论理，以至大打出手，永远使你记住教训。每每村里过红白丧喜之事，那必是要包一台秦腔的，生儿以秦腔迎接，送葬以秦腔致哀，似乎这个人生的世界，就是秦腔的舞台，人只要在舞台上，生，旦，净，丑，才各显了真性，恶的夸张其丑，善的凸现其美，善的使他们获得了美的教育，恶的也使丑里化作了美的艺术。

　　广漠旷远的八百里秦川，只有这秦腔，也只能有这秦腔，八百里秦川的劳作农民只有也只能有这秦腔使他们喜怒哀乐。秦人自古是大苦大乐之民众，他们的家乡交响乐除了大喊大叫的秦腔还能有别的吗？

1983 年 5 月 2 日草于五味村

（选自作家出版社 1991 年 4 月版《抱散集》）

左撇子

新凤霞

　　我小时是个左撇子，拿东西、学戏做动作、练功拿刀枪把子，都是左手得劲，拿马鞭也是用左手，因此挨了不少打。姐姐总说："就凭你这个左撇子就不能唱戏。"我最怕说我不能唱戏了，就拼命练右手，随时随地练；没有两年，我右手也能用了，拿马鞭也很灵活了；左右云手，左右手掏翎子都好，什么左右对衬的动作都好。

　　我做针线活也是左手，用剪子也是左手。可这也有个好处，九岁就会绗被子，因为左右手都会；右手从这头绗过去，左手再从那头绗过来，很快就能绗完一床被子。作棉衣要铺开了绗引，我也是比别人快；从左引绱到右边，又从右引绱到左边；两只手用针一窝一窝地来回倒，非常快。我矫正左手主要是为了唱戏做动作，可这么一练呀，两只手都一样能干了！两只手用针，两只手用剪子；两只手耍刀抢枪，哪边儿也难不住我啦！

后来下干校，在农村插秧，我双手都能插，动作很快，他们都赶不上我。

写字开始也是用左手。也是因为大伯父说："小凤，你还学写字呀，就凭你是个左撇子，也不能认字、写字。"越这么说，我就偏要练好，很快我就练好了右手写字了。为了矫正左撇子，我不吃饭也练，走到哪儿练到哪儿；坐下不动，心里也想着用右手。拿针、动剪子，取东西，自己把左手指用一条布捆上，为了不让它代替右手干活。我就是要赌这口气！练不好不吃饭、不睡觉，非练好不可。

因为这个脾气，我挨打真不少。记得九岁那年，我还穿面口袋染的裤子哪，我的堂姐给我买了四尺花布，要我做条裤子穿。可谁给我做这条裤呀？母亲说："自己的裤子自己做。"我就拿自己的衣服练活，母亲脸色不好，没好气。我也愿意自己学着做，好长本事。可是我不知道一条裤有几条缝对起来，中式拧裆裤又怎么裁，我也不会。我们家大姑妈是最手巧的人，我就拿着这块布去求大姑妈。大姑妈一向是寡妇脾气怪性子，高兴了说什么都行；可她气一不顺说什么也不行。她接过我这块花布连看也不看，反手向炕上一摔说："小凤呀！你太没出息了，学活儿，学活儿么，不敢动剪子能学么？自己剪去，谁伺候你呀！看你就不是块好料儿！"姑妈用手指着我数落了一大顿，我真生气，不给剪就不剪吧，还骂我。我上炕去抢过那块花布，转身就走，嘴里嘟囔着说："不给剪就不给剪吧，你要死了我还不穿裤子了！"大姑妈听见了火声喊叫，我二伯母正好迎面过来了，大姑妈不住的骂我犟嘴。二伯母朝我来了，我一看走不了啦，我就站住了。二伯母最厉害了，上来就打我，一边抢走了我手里的花布，一边骂我："你还要穿花裤子，你也不撒泡尿照照，你配吗？"我小声说："我不配你配。梆子头，窝窝眼，吃饭抢大碗。"二伯母前脑门长得特高，眼窝长得深，这是我们小孩背后给她起的外号。她把我骂急了，我就说出来了。这下子冲了她的肺管子，她的气可大了，可着命的打我。大姑妈也赶上来打我，一边说："小凤，回家！"她的口气是让我回家，也可能是要给我剪裤子了，我可一点不动，二伯母拉我，我也不动，二伯母转身就走。我追上她，抢回花布，还到原地站着不动。大姑妈说："小凤！你拧吧！"她们两个人一起打我，大姑妈手上戴着做针线的顶针，打到我身上，头上可疼了，打上就青一块。她们两个打我，我一动不动，两只脚平站着；她们打歪了我身子，我还是平站着，不流眼泪，也不出声。我大姑妈、二伯母都是一双小脚，她们两个打累了，都走了，我还站在那里一动不动。直到姐姐来了，叫我回去调嗓子，我才老老实实地跟姐姐回去了，一句也没说。

这条裤子怎么办呢？非自己做上不可，我回到屋里，母亲抱着孩子串门儿去了，父亲也不在，那时穷孩子就穿一条裤子，也不穿裤衩，柜门让母亲锁上了，就我身上穿的一条裤。我脱下裤来坐在炕上，用床单围在身上，自己照着剪裤子，左比右比，用剪子裁了；不愿让人看见。费了好多天功夫，自己做上了，结果拧裆裤让我给做成一顺边了，穿上很不舒服。那我也穿上，反正我是不再求人了。裤子立裆缝都向左顺，姑妈看见又笑又骂："小凤这小左撇子，做条裤子，也是左立裆一顺边。"我说："我自己愿意穿什么样就什么样！"后来我硬是自己又做了一条很合规格的蓝布裤子，是我自己挣钱买的布，自己剪裁自己做的。二伯母、大姑妈、我母亲都说我做的不错。

十岁做彩鞋，上底子很难。问谁谁都不愿意告诉我，我就自己上底子。人家上底子，都是先对好了后跟和鞋尖；可我不懂，先把当中找齐了，再上周围。二伯母笑话我，骂我小拧种。我说："都不告诉，我也穿上了。"现在回想，那时候的大人，怎么那么缺德？可是就因为我两只手都能做活，所以我绱的底子很正。

我的脑子好，二伯母骂我的话我都记着，大伯父说的话我也忘不了："小凤，你没有大出息。就冲你是左撇子，你就认不了字，写不了字。"姐姐和二伯母说："小凤，就冲你是左撇子，你就唱不了戏，练不了功。"

可我呢，就冲你们这么说我，我就非得练好功，唱好戏，认上字、写上字。我下了狠心，不改正左撇子，不练好右手，死也不见人！直到现在我得了重病，头脑还这么清楚，大概也是左右脑都发达的原因。多少年来，我练功、干活、做事、劳动，都是左右手一齐来。在那以后，邻居们说："杨家的大姑娘干活左右开弓。"给我起了个外号，叫"麻利快"。

我的小女儿双双也是左撇子，是我的遗传。她上小学时，老师把她的左手写字硬扳过来了；可是她除去写字，干别的都是左手，连画画儿都是左手。女儿脾气犟也随我，我觉得女孩儿有点拧脾气也好。

（选自中国戏剧出版社 1983 年 6 月版《以苦为乐——新凤霞艺术生涯》）

巩乃斯的马

周　涛

没话找话就招人讨厌，话说得没意思就让人觉得无聊，还不如听吵架提神。吵架骂仗是需要激情的。

我发现，写文章的时候就像一匹套在轭具和辕木中的马，想到那片水草茂盛的地方去，却不能摆脱道路、更摆脱不了车夫的驾驭，所以走来走去，永远在这条枯燥的路面上。

我向往草地，但每次走到的，却总是马厩。

我一直对不爱马的人怀有一点偏见，认为那是由于生气不足和对美的感觉迟钝所造成的，而且这种缺陷很难弥补。有时候读传记，看到有些了不起的人物以牛或骆驼自喻，就有点替他们惋惜，他们一定是没见过真正的马。

在我眼里，牛总是有点落后的象征的意思，一副安贫知命的样子，这大概是由于过分提倡"老黄牛"精神引起的生理反感。骆驼却是沙漠的怪胎，为了适应严酷的环境，把自己改造得那么丑陋畸形。至于毛驴，顶多是个黑色幽默派的小丑，难当大用。它们的特性和模样，都清清楚楚地写着人类对动物的征服，生命对强者的屈服，所以我不喜欢。它们不是作为人类朋友的形象出现的，而是俘虏，是仆役。有时候，看到小孩子鞭打牛，高大的骆驼在妇人面前下跪，发情的毛驴被缚在车套里龇牙大鸣，我心里便产生一种悲哀和怜悯。

那卧在盐车之下哀哀嘶鸣的骏马和诗人臧克家笔下的"老马"，不也是可悲的吗？但是不同。

那可悲里含有一种不公,这一层含义在别的畜牲中是没有的。在南方,我也见到过矮小的马,样子有些滑稽,但那不是它的过错。既然桔树有自己的土壤,马当然有它的故乡了,自古好马生塞北,在伊犁,在巩乃斯大草原,马作为茫茫天地之间的一种尤物,便呈现了它的全部魅力。

那是一九七〇年,我在一个农场接受"再教育",第一次触摸到了冷酷、丑恶、冰凉的生活实体。不正常的政治气息像潮闷险恶的黑云一样压在头顶上,使人压抑到不能忍受的地步。强度的体力劳动并不能打击我对生活的热爱,精神上的压抑却有可能摧毁我的信念。

终于,有一天夜晚,我和一个外号叫"蓝毛"的长着古希腊人脸型的上士一起爬起来,偷偷摸进马棚,解下两匹喉咙里滚动着咴咴低鸣的骏马,在冬夜旷野的雪地上奔驰开了。

天低云暗,雪地一片模糊,但是马不会跑进巩乃斯河里去。雪原右侧是巩乃斯河,形成了沿河的一道陡直的不规则的土壁。光背的马儿驮着我们在土壁顶上的雪原轻快地小跑,喷着鼻息,四蹄发出嚓嚓的有节奏的声音,最后大颠着狂奔起来。随着马的奔驰、起伏、跳跃和喘息,我们的心情变得开朗、舒展。压抑消失,豪兴顿起,在空旷的雪野上打着唿哨乱喊,在颠簸的马背上感受自由的亲切和驾驭自己命运的能力,是何等的痛快舒畅啊!我们高兴得大笑,笑得从马背上栽下来,躺在深雪里还是止不住地狂笑,直到笑得眼睛里流出了泪水……

那两匹可爱的光背马,这时已在近处缓缓停住,低垂着脖颈,一副歉疚的想说"对不起"的神态,它们温柔的眼睛里仿佛充满了怜悯和抱怨,还有一点诧异,弄不懂我们这两个人究竟是怎么了。我拍拍马的脖颈,抚摸一会儿它的鼻梁和嘴唇,它会意了,抖抖鬃毛像抖掉疑虑,跟着我们慢慢走回去。一路上,我们谈着马,闻着身后热烘烘的马汗味和四围里新鲜刺鼻的气息,觉得好像不是走在冬夜的雪原上。

马能给人以勇气,给人以幻想,这也不是笨拙的动物所能有的。在巩乃斯后来的那些日子里,观察马渐渐成了我的一种艺术享受。

我喜欢看一群马,那是一个马的家族在夏牧场上游移,散乱而有秩序,首领就是那里面一眼就看得出的种公马,它是马群的灵魂。作为这群马的首领当之无愧,因为它的确是无与伦比的强壮和美丽,匀称高大,毛色闪闪发光,最明显的特征是颈上披散着垂地的长鬃,有的浓黑,流泻着力与威严;有的金红,燃烧着火焰般的光彩;它管理着保护着这群牝马和顽皮的长腿短身子马驹儿,眼光里保持着父爱般的尊严。

马的这种社会结构中,首领的地位是由强者在竞争中确立的,任何一匹马都可以争雄,通过追逐、撕咬、拼斗,使最强的马成为公认的首领。为了保证这群马的品种不至于退化,就不能搞"指定",不能看谁和种公马的关系好,也不能凭血缘关系接班。

生存竞争的规律使一切生物把生存下去作为第一意识,而人却有时候忘记,造成许多误会。

唉,天似穹庐,笼盖四野,在巩乃斯草原度过的那些日子里,我与世界隔绝,生活单调;人与人互相警惕,唯恐失一言而遭来灭顶之祸,心灵寂寞。只有一个乐趣,看马。好在巩乃斯草原马多,不像书可以被焚,画可以被禁,知识可以被践踏,马总不至于被驱逐出境吧?这样,我就从马的世界里找到了奔的诗韵,辽阔草原的油画、夕阳落照中兀立于荒原的群雕,大规模转场时铺散在山坡上的好文章,熊熊篝火边的通宵马经,毡房里悠长暗哑的长歌在烈马苍凉的嘶鸣中展开,醉酒的青年哈萨克在群犬的追逐中纵马狂奔,东倒西歪的俯身鞭打猛犬,使我蓦然感受到生活不朽的壮美和那时潜藏在我们心里的共同忧郁……

哦,巩乃斯的马!给了我一个多么完整的世界!凡是那时被取消的,你都重新又给予了我!弄得我直到今天听到马蹄踏过大地的有力声响时,就在屋子里坐卧不宁,总想出去看看,是一匹什么样儿的马走过去了。而且我还听不得马嘶,一听到那铜号般高亢、鹰啼般苍凉的声音,我就热血陡涌,热泪盈眶,大有战士出征走上古战场,"风萧萧兮易水寒"的悲壮之慨。

有一次我碰上巩乃斯草原夏日迅疾猛烈的暴雨,那雨来势之快,可以使悠然在晴空盘旋的孤鹰来不及躲避而被击落,雨脚之猛,竟能把牧草覆盖的原野瞬间打得烟尘滚滚。就在那场暴雨的冲打下,我见到了最壮阔的马群奔跑的场面。仿佛分散在所有山谷里的马都被赶到这儿来了,好家伙,被暴雨的长鞭抽打着,被低沉的怒雷恐吓着,被刺进大地倏忽消逝的闪电激奋着,马,这不安分的生灵从无数谷口、山坡涌出来,山洪奔泻似地在这原野上汇集了,小群汇成大群,大群在运动中扩展,成为一片喧叫、纷乱、快速移动的集团冲锋!争先恐后,前呼后应,披头散发,淋漓尽致!有的疯狂地向前奔驰,像一队尖兵,要去踏住那闪电;有的来回奔跑,俨然像临危不惧、收拾残局的大将;小马跟着母马认真而紧张地跑,不再顽皮、撒欢,一下子变得老练了许多;牧人在不可收拾的潮水中被挟裹,大喊大叫,却毫无声响,喊声像一块小石片扔进奔腾喧嚣的大河。

雄浑的马蹄声在大地上奏出鼓点,悲怆苍劲的嘶鸣、叫喊在拥挤的空间碰撞、飞溅,划出一条条不规则的曲线,扭住、缠住漫天雨网,和雷声雨声交织成惊心动魄的大舞台。而这一切,得在飞速移动中展现,几分钟后,马群消失,暴雨停歇,你再看不见了。

我久久地站在那里,发愣、发痴、发呆。我见到了,见过了,这世间罕见的奇景,这无可替代的伟大的马群,这古战场的再现,这交响乐伴奏下的复活的雕塑群和油画长卷!我把这几分钟间见到的记在脑子里,相信,它所给予我的将使我终身受用不尽……

马就是这样,它奔放有力却不让人畏惧,毫无凶暴之相;它优美柔顺却不任人随意欺凌,并不懦弱,我说它是进取精神的象征,是崇高感情的化身,是力与美的巧妙结合恐怕也并不过分。屠格涅夫有一次在他的庄园里说托尔斯泰"大概您在什么时候当过马",因为托尔斯泰不仅爱马、写马,并且坚信"这匹马能思考并且是有感情的"。它们常和历史上的那些伟大的人物、民族的英雄一起被铸成铜像屹立在最醒目的地方。

过去我只认为,只有《静静的顿河》才是马的史诗;离开巩乃斯之后,我不这么看了。瞧瞧我们巩乃斯的良种马吧,这些古人称之为骐骥、称之为汗血马的英气勃勃的后裔们,日出而撒欢,日入而哀鸣。它们好像永远是这样散漫而又有所期待,这样原始而又有感知,这样不假雕饰而又优美,这样我行我素而又不会被世界所淘汰。成吉思汗的铁骑作为一个兵种已经消失,六根棍马车作为一种代步工具已被淘汰,但是马却不会被什么新玩艺儿取代,它有它的价值。

牛从挽用变为食用,仍然是实用物;毛驴和骆驼将会成为动物园里的展览品,因为它们只会越来越稀少;而马,车辆只是在实用意义上取代了它,解放了它们时,它从实用物进化为一种艺术品的时候恰恰开始了。

值得自豪的是我们中国有好马。从秦始皇的兵马俑、铜车马到唐太宗的六骏,从马踏飞燕的奇妙构想到大宛汗血马的美妙传说,从关云长的赤兔马到朱德总司令的长征坐骑……纵览马的历史,还会发现它和我们民族的历史紧密相联着。这也难怪,骏马与武士与英雄本有着难以割舍的亲缘关系呢,彼此作用的相互发挥、彼此气质的相互补益,曾创造出多少叱咤风云的壮美形象?纵使有一天马终于脱离了征战这一辉煌事业,人们也随时会从军人的身上发现马的神韵和遗风。我们有多少关于马的故事呵,我们是十分爱马的民族呢。至今,如同我们的一切美好的传统都像黄河之水似地遗传下来那样,我们的历代名马的筋骨、血脉、气韵、精神也都遗传下来了。那种"龙马精神",就在巩乃斯的良种马身上——

> 此马非凡马,
>
> 房星本是星;
>
> 向前敲瘦骨,
>
> 犹自带铜声。

我想,即便我一直固执地对不爱马的人怀一点偏见,恐怕也是可以得到谅解的吧。

(原载《解放军文艺》1984 年第 8 期)

"只有敬亭,依然此柳"

董 桥

听过明末清初说书艺人柳敬亭说书的人,大半印象深刻:顾开雍听他说"宋江轶记"一则,但觉"纵横撼动,声摇屋瓦,俯仰离合,皆出己意,使听者悲泣喜笑";周容在虞山一连听了几天,古人古事宛然在目,"剑棘刀槊,铤鼓起伏,髑髅模糊,跳踯绕座,四壁阴风旋不已。予发肃然指,几欲下拜,不见敬亭"。吴梅村有一阕"沁园春"赠柳敬亭,说是"楚汉纵横,陈隋游戏,舌在荒唐一笑收。谁真假,笑儒生诳世,定本'春秋'"!王猷定听他说《景阳冈武松打虎》之后写诗纪感,其中两句尤好:"一曲景阳冈上事,门前流水夕阳西。"张岱也听过这段白文,说柳麻子"声如巨钟,说至筋骨处,叱咤叫喊,汹汹崩屋。武松到酒店沽酒,店内无人,蓦地一吼,店中空缸空甓皆瓮瓮有声。闲中著色,细微至此"。黄宗羲虽然有封建士大夫思想,只把柳敬亭当作倡优,说"其人本琐琐不足道",但后来改写《柳敬亭传》,还是肯定其艺术成就,承认听到他晚年的说书,令人感到"亡国之恨顿生,檀板之声无色"。

艺术刻划国破家亡的哀思,并非一定扣人心弦。谢皋羽、郑所南在南宋覆亡之后恸哭西台,坐必向南,时刻缅怀故国,所作文字都带泪带恨,结果流传后世者并不脍炙人口。陶渊明的作品没有直写东晋灭亡之痛,笔下反而处处追摹人与大自然的和谐关系,婉转表现虚无而温馨的恕道,其感染力竟然世世代代缕缕不尽。张岱明亡后披发入山,变成野人,所著《陶庵梦忆》的自序虽然说到"作自挽诗,每欲引决",毕竟感人不深;全书价值反而在其"繁花靡丽,过眼皆空"的佛前忏悔心情,充分流露遗民沧桑之感。同是写国破的诗,"王师北定中原日,家祭无忘告乃翁"实在远不如"商女不知亡国恨,隔江犹唱后庭花"来得深刻:放翁一往情深,失之浮泛;牧之不存幻想,忍痛揭露残酷的现实。张宗子说:"瓶粟屡罄,不能举火,始知首阳二老直头饿死,不食周粟,还是后人妆点语也。"当是真话。

柳敬亭生逢明末异族入侵的乱世,在残酷的新旧蜕嬗现实里过献艺生涯虽然足以糊口,个人际遇却跟当时的政治环境串成唇齿关系,不但哀乐不能自已,连栖止游息也往往不由自主,最终难免惹出一些同时代人的阴忌和身后的是非。名学者伯林(Isaiah Berlin)论犹太人遭逢剧变落难四海的世代悲剧,分析他们在西方社会安身立命的坎坷经历,说到有些人面对陌生的茫茫新天地畏缩不前,宁愿躲回阴暗的旧犹太区里作茧自缚;有些人壮志凌云,满怀理想,一味乐观追逐希望的曙光;有些人跟异族外人称兄道弟,打成一片,不惜忍受身心的折磨,为的是扬弃故我,改变信仰和习惯;还有一些人心理背景作祟,明知不可自绝生路,依然傲骨嶙峋,不甘同流合污,拒绝抹杀本性去奉承新主子,结果落得荡漾河心,两岸渺茫,甚或彳亍于废园荒岛之中,顾影自怜,孤芳自赏,自尊心无限膨胀,不然就是自暴自弃,觉得钻不进自己梦想的阶级,反而被那个阶级奚落、遗弃。这些现象,其实并不只发生在犹太圈子里,而是民族主义爱国精神潜移默化之下的普遍心态:明知迎合新形势、顺从新权贵是命运兴旺之关键,无奈遗民孤臣孽子的心理包袱始终不容易甩掉,结果是聚光灯照明圈内的人疑神疑鬼,照明圈外的人怨天尤人,彼此阴阳相克。

柳敬亭算是清朝照明圈外的人,周旋明季诸贤最久,生平长揖公侯,平视卿相,没有丝毫婞婞。但是,时局变幻中,他到底不能静静置身在民族矛盾和阶级矛盾的狂潮之外。他一度是左良玉的座上客,"每夕张灯高坐,谈话隋唐间遗事。宁南亲信之,出入卧内,未尝顷刻离也"。左良玉死了,他酒后谈起宁南旧事,都歔欷洒泣。后来马逢知叛明降清,当上提督,驻兵松江,柳敬亭竟也出入其门下,可惜马逢知不过以倡优遇之,结果郁郁不得志;事后虽说马提督有通郑成功之嫌,被清廷诛戮,柳马这段因缘,陈汝衡还是说他是艺人,"很难够得上谈忠义节操"。到了康熙元年,柳敬亭又随蔡士英到清政府所在地北京,《旧都文物略》里说他是"为睿亲王所罗致,利用其技艺使编词宣传"。他在北京算不算得意很难说,但当时吴伟业、龚鼎孳、汪懋麟等人都有诗词劝他南归倒是真的。"江畔逢君诉遗事,断肠如遇李龟年",离落心事,不忍说破!

柳敬亭说书有"白发龟年畅谈天宝"的沧桑之感,也带几分忏悔心情,名卿遗老这才赋诗张之。他一生关心江山百姓的安危,对新政局面虽然说不上信心,忠厚人的寻常幻想总是有的。王渔洋尽管瞧不起他,笑他说书之技与市井之辈无异,他起码不像渔洋要南书房代为延誉,面试见到天颜吓得写不出字,由"文端公代作诗草,撮为丸置案侧",才得以完卷,摇身成清朝照明圈内的显宦!不必说甚么傲骨嶙峋,不必抹杀本性,不必妆点山河变色后悲泣喜笑的矛盾:"只有敬亭,依然此柳,雨打风吹雪满头!"吴梅村说的。

(选自台北圆神出版社 1986 年 1 月版《这一代的事》)

刘叔雅

张中行

刘叔雅是民初学术界的知名之士,名文典,字叔雅,因为学术有成就,人都称呼为刘叔雅,表示尊重。他是安徽合肥人,与大政客段祺瑞是同乡,也许由于贵远贱近吧,提到段祺瑞总有些不敬之语。对于早一代也出于合肥的李鸿章,不知道是不是也一视同仁。关于他的情况,《中华民国史资料丛稿·人物传记》第十四辑里有张文勋为他作的传,记经历,评得失,都平实。要点是这几项:一是曾两次往日本,通日语。二是年轻时候有革命朝气。三是二十几岁到北京大学任教,用了不少力量治旧学,写成《淮南鸿烈集解》和《庄子补正》等,受到许多专家推重。四是抗战以后到云南,思想消沉,生活颓废,直到解放以后才回到正路。五是骄傲怪僻,有时不合流俗。

三十年代初,他在清华大学任国文系主任,在北京大学兼课,讲六朝文,我听过一年。他的大名,我早有所知。这少半是来自读他的著作,其中有翻译日本丘浅次郎的《进化与人生》;中文的是他的权威著作《淮南鸿烈集解》。听说他骈体文写得很好,没有见过。大名的多半是来自他的不畏权势。那是一九二八年,他任安徽大学校长,因为学潮事件触怒了老蒋。蒋召见他,说了既无理又无礼的话,据说他不改旧习,伸出手指指着蒋说:“你就是新军阀!”蒋大怒,要枪毙他。幸而有蔡元培先生等全力为他解释,说他有精神不正常的老病,才以立即免职了事。不论什么时代,像这样常人会视为疯子的总是希有的,这使我不禁想到三国的祢衡。而这位祢衡就在课堂上,一周见一次,于是我怀着好奇的心理注意他的举止言谈。

他偏于消瘦,面黑,一点没有出头露角的神气。上课坐着,讲书,眼很少睁大,总像是沉思,自言自语。现在还有印象的,一次是讲木玄虚《海赋》,多从声音的性质和作用方面发挥,当时觉得确是看得深,说得透。又一次,是泛论不同的韵的不同情调,说五微韵的情调是惆怅,举例,闭着眼睛吟诵:“风压轻云贴水飞,乍晴池馆燕争泥。沈郎憔悴不胜衣。”念完,停一会,像是仍在心里回味,我当时想,他是不是觉得自己就是“沈郎憔悴不胜衣”呢?对于他的见解,同学是尊重的。只是有一次,他表现为明显的言行不一致。不知从哪里说起,他忽然激昂起来,起立,睁大眼睛,说人间的不平等现象使他气愤,举例中有有人坐车,有人拉车云云。同学听了都惊讶而感动,想到像这样一位神游六朝的人物忽然注意现世问题,真有“烈士暮年,壮心不已”的意味。说完,下课,有些同学由窗口目送他走出校门。一辆旧人力车过来,他坐上去,车夫提起车把向西跑去,原来他正是“有人坐车”的人。

抗战时期,他到云南,一个时期在西南联大任教。我有个表弟倪君在那里上学,回内地之后跟我说,刘叔雅在那里仍然表现为很怪异,许多事在学校传为笑谈。例如有一次跑警报,一位新文学作家,早已很有名,也在联大任教,急着向某个方向走,他看见,正颜厉色地说:“你跑做什么!我跑,因为我炸死了,就不再有人讲《庄子》。”那位作家尊重他是前辈,没还言,躲开他,或者说,“桃之夭夭”了。再是不只一次,他讲书,吴宓(号雨僧)也去听,坐在教室内最后一排。他仍是闭目讲,讲到自己认为独到的体会的时候,总是抬头张目向后排看,问道:“雨僧兄以为何如?”吴宓照例起立,恭恭敬敬,一面点头一面答:“高见甚是,高见甚是。”惹得全场为之暗笑。

一九四五年抗战胜利,西南联大合伙散伙,各自回各自的老窝,他因为已经不在联大,就没有跟回来。以后一直留在云南,在云南大学任教。有人说这是因为他舍不得云土(烟土,即鸦片)和云腿(火腿),并由此而获得“二云居士”的雅号,不知确否。这且不管它,我觉得遗憾的是不再听到他的“甚是”的“高见”,有时难免类似老成凋谢的怅惘。

十几年之后,他就真正凋谢了。我有时想起北京大学的卯字号人物,这小一辈的,刘半农终于一九三四年,享寿四十三;胡适之终于一九六二年,享寿七十一;刘叔雅终于一九五八年,享寿六十七,单就这一点说是中间人物。学术成就呢?很难说。张文勋为他作的传记说,他还想以余年完成《群书校补》等几种大著作,可惜"出师未捷身先死"。我则以为,他不如降一级,由"子部"转到专搞"集部",比如说,多谈谈选学、唐诗,就会对更多的读者有大帮助。——他作古了;如果健在,听到我这不三不四的意见,恐怕要大喊"小子何知"吧?

(选自黑龙江人民出版社 1986 年 9 月版《负暄琐话》)

金岳霖先生

汪曾祺

　　西南联大有许多很有趣的教授,金岳霖先生是其中的一位。金先生是我的老师沈从文先生的好朋友。沈先生当面和背后都称他为"老金"。大概时常来往的熟朋友都这样称呼他。关于金先生的事,有一些是沈先生告诉我的。我在《沈从文先生在西南联大》一文中提到过金先生。有些事情在那篇文章里没有写进,觉得还应该写一写。

　　金先生的样子有点怪。他常年戴着一顶呢帽,进教室也不脱下。每一学年开始,给新的一班学生上课,他的第一句话总是:"我的眼睛有毛病,不能摘帽子,并不是对你们不尊重,请原谅。"他的眼睛有什么病,我不知道,只知道怕阳光。因此他的呢帽的前檐压得比较低,脑袋总是微微地仰着。他后来配了一副眼镜,这副眼镜一只的镜片是白的,一只是黑的。这就更怪了。后来在美国讲学期间把眼睛治好了,——好一些,眼镜也换了,但那微微仰着脑袋的姿态一直还没有改变。他身材相当高大,经常穿一件烟草黄色的麂皮夹克,天冷了就在里面围一条很长的驼色的羊绒围巾。联大的教授穿衣服是各色各样的。闻一多先生有一阵穿一件式样过时的灰色旧夹袍,是一个亲戚送给他的,领子很高,袖口极窄。联大有一次在龙云的长子、蒋介石的干儿子龙绳武家里开校友会,——龙云的长媳是清华校友,闻先生在会上大骂"蒋介石,王八蛋!混蛋!"那天穿的就是这件高领窄袖的旧夹袍。朱自清先生有一阵披着一件云南赶马人穿的蓝色毡子的一口钟。除了体育教员,教授里穿夹克的,好像只有金先生一个人。他的眼神即使是到美国治了后也还是不大好,走起路来有点深一脚浅一脚。他就这样穿着黄夹克,微仰着脑袋,深一脚浅一脚地在联大新校舍的一条土路上走着。

　　金先生教逻辑。逻辑是西南联大规定文学院一年级学生的必修课,班上学生很多,上课在大教室,坐得满满的。在中学里没有听说有逻辑这门学问,大一的学生对这课很有兴趣。金先生上课有时要提问,那么多的学生,他不能都叫得上名字来,——联大是没有点名册的,他有时一上课就宣布:"今天,穿红毛衣的女同学回答问题。"于是所有穿红衣的女同学就都有点紧张,又有点兴奋。那时联大女生在蓝阴丹士林旗袍外面套一件红毛衣成了一种风气。——穿蓝毛衣、黄毛衣的极少。问题回答得流利清楚,也是件出风头的事。金先生很注意地听着,完了,说:"Yes!请坐!"

　　学生也可以提出问题,请金先生解答。学生提的问题深浅不一,金先生有问必答,很耐心。有一个华侨同学叫林国达,操广东普通话,最爱提问题,问题大都奇奇怪怪。他大概觉得逻辑这门学问是挺"玄"的,应该提点怪问题。有一次他又站起来提了一个怪问题,金先生想了一想,说:"林国达同学,我问你一个问题:'Mr.林国达 is perpenticular to the blackboard(林国达君垂直于黑板),这什么意思?'"林国达傻了。林国达当然无法垂直于黑板,但这句话在逻辑上没有错误。

林国达游泳淹死了。金先生上课,说:"林国达死了,很不幸。"这一堂课,金先生一直没有笑容。

有一个同学,大概是陈蕴珍,即萧珊,曾问过金先生:"您为什么要搞逻辑?"逻辑课的前一半讲三段论,大前提、小前提、结论、周延、不周延、归纳、演绎……还比较有意思。后半部全是符号,简直像高等数学。她的意思是:这种学问多么枯燥!金先生的回答是:"我觉得它很好玩。"

除了文学院大一学生必修逻辑,金先生还开了一门"符号逻辑",是选修课。这门学问对我来说简直是天书。选这门课的人很少,教室里只有几个人。学生里最突出的是王浩。金先生讲着讲着,有时会停下来,问:"王浩,你以为如何?"这堂课就成了他们师生二人的对话。王浩现在在美国。前些年写了一篇关于金先生的较长的文章,大概是论金先生之学的,我没有见到。

王浩和我是相当熟的。他有个要好的朋友王景鹤,和我同在昆明黄土坡一个中学教学,王浩常来玩。来了,常打篮球。大都是吃了午饭就打。王浩管吃了饭就打球叫"练盲肠"。王浩的相貌颇"土",脑袋很大,剪了一个光头,——联大同学剪光头的很少,说话带山东口音。他现在成了洋人——美籍华人,国际知名的学者,我实在想象不出他现在是什么样子。前年他回国讲学,托一个同学要我给他画一张画。我给他画了几个青头菌、牛肝菌,一根大葱,两头蒜,还有一块很大的宣威火腿。——火腿是很少入画的。我在画上题了几句话,有一句是"以慰王浩异国乡情"。王浩的学问,原来是师承金先生的。一个人一生哪怕只教出一个好学生,也值得了。当然,金先生的好学生不止一个人。

金先生是研究哲学的,但是他看了很多小说。从普鲁斯特到福尔摩斯,都看。听说他很爱看平江不肖生的《江湖奇侠传》。有几个联大同学住在金鸡巷,陈蕴珍、王树藏、刘北汜、施载宣(萧荻)。楼上有一间小客厅。沈先生有时拉一个熟人去给少数爱好文学、写写东西的同学讲一点什么。金先生有一次也被拉了去。他讲的题目是《小说和哲学》。题目是沈先生给他出的。大家以为金先生一定会讲出一番道理。不料金先生讲了半天,结论却是:小说和哲学没有关系。有人问:那么《红楼梦》呢? 金先生说:"红楼梦里的哲学不是哲学。"他讲着讲着,忽然停下来:"对不起,我这里有个小动物。"他把右手伸进后脖颈,捉出了一个跳蚤,捏在手指里看看,甚为得意。

金先生是个单身汉(联大教授里不少光棍,杨振声先生曾写过一篇游戏文章《释鳏》,在教授间传阅),无儿无女,但是过得自得其乐。他养了一只很大的斗鸡(云南出斗鸡)。这只斗鸡能把脖子伸上来,和金先生一个桌子吃饭。他到处搜罗大梨、大石榴,拿去和别的教授的孩子比赛。比输了,就把梨或石榴送给他的小朋友,他再去买。

金先生朋友很多,除了哲学家的教授外,时常来往的,据我所知,有梁思成、林徽因夫妇,沈从文、张奚若……君子之交淡如水,坐定之后,清茶一杯,闲话片刻而已。金先生对林徽因的谈吐才华,十分欣赏。现在的年轻人多不知道林徽因。她是学建筑的,但是对文学的趣味极高,精于鉴赏,所写的诗和小说如《窗子以外》、《九十九度中》风格清新,一时无二。林徽因死后,有一年,金先生在北京饭店请了一次客,老朋友收到通知,都纳闷:老金为什么请客? 到了之后,金先生才宣布:"今天是徽因的生日。"

金先生晚年深居简出。毛主席曾经对他说:"你要接触接触社会。"金先生已经八十岁了,怎么接触社会呢? 他就和一个蹬平板三轮车的约好,每天蹬着他到王府井一带转一大圈。我想象金先生坐在平板三轮上东张西望，那情景一定非常有趣。王府井人挤人，熙熙攘攘，谁也不会知道这位东张西望的老人是一位一肚子学问，为人天真、热爱生活的大哲学家。

金先生治学精深，而著作不多。除了一本大学丛书里的《逻辑》，我所知道的，还有一本《论道》。其余还有什么，我不清楚，须问王浩。

我对金先生所知甚少。希望熟知金先生的人把金先生好好写一写。

联大的许多教授都应该有人好好地写一写。

1987 年 2 月 23 日

（选自作家出版社 1994 年版《蒲桥集》）

法门寺

季羡林

法门寺，多么熟悉的名字啊！京剧有一出戏，就叫做"法门寺"。其中有两个角色，让人永远忘记不了：一个是太监刘瑾，一个是他的随从贾桂。刘瑾气焰万丈，炙手可热。他那种小人得志的情态，在戏剧中表现得惟妙惟肖，淋漓尽致，是京剧中最著名的人物之一。贾桂则是奴颜婢膝，一副小人阿谀奉承的奴才相。他的"知名度"甚至高过刘瑾，几乎是妇孺皆知。"贾桂思想"这个词儿至今流传。

我曾多次看"法门寺"这一出戏，我非常欣赏演员们的表演艺术。但是，我从来也没想研究究竟有没有法门寺这样一个地方？它坐落在何州何县？这样的问题好像跟我风马牛不相及，根本不存在似的。

然而，我何曾料到，自己今天竟然来到了法门寺，而且还同一件极其重要的考古发现联系在一起了。

这一座寺院距离陕西扶风县有八九里路，处在一个比较偏僻的农村中。我们来的时候，正落着蒙蒙细雨。据说这雨已经下了几天。快要收割的麦子湿漉漉的，流露出一种垂头丧气的神情。但是在中国比较稀见的大棵大朵的月季花却开得五颜六色，绚丽多姿，告诉我们春天还没有完全过去，夏天刚刚来临。寺院正在修葺，大殿已经修好，彩绘一新，鲜艳夺目。但是整个寺院却还是一片断壁残垣，显得破破烂烂。地上全是泥泞，根本没法走路。工人们搬来了宝塔倒掉留下来的巨大的砖头，硬是在泥水中垫出一条路来。我们这一群从北京来的秀才们小心翼翼，战战兢兢地踏着砖头，左歪右斜地走到了一个原来有一座十三层的宝塔而今完全倒掉的地方。

这样一个地方有什么可看的呢？千里迢迢从北京赶来这里难道就是为了看这一座破庙吗？事情当然不会这样简单。这一座法门寺在唐代真是大大地有名，它是皇家烧香礼佛的地方。这一座宝塔建自唐代，中间屡经修葺。但是在一千多年的漫长的时间内，年深日久，自然的破坏力是无法抗御的，终于在前几年倒塌了。我们现在看到的就是倒塌后的样子。

倒塌本身按理说也用不着大惊小怪。但是，倒塌以后，下面就露出了地宫。打开地宫，一方面似乎是出人意料,另一方面又似乎是在意料之内,在这里发现了大量异常珍贵的古代遗物。遗物真可以说是丰富多彩,琳琅满目,其中有金银器皿、玻璃器皿、茶碾子、丝织品。据说,地宫初启时,一千多年以前的金器,金光闪闪,光辉夺目,参加发掘的人为之吃惊,为之振奋。最引人瞩目的是秘色瓷,实物还从来没有看到过。另外根据刻在石碑上的账簿,丝织品中有中国历史上唯一的一位女皇武则天的裙子。因为丝织品都粘在一起,还没有能打开看一看,这一条简直是充满了神话色彩的裙子究竟是什么样子。

但是,真正引起轰动的还是如来佛释迦牟尼的真身舍利。世界上已经发现的舍利为数极多,我国也有不少。但是,那些舍利都是如来佛遗体焚化后留下来的。这一个如来佛指骨舍利却出自他的肉身,在世界上从来没有过。我不是佛教信徒,不想去探索考证。但是,这个指骨舍利在十三层宝塔下面已经埋藏了一千多年,只是它这一把子年纪不就能让我们肃然起敬吗?何况它还同中国历史上和文学史上的一段公案紧密地联系在一起呢!唐朝大文学家韩愈有一篇著名的文章:《论佛骨表》,千百年来,读过这篇文章的人恐怕有千百万。我自己年幼时也曾读过,至今尚能背诵。但是,我从来也没有想到,唐宪宗"令群僧迎佛骨于凤翔"的佛骨竟然还存在于宇宙间,而且现在就在我们眼前,我原以为是神话的东西就保存在我们现在来看的地宫里,虚无缥缈的神话一下子变为现实。它将在全世界引起多么大的轰动,目前还无法逆料。这一阵"佛骨旋风"会以雷霆万钧之力扫过佛教世界,这一点是肯定无疑的了。

我曾多次来过西安,我也曾多次感觉到过,而且说出来过:西安是一块宝地。在这里,中国古代文化仿佛阳光空气一般,弥漫城中。唐代著名诗人的那些名篇名句,很多都与西安有牵连。谁看到灞桥、渭水等等的名字不会立即神往盛唐呢?谁走过丈八沟、乐游原这样的地方不会立即想到杜甫、李商隐的名篇呢?这里到处是诗,美妙的诗;这里到处是梦,神奇的梦;这里是一个诗和梦的世界。如今又出现了如来真身舍利。它将给这个诗和梦的世界涂上一层神光,使它同西天净土,三千大千世界联系在一起,生为西安人,生为陕西人,生为中国人有福了。

从神话回到现实。我们这一群北京秀才们是应邀来鉴定新出土的奇宝的。对我们这些凡夫俗子来说,如来真身舍利渺矣茫矣。对每一个中国人来说,古代灿烂的文化遗物却是活生生的现实。即使对于神话不感兴趣的普通老百姓,对现实却是感兴趣的。现在法门寺已经严密封锁,一般人不容易进来。但是,老百姓却有自己的想法,有自己的价值观。我曾在大街上和飞机场上碰到过一些好奇的老百姓。在大街上,两位中年人满面堆笑,走了过来:

"你是从北京来的吗?"

"是的。"

"你是来鉴定如来佛的舍利吗?"

"是的。"

"听说你们挖出了一地窖金子?!"

对这样的"热心人",我能回答些什么呢?

在飞机上五六个年轻人一下子拥了上来:

"你们不是从北京来的吗?"

"是的。"

"听说,你们看到的那几段佛骨,价钱可以顶得上三个香港?!"

多么奇妙的联想,又是多么天真的想法。让我关在屋子里想一辈子也想不出来。无论如何,这表示,西安的老百姓已经普遍地注意到如来真身舍利的出现这一件事,街头巷尾,高谈阔论,沸沸扬扬,满城都说佛舍利了。

外国朋友怎样呢?他们的好奇心,他们的轰动,决不亚于中国的老百姓。在新闻发布会上,一位日本什么报的记者抢过扩音器,发出了连珠炮似的问题:"这个指骨舍利是如来佛哪一只手上的呢?是左手,还是右手?是哪一个指头上的呢?是拇指,还是小指?"我们这一些"答辩者",谁也回答不出来。其他外国记者都争着想提问,但是这一位日本朋友却抓紧了扩音器,死不放手。我决不敢认为,他的问题提得幼稚,可笑。对一个信仰佛教又是记者的人来说,他提问题是非常认真严肃的,又是十分虔诚的。据我了解到的,现在世界上许多国家,特别是日本、印度,以及南亚和东南亚佛教国家,都纷纷议论西安的真身舍利。这个消息像燎原的大火一样,已经熊熊燃烧起来了,行将见"西安热"又将热遍全球了。

就这样,我在细雨霏霏中,一边参观法门寺,一边心潮起伏,浮想联翩。多年来没有背诵的《论佛骨表》硬是从遗忘中挤了出来,我不由地一字一句暗暗背诵着:

> 一封朝奏九重天,
> 夕贬潮州路八千。
> 欲为圣明除弊事,
> 肯将衰朽惜残年?
> 云横秦岭家何在,
> 雪拥蓝关马不前。
> 知汝远来应有意,
> 好收吾骨瘴江边。

韩愈因谏迎佛骨,遭到贬逐,他的侄孙韩湘来看他,他写了这一首诗。我没有到过秦岭,更没有见过蓝关,我却仿佛看到了一个孤苦伶仃的老人,忠君遭贬,我不禁感到一阵凄凉。此时月季花在雨中别具风韵,法门寺的红墙另有异彩。我幻想,再过三五年,等到法门寺修复完毕,十三级宝塔重新矗立之时,此时冷落僻远的法门寺前,将是车水马龙,摩肩接踵,与秦俑馆媲美了。

一九八七年八月二十六日

(原载《光明日报》1987 年 9 月 13 日)

静夜功课　　　　　　　　　　　　　　　　　　　张承志

子夜清时,匀如池水的夜静谧地等待着,悄悄拍了拍,知道小女儿这回真的睡熟了。

蹑脚摸索,漆黑不见门壁。摸索着突然踢了椅子一下,轰隆砰然的炸响惊得自己晕眩了刹那。屏息听听,暗幕中流淌着母亲女儿的细微鼾息——心中松了一下。

摸至椅子坐下,先静静停了一停。

读书么? 没有一个读的方向。

写么? 不。

清冷四合。肌肤上滑着一丝触觉,清晰而神秘。我突然觉察到今夜的心境,浮凸微明的窗棂上星光如霜粉。

我悄悄坐下了,点燃一支莫合烟。

黑暗中晃闪着的一星红点,仿佛是一个异外的谁。或者那才是我。窗外阴云,室内沉夜;黑暗充斥般流溢着,不知是乌云正在浸入,还是浓夜正在漾出。其中那一点红灼是我的魂么,我觉得双目之下的自己的肉躯,已经半溶在这暗寂中了。

我觉得那红亮静止了,仿佛不愿扰乱此界的消溶。于是我坐得牢些,不再去想书籍或纸笔。

这样,有生以来第一次看见了真正的夜。我惊奇一半感叹一半地看着,黑色在不透明的视野中撕絮般无声裂开,浪头泛潮般淹没。黑的粒子像溶了但未溶匀的染料,趁夜深下着暗力染晕着。溶散有致,潮伏规矩,我看见这死寂中的一种沉默的躁力,如一场无声无影的角斗。

手痉挛了一下,触着的硬硬边缘是昨夜读着的书,高渐离的故事。

远处窗外,遥遥有汽笛凄厉地撕裂黑布般的夜,绝叫着又隐入窗外沉夜。高渐离的盲眼里,不知那永恒黑暗比这一个怎样;而那杀人呼救似的汽笛嘶叫,为什么竟像是高渐离的筑声呢。

我视界中的黑暗慢慢涌来,在我注视中闭合着这一抹余空——若是王侯根本不懂音乐呢——黑潮涨满了,思路断了。

我在暗影里再辨不出来,满眼丰富变幻的黑色里,没有一支古雅的筑。

那筑是凶器……

我决心这样任意遐想一回。应该有这样的夜:独自一人闭锁黑暗中思索的夜。如墨终于染透了、晕匀了六合的纸,我觉得神清目明,四体休憩了。我静静地顺从地等着,任墨般的黑夜一寸寸浸透我这一具肉躯。

墨书者,我冥冥中信任的只有鲁迅。

但这夜阵中不见他,不见他的笔。渐离毁筑,先生失笔,黑夜把一切利器都吞掉了。是的,我睁大双眼辨了许久,黑色的形形色色中并不见那支笔。只有墨,读不破的混沌溶墨。春秋王公显然是会欣赏音乐的,而到了民国官僚们便读不懂鲁迅的墨书。古之士子奏雅乐而行刺,选的是一种美丽的武道;近之士子咯热血而著书,上的是一种壮烈的文途——但毕竟是丈夫气弱了。

因为乌云般的黑暗在浸漫淹没,路被黑夜掩蔽得毕竟窄了。

我心中残存着一丝惊异,仍然默默坐在黑暗的闭室之中。黑暗温暖,柔曼轻抚,如墨的清黑涤过心肺,渐渐淹上来,悄然地没了我的顶。

近日爱读两部书,一是《史记·刺客列传》,一是《野草》。可能是因为已经轻薄为文,又盼添一分正气弥补吧,读得很细。今夜暗里冥坐,好像在复习功课。黑暗正中,只感到黑分十色,暗有三重,心中十分丰富。秦王毁人眼目,尚要夺人音乐,这不知怎么使我想着觉得战栗。高渐离举起灌铅的筑扑向秦王时,他两眼中的黑暗是怎样的呢？鲁迅一部《野草》,仿佛全是在黑影下写成,他沉吟抒发时直面的黑暗,又是怎样的呢？

这静夜中的功课,总是有始无终。

慢慢地我习惯了这样黑夜悄坐。

我觉得,我深深地喜爱这样。

我爱这启示的黑暗。

我宁静地坐着不动,心里不知为什么在久久地感动。

黑暗依然温柔,涨满后的深夜里再也没有远处闯来的汽笛声。我身心溶尽,神随浪摇,这黑暗和我已经出现了一种深深的默许和友谊。

它不再是以前那种封闭道路的围困了。此刻,这凌晨的黑暗正像一个忠实的朋友,把我和我的明日默默地联系在一起。

(原载《光明日报》1988 年 8 月 28 日)

我与地坛

史铁生

一

我在好几篇小说中都提到过一座废弃的古园,实际就是地坛。许多年前旅游业还没有开展,园子荒芜冷落得如同一片野地,很少被人记起。

地坛离我家很近。或者说我家离地坛很近。总之,只好认为这是缘分。地坛在我出生前四百多年就坐落在那儿了,而自从我的祖母年轻时带着我父亲来到北京,就一直住在离它不远的地方——五十多年间搬过几次家,可搬来搬去总是在它周围,而且是越搬离它越近了。我常觉得这中间有着宿命的味道:仿佛这古园就是为了等我,而历尽沧桑在那儿等待了四百多年。

它等待我出生,然后又等待我活到最狂妄的年龄上忽地残废了双腿。四百多年里,它一面剥蚀了古殿檐头浮夸的琉璃,淡褪了门壁上炫耀的朱红,坍圮了一段段高墙又散落了玉砌雕栏,祭坛四周的老柏树愈见苍幽,到处的野草荒藤也都茂盛得自在坦荡。这时候想必我是该来了。十五年前的一个下午,我摇着轮椅进入园中,它为一个失魂落魄的人把一切都准备好了。那时,太阳循着亘古不变的路途正越来越大,也越红。在满园弥漫的沉静光芒中,一个人更容易看到时间,并看见自己的身影。

自从那个下午我无意中进了这园子,就再没长久地离开过它。我一下子就理解了它的意图。正如我在一篇小说中所说的:"在人口密聚的城市里,有这样一个宁静的去处,像是上帝的苦心安排。"

两条腿残废后的最初几年,我找不到工作,找不到去路,忽然间几乎什么都找不到了,我就摇了轮椅总是到它那儿去,仅为着那儿是可以逃避一个世界的另一个世界。我在那篇小说中写道:

"没处可去我便一天到晚耗在这园子里。跟上班下班一样,别人去上班我就摇了轮椅到这儿来。""园子无人看管,上下班时间有些抄近路的人们从园中穿过,园子里活跃一阵,过后便沉寂下来。""园墙在金晃晃的空气中斜切下一溜荫凉,我把轮椅开进去,把椅背放倒,坐着或是躺着,看书或者想事,撅一权树枝左右拍打,驱赶那些和我一样不明白为什么要来这世上的小昆虫。""蜂儿如一朵小雾稳稳地停在半空;蚂蚁摇头晃脑捋着触须,猛然间想透了什么,转身疾行而去;瓢虫爬得不耐烦了,累了祈祷一回便支开翅膀,忽悠一下升空了;树干上留着一只蝉蜕,寂寞如一间空屋;露水在草叶上滚动,聚集,压弯了草叶轰然坠地摔开万道金光。""满园子都是草木竞相生长弄出的响动,窸窸窣窣窸窸窣窣片刻不息。"这都是真实的记录,园子荒芜但并不衰败。

除去几座殿堂我无法进去,除去那座祭坛我不能上去而只能从各个角度张望它,地坛的每一棵树下我都去过,差不多它的每一米草地上都有过我的车轮印。无论是什么季节,什么天气,什么时间,我都在这园子里呆过。有时候呆一会儿就回家,有时候就呆到满地上都亮起月光。记不清都是在它的哪些角落里了,我一连几小时专心致志地想关于死的事,也以同样的耐心和方式想过我为什么要出生。这样想了好几年,最后事情终于弄明白了:一个人,出生了,这就不再是一个可以辩论的问题,而只是上帝交给他的一个事实;上帝在交给我们这件事实的时候,已经顺便保证了它的结果,所以死是一件不必急于求成的事,死是一个必然会降临的节日。这样想过之后我安心多了,眼前的一切不再那么可怕。比如你起早熬夜准备考试的时候,忽然想起有一个长长的假期在前面等待你,你会不会觉得轻松一点?并且庆幸并且感激这样的安排?

剩下的就是怎样活的问题了。这却不是在某一个瞬间就能完全想透的,不是能够一次性解决的事,怕是活多久就要想它多久了,就像是伴你终生的魔鬼或恋人。所以,十五年了,我还是总得到那古园里去,去它的老树下或荒草边或颓墙旁,去默坐,去呆想,去推开耳边的嘈杂理一理纷乱的思绪,去窥看自己的心魂。十五年中,这古园的形体被不能理解它的人肆意雕琢,幸好有些东西是任谁也不能改变它的。譬如祭坛石门中的落日,寂静的光辉平铺的一刻,地上的每一个坎坷都被映照得灿烂;譬如在园中最为落寞的时间,一群雨燕便出来高歌,把天地都叫喊得苍凉;譬如冬天雪地上孩子的脚印,总让人猜想他们是谁,曾在哪儿做过些什么,然后又都到哪儿去了;譬如那些苍黑的古柏,你忧郁的时候它们镇静地站在那儿,你欣喜的时候它们依然镇静地站在那儿,它们没日没夜地站在那儿从你没有出生一直站到这个世界上又没了你的时候;譬如暴雨骤临园中,激起一阵阵灼烈而清纯的草木和泥土的气味,让人想起无数个夏天的事件;譬如秋风忽至,再有一场早霜,落叶或飘摇歌舞或坦然安卧,满园中播散着熨帖而微苦的味道。味道是最说不清楚的,味道不能写只能闻,要你身临其境去闻才能明了。味道甚至是难于记忆的,只有你又闻到它你才能记起它的全部情感和意蕴。所以我常常要到那园子里去。

二

现在我才想到,当年我总是独自跑到地坛去,曾经给母亲出了一个怎样的难题。

她不是那种光会疼爱儿子而不懂得理解儿子的母亲。她知道我心里的苦闷,知道不该阻止我出去走走,知道我要是老呆在家里结果会更糟,但她又担心我一个人在那荒僻的园子里整天都想些什么。我那时脾气坏到极点,经常是发了疯一样地离开家,从那园子里回来又中了魔似的什么话都不说。母亲知道有些事不宜问，便犹犹豫豫地想问而终于不敢问，因为她自己心里也没有答案。她料想我不会愿意她跟我一同去，所以她从未这样要求过，她知道得给我一点独处的时间，得有这样一段过程。她只是不知道这过程得要多久，和这过程的尽头究竟是什么。每次我要动身时，她便无言地帮我准备，帮助我上了轮椅车，看着我摇车拐出小院；这以后她会怎样，当年我不曾想过。

有一回我摇车出了小院，想起一件什么事又返身回来，看见母亲仍站在原地，还是送我走时的姿势，望着我拐出小院去的那处墙角，对我的回来竟一时没有反应。待她再次送我出门的时候，她说："出去活动活动，去地坛看看书，我说这挺好。"许多年以后我才渐渐听出，母亲这话实际上是自我安慰，是暗自的祷告，是给我的提示，是恳求与嘱咐。只是在她猝然去世之后，我才有余暇设想。当我不在家里的那些漫长的时间，她是怎样心神不定坐卧难宁，兼着痛苦与惊恐与一个母亲最低限度的祈求。现在我可以断定，以她的聪慧和坚忍，在那些空落的白天后的黑夜，在那不眠的黑夜后的白天，她思来想去最后准是对自己说："反正我不能不让他出去，未来的日子是他自己的，如果他真的要在那园子里出了什么事，这苦难也只好我来承担。"在那段日子里——那是好几年长的一段日子，我想我一定使母亲作过了最坏的准备了，但她从来没有对我说过"你为我想想"。事实上我也真的没为她想过。那时她的儿子还太年轻，还来不及为母亲想，他被命运击昏了头，一心以为自己是世上最不幸的一个，不知道儿子的不幸在母亲那儿总是要加倍的。她有一个长到二十岁上忽然截瘫了的儿子，这是她唯一的儿子；她情愿截瘫的是自己而不是儿子，可这事无法代替；她想，只要儿子能活下去哪怕自己去死呢也行，可她又确信一个人不能仅仅是活着，儿子得有一条路走向自己的幸福；而这条路呢，没有谁能保证她的儿子终于能找到。——这样一个母亲，注定是活得最苦的母亲。

有一次与一个作家朋友聊天，我问他学写作的最初动机是什么？他想了一会说："为我母亲。为了让她骄傲。"我心里一惊，良久无言。回想自己最初写小说的动机，虽不似这位朋友的那般单纯，但如他一样的愿望我也有，且一经细想，发现这愿望也在全部动机中占了很大比重。这位朋友说："我的动机太低俗了吧？"我光是摇头，心想低俗并不见得低俗，只怕是这愿望过于天真了。他又说："我那时真就是想出名，出了名让别人羡慕我母亲。"我想，他比我坦率。我想，他又比我幸福，因为他的母亲还活着。而且我想，他的母亲也比我的母亲运气好，他的母亲没有一个双腿残废的儿子，否则事情就不这么简单。

在我的头一篇小说发表的时候，在我的小说第一次获奖的那些日子里，我真是多么希望我的母亲还活着。我便又不能在家里呆了，又整天整天独自跑到地坛去，心里是没头没尾的沉郁和哀怨，走遍整个园子却怎么也想不通：母亲为什么就不能再多活两年？为什么在她儿子就快要碰撞开一条路的时候，她却忽然熬不住了？莫非她来此世上只是为了替儿子担忧，却不该分享我的一点点快乐？她匆匆离我去时才只有四十九呀！有那么一会，我甚至对世界对上帝充满了仇恨和厌恶。后来我在一篇题为"合欢树"的文章中写道："我坐在小公园安静的树林里，闭上眼睛，想，上帝为什么早早地召母亲回去呢？很久很久，迷迷糊糊的我听见了回答：'她心里太苦了，上帝看她受不住了，就召她回去。'我似乎得了一点安慰，睁开眼睛，看见风正从树林里穿过。"小公园，指的也是地坛。

只是到了这时候，纷纭的往事才在我眼前幻现得清晰，母亲的苦难与伟大才在我心中渗透得深彻。上帝的考虑，也许是对的。

摇着轮椅在园中慢慢走，又是雾罩的清晨，又是骄阳高悬的白昼，我只想着一件事：母亲已经不在了。在老柏树旁停下，在草地上在颓墙边停下，又是处处虫鸣的午后，又是鸟儿归巢的傍晚，我心里只默念着一句话：可是母亲已经不在了。把椅背放倒，躺下，似睡非睡挨到日没，坐起来，心神恍惚，呆呆地直坐到古祭坛上落满黑暗然后再渐渐浮起月光，心里才有点明白，母亲不能再来这园中找我了。

曾有过好多回，我在这园子里呆得太久了，母亲就来找我。她来找我又不想让我发觉，只要见我还好好地在这园子里，她就悄悄转身回去，我看见过几次她的背影。我也看见过几回她四处张望的情景，她视力不好，端着眼镜像在寻找海上的一条船，她没看见我时我已经看见她了，待我看见她也看见我了我就不去看她，过一会我再抬头看她就又看见她缓缓离去的背影。我单是无法知道有多少回她没有找到我。有一回我坐在矮树丛中，树丛很密，我看见她没有找到我；她一个人在园子里走，走过我的身旁，走过我经常呆的一些地方，步履茫然又急迫。我不知道她已经找了多久还要找多久，我不知道为什么我决意不喊她——但这绝不是小时候的捉迷藏，这也许是出于长大了的男孩子的倔强或羞涩？但这倔强只留给我痛悔，丝毫也没有骄傲。我真想告诫所有长大了的男孩子，千万不要跟母亲来这套倔强，羞涩就更不必，我已经懂了可我已经来不及了。

儿子想使母亲骄傲，这心情毕竟是太真实了，以致使"想出名"这一声名狼藉的念头也多少改变了一点形象。这是个复杂的问题，且不去管它了罢。随着小说获奖的激动逐日暗淡，我开始相信，至少有一点我是想错了：我用纸笔在报刊上碰撞开的一条路，并不就是母亲盼望我找到的那条路。年年月月我都到这园子里来，年年月月我都要想，母亲盼望我找到的那条路到底是什么。母亲生前没给我留下过什么隽永的哲言，或要我恪守的教诲，只是在她去世之后，她艰难的命运，坚忍的意志和毫不张扬的爱，随光阴流转，在我的印象中愈加鲜明深刻。

有一年，十月的风又翻动起安详的落叶，我在园中读书，听见两个散步的老人说："没想到这园子有这么大。"我放下书，想，这么大一座园子，要在其中找到她的儿子，母亲走过了多少焦灼的路。多年来我头一次意识到，这园中不单是处处都有过我的车辙，有过我的车辙的地方也都有过母亲的脚印。

三

如果以一天中的时间来对应四季，当然春天是早晨，夏天是中午，秋天是黄昏，冬天是夜晚。如果以乐器来对应四季，我想春天应该是小号，夏天是定音鼓，秋天是大提琴，冬天是圆号和长笛。要是以这园子里的声响来对应四季呢？那么，春天是祭坛上空漂浮着的鸽子的哨音，夏天是冗长的蝉歌和杨树叶子哗啦啦地对蝉歌的取笑，秋天是古殿檐头的风铃响，冬天是啄木鸟随意而空旷的啄木声。以园中的景物对应四季，春天是一径时而苍白时而黑润的小路，时而明朗时而阴晦的天上摇荡着串串杨花；夏天是一条条耀眼而灼人的石凳，或阴凉而爬满了青苔的石阶，阶下有果皮，阶上有半张被坐皱的报纸；秋天是一座青铜的大钟，在园子的西北角上曾丢弃着一座很大的铜钟，铜钟与这园子一般年纪，浑身挂满绿锈，文字已不清晰；冬天，是林中空地上几只羽毛蓬松的老麻雀。以心绪对应四季呢？春天是卧病的季节，否则人们不易发觉春天的残忍与渴望；夏天，情人们应该在这个季节里失恋，不然就似乎对不起爱情；秋天是从外面买一棵盆花回家的时候,把花搁在阔别了的家中,并且打开窗户把阳光也放进屋里,慢慢回忆慢慢整理一些发过霉的东西;冬天伴着火炉和书,一遍遍坚定不死的决心,写一些并不发出的信。还可以用艺术形式对应四季,这样春天就是一幅画,夏天是一部长篇小说,秋天是一首短歌或诗,冬天是一群雕塑。以梦呢? 以梦对应四季呢? 春天是树尖上的呼喊,夏天是呼喊中的细雨,秋天是细雨中的土地,冬天是干净的土地上的一只孤零的烟斗。

因为这园子,我常感恩于自己的命运。

我甚至现在就能清楚地看见,一旦有一天我不得不长久地离开它,我会怎样想念它,我会怎样想念它并且梦见它,我会怎样因为不敢想念它而梦也梦不到它。

四

现在让我想想,十五年中坚持到这园子来的人都是谁呢? 好像只剩了我和一对老人。

十五年前,这对老人还只能算是中年夫妇,我则货真价实还是个青年。他们总是在薄暮时分来园中散步,我不大弄得清他们是从哪边的园门进来,一般来说他们是逆时针绕这园子走。男人个子很高,肩宽腿长,走起路来目不斜视,胯以上直至脖颈挺直不动;他的妻子攀了他一条胳膊走,也不能使他的上身稍有松懈。女人个子却矮,也不算漂亮,我无端地相信她必出身于家道中衰的名门富族;她攀在丈夫胳膊上像个娇弱的孩子,她向四周观望似总含着恐惧,她轻声与丈夫谈话,见人走近就立刻怯怯地收住话头。我有时因为他们而想起冉阿让与柯赛特,但这想法并不巩固,他们一望即知是老夫老妻。两个人的穿着都算得上考究,但由于时代的演进,他们的服饰又可以称为古朴了。他们和我一样,到这园子里来几乎是风雨无阻,不过他们比我守时。我什么时间都可能来,他们则一定是在暮色初临的时候。刮风时他们穿了米色风衣,下雨时他们打了黑色的雨伞,夏天他们的衬衫是白色的裤子是黑色的或米色的,冬天他们的呢子大衣又都是黑色的,想必他们只喜欢这三种颜色。他们逆时针绕这园子一周,然后离去。他们走过我身旁时只有男人的脚步响,女人像是贴在高大的丈夫身上跟着漂移。我相信他们一定对我有印象,但是我们没有说过话,我们互相都没有想要接近的表示。十五年中,他们或许注意到一个小伙子进入了中年,我则看着一对令人羡慕的中年情侣不觉中成了两个老人。

曾有过一个热爱唱歌的小伙子,他也是每天都到这园中来,来唱歌,唱了好多年,后来不见了。他的年纪与我相仿,他多半是早晨来,唱半小时或整整唱一个上午,估计在另外的时间里他还得上班。我们经常在祭坛东侧的小路上相遇,我知道他是到东南角的高墙下去唱歌,他一定猜想我去东北角的树林里做什么。我找到我的地方,抽几口烟,便听见他谨慎地整理歌喉了。他反反复复唱那么几首歌。文化革命没过去的时候,他唱"蓝蓝的天上白云飘,白云下面马儿跑……"我老也记不住这歌的名字。文革后,他唱《货郎与小姐》中那首最为流传的咏叹调。"卖布——卖布嘞,卖布——卖布嘞!"我记得这开头的一句他唱得很有声势,在早晨清澈的空气中,货郎跑遍园中的每一个角落去恭维小姐。"我交了好运气,我交了好运气,我为幸福唱歌曲……"然后他就一遍一遍地唱,不让货郎的激情稍减。依我听来,他的技术不算精到,在关键的地方常出差错,但他的嗓子是相当不坏的,而且唱一个上午也听不出一点疲惫。太阳也不疲惫,把大树的影子缩小成一团,把疏忽大意的蚯蚓晒干在小路上。将近中午,我们又在祭坛东侧相遇,他看一看我,我看一看他,他往北去,我往南去。日子久了,我感到我们都有结识的愿望,但似乎都不知如何开口,于是互相注视一下终又都移开目光擦身而过;这样的次数一多,便更不知如何开口了。终于有一天——一个丝毫没有特点的日子,我们互相点了一下头。他说:"你好。"我说:"你好。"他说:"回去啦?"我说:"是,你呢?"他说:"我也该回去了。"我们都放慢脚步(其实我是放慢车速),想再多说几句,但仍然是不知从何说起,这样我们就都走过了对方,又都扭转身子面向对方。他说:"那就再见吧。"我说:"好,再见。"便互相笑笑各走各的路了。但是我们没有再见,那以后,园中再没了他的歌声,我才想到,那天他或许是有意与我道别的,也许他考上了哪家专业的文工团或歌舞团了吧? 真希望他如他歌里所唱的那样,交了好运气。

还有一些人,我还能想起一些常到这园子里来的人。有一个老头,算得一个真正的饮者;他在腰间挂一个扁瓷瓶,瓶里当然装满了酒,常来这园中消磨午后的时光。他在园中四处游逛,如果你不注意你会以为园中有好几个这样的老头,等你看过了他卓尔不群的饮酒情状,你就会相信这是个独一无二的老头。他的衣着过分随便,走路的姿态也不慎重,走上五六十米路便选定一处地方,一只脚踏在石凳上或土埂上或树墩上,解下腰间的酒瓶,解酒瓶的当儿眯起眼睛把一百八十度视角内的景物细细看一遭,然后以迅雷不及掩耳之势倒一大口酒入肚,把酒瓶摇一摇再挂向腰间,平心静气地想一会什么,便走下一个五六十米去。还有一个捕鸟的汉子,那岁月园中人少,鸟却多,他在西北角的树丛中拉一张网,鸟撞在上面,羽毛铰在网眼里便不能自拔。他单等一种过去很多而现在非常罕见的鸟,其他的鸟撞在网上他就把它们摘下来放掉,他说已经有好多年没等到那种罕见的鸟了,他说他再等一年看看到底还有没有那种鸟,结果他又等了好多年。早晨和傍晚,在这园子里可以看见一个中年女工程师,早晨她从北向南穿过这园子去上班,傍晚她从南向北穿过这园子回家。事实上我并不了解她的职业或者学历,但我以为她必是学理工的知识分子,别样的人很难有她那般的素朴并优雅。当她在园子穿行的时刻,四周的树林也仿佛更加幽静,清淡的日光中竟似有悠远的琴声,比如说是那曲《献给艾丽丝》才好。我没有见过她的丈夫,没有见过那个幸运的男人是什么样子,我想象过却想象不出,后来忽然懂了想象不出才好,那个男人最好不要出现。她走出北门回家去,我竟有点担心,担心她会落入厨房,不过,也许她在厨房里劳作的情景更有另外的美吧,当然不能再是《献给艾丽丝》,是个什么曲子呢? 还有一个人,是我的朋友,他是个最有天赋的长跑家,但他被埋没了。他因为在文革中出言不慎而坐了几年牢,出来后好不容易找了个拉板车的工作,样样待遇都不能与别人平等,苦闷极了便练习长跑。那时他总来这园子里跑,我用手表为他计时,他每跑一圈向我招一下手,我就记下一个时间。每次他要环绕这园子跑二十圈,大约两万米。他盼望以他的长跑成绩来获得政治上真正的解放,他以为记者的镜头和文字可以帮他做到这一点。第一年他在春节环城赛上跑了第十五名,他看见前十名的照片都挂在了长安街的新闻橱窗里,于是有了信心。第二年他跑了第四名,可是新闻橱窗里只挂了前三名的照片,他没灰心。第三年他跑了第七名,橱窗里挂前六名的照片,他有点怨自己。第四年他跑了第三名,橱窗里却只挂了第一名的照片。第五年他跑了第一名——他几乎绝望了,橱窗里只有一幅环城赛群众场面的照片。那些年我们俩常一起在这园子里呆到天黑,开怀痛骂,骂完沉默着回家,分手时再互相叮嘱:先别去死,再试着活一活看。现在他已经不跑了,年岁太大了,跑不了那么快了。最后一次参加环城赛,他以三十八岁之龄又得了第一名并破了纪录,有一位专业队的教练对他说："我要是十年前发现你就好了。"他苦笑一下什么也没说，只在傍晚又来这园中找到我，把这事平静地向我叙说一遍。不见他已有好几年了，现在他和妻子和儿子住在很远的地方。

这些人现在都不到园子里来了，园子里差不多完全换了一批新人。十五年前的旧人，现在就剩我和那对老夫老妻了。有那么一段时间，这老夫老妻中的一个也忽然不来，薄暮时分唯男人独自来散步，步态也明显迟缓了许多，我悬心了很久，怕是那女人出了什么事。幸好过了一个冬天那女人又来了，两个人仍是逆时针绕着园子走，一长一短两个身影恰似钟表的两支指针；女人的头发白了许多，但依旧攀着丈夫的胳膊走得像个孩子。"攀"这个字用得不恰当了，或许可以用"搀"吧，不知有没有兼具这两个意思的字。

五

我也没有忘记一个孩子——一个漂亮而不幸的小姑娘。十五年前的那个下午，我第一次到这园子里来就看见了她，那时她大约三岁，蹲在斋宫西边的小路上捡树上掉落的"小灯笼"。那儿有几棵大栾树，春天开一簇簇细小而稠密的黄花，花落了便结出无数如同三片叶子合抱的小灯笼，小灯笼先是绿色，继尔转白，再变黄，成熟了掉落得满地都是。小灯笼精巧得令人爱惜，成年人也不免捡了一个还要捡一个。小姑娘咿咿呀呀地跟自己说着话，一边捡小灯笼；她的嗓音很好，不是她那个年龄所常有的那般尖细，而是很圆润甚或是厚重，也许是因为那个下午园子里太安静了。我奇怪这么小的孩子怎么一个人跑来这园子里？我问她住在哪儿？她随指一下，就喊她的哥哥，沿墙根一带的茂草之中便站起一个七八岁的男孩，朝我望望，看我不像坏人便对他的妹妹说"我在这儿呢"，又伏下身去，他在捉什么虫子。他捉到螳螂，蚂蚱，知了和蜻蜓，来取悦他的妹妹。有那么两三年，我经常在那几棵大栾树下见到他们，兄妹俩总是在一起玩，玩得和睦融洽，都渐渐长大了些。之后有很多年没见到他们。我想他们都在学校里吧，小姑娘也到了上学的年龄，必是告别了孩提时光，没有很多机会来这儿玩了。这事很正常，没理由太搁在心上，若不是有一年我又在园中见到他们，肯定就会慢慢把他们忘记。

那是个礼拜日的上午。那是个晴朗而令人心碎的上午，时隔多年，我竟发现那个漂亮的小姑娘原来是个弱智的孩子。我摇着车到那几棵大栾树下去，恰又是遍地落满了小灯笼的季节；当时我正为一篇小说的结尾所苦，既不知为什么要给它那样一个结尾，又不知何以忽然不想让它有那样一个结尾，于是从家里跑出来，想依靠着园中的镇静，看看是否应该把那篇小说放弃。我刚刚把车停下，就见前面不远处有几个人在戏耍一个少女，作出怪样子来吓她，又喊又笑地追逐她拦截她，少女在几棵大树间惊惶地东跑西躲，却不松手揪卷在怀里的裙裾，两条腿袒露着也似毫无察觉。我看出少女的智力是有些缺陷，却还没看出她是谁。我正要驱车上前为少女解围，就见远处飞快地骑车来了个小伙子，于是那几个戏耍少女的家伙望风而逃。小伙子把自行车支在少女近旁，怒目望着那几个四散逃窜的家伙，一声不吭喘着粗气，脸色如暴雨前的天空一样一会比一会苍白。这时我认出了他们，小伙子和少女就是当年那对小兄妹。我几乎是在心里惊叫了一声，或者是哀号。世上的事常常使上帝的居心变得可疑。小伙子向他的妹妹走去。少女松开了手，裙裾随之垂落了下来，很多很多她捡的小灯笼便洒落了一地，铺散在她脚下。她仍然算得漂亮，但双眸迟滞没有光彩。她呆呆地望着那群跑散的家伙,望着极目之处的空寂,凭她的智力绝不可能把这个世界想明白吧?大树下,破碎的阳光星星点点,风把遍地的小灯笼吹得滚动,仿佛喑哑地响着无数小铃铛。哥哥把妹妹扶上自行车后座,带着她无言地回家去了。

无言是对的。要是上帝把漂亮和弱智这两样东西都给了这个小姑娘,就只有无言和回家去是对的。

谁又能把这世界想个明白呢?世上的很多事是不堪说的。你可以抱怨上帝何以要降诸多苦难给这人间,你也可以为消灭种种苦难而奋斗,并为此享有崇高与骄傲,但只要你再多想一步你就会坠入深深的迷茫了:假如世界上没有了苦难,世界还能够存在么?要是没有愚钝,机智还有什么光荣呢?要是没了丑陋,漂亮又怎么维系自己的幸运?要是没有了恶劣和卑下,善良与高尚又将如何界定自己又如何成为美德呢?要是没有了残疾,健全会否因其司空见惯而变得腻烦和乏味呢?我常梦想着在人间彻底消灭残疾,但可以相信,那时将由患病者代替残疾人去承担同样的苦难。如果能够把疾病也全数消灭,那么这份苦难又将由(比如说)相貌丑陋的人去承担了。就算我们连丑陋,连愚昧和卑鄙和一切我们所不喜欢的事物和行为,也都可以统统消灭掉,所有的人都一样健康、漂亮、聪慧、高尚,结果会怎样呢?怕是人间的剧目就全要收场了,一个失去差别的世界将是一潭死水,是一块没有感觉没有肥力的沙漠。

看来差别永远是要有的。看来就只好接受苦难——人类的全部剧目需要它,存在的本身需要它。看来上帝又一次对了。

于是就有一个最令人绝望的结论等在这里:由谁去充任那些苦难的角色?又由谁去体现这世间的幸福、骄傲和快乐?只好听凭偶然,是没有道理好讲的。

就命运而言,休论公道。

那么,一切不幸命运的救赎之路在哪里呢?

设若智慧或悟性可以引领我们去找到救赎之路,难道所有的人都能够获得这样的智慧和悟性吗?

我常以为是丑女造就了美人。我常以为是愚氓举出了智者。我常以为是懦夫衬照了英雄。我常以为是众生度化了佛祖。

六

设若有一位园神,他一定早已注意到了,这么多年我在这园里坐着,有时候是轻松快乐的,有时候是沉郁苦闷的,有时候优哉游哉,有时候恓惶落寞,有时候平静而且自信,有时候又软弱,又迷茫。其实总共只有三个问题交替着来骚扰我,来陪伴我。第一个是要不要去死?第二个是为什么活?第三个,我干嘛要写作?

现在让我看看,它们迄今都是怎样编织在一起的吧。

你说,你看穿了死是一件无需乎着急去做的事,是一件无论怎样耽搁也不会错过的事,便决定活下去试试?是的,至少这是很关键的因素。为什么要活下去试试呢?好像仅仅是因为不甘心,机会难得,不试白不试,腿反正是完了,一切仿佛都要完了,但死神很守信用,试一试不会额外再有什么损失。说不定倒有额外的好处呢是不是?我说过,这一来我轻松多了,自由多了。为什么要写作呢？作家是两个被人看重的字，这谁都知道。为了让那个躲在园子深处坐轮椅的人，有朝一日在别人眼里也稍微有点光彩，在众人眼里也能有个位置，哪怕那时再去死呢也就多少说得过去了。开始的时候就是这样想，这不用保密，这些现在不用保密了。

我带着本子和笔，到园中找一个最不为人打扰的角落，偷偷地写。那个爱唱歌的小伙子在不远的地方一直唱。要是有人走过来，我就把本子合上把笔叼在嘴里。我怕写不成反落得尴尬。我很要面子。可是你写成了，而且发表了。人家说我写的还不坏，他们甚至说：真没想到你写得这么好。我心说你们没想到的事还多着呢。我确实有整整一宿高兴得没合眼。我很想让那个唱歌的小伙子知道，因为他的歌也毕竟是唱得不错。我告诉我的长跑家朋友的时候，那个中年女工程师正优雅地在园中穿行；长跑家很激动，他说好吧，我玩命跑，你玩命写。这一来你中了魔了，整天都在想哪一件事可以写，哪一个人可以让你写成小说。是中了魔了，我走到哪儿想到哪儿，在人山人海里只寻找小说，要是有一种小说试剂就好了，见人就滴两滴看他是不是一篇小说，要是有一种小说显影液就好了，把它泼满全世界看看都是哪儿有小说，中了魔了，那时我完全是为了写作活着。结果你又发表了几篇，并且出了一点小名，可这时你越来越感到恐慌。我忽然觉得自己活得像个人质，刚刚有点像个人了却又过了头，像个人质，被一个什么阴谋抓了来当人质，不定哪天被处决，不定哪天就完蛋。你担心要不了多久你就会文思枯竭，那样你就又完了。凭什么我总能写出小说来呢？凭什么那些适合作小说的生活素材就总能送到一个截瘫者跟前来呢？人家满世界跑都有枯竭的危险，而我坐在这园子里凭什么可以一篇接一篇地写呢？你又想到死了。我想见好就收吧。当一名人质实在是太累了太紧张了，太朝不保夕了。我为写作而活下来，要是写作到底不是我应该干的事，我想我再活下去是不是太冒傻气了？你这么想着你却还在绞尽脑汁地想写。我好歹又拧出点水来，从一条快要晒干的毛巾上。恐慌日甚一日，随时可能完蛋的感觉比完蛋本身可怕多了，所谓不怕贼偷就怕贼惦记，我想人不如死了好，不如不出生的好，不如压根儿没有这个世界的好。可你并没有去死。我又想到那是一件不必着急的事。可是不必着急的事并不证明是一件必要拖延的事呀？你总是决定活下来，这说明什么？是的，我还是想活。人为什么活着？因为人想活着，说到底是这么回事，人真正的名字叫做：欲望。可我不怕死，有时候我真的不怕死。有时候，——说对了。不怕死和想去死是两回事，有时候不怕死的人是有的，一生下来就不怕死的人是没有的。我有时候倒是怕活。可是怕活不等于不想活呀？可我为什么还想活呢？因为你还想得到点什么，你觉得你还是可以得到点什么的，比如说爱情，比如说，价值感之类，人真正的名字叫欲望。这不对吗？我不该得到点什么吗？没说不该。可我为什么活得恐慌，就像个人质？后来你明白了，你明白你错了，活着不是为了写作，而写作是为了活着。你明白了这一点是在一个挺滑稽的时刻。那天你又说你不如死了好，你的一个朋友劝你：你不能死，你还得写呢，还有好多好作品等着你去写呢。这时候你忽然明白了，你说：只是因为我活着，我才不得不写作。或者说只是因为你还想活下去，你才不得不写作。是的，这样说过之后我竟然不那么恐慌了。就像你看穿了死之后所得的那份轻松？一个人质报复一场阴谋的最有效的办法是把自己杀死。我看出我得先把我杀死在市场上，那样我就不用参加抢购题材的风潮了。你还写吗？还写。你真的不得不写吗？人都忍不住要为生存找一些牢靠的理由。你不担心你会枯竭了？我不知道，不过我想，活着的问题在死前是完不了的。

这下好了,您不再恐慌了不再是个人质了,您自由了。算了吧你,我怎么可能自由呢?别忘了人真正的名字是:欲望。所以您得知道,消灭恐慌的最有效的办法就是消灭欲望。可是我还知道,消灭人性的最有效的办法也是消灭欲望。那么,是消灭欲望同时也消灭恐慌呢?还是保留欲望同时也保留人生?

我在这园子里坐着,我听见园神告诉我:每一个有激情的演员都难免是一个人质。每一个懂得欣赏的观众都巧妙地粉碎了一场阴谋。每一个乏味的演员都是因为他老以为这戏剧与自己无关。每一个倒霉的观众都是因为他总是坐得离舞台太近了。

我在这园子里坐着,园神成年累月地对我说:孩子,这不是别的,这是你的罪孽和福祉。

七

要是有些事我没说,地坛,你别以为是我忘了,我什么也没忘,但是有些事只适合收藏。不能说,也不能想,却又不能忘。它们不能变成语言,它们无法变成语言,一旦变成语言就不再是它们了。它们是一片朦胧的温馨与寂寥,是一片成熟的希望与绝望,它们的领地只有两处:心与坟墓。比如说邮票,有些是用于寄信的,有些仅仅是为了收藏。

如今我摇着车在这园子里慢慢走,常常有一种感觉,觉得我一个人跑出来已经玩得太久了。有一天我整理我的旧相册,看见一张十几年前我在这园子里照的照片——那个年轻人坐在轮椅上,背后是一棵老柏树,再远处就是那座古祭坛。我便到园子里去找那棵树。我按着照片上的背景找很快就找到了它,按着照片上它枝干的形状找,肯定那就是它。但是它已经死了,而且在它身上缠绕着一条碗口粗的藤萝。有一天我在这园子里碰见一个老太太,她说:"哟,你还在这儿哪?"她问我:"你母亲还好吗?""您是谁?""你不记得我,我可记得你。有一回你母亲来这儿找你,她问我您看没看见一个摇轮椅的孩子?……"我忽然觉得,我一个人跑到这世界上来玩真是玩得太久了。有一天夜晚,我独自坐在祭坛边的路灯下看书,忽然从那漆黑的祭坛里传出一阵阵唢呐声;四周都是参天古树,方形祭坛占地几百平方米空旷坦荡独对苍天,我看不见那个吹唢呐的人,唯唢呐声在星光寥寥的夜空里低吟高唱,时而悲怆时而欢快,时而缠绵时而苍凉,或许这几个词都不足以形容它,我清清醒醒地听出它响在过去,响在现在,响在未来,回旋飘转亘古不散。

必有一天,我会听见喊我回去。

那时您可以想象一个孩子,他玩累了可他还没玩够呢,心里好些新奇的念头甚至等不及到明天。也可以想象是一个老人,无可置疑地走向他的安息地,走得任劳任怨。还可以想象一对热恋中的情人,互相一次次说"我一刻也不想离开你",又互相一次次说"时间已经不早了",时间不早了可我一刻也不想离开你,一刻也不想离开你可时间毕竟是不早了。

我说不好我想不想回去。我说不好是想还是不想,还是无所谓。我说不好我是像那个孩子,还是像那个老人,还是像一个热恋中的情人。很可能是这样:我同时是他们三个。我来的时候是个孩子,他有那么多孩子气的念头所以才哭着喊着闹着要来,他一来一见到这个世界便立刻成了不要命的情人,而对一个情人来说,不管多么漫长的时光也是稍纵即逝,那时他便明白,每一步每一步,其实一步步都是走在回去的路上。当牵牛花初开的时节,葬礼的号角就已吹响。

但是太阳,他每时每刻都是夕阳也都是旭日。当他熄灭着走下山去收尽苍凉残照之际,正是他在另一面燃烧着爬上山巅布散烈烈朝晖之时。那一天,我也将沉静着走下山去,扶着我的拐杖。有一天,在某一处山洼里,势必会跑上来一个欢蹦的孩子,抱着他的玩具。

当然,那不是我。

但是,那不是我吗?

宇宙以其不息的欲望将一个歌舞炼为永恒。这欲望有怎样一个人间的姓名,大可忽略不计。

1989 年 5 月 11 日

1990 年 1 月 7 日改

(原载《上海文学》1991 年第 1 期)

熊十力二三事

王元化

　　我于一九七九年始悉十力先生在一九六八年五月二十四日逝世,当即撰写一文,并将过去十力先生惠我的一封短简复制,投寄香港《大公报》。这篇文章过于简略,现在补述一些前文没有述及的内容,以供参考。

　　一九六二年秋,我持韦卓民先生介绍信,往淮海中路二〇六八号拜见十力先生。去前,卓民先生嘱告:"近年来,十力先生谢客来访,他脾气古怪,不知见不见你。"当我走上公寓西侧一座黄色小楼,在十力先生门上看到贴着一张信笺,纸已褪色,字墨尚浓。大意说,本人年老体衰,身体不好,请勿来访。其中说到自己的身体情况十分具体,记得有面赤、气亏、虚火上延之类的话。我怀着惴惴不安的心情敲了几下门,开门的是一位六十上下的人。这就是当时正为他誊写《乾坤衍》的丰先生。他把我延至客厅,即持介绍信入里间。等候了二三分钟,十力先生从隔壁走来。他的身材瘦弱,精神矍铄,双目奕奕有神,留有胡须,已全白,未蓄发,平顶头,穿的是老式裤褂。我表示了仰慕之意,他询问我在何处工作,读什么书等等。这天他的心情很好。他的态度柔和,言谈也极儒雅,声调甚至近于细弱。当时我几乎与人断绝往来,我的处境使我变得很孤独。我觉得他具有理解别人的力量,他的眼光似乎默默地含有对被侮辱被损害者的同情,这使我一见到他就从自己内心深处产生了一种亲和力。这种感觉似乎来得突兀,但我相信它。在我们往来的近三年内,我从未谈过自己的遭遇,他也从未询问过。直到他去世十多年后,我才从他的哲嗣世菩夫妇那里得悉,十力先生对我的坎坷经历和当时的处境十分清楚,并且曾为之唏嘘。我是从我个人接触来谈自己的感受,我并不想以此推翻别人的另一种说法,如说他性格怪僻,脾气不好等等。平心生前就向我提到一些事,我想他说的是事实。十力先生自己也向我讲过,他在四川复性书院讲学时和马一浮发生的一次争吵,尽管他们是相契的朋友,马一浮还曾以蠲叟别号为他所撰的《佛家名相通释》签署,为《新唯识论》写序。十力先生师友弟子多称他性格狂放,意气自雄,认为他具有一种慑服人的气概。他在自己著作上署名"黄岗熊十力造",颇引起一些议论,因为在印度只有被尊为菩萨的人才可以用这说法,据传他也曾经自称"熊十力菩萨"。他在论学时往往意气风发,情不自禁。有一次他与张东荪论学,谈得兴起,一掌拍在张的肩上,张逡巡后退。诸如此类传说,不一而足,使他在人心目中成为一个放达不拘的古怪人物。但他也有亲切柔和、平易近人的一面,大概由于太平凡罢,很少为人述及。我以为不揭示这方面,就难以显示他的完整人格。

我经十力先生允诺后,几乎每周走访一次。他身上有些神秘的东西。他在著作中曾记述,民国六年,他自武昌赴荆襄,参与守军独立。事败,辗转军中,七年入粤。一日午睡,忽梦他的五弟继刚陈尸在床,他不禁抚遗体痛哭,醒而泪痕犹湿。后离军返乡,始知五弟确已去世。他认为梦是预兆休咎的,不能尽以变态心理去说明。我探访他不久,有一次,他很认真地给我看相,可能他把这当作识人的一种方法。我觉得他的神秘主义是和儒家思想有距离的。我曾向他请教佛学,这时他已由佛入儒。在他起居室内,有三幅大字书写的君师帖。一居中,从墙头直贴到天花板上,上书孔子之位。一在右,从墙头往下贴,上书阳明先生。一在左,也从墙头往下贴,上书船山先生。他听我要学佛学后说:"你学佛学做甚么?现在没有人学这个了。"据我当时理解,他并不是菲薄佛学,而是对我这种学不干时的态度有所感慨。但他是随和的,同意我向他请教,并约定用通信方式笔谈。不久,他惠赠我战前由北大出版的《佛家名相通释》上下二册。书已陈旧,上面还有他用珠笔写的"仲光读本"四字。书中有二处眉批,大概是他准备增订的地方。现钞录如下:

上卷六十四页反面"无为法",引《大智度论》,上有墨批:"无为相者,无相之相,此实无形无象,虽现为有为,而不可谓无为之相,即是有为。譬如水成冰,冰相坚固,不可说水相即是冰。"

上卷七十六页"四谛"条,释"集谛"义原注"三界"一段文字,末句"一切烦恼及业,能为感苦之因,故说名集"。以朱笔加重点线,并于上端朱批:"感括一切苦果。"

书中另有一笺,墨笔书写,大概是作为以后改订之用:

第八行,至第九行。法相是无着学,唯识是世亲学二句,今改云:法相广博,盖自无着开基。(法相学,广分别一切法。平列而谈,无着是其开宗大哲也。其根本大典曰瑜伽师地论,亦称大论。)唯识谨严,独幸世亲克荷。(世亲初治小乘学,后承其兄无着之教,舍小入大,著百法,成唯等论,以一切法摄归唯识。法相之学,至是而系统谨严,是克担荷无着之业也。宜黄欧阳大师,以法相、唯识分为二宗,余未敢从,说见《新唯识论》附录。)

读了《佛家名相通释》,使我深受教益。诚如先生在志其缘起的序中所云:"疏释名相,提挈纲领,使玄关有钥,而智炬增明。"我对先生近于魏晋风骨、清新洒脱、机应自然的文字风格尤为服膺,书中警句至今尚可背诵。我曾向十力先生谈到自己的读后心得,认为书中所揭示的分析与综合,踏实与凌空,四者兼顾而不可偏废,诚为读书要诠。我向他背诵了书中的话:"吾常求此于人,眇然无遇,慨此甘露,知饮者希,孤怀寂寥,谁与为论。"十力先生听我说着,不禁颔首微笑,表示了他的高兴。十力先生曾向我讲述他治佛学的艰苦,面对浩如烟海的内典,茫然无所措手足。曾有一个时期,他埋头在明人的疏记中,废寝忘食,而所获甚微。他说这些话无非鼓励我勤奋好学,但我由于怠惰荒疏,终未入门,深感愧疚。

十力先生学宗二王,现被尊为新儒学开宗大师。但他并不只重义理,而是兼综踏实与凌空二义。据先生所下定义，所谓踏实者，乃"必将论主之经验与思路，在自家脑盖演过一番，始能一一得其实解。若只随文生解，不曾切实理会其来历，是则浮泛不实，为学大忌"。所谓凌空者，乃"掷下书无佛说，无世间种种说，亦无己意可说。其唯于一切相，都无取著，脱尔神解，机应自然，心无所得，而真理昭然现前"。这见解倘加细玩，必得读书之要领。我觉得，十力先生在治学方面所揭橥的原则："根柢无易其固，而裁断必出于己。"最为精审。我自向先生请教以来，对此宗旨拳拳服膺，力求贯彻于自己治学中。自然能否达到是另一问题，不过在我至少是虽不能至，心向往之。十力先生治学似较偏重颖脱超越一路，而对某些小节则不大注意。我曾向他请教禅法中的四等义，他可能年老记忆衰退，一时未能答对。在考据训诂方面，十力先生常遭非议，人说他辨真伪多出臆断，任意改变古训，增字解经。这些评骘出自对他诚服崇敬的同辈或友人，不能说没有一些道理。他重六经注我、离识无境之义，于现代诠释学或有某种暗合，可能会受到赞扬。但我以为训解前人著作，应依原本，揭其底蕴，得其旨要，而不可强古人以从己意，用引申义来代替。我并不反对注释者根据自己的时代经验，以今度古，作出价值判断。这在阐述古人著作时，甚至是不可或缺的。但原义的底蕴与注释者所揭示的义蕴，二者不可混淆。余英时先生曾以 meaning 与 significance 说明其间区别，是十分确切的。（但他对于两者关系的论述，我碍难同意。）我觉得十力先生所立的原则，即"根柢无易其固，而裁断必出于己"，是精辟的，可惜他在实践方面未能贯彻始终。不过，他对佛书的领悟，确有十分出色的地方，往往迥拔群伦，自成一家之言。他用心理主义去阐释法相宗，就是一例。他所谓心理主义并不就是心理学，乃是说其哲学是从心理学出发。他从宇宙论（三界唯心，万法唯识）、人生论（以此心舍染得净，转识成智，离苦得乐）、本体论（即心是涅槃）、认识论（自心起执相貌，故初假寻思，而终于心行路绝，由慧解析，知其无实，渐入观行，冥契真理）去阐释佛法。这些阐发给我极大启迪。他不是偏于一隅的专家，而是博学多闻的学者。他的兴趣在多方面，自称其学为六通之辟其运无所不在，如西谚所谓"博识专精"（We have to know everything about something and something about everything）。有一次，他突然向我谈起西方科学界的原子理论问题，他以为我正当壮年一定在这方面有些常识，孰知我茫然不能措一词，深感惶恐。他不使我难堪，很快转变了话题。他在早期就提出过治哲学者于中国、印度、西洋三方面，不可偏废的主张。这是很有见地的。他认为"佛家于内心之照察，人生之体验，宇宙之解析，真理之证会，皆有其特殊独到处。即其注重逻辑之精神，于中土所偏，尤堪匡救"。这些简明扼要的话，真是说得十分中肯，迄今仍成为我的良箴。在我和他来往中，我仅向他请教佛学，几乎很少涉及先生当时所服膺的二王之学。在这方面，我没有好好钻研，不敢妄议。我只能谈谈自己的一些粗浅的看法。十力先生早岁忿詈孔子，中期疑佛，最后归宗大易。他曾对龙树的大雄大勇无所不破的精神深表敬服。由佛入儒后，一反已往，以大易立人极之旨对此加以批驳。他恪尊天行健君子以自强不息之义，演大易翕辟成变之论，从而构成一完整的思想体系。我以为，不论他的哲学经过怎样的发展与变化，其核心仍在"本心"这一概念。有的学者认为，十力先生的体用论出，乃一大转变。由于他的体用论有摄体归用、万物真实之旨，于是说他"接近于唯物论"。但是，细察十力先生本心说之根柢，则不得不承认贺麟辨析明心章之明澈。贺评见于一九四七年，至今读来，仍觉深邃有据。十力先生所谓本心，即仁，即生生不息、凝成众物、而不物化、新新不已的"绝对本体"。这个刚健的本体（或本心）之显现，如贺氏所说："有其摄聚而成形象的动势，名曰翕;有其刚健而不物化的势用,名曰辟。所谓心物即是辟翕两种势力或过程。"一辟一翕,恒转不已。心与物交参互涵,不可分而为二,而是一个整体的相反相成的两个方面。十力先生既不承认唯物论,也不承认唯心论。贺氏称他为泛心论者,庶几乎近之。他认为有物即有心,纵使在洪荒时代,心的势用即随物而潜在。体用一如,心物不二,这就是十力先生哲学的真谛。他不墨守二王之学,而有所发展。他参照柏格森的生命哲学,而有所批判。他的哲学是称得上为一家之言的。以上理解不知是否恰当,我以为这方面的研究尚待深入。

十力先生自居儒家,他像宋明儒者一样,泛滥于佛老,反求于六经。他自称其学为"玄学",这并非一时兴到之语。十力先生七十寿辰时,马一浮赠诗有"萧山孤寺忆谈玄"。直到暮年,他对庄子兴趣未减。他给我来信时皆书斋名漆园,或漆园老人。他这样偏爱庄子,我想可借用他论张江陵的一句话"以出世态度做入世学问"来阐明。他虽然最不喜六朝清谈名士,但从生活上来看,我觉得他颇有魏晋人的通脱旷达风度。有一次,我去访问他,他正在沐浴,我坐在外间,可是他要我进去,他就赤身坐在澡盆里和我谈话。他不是性格深沉内向的人。他的感情丰富,面部常有感情流露,没有儒者那种居恭色庄的修身涵养。卓民先生说,这次沪上相会,一见面他就号啕大哭,使卓民先生深觉不安。最后几年,他无论在生理上还是在心理上,都受着老年人才有的痛苦的折磨。他和我谈到自己的消化不良,常常便秘,成为他天天发愁的事。他未装义齿,无法咀嚼,由丰先生为他煮一点烂面软饭,生活上照料得并不好。他向我说,离京前原想入川,可是董老劝他说:"年老了,还是和儿女住在一起好。"所以他到上海来了。世菩承厚贤伉俪住处并不宽敞,条件也差。十力先生为了坚持写作,住在淮海中路寓所,有五间房屋,可是亲人都有工作,不能来照料了。我是在"文革"风暴前夕,最后见到他的。"文革"开始,就此音讯隔绝。一九七九年底我才平反,听到他的去世消息,已经是他离开这个世界十一年了。

一九九一年八月十八日

(选自海天出版社 1993 年 10 月版《清园夜读》)

回看血泪相和流

柯 灵

平生事,
　此时凝睇,
　　谁会凭栏意?

——王禹偁:《点绛唇》

我是个平凡的人,不幸生在不平凡的时代,"城门失火,殃及池鱼",无端惹出许多是非。旧中国风雨如磐,我身历其境,未免和许多知识分子一样,心怀忧患,情切兴亡,参加了一些志在改变祖国命运的活动,主要是舞文弄墨,摇旗呐喊,不涉及实际政治,却落得二度入狱,两遭通缉,几次隐匿逃亡。这好比灯蛾扑火，还可以说是咎由自取。到了新中国，欣逢盛世，满以为从此霁月光风，天下澄清了，怎么也没有想到，我的罪还没有赎净，还要到现代《神曲》的炼狱里受一回洗礼。

一九六六年，夏季酷热，一出以"无产阶级文化大革命"命题的荒诞剧出台了。历史脱了轨，中国发了疯，饱经沧桑的上海又一次猛烈震荡。一群新的主宰者突然出现，戴着"红卫兵"臂章，洪水一样淹没了大街小巷、万户千家，随心所欲地抄家造反，打砸抢，谁也不能向他们说个"不"字。妇女光着脚在路上狼狈逃窜，成群结队的孩子拿着剪刀在后面呼啸追逐，因为高跟鞋和窄裤管也是革命对象。这场冲击波，最初波及的是文艺界。文学艺术一向被称为政治气候的晴雨表，现在作家以自己的厄运报道了暴风雨的来临。王西彦、孔罗荪、吴强、魏金枝纷纷落网，叶以群被迫堕楼，"黑老 K 巴金"的特大号大字报开始张贴出来，几乎从上海作家协会大厅的屋顶垂到地面。大毒草《不夜城》刚受过全国性批判，我自然也没有幸免的理由。九月三日傍晚，我在家接到电话，通知即刻到作协开会。当时在协会当家的是"文革"领导小组组长，我一到，蒙他单独接见，脸部表情丰富，告诫我说："外面形势对你很不利，现在上面给你一个机会，一个环境，让你去考虑考虑自己的问题。"说到这里，如响斯应，门一开，蓦地进来两位武装公安人员，我还来不及领会组长语言的全部含义，就被架上汽车带走了。那戏剧化的方式，很像反特影片里对付恐怖分子的场面。（应该补充一句：后来这位组长自己也成了审查对象。）

我背着囚犯的十字架，面壁三年，在兽笼式的铁栏后面度过六十华诞，茫茫千日愁如海。还连累了我的妻子国容，陪着我在外面加倍地受罪，几乎赔上了生命。

国容是教会大学培养出来的，学的专业是教育，从事的职业是教育，少女时代就是地下党员。她社会经历单纯，自尊心很强，"皦皦者易污，峣峣者易折"，在这方面特别敏感，受不得丝毫挫伤。我忽然成了无产阶级专政对象，单是这一点，就够她受用了。我犯了什么罪，连我自己也不明白，她当然更莫名其妙，但她得对我莫须有的"严重罪行"负责，因为她成了侦破我这件大案的天然突破口。她没完没了的受审讯，被迫揭发交代。她无法编造我的罪行，不愿和我划清界线，为了维护我的清白，被那种出名的"逼供信"酷虐游戏纠缠得几乎神经错乱。一次又一次的抄家，破"四旧"，抢房子，别有用心的人幸灾乐祸，肆无忌惮地上门捣乱。……我坐了班房，一了百了；国容孤军匹马，四面受敌，天大的灾难，都由她一人顶着。

接着是她自己成为审查对象。她是一个重点女子中学的校长兼支部书记，平时大家客气地称她"陈校长"，现在胸前挂着"牛鬼蛇神"的牌子，每天到学校接受批斗。据说妇女是半爿天，到了"文革"期间，这半爿天就塌了，只要男的靠边，女的就都是"臭婆娘"。国容顶着双重的恶名，邻家的孩子看见她就向她扔石子，吐唾沫。

我失踪以后，国容一直无法知道我在哪里。她孤苦无告，长年累月地到处去看大字报，希望从中得到一点线索。她听说，有的审查对象被押送出境，从此杳无下落。她满怀恐惧，怕我也遭到同样的命运。有一次她在路上遇见一位相熟的女同志（现在是中共中央候补委员），被打得满身伤痕，悄悄告诉她，听说我被公安局抓去了，她还不相信。可怜这位天真的地下党员，竟这样不了解政治！在这三年里，我们完全隔绝，不通任何消息，唯一的联系，是她可以给我送衣服和日用品，都是送到作协机关，听候造反派处理。她受审以后，停发工资，生活陷于极度困难，靠她父亲的接济，竭力给我送高档的东西，为的是不让我发觉她的处境。她苦心制造的假象也确实给了我宽慰,因为这对我在难中有无限丰富的含义。终于有那么一天,她收到了一份油印的通知单,开列着需要的物品,还有送达的地点。她也不知道那是什么所在,兴冲冲地做了准备,修饰一番早已无心打理的仪容,换一身整洁的衣衫,怀着久别重逢的希望。那地点在思南路,她循着绿云叆叇的林荫道,栖栖皇皇地向前走。据她的臆想,我大概在一个安静的环境里隔离审查。她终于发现阴森森的监狱高墙和大铁门,这就是租界时代对付中国人的法国牢监,现在是我们的第二看守所。门外排着给犯人送东西的长队,那多数是畸形社会的人物,形形色色的刑事罪犯家属。她这才明白过来,在我们为之奋斗多年的新社会里,落到了什么地位。她赶快靠在路边的墙上,才没有使自己晕倒。

所有这些,都是我在事过境迁、风平浪静以后,才陆续了解的。国容当时所受的精神怆痛和折磨,那就只有她本人知道了!

我身罹法网,却还不时押解外出,接受各种批斗。一九六九年七月十六日午后,又被押到作家协会。走道上用白粉写着硕大无朋的"打倒柯灵",我从上面践踏而过,俯首敛容,走进人头济济的大厅。大会主题还是百批不厌的《不夜城》,论旨还是"美化资本家,丑化工人阶级"。这次重点发言人,是一位以攻势凌厉著名的理论家。大会到了尾声,我忽然听到台上宣布:我被监禁是黑市委保护我,现在要把我放在革命群众中交代问题。于是我又被押回看守所,令在"无罪释放"的证书上签字。我被捕那一天,一位相当高级的公安干部对我说:"你犯了那么多罪,还号称进步作家!这过去的十七年里,我们为什么不动你呢?那是因为黑线保护你,明白吗?"这几句自问自答的话,算是逮捕我的法律根据。现在经过漫长的三年,严鞫深究,穷追猛打,加上匪夷所思的心理战术,无数人的揭发,全国性的调查,结果就是这轻描淡写的"无罪释放"四字。说关就关,说放就放,随心所欲,理直气壮,这里的确存在着极大的优越性。——不过这是就治人者而言,在治于人者那一面,是否真像布帛菽粟那样须臾不可离,就难说了。我虽然吃了三年冤枉官司,没有打成冤案,总是不幸中之大幸。"能忍则安",是我们祖宗的传家宝,当时我神情麻木,只觉得松了口气,急于要脱身,因为我多么渴望那点可怜的人身自由。

我又被带到作家协会大门口,从牢房里带出来的衣物破烂,垃圾似的扔在马路边,一圈人把我围在垓心,好像看马戏。我在牢里,曾经多次计划,有朝一日放出来,第一件事就是抛弃这些倒霉的东西,理一理发,若无其事地悄悄回家,好在邻居面前略为保全颜面,也免得国容过分伤心,没料到是眼前这样一种场面。我急于摆脱,提出要给我爱人打电话,押着我的工宣队员用手一指,说:"这不就是!"他指的是一直站在我身旁的一位妇女,憔悴瘦损,风也吹得倒。我怔怔地望着她发呆,半晌才认出是国容。我可怜的老伴,竟变得对面不相识了!

我回到家,满目凄凉,恍如隔世。客厅、书房都贴着封条,只保留了一间四壁萧然的卧室。在那样地老天荒的年月里,国容罗掘俱穷,没有拖欠国家一文房租。房管局的造反派勒令受审查的住户到局里认罪,对着毛主席的宝像,满满跪了一地,国容照样参加。她本来奉公守法,现在更谨小慎微,逆来顺受。那时不知有多少人家扫地出门,我仗着国容,出狱后才有这一片容身之地。

我虽然经国家的专政机关查明无罪在案,却依然是个无罪的罪人,每天到作协劳动,交代检查,一切照旧。也依然到处游斗,"特务"、"汉奸"的帽子向我乱扣。我释放那天,作协的工宣队事先把国容找去,向她严厉警告:我罪行严重,拒不交代,在监狱里逃避斗争,现在要对我实行群众监督,她必须帮助我彻底坦白。这对她显然是又一次沉重的打击,把她推到了绝望的深渊。

我和国容历劫重逢,怎么也没想到,她会发生这样剧烈的变化。不但容貌变得我不认得了,而且丧失了语言能力,说话诘屈聱牙,格格不吐,完全像洋人生硬地说中国话。她本来健谈,却变得沉默寡言。又学会了抽烟,一枝一枝,接连不断,没日没夜,把自己埋在烟雾弥漫中。她绝口不谈过去的事,我一谈,她就用眼色和手势制止。有一晚,我靠窗坐着,窗上映着我头部的剪影,忽然一声锐响,我遭到了射击,没有击中,落在地上的是一粒小铅球,想必是邻家的孩子干的,那时这样的恶作剧很流行。国容惊魂甫定,轻声说:"我们给人家当作特务在审查,你知道吗?四面都有耳朵。"说时神情惨淡,和我泪眼相向,久久无言。我心里很难受,眼看她从肉体到心灵,都给生生的摧残了。我在狱中,最牵肠挂肚的,就是怕她受不了这飞来横祸的袭击,更担心把她也拘禁起来,有一次听到牢房里仿佛有妇女说话的声音,再也摆脱不了那恐怖的黑影。我当时心有所感,常常构想些打油诗遣愁,为此曾有一首七绝,表示祝祷:

君是亭亭白玉莲,皎如幽谷出清泉。

我自泥泞君自洁,应得人天别样看。

有一次我得到她送的新棉鞋,情绪激动,另有一首:

莫道苍生正苦寒,谪居犹得试新棉。

名流千百无归宿,我在人间大有天。

我把这两首诗写在纸上给国容看。那天我们谈得很晚才休息。将近破晓,我在睡梦中被一阵钝重的抨击声惊醒,开了灯,只见国容躺在长沙发上,用毯子蒙着头,我过去揭开一看,我一生也没有经过这样的打击,天崩地裂也不会使我这样吃惊。

就在我写诗的纸上,她写了两行字:"亲爱的,我们是无罪的。我先走了,真抱歉。"她把诗用橡皮擦掉了,只是还留着隐约的痕迹,可以看出她的平静和坚定。惨剧幸而没有酿成,又招来了新的罪愆,因为这是"自绝于人民"的万恶行为。声势浩大的斗争大会,还有缤纷的冷言恶语,鄙夷轻蔑的眼色。国容送到医院抢救,医院里也是造反派当权,不但得不到正当的治疗,还受尽了白眼。"人生到此,天道宁论",这是古人身陷绝境时无可奈何的呼声,我想不出还有什么比这更贴切的语言,能表达国容和我当时的处境。中国封建统治阶级有施行酷刑的野蛮传统,而且擅长锻炼罗织,但也想不出像"自绝于人民"这样刁钻促狭、不负责任的罪名!

人间毕竟还有温暖,国容年轻时的学生,不少走上社会后各有成就,始终没有和国容断绝交往,即使在那样万难的时刻,这是很可感谢的。有一位学生听到这消息,对我直跺脚叹气,说:"我一直有预感,她的坚持是为了等你出来,你出来了,她可能要出事。"我后来才知道,她曾经割过腕动脉,只是为了不愿抛下我在不明不白的诬陷中独自挣扎,她才自己动手包扎,在生死一发间救活了自己。她就是这样的脆弱而又坚强!

一场风波刚刚过去,作协就宣布全体下乡,到松江辰山劳动改造。自从发生那场意外,我没有睡过一晚好觉。我实在不愿意国容一个人留在家里,但又身不由己。国容倒很镇静,忙着替我准备行装,等我动身,她决定回娘家,依靠她父亲过日子。

《圣经·创世记》里说,礼拜天是上帝赐予人类万世的节日。劳动改造另有章程,改为每月集体回上海,集中过四个休息日,因为下乡的不但有牛鬼蛇神,还有革命群众和工宣队、军宣队,他们的家都在上海。国容每月可以回家和我团聚一次。在寒冬的一月，我休假前写信和国容约定，准时到家，却发现室空无人，到处是灰尘，情况很反常。我满心惶惑，坐立不安，不知出了什么差错。正想出去打电话，听见了叩门声，我赶快开门迎接，进来的却是我岳父。他满脸愁容，强作镇定，说国容隔夜还在准备回家，睡下以后，却一直没有醒过来，现在已送到第六医院。是什么原因，他也说不清楚。又一次晴天霹雳击中了我，我一时目瞪口呆，手足失措，六神无主。

国容在病床上只是昏睡，经过三天的抢救，也没有醒过来。我和岳父最担心的是她再一次想不开，但彼此心照不宣，害怕说穿。医生给她洗胃的结果，证明没有服用过什么药物，才撂下心里的千斤重担。但医生同时明显地暗示，病人很难有苏醒的希望。我不分昼夜陪着她，望着她宁静的睡容，时不时叫她几声，希望把她叫醒，她没有丝毫反应。因为痰多，喉头壅塞，医生给用了吸痰器，轰轰震响。我听着她艰难的呼吸，唯恐一口气上不来，心弦绷得要断。想起她为我所受的委屈，所做的牺牲，我再也忍不住流泪。

造反派立法森严，审查对象不许乱说乱动，走到哪里，就到哪里消毒，宣布身份。我像脸上刺着金印，在医院里到处看人眼色。我本来患痔瘘，下乡劳动又造成了痛楚不堪的脱肛，身心交困，已到了崩溃的边缘。到第四天，国容依然昏迷，我的假期已经满了。我向工宣队请假，工宣队坚决不许。下乡的前夜，我整晚坐在国容的病床前，默默地向她告别。我深自歉疚，为什么那么卑怯，那么残忍，连给妻子送终的权利也不敢断然争取！岳父舍不得他爱怜的女儿，老泪纵横，劝我放心，他会来全力照顾。他已经为女儿料理后事，赶制了一套衬衣衬裤，说让她好干干净净的穿了去。我和岳父约定：万一国容不幸，就打电话或电报，我好赶回来给她送葬；如果病有转机，要尽快告诉我，但不要打电话电报，因为我再也经不起惊吓。

天毕竟比人宽厚，——"天无绝人之路"：国容到第七天，终于奇迹似地醒过来了。我在辰山收到了她的亲笔信，字迹歪斜潦草，难以认辨，写的是："我醒过来了，请放心。毛主席万岁！"——那时正在盛行"早请示，晚汇报"，文件布告，都得引用毛主席语录，作为"最高指示"开头。医生确诊，国容患的是中毒性肺炎。一般的病例，昏迷过久，醒过来就会神志失常，记忆消亡，过去成为一片空白。国容醒过来，发现自己在医院里，她开口的第一句话是一个问号，说："柯灵呢，他怎么不来看我？"她还记得我休假的事。护士指着我岳父试探说："你看，这不是吗？"她说："不，这是我父亲。"天可怜见！她还是国容。

我平生最怕烟味，也反对抽烟。国容沉湎烟癖的时候，我每月领到有限的生活费，总是先买好香烟，当作礼物送给她。因为我理解受难的灵魂需要缓解。经过一场大病，烟瘾自然祛除，使我感到欣慰。有一次我在辰山街上小店理完发，因为刚听人谈到吸烟的危害，就顺便到代办邮政的烟纸店里，就着柜台给国容写了封信，寥寥数语，敦劝她为了健康，万不要再沾香烟。刚写完，背后伸过一只手，把信抢过去了。我一回头，原来是军宣队的连长。他脸色铁板，和我作了如下的对答：

"你出来干什么？"

"理发。"

（他一瞥我刚刚清理过烦恼丝的脑袋）

"请过假了吗？"

"请过了。"

"写信请示了吗?"

"没有,是我临时想到的。"

他看完信,向柜台上一丢:

"以后写信,要经我们审查批准。"

我默然,把信封好,扔进了邮箱。

国容的体质完全损坏了,在医院里躺了好几个月,才能勉强下床,但两脚已不能走路,人瘦得只剩一把骨头,上楼下楼,都由我背着。

我出狱时,有朋友私下向我道贺,说:"你幸亏进去了!"那神情又像庆幸又像羡慕。我当时听了很不受用,心想你倒进去试试!但渐渐的也就释躁矜平,承认了这个欲哭无泪的事实。

十年一觉,恶梦总算结束了。像四十年前一样,我们又一度为振兴中华的美好希望所陶醉。国容在"四人帮"治下已被迫从工作岗位撤退,腿部致残,失去行动自由,但并没有损伤她对生活的勇气与信心。繁琐的家务并没有束缚她的身心手足,兴致勃勃地拿起笔,翻译了根据格林童话《灰姑娘》改编的英国影片《水晶鞋与玫瑰花》的文学本,美国当代哲学家马修斯的名著《哲学与幼童》。在"文革"爆发前,她已在病中翻译出版了好莱坞《二十部最佳电影剧本》中的《史密斯先生到华盛顿》。她的教学生涯结束了,但没有忘情教育。她翻译的作品内容,都和教育理想有血缘关系。

"事如春梦了无痕",过去的阴影并没有破坏我们暮年的恬静心境,因为我们没有把这种惨痛的经历当作个人恩怨。但对大是大非,我们不能因年老而无所容心,因为我们热爱自己的祖国和人民。"文革"现象是人类文明的奇耻大辱,决不许重演!

列宁说:"忘记过去,就意味着背叛。"这句话被反复引用得老掉了牙,现在已经不大有人提了。但忘记历史,掩盖历史,终将受历史的惩罚!

一九九一年五月二十一日

(选自上海文艺出版社 1993 年 12 月版《柯灵六十年文选》)

研究中国历史到威尼斯?

黄仁宇

每年四月半是美国报所得税截止的日期。一九九〇年我去看公众会计师的时候,他看到我的账内列有欧洲旅行的开支,他就提出一个问题:"为什么研究中国历史要涉足威尼斯?"

预计到联邦国内税务署也会提出同一的问题,所以我就把自己曾在英文刊物发表的一篇文章解释两者中的关系带去作见证。写中国历史,不一定要履足中国,写欧洲历史也不一定要自己游历欧洲。不过在可能情形之下,还是亲身亲眼看过自己笔下的题材较为稳妥。世界上常有出人意外的情事。我们都知道英国的国都在伦敦。可是实际上今人所游历的伦敦,包括海德公园、白金汉宫、英国议会等等地方都在威士敏斯特而不在历史上的伦敦。今日之旅游者可以遍游不列颠岛经过英格兰、苏格兰而未曾涉足伦敦。可是英国历史上的银行街却又在伦敦城内。这些事情不一定会包括在书本知识之中,通常情况下我们也用不着咬文嚼字地必须追究一个水落石出,可是写入历史论文里面去,其中的细目却可能在某种关系之下发生很大的差异,偶一不慎,可能铸成天大的笑话。

法国的布罗代尔教授(Fernand Braudel)是我至为敬仰的一位历史家。我所羡慕的是他的眼光,而不是他说人叙事时一笔一句的真确。他曾把河南写成一个滨海的省份,中国的明朝则于一六四四至一六八〇年间(实为顺治康熙年间)被蒙古人所征服,虽说这是着笔时查考书籍之一时疏忽,究竟也是闭户造车,没有实地经验之故。只因为布罗代尔教授在国际学术上之声望,虽犯了这样的错误还能依旧立足,旁的人恐怕就难如此侥倖了。

威尼斯在海岛之上,去大陆有两个半英里。这海沼之中过去一般水浅可以徒涉,其中却又有一些深水道曾在历史上防御战时发生过作用。今日则水涨地低,全城有沦没的危险,国际间营救古迹的组织,正设法以泥浆注入建筑物基地之中,使其抬高。过去我也曾听说这城市的鹹水不便于制造,可是又有些书上说到十六世纪中期年产羊毛呢绒一万六千疋,使人怀疑。到过该地之后才知道中世纪的手工业都在大陆之上海沼边缘的村落中发展。这些地方也属威尼斯,还有不少的犹太人聚居在这地方,威尼斯人却不许他们过海到岛上去。所说鹹水不便于制造乃是专指丽都(Rialto)及圣马克(San Marco)诸岛而言。

至于我和内子的喜欢旅行则已成癖性。最近十年之内我们常常弄得家无余粮,所有的积蓄不够短期间的开销,可是只要一有机会,我们又是向航空公司和旅行社打听消息,找价廉物美的票位。在我说来这种"滚石头不聚青苔"(rolling stone gathers no moss)的作风不仅与我的写作有关,而且已经积有半个世纪以上的经历。

现在让我先说五十多年前的一段切身经验:

一九三七年对日抗战开始,各地动员。在我家乡长沙的火车东站,也常有一列列的兵车运部队到前线。有一天我在车站看到这样一段列车开动,那时候我还只十九岁。一时情绪激动,不自觉地脱帽,向上前线的官兵大扬其手,预料开赴前线准备和敌人拚命的将士发觉后方群众如此热烈欢送,势必挥手回礼,岂知大谬不然,站在月台上如此兴奋的"群众",只有我一人。不仅踞着站着兵车上的官兵对我漠然视之,即前后左右月台上的人也觉得我举动失常,好像是神经病发作。那时候我羞愤交并,如此这般才生平第一次体会到中国的社会和西方的现代社会当中有一段莫大的鸿沟。从背景上的不同影响到心理,也表现到语言和行动。

几个月后,我在《抗战日报》工作。有一天日本重轰炸机十八架来临,在湖南大学附近投了很多炸弹,据说当日我方军事最高领袖在湖大图书馆召开会议,是否如此不得而知。只是我去现场报导时眼见炸弹全未投中建筑物,只在四周炸开了不少的深坑,身在其处遭殃的平民,头颅身躯四肢莫辨,只是一团血肉模糊,也有家人子女抢天叫地的号啕痛哭,可是旁边的人毫不关心。还有若干男女正在抢夺炸下的树枝,这方叫"我的",那方拖着不放也叫"我的"。树枝可作柴烧,多谢日本飞行员，对没有受害的人讲，这也算是一种份外礼物。此时距日军在南京"屠城"不久，而且七泽三湘还是素称爱国心长，一向士气激昂的地方。当夜我写了一篇文章，不知用了多少口诛笔伐的字眼责骂抢树枝的人冷血，倒忘记了对我后方不设防城市滥行轰炸的日本空军，那篇文字当然不能刊载。

当日主持《抗战日报》的编辑廖沫沙，我称之为沫沙兄，在他看来，我写那篇文章是表现我的思想不成熟，也还是不加思索先用小资产阶级的观点随意批评指摘的表现。今日想来，我当日对阶级观念之不够认识，事诚有之；可是并不是小资产阶级与无产阶级间的矛盾，而是知识分子与未受教育的群众之间的距离。在中国社会里讲，知识分子也是一种阶级，即传统士大夫阶级的延长。

本来"知识"早就应当全民化，虽说当中也有粗细深浅之不同，却不能为一群所谓"分子"者所独占。知识分子，英文为 intelligentsia，据我所知道的今日还只能适用于苏联及中国。既有知识分子，也必有无知细民。这也是此世界上一些泱泱大国至今落后而不能民主化的症结之所在。这些国家企图民主化，其方针不在加强知识分子的地位。因为民主即是"天下兴亡，匹夫有责"，而不能如传统社会之天下兴亡，全由士大夫阶级包办。俄国的 intelligentsia 在十九世纪即有此种警觉。所谓"民粹运动"者，即由知识分子发起。他们男女都有，放弃了养尊处优的生活，自动下放到乡下当小学教员或是客栈杂货店的经理。可是没有结构的改革（unstructured reform）到底不能成器。乡民无知，不识好歹，反对这群热心人怀疑，或者驱之出境，或向沙皇的特务人员密报，此运动也夭折。

以上所说我自己两段人身经历已是五十年前事。当时我也不知道英文中的 intelligentsia 和俄国的民粹派。也仍不顾左翼右倾，只是凭着个人英雄主义盲人瞎马地乱闯。一九四一年我在成都军校毕业后，于役十四师当少尉排长，足穿草鞋，一个月后已是满身虱蚤，也经常被行伍出身的同事逼着吃狗肉。至此才发觉我们士兵之中有极少数是抗战以前募兵时代的"遗老"。他们希望靠行伍出身升官，和我军官学校出身的利害冲突，也经常想方法和我作对。一般征兵所得则半属白痴，否则亦是痹癃残疾，不堪教练。我可以想像他日我们冲锋时一涌上前，只好不较分寸，死伤狼藉；退却时即作鸟兽散，各自逃命。我和他们勾心斗角后，再度忖量之余，发觉他们入厕时以竹片瓦块当手纸，又不免良久恻然，而深叹人间何世。这时候后方城市如昆明重庆除了少数"发国难财"的外也算是一片赤贫。可是和我们部队的生活一比，又已经是两个世界。至此才领悟到中国是一个未经"整体化"（not integrated）的社会。兵士被征入伍，主要的是没有社会地位。若为知识分子，则有各种免役避役代役的机缘。因之"壮丁"被征入伍，用绳子牵套着送来，逃亡时即不需讯问，可以就地枪决。这些事实，成万上千，也不容我们右倾保守即可以在历史上掩饰。而且也因为我们组织上有此弱点，才引起强邻入侵，杀进堂奥。

两年之后，我在驻印军当上尉参谋。这时候兵员已经通过一段选择，装备也由美国供给，可是这未经整体化的情形依旧存在。我也知道自己偶一出入于阵地最前方，已经获得各方赞扬；可是有不少的战士，已经两次受伤三次受伤依然派往作尖兵斥侯，成日整夜与死为邻。我曾亲眼看到有些士兵一足穿网球鞋，一足登不合尺寸的橡皮靴，在泥泞之中蹒跚。在森林之中的黑夜里我曾亲耳的听到他们谈天，提及："恐怕要到密支那才有大休息哦？"至此已引起无限之同情。驻印军无掩埋队,有些在公路线外人迹罕至的地方战死的士兵,只就地掩埋,情况紧急时几锹黄土也可以算数,也可以想见以缅北之倾盆大雨不几小时就骸骨暴露。也可想像他们也是人子人夫。他们在国内的家属还不知道彼此已是阴阳异途,恩断义绝,却还仍是生死莫卜,将信将疑。偶一开追悼会时,我们听到读祭文中有"呜呼,草长莺飞,故国之春已暮,剪纸招魂,他乡之鬼犹新"的辞句,深觉此情此景屡现眼前,而不能责备军中文职人员舞弄笔墨了。

这和我所说的旅行有何相干?又与此文劈头提出的威尼斯何涉?

因为五十年来的胡闯瞎闯,我获得了一段将世事纵横曲折前后左右上下观察的机会。我既非忠贞谋国之士,也并非投机分子。只因介入两者之间,才能保持著作史的主观和客观。一个国家与社会与时代完全脱节,并非任何人之过失。只是这种情形必招致革命。许倬云教授曾大书:"革命不仁,以万民为刍狗。"曾在法国以"老虎总理"著称的克里曼梭(Clemenceau)也曾说过:"革命总是一个大整体,一个大方块。"既然如此,则只有带集体性,而无从在每一个人之间保持着人身经验之合理合法,也谈不上公平与不公平了。

又经过几十年的教学历史,我已发觉到近代国家的革命,统有共同的程序,即上面要重创高层机构,下面要翻转低层机构,从中还要新订上下之间法制性的联系。这样的改造少则三五十年,多则近百年或超过一个世纪。即是改革轻易的国家,通常将其问题之一部外界化(externalite the problem),引起兵连祸劫的国际战争,最后玉石俱焚,也并未占到便宜。我初作此说时,还害怕自己过于偏激,所说或有未当。经过最近十年来在各处著书讲学的经验,则更只觉得唯有此说才能贯穿中外的历史,而且才能将书本上的知识和个人人身经验穿插成为一气。

今日还有不少年轻的朋友羡慕日本。恰巧我在抗战胜利之后曾随军赴东北。也发觉到当地好几十万的日本军民,包括不少铁道线上的员工,已被苏联作战俘一并掳去到西伯里亚作工。对他们的家属说也是生死莫卜,音讯杳然。有些技术人员的家属为生计所迫,以浴室作为澡堂备热水供我们洗澡。我们看到他们太太们如此下场,觉得过意不去,慷慨的多给几文钱,已经引起她们伏地磕头致谢。后来残余的日本人撤退回国时,也不管他们是掠夺致富或是勤奋起家,每人除随身行李之外只准带约值美金二十元的现钞。一九四六年的春天东北各城市中到处都可以看到老幼的日本人推挽着大车,上置被袱,飘扬着白旗悄然回国。后来又有在秦皇岛和葫芦岛的同事告诉我,每次遣返日侨船未开行时,总有好几个日本人跳水自杀。他们一生经营至此尽成流水,东望祖国又是 B29 轰炸后的废墟。从渤海湾面对太平洋已和项羽的不愿再见江东父老一样的无地自容,只好与波臣为伍。

我写这篇文章的目的何在?难道以"时也,命也,运也"劝告读者自识指归,各安本份?说来也难能相信:如果我们纯粹以个人主义解释一切,则只能得到如此的一段结论。天地既不因尧舜而存也不因桀纣而亡,那么谁又在革命期间担保你的人身安全和各个人的因果报应?在长沙遭敌机轰炸后抢树枝的人们,早已采取这种看法。如果要知道各种情事在大时代的意义,则只有将眼光放宽放大,相信历史上的长期之合理性(long-term rationality of history)。

今日看来世界各国已有"天下混同区宇一家"的趋势。我提倡的世界史观注重从以农业习惯作社会骨干而代之以商业精神为主宰之一大转变。威尼斯实为这个世纪牵涉全球一个大运动的出发点。因为圣马克和丽都诸岛无土可耕，无木材足以架屋，无纤维可供织纺，甚至无淡水可饮，于是全体人士才锐意经商。起先在波河沿岸兼鱼盐之利，后来增进造船技术加强商业组织及商业法律，具有资本主义之初貌。

中国不仅以农立国，而且两千多年来上自专制皇权下至宗法社会暨当中的"五服"、"十恶"和科举取士的制度，无不融合着以小自耕农为国家主体的大前提。此中大小新旧不论，总之就是和威尼斯之精神全部相反，三四百年前要说中国终要受威尼斯传统之影响，可能谁也不能相信。这也是我要瞻望威尼斯的一个原因。来此并非崇圣。可是看到所谓巴士即为大船，出租汽车即为小船，红绿的交通灯挂在便河之上，也是书本知识之所未有。

这样一来，我们也可以想见中国要改造时的荆棘重重。我在美国教书时首即提醒学生：如果中国过去一百五十年的改革加在她们头上，则上自发髻，下至鞋带，当中的服饰，脑袋中的思想，嘴中的语言，人与人的关系，有关宗教婚姻教育与契约，无不需要改变。我自己就是一个 D.P.（亦即 displaced person）。早三年前我在一个国际汉学会议提起：即因内战而使大陆两百万以上的人口迁移台湾也为中国历史亘古之所未有，因之随便批评，以先进国家平日的标准检讨一个待开发的国家尚在挣扎的状态，必会冒上一个以静衡动的嫌疑。如果说得更过火，则是以小权大，坐井观天。

个人的踌躇与翩跹，托之命运，前已言之。可是其所代表的是一种群众运动，带有历史性格，又当别论。我已在各处写出，包括大陆的书刊在内，中国的改造途中，一九四九年以前所作贡献，为创造一个新的高层机构。中国想要动员全国，纠结着三百万到五百万的兵力，和强敌作八年苦战，也是破天荒之壮举。当时一切无不因陋就简，所有军令军训军政军需，要不是全无着落，即是仓皇支吾应命。其中贪污不法无能的事项必有无疑。最近陈诚先生的遗稿问世，他就提及一九四三年在滇西滇南视察时，发现"若干部队对于走私运烟聚赌盗卖军械等破坏纪律行为，亦较其他驻地之部队为多"。（《传记文学》三二○期 51 页）为什么连他也只能开一只眼闭一只眼？因为最高统帅部不能解决下属的供应问题就无从认真计较了。退一步解释，即是整个组织与时代脱节，罄全国之所有和立即需支付兑现的条件当中有几百年的距离。要不是行苦肉计及空城计挣持到底，听候同盟国解我倒悬，则只有任日本军阀宰割。

在同样大前提之下，我对于中共及毛泽东行土地革命翻转乡村中的低层机构，也是同样尊重其在历史上的长期之合理性。

有了以上两个条件，那么今日之中国只能继续经济之开发。唯其如此才能固定上下之间法制性之联系。也唯其如此，才能扫清文盲，普及教育，使知识不永久的被若干分子所独占。如此之民主，才有真实的意义。下一代聪明睿智之士，或为农为工为商，或做律师及政治家，或做艺术家写小说著历史，也用不着把天下兴亡的责任全由一己担当。

也有人说，经济改革前途必有风险，万一不慎，或是通货膨胀不可抑止，或是大批人口失业，必致社会动乱。可是我说虽然计划改革时不能明知故犯自贻伊戚；可是冒必要之险，仍是无可规避。所有现代经济本身即带着一种冒险性格,在今日也是众望之所归。如果踌躇不前,则是冒更大之险。

也有人说,今日地球已经海陆空一片污染,森林砍光,臭氧层开天窗,地温升高,中国经济继续发展,势必增加以上破坏的程度。可是我说虽如此也不能让中国停滞在一个不上不下的局面里。而且纵如此仍不能将全球的问题全由经济落后的国家如中国担当。这些大问题之获得解决,先必有极大之压力,然后由先进国家作领导分工合作寻觅途径才能在经济上有效,有如能源用尽,势必寻觅新能源。于今原油价格低廉,则虽有心人无法做蚀本生意地去收集太阳光内的功能。而且世界上贫富悬殊,各国所受经济压力相差过远,亦非富有国家之福。

假使世界上的事情能全球化,我们是不容悲观的。我们现在所知道的科技知识,尚可能不及宇宙间奥妙千万分之一。宇宙间事物之大,大而不知其极,其小处也小而不知其极。这当中必有很多尚待发现的神秘足供人类在技术上引用,足以解决实际的问题。

这样一来已越说越远了。让我再问一次:为什么威尼斯?提及威尼斯则是表现我从技术角度看历史,不从道德观念检讨历史。我希望以后写作,集中于前者,而逐渐离开后者,如是才轻松有趣。可是一牵扯上中国历史,又不能将道德这一观念完全放弃,也只好主张在将历史的观点放长放远时,也将道德观念放宽放大。又让我再说一次:我对前途仍是乐观的。一九八七年我和内子去法国里昂,此地在大革命时为反革命中心之一,山岳党人削平叛乱之日主张将全城焚毁,使地图上不复有里昂的名字。被拘捕的反对派则摆在预掘之壕沟间,二百人一批,予之以炮轰,再不死则枪杀刀刺,也真是人间地狱。可是今日之里昂则为法国工商业重镇,表现着一片升平气象。罗昂(Rhone)及萨恩(Saone)二河在此交流,水色深碧。大革命时因为天主教的僧侣不肯宣誓,则由革命政府索性废除天主教,不承认耶稣基督。今日里昂最高点富微亚(Fourviere)山顶上的教堂仍供着圣像,我和内子推门入内时劈头就看到信男信女供奉的明灯,金焰闪烁,无虑数十百支。我们虽不属任何宗派,亦有一种心情温暖的感觉,而更体会历史上的长期之合理性,并非托于空言。

(原载《读书》1992年第3期)

孔林片思

费孝通

十天前我刚从山东考察回来。在山东考察了沂蒙山区,了解山区发展的情况是我此行的目的。另外附带还参观了曲阜的孔庙、孔府和孔林,又到泰安登泰山,靠缆车上了南天门,遥望十八盘,自叹年高难攀,衰老由不得人。我想了很多,从登山我想到了建设中国现代化的艰巨性,也想到了建设一门学科的艰巨性。哪里谈得到从心所欲。

十年前重建中国社会学的时候,我就给自己规定了一个任务,就是跟上中国农村变革和中国社会发展的步子,认识它,认识这种变革和发展,并将它们记录下来。应该说,这十年是我一生中最好的十年。我利用一切给我的机会,每年都出去跑,出去看。现在除了西藏和台湾没有去以外,其它的省区几乎都跑遍了。西藏是医生不让去,怕我身体吃不消,台湾是时机还不成熟。十年来,我马不停蹄地跑,越跑越觉得自己跟不上时代变革的步伐。

一九八九年我在《四年思路回顾》中对珠江三角洲城乡发展模式曾作了初步分析,现在看来已经很不够,太简单了。于是今年三月初,我又抽出十天时间,到这地区的顺德县作重点访问。返程中顺便还在东莞和番禺停留了一下。这样,对珠江模式有了一些新的认识,并写了《珠江模式的再认识》。四月下旬,我又到了浦东。

龙是中国的象征。"龙的传人"已经进入歌曲。中国怎样才能真正变成一条龙?我看只有把经济全面发展起来才能成为个名符其实的大国。这需要一个总体战略设想。这条经济上和文化上的大龙得有个龙头,龙身和龙尾。我看形势,或者可以说龙头就是上海。长江是一条可以带动整个内地发展的脊梁骨。龙尾有两端,长得很。一端在西南,以攀枝花和西昌为中心的南方丝绸之路;一端在西北,以兰州为中心,西出阳关的亚欧大陆桥。这是一个中华大龙的总格局。只能有了一个总格局,才能讲各地区的发展怎样配合,才能讲一个个中国人应当怎么办,才能讲每个人自己的位置和出路在那里。

前两年许多外国朋友为了庆祝我八十岁生日,在东京举行了一次研讨会,讨论我对中国社会的研究。我在会上宣读了一篇文章叫"人的研究在中国",主要讲我一生研究中国农村中应用的比较方法,发表在《读书》杂志一九九〇年第八期上。至于人的研究,内容很广,可以从人们的身体到人与人之间的关系,我所接触到的只是其中极小的一部分,说不到有多大分量。

这次到了孔庙我才更深刻地认识到中国文化中对人的研究早已有很悠久的历史。孔子讲"仁"就是讲处理人与人之间的关系,讲人与人之间如何相处。孔子的家族现在已经到了七十六代了,这说明中国文化具有多么长的持续性!文化大革命中有人要破坏孔庙,群众不让,被保护了下来。为什么老百姓要保护它?说明它代表着一个东西,代表着中国人最宝贵的东西,这就是中国人关心人与人如何共处的问题。

海湾战争之后人们已注意到战争造成了环境污染,认识到了人与地球的关系。这是生态问题。地球上是否还能养活这么多人,现在已经成了大家不能不关心的问题了。这是人与地的生态关系,但最终还是要牵连到人与人的关系上来,反映在人与人之间怎样相处,国与国之间怎样相处的问题。这本是第一位的问题。这个问题现在还没有很好地提出来研究,看来人类在这个问题上还没有足够的觉醒。

到泰安之前,我去了邹平县,邹平是梁漱溟先生当年搞乡村建设的基地。我去给梁先生的墓上坟,明年是梁先生一百岁纪念。梁先生的墓建在半山上,视旷眺远,朴实如其人。这说明邹平的老百姓尊敬他。他为人民做了好事,人民会永远纪念他。梁先生在邹平七年,从事乡村建设实践,大力开展乡村教育、推广科学技术,改良农村经济,取得了一定成效。梁先生的主要观点之一是强调中国文化有它自己的特点,他把世界文化分成三种模式,西方文化、中国文化和印度文化。这三种文化造就了三种人生态度:西方人注重物质外界,力图改变环境,满足生活的物质需要;中国人不尚争斗,力谋人与人之间友爱共处,遂生乐业;印度人则纠缠在物质生活与精神生活之间永远调协不了的矛盾里。西方人讲了科学,促进了生产,发展了生产力。这是好的,但还有一面就是这种态度既可活人又可杀人。他们忽略了人与人之间应当怎样相处。

我们中国人讲人与人的相处讲了三千年了,忽略了人和物的关系,经济落后了,但是从全世界看人与人相处的问题却越来越重要了。人类应当及早有所自觉,既要充分认识人与环境的关系,更要明白人与人之间怎样相处才能共同生存下去。现在南北关系是很不合理的。第三世界中的中国,人口就占全世界人口的五分之一。而发达国家的世界上同样占五分之一的人口却占有了五分之四的资源。这样的世界上人与人怎么能和平相处下去呢? 二十一世纪是一个危险的世纪! 这一点应当引起重视,如何进一步研究它,也值得考虑。

我从三十年代开始研究的是如何充分利用农村的劳动力来解决中国的贫困问题。物质资源的利用和分配还属于人同地的关系,我称之为生态的层次。劳动力对于财富的占有就是人与人之间的关系了。我个人的研究到今天为止,还没有跨出这个层次。现在走到小康的路子是已经清楚了,我已认识到必须及时多想想小康之后我们的路子应当怎样走下去。小康之后人与自然的关系的变化不可避免地要引起人与人的关系的变化,进到人与人之间怎样相处的问题。这个层次应当是高于生态关系。在这里我想提出一个新的名词,称之为人的心态关系。心态研究必然会跟着生态研究提到我们的日程上来了。

生态和心态有什么区别呢? 我们常说共存共荣,共存是生态,共荣是心态。共存不一定共荣,因为共存固然是共荣的条件,但不等于共荣。

人们心态正在发生着变化。心态的关系及其变化由谁来研究? 目前,文艺界正在接触这个问题,作家们用小说的体裁来表现人们的心态,但还没有上升到科学化的程度。怎样上升到科学化? 弗洛伊德作出了尝试,但他却从"病态"来研究人的心态,这是从反面来探索的路子。我们需要从正面来研究,谁来研究? 过去是孔夫子。他从正面入手研究心态,落入了封建人伦关系而拔不出来,从实际出发而没有能超越现实。他的背景是春秋战国时代,那是中国古代的战国时代。现在世界正在进入一个全球性的战国时代,是一个更大规模的战国时代,这个时代在呼唤着新的孔子,一个比孔子心怀更开阔的大手笔。

我们这个时代,冲突倍出,海湾战争背后有宗教、民族的冲突,东欧和原苏联都在发生民族斗争,炮火不断。这是当前的历史事实,在我看来这不只是个生态失调,而已暴露出严重的心态矛盾。我在孔林里反复地思考,看来当前人类正需要一个新时代的孔子了。新的孔子必须是不仅懂得本民族的人,同时又懂得其它民族、宗教的人。他要从高一层的心态关系去理解民族与民族、宗教与宗教和国与国之间的关系。目前导致大混乱的民族和宗教冲突充分反映了一个心态失调的局面。我们需要一种新的自觉。考虑到世界上不同文化、不同历史、不同心态的人今后必须和平共处在这个地球上,我们不能不为已不能再关门自扫门前雪的人们,找出一条共同生活下去的出路。这使我急切盼望新时代的孔子的出现。看来我自己是见不到这个新的孔子了。但是我希望在新的未来的一代人中能出生一个这样的孔子,他将通过科学、联系实际,为全人类共同生存下去寻找一个办法。

这个孔子需要培养,我们应当学会培养孔子。要创造一个环境、一种气氛。这个时代在思想上理论上必然会有很大的争论,在争论中才能筛洗出人类能共同接受的认识。在这种共识的形成过程中中国人应当有一份。各国都应当有自己的思想家。中国人口这么多,应当在世界的思想之林有所表现。我在宜兴的新闻发布会上曾说过:中国是了不起的,中国的土地养育了五十个世纪的人,五十个世纪一共养活了多少人? 现在活着的有十一亿,还要盼望它再养活五十个世纪的人。这不是值得研究的奇迹么? 我们不要忘记了历史,这么长的时间里,我们中国人没有停止过创造和发展;有实践,有经验,我们应当好好地去总结,去认识几百代中国人的经历,为二十一世纪做出贡献。

这些都是我坐在车上穿行孔林时的飘忽的片片思绪。我想到我对人的研究花费一生的岁月。现在才认识到对人的研究看来已从生态的层次进入了心态的层次了。但在这方面,我还能做出什么成就呢? 泰山十八盘,我只能望而兴叹了。

北大社会学系的同志认为社会学的发展要理论联系实际,教育与实际相结合,这都很对,但要落实,必须具体化,要善于研究发生在周围的变化。许多东西在我们的周围正在不停地发生着变化,我们却往往没有感觉到。只有紧紧抓住生活中发生的问题,多问几个为什么,然后抓住问题不放,追根究底,才能悟出一些道理来。

北大社会学经过十年的努力,我们大家在这个小小的园地中做了许多工作,我希望经过努力,在我们的新一代中出现几个懂得当"孔子"的人。

一九九二年六月二十一日

(这是费老在"北京大学社会学十年"纪念会上的讲话。这一集会于一九九二年六月二十一日为纪念北京大学社会学系建立十周年而召开。费老在会上说,要"讲一讲我目前在思考的问题,谈谈自己的活思想"。)

(原载《读书》杂志 1992 年第 9 期)

融入野地

张　炜

一

城市是一片被肆意修饰过的野地,我最终将告别它。我想寻找一个原来,一个真实。这纯稚的想念如同一首热烈的歌谣,在那儿引诱我。市声如潮,淹没了一切,我想浮出来看一眼原野、山峦,看一眼丛林、青纱帐。我寻找了,看到了,挽回的只是没完没了的默想。辽阔的大地,大地边缘是海洋。无数的生命在腾跃、繁衍生长,升起的太阳一次次把它们照亮……当我在某一瞬间睁大了双目时,突然看到了眼前的一切都变得簇新。它令人惊悸,感动,诧异,好像生来第一遭发现了我们的四周遍布奇迹。

我极想抓住那个"瞬间感受",心头充溢着阵阵狂喜。我在其中领悟:万物都在急剧循环,生生灭灭,长久与暂时都是相对而言的;但在这纷纭无绪中的确有什么永恒的东西。我在捕捉和追逐,而它又绝不可能属于我。这是一个悲剧,又是一个喜剧。暂且抑制了一个城市人的伤感,面向旷野追问一句:为什么会是这样? 这些又到底来自何方? 已经存在的一切是如此完美,完美得让人不可思议；它又是如此地残缺，残缺得令人痛心疾首。我们面对的不仅是一个熟知的世界，还有一个完全陌生的世界；原来那种悲剧感或是喜剧感都来自一种无可奈何。

心弦紧绷，强抑下无尽的感慨。生活的浪涌照例扑面而来，让人一拍三摇。做梦都想像一棵树那样抓牢一小片泥土。我拒绝这种无根无定的生活，我想追求的不过是一个简单、真实和落定。这永远只能停留在愿望里。寻找一个去处成了大问题，安慰自己这颗成年人的心也成了大问题。默默捱蹭，一个人总是先学会承受，再设法拒绝。承受，一直承受，承受你的自尊所无法容许的混浊一团。也就在这无边的踟蹰中，真正的拒绝开始了。

这条长路犹如长夜。在漫漫夜色里，谁在长思不绝？谁在悲天悯人？谁在知心认命？心界之内，喧嚣也难以渗入，它们只在耳畔化为了夜色。无光无色的域内，只需伸手触摸，而不以目视。在这儿，传统的知与见已经失去了原有的意义。神游的脚步磨得夜气发烫，心甘情愿一意追踪。承受、接受、忍受——一个人真的能够忍受吗？有时回答能，有时回答不，最终还是不能。我于是只剩下了最后的拒绝。

二

当我还一时无法表述"野地"这个概念时，我就想到了融入。因为我单凭直觉就知道，只有在真正的野地里，人可以漠视平凡，发现舞蹈的仙鹤。泥土滋生一切；在那儿，人将得到所需的全部，特别是百求不得的那个安慰。野地是万物的生母，她子孙满堂却不会衰老。她的乳汁汇流成河，涌入海洋，滋润了万千生灵。

我沿了一条小路走去。小路上脚印稀罕，不闻人语，它直通故地。谁没有故地？故地连接了人的血脉，人在故地上长出第一缕根须。可是谁又会一直心系故地？直到今天我才发现，一个人长大了，走向远方，投入闹市，足迹印上大洋彼岸，他还会固执地指认：故地处于大地的中央。他的整个世界都是那一小片土地生长延伸出来的。

我又看到了山峦，平原，一望无边的大海。泥沼的气息如此浓烈，土地的呼吸分明可辨。稼禾、草、丛林；人、小蚁、骏马；主人、同类、寄生者……搅缠共生于一体。我渐渐靠近了一个巨大的身影……

故地指向野地的边缘，这儿有一把钥匙。这里是一个入口，一个门。满地藤蔓缠住了手足，丛丛灌木挡住了去路，它们挽留的是一个过客，还是一个归来的生命？我伏下来，倾听，贴紧，感知脉动和体温。此刻我才放松下来，因为我获得了真正的宽容。

一个人这时会被深深地感动。他像一棵树一样，在一方泥土上萌生。他的一切最初都来自这里，这里是他一生探究不尽的一个源路。人实际上不过是一棵会移动的树。他的激动、欲望，都是这片泥土给予的。他曾经与四周的丛绿一起成长。多少年过去了，回头再看旧时景物，会发现时间改变了这么多，又似乎一点也没变。绿色与裸土并存，枯树与长藤纠扯。那只熟悉的红点颏与巨大的石碾一块儿找到了；还有荒野芜草中百灵的精制小窝……故地在我看来真是妙迹处处。

一个人只要归来就会寻找，只要寻找就会如愿。多么奇怪又多么素朴的一条原理，我一弯腰将它拣了起来。匍匐在泥土上，像一棵欲要扎根的树——这种欲求多次被鹦鹉学舌者给弄脏。

我要将其还回原来。我心灵里那个需求正像童年一样热切纯洁。

我像个熟练的取景人,眯起双目遥视前方。这样我就眯朦了画面,闪去了很多具体的事物。我看到的不是一棵或一株,而是一派绿色;不是一个老人一个少女,而是密挤的人的世界。所有的声息都撒落在泥土上,混和一起涌过,如蜂鸣如山崩。

我蹲在一棵壮硕的玉米下,长久地看它大刀一样的叶片,上面的银色丝络;我特别注意了它如爪如须、紧攥泥土的根。它长得何等旺盛,完美无损,美气逼人。与之相似的无语生命比比皆是,它们一块儿忽略了必将来临的死亡。它们有个精神,秘而不宣。我就这样仰望着一棵近在咫尺的玉米。

时至今天,似乎更没有人愿意重视知觉的奥秘。人仿佛除了接受再没有选择。语言和图画携来的讯息堆积如山,现代传递技术可以让人蹲在一隅遥视世界。谬误与真理掺拌一起抛撒,人类像挨了一场陨石雨。它损伤的是人的感知器官。失去了辨析的基本权力,剩下的只是一种苦熬。一个现代人即便大睁双目,还是拨不开无形的眼障。错觉总是缠住你,最终使你臣服。传统的"知"与"见"给予了我们,也蒙蔽了我们。于是我们要寻找新的知觉方式,警惕自己的视听。

我站在大地中央,发现它正在生长躯体,它负载了江河和城市,让各色人种和动植物在腹背生息。令人无限感激的是,它把正中的一块留给了我的故地。我身背行囊,朝行夜宿,有时翻山越岭,有时顺河而行;走不尽的一方土,寸土寸金。有个异国师长说它像邮票一般大。我走近了你、挨上了你吗? 一种模模糊糊的幸运飘过心头。

三

大概不仅仅是职业习惯,我总是急于寻觅一种语言。语言对于我从来就有一种神秘的感觉。人生之路上遭逢的万事万物之所以缄口沉默,主要是失去了语言。语言是凭证、是根据,是继续前行的资本。我所追求的语言是能够通行四方、源发于山脉和土壤的某种东西,它活泼如生命,坚硬如顽石,有形无形,有声无声。它就撒落在野地上,潜隐在万物间。河水汩汩流淌,大海日夜喧嚷,鸟鸣人呼——这都是相互隔离的语言;那么通行四方的语言藏在了哪里?

它犹如土中的金子,等待人们历尽辛苦之后才跃出。我的力气耗失的那天,即便如愿以偿了又有什么意义? 我像所有人一样犹豫、沮丧、叹息,不知何方才是目的,既空空荡荡又心气高远。总之无语的痛苦难以忍受,它是真实的痛苦。我的希冀不大,无非就想讨一句话。很可惜也很残酷,它不发一言。

让人亲近、心头灼热的故地,我扑入你的怀抱就痴话连篇,说了半晌才发觉你仍是一个默默。真让人尴尬。我知道无论是秋虫的鸣响或人的欢语,往往都隐下了什么。它们的无声之声才道出真谛,我收拾的是声音底层的回响。

在一个废弃的村落旧址上,我发现了遗落在荒草间的碾盘。它上面满是磨钝了的齿沟。它曾经被忙生计的人团团围住,它当刻下滔滔话语。还有,茅草也遮不住的破碎瓦砾,该留下被击碎那一刻的尖利吧? 我对此坚信无疑,只是我仍然不能将其破译。脚下是一道道地裂,是在草叶间偷窥的小小生灵。太阳欲落,金红的火焰从天边一直烧到脚下;在这引人怀念和追忆的时刻,我感到了凄凉,更感到了蕴含于天地自然中的强大的激情。可是我们仍然相对无语。

刚刚接近故地的那种熟悉和亲切逐渐消失,代之而来的是深深的陌生感。我认识到它们的表层之下,有着我以往完全不曾接近过的东西。多少次站在夕阳西下的郊野,默想观想,像等候一个机会。也就在这时,偶尔回想起流逝的岁月,会勾起一丝酸疼。好在这会儿我已没有了书生那样的忏悔,而是充满了爱心和感激,心甘情愿地等待、等待。我回想了童年,不是那时的故事,而是那时的愉快心情。令人惊讶的是那种愉悦后来再也没有出现。我多少领悟了:那时还来不及掌握太多的俗词儿,因而反倒能够与大自然对话;那愉悦是来自交流和沟通,那时的我还未完全从自然的母体上剥离开来。世俗的词儿看上去有斤有两,在自然万物听来却是一门拙劣的外语。使用这种词儿操作的人就不会有太大希望。解开了这个谜我一阵欣慰,长舒一口。

田野上有很多劳作的人,他们趴在地上,沾满土末。禾绿遮着铜色躯体,掩成一片。土地与人之间用劳动沟通起来,人在劳动中就忘记了世俗的词儿。那时人与土地以及周围的生命结为一体,看上去,人也化进了朦胧。要倾听他们的语言吗?这会儿真的掺入泥中,长成了绿色的茎叶。这是劳动和交流的一场盛会,我怀着赴盛宴的心情投入了劳动。我想将自己融入其间。

人若丢弃了劳动就会陷于蒙昧。我有个细致难忘的观察:那些劳动者一旦离开了劳动,立刻操起了世俗的词儿。这就没有了交流的工具,与周遭的事物失去了联系,因而毫无力量。语言,不仅仅是表,而是理;它有自己的生命、质地和色彩,它是幻化了的精气。仅以声音为标志的语言已经是徒有其表,魂魄飞走了。我崇拜语言,并将其奉为神圣和神秘之物。

四

生活中无数次证明:忍受是困难的。一个人无论多么达观,最终都难以忍受。逃避、投诚、撞碎自己,都不是忍受。拒绝也不是忍受。不能忍受是人性中刚毅纯洁的一面,是人之所以可爱的一个原因。偶有忍受也为了最终的拒绝。拒绝的精神和态度应该得到赞许。但是,任何一种选择都是通过一个形式去完成的,而形式可以是多种多样的。

一个人如果因爱而痴,形似惛懂,也恰恰是找到了自己的门径。别人都忙于拒绝时,他却进入了忘我的状态。忘我也是不能忍受的结果。他穿越激烈之路,烧掉了愤懑,这才有了痴情。爱一种职业、一朵花、一个人,爱的是具体的东西;爱一份感觉、一个意愿、一片土地、一种状态,爱的是抽象的东西。只要从头走过来,只要爱得真挚,就会痴迷。迷了心窍,就有了境界。

当我投入一片茫茫原野时,就明白自己背向了某种令我心颤的、滚烫烫的东西。我从具体走向了抽象。站在荒芜间举目四望,一个质问无法回避。我回答仍旧爱着。尽管头发已经蓬乱,衣衫有了破洞,可我自知这会儿已将内心修茸得工整洁美。我在迎送四季的田头堑底徘徊,身上只负了背囊,没有矛戟。我甘愿心疏志废、自我放逐。冷热悲欢一次次织成了网,我更加明白我"不能忍受",扔掉小欣喜,走入故地,在秋野禾下满面欢笑。

但愿截断归途,让我永远呆在这里。美与善有时需要独守,需要眼盯盯地看着它生长。我处于沉静无声的一个世界,享受安谧;我听到挚友在赞颂坚韧,同志在歌唱牺牲,而我却仅仅是不能忍受。故地上的一棵红果树、一株缬草,都让我再三吟味。我不能从它的身边走开,它们深深地吸引了我。我在它们的淡淡清香中感动不已。它们也许只是简单明了、极其平凡的一树一花,荒野里的生物,可它们活得是何等真实。

我消磨了时光,时光也恩惠了我。风霜洗去了轻薄的热情,只留住了结结实实的冷漠。站在这辽远开阔的平畴上,再也嗅不到远城炊烟。四处都是去路,既没人挽留,也没人催促。时空在这儿变得旷敞了,人性也自然松弛。我知道所有的热闹都挺耗人,一直到把人耗贫。我爱野地,爱遥远的那一条线。我痴迷得不可救药,他入了玄门;我在忘情时已是口不能语,手不能书;心远手粗,有时提笔忘字。我顺着故地小径走入野地,在荒村陋室里勉强记下野歌。这些歪歪扭扭的墨迹没有装进昨天的人造革皮夹,而是用一块土纺花布包了,背在肩上。

土纺花布小包裹了我的痴唱,携上它继续前行。一路上我不断地识字:如果说象形文字源于实物,它们之间要一一对应;那么现在是更多地指认实物的时候了。这是一种可以保持长久的兴趣,也只有在广大的土地上才做得到。琐细迷人的辨识中,时光流逝不停,就这样过起了自己的日子。我满足于这种状态和感觉,这其间难以言传的欢愉。这欢愉真像是窃来的一样。

我知道不能忍受的东西终会消失;但我也明白一个人有多么执拗。因此,历史上的智者一旦放逐了自己就乐不思蜀。一切都平平淡淡地过下来,像太阳一样重复自己。这重复中包含了无尽的内容。

五

在一些质地相当纯正的著作里,我注意到它一再地提请我们注意如下的意思:孤独有多么美。在这儿,孤独这个概念多少有些含混。大概在精神的驻地、在人的内心,它已经无法给弄得更准确了。它大约在指独自一头——当然无论是肉体方面还是精神方面的状态。一个动物,一株树,都可以孤独。孤独是难以归类的结果。它是美的吗?果真如此,人们也就勿须慌悚逃离了。它起码不像幻想那么美;如果有一点点,也只是一种苍凉的美。

一个人处于那样的情状只会是被迫的。现代人之所以形单影只,还因为有一个不断生长的"精神"。要截断那种恐惧,就要截断根须。然而这是徒劳的,因为只要活着,它总要生长。伪装平庸也许有趣,但要真的将一个人扔还平庸,必然遭到他的剧烈抵抗。

独自低徊富于诗意,但极少有人注意其中的痛苦。孤独往往是心与心的通道被堵塞。人一生下来就要面对无数隐秘,可是对于每个人而言,这隐秘后来不是减少而是成倍地增加了。它来自各个方面,也来自人本身。于是被嘲弄被困扰的尴尬就始终相伴,于是每个人都在自觉不自觉地挣脱——说不出的恐慌使他们丢失了优雅。

在我眼里,孤独是可怕的,但更可怕的是放弃自尊。怎样既不失去后者又能保住心灵上的润泽?也许真的"鱼与熊掌不可得兼",也许它又是一个等待破解的隐秘。在漫漫的等待中,有什么能替代冥想和自语?我发现心灵可以分解,它的不同的部分甚至能够对话。可是不言而喻,这样做需要一份不同寻常的宁静,使你能够倾听。

正像一籽抛落就要寻下裸土,我凭直感奔向了土地。它产生了一切,也就能回答一切,圆满一切。因为被饥困折磨久了,我远投野地的时间选在了九月,一个五谷丰登的季节。这时候的田野上满是结果。由于丰收和富足,万千生灵都流露出压抑不住的欢喜,个个与人为善。浓绿的植物、没有衰败的花、黑土黄沙,无一不是新鲜真切。呆在它们中间,被侵犯和伤害的忧虑空前减弱,心头泛起的只是依赖和宠幸……

这是一个喃喃自语的世界,一个我所能找到的最为慷慨的世界。这儿对灵魂的打扰最少。在此我终于明白:孤独不仅是失去了沟通的机缘,更为可怕的是频频侵扰下失去了自语的权利。这是最后的权利。

就为了这一点点,我不惜千里跋涉,甚至一度变得"能够忍受"。我安定下来,驻足入驿,这才面对自己的幸运。我简直是大喜过望了。在这里我弄懂一个切近的事实:对于我们而言,山脉土地,是千万年不曾更移的背景;我们正被一种永恒所衬托。与之相依,尽可以沉入梦呓,黎明时总会被久长悠远的呼鸣给唤醒。

世上究竟哪里可以与此地比拟?这里处于大地的中央。这里与母亲心理上的距离最近。在这里,你尽可述说昨日的流浪。凄冷的岁月已经过去,一个男子终于迎来了双亲。你没有泣哭,只是因为你学会了掩泪入心。在怀抱中的感知竟如此敏锐,你只需轻轻一瞥就看透了世俗。长久和短暂、虚无与真实,罗列分明。你发现寻求同类也并非想象那么艰苦,所有朴实的、安静的、纯真的,都是同类。它们或他们大可不必操着同一种语言,也不一定要以声传情。同类只是大地母亲平等照料的孩子,饮用同样的乳汁,散发着相似的奶腥。

在安怡温和的长夜,野香薰人。追思和畅想赶走了孤单,一腔柔情也有了着落。我变得谦让和理解,试着原谅过去不曾原谅的东西,也追究着根性里的东西。夜的声息繁复无边,我在其间想象:在它的启示之下,我甚至又一次探寻起词语的奥秘。我试过将音节和发声模拟野地上的事物、并同时传递出它的内在神采。如小鸟的"啾啾",不仅拟声极准,"啾"字竟是让我神往的秋、秋天秋野;口、嘴巴歌喉——它们组成的。还有田野的气声、回响,深夜里游动的光。这些又该如何模拟出一个成词并汇入现代人的通解?这不仅是饶有兴趣的实验,它同时也接近了某种意义和目的。我在默默夜色里找准了声义及它们的切口,等于是按住万物突突的脉搏。

一种相依相伴的情感驱逐了心理上的不安。我与野地上的一切共存共生,共同经历和承受。长夜尽头,我不止一次听到了万物在诞生那一刻的痛苦嘶叫。我就这样领受了凄楚和兴奋交织的情感,让它磨砺。

好在这些不仅仅停留于感觉之中。臆想的极限超越之后,就是实实在在的触摸了。

六

因为我在很大程度上摆脱了生命的寂寥,所以我能够走出消极。我的歌声从此不仅为了自慰,而且还用以呼唤。我越来越清楚这是一种记录,不是消遣,不是自娱,甚至也来不及伤感。如若那样,我做的一切都会像朝露一样蒸掉。我所提醒人们注意的只是一些最普通的东西,因为它们之中蕴含的因素使人惊讶,最终将被牢记。我关注的不仅仅是人,而是与人不可分剥的所有事物。我不曾专注于苦难,却无法失去那份敏感。我所提供的,仅仅是关于某种状态的证词。

这大概已经够了。这是必要的。我这儿仅仅遵循了质朴的原则,自然而然地藐视乖巧。真实伴我左右,此刻无须请求指认。我的声音混同于草响虫鸣,与原野的喧声整齐划一。这儿不需一位独立于世的歌手;事实上也做不到。我竭尽全力只能仿个真,以获取在它们身侧同唱的资格。

来时两手空空,野地认我为贫穷的兄弟。我们肌肤相摩,日夜相依。我隐于这浑然一片,俗眼无法将我辨认。我们的呼吸汇成了风,气流从禾叶和河谷吹过,又回到我们中间。这风洗去了我的疲惫和倦怠,裹携了我们的合唱。谁能从中分析我的嗓音?我化为了自然之声。我生来第一次感受这样的骄傲。

我所投入的世界生机勃勃,这儿有永不停息的蜕变、消亡以及诞生。关于它们的讯息都覆于落叶之下,渗进了泥土。新生之物让第一束阳光照个通亮。这儿瞬息万变,光影交错,我只把心口收紧,让神思一点点溶解。喧哗四起,没有终结的躁动——这就是我的故地。我跟紧了故地的精灵,随它游遍每一道沟坎。我的歌唱时而荡在心底,时而随风飘动。精灵隐隐左右了合唱,或是合唱催生了精灵。我充任了故地的劣等秘书,耳听口念手书,痴迷恍惚,不敢稍离半步。

眼看着四肢被青藤绕裹,地衣长上额角。这不是死,而是生。我可以做一棵树了,扎下根须,化为了故地上的一个器官。从此我的吟哦不是一己之事,也非我能左右。一个人消逝了,一株树诞生了。生命仍在,性质却得到了转换。

这样,自我而生的音响韵节就留在了另一个世界。我寻找同类因为我爱他们、爱纯美的一切,寻求的结果却使我化为一棵树。风雨将不断梳洗我,霜雪就是膏脂。但我却没有了孤独。孤独是另一边的概念,洋溢着另一种气味。从此尽是树的阅历,也是它的经验和感受。有人或许听懂了树的歌吟,注目枝叶在风中相摩的声响,但树本身却没有如此的期待。一棵棵树就是这样生长的,它的最大愿望大概就是一生抓紧泥土。

七

随着年龄的增长,我越来越注意到艺术的神秘的力量。只有艺术中凝结了大自然那么多的隐密。所以我认为光荣从来属于那些最激动人心的诗人。人类总是通过艺术的隧道去触摸时间之谜,去印证生命的奥秘。自然中的全部都可通过艺术之手的拨动而进入人的视野。它与人的关系至为独特,人迷于艺术,是因为他迷于人本身、迷于这个世界昭示他的一切。一个健康成长着的人对于艺术无法选择。

但实际上选择是存在的。我认为自己即有过选择。对于艺术可以有多种解释,这是必然的。但我始终认为将艺术置于选择的位置,是一次堕落。

我曾选择过,所以我也有过堕落。补救的方法也许就是紧紧抱定这个选择结果,以求得灵魂的升华。这个世界的物欲愈盛,我愈从容。对于艺术,哪怕给我一个独守的机会也好。我交织着重重心事:一方面希望所有人的投入,另一方面又怕玷污了圣洁。在我看来它只该继续走向清冷,走到一个极端。留下我来默祷,为了我的守护,和我认准了的那份神圣。当然这是不可能的。

我梦见过在烛光下操劳的银匠,特别记住了他头顶闪烁的那一团白发。深不见底的墨夜,夜的中间是掬得起的一汪烛晖……什么是艺术?什么是劳动?它们共生共长吗?我在那个清晨叮咛自己:永远不要离开劳动——虽然我从未想过、也从未有过离去的念头。

艺术与宗教的品质不尽相同,但二者都需要心怀笃诚。当贪婪和攫取的狂浪拍碎了陆地,你不得不划一叶独舟时,怀中还剩下了什么?无非是一份热烈和忠诚。饥饿和死亡都不能剥夺的东西才是真正珍贵的。多少人歌颂物欲,说它创造了世界。是的,它创造了一个邪恶的世界;它也毁灭了一个世界,那是一个宁静的世界。我渐渐明白:要始终保有富足,积累的速度并不重要,重要的是能够积累。诚实的劳动者和艺术家一块儿发现了历史的哀伤,即:不能够。

人的岁月也极像循环不止的四季,时而斑斓,时而被洗得光光。一切还得从头开始。为了寻觅永久的依托,人们还是找到站立的这片土地。千万年的秘史糅在泥中,生出鲜花和毒菇。这些无法言喻的事物靠什么去洞悉和揭示?哪怕是仅仅获取一个接近的权力,靠什么?仍然是艺术,是它的神秘的力量。

滋生万物的野地接纳了艺术家。野地也能够拒绝,并且做得毅然彻底。强加于它的东西最终就不能立足。泥土像好的艺术家,看上去沉静,实际上怀了满腔热情。艺术家可以像绿色火焰,像青藤,在土地上燃烧。

最后也只能剩下一片灰烬。多么短暂,连这点也像青藤。不过他总算用这种方式挨紧了热土。

八

我曾询问:一个知识分子的精神源自何方?它的本源?很久以来,一层层纸页将这个本来浅显的问题给覆盖了。当然,我不会否认渍透了心汁的书林也孕育了某种精神。可我还是发现了那种悲天的情怀来自大自然,来自一个广漠的世界。也许在任何一个时世里都有这样的哀叹——我们缺少知识分子。它的标志不仅是学历和行当上的造就,因为最重要的依据是一个灵魂的性质。真正的"知"应该达于"灵"。那些弄科技艺术以期成功者,同时要使自己成长为一个知识分子。

将"知识分子"这个概念俗化有伤人心。于是你看到了逍遥的骗子、昏聩的学人、卖了良心的艺术家。这些人有时并非厌恶劳动,却无一例外地极度害怕贫困。他们注重自己的仪表,却没有内在的严整性,最善于尾随时风。谁看到一个意外?谁找到一个稀罕?在势与利面前一个比一个更乖,像临近了末日。我宁可一生泡在汗尘中,也要远离它们。

我曾经是一个职业写作者,但我一生的最高期望是:成为一个作家。

人需要一个遥远的光点,像渺渺星斗。我走向它,节衣缩食,收心敛性。愿冥冥中的手为我开启智门。比起我的目标,我追赶的修行,我显得多么卑微。苍白无力,琐屑慵懒,经不住内省。就为了精神上的成长,让诚实和朴素、让那份好德行,永远也不要离我,让勇敢和正义变得愈加具体和清晰。那样,漫长的消磨和无声的侵蚀我也能够陪伴。

在我投入的原野上,在万千生灵之间,劳作使我沉静。我获得了这样的状态:对工作和发现的意义坚信不疑。我亲手书下的只是一片稚拙,可这份作业却与俗眼无缘。我的这些文字是为你、为他和她写成的,我爱你们。我恭呈了。

九

就因为那个瞬间的吸引,我出发了。我的希求简明而又模糊:寻找野地。我首先踏上故地,并在那里迈出了一步。我试图抚摸它的边缘,望穿雾幔;我舍弃所有奔向它,为了融入其间。跋涉、追赶、寻问——野地到底是什么?它在何方?野地是否也包括了我浑然苍茫的感觉世界?

我无法停止寻求……

霞落燕园

宗　璞

北京大学各住宅区,都有个好听的名字。朗润、蔚秀、镜春、畅春,无不引起满眼芳菲和意致疏远的联想。而燕南园只是个地理方位,说明在燕园南端而已。这个住宅区很小,共有十六栋房屋,约一半在五十年代初已分隔供两家居住,"文革"前这里住户约二十家。63 号校长住宅自马寅初先生因过早提出人口问题而迁走后,很长时间都空着。西北角的小楼则是党委统战部办公室,据说还是冰心前辈举行"第一次宴会"的地方。有一个游戏场,设秋千、跷板、沙坑等物。不过那时这里的子女辈多已在青年,忙着工作和改造,很少有闲情逸致来游戏。

每栋房屋照原来设计各有特点,如 56 号遍植樱花,春来如雪。周培源先生在此居住多年,我曾戏称之为周家花园,以与樱桃沟争胜。54 号有大树桃花,从楼上倚窗而望,几乎可以伸手攀折,不过桃花映照的不是红颜,而是白发。61 号的藤萝架依房屋形势搭成斜坡,紫色的花朵逐渐高起,直上楼台。随着时光流逝,各种花木减了许多。藤萝架已毁,桃树已斫,樱花也稀落多了。这几年万物复苏,有余力的人家都注意绿化,种些植物,却总是不时被修理下水道、铺设暖气管等工程毁去。施工的沟成年累月不填,各种器械也成年累月堆放,高高低低,颇有些惊险意味。

这只不过是最表面的变化。迁来这里已是第三十四个春天了。三十四年,可以是一个人的一辈子,做出辉煌事业的一辈子。三十四年,婴儿已过而立,中年重逢花甲。老人则不得不撒手另换世界了。燕南园里,几乎每一栋房屋都经历了丧事。

最先离去的是汤用彤先生。我们是紧邻。1964 年的一天,他和我的父亲同往《人民日报》开会批判胡适先生,回来车到家门,他忽然说这是到了哪里,找不到自己的家,那便是中风先兆了。不久逝世。记得曾见一介兄从后角门进来,臂上挂着一根手杖。我当时想,汤先生再也用不着它了。以后在院中散步,眼前常浮现老人矮胖的身材,团团的笑脸。那时觉得死亡真是不可思议的事。

"文化大革命"初始,一张大字报杀害了物理系饶毓泰先生,他在 51 号住处投环身亡。数年后翦伯赞先生夫妇同时自尽,在 64 号。他们是"文革"中奉命搬进燕南园的。那时自杀的事时有所闻,记得还看过一个消息,题目是刹住自杀风,心里着实觉得惨。不过夫妇能同心走此绝路,一生到最后还有一同赴死的知己,人世间仿佛还有一点温馨。

1977 年我自己的母亲去世后,死亡不再是遥远的了,而是重重地压在心上,却又让人觉得空落落,难于填补。虽然对死亡已渐熟悉,后来得知魏建功先生在一次手术中意外地去世时,还很惊诧。魏家迁进那座曾经空了许久的 63 号院,是在七十年代初,但那时它已是个大杂院了。魏太太王碧书曾和我的母亲说起,魏先生对她说过,解放以来经过多少次运动,想着这回可能不会有什么大错了,不想更错!当时两位老太太不胜慨叹的情景,宛在目前。

65 号哲学系郑昕先生,后迁来的东语系马坚先生和抱病多年的老住户历史系齐思和先生俱以疾终。1982年父亲和我从美国回来不久,我的弟弟去世,在悲苦忙乱之余忽然得知52号黄子卿先生也去世了。黄先生除是化学家外,擅长旧体诗,有唐人韵味。老一代专家的修养,实非后辈所能企及。

女植物学家吴素萱先生原在北大,后调植物所工作,一直没有搬家。七十年代末期我进城开会,常与她同路。她每天六点半到公共汽车站,非常准时。常把校园里的植物向她请教。她都认真回答,一点不以门外汉的愚蠢为可笑。她病逝后约半年,《人民日报》刊登了一张她在看显微镜的照片。当时传为奇谈。不过我想,这倒是这些先生们总的写照。九泉之下,所想的也是那点学问。

冯定同志是老干部,和先生们不同。在55号住了几十年,受批判也有几十年了。他有句名言:"无错不当检讨的英雄。"不管这是针对谁的,我认为这是一句好话,一句有骨气的话。如果我们党内能有坚持原则不随声附和的空气,党风民风何至于此!听说一个小偷到他家破窗而入行窃,翻了半天才发现有人坐在屋中,连忙仓皇逃走,冯定对他说:"下回请你从门里进来。"这位老同志在久病备受折磨之后去世了。到他为止,燕南园向人世告别的"户主"已有十人。

但上天还需要学者。1986年5月6日,朱光潜先生与世长辞。

朱家在"文革"后期从燕东园迁来,与人合住了原统战部小楼。那时燕南园已约有八十余户人家。兴建了一座公厕,可谓"文革"中的新生事物,现在又经翻修,成为园中最显眼的建筑。朱家也曾一度享用它。据朱太太奚今吾说,雨雪时先由家人扫出小路,老人再打着伞出来。令人庆幸的是北京晴天多。以后大家生活渐趋安定,便常见一位瘦小老人在校园中活动,早上举着手杖小跑,下午在体育馆前后慢走。我以为老先生们大都像我父亲一样,耳目失其聪明,未必认得我,不料他还记得,还知道些我的近况,不免暗自惭愧。

我没有上过朱先生的课,来往也不多。1960年10月我调往《世界文学》编辑部,评论方面任务之一是发表古典文艺理论。我们组到的第一篇稿子是朱先生摘译的莱辛名著《拉奥孔:论画和诗的界限》,原书十六万字,朱先生摘译了两万多字,发表在1960年12月《世界文学》上。记得朱先生在译后记中论及莱辛提出的为什么拉奥孔在雕刻里不哀号,在诗里却哀号的问题。他用了化美为媚的说法。并曾对我说用"媚"字译 charming 最合适。媚是流动的,不是静止的;不只有外貌的形状,还有内心的精神。"回头一笑百媚生",那"生"字多么好!我一直记得这话。1961年下半年他又为我们选译了一组文艺复兴时代意大利文艺理论,都极精彩。两次译文的译后记都不长,可是都不只有材料上的帮助,且有见地。朱先生曾把文学批评分为四类,以导师自居、以法官自命、重考据和重在自己感受的印象派批评。他主张后者。这种批评不掉书袋,却需要极高的欣赏水平,需要洞见。我看现在《读书》杂志上有些文章颇有此意。

也不记得为什么,有一次追随许多老先生到香山,一个办事人自言自语:"这么多文曲星!"我便接着想,用满天云锦形容是否合适,满天云锦是由一片片霞彩组成的。不过那时只顾欣赏山的颜色,没有多注意人的活动。在玉华山庄一带观赏之余,我说我还从未上过"鬼见愁"呢,很想爬一爬。朱先生正坐在路边石头上,忽然说,他也想爬上鬼见愁。那年他该是近七十了,步履仍很矫健。当时因时间关系,不能走开,还说以后再来。香山红叶的霞彩变换了二十多回,我始终没有一偿登"鬼见愁"的夙愿,也许以后真会去一次,只是永不能陪同朱先生一起登临了。

"文革"后期政协有时放电影，大家同车前往。记得一次演了一部大概名为《万紫千红》的纪录片，有些民间歌舞。回来时朱先生很高兴，说："这是中国的艺术，很美！"他说话的神气那样天真。他对生活充满了浓厚的感情和活泼泼的兴趣，也只有如此情浓的人，才能在生活里发现美，才有资格谈论美。正如他早年一篇讲人生艺术化的文章所说，文章忌俗滥，生活也忌俗滥。如季札挂剑、夷齐采薇这种严肃的态度，是道德的也是艺术的。艺术的生活又是情趣丰富的生活。要在生活中寻求趣味，不能只与蝇蛆争温饱。记得他曾与他的学生澳籍学者陈兆华去看莎士比亚的一个剧，回来要不到出租车。陈兆华为此不平，曾投书《人民日报》。老先生潇洒地认为，看到了莎剧怎样辛苦也值得。

朱先生从给青年的十二封信开始，便和青年人保持着联系。我们这一批青年人已变为中年而接近老年了，我想他还有真正的青年朋友。这是毕生从事教育的老先生之福。就朱先生来说，其中必有奚先生内助之功，因为这需要精力、时间。他们曾要我把新出的书带到澳洲给陈兆华，带到社科院外文所给他的得意门生朱虹。他的学生们也都对他怀着深厚的感情。朱虹现在还怪我得知朱先生病危竟不给她打电话。

然而生活的重心、兴趣的焦点都集中在工作，时刻想着的都是各自的那点学问，这似乎是老先生们的共性。他们紧紧抓住不多了的时间，拼命吐出自己的丝，而且不断要使这丝更亮更美。有人送来一本澳大利亚人写的美学书，托我请朱先生看看值得译否。我知道老先生们的时间何等宝贵，实不忍打扰，又不好从我这儿驳回，便拿书去试一试。不料他很感兴趣，连声让放下，他愿意看。看看人家有怎样的说法，看看是否对我国美学界有益。据说康有为曾有议论，他的学问在二十九岁时已臻成熟，以后不再求改。有的老先生寿开九秩，学问仍和六十年前一样，不趋时尚固然难得，然而六十年不再吸收新东西，这六十年又有何用？朱先生不是这样。他总在寻求，总在吸收，有执著也有变化。而在执著与变化之间，自有分寸。

老先生们常住医院，我在省视老父时如有哪位在，便去看望。一次朱先生恰住隔壁，推门进去时，见他正拿着稿子卧读。我说："不准看了。拿着也累，看也累！"便取过稿子放在桌上。他笑着接受了管制。若是自己家人，他大概要发脾气的。这是他生命中最重要的事啊。他要用力吐他的丝，用力把他那片霞彩照亮些。

奚先生说，朱先生一年前患脑血栓后脾气很不好。他常以为房间中哪一处放着他的稿子，但实际没有，便烦恼得不得了。在香港大学授予他荣誉学位那天，他忽然不肯出席，要一个人呆着，好容易才劝得去了。一位一生寻求美、研究美、以美为生的学者在老和病的障碍中的痛苦是别人难以想象的。——他现在再没有寻求的不安和遗失的烦恼了。

文成待发，又传来王力先生仙逝的消息。与王家在昆明龙头村便曾是邻居，燕南园中对门而居也已三十年了。三十年风风雨雨，也不过一眨眼的工夫。父亲九十大寿时，王先生和王太太夏蔚霞曾来祝贺，他们还去向朱先生告别，怎么就忽然一病不起！王先生一生无党无派，遗命夫妇合葬，墓碑上要刻他 1980 年写的赠内诗。中有句云："七省奔波逃豺犹，一灯如豆伴凄凉。""今日桑榆晚景好，共祈百岁老鸳鸯。"可见其固守纯真之情，不与纷扰。各家老人转往万安公墓相候的渐多，我简直不敢往下想了。只有祷念龙虫并雕斋主人安息。

十六栋房屋已有十二户主人离开了。这条路上的行人是不会断的。他们都是一缕光辉的霞彩,又组成了绚烂的大片云锦,照耀过又消失,像万物消长一样。霞彩天天消去,但是次日还会生出。在东方,也在西方,还在青年学子的双颊上。

(选自春风文艺出版社 1994 年 7 月版《铁箫人语》)

一只特立独行的猪

王小波

　　插队的时候,我喂过猪,也放过牛。假如没有人来管,这两种动物也完全知道该怎样生活。它们会自由自在地闲逛,饥则食渴则饮,春天来临时还要谈谈爱情;这样一来,它们的生活层次很低,完全乏善可陈。人来了以后,给它们的生活做出了安排:每一头牛和每一只猪的生活都有了主题。就它们中的大多数而言,这种生活主题是很悲惨的:前者的主题是干活,后者的主题是长肉。我不认为这有什么可抱怨的,因为我当时的生活也不见得丰富了多少,除了八个样板戏,也没有什么消遣。有极少数的猪和牛,它们的生活另有安排。以猪为例,种猪和母猪除了吃,还有别的事可干。就我所见,它们对这些安排也不大喜欢。种猪的任务是交配,换言之,我们的政策准许它当个花花公子。但是疲惫的种猪往往摆出一种肉猪(肉猪是阉过的)才有的正人君子架势,死活不肯跳到母猪背上去。母猪的任务是生崽儿,但有些母猪却要把猪崽儿吃掉。总的来说,人的安排使猪痛苦不堪。但它们还是接受了:猪总是猪啊。

　　对生活做种种设置是人特有的品性。不光是设置动物,也设置自己。我们知道,在古希腊有个斯巴达,那里的生活被设置得了无生趣,其目的就是要使男人成为亡命战士,使女人成为生育机器,前者像些斗鸡,后者像些母猪。这两类动物是很特别的,但我以为,它们肯定不喜欢自己的生活。但不喜欢又能怎么样? 人也好,动物也罢,都很难改变自己的命运。

　　以下谈到的一只猪有些与众不同。我喂猪时,它已经有四五岁了,从名分上说,它是肉猪,但长得又黑又瘦,两眼炯炯有光。这家伙像山羊一样敏捷,一米高的猪栏一跳就过;它还能跳上猪圈的房顶,这一点又像是猫——所以它总是到处游逛,根本就不在圈里呆着。所有喂过猪的知青都把它当宠儿来对待,它也是我的宠儿——因为它只对知青好,容许他们走到三米之内,要是别的人,它早就跑了。它是公的,原本该劁掉。不过你去试试看,哪怕你把劁猪刀藏在身后,它也能嗅出来,朝你瞪大眼睛,噢噢地吼起来。我总是用细米糠熬的粥喂它,等它吃够了以后,才把糠对到野草里喂别的猪。其他猪看了嫉妒,一起嚷起来。这时候整个猪场一片鬼哭狼嚎,但我和它都不在乎。吃饱了以后,它就跳上房顶去晒太阳,或者模仿各种声音。它会学汽车响、拖拉机响,学得都很像;有时整天不见踪影,我估计它到附近的村寨里找母猪去了。我们这里也有母猪,都关在圈里,被过度的生育搞得走了形,又脏又臭,它对它们不感兴趣;村寨里的母猪好看一些。它有很多精彩的事迹,但我喂猪的时间短,知道得有限,索性就不写了。总而言之,所有喂过猪的知青都喜欢它,喜欢它特立独行的派头儿,还说它活得潇洒。但老乡们就不这么浪漫,他们说,这猪不正经。领导则痛恨它,这一点以后还要谈到。我对它则不止是喜欢——我尊敬它,常常不顾自己虚长十几岁这一现实,把它叫做"猪兄"。如前所述,这位猪兄会模仿各种声音。我想它也学过人说话,但没有学会——假如学会了,我们就可以做倾心之谈。但这不能怪它。人和猪的音色差得太远了。

后来,猪兄学会了汽笛叫,这个本领给它招来了麻烦。我们那里有座糖厂,中午要鸣一次汽笛,让工人换班。我们队下地干活时,听见这次汽笛响就收工回来。我的猪兄每天上午十点钟总要跳到房上学汽笛,地里的人听见它叫就回来——这可比糖厂鸣笛早了一个半小时。坦白地说,这不能全怪猪兄,它毕竟不是锅炉,叫起来和汽笛还有些区别,但老乡们却硬说听不出来。领导上因此开了一个会,把它定成了破坏春耕的坏分子,要对它采取专政手段——会议的精神我已经知道了,但我不为它担忧——因为假如专政是指绳索和杀猪刀的话,那是一点门都没有的。以前的领导也不是没试过,一百人也逮不住它。狗也没用:猪兄跑起来像颗鱼雷,能把狗撞出一丈开外。谁知这回是动了真格的,指导员带了二十几个人,手拿五四式手枪;副指导员带了十几人,手持看青的火枪,分两路在猪场外的空地上兜捕它。这就使我陷入了内心的矛盾:按我和它的交情,我该舞起两把杀猪刀冲出去,和它并肩战斗,但我又觉得这样做太过惊世骇俗——它毕竟是只猪啊;还有一个理由,我不敢对抗领导,我怀疑这才是问题之所在。总之,我在一边看着。猪兄的镇定使我佩服之极:它很冷静地躲在手枪和火枪的连线之内,任凭人喊狗咬,不离那条线。这样,拿手枪的人开火就会把拿火枪的打死,反之亦然;两头同时开火,两头都会被打死。至于它,因为目标小,多半没事。就这样连兜了几个圈子,它找到了一个空子,一头撞出去了;跑得潇洒之极。以后我在甘蔗地里还见过它一次,它长出了獠牙,还认识我,但已不容我走近了。这种冷淡使我痛心,但我也赞成它对心怀叵测的人保持距离。

我已经四十岁了,除了这只猪,还没见过谁敢于如此无视对生活的设置。相反,我倒见过很多想要设置别人生活的人,还有对被设置的生活安之若素的人。因为这个原故,我一直怀念这只特立独行的猪。

(原载《三联生活周刊》1996 年第 11 期)

太史公去势

李　零

两千年前,中国有个"骨头很硬"的太史公先生。他敢于为一位同自己素无来往、遭人诬陷为"汉奸"的李将军打抱不平,结果被汉武帝处以宫刑。宫刑是"五刑"之一。五刑者,墨、劓、宫、刖、大辟。其中除大辟是死刑,余为肉刑。汉文帝废肉刑为中国劳改制确立的标志,在世界刑罚史上是一件破天荒的大事。但这样的变革太剧烈,一下子很难彻底,不但反覆很多,而且留下尾巴。特别是统治者对宫刑似情有独钟,依依难舍,文帝刚废,景帝即复。所以到武帝时也就轮上司马迁倒霉。

古代刑罚本以对等报复为原则,如所谓"杀人者死,伤人及盗抵罪"是也。但司马迁之获罪是

"祸从口出",汉武帝烦他讲话,本可摘其喉而割其舌(或者为防止他写字,连手也剁去),何必出此"下策"? 那原因不在别的,就在于它最能体现肉刑之精义:糟蹋犯人,杀鸡给猴看。

宫刑者,男曰去势,女曰幽闭。前者即俗话所说"割球骗蛋"。在《报任安书》中,司马迁以猛虎去深山,陷牢笼之中,摇尾乞怜,比喻自己被刑时"见狱吏则头抢地,视徒隶则心惕息",因有"勇怯,势也;强弱,形也"(语出《孙子·势》)的慨叹。司马迁"去势"之后,痛不欲生,"肠一日而九回,居则忽忽若有所亡,出则不知所往。每念斯耻,汗未尝不发背沾衣也"。可见"去势"于男子是何等杀人威风。它常常让我想起一件事,这就是中国知识分子的现代化。

"知识分子"是一个极宽泛也极狭窄,极高尚也极下流的词汇。

西方人所说的"知识分子"是"社会良心"。[①] 按照他们的定义,不仅我们这里戴有"生产力"高帽的科技人员不算,大学毕业当了国家干部的公职人员不算,就连大学教授也不一定算(那得看他们对社会的关怀程度)。在左派早已退潮的美国,有人说,现在的"知识分子"只剩下了新闻记者(真是"良心揣在了裤裆里")。这是"窄"知识分子。

和西方的概念不同,我们所说的"知识分子"是大小"认得几个狗字"的读书人,不但西方人认为不算的我们都算,[②]而且推其本义还专门是指那些已经做官,或尚未做官(西方汉学家只能用scholar〔学者〕和official〔官员〕两个词的合成词来表示这一复杂概念);可入于儒林先贤传,也可收于吴敬梓笔下的失意举子、落魄文人。这是"宽"知识分子(这样的"大脚"当然很难塞进西方的"小鞋")。

从前知识分子的境遇比较好,至少是比西方的好。"四民"之中的地位且不说,乱离之世尚有"四菜一汤"的传说也不必讲,光是"粪土当年万户侯"的气概就很可以让我们缅怀。这是"香"知识分子。

然而不久前的"现在"呢? 不但工农兵可以恃其司改造之职而傲视知识分子,而且就连从维熙笔下的劳改犯都居然敢把今为大作家而昔为阶下囚的老从叫"吃屎分子"(另一种说法是"知识分子臭大粪")。这是"臭"知识分子。

对知识分子的传统抚今追昔,早就有人写出专书,如余英时的《士与中国文化》。中国古代的"士",推其源是"贵族"或至少是"没落贵族"(八旗子弟旧王孙一类)。但他们即使"累累若丧家之犬",东游西窜,有如日本的"浪人",毕竟还有点贵族本事和贵族脾气。韩非子说,"儒以文乱法,侠以武犯禁",曾把"儒"、"侠"视为寄生虫或二流子。大概因为二者同具"游"或"流"的色彩,并且一样可以是活跃的反体制因素(或社会变革的催化剂),所以陶希圣曾把知识分子比之于流氓(国民党是知识分子与流氓相结合的产物)。秦始皇混一海内,泽及牛马,也曾悉召天下艺能之士,让他们献书献药兴太平。结果双方闹翻:始皇一怒之下而有"焚书坑儒",儒生万般无奈也投了农民军。这只是一段小插曲。后来两千多年,知识分子的"毛"都是附着在帝国政府的"皮"上,始终扮

---

① 就像拿西方标准的"哲学"、"宗教"、"科学"、"民主"衡量中国,很多人说我们"一无所有"一样,如果非在这个问题上叫真儿,中国大概也没有"知识分子"。

② 认得多少就算,好像还迄无定说。从前大概得够得上个"秀才"。现在则标准很乱,有人说连中学生都是"小知识分子"。

演着"文吏"或"文吏"后补队员的角色,在"官—绅—士"三位一体的良性循环中运转自如。虽然遭逢乱世,他们照样可以恢复其"游"与"流"的本色,重新与流氓、土匪为伍,或加入造反者的队伍,出谋划策,再造政府,但到底不同于那些永远上不得台面的流氓。中国的知识分子"以天下为己任",可以辅弼明君圣主为王者师。这是除苏格拉底的"哲学王","撑死了也不过如此"的理想极致。

中国知识分子的倒霉是倒霉于近代,并且从近代以来每况愈下,有许多"诚可痛哭流涕长太息"的演变。从前的痛苦,由于知识分子群的分化和社会痛苦的压倒一切,好像并不是知识分子本身或知识分子整体的事情。但是现在他们却好像有了普遍的共识:比过去,他们有"脑体倒挂"的愤慨;比国外,也有"大不如人"的失落。特别是他们还常常把自身处境的恶劣归咎于不能"实现知识分子的现代化",或曰"同国外的知识分子看齐"(即时下所谓各种"接轨"中的一种)。他们似乎还没有意识到,中国的知识分子如欲实现其"现代化",而且是如同美国一类国家的"现代化",则必历三劫:一是同仕途摘钩("学而优"不一定要"仕"),二是纳入工薪族(成为"雇佣劳动者"或曰"工人阶级的一员"),三是失去对公众的影响力(让位于商业性的通俗文化)。然后才能龟缩于校园,教书育人,著书立说,既不跟富商巨贾政客者流呕气,也不与商业流俗文化的星腕争辉,养一房一车,安当其"蓝领的白领"(一位美国学者如是说)。① 这样的巨变仍是近代历史的继续,现在虽未"进行到底",但传统士人理想的"大势已去"则早成定局。

近些年,与上述变局有关,中国知识分子经历了三次浪潮。最初,由于知识分子终于成为"工人阶级的一员",而且科学技术也成了"生产力",我们曾经幻想就连国家也应由知识分子来管理。② 后来,这样的迷梦被打破,我们又有"下海"的热潮。记得若干年前,中关村"电子一条街"刚火那阵儿,我们的一位校长曾与一位领导人争论。校长说:"你说让知识分子自谋出路,我们怎么谋?难道我们的化学系非得改做肥皂不行?"领导说:"这是大势所趋,势在必行。"现在"大势"已经"趋"了很多年,旧营垒中虽然确有一些人因"下海"而致富或脱贫,但更多的人却"穷且益酸",依旧骂骂咧咧,自哀自怜,无可奈何地当着他们的工薪族,好像并没有什么款爷出面,"解斯民于倒悬"。特别是那些不能沾"科学"之光,将文化也拔升为"生产力"的人文学者,牢骚尤盛。于是最后,当"急于用世、拙于谋生"的老毛病(李敖语)暴露无遗,我们只好承认,国家嘛,还是交给专业的行政管理人员去管;科技呢,也是科技人员的事情——这些按严格的"知识分子"定义(当然是西方的定义),本来就不是咱们知识分子的事。咱们知识分子,观近代国学大师可知,其职任端在"人文关怀"。尽管这样的考虑已接近变局的谷底,比起前一类幻想似较为务实,但听起来却有点像"临终关怀",悲壮之中老是透着凄凉。

作为最后一幕——现在所能看见的最后一幕——是"雅"、"俗"之争,或曰"严肃文艺"和"庸俗文艺"之争。只有这一回,有咱们人民政府作主,知识分子才打了一个翻身仗。王朔和贾平凹受口诛笔伐,传统和国学被发扬光大,京剧和交响乐也不绝于耳,占据了许多的电视节目(达到文革以后仅见的盛况)。就连成天整理故纸堆的我们也豪情满怀,一定要把这冷板凳坐穿。

---

① 在美国,常有一种收入比较的材料在报纸上发表。从他们的情况看,"倒挂"的问题也一样存在。
② 当时有人误以为西方的政府是由智囊型人物管理,甚至以为他们的政府是靠知识分子支持,故有"舍我其谁"的冲动。但实际上西方人相信的却是由中材之人管理,和先秦法家的想法差不多。

在现代化的进程中,物质文明与精神文明应当并举,为了"老少边穷"的"脱贫致富",现有捐资捐物献爱心的"希望工程"。剩下"脱俗致雅"怎么办? 有人正在呼吁。

一九九五年八月一日写于美国西雅图

(选自辽宁教育出版社 1996 年 8 月版《放虎归山》)

底层

蔡 翔

一

苏州河由西向东,蜿蜿蜒蜒地流过这个城市。河的南面,耸立着各种各样美丽的建筑。夏天,许多许多的法国梧桐点缀出一片又一片的优雅绿荫。穿过繁华的街道或者幽静的府院,找一个小小的咖啡馆,挑选一个临窗的座位坐下,冬日的阳光懒懒地透窗而入,这时,你会感觉到一种怀旧的忧郁,所有所有的梦在黄昏来临之际一起向你敞开。

然而,在我的记忆里,却并没有那么多的美丽和那么多的优雅。对我来说,苏州河的水永远是肮脏的,黑黑的,稠得像粘汁,水面上,永远漂浮着菜叶、秽物、粪便……。夏日闷热的黄昏,一股一股的臭味飘向很远,挤进河边人家。许多许多的工厂都座落在苏州河的北岸,烟囱里的烟是黑的,尘埃落地,马路永远黯然无光。树很少,房子很多,成片成片的房子挤在一起,弄堂被挤成一条一条窄窄的小路。

是的,我的城市在苏州河的北面。在这里,人是穷的,街也是穷的。晨光初现,粪车就会摇着铃铛走进小小的巷子,许多的男人和女人就会揉着睡眼,拎着马桶,依次走出家门。然后,就在一个公用的自来水龙头前排起长队,然后,许多许多的自行车熙熙攘攘地挤出小小的巷口,开始各自的谋生。

在我独自伫立在苏州河的北岸的时候,常常会出现一种古怪的幻觉。我会看见在污浊的河面上,漂来一只小小的木船,一个男人,还有一个女人,从遥远的家乡,漂向上海。然后在这里上岸,用芦席搭起一座小小的棚屋。那就是我的祖先,我的半个城市的祖先。

我的祖先从芦棚中走出,走进工厂、码头、澡堂……。黄昏的时候,他们带着一天的疲劳和一天的屈辱,醉眼朦胧地坐在小酒馆里,大声地说着粗话,唱着家乡小调。他们朝地上吐痰,开着很伤大雅的玩笑。然后歪歪倒倒地走出酒店,这时,星光黯淡,像极了乡村的小径,但是再也没有了家乡的月亮。

我的城市,我的半个城市,在饥饿和屈辱之中,曾经酝酿了暴动和罢工。在长长的黑夜之中,革命带着它的辉煌承诺,走进每个人甜甜的梦乡。

我的祖先已经悄然远去,但是苏州河的北面却依然被这个城市拒绝。尽管有许多的人从那里走向这里,也尽管有许多的人从这里走向那里。漫漫的历史已经构成一个语词,这个词就是——底层,而在底层的周围,永远弥漫着肮脏、野蛮、贫穷、粗鲁等等等等的语词氛围。所有有过的光荣已经不复存在,城市为自己的美丽和优雅召唤,一个长长的梦在有关法国梧桐的记忆里悄悄再现。

然而,我却依然满怀感激之情注视着我的半个城市。是的,对我来说,底层不是一个概念,而是一道摇曳的生命风景,是我的来处,我的全部的生活都在这里开始。

二

我常常在午夜醒来,默默倾听我的少年时代从窗外悄悄走过。

在我很小很小的时候,我家住在一间非常破旧的矮平房里。刮风的时候,门窗就会发出一种非常恐怖的声音,我常常在夜里恐惧地醒来。墙是旧的,遍布雨水的痕迹。那时,就已命定我此生再也难以如伍尔芙那般,面对墙上的斑点兴趣盎然地作着种种优美的遐思。

然而有一天,革命开始兑现它的承诺,我们搬进一个巨大的新村。我看见无数高楼林立,崭新的学校,崭新的商店,我们在崭新的马路上发疯似地追逐。在那一刻,在我的少年时代,我们真诚地唱着:社会主义好。

在那个时代,我想我们非常满足,革命的阳光幸运地照耀在我们身上。而在更多的地方,在苏州河的北面,棚户还仍然象征着我的底层,我常常在那里拾回我童年的记忆。许多年以后,那里被逐渐推平,人们离开家园,走向更远的郊外。当然,那已经是另外一个时代的承诺。

我想,我对底层的读解,首先是从工人开始。我出身在一个工人家庭,很多年以前,我的父母从异乡飘泊到这个城市。那个时代的工人,许多人都还保留着农民的某些本色。他们和乡村的瓜葛并未被完全切断,他们操着各自不同的乡音,生活在这个城市。灾年的时候,他们会忧心如焚,谈着家乡的收成。经常有农民到我们这里乞讨,我的父辈会非常热情地招呼,端菜端饭,然后细细地扯着乡村闲话。有时候,也有农村亲戚来访,那一家就会很热情地把乡下土产分送邻居。

我一直非常喜欢那个时代的工人,也许,在那一代工人身上,还保留着乡村的纯朴和厚道。

那个时候,楼房里厨房和厕所还是公用的,虽然有时候在女人中间免不了生些闲气,但是更多的时候,则是洋溢着一种亲情。家家的门都敞开着,大人孩子相互地串门聊天。总有一二家成为楼里无形的俱乐部,吃过晚饭,人们就会在那里陆续聚集,喝茶抽烟,说些厂里的事情,或者感叹世事变化。有人说书,也有人唱家乡戏,胡琴咿咿哑哑响起的时候,我们总会立马赶到,琴声使我们进入一个美妙无比的世界。

现在回想起来,那个时代并未消灭贫穷,我的底层仍然在贫穷中挣扎。工人的收入是有限的,他们得抚养孩子,得接济农村的父母亲友,许多人的家里都没有什么象样的家俱,冬天的时候他们去买些廉价的草垫,铺在床下过冬。月底月初,是楼里女人最热闹的时候,"张师母,借我五块钱,月头还你",或者"李师母,开工资了,月底借的钱还你"。女人们把这称为"调头",我想,那大概是"调头寸"的意思。金融术语活灵活现地进入我的底层。

然而在那个时代,贫穷并未导致我的底层的愤怒,相反,他们对国家表示出一种极大的热情和忠诚。我不知道,这是不是一种美德。时至今日,我的父母在回忆过去的时候,仍然毫无怨言。

贫穷并未导致道德的沦丧,相反,我的底层牢牢恪守着它的道德信条,他们对贪污和盗窃表示出一种极大的憎恶和轻蔑。我记得我们楼里有一个食堂的办事员,因为贪污而受到处分,而他的家庭却因此受到全体居民的拒绝。许多年以后，我的哥哥到了黑龙江。有一次，宿舍里的一个人丢了块手表，但却无一人怀疑到我哥的身上。哥哥因此而充满感激之情地给母亲来了一封信，他说这一切都归之于母亲的教诲。底层一无所有，唯有名誉，成了他的生命所在。

我想，那时的底层，有一种非常满足的感觉。一切都很安定。我们的父母从未对我们寄于奢侈的厚望，我的少年时代的梦想，也从未逾过我的底层。我曾经酷爱画画，但并未因此而希望做个画家。我自由地阅读，仅仅为了满足我的阅读癖好。夏天，我们趿着木拖板，走向不远的郊外，我们在小河里游泳，捉知了，光着脊梁钻进菜地里摘着黄瓜和番茄。时至今日，我仍然喜欢那种纯朴、宁静而又自由平淡的生活方式。

我不愿过多地谈论城市的贫穷，哪怕是我的底层，我觉得这很矫情。在我走出这个城市，走向北方的乡村，我才真正懂得贫穷的涵义，才真正理解了我的父辈对生活的满足和感激之情。在我真正领略了乡村的饥饿，才真实地懂得粮食对于一个人的生命究竟意味着什么。在我蜷缩在黄泥小屋，一灯如豆，倾听门外北风呼啸，我才真正感觉到底层的真实存在。是的，在中国，真正的底层在农村。相形之下，城市，哪怕是我的半个城市，仍然应该感谢命运的厚赐。

三

我常常在薄暮时分走过我的半个城市。沿着苏州河北岸，穿过一片又一片的棚户区。旧貌未改，但热闹了许多。弄堂里依然拥挤不堪，一根又一根的竹竿横在中间，上面晾着五颜六色的衣裳。许多的小孩窜来窜去，屋里有着锅碗瓢盆的声音，有些男人在屋外修理着自行车，有些男人则惬意地抽烟喝茶倚在门口闲聊，这常常使我想起我年轻时代的乡村岁月。

夏天，黄昏的风景异常美丽，许多人家喜欢把桌子搬到门外，桌上有鱼有肉有虾有各种菜蔬，女人哄着孩子，男人喝酒，光着脊梁喝得全身通红。我喜欢这种风景，即使家家存有暗中较富的念头，我也从未认为这就是所谓的庸俗。在我的身上，常常矛盾地并列着许多性格。作为一个知识分子，我恪守着我的精神立场。但是作为一个底层的儿子，我却从不蔑视世俗生活的意义。在经历了那么多的贫穷和饥饿之后，我深深知道，富裕对于我的底层究竟意味了什么。

在我的生命中，北方的乡村给予我从未有过的震撼。在我亲身经历了贫穷带来的各种折磨，我才深深懂得，对富裕的向往，在底层，是一种非常崇高的人性。

在我的村庄里，有一个女孩，女孩如公主般骄傲，受到全村女孩的羡慕和拥戴，因为这个女孩的叔叔在城里工作，从遥远的城市给她捎来一件的确良花布衬衫。在村里，这是唯一的一件的确良。它成了村里女孩的神圣，她们总是庄严地谈论这件衣服，同时悄悄地为自己编织一个彩色的梦想。有一天，女孩的母亲癫痫发作，癫狂之中，绞烂了那件衬衫。那一天成了村里女孩的忌日，女孩们忧伤、沮丧，美丽的梦想破灭了，她们愤怒地对我说："那可是的确良啊，还是花的。"我不知道，这种对美的理解是否会被知识分子认为庸俗。但我却就此无法把美和富裕截然分开。

饥饿威胁着人的自尊。春天的时候，许多的人出门乞讨。那一年，淮北发了大水，许多的田地被淹没。我的村庄因为地势的关系，侥幸地逃过这场灾难。于是在午饭和晚饭的时候常有男人和女人上门。男人通常一言不发，站在门外叮叮咚咚地弹琴，女人则伸出葫芦瓢，说："大哥，有吃的给孩子一口。"我曾经想，这就是底层的自尊？他们以为这只是一种技艺交换的方式而不是乞讨？他们是以此来维持自己的自尊？

我不赞美贫穷，相反，我对贫穷怀有一种深深的敌视，我没有理由蔑视穷人对富裕的向往之心。我比任何人都更加清楚地知道，对于底层，贫穷意味着什么，富裕又意味着什么。对于底层来说，革命或者其他的什么诱惑，目的无非是让生活——实实在在的生活——更加富裕也更加美好。

一九八五年，我重新回到我下乡的地方。老乡看见我的第一句话就是："我们有得吃了。"在那一瞬间，我被深深感动。在有关饥饿的记忆尚未被我完全抹去，我有什么理由不被这句话所震动所感动？即使这个世界越来越显得庸俗污秽，我仍然为这句话所震动所感动。

我知道，我对这个世界的许多想法与底层的要求相距遥远。但是我仍然愿意对底层的一切都加以理解，即使是对富裕的热烈盼望。我谨慎地使用我的文字，我的许多文字只是知识分子之间的一种相互提醒，我们无法抹去我们的立场和责任。我愿意这个世界变得更加美丽也更加诗意，这是一个遥远的梦想。我相信，在我的底层终于富裕起来的时候，最终也会走进这个梦想。但是眼下，我却不会强迫我的仍在贫穷中挣扎的底层接受我的遥远梦想。

四

我对乌托邦有着一种天生的迷恋，那是一个有关平等和公正的神话。尽管我早已发现这个神话的渺茫，但是我仍然愿意终生维持，我不知道这是因为什么。

我的少年时代就是在这样的神话中走过，尽管我们贫穷，但是无怨无悔。我们以国家的主人自居，我们与年轻的共和国分享着艰难，我们，全体。

我常常从另外一个角度来思考文化大革命，在某种意义上，文化大革命为那时的我们打开了另一扇窗户，使我们越过底层，看到了整个城市。大字报、传单、各种小报以及形形色色的马路传闻，使我们从红色的梦想中回到现实的境遇。那些激进的少年加入了红卫兵，他们愤怒地冲进官僚和资产阶级的家中，他们为自己的所见所闻所震动，他们从未见过那么豪华的住宅和那么奢侈的生活方式。所有有关平等和公正的神话在那一瞬间破灭，阶层差别依然存在，底层在神话的破灭中仍然呈现出它的本来面目。并不是所有的人都在分享艰难。我为当年的红卫兵感到某种羞愧，但是我想，这并不仅仅是一种因为贫穷而导致的仇恨，而是因为神话破灭后的一种本能的盲目发泄。

我有时想，几乎所有的道德要求最终都将落实到底层，底层将这个世界默默托起，同时遵守着这个世界对它发出的全部的道德指令。几乎所有的父母都在阻止这种少年的破坏行为，他们顽固地相信，对他人的侮辱是一种不可宽恕的野蛮行为。他们严厉禁止孩子们往家中拿回任何一样东西。而当时的红卫兵，也的确从未想过要把抄家物资偷偷带回家中。

我的底层仍然感谢命运，他们完完全全的为现实满足，没有匿患，没有压迫，没有失业，退休金和医疗保险成了新社会最为辉煌的骄傲。他们没有理由抱怨革命，他们没有少年人对平等和公正的偏执梦想。我那时就已惊讶地发现，在这个城市，几乎所有正派的工人都加入到了保守派的行列。这就是底层，我的善良的底层。

在我终于发现革命并没有彻底抹去阶层的区别，相反，权力又制造并维持着一个所谓的特权阶层,那时我们感到无比的困惑和彷徨。尽管我的底层从未真正进入平等,但是神话并未就此彻底破灭。理想依然存在。

许多年过去了,革命似乎成了一个遥远的记忆,底层仍然在贫穷中挣扎,平等和公正仍然是一个无法兑现的承诺。旧的生活秩序正在解体,新的经济秩序则迅即地制造出它的上流社会。

阶层分化的事实正在今天重演,权力大模大样地介入竞争,昨天的公子哥儿成了今天的大款大腕大爷,他们依靠各种权力背景疯狂地掠夺社会财富。权力和金钱可耻地结合。"穷人"的概念再一次产生。

我已经不再侈谈什么平等和公正,我终于悲哀地发现,这也许是一个永远无法兑现的承诺。昨天未曾有过,明天也不会再有。阶层区别也许会永恒存在,这个世界命中注定要把财富和权力堆积到少数人身上。也许,这种差别为优秀人物提供了改变自身命运的向上可能。但是我的出身我的教养我的经历,命中注定我不可能成为一个彻底的精英主义者。也许我听到的太多,也许我见到的太多,大款们一掷千金的时候,下岗的女工可能正在为孩子的教育费用掩面相泣。面对底层,我心难安。

我相信,激烈的竞争,哪怕是不公正的竞争,也会导致这个世界的繁荣,而穷人也会日将分享繁华的余羹,家里终会有各种电器,餐桌上也将日益丰盛。但是在我目睹了那么多的欺凌和掠夺,那么多的屈辱和侮辱之后,我的情感,我隐秘的内心再也难以对这个世界热情洞开。

也许,我是偏执的。

五

许多美丽的梦想已经破灭,我为之呼唤为之憧憬的新世界并未在我的梦想中冉冉升起。世界依然如故。只是多了些汽车,多了些高楼,也多了些富人,当然,更多了些穷人。

我走过我的半个城市,我的城市已经不见。棚户还被成片推倒,它告诉我,一个新的城市明天将会在这里升起。

我对任何崭新的东西,已经不再怀有年轻时代的激情,我不知道,美丽是否会伴着崭新的时代再度来临。

我反复警惕自己的情绪,我知道,任何一种激进主义都会为我的底层带来更大的灾难。我为我的底层的任何一点富裕任何一点繁荣都感到由衷高兴。

但是我却恐惧地看到,纯朴和善良,正在我的底层悄悄消失。底层不再恪守它的老派的欲望,对富裕的追求同样导致了人的贪婪。早晨的空气不再新鲜,嘈杂的集贸市场,到处是鱼腥味和讨价还价的喧哗。鱼贩子肉贩子菜贩子水果贩子,虎视眈眈地注视着他人的口袋。他们为了一块二块的利润,出卖着自己的良心和底层的感情。在我的底层,已经不再涌动着纯朴和善良,友情和乡谊、利益原则同样侵蚀着我的底层。

欺凌和掠夺,在这个世界几乎每天都在重复上演。我对此已经见怪不怪。我甚至觉得富人本来就是这样,必须以此来维持自己奢侈的存在。可是这一切,却渐渐侵蚀到我的底层。在你路过那些肮脏地下小工厂,你就会发现,在我的底层,正在上演着什么样的同类相残的故事。我无法容忍穷人间的相互掠夺。

　　我的确非常矛盾,我渴望我的底层富裕,我又恐惧因为富裕而失去我记忆中的底层。我不知道,这是不是一种叶公好龙的表现。我只是觉得,我的底层因为对富裕的追求而付出太多的纯朴和善良。也许,因为在这个时代,劳动不再神圣,富裕必须依靠投机和掠夺。

　　富人的嗜好也如瘟疫般传染到我的底层,并且演变为种种不伦不类的时髦。我常常在凌乱不堪的弄堂口,看见一些妇人穿着假貂皮大衣,怀抱吧儿狗,学着富人的碎步,在小贩的叫卖声中,施施然地走着。我几乎觉得这是一种耻辱,我为这种恶劣的模仿感到羞愧。

　　在今天,在我的底层,流氓再次横行乡里。我真的无法理解,难道我的底层永远只能向历史提供这类黑社会的故事?难道命中注定我的底层永远无偿地为那些恶劣的通俗电影提供谋杀、械斗和强奸的素材和表演场景?

　　在某个夏日的黄昏,我走进家门,我看见三个少年鬼鬼祟祟地躲在楼梯后的阴暗走道。他们看见我惊慌地扔掉针管,我看见他们裸露的胳膊上留下的刚刚扎过的针眼。我们默默相对。我没有看见羞愧,只有些许的恐惧,而吸毒的快感尚未完全从恐惧的眼神中消失。

　　我的底层正在从肮脏的棚户区中搬出,但是崭新楼房的重重的防盗门却把浓浓的乡谊完全隔断。相互的漠然和猜忌,替代了往日的亲如一家。夏天的夜里,再也没有了咿咿哑哑的胡琴,只有嘈杂的卡拉 OK,我知道,那是我的底层孤独而又无聊的发泄。

六

　　也许,我的底层并不存在,存在的只是我的梦想,和我的寻找。

　　也许,我的所有的少年时代的记忆只是因为我的梦想和我的寻找,才在我的梦中我的虚构中存在。

　　也许,只有梦想中的底层才有过那样的善良和纯朴,我只能远远地注视而无法走进。我触犯了我的禁忌。我走进了它,我再也找不到我的底层。

　　我想,我是软弱的,我无法承受孤独,我必须有所认同,为我的梦想,寻找它的现实的土壤。我为自己虚构了许多的神话,然后,我看着我的神话逐一破灭。

　　我走出我的神话,我不知道我该走向哪里。

(原载《钟山》1996 年第 5 期)

灵魂饭
余　华

　　在一本关于巴托洛海·德·拉斯卡萨斯神父的小册子里,讲述了这位西班牙教士神秘的业绩。

　　一四九二年十月一日,一位带着西班牙国旗的意大利人在被海水打湿的甲板上,看到了绵延不绝的被森林覆盖的土地浮现在茫茫的海水之上。这个名叫哥伦布的人后来毁誉参半,一方面他是功勋卓著的美洲大陆的发现者,另一方面他又是臭名昭著的殖民掠夺者。然而他并不知道自己发现的是一片新大陆,他简单地认为这只是通往东印度的捷径。当哥伦布第一次登上美洲大陆时,印第安人欢迎了他们,他们在沙滩上进行了最初的交易。欧洲人用他们廉价的玻璃制品换取印第安人昂贵的宝石。这时候的哥伦布和他的追随者显然满足于类似的欺诈行为,他们和印第安人相处得不错。当哥伦布第二次来到时,他的身份不再是一个发现者,而是一个征服者。按照他和西班牙王室的协议,他成为了西印度群岛的总督,以及他所发现海域的海军上将。哥伦布开始了他的血腥统治,他的继任者更加残暴,最终的结果是一百多万印第安人分别被打死、累死、饿死、冻死和病死。印第安人在西印度群岛悲惨地接受了灭绝的命运。

消息传到欧洲,西班牙人和葡萄牙人、法国人和英国人、荷兰人和其他欧洲人纷纷漂洋过海,像蚊子似的一团团地拥向了神秘的美洲大陆,开始了无情的征服狂潮。聂鲁达在诗中把他们称作一群戴着假牙和假发的人,这群殖民掠夺者在此后的三百年里,使四千万人口的印第安人下降到了九百万人口,将田园诗般的印第安世界变成了恐怖的人间地狱。与此同时,西班牙从美洲运回了二百五十万公斤的黄金和一百万公斤的白银,英国和法国以及其他欧洲国家,也同样掠走了大量的金银财宝。

巴托洛海·德·拉斯卡萨斯神父就是在这个时候登上美洲大陆,资料显示他是最早来到美洲的神父之一。与前往亚洲和非洲的传教士有着不同的命运,来到美洲的传教士没有被赶走,这是因为美洲大陆被欧洲殖民者彻底征服了,而亚洲和非洲最终没有被征服。沦落为奴隶的印第安人在白人的猎杀下,只能放弃他们的原始宗教,这样的宗教曾经与印第安人的生命和生活紧密相连,印第安人坚信万物都有灵魂,然后产生了印第安的巫术,进而就是图腾崇拜。他们的图腾和生灵有关,狼、熊、龟、鹰、鹿、鳗、海狸等等都是图腾的对象。这些曾经与自然界亲密无间的印第安人,在失去家园和妻离子散以后,在意识到自己已经被彻底征服以后,纷纷成为了基督的信徒。拉斯卡萨斯和他的精神同事们事实上成为了另一种征服者,心灵的征服者。

拉斯卡萨斯神父在美洲大陆的传教经历,使他亲眼目睹了残忍的现实——殖民者对印第安人残酷的武力剿杀,沉重的劳役折磨,还有不堪忍受的苛捐杂税,以及疾病和瘟疫。在人口稠密的太平洋一边,殖民者将成千上万的印第安人赶入大海,让滔滔的海浪淹没印第安人悲伤的眼睛和绝望的哭泣。

这一切使拉斯卡萨斯神父放弃了欧洲白人的立场,站到了印第安人中间。他曾经十二次渡海回国,为印第安人请命,希望减轻印第安人沉重的劳役负担,这是他一生中最为人称道的经历。这位神父请求西班牙国王将印第安人作为"人"来对待,这个现在看来是合情合理的请求,在当时的殖民者眼中却是荒唐可笑。

这本有关拉斯卡萨斯神父的小册子没有继续写下去,因为接下去的故事对这位神父极为不利。虽然和冷酷的征服者哥伦布绝然不同,充满同情和怜悯之心的巴托洛海·德·拉斯卡萨斯却同样引起了争议。如果免除了印第安人沉重的劳役,那么谁来替代他们?拉斯卡萨斯建议用非洲的黑人来替代。神父的同情和怜悯并没有挽救印第安人的命运,倒是带来了另外一场灾难,非洲的黑人开始源源不断地进入美洲大陆。

一九九九年五月,我带着两个问题来到美国。在华盛顿特区的霍华德大学——这是一所历史悠久的黑人大学,我见到了米勒教授,我问他是否知道巴托洛海·德·拉斯卡萨斯神父的故事。米勒教授听到这个西班牙教士的名字时,脸上出现了一丝奇怪的微笑,他告诉我他知道这个故事。于是我的第一个问题提了出来,这位神父是不是后来疯狂的奴隶贸易的罪魁祸首? 作为一位黑人,米勒不会轻易放过或者原谅所有和奴隶贸易有关的人,他认为拉斯卡萨斯神父有着不可推脱的责任。事实上在哥伦布登上西印度群岛开始,以及此后的三百多年里所有登上美洲大陆的欧洲白人都难逃罪责。

让拉斯卡萨斯神父一个人来承担奴隶贸易起因的责任,显然是不公正的。事实是在哥伦布发现美洲大陆的半个世纪以前,在拉斯卡萨斯神父出生以前,非洲的奴隶贸易已经开始,不同的是奴隶们那个时候所去的地方是欧洲。而且在更为久远的年代,阿拉伯人已经在非洲悄悄地从事这样的勾当了。所以拉斯卡萨斯神父在美国的黑人中间并不知名,当我向其他几个非洲裔的美国人提起这位教士时,这些不是从事专门研究工作的美国黑人都茫然地摇起了头,他们表示不知道有这么一个人。如果一定要为后来大规模的奴隶贸易寻找一个罪魁祸首的话,那么这个人毫无疑问就是哥伦布。

正是哥伦布对美洲大陆的发现,那些原来驶向欧洲的奴隶船开始横渡大西洋前往美洲,一个长达四百多年的人间悲剧拉开了序幕。当沾满印第安人鲜血的宝石和贵重金属源源不断地流入欧洲的时候,当东方国家盛产的香料和黄金被掠夺到欧洲的时候,对欧洲的殖民者来说,非洲使他们获得暴利的就是奴隶的买卖。这是非洲历史上最为黑暗的一页。随着美洲大陆丰富的矿产资源不断被发现,随着甘蔗、烟草、棉花、蓝靛和水稻等种植园的迅速发展,奴隶船就像是城市里的马车一样,繁忙地穿梭于欧洲——非洲——美洲之间。这就是奴隶贸易中臭名昭著的三角航程,一艘艘满载着廉价货物的商船从欧洲启程,到非洲换成黑奴以后经大西洋来到美洲,用奴隶换取美洲殖民地的蔗糖、棉花和烟草等物,回到欧洲出售这些货物,然后用很少的钱买进廉价的货物,再次启程前往非洲。一次航程可以做三次暴利的买卖,在美洲殖民地卖出的奴隶价格是在非洲买进价格的三十倍和五十倍之间。

欧洲的奴隶贩子雇有专职的医生,这些游手好闲的人遍布非洲的许多地方,他们像兽医检查牲口一样检查着奴隶的身体,凡是年龄在三十五岁以上,嘴唇、眼睛有缺陷,四肢残缺,牙齿脱落甚至头发灰白的均不收购。在四百多年的奴隶贸易中,那些年龄在十岁到三十五岁之间的男子和二十五岁的女子几乎都难逃此劫。殖民者掠夺了非洲整整四个多世纪的健康和强壮,只有老弱病残留在了自己的家园,于是非洲病入膏肓。许多地区的收成、畜群和手工业都遭受了悲惨的破坏和无情的摧毁,蔓延的饥荒和猎奴引起的部落间的战争此起彼伏,以往热闹的商路开始杂草丛生,昔日繁荣的城市变成了荒凉的村落。

这期间运往美洲的奴隶总数在一千五百万以上,而在猎奴战争中的大屠杀里死去的、从内地到沿海的长途跋涉中倒下的、大西洋航程里船上的大批死亡以及反抗中牺牲的奴隶总数,远远超过到达美洲的奴隶总数。奴隶贸易使非洲损失了一亿人口,也就是说得到一个奴隶就意味着会牺牲五到十个奴隶。就是最后终于登上了美洲大陆的幸存者,由于过重的劳动和恶劣的生活待遇,在到达后的第一年又会死去三分之一。

海上的航行就像是通往地狱的道路一样,航程漫长,风浪险恶,死亡率极高,曾经有五百人的奴隶一夜之间就死去一百二十人。奴隶船几乎都超过负载限度,在黑暗的船舱里,那些身上烙下了标记的奴隶两个两个被锁在一起,每人只有一席容身之地,饮食恶劣,连足够的水和空气也没有。天花、痢疾和眼炎是流行在奴隶船上的传染病,它们就像是大西洋凶恶的风浪一样,一次次袭击着船上手足无措的奴隶。眼炎的传染曾经使整整一船奴隶双目失明。在被日出照亮的甲板上,这些先是失去了自由,接着又失去了光明的奴隶,现在要失去生命了。他们无声无息地摸索着从船舱里走出来,在甲板上排成一队,奴隶贩子将他们一个一个地抛入大海。

在美洲印第安人悲惨的命运和非洲奴隶悲惨的命运之间,是欧洲殖民者的光荣与梦想。奴隶贸易刚开始的时候,荷兰因为其海上运输业的发达,被殖民者称为"海上马车夫"。在大西洋一边的美洲所有的港口,飘扬着荷兰国旗的贩奴船四出活动。英国人后来居上,虽然他们贩奴的历史比其他国家都要晚和短,可是他们凭借着海上的优势,使其业绩超过其他国家四倍。当奴隶贸易给非洲带来无休止的战争、蹂躏、抢劫和暴力,使非洲逐渐丧失其生产力和原有的物质文化之后;当美洲的印第安人被剿灭、被驱赶和被奴役之后,欧洲和已经成为白人家园的美洲迅速地繁荣起来了。这就是马克思所说的"资本主义时代的曙光"。在马克思眼中,"资本来到世间,从头到脚,每一个毛孔都滴着血和肮脏的东西"。

今天当人们热情地谈论着经济全球化和贸易自由化的时候,这个风靡世界各地的全球化浪潮,在我看来并不是第一次。第一次的全球化浪潮应该是五百年以前开始的,对美洲的征服、对亚洲的掠夺和对非洲的奴隶贸易,连接非洲、美洲和欧洲的奴隶贸易以及矿产和种植物的贸易,养育了以欧洲为中心的资本主义。随着东印度沦为英国的殖民地和后来鸦片战争在中国的爆发,亚洲也逐步加入到这样的浪潮之中。第一次全球化浪潮伴随着奴隶贸易经历了四百多年,进入二十世纪以后,两次世界大战和此后漫长的冷战时期,以及这中间席卷世界各地的革命浪潮,还有从不间断的种族冲突和利益冲突引起的局部战争,似乎告诉人们世界已经分化,然而正是在这样的分化时期,垄断资本和跨国资本迅猛地成长起来。当冷战结束和高科技时代的来临,当人们再次迎接全球化浪潮的时候,虽然与第一次血淋淋的全球化浪潮绝然不同,然而其掠夺的本质并没有改变,第二次全球化浪潮仍然是以欧洲人或者说是绝大多数欧洲人的美国为中心。

我并不是反对全球化,我反对的是美国化的全球化和跨国资本化的全球化。五百年前一船欧洲的廉价物品可以换取一船非洲的奴隶,现在一个波音的飞机翅膀可以在中国换取难以计算的棉花和粮食。全球化的经济不会带来全球平等的繁荣,贸易的自由化也不会带来公平的交易。这是因为少数人拥有了出价的权利,而绝大多数人连还价的权利都没有。当美国和欧洲的跨国资本进入第三世界的时候,并没有向这些国家和地区提供其核心的技术。他们只是为了掠夺那里的劳动力,这一点与当初的殖民者掠夺美洲和非洲的伎俩惊人地相似。就像当初的欧洲人把火器、铁器和酒带到美洲的印第安人中间,把欧洲的物资带到非洲一样,他们教会印第安人改穿纺织品制成的服装,教会非洲人如何使用他们的物品,当印第安人和非洲人沾染上这些新的嗜好的时候,却并没有学到满足这些嗜好的技术。于是非洲原有的生产力和物质文化被不同程度地摧毁,非洲可以用来与欧洲交换这些物资的只有他们的人口了。同胞互相残杀,部落战争不断,不仅没有保卫自己的非洲,反而促进了殖民者的奴隶贸易。在美洲的印第安人,只有森林里的皮毛财富可以换取这些自己不能制造的物品,于是印第安人的狩猎不再是单纯地为了获取食物,而且还要为换得白人的物品而打猎。印第安人的需求日益增加，他们的资源却不断减少，当欧洲的白人疯狂地拥入美洲定居以后，又导致森林里大量野兽的逃跑，使印第安人生活的手段几乎完全丧失。他们只能离开自己出生和埋葬着自己祖先的地区，因为继续生活在那里只能饿死，他们跟踪着大角鹿、野牛和河狸逃跑的足迹走去，这些野兽指引着他们去寻找新的家园。

在华盛顿的霍华德大学，我询问米勒教授的第二个问题是关于灵魂饭，这是黑人特有的料理，仅仅在词语上就深深地吸引了我。就像印第安人相信万物都有灵魂，非洲的黑人同样热情地讨论着灵魂，他们甚至能够分辨出灵魂的颜色，他们相信是和他们的皮肤一样的黑色。这是苦难和悲伤带来的信念，在华盛顿的一个黑人社区，阿娜卡斯蒂亚社区，我看到了一幅耶稣受难的画像，这个被绑在十字架上睁大了怜悯的眼睛的耶稣，并不是一个白人，他有着黑色的皮肤。

米勒告诉我，这样的料理具有浓郁的文化特征，是黑人在悲惨的奴隶贸易中自我意识的发展。灵魂饭的料理方式来自于非洲以及美国南方黑奴的文化根源，同时又是他们被奴役时缺乏营养的现实。米勒反复告诉我，一定要品尝两种灵魂饭，一种是红薯，另一种叫绿。当我们分手的时候，他再一次嘱咐我，别忘了红薯和绿。

我在阿娜卡斯蒂亚社区的一家著名的灵魂饭餐馆，第一次品尝了黑人的灵魂饭。可能是饮食习惯的问题，我觉得自己很难接受灵魂饭的料理方式，可是米勒教授推荐的红薯和绿，却让我终身难忘。那一道红薯是我吃到的红薯里最为香甜的，确切地说应该是红薯泥，热气蒸腾，将叉子伸进去搅拌的时候可以感受着红薯的细腻，尤其是它的甜，那种一下子就占满了口腔的甜，令人惊奇。另一道绿显然是腌制的蔬菜，剁碎之后的腌制，可是它却有着新鲜蔬菜的鲜美，而且它的颜色十分的翠绿，仿佛刚刚生长出来似的。

后来我在几个黑人家中做客时，都吃到了红薯和绿。在过去贫穷和被奴役的时代，灵魂饭是黑人在新年和圣诞节时才可以吃到，现在它已经出现在黑人平时的餐桌上。然而灵魂饭自身的经历恰恰是黑人作为奴隶的历史，它的存在意味着历史的存在。欧洲人的压迫，事实上剥夺了非洲人后裔的人类权益，美国的绝大多数黑人现在连自己原来的祖国都不知道。他们不再讲自己祖先的语言，他们放弃了原来的宗教，忘记了非洲故乡的民情。于是这时候的灵魂饭，就像谢姆宾·乌斯曼的声音——

今天，奴隶船这种令人望而生畏和生离死别的幽灵已不再来缠磨我们非洲。

戴上镣铐的兄弟们的痛苦哀鸣也不会再来打破海岸炎热的寂静。

但是，往日苦难时代的嚎哭与呻吟却永远回响在我们的心中。

这是漫长的痛苦，从非洲的大陆来到非洲的海岸，从大西洋的这一边来到了大西洋的那一边，从美国的东海岸又来到了美国的西海岸，黑人没有自由没有财产，他们只有奴隶的身份。《解放宣言》之后，又是漫长的种族隔离和歧视。黑人不能和白人去同样的医院；黑人不能和白人去同样的学校；黑人不能和白人坐在同样的位置上。他们的厕所和他们的候车室都与白人的隔离，在汽车上和船上，黑人只能站在最后面；只有在火车上，黑人才可以坐在最前面的车厢里，这是因为前面的车厢里飘满了火车的煤烟。一位黑人朋友告诉我："我们的痛苦是我们生活的一部分。"

一位黑人学者在谈到奴隶贸易的时候，向我强调了印第安人的命运，他认为正是印第安人部落的不断消失，了解地理状况的印第安人知道如何逃跑，使欧洲的殖民者源源不断地运来非洲的奴隶,非洲的奴隶不熟悉美洲的地理,他们很难逃跑,只能接受悲惨的命运。

在美洲大陆的深渊里,黑人被奴役到了不能再奴役的地步,而印第安人被驱赶之后又被放任自由到极限。放任自由对印第安人造成的伤害,其实和奴役对黑人造成的伤害一样惨重。当成群结队的印第安人被迫离开家园,沿着野兽的足迹找到新的家园时,早已有其他的部落安扎在那里了,资源的缺乏使他们对新来者只能怀有敌意。背井离乡的印第安人前面是战争后面是饥荒,他们只能化整为零,每一个人都单独去寻找生活的手段,本来就已经削弱了的社会纽带,这时候完全断裂了。夏尔·阿列克西·德·托克维尔在他著名的《论美国的民主》一书中,有一段这样的描述:

一八三一年,我来到密西西比河左岸一个欧洲人称为孟菲斯的地方。我在这里停留期间,来了一大群巧克陶部人。路易斯安娜的法裔美国人称他们为夏克塔部。这些野蛮人离开自己的故土,想到密西西比河右岸去。自以为在那里可以找到一处美国政府能够准许他们栖身的地方。当时正值隆冬,而且这一年奇寒的反常。雪在地面上凝成一层硬壳,河里漂浮着巨冰。印第安人的首领带领着他们的家属,后面跟着一批老弱病残,其中有刚刚出生的婴儿,又有行将就木的老人。他们既没有帐篷,又没有车辆,而只有一点口粮和简陋的武器。我看见了他们上船渡过这条大河的情景,而且永远不会忘记那个严肃的场面。在那密密麻麻的人群中,既没有人哭喊,又没有人抽泣,人人都是一声不语。他们的苦难由来已久,他们感到无法摆脱苦难。他们已经登上载运他们的那条大船,而他们的狗仍留在岸上。当这些动物发现它们的主人将永远离开它们的时候,便一起狂吠起来,随即跳进浮着冰块的密西西比河里,跟着主人的船泅水过河。

托克维尔提到的孟菲斯,是美国田纳西州的孟菲斯。我最早是在威廉·福克纳的书中知道孟菲斯的,我还知道这是离福克纳家乡奥克斯福最近的城市。威廉·福克纳生前的很多个夜晚都是在孟菲斯的酒馆里度过的,这个叼着烟斗的南方人喜欢在傍晚来临的时候,开上他的老爷车走上一条寂静的道路,一条被树木遮盖了密西西比和田纳西广阔的风景的道路,在孟菲斯的酒馆里一醉方休。接着我又知道了一个名叫埃尔维斯·普雷斯利的卡车司机,在孟菲斯开始了他辉煌的演唱生涯,这个叫猫王的白人歌手让黑人的布鲁斯音乐响遍世界的各个角落,而他又神秘地在孟菲斯结束了自己的一生。最后我知道的孟菲斯是一九六八年四月四日的一个罪恶的黄昏,在一家名叫洛兰的汽车旅馆里,一个黑人用过晚餐之后走到阳台上,一颗白人的子弹永远地击倒了他。这个黑人名叫马丁·路德·金。

出于对威廉·福克纳的喜爱,我在美国的一个月的行程里,有三天安排在奥克斯福。这三天的每一个晚上,我和一位叫吴正康的朋友都要驱车前往孟菲斯,在那里进行自己的晚餐,这是对福克纳生前嗜好的蹩脚的模仿。

孟菲斯有着一条属于猫王的街道,街道上的每一家商店和酒吧都挂满了猫王的照片——那些猫王在孟菲斯开始演唱生涯的照片。年轻的猫王在照片里与孟菲斯昔日的崇拜者勾肩搭背,喜笑颜开。一辆辆旅行车将世界各地的游客拉到了这里,使猫王的街道人流不息。到了晚上这里立刻灯红酒绿,不同的语言在同一家酒吧里高谈阔论。人们来到这里,不是因为威廉·福克纳曾经在这里醉话连篇，也不是因为马丁·路德·金在这里遇害身亡，他们是要来看看猫王生前的足迹，或者购买一些猫王的纪念品，他们排着队与猫王的雕像合影。

离开了猫王的街道，孟菲斯让我看到了另外的景象，一个仿佛被遗忘了似的冷清的城市。在其它的那些街道上，当我们迷路的时候，发现没有行人可以询问。我们开着车在孟菲斯到处乱转，在黄昏时候的一个街角，我看到一个上了年纪的黑人坐在门廊的椅子里。他身体前倾，双手放在自己的膝盖上，当我们的汽车经过时，他看到了我们，他的脸上毫无表情。因为迷路，我们在孟菲斯转了一圈后，又一次从这个黑人的眼前驶过，我注意到他还是那样地坐着。直到第三次迷路来到他的跟前时，我看到一个黑人姑娘开着车迎面而来，她在车里就开始招手，我看到那个上了年纪的黑人站了起来，仿佛春天来到了他的脸上，他欢笑了。

在来到密西西比的奥克斯福之前，我和很多人谈论过威廉·福克纳，我的感受是每一个人的立场都决定了他阅读文学作品的方向。被我问到的黑人，几乎是用同一种语气指责威廉·福克纳——他是一个种族主义者。另外一些白人学者则是完全不同的态度，他们希望我注意到威廉·福克纳生活的时代，那是一个种族主义的时代。白人学者告诉我，如果用今天的标准来评判威廉·福克纳，他可能是一个种族主义，可是用他生活的那个时代的标准，那么他就不是种族主义。在新墨西哥州，一位印第安作家更是用激烈的语气告诉我，威廉·福克纳在作品中对印第安人的描写，是在辱骂印第安人。霍华德大学的米勒教授，是我遇到的黑人里对威廉·福克纳态度最温和的一位。他说尽管威廉·福克纳有问题，可他仍然是最重要的作家。米勒告诉我，作为一名黑人学者，他必须关心艺术和政治的问题，他说一个故事可以很好，但是因为政治的原因他会不喜欢这个故事的内容。米勒提醒我，别忘了威廉·福克纳生活在三十年代的南方，他本质上就是一个南方的白人。米勒也像那些白人学者一样提到了威廉·福克纳的生活背景，可是他的用意和白人学者恰好相反。米勒最后说："喜欢讨论他，不喜欢阅读他。"

这样的思想和情感源远流长，通过奴隶贸易来到美国的黑人和在美国失去家园的印第安人，他们有着完全自己的、其他民族无法进入的思维和内心。虽然威廉·福克纳在作品中表达了对黑人和印第安人的同情与怜悯，可是对苦难由来已久的人来说，同情和怜悯仅仅是装饰品，他们需要的是和自己一起经历了苦难的思想和感受，而不是旁观者同情的叹息。

虽然在今天的美国，种族主义仍然是一个严重的社会问题，可是它毕竟已经是臭名昭著了，这是奴役之后的反抗带来的。我的意思是说，这是黑人不懈的流血牺牲的斗争换来的，而不是白人的施舍。而当初被欧洲殖民者放任自由的印第安人，他们的命运从一开始就和黑人的命运分道而行，最后他们仍然和黑人拥有不同的命运。这是一个悲惨的现实，对黑人残酷的奴役必然带来黑人激烈的抗争，可是当印第安人被放任自由的时候，其实已经被剥夺了抗争的机会和权利。

我在新墨西哥州的印第安人的营地，访问过一个家庭。在极其简陋的屋子里，主人和他的两个孩子迎接了我。这位印第安人从冰箱里拿出两根冰棍，递给他的两个孩子后，开始和我交谈起来。他指着冰箱和洗衣机对我说，电来了以后这些东西就来了，可是账单也来了。他神情凄凉，他说他负担这些账单很困难。他说他的妻子丢下他和两个孩子走了，因为这里太贫穷。尽管这样，他仍然不愿意责备自己的妻子，他说她是一个非常好的女人，因为她还年轻，所以她应该去山下的城市生活。

在圣塔菲,一位印第安艺术家悲哀地告诉我:美国是一个黑和白的国家。她说美国的问题就是黑人和白人的问题,美国已经没有印第安人的问题了,因为美国已经忘记印第安人了。这就是这块土地上最古老的居民的今天。一九六三年,黑人民权领袖马丁·路德·金在华盛顿发表了感人肺腑的演说——《我有一个梦想》。其中的一个梦想是"昔日奴隶的子孙和昔日奴隶主的子孙同席而坐,亲如手足"。可是在马丁·路德·金梦想中的友善的桌前,印第安人应该坐在哪一端?

(原载《上海文学》2001 年第 5 期)

草原长调

韩少功

天边最后一抹火烧云熄灭,浓浓夜幕低压四野,长夜便开始在热气骤退的草原上流动。天地间只剩下黑暗里点点流萤,一片篝火。牧民们披上御寒的大皮袄,端起盛满马奶酒的大碗,看着铁皮罐下跳动的火苗,一股暖流自然从肺腑升起涌向喉头,化为一种孤独的声音,缓缓的,沉沉的,滔滔而来。

这种声音是不需要聆听的。草原上地广人稀,极目茫茫,游牧者寻居各自的草场,使最近的邻居也可能在几十公里之外,因此歌唱永远指向虚空,是对高山、河流、草地、天穹的一种精神回应,从不需要他人的理解。相比之下,中国江南民歌的戏谑,西北民歌的倾诉,北方戏曲的叙说,以农耕社会的群居为背景,都是唱给人听的歌,太具有文字属性和世俗气味,不适合在这样的寂静中生长。

这种声音又是期待聆听的。歌声总是悠长,才能随风飘送很远;音域总是自由而宽广,乐符才能腾升云端以便翻山越岭。这些歌声隐藏着一种飞向地平线那边的冲动,如同一种呼号,因此只能是慢板而不可能是快板,只能是长调而不可能是短调,只能是旋律的回肠荡气而不可能是节奏的复杂多变。在一个无需登高就可以望尽天涯的草原,在一个阔大得几乎没有真实感的空间,一个人的灵魂不可能不喷发声流,不可能不用这种呼号来寻找遥不可及的耳膜。

也许,蒙古长调就这样产生了。

洁白的毡房炊烟升起,

我出生在牧人家里。

辽阔无际的草原,

是哺育我成长的摇篮。

……

一轮红月亮悄悄地升起来。长调潮涌,缅怀着故乡,表达着爱情,也记录着历史和知识——哪怕对一匹马的生长过程,也可以用一岁一曲的方式,把马从小唱到大,循环反复的套曲,配合着歌者相互递让的一个酒碗,既是育马的课程温习,也是怜马的悲情倾吐。这使蒙古人成了一个最长于歌唱的民族,精神几乎全都溶解在歌声里,远古"乐"教传统比汉民族延绵得更为长久。人人都是天才的歌手,不论是酋长,还是僧侣或者牧人。以至于他们的善饮,似乎只是为了使他们有更多放歌的豪兴;他们的嗜肉,似乎只是为了使他们体魄更为健壮厚重,更容易在胸腔内灼烤出西方式的美声和共鸣。他们放牧时骑在马背上的悠闲,或者躺在草地上的散漫,则为他们的歌唱提供了充足时光,为一切辛劳的农耕民族所缺少。歌唱,加上接近歌唱的朗诵,加上接近朗诵的诗化日常口语,构成了他们的语言,构成了他们历史上最重要的信息传播方式。在公元十二世纪以前的漫长岁月里,他们甚至没有文字,也不觉得有什么书写的必要。

俄国诗人普希金端详过这个粗心于文字的民族,说蒙古人是"没有亚里士多德和代数学的阿拉伯人"。但这并不妨碍蒙古深刻地改变过俄国,在很多西欧人的眼里,粗犷强壮的俄国人已经眼生,只是蒙古化或半蒙古化了的欧洲人。这也不妨碍蒙古深刻地改变过中国,在很多南方人眼里,雄武朴拙的北方人同样眼生,不过是蒙古化或半蒙古化了的中国人。蒙古的武艺甚至越过了日本海,成为了相扑(摔跤)和武士道传统的源头;甚至越过了白令海峡,融入了美洲印第安人的生存方式以及后来美国人的"牛仔风格"。他们的长调一度深深烙印在其它民族的记忆中和乐谱上。俄国音乐中的悲怆,中东音乐中的忧伤,中国西部信天游(陕甘)、花儿(青海)、木卡姆(新疆)等音乐素材中的凄婉,很难说没有染上色楞格流域和克鲁伦流域的寒冷。从英吉利海峡一直到西伯利亚流行的 sonnet(商籁体诗歌),深深藏在蒙语词汇中,很难说没有注入过蒙古牧人滚烫的血温。

北半球这种泛蒙古的大片遗迹,源头十分遥远而模糊,其中最易辨认的,只是公元一二〇六年的"库里尔台",即蒙古各部落统一后的酋长会议。成吉思汗登基,热血在歌潮中燃烧,腰刀在歌潮中勃勃跳动,骏马在歌潮中扬蹄咆哮,突然聚合起来的生命力无法遏止,只能任其爆炸,化为一片失控的风暴。后世史学家们的笔尖每到此处也为之哆嗦。马背上的成吉思汗宣布:"人类最大的幸福在胜利之中:征服你的敌人,追逐他们,剥夺他们,使他们的爱人流泪,骑上他们的马,拥抱他们的妻子和女儿!"于是一个散弱的民族从漫长的沉默历史中崛起,以区区不过百万的总人口,区区不过十二万的有限兵力,竟势如破竹横扫东西南北,先后击溃了西夏、南宋、喀拉汗、花剌子模、俄罗斯、波斯、德意志以及阿拔斯王朝,铁骑践踏在莫斯科、基辅、萨格勒布、杭州、广州、德里、巴格达、大马士革,直到穿越冰封的多瑙河,西抵亚得里亚海岸。人类史上一个领域最为辽阔的国家,随着他们似乎永不停止的马蹄和永不回头的尘浪,突然闪现在世人眼前,几乎没收了全部视野。

巴格达城破之时,除了极少数熟练工匠留下来,八十万居民被屠杀殆尽。征服者比虎豹还要凶猛和顽强,可以举家从军,在缺吃少眠的情况下日夜兼程,三天就扫荡匈牙利平原;可以枕冰卧雪,仅靠一点马血、泥水甚至人肉,就精神抖擞地跨越高加索山脉。他们的皮袋既可以储水,又可以充气后用来过河,再加上炼铁技术提供的一点马蹄掌、弓弩、钩矛和钉头锤,这一类简易粗陋的用具就足以助他们永远地向前,"像成群的蝗虫扑向地面","不屈不挠,战无不胜","与其说是人,不如说是鬼"(见《马修帕里斯的英国史》,1852)。他们是一支歌手组成的军队,因此习惯于激情的喷发而不是思想的深入,因此不在乎法律,不关心学问和教化,不拘泥于任何作战规程,包括不需要什么后勤辎重。相反,他们的后勤永远在前方,在敌人的防线那边,是等待他们去劫掠的一切粮草、牲畜、财宝以及俘虏,是全世界这个取之不尽的大库房。

这些身披兽皮盔甲面色粗黑的武士,说着异族人谁也听不懂的话,对于世界来说是一群不知来历莫知底细的征服者。但武可立国,治国则不可无文。一个厚武而薄文的帝国,体积庞大得口耳难以相随,首尾难以相应,恐怕一时有些手足无措。成吉思汗的战略是首先联合"所有住在毡篷里的人",从而将部分突厥人纳入自己的营垒,但知识与人才还是远远不够。于是阿拉伯人被用来管理贸易和税收,中国人被用来操作火炮和医药,擅长交际的欧洲人则被遣去处理一些外交事务。其中意大利人马可·波罗就给忽必烈大汗当了多年使臣,还在扬州当上地方官。蒙古大汗们并不认为这有什么危险,对美物奇器酒香肉肥以外的一切甚至无所用心。元朝一道刻在寺院石碑上的圣旨是这样写着:"长生天帝力里,皇帝圣旨里:和尚、也里可温、先生、达识蛮每:不拣什么差发休当者,告天祝寿者么道有来……"这一段汉文读来如同天书。其实"和尚"是指佛教徒,"也里可温"是指基督教徒,"先生"是指道教徒,"达识蛮"是指伊斯兰教徒。"每"相当于"们"。全句的意思是:圣上对各种宗教一视同仁,不论你们念的是什么经,只要是告天祝寿的就统统念起来吧。这里的多元共存态度,作为一种官方文化政策足可垂范后世;但粗野杂乱的行文,愣头愣脑的口吻,如同街头巷尾的大白话,驱牛逐马时的吆喝,透出一股醺醺的酒气,哪有堂堂朝廷圣旨的体统和气象,完全暴露了帝国在文化上的粗放。事实上,帝国在文化上一开始就无法设防而且比比破绽,以弓矛开拓的疆土,最终难逃来自异族文化的肢解和吞食。公元十三世纪后期,经过了一百多年多少有些短暂的强盛,一个不擅长文字的民族,一个缺少思想家和学术典籍的民族,从而也就缺乏成熟国家制度和成熟文化控制的民族,迅速被占领区的其它族群同化,在习俗、语言以及人种上皆有消泯之虞。依稀尚存的帝国也大体上一分为三:旭烈兀的伊尔汗国尊奉伊斯兰教,定都北京的忽必烈在中国接受了佛教(喇嘛教)和儒家思想,别尔克的俄罗斯金帐汗国则部分引入了东正教。各大汗国之间争权内战,腥风血雨,最终耗竭了帝国的生命,其实也是一只军事恐龙在文化四面合围之下的必然倒毙。

像一道闪电,帝国兴也匆匆亡也匆匆,结束得太快,连当事人也来不及想清楚这是怎么回事。除了后世少数学人,对于大多数牧人来说,这一段历史如真如幻,似有似无,扑朔迷离,支离破碎,只是草原长调中增加了一则血色的传说。他们的历史总是传说,更准确地说是传唱,是神奇和浪漫,却不一定是真实,于是大多成为闪烁其辞的"秘史",充斥着各种"秘旨"和"秘址",欲言又止,语之不详,是一堆虚虚实实的谜团。他们是要忘记这一段历史吗?是从来就不需要历史吗?对于他们来说,最真实的一份历史,也许总是潜藏在和声四起时歌手们肃穆持重的目光里,潜藏在音浪高旋时歌手们额上暴突的青筋里,是他们长调中一个音符的颤栗或一个节拍的陡转:

> 一只狼仰天长啸着,
> 一条腿猎套紧夹着,
> 它最后咬断了自己的骨头,
> 带着三条腿继续寻找故乡。
> ……

歌手的眼里有了泪光,也有了历史。他们的历史只易被感觉而不易被理解,等待着人们的心而不是脑。

他们的先民重新回到了本土草原,一无所有。先民对世界的摧毁差不多是一种无意识的冲动,正像他们大规模改进过世界文明差不多也是一种无意识的任性而为。东方的火药、丝绸、机械、印刷术以及炼铁高炉,曾随着他们的背影向西方传播。还有宗教的跨大陆交流,勇武精神的跨血缘渗入,曾沿着他们的泥泞车辙延伸远方。他们并不完全清楚自己做过了什么,直至自己再一次在世界史中悄然退场。这样,当大陆西端的另一些游牧者从草原扑向海洋,目光瞄准了美洲和亚洲的海岸,以远航船队拉动了贸易和工业,东端的这一些弟兄却没有听到汽笛的余音,草原上一片宁静。

欧亚大陆的游牧文明至此东西两分。作为东方的这一支,他们不仅与"亚里士多德和代数学"擦肩而过,而且被工业化、民主制度、基督教改革的现代快车弃之而去。直到二十世纪末,他们还只有两百多万人口,书写着一种俄国蒙族和中国蒙族都不懂的新蒙文,是一个特别小的语种。以至人们观察四周的目光,常常会从他们的头顶越过,忽略他们的存在,而一般蒙古人也很难窥探到外部世界的存在。一般来说,语种没有优劣高下之分,但知识生产与经济生产一样,都有规模效益的问题。小语种无法支撑完备的翻译体系、出版体系、研究体系,对思想文化的引进难免力不从心。一个十三亿人口的中国尚且常有出书之难,蒙古出版市场不及中国的百分之一,也就是四五个县的市场,委实有些太小,难以咽下全世界那么多文化经典。这使我走入乌兰巴托闹市区的书店时,感受到草原文化的缤纷炫目,也感受到起码有学术译介的明显不足。没有笛卡尔全集,没有尼采全集,更没有福柯和普鲁斯特全集,这当然很正常。架上书大多是诗歌(他们主要的写作体裁),大多是配了图画的少儿诗歌(少儿是这里最能形成规模的购书群体),同样也很自然。这使我突然间理解了一切小语种国家知识生产的困难——如果不是考虑到这一点,新加坡多年前可能就不会果断恢复中文的地位,韩国知识界近年大概也不会展开讨论,是否需要回归汉文或者索性改用英文?这些深谙洋务的国家终于明白,知识竞争是比资本竞争更为根本性的竞争,丢掉老语种(如中文或拉丁文)就难以充分利用历史资源,没有大语种(如英文、中文或西班牙文)就难以充分利用域外资源。他们选择国语不仅需要捍卫民族尊严,而且须有利于整个国民知识素质的优化,有利于在整个世界知识生产格局中抢占要津,不是送一些学子出国留学就能奏效的。

蒙古人不是新加坡、韩国那些单瘦文弱的君子,也不大瞧得起南边那种牛马吃草般的素食习俗,还有那种对数字的精明,对器物制作的机巧。他们从内心深处是不是想成为下一条经济小龙,也并非不是一个疑问。是的,他们使用着很小的语种,在周边各大文化板块的夹缝中几乎孤立自闭,因此他们在接受日本汽车、韩国商场、德国移动电话、美国宾馆和芯片、中国食品和饮水机的时候,可能在人文和科学方面留下诸多巨大的空白。但那又怎么样?他们因此而变化得暂时缺乏深度,可能没有自己的完善工业、强势外交、巨额金元以及足够多的世界级思想领袖,更没有称霸世界的导弹和反导弹系统,但那样的日子就一定黯淡无光?就一天也过不下去?不,与很多人的想象相反,在我看来,蒙古算不上世界上的富强之地,却一定是世界上的欢乐之乡,比如说是歌声、酒香以及笑脸最多的地方。走进这里的任何一扇家门,来人都是贵客。只要席地坐成一圈,大家就成了兄弟姐妹。只要端起一碗奶酒,优美而且不胜其唱的长调便会油然而起。牧人不太喜欢也不太信任没有醉倒的朋友,哪怕是对一个乞丐,也得让你醉成一团烂泥方才满意地罢手。牧人也不太相信自然资源有什么权属,一只鹰或者一只兔子,反正是天地间的东西,只是撞到枪口上了,任何一个过路人都可以入门分享。一个蒙古诗人对我说:"你要知道,蒙古人的天是最干净的天,蒙古人的血是最干净的血。"

这种强烈的民族自豪感,还有支撑这种自豪感的习俗传统和心智特点,穿越一个又一个世纪的风霜,居然从未被外来的文化摧毁。苏联式的革命浪潮,在这里留下了很多马克思的画像和列宁的语录墙;美国式的市场浪潮,使这里都市人的穿戴已从头到脚与东京人或汉城人无异。但这些都像是一种表面涂刷和覆盖,并未动摇蒙古文化纵深的岩层,比如从未动摇过他们对成吉思汗一类前辈英雄的崇敬,决没有中国式的大挖文化祖坟,一次次狂热地"倒孔"和"批孔"。构成这种文化恒定的很多原因中,当然包括了语种。坚守在一个小语种之内,没有完备的翻译体系、出版体系、研究体系,恰好形成了一种死角屏蔽,一种抗震性能最好的微型坚壳,使任何文化冲击都在这里被减弱为余波,任何文化淹没都在这里被过滤为点滴——他们因此而可能无缘于现代变革的迅疾和彻底,但也很大程度上避免了现代变革带来的种种心智内伤,比方说避免了一窝蜂"斗私批修"或者一窝蜂"斗公批社"的痛苦震荡。弗洛伊德、霍布斯、尼采、斯密等等,当二十世纪九十年代的中国人被这些思想体系折腾得心事重重和浮躁不宁的时候,陌生的西洋人名与草原照例没有太大的关系。于是蒙古的体制仿造总是要打下折扣,要打下大折扣,比如有了私有制,也只是变形走样的凑合,至少没有普遍的焦虑、轻薄、冷漠以及阴狠为之打底,或者说很难得到深层文化的支持。相反,除了一些生冷怪异的外国资本进入,这里的所谓市场经济比世界任何地方都可能更多一些温暖,常常让位于豪爽慷慨的天性,让位于你我不分公私相济的部落遗风。这使他们仍然有一份心中的淳朴和豪放,有一种从容放歌的心胸。

他们是真的想歌唱,真的想用歌声来抚摸遥远天边。一位副省长,一位司机,一位乡村教师,一位牧羊少年,我所见到的这些人一旦放开歌喉就都成了歌手,卸下了一切社会身份,回归蒙古人两眼中清澈的目光,透过这种清澈来读解世界和生命。他们似乎以歌立命,总是沿着歌声去寻找自己的生活,寻找一种只能属于蒙古人的今天和明天。当乌兰巴托街头已经车水马龙之时,他们也只是把高楼当作新的毡包,把汽车当作新的骏马,把汽油和煤当作新的草料,甚至把多党制的国会当作多部落联合议事的金顶大帐,血管里仍然奔流着牧人们火一样的乐句。

养育我的这片土地,

当我身躯一样爱惜;

沐浴我的江河水,

母亲的乳汁一样甘甜;

这就是蒙古人,

热爱故乡的人。

我在毡包里学会了这首《蒙古人》。我得承认,我在这里度过了一辈子中唱歌最多的时光,实现了我似梦非梦的天堂之旅。

(原载《天涯》杂志 2002 年第 6 期)

正义的蒙眼布

冯　象

> 正义（Gustizia）。其形象为一蒙眼女性，白袍，金冠。左手提一秤，置膝上，右手举一剑，倚束棒（fasci）。束棒缠一条蛇，脚下坐一只狗，案头放权杖一支、书籍若干及骷髅一个。白袍，象征道德无瑕，刚直不阿；蒙眼，因为司法纯靠理智，不靠误人的感官印象；王冠，因为正义尊贵无比，荣耀第一；秤……比喻裁量公平，在正义面前人人皆得所值，不多不少；剑，表示制裁严厉，绝不姑息，一如插着斧子的束棒，那古罗马一切刑罚的化身。蛇与狗，分别代表仇恨与友情，两者都不许影响裁判。权杖申威，书籍载法，骷髅指人的生命脆弱，跟正义恰好相反：正义属于永恒……
>
> 利帕（Cesare Ripa）《像章学》卷三（1593）

欧洲的肖像纹章之学（iconologia），过去念中世纪文学时钻研过一阵子。最近重新查阅一次，却是因为耶鲁法学院院友会波士顿分会的一封通知，征文纪念柯维尔（Robert Gover）教授。这分会规模不大，但活动勤，几乎每月一次：或同希拉里·克林顿参议员座谈"九一一"反恐怖，或与麻省首席大法官（也是女校友）周末聚餐——国情不同，律师以校友会名义邀法院领导吃饭，不违反职业纪律。每次通知，从来不忘附一只捐款信封、一张"鸣谢"榜。榜上最末也是名单最长的一栏叫做"柯维尔之友"，是上一年给母校捐了五百至九百九十九美元者的荣誉。柯先生生前以博学及献身公益事业著称。他的课我没赶上听，但为应付"联邦诉讼程序"考试，读过他的名著《程序》。读到第五章，有这么一个故事，印象颇深：

天庭上的众神失和了，世界处于灾难的边缘。谁来调解仲裁？血气方刚的容易受水仙女的勾引，老于世故的却不敢对权势直言。天上地下找遍了，也没有合适的人选。最后，天帝身旁站起一位白袍金冠的女神，拿出一条手巾，绑在自己眼睛上，说：我来！众神一看，不得不点头同意：她既然蒙了眼睛，看不见争纷者的面貌身份，也就不会受他的利诱，不必怕他的权势。"蒙眼不是失明，是自我约束"，柯先生写道，"是刻意选择的一种姿态……真的，看的诱惑，君子最难抗拒，特别是克服屏障而直视对象的诱惑。"接着另起一行：

"程序是正义的蒙眼布。"（第1232页）

这句话现在已经当作格言收入法学词典，每每被人引证。所以我想，为纪念柯先生，表彰他的成就与理想，不妨从这句格言出发，考察一下正义女神的像章谱系，谈谈程序在改革中的中国的政法地位、功用与价值。

先说程序。所谓程序，就司法而言，即专为实现法律规定或"赋予"的各项权利而制定的一套套规则、方法和步骤。所以，程序法也称"辅助"（adjective）法；与之相对，那些通过程序主张并获得保护的权利所依据的条文规范，便叫做"实体"（substantive）法。法律是政治的晚礼服。实体法本本答应的权利,总是比程序法所能辅助实现的要多一些也漂亮一些。这意味着,某些老百姓期待享有的权利,虽然在现阶段不受司法保护,却是有法理依据的。例如,《宪法》规定公民享有言论、出版等自由(第三十五条),亦即说话写作发表传播,不受别人非法干涉、无理制裁的"基本权利"。但按照现时的政法实践,在一般情况下,此项权利还不能通过司法获得保护。主要原因,便是缺乏一套直接引用《宪法》条款而启动的诉讼程序。同理,如果小说涉及真人真事或新闻报道批评失实,引起名誉官司,作者或报社也不能以言论自由抗辩,而只能就事实真相、主观过错、名誉损害以及言论与损害间有无直接因果关系等民法上侵权之诉的要件,提出答辩(见《读书》二〇〇〇年十一期拙文《案子为什么难办》)。不过去年六月,最高人民法院就"齐玉苓诉陈晓琪等姓名权纠纷案"批复山东省高级人民法院(法释[2001]25号),认为:被告冒用原告姓名、顶替原告升学,看似侵犯了姓名权,实质是剥夺原告"依据《宪法》[第四十六条]规定所享有的受教育的基本权利,并造成了具体的损害后果,应承担相应的民事责任"。这就为公民通过民事诉讼程序主张宪法权利,开了一个小小的口子;公民的"一部分宪法权利",终于开始摆脱"睡眠或半睡眠状态"(见《中国青年报》二〇〇一年八月十五日采访报道)。批复因此受到社会舆论的一致好评。

近年来,随着立法渐具规模,本本上同"国际"接轨(例如世贸谈判)日臻熟练,司法程序的改革遂成为国内外传媒关注、观察家跟踪的一个热点。但改革涉及法院系统人事组织、行政管理、审判方式等各方面的调整,牵扯到许多跨部门深层次的政府架构问题,不可能一蹴而就。比如民事审判方式的改革,以"强调当事人举证责任"为指导思想,大约始于八十年代末。"主要动因,是法院案件多人员少,力量与任务的矛盾日益突出,想借此减轻法官和法院调查取证的负担。"(景汉朝、卢子娟:《经济审判方式改革若干问题研究》,载《法学研究》一九九七年五期,第3页)改革的对象,则是人民法院传统上走群众路线办案形成的"先定后审"、"纠问式"庭审和庭审走过场等,跟法治时代不般配的做法。通过"完善"程序,还希望提高法官业务素质,反腐倡廉,改善法院的公关形象。十多年下来,虽然成绩尚未受到老百姓普遍认可(每年召开各级人大,法院院长做工作报告压力最大),但经济负担肯定减轻了;各地新盖的法院大楼如雨后春笋,有的更比北京的最高法院还雄伟气派。

当然,改革审判方式,离不开审判者自身的改造。这也有程序的一面,就是在开展学历资格培训的同时,革新中国法官的形象举止:卸下肩章大沿帽,换上西装黑法袍。自今年"六一"儿童节开始,法官们登堂折狱便要多一样表达权威与秩序的道具:法槌。根据最高人民法院新近颁布的《试行规定》,操作程序为:开庭或继续开庭,先敲槌后宣布;休庭或闭庭,先宣布后敲槌;判决或裁定,也是先宣布后敲槌。法槌的设计,却是极传统的;选材要花梨木,请"民间雕刻家手工精雕而成":槌体上端刻一个独角兽头,乃是古代皋陶治狱所用"性知人有罪,助狱为验"的神羊獬豸;"底部的圆型与方型的底座"(原文如此),则暗喻"方圆结合、法律的原则性与灵活性的结合"。手柄刻有麦穗齿轮,"说明我国是工人阶级领导的,以工农联盟为基础的人民民主专政的社会主义国家"。法槌由主审法官使用,通常只敲一下。指望的是,法庭上"旁听人员随意走动、喧哗、交头接耳,传呼机、手机此起彼伏,当事人未经法庭许可随意发言"的现象,能够从此消失(《人民法院报》网络版二〇〇一年十二月七日)。

尽管如此,观察家论及当前中国的法制,依旧是那句老话:重实体,轻程序。意为执法司法,时有不尊重当事人程序权利的情况发生;处理纠纷、扫黄严打,只消最后结果群众满意,大快人心就成。仔细想来,这里面有两个相关的问题。一是政府做事(无论人治法治),须满足老百姓对正义的企盼。老百姓心目中的除恶扬善报仇伸冤,说的都是实质正义。在这一点上,"包青天"式不受程序约束的侦察办案,以道德理想取代法律原则的公案故事,其实并无太多中国特色。换一个社会,比如法治早已建成的美国,好男女如果不藐视法律,像黑旋风李逵那样"出他一口鸟气",在好莱坞大片里也是做不成英雄的。所以自古以来,文艺作品中鲜有代表大众正义的律师(波士纳,第 40 页)。这是根深蒂固四海皆准的成见;不是一两次审判方式的改革,甚至大胆引入英美法系"对抗制"诉讼,所能解决的技术问题。事实上,随着法律技术日趋复杂,优质的市场化的律师服务便很可能成为只有少数富人要人才消费得起的奢侈品,老百姓对利用程序手段阻挠实质正义、消灭实体权利的憎恶,恐怕只会愈加强烈。

值得我们研究的是第二个,亦即柯先生指出的问题:程序是司法的正义给自己绑上的蒙眼布,是"刻意选择"的与当事人及外界权势保持距离的一种政治与伦理"姿态"。这姿态,套用我们熟悉的宪法术语,就是"法律面前人人平等"。于是程序对于建设中的法治,便有双重的含义:一方面,假定蒙眼的正义不会偏袒,这是现代法治的"形式平等"原则。形式平等是对阶级特权的反动。不看阶级成分的程序,可以在形式上抽象地拉平当事人的身份与地位差异,让打工妹和工头、老板一样,依法(在本本上)成为平等的权利主体。另一方面,因为正义不再"直视对象",无须关照个案的特殊性,程序上的公正或"正当程序"(due process)就可以脱离实体权利而表现独立的价值。由此生出司法技术化、专业化乃至标榜"非道德化"的可能。这是因为注重程序,诉讼必然要放缓节奏,将争议导向技术细节,从而发挥律师的作用。做成案例,注解评析,使法律思维倾向于技术化。按照英国法律史家梅特兰(一八五〇——一九〇六)的说法,现代对抗制诉讼的基本性格,可以追溯到十三世纪的"特殊抗辩"(special plea)制度。特殊抗辩,即不管实体权利或事实真相,仅以技术上的理由排斥对方的实体主张。我们讨论过的"鲁迅肖像权"案中,被告方提出诉权、时效、管辖等抗辩事由,便是一例(见《读书》二〇〇一年三期拙文《鲁迅肖像权问题》)。或许因为英国普通法与司法独立及法治的特殊历史纽带,形式平等而讲求技术的诉讼程序,一向被视为司法者避免外界干预的一道屏障,也是律师行会向政府争取行业自治和业务垄断的一大理由。

然而,程序一复杂就容易累讼,变成当事人的沉重负担,引发诸多社会问题。这也是法治社会的通病:大多数人,包括中产阶级,实际是排除在大部分程序之外的。例如在美国,刑事被告人定罪,百分之九十五未经庭审。道理很简单,被告人穷人居多,请不起昂贵的擅长刑事诉讼的律师。法院指定的公益辩护律师人少案多,不堪重负,就同控方(检察官)"抗辩谈判"(plea bargain),拣一两项较轻的指控认罪,结案了事。只有辛普森那样的明星款爷,才有条件雇一个"梦之队"律师和专家证人班子,将诉讼抗辩七十二变的招数使一个遍。该案因此被称为美国式法治在真实生活中罕见的完美表演,"哈佛[法学院传授的]法律规则"铁树开花的现场示范(阚泊斯,第 22 页)。按理说,法治沦为少数人的福利,社会上该有大声的抗议;而抗议声中的法治为取信于民、恢复尊严,只好拉下正义的蒙眼布,让她直视法治之下普遍的恃强凌弱贫富悬殊:法律面前,从来没有人人平等。幸亏,抗议并不经常发生,除了几处贫民区的骚乱。安分守己的中产阶级习惯了崇拜那块蒙眼布,不敢不信"一部美国人的自由史,在很大程度上,就是程序的保障史"(联邦最高法院大法官弗兰克富特语,Malinski v. New York,324 U.S. 401,414[1945])。

所以说,法治的根基在信仰与习惯。我以为,用正义的蒙眼布比喻程序的政法功能,妙是妙,但还有一个前提需要澄清:蒙眼如何成为信仰,法治怎样获得对象,或者说程序与正义究竟什么关系?这是柯先生的寓言故事暗示了却没有讨论的。让我绕个弯,从正义女神的像章史说来。

正义裁断生死,本是主女神或月神的一个殊相,属猪。这属相大约源于先民的生殖崇拜和丰收/还阳神话(参见《万象》二〇〇〇年七期拙文《摩帝纳拱门》)。她在地中海文明圈的诸民族中有不同的名号;在希腊神话,即执掌德尔斐神庙的女巨神正义(Themis)——日神阿波罗(属鸦)杀白蟒(月神之子或情人)夺神庙,是后来的事。女巨神是众神之母大地与天空结合所生的女儿,天帝宙斯的第二任妻子。她的埃及前身,则是享受法老供奉,为天地维持秩序的妈祖(Ma'at)。妈祖头上插一根羽毛,用来在她的天平上称量死者的心灵。妈祖和正义,都是目光犀利的女神。因为祭坛前举行的司法仪式(神判)体现神意,源于神谕,那颁布神谕裁断生死的女神必定无所不察。但是,服侍女神的祭司却常常是瞽者:视力对于专职求问神谕的人是多余的东西;睁开他的眼睛,反而容易分心误会神意。德尔斐神庙的祭司(希腊传记家)普鲁塔克(五〇——一二五)说,埃及王城底比斯的司法最为公道,因为那里宣示神谕的祭司必须断手闭目。他不能伸手收取贿赂,眼中不见权势,便不会司法不公,令神明不悦,降灾于苍生(《道德论》卷五)。罗马人管正义女神叫Iustitia。由此派生出英法德意等现代西方语言的“正义”(justice, etc)一词。

学者考证,蒙眼正义的肖像最早出现在文艺复兴时期(即作为拟人化的抽象概念,阴性名词;作为女神则与基督教教义不符)。当时,一些商业城市的司法权已经跟国王和教廷的管辖分离,有了相对独立的地位。司法往往由本地贵族垄断了,令市民们十分反感。所以蒙眼正义的早期的像章诠释,跟后世刚好相反。比如,丢勒(一四七一——一五二八)笔下那任人摆布的无知的“正义姑娘”,眼睛上的布条是一位浪荡公子给系上的,他的外号就叫“愚弄”。为了提醒司法者不忘上帝的教导,不可受贿而玩弄法律程序,人们想起了古代底比斯城断手闭目的祭司。一时间,所谓“断手法官像”(les juges aux mains coupees)流行起来,专门绘制(或雕刻)了放置在法院和市政厅里。此类“儆戒画”中有一幅极出名的《康帝行刑图》,是佛兰芒画家戴维(Gerard David,一四六〇——一五二三)为布昌日(今比利时西北)市政厅创作的。画的是古希腊“历史之父”希罗多德《历史》(卷五)记载的一个故事:康帝(Cambyses)是波斯大帝居鲁士之子,性格凶残多变,曾攻入埃及肆虐而终于发疯。大法官(兼祭司)西桑尼(Sisamnes)受贿,康帝大怒,下令剥皮处死。并将剥下的皮裁剪了,一片片蒙在大法官的座椅上。然后命西桑尼的儿子继承父位,坐在那张人皮椅子上审理案件。《康帝行刑图》为双联画,一边画康帝捉拿西桑尼,另一边画剥皮行刑。画面上的西桑尼如真人一般大小,绑在木板上受刑,那血淋淋的场面,无声的呼号和疯狂的眼神,叫市政厅里的长官不小心瞥见了,绝对毛骨悚然。

到了十六世纪下半叶,市民阶级渐渐壮大,蒙眼布的含义才慢慢变了。人们开始做正面的解释,把它视为公平司法的象征。意大利像章学家利帕总结道:正义蒙眼,象征“司法纯靠理智”(见题记),更显出人文主义者对人的理性的推崇。这大写的理性,自然是不受王权、教廷辖制的。因此主张理性指导司法,既是关于正义的一种新的信念或理想,也是冷静的政治策略和行业伦理。法官有了崇高的理性做他的是非善恶之秤,便能名正言顺地反对外界干涉,要求独立司法。换言之,蒙眼不仅仅是司法技术的更新换代。程序之所以能够促进司法独立,帮助律师争取行业自治与业务垄断,成为正义的蒙眼布,是因为我们先已信了"司法纯靠理智",希望法治的正义来自"理性之光"。而程序标志着的,正是那理性之光的疆界。疆界之外,一切归上帝或国王;疆界之内,司法只服从理性。从此,蒙眼的正义不必事事求问神谕,也不必天天向国王鞠躬。一如犹太法典所言:我们不审判国王,但国王也不事审判(Mishneh Sanhedrin 2∶3)。这,才是现代法治意识形态的起点,形式平等海市蜃楼的成因所在。也只有这样"理性地"划定职权,信守"中立",法治才能打消冲突着的各社会阶级的疑虑,赢得他们的信任与合作,并最终把他们"一视同仁"收编为法治的对象。

这个道理,拿来衡量中国的司法改革,则可知道扭转"重实体,轻程序"的局面,还有一段长路要走。而且问题的根本,不在审判方式、法官学历等技术培训和资格证书的不足,甚至也不在一些部门的腐败风气;因为程序越是精巧繁复,贪官污吏越有可乘之机。事实上,从法院系统发布和大众传媒报道的案例来看,法官脱离程序调解判案,跟法律技术的难易似乎并无因果关系。诸如送法下乡、上门办案、"情理法并重"、"背对背"做当事人思想工作之类的传统做法,固然"轻"了程序,可也是"为民解难、为民办实事"(《法律适用》,一九九八年二期,第21页)。解难、办实事,亦即主持正义、实现人们普遍认可的正当权益。只不过那正义另有法律之外的渊源,例如国家的大政方针和民间惯例,故而司法不必受程序约束。这意味着什么呢?恐怕不单程序,连整个司法制度都用作蒙眼布了。因为,就制度的设计而论,诉诸法律只是满足政治的程序要求,体现政策才是司法的程序目的。法律,让我再说一遍,是政治的晚礼服。

法治的一般要求,法官应学会克制,谨慎甄别,奉行所谓"俭省司法"的原则,坚持"能不做就不做"的惯例(艾伯拉罕,第364页)。所以有"政治问题法律不管不判"的学说,以便坚守司法的疆界,将法律与其他政治程序隔离开来。但是在中国,由于司法的正义的渊源在法律之外,法官必须采取相反的策略,模糊程序的界限,才可保证司法的效能。故"重实体、轻程序"不但是政治文化和心理传统,也是法律得以顺利运作,分配正义,法院法官得以维持民众信心,争取最低限度的独立的现实手段。法治的当务之急,便是把那些不可能在司法制度内提出或解决的纠纷,以法律的语言特别是程序的比喻重构复述了,使之大体符合本本上的规定、分类与想象,包括填补立法的"漏洞"。惟有这样,才能维护整个体制的尊严,不致造成太大的震荡,使法律在生活中常例的失败,变成一个个孤立的"例外"而不及其余,断绝联想。在此意义上,宣传正当程序,以程序技术充当正义,在现阶段,乃是控制冲突,使社会矛盾"法治化"的不二法门。

这是一种灵巧的工具主义法治。它的前提却是认定现行法律充满缺陷,有待完善;必须"情理法并重"或如那柄新雕的羊头法槌暗示的,"原则性与灵活性"结合,才能避免失误。这也是一种信念,其司法原理则是寻求人情常理的衡平。亚里士多德说过(《修辞学》卷一第十三章),衡平(epieikes)是超越制定法的正义,所以不能按照法条的字面意思理解,而必须考虑立法意图(dianoia tou nomothetou);不能拘泥于行为本身,而应当强调道德目的(proairesis)。工具主义的法治,比起形式平等的法治来,更需要人情常理的衡平而坚持超越法律的实质正义。否则法律原则的妥协、程序规定的克服就无章可循。制定法需要不时修订补充,人情常理却是(至少在理论上)经久不变的,犹如自然之法或神的正义:"不是今天也不是昨天的律令,而是活着的永恒之法,谁也不知道来自何方。"(《安提戈涅》,456行)所以这"情理法并重"的正义和古代的女神一样,是不戴蒙眼布的：没有任何程序可以挡住她的视线。而"原则性与灵活性"结合的司法方针，也如同诉诸神意、求问神谕的祭祀仪式，要求的是司法者的忠诚与正直，而非技术知识。但问题是：在程序技术俨然已如法治化身之际，到哪里去找"断手闭目"的法官。

二〇〇二年四月于铁盆斋

（《程序》(*Procedure*)，柯维尔(Robert Cover)等著，第二版，Foundation Press，1988;《司法程序》(*The Judicial Process*)，艾伯拉罕(Henry Abraham)，第六版，牛津大学出版社，1993;《法律与文学》波斯纳(Richard Posner)，修订版，哈佛大学出版社，1998;《法疯：美国法发疯》(*Jurismania: The Madness of American Law*)，阚泊斯(Paul Campos)，牛津大学出版社，1998)

（原载《读书》2002 年第 7 期）

今夜星光灿烂

王安忆

　　星儿走了一年多，我们继续生活着。因不是至亲的人，所以造不成什么改变。但是，有时候，忽然之间，一阵难过袭来，也不是肝胆俱裂，而是，惘然。天地之大，之空，之茫然，全不是人力可以企及。一个人，正兴兴头地向前走，多少的不顺遂，真可谓一寸相思一寸灰，可总有希望在引着，尘埃尚未落定，突然间，一切皆休乎。多年前，我生病，感觉自己快要死了，星儿一边使劲搓着我的手，一边恼火地骂：人哪里那么容易死的！现在，孱弱如我们，都还活着，星儿却走了！如此热烈的一个生命——每一次，医生与我们说到生存率，百分之二十、百分之十、百分之五——我都相信，即便是百分之一、千分之一、万分之一、万万分之一，那个"一"，也一定是星儿。在星儿最后的日子里，从她的病房出来，淮海路华灯初上，人车熙攘，我常是先到路口的"大食代"落脚，然后再回家。餐厅里人不多，餐桌也分得很开，每一张桌上亮一束射灯，桌与桌之间则暗着，一个人坐在灯下，看出去，周围是无限的空洞。

　　我相信缘分的说法，我和星儿就是有缘分的。第一次见面，是她突然来到我家，走上楼梯，在走廊上叫我名字。我跑出去，她自报家门说：我是陆星儿。我就牵住她的手，将她拉进房间，不顾坐在一边的母亲，兀自唧唧哝哝说起话来。在我，从来算不上是个亲和的人，后来听别人谈与星儿的初次会面，也不尽是如我这样，一见如故。似乎惟有我与她，才是见面熟。以后我知道，星儿从小生活的弄堂与我们家所在的愚谷村紧邻。因我们是后搬来的，对那条弄堂不熟，有时从其间穿行，只觉得十分庞杂，伸出无数条支弄，被一些低矮的水泥或板壁房屋挟持着。这一条棚户式的杂弄，却有着一个娴丽的名字："梅家桥"，我曾在我的小说《富萍》中用了这个弄名。望着这些鸽笼似的门窗，常常觉得不可思议，哪一个格子盛得下星儿啊！不止是她的健硕，也不止是她的明亮，还是她，没有一点屈抑之色。她是梅家桥里的凤凰。

　　第一次见面，就唧唧哝哝说个不停，说的是什么？是写作。从初次的"以文会友"出发，随着交往渐深、渐久，我们的话题也辐射开去，覆盖彼此之后二十多年的生活，然而，写作，却始终贯穿其中,是一个基本的线索。当我们说到现实的时候,是在写作的立场观照;说到写作,则反过来,要到现实中找依据。我们的生活其实分成两半,一半真实,一半虚拟,处理这两半的关系,自知或不自知,几乎已是日常人生。我觉得,星儿的这两半,是处在极不平衡的状态,她活力特别充盈,生气勃勃,感性的触角自由自在地蔓生蔓长,甚至是蛮横地占领空间。我们在许多事情上会发生严重的分歧,可我依然十分惊讶她的感受是如此不同。当我说起,文化大革命的十年,我是郁闷地度过,她却说这是令人兴奋的日子,尤其是北大荒。我从来没去过黑龙江,想象中,那是一片色彩强烈的土地,辽阔、肥沃,漫山遍野映山红,星儿呢,驾着康拜因直向前去,身后是浪涛般一波一波伏下的麦子。还有,桦树林,身穿棉军服,头戴裁绒棉帽的星儿,穿行其间,忽然一个转身,对了她心爱的同志,抬手按在帽沿:给你敬个礼! 多么庄严啊。那土地有着大开大阖的感情,特别适合陆星儿。然而,一旦拿起笔,在纸上描写上山下乡,还是依着批判的潮流,持检讨态度。不知是她的文学观念出问题了,还是文学观念本身出问题,相比较她的感情,观念总是变得狭小和轻薄,承载不起来的样子。而她的真实感受,亦会从那观念底下支棱出来。这支棱出来,毛毛糙糙的边缘,就是她作品中的最优。

我有时候止不住地想,这世界如果没有知识,没有文明,没有文字,星儿会不会生活得更好。就让她在北大荒好了,冬天白雪皑皑,夏天大红大紫;星儿生一大群儿女,个个肥硕,挤在马槽一般的木头餐桌边争食,她一个挨一个地分吃的,再一个挨一个劈头给一掌;身旁是疼她也被她疼的男人,足够强壮,顶得住她剽悍的爱。可是,星儿也爱写作呢! 你可以解释为这是一种被限制住的生育力的转移;也可以视作一个受过教化的现代人对文字的迷信;但这更可能是对一人只有一生而感到不足,于是,企图再创造一生,甚至几生。我们都是对人生有大胃口的人,对幸福感的期望程度极高,现实对我们真是不够用的。我们在实际中将它消耗,再在虚构中消耗它。

评论家程德培曾经这样评价我和星儿,他说我是现实地生活,审美地写作;星儿恰好反过来,审美地生活,现实主义写作。我和星儿都承认他的说法。能够在现实和虚构两个世界划清界限,然后进出自如,应是一种理性,但其实也是一种懦怯,不敢以身相试,只能在生活里生活,艺术里艺术。而星儿,却是将两个世界打混,你中有我,我中有你,在生活里追求幻象,写作里试图解决现实问题。从某种方面说,星儿是艺术者,而我是匠人。

话说回去,我们总是谈写作。有一次,星儿正开始长篇《精神科医生》,与我讨论。我不断向她质疑,为什么事情是这样,不是那样。等她回答了我,她的答案且又成为我下一个问题,格式依然是为什么是这,而不是那。她的材料和组织在我逻辑推理的追迫下,露出一个一个破绽,几乎散了架。她儿子那时还小,在一旁看我们争得激烈,惊恐地过来,企图阻止,被我们一同喝住,让他不要吵,继续问与答。我问这个"精神科医生"干点别的不好,为什么非要干这个,而他显然不擅此行,是以解决社会矛盾的方式对付精神疾患。她回答,他是被命运无奈安排在这个职业,于是只能在此施展他拯救世人的宏图大志。我说这简直是英雄末路,星儿眼睛一亮,说,对,就是这个意思,英雄末路! 后来,《精神科医生》写出来了,星儿在一些创作谈中就用"英雄末路"四个字来解释她的小说,事实上,这个说法无补于全局。本是指望以病例指出社会症结,可具体的病症反而限制了所指;"精神科医生"呢,则在科学和社会学之间徘徊,开不出恰当的药方。那"英雄末路"的说法其实是空悬着,内中并无切实的支持。我是帮了倒忙,我的质疑是将她往道理的路上逼,逼急了,就逼出一个干枯的概念。而许多事实,都是脱离了道理的逻辑链,兀自活跃着,繁茂灵动,就看你怎么收揽,重新布局,形成纸上的存在。星儿本来就迷阵重重的局面,让我搅得更乱。到后来,星儿都有些怕我,怕我去质疑她。我也逐渐失望,觉得彼此谈不拢了。可就像是一种惯性,我们止不住地还是要谈。似乎双方都感觉到这种讨论的勉强,所以我们有意无意地在外部制造仪式感。那一天,我们在希尔顿酒店的咖啡座,各人要了茶和饮料,然后,星儿开始讲述她的新构思,关于上海的新移民。这样子实在很造作,不是我与星儿之间的方式,一上来就已经气馁了。我们勉力谈了很久,你来我去的,所有的话都是擦肩过去,揽不起来,自然也不会发生争执。隔阂其实已经产生。有时候,眼看要涉及写作了,星儿却说:我的写作不算写作!就好像预先缴械投降。还有时候,我说起自己在做什么,星儿听罢则说:你那才叫写作。表情是颓然的。星儿避免与我交锋,决不是放弃写作的思考,她只是不愿意我影响她,我使她感觉压力。我的长篇《桃之夭夭》出来后,她与王周生谈过她的不以为意,却不和我谈。她动笔写她的新长篇,也是她最后一部长篇《痛》,她没有与我讨论,而是和王周生谈——那天我们一起吃饭,饭后,一起到路边打车,我先上了车,她们就站在行道树下。那是冬天,行道树掉秃了叶子,枝条疏阔地划在天空,太阳很好,风则是料峭的。她们就这样谈她的小说,谈了很久。以前,星儿都是和我谈的。

星儿最后的日子里,我与她的第二个隔阂,是关于她的化疗。星儿的诊断方案一下来,她的母亲第一个打电话嘱托的人,是我。老人家并不多话,但我知道分量,当即保证:我一定管,管到底。话说出口了,做起来却不那么简单。医生决定化疗,可星儿做完第二次化疗,去了俄罗斯访问,回来之后便坚决不做了。显然这两次化疗是为了顺利成行俄罗斯。像她这样的老三届,对那地方总有着特殊的向往,她钟情北大荒,是不是也是俄罗斯情结的蔓延。为了去俄罗斯,她暂时服从科学的普遍规律,现在夙愿已了,她就要按她自己的方法来办了,就像决心冒险。她中止化疗的时候,我正在新加坡授课,王小鹰与我通电话,说形势紧急,星儿根本否认她需要化疗的事实,人们又不忍把话说透,就等我回来劝她。我如何劝她?就是与她吵。她说她不是那种病,我说你就是;她说只是组织增生,我说增生不过是换一个说法;她还说不是,我就说你必须置死地而后生。她的声音软弱下来,可就是不依。这情形即便在急昏头的当时,我也感到了荒唐。我这人就是这样,无能。母亲生前胆囊手术,医生要我签字,我签不下去,最终去问母亲要不要签。我担不起责任,就推给别人,这别人又不是旁人,正是需要我负责的那个当事人。这样和星儿吵,倒有些像回到过去,无所顾忌的我与她之间,可那时是为写作,这时是,事关生死,真是有些惨了。吵过了,星儿该怎么,还怎么,而我们却疏远了。有朋友告诉我,星儿常常问:安忆还生气吗?他们说星儿怕我不管她了。我几乎是要失声,我怎么会不管她?我只是,无能为力。就算她答应化疗,前途依然是黯淡的。

最后,我也不知道星儿做对还是做错。她第二次开刀,主刀医生对我们说,像她这样的病人,能够延长生命如此,无疑是两次化疗的作用,应该继续化疗才好。而第一次手术的华山医院,得知星儿愈后的状况,则说,不可思议。事情不可能再从头来一遍,所以无从判断怎么做才是最优。但无论如何,星儿的生命超过了医学的预期。后来,我有幸认识一位科学院院士,研究生命基因的洪国藩老师,我请他到一位患病的朋友的哲学课上讲课。老师问我:你这位朋友的世界观是唯物还是唯心?我奇怪老师为什么问这个,老师就说:唯心的世界观对病患会比较好。就在这时,我明白了星儿,她其实是为自己选择世界观作药方,或者说为生存而重塑世界观。一个清醒的唯物主义论者以理性选择的唯心观,其间的挣扎是多么艰巨啊!而我们这些人,站在岸边,就是不帮忙。星儿怎么会蒙蔽如我们所以为?她有几本关于她病症的医学书籍,与她情形最针对的那一页一翻即是,可见她读了多少遍。她后来迟迟不愿进医院,因知道那是最后一道防线,去了就回不来。她在房间里走来走去,看来看去,收收这,摆摆那。她打开衣橱,许多新衣服她一次还没有上身,她洗洗,熨熨,叠叠,送给我们。最后,她翻出一段花布,说特别适合我,让带给她尺寸样子,她送去裁缝铺,要替我做一条背带裙。为这,我又与她吵,不让她忙碌。这回她听了我,放下没再提起。现在,拉开衣橱,这里那里,都是星儿给的衣服,叫人怎能不肝肠寸断!星儿终于同意去医院,离家那一刻,我很怕发生伤感的一幕,可是星儿她,连头都没回一下,她不回头地走了出去。这就是星儿,当断立断。

这是非常灰暗的日子。有一位陈医生,看我们愁苦相向的样子,对我说:你多说点外面的事情给她听,别老想着病。我很感谢曙光医院,感谢这位陈医生,他走进病房,总是笑盈盈的,使我们的心情微亮起来。还有一个美丽温柔的护士,她像啦啦队一样喊着"深呼吸,深呼吸",鼓励星儿吞咽药片。可是"外面的事情"和星儿有什么关系呢?"外面的事情"只会将眼前的处境映照得更凄凉。事情一日一日地坏下去,希望如此渺茫,似乎是,星儿只能够从我们的脸上寻找吉凶兆头了。最后一周的一日,星儿情形不好,我和她姐姐一人一边拉着她的手,她闭着眼睛,忽然说:你们不要哭。我辩解:我没有哭。她哭了。她很少哭,我总是说她:你应该多哭哭。现在她哭了,真就是,绝望。下一日,我与小鹰去,她略好了些,大约想起前日的软弱,解释道:这几天来人,都像是遗体告别。她学了个严肃的表情,举起手招一下。我们问她是谁,回去骂他。她说:毛时安。想起毛时安好心且无厘头的样子,我们就笑。我和小鹰球在她的床上,就好像又回到过去的时光。但这是最后一次了,是她最后一次几乎是奋力地开玩笑,最后一次呈现她风趣的性格。星儿弥留之际,小鹰一直守候在她身边,哀哀地哭。我躲在病房外,我就是怕,怕什么?怕伤心。俗话说:长痛不如短熬。而我就是不能一刀子斩断,挺不过短熬,于是只能长痛,长痛,长痛。

在与星儿越来越有限的相处中,我似乎是在飞跃性地了解星儿。距离她入院仅几天时间,陈思和带学生来与她做了一个访谈。我怕她见不熟的人紧张,也去了,她笑道:你来了我才紧张呢!一旦谈起来,她却忘了我。我非常惊讶于她的表述,我从来没听过她这样肯定地谈到她和写作的关系。当然,她也说了自己不是写作的料,诸如此类的话,但她流淌出那样的热情,覆盖了所有她对写作的自谦,畏难,力所难及的遗憾。她说,文学改变了我的人生;她说,没有文学,我的生活不堪设想!在星儿去世一周年的日子,作家协会举办了陆星儿作品研讨会。王周生在会上发言,她详细地描绘了陆星儿小说中的女性人物——女性人物可说是星儿一以贯之的写作题目,我们的研讨会,题目也为"女性的虚构与虚构的女性"——王周生说,陆星儿试图要回答如许多女性生活里的困扰,结果并没有给出满意的答案,然后,她接着说,幸亏,幸亏我们有一种不需要答案的生活,那就是写作。她帮助我理解了星儿,还有写作。事情就是这样,倘若不是写作,她不会是她,我不会是我,我们也不会是我们。

有一次,我与星儿走过一条旧街,大半个街区在拆迁中,立着一片片拆去一半的房屋。那一方方的空格子骤然间敞开怀,裸露出内情。布了水渍的墙壁,旧或新的壁纸就像补丁,地板上留有着家具的印迹。我们仰头看了一会儿,星儿说:原先,这里都有着生龙活虎的生活!我说:"生龙活虎"这几个字你用得真好。星儿惊异地转过脸看着我,似乎没回味过来这几个字有什么好,却又因为受我夸奖而高兴。现在,我凡走过星儿曾经住过的地方——星儿自八十年代末回到这城市,她住过多少地方:南码头,高安路,小木桥路,浦东,几乎是漂泊在这城市,可每一处安居的地方,都有着她生龙活虎的生活,我走过它们,会想这句话有些像谶语啊!这生活现在到哪里去了呢?

如果星儿还在,我还会是严苛的,以己代人地想她,不会像今天理解她这么多,可还是在好啊!她在,一切就继续轰轰烈烈地向前去,我和她之间不知再会发生什么,也许越来越疏远,甚至会生龃龉,生怨生艾。可也是在好啊!无论生活有多少裂隙,总体性的总是完整的一块,如今却严重地缺损了。我用文字去补,何尝补得起来,然而,要没有文字,就连这脆弱的补疤也没了。这大概也是我们这种文字的生涯,所拥有的一点点有当无的特权。好,现在,星儿你安息吧,我们呢,收拾收拾再上路。

(原载《文汇报》2006 年 4 月 30 日)

戏剧
XI
JU

茶馆

老　舍

第一幕

时：一八九八年（戊戌）初秋，康梁等的维新运动失败了。早半天。

地：北京，裕泰大茶馆。

人：　　王利发　　刘麻子　　庞太监

　　　　唐铁嘴　　康　六　　小牛儿

　　　　松二爷　　黄胖子　　宋恩子

　　　　常四爷　　秦仲义　　吴祥子

　　　　李　三　　老　人　　康顺子

　　　　二德子　　乡　妇　　茶　客（甲，乙，丙……）

　　　　马五爷　　小　妞　　茶　房（一二人）

幕启：这种大茶馆现在已经不见了。在几十年前，每城都起码有一处。这里卖茶，也卖简单的点心与菜饭。玩鸟的人们，每天在蹓够了画眉、黄鸟等之后，要到这里歇歇腿，喝喝茶，并使鸟儿表现歌唱。商议事情的，说媒拉纤的，也到这里来。那年月，时常有打群架的。但是总会有朋友出头给双方调解；三五十口子打手，经调人东说西说，便都喝碗茶，吃碗烂肉面（大茶馆特殊的食品，价钱便宜，作起来快当），就可以化干戈为玉帛了。总之，这是当日非常重要的地方，有事无事都可以来坐半天。

在这里，可以听到最荒唐的新闻，如某处的大蜘蛛怎么成了精，受到雷击。奇怪的意见也在这里可以听到，像把海边上都修上大墙，就足以挡住洋兵上岸。这里还可以听到某京戏演员新近创造了什么腔儿，和煎熬鸦片烟的最好的方法。这里也可以看到某人新得到的奇珍——一个出土的玉扇坠儿，或三彩的鼻烟壶。这真是个重要的地方，简直可以算作文化交流的所在。

我们现在就要看见这样的一座茶馆。

一进门是柜台与炉灶——为省点事，我们的舞台上可以不要炉灶；有些锅勺的响声也就够了。屋子非常高大，摆着长桌与方桌，长凳与小凳，都是茶座儿。隔窗可见后院，高搭着凉棚，棚下也有茶座儿。屋里和凉棚下都有挂鸟笼的地方。各处都贴着"莫谈国事"的纸条。

有两位茶客，不知姓名，正眯着眼，摇着头，拍板低唱。有两三位茶客，也不知姓名，正入神地欣赏瓦罐里的蟋蟀。两位穿灰色大衫的，宋恩子与吴祥子，正低声地谈话，看样子他们是北衙门的办案的（侦探）。

今天又有一起打群架的，据说是为了争一只家鸽，惹起非用武力解决不可的纠纷。假若真打起来，非出人命不可，因为被约的打手中包括着善扑营的哥儿们和库兵，身手都十分厉害。好在，不能真打起来，因为在双方还没把打手约齐，已有人出面调停了——现在双方在这里会面。三三两两的打手,都横眉立目,短打扮,随时地进来,往后院去。

马五爷在不惹人注意的角落,独自坐着喝茶。

王掌柜高高地坐在柜台里。

唐铁嘴踏拉着鞋,身穿一件极长极脏的大布衫,耳上夹着几张小纸片,进来。

王　　唐先生,你外边蹓蹓吧!

唐　　(惨笑)王掌柜,捧捧唐铁嘴吧! 送给我碗茶喝,我就先给您相相面吧! 手相奉送,不取分文!(不容分说,拉过王的手来)今年是光绪二十四年,戊戌。您贵庚是……

王　　(夺回手去)算了吧,我送给你一碗茶喝,你就甭卖那套生意口啦! 用不着相面,咱们既在江湖内,都是苦命人!(由柜台内走出,让唐坐下)坐下! 我告诉你,你要是不戒了大烟,就永远交不了好运! 这是我的相法,比你的更灵验!

　　(松二爷和常四爷都提着鸟笼进来,王掌柜向他们打招呼。他们先把鸟笼子挂好,找地方坐下。松文绉绉的,提着小黄鸟笼;常雄赳赳的,提着大而高的画眉笼。茶房李三赶紧过来,沏上盖碗茶。他们自带茶叶。茶沏好,二位爷向邻近的茶座让了让:"您喝这个!"然后,往后院看了看。)

松　　好像又有事儿?

常　　反正打不起来! 要真打的话,早到城外头去啦;到茶馆来干吗?

　　(二德子,一位打手,恰好进来,听见了四爷的话。)

德　　(凑过去)你这是对谁甩闲话呢?

常　　(不肯示弱)你问我哪? 花钱喝茶,难道还教谁管着吗?

松　　(打量了二德子一番)我说这位爷,您是营里当差的吧? 来,坐下喝一碗,我们也都是外场人。

德　　你管我当差不当差呢!

常　　要抖威风,跟洋人干去,洋人厉害! 英法联军烧了圆明园,尊家吃着官饷,可没见您去冲锋打仗!

德　　甭说打洋人不打,我先管教管教你!(要动手。)

　　(别的茶客依旧进行他们自己的事。王掌柜急忙跑过来。)

王　　哥儿们,都是街面上的朋友,有话好说。德爷,您后边坐!

德　　(不听王的话,一下子把一个盖碗搂下桌去,摔碎。翻手要抓常四的脖领。)

常　　(闪过)你要怎么着?

德　　怎么着? 我碰不了洋人,还碰不了你吗?

马　　(并未立起)二德子,你威风啊!

德　　(四下扫视,看到马)喝,马五爷,您在这儿哪? 我可眼拙,没看见您!(过去请安。)

马　　有什么事好好地说,干吗动不动地就讲打?

德　　嗻! 您说的对! 我到后头坐坐去。李三,这儿的茶钱我候啦!(往后面走去。)

常　　(凑过来,要对马发牢骚)这位爷,您圣明,您给评评理!

马	（立起来）我还有事，再见！（走出去。）
常	（对王）邪！这倒是个怪人！
王	您不知道这是马五爷呀？怪不得您也得罪了他！
常	我也得罪了他？我今天出门没挑好日子！
王	（低声地）刚才您说洋人怎样，他就是吃洋饭的。信洋教，说洋话，有事情可以一直地找宛平县的县太爷去，要不怎么连官面上都不惹他呢！
常	（往原处走）哼，我就不佩服吃洋饭的！
王	（向二灰衣人那边稍一歪头，低声地）说话请留点神！（大声地）李三，再给这儿沏一碗来！（拾起地上的碎磁片。）
松	盖碗多少钱？我赔！外场人不作老娘们事！
王	不忙，待会儿再算吧！（走开。）

（纤手刘麻子领着康六进来。刘先向松常二位打招呼。）

刘	您二位真早班儿！（掏出鼻烟壶，倒烟）您试试这个！刚装来的，地道英国造，又细又纯！
常	唉！连鼻烟也得从外洋来！这得往外流多少银子啊！
刘	咱们大清国有的是金山银山，永远花不完！您坐着，我办点小事！

（领康六找了个座儿，李三拿过茶来，他也给常拿来一碗。）

刘	说说吧，十两银子行不行？你说干脆的！我忙，没工夫专伺候你！
康	刘爷！十五岁的大姑娘，就值十两银子吗？
刘	卖到窑子去，也许多拿两儿八钱的，可是你又不肯！
康	那是我的亲女儿！我能够……。
刘	有女儿，你可养活不起，这怪谁呢？
康	那不是因为乡下种地的都没法子混了吗？一家大小要是一天能吃上一顿粥，我要还想卖女儿，我就不是人！
刘	那是你们乡下的事，我管不着。我受你之托，教你不吃亏，又教你女儿有个吃饱饭的地方，这还不好吗？
康	到底给谁呢？
刘	我一说，你必定从心眼里乐意！一位在宫里当差的！
康	宫里当差的谁要个乡下丫头呢？
刘	那不是你女儿的命好吗？
康	谁呢？
刘	庞总管！你也听说过庞总管吧？伺候着太后，红的不得了，连家里打醋的瓶子都是玛瑙作的！
康	刘大爷，把女儿给太监作老婆，我怎么对得起人呢？
刘	卖女儿，无论怎么卖，也对不起女儿！你糊涂！你看，姑娘一过门，吃的是珍馐美味，穿的是绫罗绸缎，这不是造化吗？怎样，摇头不算点头算，来个干脆的！
康	自古以来，哪有……他就给十两银子？

刘　找遍了你们全村儿,找得出十两银子找不出? 在乡下,五斤白面就换个孩子,你不是不知道!

康　我,唉! 我得跟姑娘商量一下!

刘　告诉你,过了这个村可没有这个店,耽误了事别怨我! 快去快来!

康　唉! 我一会儿就回来!

刘　我在这儿等着你!

康　唉!(慢慢地走出去。)

刘　(凑过松与常来)乡下人真难办事,永远没有个痛痛快快!

松　这号生意又不小吧?

刘　也甜不到哪儿去,弄好了,赚个元宝!

常　乡下是怎么了? 会弄得这么卖儿卖女的。

刘　谁知道! 要不怎么说,就是一条狗也得托生在北京城里嘛!

常　刘爷,您可真有个狠劲儿,给拉拢这路事!

刘　我要不分心,他们还许找不到买主呢!(忙岔话)松二爷(掏出个小时表来),您看这个!

松　(接表)好体面的小表!

刘　您听听,嘎登嘎登地响!

松　(听)这得多少钱?

刘　您爱吗? 就让给您! 一句话,五两银子! 您玩够了,不爱再要了,我还照数退钱! 东西真地道,传家的玩艺!

常　我这儿正咂摸这个味儿:咱们一个人身上有多少洋玩艺儿啊! 老刘,就看你身上吧:洋鼻烟,洋表,洋缎大衫,洋布裤褂……

刘　洋东西可是真漂亮呢! 我要是穿一身土布,像个乡下脑颏,谁还理我呀!

常　我老觉乎着咱们的大缎子,川绸,更体面!

刘　松二爷,留下这个表吧,这年月,戴着这么好的洋表,会教人另眼看待! 是不是这么说,您哪?

松　(真爱表,但又嫌贵)我……

刘　您先戴两天,改日再给钱!

　　(黄胖子进来。)

黄　(严重的沙眼,看不清楚,进门就请安)哥儿们,都瞧我啦! 我请安了! 都是自己弟兄,别伤了和气呀!

王　这不是他们,他们在后院哪!

黄　我看不大清楚啊! 掌柜的,预备烂肉面,有我黄胖子,谁也打不起来!(往里走。)

德　(出来迎接)两边已经见了面,您快来吧!

　　(同黄入内。)

　　(茶房们一趟又一趟地往后面送茶水。进来一个很老的老者,拿着些牙签、胡梳、耳挖勺之类的小东西,低着头慢慢地挨着茶座儿走;没人买他的东西。他要往后院去,被李三截住。)

李　老大爷,您外边蹓蹓吧!后院里,人家正说和事呢,没人买您的东西!(顺手儿把剩茶递给老人一碗。)

松　(低声地)李三!(指后院)他们到底为了什么事,要这么拿刀动杖的?

李　(低声地)听说是为一只鸽子。张宅的鸽子飞到了李宅去,李宅不肯交还……唉,咱们还是少说话好,(问老人)老大爷您高寿啦?

老　(喝了茶)多谢!八十二了,没人管!这年月呀,人还不如一只鸽子呢!唉!(慢慢走出去。)
　　(秦仲义,穿得很讲究,满面春风,走进来。)

王　哎哟!秦二爷,您怎么这样闲在,会想起坐茶馆来了?也没带个底下人?

秦　来看看,看看你这年轻小伙子会作生意不会!

王　唉,一边作一边学吧,指着这个吃饭嘛。谁叫我爸爸死得早,我不干不行啊!好在照顾主儿都是我父亲的老朋友,我有不周到的地方,都肯包涵,闭闭眼就过去了。在街面上混饭吃,人缘儿顶要紧。我按着我父亲遗留下的老办法,多说好话,多请安,讨人人的喜欢,就不会出大岔子!您坐下,我给您沏碗小叶茶去!

秦　我不喝!也不坐着!

王　坐一坐!有您在我这儿坐坐,我脸上有光!

秦　也好吧!(坐)可是,用不着奉承我!

王　李三,沏一碗高的来!二爷,府上都好?您的事情都顺心吧?

秦　不怎么太好!

王　您怕什么呢?那么多的买卖,您的小手指头都比我的腰还粗!

唐　(凑过来)这位爷好相貌,真是天庭饱满,地阁方圆,虽无宰相之权,而有陶朱之富!

秦　躲开我!去!

王　先生,您喝够了茶,该外边活动活动去!(把唐轻轻推开。)

唐　唉!(垂头走出去。)

秦　小王,这儿的房租是不是得往上提那么一提呢?当年你爸爸给我的那点租钱,还不够我喝茶用的呢!

王　二爷,您说的对,太对了!可是,这点小事用不着您分心,您派管事的来一趟,我跟他商量,该长多少租钱,我一定照办!是!嗻!

秦　你这小子,比你爸爸还滑!哼,等着吧,早晚我把房子收回去!

王　您甭吓唬着我玩,我知道您多么照应我,心疼我,决不会叫我挑着大茶壶,到街上卖热茶去!

秦　你等着瞧吧!
　　(一个乡下妇人拉着个十来岁的小姑娘进来。小姑娘的头上插着一根草标。李三本想不许她们往前走,可是心中一难过,没管。她们俩慢慢地往里走。茶客们忽然都停止说笑,看着她们。)

妞　(走到屋子中间,立住)妈,我饿!我饿!

妇　（呆视着小妞,忽然腿一软,坐在地上,掩面低泣。）

秦　（对王)轰出去!

王　是! 出去吧,这里坐不住!

常　李三,要两个烂肉面,带她们到门外吃去!

李　是啦!（过去对妇人)起来,门口等着去,我给你们端面来!

妇　（立起,抹泪往外走,好像忘了孩子;走了两步,又转回身来,搂住小妞,吻她)宝贝! 宝贝!

王　快着点吧!

　　（母女走出去。李三随后端出两碗面去。）

王　（过来)常四爷,您是积德行好,赏给她们面吃! 可是,我告诉您: 这路事儿太多了,太多了! 谁也管不了!（对秦)二爷,您看我说的对不对?

常　（对松)二爷,我看哪,大清国要完!

秦　（老气横秋地)完不完,并不在乎有人给穷人们一碗面吃没有。小王,说真的,我真想收回这里的房子!

王　您别那么办哪,二爷!

秦　我不但收回房子,而且把乡下的地,城里的买卖也都卖了!

王　那为什么呢?

秦　把本钱拢在一块儿,开工厂!

王　开工厂?

秦　嗯,顶大顶大的工厂! 那才救得了穷人,那才能抵制外货,那才能救国!（对王说而眼看着常)唉,我跟你说这些干什么,你不懂!

王　您就专为别人,把财产都出手,不顾自己了吗?

秦　你不懂! 只有那么办,国家才能富强! 好啦,我该走啦。我亲眼看见了,你的生意不错,你甭再耍无赖,不长房钱!

王　您等等,我给您叫车去!

秦　用不着,我愿意蹓蹓跶跶!（往外走,王送。）

　　（小牛儿捗着庞太监走进来。小牛儿提着水烟袋。）

庞　哟! 秦二爷!

秦　庞老爷! 这两天您心里安顿了吧?

庞　那还用说吗? 天下太平了: 圣旨下来,谭嗣同问斩! 告诉您,谁敢改祖宗的章程,谁就掉脑袋!

秦　我早就知道!

　　（茶客们忽然全静寂起来,几乎是闭住呼吸地听着。）

庞　您聪明,二爷,要不然您怎么发财呢!

秦　我那点财产? 不值一提!

庞　太客气了吧? 您看,全北京城谁不知道秦二爷! 您比作官的还厉害呢! 听说呀,好些财主都讲维新!

秦　不能这么说,我那点威风在您的面前可就施展不出来了! 哈哈哈!

庞　说得好,咱们就八仙过海,各显其能吧! 哈哈哈!

秦　改天过去给您请安,再见!(下)

庞　(自言自语)哼,凭这么个小财主也敢跟我逗嘴皮子,年头真是改了!(问王)刘麻子在这儿哪?

王　总管! 您里边歇着吧!

　　(刘麻子早已看见庞,但不敢靠近,怕打搅了庞、秦谈话。)

刘　喝,我的老爷子! 我等了您好大半天了!(挽庞往里面走。)

　　(二灰衣人过来请安,庞对他们耳语。)

　　(茶客静默了一阵之后,开始议论纷纷。)

甲　谭嗣同是谁?

乙　好像听说过! 反正犯了大罪,要不,怎么会问斩呀!

丙　这两三个月了,有些作官的,念书的,乱折腾乱闹,咱们怎能知道他们捣的什么鬼呀!

丁　得! 不管怎么说,我的铁杆庄稼又保住了! 姓谭的,还有那个康有为,不是说叫旗兵不关钱粮,去自谋生计吗? 心眼多毒!

丙　一份钱粮倒叫上头克扣去一大半,咱们也不好过!

丁　那总比没有强啊! 好死不如赖活着,叫我去自己谋生,非死不可!

王　诸位主顾,咱们还是莫谈国事吧!

　　(大家安静下来,都又各谈各的事。)

庞　(已坐下)怎么说? 一个乡下丫头,要二百银子?

刘　(侍立)乡下人,可长得俊呀! 带进城来,好好地一打扮、调教,准保是又好看,又有规矩! 我给您办事,比给我亲爸爸作事都更尽心,一丝一毫不能马糊!

　　(唐铁嘴又回来了。)

王　铁嘴,你怎么又回来了?

唐　街上兵慌马乱的,不知道是怎么回事!

庞　还能不搜查搜查谭嗣同的余党吗? 唐铁嘴,你放心,没人抓你!

唐　嗻! 总管,您要能赏给我几个烟泡儿,我可就更有出息了!(坐下。)

　　(有几个茶客好像预感到什么灾祸,一个个往外蹓。)

松　咱们也该走啦吧! 天不早啦!

常　嗻! 走吧!

　　(二灰衣人——宋恩子和吴祥子走过来。)

宋　等等!

常　怎么啦?

宋　刚才你说大清国要完?

常　我,我爱大清国,怕它完了!

吴　(对松)你听见了? 他是这么说的吗?

松　哥儿们,我们天天在这儿喝茶。王掌柜知道:我们都是地道老好人!

吴　问你听见了没有?

松　那,有话好说,二位请坐!

宋　你不说,连你也锁了走!他说大清国要完,就是跟谭嗣同一党!

松　我,我听见了!他是说……

宋　(对常)走!

常　上哪儿?事情要交代明白了啊!

宋　你还想拒捕吗?我这儿可带着"王法"呢!(掏出腰中带着的铁链子。)

常　告诉你们,我可是旗人!

吴　旗人当汉奸,罪加一等!锁上他!

常　甭锁,我跑不了!

宋　量你也跑不了!(对松)你也走一趟,到堂上实话实说,没你的事!

　　(黄胖子同三五个人由后院过来。)

黄　得啦,一天云雾散,算我没白跑腿!

松　黄爷!黄爷!

黄　(揉揉眼)谁呀!

松　我!松二!您过来,给说句好话!

黄　(看清)哟,宋爷,吴爷,二位爷办案哪?请吧!

松　黄爷,帮帮忙,给美言两句!

黄　官厅儿管不了的事,我管!官厅儿能管的事呀,我不便多嘴!(问大家)是不是?

众　嗻!对!

　　(宋、吴带着常、松往外走。)

松　(对王)看着点我们的鸟笼子!

王　您放心,我给送到家里去!(宋等四人同下。)

黄　(看见了庞太监)哟,你老人家在这儿哪?听说要安份儿家,我先给您道喜!

庞　等吃喜酒吧!

黄　您赏脸!您赏脸!(下)

　　(乡妇端着空碗进来,往柜上放。小妞跟进来。)

妞　妈!我还饿!

王　唉,出去吧!

妇　走吧,乖!

妞　你不卖妞妞啦?妈!不卖啦?妈!

妇　乖!(哭着,携妞下。)

　　(康六带着康顺子进来,立在柜台前。)

康　姑娘!顺子!爸爸不是人,是畜生!可你叫我怎办呢?你不找个吃饭的地方,你饿死!我不弄到手几两银子,就得叫东家活活地打死!你呀,顺子,认命吧,积德吧!

顺	我,我……(说不出话来。)
刘	(跑过来)你们回来啦? 点头啦? 好! 来见见总管!
顺	我不,不! 我不! (要晕倒。)
康	(扶住女儿)顺子! 顺子!
刘	怎么啦?
康	又饿又气,昏过去了! 顺子! 顺子!
庞	我要活的,可不要死的! (怪笑)哈哈哈……!

(幕落)

(原载《收获》1957 年第 7 期)

关汉卿

田 汉

第六场

玉仙楼后台

〔关汉卿从绣幕的门帘后面紧张地窥着前台的表演和观客席的情况。后台的管事们和蒙古的卫士们不时走动。

〔场上正演唱着"窦娥冤"的第四折末段:

魂 旦	(唱尾声)你将那滥官污吏都杀坏,敕赐金牌势剑吹毛快,与一人分忧,万民除害。(观众席发出的喝彩声。有人叫"与万民除害!")
魂 旦	(白)父亲,俺婆婆年纪高大,无人奉养。
天 章	好孝顺孩儿也!
魂 旦	(唱)嘱咐你个爷爷,迁葬了奶奶,恩养个婆婆,可怜见她年纪高大。后将文卷舒开,将俺屈死的于伏罪名儿改。(外场喝彩声)
天 章	天色明了。你将那扬州府官吏那几个是问窦娥的,都与我拿上来!
张 千	理会的。……
	〔台上还是进行末场戏,朱廉秀作窦娥魂子装下场。
	〔关汉卿感动地扶着她进后台。
关汉卿	快歇会儿,四姐! 你演得真好。我自己也没想到这戏有这么大力量。
朱廉秀	(一面卸去魂串)好像有人叫起来了。
关汉卿	有人叫"与万民除害"。
	〔王和卿与何总管兴奋地赶到后台。
王和卿	哎呀,廉秀,演得真好。这么短的日子赶出这么好的戏! (向关)已斋,你真不止会写

"烟花粉黛",还真是很好的悲剧作者。不过,话又说回来了,不抓这样的机会,这戏也真没法儿演出。

关汉卿 真是得谢谢你。

王和卿 不用谢了,以后再到你府上,别下逐客令就不错了。(大家大笑)

关汉卿 四姐,快下装吧,你真累坏了。

何总管 别卸了,就这样换上第一折的衣裳,同我见老太太去。老太太今天可高兴呐。黄手绢都搭湿好几块儿啦。她老人家说:"从没瞧过这么好的戏。一定得见见那个可怜的小媳妇儿,赏她点什么,别太委屈这孩子了。"伯颜夫人见老太太高兴,也说:"这戏不错。"我这戏提调这回算当上了。

〔蒙装侍卫急上。

侍　卫 快点儿吧,老太太等急了。

何总管 这就来了,再插几朵花儿,擦上点儿粉吧,老太太不喜欢太素净的小媳妇儿。

〔朱廉秀匆匆再化妆。

〔后台管事上来。

后台管事 (向何)总管,王千户要见见朱小姐跟关先生。

何总管 就是那位益州千户王著吗? 请他进来。

(管事下,对关汉卿)一个挺爽快挺热情的人,刚才台底下"为万民除害"就是他叫的,见见他吧。

关汉卿 好。

〔王著,一位魁伟的军官,随管事进来。

王　著 (向何)何总管,哪一位是刚才演窦娥的?

何总管 (指正在薄施脂粉的廉秀)就是这一位。

王　著 啊,小姐,您演得真好。你说出了我们心里的话。"官吏们无心正法,使百姓有口难言。"

朱廉秀 谢谢您,这是关先生他写得好。(指关)

王　著 不过,也亏您唱得那么有感情,有力量,每个字都打进了我们的心。

侍　卫 朱小姐,快去吧,老太太等着哩。

朱廉秀 (向王著)您多指教。我见老太太去,不陪您了。(再整整衣)

〔何总管、侍卫们拥朱廉秀下。

王　著 (向关)关先生,看过您好些戏。您这戏最感动我,今天也感动了好些人。恕我冒昧问一声,您这出戏是不是从朱小兰的案子想起来的?

关汉卿 (很窘)哦,不,我是写一件历史故事。

王　著 是。您真该多写写这样的历史故事。

〔后台管事和白和甫引左丞郝祯大模大样地走进来。

郝　祯 朱廉秀在哪儿啦?

后台管事 回郝大人,刚才何总管领她见老太太去啦。

郝　祯	唔,哪一位是关汉卿呐?
关汉卿	……
白和甫	(指关)这位就是。
郝　祯	(打量关)你就是打本子的关汉卿?你认识我吗?
关汉卿	……
白和甫	左丞郝祯郝大人。
关汉卿	哦,郝——
郝　祯	你不是在太医院吗?还会写戏?
关汉卿	写得不好。
郝　祯	何必过谦呢。写得不错啊,老太太们都给感动了。哈哈哈。咱们阿合马老大人也看了半场。明儿个还要烦一场,"望江亭"不要了。换"窦娥冤"了,知道吗?
关汉卿	……
郝　祯	换可是换。好些地方得请尊驾给修改一下。(向白和甫)刚才老大人吩咐下来的几个地方都记下来了?
白和甫	都记下来了。
郝　祯	条儿呢?
白和甫	在这儿哩。
郝　祯	(顺手接过交关汉卿)照条上记的都给改一改。行吗?
关汉卿	(接过匆匆看了一下)这恐怕不行,把这些全改了,就不成一个戏了。(王和卿也接过去看)
郝　祯	本来就不成一个戏嘛。咱们当官的不算,连天地鬼神都骂起来了,还成个戏吗?要不是碍着老太太,老大人早把你们都给抓起来了。还是我——
白和甫	对,还是郝大人在旁边说好说歹的,老大人才吩咐"叫关汉卿改一改,明晚再演。"
关汉卿	不,不好改。
郝　祯	"不好改?"回答得挺干脆。可是老大人吩咐:"不改好,不许演。"
王和卿	汉卿,那就改一改吧。
关汉卿	不行,宁可不演,不好改。
郝　祯	瞧你这死心眼儿,你们的孔圣人不也说:"过则勿惮改"吗?
关汉卿	那是说有过——
郝　祯	难道说你还无过?——
	〔何总管拥朱廉秀抱了好些赏赐回来。
何总管	哎呀,老太太今天可高兴呐!瞧,赏多少东西,这是从来没有过的事啊。
郝　祯	(向何总管)老何,你听着!
何总管	(见形势不对)是、是,郝大人。
郝　祯	明天还是这个时候,
何总管	是。

郝　祯	还是这个园子,
何总管	是。
郝　祯	还是这个戏,咱老大人再烦一场,知道吗?
何总管	是,知道了。
郝　祯	可是本子得全按改过的唱,条儿已经交给关汉卿了。
关汉卿	(决然地)郝大人,请您上复阿合马大人,说这出戏宁可不再演了,不好改动,照那样改动,面目全非,就不是原来的"窦娥冤"了。
郝　祯	哈哈,关汉卿你也够傻的了。你当咱老大人愿意看你原来的"窦娥冤"吗?没有什么说的了。戏是既得改,又得演。不改不演,要你们的脑袋!

〔侍卫们拥着郝祯拂然下场。

〔白和甫留下来。

白和甫	汉卿,我早说过这戏会有麻烦不是?好汉不吃眼前亏,改一改吧。刚才忽辛少座把你戏里头骂他的话都告诉老大人了。你那些词儿有的就简直刺痛了老大人自己,他有个不生气的?咱们搞戏曲的左不过是"逢场作戏"嘛,马马虎虎修改几条,少说几句,一场天大的风险不就过去了?好,已斋,听听老朋友的话吧。
关汉卿	(忍耐不住)你是什么老朋友,你是奸细!
王和卿	(怕他失言)汉卿!
白和甫	瞧,人家好心好意地帮你的忙,你还是这样老脾气。
王和卿	老白,你别说了,汉卿正在火头上。
白和甫	老大人也正在火头上,那就看谁的火烧掉谁了。再见吧。(原形毕露地下去)
王和卿	(目送白)真没想到他会是这样的家伙!

〔王著走出来,热情地拉着关汉卿的手。

王　著	关先生,今天真有幸,不止看了您的好戏,还看了您的为人。您这样爱重自己的戏,用性命保护自己的戏,真叫我们更感动,更爱您。对的,宁可不演,断不能改。再一说,这样的好戏还得大大地演。大都不能演可以到别的地方去演啊;北方不能演,可以到南方去演啊;中国还大得很哩。你们什么时候到我们益州去演呢?我一定款待你们。看了你们的戏我忍不住叫了起来,你到老百姓中间去演,叫的人一定会更多。是的,我们一定得"为万民除害"。一定不能同滥官污吏善罢干休,你们多多保重,我告辞了。(跟大家招呼之后昂然地走了)
王和卿	比起来这就算个人,白和甫只能算个耗子。
朱廉秀	汉卿,那么怎么办呢?听得台底下叫起来,我就知道一定要出乱子。还有赛廉秀今天也冒上了,她好像又加了几句词儿,我心里直打哆嗦。
何总管	关先生,没别的,您多受累,今天就照条儿上的给改一改吧,明天上半天廉秀他们还得对一对词,晚上还不能演砸了,是不是?刚才老白也说得对。有的也不用改,少说几句得了。像"官吏们无心正法"什么的,就干脆免了吧。至于骂天骂地,我看唱顺了就唱唱也死不了人。老实说,这些大人老爷们就怕刺痛当官的,至于怨天恨地,他们觉

得事不关己,也就带过去了。

王和卿　你说得对极了。

何总管　好,大家回去吧。廉秀这几天赶出这么个大戏真够累的了。早点回去歇歇,还得养息点气力对付明天的戏。虽说有了这场风波,可是老太太赏给你那么些好东西,还那样疼你,甚至说要收你做干闺女,够你高兴的了。好,明儿见。

大　家　明儿见。

何总管　(回过头来)关先生,大丈夫能屈能伸,改一改吧,吓?

〔何总管领管事们同下。场上剩下卸好了装的朱廉秀和关汉卿、王和卿。

朱廉秀　那么,汉卿、和卿先生,快拿个主意吧。

王和卿　(暂时沉默之后)今天的戏演得真动人。官儿们中间也有感动的,王千户就是一个例子。可是越演得动人,心里有毛病的就越受不了。阿合马在朝势压群僚,多少人倒在他手里,怎么肯轻轻放过咱们? 幸而汉卿毕竟是当今名士,他们还不敢轻易动手。再加伯颜老太太又欢喜这个戏,召见了廉秀,不然,真不堪设想。汉卿很坚决是好的。可是于今戏不改就不能演,人家定了场子,不演也不成。生死祸福就看你们自己决定了。

关汉卿　我已经决定了,宁可不演,断然不改。

王和卿　可是刚说的,已经不能够不演啊。

朱廉秀　(决心)那么,照样演,不改。

王和卿　那怎么能瞒得过这些老奸巨滑? 你没有听得郝祯说:"不改不演,要你们脑袋"吗?

朱廉秀　(想了一下)这么办吧,和卿先生,请您设法让汉卿连夜离开大都。(对关汉卿)汉卿,你走吧。这里的事由我承担,你放心,我宁可不要这颗脑袋,也不让你的戏受一点损失。

关汉卿　那怎么成,不要脑袋就都不要吧!

(暗　转)

第八场

元至正十九年(1289)三月末的大都狱中。

深夜,狱吏设案问供,狱卒狰狞分列,虽在暮春,气象严冷。

〔狱吏翻案件后,望望管牢房的禁子和禁婆。

狱　吏　这几天关汉卿还安静吗?

禁　子　还好。

狱　吏　谁来看过他?

禁　子　他的家人关忠。

狱　吏　就他吗?

禁　子　还有杨显之、梁进之等人,王实甫也托人送了些吃用的东西。

狱　吏	东西都给了他们吗？
禁　子	照您吩咐的，都给了他们。
狱　吏	以后，谁也不让见，也不许人送东西给他。（望禁婆）朱廉秀也一样，知道吗？
禁　子 禁　婆	知道了。
狱　吏	有谁来看过朱廉秀？
禁　婆	她的徒弟燕山秀也来过，何总管也托人送了些东西。
狱　吏	还有呢？
禁　婆	没有了。
狱　吏	从今天起多留点儿神。
禁　婆	是了。
狱　吏	那个赛廉秀呢？还骂吗？
禁　婆	还骂，可是也安静些了。只是眼睛里还出血，给她医吗？
狱　吏	说不定上面要提她，不要死在咱们这里，找个大夫擦点儿药吧。
禁　婆	是了。
狱　吏	来，提关汉卿！
狱　卒	提关汉卿。

〔禁子下，不一时，闻铁链镣铐相击声。关汉卿上。

禁　子	跪下！

〔关汉卿昂然不跪，禁子拿棒要敲。

狱　吏	（制止）别难为他。（向关）关汉卿，你坐下吧。（向狱卒）给他一条小凳。

〔狱卒给凳，关汉卿坐下。

狱　吏	怎么样？这些日子还好吗？
关汉卿	唔，日月照肝胆，霜雪添须眉，可还死不了。
狱　吏	是啊，真是不愿你死，你的文章我不懂，可是你的医道真高明。我娘吃了你的药好多 了。她是多年的风湿，真没有想到好得那么快，已经能拄着拐杖自己走道儿了。
关汉卿	走走有好处，老年人可也不能太累。
狱　吏	是是，真是谢谢你。可是，关汉卿，你的案情越扯越大了。说老实的，恐怕很难救你， 怎么办呢？
关汉卿	（诧异）"越扯越大"了？
狱　吏	对。大得够瞧的了。你认识一个叫王著的吗？
关汉卿	王著？
狱　吏	对。益州千户王著，记得吗？他跟你什么交情？
关汉卿	唔，记起来了，有这么个人，在玉仙楼演"窦娥冤"的时候，他到后台来看过我们。
狱　吏	他看了你们的戏，很受感动，对吗？
关汉卿	他那么说，他很兴奋，还在场子里叫过，"与万民除害"。我们就见过他那一次，没有什

么交情。

狱　吏	是啊,他后来就当真"与万民除害"了。你有一位老朋友叫白和甫的吗?
关汉卿	唔,有那么一个人,不是什么老朋友。
狱　吏	他要来跟你谈谈。
关汉卿	我跟他没有什么可谈的。
狱　吏	谈谈吧,对你许有些好处。(向内)白先生,请吧!

〔白和甫从里面走出来,对关汉卿很关切的口气。

白和甫	哎呀,老朋友,真想不到在这样的地方跟你见面。当初你不听我的话,我害怕总有这么一天,所以我说,"窦娥冤"最好别写,要写必定是祸多福少,现在怎么样? 不幸而言中了吧。
关汉卿	(鄙夷地)你要跟我谈什么,快说吧。
白和甫	瞧你,还这么急性子,不是应该熬炼得火气小一点儿吗?
关汉卿	(不耐)有话快说吧!
白和甫	(跟狱吏耳语)……
狱　吏	(对狱卒们)你们都离开。

〔狱卒走开。

白和甫	(低声)好,汉卿先告诉你一个极可怕的消息,你那位朋友王著跟妖僧高和尚同谋,上个月初十夜里,在上都,把阿合马老大人和郝祯大人都给刺死了!
关汉卿	唔,这是真的?
白和甫	千真万确的,现在大元朝从上至下都为这个事件发抖。你看这是国家多么大的不幸!
关汉卿	你还想告诉我什么呢?
白和甫	我就是想告诉你,你不听我的劝告,闯出了多么大的乱子! 逆臣王著就因为看过你的戏才起意要杀阿合马老大人的。
关汉卿	(怒)怎见得呢?
白和甫	许多人听见他在玉仙楼看"窦娥冤"时曾喊出"为万民除害",后来他在上都伏法的时候又大喊:"我王著为万民除害",而且你的戏里居然还有"把滥官污吏都杀坏"的词儿——
关汉卿	(怒火如焚)你觉得"滥官污吏"应不应该杀呢?
白和甫	这——"滥官污吏"当然应该杀。
关汉卿	阿合马、郝祯算不算"滥官污吏"呢?
白和甫	那,那当然不是。
关汉卿	既然不是,"窦娥冤"跟阿合马、郝祯的死有什么相干呢? 再说我们"与万民除害"不应该吗?
白和甫	唔,应该的。可是王著把刺杀阿大人当作"与万民除害"就不对了。
关汉卿	杀阿合马是否与万民除害,天下自有公论。若说王著看了我的戏才起意要杀阿合马,那么高和尚没有看过我的戏何以也要杀阿合马呢?

白和甫　这——

关汉卿　我们写戏的离不开褒贬两个字。拿前朝的人说,我们褒包拯、贬陈士美;褒岳飞、贬秦桧。看戏的人万一在什么时候激于义愤杀了像陈士美、秦桧那样的人,能说是写戏的人教唆的吗?孔子曰"乱臣贼子人人得而诛之",有人读了孔子的书,后来诛了乱臣贼子,能说是孔子教唆的吗?

白和甫　汉卿,你这话何尝没有一些道理,可是于今正在风头上,皇上和大臣们怎么会听你的?再说,我今晚来看你,倒也不是为跟你争论"窦娥冤"的后果究竟如何,(又低声)我是奉了忽辛大人的面谕来跟你商量一件大事的。你的事情虽说是十分严重,可是只要你答应这事,还是可以减等甚至释放你的。

关汉卿　我跟忽辛没有什么好商量的!

白和甫　别这么火气大,老朋友,这事你也吃不了什么亏。反正王著已经死了,没有对证,只要你在大臣问你的时候,供出王著杀阿合马大人是想除去捍卫大元朝的忠臣,联合各地金汉愚民图谋不轨。只要你肯这样招供,不只你的案子可以减轻,忽辛大人为了酬你的劳,还预备送你中统钞一百万。这不少哇,老朋友。

关汉卿　(怒火难遏)你还有什么说的?

白和甫　没有别的了。今晚就为的跟你谈这件大事来的。

关汉卿　你过来我跟你商量商量。

白和甫　你答应了吗?(过去)

关汉卿　我答应了。(他重重的一计耳光,竟把白和甫打倒在地下)

白和甫　汉卿,你怎么动起粗来了?

关汉卿　戏曲界竟然出了你这样无耻的禽兽! 我恨不能吃你的肉!

白和甫　(狰狞无耻的面目毕露)你不答应,好,那你等着死吧。

关汉卿　死也不跟这些无耻的禽兽说话,狱官,让我回号子去!

狱　吏　那么,白先生,您回去吧。

〔白和甫溜下。狱卒重集合。

狱　吏　是啊,关汉卿,你真是照他说的供,我们汉人又该倒霉了。姓白的回去,必然回报忽辛,忽辛必然加紧追究你的案子。你是个好人,又承你医好我娘,只恨我官小力微,帮不到你别的忙,给你送个信儿吧。你也就是这一两天的事了。没有别的,有什么要料理的,或是有什么话要告诉人家的,只要没有什么大关碍,我都可以跟你效劳转达。想吃点什么吗? 我也可以给你买些。

关汉卿　(兴奋之后、定了定有些乱的心)谢谢你。我什么也不要吃,也没有什么要料理的。看你倒是挺疼你母亲的,这里有一封信请等我的事都结束了,转给我母亲吧。千万别唬着她老人家,这也是像窦娥不愿走后街一样的心愿吧。

狱　吏　(接信收起)好,我一定照你的意思送到,你可以放心。

关汉卿　明天可以让关忠来一趟吗?

狱　吏　对不起,办不到了。

关汉卿	那也好。
狱　吏	还有什么要对人家说的话吗？
关汉卿	话很多，此时不知从哪里说起，也不知该对谁说。（忽然想起）能不能让我跟朱廉秀再见一面呢？
狱　吏	这——，也好吧。我可以担待一下。不过你跟她说有什么用呢？她的情形跟你一样。
关汉卿	这也叫"涸渴之鱼，相濡以沫"吧。您能担戴一下，就请费心。
狱　吏	（对禁婆）来！提朱廉秀。
禁　婆	是。

〔禁婆下去不久，领朱廉秀罪衣罪裙，铁锁锒铛地上来。

朱廉秀	（跪）给老爷叩头。
狱　吏	起来吧。关汉卿有话跟你谈。给你们半刻。（对禁子）谈完了送他们各自归号。留心着点儿。（对狱卒）我们撤了吧。

〔他们下。场上只有关朱两人。

朱廉秀	咱们总算又见面了，汉卿。
关汉卿	（沉重地）恐怕也就是这一面吧。
朱廉秀	（受感染地）是吗？
关汉卿	你还记得那位王千户吗？
朱廉秀	玉仙楼后台见过的那位王著？
关汉卿	对。是他。
朱廉秀	我只跟他说过两句话，就觉得他是个爽快的人。可没想到他能做出这样惊天动地的大事，他真不愧是我们"惊天动地窦娥冤"的好看客。
关汉卿	你还说得这样带劲儿，他杀了阿合马你知道了？
朱廉秀	知道了。昨天来了个同号子的是他住在大都的婶娘。她告诉我王千户临刑的时候喊着说："我王著与万民除害，我现在死了，将来一定有人把我的事写上一笔的。"他真了不得！
关汉卿	是吓，就有人把这和我们的戏词儿"与一人分忧，万民除害"附会在一起，说我们教唆王著杀害朝廷大臣，所以我们的案情就加重了。
朱廉秀	可不是"与万民除害"吗？阿合马好狠的心，把我徒弟的眼睛都给挖了。
关汉卿	没想到王著给她报了仇，也给我们报了仇。我真想写他一笔，咳，可惜没有时候了。
朱廉秀	怎么没有时候？在狱里就能写。
关汉卿	刚才狱官给我送信来了。一两天之内我就完了，你恐怕也免不了，要我们趁早把该料理的事，该嘱咐人家的话告诉他，他可以给我们转达，你有什么要他转达的吗？还有，想吃些什么他也可以代买。（见她紧张）哎呀四姐，你你你不害怕吗？
朱廉秀	（变色但力自镇定）不害怕。
关汉卿	四姐，真是对不起，为了我的著作，竟然把你连累到这个地步。
朱廉秀	什么话？我不说过你敢写我就敢演吗？说这话的时候，我就打算有今天的。

关汉卿	可是哪知道这一天来得这么快。
朱廉秀	迟早反正一样。我从没有像这些日子这样活得有意思。我觉得我越来越跟大伙儿联在一块了。不是吗？老百姓恨阿合马，我们也恨阿合马，而且敢于跟他们斗！王著替大伙儿除害，他死了，我们也站在王著这一边，跟坏人一直斗到死。窦娥不正是这样的女人吗，她至死也不向坏人低头。我欢喜这样的女人，我也愿像她一样的死去。瞧我还穿着窦娥的行头，跟窦娥一样的打扮，回头还要跟窦娥一样的倒下去。我一定也不会轻易倒下去的，汉卿，在倒下去以前我一定像窦娥一样的喊着，不，也许像王著一样的喊着："与万民除害呀！"你看行吗？我现在真不知道我是在过日子，还是在台上。我要像在台上一样，对着成千上万的看的人一点也不胆怯。说真的，你刚才告诉我我们快要死的消息，我心里还有点乱。这会儿好多了。我会像窦娥那样坚强的，你放心。
关汉卿	你也放心，四姐。我姓关，现在虽算是大都人，我原籍是蒲州解良，我会像我祖宗那样英雄地死去的。"玉可碎而不可改其白，竹可焚而不可毁其节"，这也正是我今天的心胸。
朱廉秀	咳，我最不能瞑目的是玉仙楼那天晚上，我托和卿设法让你连夜逃走，你怎么不走，反而第二天晚上来看戏呢？你那样爱看戏吗？
关汉卿	我怎么能走？我怎么能让你一个人承担那样重的担子？
朱廉秀	我有什么？大不了一个唱杂剧的歌妓，怎么能比得你？你是一代作者，你替我们杂剧开了一条路，歌台舞榭没有你的戏人家就不高兴。你正应该替大伙儿多写些好东西，多替"有口难言"的百姓们说话，可是于今你跟我一样也这么完了……（她哭了）。
关汉卿	四姐，谢谢你的好心。我们的死不就是为了替百姓们说话吗？人家说血写的文字比墨写的贵重，也许，我们死了，我们的话说得更响亮。可是你不像我，我已经快五十的人了，你还年轻，工夫好，那么早就成了名角儿，你死了人家要埋怨我的。不是伯颜老太太那样疼你，还说要认你做干闺女吗？干吗不写封信给她，求求她，我想一定有好处的。信可以托何总管转去，准能收到，快点写吧。要不，我给你代笔也成。
朱廉秀	那么你呢？你也求求她吧。
关汉卿	我怎么能求她？
朱廉秀	那为什么我就应该求她呢？她还不是杀人不眨眼的伯颜丞相的老太太吗？她疼我无非我这个女戏子把她给逗乐了。她也不是真懂我们的戏的，她不过让人家说她是多么慈悲，瞧戏都流眼泪。其实呢，伯颜丞相今天在这里屠城，明天在那里杀降，她半点眼泪也没有流过。我就恨这样的女人。我还去求她？死也不求她！
关汉卿	不求她那就得——
朱廉秀	就得死。跟关大爷这样的人一道死，我还有什么不足呢？
关汉卿	四姐，我觉得我们的心没有比这个时候靠得再紧的了。入狱的时候，我就打算有今天，我前几晚上，写了一个曲子叫"蝶双飞"。想给你看看，他们害怕，不给传递，我也没有勉强，因为我还不知道你的心。现在我亲自交给你吧。要是你能唱唱该多好。

朱廉秀	给我。（接过去）
关汉卿	写得很乱,你看得清楚吗?
朱廉秀	看得清楚。（念）

将碧血、写忠烈,

化厉鬼,除逆贼,

这血儿啊化作黄河扬子浪千叠,

长与英雄共魂魄。

强似写佳人绣户描花叶,

学士锦袍趋殿阙,

浪子朱窗弄风月,

虽留得绮词丽语满江湖,

怎及得傲干奇枝斗霜雪?

念我汉卿啊,

读诗书,破万册,

写杂剧,过半百,

这些年风云改变山河色,

珠帘卷处人愁绝,

只为了一曲窦娥冤,

俺与她双沥苌弘血,

差胜那孤月自圆缺,

孤灯自明灭,

坐时节共对半窗云,

行时节相应一身铁,

各有这气比长虹壮,

哪有那泪似寒波咽?

提什么黄泉无店宿忠魂,

争说道青山有幸埋芳洁。

俺与你发不同青心同热,

生不同床死同穴,

待来年遍地杜鹃花,

看风前汉卿四姐双飞蝶。

相永好,不言别。

〔朱廉秀十分受了词的感动。

朱廉秀	哦,汉卿!（她拥抱关）
禁　子	半刻完了。回去吧。（分开他们）
禁　婆	听你们说得怪可怜的,以后只怕没有见面的时候了。容你们一别吧。

朱廉秀	不。
关汉卿	我们不告别,我们永久在一起的。
禁　婆	真不懂你们想些什么。那么回号子吧。

〔禁子牵着关汉卿,禁婆牵着朱廉秀,铁锁锒铛地各归狱室。

（暗　转）

（原载《剧本》1958 年第 5 期）

陈毅市长

沙叶新

第三场

〔一九四九年六月中旬的某日傍晚。

〔上海国华纱厂总经理傅一乐的别墅。

〔幕启。这是别墅中一间漂亮的客厅,有一门通往餐厅。管家从餐厅里出来。傅一乐的老婆何淑芳从楼上走下。

何淑芳	准备得怎么样了?
管　家	餐厅已经收拾好了。这是今晚的菜单,请太太过目。
何淑芳	（不满）唔,这菜单是谁定的?
管　家	老爷说,这是请共产党吃饭,不要太铺张。
何淑芳	既然请人家来吃饭了,就得让人家吃个高兴。吩咐厨房把拿手菜都做出来。
管　家	是。
何淑芳	打个电话到刘家去,请先生早些回家。

〔管家下。陶慕朱上。

何淑芳	表哥来了,请坐。
陶慕朱	淑芳,一乐呢?
何淑芳	还没回来。你怎么好久不来玩了?
陶慕朱	在做生意。
何淑芳	你在做什么生意?
陶慕朱	米!
何淑芳	你怎么做起米蛀虫来啦? 这能有多大油水?
陶慕朱	油水大得很哩! 米价一个劲地往上窜,都快窜上天啦!
何淑芳	恭喜,恭喜,你是发了财罗!
陶慕朱	货还没脱手呢,这两天市场上又到了一票米,共产党连军用卡车都派出去运米了。他

们抛出,我们吃进,有多少,吃多少,米价一日连升三级。哈哈哈!

何淑芳 哦,这么看来,上海还是有生意可做的,那你干嘛要劝一乐到香港去?

陶慕朱 嘿,上次我劝一乐去香港,完全是为他着想,他是个有产业的人,举足轻重,不像我光身一个,混不下去了,随时一拍屁股就能走的。

何淑芳 一乐这次从香港回来就不走啦。

〔傅一乐上。

傅一乐 慕朱兄,什么时候来的?

陶慕朱 刚到,你哪儿去了?

傅一乐 到刘家去了一趟。

何淑芳 刘老说了些什么?

傅一乐 六月二日那个工商界人士座谈会,他参加了。会开得很热闹,陈毅市长亲自到场,跟大家握了手,还讲了话。

何淑芳 讲了什么?

傅一乐 跟上次我那个报社朋友的传话差不多意思,说共产党的政策是保护工商业,希望我们尽快地恢复生产。

陶慕朱 刘老对这个会议有何感想?

傅一乐 他说,共产党是欢迎我们的,是要和我们合作的。

何淑芳 刘老的话你总应该相信了。

傅一乐 但是共产党的话是不是可以相信……这都是在场面上讲话,骨子里到底如何呢?

何淑芳 你怎么谁都不相信呢?

傅一乐 这么大的事情,总得要三思而行,多考虑考虑没有坏处。

何淑芳 你要走,你走罢。当"白华"的日子也不会舒服,我宁愿守在家里。

傅一乐 看,看,你又急了不是,我今天请工业局顾局长来吃饭,不就是打算留下来?

陶慕朱 你是资本家,他们是共产党,顾局长会来么?

何淑芳 共产党不是说欢迎我们,要和我们合作么,吃一顿饭又有什么?

傅一乐 其实我也是为了摸摸共产党的行情,如果不来,那就是说,什么欢迎啊、合作啊都是假的,只不过是宣传。

何淑芳 顾局长一定会来的。

傅一乐 淑芳,你去换换衣服,最好穿列宁装,这是现在最时髦的。我还请了沈胖子来做陪客。

何淑芳 沈胖子是谁?

傅一乐 也是上海滩的大亨,开米行的,满口新名词,是最时髦的人物。

〔何淑芳下。

陶慕朱 一乐,你这次从香港回来,真的打算留下来不走啦?

傅一乐 我在上海几十年,弄到现在这个局面,不容易啊!只要有生意可做,谁舍得离开?

陶慕朱 真的不去香港了?

傅一乐 到外面去,我得重起炉灶,要在别人的地盘里打出一条路来,谈何容易。

陶慕朱	那你在九龙买的那块地皮是做什么用的?
傅一乐	哪有此事!
陶慕朱	你不是还有两千锭子在那边吗?
傅一乐	慕朱兄,你是怎么知道的?外面有什么风声么?
陶慕朱	不要紧张。在香港,我是很有些朋友的。
傅一乐	千万不能传出去。
陶慕朱	那是自然。一乐兄,你这可是一步高棋,脚踏两只船;如果将来再向南洋伸展,来个狡兔三窟,这盘棋就更活了。
傅一乐	活不活,还得看今天请共产党吃饭的这着棋下得如何呢!

〔管家上。

管　家	老爷!
傅一乐	客人来了?
管　家	来了个电话。
傅一乐	怎么说?
管　家	说顾局长工作忙,没有空。
傅一乐	(当头一棒)啊!还说什么?
管　家	还说……
傅一乐	说呀!
管　家	还说,顾局长希望傅总经理以后不要再搞什么请客吃饭,影响不好……
傅一乐	什么?影响不好?(垂头丧气地坐在一张椅子上)
管　家	我去吩咐厨房,酒席不做了。

〔傅一乐挥挥手。管家下。

陶慕朱	怎么样,不幸而言中吧?
傅一乐	哼,什么欢迎、合作,都是宣传,都是假的!
陶慕朱	上海决不是我们久留之地。
傅一乐	对,走!(突然)慕朱兄能不能助我一臂之力?
陶慕朱	用得着我,只管吩咐。
傅一乐	我在香港缺一个得力助手,想借重你的大驾。
陶慕朱	可我手头还有一笔生意……
傅一乐	我知道。我劝你赶快脱手算了,我刚才在刘家听到一个消息,共产党在老解放区调集粮食往上海运,数量很大,眼看米价就要跌。
陶慕朱	(一惊)啊?
傅一乐	你早点替我到香港去把分厂建起来,我想办法把这里老厂的资金全部抽过去!
陶慕朱	我去向沈胖子打个招呼,如果你的消息属实,我立即交割干净,动身去香港。
傅一乐	那我就一切拜托了!

〔管家急上。

管　家	傅总经理,顾局长来了!
傅一乐	(一惊)什么? 又来了!
管　家	来了两个人。
傅一乐	哦? 怎么回事?
陶慕朱	别是来兴师问罪的吧。
傅一乐	啊?!
陶慕朱	我看你还是先应付一下,我走啦。
傅一乐	等等!(一把抓住陶慕朱)慕朱兄,你得陪我!
陶慕朱	这还要陪?
傅一乐	我可从来没跟共产党打过交道,你得帮我应付一下! (抓住陶慕朱不放,对管家)有请,有请! 〔傅一乐、陶慕朱、管家下。 〔傅一乐引陈毅、顾充上。陶慕朱随上。
傅一乐	(发抖地)请,请!
陶慕朱	真没想到陈市长今日也惠然赏光,真是喜出望外,喜出望外!
陈　毅	这位是……
陶慕朱	哦,敝人是傅总经理的表亲,敝姓陶。
陈　毅	幸会,幸会。
陶慕朱	一乐,怎么不请客人坐呀?
傅一乐	哦,哦……请,请!(紧张地坐在陈毅一旁) 〔佣工给陈毅、顾充端来茶水,然后下。
陈　毅	傅先生,听说你请顾局长吃饭?
傅一乐	不不不! 哦,哦,是有此事,是有此事……
陶慕朱	傅总经理聊备菲酌,恭请顾局长,不过是略表傅总经理对贵党、贵政府的热情,请陈市长不要见怪。
陈　毅	不,我是要见怪的! 我对傅先生很有意见!
傅一乐	啊……
陶慕朱	傅总经理是一片好意,只是不知道贵党有如此严格的党规,往后决不会再如此冒昧。
陈　毅	不,我是说傅先生不够朋友!
傅一乐	不够朋友?
陈　毅	岂不是吗? 为何请他吃饭,就不请我?
傅一乐	请你?!
陈　毅	怕破费?
傅一乐	不不不!
陶慕朱	连顾局长的大驾都请不动,哪敢请你陈市长?
陈　毅	请他,是他自己不肯来;请我,我就一定来,就是不请,我不是也来了?

〔傅一乐疑惑地望了望顾充,顾充点点头。

傅一乐　陈市长真的赏光?

陈　毅　早知贵府有位名厨,我是慕名而来。

傅一乐　(喜出望外)哦? 太好了! 我马上通知厨房。

陶慕朱　(失望地)一乐!

傅一乐　慕朱兄,你先代我陪陪客人!（下）

陶慕朱　请抽烟,抽烟!

〔静场。

〔管家上。

管　家　陶先生,您的电话。

〔陶慕朱向管家不耐烦地挥挥手。

管　家　是一位姓沈的先生打来的,说有急事。

陶慕朱　(一惊)哦!（对陈毅)我去一下,一会就来。失陪,失陪(下)

顾　充　老总,咱们真的要在这儿吃饭?

陈　毅　你不敢来,是我带你来的,你还怕个什么?

顾　充　可资本家……

陈　毅　资本家的饭就吃不得?

顾　充　我可不吃!

陈　毅　你不吃我吃双份儿!

顾　充　你就不怕资产阶级的影响?

陈　毅　身为共产党的干部,只是怕资本家影响我们,为什么我们就不能影响资本家? 我到这
　　　　里来,就是要资产阶级受我的影响!

顾　充　那也不一定要吃饭嘛!

陈　毅　不吃饭,影响就不大嘛。你想嘛,一个共产党的工业局长,一个人民政府的市长,到一
　　　　个资本家家里去吃饭,这可是头版头条的新闻,影响大得很!

顾　充　哦,你是想在饭桌上做他们的工作?

陈　毅　不,你是工业局局长,做他们的工作是你的任务。我不管,我只管吃饭。

顾　充　你只管吃饭?

陈　毅　对头,我的任务就是来吃饭,就是要让他们看一看我们共产党人是啥子模样,让他们
　　　　知道共产党人也是有鼻子有眼,有血有肉,也是像一般人一样,也要吃饭的,不是青面
　　　　獠牙的怪物,不是不近人情的生番,也不是不吃人间烟火的和尚。

顾　充　(笑)好好好,这个饭吃得,吃得!

陈　毅　快去向傅总经理打声招呼吧!

顾　充　我就去。（下）

〔何淑芳上,找傅一乐,看见了陈毅。

何淑芳　您这位……?

陈　毅	哦,敝姓(四川乡音)陈。
何淑芳	(听错了)沈先生,怎么让你一个人在这里,一乐也不陪一陪。
陈　毅	傅总经理刚才见过面了,他到厨房有事去,你是傅太太吧!
何淑芳	不敢当,沈先生请坐。
	〔陈毅、何淑芳落座。
何淑芳	沈先生,我好像在哪儿见过你?
陈　毅	可能,非常可能。
何淑芳	你是哪家公司的大老板吧?
陈　毅	大老板? 哦,对,我是上海市的大老板。
何淑芳	上海市的大老板? 请问哪家公司?
陈　毅	国营公司。
何淑芳	贵盈公司? 是百货行业?
陈　毅	对,我倒是要开办一家最大的国营百货公司。
何淑芳	还没开办?
陈　毅	正在筹划,想尽快开门。
何淑芳	现在市面上,米很吃香,沈先生不做一些?
陈　毅	米的生意,我倒是也在做。
何淑芳	听说米价还要涨哩。
陈　毅	千万不能再涨了。
何淑芳	你不喜欢涨?
陈　毅	一听到涨,我就不安逸,我倒希望它跌,跌到底。
何淑芳	哦,沈先生是做空头的。
陈　毅	空倒不空,是实实在在的米,只要他们吃得下,我就尽量供应,一直到他们胀死为止。
何淑芳	真的! 沈先生的魄力大。
陈　毅	我的本钱大。
何淑芳	一乐能请到沈先生来做陪客,真不简单。
陈　毅	我这个陪客倒不是请来的,是我自己争取来的。
何淑芳	那就更好了,但不知工业局的顾局长什么时候才能到?
陈　毅	他已经来了。
何淑芳	怎么没看见他?
陈　毅	他和傅总经理在一起。
何淑芳	你见过他了?
陈　毅	我们一起来的。
何淑芳	沈先生和共产党是打过交道的?
陈　毅	天天打交道。
何淑芳	共产党可怕么?

陈　毅	为何要怕？
何淑芳	都说共产党可厉害了！
陈　毅	百闻不如一见，你看见了就不会觉得可怕。你看我，我这个人可不可怕？
何淑芳	一点也不，挺和气的。
陈　毅	是嘛，共产党就跟我一样，也是挺和气，有礼貌，懂道理，讲朋友的。
何淑芳	你相信共产党吗？
陈　毅	要是不相信，我就不会跟共产党在一起了。
何淑芳	沈先生，请你跟我们一乐谈谈，他就是怕共产党，顾虑重重，始终不敢开工；刚从香港回来，又想到香港去，总拿不定主意。
陈　毅	哦？那是他不了解共产党的政策。你对他说，共产党的经济政策是"发展生产，繁荣经济，公私兼顾，劳资两利"，允许他剥削，允许他有利可图。原料、资金上的困难，政府还会帮助解决，希望他尽快地恢复生产。
何淑芳	你说的是真的？
陈　毅	共产党说话是算数的。
何淑芳	要真的是这样，我一定不让他走，叫他早日开工！
陈　毅	是嘛，你倒是有责任劝劝他噢！
何淑芳	一定，一定！哎呀，光顾着说话，也没让你休息休息。沈先生，听音乐吗？
陈　毅	好，要得！
何淑芳	听听爵士音乐，轻松轻松。
陈　毅	有古典的吗？
何淑芳	沈先生爱听古典音乐？（放唱片）这个怎么样？
陈　毅	很好，这是贝多芬的《英雄交响乐》。
何淑芳	你是怎么猜到的？
陈　毅	这是贝多芬在一八零四年写的一首名曲，就像罗曼·罗兰说的，他仿佛是一个革命的古罗马人，热爱自由和民族独立，梦想着由胜利之神建立起一个英雄的共和国。
何淑芳	沈先生，你"老来西"的，既懂音乐，又会做生意，还会跟共产党打交道，新名词一套一套的，真应该交你这么一个朋友，希望你常常到我们家来。
	〔傅一乐和顾充上。
傅一乐	陈市长！
何淑芳	（一惊）什么？陈市长？你?!
陈　毅	我不是对你说过，我是上海市的大老板吗？
何淑芳	哎呀，我……太冒昧，太冒昧了！
陈　毅	有什么冒昧？只要你不认为我可怕就行了。
何淑芳	不不，不可怕，不可怕！
陈　毅	所以，要了解共产党，非要接触一下才行，否则要误会的。比方说，国民党骂我们是共匪，不少人又没见过我们，也以为我们是匪。你们现在看看嘛，我和他（指顾充）哪一

个像匪嘛。对共产党的经济政策也是这样，了解了，就不会怀疑，不会观望，就会尽快恢复生产。

傅一乐　刚才顾局长把贵党的经济政策都对我说了，我真是如梦初醒，真没想到政府还借给资金，供给原料！我明天一定开工，一定开工！

陈　毅　好，我们欢迎！傅先生，我们共产党是讲朋友的，从不搞鬼。你今天请我们吃饭，我不会看作是糖衣炮弹；顾局长代表政府借款给你，也不是糖衣炮弹，都是为了一个目的，恢复生产，共同克服目前的困难。今后我们都要以诚相待，都不能做对不起朋友的事噢！我得把丑话说在前头，我们共产党是从来不搞什么糖衣炮弹，要么是糖，要么就是炮弹！

傅一乐　你放心，你放心，我一定遵守政府法令，正当合法地进行经营。

何淑芳　吃饭，吃饭吧。一乐，你请的那位陪客怎么还没来？

傅一乐　对了，还有慕朱呢？

〔管家上。

管　家　陶先生接了一个电话就走了，这是他留的一张条子。

傅一乐　（接阅纸条）哦，走了！好吧，好吧。

何淑芳　（看纸条）怎么，他到香港去了？

傅一乐　是呀，是呀。（对陈毅）要不要追他回来？

陈　毅　要走，就让他走嘛，以后总还是要回来的。回来的时候我们再欢迎。

傅一乐　那……吃饭，吃饭吧。

——幕落

（原载《剧本》1980年第5期）